河野多恵子文藝事典・書誌

和泉事典シリーズ 14

浦西和彦 著

和泉書院

河野多恵子
（撮影　篠山紀信）

はしがき

もう何年も前のことになるのであろうか。近年、ことに時間があわただしく、淀の水の流れのように過ぎ去っていくので、記憶に留めている暇がない。

ほぼ十年くらい前のことになるであろうか。関西大学大学院に一年間研修生としてカナダからナイナさんが来日した。若い人で、当時まだ二十五歳にはなっていなかったと思う。日本語をどういう風に勉強されたのか、実に感心するくらい流暢に話される女性であった。

外国から来日する多くの留学生たちの研究テーマは、夏目漱石や芥川龍之介などの近代文学の作家たちに集中しているのに対して、ナイナさんは、意外にも河野多恵子さんの文学を日本で研究したいという。カナダで既に「不意の声」や「骨の肉」などの作品を読んでいるのである。私には驚きであった。その時、私ははじめて河野多恵子さんの小説が、日本だけでなく、アメリカをはじめドイツ、フランス、中国等の諸外国に翻訳され、多くの読者を持ち、愛読されていることを知った。

このナイナさんに、院生の谷口優美、韓国から留学生として来日していた黄奉模、鄭勝云、金文洙、学部の一年生から河野多恵子文学の研究に取り組み、参考文献などの調査をしていた増田周子の諸氏と共に、一年間、「幼児狩り」「不意の声」「骨の肉」らの作品を授業で読んだ。その時のメンバーが本書の文藝事典の項目の一部を分担執筆することになった。

私は先に、和泉書院から『開高健書誌』（平成2年10月10日発行）、『織田作之助文藝事典』（平成4年7月20日発行）、『田辺聖子書誌』（平成7年11月30日発行）を刊行した。本書はそれらの仕事に継ぐものであり、今後も機会があれば、その面での仕事を続けたいと念願している。

本書の成立にあたっては、河野多恵子、谷沢永一先生をはじめ、堀部功夫、水藤節子、宇佐見太市、大河内昭爾、増田周子らの諸氏から多くのご教示を得た。感謝申し上げる。

また、本書の出版を快く引き受けていただいた和泉書院の廣橋研三社長、また編集事務や校正などに格別なご配慮をいただいた編集スタッフの方々に心より厚くお礼を申し上げる。

平成十三年十一月五日

浦西和彦

目　次

凡　例

一、本書の構成について
河野多恵子文藝事典
河野多恵子年譜
河野多恵子書誌
　著書目録
　一、著書　二、文庫本　三、特装本　四、現代語訳書　五、全集　六、文学全集撰集類　七、編著・監修書　八、外国語訳
　作品目録
　一、小説・戯曲・掌編　二、評論・エッセイ　三、対談・鼎談・座談会・談話
河野多恵子参考文献目録（増田周子編）
一、文学辞(事)典　二、年譜　三、研究案内　四、文献案内　五、注解　六、作品・作家論・文藝時評・その他

二、河野多恵子文藝事典の記載形式・配列等について
河野多恵子の小説・エッセイ等の著作、あるいは対談・鼎談・座談会を見出し項目に取りあげ、その「初出」「収録」「梗概」について記述した。

見出し項目の配列は五十音順である。ただし、同一の作品名がある場合は発表年月日順とした。

見出し項目には読みがなと著作の種類を記した。

本文藝事典の執筆は、大半が浦西和彦であるが、一部分を左記の人々が分担執筆した。

荒井真理亜　植木華代　姜姫正　木瀬貴子　金文洙　桑原真臣　鄭勝云　谷口優美　戸塚安津子　長島亜紀

黄奉模　堀家由紀子　増田周子

三、河野多惠子書誌の記載形式について

著書目録

「著書」の配列は刊行年月日順にし、その記載の順序は次の通りである。

書名〈叢書名〉

発行年月日　発行所　発行者　判型　製本　箱　カバー　オビ　頁数　定価　装幀者

§収録作品名

＊オビ等に付された文章

＊＊「あとがき」、その他の注記

作品目録

作品の配列は刊行年月日順にし、その記載の順序は次の通りである。

作品名（「発表誌紙名」発行月日　巻号　掲載頁）

＊印は「編集だより」「前号の梗概」等である。

なお、単行本の場合は「発表誌紙名」のところに書名、巻号の部分に出版社名を記した。

四、河野多惠子参考文献目録の記載形式について

執筆者名：題名（「発表誌紙名」発表年月日　巻号　掲載頁）＊印は注記である。単行本の場合は「発表誌紙名」の部分に書名、巻号のところに出版社名を記した。

河野多惠子文藝事典

あ

R・トポール―意外性の美―　あーる・とぽーる―いがいせいのび―　エッセイ

〈初出〉「六月の風レポート」昭和五十六年三月一日発行、第三十九号、三〜五頁。〈収録〉『気分について』昭和五十七年十月二十日発行、福武書店、七八〜八三頁。〈梗概〉人間だれしも、意外性を好む傾向をもっている。ところが、本当の意外性にふれた気がすることは、まずめったにない。今日の殆どの人間が意外性に出会った気がするのは、大きな私的不幸が起った時くらいのもので、期待しない類いの意外性でしかない。R・トポールの感性と叡知が、現代人の意外性飢餓の様相を覚知し、それを何よりも自分自身に覚知したのであろう。今度のR・トポールの個展のなかに、近作の「成功への三つの道」というリトグラスの三部作がある。〈意志によって〉〈助けによって〉〈恐怖によって〉の三作から成っており、そのイメージは具体性をもちタイトルの意味通りの画面である。そこから受ける意外性の面目は、現代生活での成功の方法の譬喩や諷刺にあるのではなく、表現そのものにある。抜群の技術の持主である。短編集のなかの一頁にも足りない「悪い聴衆」は、現代人の意外性飢餓そのものをも鋭く表現した興味深い短編なのである。

「相客」と帝塚山　「あいきやく」とてづかやま　エッセイ

〈初出〉「日本読書新聞」昭和四十七年六月一日発行、第千六百五十一号、一一〜一一頁。原題「わが町・わが本―庄野氏の『相客』と帝塚山―」。〈収録〉『文学の奇蹟』昭和四十九年二月二十八日発行、河出書房新社、二六一〜二六四頁。この時「『相客』と帝塚山」と改題。〈梗概〉庄野潤三の幾つかの作品に現れる、大阪の帝塚山は、紛れもなく私の帝塚山なのである。作中人物の作中には現れていない発想や気分まで伝わってくるように思われる。帝塚山には帝塚山学院と私の通った大阪女専があった。終戦になった時、帝塚山は元の姿で残った。庄野潤三の「相客」では、「そういう無傷の住宅地に住み、また戦争の被害の少かった一家に突然に姿を現わす戦争の傷がテーマになっている。空襲前と少しも変らずはんなりしていて、家々の塀越しに伸びた桜が咲き乱れた、その場所の印象が思いだされ、私にはその一家の胸さわぎや不安や憂鬱がそっくり感じられて」くるのである。

愛したら知らずにはいられない　あいしたらしらずにはいられない　エッセイ

〈初出〉「ショッピング」昭和五十二年二月一日発行、第九十六号、二二〇〜二二一頁。「女と愛と生きること2」欄。〈梗概〉今日では、嫌でならない相手と無理強いに結婚させるようなことは、非常に少くなっている。ところが、世の中には離婚する夫婦がかなりある。離婚する夫婦や、うまく行っていない夫婦は、ほとんどが相手の生れ、育ったころの様子をよく知らないという話を聞かされたことがある。夫婦の間で知るというのは、頭で知ることではないだろう。相手について知ることが楽しいのではないだろうか。それなのに、夫のきらいな味も、子供の頃の様子も知らずに平気でいられるというのは、やはり愛の欠如にほかならず、そうしたことから夫婦の間はうまくゆかなくなるのは、当然かもしれない。

愛している実感の重み《あいしているじつかんのおもみ》　エッセイ

〔初出〕「ｆｌｏｎａ」昭和四十六年四月一日発行、第三巻四号、二八～三〇頁。

〔梗概〕愛するがための不幸のほうが、愛する対象のない不幸よりも、どれほど深刻か。愛する対象がないということは気楽である。愛ということの実感は、愛されている以上に、愛しているという実感のほうが重い。男女はどれほど愛し合っていても、互いの愛の波が合致《がっち》する時はきわめて稀なのである。男女の愛の精神的な合致しがたさにくらべれば、肉体の分ち合いにおいては、男女はどれほど、その至近《しきん》に到達するかしれない。が、人間にとって最後に残るのは、どうしても精神なのである。愛していればいるほど、自らのその実感に謙虚になる必要があり、その時こそ、相手の愛に対しても謙虚に、素直になれるのではないだろうか。

間《あいだ》→いすとりえっと（38頁）

会いたい人《あいたいひと》　エッセイ

〔初出〕「The Student Times」昭和五十四年四月十三日発行、三二～三三頁。

〔収録〕『気分について』昭和五十七年十月二十日発行、福武書店、一三七～一三八頁。

〔梗概〕テレビ放送に永年音信不通になっている人を探し出してもらう番組がある。あんなふうに対面して、その後の話が聞けたらと、ある人を思いだすことがある。もう三十年以上経つ。フォームで電車を待っていると、たばこを喫っている学生に近づいて、たばこの火をかりた人がいた。学生の差出した短いたばこから火を移すと、借りたたばこをぽんと捨てた。学生の連れの男が、先刻の男のところへ行き、火をかりた。その男の長いたばこをぽんと投げ捨てた。彼のその後の人生を時にたまらなく知りたくなる。

愛における女の打算が生む葛藤はふたりの間に何を残すか《あいにおけるおんなのださんがうむかっとうはふたりのあいだになにをのこすか》　エッセイ

〔初出〕「ＪＯＮＯＮ」昭和五十一年八月一日発行、第四巻八号、一〇八～一〇九頁。

〔梗概〕私は恋愛とは男女間の恋い慕う愛情であると、どこまでも思っている。男女の一体になろうとする愛情には常に疑惑と不安がつきものである。男女の恋愛にそうした疑惑と不安が激しく鋭いのは、男と女の極端な類似と相違のために、互いの間に極端な通じやすさと通じにくさの両面があるせいである。女の性の愛における打算から生れる葛藤は、恋愛なきところ、つまり一体になりたさなきところからは決して生れるものでないと思われる。

愛の証拠なるもの《あいのしょうこなるもの》　エッセイ

〔初出〕「フローリア」昭和四十三年三月一日発行、第五巻三号、二六～二九頁。

〔梗概〕人間の悩みの大半、この世の悲劇の大半は、誰かが誰かを愛さないためではなく、誰かが誰かを愛することのために起っている。愛しすぎたために起っているのである。愛しすぎるということは、互いの愛のバランスが取れていない時の片方にだけおこるものだとは限らない。互いに愛しすぎるという場合も、あるのだ。互いに愛しすぎているためのつらさは、恋愛中の男女にもあり得ることだし、経済的なことに限らず、多くのことがきっかけとして潜在している。

愛の不在から人間関係の不毛へ—赤い砂漠—《あいのふざいからにんげんかんけいのふもうへ—あかいさばく—》　映画評

〔初出〕「婦人公論」昭和四十年十一月一日発行、第五十巻十一号、三三七〜三三七頁。「映画への招待」欄。

〔梗概〕映画「赤い砂漠」は、人妻の恋を描こうとしているのではなく、現代機械文明のもとにおける人間関係の不毛を描こうとしている。もっとも印象的なのは、ある朝、息子のバレリオが立つことも歩くこともできなくなり、ジュリアーナは半狂乱になるが、やがて歩きまわっているバレリオを見て喜びに息子を抱きしめ、次の瞬間、息子にまで嘘に翻弄され、人間関係を断たれた現実に絶望する場面であった。

ー・マードックの面白さ《あい・まーどっくのおもしろさ》　エッセイ

〔初出〕「世界の文学18月報5」昭和五十一年七月発行、集英社、一〜二頁。

〔梗概〕マードックの小説は、実に小説のみがもつ魅力に溢れている。つまり、小説を読む歓びをこのうえなく与えてくれる小説なのである。マードックの小説には、特殊な人間たちの特殊な関係に基づく、特殊な或いは奇想天外な出来事を扱ったものが多いが、彼女の構築する特殊な知的世界が、知的な風俗小説ではなく、知的風俗の普遍性をかち得ている。

碧い本《あおいほん》　──→いすとりえっと（34頁）

赤い脣《あかいくち》　短編小説

〔初出〕「新潮」平成五年一月一日発行、第九十巻一号、二六二〜二七八頁。

〔収録〕『文学1994』平成六年四月二十五日発行、講談社、四〇〜五七頁。『河野多恵子全集第4巻』平成七年七月十日発行、新潮社、二五三〜二六九頁。『赤い脣　黒い髪』平成九年二月十五日発行、新潮社、七〜四三頁。『赤い脣　黒い髪〈新潮文庫〉』平成十三年十月一日発行、新潮社、九〜四六頁。

〔梗概〕主人公の女性は美人で数学の才能も持っていたが、大望を抱く事もなく、今まで苦労した経験もない。彼女は夫と息子によってマザーの語尾のイー・アールを除いたモスという愛称を与えられ、以後息子の嫁や三人の孫にまでモスちゃん、と呼ばれている。

　ある秋の日曜日にモスの家族は事務所を持って働いているため忙しいモスの妹夫婦も誘って紅葉を観に行くことになった。夜は早くに眠くなるが朝には強いモスは、四時に起きていろいろなものを作り、九人はモスの息子の運転するワゴンで出掛けた。目的地は広大なレジャー地帯にする計画が中止になったままだが、紅葉と湖が美しい所である。渋滞の道路をそれて山中に入り、林の中ほどに小さい湖がある場所で弁当を広げた。そこで写真を撮ったが、モスは何かの気配を感じ、恐ろしい気がして写真には入らなかった。その気配は再び出発したワゴンの中でも感じられた。

モスには油絵を描く趣味があった。彼女の描くものは、パンや段ボールや履き古した子供の靴などで、人物は眼を描くのがいやでモデルにしないのだが、モスは一番下の孫娘の唇の赤い色合いを見て、この幼女を描いてみる気になった。

モスは帰るまでの四十分程、孫たちと共に持ち帰るための美しい葉を拾いに林に入った。拾った葉を幼女の唇に当てたり挟ませたりして眺めていたが、幼女に手招きした男性がこの辺りの紅葉の落ち葉の中にはかぶれるものがあると教えてくれた。男性も幼女の唇の赤さにひかれたらしいことを言ったが、モスは恐怖を感じて幼女を引っ張って車のところへ駆け戻った。

〔同時代評〕秋山駿は「文藝時評〈12月〉」（「毎日新聞」平成4年12月24日夕刊）で、「美しい風景画の中を、不意に一瞬不気味な旋律が走り過ぎるといった短編である。」「紅葉の美しさを描いて冴えている。幼女の赤い唇を描いて高調している。その赤い唇に紅葉の一つを噛ませたとき、不意に画面に亀裂が走る。怪しい感覚が閃く。」と評した。

（戸塚安津子）

赤い実《あかいみ》　エッセイ

〔初出〕「楽しいわが家」昭和六十年八月一日発行、第三十三巻八号、八～九頁。

〔梗概〕もう六、七年になるだろうか。蛇苺の赤い実を焼酎に入れて半年ほど置くだけで出来るという蛇苺酒の効用を聞いた。私は作ってみたくなった。ある海辺に時折逗留しにゆく縁ができた。ある年の初夏、小学校から下校する三、四年くらいの女子二人に、ふと声をかけて「蛇苺の生えているところ知らないかしら」と訊いてみた。「あるよ！」と答えた。初夏にそこへ行った年は、必ず蛇苺酒を作る。今年は行けなかった。もう季節は終ったと思っていた矢先、夫が見事な赤い実を六つ、翌々日はまた三つ、持ち帰った。東京の全くの都心の暮しなのに、近くの出先から歩いて帰る途中で見かけて摘んできたのである。

『赤と緑』―マードック―《あかとみどり―まーどつく―》　エッセイ

〔初出〕「今日の海外小説NOVELS NOW12」昭和四十五年五月発行。小野寺健訳―原題「I．マードック赤と緑　女性作家と男性主人公―」。

〔収録〕『文学の奇蹟』昭和四十九年二月二十八日発行、河出書房新社、一七〇～一七二頁。この時、「『赤と緑』」と改題。『河野多恵子全集第10巻』平成七年九月十日発行、新潮社、一九一～一九二頁。

〔梗概〕マードックの作品における、人間に対する認識の更新とイギリス女性作家の伝統的トーンとのすばらしい惹き立て合いの魅力が、私は好きでならない。女性作家が単に男性の側から書いた作品なら日本にもあるが、男性を主人公にしたことの積極的な収穫は感じられない。しかし、マードックの作品には、主人公が男性であることに積極的な役割が見出される。「彼女は自分の『女性』と対象の『男性』との挟み打ちにより、人間の秘密を的確にとらえ、表現し尽している。彼女の書く男性主人公は、男性作家の男性主人公とまさしく異なるゆえにこそ、紛れもない男性を存在させ得ており、現実の男性をも新しく感じ直させる力がある。同時に、彼女の『女性』と個性を存分に映しだしている」と、マードックを評価する。

晶子のこと《あきこのこと》　エッセイ

〔初出〕「楽しいわが家」昭和五十四年一月一日発行、第二十七巻一号、二〇～二一頁。

〔梗概〕私が同性のなかで最も尊敬し、好きでもある人は、与謝野晶子である。晶子は料理や縫物も上手で、しかも特別に手速かったようである。双児を含めて確か十二人の子供を産みながら、彼女の生活は仕事と家庭生活の両立なんてものではなく、実に統一されていた感がある。ところで、私がこれまで見た限りでは、印刷の年賀状で最も旧いのは、晶子のものである。活字の印刷で、和歌のあるものだった。印刷の年賀状としては、まだはしりだったのではないだろうか。

芥川賞作家への10の質問《あくたがわしょうさっかへのじゅうのしつもん》　回答

〔初出〕『あなたのための文学ガイド芥川賞作家シリーズへのご招待』昭和三十九年（月日記載なし）、学研、一三～一三頁。

〔梗概〕「芥川賞受賞の知らせを聞いた場所」（借りていた六畳一間の離れ）、「賞金はどうお使いになりましたか」（謝恩と生活費）、「作家になる直前の職業」（専売公社外郭団体の編集者）、「作家として認められなかった時は」（努力すれば35歳迄には文章で餓死しないだけのものは得られると信じた）、「処女作は何才の時ですか」（26歳）、「最も尊敬される作家は」（谷崎潤一郎）、「若い人に推薦する一冊」（デヴィッド・コッパフィールド）、「奥さまとは…」（回答はなし）、「女性の魅力は」（腕と耳）、「ごひいきの俳優」（M・ビッテイ）、以上が質問と回答である。

悪について《あくについて》　エッセイ

〔初出〕「読売新聞」平成三年三月二日夕刊、一三～一三面。

〔梗概〕キリスト教団の小説や年代記や生活ものや実話集などを読みながら、彼等教徒の信仰の根深さ、激しさ、言い換えると、彼等にとっての宗教のあまりの重たさに驚かされることがよくある。彼等にとって、神なるものは私たち大方の日本人の想像を絶する存在らしい。当然、彼等の悪との葛藤、悪へのこだわり、悪への反応は非常なものであるらしい。しかし、一体、悪とは何なのか？　考えれば考えるほど、私にはいつも分らなくなる。人間だれしもいつかは必ず死ななければならない。その宿命の反作用的本能として、人間には発展願望、増殖願望、存続願望がそなわっている。善は他者のそれらの願望の方向に準じてなされるのであるから効果はあがりやすく、同時に効果は埋没しがちである。他者のそれらの願望に逆行する悪は、効果はあがりにくく、だが効果は歴然とする。善は人間どもの本能的願望の満たされ方を増し、あるいは満たされなさを軽減するための働きでしかない。背き甲斐は至って少い。悪に魅力があるのは、人間どものその本能的願望に対する背き甲斐があるからである。

明くる日《あくるひ》　短編小説

〔初出〕「群像」昭和四十年十二月一日発

行、第二十巻十二号、七二～九五頁。

〔収録〕『最後の時』昭和四十一年九月七日発行、河出書房新社、一二〇～一五五頁。『現代日本の文学50』昭和四十六年四月一日発行、学習研究社、三四四～三八二頁。『最後の時〈角川文庫〉』昭和五十年四月三十日発行、角川書店、一二九～一六七頁。『河野多恵子全集第2巻』平成七年一月十日発行、新潮社、一三一～一五〇頁。『戦後短編小説再発見2〈性の根源へ〉』平成十三年六月十日発行、講談社、七九～一二〇頁。

〔梗概〕央子《なかこ》は、一週間近く経っていながら、内緒で受けた診察のこと、思いがけない結果のこと、手術を受けなければならないことを、まだ夫の島田に話していない。島田と一緒に暮してきて五年になる。二年も同棲し、三年前、正式に夫婦となった。島田の妹広子から速達で、小学校四年生になる甥の邦夫が七月二十日に心臓手術を受けることになり、手術に先立ち、邦夫に東京見物をさせてやっていただけないかと言ってきた。心臓手術を控えた子供を預り、喜ばせ続け、発作を案じ続けるなんて、央子は想っただけで、とても今の自分の神経には耐えられそうになかった。央子は三十六になろうとしていた。嘗て患った肺結核が全快してから、五年経っていた。医者から言われた出産の禁止ということを守り続けてきたのだった。が、半年目の検査の時、突然医者から、一人くらいは産んでもいいと聞かされた。最初から、島田は央子が出産を禁じられた体であることは承知していた。央子は島田と結婚する以前、一度、ある異性と暮したことがあった。二年足らずの同棲生活だった。ある日、央子は自分で全く思いがけない疑惑に見舞われた。自分は一度も失敗せずに来られたのは、自分の体がもともと不能だったのではないだろうか。央子はすっかり狼狽した。医者へ行こう、と央子は思った。初めて自分の体に疑惑をもって以来、二カ月経っていた。医者は、「これじゃあ妊娠なさる筈はない」という。嘗て結核菌が自分の肺を侵したとき同時にそんな器官まで侵していたのである。右も左も侵され、左のほうは癒着が嚢腫に進行して、取り除かねばならなかった。島田は「よくまあ今日まで黙っていられたなあ」と不愉快がる。央子は、自分が島田以外に異性を知らない女であれば、「異常はない」という医者の言葉を聞きたくても、異常も感じていなかった体に、あのようなライトを受けるようなことはとても出来なかったのではないだろうかと思うと、島田の不愉快さが一層はっきり伝わるようである。翌朝、島田は「邦夫の手術がうまく行けば行ったで、自分は今からか、なんて考えちゃって、お前はこれ又気が重くなるに違いないんだから」と、央子に直ぐ手術を受けろという。央子は手術の前に遺書だけは作っておきたいと思う。央子は「私たちはつくれなかったの。わたしが駄目だったものだから」と確かな存在を得て、本当に落ちついた気持で、同性の友だちに子供の話をしている自分の姿を想像した。

〔同時代評〕江藤淳は「文藝時評（下）」（「朝日新聞」昭和40年11月27日夕刊）で、『つくらない』と『つくれない』とのちがいが、主人公の心理を屈折させて行く過程が的確にたどられている。しかし、作者はかならずしもこの主題が、もっとひろい『自主的な断念』と『運命的強請』という主題に発展し得ることに、気づいていないように見える」といい、平野謙は「今月の小説（上）」（「毎日新聞」昭和40年11月29日）で、「微妙なテーマだが、この作者ならもう一歩この主題の深淵を掘りさげてもらいたかった」という。菊村到は「物自体への凝視—文藝時評—」（「文學界」昭和41年1月1日）で、「面白かった。これは、まさに女の小説である。」「この小説のすぐれている点は、女を生理的にえがいているところにある。」と評し、義妹の申立を二度もことわってしまう央子に、「私はこの頑固さに感心した。央子という女にはそういう種の残酷さがあって、私はそれを面白いと思った。河野さんは、ディテイルの扱いをじつに大事にする人で、平凡な日常的なディテイルが、異常な事件をそれとなく支えているその妖しい均衡に、この作品の魅力があるのである」という。

「浅い眠り」と「忠臣蔵」《「あさいねむり」と「ちゅうしんぐら」》　選評

〈初出〉「潮」昭和五十七年七月一日発行、第二百七十九号、三五〇～三五一頁。
〈梗概〉第十回平林たい子文学賞選評。岩橋邦枝氏の連作集『浅い眠り』は、夫が不貞である場合の妻の実態というものをここまで客観的にしっかり捉えたものは珍しいのではないだろうか。渡辺保氏の『忠臣蔵』は、「忠臣蔵」を論じて、「忠臣蔵」を超えている。〈「忠臣蔵」をつくった人々の人生の印象〉が深くて、仔細で、鮮烈である。

あさめし　エッセイ

〈初出〉「あさめし　ひるめし　ばんめし」昭和五十八年十月十日発行、第三十二号、四～四頁。
〈梗概〉ここ数年来、普通は八時半前後の「あさめし」である。ミルクコーヒーと蜂蜜を入れたヨーグルトをバタートースト一枚とロースハム一枚。レタスと赤キャベツと青しそを刻んでフレンチドレッシングのほかにくるみオイルを垂らした生野菜とオリーブを一個。そのあと、軽くお茶漬を一膳。朝早く旅行に出かけるのに慌ただしいような時でも、必ずバタートースト一枚かお茶漬一膳だけはすまして行く。「あさめし」が抜けたり、遅れたりすると、参ってしまって、一日中どうも力が出ないのである。

『あしながおじさん』と私《『あしながおじさん』とわたし》　エッセイ

〈初出〉『少年少女世界文学館12〈あしながおじさん〉』昭和六十一年十一月二十一日発行、講談社、二四六～二五二頁。
〈梗概〉『あしながおじさん』に出会ったのは旧制女学校二、三年生の昭和十年代半ばであった。このお話の魅力は、読者があしながおじさんの正体を見破ってからも、ジュディがいつそのことに気がつくか、気がついた時にどうなるかというような狭い興味をこえて読者を引きつける力をもっている。ジュディは、手紙で話したいことにあふれている。人間というもの、自然をふくむこの世というものへの深い関心と信頼にあふれている。作中の歳月は四年にわたっている。ジュディの成長ぶりがよくわかる。彼女の人生がほんとうに自然に始まり、少しずつひろがってゆく様子が感じられてくる。

足の竦み《あしのすくみ》 エッセイ

〔初出〕「群像」昭和五十一年十一月一日発行、第三十一巻十一号、二一一～二一一頁。「街の眺め」欄。

〔収録〕『もうひとつの時間』昭和五十三年二月二十日発行、講談社、一三四～一三五頁。

〔梗概〕先日、四谷の橋の上を歩いていると、急に震動がきた。震動と同時に足が竦んだ。二頭立ての馬車などが映り合いそうな時代ものの橋である。橋を大きな運搬車が何かが走ったせいだった。足が竦むといえば、改築中の駅のフォームで、足元が板張りや鉄板張りになっていて、透間から下の灯りが見えたりする。この板が外れたら、どうなるのかと思う。この種の実感で、最も強い経験をしたのは、ある年の秋、丹沢かどこかで吊橋を渡った時のことだった。足元の板と板との間からも、谷川の水が見える。吊橋の揺れるのが、そっくり自分の動きのせいだとわかる感じが怖い。

預け物《あずけもの》 エッセイ

〔初出〕「中央公論」昭和四十一年一月一日発行、第八十一年一号、四〇九～四〇九頁。「細長い話」欄。

〔梗概〕十四、五年前、親友のAさんは結婚式を一両日後に控えて、私に一通の手紙を預けた。彼女に一度だけ片思いの経験があって、やっとの思いで送った恋文への返事だった。Aさんとは既に音信不通だが、その預り物を見かけると、若かった自分たちに郷愁を感じる。

新しい共通語の表現力《あたらしいきょうつうごのひょうげんりょく》 エッセイ

〔初出〕「宮崎日日新聞」昭和五十五年八月二十五日発行、五～五面。

〔収録〕『気分について』昭和五十七年十月二十日発行、福武書店、一六九～一七〇頁。

〔梗概〕先日、仕事関係の客と会っていて話が雑談になった時、その若い男性が関西人を批判しはじめた。私が大阪出身者であることを知らない様子である。そのうち、彼は自分の郷里は大阪だけれども、という。それなのに彼の言葉は大阪出身者らしいところが片鱗もない。ところが、私が大阪出身であると告げると、彼は驚き、そうして私と似たようなことを言ったのである。彼と私が互に言葉から同郷人であることを看破し得なかったのは、郷土言葉の痕跡を感じとる感覚が、世の新しい共通語の一般化で働きにくくなり、鈍化してしまったのではないのだろうか。新しい共通語が一般化してゆくことは確かである。すでに、東のアクセントや用語を全く交えぬ西の人間は珍しいし、その逆も同じという有様なのである。

新しい個性によって《あたらしいこせいによって》 エッセイ

〔初出〕「読売新聞」昭和五十五年三月十五日夕刊、五～五面。「80年代の文学」。

〔梗概〕現実の社会の変化が速くて、作品のほうがついてゆけなくなったから、「自由への道」を書き継ぐ考えがないと、サルトルが述べていることを何かで読んだ。第一次大戦後の文学を思わせるような方法によって書かれてきた旧さの行き詰まりがあったのではないだろうか。近年登場した作家たちには、感性のよさを買われて登場する傾向がある。それも、風俗的新しさに則して示された感性である。彼等の傾向は如何にも時代の産物なのである。彼等の文学は一応新しい印象を与えても、尽きない新しさというものがない。作品世界を張り切ったものにさせる鮮烈な個性の参加が欠落しているからである。'80年代の文学は個性の競演になるだろうと、私は思っている。個性の競演がみられるようになるにつれて、典型的人物の創造の期待もようやく熄《や》むのではないか。

熱い恋—フランソワーズ・サガン・朝吹登水子訳—《あついこい—ふらんそわーず・さがん・あさぶきとみこやく—》　書評

〔初出〕「北海道新聞」昭和四十二年三月六日朝刊、六～六面。

〔梗概〕『熱い恋』の筋書きはきわめて簡単なものだ。この小説のテーマは、双方、はるかに年上の異性の情人である者同士の恋愛である。主要な部分の心理の追究はかなり大まかであるが、細かい部分での心理のひだは実に鋭くとらえられ、的確に表現されている。サガンがこの小説を終始主人公の目のみを通じて描く一元描写ではなく、多くの登場人物たちの目による多元描写によって書いた点が成功だったといえる。

あとがき〈悪〉

〔初出〕河野多恵子編『悪〈日本の名随筆98〉』平成二年十二月二十五日発行、作品社、二四〇～二四一頁。

〔梗概〕悪とは何なのかと考えはじめると、私はいつも分らなくなって途方に暮れてしまう。彼はフランス王に仕えるアルバニア人だが、重罪を犯して絞首刑に処せられることになった。彼は妻との最後の別れをさせてほしいと懇願し、許された。彼は妻に別れの最後接吻をするのだが、そのとき彼は妻の鼻を齧り取ってしまった。妻は美しい女であった。彼は自分が死んだら、忽ち忘れ、他の男とすぐさまなびいてしまうだろう。そこで彼は、妻の美しい顔を台なしにしたのである。その夫の行為をめぐって悪をテーマに大座談会を開いたらどうであろうか。悪とは何か、私には永遠に釈明し得ない問題だろうと思うけれども、ただ一つ少し分っていることがある。正義と信じて為される行為が、しばしば悪そのものの行為になっていることである。そういう場合、正義の信念が強ければ強いほど、恐ろしい行為が、多くの人たちに、当然の行為、立派な行為に見えて、たやすく共感を呼ぶ。実際、正義は恐ろしい。何しろ、装われた正義も、当事者たちにとってさえ、ほどなく本当に信じる正義になってゆくほどだからである。

あとがき〈いすとりえっと〉

〔初出〕『いすとりえっと』昭和五十二年七月三十日発行、角川書店、二二〇～二二〇頁。

〔梗概〕不満足な数編を省き、また数編のタイトルを改めたけれども、それほど加筆訂正はしていない。この作品の共通した意図は、意外性ということだった。

あとがき〈蛙と算術〉

〔初出〕『蛙と算術』平成五年二月二十日発行、新潮社、二三八～二四〇頁。

〔収録〕『河野多恵子全集第10巻』平成五年二月二十日発行、新潮社、九五～九六頁。

〔梗概〕江戸時代に、森川許六という文

人が「昨日の我に飽きたり」という言葉を残している。我が身の日毎の成長の実感を謳ったもの、と私は素直に解している。そして、後で思えば、十代の終り頃に半年ばかり、私は自分の解するこの言葉通りの新鮮な歓ばしい日々を経験したものだった。創作の面では、進歩や成長ということがあり得るだろうか。作品の出来栄えは、すべて作者の創造力の活力次第なのである。この三、四年まえから、私は執筆を含めて物事には屢々成り行きというもののあることを更めて識るようになった。成り行きとは、結果や経過の事前に存在する機運、さらに言えば機運の気配のようなものである。私は「選択肢」という言葉が大嫌いになった。

あとがき〈谷崎文学の愉しみ〉

〔初出〕『谷崎文学の愉しみ』平成五年六月二十日発行、中央公論社、二二二〜二二三頁。

〔梗概〕私はこれまでに『谷崎文学と肯定の欲望』を書いているのに、再び手がける気になったのは、ひとえに谷崎文学が好きだからである。私は何よりも谷崎文学の特質を優先して述べることにした。谷崎の内から湧き出るものの特質と表現上の特質との見事な一致を味わうことが、谷崎文学を読む愉しみに外ならない。

あとがき〈遠い夏〉

〔初出〕『遠い夏』昭和五十二年十二月五日発行、構想社、二二五〜二二六頁。

〔梗概〕この本に収めた四つの短編は、いずれも女の子の戦争体験を素材にしたものである。ある文藝雑誌の編集者の方から、「今度の『みち潮』と『塀の中』の間の時期だけが欠けていますね。あそこも是非書いておきなさいよ」と言われて、意外な気がした。私はこれらの作品を連作として書いてきたのではない。あのことだけは書いておこうと思って一つ書き、暫くして又、あれだけでも書いておかねばという気になって、もう一つ書きというふうにして三編溜っていただけだった。私はまた、これらの作品を書くたびに、密かに書いている気持になった。最近もう一編「時来たる」を書いた。作中の時期は、そこだけ欠けていた時期に相当する。書いていて、やはり密かに書いている気持になった。四編の各主人公はすべて私と同年の生れだが、その世代の一つの標準的女の子たちとして彼女たちを書いた。当時のその子たちの正味の心情を書こうとした。

あとがき〈鳥にされた女〉

〔初出〕『鳥にされた女』平成元年六月二十五日発行、学藝書林、二八五〜二八七頁。

〔梗概〕「幼児狩り」で世に出てから、今年で二十八年になる。私にとって二十八年は実に短く感じられる。その理由の一つは、いつも時間の足りない気がしているからだろう。書きたいことがあるのに、時間は不思議なほどの速さで去っていく。

あとがき〈不意の声〉

〔初出〕『不意の声』昭和四十三年六月十六日発行、講談社、一九〇〜一九〇頁。

〔収録〕『河野多恵子全集第10巻』平成七年九月十日発行、新潮社、二六〜二六頁。

〔梗概〕「不意の声」の主人公にとっては、非現実なもうひとつの世界は、現実生活と全く変らぬ鮮明なリアリティをもっている。この「同質の現実的なリアリティ」と読者の混乱とを思うあまり、いつの間にか、主人公の真実と私の視線とのあいだに生じていた死角に気づいたのである。その発見に従って、「不意の声」を思いきって訂正を行った。

あとがき〈文学の奇蹟〉

〔初出〕『文学の奇蹟』昭和四十九年二月二十八日発行、河出書房新社　二七八〜二八〇頁。

〔梗概〕第一エッセイ集『文学の奇蹟』に付したあとがき。「文学関係のエッセイが知らないうちに一冊の本に足りるほどに達していた」のに、少々驚いた。この種の文章は、需められて書いたものばかりである。自分の文学関係のエッセイ集というものは、何と気羞ずかしいものであろうか。録音で初めて自分の声を聞いた時の気羞ずかしさに似ている、という。

あとで読む《あとでよむ》　コラム

〔初出〕「読売新聞」昭和五十年十二月十三日夕刊、九〜九面。「東風西風」欄。

〔梗概〕私にとって新聞はその都度、有り合わせの時間の範囲で読むという付き合いがいい。ところが、本や雑誌となると、そうはゆかない。月々の雑誌だけにしても、読みそびれた分はあとで読むつもりで残しておく。読むよりもたまるほうが多くて、年末になると毎年のように、さてどうしたものかと困り、雑誌の刊行数の多さを恨むのである。

あと一息《あとひといき》　選評

〔初出〕「新潮」昭和五十四年七月一日発行、第七十六巻七号、九九〜九九頁。

〔梗概〕第十一回新潮新人賞選評。当選作は出せなかった。抜きん出た作品がなかった。もう一息の高さ、強さがない。「坂の辛夷」は仮りに女の一生ものとして読んでも、風俗として読んでみても、私には興味がなかった。「毛鉤」の作者は、時々ものを見、感じ取る力のあるところを示す。作者の個性らしいものが一応感じられたのは、私には「雨」だけだった。

あと一息の克服《あとひといきのこくふく》　選評

〔初出〕「中央公論」平成五年十月一日発行、第百八年十一号、四二一〜四二一頁。

〔梗概〕平成五年度中央公論新人賞の選評。最終予選通過作品は、白沢明生「戦車の朝」、加地慶子「遊水池」、保前信英「サボテンの部屋」。「該当作なし」と決定された。この賞の応募作が非リアリズム傾向の非常に濃いことを指摘する。非リアリズムの道は、既成作家においてさえ多難なのである。今回の三候補作にしても、「あと一息の克服が果されていない。あと一息といえば、事は簡単なようだが、実は決定的な問題であって、妥協は恕されない」と評した。

『アドベンチャー』の魅力《「あどべんちゃー」のみりょく》　選評

〔初出〕「中央公論」平成元年十月一日発行、第百四年十号、三六五〜三六五頁。

〔梗概〕平成元年度中央公論新人賞選評。「水の夢」は、大変に凝ったものであり、京都風物色の濃厚な作品である。しかし、モチーフが曖昧なので、一種の雰囲気は出ているけれども、確実な作品世界を創るには達していない。「ショウ・タイム」の弱味も、根本的には同じところから生じている。四作中いちばん達者なのは、

「鶯（うぐいす）」かもしれない。しかし、この作品は超えるべき限界を超えることなく終っている。平松誠治氏の受賞作「アドベンチャー」は新鮮であった。文学的強みが増し、作者のすぐれた資質がさらによく判った。車の運転ひとつをとってみても、これほど新鮮な実感のある表現には初めて出会った気がした。

あの一年のこと《あのいちねんのこと》　エッセイ

〔初出〕「現代日本文学大系第92巻月報86」昭和四十八年三月二十三日発行、筑摩書房、二〜四頁。

〔梗概〕「あの一年」とは、「昭和三十五年十月十五日に勤務先をやめ、新潮社の同人雑誌賞に応募するために『幼児狩り』を書きつづけた一年」のことを指す。「勤務をやめたのは、文学で希望的な事態が得られたからではなかった。皆無であった。やめれば、収入も皆無であった」が、書くことだけに専念し、私は懸賞募集に応じる決心をした。一つ目の作品を投稿して、二つ目の「幼児狩り」を書きはじめた。九月になって、前に投稿しておいた作品は最終予選にも入らなく、落選した。その月が終った時、「幼児狩り」も落選したわけだと私は思った。同人雑誌賞の選考が終るのを、実際よりも一カ月早く、九月中だと思いちがいをしていたのである。

あの御作《あのおんさく》　エッセイ

〔初出〕「群像」平成八年十二月一日発行、第五十一巻十二号、一三六〜一三七頁。「追悼遠藤周作」。

〔梗概〕『女の一生』は標題に拘らず、いわゆる〈女の一生もの〉ではない。私はあの御作によって、怯懦から救いだされたと思っている。どれほどの悲惨や恥辱に見舞われることがあろうとも、その行き着く先を見極めたいと、それまで全く思ったこともない考えが生れて、大きな力が与えられるようになったからである。『女の一生』では、長崎弁の特色に深い意味を識らされた。神に関わる言葉として、日本語中で最も適した言葉なのではないだろうかと、作中の長崎弁が私には次第にそのように聞えてきた。遠藤周作さんは眠る場所として、長崎を考えておられたそうである。

あの言葉《あのことば》　→いすとりえっと（40頁）

あの頃《あのころ》　エッセイ

〔初出〕「風景」昭和三十八年九月一日発行、第四巻九号〈三十六号〉、三九〜三九頁。

〔梗概〕私が女専二年の時、終戦で夏休みが九月末日までだった。私は人間らしく生き得る日々が還ってきたことを知った。まだ闇市も現れていない時期に過ごした、あの初秋の夏休みがなつかしい。四百字弱の短文。

あの頃と大阪《あのころとおおさか》　エッセイ

〔初出〕「女性サロン」昭和五十一年二月十日発行、第百三十七号、一〜一頁。

〔梗概〕戦後つまり大阪女専の二年頃から数年間、自分にとって、大阪の肥後橋にあった朝日会館、中之島の図書館と公会堂はいつも精神世界の殿堂のように感じた。私がはじめて作家なるものを見たのも、あの中央公会堂の林芙美子・井上友一郎らの文藝講演会に行った時であった。作家志望で上京する決心をした私の未来を、北野劇場の傍の大道易者に占ってもらった時、「椎名麟三的だ」と易者は答えた。何事も中年以後という解説があった。

あの頃の大阪と私《あのころのおおさかとわたし》　エッセイ

〔初出〕「季刊おおさかの街」平成三年十月二十八日発行、第二十五号、四〜五頁。

〔梗概〕生れて以来の二十六年間は専ら大阪、以後の三十九年間は専ら東京で暮したことになる。しかし、自分はやっぱり大阪に培《つちか》われた人間なのだと、何かの折に感じる。昭和二十年三月の大空襲で西道頓堀の家は焼けた。復興が始まった時分の大阪の街の思い出を記す。

あの出来事《あのできごと》　短編小説

〔初出〕「潭」昭和六十一年四月三十日発行、第五号、二四〜三三頁。

〔梗概〕Y先生の聴診・打診は念入りで、感じのよい笑顔の人であった。何年経っても、Y先生を恃む私の習慣は退きそうにはなかった。この冬、私は風邪をこじらせ、出かけたが休診であった。峰尾淑子の電話で、従兄の妻が亡くなり、しかも通夜に失火があったのである。聞けば、死亡診断をしたのはY先生なので、失火を調べた警察は、先生にも出頭を求めたのであった。あの休診はそのためであったのかもしれない。

　四年前に、淑子の実父が亡くなった時、お通夜を二晩もすることになるので、死亡診断書の時刻を三時間繰り上げて医者が出してくれた。私は彼女の亡父の死亡年月日と時刻を眺めていて、別のことを知りたい気持ちになった。ひとは満ち潮で生れて、引き潮で死ぬという。淑子の亡父は満ち潮で生れて、満ち潮で亡くなっていた。私は、ぞっとした。

あの人《あのひと》　コラム

〔初出〕「朝日新聞」平成四年七月十日夕刊、九〜九面。「出あいの風景」欄。

〔収録〕『蛙と算術』平成五年二月二十日発行、新潮社、一三四〜一三五頁。

〔梗概〕私の住んでいる町も様変りし続けてきた。去年のことだった。異様な女の人を見かけた。ズボンの先のサンダル穿きの素足は垢じみているが、その体格と顔立ちの立派なこと！　まだ五十まえのようだ。私はその人をもう二度見かけた。きたなくて立派な顔はいつも、まとも陽の射す大通りのほうへ向けられていた。また出会いたい人である。

あの落日《あのらくじつ》　エッセイ

〔初出〕「白い国の詩」平成八年二月一日発行、第四百七十四号、三〜三頁。

〔梗概〕ニューヨークのマンハッタンにアパートを借りて、四年まえから一年の半分以上をその街で暮している。ある日の夕方、何気なくガラス扉の外を見やった。二つの摩天楼に挟まれて、すばらしい落日の光景があった。二十数年もまえに、海辺の旅館で、水平線に間近く、赤ぐろい一抱えほどもある太陽を見た。

あまのじゃく　エッセイ

〔初出〕「文藝春秋」昭和四十四年八月十日発行、第四十七巻九号、一二五〜一二五頁。臨時増刊「われらサラリーマン」。

〔梗概〕競馬の賭けには、あまのじゃくの心理をそそるところがあって、競馬の面白さの一部はあまのじゃくの楽しさかもしれない。四百字弱の短文。

雨やどり《あまやどり》　――→いすとりえっと（38頁）

阿弥陀池《あみだいけ》　エッセイ

〔初出〕『特選・日本の伝説11〈ロマンの旅・大阪〉』昭和五十九年（月日記載なし）発行、世界文化社、三六～三八頁。

〔梗概〕大阪旧市内の西区の堀江には、境内に阿弥陀池という池があって、昔から町の人々や子供たちに、阿弥陀池の名で親しまれてきた和光寺というお寺がある。その和光寺の由来と、お寺の近所にあった雨森という膏薬屋にまつわる昔話を紹介している。（荒井真理亜）

「網」を推す《「あみ」をおす》　選評

〔初出〕「潮」昭和六十一年七月一日発行、第三百二十七号、二四六～二四六頁。

〔梗概〕第十四回平林たい子文学賞選評。笹本定氏の『網』を私は推さずにはいられなかった。単なるリアリズム小説、人生のプロセス小説を超えているのが見事である。主人公をはじめ登場人物たちの彫りと奥行きの深さに、私は人間というものの興趣をあらためてそそられたのである。

雨の日《あめのひ》　エッセイ

〔初出〕「群像」昭和五十一年八月一日発行、第三十一巻八号、一八九～一八九頁。「街の眺め」欄。

〔収録〕『もうひとつの時間』昭和五十三年二月二十日発行、講談社、一二五～一二七頁。

〔梗概〕私は何をしても非能率なのに、妙に気短かなところもあって、例えば地下鉄の深い駅にあるエスカレーターなども性に合わない。道を歩いている時でも、人に追い越されるよりも、追い越すことのほうがずっと多い。その時も、私はすぐ前を歩いている二人連れを追い越してしまいたかったのだが、歩道が狭かった。梅雨の雨が降り、こちらは傘をさしていて、その二人は傘なしなので、追い越すのは少し乱暴なように思われた。前の女性が「傘を買わない?」と言った。「いらないよ」と男性は答えた。同じ言葉を四度も同じ調子で口にし合うのを耳にした。二人が夫婦であるとして、ちょっと想像しかねる夫婦である。せめて二人の顔だけでもよく見ておきたくなったが、結局追い越さずじまいになったのである。

アメリカとブロンテ姉妹《あめりかとぶろんてしまい》　エッセイ

〔初出〕「文學界」昭和六十二年一月一日発行、第四十一巻一号、一〇～一一頁。

〔梗概〕先頃、ジーン・ウェブスターの『あしながおじさん』に再会した。ジュディが女子大の寄宿舎生活で、初めて読書の歓びを経験する。その彼女の読書のなかに、『ジェーン・エア』と『嵐ヶ丘』があったことは、私の記憶に全くない部分であった。私の初期読書時代は、戦争で本の消えてゆく時代と重なっていた。アメリカでは、同じ英語国であることも手伝ったのか、ブロンテ文学は早くからよく読まれていた。ハワースのブロンテ記念館にしても、アメリカに早くから熱心なブロンテ・コレクターがおり、それをそっくり寄贈されて今のその記念館が出来たのだという。一九二八年のことで、二十世紀のはじめにはブロンテ姉妹関係のものは、すでに非常に値段が高騰していたそうである。二十世紀の半ば頃までの日本では、ブロンテ姉妹は研究面でも碌に対象とはされなかった。戦前の日本で出たものは、三冊で、最も早いのが大正二年の青山霞邨の『英国の青踏女　ブロンテー女史』である。二番目が昭和十年代のはじめに出た研究社の英米文学評伝叢書の一冊、石井誠の『ブロンテ姉妹』である。最後が昭和十七年、網野菊訳のギャスケル夫人の『シャーロットブロンテ伝』である。宮本百合子から原書を譲られた、とあるのが興味深い。百合子がブロンテ文学との縁をもったのは、アメリカ留学時代のことだったのではないか。

嵐が丘《あらしがおか》　翻訳

〈初出〉『グラフィック版世界の文学13〈嵐が丘 ジェーン・エア〉』昭和五十三年（月日記載なし）発行、世界文化社、一四～九一頁。
〈梗概〉エミリ・ブロンテの『嵐が丘』の翻訳のダイジェスト。嵐が丘で、ヒースクリフとキャサリンは純朴な愛を育む。しかし、キャサリンの兄ヒンドリーは、ヒースクリフを嫌い、虐待する。キャサリンは、不遇なヒースクリフを救うため、自分の心と彼を裏切ってエドガーと結婚する。この時から、ヒースクリフの復讐が始まった。ヒースの荒野を舞台に繰り広げられたヒースクリフとキャサリンをめぐる愛憎劇。

（荒井真理亜）

「嵐が丘」のエロティシズム《「あらしがおか」のえろていしずむ》　エッセイ

〈初出〉『戯曲　嵐が丘』昭和四十五年八月十日発行、河出書房新社　オビ。
〈梗概〉「『嵐が丘』の超自然性」の抄録。

『嵐が丘』の上演《『あらしがおか』のじょうえん》　エッセイ

〈初出〉『現代演劇協会〈10年〉の記録』昭和四十八年六月八日発行、一二～一二頁。
〈梗概〉E・ブロンテの『嵐が丘』を脚色することは私の長い間の念願だった。「欅」の上演用に脚色の話があった時、私は他の仕事を一切措いて、お引き受けすることにした。初日の日、『嵐が丘』の舞台を観ながらブロンテはあの世で喜んでいるだろうな、と私は再三、思った。劇評では、自分の小説に対する批評に接する時とは全くちがった経験をした。演技の批評が気になるのだ。

「嵐が丘」の超自然性《「あらしがおか」のちょうしぜんせい》　エッセイ

〈初出〉「東京新聞」昭和四十五年八月六日夕刊、八～八面。原題「『嵐が丘』を脚色して―超自然的な運命―」。
〈収録〉『文学の奇蹟』昭和四十九年二月二十八日発行、河出書房新社、一八五～一九四頁。『河野多恵子全集第10巻』平成七年九月十日発行、新潮社、三三九～三四四頁。
〈梗概〉私がはじめてエミリ・ブロンテの「嵐が丘」の全貌に接したのは、昭和二十四年、三宅幾三郎訳によってである。昭和十九年に女専に入学した私たちは、軍需作業が主で、まともに授業が行われたのは、最初の四カ月だけだった。その授業の英詩の時間に、ブロンテ姉妹を知った。私が小説を書きたいと思うようになった二段階目の動機は、「嵐が丘」を読んだことによる。「嵐が丘」全編に滲んでいる超自然性というのは、亡霊などにあるのではない。ヒースクリッフとキャサリンの存在そのものにある。「嵐が丘」の偉大さは、この小説のモチーフがどういうものであるか、それを問わせないところにある。「嵐が丘」を脚色して、この小説のすばらしい部分は殆ど会話にあると感じた。脚色の上で原作の表現を創り変えたことにも言及している。

嵐ケ丘ふたり旅《あらしがおかふたりたび》　エッセイ集

〔初出〕「文學界」昭和六十年十一月一日～昭和六十一年二月一日発行、第三十九巻十一号～第四十巻二号。四回連載。原題「夢の残り〈同行エッセイ〉ベルリン・イングランド・スコットランド」「ブロンテ詣で〈同行エッセイ〉ベルリン・イングランド・スコットランド2」「女王幽閉の島へ〈同行エッセイ〉ベルリン・イングランド・スコットランド3」「首斬場の鳥〈同行エッセイ〉ベルリン・イングランド・スコットランド最終回」。

〔収録〕『嵐ケ丘ふたり旅』昭和六十一年六月三十日発行、文藝春秋、九～三一、七六～一二一、一六三～一八一頁。

〔梗概〕富岡多恵子と西ベルリンで行われた「ホリゾンテ'85」藝術祭に出席、そのあと二人でイングランド、スコットランドへ回ったときの旅行記。

夢の残り

富岡多恵子さんと一緒に昭和六十年六月十三日夜九時三十分出発。西ドイツで開催される「ホリゾンテ」藝術祭に出席と「文學界」からのイギリス紀行文執筆の依頼である。「ホリゾンテ」でテキストにされた私の作品は、女主人公のマゾヒズムを書いた「骨の肉」であった。その時の主要な疑問、指摘は、この作品には作者が日本人だと判る点が全くないではないか、ということだった。文学としての特性や作者の顕わし得ているつもりの個性は問題にならなく、日本が顕われていない、何故日本を拒否して作品を書くのかと言う。

西ベルリンの九泊したホテルで、一遍だけ夢を見た。小学校一年生の時に兄と姉が父と一緒に甲子園へサーカスを見に行って帰ってきた夢であった。私にはドイツと聞いただけでも、惹句のように甦る文句「ベルリンの溝という溝は死体と血糊で埋まり」と「街には灯が点《つ》いた」がある。西ベルリンに滞在中、この二つの文句は何かといえば、私の胸を衝くのであった。戦争末期、私は空襲で死ぬ恐怖以上に、敵が上陸してきて市街戦になる事態のほうをずっと怖れた。私が西ベルリンで予想したのは、市街戦の夢であった。見たのはあの夢だけで、予想が外れたのが不思議でならない。旧日本大使館を見た。各階の窓々が、煉瓦で塞がれている。全く、地上同士での戦いは怖ろしい。

ブロンテ詣で

ドイツでのお膳立された行程とは違って、ここからは二人だけの旅となる。西ベルリンからロンドンに到着して一泊、翌日ヨークで一泊、スコットランドで二泊、再びロンドンに戻って三泊した後帰国という、成り行き任せを楽しむにはいささか余裕のない日程であった。

リーズからブロンテ一家の住んでいたハワースに行く。ブロンテ一家が生活していた町並みをそれまでの知識に想像を絡ませながら歩き、更に空想を膨らませる。ブロンテ一家が生活していた牧師館で、ひょっとしたらと期待をかけていたイタリアン・アイロンなるものは残念ながら見つけられなかったが、当時の街の雰囲気やブロンテ姉妹の心の琴線に触れることができ、実りのある訪問であった。

ノルマン時代の遺跡クリフォーズ・タワー見物に出かける。次にヨーク・ミンスターを訪れ、前年に火災を起してつい先頃まで閉館していたということを聞き驚く。ヨークの街の昔の隆盛を感じつつ、次の訪問地スコットランド行きの列車に乗り込む。

女王幽閉の島

六月二十五日、ヨークを出発してエディンバラへと向う。イギリスには山がないという通説通りの景色と抜けるような青い空を楽しみつつ列車の旅を堪能する。エディンバラでは大阪言葉を操るイギリス在住のS氏の案内で日本料理店へと繰り出す。三十年来、東京に住み大阪言葉から離れていたので、懐かしい言葉を客観的に再検討する良い機会になった。

翌朝、エディンバラ城を訪ねる。波乱の人生を送ったメアリー・スチュアートの生れたこの城は何もかもが野性的な戦争・復讐・権勢欲・誇りの徹底した情熱の凄みを示していた。いまだに儀式めいた任務と姿勢を貫く城の衛兵たちの存在も不思議なものとして映った。町での買い物で、スコットランド紙幣の存在を知って驚く。同じイギリスという国の中で独自の紙幣を発行するスコットランドの独立性をあらためて実感した。

メアリー島という湖の中に位置する小さな島に行く。メアリー・スチュアートが幽閉されていた島であり、メアリーのその無念さ、悲憤を想像して身を震わせる。メアリーが脱出という形でこの島を去った時のエピソードやこの島での彼女の激しい恋愛事件の末路、従姉エリザベス女王との確執など城の内部のそこかしこに残るメアリーの思い出に浸る。

首斬場の鴉

初めて外国に来てみて、私は自分がやっぱり日本人だなあと特に感じる機会はなかったけれど、東洋人であることを痛感した。和食でなくとも中華料理なら、ご飯を食べた気がするのだ。ロンドンの占いは占星術で内的状態を判じるものが多いらしい。西ベルリンでこの内的状態式の占いを経験していたので、案内のO嬢に外的予想式の占い師を紹介してもらった。その占い師は、私の仕事には監獄と病院が関係あるだろうと判じた。私のなかなか仕上がらない書き下ろしの長編には、監獄と病院は殆ど現れないものの深く関わっているのであった。

ロンドン塔はエリザベス女王が一時、入れられていたところである。彼女の母アン・ブーリンが囚われ、処刑された場所でもある。父によって母を殺された彼女はその悲劇の現場の後を目にしていたのだろうかと思う。ロンドン塔で処刑された六人のうち五人は父ヘンリー八世の妃ら女性で、唯一の男性はエリザベス自身の最後の愛人エセックスであった。処刑場に群がる鴉、万年の寿命を持つという鴉たちの中には、処刑を目のあたりにした鴉の子孫がいるのではないか。

ディッケンズ旧居を訪ねる。広い長屋であった。長年の間にいくどもペンキを塗られたであろう、どってりとしたディッケンズ家の扉を見ていると、こんな扉を開け閉めして外出する街中暮しに憧れる。車の中からサッカレー『虚栄の市』の舞台であるラッセル・スクエアーを目にする。零落する前のセドレー夫人のような生活を送りたいと思う。

翌日、ロンドン郊外に住む富岡さんの知り合いのU子夫妻に街の案内を頼む。蚤の市で宗教的快楽とでも言うべき占いをすませた後、競馬場へ連れていってもらう。「ミドゥサマー・ミィーティング」と銘打たれており、仲夏の夕空の明るい中を競馬を楽しむ。ロンドン最後の一日を存分に楽しませてくれたU子夫妻にお礼を言いながら、富岡さんにもきちんとお礼を言いたい。彼女には大阪言葉でなければ不自然だったが、大阪言葉というものはセレモニーには全く向かないのであった。　（木瀬貴子）

『嵐が丘』を脚色して―超自然的な運命―《『あらしがおか』をきゃくしょくして―ちょうしぜんてきなうんめい―》 ――→ 「嵐が丘」の超自然性（17頁）

『嵐が丘』をめぐって《『あらしがおか』をめぐって》　対談

〈初出〉「世界」昭和六十三年七月一日発行、第五百十七号、二一〇～二一三頁。

〈梗概〉高橋康也との対談。「小説らしい小説」「『嵐が丘』誕生の秘密」「映画『嵐が丘』は」「ケルト的想像力」「ガヴァネスとは」「女流作家に共通するもの」「シェイクスピアはフェミニスト?」「谷崎潤一郎と三島由紀夫」から成る。エミリーがひとりっ子だったら『嵐が丘』は書けなかったと思う。ブロンテ姉妹の場合ははっきり家族から生れたものと思う。『嵐が丘』の文章は非常にシンプルである。シャーロットの文章は完全に鋭い。そして、エミリーの文章は大雑把で、情熱のおもむくままに、ダブリも強引な省略や飛躍、いっさいかまわず、パーッと書いている。エミリーは非常に未発達のところもあった。未発達だからこういう想像力はちょっと不自然だとかいう自己規制がまったく働かなかったと思う。小説の中でもそうだし、日記などの文章をみても、非常に子供っぽくて、かなり楽天的で、無邪気。だから『嵐が丘』は、書いたときはほとんど三十ですが、普通の成熟した女の発想とはまったくちがうと指摘する。

「あらゆる道徳は自由と同義である」《「あらゆるどうとくはじゆうとどうぎである」》　エッセイ

〈初出〉「波」平成三年一月一日発行、第二十五巻一号、一一～一一頁。「表紙の言葉」。

〈収録〉『蛙と算術』平成五年二月二十日発行、新潮社、二三五～二三六頁。

〈梗概〉与謝野晶子の言葉である。この言葉の中で、晶子は〈道徳〉〈自由〉という言葉を極めて雄大な意味で用いている。実にいい言葉である。人間であることを祝福されているような気持にさえなってくる。

あり得る事《ありえること》 ――→ いすとりえっと（36頁）

蟻たかる《ありたかる》　短編小説

〈初出〉「文學界」昭和三十九年六月一日発行、第十八巻六号、三二～四五頁。

〈収録〉『最後の時』昭和四十一年九月七日発行、河出書房新社、二四四～二六九頁。『最後の時〈角川文庫〉』昭和五十年四月三十日発行、角川書店、四七～七四頁。『河野多恵子全集第2巻』平成七年一月十日発行、新潮社、三七～五〇頁。

〈梗概〉史子《ふみこ》の生理は、既に一週間ばかり遅れていた。娘時代から、彼女の生理は面白いくらい正確だったものだ。時刻まで、大体日暮れであった。六年前、一つ歳下の松田と結婚してからも、その正確さは変らなかった。遅れはじめてから三日目、松田にそれを打ちあけた。これまでの夫婦生活は子供を避けたものであり、ふたりは先々までも子供を避けるつもりであった。半月あまり前のある朝、松田を受けいれたとき、史子は受胎した気がしたのであった。史子の勤め先は米人の法律事務所である。松田は政治記者で、ふたりは七月に渡米して一年間留学することになっているのだ。子供を産むことになると、史子は残らなければならない。松田は意外にも子供を欲しがり、彼女は裏切られたような、妬ましいような気持に陥った。生理の訪れがない数日の間、松田の子供に対する空想は膨らんでいく。依然として生理を願っていた史子は、松田から子供の話を聞かされるのは決していやではなかった。しかし、そんなある日、生理が訪れたのである。史子は、松田に泣きながら報告する。松田はアメリカから帰ってきてからでいいという。ふたりで女の子が生れたとき、女の子をさまざまに折檻することを空想する。そして、異常な夫婦は性愛を高ぶらせる。梅雨はひと休みで、初夏らしい日が照り、風が吹いている。史子は、台所へ行き、出窓で牛肉に密集する蟻を見つける。まだ蟻のたかっていなかった、その一切れを松田が今朝、史子の一部の疵痕に貼ってくれたのである。史子は、ひとつのもののようになって動いている夥しい蟻たちを眺めた。黒い一塊の蟻たちは彼女を揶揄《やゆ》するように、励ますように蠢動し続けていた。

〔同時代評〕林房雄は「文藝時評（中）」（「朝日新聞」昭和39年5月29日）で、「このやや多作な芥川賞作家の作品を私がおもしろいと思ったのは、これが始めてのような気がする。子供を生むことを避けて暮している夫婦の異常な性生活が簡明に克明に描かれて、しかもきわめて正常な印象を残す小説だ。」「生れるかもしれぬ子供に対する夫婦それぞれの空想があざやかだ。妊娠は妻の思いすごしだったが、子供を持とうと思う心の一致が夫婦の愛情を高ぶらせる。が、その愛し方は以前にもまして異常となる。この異常がこの夫婦においては正常であることを証明し得ていること、すなわち異常を売り物にしていないことが、この小説を佳作にした」という。日沼倫太郎は「文藝時評6月」（「日本読書新聞」昭和39年6月1日）で、「例によって例の世界。この作家ならではの持味があるが、おなじテーマのくりかえしで発展がない。たえざる自己否定をおのがじし作家がおのれにこころみるならば、こういった停滞もおのずからつき破れるように理屈の上では考えられるが、はたしてそういいきっていいものかどうか私には自信がない」と評した。

（桑原真臣）

「ある愛の詩」を見て あるあいのうたをみて　映画評

〔初出〕「読売新聞」昭和四十六年四月二日夕刊、五〜五面。

〔梗概〕この「ある愛の詩」は、登場者の若い一組の男女の純愛が終始更新し続けられるうえで都合よくできている。都合よくできているというのは、男というものの悪さ、女というものの悪さが露呈しがたいように、そして男の良さ、女の良さを発揮しやすいように、つくられているという意味である。私がこの映画を見ながら、感じたことは「純愛が終始更新し続けられているというよりも、むしろ異性的関係の最初のかたちが終始更新し続けられているという印象」だった。この作品世界を極度に凝縮した一齣が美しい清純な現象であり、極度に凝縮しさえすれば、この作品の世界も、全く現実離れのした世界だとは、いいたくなくなる、と評した。監督はアーサー・ヒラー。原作・脚色はエリック・シーガル。

あるカップルの物語《あるかつぷるのものがたり》　選評

〔初出〕「文藝春秋」平成五年九月一日発行、第七十一巻九号、四〇八〜四〇九頁。

〔梗概〕第百九回平成五年度上半期芥川賞の選評。吉目木晴彦の「寂寥郊野」を、「人物を人格において捉えて、みごとに成功」した「すぐれた前衛作品」の出現である、と評した。

ある結婚《あるけつこん》　エッセイ

〔初出〕「CHAINSTORE」昭和四十七年二月一日発行、第百七十二号、二六〜二七頁。「現代女性シリーズ㊿」。

〔梗概〕私は会費制の披露宴というのも嫌いである。もし費用の予算がなければ、披露宴は見合わせて、全交際範囲の人たちに挨拶状を送ればよい。ある婚約者同士が、披露宴の費用が足りない。会費制は厭なのだった。彼の誕生日に親友数人をパーティに招いた時、彼等の結婚の話が出た。友だちが「じゃあ、今すぐやれ。式も披露も…。今、ここで。このまま、やれるじゃあない」。彼等の共通の友人夫婦もその席にいたし、突然の式を披露に皆さまをお招きできなかったが云々、としての結婚の挨拶状を出し、それに居合わせた者たちの名前を添えればよい、と他の友人たちも言う。彼と彼女は感動した。といっても、その提案が実行されたわけではない。二人は、その後、早々に式をあげ、写真入りの結婚挨拶状を友人知人に送った。そして、先夜の友人たちを新居に招いて、感謝パーティを催したそうである。

ある言葉《あることば》　エッセイ

〔初出〕「中央公論」平成六年九月一日発行、第百九年十号、三五四〜三五七頁。「追悼吉行淳之介」。

〔梗概〕昔、ある気楽な席で、吉行さんが、自分は年をとると宇野浩二のようになりそうな気がする、という意味のことを一言洩らされたことがあった。宇野浩二が亡くなって三、四年、吉行さんの四十歳ごろの言葉だったことが判って、私はあらためて興味を覚えた。吉行さんは、自分は日本の作家が年齢と共に向ってゆきがちな花鳥風月へは行けない、そうすると、ブラック・ユーモアということになるかなあ、と折折おっしゃった。宇野浩二は珍しく花鳥風月には縁遠い作家である。日本の作家としては珍しく年齢に対して淡泊だった。『相思草』が老年の文学などとは本質的には全く異っているのも、作者のそのような特質によるものである。ところが、吉行淳之介さんは年齢との関係のなかなか複雑な作家であった。吉行さんの短編「電話と短刀」に、その複雑な関係の出発が示されているが、自分が亡父の享年を経て、主人公は亡父を喪失するのである。吉行淳之介さんの長編から三作を択ぶとすると、『砂の上の植物群』『暗室』『夕暮まで』を挙げる。こういう主要作品では、主要人物の年齢や内容の出来事の時期がしっかり告げられていることが、大きな特色の一つとなっている。しかし、吉行さんはそうすることによって、自己の喪失した年齢に敢えて節目を求めておられるのではない。年齢の喪失に対して、複雑に屈折しつつ、むしろ意志的情熱を持ち続けておられるように思う。

ある時期の谷崎論《あるじきのたにざきろん》　評論

〔初出〕「群像」平成十年一月一日発行、第五十三巻第一号、三一三〜三一七頁。

〔梗概〕萩原朔太郎や小林秀雄の昭和期の谷崎潤一郎論に触れながら、主として佐藤春夫の「潤一郎。人及び芸術」(『改造』昭和2年3月号)と「最近の谷崎潤一郎を論ず―『春琴抄』を中心として」(『文芸春秋』昭和9年1月号)の二編について述べている。佐藤の作家論で瞠目するのは、心理の書かれていないことを評価した『痴人の愛』についての論考と、それに言い添えられた部分の予言性である。その後谷崎は心理を書く必要のない単純な人物を主人公に用いて、風俗小説ではない工夫を凝らした、『春琴抄』などの大作を次々に生み出していった。佐藤の卜《ぼく》した予言は的中したのである。

(荒井真理亜)

ある種の作品のこと―平林たい子覚え書《あるしゅのさくひんのこと―ひらばやしたいこおぼえがき―》　エッセイ

〔初出〕「文學界」平成四年二月一日発行、第四十六巻二号、一九七〜二〇三頁。

〔梗概〕近代文学者の物故女流で傑出しているのは、樋口一葉、与謝野晶子、平林たい子の三人であると思う。平林たい子には、私が新潮社同人雑誌賞を受けた時、同社の他の賞の選者として、合同の授賞式に出席していた彼女にお目にかかってから、亡くなるまでの十年と僅かの間に幾度も会っている。彼女は林芙美子の「『浮雲』はいいですねえ。芙美子さんの作品中で、あれが一番」と、せき込むような口調で情熱的に言った。ところが、彼女は最晩年になって「『晩菊』はいいですねえ。『浮雲』よりもずっといいです」と豹変した。しかし、私には「晩菊」がとてもそのような作品とは思えない。何故たい子が「晩菊」を賞讃したのか、ずっと不審で仕方がなかった。私は「晩菊」が嫌いなのである。そして、たい子のある種の作品も私は嫌いで、私にとっては両者に共通したものが感じられるのである。たい子は「私小説」(「東京新聞」昭和22年3月27日)で、自己の経験と自己の私小説への自信と信頼を述べている。たい子は戦後の第一作「一人行く」を発表した。戦時下の直接経験を鮮烈に表現した見事な私小説であり、エッセイ「私小説」の実体を首肯せざるを得ない。「盲中国兵」や「かういふ女」も直接経験小説となっている。たい子の傑作である。私がたい子の作品で例外的に嫌いな、ある種の作品とは、「自己の女としての経験と自己の私小説への自信と信頼」に足を掬われたと言うべきか、それが裏目に出たと言うべきか、その種の作品の意味なのである。「鬼子母神」は、私にとって彼女のある種の作品の代表なのである。そこにある「女心の泉」とかの表現は、丸で流行歌みたいで、「女の幅は生きた」というような言い方は、ナルシズム的大言壮言のように、私には聞える。「女の生きられる限りのぎり〳〵な生き方」を書いているつもりで、「自己拡充」などと嘯いてしまっていることに作者は気づいていない。林芙美子の「晩菊」には、根本的な弱点がある。きんは元藝者で、金のない男を相手にするようなことは決してなかった、とある。仕事が発展しているのであれば、働き盛りの田部は、五十半ばにもなる昔の恋人をただ会いたくて訪ねることなど考えもするはずはないと、彼女が思わぬところが全く不自然なのである。ただ屈辱的失望の報復のように田部を翻弄する、きんのしたたかさを書こうとしたような作品だが、根本的な弱点が作用を及ぼしていて、わざとらしい顕示があちこちに見える。しかし、再晩年のたい子には、芙美子さんの女の強さ、したたかさを顕示したこの作品が、同じ時代の自分の旧作との共通性から、名作に思えだしたのではないか。私が平林たい子の作品に魅かれるのは、彼女の思想や生き方ではなく、その向う（手前と言っても同義である）にあるものとそれを摑み切る抜群の表現力のゆえなのである。

ある世代的特色《あるせだいてきとくしよく》　エッセイ

〔初出〕「文藝」昭和四十七年一月一日発行、第十一巻一号、一五～一七頁。

〔収録〕『文学の奇蹟』昭和四十九年二月二十八日発行、河出書房新社、二五六～二六〇頁。『河野多恵子全集第10巻』平成七年九月十日発行、新潮社、二六六～二六八頁。

〔梗概〕物質が精神を経験させるという体験をもつ世代の物質欲は精神欲の強さを兼ねそなえた強さを想わせる。この世代が、自己の内部での物質と精神の結合を分解するという難事とたたかって精神を飛翔させようとする時、そのような物質的イメージが手がかりとなってくるのではないだろうか。

ある出来事《あるできごと》　短編小説

〔初出〕「潭」昭和六十一年四月三十日発行、第五号、二四～三三頁。

〔収録〕『炎々の記』平成四年五月二十日発行、講談社、九一～一一九頁。『河野多恵子全集第4巻』平成七年七月十日発行、新潮社、一六九～一七九頁。

〔梗概〕家庭医というものは、医者として優れているだけでは充分とはいえない。家族の人間関係や家風、家系的体質を心得ていなくてはならない。私の生家の家庭医だったM先生の言葉で、先生は私ども一家にとっては、そういう間柄の家庭医でもあった。東京でひとり暮しをはじめた私は、馴染みの医者がいない事が不安であった。二年ほど経った。昭和三十年代になるかならない頃で、Y医院をみつけた。診察を受けてみると、先生の聴診・打診は念入りだった。郷里のM医師のように信頼できると感じた。私はその下宿で、六年ほど暮し、それから、七回も引っ越し、今の住居へ来た。移るたびに、片道三十分から一時間くらいの圏内のY先生を恃みとするようになっていた。この冬、私は風邪をこじらせた。気管支炎を起しているらしい。私はY医院を訪ねたが、「本日は休診」の貼り紙がしてあった。Y医院の最寄りの私鉄駅は、今では地下鉄との連絡駅となり、大きくなっている。以前はさっぱりした小さな駅で、偶然、友だちの峰尾淑子に会ったことなども思い出した。その彼女から電話があった。「通夜の失火」と新聞に報じられたいう、彼女の従兄沼田の妻が亡くなるという出来事である。聞けば、死亡診をしたのはY先生なのだった。失火を調べた警察は、先生にも出頭を求めたのである。淑子の従兄の沼田が九時頃帰宅した。あちこち灯はついているのに、家中が静かだった。彼は二階の寝室で両眼を薄く開き、ベッドから覗き込むような恰好の妻をみつけ、Y医師を呼んだ。何かの食中毒の嘔吐による心不全での死であった。通夜に集まった人々も十一時頃には帰り、沼田はひと眠りした。二時半頃起きて風呂に入り、息子たちや姉・弟夫婦と交替し、ひとりで夜伽をした。湯ざめのせいと明け方の冷え込みで、急に寒くなりはじめた。祭壇を設けたため、その室の暖房はつけていなかったが、この寒さでは大したことはあるまいと、沼田はそれをつけた。二時間半ほど後、火はそこから出たようだ。手洗いに行き、歯を磨き、髭を剃っている時のことだった。匂いに気づいた姉が駆け降りてきたが、火勢が早く、柩を引きだすことも出来ないまま、家は焼け落ちた。Y医師が沼田家の家庭医でなく、彼の妻をこれまで診たことがなかったので、死亡診断書を出したかどうかが問題になっているのではないか、と淑子は言った。淑子はその成り行きを心配しているので、まさかの時には、大ベテランの弁護士さんを紹介してあげますよ、と私は言った。この間おっしゃっていた弁護士に伺ってもらえないかしらと、淑子が電話でのっけに言う。四年前に実父が亡くなった時、永年の家庭医が、亡くなられた時刻が遅いので、二晩お通夜するのは大変でしょうと、死亡診断書の時刻を三時間繰り上げて記入された。もしも、それが露れたら、どうなるのか、そういうことの時効はどうなっているのかを訊いてみてほしいとのことである。私は訊いておくと言ったが、それを果さないうちに、彼女から除籍簿の複写を受け取った。ひとは満ち潮で生れて、引き潮で死ぬという。私は古い暦で彼女の亡父の死亡年月日と時刻を調べると、その書類によるならば、満ち潮で生れて、満ち潮で亡くなったことになっていた。私は、ぞっとした。

（増田周子）

ある母親《あるははおや》　エッセイ

〔初出〕「読売新聞」昭和四十二年三月二十八日夕刊、七〜七面。

〔梗概〕仕事のための必要から、小さな刑事事件の裁判をいくつも傍聴したことがある。ある日、法廷通いでこんな母親をみた。息子の被告人は二十一、二歳。弁護人が有利な証言を期待して、「で、あなたは息子さんを更生させる自信がありますか」ときいた。母親は黙り込んで、うつむいてしまったのである。弁証人が促すと、「—できればそうしたいと…けれど、今までのことを考えますと…何ですか、私も何だか…」と途切れがちにいう。彼女は息子のことでもう疲れ切ったのであろう。息子にとって、その言葉はたとえ母親の気持がわかっていても苛酷に聞こえ、そのことが気の毒な母親に不幸をつけ加えるという、さらに彼女にとっても苛酷なことになるのではないだろうか。もはや想像も及ばず、私は恐ろしさだけを感じた。

ある母親の話《あるははおやのはなし》　エッセイ

〔初出〕「CHAINSTOR」昭和四十七年五月一日発行、第百七十五号、二六～二七頁。

〔梗概〕若い未婚の女性が、自分の兄のことをひとに「兄貴」というのは、私は厭でたまらない。終戦直後に、ある女性が結婚することになった。結婚適齢期の男性は夥しく戦死しており、多少はましだと思える縁談があった時に纏めてしまったものの、未練はやはり残っていた。母親は、娘時代に兄の友人に片想いの恋をしていた。その人との結婚を兄から父に言ってもらったけれど、「ああいう男は駄目だ」とはねつけられた。娘の物足りない結婚を控えて、その母親の中では、娘と嘗ての結婚前の自分とが一緒になった。彼女は三十余年ぶりに、昔もそんなことは一度もしたことはないのに、恋人を訪ねて行った。息子さんが出てきて、昨年の秋に父は亡くなったと言った。そして、間もなく、その母親は数年ぶりで、生理がふたたび訪れたそうである。

ある病院のこと《あるびょういんのこと》　エッセイ

〔初出〕「楽しいわが家」昭和五十八年七月一日発行、第三十一巻七号、三～三頁。

〔梗概〕先頃、私の二十余年来の友人が病院へ入った。旧くからある病院であることはまちがいない。昭和十六年、谷崎潤一郎数え年五十六歳の時、初孫百々子さんが誕生されたのが、その病院でのことであったから。少女時代から別居させねばならなかった鮎子さんの初産というわけで、谷崎は落ちついていられなかったらしい。関西から早々と上京してきた。谷崎が出産を待って東京の旅館に逗留していたのは二カ月ほどにも及んだという。その話を入院中の彼女にしてあげようと思いながら、何故かいつも言い忘れた。彼女は一カ月ほどの入院で、あと二日で退院する。退院後に話してあげることになりそうだ。

ある符合《あるふごう》　エッセイ

〔初出〕「文藝」昭和五十年五月一日発行、第十四巻五号、一〇～一一頁。「晴天乱流」欄。

〔収録〕『もうひとつの時間』昭和五十三年二月二十日発行、講談社、一〇〇～一〇四頁。

〔梗概〕先日、以前に住んでいた町の医院へ、出かけて行った。四年間暮した後、そこを去ってからも、私は年に一度や二度は、こちらの体質を心得ていて相性のいい治療をしてくださるその先生に診てもらいにゆくことになる。その医院は、もと暮していた家の隣りである。医院へは午前中に行ってきて、午後私は家で編集者の方に会った。話しているうちに、私の作品集がちょっと必要になった。医院の隣りの家にいた頃に書いたものが主として入っている。作品のなかには、その家の隣り近所のことも挿入してあるものもあった。たまたま朝そこへ行ってきたばかりだったから、編集者の方が帰られたあと本をちょっと覗いてみる気になった。翌日、借用している資料のコピーを取ってもらいに事務用具店へ出かけて行った。コピーが終って、ある女子大の人たちが駅へ向ってゆく流れに逆らって歩きはじめたが、「あの、暫くです…」

と駆け寄ってきた人がある。私には思いだせない。「お宅の隣りの隣りにいました…」と言われて、わかった。私はまえの日に、あの医院へ行ったばかりだということを話した。今住んでいる場所を訊いてみると、彼女は答えてから、「犬はもう飼っていませんけれど」と笑ってつけ足した。私は或る作品でその犬のことを書いた。前日の午後、その作品をおさらいしたばかりの私は、そうとはいわずに、彼女と暫くその犬の話をした。疾うに死んでしまったそうである。

ある密航者とその友の書《あるみっこうしゃとそのとものしよ》　エッセイ

〔初出〕「東京新聞」昭和六十二年二月九日朝刊、七〜七面。「日本人の発見2」。

〔収録〕『蛙と算術』平成五年二月二十日発行、新潮社、一〇九〜一一一頁。

〔梗概〕三島佑一氏という未知の方の歌文集『山河共に涙す』（創元社）を読んでから、もう一年半になる。この歌文集は三部から成っていて、昭和十六年の開戦から敗戦直前まで、敗戦から昭和二十三年暮れごろまで、そして現在に分けられ、戦中・敗戦当時の自身の体験を和歌と文章とその時代の日記とで表したものである。数え十四歳から二十一歳の少年が経験した現実と思考と感情が、何の顕示も思惑もなしに直截に差し出されていて、却って感動と不思議な味わいを与えられた。敗戦当時の部の最後に「密航」という章が置かれている。彼を無謀にパリへ行き急がせたもの、憧憬・焦燥・情熱等々のその遠因・近因を、この戦時下・敗戦当時の少年体験記全五十五章のようにも読めてくるのである。三島氏は彼の名を記してはいない。

ある目撃《あるもくげき》　エッセイ

〔初出〕新聞名未詳、昭和三十九年十二月十三日、第三百六十一号、一〜一面。

〔収録〕『文学の奇蹟』昭和四十九年二月二十八日発行、河出書房新社、二一〇〜二一二頁。

〔梗概〕興味をそそられた行きずりの人たちのなかで、いまでも忘れかねている二組の不思議な人たちのことを述べたエッセイ。一つは、昭和三十四年、イタリア歌劇団の「椿姫」を有楽町の宝塚劇場へ聴きに行ったときの不思議な一組の男女である。これは小説「劇場」で、「快楽的な専制さをもつ夫と快楽的な忍従さをもった妻」ということにして使われた。もう一つは、大阪のデパートで目撃したことである。小学三年生くらいの男の子とおばあさんで、おばあさんが子供のあとを追い、「放って行かんといて！」と泣きながら、叫んだのだった。

ある余裕《あるよゆう》　エッセイ

〔初出〕「楽しいわが家」昭和五十一年三月一日発行、第二十四巻三号、三〜三頁。

〔梗概〕まだ家をもてない焦り、あるいは既に家をもっている自足、そのどちらにとらわれることも自戒する必要があるのではないだろうか。どちらにとらわれても、心のゆとりを失いかねない気がする。私の知人夫婦に、家賃が上がるたびに、元の家賃と同じ広さの住居を求めて、少しずつ遠くへ引っ越していった人たちがいた。彼等の住宅費は十数年間、ずっと同じであった。住宅費がそんな具合だったので、金庫代りのつもりで預金を重ね、昨年、近所に小さな古家が安く売り出されていたのを見て彼等は全部即金で買った。彼等は二子の親で四十代半ばだが、いつまで経っても初々しい夫婦である。

あれこれの時間《あれこれのじかん》　エッセイ

〔初出〕「別冊婦人公論」昭和六十年七月二十日発行、第六巻三号〈二十一号〉、二七六〜二八〇頁。

〔梗概〕人間生活にとって年齢の役割は何だろうか。年齢によって、当人の肉体的時期のみならず、人間的な多くの事が類推される。年齢には当人のこの世における経過時間の尺度のほかに、当人のこの世に生れてきた時期を示している。私は現存の人物であれ、物故者であれ、殊に特異な人物であると、占術的な興味でちょっと調べてみたくなるのである。そんな時に、生年が判明しないと困る。ところで日本では、昔は人生五十年と言い、今は人生八十年と言われるが、その平均的時間は生れた時からの計算なのだ。けれども、人生というものは生れた時から始まるものではない。平たく言えば大人ないしは準大人として生きるべき時期に達した時から人生は始まるのだと私は思う。昔、郷里の大阪では、よその女性の年恰好を言うのに「年の緊《しま》った人」という言い方があった。中年のなかの中年、それも中年の好ましさのある女性の年恰好を言う言葉のようであったが、年齢でいえば四十歳前後といえようか。「年の緊った人」という場合の年には、ある程度人生的な経過時間のほうに比重が置かれている感じである。

い

言い知れぬ愛《いいしれぬあい》　エッセイ

〔初出〕「クレサンベール〈愛の伝達〉」昭和六十一年秋（月日記載なし）発行、第三十三号、一〜二頁。

〔梗概〕気むずかしの典型のような父親だったが、時折、私は父の深い愛情に触れるおもいをすることがあった。私が作家になりたくて、東京へ出たいと言いだした時、父は大反対だった。いよいよ出発の日が迫ると、父は「孝経」の孔子の「孝ノ始メ」の言葉を引用して一言だけ言って聞かせた。文字の道での行き詰まりをはじめ、すべてが不如意であった逆境時代、私は父の言葉をよく思い出すようになった。こういうことをすべて予想して、「孝ノ始メ」を言って聞かせてくれたのだと、言い知れぬ深い愛に漸く気がついたものであった。

E・ブロンテと鏡花《いー・ぶろんてときょうか》　エッセイ

〔初出〕「毎日新聞」昭和四十八年五月十四日朝刊、七〜七面。「今週の読書」欄。

〔収録〕『文学の奇蹟』昭和四十九年二月二十八日発行、河出書房新社、一九五〜一九七頁。『河野多恵子全集第10巻』平成七年九月十日発行、新潮社、一九七〜一九八頁。

〔梗概〕ブロンテと鏡花は、いわば他人のように似ていないきょうだい同士のようなものと感じる。それは怪異よりも「二人の果てしない幼児性」である。この二人の想像力の豊かさは、才能としての幼児性によるところが非常に大きいように思われる。「精神における幼児的執拗さ」である。しかし、怪異という点では、ブロンテは鏡花の足許に及ばない。

家出心得《いえでこころえ》　エッセイ

〔初出〕「家庭画報」昭和五十一年四月二十日発行、第十九巻四号、一五四～一五五頁。「連載随筆　人生の写し絵④」。

〔梗概〕「家出する時には、実家とか、親友の家なんかへ行っちゃあ駄目なんですって。お金を沢山持って、都心のちゃんとしたホテルに泊って、ゆったりしなくてはいけないんですって、R子さんの意見ですの」とK夫人は言った。この家出心得は一考に価するように思えてきた。小家出が習慣になったり、小家出が多くの波紋を招いたりするのは、小家出にとかく様々の属性がつきまとうからである。その属性を招きがちなのが、親友とか実家の人たちとか当人の行きやすい先の当人びいきの人たちなのである。そこでは悲惨や悲壮な気分が誇張される。たっぷりお金を持って、都心のちゃんとしたホテルでゆったりいると、自分をも検討する余裕も生れてくるだろうし、自分のしていることが馬鹿らしく思えてくるかもしれない。それに、この方法は安直には行えないという防止性があるために、一層価値ある家出心得といえそうである。

「伊賀越道中双六」の通し《「いがごしどうちゅうすごろく」のとうし》　エッセイ

〔初出〕「演劇界」昭和四十二年四月一日発行、第二十五巻四号、三四～三五頁。

〔収録〕『私の泣きどころ』昭和四十九年四月八日発行、講談社、七〇～七四頁。『河野多恵子全集第10巻』平成七年九月十日発行、新潮社、三二一～三二三頁。

〔梗概〕戦争中、文楽のように軍・官・民が三位一体となって戦争に勝たねばならないとよく言われ、文楽は国策に利用された。ところが、演《だ》し物についてはあまり干渉されずにすんだ。人形という性質上、表現がリアリズムではないからだろう。戦争がひどくなると、華やかなものへの強い憧れをかなえてくれるのは、文楽以外にはないように思えた。文五郎さんの櫓のお七を見たときの思いがけない美しさは今でも忘れられない。先頃の国立劇場の「伊賀越」の通しは実にいい興行だった。私は瀬川とお米は別の人が遣うのであろうと思っていた。行って見ると、吉田文雀さんは女形のほうではお袖。瀬川とお米を通して吉田蓑助さん。全体に充実した感じを受けた。今度のプログラムには、メンバーが五十音順になっていて、番付が姿を消していた。番付というものは、階級表として役目だけではない。あれを通じて、役の軽重を知り、演し物を理解する手助けを得たものだった。

怒れぬ理由《いかれぬりゆう》　短編小説

〔初出〕「文藝春秋」平成二年十二月一日発行、第六十八巻十三号、四一八～四三三頁。

〔収録〕『文藝春秋短編小説館』平成三年九月一日発行、文藝春秋、二九五～三二七頁、『炎々の記』平成四年五月二十日発行、講談社、一八三～二二〇頁。『河野多恵子全集第4巻』平成七年七月十日発行、新潮社、二〇五～二一八頁。

〔梗概〕富子は二度命を落としかけたことがあった。その時から彼女は霊魂の存在を信じ、死ぬ瞬間に体内から飛び出すものと思っていた。しかし死者の祟りや亡霊などは信じていない。霊魂に力はなく、どれほど長くても没後百年もたって死者の縁者が一人もいなくなれば霊魂は消滅すると思っている。

ある暑い夏の日、富子が家で仕事をしていて、そろそろ歯医者に行く支度をしなければならないことに気づいた時、弟から電話があった。弟は祖父の六十回忌について相談したのであるが、年回忌というものは五十回忌をもってお終いにするものだと、富子は弟と少し言い争うようにして電話を切り、慌てて支度をして歯医者に向った。しかし、医院の近くの公園でトイレに入ろうとした富子は数羽の鴉に鳴かれた。小鳥でさえ怖い富子は憤っているであろう弟の生き霊を思い浮かべた。富子はトイレに閉じ込められた形になった。ようやく出て来られた富子は、更に歯科医院で随分と待たされた。

ある日、富子に同業者であり超自然の研究者でもある木崎氏から、頼んでおいた霊魂の研究会の案内が届いたが、富子は入会をみあわせた。というのも、富子には今忙しくて時間がなかった。弟から六十回忌の時に使うからと祖父の写真を探すよう頼まれていたし、学校の後輩である絹子の夫上山氏のヨーロッパ赴任のためのレセプションにも出席しなければならなかった。富子は写真を捜し出し、それを受け取りに来た甥の武二に車でレセプションの会場であるK会場へと送ってもらった。車を降り、会館へと入って初めて富子は場所を間違えたことに気づいた。急いでタクシーに乗り、正しい会場へと向った。時間には既に四十五分も遅れていたが、以前エジプトへも赴任していた上山夫妻から習った、エジプト人の「エジプト・ボックラ・ボックラ」と言われるのんびりした傾向を思いだし、気が楽になった。

〔同時代評〕若森栄樹「極北の小説―河野多恵子論」(「文藝」平成7年5月1日発行)で、「短いながらこの小説には河野多恵子の文学が凝縮されている」点を指摘する。　(戸塚安津子)

生甲斐ということ《いきがいということ》　講演記録

〔初出〕『文藝往来〈相愛学園創立八十周年記念出版〉』昭和四十三年五月一日発行、相愛学園、一五五～一七七頁。

〔梗概〕相愛学園の昭和三十九年・第九回文藝講演会の講演速記。季節というものが、人間の自然の存在ということと密着しているので、とても身近に感じられて、生きておるという自覚のようなものを、自然によって現したくなる。人間は四季の移りかわりなしには生きられない。季節を愛する、季節感というものは人間にとってこの上なく大事だと思う。人間はある齢になれば死ななければならない。死ぬという本能が一生懸命建設するとか、だんだん発展的にという業のようなものになって、人間の中に巣食っていると思う。ほんとうに生甲斐を感じている人は、すべてに向上心があり、自主的であると思う。人間の楽しみ、人間の生甲斐は、死ぬという宿業を離れては考えられない。よりよくしよう、より発展しよう、より豊かになろうとする、こういう気分のない人は、おそらく日常生活に生甲斐を感じていないであろう。

生きがいというもの《いきがいというもの》　エッセイ

〔初出〕「はあと」昭和四十九年七月一日

発行、第四巻四号、二一～二三頁。第一勧業銀行発行。

〔梗概〕人間と生きがいの問題との関係は、人間と健康の関係によく似ているように思われる。人間は健康なときには健康とは何かなどと決して考えないように、生きがいを感じているときは、生きがいとは何かなどと考えたり、自分に生きがいはあるかどうかなど気になったりはしない。人間の生きがいは、人間の本能、発展とか、向上とか、殖やすとか、に由来している。人間にはすばらしい自然治癒力がそなわっているので、欲求不満に陥った時、手軽なことで自分が今最もやってみたいことは何かと考えて、思いつき次第、どんなに小さなことでも実行することである。

生甲斐について《いきがいについて》　エッセイ

〔初出〕「朝日新聞」昭和四十三年十一月五日朝刊、二三～二三面。「講演会から」欄。

〔梗概〕武蔵野女子大学の大学祭における講演をまとめた文章。人間の生甲斐の本質は、だれもが死なければならないこととつながっていると思う。死なければならないという宿命が、死と反対の営みに向わせる。この建設本能が大きく満たされているとき、人間は生甲斐を感じることが出来る。「感動」ということも人間とこの世に対する愛着をふやされた時に起るものである。人間とこの世に対する愛着がますということは、死なねばならない宿命に対するあがきが強められる。小説を読むということも、人間にとっての歓びを得ることである。人間とこの世に対する愛着を新しく感じさせられるということこそ、小説を読む本当の歓びであると思う。

生き延びる命《いきのびるいのち》　エッセイ

〔初出〕「風景」昭和四十八年四月一日発行、第十四巻四号、二五～二六頁。原題「ひとつの記憶」。

〔収録〕『文学の奇蹟』昭和四十九年二月二十八日発行、河出書房新社、二七五～二七七頁。この時、「ひとつの記憶」と改題。『河野多恵子全集第10巻』平成七年九月十日発行、新潮社、二七〇～二七一頁。

〔梗概〕私が旧制女学校の四年生になった時、島崎藤村の納棺に、雪舟の軸が納められたと聞いた。そのことについて、なんの関心も感想も全くなかった。それなのに以後三十年間、記憶に残っていて、これまでに何回か思いだしたことがある。棺に納められた雪舟の軸は、あまり生命力の強くない、本物だったのではあるまいか。永い時代を経て生き延びるのに、それ自体のもっている価値の力だけではなく、運の強さ、強い生命力がなくては無理なのだ。人間の場合も、生物的な体力としての生命力とは別に、もうひとつの生命力の強弱があるのではないだろうか。

池田さんの作品《いけださんのさくひん》　選評

〔初出〕「潮」昭和五十六年七月一日発行、第二百六十六号、二七三～二七四頁。

〔梗概〕第九回平林たい子文学賞選評。池田みち子さんが戦後、主に書いておられた娼婦ものに、私は潔くて、嘘いつわりがなくて、そして暖い作風を感じた。受賞作となった連作集『無縁仏』では、山谷・ドヤ街に生きる人たちの姿が、ますます潔くて、嘘いつわりがなくて、そして暖い、視線と文章で捉えられている。プロセスとしての人生よりも、人生の実質である日日のほうに比重が感じられる。並みの関心や取材では捉え得ない重みが、この連作集にはある。

いざという時《いざというとき》　エッセイ

〔初出〕「別冊婦人公論」昭和五十九年七月二十日発行、第十七号、一〇四～一〇八頁。

〔梗概〕空襲時の群衆の情況を伝える図を私はどうも見た記憶がない。丸木夫妻の原爆の絵画とか、東京大空襲や沖縄攻撃のアメリカのフィルムのテレビ放送とか、焼野原の写真とかは、いろいろと見ているけれども、空襲下の必死な人々の姿を仔細に伝えるものは、テレビでも写真でも絵でも見たことがないような気がする。一方、東京大震災時のものは絵の印刷物で幾度も見ている。そういう絵の群衆のなかに、大きな風呂敷包みを背負った人たちがいる。昔は一反風呂敷というものがあった。私も空襲で罹災を経験したが、あの災害の時には大風呂敷包みを背負って逃げる人は見かけなかった。

私は長いものを書いている時にはある程度原稿が溜まるごとに、出版社でコピイをとって金庫に入れておいてもらうことにしている。与謝野晶子のことを思いだすことがある。源氏物語現代語訳の大改訳を執筆中、彼女はいざという時のことが案じられてきた。彼女は子沢山で、仕事で家を留守にすることも多い。源氏物語の訳稿を自宅に置くよりも、文化学院に置いておくほうが安心だと考えた。東京大震災のあった時、晶子は番町の自宅にいて、無事に市ケ谷の土手へ逃れた。完成間近であった訳稿は学院もろとも消失したのである。再度そのために筆を取り直したのは、十年以上も後のことだった。当時に複写機というものがあったならばと、私はつくづく晶子に同情する。それにしても、いざという時のことを考えて、最も気になるのは、やはり生命に関わる場合ということになる。かねがね、私は携帯用の防毒マスクが今もって考案されないのが不思議でならない。もう一つ、高層建物の火災の時、火に追われて窓からぶら下り、力つきて墜落死するのを救う方法が採られてもよさそうなものである。どうも人間には、生命のいざという時、身に何の備えも創られていないようだ。私は窒息死するのが最も怖い。で、その種の危険のいざという時の備えを取り分け思いわずらうことになるのである。

石坂洋次郎著《いしざかようじろうちょ》**『水で書かれた物語』**《みずでかかれたものがたり》　書評

〔初出〕「週刊読書人」昭和四十年六月十四日発行、第五百八十号、四～四面。

〔梗概〕石坂洋次郎著『水で書かれた物語』は手の込んだ一人称小説である。作者の内部にひそんでいたらしい意外なペシミズムが張りつめている。この宿命色の濃い物語に托して、自己のペシミズムを吐き出したかったのであろう。手の込んだ一人称小説という形で書かれたのも、そういう創作衝動に伴う羞恥という内的必然性の結果であるように思われる。

意志的《いしてき》**情熱の世界―吉行淳之介1―**《じょうねつのせかい―よしゆきじゅんのすけいち―》　エッセイ

〔初出〕「文學界」昭和四十五年六月一日

発行、第二十四巻六号、二三二〜二三六頁。「新書解体」欄。
〔収録〕『文学の奇蹟』昭和四十九年二月二十八日発行、河出書房新社、一一五〜一二三頁。『河野多恵子全集第10巻』平成七年九月十日発行、新潮社、一五六〜一六一頁。
〔梗概〕短編小説、長編小説という区分は、前時代的なものであって、疑問を感じる。短編的長編というと、長編小説的な構成が乏しいとか、短編の連作風長編にすぎないとか、などの否定的意味合いでいわれる。現代文学の仕事は、「人生の話」でなく、人間についての認識を更新させ、その認識世界を表現することにある。そのような認識は、表現においても「話」では用をなさない。当然、新しい手法が必要である。しかし、現代文学の場合、作家が依りどころにし得る既存のものは何もない。一作ごとに全く何も彼も新しく試みるしかない。吉行淳之介の「暗室」は、短編的長編という評語が肯定的意味で用い得るのに当てはまる。「暗室」は、従来の長編小説的構成とは無関係の成り立ちかたをしている小説であること、現実にはあり得ぬことで終始し、しかもそれが成功していること、主人公中田には現実にはあり得ぬ、そういう意志的情熱をもたしめられていること、などを分析している。

いすとりえっと　掌編小説集

〔初出〕「オール読物」昭和四十六年一月一日発行、第二十六巻一号、一九二〜一九三頁。「野性時代」昭和五十年六月一日〜五十一年三月一日、五月一日〜五十二年四月一日発行、第二巻六号〜三巻三号、五号〜四巻四号。「家庭画報」昭和五十一年一月二十日、三月二十日発行、第十九巻一、三号。
〔収録〕『いすとりえっと』昭和五十二年七月三十日発行、角川書店、一〜二二〇頁。『鳥にされた女』平成元年六月二十五日発行、学藝書林、二二五〜二八四頁。『河野多恵子全集第4巻』平成七年七月十日発行、新潮社、六五〜一五八頁。
〔梗概〕四十五編から成る掌編小説。「あとがき」で「これらの短い作品で共通して意図したのは、意外性ということだった。人間なるものに深く根ざした種々の意外性を様々に捕えてゆきたいと思った」と述べている。

子供の歯

少女の歯の抜け替わる時の様子を舌や指の感覚で感じ、初めて経験する喪失感と不安を描いている。ふと気づくと大人に教わったとおり、下の歯を上に投げたかな、失くなったままなのでは、と心配になる。

墓への道

女が墓へ向おうとしているS子に、何度も墓地へ行く道を尋ねる。その都度曖昧な答えをしたS子に、墓のすぐ側で、女は「墓前への道なら、お安いことね」と浴びせる。

路上にて

相談にのって欲しいというA子に応じて、私と二人先方へ出向く。路上で擦れちがった痣《あざ》のある男性、繃帯で腕をぐるぐる巻きにした男性、首から上をぐるぐる巻きにして幾つかの穴を明けただけの男性などが来る。

箱の中

閉まりかけたエレベーターへ大きな荷物を抱いてすべり込んできた女の、親切にしてもらえるのは当然だという態度に立腹、私は九階までの釦を全部押して、三階で降りた。暫くして乗り合わせた時、女の意趣返しに合う。女の陰湿な底意地の悪さ、凄まじい戦いが描かれる。

信書の秘密

山崎武子は、年子の部屋がみつかるまでと思い、自分のアパートに置いてやった。一カ月してもでない年子に怒りが爆発し、年子を追い出した。そうとは知らず、年子の母から年子への手紙が届いた。武子は、中身を見たくなった。「人さまのご好意に甘えてはいけません。一日も早く部屋を決めて」とある。武子は信書の秘密を侵したことを恥じ、切り取ったノートで付箋をつけ、転送した。一両日後、ノートを展《ひろ》げたところ、転送したはずの年子の母親の手紙が入っていた。

男の例証

土曜日には外食をしようという妻の提案で不賛成であった夫も同意し、二カ月余り実行された。ある土曜日、妻の友人が訪れ、予定を変更、妻の手作りの夕食を三人でとった。客を車で送り、二人でドライブをした。夫はひたすら車を駆るばかりである。急にハンドルを切られ車体の中で妻は、声あげて扉に叩きつけられた。きみの体と意識は、あのまま真っ直ぐ走ると思い込んでいたのだな。ぼくも土曜は外で食事だぞ、と自分に言いきかせてあったのだぞ。それなのに―と夫はいう。

語るに足る

女が自動販売器で飲物を買い、道路を背に飲んでいる。飲物を手に車へ乗り込もうとする男に声をかけ、乗せて欲しいと頼む。以前の恋人である二人は、知らない者同志にしておこうという。身勝手な男と女が描かれる。

碧い本

戦後六、七年、偶然古本屋でみつけた碧い表紙の本は私にとってなつかしいマザー・グースのであった。〝猫が胡弓で〟のペン画の犬の眼だけが、真っ赤に塗られてあった。少女時代に私が古書店で求めた本の犬の眼も真っ赤で、そのようにした元の持主を恨んだ。もっともそれは病死したX子に貸したまま、戦災で消失し存在しない。その後、上京し、古書店で碧いマザー・グースの本に出会った。その挿絵の犬の眼もまた真っ赤であった。三冊の本の犬の眼の奇妙な符合に無気味さを覚える。

自分の棲家

私の知人のK夫人は、車を後退させた覚えがないのに男が片膝を押えて蹲《かが》み込んだ。車がぶつかったと言うので、男を病院へ運ぶために車に乗せた。男はK夫人にピストルをつきつけ、K夫人をトランクに押し込めた。K夫人はどこへ連れ去られるかという状態にあっても、どこか安心感があった。それは馴れ親しんだ自分の車だということが理由のようだった、と私に語った。幾年も前に他の知人から聞いた話を思い出した。ある日曜日、M夫人は郊外にある姉のT夫人宅に夫と一泊した。翌朝、夫達は出勤、子供も学校へ出かけた後、ナイフを手に男が押し入った。男は逃げたのだが、妹より姉の恐怖が激しかったという。自分の棲家が襲われたからだった。

窓

大きな二階の窓が見える。その窓にうつる少年や少女のシルエット。窓の開けられる時間やその中での様子が描かれる。思わず何日も観察せずにはいられない人が何人もいるのでは、何と罪な姿であることよ。

まだ見ぬ人

ファンだという女性がピンクッションを持って訪ねてきた。あいにく胃痙攣で会えず、間もなくお見舞いに水飴の壜が届いた。一年近く後、年賀状が届いた。その夏、不在の時にメロンが届いた。留守番の人が名前を告げたが、私にはわからなかった。三年過ぎた。転居した私のところに珍しく新住所で表書きしたはがきがあったが、同一人かどうか定かではない。

鳥にされた女

女は鳥嫌いであった。男は「鳥」という言葉も使わないようにした。一年経った。窓ガラスに黒い物が激突した。男は女の見える所で、鳥の死骸を片翅摑んで新聞紙に受けた。女は恐怖と怒りに包まれた。また、一年ほど経った。男の見ているテレビに鳥が映ると、「嫌いなものが映っている」と女を遠ざけ、画面の鳥が消えても知らせない。そして、また一年ほど経つと、女は鳥になっていた。

一枚の紙幣《さつ》

預金をおろし、お札が一枚多かった時の銀行の対応の仕方の違いを、私の身近な人の話を二例あげて話した。それを聞いた青年の話がミステリアス風に語られる。彼は残高三千円余りの預金を残したまま、引越した。やがて収入がなくなり、やっとの思いで乗物代を捻出し、ありったけのお金を引き出した。受皿の千円札三枚の下に五千円札がずれてみえた。かっさらうように下宿へ持ち帰った。下宿の老人が現れ、延滞していた彼の部屋代二カ月分を持ち去った。千円札一枚が残った。急に世の中が面白く感じられた。

約束の時間

彼女の最初の恋人は、約束の時間に遅れない男だった。時間は前になく、後に加わりはじめた時間に送り出されてさえいればいい、という。それに逆らうには力まねばならないといったが、次第に遅れ始めた。二度目の恋人は最後まで遅れなかった。前より早目に来て、早目に帰らねばならないという理由にした。三人目の恋人が遅れなかったのは最初のうちだけだった。彼女のなかに最初の恋人の遅れぬ方法がしっかり根づいていた。二番目の恋人の言った「男で遅れる奴は吝嗇な野郎だ」ということも刻み込まれていた。だから恋人が遅れても立ち去ることが出来ない。一昨日、遂に一時間五分待たされ立ち去った。電話で「きみはぼくための時間を一時間五分しか取ってくれていなかったのかい？」と、彼は言った。

独り言

彼女は身上相談の相手に「もう全くお話になりませんのよ」とか、「もう全く酷いったら」などとよく言ったものだった。いつしか相談するのを止め、気がつくと知らぬ人と擦れちがったり、雑踏の中で「もう全く――」と独り言を洩らすようになっていた。驚いて人が振り向いたり、覗き込んだりすると、歌を口ずさんだふりをしたり、咳のふりをしてごまかすのである。彼女はいつのまにか道を歩くことに情熱を感じはじめている。

決心するまで

男四人兄弟の三男である三郎は、四人の男の子を欲しいと願い、結婚した。私が彼を知った頃、男の子二人に恵まれ、よき夫、よき父親であった。ところが彼は夜の女性と恋愛、外泊し、妻のA子にボーナスも半分しか渡さなくなった。暮れに外泊から戻ると、二階から下の子が落ち、紫色のお化けのようになっていた。反省した彼は、私に「節分までにけりをつける」と言った。その言葉通りにきまりをつけ、全く元通りになった。しかし、夏、一家で海水浴を楽しんだ翌日、彼はその女性と駈落ちしてしまった。

人生の始まり

上京した友人の宿泊先のホテルは、彼が学生時代縁のあった街に出来たものだった。友人に会うため、記憶にある道や店を通り過ぎ、ふと公立の診療所跡で足を止めた。二日酔いをした彼が、アルバイト先で血の混じったものを吐き、年上の女性に連れられ、医者に行ったことがあった。検査をするようにとその診療所の医者に紹介状を書いてくれたことも思い出した。この紹介状が以前の定期券入にあったのをみて以来、彼は自分の人生が既に始まっているという気がしはじめた。

あり得る事

清子が二三子に電話で、飛行機の席が漸く取れ、出かけようとしたが、鍵が見つからない、と言う。思いつく所を言ったがわからず、二三子は駈けつけ、とにかく清子を旅立たせた。二三子は勤務先の夫に電話でその事を伝え、鍵を探した。どうしても見つからない。明日の土曜は休みだから、夫に電話して「今夜は二人でここで」と言ってみた。「頼まれもしない他人の家の留守番などいやだ」とすげない。急に監禁されたかのような気持になった。

彼の場合

昼すぎから公衆電話で彼女と三度もやりあった。木枯らしの吹き荒れる日であった。熱いコーヒーで温まろうと店へ入った。小型のカップで中身は少しぬるかった。立ち上がると、こめかみに頭痛がし、デパートで風邪薬を買った。以来二カ月、薬を嚥めば体調はいいが、省くと頭痛がし熱っぽい。その後会っていない彼女が忌々しく、自分が忌々しい。

気づかい

彼女の両親は素直で勤勉、子供には心配性であった。彼女は短大卒業後、役所で知り合った青年と結婚、親の傍の別棟で暮した。娘時代、彼女は揚げ物をしたことがなかった。母親が危ながりさせなかったのである。揚げ物は母屋から運ばれた。子供が生まれ、両親は孫にも心配性を発揮した。父の財産分与を手にした夫は、隣県の分譲住宅を求め、一家で引き移った。しかし、彼女の両親は訪ねてきては心配性を発揮した。そのうち、夫は金曜日を意識するようになった。娘と孫とを乗り物の混まない午前中に来させ、君もこちらへ泊まって一緒に週末を過ごそうというのである。

何か大きなこと

その大学生は、南国の郷里から東京の大学に進学できた一年目、自由に遊べることが嬉しかった。二年目、大人のように、社会人のように振舞おうとするのが楽しかった。この一年、彼は女友だちとの付き合いも不精になりがちだった。何か大きなことをしたいと思うようになりはじめていた。帰省し、郷里から東京へ戻りアパートに向った。憂鬱だった。焼け焦げた物を積んだトラックが通った。辻を曲がるとアパートが消失していた。焼け跡だけしっかり見て、潔く立ち去ることが、何か大きなことをする道に通じるのではないか、と彼は感じた。

戸口

私の書いた短編小説中の病気についてN医師に教えを乞うた。小説ができ、見てもらうため、N氏宅を訪ねた。大きな団地でその棟に辿りつくまでずい分歩いた。先客の若い男女がいた。女性を送ってから男性は戻ってくるという。N氏は小説を読むのに時間がかかったが、その男性も戻るのに時間を要した。男性と一緒にN家を出たが、彼がN家を訪ねたのは、その日が二度目で、途中で道が判らなくなり迷いに迷ったそうだ。同じ建物で同じ色の扉、向いの扉より下半分が色がやや濃いが、そればかり「まざまざと眼の前に浮かぶのですよ」と言う。その言葉で、私の足は竦んだ。

ただの一度も

彼女の親しい友人は、電話の時いつも「彼はお留守?」と訊ねる。留守の時はその通り答えた。留守でないのに留守だと答えるのは、話題に未練がある時である。留守ではないと本当を答えなければならぬ時もあった。話題に熱中しそうな時である。しかし、留守なのに居ると答えたことは一度もなかった。一度試して泣き出してしまった。もう留守でないことなど、全くありえなくなった時であった。

はっとした時

雑談中、私は自動錠の扉を鍵を持たずに引っ張ってしまい、ばたんという音と一緒に締め出され、はっとした話をした。Y氏は関東大震災の一両日後、横浜の姉一家の消息を尋ねに行った。多摩川の鉄橋を渡る時、振り分けしていた水入り一升瓶が枕木に当り、水が落下した。同時にもう一端の荷物がすっと落ち、自分が体ごと川へ落ちた気がし、その瞬間くらい、はっとしたことはないという。S氏は、小学校の頃、用務員の隙を見て鐘を鳴らした話をした。三つ鳴らした子はいても、続けざまに四つ鳴らした子はいないので、何とか四つ鳴らした。その時一番怖い男の先生が廊下から飛び出してきた。細菌の実験中で、鐘の合図で蓋を取る。S氏のいたずらで、滅茶滅茶になったらしい。彼がはっとしたのは叱られはじめて、先に鳴ったあの三つの鐘を鳴らしたのは先生だったと気づいた瞬間だった。

筍

知人から筍を送ったという知らせに、私はG子の経験を思い出した。インターフォンの「岩田です」の声に、扉をあけた。筍の籠と黒い傘があるだけだった。探してみたが、結局その人は現れなかった。岩田という知人は三人いるが、筍が届けられるような間柄ではない。G子は独身だった頃のことを思い出した。男友達が自分に送られた訳ありの筍をG子の許に置いていった。若かった彼女は、その扱い方がわからず困った。「筍ではまだ妙な事にめぐまれるかもしれない」と言うG子に、私は家を間違えたのかも、とは言い出しかねた。

少女

斜向いに越してきたおばさんが挨拶にきた時、少女はお出かけ着を着ている最中だった。妹が出て母に替った。おばさんが妹を褒めるのが聞えた。翌朝、妹と登校する時、おばさんに会った。妹は挨拶をし、少女は口を利かずに通り過ぎた。二、三日後駅の前でおばさんに会った。「今お帰り?」とおばさんは言った。少女は笑顔で頷いた。おばさんはそれ以来、少女には首をたてか横に振るだけですむことしか、予め訊かない。以来、少女はよそのおとなの誰に対しても、そのようになった。

猿の夢

「妙な寝言…」という妻の声で眠りから戻された彼は、「そうだろ、猿—猿だよ」と寝言めかして言うと、眠りに落ちた。その晩、彼は猿の夢を見た。厭な夢だと気になった。小学生の頃、猿の夢を見たという子がいた。その土地では、猿の夢は不吉で、それを見た者は近く死ぬ、という謂れがあった。彼がその謂れを忘れないのは、その子が三日後焼け死んだからだ。彼は妻が異様に思うほど火の用心に気をつかい始めた。とうとう妻にその話をした。「迷信よ」と妻は言ったが、彼女は夫が寝言のふりをするのに、不吉だと感じている猿の夢を見ているふりをしたことが、気になるのだった。

雨やどり

松下夫人が紹介した時子は、島田には芳しかった。しかし、その後の時子のどこまで本気なのかと思える態度に、苦情を言いに夫人を訪ねた。夫人は迷惑そうであった。傘も借りず、雨の中へ出た。急に降り出した雨で車はつかまらない。バス停のそばの屋根の下で人々が雨やどりしていた。バスが来たが島田は乗らなかった。雨やどりしている若い女性に魅かれたからである。バスが幾台も来、雨が小止みになり、止んでも彼は動かなかった。彼女がそこにいたからである。遂に終車が来た。降りる人はなく、行きすぎようとしたバスに島田は乗り込んだ。それ以来、島田は新聞を手にすると、あの界隈に事件は…と社会面に眼を走らせる。

賢い老女

賢く元気な老女であった。先頃から急に元気がなくなり、食欲がおちた。「炊飯器が壊れている」と言ったり、短時間でいい御飯は出来ないと批難する。嫁は厚手の鉄鍋で御飯を炊き、老女の言う通り余分に米を買った。そのうちいろんなことに波及するのでは、と案じられた。ある時、物置きで釜や蓋がみつかった。それをみて老婆のノイローゼはやみ、元の食欲をみせるようになった。

間(あいだ)

小学校卒業三十五周年の集まりがあった。殆どの人が戦争で卒業アルバムを消失していた。それを複写して希望者に頒けるという企画で、欠席した私もそれを送付してもらった。四年生から先生も同級生も同じなので、名前は殆ど思い出せた。担任の先生は、闊達な生徒の面倒見のよい、そして宿題や答案が机の上で埃をかむっているようなずぼらな人であった。写真のHさんとKさんの間に、不自然な空白があり、何か人影が感じられた。中年の女性のようである。S子が肺炎から脳膜炎を患い、亡くなったが、うわ言にも学校のことを言っていたという。母親の皆と一緒に、という強い、執拗な思いが、そんな現象を惹き起したのだろう。

挙式未遂

孝夫と俊子は結婚式を挙げていない。挙式数日前に、孝夫の父が急死し書面のみで披露した。関係者達は三組に分け、自宅に招待した。式だけは挙げる予定が悪阻が始まり、二児の親になった。結婚十年目に式を計画していた矢先、遅ればせながら結婚式を挙げた夫婦が、その式がもとで離別したという話を聴いた。孝夫と俊子は、挙式未遂も敢行も共に気にしつつ、十一年目に突入した。

船の上

宏子は水田と船で島へ渡った。わずか三十時間の滞在だったが、遠い異国のような印象で、水田の二人、ラクダと月を毎晩眺めるような生活がしたいと思った。帰りの船で弟の中学校時代の友だち木島に会った。宏子を姉と間違えたようだが、訂正もしない。水田も知り合いがいたらしく話し込んでいる。

遺品

K子を病院に見舞った時、娘のボーイフレンドのプレゼントに旧制高校生の穿《は》いたような下駄を頼まれた私は、彼女の希望をかなえてあげた。退院せぬまま、半年でK子はなくなった。小さい頃から下駄好きの彼女は、病室に五、六足の下駄があり、元気になって歩きたかっただろうと、哀れを誘ったそうだ。その後、自宅の押入れや納戸から家族も知らなかった夥しい下駄が見つかったという。

日本におけるフィンガー・ボール

実業家の娘の家庭教師をしていたM氏は、フルコースの食事に招かれた。フィンガー・ボールが出たとき、「これは何ですか?」と彼はたずねた。「よかったこと」「お飲みにならなくて」姉娘の言葉に実業家が説明したが、M氏は即座に答えなかったことを不満に思った。数年して彼は実業家一家を食事に招待するから、友人のY氏に田舎の兄として出席し、フィンガー・ボールの水を飲んで欲しいと頼んだ。その時、自分は「これは手きびしい催促ですね。おーい、ボーイ。早くお水を…」と叫ぶという。この申し出に実業家を訪ねた時、「娘には二人共婚約者や恋人がいるんだよ」と先ず言ったという。

種だけの話

彼女は西瓜を注文した。彼と共に西瓜を食べるのは、これが最初で最後のように思った。大きな櫛形に切り、種がバラバラに入っていた。彼は切り方によるのだろうと言ったが、果物屋のも二つ割りのも丸ごとのもやはりバラバラであった。やがて新しい男性と食事をした時、果物に西瓜を選んだ。種はきれいに並んでいた。中国では西瓜の種を干し、食用にするという。デパートで求め食してみた。塩味がし噛むと落花生の淡い味になり、苦さが加わり出した。

結婚について
姉は幸太郎に「最初は地位もお金もあり、子供はしっかり独立しているような人。その人が死んだらずっと若い人ともう一度結婚する」とよく語った。幸太郎は姉がそういうのが好きだった。ある日、彼女は幸太郎に結婚相手以外は、年上年下の人はよせ、という。幸太郎は腹が立った。半年程して姉より三つ年上の中年めいた男性が、親たちに結婚許可を求めて来た。

あの言葉
佐竹と桃子は美術館を降りる所で、岸本夫妻と会った。茶店でラムネを飲んでいると、男性の咎める声がした。若い女が男性のシャツを濡らし、連れの男と謝りもせず立ち去ろうとしたのだ。「擲《なぐ》ればいい」という岸本の意見だが、彼は家では決して手をあげないと公言した。佐竹は岸本のような夫になるとも、家でも外でも暴力を揮うとも、家で妻に乱暴する男だとも言えなかった。「死ぬまで一度も暴力を用いない人があるかしら」と岸本夫人が言った。「そういう男、いないこともないだろうけど」という岸本に、佐竹は屈辱を感じた。彼はそれまで既に桃子を一度擲ったことがあったのだ。

兄弟
背の低い高田康男は小学生の時、高田高いか　高くない　細野　細いか　細くない　といって、肥満の細野という女の子と一対になって揶揄《からか》われた。二つ上の憲男も小さかったが、二人ともよく出来た。両親は大きいのに祖父に似たのだとか、偉くなる人には小男が多いなどという。大学生になると自分がもてない学生であることに気付いた。康男は二年の時、小柄なガールフレンドを見つけ、卒業と同時に結婚した。憲男は小さいせいで敬遠され、五センチ高く老けてみえる女性と二十九歳で結婚した。それから十年、康男の二人の子供も元気で、よく出来て、だが揃って小柄である。兄夫婦には子供がない。兄は昇進し、身なりも立派で、地位にふさわしい貫禄がある。嫂は全身でつつましく努めている感じで、それが実に気品がある。男のコンプレックスが描かれる。

嫉妬のはじまる時
その夫は四度目の結婚をしたが、妻も四度目であった。最初の相手が死んだ時、双方とも何もしてあげられなかったことを悔いた。二度目の結婚は双方とも離婚で終った。三度目の相手が死んだ時、淋しい時には一緒に暮した日々を思い出そうと誓ったが、四度目の結婚をした。二人は睦じかった。二人で新聞記事をよく読んだ。昔からの趣味だから殺人事件の容疑者が逃亡中に家へ来たら、かくまってやろうと妻が言う。夫は嫌な顔をした。夫が彼女の趣味に当惑するのは、三人の夫のうち彼女が誰に一ばん心を残しているのかを探らされている気がするのだと思ったら、彼女もその趣味を止めたくないと思った。

同名
テーマも発想も異るが、同じ題名、主人公の名前まで同じという短編小説が、同じ月の二冊の文藝雑誌に載ったことがあった。私も後日、ダブル符合を経験した。小説の人物名を私は望みを託すつもりで考える。二人の女性の一人は妻、もう一人はその夫の嘗てのガール・フレンドであった。原稿が仮刷りされ、私が校正した分を担当の編集者が取りにみえた。「この小説のガール・フレンドの名前は、ぼくの昔のガール・フレンドの名前で、奥さんの名前も、ぼくの女房と同じなんです」と彼が言った。

月と泥棒

戦後、窓から列車に乗る人が沢山いた。「やめましょう。窓から入るのはお月さんと泥棒！」というAさんという駅員さんの言葉で殺伐さが薄れたことがあった。中年のAさんは若いB子さんと結婚した。自分自身我儘だと思いながら、B子さんはちょっとした喧嘩でも実家に帰る。寛大なAさんが宥めては連れ帰る。ある時、一人で帰る、といって、ひとバス遅れて着いた。夫が近くの小学校の運動会を見ている。家に向ったが鍵がかかっている。驚くだろうなと思い、いたずら心を出し、窓から入ろうとしていると、Aさんが帰って来た。「窓から入るのは泥棒—と月だけだ」と言った。B子さんはせめて「月と泥棒」と言ってほしかったという。結局二人は別れた。戦前の話である。

玉手箱

三十過ぎで小学生と幼稚園児の二人の母である吉井夫人と、野上が交渉を持つようになったのは、友人の女子大生が吉井家に下宿していたからである。夫は別れたがっていたが、夫の父親が反対し、別れられずにいた。二人は子供のいない正午前後に吉井家で逢った。夫人は月に四、五回淡々とした手紙を送ったが、野上はそれが好きだった。野上が就職の時期になると、自重するということで会わずにいた。初出勤して一ヵ月経った頃、夫人から年月日空欄の三十万円の小切手が送られてきた。その時、野上は別れる気はなかった。彼は当時の吉井夫人と同じくらいの年になり、妻と二人の男の子がいる。小切手は今も手許にある。彼女が死ぬまで使わないでおきたい誘惑、三十万円の誘惑、いろいろな誘惑が頭をもたげてくる。

ミステリー倶楽部

「同胞（はらから）」という小説に玄関先の葉蘭のかげにお金を白い紙でくるみ、赤鉛筆で〆までして置いてあった、という話を書いた。忘れた頃に「ああいう奇妙な出来事」自分でもなさりたいならおいで下さい、と電話があり、電話番号を教えられた。そんなグループが本当にあるのか、ないのか。私はそれをミステリー倶楽部と呼んでいる。

謙虚でなくなる時

男がパインアップルを抱えてきた時、冷蔵庫には既に女が買ったパインアップルがあった。ばらの花を抱えてきた時も、女はばらの花を活けていた。いずれの時も男は落胆しなかった。一緒に住もうという男は、このままで充分と答える女に、「謙虚なこの人」と言いはじめた。女はどちらのばらが先に枯れるかで決めようとしたが、男はばらを全部一緒にしたので判らなくなった。女が蛍を買った夜、男は蛍の籠を手に現れた。男はすべての蛍を同じ籠に入れた。夜なか眼を覚ました女は、すべてが自分の蛍のような気がした。その瞬間、女は「謙虚な人でなくなろう」と心に決めた。

歓び

少女は祖父が「昔は運転手はパイロット位の値打ちがあった」というのを聞いていた。だから父親が邸のお抱え運転手であることも気にしていなかった。ある日、父親が運転する車が門から出るのを見た少女と同じクラスの少年が聞いた。少女がパパはここの運転手だと言うと、少年は「自分がえらくなって大きな家に住み、きみのパパにロールス・ロイスを運転してもらう」と言った。父親に伝えると「その頃はヨボヨボになっているだろう」と言う。少年に伝えた。少年は虚をつかれたようだが、「運転手は別の人にして乗せてあげよう」と言った。少女は伝えなかった。少女は大人の考えの正しさ鋭さが恐ろしかった。しかし、少年の言葉の底から別の正しさを感じていた。

〔同時代評〕奥野健男「河野多恵子『いすとりえっと』—野心的な試み—」(「海」昭和53年2月1日発行)で、「小説に発展する材料を、まるで俳句で描くごとく、余韻をこめて、投げ出すようなふりで逆に技巧の限りをこめて締めくくっている。小説家としてのもっともぜいたくな遊びであり、傑作をめざしての最高の野心でもある」と評した。

（増田周子）

出雲観楓記《いずもかんぷうき》—清水寺《せいすいじ》・鰐淵寺《がくえんじ》　エッセイ

〔初出〕『探訪日本の古寺14〈山陽・山陰〉』平成三年三月十日発行、小学館、五五～六四頁。

〔梗概〕神話や出雲大社のイメージが大きすぎるせいか、山陰の古寺というものがかえって新鮮である。十一面観世音菩薩の霊験に触れた清水寺と紅葉に映える根本堂が印象的な鰐淵寺を訪れた時の紀行文。

（荒井真理亜）

異性の文学《いせいのぶんがく》　エッセイ

〔初出〕「群像」昭和五十五年四月一日発行、第三十五巻四号、三〇〇～三〇〇頁。

〔梗概〕小説と読者との間には、相性のよしあしということがあるように思う。私が幾度読んでもおもしろいと感じる小説は、ただよい小説であるだけでなく、私と相性のよい小説なのだろう。そういう本に読み耽る場合、日本文学と外国文学とでは、幾度読んでもおもしろいことの性質に、幾分の相違がある。日本文学であれば、幾度読んでもおもしろいと久しぶりの再体験のなつかしい新鮮さが何ともいえない。ひとしきりの再会でも気がすむ。外国文学の場合だと、こんなに幾度読んでもおもしろいものを、どうしてもっと屢々読み返さなかったのだろうという気にまでなることが少くない。私にとって外国文学は同性のものを含めて、いわば異性の文学に似ている。男女間の類似と相違との極端さゆえそのもののような魅力を覚える。日本文学には同性に似た魅力がある。

伊勢志摩の味覚《いせしまのみかく》　エッセイ

〔初出〕「真珠」昭和四十四年二月（日記載なし）発行、第六十九号、六～七頁。

〔梗概〕英語では一月から十二月まで—JanuaryからDecemberのなかでRの入っていない月が五月から八月まで続いている。その季節はイギリス人は牡蛎を避けるのだそうである。神楽坂に小じんまりしたレストランがある。私がこの店へ立ち寄るのは主に冬で、ここで出す志摩の生牡蛎がこれまでに味わい知っている牡蛎のなかで一番おいしいと思うからである。伊勢沢庵も好きである。伊勢志摩へ幾度か行ったことがある。幾歳くらいのことだったか、逞しい伊勢えびを一ぴきづけで出されたことを覚えている。東京に住むようになってからも伊勢志摩方面に旅行したことがある。そのとき、味わった鮑のおさしみの肉の締まり方、生にした香りが忘れられない。まだ、知らない、あの生牡蛎の産地の味覚が想われてならない。

偉大《いだい》さの一端《いったん》　エッセイ

〔初出〕「現代の文学第14巻月報6〈丹羽文雄集〉」昭和三十八年十月五日発行、河出書房新社、二〜四頁。

〔梗概〕丹羽先生の年譜を読み返してみて、あらためて意外に感じたのは、昭和十一年に『新居』、翌十二年に『迎春』と二年続けて随筆集を上梓されていることであった。丹羽先生の豊穣な文学は、天賦の才能や超人的な体力に基づくものであるが、出世作「鮎」の発表と文学のための家出ということが、先生の歴史において重大な出来事であったと同時に、その一事を非常に大事にされているところに、その偉大さの一端がある。

痛《いた》ましい子供《こども》たち　エッセイ

〔初出〕「日本経済新聞」昭和五十年五月十九日夕刊、七〜七面。「生活時評」欄。

〔収録〕『もうひとつの時間』昭和五十三年二月二十日発行、講談社、九八〜九九頁。『いくつもの時間』昭和五十八年六月七日発行、海竜社、一九七〜一九八頁。

〔梗概〕学校では子供たちに自分の意見を言わせるように教育されているが、それは大変まちがったことだとしか思えない。意見というものは、教養や知識や常識や人間関係の経験がある程度に備わってこそもち得るのである。そういう意見というに足りる意見をもちうるように勉強し、しつけられ、集団生活で楽しみつつ訓練されるのが、子供という時期なのである。ところで、意見などとはとんでもないような意見とやらが尊重されているような今日の子供たちが、一面では非常にないがしろに扱われているらしい。知らない人、はじめて会った人から、坊やなどと呼ばれる始末である。テレビ番組などでも「ちびっ子」「こっちの坊やはどう思う？」などと言っている。家族的なつき合いのある家庭の子供や生徒でなければ、当然「あなた」と呼ぶべきだ。子供らしい謙虚さと子供なりの誇りの代わりに、無知な思いあがりと魂消失が促進されているような、今日の子供たちが痛ましい。

痛《いた》ましい「事故《じこ》」　エッセイ

〔初出〕「新潮」平成十二年十一月一日発行　臨時増刊〈三島由紀夫没後三十年〉二〇八〜二一一頁。

〔梗概〕吉行淳之介さんばかりか、第三の新人の殆どの作家たちが三島由紀夫さんの追悼文をお書きにならなかった。そこに三島ないし第三の新人たちの人間関係の問題などを超えた何かが窺えそうに思われる。三島の人および作家としての最大の特色は自尊心であった。三島は異常に強い自尊心から、防衛と攻撃の作品ばかり書いた。三島文学に魅かれたのは「金閣寺」や「若人よ蘇れ」や「青の時代」あたりまでであった。「青の時代」

は最も魅力に富んだ優れたものだと思う。卓抜した才能をもち、本当の大作家になり得たであろうに、不毛感の否めぬ作家のまま、あの「事故」で生を閉じた三島の痛ましさを今もって無視しかねるのである。

イタリアにて《いたりあにて》　コラム

〔初出〕「朝日新聞」平成四年七月八日夕刊、一一～一一面。「出あいの風景」欄。

〔収録〕『蛙と算術』平成五年二月二十日発行、新潮社、一三二～一三三頁。

〔梗概〕この春、次に書く小説の準備のために、イタリアへ行った。男の子たちのグループが二組に分かれて突進してきた。路上略奪である。大暴れしながら、「やめなさい！」と日本語で一喝すると、散って行った。ぶつかったり、摑んでやったりした、小さなお手々たちの感触が哀れに思えてきた。通訳の女性から、ある田舎町でイタリア人のおじいさんが「三国同盟の時には、お世話になりました。ヒロヒトはお元気ですか？」と言ったという話を聞いた。

苺と貝《いちごとかい》　エッセイ

〔初出〕「別冊潮」昭和五十七年八月二日発行、創刊号、二〇～二三頁。

〔収録〕『気分について』昭和五十七年十月二十日発行、福武書店、一五一～一五五頁。

〔梗概〕尾崎一雄氏の近刊随筆集『苺酒』のなかに標題と同じ随筆があって、蛇苺酒のことが書いてある。傷につけても、飲んでも、薬になるとのこと。手首を捻挫した時、蛇苺酒を一、二時間おきに塗った。翌朝はもう全く治っていた。今年は自分で、蛇苺酒をつくってみたいのである。箱根か長野へ、出来れば一晩泊りで出かけたい。効き方といえば、結核を患ったとき抗生物質の効果にもびっくりしたものだ。二度目の結核の治療では、お医者さんが名医でもあった。繊細で、積極的な患者扱いをしてくださった。臨海試験所に勤めている人から、法螺貝の大湯呑ほどのを二つもらったことがある。貝を使ったお汁ものの最高のおいしさだった。「筑前庄ノ浦仙女物語」という古文書がある。病母に食べさせると、彼女は早々に元気になり、六百歳くらいまで生きたらしい。その仙女は治承元年生れで、名はタエと言ったという。

一度だけの陶酔《いちどだけのとうすい》　エッセイ

〔初出〕「酒」昭和四十一年五月一日発行、第十四巻五号、一二～一四頁。

〔梗概〕知人の話だと、女性のアル中患者で多いのは産婆さんだという。仕事のあとに酒を飲めるのは幸せだと思う。小説を書くという仕事は、産婆さんの仕事と産婦の営みの両方を兼ねそなえているような気がする。私は、たばこは女専の三年生のときから自然に吸うようになった。終戦後、たばこが女性にも配給されたのである。どうしてか、お酒には馴染めないのかと恨めしく思う。私の酒量はお盃に二、三杯、ビールでコップ一杯くらいである。五、六年前、知人が三人ばかり雨に降られた花見の流れに訪ねてきて、皆で飲みだした時、一度だけお酒で陶酔したことがある。どうしてそんな奇蹟が起ったのか不思議である。もう一度、欲するままに起ってくれないかと、しみじみ思う。

一度もお会いできなかった《いちどもおあいできなかった》

エッセイ

〔初出〕「週刊読売」昭和四十年八月十五日発行、第二十四巻三十五号、二二〜二三頁。「女性美の巨匠と元祖推理作家の死」欄。

〔梗概〕谷崎潤一郎先生の訃報に接したとき、私の胸にきたのは、ついに一度もお会いできなかった、という激しい未練であった。谷崎文学の偉大さにうたれ続けてきた私は、せめて一目でも先生をお見かけしたいと、久しく念じていた。最初の機会は、昭和三十三年二月五日、中央公論社主催の先生の講演会が産経会館が開かれ、出かけた時だった。だが、私たちより百人くらい前のところで満員となって、講演を拝聴できなかった。一昨年の冬、もう一度機会が訪れた。谷崎先生が一時、目白台アパートに住んでおられた時分、そこへ瀬戸内晴美姉が越してきた。瀬戸内姉は、私を連れて訪ねてもよい許しを先生からいただいてくれた。だが、私はどうしてもうかがう勇気が出なかったのである。

一年の牧歌《いちねんのぼっか》　長編小説

〔初出〕「新潮」昭和五十四年一月一日〜十二月一日発行、第七十六巻一〜十二号、十二回連載。

〔収録〕『一年の牧歌』昭和五十五年三月二十日発行、新潮社、一〜二〇八頁。『新潮現代文学60』昭和五十五年十一月十五日発行、新潮社、一一〇〜二三六頁。『河野多恵子全集第8巻』平成七年六月十日発行、新潮社、七〜一三五頁。

〔梗概〕主人公・久野幸子は、百日余り入院生活を経て九月に退院する三十になったばかりの独身ＯＬの女性である。時代は、東京・大阪間の新幹線が開通した「間もなく昭和も四十年」になろうとするころである。幸子の病気は、「このまえ言ったこと、一年間は守ってください。自分の体だけの問題じゃあない。守る責任がある」と医者に念を押され、かつての肺結核が性器という部位に再発したのである。その病名は医者のほかだれも知らない。幸子は、過去に破局に終ったらしい、男性との交渉も経験している。一時は随分外泊もしたことがある。しかし、今後一年間は、そうした「交接」を禁じられている。初秋の退院から翌春の勤め先への出社まで、アパートでの療養生活が、退院してはじめて銭湯へ行った時の不安感とか、休職中の会社の上司や同僚が見舞にきた時の気づかいとか、彼女の身のまわりの日常生活が細やかな感覚で描かれる。入院中にアパートが増築され、元の自分の部屋に、製薬会社の坊っちゃんで、目下は医大の薬局に勤めている春日が住んでおり、幸子の部屋は無断で新築の二階へ移されていた。物語りには、この春日のほか、互に用事がある時だけ思いだす友だちのように感じ続けている山野、それに幸子の友人で、この山野をふたりで張り合いましょうと、競争心をあおる瑞子という人妻、破談となった結婚の相手を彼女だと錯覚してつきまとう隣家の頭の弱い木谷康治郎、幸子の従兄の妻の園子らが登場する。幸子は流感に冒された時、近所の医者にマイシンの注射をしてもらったため、顔面異様になった。春日が症状を診に来てくれたことから、幸子に近づく。春日は幸子の部屋にきて、関係を迫る。幸子は「交接のみならず、他の接触でいじましく紛らわせることもなしに—そう、一切の性愛を絶無として、一年の禁止を全うしたかった」と願う。激しく逆らいながら、一瞬相手に協力の動きをする。真剣に「禁欲と惑溺とを一つに」求めていた。ここに彼女の肉体と想像力、その奥にひそむ禁止と耽溺が、同時的にとらえられているのである。第十六回谷崎潤一郎賞を受賞。
〔同時代評〕篠田一士「文藝時評12月(下)」(「毎日新聞」昭和54年11月28日夕刊)、川村二郎「80文藝時評㈠」(「文藝」昭和55年1月1日発行)、佐伯彰一「河野多恵子『一年の牧歌』」(「海」昭和55年6月1日発行)、田久保英夫「禁忌の秘蹟」(「新潮」昭和55年6月1日発行)、磯田光一「河野多恵子『一年の牧歌』」(「群像」昭和55年6月1日発行)、森川達也「支配する性」(「文學界」昭和55年8月1日発行)等の時評や書評があり、磯田光一は「この小説はきわめて巧緻につくられた性欲小説と呼ばれるべきであろう」といい、森川達也は「性と精神の演ずる〈自己内劇〉という構造を持っており、女の性が精神に向かい、精神にかかわったときに生まれる、性の在りようの変化とその真実を追究する実験小説である」と言ってよいという。

一枚の紙幣《いちまいのさつ》　——→いすとりえっと(35頁)

一流の人—円地文子さん—《いちりゅうのひと—えんちふみこさん—》　エッセイ
〔初出〕「群像」昭和六十二年一月一日発行、第四十二巻一号、三一八~三二〇頁。「追悼円地文子」。
〔梗概〕吉行淳之介さんと対談させていただいた時、吉行さんは、小説のよい人は随筆もいい、小説の駄目な人は随筆も駄目とおっしゃった。小説では卓抜した仕事をしておりながら、随筆はそれに匹敵しているとは言いかねる作家もあると思う、と私は言った。その一例として、主に円地文子の例を持ちだしたのであった。私は円地さんの随筆をそんなふうに言いながら、悪口を言っている気が一向にしなかった。円地さんは貪欲な作家であった。例えば、どんな材料も片っ端から小説のための取っておきの材料になってしまうようだった。私ならば随筆に使うどころか、その場でさえ見過ごすような、切れ端のような事柄まで、円地さんは小説中でみごとに生かして、驚くほどのご馳走にしておしまいになる。人に対する、円地さんの高ぶらない思いやりには独特のものがあった。

一作の選択《いっさくのせんたく》　選評
〔初出〕「婦人公論」昭和五十六年十一月一日発行、第六十六巻十二号、二三二~二三二頁。
〔梗概〕昭和五十六年度「女流文学賞」選評。強いて一作を選択しなければならぬことになった時、私の択んだのは『無きが如き』であった。文学で原爆を扱う場合、個人的問題のなかへ逃げ込むのでなければ、文学としてはあるべきではない通俗性を拒否しきれぬところがある。通俗性の余儀なさを認識し、余儀ない以上には一歩も踏み込まれまいと拮抗して書かれたこの作品に、私はそれを教えられ、作家としての林さんにあらためて感服した。

一千年目の代替わり《いっせんねんめのだいがわり》　エッセイ

〔初出〕「朝日新聞」昭和五十六年一月三日朝刊、一五～一五面。
〔梗概〕西暦でも天皇元号でもよいのだが、ことえば西暦一九四〇年代といえば、私は一九四〇年から四九年までの意味のつもりである。代替わりが現在のこととなると、十年のそのような指し方ではどうも感じとしてしっくりしない。そういう指し方をするならば零年代は九年しかなかったことになるではないか。十年代は十一年から本当に始まるとしたほうが紛れもなく代替わりの出発らしさがある気がした。でも、西暦が一千年目の大きな代替わりを迎える時には、どうであろうか。時代の区切りが人間の意識に様々な刺激を与えて、時代の内容を変化させる役割を意外に大きく果すのではないだろうか。出会えるかもしれない一千年に一度の代替わりのとき、日本が、世界がどのようなものになっているか、私には何の予想もつかない。二十世紀から二十一世紀への時代と自分の反応を経験したくてならない。鬼が大笑いしようとも、切実にそう感じる。

一筆献上《いっぴつけんじょう》　色紙
〔初出〕「週刊新潮」平成八年七月十八日発行、第四十一巻二十七号、一五五～一五五頁。
〔梗概〕色紙「明日ありと思ふ心の美しき」。この色紙の言葉は「明日ありと思ふ心のあだ桜　夜半に嵐の吹かぬものかは」をもじったもの。取り越し苦労をするのは嫌。明日がある、明日がある。ということにして生きるのが好きである。

移動時間《いどうじかん》　エッセイ
〔初出〕「日本経済新聞」昭和五十九年十二月九日朝刊、二四～二四面。
〔収録〕『蛙と算術』平成五年二月二十日発行、新潮社、一四～一九頁。
〔梗概〕この晩秋に、新潟の長岡へ仕事に出かけた。翌日、携帯品を手軽にして宅配便で届けてもらった。長岡へ行くまえに、私は大阪へ行っていた。長岡へは大阪から飛行機で行った。東京を出てから帰京するまでには、三泊四日となる。新幹線がなく、飛行機もまだ一般の交通機関ではなかった時代ならば、とても三泊四日ではすまない。しかし、旧い時代のものを読んでいて、昔はこんなに時間がかからなかったと、感心する事に出会うことがある。泉鏡花の大正七年の「大阪まで」には、人力車を降りたところから、三分間で、列車に乗っている。今の東京駅は、人も混む。フォームに出るまで一入手間取る。郵便でも、樋口一葉の日記などを読むと、昔は速かったようである。通勤時間の長さをぎりぎりにまで伸ばしているのは、交通の進歩・発達がその一因であるようにみえる。それにつけても、路上の混み方、駅の構内や乗換えの歩行時間、列車やバスの待ち時間のことなどまで含めると、今の日本人は移動のためにさぞかし多くの時間を費やしていることだろう。

〃いのち〃探訪①～⑤《〃いのち〃たんぼう①～⑤》　——→紅葉の蕗・谷中のお化け寺・奥多摩のホタル・古図書・曲藝（154・422・68・162・127頁）

命と肉体《いのちとにくたい》　エッセイ
〔初出〕「風景」昭和四十三年十一月一日発行、第九巻十一号、二七～二九頁。原題「心臓移植手術から」。

い

〔収録〕『私の泣きどころ』昭和四十九年四月八日発行、講談社、二〇二〜二〇四頁。この時、「命の肉体」と改題。

〔梗概〕心臓移植手術の記事を見るたびに、私は警察方面の報道が全くないのが不思議である。心臓提出者の死の判定ということが問題であるなら、提供者の心臓の摘出ということに対する犯罪容疑は当然起ってくる。否定できない科学的な立証によって、法的に認められるまで、心臓移植手術の関係者たちに、はっきりと犯罪容疑を差し向けるべきである。私は人形浄瑠璃の「合邦」のような肝の生血の提供者にはさせられたくないが、移植用に間に合うような死に方をしたならば、自分の肉体はどこでも使ってもらいたいと思う。私がもらっていただきたいのは、自分の死と共に滅ぶ筈の肉体であって、命ではないから、心臓が間に合っているうちの死の判定の根拠が科学的にも立証されるか、興味深い。

『命なりけり』―美貌の女性に訪れる愛と悲しみ―《「いのちなりけり」―びぼうのじょせいにおとずれるあいとかなしみ―》　書評

〔初出〕「マドモアゼル」昭和四十年三月一日発行、第六巻三号、三〇四〜三〇五頁。

〔梗概〕丹羽文雄著『命なりけり』は、今日の東京を土台にして成立している。マンモス都市東京の産物である。主人公の鈴鹿をはじめ登場する人々は環境のちがいをこえて誰の胸にも限りない魅力を感じさせる。そして、「人間というもの、人生というものが急に豊かに感じられてくる」そんな力強い魅力を、この小説は発散させている、という。

いのちの周辺《いのちのしゅうへん》　講演記録

〔初出〕「生と死を考える」昭和六十二年三月十四日発行、第四巻二号、三〜一七頁。

〔梗概〕人間の寿命が八十年というのは中途半端でいけないと思う。百八十年生きられると思うと、いろんなロマンティックな生き方ができると思う。私は、がんになったら、そのときは愚痴を言わないことにしようと思っているのです。人間って、最後まで勤めごとというのはしなきゃいけないと思う。愚痴を言うことが一番いけない。自分の命で自分一人が生きるのが、人間なんです。臓器移植には反対です。うたたねしながら天国へいっちまうというような雰囲気が、どこかにちらっとでもあるような最期を自分はしたいと思います。いのちについての講演。

遺品《いひん》　―→いすとりえっと（39頁）

今にして識らず―「文学者」200号を迎えて―《いまにしてしらず―「ぶんがくしゃ」にひゃくごうをむかえて―》　エッセイ

〔初出〕「読売新聞」昭和四十四年七月十四日夕刊、九〜九面。「文化」欄。

〔梗概〕去る七日の夜、第一ホテルで「文学者」二〇〇号記念祝賀会が開かれた。私は大阪で文学志望の友だちもなく、作家になるにはどういう道をたどればよいのか、全く見当がつかなかった。「文学者」が六十四号まで出た時、一時休刊になってしまった。私はまだ世に出られる気配さえない上に、私生活でも行き詰まっていた。休刊と復刊によって、私は「文学者」のありがたさが身にしみた。丹羽文雄先生はいつも、わかりやすい言葉で、一見わかりやすいことしか、おっしゃらない。ところが、あの時は本当は何もわかっていなかったのだ、と幾年も

い

たってから、恥じ入ることがある。スピーチの中で、先生は「文学者」を三〇〇号まで出してみたいとおっしゃった。その記念号が出るころまでに、私は幾度も「今にして識る」ことになり、そして「今にして識らず」なのではないかと思うことになるであろう。

いやではない台所仕事だが…《いやではないだいどころしごとだが…》　→私と台所仕事（461頁）

厭なこと《いやなこと》　エッセイ

〔初出〕「文藝展望」昭和四十九年一月十五日発行、第四号、一二九～一二九頁。

〔梗概〕昭和十五、六年ごろのことである。私の郷里の大阪では、急激に乗物が混むようになった。私の通学していた女学校では、二キロ以内に住んでいる生徒は徒歩通学をする、という規則ができた。生徒の戦争協力、戦意高揚が目的だったのだろう。学校から二キロにほんの少し足りないあたりに住んでいる生徒たちは不平をもった。不平の理由は、二キロ以遠の居住者も二キロの地点の境いになる停留所で下車して歩かせるのでなければ、不公平ではないかというのであった。私はそういう規則およびそれの生れてくるような基盤の是非は別にして、そのような規則が必要になった時、どちらに決めても、間違っているのではないかという気がする。どちらかに決めるしかないのに、どちらを正当だと考えるのも、私は立場にかかわりなく何だか厭なのである。

異様に遠くて近い世界《いようにとおくてちかいせかい》—**『神々の深き欲望』**《「かみがみのふかきよくぼう」》—　映画評

〔初出〕「中央公論」昭和四十四年一月一日発行、第八十四年一号、二三二～二三三頁。「プロムナード映画」欄。

〔梗概〕この映画「神々の深き欲望」の場に設定されているのは琉球であるが、それはどうでもいい。地理的にも、時代的にも、現代と異様に隔絶しておりながら、決して無縁ではない、遠さと近さをもつ、ひとつの場所であるということが大切である。この土地では衣食住に労する必要はない。そこでの男女はふたつの互いに分ち合う性以外の何ものでもない。生活上の差異といえば男女の体力的な差異があるばかりである。本来、男女というものはそういうものであったことを、この映画は力強く感じさせる。「進歩に伴う複雑化の必然性を思い知らせ、複雑化した今日の男女の関わりと社会生活に新鮮に立ち向かいたい気持にさせる」ところこそ、この映画のみごとさであろう。

印象《いんしよう》　選評

〔初出〕「群像」平成二年八月一日発行、第四十五巻八号、二八一～二八一頁。

〔梗概〕第十八回平林たい子文学賞選評。木崎さと子さんの『山賊の墓』は充実した作品である。終りのほうは失敗しているが、欠点として退けてしまうのは忍びない。中上健次さんの『奇蹟』は全員の支持があったが、受賞辞退の意志が事務局へ伝えられた。

印象的なこと《いんしょうてきなこと》　→ニューヨークめぐり会い（318頁）

印象の文学《いんしょうのぶんがく》　エッセイ

〔初出〕『谷崎潤一郎〈群像日本の作家8〉』平成三年五月十日発行、小学館、二六四～二六六頁。

〔梗概〕谷崎潤一郎はこの世は自分の感覚と意識にとって、至上の楽土であるべきはずだという信頼と自信が最たる特色だった人であり、作家であったように思われる。谷崎文学はどこまでも反人生派の文学なのである。その基本的な特質の上に立って、谷崎文学の特徴を一つだけ述べると、印象の文学といえるだろう。谷崎文学には、話の筋は意外に乏しいのである。『春琴抄』を読者は佐助が自分の眼を突き春琴同様に盲いる話として思いだす。筋は思いだせない。『秘密』も事件の小説ではなくて、男が女装をする小説として思いだすのである。

う

失われた言葉《うしなわれたことば》　エッセイ

〔初出〕掲載誌紙名未詳、平成四年一月発行。

〔収録〕『蛙と算術』平成五年二月二十日発行、新潮社、八二〜八三頁。

〔梗概〕《食》のことばにも嘗ては心づかいの感じられる、なかなかよい言い方があった。たとえば、食物が腐敗していることを、〈腐っている〉と露骨な言い方でなく、〈傷んでいる〉〈汗をかいている〉と言った。お膳の干物を一箸口にして、あ、これはちょっと…と感じた時には、「舌射すようね。やめといたほうがよさそうね」というふうに言って、さりげなく下げてしまう。しかし、近頃では専ら〈腐る〉が使われているようである。〈食が細い〉〈食が進む・食が進まない〉という言い方があったが、〈小食《しょうしょく》・大《たい》食《しょく》〉という言い方は昔はあまり聞かなかった。

うたがい　短編小説

〔初出〕「文學界」昭和四十八年一月一日発行、第二十七巻一号、七八〜九八頁。

〔収録〕『択ばれて在る日々』昭和四十九年十月十五日発行、河出書房新社、六九〜一一三頁。『河野多惠子全集第3巻』平成七年二月十日発行、新潮社、一七七〜一九七頁。

〔梗概〕成子《しげこ》は、米田と結婚して東京に住んでいる。二人の間には子供はない。ある日、成子は米田の出張中に、従弟の正雄から電話で彼の母の見舞いに来るよう頼まれた。この叔母は、今は亡い成子の父の末妹にあたる人物で、芦屋に住んでいるが、もう大分前から病んでいて、今は難しい状態にある。正雄は、その病人が成子に何か遺言したがっていると言った。成子は夫には隠し事はしないと決めているので、正雄に口止めされてはいたが叔母の話をした。叔母夫婦には結婚当時によく気に掛けてもらっていた。米田の快諾を得て成子は芦屋の叔母の元へ向った。

見舞った叔母はひどく痩せて、成子に話を持ち出すこともままならない状態だった。二度叔母に会い、二度目は二人きりになったのだが、叔母はついに話を切り出せず、成子は話をしないまま叔母が亡くなることを予感した。

成子はその家の離れに泊まった。そこは人に貸してあったので、ひかえめな婦人とサラリーマンの息子が住んでいた。その息子に成子は見覚えがあった。東京で今の家に引っ越す前に、大通りで二、三度少年を見かけた。身なりのきちんとした、恵まれた家庭に育ったらしい少年で、理想的な息子であるように見えた。成子は好ましく思い、彼の家までついて行ってみたり、彼の家の人々をこっそり観察したりした。少年の何不自由ない様子や、それゆえの乏しい魅力をも、成子は母親のような気持で好ましく思った。恵まれていても、自分の父親はもとより、母親が本当に自分の親であるかどうかを疑うことはできる。成子は少年に自分が実母であると告げる想いに捉われたが、それを実行しなかった。

　離れに母親と住んでいるのは成長したその少年であった。彼がもうすぐ結婚することと、そして彼の母親が実母でないことを知った。帰る時、青年は成子を車で駅まで送ってくれた。成子は叔母の亡くなった時には連絡をくれるように青年に頼んだ。夫には何の隠しごともないはずの成子だが、少年の話はしていなかった。それについて、彼女は自分を疑ってみたことさえないのであった。

〔同時代評〕田久保英夫・黒井千次「対談時評第12回」（「文學界」昭和48年2月1日発行）で、田久保英夫は「子供がいないという事実かな、それから、いないということによって、何か屈折されている女の内側の衝動ですね。それがこの小説の基盤にあるものだろう」という。

（戸塚安津子）

打出の小槌《うちでのこづち》　エッセイ

〔初出〕「楽しいわが家」昭和五十年八月一日発行、第二十三巻八号、一八～一九頁。

〔梗概〕戦後の年数と戦後の日本人の平均寿命の延長年数とが、たまたま同じだった年があった。「じゃあ、ぼくは戦後ひとつも年を取らないのとおんなじだ」と言って、皆を笑わせた初老の男性がいた。その人の楽天的な考え方は捨てたものではない。与謝野晶子は徹底した楽天家だったのではないだろうか。長男夫人の道子さんに、又お子さんがおできになることになり、生活が苦しいのに困ります、と道子さんがこぼされた時、こどもは打出の小槌を持って生れてくるものですから、心配はいりません、と言ったと言う。

うっかり者《うっかりもの》　──→いすとりえっと

（「あり得る事」と改題）（36頁）

『腕くらべ』の妙味《『うでくらべ』のみょうみ》　エッセイ

〔初出〕「荷風全集第23巻月報16」平成五年十月二十八日発行、岩波書店、一～四頁。

〔梗概〕永井荷風は、四緑木星己卯年・射手座の生れである。私が最も注目するのは、荷風の星のなかに西洋占星術の射手座のサインが見られることである。このサインは外国との縁が深いとされている。荷風の代表作を中心に読んだものだけに限っての感想だが、『腕くらべ』が最も溌溂としているように思われる。生活風俗の描写が平板なものになることなく、実に精彩を放っているのは、〈腕くらべ〉という、この場合絶妙のモチーフによって書かれているからである。荷風がこの着想が浮んだ時、さぞかし心がときめいたことであろう。様々の腕くらべは、いずれも誠に拮抗感にみちていて、だからこそ『腕くらべ』はこのうえなく溌溂としていて、おもしろいのである。全編中の白眉は何といっても「十　うづらの隅」だろう。

馬の記憶《うまのきおく》　エッセイ

〔初出〕「馬銜」昭和五十三年十二月二十五日発行、第二巻一号、二二〜二三頁。

〔収録〕『気分について』昭和五十七年十月二十日発行、福武書店、一七九〜一八一頁。

〔梗概〕戦前、私の子供時分には、大きな神社で神馬のいるところがよくあった。神馬は必ず裸馬で、小柄に思えたものだ。ところが、どの神社へ行ったときのことだったか、馴染みの馬舎がもぬけの殻なのである。戦争になったからだと、すぐ察しられた。何ともいえない淋しい気持のしたことを覚えている。商品の運搬に、主に荷馬主が使われていた時分には、大きな通りの所々に馬の水飲場があった。馬が喘いでいると、通行人たちはよく、荷馬車を押してやった。一度ひどくへたばってしまって、どうしても起てない馬がいたが、砂糖水を飲ませてやって、又みんなで力を藉すと、今度はうまく起てた。これは子供の私に、行きつけの床屋さんが聞かせてくれた話だが、馬は本当に砂糖水が好きなのか、私は今もって知らないのである。

海に繋がる人々―梅原稜子『海の回廊』―《うみにつながるひとびと―うめはらりょうこ『うみのかいろう』―》　書評

〔初出〕「波」平成八年三月一日発行、第三十巻三号、一四〜一五頁。

〔梗概〕梅原稜子の『海の回廊』を読み進んでゆくと、西の方角に広大な天地がはじまる大分がある、豊後水道から伊予灘にかけてのまさしく海の回廊をめぐる人々が繰り出す物語を読んでいる気がしてくる。ある時には、また現在はそこから遠く距っていても、彼等の様々の人生と心情は常にその海に繋がっているのである。

梅見と梅干《うめみとうめぼし》　エッセイ

〔初出〕「梅家族」昭和五十八年三月一日発行、第三十五号、八〜八頁。「梅600字エッセイ」。

〔梗概〕私は二十代の半ば過ぎまで大阪で生れ育って、普通に梅といえば春の最初に咲く花のイメージをもっていた。ところが、東京へ移り住んでみると、梅に冬の最後の花のようなイメージをもつようになってしまった。

裏返した美しさ―ドガ「カフェ・コンセールの歌手」《うらがえしたうつくしさ―どが「かふぇ・こんせーるのかしゅ」》　エッセイ

〔初出〕「読売新聞」昭和五十一年十月七日夕刊、二〜二面。

〔収録〕『気分について』昭和五十七年十月二十日発行、福武書店、七〇〜七一頁。

〔梗概〕今度の展覧会を見て、あらためて感じたことは、聞きしに優るドガの異常なデッサン力だった。ドカの世界は、完全な視覚の世界で、あまりに鋭いデッサン力は、ある種の暴きを伴って見えることさえある。ドガの作風の美しさを裏返した美しさが、「カフェ・コンセールの歌手」にはある。

占いごと《うらないごと》　エッセイ

〔初出〕「文藝」昭和三十九年一月一日発行、第三巻一号、一四〜一五頁。

〔梗概〕私は十年くらい前から占いに興味をもつようになってしまった。易者の灯りが見えると、とかく寄りたがる。私の経験によると、占者たちの予言の六割は共通しており、その共通している部分は屢々的中する。占ってもらう間、ちょっと超自然的なものに身をまかせているような気分でいられるのが好きでたまらないのである。

占い私見《うらないしけん》　エッセイ

〔初出〕「中央公論」昭和四十二年五月一日発行、第八十二年六号〈九百五十六号〉、三〇八〜三〇九頁。

〔梗概〕私は洋の東西において古来にそれぞれに符合して生れたもの、つまり占いとかお酒とか儀式とかいうようなものは、立派な存在理由があるものだと思っている。どんな占いの場合にも、暗剣殺への越し方や無卦《むけ》の開運に通じるような但し条がついているようだ。私はそこに、人間の知恵ではなく、逞しい夢を感じるのである。

占いとの付き合い《うらないとのつきあい》　エッセイ

〔初出〕「文藝春秋」昭和五十四年十二月一日発行、第五十七巻十三号、七八〜七九頁。

〔収録〕『いくつもの時間』昭和五十八年六月七日発行、海竜社、五一〜五四頁。

〔梗概〕昨今は非常な占いブームである。私はまだ占いで自分の詳しい死期を聞いたことはないが、たとえあと数年と言われても、最後の日までにどんな日々を具体的に経験してゆくのかと、結構楽しみでもありそうな気がする。「天中殺」が悪い運期を割り出すものとすれば、経済生活の多難になってきた昨今、そのブームには頷ける。占いの類は当るものなのかどうなのかと、知人に訊かれることがある。その人の人生がよりよいものになるだろうと察せられる人の場合、私は本気で占いを焚きつける。私はもともと占いというものは、大分的中するものだと思っている。占いと付き合う楽しみには、良い予見の的中がある。が、悪しき予見と戦う楽しみもある。私はのべつ占いと付き合っているわけでもない。悪いことが起きてから調べてみて、最悪月だったと知る場合すらある。勿論、占いのはずれる場合も少くない。人生には占いの体系からすれば、それを超えた奇蹟が生じることがあるのだ。奇蹟ばかりは、占いにも予見できないのである。

『運転士』を推す《「うんてんし」をおす》　選評

〔初出〕「文藝春秋」平成四年九月一日発行、第七十巻九号、四一五〜四一六頁。

〔梗概〕第百七回平成四年度上半期芥川賞選評。藤原智美さんの「運転士」は、積極的にして、全く衒い心のない、すぐれた作品であった。この主人公には、往年の小説の人物のキャラクターとは異るキャラクターが備わっている。このように抽象的に捉えられることで初めて表現され得る現代の新しい様ざまのキャラクターの存在を想像させられもした。

運の強い精子を選べるのかしら？《うんのつよいせいしをえらべるのかしら？》　談話

〔初出〕「朝日ジャーナル」平成三年十月二十五日発行、第三十三巻四十四号、二三〜二三頁。

〔梗概〕父親不明の精子から子供が生れたら、その子はどうなるのかしら。人格が最初からそがれることになるんじゃないかしら。だから私は人工授精は疑問に思います。父親というものは精子とはちがうと思う。精子には人格がないもの。人格のない精子から人が生れるというのは、衰弱した世界ね。

え

エアコンで室温を調節して…《えあこんでしつおんをちょうせつして…》　エッセイ

〔初出〕「ぐっすりおやすみ…安眠読本」（刊記なし）、一二～一三頁。

〔梗概〕寝ることに関して、私はわりあい神経質なようです。私は温度には非常に敏感で、少しでも室温が高くてむし暑くなったり、反対に寒くなると寝つけなくなります。夏は必ずエアコンを軽く入れて休みます。ふとんは化学繊維のものは絶対にダメです。

永遠の名作物語《えいえんのめいさくものがたり》　エッセイ

〔初出〕『少年少女世界の文学13〈あしながおじさん・オズの魔法使い・ドリトル先生航海記〉』昭和四十二年十一月三十日発行、河出書房、三二二～三二六頁。

〔梗概〕「あしながおじさん」「オズの魔法使い」「ドリトル先生航海記」の名作は、じつにたのしく、おもしろい物語です。人間に対する愛と、地上のうつくしさ、つまり生きるよろこびを感じさせずにはおかない、力強いたのしさ、おもしろさがみちみちている。「あしながおじさん」がたのしく、いきいきしているのは、アポットという少女の愛すべき性格のためです。「オズの魔法使い」は、「高い塔のいただきから望遠鏡でながめているような気持ち」にさせられる。「ドリトル先生航海記」に心ひかれるのは、「ドリトル先生とスタビンズ君とのむすびつき方のりっぱさ」です。

H・ヘッセの訳本《えっち・へっせのやくほん》　エッセイ

〔初出〕「群像」昭和五十五年三月一日発行、第三十五巻三号、一九七～一九七頁。「外国文学と私」欄。

〔収録〕『気分について』昭和五十七年十月二十日発行、福武書店、六七～六九頁。

〔梗概〕女学校に入って初めて英語を習うまで、私は外国語同士、唯一絶対の単語で買い替え得るものと勝手にきめていた。当然構造も同じと思い込んでいたようだ。ところが、そうではないことがわかり、馬鹿らしくなった。外国文学で初めて読んだのは、ヘルマン・ヘッセのものであった。高橋健二氏の訳で「車輪の下」を愛読した。やがて、秋山六郎兵衛氏の訳でも、ヘッセのものが出はじめた。高橋氏のと双方を読みくらべてみて、その相違から外国語間に対する不信が更めて頭を擡げてきたが、私にはもう馬鹿らしいとか、不信とか言ってしまえない感じも生じはじめていたようであった。

栄養変異《えいようへんい》　エッセイ

〔初出〕「サンケイ新聞」昭和四十八年六月十八日夕刊、八～八面。

〔梗概〕知人に成人病が相ついで出た。うちでは夫婦とも、食事制限など考えたこともないのに、肥満せず、主人の血圧は理想的、私は低血圧という具合なのだった。ところが、日曜日に外出して、昼食にてんぷらを摂《と》ったところ、胃が痛みはじめた。胆のう炎だった。一応治るまでに、四カ月ほどかかった。胆のう炎は強い動物性蛋白質、肉、卵、鰻などは厳禁である。低血圧で、既往症が結核で、痩せているほどではないが標準体重の下のほうが切れがちで、高カロリーの食事ばかりしていた頃には太らなかったのに、食事が変り、それに馴れて心理的栄養不足もなくなると、却って本当の栄養状態がよくなったとみえる。

A・デューラー—対幅肖像画への勝手な想像—《えー・でゅーらー—たいふくしょうぞうがへのかってなそうぞう—》　エッセイ

〔初出〕『デューラー〈カンヴァス世界の大画家7〉』昭和五十八年十月二十五日発行、中央公論社、六一～六八頁。

〔梗概〕金細工師匠の父を持ち、文化的に相当恵まれて育ったデューラーは、環境やめぐり合わせや成り行きに呼応しつつ進む型の芸術家であったらしい。一四九〇年頃デューラーの描いた父の肖像画は、同じ頃に描かれた母の肖像画に比べて、対象の個性と描き手の個性が徹底的に共存して、非常な高みへ達している。彼の作品は全般的に、対象が男性である方が女性の場合よりも一段と見事であるような気がする。父母の対幅肖像画で父の方が優れているのは、デューラーにとって父が同性だったからである。

（荒井真理亜）

得難い個性《えがたいこせい》　エッセイ

〔初出〕「群像」昭和六十年六月一日発行、第四十巻六号、一七二～一七三頁。

〔梗概〕第二十八回群像新人文学賞選評。今年もまた評論部門の受賞作が出せなかった。今日、どのような異端も正論も創造的卓見も相対化してしまう風潮がまことに強い。何かを言わんとする者にとって、張り合いのないこと夥しいであろう。小説部門の「アコースティック・レイン」は、海外ものの珍しかった時代でも、これでは受賞には遠く及ぶまい。「跳び上がる魚」は、似つかわしくない空疎な場面や独りよがりの飛躍がある。「ジパング」は、二作、三作と、この世界を拓り開いてゆけば、さらに認識面も完成度も、表現でも伸びてくるだろう。「ゼロはん」は、作者李起昇氏の登場を強く望ませる出来栄えであった。

SFと情念の結びつき—「バーバレラ」—《えすえふとじょうねんのむすびつき—「ばーばれら」—》　映画評

〔初出〕「群像」昭和四十三年十一月一日発行、第二十三巻十一号、二二四～二二五頁。

〔梗概〕映画「バーバレラ」は新手法を用いたSFの世界である。この映画の面白さは、SF的設定と情念とを結びつかせたところにある。この映画にはSF的というよりも漫画的部分も混っている。生々しい場面が繰り返し描かれているけれど、すべてが男性の虫のよさに徹しすぎている。

エスプレッソ《えすぷれっそ》　エッセイ

〔初出〕「楽しいわが家」平成十四年四月一日発行、第五十巻四号、三～三頁。

〔梗概〕私はコーヒには大して執着はない。だが、十年まえに取材のために初めてイタリアへ行った時、何となくエスプレッソを注文したとき、これほどおいしいものだとは知らなかった。東京のフランス料理店でダブルがあるのを初めて知ったが、エスプレッソらしくなく、イタリアのエスプレッソが恋われた。

エッセイの場合《えっせいのばあい》　エッセイ

〔初出〕「文學界」昭和四十八年六月一日発行、第二十七巻六号、一〇～一一頁。「文學界」欄。

〔収録〕『文学の軌跡』昭和四十九年二月二十八日発行、河出書房新社、一〇五

～一〇八頁。
〔梗概〕書いたものは、手許にみな保存しているので、ある出版社が、私の文学的関係のエッセイ集を出してくれるといったとき、書いたものを探し出すのに手間はかからなかった。小説を書くのとはちがって、エッセイの手入れはさぞかし楽だろうと思って、取りかかったところ、一向に渉らない。文学関係のエッセイで、これほど自分の小説と繋がりの深いことを書いていたとは、私はこれまで知らなかった。全く思いがけない繋がり方をしている部分に気がついて、びっくりした。エッセイ「名詞と時代」と小説「雙夢」との繋がりにも言及している。

N君のこと《えぬくんのこと》　エッセイ

〔初出〕「ノーサイド」平成七年十月一日発行、第五巻十号、一〇四～一〇五頁。
〔梗概〕昭和八年、私は大阪市立の小学校に越境入学した。電車道を渡らずにすむ学校のほうへ行かせることにしたという、単純明快な理由であった。N君も越境入学者であった。私たちは帰りはいつも自然にN君と一緒になった。N君は色白で両頬の血色がよかった。眼は黒々と大きく、上の前の二枚の乳歯が抜けていた。紺サージの学生服以外のN君の姿はよく思い出せない。N君の転校は二年に進級後のことだったのかもしれないが、もっと早かったような気もする。当時の私には言いようが分らなかったけれども、N君にはいわば人間の心の襞というものが早くも生じていたようだ。

エミリ・ブロンテ《えみり・ぶろんて》　評伝

〔初出〕『歴史をつくる女たち5〈世紀末の愛と炎〉』昭和五十八年七月二十日発行、集英社、七五～一〇二頁。
〔梗概〕イギリスヴィクトリア朝の四大女流作家の一人であるエミリ・ブロンテの評伝。さらにその生立から『嵐が丘』の創作の経緯を考察したものである。エミリは「ゴンタル詩篇」を書くことによって、自分の異常な内的世界を次第に自覚するようになった。そして、『嵐が丘』の登場人物たちにはエミリの幼児性が濃く投影されている。また彼女の無性別な特性が『嵐が丘』のあれほど異常な愛を書くことを可能にした。『嵐が丘』には人間の憧れと苦しみの極致が描かれている。

（荒井真理亜）

エミリ・ブロンテと私《えみり・ぶろんてとわたし》　エッセイ

〔初出〕『世界文学全集10〈エミリ・ブロンテ〉』昭和五十四年十月一日発行、学習研究社、一七～四八頁。
〔梗概〕戦争末期の昭和十九年、女専の英詩の授業で、エミリ・ブロンテの詩“No coward soul is mine”に出会った。空襲の恐怖の経験が重なり、死が予想されてくると、よくその詩を思い出すようになった。〈わたしの魂はおののかない〉という意のその言葉が、その時の自分の気持ちを支えるのに、一番ぴったりしていた。エミリの詩と「嵐が丘」は地続きであり、「嵐が丘」について言えば、無性別な者同士でありながら、絶対的に結ばれようもない登場人物たちの呼応には、日常的な如何なる男女の愛欲にも見られない、エロティックな世界がある。

（荒井真理亜）

択ばれたナルシズム《えらばれたなるしずむ》　エッセイ

〔初出〕『新潮日本文学アルバム〈岡本か

の子〉』平成六年七月十日発行、新潮社、九七〜一〇三頁。

〔収録〕『河野多惠子全集第10巻』平成七年九月十日発行、新潮社、一三四〜一三六頁。

〔梗概〕岡本かの子といえば、毀誉褒貶の著しい作家だが、評価の大きな相違が一体に、彼女の作品に対する好悪から生じているようである。岡本かの子はどうしてナルシズムへの憧憬、ナルシスト創造の願望などは踏み破り、埋もれた核の爆発を得、より強烈な創作衝動を感知するに至らなかったのか、と私は惜しむ。かの子の作品を読みながら、私は彼女の全作品中には一体幾人の人物が登場しているのだろうか、とふと知ってみたく思うことがある。夥しい人物を扱っているからである。

択ばれて在る日々《えらばれてあるひび》　短編小説

〔初出〕「文藝」昭和四十九年四月一日発行、第十三巻四号、一二六〜一四九頁。

〔収録〕『択ばれて在る日々』昭和四十九年十月十五日発行、河出書房新社、二一一〜二五七頁。『文学1975』昭和五十年五月十二日発行、講談社、九二〜一一五頁。『河野多惠子全集第3巻』平成七年二月十日発行、新潮社、二四三〜二六五頁。

〔梗概〕圭子と夫の武田は、三年前に新しい高層アパートに入居した。前の年、武田夫妻の仲は無事に年を越せるかと思うほど悪化していたが、今ではそんなことはなくなって来ていた。圭子は自分の予感と現実の関係に戸惑うことが重なっていた。

　新年の五日、武田夫妻は武田の仕事の上での先輩である野原氏の宅へ年賀に行った。そのパーティの席で圭子は、酒をやめたという島と会った。島家とは三年まえまで住んでいた借家と近所だった。それからしばらくして、圭子は眼鏡屋を訪れるために前住んでいた所の近くに行き、電柱に島家の葬儀の貼り紙を見つけた。圭子は新年に会ったばかりの島が死んだような気がした。五十半ばくらいの島は胃潰瘍で一昨夜に吐血し死んだのであった。

　そして、圭子は母方の伯父が亡くなったことを知って、実家へ電話した時、大学生の甥から小火の話を聞いた。電気をつけたまま倒れたスタンドによって蒲団や畳が黒焦げになったというものだった。それからしばらくして、武田が台所の引き戸を斜《はす》に寝かせて、ペンキを締めきった内で永い間、塗り続けた。圭子がガス台に火をつけても大丈夫かしら？　と火事の予感をした時、消防車のサイレンが聞えた。アパートの八階で火事があったのである。その原因は電気スタンドが倒れ、過熱したためであった。

　それから、亡くなった伯父に供えてもらうために故人が好きだった和菓子を近所の和菓子屋に発送してもらった。店の人は大丈夫であるといったが、圭子には箱が壊れるのではないかという懸念がした。後日の届いた礼状に、壊れていたことが付記してあった。

　そんな予感が重なっていたある日、傘を持たずに外出して雨に降られた圭子は、帰宅するために駅でタクシーの長い列に並んでいた。そこへ同じアパートに住む老婦人が同乗を申し出て来た。老婦人の姿は普段から時々見かけたが、アパートの火事の時、ロビーまで何も持ちださず、羽織だけを手にして避難して来た姿が圭子の印象に残っていた。老婦人は圭子と共に列を並びながら、女の人には予感の的中する時期が一度くるが、そんな時期はじきにすんでしまうという。

〔同時代評〕後藤明生・黒井千次「対談時評第27回」（「文學界」昭和49年5月1日発行）で、黒井千次は、河野さんの場合「予知する能力がつねに未来の現実を作っていく。だから、現実が予感に従属することになる。それが大変にエネルギッシュな営みとして生きて動いている」と指摘する。　　　　（戸塚安津子）

択びすぎた作家《えらびすぎたさっか》―三島由紀夫《みしまゆきお》―　エッセイ

〔初出〕「群像」昭和四十六年二月一日発行、第二十六巻二号、一八八〜一九一頁。

〔収録〕『文学の奇蹟』昭和四十九年二月二十八日発行、河出書房新社、二五一〜二五五頁。『河野多恵子全集第10巻』平成七年九月十日発行、新潮社、一七二〜一七四頁。

〔梗概〕三島由紀夫は、二首の辞世に、三島由紀夫と署名していた。自ら択んだ筆名を署名するしかなかった人だった。やはり武士としてではなく、文士として、死を択んだのだと思う。三島由紀夫は、小説とは何かということを真剣に考えたり、或いは択んだ作家を真剣に分析したりしたことはあっても、作家とは何かについて本当に考えたことがあったかどうか疑問をもつ。私が三島文学に本当に魅かれたのは、「金閣寺」や「若人よ蘇れ」や「青の時代」までである。三島由紀夫は、何ものに対しても、択ばずにはいられなかった人のようだ。極端なことをいえば、自らの性別も自然の配慮を拒んで、自ら択んだようにみえる。択ぶということは、もともと創造世界のものではない。三島由紀夫の最期を、私は氏の択び続けてきたことの完結だと思う。択ぶ人へと出発せずにはいられなくした最初の衝動が創作衝動とひとつの母体であったであろうと考えると、実に複雑な気持になるのである。

択ぶ《えらぶ》　エッセイ

〔初出〕『講座おんな6〈そして、おんなは…〉』昭和四十八年七月二十日発行、筑摩書房、一二七〜一三四頁。

〔梗概〕人間、択ぶという行為くらい、生きてゆくことと密接な関係にある行為は少いのではないかと思われる。他の行為でも、大半は択ぶという行為と共存していることが、実に多いのである。択ぶという行為が、本当に択ぶという行為として感じられるのは、平たく言えば、必死に択ばねばならない問題に対する場合である。私たちが択ばねばならない問題の多くは、自由な選択を許されていない場合が殆どなので、迷い、悩むことになる。択ぶばかりでなく、こちらも択ばれるに価するか、択ばれる要素のほうが、就職先など、幅を利かせる。択ばれつつ、択んでゆくのである。択ばれるだけの価値を絶えず持ち続けてゆかなくてはならない。何故、決心がつくかといえば、択ぶということが、大抵の場合、択ばれる前提なしでは不可能だということを覚った結果の謙虚さが、そうさせるのである。どれを択ぶべきか、決めかねた時には、まず択ばれる側の自分でもあることを考えてみることである。そのことで、決して卑屈にはならず、逆に勇気がでる。

択んだ理由《えらんだりゆう》　選評

〔初出〕「中央公論」平成二年十月一日発行、第百五年十号、三一三〜三一三頁。

〔梗概〕第十六回中央公論新人賞選評。「八月のカレーライス」は、作者が女性たちの選択その他でもう少し頑張れば、その様相はもっと濃密に表現され、非リアリズムが生きたと思う。「キリギリスとアフリカ白熊コネクション」は、作者は童話とSFとが混合したような意識世界を援用して、かなりのところまで迫りながら、迫りきれずに終った。「突き進む鼻先の群れ」は、人物の表現も確かだし、架空の設定をここまで使いこなすことのできた実力は、充分評価できる。

エルミタージュ美術館展の歓び《えるみたーじゅびじゅつかんてんのよろこび》　エッセイ

〔初出〕「クエスト」昭和五十二年十二月一日発行、第一巻六号、六七〜七三頁。

〔梗概〕日ごろ、私は文章というものの機能に対する信頼に支えられて小説を書いている。ただ、絵や彫刻と文章によって表現することはいかにむずかしいか。音楽、又しかりである。ディエゴ・ベラスケスの「オリハレス伯の肖像」の美しさはその人物を一個の人間として摑みきった、逆にいえば作者の精神を投げ込むことによって、描きだすことのできた何とも奥深い鮮明さで貫かれているところから生じている。パオロ・ヴェロネーゼ「ディアナ」は、観ている者の感性を全身で快くさざめかせる。

エロスと時代《えろすとじだい》　対談

〔初出〕「新潮」平成八年四月一日発行、第九十三巻四号、一五二〜一六九頁。

〔梗概〕辺見庸との「特集性の世界」対談。「昭和十六年という時代」「肉体的直接性の喪失」「『不埒』ということ」「時代とフェティシズム」「性的経験という記憶」「小説と性別」「歴史意識を抱えながら」から成る。マルキ・ド・サドの『ジュスティーヌ』は、非常に外形的なことしか書いてない。こういうふうに残酷なことを施したというふうな、そればかりの羅列。それに女の反応は一切書いていない。そこいらのところが、磨滅するんじゃないか。なにも特殊な性生活という意味じゃなく、いろんなものから自由になった小説が出てこないかと思う。作家はやはり戦うべきものである。それなのに、昨今は情報漁りに熱心で、まるで情緒に拝跪しているみたいな人が多い。情緒に詳しい人が新しい作家のように見られたりもしているが、情報との戦いがなければ、よい小説は生れないと思う。情緒自体が常にすでに過去のもの、そういうものを漁っても、時代は摑めない。性的経験というのは、他のことの経験とはまるで違うと思う。その時の印象というのはほんとにあいまいなもので、なんか前世の経験のような気がするところがある。性的なことを書く場合でも、事にもよりけりだけれど、実際誰もわからないんじゃないかしら、ある状況ではどうかということを。性的記憶の場合は、誰もほんとのものはわかってない、だからおもしろいのだと思う。詩の場合は、作者が男か女か、誰かというのが、それほど気にかからない。だが、小説というものは本当に男女とか性というものがかかわっている。今は、担当以前から異端でさえ通俗になって、異端が成り立たなくなっている。異端を目指すのでなく、情報に溺れるのでもなく、時代と結びついた深い必然性のあるセックス風潮が蠢動しはじめているのかもしれない。そうであれば、それが最初に現れるのは、やはり小説である。

エロスは滅びず、小説は滅びず—対談 河野多恵子著『みいら採り猟奇譚』をめぐって—《えろすはほろびず、しょうせつはほろびず—たいだんこうのたえこちょ『みいらとりりょうきたん』をめぐって—》　対談

〔初出〕「週刊読書人」平成三年一月七日発行、第千八百六十五号、一～二面。

〔梗概〕佐伯彰一との対談。正隆は全く私の想像の創った人物です。谷崎はほんとのサディストを設定していない。マゾヒストの側がそのつもりで見ているだけで、片側から見ただけの世界のマゾヒストの喜びというのはマゾヒストの全てかもわからない。サディストの側から書くことの必要について語っている。

縁《えん》　エッセイ

〔初出〕西川勉遺稿・追悼文集編集委員会編集発行『戦死やあわれ西川勉遺稿・追悼文集』昭和五十八年七月十五日発行、一二七～一二九頁。

〔梗概〕高橋健二先生と広島県三原でのNHK文化講演会にご一緒させていただいたときのディレクターの西川勉についての追悼文。

炎々の記《えんえんのき》　中編小説

〔初出〕「群像」平成四年一月一日発行、第四十七巻一号、一一二～一四五頁。

〔収録〕『炎々の記』平成四年五月二十日発行、講談社、七～九〇頁。『河野多恵子全集第4巻』平成七年七月十日発行、新潮社、二一九～二五一頁。

〔梗概〕この小説は、泉鏡花の小品「火の用心の事」の一節の引用ではじまる。鏡花宅を師の尾崎紅葉が訪ねて帰った後、火鉢の炭からぼやがおきたことともに、幼いころ、同じ節分の夜に三年続けて火の過ちをした覚えがある文章だった。地方の都市へ灯籠祭り見物のために出かけようとしている岩田と瑞子《みずこ》夫婦は、新幹線の雪での停車を危ぶんで、天気予報を電話で聞こうとした。瑞子のかけた電話から返ってきたのは、「はい、東京消防庁！」という言葉だった。瑞子は一九二六年の丙年生れであり、祖父は丙年の生れの人間には、火難に会うという言い伝えを心配して、瑞子と名付けたのだといぅ。火事にまつわるさまざまのことが回想される。二十年来住んでいるマンションでボール形のガラス器やアイロンによる焼け焦げや、その前に住んでいた家で引っ越しのため庭で塵芥を燃やし、その炎による危険などが語られる。そして、幼いころの近所の火事による恐怖の記憶や戦時中の近所の火事、空襲による戦火、また、特急「安藝」に乗ったら、その三、四日後に「安藝」の火災事故があったり、離島に小屋を建てたら、あるとき、島を離れたその翌日に大噴火にあったりした。最後に坂上弘の「故人」の一節の引用で締め括られる。火葬場の燃え盛る死者を焼く炎、人間の生涯の最後にある火が語られる。

〔同時代評〕黒井千次は「炎々の記　河野多恵子著」（「朝日新聞」平成4年6月

14日発行）で、「どの挿話も抑えた筆致で淡々と語られているだけに、火縁というものが静かに浮かび上って来る。火によって生れた影絵の姿がこの一篇を作り出しているともいえよう」と評した。

円地文子さんと現世《えんちふみこさんとげんせい》　エッセイ

〔初出〕「新潮」昭和六十二年一月一日発行、第八十四巻一号、一八六～一八八頁。「追悼円地文子」。

〔梗概〕円地さんの数ある短編のなかで最高の傑作『二世の縁　拾遺』、『なまみこ物語』など、円地さんには非現実、幻想、霊、超自然といった向きのお作がいくつもある。円地文学のそういう特色の一つは、霊どころか妖怪まで本当に信じていたらしい。泉鏡花のものとはまるで違う。まだしも、谷崎潤一郎に近い。とはいえ、谷崎潤一郎ともかなり異る。円地さんの空想力は、作品―詳しくいえば創造の過程の内的手続上で、逞しく、多彩に発揮された。発想のきっかけは私小説、書き方は存分に創るのが大好き、と円地さんはおっしゃっていた。円地さんには、現実・現世がすべてというお考えがあったのでないか。

円地文子さんのこと《えんちふみこさんのこと》　エッセイ

〔初出〕「朝日新聞」昭和六十一年十一月十七日夕刊、七～七面。

〔梗概〕お通夜で、円地文子さんのお顔は美しかった。円地文子さんのお生れは、明治三十八年十月二日。この明治三十年代生れというのは、実に多くのすぐれた女性文学者が見られる世代なのである。円地さんたちの世代になると、女流文学者は異例ではなくなる。多くのすぐれた女性文学者が輩出した理由は、日本文学全体の水位が高くなったことと深く関わりがあると思う。円地さんとは、文学以外のお話もよくした。しかし、文学のお話をなさる時のお顔は格別に輝いていたのであった。

円朝うらない《えんちょううらない》　エッセイ

〔初出〕「群像」昭和五十一年十二月一日発行、第三十一巻十二号、二四七～二四七頁。「街の眺め」欄。

〔収録〕『もうひとつの時間』昭和五十三年二月二十日発行、講談社、一三六～一三七頁。

〔梗概〕若い友人夫婦が訪ねてきた時、私は円朝の「牡丹灯籠」を読んでいた。その夫婦は、引っ越しすることになり、不動産屋に紹介してもらったマンションの借りようとしている部屋が、半年ほど前に自殺があった。以前半年ほど空いていたわけではないが、その住人がほんの数カ月で立ち退いたのが偶然かもしれなくても却って無気味なようでもある。どうしょうかという相談であった。そんなふうに思うようだったら、見合わせるのがいい、とだけ私は答えた。円朝の本の出ていたことも、いい掛とはいえないかもしれない。その一方で、私は、こんなことを考えていた。「牡丹灯籠」の世界に限ったことでなく、旧東京市中で一度も血に染まらなかった一廓は稀だといえるのではないだろうか。考えれば、どこもかしこも薄気味わるいところばかりなのだが、別に薄気味わるくはないのである。

お

『黄金の浜辺』《おうごんのはまべ》　—ブリニェッティー《ーぶりにえっていー》　エッセイ

〔初出〕「今日の海外小説NOVELS NOW27」昭和四十七年十月発行。

〔収録〕『文学の奇蹟』昭和四十九年二月二十八日発行、河出書房新社、一七九～一八一頁。

〔梗概〕新しい文学を読む時、なるだけ素直に読むことにしている。作者自身が実験的、冒険的なので、古典や伝統的な作風の文学よりも完成度に欠ける点が生じるということも加わって、読者は戸惑うことが多い。そのため読者は理解をしようと焦りがちになり、作品と味わう楽しみを見失う。『黄金の浜辺』も、そういう新しい文学のひとつである。中年の男が、スクーナーと呼ばれる帆船で少女と共に島に向う。少女は七歳ということになっているが、常識では考えられないほど、知的な早熟さを示し続ける。その早熟さや、設定の非常識にこだわるならば、この作品の面目には接しそこねてしまうだろう。

『黄金の眼に映るもの』《おうごんのめにうつるもの》　—マッカラーズ《ーまっからーずー》　エッセイ

〔初出〕「新集世界の文学第44巻〈ゴールディング・マッカラーズ〉付録32」昭和四十六年四月発行、中央公論社、一～三頁。原題「視覚的心理の特色」。

〔収録〕『文学の奇蹟』昭和四十九年二月二十八日発行、河出書房新社、一七五～一七八頁。この時、「『黄金の眼に映るもの』—マッカラーズ」と改題。

〔梗概〕「黄金の眼に映るもの」という題は、カーソン・マッカラーズの作家的特徴を思わせる。彼女の作品は、視覚的表現の鋭さに、感心させられた。この作品では、登場人物たちのすべての眼を通して、作品世界が繰りひろげられてゆく。従来の多元描写をそのまま用いているのであるが、その可能性の限りを尽しているる。彼女の作品の視覚的特色は、「単なる視覚ではなくて、心理につながる」ところにある。彼女の視覚的描写がこのうえなく美しいのは、そのためなのである。

お梅どん《おうめどん》　エッセイ

〔初出〕「随筆サンケイ」昭和四十三年三月一日発行、第十五巻三号、五一～五三頁。

〔収録〕『私の泣きどころ』昭和四十九年四月八日発行、講談社、八七～九二頁。『いくつもの時間』昭和五十八年六月七日発行、海竜社、九～一五頁。『河野多惠子全集第10巻』平成七年九月十日発行、新潮社、二二五～二二七頁。

〔梗概〕物の出来ない女のことを、昔は「掃除と、洗濯くらいしか出来ない人」というようないい方をした。私は物の出来ない女であるらしい。掃除や洗濯は好きであるが、料理や縫いものはそうでない。仕事をもっているので、通いのお手伝いさんに来てもらっている。しかし、彼女たちは通り一遍の働き方で、機械的に行うだけである。原稿の締め切りが迫っているときに、「お買物は？」と聞かれて、それどころでないので「なにか献立てを考えてくれないかしら？」といっても、「そう言われても困るんですけれど」というばかり。
子供のころ家にいたお梅どんのことが慕われる。私を暖かく包んでくれた。田舎にいたとき、鎌で切ったとかで、人差指がL字に曲がっていて、「ひっかけ指のお梅どん」と呼んだ。しかし、お梅どんはその呼び方をする私を悪気がないばかりか、卑屈さのまったくない気のよさを溢れさせて、親愛感のある顔でいろいろ話をしてくれた。また、夜眠るときはいつもお梅どんの耳たぶが必要であった。お梅どんの耳たぶはふくよかで見とれるほど形が美しく、色艶が生き生きしていた。寝つきがわるい私は、お梅どんの耳をさわりながら寝入った。
今でも、お梅どんが暇を取った日、紫の矢絣《やがすり》の着物をひっかけ指の手で合わせて、タクシーに乗っていった姿をはっきりと思い出す。お梅どんと最後に交わした言葉は覚えていないが、お梅どんもタクシーに乗るんだなと、不思議な気がしたことだけは覚えている。その不思議さは、女王さまがバスに乗られる奇妙さと、なんの変りもなかったと思われる。
（鄭　勝云）

大岡氏と荻野氏《おおおかしとはぎのし》　選評
〔初出〕「文藝春秋」平成二年三月一日発行、第六十八巻四号、四〇三〜四〇三頁。
〔梗概〕第百二回平成元年度下半期芥川賞選評。私は大岡・荻野両氏の作品を推した。荻野氏は前回の時から一段と成長している。過去が現在にあり、確かに未来へ転じてゆきそうな手応えと光が全編に満ちており、標題の〈ドアを閉めるな〉も絶妙！　大岡氏の「表層生活」は、導入部の拙さや無意味な補強の部分があるなど欠点はある。しかし、作者が前人未踏の分野に挑んでいることは確かである。大岡氏の登場には、文学的にも社会的にも、一九八〇年代に対する鮮やかな反措定の観がある。

大型新人まんが戯評《おおがたしんじんまんがぎひょう》　戯評
〔初出〕「週刊読売」昭和四十七年六月十日発行、第三十一巻三十号、六七〜六七頁。
〔梗概〕「現代の男性について…」に対する戯評。『どうしたものやら？』何だか、お困りのご様子／『どうしてよいやら？』／妙にお困りのご様子／どうも、お困りのご様子」のセリフに漫画が掲載されている。

大きな期待《おおきなきたい》　選評
〔初出〕「文藝春秋」平成元年九月一日発行、第六十七巻十号、四二九〜四二九頁。
〔梗概〕第百一回平成元年度上半期芥川賞選評。荻野アンナ氏の「うちのお母《か》さんがお茶を飲む」を私はためらいなく押した。視覚で聞く方言に仕立て切った、周到さと繊細な文章感覚にも感心した。大岡玲氏の「わが美しのポイズンヴィル」を私はひとまず押し、あとで反対した。この作品の着眼は、実にすばらしい。しかし、出来はわるい。

オークスを観て《おーくすをみて》　エッセイ
〔初出〕「優駿」昭和四十年七月一日発行、第二十五巻七号、一四〜一五頁。
〔梗概〕ダービー夫人が自分たちの結婚祝いの競馬に牝馬ばかりの競馬を思いつき、所望したのがオークス・レースの起源だそうである。英国女性気質そのものらしくて興味深い。さて、今年の日本のオークスは、大変男まさりの牝馬ベストルーラーと本命のビューティロックを買ったが、全部すってしまった。優勝したペロナの快挙から英国に一般のひとびとには知られていないアフラ・ベーンという古い女流作家のことを、何となく思い出した。

大阪おとこの魅力《おおさかおとこのみりょく》　回答

〔初出〕「しょうと大阪」昭和四十一年一月一日発行、第十号、二五〜二五頁。大阪有名大店会発行。
〔梗概〕「大阪の男性のいいところはどこにあるとお思いですか」「あなたの印象に残っている大阪の男性の姿」のアンケートに対する回答。

大阪今昔《おおさかこんじゃく》　エッセイ

〔初出〕「読売新聞」昭和三十八年十月四日夕刊、七〜七面。原題「道頓堀かいわい〈ふるさとめぐり〉」。
〔収録〕「喫茶大阪」昭和三十九年五月一日発行、第十三号、一四〜一五頁。『私の泣きどころ』昭和四十九年四月八日発行、講談社、五七〜五八頁。この時、「大阪今昔」と改題。
〔梗概〕いつか新聞で東京にただ一つ残っている馬の水飲み場が工事のため取り除かれるようになった記事を読んだことがある。故郷の大阪でも、戦前は電車道などに馬の水飲み場があった。私が生れ育った大阪西道頓堀には、問屋が多く、荷馬車の出入りがはげしい。車道に木煉瓦にコールタールが舗装されていたが、戦争の空爆でこの木煉瓦の道は燃え、焦げた道路には二つに割れた馬の水飲み場を見たことを思い出す。戦前は構えの一部を外へ倒すと床几のようになる揚げ店という造りになっている家がよくあった。夏の夕方には、店先に揚げ店や椅子が軒並みに出揃って夕涼みが始まるし、橋では南のネオンがさかさに川面に映って揺れているのが美しかった。だが、その盛り場も変ってしまった。今の大阪には揚げ店もないし、正月でも家紋と家名を染め抜いた幕が風に膨らむ光景はもう見られない。かわりに、心斎橋の舗道が白と樺色との曲線模様で装われていたりするので、見知らぬ都会に来たような気がする。

この冬、帰省したとき、阪急沿線で昔のまま変らないものに出会った。梅田駅の高丸天井、そこに描かれた鳳凰、宝塚のポスター、それからチョコレート色の車体など。座席に腰を掛けると、初めて自分の十三、四歳ごろの故郷大阪に帰ったような気がした。戦争と時代によって変りつつある大阪、その中で戦前の光景に出会った喜びを語っている。

（金　文洙）

大阪女性と銀座《おおさかじょせいとぎんざ》　エッセイ

〔初出〕「銀座百点」昭和三十九年八月一日発行、第百十七号、二四〜二五頁。
〔梗概〕最近、年に一、二度は習慣的に東京へ出てくる大阪女性がかなりあるらしい。未婚または子供に手のかからなくなった中年以上の女性である。一般的な面では東京と大阪との差が大きくないだけに、その小差が逆に東京への激しい憧れをそそるらしい。「ちょっと東京へ」の女性たちの在京時間の大半は旧馴染みを訪ねると銀座ゆきで費せれる。銀座では、自分用に、土産用に、さすがに東京の銀座だと思うような品物を買わなければならない。そして、帰阪後の便りには「結婚するまでにもう一、二度は東京へやってもらうつもりです」などと書いてくるのである。

大阪ずし《おおさかずし》　エッセイ

〔初出〕「新婦人」昭和四十三年五月十日発行、第二十三巻五号〈二百五十四号〉、一七四〜一七五頁。

〔梗概〕風邪ひきの熱のために食欲がないような時、私は大阪の雀ずしならば食べられるように思う。小さい時分、好きだったのは箱ずし。バッテラは女学生の頃から好きになった。それにしても、高野豆腐と椎茸とかんぴょうと三つ葉を巻き込んだ大阪ふうの海苔まきは、十六年前の春に上京して以来、一度も味わったことがないようである。

大阪の小説〈この3冊〉《おおさかのしょうせつ〈このさんさつ〉》　エッセイ

〔初出〕「毎日新聞」平成八年一月八日発行、七〜七面。

〔梗概〕谷崎潤一郎の本当に大阪らしい小説となると、中絶作品であるが「夏菊」を択びたい。各人物の描かれ方には終始、大阪なればこそあり得るように思える大阪人らしさが深く、鋭く備わっている。

庄野潤三の短編「相客」は、帝塚山のはんなりした雰囲気が、一家の胸さわぎや不安を際立たせ、一つの場合の大阪を思わせる。

今江祥智の「ぼんぼん」は、実に新鮮で、拡がりもある、少年の戦時下の体験記である。戦争、苦楽の妙味つまり人生、そして大阪らしさが、常に一体となって躍如としている名著である。

大谷洌子さん《おおたにきよこさん》　エッセイ

〔初出〕「楽しいわが家」昭和五十二年八月一日発行、第二十五巻八号、二〇〜二三頁。「みんなの人国記17小中学生シリーズ」欄。

〔梗概〕「夕鶴」を団伊玖磨がオペラに作曲した。大谷洌子さんはその主役のつうを日本と海外でもう六十回ほど歌っている。「蝶々夫人」も百回以上歌った。戦後の日本の最初のオペラは、大谷さんの歌った「椿姫」によって再開された。マリア・グズネツヴァが来日し、「トスカ」が上演された。大谷さんははじめてオペラを東京の新橋演舞場へ聴きに出かけた。この日の「トスカ」から受けたオペラの非常な迫力、強い感動が、大谷さんにその後の道を示した。オペラ歌手としての大谷さんの得難い特色の一つは、椿姫でも、蝶々夫人でも、ミミでも、オペラを心の底から、そして全身で楽しませ、好きにさせる魅力のあることである。

大庭さんの豊かさ《おおばさんのゆたかさ》　エッセイ

〔初出〕「大庭みな子全集第6巻月報8」平成三年七月二十五日発行、講談社、一〜二頁。

〔梗概〕大庭さんは幼児体質なのかもしれない、と思う時がある。彼女は決して身勝手なひとではない。そして、人間関係のトラブル処理能力に至っては抜群だ。私は彼女に例外的な本物のフェミニストを感じている。大庭みな子の作品のなかで、私の格別に好きなものを五つ択ばせてもらうと、『寂兮寥兮《かたちもなく》』『浦島草』『オレゴン夢十夜』『舞へ舞へ蝸牛』『霧の旅』である。

大庭みな子『津田梅子』《おおばみなこ『つだうめこ』》　選評

〔初出〕「読売新聞」平成三年二月一日朝刊、二三〜二三面。
〔梗概〕第四十二回読売文学賞〈評論・伝記賞〉選評。津田梅子の評伝の書き手として、大庭みな子さんは二重に適している。共に、家系は士族、東京の山ノ手族である。大庭さんは津田出身であるうえに、戦後かなり早いうちにアメリカに移り、十年ほど後に、凄まじく変貌した日本に戻って、彼女もまた二様に異質変化の経験者であること等々。梅子の人と時代に対する大庭さんの優れた考察と表現は、実に魅力と自然な説得力と展がりに富み、日本の近代化の微妙な襞《ひだ》にまで触れている。

おおらかな美《おおらかなうつく》しさ―谷崎潤一郎《たにざきじゅんいちろう》―　エッセイ
〔初出〕「別冊太陽〈名筆百選〉」昭和五十五年十二月五日発行、日本のこころ33、一四三〜一四三頁。
〔梗概〕谷崎の筆跡は、変遷と一貫との関係に、私を魅くものがある。変遷はあくまで自然である。一貫しているのは、常に丁寧に、一生懸命に、書かれていることである。谷崎の筆跡には、おおらかな、確かな美しさがある。

お加減《おかげん》・ちびっ子《ちびっこ》　エッセイ
〔初出〕掲載誌紙名未詳、昭和五十六年八月発行。
〔収録〕『蛙と算術』平成五年二月二十日発行、新潮社、六九〜七〇頁。
〔梗概〕ひとの体のぐあいを言うときに用いられる「お加減」という言葉は、好きなのだが、今では、私もめったに口にしなくなった。子供たちの先生でもなければ、身内でもなく、知り合いでもないのに、「君たち」と子供たちに言う人がいる。それにもまして、私の嫌いなのは、子供のことを指し、「ちびっ子」とか「ちびっ子たち」という言葉である。おだて侮りと馴々しさの押しつけが一緒になった、何と嫌な言葉だろう。

おかしな顔《おかしなかお》　エッセイ
〔初出〕「文藝春秋」平成八年三月一日発行、第七十四巻四号、三一〜三一頁。「27人の芥川賞作家が綴るわたしの顔」。
〔梗概〕全くおかしな顔です。怖そうにも見えますが、こんな顔をしていながら意外によく笑うのです。歳月と共に、自分のおかしな顔が先々どういうおかしな御面相に変ってゆくか、聊か興味をもっています。

お河童《おかっぱ》　エッセイ
〔初出〕「産経新聞」昭和四十二年十二月二十八日夕刊、七〜七面。
〔梗概〕母の若い頃には、お正月の髪は年末の大変な負担だったらしい。日本髪であるから、髪結いさんに新しく結ってもらわねばならない。結いさんのほうでは一年中で最も忙しい。早くて二、三時間、永ければ半日以上待たされる。私は四、五年前にパーマネントの髪を止めて一番単純な子供のお河童にした。お河童に変えてから、私は髪のことでは非常に楽になった。私は普通の床屋へ行く。髪のために半日も潰すような必要がなくなった。しかし、私が毎年助かるようになったのは気持の上だけのことなのだ。以前美容院で費した、半日の時間が不要になった分だけ、年末の時間に余裕が生じたということはない。年末というのは、どうもそういうものらしい。

お金と文学《おかねとぶんがく》　エッセイ

〔初出〕「鐘」平成五年十二月二十日発行、第六号、八～一五頁。

〔梗概〕文学で生活することを熱望してこそ、作家になれるのである。一葉もブロンテ姉妹もお金のための必死の創作であればこそ、彼女たちの小説は筋金《すじがね》入りになったのだ。何かの職業からの収入なり、夫の収入なりで生活し、お金のために小説を書かねばならない切実さのない人が作家になろうとすれば、余程の自戒と努力が必要だろう。

岡部冬彦氏《おかべふゆひこし》　エッセイ

〔初出〕「東京新聞」昭和四十三年一月五日夕刊、第九千百六十九号、八～八面。「希望訪問③」欄。

〔梗概〕岡部冬彦さんのマンガのなかで、私の好きなのは「アッちゃん」である。長い間連載されているので、うかがってみると、書きはじめられたのは十三年前のことだという。「アッちゃん」のお話をしている時、岡部さんは「わたくしのむすこは親不孝でしてね、あまりタネくれないんですよ」とおっしゃった。十三年間に、二つ三つだという。あとは全部、もやもやしたものを四つ、五つ一週間くらい暖めていて、パチリと核が極まったところで書かれるそうである。つまり内的必然性という代物で、それが起ってくるのを待ちかまえているだけでなく触発する気味がある。その触発を遊ぶこと、自分を甘やかすこと、と言ってのけられたことが私に大変印象的だった。本当の漫画家は「漫士」であらねばならない。漫画家には、感覚、ひらめき、技術も必要だが、最後に必要なものは結局「魂」だ。そのありなしが「漫士」と「漫画家」との分れ目であるという。

沖縄風豚肉の角煮とつくね揚げ《おきなわふうぶたのかくにとつくねあげ》　鼎談

〔初出〕「ウーマン」昭和五十二年三月一日発行、第七巻三号、一八二～一八六頁。「丹羽家のおもてなし家庭料理3」

〔梗概〕丹羽文雄・丹羽綾子との鼎談。丹羽夫人の家庭料理を賞味しながらの鼎談。小説も料理と似たところが、生け作りみたいな小説もあるし、生け作りといってもその材料の仕込みから、生きのまま活かすとか、やっぱり腕でしょうね。

沖縄への愛《おきなわへのあい》　選評

〔初出〕「群像」平成五年八月一日発行、第四十八巻八号、三二〇～三二〇頁。

〔梗概〕第二十一回平林たい子文学賞選評。大城立裕氏の『日の果てから』、山本道子氏の『喪服の子』、笙野頼子氏の『居場所もなかった』のいずれが受賞しても結構だと思った。『喪服の子』では、微妙な、あるいは凶々しい、事柄や雰囲気を、まことに自然に、鮮やかに表現する、山本氏の才能と力量にあらためて注目した。笙野頼子氏のものには、歴然とした個性が若々しく全編に息づいている。『日の果てから』には、作者の沖縄に対する愛の深さに、私は何にもまして感動した。

沖縄を越える作品を《おきなわをこえるさくひんを》　選評

〔初出〕「新沖縄文学」平成三年十二月三十日発行、第九十号、一四九～一五〇頁。

〔梗概〕第十七回新沖縄文学賞選評。崎山麻夫さんの「姉貴の結婚」は、感じのよい作品だった。とはいえ、新しい発見をさせてもらえるものがなかった。山城達雄さんの「ベラウの花」は、知識としての新しい発見に過ぎず、人間性についての発見ではなかった。うらしま黎さんの「闇のかなたへ」は、主人公の佐紀子にもう少し個性があれば、そこから相手の異性もシマの自然の美しさも、自らずっと鮮やかになり、帰巣・反帰巣本能も深く表現できたであろうと思う。我姑古驟二さんの「耳切《ち》り坊主の唱」は、徹底した反リアリズム作品でありながら、細部細部にリアリティが生れている。

お経《おきよう》　エッセイ

〔初出〕「大法輪」昭和四十四年七月一日発行、第三十六巻七号、七四～七七頁。特集「わが家の仏教」。原題「父とお経」。

〔収録〕『私の泣きどころ』昭和四十九年四月八日発行、講談社、一〇一～一〇六頁。この時、「お経」と改題。『いくつもの時間』昭和五十八年六月七日発行、海竜社、四五～五〇頁。『河野多恵子全集第10巻』平成七年九月十日発行、新潮社、二四〇～二四二頁。

〔梗概〕私は教会へ行きたいと思ったことはないが、神社仏閣の類は大好きである。主人は身内に幾人かクリスチャンがいるが、主人も主人の身内も、私に別段キリスト教への手引きをしようとはしない。去年あたりから、私は少々キリスト教に関心を持つようになった。キリスト教というものは、人生の指針、人間の生き方の知恵としては実にすばらしい。弱い人間にのみ必要なものどころではないと判ったが、子供の頃からの自然な感化のせいか、私は仏教のほうが好きである。仏教の良さを最も強く感じたのは、亡父の葬儀のときだった。そのときのお経は、私に人間というものにそれまで知らなかった以上の厖大な深さのあることを聞き取らせた。父は非常な仏教信者だった。授戒を受けさえした。毎日一度はお経をあげた。自分で訂正の朱を入れた経本が幾冊も残っている。父に仏教の話を聞かされたことはない。父が宗教に別段関わらせることがなかったのは、何かの考えに基くものだったのか、どういう考えだったのか、それだけは聞いておきたかったと悔まれる。

奥多摩のホタル《おくたまのほたる》　エッセイ

〔初出〕「東京新聞」昭和四十六年七月二十二日夕刊、四～四面。「〝いのち〟探訪③」。

〔梗概〕奥多摩にはかつて蛍がいたが、近年では全滅してしまった。それを復元したいと五年まえから養殖しているのである。季節になると一夜に一千匹くらい蛍が姿を現すという。雄蛍の光りの明滅は一分間に八十回ほど。雌のほうはその半分程度の回数で、光りも弱い。渓流の水音と河鹿の声が聞えるだけ。あたりは、飛び交い、明滅する、蒼い光りだらけである。奇跡的に、豪華な経験をしているような気持になった。あたりの光景が、人為の参加によって自然のうちでは恐らく至上のものだという感じ方をしてしまうところをみると、自分のいのちはかなりみずみずしさを取り戻す必要があるようだと知らされた。

贈りものに自然に表れる贈る人の心の動きと心の広さ《おくりものにしぜんにあらわれるおくるひとのこころのうごきとこころのひろさ》　談話

〔初出〕「ウーマン」昭和五十一年十二月

一日発行、第六巻十二号、二八〇～二八一頁。

〔梗概〕品物えらびに迷ったら、基本に戻ってシンプルなものにするのも考え方です。私は手作りのものを贈られるのは余り好きでない。心がこもっているようにみえて、贈る側の自己主張の強さを感じますので。贈りものには「時期」のことも頭にいれておくべきである。

奢りの時《おごりのとき》　短編小説

〔初出〕「季刊藝術」昭和五十三年七月一日発行、第十二巻三号〈四十六号〉、二〇八～二一七頁。

〔梗概〕広子と加藤が一緒になって最初に住んだ借家は、上下合わせて十五坪にも足りない小さな二階家であった。物置もなかった。それでも、二人の荷物はやすやすと納まった。そこで暮していた間、二人は物をおくための場所を一度も思案したことはなかった。二人が今更ながらそう思ったのは、鉄筋の集合住宅へ移るとなってからだ。女中のいなかった女中部屋の押し入れの天井が、屋根裏への上り口になっているのに気がついたのも、その頃になってのことだった。四年の間に家具がいくつか増えていた。とりとめのない器具、道具、そのほか様々な品物が増えていた。捨てる物は大して見出せない始末だった。二人は移る先に納まりそうにはない分量だけ他所へ預けることにした。丁度、知人で隣家を買い足し、境の塀を取り払っただけで、放置している人があった。二人は荷物の三分の二ほどを新しい住居へ運び、残りはそこへ預けた。そして、そこへ荷物を預けるのは二、三年くらいということにしたが、そのまま六年経った。

　その間、二人は預けた荷物のことを忘れていたわけではなかった。二人は、六年間一度も会っていなかった。その荷物をとうとう引き取った。東京から新幹線で一時間かからないところに、楽な家賃で借りられることになったのであった。広子はそのことから、この六年間の二人は真剣なようでいて、実は多分に暢気であったと告げられたような気がしていた。その年は実に不思議な夏であった。それまで、彼女は自分の人生は始まってから、それほど経ってはいない気持がずっと続いていたのだが、この夏新聞に載った三種の出来事によって自分も相当生きてきたのを知らされることになった。

　その一つは、国際的なスケールの疑獄事件であった。女学校時代に広子と親しいA子がいた。B子はA子の姉で、大分年齢が離れているようだった。しかし、A子が疎開先の学校へ転校したから、A子との付き合いはそこまでであった。一方、姉のB子とは、戦後、東京で再会した。以来、付き合いは細いけれども絶えなかった。住んでいるところも近かった。ところが、その夏に、その大疑獄事件に関係し、B子の夫も逮捕された。

　もう一つはC氏のことであった。C氏はある発展途上国に駐在している外交官だが、先方はC氏に農場を贈り、それが問題となっている記事なのだった。記事には、C氏の写真とともにその広大な開発地の写真も載っていた。広子がC氏と妻のD子を知るようになったのは、もともとE氏と妻のF子に引き合わされたからであった。一人暮しだった時代のことだ。かねてF子がC氏夫妻に広子をその国へ招かせようとしていた。しかし、急に現地の情勢が変ってきたのを新聞で知り、広子のほうから見合わせた。C氏のその新聞記事を見ていて、広子は彼等と四人で会った時のことを思い出した。一人暮しの頃のこと、加藤と一緒になってからのこと、彼女の東京生活のすべてを知っていてくれたのはE氏夫妻だけだったが、もう亡くなっていた。

　G氏のことが新聞に載ったのは、C氏のその記事が出たあと十日ほど後のことであった。G氏はただ一度会ったきりの人で、以後二十年近く経っていた。当時、広子は三十になりかけていた。G氏は三十半ばになっていた。どっちも、独身だった。広子はそのG氏と見合いをしたが、見合いの呼吸は合わなかった。G氏の持ち出す話題は、広子には彼に勝手に話させておくしかないように思われ、口の挟みようがなかった。広子は、早々に見合いは投げてしまって落ち着いていたつもりだったが、案外そうではなかったかもしれない。

　トラックで目的地まで来たところ、海辺ではまばらながらに波のなかに人影が動いている。広子はこの海辺にささやかな縁を持つことになったのが、思いがけなくてならない。荷物を解いた。二度目の借家時代に買った品々が現れ、広子は二人が一緒になった時の引っ越しの中にいるような気持になった。二人は遅くに一緒になり、各々の一人暮しの時代が永かったので、当初も二人の生活の品々には新居らしい趣はなかった。いま、その時の様子が再現しつつあった。広子が人からもらった桐の箪笥がある。加藤がもとからもっていた男性用の鏡台がある。櫛台と鏡が現れた。箪笥にその眺めまで加わったコーナーに、二人が一緒になった日のコーナーが戻ってきた。今、一緒になった気が、広子はした。思いがけなくどさりと与え直された時間で、二人の賭けた生活と行動が必ず実現できるにちがいない、と広子は考える。（黄　奉模）

尾崎紅葉の墓《おざきこうようのはか》　エッセイ

〔初出〕「文學界」昭和五十九年十一月一日発行、第三十八巻十一号、一〇～一一頁。

〔収録〕『蛙と算術』平成五年二月二十日発行、新潮社、一九九～二〇三頁。『河野多恵子第10巻』平成七年九月十日発行、新潮社、一〇六～一〇八頁。

〔梗概〕今年の夏は暑かった。残暑もきびしく、長かった。泉鏡花が亡くなったのも、こういう年だったのかもしれない。鏡花は残暑の頃の九月七日に亡くなっている。私はついでに鏡花の師である尾崎紅葉の命日も知りたくなった。辞世とされている「死なば秋露の干ぬ間ぞおもしろき」の句は、「観月」と題した句会で詠んだのだった。それから大分日にちがあって、十月三十日に没したのである。私は紅葉も好きなのである。その紅葉の墓はまだ行っていない。鏡花の墓は早稲田に住んでいた時分、お正月に雑司ケ谷墓地へ散歩に行き、偶然出会っていた。土曜日の午後だった。福祉事務所へ寄って紅葉の墓を訊いてみると「ロの十区十四側五号」と言って、大体の場所も教えてくれた。どれくらい歩き廻り、人に訊ねたかしれない。紅葉の墓は分らない。

成程これじゃあ分んないと、遂に探し当てた時、私は思った。基本的なスタイルの古びた墓石に、紅葉尾崎徳太郎。お詣りしながら、私は土葬と聞いていることを思い返した。

惜しい作品《おしいさくひん》　選評

〔初出〕「文藝春秋」平成十年三月一日発行、第七十六巻三号、三八五〜三八五頁。

〔梗概〕第百十八回平成九年度下半期芥川賞の選評。今回は受賞作が得られなかったが、「ハドソン河の夕日」（弓透子）は、惜しい作品だった。息子の感染がレイプによるものだと気づく母親の鈴子の反応が作品の核であるべきだった。成功しておれば、エイズを扱った作品に新機軸をもたらしたであろう。「砂と光」（藤沢周）は、作品の基盤がべたリアリズムなのである。「破片」（吉田修一）は、張りが足りない。

怖れからの解放《おそれからのかいほう》　エッセイ

〔初出〕「新潮」昭和四十二年十二月一日発行、第六十四巻十二号、一九八〜一九九頁。「何のために小説を書くか」特集。

〔梗概〕占術に、水晶凝視がある。いつ頃か、私の手近な場所に、それと同じ大きさの水晶玉が一つ居坐るようになった。水晶玉の内で何かが活動しはじめる。あまり思いだしたくない過去の自分の姿であったり、何かの獣のちぎれた尻尾が一個の生き物として、きりきり廻転していることもある。水晶玉の内のものたちは、漸くこちらの世界に存在しにきてもいい気持になるらしい。散々梃摺らされたあとだけに、その気配が感じられる時の歓びは、こたえられない。小説の創作は「音楽の作曲と演奏とが一つになったようなもの」だと思う。書こうとする世界が見えてきて、具体的にどう書くかが決り、幾らか書きはじめるまでは作曲の要素が強く、以後書き終えるまでは演奏の要素が強くなる。今の私には、何のために小説を書くか、というよりも、何が小説を書かせるか、という標題のほうが相応しいのだ。水晶玉の爆発の怖れのみが私に小説を書かせているからである。

お揃い《おそろい》　エッセイ

〔初出〕「群像」昭和五十一年九月一日発行、第三十一巻九号、一九八〜一九八頁。「街の眺め」欄。

〔収録〕『もうひとつの時間』昭和五十三年二月二十日発行、講談社、一二八〜一二九頁。

〔梗概〕私が厭なのは、若い男女のお揃い服姿である。そういう一対の男女を見かけると、露骨に性的なものを感じる。彼等の一対としての性的意識の誇張である。「実際にはどうか知らないが、彼等の繋がりでも、それぞれの生活でも、その一対の性以外の世界があまりに貧弱、脆弱で、専ら自分たち一対の性生活に常時縋りついているかのような不自然さが盛夏の戸外に持ち出されたようで、彼等における淫靡と、見た眼の猥褻を感じる。目の前で裸体の彼等の行為が起こっても及ばないであろうほどの淫靡と猥褻を纏っている」ような感じである。

怖ろしいこと《おそろしいこと》　エッセイ

〔初出〕「海」昭和五十七年七月一日発行、第十四巻七号、二二〜二四頁。

〔収録〕『気分について』昭和五十七年十月二十日発行、福武書店、二一七〜二二二頁。

〔梗概〕同じ一つの怖ろしい出来事でも、ちょっと視点を変えると、それほど怖ろしいとは思えなくなったり、又、もっと怖ろしくなったりするものらしい。先日、近所で飛降り自殺があった。そこを通った時、気にならなかった。ところが、事件の前日か前々日、死体が横たわることになったあたりに、大きなビニール袋が落ちていたと聞いた。自殺者が事前にダミーで試すつもりで、投げてみたのかもしれないという。そう聞くと、自殺者が飛び降りる時の様子や下を見降ろした時の気持が急に想像されてきて、少し怖ろしくなった。ヘンリー八世は、一生に五度王妃を取り替えた。そのうち、二人は斬首によって離別された。その斬首に、少しでも楽に死せるために、フランスから刀を使う首斬名人を招いて斬らせたのだそうだ。王の意向によるもので、せめてもの思いやりだったのかもしれないが、私には却って無気味であった。

小田原を通る時《おだわらをとおるとき》　エッセイ

〔初出〕「尾崎一雄全集第10巻月報10」昭和五十八年十一月三十日発行、筑摩書房、三〜五頁。

〔梗概〕五年ほどまえから、時どき真鶴へ滞在しに行くようになった。小田原を通る機会のふえたことを尾崎さんにお話したことはなかったが、尾崎さんのことをよく思いだした。愛煙家の尾崎さんが禁煙区期に入る直前に喫っておかれるとか、小田原を通って帰途に尾崎さんの文化勲章受賞者決定の新聞記事を見たこと、円地文子さん、吉行淳之介さんと一緒に梅見に招いてくだすったことなどである。今でも、小田原を通る時、亡くなられた尾崎さんのことを思いだすのは、私の習慣になってしまったようである。

堕ちた偶像の卑屈な姿《おちたぐうぞうのひくつなすがた》　エッセイ

〔初出〕「婦人公論」昭和五十一年五月一日発行、第六十一巻五号、一九七〜一九八頁。「〈第一線女流作家・評論家緊急提言〉ロッキード事件の糾明―私ならこうする」。

〔梗概〕ロッキード事件の大立物のひとりの脱税をこれまで捕捉していなかった所轄税務署では、署員たちがこの所得税申告期に納税者たちにいたく腰が低かったという。この腰の低さは、わるく人間的でありすぎ、卑屈でありすぎる。あらゆる不正は、当人たちがわるく人間的でありすぎ、卑屈でありすぎるために、思い立たれるものである。偶像、虚像も、それゆえに育まれるものである。

お帳面《おちょうめん》　コラム

〔初出〕「読売新聞」昭和五十一年十二月二十三日夕刊、五〜五面。「双点」欄。

〔梗概〕平林たい子の「砂漠の花」に出てくる彼女の大正十二年の歳末は何とすさまじい歳末だろうか。大震災の時、予防検束で二十九日間留置された彼女とアナーキスの愛人とは、東京を離れるという条件で釈放されたあと、下関を放浪する。丁度、その時期、泉鏡花は尾崎紅葉の住み込み弟子時代の年末年始を回想している。大正十三年一月の「春着」という小品のなかに、鏡花たち四、五人の弟子が、紅葉に「お帳面を」と願い出る。紅葉は一同を連れて出て、めいめいに晴れ着を見立ててくれたそうである。〈涙ぐましいまで、可懐《なつかし》い〉と鏡花は書いているのである。

夫と妻の性愛のゆくえ《おっとつまのせいあいのゆくえ》

談話

〔初出〕「婦人公論」平成三年五月一日発行、第七十六巻五号、一〇二〜一〇七頁。

〔梗概〕『みいら採り猟奇譚』の夫婦はサディストとマゾヒストの夫婦である。特殊な人物だし、特殊な時代を扱ってはいるけれど、その特殊性を超え、普遍的なものをふまえて、結婚とは何か、ということの自動的な答になっているかもしれない。サディズム・マゾヒズムの性愛では、本当に永遠にこの人を愛したい、愛されたい、という意識がなければ、その行為が成立しないでしょう。サド・マゾの行為のときというのは、こんな目に遭わせてもよろこびを感じる相手が愛おしくてたまらない、逆の場合には、その苦しみを与えてくれるその人が好きで好きでたまらないと。それが絶頂感なのであって、嫌いになることなんて考えられないような意識がなければ、できないことでしょう。サド・マゾの関係というのは、どちらが男であっても、女であっても、対等、最も男女が対等になる状況ではないでしょうか。私は同性愛というのはどうしてもわからない。同性愛って、ナルシズムだと思う。だから、女性カメラマンの撮った女の写真は嫌いです。「男女」関係において、プラトニック・ラブはありえないと考えている。男女としての愛になったら、セックスの欲求は必ず起きてくると思う。愛には、肉体、精神の両方の欲求がある。ただ、肉体と精神、そのどちらが最後に残るかというと、これは必ず精神が残ると思う。長い結婚生活の中では、いろいろな局面があるが、セックスを通過したあとでの精神的なつながり、ということになってくる。

夫の浮沈に揺れる妻の女心《おっとのうきしずみにゆれるつまのおんなごころ》

エッセイ

〔初出〕「ショッピング」昭和五十二年六月一日発行、第百号、三〇二〜三〇三頁。「女と愛と生きること6」欄。

〔梗概〕世に不如意なく、失職した人の全部が本人の心がけがわるかったわけではないとは言いきれなくても、そう言える人たちが多いのだ。そういう夫の扱いにくさ、共に暮す苦労の大変さが、単に経済的な問題ではなく、夫婦の愛と尊敬にひびを入らせることが少くない。私の知人で、中年すぎまで人並み以上に順調だった夫が失職した人がいた。彼女は、夫に対する愛と尊敬の思いに浸れるのは、以前の夫を思いだしている時だけで、そんな自分にも苦しんだ。ある時、あまり苦しくて、可愛がっている犬を見つめているうち泣けてきた。ふとせめてこの犬をもっと可愛がろうと思い立った。それを実行していると、夫の犬の扱い方の実に上手なことにつくづく気がつくようになった。すると、夫の他の面にも、彼女は何かと魅力を発見できるようになった。あまり口を利かなくなっていた夫婦の間で、どちらからなく犬ぐるみ別荘番に傭ってもらう夢を楽しく語り合い、実現に努力するようになった。夫婦とは不思議なものだと、彼女は言っていた。

夫の浮気が理由の浮気はみすぼらしい《おっとのうわきがりゆうのうわきはみすぼらしい》

エッセイ

〔初出〕「ショッピング」昭和五十二年四月一日発行、第九十八号、二五〇〜二五

お

一頁。「女と愛と生きること4」欄。

〔梗概〕どのような世の中になっても、異性に対する関心は男性のほうが強いにちがいない。そして、異性に対する関心というのは、結局肉体的関心なのである。性欲ということにおいては、特に男女の差はないと思う。性交に対する関心が男性のほうがはるかに強いらしいのは、関心のかたちがちがうからではないだろうか。性交時、男性の部分は相手の部分の反応を仔細に、具体的に感じとることができる。が、女性の部分は相手の部分の反応を主として質的に感じとるのであって、男性ほど仔細に、具体的に感じとれるわけではない。妻の浮気のなかに、夫が浮気をしたから自分も浮気をしたというのは、如何にもみすぼらしく思える。カソリック教の国では離婚が許されないから、家庭崩壊の夫婦が他の異性と交渉をもつのは一見自由そうなあり方を進歩的なこと、あるいは粋なこととして夢みるならば、まことに低級で不粋なことではないだろうか。


男選びと仕事選びに共通する目《おとこえらびとしごとえらびにきょうつうするめ》　エッセイ

〔初出〕「JUNON」昭和五十三年一月一日発行、第四巻一号、九四～九五頁。「あなたへのエッセー①」。

〔収録〕「女性読本〈別冊JUNON〉」昭和五十四年五月一日発行、第五巻二号、九一～九五頁。『気分について』昭和五十七年十月二十日発行、福武書店、一五六～一六二頁。

〔梗概〕私たち人間には、自分のために択ぶことが絶対に不可能なものもある。択ぶ余地の全くないものがあるという意味である。択ぶということで、人間が最もそうした思いに悩むのは、やはり異性と仕事に対する場合ではないだろうか。この二つに共通しているのは、その対象が無限にあり、それなのに満たすべき条件が仮に提示されていても満たしたからとて択び得るわけではないということである。仕事も男性も、半分は自分が択ぶものであり、あと半分は相手が択んでくれるものでありながらである。そこを悟ることが大切なのである。彼のどういう点と自分のどういう点が魅き合うのだとか、自分にはどういうところがあるので、どういうところのある彼とは相補うのに互に都合がよいとか考えがちになる。が、それでは彼のほうも彼女に魅かれていて択んでいるのであっても、結局、彼女が全部を択んだことにしかならないのである。自分の知っている以外の自分を知らないのに、そんなふうに思ってしまっては、自分の知らない膨大な部分に対する彼の状況などわかるはずもなく、つまり彼をも知り損ってしまうのである。女性が自分と相手について未知の部分がより少いことを願望するものであるとするならば、頭も働き、気も利く女性ほどそうなりかねないのであって、だがそうなればなるほど実はその願望は裏切られる度合いがふえていくように思われる。

男と女—一目惚れ—《おとことおんな—ひとめぼれ—》　エッセイ

〔初出〕「FLOWER　DESIGN LIFE」昭和四十八年六月一日発行、第六十五号、六～六頁。

〔梗概〕実家の母は着物の柄を択ぶ時、自分の一目惚れに自信をもっている。一目見て、飛びつきたいような柄のもので

お

あれば、必ず似合うし、着飽きすることもないと信じている。私は一目惚れということを無視できないものだ、と感じている。異性に限らず、人間に限らず、何事に対しても、一目惚れ、できないようなら、もはや人間ではなくなっているのであろう。対象が何であろうと、一目惚れする時、人はそこに縁を感じ、自分の眼を信じ、夢を描いている。一目惚れできる心情は大きな取得であるにちがいない。

男友達《おとこともだち》　長編小説

〈初出〉「文藝」昭和四十年四月一日・五月一日発行、第四巻四〜五号、三四〜八九頁、一五四〜二〇七頁。

〈収録〉『男友達』昭和四十年九月三十日発行、河出書房新社、一〜二二二頁。『男友達〈角川文庫〉』昭和四十七年四月十五日発行、角川書店、一〜二一九頁。『河野多恵子全集第5巻』平成七年三月十日発行、新潮社、七〜一一〇頁。

〈梗概〉河野多恵子の最初の長編小説。女主人公の宮沢市子は郷里の大学卒業後、一年ほど外国銀行に勤めていたが、五年前上京し、あるゴムメーカーの新橋本店で社内報編集の仕事をしている。年齢は二十八歳。市子は、小学校時代に二度同級だった耕二と、数年来、少くとも、二、三カ月に一度くらいの割りで会ってきた。耕二は野上画廊の次男で、日本橋のビルの一階にある東京支店を古参の店員ふたりで任せられていた。市子はこの耕二に友人の長谷川英子の義妹展子と見合いをすすめている。市子は、自分は耕二を追っかけてきたんじゃあない、という自分の言葉に終始忠実だった。市子は耕二に対するとき、いつも自分の最も大事な部分を殺さずにはいられなくさせられた。殺すことの楽しさで、付き合い続けてきたと言ってもいいのであった。市子には一週間に一、二度アパートに訪ねてくる松井がいた。松井とは去年の秋、彼の二十九の時に知りあった。最初の夜、松井の愛撫は厭ではなかったが、市子は拒み、訴え、全身で松井と揉み合った。揚句に、松井に取られた横腕を「噛んで！」と夢中で彼の口に押しつけた。痛みと自分の呻きが生じる都度、市子は高ぶり、それが更に苦痛を請わせた。市子には被虐的な性癖があり、松井がアパートに訪ねてくるために、引越さねばならなくなった。松井が市子の所に通う代りに自分の側から松井のアパートに通おうと言いだしたが、松井は「男は押しかけるようにできてるんだ。女は待つようにできてるんだ」と言う。松井はまだ仮免許さえ取れない時、車で事故を起し、工場の主任に重傷を負わせた。その償いから逃れることができなかった。それから放たれるまで一年半も待ってほしいと求婚された。耕二は市子のすすめた展子との結婚話を断わって、自分の経営する画廊の女事務員と結婚することになった。引越した市子は松井との関係を深めるが、二人の関係は次第に傷つけあうようなゆがんだものとなる。耕二の結婚式は仏式だった。耕二ら夫婦を祝福する言葉を、市子は自分の身の上にあてはめ、「あなた方はどちらかが相手を殺すほどまで存分に生き合いなさい」とうけとるのである。

〈同時代評〉平野謙は「今月の小説(上)」(「毎日新聞」昭和40年4月29日夕刊)で、

「作者は女主人公の被虐的性癖を、それを中心とする人間関係のゆがみを、もっと批判的に描くべきではなかったか」と批判する。しかし「この長編は決して書きながしの作ではない。作者の克明な筆づかいは、それなりにほぼ手落ちなく全編を仕上げている」「ただもうすこしテーマをくっきり骨太につらぬいて」もらいたかったと評した。磯田光一は「新鋭女流作家の感受性」(『図書新聞』昭和40年10月16日)で、「当世流行の情事小説のパターンを細部の硬質で歯切れのよい文体に支えられて読者を最後までひっぱってゆく」と述べ、「市子にせよ、松井にせよ、会社づとめの身であり、日常性の拘束の中にあるにもかかわらず、作品全体が、ほとんど湿っぽい印象を与えないのは、やはり作者の現代的な感受性」のためであろう、という。

男のエゴにつき合う女の強さ、哀しさ《おとこのえごにつきあうおんなのつよさ、かなしさ》　鼎談

〔初出〕「婦人公論」昭和五十二年二月一日発行、第六十二巻二号、一六二〜一七一頁。

〔梗概〕芝木好子・豊田穣との鼎談。手記「幻肢ごっこに魅せられて」「もらい子育て苦闘日記」「夫の借金と浮気に苦しんだ13年」「朝鮮人の誇と日本籍のはざまで」「母の愛人はいつも私の担任教師」「彼と彼の間の漂流記」「娘婿とのながい喧嘩の顛末」「夜のある夫婦に帰りたい」「未亡人のイタ・セクスアリス」を読後しての鼎談。これらを読んで思うのは、身上相談とぜんぜん違う。身上相談というのは、何かいってもらいたい、何をいってもらえるかと、そういう期待を持っているところがある。この手記ではそういう面の期待はぜんぜんない。非常に迷ったりしていても、もう、それはそれ、というところの一つの決まったところがあるように思う。

男の分担《おとこのぶんたん》　エッセイ

〔初出〕「うえの」昭和五十二年十二月一日発行、第二百二十四号、六〜八頁。

〔梗概〕子供の頃、私がお正月が近づいたなと思うのは、毎年十二月の中頃すぎだった。母が子供たちを連れてミナミへ買い物に行くのである。それは、母のミナミでの年内最後の買物でもあった。それから、一週間程すると冬休みに入る。新年号の雑誌を買ってもらうのは、その時期が多かった。暮れの散髪に行くのは、二十七、八日頃だった。「床七」という旧い床屋さんだった。「床七」や銭湯に、心づけを持って行くのは父であった。大晦日の夕暮近く、祝箸の箸袋に「主」と最初に書き、母から弟までの名前を書き、雇人たちのは呼び名を父が書く。父はそれから、飾餅の幣紙を切った。主な飾餅は、床の間とか帳簞笥とかに据えるのも、父がした。それがすむ頃には、父は表に祝幕を張らせた戸を締めさせてしまう。祝祭日の朝、帳簞笥の上の引きだしに入っている金珠と国旗を取りつけて表に掲げるのはいつも父がする。こんなことを思いだしていると、父は年末など結構家庭的な用を分担していたようである。家長らしい権利のような用ばかりのようでありながら、それらが男性にしてもらうと如何にも助かりそうな用でもあるのは、苦笑を誘われる。

男の例証《おとこのれいしょう》　──→いすとりえっと

（34頁）

おとなと子ども《おとなとこども》　エッセイ

〔初出〕「東京新聞」昭和四十二年三月六日夕刊、第八千八百六十七号、八〜八面。

〔梗概〕久しぶりに洋菓子をいただいた。それで、今さらながら気づいたのだけど、私はもう十年以上も前から、お菓子をおいしいと感じたことがほとんどなくなってしまった。今考えてみると不思議なくらい、子供のころはお菓子がおいしく、お八つといえば、気がはずむような気がした。あの気持に通じるようなうれしさは、おとなの世界ではちょっと見当らない。

　子供時代には、独特のよろこびがあるのと同様に独特の苦労もあるようである。私はおとなが子供のそのままに成長したものでないことは、実にありがたいことだと思う。長編小説が短編小説にくらべて異る点のひとつは、子供がそのままに大きくなったものでないということであるらしい。

音の聴える魅力の評論集《おとのきこえるみりょくのひょうろんしゅう》　エッセイ

〔初出〕「世界日報」昭和五十七年十二月二十七日、七〜七頁。

〔収録〕『蛙と算術』平成五年二月二十日発行、新潮社、一六二〜一六四頁。

〔梗概〕中河原理氏は音の聴えてくる評論を書き得る、数少い貴重な音楽評論家だが、この『音楽への旅立ち』を通読して中河氏のそういう評論の魅力をつくづく感じた。五十三編中、特に私の感心したのは、（22美麗な音色の魅力—富田勲のシンセサイザー）であった。文章力に限って言っても、中河氏は実にボキャブラリーが豊富で、その巧みな択び方が何ともいえない。生来の文才に加えて、多年にわたる、音楽を聴く歓びによって育まれた文章力にほかならないのである。

小野小町《おののこまち》　エッセイ

〔初出〕「マドモアゼル」昭和四十年九月一日発行、第六巻九号、一〇六〜一一〇頁。原題「高慢の罪小野小町」。「特集日本女性・七つの大罪」欄。

〔収録〕『私の泣きどころ』昭和四十九年四月八日発行、講談社、七五〜八三頁。この時、「小野小町」と改題。

〔梗概〕小野小町といえば、無類の才色兼美ぶりを謳われた女性でありながら、晩年はひどく落ちぶれていたらしい。小野小町が言い寄る男たちを拒絶し続けたのは自分の美貌と才能に自信があるあまり、天皇の后になる野心を持っていたからであろうといわれている。藤原氏の勢力の強さのため、小野小町は宮廷から追放されてしまう。もし、今日、小野小町が美貌と才能をそのままにもって生れ変ってきたとすれば、彼女は今度はどんな生き方をしようとするだろうか。彼女はホワイト・ハウスの女主人にでもなる日を夢みつつ、言い寄る内外の男たちをからかっては、拒絶し続けることだろう。養老院でひとり寂しく息を引きとるかもしれないことなど考えてみようともせずに。私にはそんな想像が浮かんできた。

オペラの周辺《おぺらのしゅうへん》　エッセイ

〔初出〕「ＴＨＩＳ　ＩＳ読売」平成四年一月一日発行、第二巻十号、三四〜三六頁。

〔収録〕『蛙と算術』平成五年二月二十日発行、新潮社、一五五〜一五八頁。『河野多恵子全集第10巻』平成七年九月十日発行、新潮社、三一七～三一八頁。
〔梗概〕ここ数年来、外国オペラ団の公演では、字幕つきのものがふえた。オペラの公演の字幕は歓迎しかねる。オペラを楽しむのには、主な登場人物と劇の大まかな内容を知っておれば、詳しい歌詞など分らなくても、別に差し支えはない。オペラの舞台の魅力は、耳ばかりでなく眼も一緒になって歌を聴き楽しめることにあるので、歌詞を気にして天井際の字幕へ小まめに眼を挙げていたのでは、充分楽しめないだろう。字幕が迷惑なのは、無視しようと思っても、天井際のふわり、ふわりの気配が伝わってきて、何だか鬱陶しいことである。つい多少なりとも、天井際を見上げさせられるのも困る。ところで、私は家でオペラを聴きながら、音の記録・再生装置というものが世にあることに、つくづく感謝の念が湧くことがある。指揮者のコーナルド卿という人が、高名な音楽家たちが初めてレコードの吹き込みをした時の逸話を書き残している。

オペラの舞台《おぺらのぶたい》　コラム
〔初出〕「読売新聞」昭和五十一年十二月十一日夕刊、七～七面。「双点」欄。
〔梗概〕オペラ歌手のなかには、舞台に出はじめたばかりで舞台の雰囲気と豊かに的確に呼応できる人と、そのコツのなかなかつかめない人とがあるという。オペラの舞台装置は、音楽の邪魔をしないものがいい。歌から引き起される情景への様々な想像をすっかり先取りしてしまって、想像するのを忘れさせてくれる装置であるほど、歌にほしいままに酔える気がする。そのオペラへの装置家の愛し方の深さとかたちが何よりも大切なのかもしれない。

オペラの歓び《おぺらのよろこび》　エッセイ
〔初出〕「ファウスト二期会オペラ公演プログラム」昭和五十三年一月十八日発行、三八～四〇頁。
〔梗概〕不精者なのに、私は劇場ならば割りに気軽に出かけていく。オペラくらい、人間の生きて在る歓びを存分に表現しているものはないだろう。人間は本来人生を楽しむべきものであり、楽しませてくれるのが人生の本来の姿なのである。あらゆる藝術は個々の作品で扱っている世界の明暗の別なく、生きて在る歓びに発しているもので、その最たるものがオペラだろう。谷崎潤一郎は、人間の激しい感情を表現するには、オペラの歌にまさるものはないということを書いている。一方、芥川龍之介は、こんなものは実に詰らない、能のほうが余っ程いい、などと言ったそうだ。谷崎が八十歳で亡くなるまで豊穣な執筆活動を続け、一方芥川は三十六歳にして自殺したことに対して、二人のオペラの反応のそのような相違を重く見過ぎるのは考えものだが、偶然とは言えない気がする。オペラ・ファンを自称しながら、外人オペラしか行かない人が時々いる。日本のオペラの非常な進歩ということとは別に、次の外人オペラが来るまでオペラへ行かず、耳と眼の両方で聴くあの歓びなしでいられるとは、理解に苦しむことである。

オペラ、「昼間の戸外」のもの《おぺら、「ひるまのとがい」のもの》　エッセイ
〔初出〕「フィルハーモニー」昭和六十一

年七月一日発行、第五八巻七号、二九～三〇頁。

〔収録〕『蛙と算術』平成五年二月二十日発行、新潮社、一五二～一五五頁。

〔梗概〕去年の六月、西ベルリンに十日ほど、そのあとイギリスにも十日ほど行ってきた。西ベルリンへは、藝術祭の文学部門に招待されて行った。その旅で、オペラの場面には、一体に昼間よりも夜が多く、戸外よりも室内が多かったのではないか、と時折そう思った。「緑蔭で聴く五曲」というテーマを与えられてみると、オペラの曲で昼間の戸外の場面のなかから、聴いてみたくなった。
①「椿姫」―プロヴァンスの海と陸
②「セヴィリアの理髪師」―セレナーデ
③「ドン・ジョヴァンニ」―二重唱〈ラ・チ・タレム〉
④「愛の妙薬」―昔パリスがしたように
⑤「嵐が丘」

お土産《おみやげ》　エッセイ

〔初出〕「俳句とエッセイ」昭和五十二年十一月一日発行、第五巻十一号、七四～七七頁。

〔梗概〕新幹線の上り列車のなかで、「土産の人形なんかは、包みをあけた時だけでね、孫たちはちっとも喜ばないだ」、駅前のスーパーでチョコだとかのお菓子を買ってやったほうが、却って喜ぶと、おじいちゃんのそんな話が聞こえた。お土産というものは何かとむずかしい。さて家へ帰りつくと、数日の留守の間にお土産が届いていた。お米であった。小説を書いている若い人からのもので、手紙が添えてあった。米どころ新潟のなかでも特別においしいのがとれる地区の新米で、外へは出さないのを無理に私のために分けてもらってきたものだとある。その日の郵便局のなかに、私より大分年上の私的な同性の友人から、白いカードで、小さな紫色の花の密集した苔のような植物の乾燥したのが貼りつけてあるのをいただいた。スコットランドに行って来て、私のことを思いだして、お土産に買ってきたものだそうである。私にとって、たとえ乾燥したものであっても、本物のヒースとは何とありがたいお土産であったことか。私はそれを小型の額に入れた。夜には特別おいしいお米の新米のご飯をいただいた。そして、自分がこのお二人ほどお土産で、誰方から喜んでいただいたことは、まだないのではないだろうかと考えた。

思いがけない旅《おもいがけないたび》　短編小説

〔初出〕「風景」昭和三十九年四月一日発行、第五巻四号、五二～六〇頁。

〔収録〕『最後の時』昭和四十一年九月七日発行、河出書房新社、二二五～二四三頁。『現代日本の文学50』昭和四十六年四月一日発行、学習研究社、三一三～三二三頁。『思いがけない旅〈角川文庫〉』昭和五十年十月二十日発行、角川書店、二五九～二八一頁。『河野多惠子全集第2巻』平成七年一月十日発行、新潮社、二二五～三五頁。

〔梗概〕啓子と岡部は結婚して足かけ四年になる。しかし、いまは別居中である。岡部の父が臓炎を悪化し、脳症が来はじめているので、できれば意識のあるうち二人で見舞いに来てもらいたいという兄からの手紙である。岡部はその手紙を啓子に見せ、如何にも仲の好い息子夫婦として出向いてほしいという。二人は夜行で大阪へ発った。父の見舞いのあと、嫂のすすめで奈良へ出かける。二人で若草山に登る。岡部が「この山ね、こんなに優しそうな顔しているけど、とても恐ろしい山なんだよ」と言う。靴の包みが転がりだし、岡部が駆け降りていく。麓近くに止まった白い靴の包みが小さく見えるが、彼の姿がない。岡部はあれを落したのではなくて、放りだしたのだと、厭でもそう思わねばならなくなった。啓子は、下界のどこからか自分を見続けている岡部の視線を感じながら、山を降りはじめた。いつの間に、どこから登って行ったのか、啓子が嶺を見上げると、岡部が山の上から彼女を眺めているのである。『思いがけない旅』は、私が多少高所恐怖症なのと、奈良の若草山のカーブの感触、それがもとなんです」（「文學界」平成3年9月1日発行）という。若草山の傾斜を降りる場面を小説の要にして、別居中の夫婦の微妙な関係を巧みに描き出している。

思いがけない出来事《おもいがけないできごと》　エッセイ

〔初出〕「知識」昭和六十二年二月一日発行、第三巻二号、二八〇～二八三頁。「文藝時評連載2」。

〔梗概〕永かろうと短かろうと、死ぬまでの間にどんな思いがけない出来事をいくつ経験するかもしれない。耕治人氏『天井から降る哀しい音』、津島佑子氏『泣き声』、丹羽文雄氏『夫と妻』の三つの作品を読んで、次第にそう考えるようになった。耕治人氏の作品は世の老人問題などとは無関係だ。「老いの世界というよりも、一組の男女によって日々何かが築きあげられつつある印象」を与えるという。丹羽文雄氏の「ギブスが外されはじめた時、私は治療室にはいっていて、自分が外されるように気持を高ぶらせた」の一行あまりの文章にある「その鮮烈なエロティシズム」を指摘する。

思い出す時《おもいだすとき》　コラム

〔初出〕「読売新聞」昭和五十一年十二月十五日夕刊、五～五面。「双点」欄。

〔梗概〕ふとしたことで郷里の大阪を思いだすことがある。「吉田屋」や「団七九郎兵衛」の舞台を見ると、母の実家にしみついた家業の薬のにおいや、油照りの暑さや夏祭りの高張り提灯やこうもりが軒先をかすめる日暮れを思いだす。私はいまだに夏に真っ赤な鮪のお刺し身には食指が動かない。関東の刺し身という言葉は何となく鮪を刺し身にする時に似合っているようで、夏でも鮪を扱いたくなるのかもしれない。お造りという言葉はどうも白味の魚向きで、鮪のお造りは、冬のはつのお刺し身だけだった。

思いだすままに《おもいだすままに》　エッセイ

〔初出〕掲載誌紙名未詳、平成元年二月発行。

〔収録〕『蛙と算術』平成五年二月二十日発行、新潮社、一三九～一四一頁。

〔梗概〕山城さんと文五郎さんはともに長生きなさったから、お二人の藝にも相当に馴染むことができた。山城さんの引退の時のことは、よく覚えている。「良弁杉」の上人で〈東大寺〉と〈二月堂〉を語られた。山城さんのその日の声が弱かったことを覚えている。最晩年の文五郎さんは二つの眼がありなしのように小さく窪んでしまっていた。代りに、よく口元がぽっかりと開いていた。今度のおさんは吉田玉男さんと聞いた。お名前を聞くなり、この方の『先代萩』の栄御前がたちまち蘇ってきたのには驚いた。もう二十年、あるいは三十年ほども経っているのかもしれないのに…。藝の力にほかならない。

思い立つまま《おもいたつまま》　コラム

〔初出〕「読売新聞」昭和五十一年十二月二十一日夕刊、五～五面。「双点」欄。

〔梗概〕年末年始のしなければならない気のすることのうちの可成りの部分を、しないでおきながら、それが出来るのであれば大変都合がよい。近ごろ都心のホテルで家族で年末年始を過ごす人たちがふえているのも、そういう、都合のよいことがかなえられるからだろう。今の年末年始のホテルはまだ利用したことはない。予約をしなければならず、予約すれば、行けるのではなくて、行かなければならないことのように、私には感じられそうだからである。

思いちがい《おもいちがい》　エッセイ

〔初出〕「マミール」昭和四十七年九月一日発行、第一巻五号、九三～九三頁。

〔収録〕『私の泣きどころ』昭和四十九年四月八日発行、講談社、一八三～一八四頁。

〔梗概〕ある男性編集者は終戦後に生れているのに、戦争を知っていると、子供の頃には思い込んでいた、という思い出話を聞いた。東京へ出て、いっこうにうだつがあがらぬまま五年ほど経つと、私は体をこわした。その病中のことである。郷里で着ていた好きな単衣《ひとえ》物を思いだし、母に送ってもらうように手紙を出した。あれは戦争で焼いてしまったのに、忘れてしまったのですか、と母はいってきた。不如意で、病んでいた私は、苦労のなかった少女時代を恋うていたのだろう。

思い出深い書店のこと《おもいでぶかいしょてんのこと》　エッセイ

〔初出〕「日販通信」昭和五十二年九月五日発行、第四百五十七号、二～三頁。「書店との出会い」欄。

〔梗概〕生れてはじめて書店へ入った時の記憶は、私には残っていない。二十くらいだった兄が風邪か何かで数日学校を休んで寝ていたことがあった。書店へ行って、兄に向きそうな小説を、そこのおじさんに択んでもらってきてくれと言われた。択んでくれたのが、丹羽文雄先生の「鬪魚」だった。「僕なんかにはかえって面白いよ」と言って、兄を喜ばせたようだった。目蒲線の西小山商店街の中程にあった書店に中学を出たばかりくらいの店員さんがいた。にこにこして、実に気の利く店員さんで、英国の小説、それに伝奇ものの好きな私の傾向をいつの間にか心得ていて、こういうのが出ましたと、見せられる本があまり適切なので苦笑するほどだった。早稲田にも思い出深い書店がある。私のはじめての本が棚に数冊並んでいるのを見た時の意外なような、嬉しいような、恐ろしいような気持が忘れられない。

思うこと《おもうこと》　エッセイ

〔初出〕「斐文会報」昭和四十一年二月十日発行、第二百二十二号、六～六頁。「鼓動」欄。大阪女子大学斐文会発行。

〔初出〕女専の二年に終戦となり、眼頭の熱くなるような解放感を覚えた。小説の道を本当に自分がやりたいこととして見出したのは、卒業間際である。人間は必ず死ぬという宿命があるために、その裏返しの形で、その反対の営みをせずにはいられない。その本能が如何に充たされているかということが、生き甲斐の問題につながっているような気がする。女性にとって、子供を産み育てることが生き甲斐を感じさせられる本能ではないかと思う。それなのに、私の場合、小説を書き残すという作業で、その本能の多くの部分を充たさずにはいられなくなってしまったらしい。哀しいことだが、精いっぱい忠実にやりたいと思う。

思えば恐ろし《おもえばおそろし》　エッセイ

〔初出〕「毎日新聞」昭和四十八年九月二十七日夕刊、二〜二面。「茶の間」欄。

〔梗概〕私は自動炊飯器はきらいなので、うちにはない。便利な自動炊飯器が自動の面目を発揮している時刻に大地震が起ったらどうなるのだろう。棚から物が落ちたり、家が壊れたりした時、器具がうまく止まってくれればいいが。地震の際の心得は、火の元を止めることであるが、自動式器具の発達の結果、主婦が使用中の火から離れる回数、時間、距離、いずれも著しく増しているのである。

親心と子心《おやごころとこごころ》　エッセイ

〔初出〕「The Student Times」昭和五十四年六月二十二日発行、二〇〜二〇面。

〔梗概〕日本の諺に「親の心、子知らず」というのがある。その諺と一対になるような「子の心、親知らず」というのがないのは、どうも配慮が欠けているように思う。子不孝の親で、子孝行の親以上に子供のことを思っているらしい人に、私はこれまでに出会ったことはない。子供にとって、はじめて親に老いを感じたときくらい、悲しいことはないだろう。子供は、ひどく親の嘆くことをしても、参らないのが親だと思っている。心の底から挫け、傷つくことはないのが親だと、どこかで思っている。ところが親はそうまで子供に信じられていることを知らない。子たるもの、ある年齢になれば、そういう子の心を知らぬ親の心をこそ理解してかからなくてはいけない。

親というもの《おやというもの》　エッセイ

〔初出〕「楽しいわが家」昭和五十七年六月一日発行、第三十巻六号、三〜三頁。

〔収録〕『気分について』昭和五十七年十月二十日発行、福武書店、一三三〜一三四頁。

〔梗概〕なじみの編集者が戦争遺児であったことを知った。私の母の名はよねと言った。祖父が米の字に因で、お米に困ることなく八十八までも永生きするようにと、つけたのだという。あと八カ月生きれば八十八という高齢で、母は逝った。「私たち、とうとう孤児になった」と、四人きょうだい皆五十代なのに、互に言ったものだった。

女形遣い《おやまづかい》　短編小説

〔初出〕「文学者」昭和三十五年八月十日発行、第三巻九号、七七〜一〇二頁。

〔収録〕『幼児狩り』昭和三十七年八月三十日発行、新潮社、一三七〜一九〇頁。

〔梗概〕学校を出た時、帰英されるデヴイッド・ロック先生に、皆でお七の文楽人形を贈ったことを、私は久しく忘れていた。昨年の春、大阪の伯父からの手紙で、あの時のお七は、近松座の吉田幸六なる女形遣いの所有していた人形で、嘗ってはかなり忌み嫌われたものだそうだ。大阪の天王寺に、すべて人形にかしづき仕立た人達の墓がある。納められた巻物には人形細工師まで名を連ねてあるが、どういうわけか吉田幸六だけ、それには脱落している。吉田幸六は華麗を極めた女形遣い手だったが、近松没落後どうなったのか、その道の人さえ判らないという。今年の春、伯父から再び手紙が来て、彼の実子・堀井すがが逗子にいるので、幸六の閲歴や人となりをいろいろ聞いてきてほしい、とある。私は堀井すがを訪ねた。幸六は今生きておれば、もう八十にはなるが、近松座が潰れた二年目の大正五年、すがが母のお腹にいた時分に亡くなっている。母のお品から聞いた幸六の話をすがが語る。幸六が幸六座に入ったのは、明治二十年、十二歳であった。最初のお師匠さんの吉田龍五郎が二年後に亡くなったので、以後吉田玉三についた。最初の六七年間は順調で、今度は主遣いをと張切っていた時、幸六のじき後《あと》の方が亡くなったので、同じ足遣い、左遣いを繰り返すばかりになった。今度も瑞役、次も又瑞役と、幸六の役不足の根深さは、兄弟子の吉田玉枝への恨みとなって積もっていった。幸六の藝に惹かれての押しかけ女房のお品に、己のためにあの玉枝を殺すことができるかという。お品は、玉枝の左掌を殺めますこと以外に、幸六の生きる道は確かにないような気がして、千秋楽の日、待ち伏せして、玉枝の左掌の小指の方から二本を切り落した。指の傷痕の治った玉枝は、二度の胴串を握れなく、再び黒衣を被る。役を得た幸六は女形人形の至上の姿態、生身の女のうちに息づきながら、生身の肉体には決して現れようのない女の色香の限りを追求していく。そのため、自分の藝の助けとなる弟子は求めるが、彼らの行く末には何の関心も示さず、遂には自分の妻さえ生贄そのままに扱うようになった。明治四十五年、堀江座が近松座と改まり、幸六が数え年三十七の時、せめて黒衣に生きようとしていた玉枝が退職を強いられ、自殺をした。幸六は、女形人形にかけた自分の念願に未だに達しかね、母におさんのつもりであそこの振りをしてみてくれ、とさせるが、気に入らぬのか、幸六は母を打擲しはじめる。大正二年の秋、自分の持ち人形の後ろに黒衣の人形遣いが添うように黒い影が立つという怪体な噂をでっちあげ、玉枝の供養という口実で幸六は、お品の指を切り落としてしまう。女形人形の美しさに取りつかれた幸六は、現実の世界では美しさを破壊する残虐性を求めていたのだった。ところが、その後、噂が噂を呼び、玉枝の亡霊話に端を発して、近松屋は没落してしまう。そうなると、幸六が加われば、再び玉枝の祟りを呼ぶことになろうと、どこからも声がかからなく、遂に中将姫の人形を道連れに、幸六は黒衣を死装束に、黒い頭巾までつけて長堀川に身を投げてしまうのだった。この夏、帰郷した時、私は阿部野の幸六の墓へ寄ってみた。それを眺めているうちに、足元の暗い地底で、幸六の肉体が冷たい溶液と化したその中に、腐り果てた、彼の黒衣と女形人形のかしらと衣裳とが、一つになってどろどろと浸っている様を想い描いた。

〔同時代評〕駒田信二は「同人雑誌評」（「文學界」昭和35年10月1日発行）で、「人形つかいの吉田幸六という人のことをしらべているうち、その人の娘をさがしあてて話をきくという趣向で、あとはその娘である八十の老媼の独白。なかなかの労作であるが、独白の関西弁のつかいかたはうまいとはいえない。『参じました』という言い方をしきりにつかっているが、『なかなか順調に参じました』など、いささか、ごつごつしすぎている。」と評した。　（長島亜紀）

「泳ごう」を惜しむ《「およごう」をおしむ》　選評

〔初出〕「中央公論」昭和六十三年十月一日発行、第百三年十号、二九五～二九五頁。

〔梗概〕第十四回中央公論新人賞選評。永田佳子氏の「ホワイト・ウォール」は、往年の文学少女がそのまま年を経たような作者を想像させる作品だった。自分独自の味方、感じ方に長じるように努めていただきたい。辻野孝雄氏の「父親さがし」は、今日的な材料を用いながら、今日臭さのないのがよい。しかし、人間を表現する力がまだ足りないように見受けられた。佳作にとどまったが、「泳ごう」の作者平松誠治氏には、昨今の新人中でも抜きん出た資質が感じられる。この作品には現代の新しい心理の新しい表現の萌芽も認められる。

音楽《おんがく》　エッセイ

〔初出〕「週刊新潮」昭和四十四年三月八日発行、第十四巻十号、九〇～九一頁。

〔梗概〕音楽の中でも人間の声ほどすばらしいものはないと思う。先日、徹夜のあと、ドニゼッティの「愛の妙薬」を聞きに行った。オペラを聞いたあとは他のものでは得られないこころよさが残り、高揚した気分になる。外国のオペラを待つのも結構だが、日本の歌手による公演も興味深い。

音楽的ということ《おんがくてきということ》　エッセイ

〔初出〕「音楽藝術」昭和四十四年二月一日発行、第二十七巻二号、三八～三九頁。原題「官能的な未練のうねり」。「音楽的なものの諸相」欄。

〔収録〕『文学の奇蹟』昭和四十九年二月二十八日発行、河出書房新社、二二九～二三二頁。この時、「音楽的ということ」と改題。

〔梗概〕少女時代に初めて、メンデルスゾーンのヴァイオリン協奏曲を聴いた時、いったい自分の身体のどこの部分がこのような不思議な歓びに打ち顫えるのであろうか、と思わせたほど不思議な歓びに打ち顫えさせられた。音楽の与える不思議な歓びの作用に、羨望させられる。小説を書いていて、他のジャンルの藝術作品を描写することくらい難しいことはない。音楽の与える不思議な歓びは、官能に繋がっているように思われる。音楽の場合は、作曲家は藝術家でありながら、譜面はけっして藝術ではない。譜面は藝術ではなく、音楽とはつまり音なのだ。音の生命というのは、瞬時に消え去るところにある。ひとつの音符が消え去ることを前提として、次の音符が択ばれている。音楽美というのは、いかに巧みに音を消し続けさせるかという趣向において、音符が連ねられているかというところから生れてくる。

音楽の結末《おんがくのけつまつ》　短編小説

〔初出〕「月刊カドカワ」昭和五十九年五月一日発行、第二巻五号、九四〜九七頁。

〔梗概〕妻にはまだ全く分娩の気配はないが、拓夫は知人の産科医西田氏に、空《から》料金でよいから一人部屋を予め頼んでおいた。母親の胎内で、胎児は羊水に浮かびながら、母親の心音という音楽を聞いている。その音楽を胎児に聞えている通りに捉えたレコードがある。産まれる児は、あの音楽を覚えているであろうか。拓夫は、一切の音楽と、音楽以外のリズム音も極力入れないようにして、児を育てる実験を繰り返していた。今度こそ妻を一人部屋に入れ、その方法自体をあれこれと思いめぐらしはじめていた。妻から電話で「始まったらしいのよ」と言う。拓夫は何だか番狂わせに戸惑っている気持だった。実験などに熱中しなければ、子供に対して今少しちがった見方が生れていたのではないか、その児はそう言っているのかもしれなかった。

恩師のこと《おんしのこと》　エッセイ

〔初出〕「樹海」昭和三十九年五月十五日発行、第五十五号、一〜一面。

〔梗概〕昨年の秋、大阪へ帰省したとき、私のために小学校時代の友だちが八人ばかり集まってクラス会を開いてくれた。その席で頻繁に話しに出た受持だったK先生は、今ならさしずめ勤務評定でひどい点数をつけられそうな方なのである。恩師のK先生についての想い出を語る。

「婦系図」の怪《「おんなけいず」のかい》　エッセイ

〔初出〕「東京新聞」平成元年一月五日夕刊、三〜三面。

〔収録〕『蛙と算術』平成五年二月二十日発行、新潮社、一七七〜一八〇頁。『河野多惠子全集第10巻』平成七年九月十日発行、新潮社、一〇四〜一〇六頁。

〔梗概〕作家のなかで、私にとって季節感の印象が最も濃いのは、谷崎潤一郎と泉鏡花である。潤一郎は春の作家である。鏡花には冬を感じる。鏡花の「婦系図」に小さい気がかりが二個所ある。一つは、前編の冒頭の「鯛、目比魚」の章で、牛込の南町に桐楊塾と名づけた別宅がある。だが、後編の終り近く「私語《ささめごと》」の章で、〈此頃ぢゃ北町〈桐楊塾〉へも寄り着かないんですって〉と、別宅の場所が、〈北町〉になっているのである。もう一つは、河野英吉の名である。前後編を通じて、彼の名は〈英吉〉である。ところが、「縁談」の章では〈栄吉〉なのである。その二点に疑問をもつようになって、もう二十年近くになるだろうか。「婦系図」は鏡花の代表作中の代表作である。それなのに、こういう個所のあることに、私はミステリーを感じる。この小説のただならぬ魅力が、出版を手がけた多くの人たちを次々に化かして、思わぬ手落ちを継承させてしまうのかもしれない。

女の名前《おんなのなまえ》　エッセイ

〔初出〕掲載誌紙名未詳、昭和六十一年四月発行。

〔収録〕『蛙と算術』平成五年二月二十日発行、新潮社、六二〜六五頁。

〔梗概〕あるPR雑誌に、戦後に直木賞を受賞した女性作家の一覧表が載っていた。第五十回昭和三十八年下半期の受賞者として、故和田芳恵さんのお名前があがっていた。和田さんは一生のあいだに、そんな間違いに幾度も会われたことであろう。日本人の名前には、男女の区別のつけにくいものが時々ある。ペンネームだが、一葉にしてもそうである。性別違いをされても不思議ではなさそうな名なのである。絵美とか、須美とか、美のつく女性名があったが、本来美のつく名前は男に多かった。立美、正美、茂美、貞美、等々。ところが、近ごろ二十代くらいの若い女性の名前に、美のついているのが非常に多い。貞美、清美となっておれば、老男性でも女性と思いがちらしい。女児に漢字の子をけつるようになったのは、明治の終りか大正のはじめごろからであったようだ。近ごろではまた、若い人に子のない名前がふえている。今の幼い女の子たちの名前は、また新しい傾向を示しているかもしれない。

女の恥と虚栄心《おんなのはじときょえいしん》　エッセイ

〔初出〕「いんなあとりっぷ」昭和五十一年十一月一日発行、第五巻十四号〈六十一号〉、三五～三九頁。

〔梗概〕私たちの経験する恥は、大まかに分けて三種類あると思う。その一つは、他愛のない失敗による恥である。その二は、実に深い悔いに苦しむ恥である。この場合は、先ず自分の非を徹底的に自分に言いきかせることである。恥の三つ目は、いわばかかされるところの恥である。この種の恥の大半はまた、恥をかかせた人はそのことに気づいていないのである。こちらが恥をかかされたと思っているだけのことが多いのである。人間はコンプレックスと見栄のために、この種の恥をかくことが非常に多いのである。

女は《おんなは》　エッセイ

〔初出〕「流行通信」昭和四十九年五月二十日発行、第百二十五号、一六～一七頁。

〔梗概〕「女とは」というような場合の〈女〉は、男女の見かけの区別とは異質のものではないけれど、はっきりと性別ということにおける人間の区別である。女性が男性に本当に熱望しているのは、恋人なり夫なりと自分と一致ということなのである。しかし、愛情というものは、どれほど相愛の男女であっても、高低においても、その起伏の形においても、常に男女の双方で喰いちがい、ずれてばかりいるものらしい。私たち人間は決して自分以外の人間の感覚や本当の考えを知ることはできない。一組の男女が趣味嗜好や計画の多くの点において、また愛情において一致するのは互いに老いて男女でなくなってしまってからのことであろう。男性であり女性であるうちは一致しないのが自然というものである。なぜならば、もし一致するようであれば、男女の間には性愛の歓びなど必要ではなくなってしまいそうな気がする。この世で性愛以上に一致ということが期待されるものはあるまい。

か

カード被害《かーどひがい》　エッセイ

〔初出〕「中央公論」平成十年一月一日発行、第百十三年一号、一八～二〇頁。

〔梗概〕アメリカはキャッシュレスの国とか聞いていたが、実際にはさほどでもなかった。アメリカで経験した二件のカード被害について述べる。心覚えがないのに、主人が女性下着専門の通信販売会社から二〇〇ドル分ほど買ったかたちになって、クレジット会社のカードで支払ったことになっていた。もう一つは、日本人の英字の筆蹟は真似されやすく、真似されて口座から引き落されたことである。

絵画の魔術「ミロ展」を観て《かいがのまじゅつ「みろてん」をみて》　エッセイ

〔初出〕「週刊読書人」昭和四十一年九月十九日発行、第六百四十二号、八～八面。

〔梗概〕ミロの絵画は、ほとんどが「絨毯やゴブラン織の匠意となり得る」という平面性に特色がある。「昆虫たちの会話」や「こおろぎ」に接して、私は自分の遠い記憶にある、その不思議な情緒が、実に明快に、完全に、美しく表現されているのを感じ、快感を覚えた。その情緒は絵画によって表現されるものであり、絵画の魔術に衝かれた。今度のミロ展から一点を択ぶとすれば、私は「三途の川」であろう。これほど美しい三途の川を想像したことはない。

貝殻たちへ《かいがらたちへ》　エッセイ

〔初出〕「季刊手紙」昭和五十九年十二月（日なし）発行、第二号、一九～二二頁。

〔梗概〕自分が、或いは自分と好みを同じくする人たちとで食べた貝の殻には、私は生命の名残りが感じられてならない。存在した生命の確かな証拠の実感がみち溢れて見えるからだ。貝くらい、生きていたことの証拠を遺してゆけるものはない。

邂逅《かいこう》　短編小説

〔初出〕「群像」昭和四十二年二月一日発行、第二十二巻二号、二九～五四頁。

〔収録〕『背誓』昭和四十四年十二月十日発行、新潮社、二四一～二八二頁。『河野多惠子全集第3巻』平成七年二月十日発行、新潮社、五一～七四頁。

〔梗概〕石畳を踏んでくる靴音を聞いて、俊子は、おや、と思った。門は今しがた、彼女が確かに錠をしたのである。靴音は、夜更けの静かな庭から不意に伝わってきたのだった。十数年前に仲違いしたまま一度も会っていない妹の坂上道子であった。炬燵の中に入ってと迎え入れた。「澪標」と妹が言う。郷里の女専から送られてくる、その同窓会報は、俊子にいつも様々の思いをさせた。俊子は「澪標」の記事を読むたびに、卒業以来の十数年間、失敗続きで、自分を托すべき仕事も家庭も未だに得ていない、我が身を更めて顧みさせられた。戦争の人的資源の必要から、四年終了で女学校に受けられるようになり、道子は俊子と一緒に合格したのである。ふたりの母は、俊子が女学校一年の時に亡くなった。長患いだった。間もない頃から、ひとりの中年の婦人が家に出入りするようになった。父はその小母さんに母親になってもらおうと言いだした。ほかの人にして頂戴と、即座に、俊子は言い放った。しかし、空襲続きの戦争を経ても、確固として存在しているらしい父とその小母さんとの間柄は本物だと思った。卒業後の方針を父に相談したところが、父は俊子に結婚しろと言う。相手は、応召から帰還して、製薬会社へ復職した数え二十六歳の久野だ。俊子が批難すると、父は道子に訊いた。道子がわるくないと承諾すると、父は俊子に家を出て行け、「我が家の親戚、知人のところへも一切立ち回ってくれるな」と宣言する。父としては十年近い間、邪魔をしてきたことになるので、憎しみも深かったのであろう。俊子は数え二十歳、終戦で解放されたと知ったとき、我が身を抱きしめたいような気がした。堰かれていた自分の人生が今から始まるのだ。その感動に応える人生を歩みたいと、激しく願わずにはいられなかったのである。俊子が家を出たあと、父と小母さんは結婚して、半年くらいで小母さんは亡くなった。父も突然、心筋梗塞の発作で倒れ、死んだ、と道子は言う。最初の三年くらいは、久野も優しかったが、そのうち、友人の職場の女の子と恋愛し、二十六のときに、道子は久野と別れたのである。俊子も劇作家になることを目ざして上京したが、目的は一向に発展しなかった。出版社の社員と同棲したが、二年経つと、彼女は捨てられていた。そして、次の二年間は病気であった。その後、劇作家の和田の秘書みたいな仕事をしている。道子は父の仕事を片づけ、女がひとりで利子生活できるものが残った。そして三十で再婚したが、三十三で発病したと言う。「道ちゃん、あんた一体何しに来たの！」というと、「わたしの話したこと、あなたのもうひとつの人生よ。ほら、あんなによく似ているわ。ひとつあれば、片ほうは要らないくらい」と言いつつ、妹は俊子の後ろへ隠れてしまった。「澪標」が落ちた。それを繰ってゆくと、訃報のところに黒棒つきで向井道子姉とある。あの人は、久野とは結婚しなかったのではないだろうか。あれはまさしくわたしのもうひとつの人生だったのか。すると、彼女がもうひとつの人生で、特に生き直してみたいと思うのは、生れ育った家で、人並に生活できるお金をもち、のんびりと一時《ひととき》のひとり暮しを楽しめたであろうことだけだった。彼女は、父が自分を励ましてくれるために妹を差し向けたような気がしてきた。

〔同時代評〕平野謙は「二月の小説（下）ベスト3」（「毎日新聞」昭和42年1月27日夕刊）で、「今月の佳作のひとつといってもいいが、反リアリズム的な効果という点では、昨年の『最後の時』の方がはるかに鮮《あざや》かだった」といい、山本健吉は「文藝時評（下）」（「読売新聞」昭和42年1月31日夕刊）で、「もうひとつの人生を生き直してみたいとは、多くの人の願望の中にあるだろう。作者の悔恨が、こんな怪談めいた小説を書かせたのか。私小説を読みなれた日本の読者は、作者の経験かと思いながら、これを読むのだが、最後にはぐらかされてしまう。その軽いはぐらかされた方が快い」という。

外国人と同国人《がいこくじんとどうこくじん》　エッセイ

〔初出〕「海」昭和四十七年十月一日発行、第四巻十号、一三五～一三五頁。原題「外国人と日本人」。「出会い」欄。

〔収録〕『文学の奇蹟』昭和四十九年三月二十八日発行、河出書房新社、二六八～二七〇頁。この時、「外国人と同国人」と改題。『河野多恵子全集第10巻』平成七年九月十日発行、新潮社、二六八～二六九頁。

〔梗概〕女専に入学当時、時間割に出ている先生の名前は、全部日本人のものだった。英語会話の時間に、外人の小柄なおばあさんだったので、皆びっくりしてしまった。この先生は、政府の命令とかで、日本名に改名させられたうえに、お椀ほどの大きさの徽章を胸につけておられた。或る日、艦載機が来襲した。私たちが壕に入るか入らないうちに、機内の相手の顔が見えるほどに低下してきた。機銃を浴せるのである。その時、先生の突然にあげられた悲鳴の凄まじさが忘れられない。自分を撃とうとしているのが同国人であることは、外国人に撃ちおとされるよりも、はるかに恐ろしいことにちがいない。外国人とは何か、同国人とは何かということにはじめて出会ったのは、その時だったのではないか。

外国人と日本人《がいこくじんとにほんじん》　――→外国人と同国人（88頁）

快心の作《かいしんのさく》　選評

〔初出〕「婦人公論」昭和六十一年十一月一日発行、第七十一巻十四号、四〇四～四〇四頁。

〔梗概〕昭和六十一年度「女流文学賞」選評。三枝和子氏の『曼珠沙華燃ゆ』は、発想の展開にもう少し柔軟さがほしかった。干刈あがた氏の『しずかにわたすこがねのゆびわ』は、興味深い素材だが、最初の長編であるせいか、この作者のよき特性があと一息出せずに終っていた。杉本苑子氏の『穢土荘厳』は、膨大な資料や調査結果が自家薬籠中のものとなり切り、自由自在に使いこなされている。その実感は、美味ともいいたい。作者としても快心の作なのではないだろうか。

快晴の日に《かいせいのひに》　――→ニューヨークめぐり会い（320頁）

解説《かいせつ》　エッセイ

〔初出〕小島信夫『女流〈集英社文庫〉』昭和五十二年五月三十日発行、集英社、一七二～一七八頁。

〔梗概〕世の人たちが、小説という時、先ず思い浮かべるのは、恋愛小説だろう。ところが日本では本当の恋愛小説は極めて少い。そういう日本で、「女流」は稀にみる本当の恋愛小説なのである。「女流」はどこまでも感じて読むべき小説なのだ。私は「女流」を読むと、時代を越えて二十前後の男性が年上の女性に恋する感情こそ、人の恋愛感情の最たるものであるらしいと感じるのであって、そういう意味でも、この日本では稀な恋愛小説はやがて永遠のベストセラー的存在になってゆくものと信じているのである。

解説《かいせつ》　エッセイ

〔初出〕佐藤愛子『鎮魂歌〈集英社文庫〉』昭和五十二年六月三十日発行、集英社、一七七～一八三頁。

〔梗概〕「鎮魂歌」は途方もなく正直な小説である。文学的誠実さの漲っている作品なのである。この小説の〈私〉は常に幾つもの立場の統一者として表現されている。作中の〈私〉もまた途方もなく正直な女性である。反俗的である。同時に、世俗的には一廉《かど》のリアリストである。だが、それらの性格が少しの矛盾もなく、やはり統一されている。不如意に終ろうとする結婚生活と恋愛―珠夫に関わる一切の激情と勝沼に関わる一切の激情とを鎮魂させようとの思いが、この標題であり、この作品を成立させているのであろう。

解説《かいせつ》　エッセイ

〔初出〕萩原葉子著『蕁麻の家〈新潮文

庫〉』昭和五十四年九月二十五日発行、新潮社、二一五〜二二一頁。
〔梗概〕『天上の花―三好達治抄―』は、私にはエッセイではなく小説に読める。三好と北陸で多難な一時の結婚生活を経験する再婚女性は、朔太郎の妹、つまり葉子の叔母が原型である。この長編は、変った書き方の小説である。むしろ、無理な書き方と言ってもいい。三人称で書き進められていたのが、途中でいきなり、その女性の手記がつくられて挿入されているのである。慶子の手記、となっているその部分が、まさに圧巻なのである。葉子の小説、ことに長編を読んで、つくづく思うのは、作者が天成の作家ということである。表現を含めて彼女の創作上の選択は、子供が欲しい玩具をどうしてもほしがるようにして決定させる。その結果、独特の不思議な力強い生命を孕んでしまうのである。荒っぽい言い方をすると、『蕁麻の家』はいじめられっ子小説かもしれない。私には、この小説は、やはり荒っぽい言い方になるけれども、彼女の受ける虐待の面では反乱小説のように読めるのである。葉子の文学は、この『蕁麻の家』に限らず、女家長の文学である。女家長の文学としては、樋口一葉がある。うら若い身で、樋口家の女家長として、一葉は重責に喘《あえ》いだ。が、代りに男家長のもとでは、当時の女が夢にも考えられないような経験と自由を得たのであり、そのことが、一葉の文学にどれだけ有益だったかしれない。このことは、葉子の女家長の文学においても同様である。葉子が少女時代には惨めであっても次期女家長であり、後には単なる母子家庭の母親ではなく家長の立場についたことは、彼女の眼に一葉と同じ作用をつくっている。彼女の眼のもつその作用は、深いところにこそ及んでいて、彼女の文学に毅然とした特色を産んでいるのである。

解説《かいせつ》　エッセイ
〔初出〕佐藤愛子著『むつかしい世の中〈角川文庫〉』昭和五十八年一月二十五日発行、角川書店、二三三〜二三八頁。
〔梗概〕佐藤さんの小説の魅力のほどに、ほとほと関心した。全く、幾度読んでもおもしろい。深い興味の意味の「おもしろい」小説なのである。佐藤さんは、人間というものの痛快さを書く。人間というものを痛快さにおいて捉えるということは、人間に対する愛着と非情との拮抗している創作姿勢なくしてはなし得ないことなのである。佐藤さんの場合、その拮抗が実に強い。なぜ、強いかといえば、彼女はまず自分において人間性というものの不思議さへの関心を常にそそられており、同時にまず自分に対して常に客観の非情の眼を研いでいるからである。佐藤さんの文体は、まことに表現力に富んでいる。一見速筆のようにみえるが、絶えざる錬磨なくしては、もち得ぬ文体である。エドウィン・ミューアは『小説の構造』のなかで、小説の構造を、一つは立体的小説つまり小説が終ったとき舞台の幕が降りた時のように、それまでの世界の完結する小説、もう一つは平面的小説と称し、小説が終っても作中人物たちの世界はなおも続くであろうという印象をあたえる構造の小説の二種に分けている。佐藤さんのこの作品は、後者である。

「続・むつかしい世の中」の最後の「怒鳴ったんでした」の私が傍点を付した部分は、一層みごとというほかない。小説は終っても彼女たちの世界は続きそうな印象を強めるのに、これ以上の言葉はちょっとあり得ない気にさせられる。

解説《かいせつ》 エッセイ

〈初出〉佐藤愛子著『幸福の絵〈集英社文庫〉』昭和五十八年四月二十五日発行、集英社、二七六～二八三頁。

〈梗概〉『幸福の絵』に作者の実体験の投影を感じるのはありがちなことであろうが、それにとらわれていては、折角小説を読みながら、そのよろこびの大半を捨てているようなものである。『幸福の絵』は一言でいえば、中年の男女の恋愛を扱った作品であるが、「私」とその恋愛相手の堂本に対する作者の刺し貫き方には、血しぶきを見るような怖ろしい痛快さがあって、佐藤愛子の文学の特性の極みに接する思いがする。

（荒井真理亜）

解説《かいせつ》 エッセイ

〈初出〉瀬戸内晴美著『比叡〈新潮文庫〉』昭和五十八年五月二十五日発行、新潮社、三一一～三一七頁。

〈梗概〉藝術作品というものは、理屈で理解すべきものではない。専ら感じることで、理屈を超えた理解が得られる。読者は主人公の出家の理由を理屈で納得できる答えをほしくなる。だが、そういう読み方をしたのでは、作者の答えは全く聞えないことだろう。〈出離への憧れ〉を何がきっかけというわけでもなく、いつの間にか、いつか妊むようになる彼女の体質が、この作品では事ごとに実によく表わされている。そういう俊子の体質は、得度式以後に一層濃密に感じられてくるのである。出家といい、尼僧といい、世の常識からすれば、静謐な雰囲気を想像しがちだけれども、この『比叡』は実にドラマティックで、また恐ろしい小説なのである。主人公の出離への情熱および出離後の小宇宙を創造してゆく情熱は、彼女の体質の濃縮、結晶、あるいは昇華にほかならないと、『比叡』の魅力の特色を分析する。

解説《かいせつ》 エッセイ

〈初出〉谷崎潤一郎著『痴人の愛〈中公文庫〉』昭和六十年一月十日発行、中央公論社、三一一～三一六頁。

〈梗概〉『痴人の愛』は、谷崎潤一郎の豊穣な全作品の中でも、取り分け興趣に溢れた小説である。「筋は甚だ簡単」なのだが、関東大震災後のモダニズム指向の風潮に投じた的確な時代性と、人間性の未知の分野は永遠に無限であることを読み返す度に告げる永遠性がある。

（荒井真理亜）

解説《かいせつ》 エッセイ

〈初出〉谷崎潤一郎著『蘆刈・卍〈中公文庫〉』昭和六十年九月十日発行、中央公論社、二八三～二八八頁。

〈梗概〉『蘆刈』を書いた頃の谷崎潤一郎は、松子さんとの恋愛が成就困難な状況にあった。『蘆刈』は、そのままに書いたのではとても書き得ない谷崎自身の現実を、本格的な見事な虚構化によって、真実の極みまで表現した小説である。一方、『卍』には、園子の夫柿内の心理的なマゾヒズムが、妻と光子の同性愛による心理的苛虐を通して描かれている。『卍』は、谷崎文学におけるマゾヒズム

が、肉体的なマゾヒズムから大きく脱して、心理的マゾヒズムへ移った最初の作品に位置づけられる。（荒井真理亜）

解説《かいせつ》　エッセイ

〔初出〕谷崎潤一郎著『春琴抄・吉野葛〈中公文庫〉』昭和六十一年一月十日発行、中央公論社、一六七〜一七六頁。

〔梗概〕『春琴抄』が谷崎潤一郎の全作品中の最高傑作である一因は、作者の創作衝動の激しさであり、松子さんに対する激しい思慕である。しかし、この小説の抜群の魅力は、フィクションであればこそ生れたものである。谷崎は、事実の真実の極みまで表現するために、真底から事実を創り変えたのである。恋に限らず、谷崎にとっては、肯定の対象のみが創造の源泉となり得る。そのような谷崎を『吉野葛』の執筆に向わせたものは、現実の状況とは全く反対の状況への夢であった。したがって、『吉野葛』には谷崎に関わる現実のどのような女性も一切投影されていない。彼の全作品中、実に珍しい作品なのである。（荒井真理亜）

解説《かいせつ》　エッセイ

〔初出〕山本健吉著『十二の肖像画〈福武文庫〉』昭和六十二年一月十六日発行、福武書店、二七九〜二八九頁。

〔梗概〕山本健吉の『十二の肖像画』に収録されている作家論の中には、既に自分の血肉のようになっていて、自分で見出した考えのように思い込んでしまっていた論考もいくつかある。十二編それぞれには、若干の優劣が見られるが、優れた評論家には強い個性があるため、対象作家との相性の良し悪しが関係してくる。それがかえって全編の厚みを感じさせる。また、佐藤春夫の項の結末部分などはこの本の魅力と有益の一致を識らされる。『十二の肖像画』には、人間と人生の不思議な魅力に対する、山本氏の感動が常に機能している。（荒井真理亜）

解説《かいせつ》　エッセイ

〔初出〕丹羽文雄著『樹海（下）〈新潮文庫〉』昭和六十三年二月二十五日発行、新潮社、三六二〜三六八頁。

〔梗概〕丹羽文雄氏の七十代の半ばすぎに執筆された『樹海』には、「その時期らしい充実とその時期らしからぬ若さがある」。主人公の染子はやがて離婚し、自立するのだが、染子を変えたものは実に夥しくあり、その広大さ、深さは、まさしく「樹海」を思わせる。（荒井真理亜）

解説《かいせつ》　──→紅葉『三人妻』のこと（153頁）

解説《かいせつ》　──→平林たい子の「前夫もの」（353頁）

怪談《かいだん》　短編小説

〔初出〕「文藝」昭和四十八年一月一日発行。第十二巻一号、九四〜一〇五頁。

〔収録〕『文学1974』昭和四十九年五月二十日発行、講談社、六八〜七九頁。『択ばれて在る日々』昭和四十九年十月十五日発行、河出書房新社、一一五〜一三九頁。『河野多恵子全集第3巻』平成七年二月十日発行、新潮社、一九九〜二〇九頁。

〔梗概〕ある日曜日、娘が恋人である青年と、青年のアパートで初めての婚前性交を持った。青年は娘を部屋にひとりきりにしておいてくれた。彼は出て行く時、娘に部屋の鍵を渡したが、それを最後に

か

使った後どうするかを指示しておかなかった。娘は管理人室で青年が渡してくれた鍵が合鍵であることを確認し、鍵を持って帰った。

　その日以来、娘は年上の女性の仕草に親しみを覚え、よく目につくようになった。デパートの食料品売り場で、紅茶の缶の山を崩してそのまま去ってしまった女性を見ていて、店員に娘がやったと誤解されてしまったこともあった。

　娘が返し損なった鍵を、青年は彼女に持たせておくようになった。ある日、娘は初めてその鍵を使って青年の部屋に入った。最初は青年の帰りを待っていたが、そのうち恋人の部屋での待ちぼうけを経験したくなり、その日は青年に会わずに帰った。青年を待っているあいだ、娘は自分と母親の年齢差とその割合の暗算をして過ごした。歳が加わるにつれて比率が減じてゆく不思議さは、彼女にとってミステリーだった。

　数日後、娘は待ちぼうけの味をしめて再び青年のアパートに向ったが、青年は帰っていた。部屋には、大学時代の同級生という女性が絵葉書を受け取りに来ていた。その絵葉書は差出人の死後届いたものであった。それと似た話を訪問者の女性が話し、娘も自分のしっていた不思議な話をしたが、娘にとっては青年と初めて性交を持った日曜日がいつのことだったか忘れてしまったことのほうが不思議に思われた。

〔同時代評〕川嶋至は「文藝時評1月」（「日本読書新聞」昭和48年1月15日発行）で、「河野多恵子氏が『うたがい』（文學界）、『怪談』（文藝）、『特別な時間』（すばる）の三作を創出して円熟期の安定した筆力を示しているが、なかでも私は『怪談』をとりたい。電話が怪談に活きるところが今様怪談のおもしろさであろう」と評した。（戸塚安津子）

回転扉《かいてんとびら》 長編小説

〔初出〕『回転扉〈純文学書下ろし特別作品〉』昭和四十五年十一月二十日発行、新潮社、一〜二九四頁。

〔収録〕『昭和文学全集19』昭和六十二年十二月一日発行、小学館、五九一〜六〇三頁。『河野多恵子全集第6巻』平成七年四月十日発行、新潮社、七〜一九六頁。

〔梗概〕金田と真子《まさこ》とは再婚同士の結婚で、再婚して八、九年になる。金田は四十四歳で、勤め先はある化学メーカーだ。物語は彼らの引越しの場面からはじまる。彼らは転勤で三年近く暮した九州から去年の暮に本社へ帰ってきた。再婚の仲人をしてくれた知人の紹介で、九州暮しのあいだ、持家を若い漫画家の佐伯夫婦に貸しておいた。しかし、すぐ持家にはいるわけにもゆかず、数カ月社宅で暮したのち、やっと自分の持家に引越せるようになったのである。真子はとうから「人生というものは生き方にあるのではなくて、日常生活の細部にこそ人生があり、細部のみが人生そのものである」と感じるようになっていた。引越しには佐伯夫妻とその助手も手伝いにきたが、力仕事があらかたすんで、こまごまとした片づけ仕事のために、佐伯の妻だけがあとに残った。真子の暗黙の了解のもとに、金田は二階で佐伯の妻を犯す。真子は買い物に出かけたふりをして、階下の応接間に身を潜め、夫の情事を息をひそめて、口腔性交への情景を想い描く。これが第一章の発端である。第二章以下第五章まで、真子らの過去へと、遡及してゆき、終章では第一章と対応するような仕組みになっている。真子は「非常に深く愛し合うには及ばないから、不仲にだけにはなりたくない」「肉付きのよくない結婚生活」を続けてきたと思う。真子は、再婚するまでの間、男友だちはいても異性的な交渉は皆無であったが、再婚後、肉体交渉をもった男がいた。九州転勤以前のことで、金田の友人の弁護士の知人で、やはり弁護士だった長沢である。金田との性愛に際しては、真子は思いがけなく再びそうした夜をもつようになった我が身を深くなつかしむ歓びに弾みきる自分と、二重の感覚が控えているのではないかと思った。長沢との性交で、彼女はあまりに夢中になる自分の体を訝った。三人目の異性を経験することを全身で待ち焦がれていたのではないかと感じた。金田の方にも、仲人をしてくれた久米夫人とその長男の嫁の皆子（三十歳の未亡人）との二人の女性と、それぞれ関係があるようだ。その久米夫人から「大目に見るということ、あなたはお好きらしいけれど、そのご主義、お考えになったほうがいいと思います」と忠告されたこともある。終章は引越しの三カ月後である。佐伯・宇津木・金田夫婦が芝居「回転扉」を見に行くことになる。だが、宇津木の妻の穎子と金田のふたりがやってこない。真子と宇津木は芝居の途中で抜け出す。宇津木は「今夜、穎子を金田氏に任せる」ことにしてあると、真子は夫婦交換を誘われ、「穎子さんもやっぱり、こんなふうに——」と、羞恥に身を焼く。真子は宇津木の持ちかけが事実でありながら応じなかった時の金田の失望が、欺瞞でありながら応じた時の彼の失望よりもはるかに恐ろしく思えるから、従ったのだ。夫を満足させようと志向した真子は、自分の志向を本当に果すためには、志向を裏切らねばならぬという、事実にぶつかる。真子は、金田を裏切って宇津木に性的期待をかけることによってしか、金田を満足させることはできなかった。別章では、真子と宇津木が立ち去った小劇場では、「回転扉」第二幕が進行している。清と三三子との「人工的兄妹の夫婦」の話しである。

〔同時代評〕佐伯彰一は「文藝時評(上)」(「読売新聞」昭和45年11月28日夕刊)で、「日常的な細部はたっぷりと描きこまれてゆくのだが、その中核にひそんでいるのは、むしろフィクションの意識であり、この夫婦の相によって、いかに深く女主人公の感覚と心理が、浸潤をこうむり、『関《かか》わられ』てゆくかを照らしてゆく所に、この長編の独創性」がある、という。小島信夫は「河野多恵子『回転扉』」(「朝日ジャーナル」昭和46年1月1日発行)で、真子のいないところで進行中の芝居は、真子の気づかぬ意識。作者が彼女にさしのべた「慈悲の救い手」のように考えると面白い。松（平野謙）は「河野多恵子『回転扉』」(「週刊朝日」昭和46年1月8日発行)で、「この長編も結果として一夫一婦制度の否定を描いた作品といえるが、その否定を男女の性の相違というありふれた視点からではなく、いわば人間存在の組合せそのものの内側から探求しようとした点が、新しくもあり、野心的でもある。しかし、その試みは終章の『志向』という言葉の乱用、誤用にも一端を示しているように、まだまだ『くれない』の濃密なリアリティーを抜く方法の確立にまではいたっていない」と評した。竹西寛子は「河野多恵子『回転扉』」（「群像」昭和46年2月1日発行）で、「私はこの作品を、自己否定による自己解放の劇として読んだ。もし人間が、存在のより豊かなあらわれであることを切実に欲すならば、その願望の切実さにおいて存在に自己否定を余儀なくされ、その結果、否定されたはずの自己がより全面的にいかされるという運動の具象化として読んだ」と述べる。加賀乙彦は「河野多恵子著『回転扉』」（「海」昭和46年2月1日発行）で、「主人公は見るばかりでなく、見たものを解釈する。それは主として見た時の自分の感情を物のように見たてて、ごく冷静に解釈するのである。ここでは狂暴な気持や羞恥の念ですらも、一歩しりぞいて観察されている。日常生活で見るものが無限に存在する以上、解釈も無限に行われうる。話はとめどもなく引延ばされ、時間は停止される。この無時間性がこの小説の特色である」と指摘する。清水徹は「河野多恵子『回転扉』」（「文藝」昭和46年2月一日発行）で、「他者との結びつきというじつに深刻な主題を、この小説はきわめて特殊に設定された場において追究している。女主人公の視点による作品構成は、彼女が他者を、あるいは自己のうちなる他者をいかに見るかというかぎりでの他者感覚を刻みあげることを狙ったものであり、それゆえここには他者が自己をどう見るか、女主人公をめぐる他者たちが、彼女についてどのような他者感覚を抱くかは当然描きだされてこない。もちろん著者は、そうした構成の限界を充分に意識した上で女主人公の性格を設定し、可能なかぎり彼女に冷静な眼をあたえた上で、なお彼女がついにみずからの主題性の罠にはまる悲劇をここに描いた。」という。

「回転扉」で識ったこと《かいてんとびらでしったこと》　エッセイ

〔初出〕「サンケイ新聞」昭和四十六年四月一日朝刊、七〜七面。原題「作品と批評と―「回転扉」で識ったこと―」。

〔収録〕『文学の奇蹟』昭和四十九年二月二十八日発行、河出書房新社、八七〜九〇頁。この時、「『回転扉』で識ったこと」と改題。『河野多恵子全集第10巻』平成七年九月十日発行、新潮社、五七〜五九頁。

〔梗概〕「回転扉」は幾度も稿を改めた。作中人物は、あまり重要ではなかった三人を省いたが、他の人物もモチーフも基本的には最初から考えていた通りに仕上がった。私は自分が書きあらわしていることが、人に判ってもらえるかと、幾度も不安になった。感覚的なことになると、確かめ合う手がかりが全くない。人間は死ぬまで、自分の感じしか識ることができず、自分のなかに一生閉じ込められたまま死ぬのである。ちょっと他のひとと入れ替らせてもらって、ひとの感じを経験することは絶対にできない。藝術の発生はそこのところにあるのではないかと思う。

　この「回転扉」では、主人公の存在感

を性を中心に取りおさえてみようとした。ひとがどのような存在感をもっているか、どのような性感覚と性意識をもっているか、どうしても判ることができない。他人の感じ方のなかでも、最も判りがたいものであろう。だから、読者が、この作品を読んで、身につまされたという声があったなら、この作品は失敗だったということになる。「読者が自分の存在感、性感覚と性意識を感じ直し、感じ直す機縁となったものが、この作品の読書における錯覚的経験（錯覚であったと思われるようであったならば、感じ直してもらう力はこの作品にはなかったことになるのだが）だったというのが、希望したところであった」と述べる。

『回転扉』を語る《「かいてんとびら」をかたる》　対談

〔初出〕「三田文学」昭和四十六年五月一日発行、第五十八巻五号、五〜二十二頁。

〔梗概〕『回転扉』をめぐって、古屋健二との対談。「容姿を書かないわけ」「作者の精神とディテール」「『回転扉』とは何か」「樽に対する恐怖」から成る。表現したい精神は理念的なものではなくて感覚的なもの、感覚的といっても心理や意識を含めての感覚である。真子にとって実際の金田との触れあいのほうが表なのか、意識的意識の中の金田のほうが表かもしれない、どちらかわからない。二元的に感じることによって、彼女にとっては人間とか世の中というものが深く感じられる。「回転扉」に関するディテール、モチーフ、タイトル、文体や創作意識・方法などの問題についての対談。

貝の夢《かいのゆめ》　エッセイ

〔初出〕「あさめし　ひるめし　ばんめし」昭和五十五年四月十日発行、第二十二号、八五〜八七頁。特集「味覚とメルヘン」。

〔梗概〕昨年の春先、湯河原の海辺で、砂浜を歩いていると、一匹の蟹が縦に走ってくるのである。何だか私を目指して走ってくるように見えるので、余計おかしい。七月半ば、その地へ行った時、一匹の蟹を東京まで連れて帰った。もう七カ月以上経つが、その蟹は健在なのだ。蟹夫と呼んでいる。餌はご飯粒やめん類の切れ端。卵焼きも食べる。かきも好物である。車えびをいただいたので、やはり生のまま、ちぎって頭を入れてやると、ほじくるようにして熱心に食べていた。それ以上に好物なのは、わかめである。常食にさせてある。東京のマンションのカルキの強い水で飼われている蟹夫が健在なのは、どうも毎日のわかめのためではないかと思われる。それと、あわびの貝殻を入れてあること。もともと、私は海が好き、食べるものも海のものが好きである。取りわけ、貝類は食べるのも、見るのも大好きである。異種貝類の交配ということは、まだ試みられていないようである。ほら貝とさざえと交配させたような貝が出来れば、きっと美味このうえもない新しい貝が誕生しそうである。その貝殻も、さぞかし見とれさせるほど美事なものだろう。貝類の交配ばかりは、新種創造のなかで、全く自然なことに思われる。さまざまの貝殻の美しさに見とれていると、そう信じられて仕方がない。

「快楽殺人」という愛《「かいらくさつじん」というあい》　対談

〔初出〕「波」平成二年十二月一日発行、第二百五十二号、六〜一一頁。

〔梗概〕『みいら採り猟奇譚』をめぐっての吉行淳之介との対談。「殺されたい・殺したい」「『隠れん坊』の初夜から」「女主人公の二十三歳の意味」「果たせぬ悪の十秒間」から成る。こういう世界を書くには一人称の説話体が最も書きやすい。ただそうすると、もともと主観的でひとりよがりになる世界なのに、二重に主観的でひとりよがりになるという欠点がどうしても出てくるので、普通の三人称で書いた。このあたりの試行錯誤で、時間がかかってしまった。比奈子を主人公にしたのは、サディストの内面を書きたいという気持があった。「みいら」というのは、「非常に魅力があるものだけど、なかなか手にしがたいものという意味です。いいものだけど、それを採るのは危険で、採った時はまず還れないということなんです」という。

変えるということ《かえるということ》　エッセイ

〔初出〕「銀座百点」昭和四十九年五月一日発行、第二百三十四号、三二〜三四頁。

〔梗概〕去年、電力制限が実施されることになって、夜の銀座がさびれると心配する声が新聞などに載った頃、私はそれならば、銀座に制限のないガスの使えるガス灯を点せば、面白いかもしれない、とふと思った。ガス灯といえば、馬車を連想する。ガス灯を発明するよりも、自動車のほうが旧くから考案されていたらしい。自動車の発明が早かったのに、車体の改良のほうでは、一時足踏み状態にあったそうである。運転台だけ箱の外に置かれた。自動車の車体に馬車のイメージを見ていたのである。その固定観念を補強したのは、身分制度の感覚だったのではないか。衣服などでも人間の固定観念は、なかなか根強いようである。

蛙と算術《かえるとさんじゅつ》　エッセイ

〔初出〕「新潮」昭和六十年一月一日発行、第八十二巻一号、一五六〜一五七頁。

〔収録〕『蛙と算術』平成五年二月二十日発行、新潮社、一九〜二三頁。『河野多恵子全集第10巻』平成七年九月十日発行、新潮社、三〇二〜三〇四頁。

〔梗概〕先日、基礎理学の或る研究室で、研究田の蛙を見せてもらった。その蛙たちはアフリカ爪蛙である。爪は後足の五本指のうちの三本ずつにあり、四本指の前足にはない。研究用には何かと便利な蛙らしい。その蛙は卵の発生間隔が実に短くて、その点が先ず重宝なのだ。蛙に限らず、蟹でも、蜂でも、蝙蝠でも、猿でも、いや植物の桜などにも、ひどく異る多くの種類がある。が、人類は人種はちがっても、生物的には大体似たり寄ったりである。水槽のアフリカ爪蛙は、数匹ずつ同居なので、冬蛙の区別の手がかりに爪を剪る。「六つの数字で、どの番号もできますね」と私はその着眼に感心した。帰途の車中で、私はその六つの数字を使って、順々に番号を試し続けた。算術の頭を蛙に試されようとは、思いもかけないことであった。

還る場所《かえるばしょ》　エッセイ

〔初出〕「文学者」昭和四十九年四月十日発行、第十七巻四号、七〜七頁。「『文学者』と私」。

〔梗概〕新潮社の同人雑誌賞を受け、丹羽先生ご夫妻に賞品と賞金をお目にかけた時、夫人が賞金のことを「お結納ですね」と言われた。その翌年の夏、芥川賞を受けて間もなく、夫妻をお訪ねした。私の受賞を「お会いする方々が、このたびはおめでとうございましたと、まるで娘が嫁入りしたみたいにおっしゃってくださって…」と夫人がいわれた。最初の受賞では、いわば文壇との婚約ができたことを喜び、二度目の受賞では、「嫁入りできたことを喜び、且つ出戻りということにならないように」というお気持が含まれていたのだろう。私には「文学者」という万一の場には、いつでも還ってゆくことのできる場所があった。が、還る場所があり、しかも温かく迎えてもらえる場所があるからこそ、私は決してそこへ還ってゆくようなことがあってはならないのであった。

書きたいということ《かきたいということ》　講演記録

〔初出〕「二松学舎大学人文論叢」昭和六十一年十月十日発行、第三十四輯、四七～六六頁。

〔梗概〕小説を読むということは、密やかな一人の悦びということであり、そこではある種の不埒な、不貞な、白昼夢をみるということも、内包しているわけである。純文学作家であろうと、通俗のベストセラー作家であろうと、まずものを書きたいという時の創作衝動としては同じである。純文学とエンターテイメントの小説の違いというのは、あくまでもジャンルの違いだ。佐藤春夫は、藝術家というのは一筋の強い誠実さのある無頼のことだとおっしゃている。また、佐藤春夫は、小説を書く目的は、自分の精神的種族の保存・拡大を求めて書くのが、小説というものだといっている。美術というのは美をつくるのが究極の目的であるが、文学は、本質的に人に読まれ、人の共感を得なければならない。今はスターというものに該当する作家がいなくて、ペットが多い。今の若い人たちは非常によい感覚もあるし、優秀なところもあるけれども、どうしても自分達の人生、自分達の生きるということに低くとらわれているから、先に進めない。いかに生きるべきかということにとらわれてしまう人は、非常に人間が貧弱になる。あらゆる藝術は、その人自身の生きている感動がそこにないとだめだと思う。この世の中というのは、私は人間ということの面白さに満ちていると思う。今の若い人は、現代を書くという時に、どうしても現代の風俗でなにかを現そうとする傾向があるけれども、風俗でなにかを現そうとするくらい、貧しい、わびしいことはない。動詞を抜いては小説は絶対に書けない。動詞というのはリアルそのもので、リアリズムなのである。小説というものは、独特のエネルギーの要るものだ。高年齢になり、ある程度まで体力が衰えると、面白いことに短編が書けなくなってくる。長編は相変わらず書けるのである。小説を書くということは、特殊なエネルギーを要求するもので、ことに短編の場合には、非常に瞬発力のようなものが要るのである。

書くことだけの生活へ《かくことだけのせいかつへ》　エッセイ

〔初出〕「婦人公論」昭和四十二年六月一日発行、第五十二巻六号、一五八～一六三頁。「特集私の選んだ人生」欄。

〔梗概〕そうしないではいられないものが自分の内部で爆発して、そうするしか仕方のなくなったのが、転機というものであるらしい。昭和三十五年の秋、勤め先の専売公社に退職願いを提出した時、小説を書きたいためであると、その理由をいえなかった。生活を保証するあてもないまま、作家志望の生活に身を投じた。退職する三年前の秋、私は肺結核だと診断された。大阪から上京し、小説を書きながら勤める生活を続けて、六年経っていた。発病後、一カ月ほど経った頃、化学療法のアレルギーで、顔が真っ赤に脹れあがった。発病後、四カ月ほど経って、アレルギーのために、碌に結核のほうの治療を受けていない。そのときになって、初めて「絶対、死にたくない。元気になって、もう一度小説を書かなくては」という気持が激しくこみあげてきた。ネオイスニチンだけは使えることが判った。自分の気力で補って、必ず全快しようと決心した。病気は快方に向った。退職後十三カ月目に、私は本当に自分が書きたくて書いた小説で原稿料を得た。死ぬ気でやれば、どうやら天は餓死させないものらしいと、私は思った。

各作について《かくさくについて》　選評

〔初出〕「新沖縄文学」昭和六十三年十二月三十日発行、第七十八号、一三一～一三二頁。

〔梗概〕第十四回新沖縄文学賞選評。喜納堅二氏の「無名塾てんまつ」の弱さは、会話を含めて、殆どの表現が説明に留まっていて、本当の表現に達していないことにあった。月之浜太郎氏の「生まれ島」は、人間性、平たくいえば人間というものについて、何かを発見させるものがあればと思った。久手堅倫子氏の「命《ぬち》ぬジーファー」は、表現力の不足のために、残念ながらジーファーがそこだけで浮きあがってしまっている。星野葉子氏の「ふるさと」は、新鮮な作品だった。人間関係など、あと少しわかりやすく書かれておればよかった。水無月慧子氏の「出航前夜祭」は、資料の扱い方を含めて、歴史小説を書く力倆を感じさせた。玉城まさし氏の「砂漠にて」は、筋肉的内容と筋肉的文体がしっかりと合致して、魅《ひ》きつけられる表現が少くない。

学生と洗濯機《がくせいとせんたくき》　エッセイ

〔初出〕「The Student Times」昭和五十四年五月十一日発行。二四～二四面。

〔梗概〕いつか、どこかのメーカーで造っている大学生の独身者用小型電気製品の一覧表みたいなものを見たことがある。そのリストを眺めながら、独りぐらしの部屋にこれを全部置くならば、さぞかし狭苦しくなるだろうなと思った。空間にゆとりを獲得しておくこともまた、得がたい物質的快適さなのである。どれほど部屋が広くても、家庭が豊かであっても、電気洗濯機だけは決してもってほしくない。自分の僅かな洗濯くらい、さっさと自分の手で洗ってしまう心意気がほしいものだ。若々しさというのは、そういうことではないだろうか。

家計簿《かけいぼ》　エッセイ

〔初出〕「楽しいわが家」昭和五十一年十二月一日発行、第二十四巻十二号、八～九頁。

〔収録〕『もうひとつの時間』昭和五十三年二月二十日発行、講談社、二一九～二二二頁。

〔梗概〕英国に、キャザリン・マンスフィールという女流作家がいた。彼女は病身で小説を書き継いでいたのに、実に仔細に家計簿をつけていたという。私は少女時代には小遣帳というものをつけた記憶はない。上京後七年経って、思い切って小説を書くだけの生活に入った時急に収支を書き留めるようになった。芥川賞を受けて以来は自然に仕事も雑用もふえて、いつの間にか、金銭収支を書きつけることはしなくなった。数年まえ、ある夫人から妻で家計簿をつけないのは、夫に対する一種の責任だという考えを聞かされたことがあった。少くとも基本的には彼女の説は正当だと思った。そのうち、柳兼子さんの言葉を雑誌で見かけた。自分が仕事と家庭を両立してこられたのは、家計簿をつけなかったからだという意味のものだった。私どもは、ご夫妻と同様に自由業である。そういう家庭の妻が仕事を持続してゆくためには、二人の仕事のためのお金はできるだけ惜しまず、そのためには普通の家庭とはちがった経済生活になってしまう。そこのところの覚悟と努力の必要を私はその言葉の底に感じた。

書ける場所《かけるばしょ》　エッセイ

〔初出〕「青春と読書」昭和五十年十二月二十五日発行、第三十九号、二～五頁。

〔収録〕『もうひとつの時間』昭和五十三年二月二十日発行、講談社、四六～五〇頁。

〔梗概〕私たちの進学する前年あたりから試験科目は国史一科目に改められた。六年生になるとひたすら丸暗記することが、私たちの指導された受験勉強の基本だった。学校で国史を暗記するのに、季節がよく、天気がよいと、私たちの組は屋上でするのであった。小学校時代のそういう勉強の習慣のせいか進学してからも、私は家での勉強は戸外の庭でするのが好きだった。それに反して、今の私が原稿を書くのは、専ら自分の部屋の机に向ってである。旅行中に原稿を書いたりするのは嫌いで、書く気などない。だが、ふと思い浮かんだことを忘れてしまうのが勿体なくて、それをメモしてゆくと、次第に原稿に仕上がっていることが随筆などよくある。随筆ならば旅行中のほうが捗る傾向があるが、長旅ではどうなるか。長旅がきっかけとなって、最も書ける場所が、机の前ではなくなるのも、あり得なくはないかもしれない。

囲いのうちさまざま《かこいのうちさまざま》　――→ニューヨークめぐり会い（320頁）

過去の記憶《かこのきおく》　エッセイ

〔初出〕「文學界」昭和五十三年一月一日発行、第三十二巻一号、一六～一七頁。

〔収録〕『気分について』昭和五十七年十月二十日発行、福武書店、二〇～二四頁。

〔梗概〕私の過去の記憶の様相を診てみると、手近の数年は明日今日と一群となった現在のように感じる。何も彼が鮮明すぎて却って混乱しているようである。六、七年まえから十年まえくらいまでの部分は、その混乱がなく鎮まっているので、何だかひっそりとして影が薄い。記憶らしい感じのするのはその先へ遡ったあたりからで、そこから専門学校時代のことまでは、実に詳しく記憶している。そして、女学校時代のことの記憶は急に落ちる。戦争のせいでもあると思う。ところで、作家にとって、過去の記憶というものは、是非とも必要なものなのだろう。創作上、過去の記憶は、それと全く無関係に発想がなされているような場合でも、記憶下に没したほうの経験群とは別種の有効な作用を、何かしらもたらしているような気がするのである。

カザノヴァ回想録推薦文《かざのゔぁかいそうろくすいせんぶん》
推薦文

〔初出〕窪田般彌訳『カザノヴァ回想録』昭和四十八年五月発行、河出書房新社、オビ。

〔梗概〕カザノヴァは、偏執や異常とは無縁だった。生きる歓びの実体を鋭く、やさしく、認識した。人生に対する、その愛と認識は無類に感動的である。

賢い老女《かしこいろうじょ》 ――→いすとりえっと（38頁）

家事労働の価値《かじろうどうのかち》　エッセイ

〔初出〕「婦人公論」昭和五十年三月一日発行、第六十巻三号、七六～七七頁。

〔収録〕『もうひとつの時間』昭和五十三年二月二十日発行、講談社、一七五～一七八頁。『いくつもの時間』昭和五十八年六月七日発行、海竜社、九七～一〇〇頁。『河野多恵子全集第10巻』平成七年九月十日発行、新潮社、二七六～二七八頁。

〔梗概〕妻の家事労働の金銭価値を評価しようとする動きがあるが、そうした考え方に、私は疑問である。妻の家事労働の金銭価値は零である、と私は思っている。妻の家事労働は、売買の対象になるものではなく、それをすることは権利であり、特権なのである。だからといって、妻の財産権を殺ぐしかないと言うのではない。私は夫の物は妻の物、妻の物は夫の物であるべきだと思う。夫婦の間柄はよくもわるくも金銭以上のものであり、互に相手の一部であるしかないのに、どうして財産上の区別が必要なのか。例えば、遺産相続税など、夫婦というものの本質と矛盾すること甚しい。夫婦の本質に立脚して撤去されるべきこうした法規を、いたずらに家事労働や内助の功の金銭価値の主張から僅かばかり縮小させてゆこうとする発想に、より一層の甚しい矛盾を感じずにはいられない。

餓死を覚悟で〝文筆生活〟へ《がしをかくごで〝ぶんぴつせいかつ〟へ》　エッセイ

〔初出〕「週刊読売」昭和四十六年一月七日発行、第三十巻二号、八一～八二頁。異色特集サラリーマン番外地。

〔梗概〕「手記私はなぜサラリーマンをやめたか」欄に掲載された。作家になりたくて、ほぼ二十年前に上京した。しかし、私はスランプに陥って、作品を書くことさえできなくなった。そういう欲求不満も原因になったのだろう。私は既往症の肺結核が再発した。二年ほどで全快した時、そのままでは一生、作家にはなれないどころか、書くことさえできない。それでは、死んだも同然なのだ。同じ死ぬなら、餓死しても、書くことだけの生活を一度でいいからやってみたい。上京以来八年、もはや未練なく辞表が書けた。

風《かぜ》　掌編小説

〔初出〕「野性時代」昭和五十一年十二月一日発行、第三巻十二号、七二～七四頁。標題「いすとりえっとXIX」。

〔梗概〕『いすとりえっと』未収録作品。彼は自宅のあるマンションの前庭で風に

か

飛んできた千円札を拾った。管理人室に届けた。子供がお金を落としたのを知らずに八百屋へ行って、その直後に自分が拾ったのである。失くしたお札が即座に戻って、拾った自分は管理人から報告されて、その子のお母さんから続いてお礼を言われた。ほんの僅かの間に繋がり、完成したことに、彼女はふと不思議さを感じた。

肩の話《かたのはなし》　エッセイ

〔初出〕「オール讀物」昭和五十九年六月一日発行、第三十九巻六号、四二～四三頁。「絵入りずいひつ」。

〔梗概〕子供のころ、聞くともなしに母たちの話を小耳に挟むことがある。母たちが「どうも肩のわるいお人」とか、「あれほど気立てがよいのに、どうしてあんなに肩がわるいのか」という言い方をしていたのを覚えている。この言葉は女性が同性についてだけ使っていたような気がする。そんな言葉があったことを思いだしたのは、最近友人からA子の経験を聞いたからだった。A子は、雪がちだったり、風邪をひいたりして、妹の病気見舞いに行きそびれていた。週明けに行くつもりでいたところ、その日の夕方、電話があって、亡くなったと言う。つい先程まで、簞笥の物を出し入れしていて、彼女は突然後肩を叩かれて、振り向いた。そこには誰もいない。妹だったにちがいないと、A子は言ったという。私は辞書の「肩」の項を引いてみた。意味の一つに「運」というのがある。付記に「肩に倶生神が宿っていて人の運命を支配するという俗説から」とある。「運」という意味での「肩」が誤用であれ、俗説からのものであれ、昔から人々が肩という箇所に或る種の怖れを抱いていたのではないだろうか。人が霊感を最も強く感じる箇所や死ぬ時に霊魂が肉体から脱け去る箇所は、案外頭や胸などではなくて、肩―それも左肩なのではないだろうか。

片冷え《かたびえ》　短編小説

〔初出〕「新潮」平成六年十一月一日発行、第九十一巻十一号、七五～九一頁。

〔収録〕『河野多恵子全集第4巻』平成七年七月十日発行、新潮社、三〇九～三二五頁。『赤い脣　黒い髪』平成九年二月十五日発行、新潮社、四五～八〇頁。『赤い脣　黒い髪〈新潮文庫〉』平成十三年十月一日発行、新潮社、四七～八五頁。

〔梗概〕ある朝、麻柄はカーテンを開けようとした時に右手の甲に点滅するような痛みを感じた。仕事に行き、忙しくしている間はまぎれていたが、気が付くと左手でさすっていたりした。それは日に二、三度訪れるようだった。以前にも、麻柄は右手の甲の同じところが痒くなったことがあった。それらの症状が前触れだったかのように、ある初夏の晩、麻柄は右半身だけが冷たくなっていることに気づいた。

最上太郎は麻柄の恋人で、今は長期の海外出張中である。二人は手紙や電話で連絡を取り合っているが、最上は麻柄に自分のマンションに越してくるように強く勧めている。麻柄は、最上の赴任している場所の様子を聞くにつれ、最上がそこで命を落とすことを無自覚に予感し、だから自分に執着してその半身を連れて行ってしまったのではないかと感じた。

その日は朝から雨だった。麻柄は二十

日後に帰国が決まった最上のために彼の部屋の風を通しに行く心積もりが外れ、何もすることがなくなってがっかりした。もうすぐ梅雨に入るので週明けの晴れ続きが予想される日に休暇をもらい、麻柄は最上の部屋へ掃除に行った。最上の帰国の日が来ても、麻柄の片冷えは治らなかった。帰国して直接麻柄のマンションを訪れた最上は、麻柄の両肩に両手で触れた時、驚きを見せて後退った。「怖い眼」と彼が言うのを、彼女は遠くに聞いた。

〔同時代評〕蓮実重彦は「文藝時評—世界を開く文学」(「朝日新聞」平成6年10月26日夕刊)で、「思いもかけぬ細部に触れて、何かが不意に微妙な変化を体験してゆくさまを語った河野氏の『片冷え』によって、読者は、文学が世界を開こうとするきっかけがどんなものか鮮やかに理解することができる。それは、何よりもまず、感知しがたい小さな変化から始まり、全編を異様な色彩に染め上げたりすることはなく、『点滅する刺戟感』と『曖昧な痒み』がそうであったように、何の痕跡ものこさずに現状には復しがたい不均衡を作品に導入するものなのだ。」と評した。

（戸塚安津子）

片《かた》身《み》　短編小説

〔初出〕「海」昭和五十一年六月一日発行、第八巻六号、一〇二～一二〇頁。

〔収録〕『砂の檻』昭和五十二年七月十五日発行、新潮社、四七～七九頁。『河野多恵子全集第3巻』平成七年二月十日発行、新潮社、二八七～三〇三頁。

〔梗概〕東京に住む信子は同学年だったいとこの淑子の義父の葬儀のため、新幹線で郷里へと向った。混雑していることを予想して座席指定を取ったが、車内はすいていた。信子には七人の同学年のいとこがあり、淑子はその一人だったが、同じ中学へ進んだこともあって夏季寮のことなど思い出がふかい。淑子とはもう三、四年も会っていなかったが、淑子からの葬儀の知らせの電話を受けた時、信子は淑子に会いたい気持になり、故人は遠方から駆けつけるほどの繋がりのある人ではなかったが、郷里へと赴いたのであった。

通夜に使われた寺は、子供のころよく遊んだ場所だった。そこで信子は同級生だった久子の兄である北野に出会った。淑子の二女が北野にピアノを習っていたので、葬儀に来ているのであった。北野は信子に妹の久子に会ってくれるように頼んできたので、翌日、信子は久子に電話をかけた。信子は列車に乗る前に、駅の構内で久子と会う。久子は、信子が結婚する前に預けたという手紙を手渡した。信子が交際していた杉野という男性の母親からのものだった。しかし、信子には久子に手紙を預けたことも、杉野正弘という男性も知らない。久子にとっては、預っていたことでいろいろと考えることのあった手紙らしかった。

久子と別れ、信子は新幹線のフォームへ向った。指定席はすべて売り切れていて、自由席にも長い列ができていた。信子は、以前見た映画、夫が戦地に行っている間、妻が夫の友人と愛人同士になり、夫が帰郷した最初の夜、待ち受ける妻のかたわらが、自分たちの習慣とは左右がちがっているのを見て、妻の不貞を知るのを思い出しながら別に並んでいた。
（戸塚安津子）

片眼のだるま《かためのだるま》　コラム
〔初出〕「毎日新聞」昭和五十二年四月二十日夕刊、六〜六面。「視点」欄。
〔梗概〕やがて参議院議員の選挙があるが、選挙事務所にはだるまがつきもののようである。私はそれを見るたびに疑問を感じる。新しそうな政治構想を語っている候補者の事務所にさえ、だるまが置かれているのである。選挙に片眼のだるまとは、あまりに薄手で、低俗で、凡庸で、時代おくれである。

片面だけの辞書《かためんだけのじしょ》　エッセイ
〔初出〕「風景」昭和四十七年七月一日発行、第十三巻七号、三〇〜三一頁。
〔収録〕『文学の奇蹟』昭和四十九年二月二十八日発行、河出書房新社、二六五〜二六七頁。
〔梗概〕「ミス」「夫婦」「夫妻」「松の葉」など、辞書の項目を具体的にあげ、辞書に記された言葉には、言葉の使用面では間に合わない程度にしか意味の記されていないものが、意外に多い。「漢和辞書にしても、国語辞書にしても、例えば英和辞書と和英辞書的な片面―読む、聞くための面では間に合うが、書き、話すために単語を確めるという面からいえば、まことに冷淡にできている」と指摘する。

語りものの流れ《かたりもののながれ》　対談
〔初出〕「国立劇場第六十九回〈十二月歌舞伎公演〉」昭和四十九年十二月三日発行、四四〜四八頁。
〔梗概〕歌舞伎や文楽の魅力についての佐伯彰一との対談。「英語による歌舞伎上演」「歌舞伎の混交性」「文楽とのつながり」「強力な語りのリズム」「無限のバリエーション」から成る。「ちょっと逆説的になりますけど心中をする時の二人というのは男女同権というか、同じ圧迫の受け方で心中が成立するというところがあるわけですね。片一方だけ死に追いやるとかでなく、どっちも生きようがないっていう…。逆説的な変な見方ですけどあれは一種の男女同権なんですね。ですから明治になってからはあまりいい心中話がないんですね」と、面白い見方をしている。

語るに足る《かたるにたる》　―→いすとりえっと
（34頁）

学校教育の独立《がっこうきょういくのどくりつ》　エッセイ
〔初出〕「正論」昭和五十一年三月一日発行、第二十五号、三六〜三六頁。
〔梗概〕学校教育というものが昔も今も政治的自由を保障されておらず、権力の濫用を蒙っていることに疑問を持っている。三権分立のように、学校教育は全く独立した機関によって維持されるのが本当ではないだろうか。義務教育は人間生活をしてゆくうえでの基本的な実質上の資格を備えるためのものであり、高校学校教育は教養を備えるためのものであり、大学教育は学問をするのがその目的であるはずなのである。それを貫くには、内閣が変るたびに文部大臣も択び直されるようなことでは困るのである。

家庭医《かていい》　エッセイ
〔初出〕「楽しいわが家」平成十三年五月一日発行、第四十九巻五号、三〜三頁。
〔梗概〕結婚して最初に住んだ家のお隣りは、開業医のお宅であった。四年目の初夏、胃のあたりが痛み、白血球の検査などして手術を受けた。ところが七度五分ほどの微熱が出るようになった。手術を受けた病院では、行くたびに抗生物質の投薬をしたりするが、一月《ひとつき》近く経っても埒があかない。お隣りへ相談に行った。頂いた錠剤を服んだ。微熱はすっかり降《さが》っている。手術の時の印象に神経が刺戟されて微熱が続いていたんですよという。手術や高度の検査は病院でなければ受けられないが、家庭医には病院の及ばぬ有難さがある。

金井美恵子「愛の生活」解説《かないみえこ「あいのせいかつ」かいせつ》　エッセイ

〔初出〕金井美恵子著『愛の生活〈新潮文庫〉』昭和四十八年十一月三十日発行、新潮社、二三七～二四三頁。

〔梗概〕彼女の小説の最大の特性を一語で挙げると、彼女以外にはちょっと例を思いつかない、驚くべき素直さである。鮮やかな個性、豊かな天分に達している意味での素直さである。この「愛の生活」は、Fと〈わたし〉の生活の実態を問おうとしており、リアリズムを超えた作品であるから、「雪印バター」など、特定の商品名が投入されていても、却って喚起力をもっている。夫が具体的で、なお抽象的な存在であるという〈わたし〉の認識が、〈わたし〉にとっての愛の生活の実態なのであろう。「自然の子供」は、子供の想像生活を描いたものというよりも、むしろ子供の想像欲の世界を描いた作品といえるかもしれない。

哀しみと覚悟《かなしみとかくご》　推薦文

〔初出〕「開高健全集全22巻」内容見本、平成三年十月（日記載なし）発行、新潮社。

〔梗概〕若き日の芥川賞受賞を唯一の節目として、開高さんの閲歴には節目を思わせるものがない。哀しみと覚悟をもって、我が仕事で我が仕事の相対化をなし続けた作家のようだ。

蟹《かに》　短編小説

〔初出〕「文學界」昭和三十八年六月一日発行、第十七巻六号、六二～八四頁。

〔再掲〕「文藝春秋」昭和三十八年九月一日発行、第四十一巻九号、三二〇～三四二頁。

〔収録〕『美少女・蟹』昭和三十八年八月二十五日発行、新潮社、一六七～二一三頁。『文学選集29』昭和三十九年七月二十五日発行、講談社、二三五～二五四頁。『カラー版日本文学全集54』昭和四十六年八月三十日発行、河出書房新社、三一三～三二九頁。『幼児狩り・蟹〈新潮文庫〉』昭和四十八年四月三十日発行、新潮社、二〇七～二五二頁。『現代の文学33』昭和四十八年九月十六日発行、講談社、三五～五七頁。『筑摩現代文学大系83』昭和五十二年五月十五日発行、筑摩書房、三六五～三八七頁。『新潮現代文学60』昭和五十五年十一月十五日発行、新潮社、三三〇～三五二頁。『芥川賞全集6』昭和五十七年七月二十五日発行、文藝春秋、四四七～四五六頁。『昭和文学全集19』昭和六十二年十二月一日発行、小学館、六〇四～六二〇頁。『鳥にされた女』平成元年六月二十五日発行、学藝書林、四三～九八頁。『河野多恵子全集第1巻』平成六年十一月二十五日発行、新潮社、一七一～一九三頁。

〔梗概〕悠子が発病したのは、三年前の晩秋だった。生れてはじめての病院生活だったが、現代医学のすばらしさに感動するほど、レントゲンを撮《と》る都度、病巣が萎《な》えていった。昨秋からは通院ですむようになった。

今年の冬、病気は去年より一段と治癒《ちゆ》しておりながら、彼女はこの冬を全く耐えがたかった。気分のいいのは朝二時間位、午後遅くには微熱が出る。不承知だった夫の梶井を説き伏せ、一カ月の約束で外房州へ、彼女は転地療養にやってきた。その転地療養は効果を顕《あら》わし、一日毎に体力がついてくるのがはっきり判った。午睡こそ欠かさなかったが、午前と日暮れまでの大半を戸外で過ごした。梶井にやりきれない思いをさせ、させられていた日々、彼女はこういうことも転地先では少しは違ったふうに見直された。彼女には性愛ということさえ、遠い前世の経験だったかのように思えてきた。

ある日、教師をしている、梶井の弟が、妻と幼い息子の武を連れて、見舞いがてら遊びに来た。武は今年一年生になるといい、真新しい学生服と帽子で昼食に戻る悠子を待っていた。小さいながら総べてそなわり、男性の雛形みたいだった。皆で海辺で枯枝や木片を拾い、さざえを焼き持参の弁当を食べた。悠子は初めて午睡を省略した。近くの小島へ舟で渡ったり、岩から岩へ移ったり、貝を拾ったりしながら、彼女はただ楽しく、そして一向に疲れなかった。武の捕えた蟹が脚を二、三本折れ残して逃げた。東京へ戻る時間がきたが、蟹を捕りたい武は残ることになった。明後日、梶井が来ることに何か気の重さを感じる悠子はホッとした。

蒲団を二組並べて横になる。朝食のあとすぐに蟹捕りに行く約束をした。お話をせがむがはぐらかすと、武は「背中掻いてよ」という。衿から手を入れ、所望通り右へ左へと小刻みに掻いてやると、武は目を閉じ、気持よさそうに寝入ってしまった。

人に聞いてはあちこち探したが、午前中かかっても蟹はみつけられなかった。伊勢えびを飼っている水槽に、甲羅の直径三糎《せんち》位の海亀がいた。浦島さんの亀だと教え、譲ってもらおうとしたが、預り物だという。武を説いて午睡をした。誰かが言うように、蟹は山の清水の湧く所にしかいないのか。悠子は探して来ようと起き上がった。男が店先でバケツからうにを移していた。聞くとうにのとれる辺りに蟹もいるという。電車で一時間程行って十二、三分歩く磯らしい。

三時過ぎに武を起すと、蟹を探しに海辺へ行った。悠子は、もはや熱意が失せていたらしく、武もそれを感じていたらしい。「もう帰らない？　蟹いないから」、そして「明日、おじちゃんが来たら補ってもらうよ」とつけ加えた。「どうしてそんなこと言うの」と、悠子は思わず言った。嫉妬のためばかりでなく、武に蟹を探してやることに示した執心ぶりを、梶井には知られたくなかったのだ。そして、捕えた蟹の話だけを梶井にするのなら、明朝そこへ連れて行ってやってもいいな、と考えはじめていた。

〔同時代評〕第四十九回芥川賞選評（「文藝春秋」昭和38年9月1日発行）で、高見順は「当然いるはずでない蟹、そしてその蟹への執念は、何か人生のひとつの象徴とすら言える。しかもそうともったいぶらないで、さりげなく書いている巧みさは、尋常の才能ではない」といい、井上靖は「きちんとした乱れのない文章で、海岸に転地療養している女の心理の陰影をよく描いている。少年の蟹さがしに執心することを夫に知らせまいとする気持のひらめきが、この作品の核のようなものであるが、なかなかしゃれたものだと思った」と評した。　（増田周子）

可能性の気配《かのうせいのけはい》　選評

〔初出〕「文藝春秋」平成五年三月一日発行、第七十一巻三号、四一八～四一八頁。

〔梗概〕第百八回平成四年度下半期芥川賞選評。奥泉光さんの「三つ目の鯰」と多和田葉子さんの「犬婿入り」の二作が最後に残った時、私は消極的ながら前者に票を入れた。知識や思考を生《なま》で出すまいと努力していることがよく分ったからである。多和田葉子さんの「犬婿入り」は、最後の部分が文学的誠実さを失ってしまっている。

「かの子変相」のこと《「かのこへんそう」のこと》　エッセイ

〔初出〕「円地文子全集第10巻月報14」昭和五十三年十月二十日発行、新潮社、二～三頁。

〔梗概〕円地文子さんの「かの子変相」は、以前一度読んだきりで、相性のよくない同性作家の印象を批判的に書いたエッセイか何かのように思い込んでいた。この全集の二巻を手にした機会に読み返してみて、この作品が変った、すぐれた短編小説であることを更めて知り、自分の不明を恥じた。この作品での作者の創作欲は、まさに作者自身の苦しみ、歎き、願望、夢などのあられもなさの表現なのである。〈このちぐはぐな皮相な〉岡本かの子評めかした小説「かの子変相」は、作者の全精神と全文学のエッセンスを抽出し得たかのような作品で、私はこのような例はさしあたりほかに思い浮かばないのである。

彼女の悔恨《かのじょのかいこん》　短編小説

〔初出〕「小説サンデー毎日」昭和四十六年三月一日発行、第十八号、一五四～一五五頁。

〔梗概〕彼女は、男性が好きであった。子供の頃から、そうだったのだ。彼女は、自分には普通の女の子と友だちになれないところがあるらしい、と幼稚園での生活から知らされていた。無口で、消極的な彼女は、幼稚園の自由時間には、誰とも遊ばず、また誰も彼女とは遊ぼうとはしなかった。それでも、男の子たちとは、女の子よりも好きだと感じるだけの交渉があった。男の子たちの実力者連中が、遊動円木を凄じい勢いで揺すりはじめて占拠した時、彼女はただ一人の招待者として乗せてもらった。揺すり方が凄まじいので、彼女は「降りる、降ろして」と叫んだ。「ちょっと、止《と》めてやろう」と彼等のひとりが言った。おとなになった時、彼女は男性というものの好もしさを、昔そのようなかたちで知ったことを、悔恨として省みることの多い女になっていた。

彼女の作業《かのじょのさぎょう》　エッセイ

〔初出〕「現代詩手帖」昭和五十一年五月十日発行、第十九巻六号、一四～一五頁。

〔梗概〕詩を書いてきた人たちが小説を書いていることの次第には、詩に拮抗させたいものとして小説を書いているのと、詩とどちらにも伴奏させ合いたいものとして小説を書いているのとの、二通りの道筋があると思う。しかし、富岡多恵子さんにとって小説および詩は、それとはちがう。彼女の場合は、詩で掘れるところまで掘った先を小説で掘り、小説で掘り極めた先を詩で掘るという作業がなされてきたのであろうと思うし、今後もそれがなされてゆくだろう。仮に、彼女の内面を空想すると、一日に二度も三度も詩と小説との間でバトンタッチが行われているかもしれない。そのバトンタッチの折りに受ける相手、受け取らせる相手がまだ然るべき状況に達しない時、そうなるのを苛々と或るいは寛大に待ち望みつつ相手に何か言い送っているのが、彼女のエッセイのように、私は感じている。

歌舞伎に思う《かぶきにおもう》　エッセイ

〔初出〕『新潮古典文学アルバム22』平成四年一月十日発行、新潮社、二～六頁。
〔収録〕『蛙と算術』平成五年二月二十日発行、新潮社、一四二～一四七頁。『河野多恵子全集第10巻』平成七年九月十日発行、新潮社、三二四～三二七頁。
〔梗概〕東京での「吉田屋」を初めて観た時、大阪で観ていた時には感じなかった思いをさせられて驚いたものだった。私はなつかしさがこみあげてきたのである。日本の伝統芝居では、女役がずいぶん幅を利かしている。日本の芝居の女役のすばらしさ、その多彩さには、ヨーロッパの女役に及ぶべくもないのだから。女も男に劣らず、情熱、欲望、深く鋭く複雑な思念をそなえている。それを演じるとなると、女の体軀とエネルギーでは無理なのだ。その無理を退けるばかりか、人形遣い、女形が他性を演じる無理からくる反作用、つまり逆手の利益を生かしているのが、日本の芝居である。ところで、タイトル・ロールが男性と女役で半々くらいあるのが、オペラである。

かまぼこ　エッセイ

〔初出〕「春雷」昭和五十七年一月一日発行、第二巻一号、二～五頁。
〔梗概〕小説の師丹羽文雄先生の奥様はお料理の達人でいらっしゃる。丹羽先生には、お上手なゴルフのほうのお弟子も多く、世に丹羽ゴルフ学校と呼ばれている。私ども女弟子たちはいつの間にか奥様のお料理の感化にあずかっているので、そのおのずからのご指導のことを丹羽料理教室と言っている。お正月料理のお重に、かまぼこはつきものだが、私は毎年そのかまぼこを余程のことがなければ「大寅」へ買いにゆく。大阪の街中で生れ育った私には、あの店の品がいちばんおいしい。ところで毎年、年賀状の季節が近づくと、私は谷崎潤一郎さんのことを思いだす。谷崎さんは筆ペンを構想した最初の人であるかもしれない。松子未亡人の『主おもむろに語るの記』にかまぼこの話も出てくる。「カマボコ等はその土地にとれる御魚で各々風変りの味はひに出来るからもつと西洋諸国にひろめられてよいもの」と谷崎さんはお豆腐など日本の食品で西洋にひろめられそうなものをあげている。時にまだ昭和十二年のことなのだ。筆ペンの構想と共に、重ねて谷崎さんの着眼のみごとさ、時期の早さに驚かされる。

体と郷里《からだときょうり》　コラム

〔初出〕「読売新聞」昭和五十一年十二月

十三日夕刊、五～五面。「双点」欄。
〔梗概〕私は必ずといっていいほど風邪を引く。「関東は温度の上がり下がりがきついですからね。西で育った人はこちらで暮らすと、それでよくやられるんですよ」とお医者さまから伺ったことがある。どれほど東京生活が永くなっても、生れ育った土地で培われた体質のほうが先行するという話だった。

空風呂を焚く《からふろをたく》 コラム
〔初出〕「朝日新聞」平成四年七月七日夕刊、九～九面。「出あいの風景」欄。
〔収録〕『蛙と算術』平成五年二月二十日発行、新潮社、一三〇～一三一頁。
〔梗概〕戦争中に小学生だった人が、学童の集団疎開生活で空腹のあまり歯磨きをなめたとテレビで話していた。私にも当時の食糧不足で空腹の経験はあるけれども、どれほど空腹でも歯磨きをなめることなど考えもしなかった。岸恵子さんの「廃墟からの旅立ち」(「波」平成元年年11月)に、終戦当時の空腹体験が述べられている。「私は夜中にチョコレート・ケーキを山ほど食べた夢をみて胃けいれんを起こした」お父さまが「胃が空風呂を焚いたのだろう」とおっしゃった。

借りず貸さず《かりずかさず》 エッセイ
〔初出〕「読売新聞」昭和四十八年十一月二十六日朝刊、一〇～一〇面。「本の周辺(4)」。
〔梗概〕貸本屋という営業は、今でも重宝されているのであろうか。私の印象では、あまり見かけなくなったようである。終戦後まだ間のなかったころの貸本屋は、ほとんどまともな文学書が置かれていた。私は当時のこの種の貸本屋は重宝したものである。想像する値段の三倍くらいの金額が貸本の保証金だった。私はよく保証金を払い捨てにした。私はなるべく人に本をお貸ししない。著者に対して、申しわけないような気がするからである。いい読者を得ることになるかもしれない機会を失わせるように思うからである。私が自分の本でなければ深く楽しめないと思うのは、より多く吸収したい欲で、自分の本としてしまわなければ、充分に貪《むさぼ》りにくいのかもしれない。

「カルメン」に魅かれて《「かるめん」にひかれて》 エッセイ
〔初出〕「二期会カルメン〈文化庁移動藝術祭オペラ公演〉」平成三年九月二十六日発行、一〇～一一頁。
〔梗概〕私がはじめて接したオペラは「カルメン」だった。敗戦から二年目の昭和二十二年、二十歳の時のことである。空襲が激しくなると、本式のオペラの上演を一度も知らずに死ぬのだろうか、と思ったりした。本式のオペラの上演は、生れて始めて経験する不思議な鮮烈な歓びを私に喚《よ》び起した。オペラ「カルメン」の強みは、何といってもカルメンという女の情熱の激しさ、性格の強靱さと逞しさが、全曲に張りつめていることだろう。彼女はあくまでも、自由に、自主的に生き通す。

彼の場合《かれのばあい》 ―→いすとりえっと(36頁)

川端さんの自殺は判っていた《かわばたさんのじさつはわかっていた》 座談会
〔初出〕「文藝春秋」昭和五十二年六月一日発行、第五十五巻六号、二三〇～二三六頁。

〔梗概〕柴田錬三郎・星新一・千種堅との〝易占トリック座談会〟。私は占いという占いには何でも興味があって、方位学、手相、人相とかどれも少しずつ覗くほうです。私は運命論的にはならない。アイヒマンが五十四歳で死刑になりました。彼の手記の中に、ずっと昔に運勢を見てもらって、五十五歳の誕生日を迎えることが出来ずに死ぬって言われたとあり、その通りになった。だけど、それまでどういう生き方をするのか、やっぱり愉しみですよ。あと四、五年で死ぬっていわれても、やっぱり愉しみで生きるわ。

川村さんの見取図《かわむらさんのみとりず》　エッセイ

〔初出〕『プリスマ―川村二郎をめぐる変奏―』平成三年十月十五日発行、小沢書店、二八～三〇頁。

〔収録〕『蛙と算術』平成五年二月二十日発行、新潮社、二二六～二二九頁。『河野多惠子全集第10巻』平成七年九月十日発行、新潮社、一八〇～一八二頁。

〔梗概〕文藝評論家としての川村二郎さんの本領は、象徴主義文学・幻想文学・神秘主義文学の評論、つまり反リアリズム評価にあるといえるだろう。鮮やかな文学理念から生れてきており、その有機的な理念が自然に個性を放っている。二元論的対立ののっぴきならなさへの認識、それにもかかわらず二元の対立を超えられねばならぬ、超えられるはずだとする確認。その矛盾した二つの思考の協同作業から生じるものに、創作の大きな可能性を期待する、つまりアクチュアルな反リアリズム理念が、川村さんの文学理念なのである。

変らざる山・六甲《かわらざるやま・ろっこう》　エッセイ

〔初出〕「展望」昭和四十三年七月一日発行、第百十五号、一一一～一一三頁。

〔収録〕『私の泣きどころ』昭和四十九年四月八日発行、講談社、五九～六二頁。

〔梗概〕子供の頃、母が梅雨明け時分から秋まで六甲山へ出養生に行った。私たちは夏休みをそこで過ごした。夜になると、神戸の夜景が美しかった。私たちは六甲の頂上には行ったことはなかった。戦後、昭和二十五年の夏、初めて六甲山の頂上に行き、一週間ばかり滞在した。ぼんやりしている楽しさを味わうことが出来たのは、荒くれた山中という感じが全くなく、しかも殆ど人が通らないからだった。それから十年以上経って、今から五年ほど前、私は急に六甲に会いたくなって、行ってみた。子供の頃に暫く馴染んだ家はそのまま残っていた。ケーブルカーで山上に着くと、そこから見る下界の眺めも、前に来た時と同じである。その再会の印象が好かったせいか、私は関西へ行くたびに六甲へ寄りたくなるが、その後まだ一度も果せない。私の好きな六甲の感じは、どれほどの変化が加えられても、私が生きているうちくらいはどこかに根強く残り続け、私を誘い続けるに違いない。

変わり方《かわりかた》　エッセイ

〔初出〕「潮」昭和五十年十二月一日発行、第百九十八号、七一～七二頁。

〔梗概〕テレビの何のコマーシャルのなかであったか、一年の三分の一は職場は休みになる勘定であるというのがある。私は自分の勤めていた頃のことを思いだして、ふと感慨を催した。勤めながら小説を書くのは大変なことだった。私は木曜日の夜は早寝をし、金曜日の夜は殆ど丸徹夜をし、土曜日は急いで帰宅して一眠りしておいて夜は徹夜をし、日曜日は正午すぎまで眠って、夜は水曜日までの夜くらい、つまり二時頃に寝るというようにして、週末を利用して、少しでも書く時間を質的・量的に生かそうとした。ところが、私が世に出、以来夢中で書くことだけの生活を十年間も過ごしているうちに、日本では多くの職場が週休二日制を採用するようになった。私の通勤生活の後半を過ごした職場は旧高台の邸町にあった。昼食に出前を頼む、飲食店はおそば屋さんが一軒しかなかった。いつでもガラ空きだったおそば屋さんが、小さな町工場の従業員に溢れた。やがて、その町工場の隣りにあった家が取り壊された。町工場の名は、間もなく、SONYに改められた。株式投資に馴染んでいた人さえ、あの町工場の景気よさとして眺めているばかりで、どうしてあそこの株を買わなかったのだろうと、よく雑談で聞いたものである。

閑居《かんきょ》　エッセイ

〔初出〕「藝生新聞」昭和四十七年五月二十四日発行。「あゆみ」欄。藝術生活社（東京都台東区台東4丁目29番12号）発行。

〔梗概〕私は、現代では小人こそ閑居を志さねばならないように思う。閑をもつことができるかどうかは、他人を気にせず、世間を気にしない、という決心ひとつにかかっている。

関係追求の視点《かんけいついきゅうのしてん》　対談

〔初出〕「文學界」昭和五十一年六月一日発行、第三十一巻六号、二〇六〜二二〇頁。

〔梗概〕饗庭孝男との文藝時評対談。梅原稜子「獺」、山本道子「公園幻想」、高橋三千綱「親父の年頃」を取りあげる。「獺」は、人間と人間が関係を持つときの、ありがちなタイプの一つを描きだすところまではいっていると思う。男女の話というところを越えて、人間の話のところまで達している。そのもう一つ先へ行ってれば、もう申し分なかったんです。「公園幻想」の中の時間ですが、高校二年生である、作中の「わたし」の現在、つまり後日の「わたし」から見た当時という書き方、ぜんぜんされてないんですね。これですっかり持ってるんですよ。いまの「わたし」の後見なしにこの小説が成り立っているのに、私は感心しました。「親父の年頃」は、人生を退役したような、またそうでもいないようなところがチラチラして気になる年齢と、子供が親の手を離れる年齢の二重の意味で「親父の年頃」とひっかけてあるのがなかなか面白いので、そのモチーフに対してもう少し整理してもらいたかったと思う。

関係としての嫁と姑《かんけいとしてのよめとしゅうとめ》　エッセイ

〔初出〕「婦人公論」昭和四十九年七月一日発行、第五十九巻七号、八八〜九四頁。

〔梗概〕嫁姑の問題をテーマにした体験記事を読むと、お嫁さんの立場で書かれている文章であると、こういうお嫁さんだと敵わないだろうな、とお姑さんのほうに同情したくなる。一方、お姑さんの立場で書かれている文章では、非難の対象たるお嫁さんに同情してしまう。私には同性である嫁の気持も、姑の気持も、それぞれに判りすぎるのである。判りすぎるということは、良い嫁、良い姑である要素ではなくて、実はその反対のわるい嫁、わるい姑になりかねない要素なのではないだろうか。戦前の嫁姑の問題は、嫁の苦労の問題にほかならなかった。戦後になって、家族制度が廃止された。姑のほうで、戦前の姑のようではもはや通らない、と頭の切り換えになかなか努力をしていた。今日嫁姑の問題が盛んになるのは解決の方法が強く期待されるからであろう。今日的嫁姑の問題を解決できる魔法がある、と思えない。嫁としての自分になってみると、私はお姑さんに、これだけは自分はどうしても敵わないと圧倒されるような特技をもっていてもらえたならば、と期待を描く。

ガン検診を受けるの記《がんけんしんをうけるのき》　エッセイ
〔初出〕「暮しの知恵」昭和四十年十二月一日発行、第五巻十二号、一五六〜一六一頁。
〔梗概〕「暮しの知恵」社から、ガンの予防検診を受け、その模様を書いてもらいたいとの注文には、返事にうろたえた。予防検診というようなことは、自分にはまだ縁遠いような気がしていたらしい。有楽町にある東京ニューセンター診療所で実際にガン検診を受けた報告記。この東京ニューセンター診療所は会員制度で、入会金は一万五千円、半年ごとの検診費が一万五千円である。ガンの検診費の国家負担を実現してもらいたいものだ。

刊行にあたって《かんこうにあたって》　——→『ブロンテ全集』刊行にあたって（368頁）

刊行に思う《かんこうにおもう》　推薦文
〔初出〕「富岡多恵子集全10巻」内容見本、平成十年八月（日付なし）発行、筑摩書店。
〔梗概〕富岡さんは伊豆高原に居を移して十年あまりになるが、彼女の都会性と高原暮しの折り合いが無理なく、本当の都会人を感じる。創造欲のままに、表現の営みに徹して、手応えと喚起力に富む仕事を築きあげてきた。

感想《かんそう》　選評
〔初出〕「文藝」昭和六十一年十二月一日発行、第二十五巻五号、九七〜九八頁。
〔梗概〕昭和六十一年度文藝賞選評。森木康一氏の「遠いざわめき」は、安定した作風だが、手応えは弱かった。作者は、小説というものに既成概念をもちすぎているのではないか。久間十義氏の「聖《サンタ》マリア・らぷそでい」もまた、一種の既成概念に囚われているように身受けられる。私は受賞作を択ぶならば岡本澄子氏の「零《こぼ》れた言葉」しかないと考えていた。正確に物事を見ようとし、それを正確に書こうとしているのが、充分に成功しているとは言えずも、ともかく評価の必要を感じさせる。自然描写がなかなかよい。梅田香子氏の「勝利投手」の最初と最後はいただけないが、人間の心理の機微に触れている個所が折々ある。

感想《かんそう》　選評
〔初出〕「文藝春秋」昭和六十三年九月一日発行、第六十六巻十一号、四一三〜四一三頁。
〔梗概〕第九十九回昭和六十三年度上半期芥川賞選評。何とか授賞の検討対象になり得ていると思ったのは、夫馬基彦氏の「紅葉の秋の」だけであった。いつもながらの呼吸の深い文体がよい。しかし、前作に較べると、作品の張りが聊か弱い。

感想《かんそう》 選評

〔初出〕「中央公論」平成二年十一月一日発行、第百五年十一号、三四五～三四五頁。

〔梗概〕平成二年度谷崎潤一郎賞選評。受賞作の林京子氏の「やすらかに今はねむり給え」は、被爆とそこへの道程にかける、語り尽すことのできない様相と念いのうちで、自分にとってどうしても大切なのは、結局これだけの事実なのだ、と言い切っておられるように見える作品である。行間には作者の徹底した主観が映えている。叙事詩を読んでいるような気がした。中上健次氏の「讃歌」は、作者の持ち前の溢れるような感性の生かし方、矯め方がうまく行っておれば、作品世界がもっと確実に創造されたのではないかと、惜しまれた。田久保英夫氏の「しらぬひ」は、田久保氏のお作としては、物足りなかった。折角の方法の可能性が、充分に発揮されていないからなのだろう。

感想《かんそう》 選評

〔初出〕「文藝春秋」平成三年三月一日発行、第六十九巻三号、四一九～四一九頁。

〔梗概〕第百四回平成二年度下半期芥川賞選評。小川洋子さんの四度目の候補作「妊娠カレンダー」は今度も文章がよかった。作者はこれまでに妖しい世界、あるいはエキセントリックな様相を手がけながら、そのたびに説得力が足りなかった。今度の作品も同じ傾向のものではあるけれども、展がりが備わった。

感想《かんそう》 選評

〔初出〕「中央公論」平成四年十月一日発行、第百七年十号、三五一～三五一頁。

〔梗概〕第十八回中央公論新人賞選評。「タンペン草」の作者の土屋献一さんは、何をどのように書くこともできる小説というものの可能性は、広大であるだけに危険も大きいということをよく考えてみて、また次作に取り組んでいただきたい。藤沢仁さんの「夏の呼吸」は、人真似、借り物の全くない、中学校三年生の男の子の真実を力強く表現して得ている、よい作品であった。影山雄作さんの「俺たちの水晶宮」は、粗雑な文章が出てくる。

感想《かんそう》 選評

〔初出〕「中央公論」平成五年十一月一日発行、第百八号十二号、二六一～二六二頁。

〔梗概〕平成五年度谷崎潤一郎賞選評。池澤夏樹「マシアス・ギリの失脚」は力作であるが、「架空」の設定で書かれた「架空」性にむらがある。よいところがかなりありながら、部分部分の興味にとどまりかねなくて、残念だった。

感想《かんそう》 選評

〔初出〕「文藝春秋」平成七年三月一日発行、第七十三巻四号、四〇八～四〇八頁。

〔梗概〕五人の候補者にはそれぞれの才能が感じられる。それなのに、受賞作が得られない。要するに、暢気すぎるのである。よい小説を書こうと思えば、最初の一行、少くとも数行で、作者とその作品の特質が早くも屹立していなければならない。初心者であっても、せめて二頁目にかかる頃には、それが果せていなくてはならない。

感想《かんそう》 選評

〔初出〕「文藝春秋」平成九年三月一日発行、第七十五巻四号、三九六～三九六頁。

〔梗概〕第百十六回平成八年度下半期芥川賞選評。柳美里さんは、珍しく省略ということを弁えている。受賞作「家族シネマ」に扱われている家族は、今日にあっても、やはり特殊な状態に在る。その人たちに求められているのは虚の家族シネマであって、そのため作品には実が出現する。「海峡の光」は、主人公の花井への二十年近い拘泥りが、私には実感が淡かった。私には何故かこの作品は好意を向けて読まねばならない、と終始感じさせられ、そこに私の気のつかぬ何等かの取柄があるかもしれないと思い、二作受賞に賛成した。

官能的な未練のうねり《かんのうてきなみれんのうねり》　──→音楽的ということ（84頁）

き

聞いたこと思ったこと《きいたこととおもったこと》　エッセイ

〔初出〕「中央公論文藝特集」昭和五十九年十月二十五日発行、復刊第一号、八二～九一頁。

〔収録〕『蛙と算術』平成五年二月二十日発行、新潮社、一八二～一九九頁。

〔梗概〕「春琴抄」の主人公は一見春琴であるかにみえて、本当の主人公は実は佐助なのである。作者の谷崎自身の内部に深く根ざす想像力によって、自身を徹底的にフィクション化したのが、佐助である。佐助のモデルは谷崎だと言える。しかし、春琴のモデルが松子さんだと単に言ったのでは、ご本人は当惑なさるだろう。もしも、松子さんが作品の魔力が与える春琴の印象のような、サディスティックな女性であったならば、谷崎にとって春琴の創造源にはなり得なかったにちがいない。松子さんには、谷崎の特異な欲望を募らせる手がかりとなる、容姿と雰囲気と良質の贅沢文化の教養とが予め備わっていた。しかも、谷崎の特異な欲望を察し、察していることを露わにしないで、微妙に、鋭く呼応してゆく、感度と頭脳と対応力とを抜群に備えた女性であると、私は思っている。松子さんにめぐり会った頃の谷崎は、肉体的な露わな苛虐の欲求は遠退き、心理性、意識性の被虐の魅力に欲望を募らせるようになっていたと、私は思ってはいた。谷崎の肉体的な被虐欲求の有無について、だまって、しっかりと首を横に振る松子さんを私は見た。専ら、使役であったという。谷崎はまた、毎夜のように松子さんに按摩をしたそうである。私が驚いたのは、かなり早くから兆候のあった高血圧症状が治療を要するほどになる頃まで、約十年に及んだと伺ったからである。谷崎は藤村文学が嫌いであったそうである。「どれも駄目だよ」と松子さんに語り、「ただ、若菜集はいい。あれだけはいいね」と、その萌え出づるような生命を評価していたという。松子さんでさえも、谷崎を変ったひとだと思うことがおありであったそうだ。最初の出会いは、ファンの芥川龍之介が来阪した折、引き合わせてもらう段取ができて出向くと、そこに谷崎も居たのである。初対面の谷崎が照れてぎこちなく、変ったおひとだと彼女はすでに思った。照れ性と、そして特異な欲望とは、谷崎の生涯にずっと一貫していたもののようだ。松子さんのために自らに使役を課すことを好んだ谷崎も、老人症が現れてくると、いわば交替を余儀なくされた。それでも、一般の夫婦のようではない間柄を求め谷崎は、永年の間にはある程度の夫婦らしさが生れながらも、松子さんに対してかつての対し方の傾向を終生失うことはなかった。松子さんにとって、谷崎潤一郎の人と作品は、新しい発見の尽きない、張り合いと歓びを与えられる、常に新鮮な存在であるようである。

黄色い声《きいろいこえ》　コラム

〔初出〕「読売新聞」昭和五十年八月十六日夕刊、五～五面。「東風西風」欄。

〔梗概〕ある女性被告が法廷で裁判官に抗議して叫んだということを伝えるのに、黄色い声を振りあげる、と書いてあるのを見た。大声で抗議したとか、鋭く叫んだとか、何故そういう書き方をしないのか。あるいは、女子大学や看護婦寮のことを書くとなると、女の園という言葉が愛好されているようだ。自衛隊を男の園と書いてある記事は見たことがない。そうした奇態な言葉の使用は、男性の偏見以上に、葬儀記事といえば〈しめやかに〉にのみに頼るような執筆者の眼とペンの垢を感じさせるのである。

『黄色い猫』を選ぶ《『きいろいねこ』をえらぶ》　選評

〔初出〕「婦人公論」平成元年十一月一日発行、第七十四巻十一号、二九一～二九二頁。

〔梗概〕平成元年度「女流文学賞」選評。澤田ふじ子氏の『天涯の花』は、人間の魅力が物足りなかった。木崎さと子氏の『山賊の墓』は、半ば近くまでの出来栄えに後半が呼応しきれず、森万紀子氏の『囚われ』はその観念的世界の核心がリアルに伝わってくるものの、力むあまりに作者の資質と意図に反した通俗性が時に入る。森瑤子氏の『あなたに電話』は個性の淡さが惜しまれる。結局、私は吉行理恵氏の『黄色い猫』を選んだ。作品的には明るい光とさわやかな風があり、不思議な華やかさがある。

黄色のマチス《きいろのまちす》　エッセイ

〔初出〕「読売新聞」昭和五十六年五月二日夕刊、五～五面。大阪版は六月二十日夕刊、五～五面。

〔収録〕『気分について』昭和五十七年十月二十日発行、福武書店、七二～七五頁。

〔梗概〕今度のマチス展を見て、彼の絵画ではやはり黄色が大きな特色ではないかと思われた。マチスの色彩は鮮麗であるあまり、一見、原色の印象をあたえる。しかし、よく見れば、切り絵その他の抽象作品は別として、三原色に限らず白黒に至るまで、各色は単一の色の意味としての原色のままではほとんど使われてはいないのである。マチスは執拗な人ではなかったとみえる。マチスは健康にして抜群の持続力のある熱心さ、真摯さで、取り入れるべきものは取り入れ、突きつめるべきことは突きつめ、捨てるべきは捨てた。美を確実にわがものとしてゆく非凡な才を示し、最後に「黄色いドレスを着たカティア」や、線描でも中年期のものから力強く飛躍した線描画やそして単純な抽象画に達したことを、私はこのたびつくづく感じたのであった。

機械を捨てる《きかいをすてる》　エッセイ

〔初出〕「楽しいわが家」昭和五十九年十二月一日発行、第三十二巻十二号、三～三頁。

〔梗概〕元気で生きるのには、心と頭がよき状態にあるかどうかにかかっている。私は楽天的らしく、心配事があっても平気で眠れる。ふと戯れに、腹を立てる機械は、もう自分の体内にはないのだ、三百円で屑屋さんに払ってしまったのだからと思った。

聴きはじめの頃《ききはじめのころ》　エッセイ

〔初出〕「FM fan」昭和四十一年十二月一日発行、未確認。

〔収録〕『私の泣きどころ』昭和四十九年四月八日発行、講談社、六六～六九頁。

〔梗概〕行きはじめたころの音楽会といえば、日響や東響の交響楽、ピアノやバイオリン、歌曲の音楽会だった。私が最初に接したオペラは、昭和二十二年の「カルメン」だった。その時、「胸がときめくという経験を初めてほんとにしたような気」がした。二度目のオペラは砂原美智子さんがビーナスでデビューされた「タンホイザー」で、それから大阪の朝日会館へオペラがくるたびに聴きに行った。その後、十六、七年オペラに親しんできたけれど、初めてオペラの楽しさに目ざめたのは「ドン・ジョバンニ」だった。「ほんとの名曲、又すべてのほんとうの藝術というものは、明快なものだ」と知ったのもその時だった。

戯曲　**嵐が丘**《ぎきょくあらしがおか》　戯曲

〔初出〕『戯曲　嵐が丘』昭和四十五年八月十日発行、河出書房新社、三～一七二頁。

〔収録〕『河野多惠子全集第9巻』平成七年八月十日発行、新潮社、二六五～三三八頁。

〔梗概〕エミリー・ブロンテの唯一の小説「嵐が丘」の戯曲化。昭和四十五年八月、劇団「欅」が、福田恆存の演出で、日生劇場において上演した。第二幕二場の十四から成る。時代は十八世紀後半より十九世紀初頭。場所はイングランド北部。嵐が丘・アーンショー家は父の死後、兄のヒンドリーが家長となった。ヒンドリーは妹キャサリンの恋人のヒースクリッフに対して侮辱虐待をする。キャサリンとヒースクリッフとの間の激しい情熱的な愛は実らず、キャサリンは近くの地主のエドガー・リントンの結婚申し込みを承知する。リントンとは世間的には同じ育ちの人間で、一緒にいるとなんとなく落ちついていられる。ヒースクリッフとあたしとの間にはそういう世間的な触れ合いというものが全くない。だから、どんなことがあっても、あたしはヒースクリッフとは結婚できないと、キャサリンはいう。それを知って、ヒースクリッフはどこかへ行ってしまうまでが第一幕である。第二幕はそれから四年後。ヒンドリーは酒、賭け事に身を持ちくずし、家出したヒースクリッフは富を得て帰ってくる。ヒースクリッフがアーンショー・リントン両家に復讐を果す。リントンの妹イザベラを誘惑して妻にした上で虐待する。キャサリンはキャシーという女の子を生んで死んでしまう。キャシーをヒースクリッフとイザベラの間にできたリントンと無理に結婚させて、リントン家をも乗っ取ろうとする。ヒースクリッフは最後に十八年前に亡くなった昔の恋人キャサリンの幻にあこがれつつ墓石をさ迷う。

菊池寛—人気作家・「文藝春秋」創刊者—《きくちひろし—にんきさっか・「ぶんげいしゅんじゅう」そうかんしゃ—》　エッセイ

〔初出〕「楽しいわが家」昭和五十二年七月一日発行、第二十五巻七号、一八～二一頁。「みんなの人国記16小中学生シリーズ」欄。

〔梗概〕菊池寛は、劇作家として、出版事業家として大成功をおさめるが、青少年時代には幾度もショックを受けるような出来事を経験している。一家の生活は楽でなく、教科書も買ってもらえず、友だちから借りて書きうつせと言われたこともあった。高松中学に入学した寛は、後になって、その時代にもっともありがたかったことは、高松に図書館ができたことであると書いている。一高時代に、芥川龍之介や山本有三らと知り合い、芝居をたくさん観て、劇作のため下地がつくられたが、寛の友人がマントを盗み、寛が犯人と誤解された。寛は友人の罪をかぶって、あと三月で卒業できる時に退学になった。今年は、死後三十年になる。

危険防止《きけんぼうし》　エッセイ

〔初出〕「朝日新聞」昭和四十四年十月一日PR版、一～一面。

〔収録〕『私の泣きどころ』昭和四十九年四月八日発行、講談社、一九～二二頁。『いくつもの時間』昭和五十八年六月七日発行、海竜社、二〇二～二〇六頁。

〔梗概〕不要のものを焼き捨てていたとき、手もとから火の傍らへ下敷きが落ち、それが突然炎になって、私の抱えている紙にまで燃え移った。下敷きは、今では少くなったセルロイド製のものである。私の子供のころ、セルロイド製の玩具が多く、やかましく注意されていた。子供が聞かされる危険防止の注意の種類も、時代と共に変化する。私の場合、家の外での行動についての注意が与えられていた。出がけに親に告げたところ以外へ絶対行ってはいけない、という規則である。この注意だけは、今の子供たちにも、役に立つのではないだろうか。誘拐の危険防止のためにも、集団登校だけでは妨げない多くの部分が、かなり補えられそうである。

記号と藝術《きごうとげいじゅつ》　エッセイ

〔初出〕「読売新聞」昭和四十五年十一月七日朝刊、一七～一七面。

〔収録〕『文学の奇蹟』昭和四十九年二月二十八日発行、河出書房新社、六七～七〇頁。『河野多恵子全集第10巻』平成七年九月十日発行、新潮社、五一～五三頁。

〔梗概〕音曲が藝術たりうるようになったのは、楽譜の誕生によってであろう。楽譜の誕生は、作曲と演奏の分離が可能になり、作曲家と演奏家の双方に多くの才能を引き出すことにもなった。言語藝術も、藝術たりうるようになったのは文字という記号の出現によってである。言語藝術においては、文字とその組み合わせは、音符であり楽譜であると同時に演奏に担当する表現でもあるのだ。そして、表現というのは、単なる記述でなく、存在せしめることであるという。散文と詩歌とのちがいにも言及している。詩歌は、存在しているものについて、その存在に自己の感じた象《かたち》を確かめるもので、言語があればよい。文字という記号を絶対必要としない。詩歌は、文字その組み合わせ方、文字における表現力の開発など必要としないのである。

気さくな人たち《きさくなひとたち》 ――→ニューヨークめぐり会い（317頁）

擬似体験《ぎじたいけん》 ――→ニューヨークめぐり会い（318頁）

既成概念というもの《きせいがいねんというもの》 エッセイ

〔初出〕「文學界」昭和四十五年十月一日発行、第二十四巻十号、一二～一三頁。

〔収録〕『文学の奇蹟』昭和四十九年二月二十八日発行、河出書房新社、二四七～二五〇頁。

〔梗概〕概念の成り立ちは、抽象と捨象によるわけだが、よらしめられるところのものは、やはり経験される多くの事象なのである。だから成り立ちには、何かを摑み損ねた危険を宿命的にはらむことになる。サディズム、マゾヒズムの既成概念をめぐっても、この二つの性向は表裏をなしているとか、「殺したいほど好きだ」「殺されたいほど好きだ」という表現が夫々の性向の露われだとかいうような見方のような誤りを犯す。「殺したいほど好きだ」「殺されたいほど好きだ」という表現はサディズムやマゾヒズムの露われでも何でもない。嗜虐的で激しい表現が欲しくてたまらなかっただけのことだ。

奇蹟《きせき》 掌編小説

〔初出〕「毎日新聞」昭和四十一年十二月十一日朝刊、二一～二二面。「ふぉとショート」欄。

〔梗概〕美代子は、高校卒業後、勤めて五年になる。すこしでもやせて見える服を着たいと思うが、洋裁店は彼女の望みをかなえてくれない。しかし、こんどは洋裁店を開業している同窓の時子に悩みを相談し、デザインも決めたのだから、今夜の仮り縫いが楽しみだった。ところが大阪へ転勤する課長をみんなで東京駅まで見送ることになった。この課長は三十代で頭髪が薄くなっていたのに、五十近くになって黒々とした頭になったといわれている奇蹟の持ち主だった。その課長が「始終出張があるからね。きみのグラマーぶりを見にくるよ」といった。美代子はショーウインドーに映っている自分の姿を見ていまさらながら奇蹟を求めずにはいられない。しかし、美代子は、いま自分の背後で起っている奇蹟、地下鉄は五分おきに発車しており、まだ七時半にもならないのに、長く曲がりくねった通路で、全く人目の絶えた状態が生じている奇蹟には、気がつかないらしかった。

奇蹟《きせき》 エッセイ

〔初出〕「海燕」昭和六十年一月一日発行、第四巻一号、一五～一八頁。

〔梗概〕私の半生で最も大きな〈奇蹟〉体験は、空襲の時のことである。大空襲で罹災するのは、もう時間の問題となった。生命の程も知れず、私は防空袋にひそかに遺書を入れていた。あとで考えれば、私は今後も罹災の近さを感じつつ夜毎の退避を繰り返すのが現実生活という感じのほうが強かったようだ。真夜中、警戒警報と空襲警報が続いて鳴り響き、ラジオが敵機の大編隊が続々と北上中、目的地は近畿の大都市と叫び立てた時で

き

さえも…。爆音が一時も絶えなくなってからも、敵機来襲の半鐘が鳴りだしていても…。「西道頓堀四丁目、もうあきまへん。早《はよ》、壕から！」と壕の戸を明けられ、折柄数軒先の家が燃えあがるのを見た時、私は全身で〈奇蹟〉を実感した。〈奇蹟〉という言葉には、凶事には似合わないニューアンスがあるが、あの瞬間まさしく私は〈奇蹟〉を感じたのである。それに次ぐ大きな〈奇蹟〉は、焼け残った街に、敗戦で初めて灯りがついた夜の光景であった。

奇蹟の達成《きせきのたつせい》　選評

〔初出〕「群像」平成十三年一月一日発行、第五十六巻一号、三九六〜三九六頁。

〔梗概〕第五十三回野間文藝賞の選評。原子爆弾を文学作品の対象とする時、反俗が通俗的反俗に陥らざるを得ない。また、反俗的反俗を目指そうとすれば巨大な権力に自動的に迎合させせられる。林京子さんの『長い時間をかけた人間の経験』は原子爆弾がもたらす、そのような手に負えぬジレンマから飛翔して、文学的誠実さを奇蹟のごとく達成された作品である。

季節について《きせつについて》　エッセイ

〔初出〕「早稲田文学」昭和四十九年一月一日発行、第六巻一号、五〇〜五三頁。「作家ノート」欄。

〔梗概〕作家の創作ノートとか取材ノートとかいうようなものがときどき活字になって発表されることがあるが、私はこの種のものを見ると、その詳細さ、丹念さに、いつも驚かされる。私のこの種のノートは片言で書き留めたメモ程度のものにすぎない。私のノートは大きな字で書いたのが、六、七冊あるだけである。長編を書く時には、別に一作に一冊新しく用意するが、十頁とは使ったことがない。ところで、私が作品に設定している季節は圧倒的に春と夏が多いが、それというのも、私にとって作品の季節は単なる設定ではないからである。作品を育てるうえで、私には季節はどうしても必要なのである。季節そのものは表現しなくても、その季節が春か、夏かに決めると、私の作品は育ちはじめる。ノートに書くのはメモ程度のことにして、何もかもを全身で繋ぎ止め、或いは泳がし続けて、書き進めている間中、私が何よりも強く感じているのは、その作品の季節である。

『季節の記憶』と『路地』《「きせつのきおく」と「ろじ」》　選評

〔初出〕「中央公論」平成九年十一月一日発行、第百十二年十二号、二六二〜二六二頁。

〔梗概〕平成九年度谷崎潤一郎賞の選評。保坂和志さんの「季節の記憶」には猛々しさは全くないが、非常なエネルギーが感じられる。三木卓さんの連作短編集「路地」では、鎌倉で暮し続けてきた人物ばかりを用いて、様ざまの主人公の根深い人間関係が描かれる。この世には成程こういう人間関係もあるのか、とつくづく頷かされる。妙味が尽きない。

季節料理《きせつりようり》　エッセイ

〔初出〕「家庭全科」昭和四十年六月一日発行、第七巻六号、三〜三頁。国際情報社発行。

〔梗概〕秋だってシュンの味覚はあるが、春から夏へかけて季節料理を作り、味わうほうが、はるかに楽しい。万物の成長する季節だけに、季節料理にも生ける楽しさをことさら深く感じる。タケノコ料理のわか竹など好きな季節料理について述べる。

期待《きたい》　選評

〔初出〕「新潮」昭和五十二年八月一日発行、第七十四巻八号、一二一～一二二頁。

〔梗概〕第九回新潮新人賞選評。増田みず子氏「死後の関係」、佐藤泰志氏「移動動物園」、高城修三氏「榧の木登り」の三作に、私はいずれも新しい個性を感じた。が、折角の新しい個性が充分に発揮されていない。その最も大きな原因は、モチーフが突きつめられていないところにある。

北関東・五浦での一夜《きたかんとう・いつうらでのいちや》　エッセイ

〔初出〕「旅」昭和四十一年三月一日発行、第四十巻三号、八二～八六頁。

〔梗概〕岡倉天心の六角堂や大観荘など見学した茨城県北端の五浦海岸への旅行記。この五浦は岡倉天心の旧邸があり、来日したインドの詩人タゴールが立ち寄ったところである。タゴールの詩を習ったことを二十年ぶりに思いだす。六角堂の松の梢越しに、真暗い海上の一部分が朱色に染っている。その海上の朱色の上部が、幽かなだがクッキリした弧を描き出した。月の出なのである。巨大な月を見た印象などもスケッチされている。

貴重な蕗《きちょうなふき》　エッセイ

〔初出〕「月刊健康」昭和四十七年七月一日発行、第九十七号、三～四頁。

〔梗概〕私は知り合いの女性編集者に連れられて、紅葉宅の大家さんで、お隣りでもあった鳥居家へお邪魔をした。紅葉家の日常生活について珍しい話を伺うことができた。その後、この春、鳥居家から私に蕗をくださるというのを編集者の方が預かってきてくださった。実はこの蕗は紅葉時代からのものである。葉まですっかりいただいたが、その時には鳥居家のおばあさまはもう亡くなっておられたという。

喫煙に関するコメント《きつえんにかんするこめんと》　談話

〔初出〕「週刊文春」昭和四十三年一月二十九日発行、第十巻四号、三四～三四頁。

〔梗概〕「『喫煙家短命』への抵抗感情」記事に挿入されたコメント。「同じく作家の河野多恵子さんは、『いつかお医者さんに聞いたのですか、あまり慎重すぎる人は思いもかけないところで身体をこわすのですってね。あまり考えすぎないのが健康のもとよ。人間の身体って、強い解毒作用があると思ってますから、禁煙を考えたなんてことは一度もなかった』と、これまた、徹底した楽観主義者である」とある。

喫煙風景《きつえんふうけい》　エッセイ

〔初出〕「日本専売新聞」昭和三十九年九月十五日発行、第五百七十六号、二～二面。

〔梗概〕たばこが自分の一部のように親しいものになったとき、はじめて癖が生れるのだろう。愛煙家のさまざまな変った癖のあるたばこの喫い方を描く。

気づかい《きづかい》　――→　いすとりえっと（36頁）

切っ掛け《きっかけ》　エッセイ

〔初出〕「東京新聞」昭和五十一年一月十二日夕刊、四～四面。

〔収録〕『もうひとつの時間』昭和五十三

年二月二十日発行、講談社、一〇九〜一一一頁。

〔梗概〕七年くらいまえのことになる。ある夜、何かの集まりから帰るのに、瀬戸内晴美さん、円地文子さんとタクシーに相乗りした。円地さん、瀬戸内さん、私の順に降りる道順になっていて、「ちょっと寄っていらっしゃいよ」とよく言ってくださるので、タクシーに乗るまえに、「今日は降りないわよ」と瀬戸内さんに言った。私はどうしてもその夜のうちにしておかなければならない仕事が残っていて、自分に釘を刺すような気で言った。車は目白台アパートに着いた。円地さんをお送りして、あと二人だけになった。私は急に何ともいえない不安を感じた。怖ろしいことに向って突き進んでいるように感じられた。本郷ハウスに着いた。「ちょっと降りる」と瀬戸内さんに言って、彼女と一緒に、私はその不吉なタクシーから逃げだした。「怖かったわねえ。どうしたのかしらねえ。降りてよかったわよ。ハイヤー呼んであげるから、それで帰りなさい」と彼女は言った。この不吉なタクシーの経験が、切っ掛けになって、私の夜の外出に非常に不安を覚えるようになった。そんな状態が半年も続いた。三年前、一挙掲載の小説で出向いて校正をした。昼間も夕方も夜更けも夜明けもなく、二、三日幾度もタクシーで往復した。それが切っ掛けで、かねてのノイローゼのことも忘れて、夜のタクシーも平気になってしまった。様々のありがたい切っ掛けになるだけ沢山ぶつかりたいものだと思っている。

きつねの嫁入り《きつねのよめいり》　童話

〔初出〕「流行通信」昭和四十六年六月二十日発行、第九十号、二一〜二二頁。

〔梗概〕少女が学校の門を出ると、陽が照っていたのに、小雨が降っていた。少女はきつねの嫁入りのうちに、家へ帰りつきたかった。照っていて、小雨が降っている時に、地面に穴を掘って穴ぎわに鏡をかざすと、鏡のなかにきつねの嫁入りが映って見えるというのを、少女は誰から聞いたかは思いだせない。少女はランドセルを置くと、手鏡を持って、裏庭に出て行った。少女はスコップを地面に突き差す。急に小雨がまばらになった。湯呑みくらいしか掘れていない穴ぎわに手鏡をかざして、鏡のなかをのぞき込んだ。小雨はすっかり止んでしまった。きつねの嫁入りを見損った。少女は次の機会が訪れた時のために、一度掘った穴に、植木鉢をさかさに入れ、そのうえに土をかぶせた。二、三日後に雨が降った。「こんなところに、おとし穴なんか拵えたりして、危いじゃないか」と、裏庭で父の声がした。少女の保存しておいた穴がくずれて、露見したらしい。少女は、きつねの嫁入りを鏡に映して見る穴は、掘りたての穴では駄目なのかもしれない、穴をくずしたのはそのことを知らせるためのきつねたちの仕業《しわざ》なのかもしれないと思った。

気になるひと《きになるひと》　エッセイ

〔初出〕「文學界」昭和五十二年四月一日発行、第三十一巻四号、一〇〜一一頁。

〔収録〕『もうひとつの時間』昭和五十三年二月二十日発行、講談社、一四二〜一四六頁。『河野多恵子全集第10巻』平成七年九月十日発行、新潮社、二八八〜二九〇頁。

〔梗概〕長い小説の最初の部分を書くのに手古摺っていたのと、大分まえからの風邪が治りきらないのとが重なったせいか、先ごろ暫く、私はどこへも出かける気がしなくなった。ある日、新聞を見ると、新宿のどこかのお堂に塒を作っていた女浮浪者がそこを追われた腹癒せに、お堂を放火したという記事が載っている。その女浮浪者は新宿署へ引っ張られた。五十三歳で、戦後間もない頃からずっと浮浪者生活を送ってきたひとらしい。一週間ほど経った頃、再び、彼女のことが新聞に出た。彼女は以前、池袋のほうでも、やはり塒を追われた腹立ちで放火をし、その時は焼死者まで出ている。再逮捕することになったという。私は更めて新しく関心が起ってきた。何かの縁を感じる。勿論、人間関係としての縁ではない。彼女の閲歴を小説の素材にするというような縁でもない。もっと小さな、鋭い、天啓のような縁がやがて現れそうな気がしてならない。私は漸く外出する気分が戻ってきたが、彼女のことはまだ調べはじめるところまではゆかないまま、しきりに気になる。

きびしすぎる予定厳守《きびしすぎるよていげんしゅ》　エッセイ

〔初出〕「婦人公論」昭和四十六年十一月一日発行、第五十六巻十一号、八〇～八一頁。「好きなあなたの嫌いなところ」欄。

〔梗概〕「特集・夫婦ってなんだろう」に、市川泰の「疑似古風を怒る」と共に掲載された。四年前の春、急病で入院したとき、主人は蘭の鉢植えを、入院して見られないと残念だろうからと言って持ってきてくれた。こんなに気のつく優しい人だったのか、と主人を見直した。経過は順調で、予定を繰りあげて退院した。主人は、案外喜ばない。入院されれば自分は不自由で、病院のほうも構わなければならないから大変だ。仕方のないことで、自分を納得させて予定の入院期間の覚悟はちゃんとしてあったのに、急に繰り上げられて、その覚悟の後始末をどうつけてよいかわからない、実に腹が立った、と言う。なにごとにも予定の変更は困るらしい。

気分について《きぶんについて》　エッセイ

〔初出〕「作品」昭和五十六年四月一日発行、第二巻四号、一一～一三頁。

〔収録〕『気分について』昭和五十七年十月二十日発行、福武書店、一一～一四頁。

〔梗概〕一葉の作品を幾つか読みかえして思ったのは、いずれの作品も一葉にそれを書かせた内的状況は、共通して作者の気分であったということだ。誇り高く、勝気で、不如意な若い女の気分である。一葉の作品の骨子は驚くほどメロドラマティックであり、センチメンタルである。だが、簡潔で強く鋭い文章のもつ魅力が、このうえない。一行一行に、作者の情熱が漲っている。作者の内部との強い繋がりを感じさせる。そういう点では、一葉文学は近代的である。だが、内部との実際の繋がり方は近代的ではない。作中の主人公はいずれも彼女の等身大でないことはもちろん、分身でもなく、同類でもないと、私は思う。一葉は、誇り高く、強気で、不如意な若い女である自分の気分を作品に表現して解放することはできなかった。だが、拵えものの哀れな女を書くことで、解放した。つまり、哀れな女を拵えている自分が好もしく、哀れな女への読者の共感は、彼女にとって自分のその好もしさへの共感にほかならない。二十代作家の最基盤となっているのは、結局作品の気分なのかもしれない。気分とは全身的なもので、三十代にかかると、その全身性が失われ、各人によって、気分とはもっと別の何かが最基盤となってくる。

奇妙な感じ《きみようなかんじ》 ——→ニューヨークめぐり会い（320頁）

奇妙な電話《きみようなでんわ》　エッセイ

〔初出〕「中央公論」平成四年十二月一日発行、第百七年十二号、七五～七七頁。

〔梗概〕電話に出ると、「ラーメン、まあだ?」と男の老人の声である。うちへはラーメン注文の間違い電話はかかってない。耄碌気味の人なのだろう。一時間ほどして三度目の催促電話があった。耄碌したひとり暮しの老人であれば、平素の生活にも困っているのではないか。老人福祉課の人に様子を見に行ってもらおうかと思ったが、当人の電話番号も判らないので、放棄し、それきり忘れてしまった。その後、一、二カ月も経って、また「ラーメン、まあだ」の電話があった。そして、ある日の宵、送受話器を取って「はい、はい」と言うと、「返事は一つでいいんだよ」と、あのラーメン老人の声である。私は絶句した。その後も幾週間も間をおいて、その人から三度ばかりかかってきた。今度はある夜ふけに電話をかけてきて「この寒いのに、まだ小説なんか書いているのか。もう寝ろ、寝ろ」と新手なのだ。最初の電話から一年経っていた。私が物書きであることを承知しているらしいことに何よりも驚いた。耄碌どころか、一種のいたずら電話だったのか。そして、春から私どもは外国にきている。東京の住いは平素は無人である。あの老人はそこへ一、二度くらい電話をしたのではないか、と先日ふと思い、思う自分におかしくなった。

キャラメルから肝油へ《きやらめるからかんゆへ》　エッセイ

〔初出〕「佐多稲子全集第15巻月報15」昭和五十四年二月二十日発行、講談社、一～二頁。

〔梗概〕もう幾年もまえ、グラビア雑誌か何かで明治大正昭和の風俗史の特集で、女の子の名前の変遷の記事を見かけた。女の子の名前に最初の大きな変化があった時期が、ちょうど佐多稲子さんのご誕生の頃にあたっていた。その例のひとつに、イネがあった。シーボルトの娘に因んで当時よくつけられるようになったという。その名にはハイカラで知的な感じがあって、時の新時代の人たちに好まれそうである。私は学校の図書館で、「キャラメル工場」「素足の娘」に出会った。工場へ動員され、私は「キャラメル工場」を何かと思いだすようになった。私はお作の主人公が小さいお嬢ちゃんであるのを忘れ、同病相憐む相手としたり、羨望したりした。それにしても、個人全集は実にありがたい。この全集で読み得た感謝を覚える作品が随分ある。例えば、小品「子供」である。母子が肝油を話題にするくだりは、時の風俗がとりもなおさず時の社会の実態を貫いていて、こうした例は、日本文学にきわめて少いのである。

強運の手箱《きよううんのてばこ》　エッセイ

〔初出〕「マダム」昭和五十三年九月一日発行、第百七十号、一八二〜一八二頁。「とっておきの話」欄。

〔梗概〕人間は申すまでもなく、いわゆる生命というものをもたない品物のようなものでも、やはり一種の生命上の運というべきものがあるのではないだろうか。終戦後、親類から香奠返しに財産目録帖が届いた。うるし引きの木箱に入った厚い和綴のものであった。数年経って、私が上京するのに荷物をまとめていると、押入れの奥からその箱だけが出てきた。印鑑とか米穀通帳というものなどを入れておくのに重宝なので、私はそれをもらって東京へ送らせた。以来、四半世紀を過ぎた。その代用手箱は、少くとも三度の生命の危機を乗り越えているのである。

鏡花と新春《きようかとしんしゅん》　エッセイ

〔初出〕「銀座百点」昭和四十二年一月一日発行、第百四十六号、三一〜三三頁。

〔梗概〕鏡花が桃太郎と知り合ったのは、硯友社の新年宴会の席上だった。母親が亡くなったのは、暮の十二月、父の亡くなったのは一月九日、鏡花の未亡人が亡くなったのは、一月二十日なのである。鏡花は郷里時代に三年続けてぼやがあった。それが三度とも節分の夜のことだった。扱われている季節や年中行事の分類など特にしてみたことはないが、少くとも人間的には暮から節分頃までが、最も鏡花の季節であるような気がする。

鏡花と私《きようかとわたし》　講演要旨

〔初出〕「れもん」昭和四十四年五月十日発行、第八巻五号、二〜三頁。

〔収録〕『泉鏡花〈群像日本の作家5〉』平成四年一月十日発行、小学館、二一〇〜二一二頁。

〔梗概〕書物とのつきあいも、人とのつきあいと同じように、縁だと思う。谷崎潤一郎が、泉鏡花の小説を崇拝していることを知って、泉鏡花のものも読むようになった。私が鏡花から受けた影響は、「超自然」ということである。次に「細部における微細なヒダを描きとる眼」という点である。鏡花には人間と人生への愛着をしぼりにしぼって、そこから滋味深くにじみでる現実のヒダの妙味がある。私の短編「幼児狩り」は、三十女の複雑な超次元の気持を出してみたのであり、以後「不意の声」「骨の肉」など、鏡花の一面の影響を、私なりに私のものとして展開したところが、あるかも知れない。文末に「(文責・編集部。三月十三日、鏡花にゆかり深い逗子岩殿寺でのお話を、まとめたものです。)」とある。

鏡花の生命《きようかのせいめい》　エッセイ

〔初出〕「鏡花全集巻6月報6」昭和四十九年四月二日発行、岩波書店、一〜四頁。

〔収録〕『もうひとつの時間』昭和五十三年二月二十日発行、講談社、一八〜二二頁。

〔梗概〕私は、鏡花の作品を読むと、「纏いつかれ、読み終えてからも、纏いつかれたままでいるような感じ」であった。鏡花の文学が今日なお新鮮さを感じさせる最大の理由は、「この天才の人業を超えた表現力」にある。私は「鏡花以上の表現力をもった作家をほかには知らない。とどまるところのない想像力が驚くべき表現力を育んだのか、表現力が想像力を惹起するのか、交互作用というものであろうが、その驚くべき表現力あってこそ、彼の世界は存在せしめられている」のである。

鏡花文学との出会い《きょうかぶんがくとのであい》　エッセイ

〔初出〕泉鏡花著『高野聖・歌行燈〈旺文社文庫〉』昭和四十四年一月五日発行、旺文社、二一〇～二一三頁。

〔梗概〕私にはいわゆる「食わず嫌い」の作家がある。岡本かの子、幸田露伴である。女学校一年生の時に、谷崎潤一郎の「少年」を読み、谷崎文学に熱中した。随筆類まで読むようになり、鏡花に対する崇拝ぶりの窺える文章にめぐり合った。私は鏡花文学を知らずにいられなくなった。鏡花文学を「食わず嫌い」にならなかったことに幸運を感じる。「鏡花くらい自分の天才を自覚しなかった天才はほかには類」がない。鏡花の天才は、「人間というもの、異性というもの、生きるということの不思議さを、実に鋭く深く掘り、また、高らかに謳いあげている」点にある。「写実的でありながら、抽象的写実といいたくなるほどのもので、そういう意味でも、彼の文学には現代的な新しさがある。その表現力の強さ、鋭さは、すばらしい体操競技のホームの肉感的な強さ、鋭さにも似ている。その感じは実に快よい」と述べる。鏡花文学で非現実の世界が繰り展げられるのは、「古風な物語性の必要からではなく、むしろ意識下の意識というべきものの飛翔する美しい姿なのだ」。

狭義の才能プラス広義の才能―米谷ふみ子著『過越しの祭』を読んで―《きょうぎのさいのうぷらすこうぎのさいのう―よねたにふみこちょ『すぎこしのまつり』をよんで―》　書評

〔初出〕「波」昭和六十年十月一日発行、第十九巻十号、一六～一七頁。

〔梗概〕収録の二作品「遠来の客」「過越しの祭」の主人公の見方、感じ方、考え方には常に逞しくて、しなやかな拡がりがある。それは主人公の創り手の個性にほかならない。これほどの個性を護り育てることができたのは、どこかに恵まれた環境があったかもしれない。が、この作者がすぐれた狭義の才能―いわゆる才能に加えて、持続力・吸収力・探求力・度胸その他さまざまの広義の才能もまた豊かな人であるからだろう。

きょうだい　エッセイ

〔初出〕「楽しいわが家」昭和五十九年十一月一日発行、第三十二巻十一号、三～三頁。

〔収録〕『蛙と算術』平成五年二月二十日発行、新潮社、八三～八四頁。

〔梗概〕私は男・女・女・男の四人きょうだいの下から二番目である。四人の顔立ちや性格は大変ちがう。久しぶりに上京した姉が、自分も重宝している本を重宝しているのを知って、つくづくきょうだいを感じた。たまには何かの事でやり合うと、大抵のことでは取越苦労をしない私なのに、心配でたまらない。

兄弟《きょうだい》　――→いすとりえっと（40頁）

今日の品名《きょうのひんめい》　コラム

〔初出〕「読売新聞」昭和五十年九月十三日夕刊、五～五面。「東風西風」欄。

〔梗概〕ある日、外出先で昼食時に手軽な店に入ると、客の注文を女の子たちがコレステロール何丁と調理場へ伝えている。女の子たちがコレステロール何丁と呼ぶのを聞いていると、コレステロールが脂身という意味の新片仮名の品名だと信じているかのようである。そういう一方で自動炊飯器など物々しい漢字名のままなっている物が思いのほか多い。それにしても、歯ブラシというのは、だれの思いついた呼称なのだろう。歯たわしとも豆たわしとも呼ばず、歯ブラシと要領よい半片仮名の呼称を思いついた人の知恵に感心せずにはいられない。

恐怖が見せる生の深奥《きょうふがみせるなまのしんおう》　鼎談

〔初出〕「文學界」平成三年九月一日発行、第四十五巻十号、一六〇～一七七頁。

〔梗概〕阿刀田高・川村二郎との「怪奇小説の愉しみ」をめぐっての鼎談。「怪奇・幻想は小説の本質的な核」「発禁になった江戸川乱歩」「オノマトペがもたらす恐怖」「恐怖には華やかさが必要である」「けたはずれの執念がもたらすもの」「文化圏によって恐怖は違う」「恐怖は一瞬の感覚」「ブラッドベリーは短篇がいい」から成る。曽野綾子「長い暗い冬」・阿刀田高「恐怖同盟」・ウォルポール「オトラントの城」ジャコブス「猿の手」・江戸川乱歩「芋虫」・泉鏡花「高野聖」・吉行淳之介「風呂焚く男」・ブロンテ「嵐が丘」・モーパッサン「宝石」・河野多恵子「思いがけない旅」などの恐怖について語る。

強烈な執念に驚く《きょうれつなしゅうねんにおどろく》　エッセイ

〔初出〕E・ブロンテ著・中村佐喜子訳『嵐が丘〈旺文社文庫〉』昭和四十九年九月十日発行、旺文社、五四一～五四四頁。

〔梗概〕『嵐が丘』といえば、私はその作者エミリ・ブロンテの『私の魂は戦《おのの》かない』という詩によって、彼女に初対面した時のことをまず思いださずにはいられない。まだ数え年十九歳で、空襲のためにいつ死ぬかもしれない状勢におかれていた、当時の私は、この詩に激しく衝《う》たれた。この超自然的な力強い詩によって、切実な恐怖にあった私の心は、その後どんなにしばしば救われたことかしれない。『嵐が丘』の登場人物たちは、この小説の第一の語り手であるロックウッドと、第二の語り手の老女中ディーン、その他一、二の端役を除けば、いずれも異常な性格の持ち主ばかりである。その異常さは、こうした人間を創造したエミリ・ブロンテが人間だったということまで、異常に、不思議に思わせるくらいなのである。『嵐が丘』は、復讐の物語であり、その復讐は、激しい恋愛に破れた屈辱に発している。主人公ヒースクリッフの、その復讐ぶりの惨忍さとキャサリンに対する恋の執念深さとは、実に無気味であり、強烈である。キャサリンもまたヒースクリッフに劣らず強烈な性格の持ち主なのである。この一組の男性と女性には、ひとつのものがふたつに分れたような感じさえある。激しい性格と執念深さを持ち、熱烈な恋愛に破れ、しかも復讐を果さず死なねばならなかった人間が、無念さにこの世に生き返ってきたとしたら、このヒースクリッフのような姿を見せるのではあるまいか。

虚栄《きょえい》　短編小説

〔初出〕「風景」昭和四十一年一月一日発行、第七巻一号、五二～五八頁。

〔収録〕『最後の時』昭和四十一年九月七

日発行、河出書房新社、一五六〜一七〇頁。『思いがけない旅〈角川文庫〉』昭和五十年十月二十日発行、角川書店、一七七〜一九五頁。
〔梗概〕登美子と菅子は十余年間付き合ってきた。登美子は「今日はあなたにびっくりするようなものをお目にかける」と、菅子と遊園地へ連れて行った。登美子は前夫の北島が他の異性と同棲し、離婚したのであった。菅子は彼等の家へ、野田との不仲を訴えによく行ったものだった。菅子が家出をしたとき二度、一晩ずつ泊めてもらったし、登美子が買い物に行ったりした留守中、北島と二人きりでいたことが幾度かある。登美子の友人から、菅子が北島との間にちょっとした間違いくらいはあったように登美子が言っていたと聞かされたことがあるのだ。「サーカスの楽隊」が始まったとき、「似ているでしょう。だから、連れてきてあげたくて」と登美子に言われて、はっとした。吹奏している楽員のひとりが、野田にそっくりなのである。登美子はあのことを誤解して自分を怨んでいるのでなければ、こんな手酷い仕打ちをする筈はない。四年前、野田に去られたとき、菅子はそのことを殆ど他人には言わなかった。二年ばかりの短い生活だったし、正式な夫婦ではなかった。菅子にとっては、野田とは殆ど死別したのも同様であった。「似てるわねえ」と、登美子が嘲弄するように言った。野田に去られた当時菅子は夜いつまでも眠れず、彼の死体の姿ばかりが浮んだ。
　登美子は「—北島にあの金モールの白い服を着せれば、あの通りよ」と言う。菅子はおかしいと、登美子が言うのは、あの指揮者のことだったのか。登美子は「ね、あなたどんな気がした」と菅子の手に、自分の手を重ねてきた。確かにこの人は誤解しているなと悟り、同じ男と性愛を共にした女同士の親密さを分ち会うことを一途に請われているのを感じた。あのトロンボーンの男に見入ったまま野田のことを思い続けていたのだと話したら、登美子はどんなに失望するだろう。誤解を生かしてやり、こんなに求める、その親密さを分ち合うふりをしてやるのが、この人への友誼というものではないだろうか。けれどそれは友誼でなくて虚栄かしら、とふと感じた。野田に死なれたかの如く思えるようになったのも、自分に対する虚栄のためではなかったか。

曲藝《きょくげい》　エッセイ
〔初出〕「東京新聞」昭和四十六年七月二十四日夕刊、四〜四面。「〝いのち〟探訪⑤」。
〔梗概〕ハンガリー動乱後、ベルギーに難民として移り、ハンガリー時代からのアクロバット・ショーを世界各地で演じているという、ジョン・サイタス氏に会う。曲藝のアイデアはつねに危険の原則の応用なので、アイデアはその原則の応用の範囲しかアイデアとはいえない、と伺って、私は曲藝の意味を示されたような気がした。根に危険の原則があるのであって、だからこそ技術はもとより、藝が要求される。この人などの舞台の内的状態をもし小説で捉えるとすれば、至難のわざを要求されるようである。
（39頁）

挙式未遂《きょしきみすい》　——→いすとりえっと

巨大な船《きよだいなふね》——→ニューヨークめぐり会い（321頁）

嫌いな言葉《きらいなことば》　エッセイ

〔初出〕「いんなあとりっぷ」昭和五十一年五月一日発行、第五巻六号、一三〜一四頁。

〔収録〕『もうひとつの時間』昭和五十三年二月二十日発行、講談社、二〇六〜二〇八頁。『いくつもの時間』昭和五十八年六月七日発行、海竜社、一九三〜一九六頁。

〔梗概〕「何も頼んで産んでもらったわけじゃあない」と口走る子供がある。どんな場合にしろ、この種のこの言葉を口にするのは、人間として何と情けないことかと思う。この世の人間と生きて在る良さを識ることを敢えて拒否しているようなものではないだろうか。これと、同様に、「建前と本音」という言葉も嫌いである。「建前と本音」という言葉の使われ方に注意してみると、大抵の場合、本音は建前の中に埋没しているべきもの、出現すべきではないものと考えられているのではないらしいのだ。本音が大手を振って、罷り通っている。決して罷り通ることが許されないものが、「建前と本音」などという言葉を平気で使うことで、罷り通るものと思っているか、罷り通させようとしているのである。

銀行のこと《ぎんこうのこと》　エッセイ

〔初出〕「別冊文藝春秋」平成八年四月一日発行、第二百十五号、一六〜一九頁。

〔梗概〕戦前の家庭では一体にそうだったのか、私の実家が商家だったからなのか、母は主婦でも銀行へ行くことは殆どなかったらしい。ただ、小学校の頃、一度だけ母と一緒に銀行へ出かけた記憶がある。銀行というのは、何だか物々しいところだなあと思った。四年まえに、私どもはニューヨークへ小引っ越しをした。個人の預金を扱うのは、東京銀行だけで、他の銀行は企業相手のものばかりなのだ。その一行の支店長が知り合いだったので、東京からその支店へ送金しておいて、アメリカの銀行に口座を開いたうえで、振替えてもらうことになった。アメリカの銀行が日本の場合と大きくちがうのは、自動引き落としというシステムがないことである。アパート、電気の使用分などの代金は小切手で支払うことになっている。もう一つちがうのは、預金通帳というものがないことである。代りに、出納帳が渡されていて、出し入れを各自でそれに控えておく。多くもない預金ではあるけれども、やはり通帳が恋しくなることがある。

銀座全店《ぎんざぜんてん》　エッセイ

〔初出〕「銀座百点」昭和五十一年四月一日発行、第二百五十七号、二八〜三一頁。

〔梗概〕街中をぶらつくのは割合いまめだし、好きでもある。神楽坂へは思った以上によく来ていたらしい。あの道路に面した殆どの店と一度は縁があるようである。銀座も自分にとってそういうふうになってゆけば面白いなと、思った。私は銀座に自分のこの楽しみを覚えるようになってから、「私の銀座地図」が思いがけず頭の中で生れはじめ、それがまた思いがけず綿密なものになりつつある。なるべく自然に、従って当然ほんの少しずつながら、いつか全店縁ある店にするのを楽しみにしている。

僅差の意味《きんさのいみ》　エッセイ

〔初出〕「鐘」平成四年二月八日発行、第四号、四〜五頁。

〔梗概〕編集者にパスする原稿とパスしない原稿とは、どこがちがうのか。読み終えた時、「ああ、そうだったか」という感想しか浮ばない原稿は、わきへポンと置いてしまうと、私はある文藝雑誌の編集長から聞いたことがある。読み終えた時、「ああ、そうだったか」ではなくて、強い感想が湧きあがった原稿はいそいそと掲載したくなる。そのように聞いた。小説は生活必需品ではない。あるレベル以上のものだけが必要なのだ。

銀座のディテール《ぎんざのでていーる》　エッセイ

〔初出〕「銀座百点」昭和四十四年一月一日発行、第百七十号、五二〜五四頁。

〔梗概〕私は小さな子供に対して、割合いまめに贈物をしたくなる。品物は大半が身につける物、あとは玩具である。贈物で子供の身につける物を買うのは、必ず銀座である。我が子供向けの贈物で一番多く買ったのは、男の子の襟巻なのである。暖そうな襟巻を丸首のセーターや学生服の首元に下手な巻き方をして、元気に飛び廻っている様子を想うと、実に楽しい。銀座の最高級の店で物も柄も最高のものなど、自分のためには一度も買ったことのない、子供をもたぬ中年女が、ひとの子供のために最高級の襟巻を買うために、クリスマスと正月を迎えた銀座を歩いているという図を想像すると、苦笑せずにはいられない。これもまた、銀座のディテールのひとつなのであろうか。

近代女流文学展を観る—流れと個々の面白さ—《きんだいじょりゅうぶんがくてんをみる—ながれとここのおもしろさ—》　エッセイ

〔初出〕「サンケイ新聞」昭和四十五年六月六日夕刊、三〜三面。「文化」欄。

〔梗概〕日本近代文学の最も豊かな時期は日本女流文学の暗黒期なのであった。女流文学者で活躍したのは、樋口一葉と与謝野晶子があるのみである。一葉の場合は、近代文学の夜明けの時期に文語で書かれた小説である。晶子は歌人で、歌のすばらしさに反して、その小説は実にくだらない。一方は近代精神がなく、一方は近代精神はあったがそれを托すに最もふさわしい小説というジャンルを使いきれなかったのである。この近代女流文学展のなかにある当時のおびただしい文学的屍は何か息苦しくさえある。

禽鳥《きんちょう》　短編小説

〔初出〕「文學界」昭和三十八年九月一日発行、第十七巻九号、一二〜二九頁。

〔収録〕『夢の城』昭和三十九年四月二十日発行、文藝春秋新社、五九〜一一〇頁。『夢の城〈角川文庫〉』昭和五十一年四月二十日発行、角川書店、六七〜一〇六頁。『河野多惠子全集第1巻』平成六年十一月二十五日、新潮社、二一七〜二三五頁。

〔梗概〕芥川賞受賞第一作作品。その日曜日、義弟の篤が訪ねてきたのは、まだ十時にもならない時刻だった。君子は宮地と結婚してまだ一年にもならないのに自分たちが寝室を別にしていることが露顕してしまうかと狼狽した。実家で兄弟たちがよく麻雀をするので、従兄の公一が友人の宮地を連れてきた。一年近く経ったある晩、宮地は「ぼくら、結婚しようか」と突然言ったのである。それが馬鹿にさりげなく、のんびりした口調に、彼女は思わず噴きだしかねないところだった。彼女は二十七になっていた。その彼の口調を思い返しては、あの夜と同じ新鮮さで笑いがこみあげ、そして好もしさが感じ募るのだった。結婚後も、宮地のさりげない、のんびりした気象は少しも変らなかった。しかし、性愛で、彼の息の変化を知り、重みを感じるとき、汗ばみはじめていた彼女の膚が忽ち粟を生じた。性愛に対する彼女の素気《すげ》なさに、宮地は遠ざかり、二カ月近く殆ど独身同士のような暮し方をした。篤は演劇部に入っていて、芝居の小道具に使うので、駅前の鳥肉屋に山鳥の羽だけの吊るしてあるのを、お義姉さん買っておいてくれと頼まれた。君子はその買い物を億劫に感じた。幾度も気にかけながら、どうしても足が駅前へ向かない。その買い物を代りにしてくれるように、宮地に言えないのは、自分たちの最近の状態の手前、ときたまの義弟の依頼までうとましく感じているからのような誤解を受けたくないからである。君子は元来、禽鳥といえば、小鳥でさえ見たくないのである。君子は、これまでに自分の鳥ぎらいをはっきり人に話した記憶は殆どない。子供のとき疎開先の家の縁側で、ヒヨコに膝へ飛びあがられて、思わず、「厭！」と叫び、「だって、突っつくもの、暴れるもの、──それに穢いもの」と兄に言ったのが、禽鳥に対する彼女の嫌悪の唯一の表現だった。宮地から篤の依頼ごとの念を押された日の翌日、仕方がなく、その気の進まない買物を果した。しかし、篤はその後十日あまり経っても取りに来ない。催促のはがきを出すと、上演は六月なので、それまで預かってほしいとの返事である。今はまだ二月なのだった。君子はその預かり物のため悩まされた。目につくところには置きたくなく、勝手口のすぐの天井際の棚に置くことにしたのだった。山鳥の死骸への自分の拘泥りを宮地に言えないのは、自分の鳥ぎらいを宮地に感知されることに羞恥を覚えるせいなのである。一月ほど前から、ふたりはまた同じ部屋で寝《やす》むようになっていた。だが、彼女にとっては性愛はなおも嫌悪との戦いのようなものであり、しかもそのあと自分の裡にその感じが揶揄するように打ち返してくるのを知ると、彼女は宮地に憎しみさえ覚えるのであった。

山鳥の死骸の包みへの拘泥りから、嘗て接した鳥たちのことが蘇ってくるたびに、近頃の君子は、鳥というものの特有の姿態と動きが、彼らの肉体にやり場のない苦しみのあることを露呈しているように思われて仕方がないのであった。同時に、彼女は自分が次第に鳥に化してゆくような気がした。ある日、君子は台所で揚げ物をはじめた。君子は山鳥の死骸を、油の鍋に投じた場合を想像しはじめていた。油が立ち騒ぎ、ちりちりに縮んでゆく羽毛が覗き、はみ出した尾羽が激しく震える。まるで生きている鳥が身悶えているようだ。

〔同時代評〕河上徹太郎は「文藝時評(上)」(「読売新聞」昭和38年8月27日夕刊)で「これは(鳥の羽毛のはえた姿体)に対する生理的な異常感覚を一つのテーマとし、第二のテーマである夫婦間の肉体的結合の不満足にこのセンスを強引に結びつけているのだが、このセンスに全然無感覚な私のような鳥好きにでも納得できるように描いてあるのだった。『ヒヨコがなぜ怖いのだ』と兄にいわれて、『だって、突っつくもの。暴れるもの。―それに穢いもの』と答えるセンスは、その典型である」と評した。

ぎんなん　エッセイ

〔初出〕「楽しいわが家」昭和六十一年十一月一日発行、第三十四巻十一号、三～三頁。

〔収録〕『蛙と算術』平成五年二月二十日発行、新潮社、七三～七四頁。

〔梗概〕秋になって取れたばかりのぎんなん―ことに煎ったぎんなんの皮を剝いで出てくる緑色の実は、宝石のように美しい。うちではぎんなんは殆ど買ったことがない。散歩のついでに拾ってくる。あるとき日曜日に早起きして、主人と日比谷公園まで行った。大木のうえに男が登っていて、大枝をゆする。おまわりさんが自転車でやってきた。「何だおまえか。覗き専門じゃあなかったか」と男に言った。美しい晩秋の早朝に演じられたその場面は、何とも絶妙だった。

勤務時間《きんむじかん》　エッセイ

〔初出〕「サンデー毎日」昭和五十四年四月二十二日発行、第五十八巻十八号、一二九～一二九頁。「おんなの午後⑤」。

〔梗概〕人間は一日の大半は働くのが当然という考えが疑われたことは一度もない。一日の大半は遊ぶのが当然という見地から勤務時間が検討されたことはないのである。そういう検討がされたことはないのである。そういう検討がされてもよいのではないかと思われる。仮に十時出勤、三時退社くらいの思いきった短縮がなされれば、どれほど多くの問題が自動的に解決されることだろう。三時の退社では、既婚者でも独身者でも身を持てあますであろうなど考えるのは、生活と発想がこれまでの習慣に流されすぎているだけのことである。若者からかなりの年配者まで、誰も彼もがぐっすり眠って少し働き、大いに真の楽しみに遊ぶようになれば、新しい消費と新しい節約、新しい産業、新しい本当の創造もおこってくるのではないだろうか。

禁欲《きんよく》　エッセイ

〔初出〕「素敵な女性」昭和五十五年六月一日発行、第二巻六号、五四～五六頁。

〔収録〕『いくつもの時間』昭和五十八年六月七日発行、海竜社、一〇六～一一〇頁。

〔梗概〕本来、女と男とは結ばれるように創られている。女にとって男、男にとっては女が、非常に気になるからである。両性が著しく相違しており、且つ著しく類似している。そのように創られているために、両性はわかり合いたい願望をもち、結ばれること、一致することを熱望するのである。私が「一年の牧歌」の主人公にした女性は特殊な人間ではなかった。三十を過ぎたばかりの女で、過去に性生活も経験している。女の性の本質を描くために、表面からではなく、裏返しにするために禁欲のかたちを採ったのである。標題の一年の牧歌というのは、一年の禁欲を命じられている、その特別の期間という意味である。女の欲求不満には直截に自覚される領域以外に、その幾倍もの埋没した部分があるらしい。

勤労動員下の青春《きんろうどういんかのせいしゅん》　対談

〔初出〕「現代日本の文学第50巻曽野綾

子・倉橋由美子・河野多恵子集月報38」昭和四十六年四月一日発行、学習研究社、一〜六頁。

〔梗概〕曽野綾子との「青春を語る」対談。「現実逃避から文学の世界へ」「貴重な居眠りの経験」「低血圧の女流作家気質」から成る。

く

空中の部屋《くうちゆうのへや》 ――→ニューヨークめぐり会い（317頁）

草いきれ《くさいきれ》 長編小説
〔初出〕「文學界」昭和四十二年十月一日〜昭和四十四年四月一日発行、第二十一巻十号〜二十三巻四号。連載十九回。
〔収録〕『草いきれ』昭和四十四年十二月二十日発行、文藝春秋、一〜三〇八頁。『草いきれ〈文春文庫〉』昭和五十年五月二十五日発行、三〜三二二頁。『河野多恵子全集第5巻』平成七年三月十日発行、新潮社、二〇一〜三八二頁。
〔梗概〕彼女は、かねて日記を書く習慣をもっていた。もう二十数年間続けている。前の異性に去られ、二年近く経ってある男性とつき合うようになった。当時の彼女は、彼とのことを、非常に簡略であると共に、敢えて未来を問おうとしないと日記に書いていた。「一緒に住むのでさえなければ、一生続いてもいい」とも書いた。男は、一度、結婚の経験のある中年男で、何かの事務所を持って仕事をしている。一緒に住むことを提案したのは彼のほうからである。家を探して引越し、同棲生活に入った。結婚しなかったのは、法律的な形式の重みを怖れたからなのだった。だが、同棲生活に入って一年半ばかり経った頃、ふたりは婚姻届を出した。それから三年目の夏のある日、「わたしたちはわたしたちの間柄を世間に対して二度偽ることになった後で、これまでの法律的な繋がりと姓名を共に解消して、『ルチオとルチア』と称し、その繋がりにおいて生き合うことにした」と、彼女は日記に記した。男のルチオは朝家を出る時、「おじいさんは山へ柴刈りにゆきます。おばあさんは家で柴刈りをはじめます」と言って出かける。どちらも仕事を持っている男女、従来の結婚生活に不向きなふたりが考え出したルチオとルチアの生活であり、この形式により、世間の真只中で仕事と私生活とを両立させて行こうと考えた。同じ家に暮し、仕事を持つ一組の男女の心の通いや食い違いなど、さまざまの反応を克明に描く。ふたりはある海岸に小屋を建て、時々出かけては息抜きをする。だが、この「ルチオとルチア」の新形式の生活も、結局、男から「人前で、親密さを誇示するようなことは止めてくれ」、「ルチオとルチアごっこ」にすぎないと指摘される。「同棲時代にわたしたち同棲ごっこができたかしら。夫婦時代に夫婦ごっこが出来たかしら。喧嘩ばかりしていてそんなこととても考えられなかったじゃないの。ごっこできるようになったのは、ルチオとルチアになったからよ」と女はいう。「同棲ごっこも夫婦ごっこもやろうと思えばやれたんだぞ。ぼくさえ馬鹿な男になっておれば」とルチオがいう。ふたりはいつかルチオとルチアごっこに中毒を増してゆき、盛りの男女でありながら、原始の男女のように早老に陥ってしまっていたのかもしれない。「異性愛という奴は、始終ちぐはぐだからこそ張り合いがあるんだよ」と男はいう。ルチオとルチアのふたりが海辺の岩の上に寝転がっている間に、海辺の小屋に泥棒が入り、ふたりの財布からお金を盗み去っていった。

〔同時代評〕川村二郎は「内攻したプラトニズム」（「文學界」昭和45年3月1日発行）で、この「序」は「なかば物語に属しながら、なかばそれから独立した方法論的、乃至認識論的性格を持っている」と指摘し、「これは、極度に内攻したプラトニズムの物語だ。また別の連想でいえば、リルケの讃えた『愛の女』、愛の対象を追い抜いて未知の空間へ出てしまう女の物語の一つだ」という。磯田光一は「河野多恵子『草いきれ』」（「群像」昭和45年3月1日発行）で、「平坦な男女関係を神話化しようとする女が、次第にその神話を相手の男によって突き崩されてゆく物語である」と評した。松本鶴雄は「河野多恵子著草いきれ」（「日本読書新聞」昭和45年3月16日発行）で、「この小説では男女関係も愛もセックスに顕現された人間の存在感も全てが抽象化を通して語られている」「エゴを貫くこともエロスに身も投じることも、いかなる皮肉なめぐり合わせを持ち、至難であるかをその極点でこの作品は示しているようだ」と述べる。

『草の臥所』の位置 『くさのふしど』のいち　推薦文

〔初出〕津島佑子著『草の臥所』昭和五十二年七月三十日発行、講談社、オビ。
〔再録〕「群像」昭和五十二年九月一日発行、第三十二巻九号、講談社出版案内欄。
〔梗概〕特殊な登場人物たちが普遍性をそなえ、発想の鋭さは快く、一行一行、会話のひとつひとつは、まことにおいしい。現代風俗もまた風俗としてではなく、深い真実を伝えるリアリティをたたえている。津島さんの作品の魅力のひとつは、大器晩成型と早熟とが拮抗していることであるが、最近の二十代作家の相次ぐ出現のはしりは、実はこの人あたりなのかもしれない。

首斬場の鴉《くびきりばのからす》　エッセイ──→嵐ケ丘ふたり旅（19頁）

「虞美人草」と「虚栄の市」 「ぐびじんそう」と「きょえいのいち」　エッセイ

〔初出〕「別冊太陽　日本のこころ32〈夏目漱石〉」昭和五十五年九月二十五日発行、一六三〜一六三頁。
〔梗概〕私は「虞美人草」第六章の甲野さん兄妹と宗近君兄妹の四人が博覧会へ出かける場面を読むと、イギリスの文豪サッカレイの「虚栄の市」の第六回に、五人の未婚の男女がロイヤル・ガーデンへ遊びに行く場面を思い出す。小野さんと小夜子を結婚させるための宗近君の大活躍では、ジョオジをアメリアと結婚させるドッビンの同じ大活躍を思い出す。「虚栄の市」は登場人物の数も種類も、地域も、歳月も、「虞美人草」とは比較にならぬ大仕立なものだが、後者の六人の男女は何かと前者の若い日の五人の男女を思い出させるのである。

『暗い落日』結城昌治―恋人をつなぐ暗い血縁のきずな― 『くらいらくじつ』ゆうきしょうじ―こいびとをつなぐくらいけつえん

《のきずな—》 書評

〔初出〕「マドモアゼル」昭和四十年十月一日発行、第六巻十号、三〇八〜三〇九頁。「ブック・ガイド」欄。

〔梗概〕二つの殺人の意外な犯人の犯行も、また、乃里子と克也の共通の父啓一の若い日の恋愛とその後の弱い生き方に遠因がある。それが、この推理小説を目新しく、厚味のあるものにしている。

栗田明子著「ゆめの宝石箱」《くりたあきこちょ「ゆめのほうせきばこ」》 書評

〔初出〕「週刊読書人」昭和六十一年七月二十一日発行、第千六百四十二号、八〜八面。

〔梗概〕奇蹟のような女性の半生を、当の著者はまことに素直としか言いようのない姿勢と口調で語っている。彼女のこれまでの生き方からして、素直なのである。素直というのは受身でもなく、単なる従順でもないことを、つくづくこの本から知らされる。この本は、少女たちにさわやかに語りかけながら、若い男性にも、人生の半ばにある男女にも読んでもらいたい深みのある人生物語に、おのずからなっているのである。

苦しい選評《くるしいせんぴょう》 選評

〔初出〕「文藝春秋」平成十二年九月一日発行、第七十八巻十一号、三六四〜三六五頁。

〔梗概〕第百二十三回平成十二年度上半期芥川賞選評。松浦寿輝「花腐し」は「古風で、精気のない」作品である。町田康「きれぎれ」の文章に見える特色は、スタイルや語り口以前のものである。文章とは、「いわば人間の顔色のようなもので、全身体の状態が正直」にそこに現れる。

紅と絹—与謝野晶子—《くれないときぬ—よさのあきこ—》 エッセイ

〔初出〕「別冊太陽　日本のこころ33〈名筆百選〉」昭和五十五年十二月五日発行、一四二〜一四三頁。

〔梗概〕晶子の藝術の最大の理解者は、師であり夫であった寛であったと思われる。寛の晶子に対する評語は、時代を経ても色褪せない。晶子の筆蹟を見ると、何故か漢字のほうに、彼女の歌の個性と相通じるものが一層よく感じられる。

暮れの贅沢《くれのぜいたく》 コラム

〔初出〕「読売新聞」昭和五十一年十二月三日夕刊、七〜七面。「双点」欄。

〔梗概〕モーレツ社員の一週間の行動日誌が週刊誌に載っているのを見た。そのときモーレツ社員は案外モーレツではないのだなと、うらやましく思った。私は非常に遅筆で、年中仕事に追われている。それで、私はとにかく暮れには、のんびりする時間を作ることにしている。世間は今忙しい真っ最中だと思うと、世の中にこんな贅沢もあるのかという気がする。この贅沢を味わうために、一年のほとんど全部があったような気もする。

黒い髪《くろいかみ》 短編小説

〔初出〕「群像」平成八年十月一日発行、第五十一巻十号〈創刊五十周年記念号〉、一一四〜一二一頁。『赤い唇　黒い髪』平成九年二月十五日発行、新潮社、一五五〜一七〇頁。『赤い唇　黒い髪〈新潮文庫〉』平成十三年十月一日発行、新潮社、一七一〜一八七頁。

〔梗概〕私は四年前からニューヨーク暮しをし、仕事の都合で年に三度東京に帰る。いまだにニューヨークの入浴には馴染めず、帰国するや否や全身を風呂に浸かるのが楽しみである。翌日、買物の帰りに長山さんに出会う。以前亡き夫の勤務の関係で幾度か外国生活をした彼女は、今でも海外旅行を時々する。長山さんとは十五年ほど前、葬儀場を出てタクシーが拾えず困った時、行き先が同じの見知らぬ同士相乗りした縁での付き合いである。かなり馴染みになっていたが、個人的な話はあまりしなかった。その彼女が「お話したいことがある」という。「実は父のことですの」と切り出した長山さんは、七十四歳で亡くなるまで頭髪がたっぷりあり黒々としていた父の井上東洋について語り始める。孤児だった東洋は、終戦直前に弟を戦病死され、病弱の妻も死なれ、仕事もある事件に捲き込まれて失脚した。東洋は四十代半ばにして世捨人のような暮しに入り、頭髪薬《とうはつやく》づくりに励む。ある時期からそのために当てた離れに鍵をかけ、頭髪薬づくりの話は一切しなくなる。長山さんは嫁いでいたし、外国暮しのふえたこともあって、東洋の頭髪薬づくりの実情はよくは知らなかった。東洋は自分の頭を実験台にしていた。「わたしは誰もなし得なかったことを果したね。それを全く明かさず、墓まで持って行くよ」と東洋は幾度も言うようになった。そこまで話すと、長山さんは「何もお訊きにならないで」と慌しく言い置き、黒々した豊かな髪の後ろ頭を見せて起って行く。長山さんは東洋の頭髪薬の秘法をこっそり手に入れて、重宝してきたのかもしれない。秘法の周辺の目暈みたいな話題だけでも誰かに語ってみたかったのかもしれない。（姜　姫正）

け

経済の自立なしには心の自由は保たれないか《けいざいのじりつなしにはこころのじゆうはたもたれないか》　エッセイ

〔初出〕「ＪＵＮＯＮ」昭和五十二年五月一日発行、第五巻五号、一二〇〜一二一頁。「あなたへのエッセー①」欄。

〔梗概〕大正時代であったが、与謝野晶子が「女性は自分ひとりの力で子供を育てる自信がつくまで子供を産むべきでない」という意味の考えを発表したことがある。晶子はその一方でこんな考えをもっていた。長男秀夫人が、生活が苦しいのに子供が二人になったらどうしょうかと思うと、晶子にこぼされた。晶子は安心して産みなさい、子供は必ず打出の小槌をもって生れてくるものだからと答えたそうである。この晶子の二つの言葉は、タイアップした考えであるように思われる。非常な厳しい考え方と、非常に楽天的な考え方とが、互に一方が一方の裏打ちになっていて、実に自由な発想が見られる。精神の自由というのは、こういう発想のできる自由のことなのだろう。私の幼友だちに、大きな商家で恵まれて育った人がいる。だが、戦争で家も罹災した。しかも父も亡くなった。彼女は退学して、間もなく恋愛結婚した。赤ちゃんが出来たが、突然ご主人が急病でなくなった。当時の彼女は二十そこそこであったが、屑屋になった。子供連れでも出来たし、励めば励むほど収入が得られたので、本当に屑屋になってよかったと私に話していた。私の幼友だちは、経済の自立があるまえから精神の自由はあったと思う。自由な精神がなければ、経済の本当の自立はあり得ないと思う。精神の自由というのは何よりも楽天的、寛大である面と、厳しい面とをそれぞれまっとうな向きに身につけた発想が基盤になるように思われる。

藝術文化の下向きと上向き―鏡花全集の再版に思う―《げいじゅつぶんかのしたむきとうわむき―きょうかぜんしゅうのさいはんにおもう》　エッセイ

〔初出〕「朝日新聞」昭和五十一年五月三十一日夕刊、五～五面。

〔収録〕『もうひとつの時間』昭和五十三年二月二十日発行、講談社、五一～五五頁。『河野多恵子全集第10巻』平成七年九月十日発行、新潮社、一〇一～一〇四頁。

〔梗概〕クリスマスに贈り物をする習慣は、それほど旧いものではない。チャールズ・ディケンズの「クリスマス・キャロル」がきっかけである。「メリイ・クリスマス」という挨拶も、この作品によって、言いならわされるようになった。一八四三年に出版された「クリスマス・キャロル」は当初から一般的人気があったのである。ディケンズのこの実に面白い小説さえ、今日の日本ではただ難解視されそうである。驚くべき藝術文化に対する現代日本の味覚と咀嚼力の嚥下力の低下である。三十年ぶりに鏡花全集が出版され、完結した。鏡花の作品は、「婦系図」にしても、決してわかりやすい小説ではない。「婦系図」がわかったのは、当時の人々の本物の面白さへの志向のためである。今、文学に限っていえば、私は今日の純文学と通俗文学の関係は、極めて好ましくない状態だと思っている。純文学は純文学として、通俗文学は通俗文学として、それぞれ独自に、共に逞しさと高さとを増す必要がある。藝術文化はより美しいもの、より高いものへ憧れる人間の本能に呼応すべきもの、引き上げ合うべきものである。鏡花文学の読者がふえつつあるという現象も、純文学と通俗文学とが分離し直され、作用、反作用によって共に正当な発展をし合うことや、藝術文化の下向きを上向きに転じる最初のきっかけであったと見られるような性格であってほしい。

敬称について《けいしょうについて》　エッセイ

〔初出〕「サンケイ新聞」昭和五十二年三月十五日夕刊、五～五面。

〔収録〕『もうひとつの時間』昭和五十三年二月二十日発行、講談社、一三八～一四一頁。

〔梗概〕野坂昭如氏はわいせつ事件で有罪の判決が出た時でも、報道関係の取扱表現上、敬称は外されなかったようである。私自身の習慣では、同じ向きの仕事をしている日本人たちのことは、書く場合なら原則として、現存者には敬称をつけ、物故者には省略するが、物故者でも生前の付き合いの有無にかかわらず縁を感じる人、あるいは亡くなって日の浅い人には敬称をつける。そして、私的な席での話では、現存者、物故者とも、特に親愛感をもっている人、特に尊敬している人には、必ずというほど敬称をつけてしまうが、多くの場合は時に何となく敬称をつける以外は老大家のことでも全く自然に名前だけで称しているようである。私どもで呼称にこだわり、あまり呼び捨てをしないのは、結局日本人の敬称過剰の風習に強く感化されているせいかもしれない。敬称過剰が日本の風習の現実であり、それは家族同士の呼び方にも、新聞の紙面にも現れている。そういう紙上で敬称を取り上げられた人名の印象は、少し不当に強すぎるようである。

競馬の魅力《けいばのみりょく》　エッセイ

〔初出〕「中日新聞」昭和四十年十一月二十三日発行。

〔梗概〕小説を一編書きあげると心身とも疲れ果てる。そんなとき、私は競馬に行く。あのゴールの決定的瞬間に、私はいちばん解放されるようだ。私は子供のころ、大阪の問屋街に住んでいて、馬を見ない日はなかった。荷物の運搬にまだ馬車が用いられていた。母に放れ馬に気をつけるようにとよくいわれていたが、放れ馬を見たことがないので、「小屋根くらいの高さにはね上がりながら馳けてくる馬というものが、夢の世界でのひとつのあこがれ」となってしまった。

劇場《げきじょう》　短編小説

〔初出〕「新潮」昭和三十七年二月一日発行、第五十九巻二号、一一六～一三七頁。

〔収録〕『幼児狩り』昭和三十七年八月三十日発行、新潮社、三九～八八頁。『現代日本の文学50』昭和四十六年四月一日発行、学習研究社、三八三～四〇七頁。『幼児狩り・蟹〈新潮文庫〉』昭和四十八年四月三十日発行、新潮社、三九～八六頁。『新潮現代文学60』昭和五十五年十一月十五日発行、新潮社、二五四～二七六頁。『河野多惠子全集第1巻』平成六年十一月二十五日発行、新潮社、二五～四九頁。

〔梗概〕同人雑誌賞受賞第一作作品。日出子は上京後、兄のところで四年ばかり老嬢生活してから、もとから知らないわけではなかった杉野とどちらもおそい結婚をした。そして、あまりうまくもゆかない生活が二年、杉野が会社から西ドイツへ技術見習いにやられてからまた二年になる。杉野からは月に一度くらいのわりで直截なたよりがあったが、周囲の人々も破局を予想するような有様であった。日出子が怖れているのは離婚ではなく、離婚の属性の方なのだ。ある時、「カルメン」を観に劇場に足を運ぶと、プレイガイドで切符を求める時に知り合った女性が、「せむし男」と連れ立って来ているのに出会う。日出子には、この奇妙な一組の男女の関《かか》わりがまるで判《わか》らない。女は、思慮深そうな顔立ちをしていて、すらりとした体つきに、踵の高い靴を穿いている美女である。「せむし男」は横柄に振舞い、この美女は圧服されすぎているようだし、その反面男の矮小さを誇張するような踵の高い靴なんかを、妻ならば穿くだろうか。雇われた附添人であると日出子は思った。二カ月程後の外人オペラ「リゴレット」観劇の時に、日出子は一人で来ているこの「せむし男」に再会する。「この間のお連れの方は?」を声をかける日出子に周囲の視線が集中し、その快さにすっかり彼女は酔ってしまう。「せむし男」は尾島健一といい、女は「家内」であるという。それを機に、日出子は始終、尾島健一夫妻を訪ねることになった。そして、夢中でその夫婦に副《そ》いはじめた。日出子はその人達を知るようになってから、はじめて男を見、女を見たような気がした。男は出版物の広告原稿やポスターを書く仕事をしており、女は治子といった。彼等は強力に日出子の参加を要求し、その快楽を彼女にも分たしめた。主宰をするのは大抵美女であった。男が外出するとき、美女が男の足をとって下駄を穿《は》かせてやって、女はちょっと男を見あげた。その女の頬を男は下駄穿きの足で撃った。これが、この人のお出かけのご挨拶だと、美女は言う。健一と治子の加虐的嗜好に日出子も参加していくのである。

（増田周子）

「月光の曲」「げっこうのきょく」　エッセイ

〔初出〕「教育音楽」昭和五十六年六月一日発行、第三十六巻六号、八一～八一頁。原題「私の音楽教育体験『月光の曲』」。

〔収録〕『気分について』昭和五十七年十月二十日発行、福武書店、一七一～一七四頁。この時、「『月光の曲』」と改題。

〔梗概〕この原稿の依頼書に、〈音楽教育は時代とともに様々に変遷してまいりましたが…〉とあるのをみて、その通りだなと、私はこんなことを思いだした。私の兄は、小学校の音楽で、唱歌の試験に二通りあって、一つは歌うほうの試験。もう一つは、歌詞のなかから択んだ言葉の意味を書けという筆記試験なのだった。歌うほうが駄目なので、成績は芳しくなかったそうだ。私は小学生の頃、母からその話を聞いて、兄の時代の授業はずいぶん古くさかったのだなと思った記憶がある。私は唱歌の授業で一番好きなのは、皆と一緒に歌うことであった。ある学期の試験で三人一緒に歌わされた時、私は釈然としなかった。小学校では、鑑賞教育はなかった。ただ一度、五年か六年の国語の教科書で「月光の曲」という課を教わった時、先生が当分のあいだベートーヴェンのその曲を毎日昼休みに全校のスピーカーで流してくださった。私たちの耳に自然に聞こえてくるのだった。ハミングでひとくさり歌う男の子がいたりするようになった。それにつけても、学校教育でせめて音楽くらいは、採点と無縁にできないものだろうか。

結婚後の恋愛についてけっこんごのれんあいについて　エッセイ

〔初出〕「婦人公論」昭和五十年十月一日発行、第六十巻十号、八六～九一頁。特集「結婚はあなたにとって何なのか」。

〔梗概〕人妻の恋愛という言い方は、私は辞退したい。人妻とは、性的交際の対象としての他人の妻を意味する言葉と心得ておく必要がある。恋愛というものは、本質的には性愛に関わっているものなのである。相手と一体となろうとする愛情が聊かの疑いもない応えを得られるのは、性愛における奇蹟の一致の時以外にないからである。私は結婚後の恋愛は男女の別なくあっても不思議ではないし、社会的に非難すべきことでもないと思うが、恋愛に至ったからには、離婚の必要がない場合にも、離婚をするのが本当だと思う。昔は姦夫姦婦を重ねて斬ることも、辱しめた相手と決闘することも許されていた。そうした処置の行使を男女共に認められるべきだというのが、考え方としては本当だろう。自分と恋人とが共に、あるいは妻なり夫なりが、自分の恋人のどちらかが殺されずにはすまないというほどのスリルがあってこそ、結婚後の恋愛の値打もあるというものだろう。

結婚式拝見《けっこんしきはいけん》 エッセイ

〔初出〕「いけ花龍生」昭和三十八年六月一日発行、第三十八号。

〔梗概〕新聞の「海外こぼれ話」欄で空中結婚が話題になったことがある。日本の結婚式の様式も多彩である。神前結婚の行われる飯田橋の東京大神宮と、仏前結婚の芝の増上寺を見学する。仏前結婚で数珠交換のあと結婚指輪を交換するなど意外であった。日本ではいろんな種類の結婚式場があるばかりでなく、それらが互に交流し合っているところに、日本人の潤達さがある。

結婚式未遂《けっこんしきみすい》 ――→いすとりえっと（「挙式未遂」と改題）（39頁）

結婚生活 夫と妻の心の葛藤《けっこんせいかつおっとつまのこころのかっとう》 エッセイ

〔初出〕「新しい女性」昭和五十年三月一日発行、第九巻三号、三五〜三八頁。

〔梗概〕何かの都合で、友だちと一体に、共同で一つの仕事をしてみると、一緒に遊んだり、話し合っているだけではわからなかった相手の特徴が実によくわかる。結婚生活というものは、共同の仕事の最たるものである。結婚届は、二人が一組の男女であることを世間や社会に認めさせるというのが、その本質的役割である。性を異にし、また肉親以上に大切な存在という特別の元他人である者同士の生活、つまり結婚生活での心の葛藤の三つの小サンプルとして、芥川龍之介の「或阿呆の一生」（十四結婚）、戦争中の空襲で家を失い、夫の実家に住むしかなかった新婚夫婦、夫が夫婦喧嘩をやっている最中に「ああ、夫婦喧嘩をやってみたい！」と叫んだ話を紹介する。

結婚生活10の愉しみ《けっこんせいかつじゅうのたのしみ》 エッセイ

〔初出〕「婦人公論」昭和五十年四月一日発行、第六十巻四号、八八〜九四頁。

〔収録〕『もうひとつの時間』昭和五十三年二月二十日発行、講談社、一九〇〜二〇〇頁。『いくつもの時間』昭和五十八年六月七日発行、海竜社、七六〜八九頁。

〔梗概〕英国のアフラー・ベンに「結婚十の愉しみ」というエッセイがある。結婚の支度から最初の子供を得るところまでの、十の愉しみを述べている。数年まえの正月、日枝神社にお詣りした時、和やかな老夫婦を見かけた。人は何のために結婚するのかと考えようとすると、アフラー・ベンの言う「結婚十の愉しみ」とその老夫婦が想わせるような和やかな晩年を期待するから結婚するのではないか。結婚生活での二人だからこそ得られる愉しみは常に一体感に根ざしている。結婚生活というものは、伸ばす、殖やす、向上する、というような建設的な本能を豊かに、自然に、容易に満たし得る可能性に最も富んでいる生活形態なのである。そういう広義の愉しみだけではなく、たとえば、相手の特性についても、自分についても、未知の部分は無限にある。それを少しずつ発見してやれる者、発見させてくれる者は、夫であり、妻である。自分たち以外にはないのである。一体となった一組の男女であるからこそ得られる狭義の愉しみと言えるだろう。

結婚について《けっこんについて》　——→いすとりえっと（40頁）

決心するまで《けっしんするまで》　——→いすとりえっと（36頁）

決心を越えた世界《けっしんをこえたせかい》　エッセイ

〔初出〕「新しい女性」昭和四十六年十月一日発行、第五巻十号、二八～二九頁。

〔梗概〕終戦となった時、私はすばらしい解放感に襲われた。だが、私は何をしても満たされなかった。卒業近くなって、作家になろうと思った。すさまじい物価の値上りで、いつまで経っても東京移住の資金ができない。二十六になって、漸く東京へ出ました。それから作家として世に出るまでほぼ十年かかった。その間、軽症の肺結核にもなった。このまま勤めながら書いていたのでは、世に出られない。それならば、死んでいるのも同様である。僅かな退職金だけで、書くことだけの生活にはいりました。私はその頃さえ自分が不思議に思えたほど、不安がありませんでした。

決定的奇蹟《けっていてききせき》　エッセイ

〔初出〕「風景」昭和四十五年十二月一日発行、第十一巻十二号、一〇～一二頁。

〔収録〕『文学の奇蹟』昭和四十九年二月二十八日発行、河出書房新社、七一～七六頁。『河野多恵子全集第10巻』平成七年九月十日発行、新潮社、五四～五七頁。

〔梗概〕不意の出来事が自己の内部に起らぬ限り、次の作品が誕生しない。小説が誕生するということは、全くの奇蹟なのだ。創作活動における奇蹟性を重要視する。抽象的にモチーフを思いつくとか、イメージが浮かぶという程度の段階でなくて、書きはじめずにはいられなくなる、決定的な着想が浮んだ時、私は最も奇蹟性を感じる。自作「最後の時」の決定的な奇蹟は、絶対的な力をもつ何者かに、主人公が急に死なねばならぬ運命を課した、「その何者かの存在を何者かを一度も主語にすることなく、何者かと対話するときの主人公の側の受動態動詞で表現するという思いつきを得たこと」だった、と回想する。

月末《げつまつ》　コラム

〔初出〕「毎日新聞」昭和五十二年六月二十九日夕刊、六～六面。「視点」欄。

〔梗概〕月末になると、私は何だか気ぜわしいような気持になる。二十八日ともなると、せめてきょうは二十七日だったらなあと理由もなく思ったりする。特に、小の月はそうである。私は大の月のほうが好きである。グレアム・グリーンに「一日儲けた」という短編があるが、一日儲かる気がする。私が生れたのは小の月の三十日なのである。世間には月末というものがあることくらいは承知した生活を心掛けよとの啓示なのか。それとも、そんなことから超越して生きよという意味なのであろうか。

懸念の限度《けねんのげんど》　エッセイ

〔初出〕「読売新聞」昭和四十九年十月十日夕刊、五～五面。

〔収録〕『もうひとつの時間』昭和五十三年二月二十日発行、講談社、八三～八六頁。『いくつもの時間』昭和五十八年六月七日発行、海竜社、一七三～一七七頁。

〔梗概〕少し長い作品の締め切りと校正で、担当の編集者の方と毎日のように顔を合わせていた。その編集者が風邪を引かれたらしい。忙しい時期なので、お医者にかかる時間もないようだ。私は自分の持っている薬をあげようと思ったが、不安になった。私にはよく利く風邪薬でも、特異体質ということもあり得る。薬をさしあげるのは遠慮した。ある時、対談相手の作家が蒼い顔をして来られたことがあった。私は自分の持っている薬が役に立つかもしれないと思った。が、やはり不安で勧めかねた。私は免許証はもっていないが、仮に運転できるのであれば、ひとを乗せていいか、随分迷うにちがいない。寒い日、年輩のお客が見えた時は、部屋の温度は何度にしておけばよいのだろう。困ることがある。この種のことで自分が程よい限度をしばしば見つけかねるのは、結局人間的な至らなさのせいではないかと、近ごろ思いはじめている。

元気な人《げんきなひと》　エッセイ

〔初出〕「群像」昭和五十八年六月一日発行、第三十八巻六号、三四三～三四五頁。「追悼尾崎一雄」。
〔収録〕『蛙と算術』平成五年二月二十日発行、新潮社、二一四～二一八頁。『河野多恵子全集第10巻』平成七年九月十日発行、新潮社、二九七～二九九頁。
〔梗概〕尾崎一雄さんのお作は関心・発想・事柄・表現、みな実に元気がよい。ご本人もまた、元気のよい方であった。小柄で痩せておられたが、話しぶりにも身動きにも弾むような感じがあった。三年ほどになるだろうか。仕事を兼ね、円地文子さん、吉行淳之介さんにお相伴して、小田原は曽我谷津のお宅へ梅見に伺ったことがあった。大震災の痕跡もいくつか見せてくださった。吉行さんが「余っ程、ひどかったんですねえ。ここでさえ、こんなにやられたところをみると…」とおっしゃるなり、「何だって！」と尾崎さん。「大震災は東京からこっちへきたんじゃあないんだ。こっちからあっちへ往ったんだ」と、あっちへ弾丸でも飛ぶような手つきをしておっしゃる。あの時の尾崎さんの姿が忘れられない。今年の新年号の「新潮」に短編「ハレー彗星」を発表しておられる。現役で亡くなった作家の最後の作品というものは、あとで読み返すと、死の無言の予兆を聞くような気のすることが多い。だが、「ハレー彗星」は読み返してみても、そういう気配がありそうには思えないのである。最後のお作らしくない、明るく、力強いお作が、最後のお作となったのは、元気な方だった尾崎さんにふさわしい。

現況届《げんきょうとどけ》　エッセイ

〔初出〕「年金時代」平成九年十二月一日発行、第三百七十七号、九～九頁。
〔梗概〕国民年金の受給者は誕生月のたびに毎年現況届を出さねばならない。当の受給者が死んでいないことの確認のためのものだ。死ねば区役所へ死亡届が出される。コンピュータのある時代、その届を受け次第、国家へ通じさせることくらい、わけはあるまい。管轄上の問題を解消して、受給の老齢者とそして役所に負担を強いている現況届を廃止することが望まれる。

謙虚でなくなる時《けんきょでなくなるとき》　――→いすとりえっと（41頁）

現行の「国語」教科書をどう思うか？《げんこうの「こくご」きょうかしょをどうおもうか？》　アンケート

〔初出〕「文學界」平成十四年五月一日発

行、第五十六巻五号、一一一～一一一頁。

〔梗概〕現在三十代半ばのアメリカ女性から聞いた、彼女が高等学校の三年生の時に、N・ホーソーンの長編『緋文学』を全部。二年生の時に、シェイクスピアの『ロメオとジュリエット』を原文で。中学校では、マーク・トウェインの短編など。国語の授業は毎日。以上のようでなくては、国語教育にはならないと思う。

原稿用紙《げんこうようし》　エッセイ

〔初出〕「三田文学」昭和四十二年六月一日発行、第五十四巻六号、五〇～五一頁。

〔収録〕『私の泣きどころ』昭和四十九年四月八日発行、講談社、一五二～一五五頁。『河野多恵子全集第10巻』平成七年九月十日発行、新潮社、二二～二三頁。

〔梗概〕旧い日記帳を探していると、全く記憶にない、むかし書いた小説が出てきた。その原稿用紙の見覚えさえなければ、自分が書いたものだとは思われない。それは私にとって二度目の原稿用紙なのである。私はコクヨの原稿用紙を愛用することしか知らなかったが、近所に開店した文房具屋で偶然その黄色に紺色のマス目のある原稿用紙を見つけたのである。上京して、「文学者」の合評会に出るようになり、私は、漸く平らのまま百枚単位で売っている原稿用紙の存在を知り、また、原稿を提出するときには拡げたまま綴じるようになった。上京後三年くらいして使いだした原稿用紙は、近所のS屋で、ちょっと刷り損ねたのを安くすると言っているので、千枚ばかり買い取ったものである。真っ赤な罫が如何にも幸運を招致してくれそうだったが、この原稿用紙に書いた小説で活字になったものは、ひとつもない。「幼児狩り」を書いたとき、練馬駅前のF屋の緑のマス目の原稿用紙を初めて使った。それが当選したので、私はその原稿用紙しか使えなくなった。二年くらい前から、下書きだけはF屋のを使い、清書にはM屋のを使うなどして、F屋の原稿用紙をやっと離れることができた。

原稿用紙《げんこうようし》　コラム

〔初出〕「朝日新聞」平成四年七月九日夕刊、九～九面。「出あいの風景」欄。

〔収録〕『蛙と算術』平成五年二月二十日発行、新潮社、一三三～一三四頁。

〔梗概〕会う約束をしていた編集者の方が来られて、「河野さんの原稿用紙を十枚ほどいただきたい」とおっしゃった。ホテルに滞在中の先輩作家のYさんに、ある短い原稿を書いていただかねばならないのだが、その出版社の急場しのぎの原稿用紙ではうまくゆかない。私と同じ原稿用紙だったのを思いだされたのである。その切実な気持は、私には経験がある。


「源氏」という純粋の物語文学《「げんじ」というじゅんすいのものがたりぶんがく》　エッセイ

〔初出〕「円地文子訳源氏物語巻9月報」昭和四十八年五月二十五日発行、新潮社、一～三頁。原題「純粋の物語文学」。

〔収録〕『文学の奇蹟』昭和四十九年二月二十八日発行、河出書房新社、一八二～一八四頁。この時、「『源氏』という純粋の物語文学」と改題。『河野多恵子全集第10巻』平成七年九月十日発行、新潮社、一八二～一八四頁。

〔梗概〕紫式部に『源氏物語』を書かせたところのものは一体何だったのであろ

うか。不思議でならない。作者紫式部の創作欲望のさまが影を落していない。私は『源氏物語』で、読書体験をさせてもらったことがない。『源氏物語』を読むと、物語文学というものに、関わることなど、読者に放棄させ、その世界をただ眺めていることに快適さを与えてくれる。私はいつも穏やかに眺めていることができる。私にとって、『源氏物語』の魅力は、そのことに尽きるのである。

『源氏物語の女性像』《げんじものがたりのじょせいぞう》武者小路辰子《むしゃのこうじたつこ》　エッセイ

〔初出〕「マドモアゼル」昭和四十一年十月一日発行、第七巻十一号、二九四～二九四頁。「ブック・ガイド」欄。

〔梗概〕この本は光源氏の二十人に及ぶ相手の中から選ばれた、藤壺、近江の君、女三の宮の三女性の物語であり、「自然な形で、一種の研究書とも、入門書ともなって」いる。

現代作家のひとりとして《げんだいさっかのひとりとして》　エッセイ

〔初出〕「群像」昭和五十六年十月一日発行、第三十六巻十号、三五四～三五六頁。

〔収録〕『気分について』昭和五十七年十月二十日発行、福武書店、一〇七～一一二頁。『河野多恵子全集第10巻』平成七年九月十日発行、新潮社、九〇～九三頁。

〔梗概〕嘗て、小説なるものは、書くことは勿論、読むことも良風美俗に抵触するものというのが、一般の通念だった。谷崎潤一郎の「細雪」は、きわめて毒のある小説なのである。予言―それも怖ろしい的中をする予言の力をもった小説なのである。戦後になって、小説がいかがわしいものとされなくなると同時に、毒ある小説の毒を感じ取られなくなってしまい、毒ある小説の場合でも広い読者に敬遠されることとなく、属性部分で広い読者に歓ばれ毒なく小説的に評判になることがあり得るようになった。とはいえ、今日では毒ある小説が減っていることは確かである。私の大まかな印象でいえば、若い作家で小説修業を経験することができたのは、津島佑子さん、中上健次さん、金井美恵子さんまでではないかと思う。文藝出版界の不振は何より原因は、毒ある小説が少くなったからであろう。私は魅力ある小説のモチーフは必ず毒と結びついたものであり、その文体もまた毒の流れる血管のようなものであると思っている。

現代女性解放運動の盲点《げんだいじょせいかいほううんどうのもうてん》　エッセイ

〔初出〕「婦人公論」昭和四十六年六月一日発行、第五十六巻六号、三〇〇～三〇二頁。

〔梗概〕ウーマン・リブの運動を新聞に出はじめた頃、私は「時代が少なくとも四半世紀くらい逆転したかのような印象」を受けた。世の中の進歩と女性の地位との距離は縮まる時期もあるが、隔たる時期もある。能率的であるべき女性の地位の向上を目指すからには、「地位の格差の実感だけに頼らず、未解放の歴史的部分と非歴史的つまり絶対的部分を区分して認識してかかる必要」があると思う。

現代人が抱く〝危機感〟とは何だろう《げんだいじんがいだく〝ききかん〟とはなんだろう》　回答

〔初出〕「GORO」昭和四十九年十二月十二日発行、第十三号、二四～二四頁。

「人間告知板・5行提言」欄。

〔梗概〕「危機感といっても所詮、風俗に過ぎない気がする。例えば大地震にしても、起これば自分の日常の不満をこっぱ微塵にしてもらえるのではないかという甘えのたぐいの、怠惰のための卑小な夢にすぎないのでは…。」とある。

現代人と被虐性―自主性は都会生活に埋没―《げんだいじんとひぎゃくせい―じしゅせいはとかいせいかつにまいぼつ―》　エッセイ

〔初出〕「サンケイ新聞」昭和四十二年三月三十日夕刊。

〔梗概〕今日の都会生活においては、実にさまざまの習慣的・人為的な肉体的の苦痛を強いられている。都会生活者が騒音、排気ガス、住宅難等々のさまざまの肉体的な苦痛に耐えていられるのは、実に慢性化のせいなのである。人間の裡には加虐性と被虐性とが人によって軽重とバランスこそ異っても、それぞれ幾らかずつ潜んでいる。たとえば、文楽の人形遣いの修業時代、師匠から受けた折檻の肉体的苦痛に馴染んだ結果、その世界の忍従性と共に彼等の被虐性が引き出されている向きがうかがえる場合がある。都会生活で身心共に疲労し自主性と個性とを埋没させてゆくような日常生活の中で、肉体的苦痛に自己の被虐性を目覚めさせられるということなど考えられない。人間の被虐性が躍動するためには、加虐を択び、自由に追い求めようとする激しい精神と創造性と想像力が必要なのである。

現代と異端《げんだいといたん》　エッセイ

〔初出〕「読売新聞」昭和五十一年七月三十日夕刊、七〜七面。

〔収録〕『もうひとつの時間』昭和五十三年二月二十日発行、講談社、五六〜五九頁。

〔梗概〕大ニュースに接しても、驚ききれない部分が気持の底にある。今日では、小説よりも奇な思いをさせる事実が起りにくくなっているだけではなく、ほとんどすべてのことが常識になってしまっている。全身全霊が小説よりも奇な思いをさせられるほどの事実は非常に起りにくくなってはいるが、幾らかそんな気のする事実ならば実に極めて起りやすくなっていて、あまりおびただしく起るので、ほとんどすべてのことが常識になってしまったのである。つまり、異端さえも異端の側ではなく、通俗の側でしか生息しにくくなっているのである。文学の世界を発酵させ得る異端者とは、常識のみならずどのような知識でもとらえ得ない部分の人間性の秘密の認識の足がかりを備えているのでなければならない。

現代と独創性《げんだいとどくそうせい》　エッセイ

〔初出〕「東京新聞」昭和五十二年十月三十一日夕刊、三〜三面。

〔収録〕『気分について』昭和五十七年十月二十日発行、福武書店、三五〜三八頁。『河野多恵子全集第10巻』平成七年九月十日発行、新潮社、七八〜八〇頁。

〔梗概〕円地文子さんと電話で話をしていた時、日本赤軍派の日航機乗っ取り事件について、「ああいう時、犯人たちが何を言ってきたって、こちらは黙っていたら、どうでしょ?」と言われた。珍案かもしれないが、その着眼の独創性に、聞いているこちらまでわくわくしてきた。年賀状用の万年毛筆のテレビコマーシャルを見ると、谷崎潤一郎のことを思いだす。毛筆と万年筆を結合させたものを想像していた谷崎の着眼には、実に独創性が感じられた。創造性の最たる敵は、自分の仕事を含む過去や既存のものへの執着や拘泥である。既存のものを延長したり、組み合わせたりしたものばかりで、その革新でさえ思うにまかせないようだ。あらゆる方面において、人間はまだ取りかかったばかりであり、革命は行き詰まっているかもしれないが、独創性を発揮し得る余地なら殆ど丸ごと残されているような気がする。

現代と諷刺《げんだいとふうし》　エッセイ

〔初出〕「文學界」昭和四十二年五月一日発行、第二十一巻五号、八〜一〇頁。

〔収録〕『文学の奇蹟』昭和四十九年二月二十八日発行、河出書房新社、二二三〜二二五頁。

〔梗概〕チャールズ・チャプリンの「モダン・タイム」の諷刺は実に鮮烈だった。産業合理化の世相が小気味よく諷刺されていた。ところが、ヒットラとナチスを諷刺した「独裁者」を観たとき、「モダン・タイム」のときのような満足感を得られなかった。ナチスの捉えがたい多面性、複雑さ、魔力などが、チャプリンの諷刺の網からこぼれ落ちてしまっている。諷刺が冴えわたることができたのは、社会と文明と人間がある程度に複雑になり、しかも、ある程度以上には複雑ではなかった時代においてであろう。諷刺は、対象としての人間に限定してみると、典型的な人間、類型的な人間の存在が必要であろう。

現代にとって文学とは何か《げんだいにとってぶんがくとはなにか》　エッセイ

〔初出〕「読売新聞」昭和四十六年二月十六日・十七日朝刊、一七〜一七面。

〔収録〕『文学の奇蹟』昭和四十九年二月二十八日発行、河出書房新社、七七〜八三頁。

〔梗概〕この「現代にとって文学とは何か」シリーズには、有馬頼義ら六人の作家が既に書いている。それらを読んで、作家にとって現代というものが、それぞれに如何にちがった関わり方をしているかを知って驚いた。作家の場合は、個性と外界が特殊のかかわり方をするせいであろう。

　石原慎太郎は「人間の内なる多極性」の追求といっている。私の考えに一部接しているように思われる。だが、石原慎太郎は新しい典型の創造の可能性を見ているようだが、私は新しい典型は現実世界においても、文学の創造世界においても、もはや出現することはあるまいと考えている。

　現代に関わられているだけでは、どれほど現代になじんでも現代文学は生れない。現代を自分に関わらしめようとするところに現代文学は始まる。なぜならば、人間に対する認識の更新なしに、真の創造的文学は生れないのが現代文学であって、現代に関わられているだけでは、人間に対する認識の更新はあり得ない。人間に対する作家の認識が更新されたときに創造の可能性が生みだされ、それを通じて現代を読者に経験させるものとなるという。

現代の作家《げんだいのさっか》**(140)**《(ひゃくよんじゅう)》**河野多恵子**《このたえこ》　グラビア

〔初出〕「週刊小説」昭和四十八年十一月二十二日発行、第三巻四十四号、グラビ

け

ア頁。
〔梗概〕色紙「美とは／羊の大きい／こと／河野多恵子」とある。

現代の恋愛《げんだいのれんあい》　エッセイ
〔初出〕「俳優座第102回公園〈どちらでも・小島信夫作〉」パンフレット、昭和四十五年十一月（刊記なし）、九〜一一頁。
〔梗概〕小島信夫さんという作家は、「怪《けっ》体《たい》な小説」を書くかたである。その怪体さは、長編小説に面目を発揮している。小島さんの小説の怪体さは、日本人的淡白さ、繊細さと、欧米人の濃厚さと大味ぶりが結びついているところからきているような気がする。小島さんの「どちらでも」で表わされている夫婦の関係こそ、まさしく恋愛である。「どちらでも」の夫婦は、自分たちの間の恋愛を自覚しているかどうかは判らないが、恋愛状態の男女の繊細さ、濃厚さを思わせる。実にエロティックである。同時に、一種の真摯さが張りつめている。

現代文学創作心得《げんだいぶんがくそうさくこころえ》　→小説の秘密をめぐる十二章（208頁）

現代文学の可能性―実感的文学論―《げんだいぶんがくのかのうせい―じつかんてきぶんがくろん―》　講演記録
〔初出〕「波」昭和四十五年七月一日発行、第四巻四号、三八〜四二頁。
〔梗概〕イギリスの女流作家たちには、女としての発想と女としての文体というものが非常に自然にからみあった、伝統的トーンがあるように思われる。イギリスの現代女流作家たちが、こぞって男性を主人公にして書くのは、男性を見るのではなく、根本的に人間というものに対する新しい認識、独自の個性的な認識を発見したことである。自我が小説のテーマになったとき、新しい人間の認識手段であったが、今日では全く陳腐なものになった。私の最初の作品「幼児狩り」は、筋というものはなく、「設定だけでもたせた」ような小説で、「その女主人公の肉体上、セックス上の特色という設定の範囲」しか、その主人公のことは書いていない。サディズム・マゾヒズムは、非常に肉体的であるとともに、意識的、観念的なことで、想像力が必要なわけで、人間だけの特権である。人間の本質について新しい認識をすると、そこからいろんな既成概念が崩れて、新しい人間の認識を可能にさせる世界がみえてくる。

現代文学の面目《げんだいぶんがくのめんぼく》　エッセイ
〔初出〕「群像」昭和四十八年四月一日発行、第二十八巻四号、二三四〜二三八頁。
〔収録〕『文学の奇蹟』昭和四十九年二月二十八日発行、河出書房新社、九八〜一〇四頁。『河野多恵子全集第10巻』平成七年九月十日発行、新潮社、六六〜六九頁。
〔梗概〕ある外人曲藝師に聞いたところ、演じた曲藝のアイデアはつねに危険の原則の応用であるという。文学作品も同じで、この危険の原則という必然性の代りに、作者の時代的・個人的必然性に基づいている。文学作品の価値は、人間の精神的歓びを触発する度合の如何にあると思う。読者は、現代文学に対して、既成の文学と同様に、理論的に判ろうと焦ったり、その読書体験で如何に自分の生を包含してもらえることを期待する。しかし、現代文学は、時代のせいで変化した。現代では典型的人間が生めなくなり、階級社会の崩壊により、作家は自分の内的欲求に従ってしか書けない。すぐれた現代文学は、読者に自分の生と無縁さを鮮やかに識らせ、人間の生が誰の生にもそれぞれに通じることのない特色をもっていることに歓びを惹き起すものである。

現代を鋭く刺す《げんだいをするどくさす》　選評

〔初出〕「中央公論」昭和五十年十月一日発行、第九十年十号、二三五～二三五頁。

〔梗概〕再開第一回中央公論新人賞小説の選評である。当選作、志賀貴宏「祝祭のための特別興行」を「文章では第一とはいえない。しかし、日本の現代を鮮明に感じさせる。この作品の抽象性には、たとえばコンパスの片脚を開けば遠い過去の時代にも、もう片脚を開けば遠い未来にも達し、その両脚をぴったり合わせた針で現代を鋭く刺している観があって力が感じられる。」と評した。

見当はずれの因《けんとうはずれのもと》　エッセイ

〔初出〕「草月」昭和四十八年八月一日発行、第八十九号、七四～七五頁。

〔梗概〕私どもが住んでいるマンションの一階が広い駐車場になっている。建物の下ばかりでなく、戸外の部分もかなり駐車場になっている。駐車場に車の少い時間は子供たちの遊ぶ時間とダブっていることになる。子供たちは自転車に乗ったり、ローラー・スケートで走りまわったりしている。都心のマンションのせいもあるのか、子供たちの数が少い。しかも、駐車の少い時間なので、車を出入りさせる人たちは構内なのに、ついスピードをあげるようである。私はこのことが気になって、一応管理人さんに注意しておかなくてはと思ったが、ためらった。自分のかねての見当ちがいの失敗の数々を思い出したためである。しかし、そそつかしくて近視眼的になることよりも、途端に余分のものが加わるせいらしいことに気がついた。いつの場合でも、余分なものが入り込み虚心ではなかったようだ。そう気がついたので、私は管理人さんに一応話しておくことにした。どうやら見当はずれではなかったらしい。

こ

「ご挨拶」《「ごあいさつ」》　エッセイ

〔初出〕「楽しいわが家」昭和六十一年十二月一日発行、第三十四巻十二号、三～三頁。

〔梗概〕私どもでは、彼女によい感じをもっていた。今から十年ほどまえに、その夫君が突然に病死された。先日、彼女から普通の封筒便が送られてきた。原稿用紙一枚に手書きをコピーした。連名の再婚のご挨拶なのであった。（×郎一九七五年五一歳、その妹○子一九八五年五七歳）とあるくだりで、亡夫君の義弟氏とのご再婚だなと気がついた。全文さっぱりした、見事なご挨拶状だが、自分たち新郎新婦の間柄のその表現の仕方に、特に魅かれた。

こういう疑問《こういうぎもん》　エッセイ

〔初出〕「文藝」昭和五十六年一月一日発行、第二十巻一号、一四～一五頁。原題

「不思議なこと」。
〔収録〕『気分について』昭和五十七年十月二十日発行、福武書店、二二六〜二三〇頁。この時、「こういう疑問」と改題。
〔梗概〕山口瞳氏の小説に、タクシーの無線を使ったものがある。タクシーの無線が客に傍聴され放題であることに疑問を持つ。勝手に撮られて、勝手に公開される懸念の濃いのはテレビである。入学試験の合格者発表光景がテレビで映るのを見ても、こんなことがどうして許されるのかと不思議でならない。街頭インタビューにしても、テレビは通りすがりの人、いきなり突きつけられたマイクをかわしていく人の逃げっぷりまで映しだす。映像規制をつくってもらわなくてはならない。実際、テレビのあれほどの映像的人権侵害が一向に問題にならないのは、テレビの日常的な愛想のよさに人々が感化されてしまっているからなのかもしれない。

こういうこともある　エッセイ
〔初出〕「新潮」平成十年三月一日発行、第九十五巻三号、二七二〜二七五頁。
〔梗概〕ニューヨークの蛙たちとの出会いが切っ掛けとなって、マーク・トウェインが自分の好きな作家のひとりになっていた。ニューヨークで暮すようになって四年目、コネチカット州のある大学から自作の朗読に招かれた。終ってゲスト・ハウスに泊った時、非常警報器が鳴りだした。警報装置の故障であった。「人生にはこういうこともあるのである」という声。トウェインの本のなかでその言葉に出会った記憶はない。専ら『自伝』の随所から聞えてくる言葉である。「人生にはこういうこともあるのである」という言葉に接すると、私は人生の妙味が歓ばしく、元気が出てくるのである。

こういう生活《こういうせいかつ》　エッセイ
〔初出〕「海」昭和四十九年一月一日発行、第六巻一号、二三〜二七頁。
〔収録〕『もうひとつの時間』昭和五十三年二月二十日発行、講談社、一二〜一七頁。『いくつもの時間』昭和五十八年六月七日発行、海竜社、二〇七〜二一三頁。
〔梗概〕谷崎精二の「明治の日本橋・潤一郎の手紙」を読んでいると、ハレー彗星の衝突で地球が滅亡するとしたら、今夜どうするか？　という質問に、一人湯浅という弁護士の息子が「明日地球が滅びても構いません。私は明日の学課の下調べを済ませ、お父様、お母様、おやすみなさいといって床につきます」と答えたというのに出会った。子供にとっての生活は、最後の日まで普通に生活することが、最もできやすいということであろう。私がこの少年の言葉に感動したのは、子供にとっての生活というものを想い、その自然さに感動したのであった。おとなの生活には、仕事第一主義かマイホーム主義か、というような言葉が発生してくるようなところがある。作家生活と家庭生活とをどうして両立させているか、などと訊ねられると当惑する。作家の仕事が、人間の精神を現実生活に結びついた仕事であるために、自分の感じ方に自信がないので神経質になるのである。「作家の仕事は人間の精神と現実生活に結びついた仕事であるとはいえ、作家の精神とか、作家の眼とか、その裏返しとしての作家もまた人間であるとか、幾つかの側面とか、そういう言葉の入り込む余地のない、一つの場所のような自分であるような、こういう生活」を私は思うようになった。

こういう夫婦《こういうふうふ》　エッセイ

〔初出〕「楽しいわが家」昭和五十七年四月一日発行、第三十巻四号、三～三頁。

〔収録〕『気分について』昭和五十七年十月二十日発行、福武書店、一二九～一三〇頁。

〔梗概〕Ａさん一家は、数年前に東京から関西へ移られた。近ごろ夫婦で川柳を趣味にしているのだが、彼女なかなかやるんですよ。今更ながら、私は夫妻に男女の仲の趣きを感じた。Ａ氏が大学を出た当時、デイトに行くのを急いで、Ａさんが交通事故に遭った。「責任を感じたから結婚したんじゃあないんです。何があろうと、彼女と結婚したかったんです。しかし、それ彼女に言っていない。言ったということで、言っていることが真直ぐに伝わらなくなりますからね」と、Ａ氏がそう洩されたことなども、久しぶりに思いだした。

こういう呼び方《こういうよびかた》　エッセイ

〔初出〕掲載誌紙名未詳、平成三年十月発行。

〔収録〕『蛙と算術』平成五年二月二十日発行、新潮社、一〇〇～一〇二頁。

〔梗概〕いとこのなかでは、兄が新民法での最初の結婚であった。結婚相手は母方と三代前くらいから親しかった家の娘で、一歳だけ年上の私とは、幼い頃からの遊び友だちでもあった。両親も私たちも彼女をそれまで通り、「ちゃん付け」で呼ぶことになった。息子の嫁はみな呼び捨てだった家族制度時代から新民法時代になったばかりで、呼び捨てにも、「さん付け」にもしにくい雰囲気が世間にはあったのだった。ところで、姉のひとりっ子には中学生の男の子を頭に次男と長女がいる。その子たちに私は「大叔母さん」ではなく「多恵子叔母さん」と呼ばれている。姉は遠くは住んでいるので、ときどき電話をかけ合う。父母のことを「お祖父さん」「お祖母さん」と言っていた。ところが姉との電話では、いつ頃からか再び「お父さん」「お母さん」で話し合うになってしまった。

幸運な受賞《こううんなじゅしょう》　選評

〔初出〕「婦人公論」昭和六十年十一月一日発行、第七十巻十三号、二三四～二三四頁。

〔梗概〕昭和六十年度「女流文学賞」選評。私は金井美恵子さんの『文章教室』を推した。時に空まわりすることもあった、この人の溢れるような才能が、今度の長編では終始確実に機能するようになった。山本道子さんの『ひとの樹』は、執筆途中から、作者が大きな成長期にさしかかった観があった。

後悔のために《こうかいのために》　エッセイ

〔初出〕「群像」昭和四十三年七月一日発行、第二十三巻七号、二六九～二六九頁。「私のテレビ出演」欄。

〔梗概〕写真を撮られる時に、「被写体」という言葉を知って、非常な束縛感を覚えるようになった。テレビの場合、番組の性質を押しつけられ、被発言者にさせられてゆく。私には、気持がくさくさしたりしたあとで、却って仕事に集中できる傾向があるらしい。私が稀々ふとテレ

こ

ビの出演を引き受けるのは、無意識のうちに後悔のそういう効果の要求があるのかもしれない。

広告不感症《こうこくふかんしょう》　エッセイ

〔初出〕「日経広告手帖」昭和四十八年三月十五日発行、第十七巻三号、二四～二五頁。「あど・すこうぷ」欄。

〔梗概〕近頃のテレビコマーシャルはあまりに独りよがりである。どうもこのスポンサーはコマーシャル製作者の自己顕示欲を満たすために莫大な広告料の無駄使いをさせられているのではあるまいかと思えるようなコマーシャルが随分多い。見るほうでは広告不感症になっている。新聞広告の場合はそこまで重症ではない。新聞広告の活字での紹介や説明の部分は、その相談に乗ってくれているような気持にさせられる。しかし、近頃の新聞広告には、テレビ広告の影響をおもわせる、不感症にさせられそうなものが時々ある。

好日抄《こうじつしょう》　エッセイ

〔初出〕「くうりえ」昭和三十九年三月一日発行、第五十七号。

〔梗概〕二月某日の一日を記した短文。原稿の締切日が近づいているので、朝食後直ちに机に向う。電報で、自宅に電話がまだないので、雨の中を赤電話へ。八時に、食事の支度しようとすると、買物籠に入れ放しにしてあったヒラメの包みがない。泥棒猫が待っていったのであろう。あり合わせで食事をしてまだ四、五時間仕事に頑張らなくてはならない。

好循環と悪循環《こうじゅんかんとあくじゅんかん》　エッセイ

〔初出〕「婦人生活」昭和四十八年十二月一日発行、第二十七巻十四号、一二一～一二二頁。「わたしの運、不運」欄。

〔梗概〕運、不運というのは、好循環・悪循環のようなものではないだろうか、と私は思っている。私の最も不運だった時期は三十近いころからの数年だった。作品が書けなく、人生的にも行き詰まった。挙句に、長期療養を要する病気にまでなった。私はそのどん底で漸く眼が覚めた。全快した時、餓死してもいいから、書くことだけに専念しようと思った。甘さをすでに捨てきっているから書くものも伸びる。次第に雑誌社から注文が来るようになった。運、不運は根深く必然性と全くの偶然との結びつきがきっかけとなって開始されるものらしいのである。

好色〈テレビ文学館〉《こうしょく〈てれびぶんがくかん〉》　テレビドラマ台本

〔初出〕NETテレビ昭和四十三年五月十四日午後十時～十一時放映。

〔梗概〕芥川龍之介原作。宮廷人たちの間で色好みで有名な平中が、最近目をつけた美女侍従に思いを寄せるが、今度ばかりは一向にうまくゆかない。侍従は平中からの再三の文を強情に無視する。ある雨の夜、ついに侍従は平中を寝所に入れた。だが、平中との語らいのなかばに席を立った侍従は、それきり帰ってこなかった。散々に翻弄された揚句、懊悩に耐えきれなくなった平中は、侍従の汚物を見たならば幻が崩れ去って思いきることが出来るのではあるまいかと考える。平中はそれを手に入れるのだが、侍従はどうして知ったのが、その汚物というのが平中の思惑を見抜いた侍従が拵えた香細工の汚物である。平中は「まりも美しとなげく」破目を見ることになってしまった。

紅茶きのこ《こうちゃきのこ》　コラム

〔初出〕「読売新聞」昭和五十年七月五日夕刊、五〜五面。「東風西風」欄。

〔梗概〕紅茶きのこが非常に流行しているのは、人体への功徳のせいである。それに対して、功徳がないばかりか害ありという警告もある。長生きできるということが証明されれば、紅茶きのこは、日本中にあふれ、日本はやがて非常な長寿国にならないか。すると、食糧不足が生じないだろうか。紅茶きのこという代物は、どうやら無害無益なものであってもらわねばならないらしい。

河野多恵子さんの受賞《こうのたえこさんのじゅしょう》　書簡

〔初出〕「斐文会報」昭和三十七年十月二十日発行、第二百九号、三〜三頁。

〔梗概〕第八回新潮社同人雑誌賞受賞式の写真ともに掲載された手紙。

河野多恵子氏よりの手紙《こうのたえこしよりのてがみ》　書簡

〔初出〕「れもん」昭和五十一年九月十日発行、第十五巻九号、三〇〜三〇頁。

〔梗概〕俳句が小説とは如何にちがうかということを感じさせられた。真鍋さんのお作は、私はかねて好きでございまして、「風ためて」ふうの語法に何ともいえない魅力を感じるのです。独りよがりや衒いや小手先の細工が全くなく、膨らみと張りがあって、強く極まっているところが快いのです。

河野多恵子にきく―人生と文学と―《こうのたえこにきく―じんせいとぶんがくと―》　対談

〔初出〕「電電時代」昭和四十八年一月一日発行、第二巻一号、一四〜二三頁。

〔梗概〕「電電時代」編集長の小沢春雄との対談。人間が多様化してくれば興味の持ち方もいろいろ変る。従来考えられていたような普通の家庭生活で目指す以外の関係が夫婦とか家庭のなかに生じてくる。昔の夫婦が持っていたようなものは失われ、その面が失われたために「たったそれだけのものでしかなくなった」ということになる。それをひっくり返して、「それだけのものがある」というところを私はむしろ書きたいのです。と、『回転扉』のねらいについて語っている。「夫婦の〝ゆるい関係〟」「日常こそ人生」「閉ざされた青春」「晶子が一番好き」「女流作家の生き方」「文学と人生」「読書のたのしさ」「三島と川端」「文学者とは」「未婚の母」「文学の役割」「社会と文学」「ほんとうの文学」から成る。

河野文学の魅力《こうのぶんがくのみりょく》　対談

〔初出〕「波」平成六年十一月一日発行、第二十八巻十一号、六〜一一頁。

〔梗概〕『河野多恵子全集』刊行を契機に、河野文学をめぐっての佐伯彰一との対談。「練りに練った作品群」「超現実と市民的リアリズム」「同時代批評のおもしろさ」「リアルだけではつまらない」「死への好奇心」から成る。「谷崎さんは超自然を必要としなかった人ですね。私が超自然に無関心でいられないのは、生きていることの拡充というか充実みたいなことを考えるからなのです。はっきり目に見えるもの、リアルなものだけではつまらないし、超自然なるものを実際に感じる時もあります。そういう不思議なものを抱え込んでいるのが、人間の存在している世界じゃないかと思います」という。

紅白歌合戦《こうはくうたがっせん》　コラム

〔初出〕「読売新聞」昭和五十一年十二月二十七日夕刊、五〜五面。「双点」欄。

〔梗概〕紅白歌合戦がテレビで放映されるようになってから、もう二十年ほどになる。テレビのあるのは当時の世の中では、衣食住にかなり恵まれている家だった。紅白歌合戦を一家で楽しむというのは、そのころの越年の大きな夢ともいえるくらいだった。だが、ほとんどの人がテレビをもつようになって、あの番組を楽しむということは、ある種のあきらめに通じる幸福感である。ほとんどの人たちがより充実した、本当によろこばしい生活をマンネリズムにあきらめていることの象徴に化した番組のように、私には思われる。

幸福《こうふく》　短編小説

〔初出〕「文學界」昭和四十一年一月一日発効、第二十巻一号、二八～六四頁。

〔収録〕『最後の時』昭和四十一年九月七日発行、河出書房新社、五～六八頁。『最後の時〈角川文庫〉』昭和五十年四月三十日発行、角川書店、一九三～二六〇頁。『河野多恵子全集第2巻』平成七年一月十日発行、新潮社、一五一～一八七頁。

〔梗概〕千原章子は既に三十年以上生きてきながら、幸福というものについては、まるで考えてみたことがなかった。外間が六年ぶりに帰国する。外間は千原の大学時代の同級生で、高校時代の一年先輩でもあった。彼は証券会社の社員で、ニューヨーク支店に勤務していた。章子は千原と結婚してから七年半になる。外間が日本にいる最初の一年半くらいの間は、しばしば千原と夫婦喧嘩をした。現在、千原は錦町河岸の小さなビルの中に事務所を持って、会計士をやっているが、当時は学者になる気で大学に残っていた。章子は外間の帰国に拘泥り続けてきた。章子は外間から悪妻だと言われた。千原が今の仕事を始めるまで、章子は中学で音楽の教師をやっていた。章子を批難する外間は、「あなたの収入だけで二人がやってゆけるのに、どうして千原君に研究一本に専念させてあげないのです」と言う。千原の収入は、大学受験生の家庭教師の謝礼が殆どだった。千原は、章子が承諾すると、その家庭教師をやめてしまった。ところが、千原は全く疲れの跡のない、きれいな、且つ落ちつかない顔をして、誹謗と自讃ばかりを繰り返すようになった。章子は、人間と仕事と夫婦の間にある、微妙な根深い関係の秘密を初めて感じた。半年にしかならない頃から、章子は「あなたの暮すお金と仕事のためのお金、これだけはどうしても—」と拒否した。外間は章子のことを、夫に八カ月しか仕事に専念させることのできなかった、我儘な、やりくりの下手な、気まぐれな、冷たい女のように言った。千原が学者になるのを断念したのは、すべて彼の自主的な考えに基づいてのことなのであった。断念した理由については、章子には少しも語らなかった。千原が学者になることを断念したことをいってやったとき、外間の寄越した手紙は、千原がかねての志望を見捨てたことへの弔辞であった。帰国した外間はすっかり太ったようであった。章子は千原と同行して、外間の家庭へ訪ねて行った。外間は「章子さん。千原君はあなたに本当に感謝していますよ」と言う。章子は昔のことに酔って随分よくしゃべった。その帰途、車に乗るなり、千原は「きみ、ぼくが昔のままだったらと思っているんじゃあないのかな?」「大学に―」と言った。章子は自分の体から幸福が飛び去ったのを知り、たった今しがたまで自分が幸福だったことに気がついた。

〔同時代評〕平野謙は「今月の小説（下）ベスト3」（「毎日新聞」昭和40年12月28日夕刊）で、「力作という意味もこめて、ここには河野多恵子の『幸福』を一応の佳作としてあげておきたい。学者から会計士に転向して、一応成功した男を、妻の立場から描いた一種の夫婦物語だが、良人と妻との仕事の上の協力という設定もプラスして、妻のみた良人のすがたが一面的でなく描けている点を、私は採りたい」と評した。

幸福への道《こうふくへのみち》　エッセイ

〔初出〕「専売」昭和三十九年九月（日付なし）発行、第一号、三八～三九頁。

〔梗概〕自分の本心を見つめるだけの忠実さと、本当に愛する人が現れてきたときには自らひれ伏せるだけの謙虚さと、自分をありのままに表現する素直さとをもつことが、女性として人間としての幸福への近道なのではないだろうか、という。

紅葉『三人妻』のことなど《こうよう『さんにんづま』のことなど》　エッセイ

〔初出〕『紅葉全集第3巻』平成五年十一月二十二日発行、岩波書店、四八五～四九五頁。原題「解説」。

〔収録〕『河野多恵子全集第10巻』平成七年九月十日発行、新潮社、一〇九～一一六頁。この時「紅葉『三人妻』のことなど」と改題。

〔梗概〕「三人妻」の素材は「読売新聞」の〈雑報〉からヒントを得たものである。この〈雑報〉は、一八九二年二月十四日付の紙面に載った。「三人妻」の連載の第一回は、同年三月六日付である。紅葉が〈雑報〉を読んだ僅か二十日後に連載が始まっている。紅葉にとっては最初の長編小説であり、前編連載中から傑作として大評判になったというこの小説の構想が、僅かの日数のうちに成されたとは、これもまた驚かされる。一体、日本の小説では、人々の集いを描いた場面はあまりにも乏しい。そのなかですぐさま浮かんでくるのは、同じ紅葉の『金色夜叉』で、正月の歌留多会の有名な、また優れた場面と、永井荷風の『腕くらべ』中の白眉ともいえる（十　うづらの隅）の歌舞伎座の場面である。「三人妻」の園遊会の情景はそれらに勝るとも劣らず、集いを描いた名場面として、あるいは日本の小説中では異例ともいえるのではないだろうか。「三人妻」を書く尾崎紅葉は、三妾の特色も三様に分ける配慮をしている。しかし、読者は三妾に三種三様の趣向が用いられていることなど、三種三様の効果に魅入られて気にはとめずに読み愉しむ。紅葉の旺んな創造力に感じ入らずにはいられない。紅葉の作中人物は、女に限らず、老若男女、すべて徹底的に創造されている。だからこそ、紅葉の作中人物は「気質」ではなく、まさしく「性格」が備わっているのである。小説に真の創造性をもたらし、作中人物に「性格」を得さしめた、最初の文学者は尾崎紅葉である、と私は思う。紅葉の気質は常識的だった。想像力の象《かたち》も常識的で、しかし凡庸ではなくて、豊かで、逞しかった。だから、紅葉は世の中というもの、そこに生きている人たちに、深い興味をそそられ、そこから想像力を刺戟されたことであろう。その小説の潤沢さは、彼がリアリストであり、同時にその極みとしてのロマンティストでもあったからであろう。

紅葉の蕗《こうようのふき》　エッセイ

〔初出〕「東京新聞」昭和四十六年七月二十日夕刊、六～六面。初出表記「紅葉のフキ」。「〝いのち〟探訪①」。

〔収録〕『私の泣きどころ』昭和四十九年四月八日発行、講談社、一一六～一一八頁。

〔梗概〕尾崎紅葉が根っ木遊びをしていた場所が、今も残っている。紅葉は牛込横寺町四十七番地に住み、そこで亡くなった。紅葉の旧居は戦災で焼失したけれど、紅葉在世当時の隣人であった鳥居家がその土地で暮しておられる。紅葉の日常生活をつぶさに聞き及んでおられ、紅葉の遺族の方々と親しく付き合いもされた老婦人に、お宅でお目にかかった。紅葉の根っ木遊びも、その時はじめて知ったのである。最も印象的だったのは、その根っ木遊びが行われた場所を取り囲むようにして生えている蕗である。昭和二十年五月の空襲で焼けた庭樹は蘇生しなかったのに、蕗だけは一年経たぬうちに生えだしたという。「紅葉先生もよく召しあがりましたそうですよ。おいしい蕗でござんしてね」と老婦人は話された。

声で仕事ぶりピタリ《こえでしごとぶりぴたり》　エッセイ

〔初出〕「日本経済新聞」昭和四十一年七月八日朝刊、一六～一六面。「交遊抄」欄。

〔梗概〕十四、五年前、「文学者」の仲間で、まだ女性のメンバーの少い時分に知り合った瀬戸内晴美との交遊を語った一文。原稿の締め切り日ごろになって、瀬戸内さんから電話がかかってくると、私の「もしもし」という第一声を聞いただけで、彼女は私の原稿のことをピタリと当てるのである。遠藤周作さんは私たちを一対に見立てて、「オシャベリ娘とダンマリ娘」と言う。あとのほうが私である。

こおろぎ部隊《こおろぎぶたい》　短編小説

〔初出〕「文学者」昭和二十九年七月五日発行、第四十九号、六四～七三頁。

〔梗概〕宏子達が学校に通ったのは一年足らず、被服廠分工場へ動員されてから既に半年余りになる。昭和二十年七月である。帰宅が許されることになり、皆んなはその支度に忙しく、大騒ぎであった。しかし、佐山中尉は、止むを得ない事情により、その日の帰宅許可は取消されたと宣言したのである。去年の九月、大阪商科大学に通っている兄の正男の友人木崎が本を持っていただけで捕えられた。挺身隊逃れと、繰上げ卒業のため四年五年合併のその年の受験に、宏子は全然自信が持てなかった。兄の正雄と木崎が交替で宏子の勉強を見てくれたのである。木崎が大阪拘置所に入ると、続いて正男が出征した。宏子は次々本を差し入れた。入寮の日も、三月に許された帰宅の時も、宏子は大阪拘置所のコンクリー塀に添って情無い顔付きで行きつ戻りつした。生徒達の間では、いくつかの合言葉や隠語がささやかれ、共同して互いのうっ噴を晴らしていた。二人ずつ組になり、次々に運ばれて来る防暑夏衣や袴下を規定の枚数通りに畳み重ね、仮縛りするのが、毎日の仕事なのである。ある夜、宏子ら四人が教官室に呼ばれた。挺身隊日記に、中尉の手で「主観を書くべし」と朱の入れられているところに、誰かが「書いたら、あんた、怒るでしょ」と落書きをしたのである。その嫌疑がかけられ、筆蹟を取られた。三月の大阪大空襲以来鳴りをひそめていた米機の来襲は、梅雨あけを待ち兼ねるように、遽に盛んになっていた。空襲警報が二度三度発せられる。「帰りたい」「帰りたい」と闇の中で呼応し合う。宏子の二十年にも満たない生涯は、様々の可能や奇蹟を孕んだまま閉ざされたかのように見える未来の重みに耐え兼ねて嫋《しな》っている。しかも、人生はまだ始まったばかりだった。宏子は木崎と一緒によく南大阪の郊外に出掛けた。空は高く灼けはじるような夏の日だった。腰を下ろした草叢で、一際近く「ぎいぎいーす　チョン」と虫が鳴きはじめた。彼女は抱き寄せられ、木崎の唇に触れた。その日の異様な感触をいつまでも考えあぐねているのだった。気がつくと、仲間の生徒達は、もう疾っくに眠りに落ちたらしい。ふと、宏子は、すぐ近くで擦るような呼吸が闇に通うのを聞いた。未亡人の下田菊江の怪しい姿態の起伏と蠢きに、宏子は眼をそむけた。帰宅許可の発表は、最早取り消された。宏子は、佐山中尉に呼ばれ、挺身隊日記の昨日のところを書き替えをさせられた。（長島亜紀）

故郷《こきょう》　エッセイ

〔初出〕「the Union」昭和四十八年四月一日発行、第五巻四号、三八～四一頁。原題「わが故郷―大阪―」。

〔収録〕『私の泣きどころ』昭和四十九年四月八日発行、講談社、五二～五六頁。この時、「故郷」と改題。

〔梗概〕東京あるいはその近辺について、積極的に礼賛したのは、赤坂離宮と外房総の海辺と伊豆の大島くらいである。大阪との比較において、東京はどうかすると私憤を覚える。百合根の季節なのに、どこにも売っていない。特別の高級和野菜屋さんにも行ってみた。「百合根？ああ、それなら、花屋や植木屋に…」という。阿呆かいな、と私はあきれて返事もできなかった。言葉で困るのは、半敬語である。「…しはった」と言う大阪の言葉に相当する標準語の使い方がない。大阪の商家では、買物をご用聞で間に合わせるようなことはしない。私の買物修業も一年ほどで、戦時で燈火管制がはじまって、自然消滅になった。すでに汚れていた道頓堀が、空襲がはじまるようになった頃、「近ごろ、昔みたいにえらいきれいなりましたな」と言われたものであった。

国際電話《こくさいでんわ》　エッセイ

〔初出〕「楽しいわが家」平成十四年六月一日発行、第五十巻六号、三～三頁。

〔梗概〕一九七〇年代、私の知り合いの女性がニューヨークから日本の実家へ電話をコレクトコールで申し込んだ。その男性のオペレーターは「あなたは日本人か？」と訊いた。自分は日本の「キミガヨ」が好きだ。歌ってくれたらこの支払いはフリーにしてあげる、と言ったのだそうだ。あなた、歌ったのと訊いた。

「歌いましたわ、笑いながら」と彼女は笑いながら言った。

志に賭ける《こころざしにかける》　選評

〈初出〉「文藝春秋」平成十一年三月一日発行、第七十七巻三号、三五六～三五七頁。

〈梗概〉第百二十回平成十年度下半期芥川賞選評。平野啓一郎「日蝕」の創作動機は「奇跡との遭遇願望」である。この作品に「作者の志の高さをの見たので、それに賭ける」つもりで推した。

心づかい《こころづかい》　エッセイ

〈初出〉「淡交」昭和四十年七月一日発行、第十九巻八号、二〇～二三頁。

〈収録〉『私の泣きどころ』昭和四十九年四月八日発行、講談社、一八九～一九四頁。遠藤周作編『日本の名随筆13〈心〉』昭和五十九年二月二十五日発行、作品社、三三～三八頁。『河野多恵子全集第10巻』平成七年九月十日発行、新潮社、二一五～二一七頁。

〈梗概〉帰省するたびにいつもお土産に困らされる。何か東京というと大阪にはないものがありそうな気持を抱くことになる。甥が切手の蒐集をはじめたので、デパートへ切手用ピンセットをお土産に買いに行った。文房具売場で店員さんに訊ねると、他の場所を言う。そこへ行って訊ねると、元の場所を言う。二つのカウンターを幾度も行ったり、来たり「非常に不愉快」な思いをさせられた。これとは反対に好印象を受けた店員さんの記憶もある。便箋を買いに行った女店員さん、府中競馬場売店の女店員さんである。やさしい心づかいを見せられると、ひとしおうれしくなる。

心に残る魅力《こころにのこるみりよく》　エッセイ

〈初出〉「日本現代文学全集第94巻〈北原武夫・井上友一郎・田村泰次郎集〉月報85」昭和四十三年一月十九日発行、講談社、五～七頁。

〈梗概〉新しい雑誌を展げて、井上友一郎先生の作品が載っていると、私は必ず読む。先生の小説は、「最大公約数的というような微弱で怠慢な普遍性ではない、本当の普遍性をもち、人間と人生に対する男性的でエネルギッシュな愛情に溢れて」いる。先生の小説に残る魅力は、先生のお人柄にもまた感じられる。先生の小説によく出てくる大阪弁の会話によって、私は男性の大阪弁はいただけないという既成概念から解放された。今の私には、男性の大阪弁というものは実に男性的に思えて、好きである。

こころの書から《こころのしよから》　エッセイ

〈初出〉「朝日新聞」昭和六十一年八月二・十六・二十三・三十日夕刊。

〈収録〉『蛙と算術』平成五年二月二十日発行、新潮社、一七一～一七四頁。

〈梗概〉聖書に〈一日の労苦は一日にて足れり〉という言葉がある。ある苦しみで、闇のなかで眠れずにため息ばかりついた一夜、私はふとその言葉を聞いた。何というよい言葉！　苦しみを素直に一晩預かってもらう気になって、全身が楽になった。近藤啓太郎『裸の女神』を二十年ほどもまえに読んで以来、私にとっては忘れ得ぬ小説となった。ジプシー・ローズという混血のストリッパーに対する、マネージャーでもある夫の情の深さにうたれる。シェイクスピア『夏の夜の夢』は、敗戦の翌年の夏休みに出会った。

何年間も続いた灯火管制の夜や、空襲の夜の経験のあとで、あのすばらしい夢幻喜劇の夜の世界は、生きて在る喜びを全身で私に経験させた。平林たい子『人の命』は、戦時中の雑居房で、ひとりの死刑囚と共に過ごした〈やくざあがりの清さん〉から作者が聞いた話、という聞き書きスタイルの作品である。その男は、死刑囚ゆえに仲間から警戒されている。ここでもう一度殺せば、その新規の犯罪の裁判のために延命し得るからである。私はこの小説を読了するたびに、厳粛な気持になる。その理由は強く感じるものの、いまだに説明しにくい。

後日の話《ごじつのはなし》　エッセイ

〔初出〕「文學界」平成三年一月一日発行、第四十五巻一号、一〇〜一一頁。

〔梗概〕新聞に出ている週刊誌の派手な広告に、事件になった女性たちの現在を特集した記事の掲載を謳ってあるのを見かけることがある。私はそういう後日物を読みたいと思うことは滅多にない。そうして、あの後日物こそ読みたいな、と一つの旧い事件を時に思いだす。その事件は、敗戦後の焼跡時代の大阪で起った。ある妙齢の女性が、行きずりの男にいきなり接吻され、彼女が男の舌を噛み切ったのだ。〈舌切り娘〉と彼女は名無しのままにもてはやされた。彼女の後日物は何となく愉快なような気がして、私は思いだすと知りたくなる。中世のヨーロッパに、美貌の妻の鼻を齧り取ってしまった男がいたそうだ。フランス王に仕えていたアルバニア人が絞首刑に処せられることになった時、妻との最後の別れをしたいと懇願して許された。そして、最後の接吻をする時、妻の鼻に噛みつき、齧り取ってしまったのである。私はそのような彼ではなく、鼻無しにして残された妻にいたく関心が湧く。私は彼女の人生の過程、日常生活の細部を書いてみたい。そうして、亡夫に対する彼女の気持と考えを問うてみたいのである。

後日の話《ごじつのはなし》　長編小説

〔初出〕「文學界」平成十年十一月一日発行、第五十二巻十一号、一八〜一三一頁。

〔初版〕『後日の話』平成十一年二月十日発行、文藝春秋、一〜二八〇頁。『後日の話〈文春文庫〉』平成十四年二月十日発行、三〜二九三頁。

〔梗概〕冒頭に「十七世紀のトスカーナ地方のさる小都市国家で、結婚生活二年にして、思いもかけぬ出来事から処刑されることになった夫に、最後の別れで、鼻を噛み切られ、その後を人々の口の端にのぼりながら生きた、一女性についての話である。」とある。主人公のエレナは、子供の頃からなにかにつけて「それはそうなんだけれど…」というのが口癖であり、「あのエレナ」となにかと常に話題になっていた。家のナルディ商会は、海辺のある小都市国家で富裕な蠟燭屋を営む。商う蠟燭は教会や貴族の館に納められ、聖なる火を点す。エレナは、麦藁帽子屋カタラーニ家の後継ぎジャコモの恋文に胸を衝《う》ち、結婚する。結婚後二年、ジャコモは一月で二十六歳、エレナは四月早々に二十二歳になる。この都市国家の刑法は、人を殺《あや》めた者はどれほどの情状があろうと、過失であろうと、斬首の刑に処すという苛酷であった。ジャコモは馬の長い尾髪を切り取られたことにカッとなって相手をナイフで刺殺した。エレナは刑死直前に夫に会うことを許された。だが、ジャコモはエレナの鼻を嚙み切ってしまう。自分の死後、美しいエレナが他の男のものになるのを怖れたからである。

　その後、エレナは実家のナルディ家で暮す。実家と夫の家との優しさに守られ、十余年もの年月が経つ。その間、姉や兄の結婚、父がエレナの将来を心配して占星師ローディーグに、彼女の寿命をたずねたり、馬車で行く海岸通りの散策など、表面ではしだいに静かになっていく生活が描かれる。占星師は「お嬢さんのご寿命ですか、三十代後半」と返答し、十五、六歳までならエレナにも神につかえるという道があったと答える。幼馴染のフェデリコからの恋の告白や年輩の「愉快な人」モンティに求婚されたこともある。結婚生活の期間が二年と十三日。あれから十三年経ったとき、エレナは放火の罪により、わが身の刑死の願望を実現すべき準備をはじめる。そして、夫の弟とはじめて激しい性愛に溺れる。エレナは眠りに身を任《まか》せながら、牢獄で遺書をしたためる時、自分の生涯は三十七年と何月何日間だったとそれだけは忘れずに記さねば…と思うのである。

〔書評〕川本三郎は「河野多恵子は谷崎文学を『虚構の極致』と評したが、この小説もそう呼びたい」（「毎日新聞」平成11年2月21日発行）という。松山巌は「ゆったりした、しかし緊張感の高い文章で描かれた『後日の』日常のなかで、やがて生きることを実証せねばいられない主人公の欲望に飽和が訪れ、あっと息をのむ結末へと読者は自然と導かれる。」「作者の見事な達成」（「朝日新聞」平成11年3月21日）を指摘する。伊東聖子は「パブリックな様態をとらえようとの意図があらわれた」（「週刊読書人」平成11年3月26日発行）作品であると読む。菅野昭正は「いたるところ、小説を動かしてゆく生気が脈打っている」（「群像」平成11年4月1日発行）と評する。

『後日の話』のこと《「ごじつのはなし」のこと》　エッセイ

〔初出〕「本の話」平成十一年二月一日発行、第五巻二号、二〜四頁。

〔梗概〕自作『後日の話』は、ブラントームの『ダーム・ギャラント』のなかのイタリアで絞首刑に処せられる男が妻の鼻を嚙み切ったという、邦訳で一頁ほどの短い話を自由自在に想像を働かせて書いたものだが、常に手がかりに基づくことを心がけ、その取材について述べる。そして、この『後日の話』での私自身といえば、「幾重にも包まれて、影さえも見せない。これまでに書いた小説中、最も自分を包んだ作品、つまり最も深く自分に根ざした作品ではなかろうかと思っている」という。

誤植《ごしょく》　エッセイ

〔初出〕「群像」昭和四十三年五月一日発行、第二十三巻五号、一七一〜一七一頁。原題「最初の経験」。

〔収録〕『文学の奇蹟』昭和四十九年二月二十八日発行、河出書房新社、二二六〜二二八頁。この時、「誤植」と改題。

〔梗概〕自分の文章で誤植の最初の経験をしたのは、生れて初めて小説を「文学者」に載せていただいた時のことだった。私は先ず「おや?」と思い、誤植だと判ると、「これこそ誤植といふものなのだ」と恐ろしさと得意さとが一緒になって、興奮したものだ。私は非常に遅筆である。部分によっては四、五回書き変えることもある。そのために、最初からいじらずに済んだ部分は暗記してしまい、校正刷りを見る時も暗記にわざわいされ、却って最初からうまく極まった部分に、誤植が生じるようだ。また、一部の文字を妙に崩す癖がある。平仮名の「わ」もその一つで、「の」に誤植されてしまったことは、二、三にとどまらない。今では自作に誤植があると、最初の経験の時とは反対に無念でたまらなくなる。

個人生活《こじんせいかつ》　コラム

〔初出〕「読売新聞」昭和五十年十月十一日夕刊、七〜七面。「東風西風」欄。

〔梗概〕公表されて困るようなことは、いつ、どこでもしなければよいという考え方があるとすれば、それは個人生活の否定というものである。公表されて困らないことなら、何でも公表していいという考え方があるとすれば、それも個人生活の否定である。個人生活を勝手に公表する権利まで、マスコミには許されているのであろうか。公表されて困ることは少くても、公表されるなんて余計なお世話ということだらけなのが、個人生活というものなのである。

個人全集の王者《こじんぜんしゅうのおうじゃ》　推薦文

〔初出〕「谷崎潤一郎全集愛読愛蔵版全30巻」内容見本、昭和五十六年十一月（刊記なし）発行、中央公論社、一〜二頁。「谷崎文学案内」（刊記なし）、中央公論社、一〜二頁。

〔収録〕『気分について』昭和五十七年十月二十日発行、福武書店、五三〜五六頁。『河野多恵子全集第10巻』平成七年九月十日発行、新潮社、一一七〜一一八頁。

〔梗概〕谷崎潤一郎全集は個人全集というものの誇りと魅力が漲っていて、まさにこの種の全体の王者の力を感じさせる。この個人全集を読んでいると、谷崎なる作家の全生涯の仕事があたかも生ける一個の人体のように思えてくる。谷崎文学のおもしろさは一言でいえば、谷崎なる作家の個性のおもしろさである。その個性は強烈であり、きわめて明快である。それゆえに、より知ることに、とどまることない歓びを感じさせてくれる。私がはじめて『神と人との間』や『残虐記』に出会ったのも、谷崎の個人全集においてであって、個人全集というものを読む歓びと感謝にたえなかったものである。

個性的生活の競演《こせいてきせいかつのきょうえん》　エッセイ

〔初出〕「武蔵野女子大学新聞」昭和四十一年十一月一日発行、第六号、六〜六面。「文藝」欄。

〔梗概〕自分と同じ服を着ている他人を発見したときの厭な気持というものは、自分は自分だけで独特でありたいという人間の誇りが傷つけられたためであろう。一方で、人間は皆と同一でありたいという願いももっている。世の中が画一化されればされるほど逆に個性にあこがれる。週二日の休日制が進めば、個性的生活の競演も促進されるだろうと期待している。

個性というもの《こせいというもの》　選評

〔初出〕「文藝春秋」平成十一年九月一日発行、第七十七巻九号、四〇七〜四〇七頁。

〔梗概〕第百十九回平成十年度上半期芥

こ

川賞選評。小説には、その作者独特のものが表われていなくてはならない。選んだ小説の人称は全編の隅々にまで生かされなくてはならない。文章は容れ物でもなければ、衣裳でもない。七候補作中の五作に、それぞれ複数で、それを強く感じた。

個性へのあこがれ《こせいへのあこがれ》　エッセイ

〔初出〕「労働文化」昭和四十一年五月一日発行、第十七巻五号、九～九頁。

〔梗概〕マスコミはさまざまの問題についてアンケートを求め発表するが、時期尚早と考えているのか、週五日制勤務については不思議なくらい見かけない。私が興味あるのは、週五日制の是非論ではなく、もし週五日制が実施されたとき、二日ずつの休日をどのように過ごそうと思うか、それについてのサラリーマンらの回答である。休日が週二日になり、時間的に余裕ができたとき、人々は今日のような画一化された生活より、個性化を求めるのではないだろうか。

個性への信頼《こせいへのしんらい》　エッセイ

〔初出〕「東京新聞」昭和三十八年十月五日夕刊、第七千六百二十六号、八～八面。

〔収録〕『文学の奇蹟』昭和四十九年二月二十八日発行、河出書房新社、二〇七～二〇九頁。『いくつもの時間』昭和五十八年六月七日発行、海竜社、一二二～一二四頁。『河野多恵子全集第10巻』平成七年九月十日発行、新潮社、二〇五～二〇六頁。

〔梗概〕先夜、池袋の路上で不意に火災報知器のサイレンを耳にした。火災で逃げ出してきたウエイトレスたちが一かたまりになっている。怖いほど顔をこわばらせて震えている子、互に抱き合って泣きじゃくっている子、同じユニホームを着て、同じ火災にあいながら、その興奮ぶりがさまざまなのに感心した。私は、メカニズムの進捗に呼応して、人間が心の奥底で逆に個性へのあこがれを増し、それを満たそうとするに違いないことを信じたい。

戸籍について《こせきについて》　エッセイ

〔初出〕「文藝」昭和五十一年五月一日発行、第十五巻五号、一二～一三頁。

〔収録〕『もうひとつの時間』昭和五十三年二月二十日発行、講談社、一一四～一一七頁。

〔梗概〕本籍とか、養子縁組とか、家族制度時代の戸籍でいえば廃嫡や隠居などは、戸籍の記載事実以外に事実のありようはないが、出生の事項が事実に反しているのは然程珍しいことではない。戸籍上の出生事項は、戸籍以外の方面で虚偽の手がかりがなかったならば、事実としておくしかない。資料としては、予めそういう限界を伴っている。ところが、ひとりの作家を理解するうえで、作者とその縁者たちの戸籍に接する必要性は限りなくある。近く検討されようとしている民法改正によると、戸籍の利用の制限が含まれているのである。改正案で問題なのは、除籍簿が非公開になることである。離婚による氏についての案も含まれている。離婚したとき三カ月以内に手続きすれば、相手の同意なしに婚姻中の姓を名乗れることになる。何故、今度のその改正案が、男性優位を矯める方向のものといえるのか、私にはわからない。

小使さん《こづかいさん》　エッセイ

〔初出〕掲載誌紙名未詳、昭和五十九年九月発行。
〔収録〕『蛙と算術』平成五年二月二十日発行、新潮社、九五〜九六頁。
〔梗概〕小説のなかで、戦前の幼稚園の卒業記念写真帳のことを細部に使いたくなった。私は幼稚園には馴染めなく、写真帳はもともとなかった。兄、姉、弟のは空襲で焼けてしまった。それなのに、足の写真帳だけは、かなり印象に残っている。七、八枚の頁数で、二十五センチに十五センチくらいの横長のものであった。写真の記憶はなかったが、最後の頁が二人の女の小使さんの写真だったことだけは思いだした。戦争中、灯火管制下のある晩、ひっつめ髪のほうの小使さんが訪ねてきた。おばちゃんが疎開で郷里へ引き上げると聞いたから、と言って私の兄がお別れに来てくれたので、お礼かたがた皆さんにもご挨拶をしに来たというのだった。その時のおばちゃんの印象が、彼女たち二人の写真、そして兄の写真帳の印象を私に更新していたのであろうか。兄は優しい性質である。お別れと思い立ったのは、おばちゃんがよい小使さんだったからでもあるのだろう。兄もまた、園児時代に、小使さんは小使さんとして人格を尊重する気風に感化されていたのではないかと思われる。

国旗《こっき》　エッセイ
〔初出〕「新潮」平成九年一月一日発行、第九十四巻第一号、三六〇〜三六一頁。
〔梗概〕ニューヨークのいろいろな場所で星条旗を見かける機会が重なるにつれ、アメリカという国とその国の人たちは、本当に旗が好きなのだなあと思うようになった。その国旗好きは、共和国の統一主義、連合主義の必要性と根深いところで繋がっているのかもしれない。
（荒井真理亜）

今年の収穫《ことしのしゆうかく》　回答
〔初出〕「日本読書新聞」昭和四十四年十二月二十二日発行、第千五百二十六号、五〜五面。
〔梗概〕今年の収穫として丹羽文雄『親鸞』、井上靖『月の光』、椎名麟三『懲役人の告発』をあげる。

今年の収穫《ことしのしゆうかく》　選評
〔初出〕「潮」昭和六十年七月一日発行、第三百十五号、三〇七〜三〇七頁。
〔梗概〕第十三回平林たい子文学賞選評。福井馨氏『風樹』は、中年すぎた子供にとっての老いた親というもの、親の死というものの真実が全編に充ちわたっていた。杉森久英氏『能登』は、いわゆる教養小説の枠にはまらぬ、深みと拡がりと柔軟性があり、新鮮な印象を受けた。高橋英夫氏『偉大なる暗闇』は、特異な哲学者岩元禎を緻密に且つ自由に多面体に捉えた伝記である。高橋氏の強い精神的エネルギーにも衝たれた。

今年は戯曲《ことしはぎきょく》　選評
〔初出〕「中央公論」平成三年十一月一日発行、第百六年十一号、三九四〜三九四頁。
〔梗概〕平成三年度谷崎潤一郎賞選評。井上ひさしさんの「シャンハイムーン」を推した。巧みな導入部に引き込まれ、終始おもしろく読ませてもらった。小説は分る人だけに分る作品であってもよいが、戯曲は誰にでも分るものであることが前提条件の一つであるらしい。

古図書《ことしょ》　エッセイ

〔初出〕「東京新聞」昭和四十六年七月二十三日夕刊、六〜六面。「〝いのち〟探訪④」。

〔梗概〕私は自著はたまに見る必要がある時のためのものを一冊を、別に二冊しか保存していないが、源氏鶏太さんは五冊ずつ保存されているという。図書のいのちは非常に失われやすいものだ。歴代の古図書になると、生き残っているのは、素性のよさに加えて、余程運の強い図書なのだろう。国立国会図書館へ行き、そういう運の強い図書たちの一層の運の強さを見た。ここには図書の修理部がある。この図書館は慶長以前のものを貴重本と称して、約四千冊ある。図書のいのちは今日、さらに今度、かえって永らえがたくなったのではないだろうか。筆写や木版の時代、図書の数も僅かで、貴重視もされて、残りやすかったかもしれない。今日のように刊行点数や部数が膨大となり、収容能力が低下すると、図書のいのちは軽く扱われるようになる。

言葉というもの《ことばというもの》　エッセイ

〔初出〕「FAIR　LADY」昭和四十年七月一日発行、第四巻七号、九二〜九三頁。

〔収録〕『私の泣きどころ』昭和四十九年四月八日発行、講談社、一八五〜一八八頁。『河野多恵子全集第10巻』平成七年九月十日発行、新潮社、二一二〜二一四頁。

〔梗概〕以前から知っているBG生活三年目のお嬢さんから手紙をいただいた。東京に住んでいて、友だちと別に部屋を借りるのを両親が大反対なので、両親を説得するのに私の協力を求めているのだ。私がその手紙を見て気になったのは、両親への不満を訴えるあまり、「わたしは何も両親に頼んで生んでもらったわけじゃありませんのに…」という言葉を使っていることであった。この言葉を聞くと、何だか物悲しくなってしまう。言葉というものは、少くとも自分自身に対してはかなり大きな威力を持っているものだ。その言葉の投げやりなムードはその人自身にはねかえって、その人自身の人生まで投げやりな暗いものにしてしまうからである。

子どもから尊敬を得る道《こどもからそんけいをえるみち》　エッセイ

〔初出〕「すくすく」昭和五十二年一月一日発行、第二十四号、五八〜六一頁。「女が語る女たちに」欄。

〔梗概〕自分の組の子が他の組の先生に叱られた時、相手の先生に対して全く平気でいられるような先生はないと思う。K先生は自分の組の子を叱ってくれた、よその組の先生にお礼を言われた。小学生の私にもお礼を言われたという、K先生を立派だと思ったものであった。小学生にも、それくらいの理解力はあるのである。私の友人が、子供時代の経験でこんな話をしていた。彼は子供の頃、父親も母親もわからず屋だと思っていた。ところが、あるとき母親が彼に向って「どこそこの×ちゃんとあんたとはえらいちがいだ」と言いはじめたところ、父親が母親を怒鳴りつけた。よその子供と比較して叱るな、と父親は言ったのだった。彼は子供心に、父親はえらいと思った。子供は、意外に理解力のあるものである。

判断力も思いのほかにもっている。そして、母親が子供に軽蔑されるのは、浅はかさであることが実に多いようである。

子供の戸籍《こどものこせき》　エッセイ

〈初出〉「楽しいわが家」昭和五十一年一月一日発行、第二十四巻一号、三～三頁。

〈梗概〉一産科医が法律違反を承知で実子偽装の労を取った。出生届はその子が肉体的に実子であるかどうかは法律上問わないことにすべきだという考え方には疑問をもつ。実の親は自分と子供が血続きであることへの様々の思いや苦労で、人間的によい親になってゆく人たちもある。

子供の知恵のすばらしさ《こどものちえのすばらしさ》　エッセイ

〈初出〉「宮崎日日新聞」昭和六十年六月十七日朝刊、五～五面。

〈収録〉『蛙と算術』平成五年二月二十日発行、新潮社、一〇二～一〇四頁。

〈梗概〉私たちきょうだいは皆、小学校へは今で言う越境通学をした。学校友だちと遊ぶ、どうかすると喧嘩をして家へ走って行く子もあった。時にはその子のお母さんが文句を言いに現れることがある。すると、「子供のケンカに、親出すな」と子供たちがはやし立てるのである。親も引き上げざるを得ない。遊びに出るのに、小さな弟や妹を同伴してくる子がよくあった。「この子、ごまめ」と、小さいきょうだいのことを特別扱いで一緒に仲間に入れてやってくれという意味で言う。「ごまめ」当人に「ごまめ」と言う者はなく、必ず名で呼んだものだ。今の子供たちの付き合いは、どうも大人的見方・考え方が混じっているような気がする。混じらせないために、改める点はいくつもありそうである。大人が子供の意見を訊かないこと。お誕生日会の子供の親同士としての付き合いは最小限にとどめること。そして、子供の知恵に感心する場合があれば、親は何も言わず笑って見ているのがいちばんいい。

子供の歯《こどものは》　→いすとりえっと

（33頁）

碁の面白さと長編と《ごのおもしろさとちょうへんと》　談話

〈初出〉「信濃毎日新聞」昭和六十二年二月二十七日「昨日今日」欄、「中国新聞」昭和六十二年三月二日「消息」欄「長編にやっとメド」。

〈梗概〉遠藤周作名誉会長の「宇宙棋院」メンバーだが、「みいら採り猟奇譚」の仕上げるまで碁石は握らないと決めていた。久しぶりに会に顔を出し、「ずっとさぼっていましたけど、囲碁の面白さが自分のなかで発酵していたのか、前には感じなかった新しい面白さを感じました」という。

この機会に〈逆説〉としてではなく…《このきかいに〈ぎゃくせつ〉としてではなく…》　エッセイ

〈初出〉「筑摩世界文学大系80第23巻〈サド　レチフ〉付録」昭和五十二年三月三十日発行、筑摩書房、三～四頁。

〈収録〉『もうひとつの時間』昭和五十三年二月二十日発行、講談社、六六～六九頁。『河野多恵子全集第10巻』平成七年九月十日発行、新潮社、一九九～二〇一頁。

〈梗概〉わが国で初めてマルキ・ド・サドについて語られたのは、いつ、誰によるのか、私は知らない。その著作の最初の邦訳も、いつ、誰によってなされたのか、私は知らない。ただ、サドの名はいつの間にか知っていた。「墓穴の蓋を閉めたら、その上に樫の実を蒔き、以前のごとく墓穴の場所が叢林に覆われ、余の墓の穴が地表から隠れるようにしてほしい。余は人類の精神から余の記憶が消し去られることを望む。」と言い遺したサドの言葉には、二通りの想定があり得る。一つはあくまでも、この言葉通りの意味であり、もう一つは、人類はいずれ自分を正当な意味で不必要とするようになるだろうという、人類への期待に通じている。自分の生涯と著作が後世演じさせられることに何よりも承服できず、人類の精神から自分の記憶を抹殺されるほうを望んだのではあるまいか。彼の望んでいることは、自分に対する真の意味での異端者、反逆者の誕生ではないだろうか。

この結婚《このけっこん》　エッセイ

〔初出〕「文学者」昭和四十四年八月十日発行、第十二巻八号、一〇～一〇頁。『「文学者」と私』欄。

〔梗概〕私は適齢期に、「文学者」の縁談にあずかり、創刊号で見合いをし、二号で何も知らない処女のまま「文学者」と結婚し、私という作家が生れた。母が父以外の男の人と結婚していたら、私はどのような私であったであろうか。その仮定が全く成り立たないのと同様に、「文学者」という肉体的父親なしに生れた場合の今の私を想像するのはナンセンスなことでしかない。

この夏《このなつ》　エッセイ

〔初出〕「新潮」昭和五十一年十月一日発行、第七十三巻十号、一四四～一四五頁。「新潮」欄。

〔収録〕『もうひとつの時間』昭和五十三年二月二十日発行、講談社、一三〇～一三三頁。

〔梗概〕この夏、いたちごっこのような不法駐車を取締り続ける女性警官、大使館の前に佇立している男性警官、装甲車に籠り続ける機動隊員、要人の公舎と道路を距って眼を光らせている刑事、という人たちと比較して、ロッキード事件関係のニュースを取材する人たちのことを屢々思った。誰の逮捕がなされたとか、どういう容疑であるとか、そうしたことは詳しく報じてもらわなければならないが、「その時」件の人物の顔色は蒼かったか、赤かったかは、どうでもよいことである。限りある人間の労力と時間が、そんなことのために費されている。「その時」の報道があまりに度々で、そのたびにあまりに華々しいので、そのために費された無意味な労力と時間の夥しさをそのたびに思う癖がついてしまった。

この道《このみち》　エッセイ

〔初出〕「本」平成四年一月一日発行、第十七巻一号、四～五頁。

〔梗概〕お産に産み馴れはないと昔の人は言ったけれども、小説のお産にも産み馴れはない。「幼児狩り」が文藝雑誌に初めて載って丁度三十年になる。その間、注文の途絶えたことは、二週間だけしかなかった。寡作ながらに或る程度は書いてきたのだが、創作体験が一向に身につかないとみえる。私が何とか書き続けてこられたのは、書くものを思いつく苦労が全くないからである。『みいら採り猟奇』もモチーフもテーマも一緒になって湧いてきた。題も、一組の男女の設定、太平洋戦争から終戦間近までの四年間という時代の設定、みな一両日のうちに決った。それなのに、書きあげるまで、実にながくかかってしまった。その理由を記すと、この書き下ろし長編では、人称のことが非常な試行錯誤があった。マゾヒズムを表記するのに最も不向きなのは、多元描写である。異常に主観的な様相であるから、一人称が有利なのである。一人称の説話体が最も書きやすいのである。しかし、私はこれまで敢えて三人称で通してきた。しかし、今度の長編では、とうとう一人称にするしかないと考えた。第三章を除いて、その書き方で二稿書いた。しかし、どうしても書きたいことが充分に出ていない。思いきって三人称にあらためて書きだした。しかし、完成したのは、結局その次の次の稿となった。時代を事件と因果関係においてではなく、単なる背景でもないものとして表現しようとしたことも、ながくかかった理由の一つである。

五分の魂《ごぶのたましい》　エッセイ

〔初出〕「文学者」昭和四十年六月十日発行、第八巻六号〈150号記念特集〉、四二～四六頁。「シンポジュウム・文学と私」欄。

〔収録〕『文学の奇蹟』昭和四十九年二月二十八日発行、河出書房新社、一三～二一頁。

〔梗概〕私は一度だけ、小説を書きあげた途端、その原稿を前にして、急に興奮に襲われ、どうしようもなかったことがある。それは「遠い夏」という作品である。この作品で、私は数え二十歳の女専の生徒が、終戦で工場動員から解放されて家へ帰ってゆくところから書きはじめた。戦争で抑圧され、自己表現を封じられ、数え二十歳の夏まで人生を堰《せ》かれていた私は、終戦で解放されたとき、世の中に対して、どれほど激しい期待を抱いたかしれない。そして、あまりの激しさのために、私はいつも失望を味わねばならなくなった。憧れと失望の板ばさみになって、私は終戦で始まった自分の青春がいつまでも終らないような気がした。「遠い夏」を書きあげたとき、私は早くに色褪せ、しかも永い間纏いつかれていた自分の青春が、今遂に終ったのだと感じた。終戦と共にはじまった青春と、丹羽文雄の「文学者」に参加、上京、スランプ時代を経て、「幼児狩り」発表までの文学とのかかわりを振りかえり、「自分の内部だけを信じて」書き続けたいという。

これこそ旅《これこそたび》　エッセイ

〔初出〕「日旅」昭和五十一年九月一日発行、第二百七十号、一〇～一〇頁。

〔収録〕『もうひとつの時間』昭和五十三年二月二十日発行、講談社、二二三～二二五頁。

〔梗概〕ある年のまだ寒い自分、五浦海岸の旅館に着き、赤い、大きな月が、真正面の暗い海の彼方に大入道のように現れてきているのを見た。実に壮観だった。これこそ旅だと、私が思うのは、そのような思いがけない新鮮な経験に出会った時である。おみやげ店などではない漁師さんの家の見知らぬおばさんに頼んで買ったのだが、海辺ででも食べるなら、貝から外して塩で揉んでおいてあげようか、と言ってくれた、その鮑のおいしかったこと。そんなおばさんや、そんなおいしさに出会うこともできるのか、これこそ旅というものだと感じる。「安藝」という夜行急行列車に乗って広島へ行った時のことだ。料理はおいしく、ウエイトレスさんも随分行き届いていた。ところが帰京して二、三日後の新聞に、「安藝」の火災記事が出ていた。亡くなった一人は私たちを食事車の出口まで送ってきたウエイトレスさんである。あの列車のおみそ汁のおいしさも思い出された。記事によると「安藝」は既に近く廃止が決まっていたという。私は様々の意味で旅を感じたことであった。

婚姻届けのご利益《こんいんとどけのごりやく》　エッセイ

〔初出〕「北国新聞」昭和四十七年一月一日朝刊、八五～八五面。「日本海新聞」一月九日朝刊、六～六面。

〔収録〕『もうひとつの時間』昭和五十三年二月二十日発行、講談社、一五二～一五三頁。『いくつもの時間』昭和五十八年六月七日発行、海竜社、七四～七五頁。

〔梗概〕婚姻届けのご利益の本質は、ある男なり、女なりが法的に結婚しておけば、そのことを知らない第三者がいても、第三者はそれを知らなかったことで、どのような意味でも当人に文句をつけることはできない、という約束を社会に自動的に得られるということだ。夫あるいは妻は仮に配偶者の知人のまだ一度も会ったことさえない人との間にも、配偶者同様に知人としてのつながりを得てしまうことができる。婚姻届けというのは、一組の男女が社会とそういう契約をするためのものである。

今回の困り方《こんかいのこまりかた》　選評

〔初出〕「中央公論」昭和五十三年十月一日発行、第九十三年十号、三二五～三二五頁。

〔梗概〕第四回中央公論新人賞選評。今回の選考には、実に困った。寺井澄氏の「盗みのあとで」には、感覚の閃きの感じられる鋭い描写が処々にある。それが単なる細部のよさに止まっていて、芯あるもの、深い根のあるものとしての手応えがない。石黒健治氏の「眠れ愛」は風俗を書こうとしたものらしいが、それだけでは小説を読む楽しさは期待できない。長堂英吉氏の「東あかがりば」は、モチーフたる、戦乱の時代の身の処し方はたとえ親子といえども別々である、ということを小さな説明ですませたため、他の戦争小説と同じような作品になっている。桃井銀次氏の「砂人形」は、後味のよくない作品である。性生活を含めた実生活のさまざまの苦労の堆積から滲む灰汁《あく》のようなものに、作者が淫しているような印象を受ける。

今回の特色《こんかいのとくしょく》　選評

〔初出〕「文藝」昭和六十二年十二月一日発行、第二十六巻五号、二一八～二一八頁。

〔梗概〕昭和六十二年度文藝賞選評。香山純氏の「ＴＨＥ　ＭＡＮ　ＩＮ　ＴＨＥ　ＭＯＯＮ」は、戯《ざ》れ言スタイルが、今度の作風のなかでは折々生きていない。笹山久三氏の「四万十川―あつよしの夏」を受賞作とするのに、私が消極的ながら賛成したのは、家族というものが力強く描き切ってあるからであった。久間十義氏の佳作は、その長い標題の〈マネーゲーム〉か〈ランビエ紋輪上のスキップ〉かどちらか一方に絞られるべきだったろう。人間性との取り組み方が一息足りないのである。

さ

罪悪感喪失からの出発《ざいあくかんそうしつからのしゅっぱつ》　エッセイ

〔初出〕「潮」昭和四十四年七月一日発行、第百十四号、九〇～九八頁。

〔梗概〕自己の生命と他人の生命との相違は、本質的に異っている。人間の生命は尊厳なものであるから尊重しなくてはいけない、という意味合いの言葉くらい空虚に聞えるものはない。人間は他人の生理的嫌悪を覚えることがあっても、自分に生理的嫌悪を覚えるものはいない。自殺は、ひとりの人間の生命のすばらしさのなだれのようなものであろうと思う。人間は相手のために自己の生命がなだれると思った時に、殺意を抱くのである。自己防衛以外の殺人は自分の生命のなだれをふせぐために行われる。殺人を防止するには、ちょっとやそっとのことでは生命のなだれさせられない人間をつくることが第一である。教育というものは、人間が生きる上でのさまざまの資格を備えしめるものであると思う。本当の情操教育を受けた人間は、あらゆるものの本物、偽物を感じ分けることが出来る。今日の教育上の最大の手ぬかりは、正しいものの考え方を身につけさせる教育が積極的になされていないことと、個性を身につけさせることがなされていないことにある。今日の教育への再検討だけが、殺人事件防止のための手段であるとは思われないが、大半はそこにかかっているのではないだろうか。

再会して歓びを知らされる作品《さいかいしてよろこびをしらされるさくひん》　推薦文

〔初出〕「私の選んだ世界文学グリーン版10冊」内容見本、刊行年月未詳（刊記なし）、河出書房新社。

〔梗概〕「その本を呼んだことに大きな幸福を感じ、作者のみならず、そういう幸福感に浸らせてくれた何ものかに感謝の念いを引き起されるような本を読んでこそ、文学作品との付き合い甲斐があるというものである。」

『西行花伝』のエロティシズム《『さいぎょうかでん』のえろてぃしずむ》　選評

〔初出〕「中央公論」平成七年十一月一日発行、第百十年十五号、四二八～四二八頁。

〔梗概〕平成七年度谷崎潤一郎賞選評。辻邦生「西行花伝」は、「谷崎の影響に発して影響を超えた独創性がある。森羅万象が薄紅の香わしい肉体を見るように思われるとは、何と壮大なエロティシズムであろうか。」と評した。

西行と遊女《さいぎょうとゆうじょ》　エッセイ

〔初出〕『特選・日本の伝説11〈ロマンの旅・大阪〉』昭和五十九年（月日記載なし）発行、世界文化社、四二～四四頁。

〔梗概〕大阪市東淀川区に南江口というところがあり、昔は江口の里と呼ばれ、遊女の里として栄えていた。そこの遊女妙と、高名の出家歌人西行の歌問答は、『新古今和歌集』に入れられて有名になった。

（荒井真理亜）

最近の女性新人《さいきんのじょせいしんじん》　エッセイ
〔初出〕「知識」昭和六十二年一月一日発行、第三巻一号、三二四〜三二七頁。「文藝時評連載1」。
〔梗概〕先頃、円地文子さんが享年八十一歳で亡くなられた。文壇の長老という言い方がなぜなされないのか。新聞報道では専ら女流作家云々であった。女流作家を大きな存在にしたのは、円地さんたち明治三十年代生れの世代であった。女流作家という言い方に男性の偏見のみを感じるのはむしろ時代錯誤で、円地さんらの世代が女流作家の値打ちを増やした功績は大きい。「過越しの祭」で芥川賞を受賞した米谷ふみ子さんも、「ベッドタイムアイズ」で文藝賞を受賞した山田詠子さんも、現実との血の出るような対決から作品の特色が発せられている。円地さんの世代の文学が現実との血の出るような対決を水源として生れていて、個性や作品の性格や手法が異っても、米谷・山田さんらとはその点で共通している。女性文学は一周りしたようだ。

最後の選択《さいごのせんたく》　選評
〔初出〕「文藝春秋」平成二年九月一日発行、第六十八巻十号、三七一〜三七一頁。
〔梗概〕第百三回平成二年度上半期芥川賞選評。受賞作の辻原登氏「村の名前」は、なかなか中国を実感させる。小川洋子氏の「冷めない紅茶」は、創造しようとした妖しい世界が少々低迷している。奥泉光氏の「滝」は、恐らく作者の気づいていない通俗性が生じている。佐伯一麦氏の「ショート・サーキット」は、ユーモアの少し手前に微妙にとどまる作風は、作者の成長次第では意外に多くのものを取り込むことも可能なのかもしれない。「渇水」は、結末の小学生姉妹の自殺で失望した。荻野アンナ氏「スペインの城」を私は最も強く推した。票は少かった。

最後の逃避《さいごのとうひ》　エッセイ
〔初出〕「サンケイ新聞」昭和四十八年八月二十四日朝刊、二〇〜二〇面。「意見異見〝終末〟のムード⑧」欄。
〔梗概〕週刊誌やテレビなど、公害だの、食糧危機だの、終末説が盛んである。ところが、その一方では年金問題や住宅問題が盛んに取りあげられている。不思議な現象である。幾年もまえから、学歴無用論だの、日本脱出だの、脱サラだの、脱都会だという言葉が現れるようになった。諦めを逆手にとって、希望らしいものを指摘したり、与えたり、見出した気になったり、稀には実際に希望を見出したりしてきた。本気で夢みているのではないことを自ら承知していながら、一時夢みることを麻薬のように求めずにいられないやりきれなさにあるのだ。ところが、最近ではそうした夢も見にくくなった。〈終末〉流行は、何をとっても夢を夢見ることさえ困難になった今日のやりきれなさが基盤になっているように思われる。

最後の時《さいごのとき》　短編小説
〔初出〕「文藝」昭和四十一年三月一日発行、第五巻三号、五四〜七六頁。
〔再掲〕「婦人公論」昭和四十二年五月一日発行、第五十二巻五号、三一八〜三三七頁。
〔収録〕『最後の時』昭和四十一年九月七日発行、河出書房新社、二七〇〜三〇七頁。『文学選集32』昭和四十二年五月十日発行、講談社、一四七～一六五頁。『現代日本の文学50』昭和四十六年四月一日発行、学習研究社、四〇八～四三〇頁。『カラー版日本文学全集54』昭和四十六年八月三十日発行、河出書房新社、三三〇～三四五頁。『現代の文学33』昭和四十八年九月十六日発行、講談社、五八～八〇頁。『最後の時〈角川文庫〉』昭和五十年四月三十日発行、角川書店、五～四五頁。『筑摩現代文学大系83』昭和五十二年五月十五日発行、筑摩書房、四一七～四三八頁。『鳥にされた女』平成元年六月二十五日発行、学藝書林、九九～一四九頁。『骨の肉・最後の時・砂の檻〈講談社文藝文庫〉』平成三年七月十日発行、講談社、二三七～二八三頁。『河野多恵子全集第2巻』平成七年一月十日発行、新潮社、一八九～二一〇頁。

〔梗概〕第六回女流文学賞受賞作品。則《のり》子《こ》は友人の葬式に出かける途中、突然死を宣告されたが、明日の午後三時十九分までの猶予をもらった。則子は年とった不治の病人でもなく、中年で、体は丈夫であった。則子は葬式に行くのをやめ、家に帰る。浅利には密《ひそ》かに別れを告げたかったし、汚れ物をそのままにしておきたくなかった。洋服ダンスや下駄箱など、皆きれいに処分しておきたかった。浅利は再婚で、七、八年前に則子と知り合った。初婚の相手とは、三、四年前に生別して、日本趣味を衒《てら》っていたという。四十になったばかりで、独り者で、子供もなく、失業もしていないので、再婚相手に大して不自由はないだろう、と則子は思う。則子は浅利との生活を顧みさせられた。則子は浅利の未来の再婚相手へ向けて、浅利とわたしとは本当の夫婦ではなかったようです。六年一緒に暮した法律上も夫婦でした。わたしたちの生活は、どこまでも特定の男女の共同生活でした。あの人に今度こそ本当の結婚生活をさせてあげてください、と書いた。入籍と同棲と性愛と愛情とは、結婚生活の四つの柱のようなものであろう。四つの条件が揃っただけでは本当の結婚生活とは言えないだろう。則子は自分たちのこれまでの生活は、一日一日の積み重ねではなく、一日ずつの生活だったような気がする。則子は自分たちが夫婦でなくて、単なる男女にすぎない生活をしているのだということを自覚して、それに徹していたならば、また別の生き方があった筈だと思うのだ。帰宅した浅利が銭湯へ出かけている間に、則子は「実はわたしが今死ななければならないとしたら、わたしにはどうしても諦められない悔いと未練があるのです」「それにしても、わたしは本当に死ぬときには、やはり最後の時がほしいと思います」と書いた。浅利が戻ってくると、則子も銭湯へ出かけた。湯槽の中に手足を伸ばしていると、突然、仕切りの向うから口笛が聞えだした。あんなに楽しそうに、元気に、吹きまくることができるのだろう。則子は、励まされるような気がした。

〔同時代評〕江藤淳は「文藝時評（下）」（「朝日新聞」昭和41年2月25日夕刊）で、「不思議な哀切味のある短篇」「妙に切迫したもののある小佳作で、作者の着実な進境を示している」と評した。平野謙は「三月の小説（下）ベスト3」（「毎日新聞」昭和41年3月1日夕刊）で、「この作者のものとしては趣向の変った作品だが、夫婦生活という単位は一体なんだろう、という問いを、改めて読者の胸に投げかけずにおかぬところに、この作者の鮮やかな効果がある。吉行淳之介の少年ものの短編『春の声』（文學界）などとくらべても、今月随一の成功作といえるだろう」という。日野啓三は「文藝時評3月」（「週刊読書人」昭和41年3月7日発行）で、「写生文的小説とは最も遠い地点をめざそうとする小説の未来の可能性をはらんだ小説（これだけでは完璧な作品とはいえないとしても）であることを、特記したい」と述べた。

最後はお茶漬《さいごはおちゃづけ》　エッセイ
〔初出〕「食の文学館」平成二年七月十日発行、第八号、二二〜二三頁。
〔梗概〕家族は夫婦の二人きりで、どちらの仕事も家でするので、一緒に晩ごはんを食べる日のほうが多い。主人は月曜日を禁酒日と決めている。毎晩ビール一本とお銚子一本。私はビールをコップに一杯だけ。互いの健康と共に味覚が関西であるので、炊事係として私は大して負担は感じないのである。

最初の一行に全魂《さいしょのいちぎょうにぜんこん》　エッセイ
〔初出〕「聖教新聞」昭和四十五年（月日未詳）発行。
〔収録〕聖教新聞社編・発行『私の文章作法〈聖教新書24〉』昭和四十九年四月二十日発行、九五〜九七頁。
〔梗概〕私の場合、最初の文章が書かれぬうちは次の文章が生れない。私の発表する小説の最初の一行は創作過程においても最初に書かれたものであり、最後の文章もやはり創作過程でも最後に書いたものなのである。小説というものは生き物であり、その創作過程は、子供を育てていくようなものだと感じている。小説の文章というものは、表現し得てなければならない。最初の文章を定着させるためには、非常に苦労させられる。

最初の経験《さいしょのけいけん》　→誤植（158頁）

最初のころ《さいしょのころ》　→戦時下の味覚（238頁）

最初の実印《さいしょのじついん》　エッセイ
〔初出〕「楽しいわが家」昭和四十九年十月一日発行、第二十二巻十号、三〜三頁。
〔収録〕『もうひとつの時間』昭和五十三年二月二十日発行、講談社、一六二〜一六三頁。『河野多恵子全集第10巻』平成七年九月十日発行、新潮社、二七一〜二二七頁。
〔梗概〕大正の終りか、昭和の初めごろ、父のもっていた家作が、道路拡張の軒切《のぎぎ》りで一部削られた。昭和三十年代になって、その代金が未払いのままなので、払いたいと市役所が連絡してきた。当時の価格のまま、しかも無利子で、一万円あまりである。父は亡くなっていた。同封の書類に実印を押して、印鑑証明を添えて返送してほしいと、兄が知らせてきた。実印をもっていなかったので、有り合わせの印鑑を登録することにした。区役所へ行くと、「最初の実印をこういう有り合わせのものですませようというのはどうも」案じられるね。「実印の重みを知らなくちゃあ」とおじさんにいわれた。その言葉は父の言葉のように聞えた。黒水牛のフルネームの丸い実印を誂えた。この最初の実印が何か自分の仕事への心がけを守っていてくれるような気がする。

最初の冬《さいしょのふゆ》　エッセイ

〔初出〕掲載誌紙名未詳、平成元年一月発行。

〔収録〕『蛙と算術』平成五年二月二十日発行、新潮社、五九～六二頁。

〔梗概〕大正最終の年の春に生れた私が、この世ではじめて迎えた冬は非常に寒かったと、親たちから聞いている。永井荷風や野上弥生子の日記を見ても、私の親たちの話と符合している。最初のその冬の非常な寒さがこたえたのか、私は肺炎にかかった。抗生物質などはない時代である。連日、高熱が続いた。母は一瞬まさかと思ったそうだ。それから凄まじい発汗がはじまって、私は助かった。最初の冬との出合いが、そのように不運であったと聞かされているせいか、私はどうも冬が苦手である。初もうでには毎年出かける。が、六日の消防出初め式へは一度も行ったことがない。そのあたりから小寒なので、全く気が向かない。成人式の十五日は、この先にさらに大寒が控えているのだと思うと、「冬来たりなば、春遠からじ」と自分に言い聞かせでもするしかない。

才能という意味《さいのうといういみ》　エッセイ

〔初出〕「時」昭和三十九年十一月一日発行、第七巻十一号、三三～三四頁。旺文社発行。

〔収録〕『私の泣きどころ』昭和四十九年四月八日発行、講談社、一七七～一八〇頁。『いくつもの時間』昭和五十八年六月七日発行、海竜社、九三～九六頁。『河野多恵子全集第10巻』平成七年九月十日発行、新潮社、二〇九～二一〇頁。

〔梗概〕秋になって私の身体は大儀になった。お医者さんにかかってみると、低血圧だという。低血圧の人は馬力が出ない、大臣になる人はすばらしい体力の持主で、普通の体力の人は無理だと、そのお医者さんはいう。政治家としては、判断力、分析力、統率力などが狭義の才能であり、優れた体力が広義の才能である。人は大抵自分の才能に適して仕事を選びがちであるが、そのとき、狭義の才能を頼りに仕事を選ぶことは実に危ないことではなかろうか。作家の才能についても同一である。私の実姉は平凡な主婦だが、兄妹の中で一番の文学的才能がある人だと思う。姉は文学少女ではなかったが、鋭い独創的な面がある。日常の事柄を走り書きで書いた手紙でも、簡明で新鮮な個性がある。姉には狭義の文学的な才能が確かにあるのだが、作家になるための様々な特質が欠如している。例えば、姉は非常に気が小さい。作家の場合、精神的な被害が仕事に及ぼす影響は格別に大きい。自分の小説についての悪評とか賛辞などが気になると、いま書いている作品にもたちまち響いてくる。このようなことを克服して、藝術的な誠実さに徹しようとする度胸が必要である。仕事の選択は狭義の才能のみによるものではなく、広義の才能を十分検討すべきである。


（金　文洙）

サウナにて《さうなにて》　短編小説

〔初出〕「月刊カドカワ」昭和五十九年一月一日発行、第二巻一号、二六～二九頁。

〔梗概〕サウナへ入ると、あとの気持が実にいい。重たい疲れが消え去るばかりか、予め先の疲労回復まで前払いで済ん

さ

でしまったように、ここ二、三日あとまでも活々していられそうな感じが全身に行きわたるのだ。サウナ室のベンチに腰をかけていると、おしゃべり女が話しかけてきた。むかしローマにネロって暴君がいたころ、処刑で殺させたり、自殺させたりした時、血管を切開させることが、恐怖のあまり、血管切っても緊縮して、血が出ないひとに、蒸し風呂へ入れて、血管開かせた話や、お風呂で殺される話、男がお風呂で女に殺された話をしはじめる。その女が出ていったあと、私は待ちかねた浴槽へ身を入れ、その冷たさにびっくりした。

肴の酒《さかなのさけ》　エッセイ

〔初出〕「酒」昭和五十五年一月一日発行、第二十八巻一号、一六～一八頁。

〔梗概〕そろそろ、河豚鍋の季節である。落語家の小南の「河豚鍋」がある。主と客が互に箸を付け渋るくだりが一番面白い。小南が扇子を使って、突出しのこのわたをちょっと挟んでみせる。私は無性にこのわたが恋しくなる。お酒といえば、私はどんなお酒でも最初は少しおいしいと思うけれども、じきに要らなくなる。体質なのかも知れない。ただ、私の好物を思い浮かべてみると、うに、からすみ、筋子、など、お酒の肴ふうのものが少くない。私がお酒に執着なく出来ているのは、あるいは自分の抑制力に自信がないところから、そんなふうになってしまったような気もする。肴といえば、日本料理には酢の物がある。私はどうもお酒と酸っぱい料理の取り合わせはかくべつおいしいとは感じない。

向坂さんの目線《さきさかさんのめせん》　エッセイ

〔初出〕『回想の向坂隆一郎』昭和五十九年十二月二十二日発行、向坂隆一郎追悼編集会、一五一～一五四頁。

〔梗概〕故向坂隆一郎氏には、昭和五十四年にE・ブロンテの『嵐が丘』を脚色した時以来、仕事では大変お世話になった。取り分け印象的だったのは、向坂さんの黒い大きな眼で、人と向き合って話す時には、常に相手の胸の少し高目に視線が置かれていた。あの大きなお眼のあの視線によって、向坂さんは恐らく全身で自然に物事を捉えていたような気がする。


（荒井真理亜）

作者と主人公の性別《さくしゃとしゅじんこうのせいべつ》　エッセイ

〔初出〕「朝日新聞」昭和四十六年四月七日夕刊、七～七面。

〔収録〕『文学の奇蹟』昭和四十九年二月二十八日発行、河出書房新社、八四～八六頁。

〔梗概〕私がこれまで書いてきた小説の主人公は、終始一貫して性別がつねに女性であった。自然にそうなったのであるが、創作にあたっては、男女両性でもなく、中性でもない、無性別であるのが本当ではないかと思う。

　他性の主人公において自己の精神を書くことにおいて、男性作家よりも女性作家が作品の量、質ともに立ち遅れている。この種の立ち遅れは、女性作家が男性作家よりも創作において容易であるからであろう。男性作家には女性作家よりも多くの呪縛との闘いが避けられなかったので、その抵抗の必要にかられて、主人公を他性に選ぶことを発見したのだ。多くの呪縛との闘いは、また、真の私小説の書き手が女性作家ではなく、男性作家であったという現象を生んだともいえる。

作者のことば―無関係―《さくしゃのことば―むかんけい―》　エッセイ

〔初出〕「婦人公論」昭和四十七年八月一日発行、第五十七巻八号、三六五〜三六五頁。

〔梗概〕どんなに寒い季節でも、新しく小説を書きはじめるとき、私は右掌は汗で濡れる。ことに、今度は夏である。

作品と評伝《さくひんとひょうでん》　エッセイ

〔初出〕「群像」昭和六十一年十月一日発行、第四十一巻十号、三六〇〜三六一頁。「いま思うこと―群像四十周年によせて」。

〔梗概〕評伝的著述が書かれる理由は、文学作品というものが作者の精神から生れるものであるから、その精神の由来を具体的に知りたくなるからだろう。徹底して現実生活の影の感じられない作品ばかりの作家は、評伝向きではないだろう。反対に、専ら私小説ないしは私事小説を書き、作品で現実を語り尽したような気にさせる作家も評伝向きではなさそうである。それにつけても、芥川龍之介は作品の高い評価をはじめ、つくづく評伝向きの作家であると思う。私は自殺作家は一種の人生派であろうと思っている。彼等が評伝に恵まれるのは、自殺がその人生の現実への関心をそそるからではないのだろうか。私は評伝というものには、ある程度以上の期待をもっていない、全集と年譜、初出誌、その当時の反響・文学風潮・時代風潮を知るための新聞・雑誌があれば、作品の根本的な理解には事欠かない気がする。評伝の手がかりそのものが発生しにくく、消滅しやすい現代が、余儀なく私にそんな考えを択ばせたのであろうか。

作品の背景―「不意の声」空想殺人を通して―《さくひんのはいけい―「ふいのこえ」くうそうさつじんをとおして―》　エッセイ

〔初出〕「東京新聞」昭和四十三年十一月八日発行、五〜五面。

〔梗概〕「不意の声」の私のモチーフは一言でいえば、情念の代替作用の秘密というようなもので、この三つの代替殺人は、すべて主人公の空想裡のことなのであるが、代替作用である以上、そこには全く現実的なリアリティが備わるはずである。だが、読者にとっては、それは非現実の出来事である。そして、私は主人公の感じる現実的なリアリティのほうを固執せずにはいられなかった。

作品論的批評の可能性―鮎沢乗光著『イギリス小説の読み方』にふれて―《さくひんろんてきひひょうのかのうせい―あゆさわのりみつちょ「いぎりすしょうせつのよみかた」にふれて―》　書評

〔初出〕「不死鳥」平成元年三月三十日発行、第五十八号、一〜一頁。

〔梗概〕小説藝術があらゆる藝術のなかで最も自立し得ないジャンルである故に、作家論的批評は生れるべくして生れたのであり、小説批評が他の藝術批評とは格段の豊穣さを示すことにもなった。しかし、これまでの作品論的批評の諸方法は、いずれも小説なるものを論じる様態を欠いているように思われる。だが、鮎沢乗光氏の作品論的批評『イギリス小説の読み方』に出会って、その弱点を克服する希望が見えはじめた思いがした。著者は作品のもたらす魅力・衝撃の秘密を追求して秘められた技法を創見し、創見した技法とその効果を論じているのである。

作品論的批評というものの可能性に眼を開かせずにはおかないのである。

作品を読み返して《さくひんをよみかえして》　エッセイ

〔初出〕『平林たい子追悼文集』昭和四十八年七月二十八日発行、平林たい子記念文学会、一七八〜一八一頁。

〔梗概〕私の接した平林たい子さんは、晩年の十年ほどだけだが、雑談の場などで、よく奇抜で面白いことを言われたものだ。しかも例のスタッカートにフォルテをぶっつけたような独特の口調である。亡くなって以来、私は平林さんの作品を随分読み返した。そして、今更ながら感じ入ったのは、その稀有の才能と魅力と人間と文学との両方における異常な早熟である。それから、平林さんがこれほど男女のことばかり書いてきた作家だったことは、少し意外だった。そして、平林さんの情熱は少くとも文学に対しては、最後まで変りはなかったということであった。最晩年の作品でさえ、体力の衰えの感じられるものはあっても、情熱の漲っていないものは、絶無である。

作文を書く《さくぶんをかく》　エッセイ

〔初出〕「鐘」平成十四年三月三十一日発行、第十四号、四〜四頁。

〔梗概〕行き詰まりを感じたとき、十枚か二十枚程度の作文を書いてみると良い。自分の経験した小さなエピソードや目撃したことを虚心に、正確に書いてみることである。綴り方、作文を書くことは、なかなか目の洗滌になるのである。

サザビーズに行く《さざびーずにゆく》　――→ニューヨークめぐり会い（317頁）

ささやかな日本人《ささやかなにほんじん》　エッセイ

〔初出〕「東京新聞」昭和六十二年二月二日朝刊、七〜七面。「日本人の発見1」。

〔収録〕『蛙と算術』平成五年二月二十日発行、新潮社、一〇七〜一〇九頁。

〔梗概〕平素、私は日本人としての自分を意識することは極めて少い。それなのに、思いがけなく、自分の裡にささやかな日本人を思出すことがある。先ごろ、三原山が大噴火した。友だちが「次は富士山かもしれませんね、汚くなるわ」「噴火すれば山の姿が変わるでしょう」と言う。私は富士山に愛着をもっていたわけでもないのに感動した。ある新聞に、フランソワーズ・モレシャンさんが故ボーボワール女史がターバンを巻いているのをオシャレであると書いていた。私はびっくりした。実は、女史のあのターバン巻きは、不精ったらしく見えて、私には頂けなかった。異る生活習慣から身についた感性の相違なのかもしれない。日本に住んでもう相当になるらしいモレシャンさんが、日本の、国語の新聞にターバン巻きを結構なものとして書いているのを読みつつ、私は自分の裡に日本人を感じだしたのであった。

作家にとって戯曲とは何か《さつかにとつてぎきよくとはなにか》　回答

〔初出〕「劇」昭和四十七年十二月八日発行、第四十一号、五八〜五八頁。現代演劇協会機関誌。

〔梗概〕「戯曲を書く、あるいは戯曲を書かないということに特別な理由がございますか。」の問には、「小説では私自身、まだその手法を見つけかねている同時性の問題が、戯曲ではまったく同時性そのものである点が目下の一番の理由です。」と答えている。

作家の願望《さっかのがんぼう》　エッセイ

〈初出〉「文學界」昭和四十年九月一日発行、第十九巻九号、八〜九頁。

〈収録〉『文学の奇蹟』昭和四十九年二月二十八日発行、河出書房新社、二一六〜二一八頁。

〈梗概〉劣等感なり優越感なりによって培われた自己の精神の異常性、個性を自覚すればするほど、作家はそれを表現せずにはいられない。人間はすべて最大公約数的な人間でありたいという願望をもっている。この願望が作家の「異常」の自意識と矛盾する。この矛盾を解消したいという衝動が、創作衝動なのであり、作家の願望なのである。自己の精神の異常性を、個性を昇華させ、全き形で表現し、普遍性にまで高め、少しでもより多くの自己の精神への共鳴者を獲得することが作家の願望の本質であるらしい。

作家の眼と眼《さっかのめとめ》　対談

〈初出〉「優駿」昭和四十二年二月一日発行、第二十七巻二号、二八〜三二頁。

〈梗概〉山口瞳との対談。「競馬の効用」「こういう買い方も」「専門家も損をする」「平和でブーム」「まずファンに席を」の小見出しで構成された競馬をめぐる対談。「馬には優しい感じがありますね。牛とは違ってデリカシーがありますよ。」と述べる。

サッカレイ「虚栄の市」《さっかれい「きよえいのいち」》　エッセイ

〈初出〉「はこべ」昭和四十八年三月一日発行、第六号、「こころのほん」欄。

〈梗概〉はじめてこの「虚栄の市」を読んだのは、二十か二十一の頃で、以来、幾度読み返したかしれない。タイトルからみてもわかるように、なかなか皮肉な筆致で、人間と人生に対する作者の温かい眼差しと相俟って、実に面白くて、深い味わいのある小説になっている。この小説を読むたびに、劣等感も思いあがりも消え失せてしまう。

サッカレイ「虚栄の市」のウイリアム・ドッビン大尉《さっかれい「きよえいのいち」のういりあむ・どっびんたいい》　エッセイ

〈初出〉「POECA」昭和五十年三月一日発行、第八巻一号〈二十八号〉、八五〜九一頁。「ポエカ名作館私の好きな主人公」欄。

〈梗概〉古今東西の夥しい文学作品の登場人物の中から理想の男性をひとり択ぶにあたって、私は実に得難い男性だとかねて幾度も感じた旧いお馴染みドッビン大尉のことを危く失念するところであった。ドッビン大尉のアメリアに対する十五年間の愛の持続力と凄まじい決断は、男女の社会的立場を抜きにしても、決して女性が男性に対する場合はあり得ないものだと思う。レベッカは彼のことを「――情もある頭脳もある立派な男！」と感じいるが、彼のような情や頭脳は、女性の情と頭脳とは全くちがう。男性でも彼のような情と頭脳を備えた人は少いと思う。ドッビン大尉はアメリアと夫婦喧嘩を含めて、どのような結婚生活を営み、更に二人してどのような老い方をしてゆくか。頼もしくて、時には一見間の抜けたところもあり、だが手剛い男性ドッビン大尉の夫ぶりを、私はつい思い描いてみたくなる。

サッカレイの「虚栄の市」の人々《さっかれいの「きよえいのいち」のひとびと》　エッセイ

〔初出〕「読売ブッククラブ」昭和四十八年三月一日発行、第九十号、二〜二面。
〔梗概〕私は、どのような人生観、どのような環境になっても、どれほど文学や本とは無縁の生活を送るようになっても、サッカレイの「虚栄の市」だけは手離せないのではないかと思う。「虚栄の市」を読むと、私はそのたびに、人生とはこんなにいいものだったのだな、生きていることは何とまあ味わい深い、面白いことなんだろう、と歓ばしくてならなくなる。それは、人間と人生の本当の姿を鋭く、深く、暖く、描いているからで、その尽きない妙味が人間と人生そのものの妙味であることを理屈抜きに、豊かに感じさせるからだろう。

殺人小説はたくさんあるが谷崎の『神と人との間』は格別の怖しさである《さつじんしようせつはたくさんあるがたにざきの『かみとひととのあいだ』はかくべつのおそろしさである》　エッセイ
〔初出〕河出書房新社編集部編『ブック・ガイド・ブック』昭和五十七年三月十日発行、河出書房新社、一一六〜一一七頁。
〔梗概〕「神と人との間」は、最後には殺人に到る三角関係を扱った長編小説である。谷崎のこの小説が孕んでいる格別の怖しさは、他にちょっと例がない。というのも、当時の谷崎は作中の三角関係に見合う悶着を経験中だったばかりでなく、恋仇に殺されるのではあるまいかという恐怖があったと思えるからである。谷崎の場合は得恋こそが創作衝動の源泉となるのであり、失恋はそれを萎えさせるものでしかないのである。その意味でも、谷崎はこの争いの敗北者となるわけにはゆかなかった。ところで、谷崎は佐藤の好意と理解を当てにしすぎていたらしい。千代とは別れぬと言いだす谷崎に、佐藤は愚弄された恰好となり怒った。谷崎は佐藤に殺されるかもしれないと恐怖を覚えつつ、しかし自分たちで佐藤にそこまで恨まれるに到らねばならなかったのも、その根本は自分の藝術のためである。彼に殺されるとすれば、自分の藝術のために死んでゆくのであると、この作品を書きつつ思ったのではないか。

座右の書―虚栄の市―《ざゆうのしよ―きよえいのいち―》　エッセイ
〔初出〕「日本経済新聞」昭和四十八年十月二十八日朝刊、二四〜二四頁。「読書」欄。
〔梗概〕私は自分の精神が疲れてくると、「虚栄の市」をひっくるめて、この世に生きる歓びというものが、いかに肉厚いものかということを、この小説は感じさせてくれる。「人生の目的とは何ぞや」「いかに生きるべきか」「生きがいとは何か」などということが気になる時、人間は恐らく本当の豊かな生き方からそれているのであろうことを、この小説は思わせる。

さよなら　エッセイ
〔初出〕「群像」平成六年十月一日発行、第四十九巻十号、一九六〜一九七頁。「追悼吉行淳之介」。
〔梗概〕七月二十六日は、夕方から谷崎賞の予選があった。中央公論社の社長の嶋中さんが、「会長は病院の吉行さんのところへ伺っております」と言われた。予選が終ったところで、吉行さんが六時半に亡くなられたと報らされた。文学論めいたことのお好きではない吉行さんは、私の書いたもののことで何か言ってくださる時も、ほんの一言、二言だった。葉書にやはり短い感想を書いてくださったあと〈ミヤギが…〉と宮城まり子さんの考えを付記して「当たらずといえども遠からず?」とあったこともある。宮城さんの一廉の観賞力を認め、好んでおられたと思う。この稿を書きつつお声が甦るにつれて、吉行さんの電話の最後は必ず「さよなら」だったことが思いだされる。「さよなら」とはっきり言われるのであった。

猿の夢《さるのゆめ》 ——→いすとりえっと（38頁）

サロメ《さろめ》 翻訳

〈初出〉『グラフィック版世界の文学・別巻2〈世界恋愛名作集〉』昭和五十四年（月日記載なし）発行、世界文化社、七八～九二頁。

〈梗概〉ワイルドの戯曲「サロメ」を翻訳したもの。分邦ユダヤの王エロドは、兄からその妻エロディアスを奪った。エロディアスの娘サロメは魅惑的な肉身と不思議な欲情を持っている。王が恐れる預言者ヨカナーンは、エロディアスの不倫を暴き、エロドの罪を呪い、不吉な預言を繰り返す。サロメはヨカナーンに求愛するが、ヨカナーンは怒りと蔑みでそれに答える。サロメは王の前で舞い、その褒美としてヨカナーンの首を所望する。王はサロメの罪を恐れ、サロメを殺すよう指示を下した。

（荒井真理亜）

爽やかなお祖父さまぶり《さわやかなおじいさまぶり》 エッセイ

〈初出〉「丹羽文雄自選集月報」昭和四十二年十月十五日発行、集英社、二～三頁。

〈梗概〉丹羽文雄先生に初めてお目にかかったのは、昭和二十六年の「文学者」合評会の席であった。先生は既に内孫さん二人、外孫さん一人をおもちである。お孫さんをお風呂へお入れになるのが、嬉しくてたまらない御様子なのである。「お祖父さまぶりをほしいままに発揮しておられるのだが、先生の作家として、人間としてのスケールの非常な大きさが、それを軽やかな、爽やかなものに感じさせる」のではないだろうか。

三角いなりずし《さんかくいなりずし》 エッセイ

〈初出〉「四季の味」昭和五十二年四月一日発行、第五巻一号〈十七号春〉、一六四～一六五頁。「わがふるさとの味」欄。

〈収録〉『もうひとつの時間』昭和五十三年二月二十日発行、講談社、二二六～二二七頁。

〈梗概〉食物をいただく時、とりわけ食事をする時、場所の温度は低目のほうがいい。私がそう感じているのは、私が生れ、暮した大阪の街中の家が、ひンやりとした、光線不足の家だったからだろうか。うちでは、いなりずしをよく作った。東京のいなりずしの油揚げは四角い袋で、ご飯を入れてから、大きすぎる枕カバーのように余分のところを畳んである。が、大阪のは三角だった。関西式では本来、淡味のものは淡味、こってりさせるべきものはこってりさせる。鯛のあらだきは格別にこってりさせるほうの筆頭だが、淡味のものも、こってりしたものも、私にはやはり昔の実家のようなひやりとした、光線不足の家で味わうのが、最も適っているように思うのである。

三作について《さんさくについて》 選評

〔初出〕「文藝春秋」平成元年三月一日発行、第六十七巻三号、四三五～四三六頁。〔梗概〕第百回昭和六十三年度下半期芥川賞選評。李良枝氏の「由熙（ユヒ）」と、大岡玲氏の「黄昏のストーム・シーディング」を推した。最も票の多かった南木佳士氏の「ダイヤモンドダスト」は、完成度ということでは一番よく書けている。が、冴えているとは言い難い。今少し自由に、大胆になっていただきたい。「由熙」では、留学生由熙と、彼女の下宿先の年上の娘〈私〉とに、作者の内部がほぼ七三くらいの割合いに配分されている。作者の内的手続きの有能さ、そして書こうとしていることの把握の強さから生じた必然的な選択なのだろう。大岡玲氏の候補作の、その活々した抽象性の駆使の鮮やかさは、優れた才能の出現を思わせる。

三者への期待《さんしゃへのきたい》　選評

〔初出〕「新潮」昭和五十三年七月一日発行、第七十五巻七号、一四三～一四四頁。〔梗概〕第十回新潮新人賞選評。佐藤泰志氏の「光の樹」は、随分努力されたことがよく感じられる。しかし、その努力の方向が的を射ていない。作者の素質と個性が発揮され損っている。「チャズ」の替田銅美氏は、魅力ある素質の持主のようでもある。それなのに、受賞に達しなかった。作者の書きたかったことが、不鮮明だからである。野瀬圭子氏の「紫陽花を踏め」は、常識の世界と地続きのところで終始している。

三十年後の冬支度《さんじゅうねんごのふゆじたく》　エッセイ

〔初出〕「銀花」昭和四十四年一月一日発行、第七号、一七三～一七三頁。〔梗概〕衣食住のうち、私が暮しのなかで最も淡白なのは衣である。衣服で一番気にするのは、冬の仕事着である。私は寒中の深夜でも、電気ストーブを離れたところに壁のほうに向けておき、衣服で体を暖くして仕事をする。そのため、私の冬の仕事姿は凡そおしゃれとは縁遠い。しゃれた細身のものではなく、女性肉体労働者向きのスラックスを穿き、極上の純毛のセーターの好きで充分着古したのを着て、その上から横紐つきの丹前を帯なしで着る。この丹前は真綿で、布地は戦前の銘仙でなくてはならない。今では、戦前の銘仙は手に入らない。戦前のはあと二枚だけになってしまった。仕事着に潰すのが惜しくなり、数年前から着古しの大島を母にもらうようになった。私は女友だちに「戦前の銘仙、取っておくことにしたの。七十になっても仕事はする気だから」と冗談を言った。

三大幸運の一つ《さんだいこううんのひとつ》　エッセイ

〔初出〕「丹羽文雄文学全集第17巻月報3」昭和四十九年七月八日発行、講談社、二～四頁。〔梗概〕丹羽文雄先生のお宅では、毎年新年会が開かれる。以前は元旦だったが、大分まえから五日になった。私はこの新年会には、欠かさず出席させていただく。先生にお言葉をかけていただくと、どんなことがあっても、思いあがったり、気を腐らせたり、迂闊なことを仕出かしたり、怠けたりせずに、しっかりと一年間が過ごせそうな自信がつく。一体、文豪にして、丹羽先生くらい、人物についても、お作についても、書き難い作家は珍しいのではないだろうか。何も判らなかった四半世紀も昔、そのような丹羽先生に師事するご縁を与えられたことを、私は自分の三大幸運の一つと感じている。

三度々々《さんどさんど》　エッセイ

〈初出〉「栄養と料理」昭和四十五年四月一日発行、第三十六巻四号、五八～五九頁。

〈収録〉『私の泣きどころ』昭和四十九年四月八日発行、講談社、一九五～一九七頁。

〈梗概〉私は主食はご飯でなくては食事をしたような気がしない。だから、ご飯には自然に気を配った。最上の白米を使う。自動炊飯器を使わない。厚い、鉄鍋で炊く。東京でも少くとも環状線の外側では、うちのご飯以上においしいご飯を出す料理屋さんはないだろうと、思っていた。ところが、去年の春、義妹がいい鉄鍋を教えてくれた。私はその鉄鍋で玄米を炊いた。白米にはない、おいしさがある。その玄米ご飯が、四、五カ月ほど続いた頃だった。今度はパン食にしないか、という註文が出た。その頃、鎌倉のレストランで出された、温かいパンが実においしい。それがきっかけで、私もパン食になった。私はパンをどれほどおいしいと思うときでも、まだ以前お茶漬けに感じた生甲斐までは感じない。

し

椎茸との付き合い《しいたけとのつきあい》　エッセイ

〈初出〉「宮崎日日新聞」昭和六十年五月十三日朝刊、五～五面。

〈梗概〉生家が椎茸の委託問屋・卸問屋だったので、贈答品で乾物の椎茸をいただくと品定めをしてみたくなる。生椎茸の水煮の罐詰めとか真空パックのようなものは出来ないのであろうか。椎茸の水煮なら、水液すなわち出汁《だし》で、これも料理に使える。粉末干椎茸の出汁パックがあれば、料理には何かと便利。血圧降下に干椎茸水を常用する人たちにも、便利だろう。

ジェーン・エア《じぇーん・えあ》　翻訳

〈初出〉『グラフィック版世界の文学13〈嵐が丘　ジェーン・エア〉』昭和五十三年（月日記載なし）発行、世界文化社、九二～一四七頁。

〈梗概〉シャーロット・ブロンテの『ジェーン・エア』の翻訳のダイジェスト。幼くして父母を亡くしたジェーン・エアは、伯母のリード家へ預けられる。そこで虐待された後、ローウッド学校を経て、ソーンフィールド屋敷に家庭教師として住み込んだ。ジェーンは屋敷の主人ロチェスターと恋に落ち、結婚しようとする。しかし、彼には狂人の妻がいることが発覚。ジェーンは屋敷を去るが、ロチェスターが火事で失明したことを知り、再び彼の元へ戻る。


（荒井真理亜）

ジェーン・エアの墓《じぇーん・えあのはか》　エッセイ

〈初出〉「婦人公論」昭和六十二年八月二十日発行、第七十二巻十号〈オール女流作家41人集〉、二三四～二三六頁。

〈収録〉『蛙と算術』平成五年二月二十日発行、新潮社、一六八～一七一頁。

〈梗概〉ピーター・ブッシェルの「倫敦千夜一夜」（成田成寿・玉井東助訳）に、サヴォイ・チャペルのくだりに、次の一話がある。〈ごく最近まで、チャペルの外柵にもたせて積みあげられていたいくつかの墓石の一つに、かって教区民であったジェイン・エアという人のがあった。彼女が死んだのは一八四七年であったが、同じ年にシャーロット・ブロンテが同名の小説を書いたのは、奇妙な偶然であった〉。『ジェーン・エア』は、その年の十月十六日に出版されている。シャーロットが『ジェーン・エア』を書きだしたのは、前年白内障の手術をする父に同行してマンチェスターに滞在中のことで、作家としては世に出た後、出版社を訪れるまでロンドンには行っていない。ジェーン・エアさんの墓石を見て、命名を思いつくことはあり得なかった。〈奇妙な偶然〉なのであろう。それにしても、この「倫敦千夜一夜」が書き終えられた一九八二年の〈ごく最近まで〉あったという、ジェーン・エアさんの墓石はどこへ移されたのだろうか。私はその行方と、彼女のことが知りたくてならない。

脂怨《しえん》　短編小説

〔初出〕「新潮」昭和三十九年五月一日発行、第六十一巻五号、九四〜一一三頁。

〔収録〕『最後の時』昭和四十一年九月七日発行、河出書房新社、一九二〜二二四頁。『思いがけない旅〈角川文庫〉』昭和五十年十月二十日発行、角川書店、一三七〜一七六頁。

〔梗概〕昨年の二月、私の義妹で、関屋夫人の彰子が不意に亡くなった。死因は脳内出血で、まだ三十三という歳であった。彰子はボルト商の末娘で、中の姉の恒子が、大阪で私の次兄と結婚している。関屋は音楽学校を卒業し、作曲のかたわら指揮者になろうとしていたが、跡継ぎの兄がスキーで遭難死し、家業に就いた。彰子の姉の享子と幼友達であり、享子のボーイフレンドであった。生前の彰子には、関屋よりも少しは余計に会っていたが、私が関屋に会いたくないのは、多分に享子のせいらしかった。享子は万事にあけすけで、多分に独りよがりなところがあった。独り身で、しかし、気立てのいい人だった。享子は関屋について色々なことを打ちあける。私は、素知らぬ顔をして関屋に会うのは、後めたくて仕方ないのである。関屋は享子を通じて彰子に求婚した。享子は積極的に勧めなかった。社会的に結婚相手として十分だが、夫としては何かと変っているだろうと思ったからである。が、永年のボーイフレンドが義弟にならずに終ることには未練があった。そして、享子は彰子を説得するのである。彰子も次第に関屋が好きになり、結婚する。関屋は彰子と結婚する以前に、銀行員の娘と結婚していた。新婚旅行のプランなど享子がたてた。しかし、一年足らずで離婚してしまったのだ。離婚後、関屋はドイツに行くと、享子はたびたび日本の食料品を送っていた。彰子と関屋とが結婚して三年くらい経った時分のころ、享子は私に、彰子が生魚の腸を顔に塗りつけていたことを話した。美肌を保つためらしい。「誰にもおっしゃらないで頂戴」と彰子にいわれたにもかかわらず、私に話し、「誰にも言わずにおいてやって頂戴」という。彰子は関屋に、もし自分が死んだら灰を嘗めてくれとか、透明のプラスチックに埋め込んで毎日眺めてくれなどという。そんな彰子の死後、享子はしきりに関屋を慰めに行った。ある日、私が享子に会うと、関屋と絶交したという。例の、彰子のことをうっかり話してしまったからだという。しかし、絶交の理由はただそれだけかどうかを、考えてみることさえ思いつかないらしかった。

〔同時代評〕山本健吉は「文藝時評（下）」（「東京新聞」昭和39年4月28日夕刊）で、『藝術的感興』などということを言い出せば、河野多恵子氏の『脂怨』（新潮）にしたって、ないことに同じである。上手な物語の語り手がここにあるだけだ。関屋邦雄という男が、もっと書けていれば、さらにおもしろかったろう。なぜなら、この男の魅力で立っている小説なのだから。」と評した。　（桑原真臣）

潮時のこと《しおどきのこと》　エッセイ

〔初出〕「すばる」昭和五十四年七月一日発行、第一巻三号、一六八～一六九頁。「天人地」。

〔収録〕『気分について』昭和五十七年十月二十日発行、福武書店、二〇八～二一二頁。

〔梗概〕ここで潮時というのは、潮の干満そのものの意味である。人は満ち潮時に生れ、干き潮時に死ぬ、とは昔から言われている。知人や名の知られている人が亡くなった時など、私はその時刻と潮時との関係を確かめてみることがあるが、どうも干き潮で亡くなられるようである。ところが、自然死ではない事故死の場合の潮時との関係はどうなのか。三島由紀夫の場合は干き潮ではないのだ。もちろん、私は今もって自然死はすべて干き潮の時と言いきるほどの自信はない。ただ、綿密に研究して、もし確実にそうであったならば、検察あたりで自然死かそうでないのかの判断をつけかねる場合に小さな参考にならないであろうか。

〝潮の岬〟奇蹟の訪れ《〝しおのみさききせきのおとずれ〟》　エッセイ

〔初出〕「CARD　NEWS」昭和四十七年七月一日発行、第二百二十二号、一～一面。カードニュース出版局（大阪市天王寺区東平野町6－20）発行。

〔収録〕『旅の随想』昭和五十二年一月一日発行、JCBのれん会、二～二頁。

〔梗概〕終戦の翌々年、潮の岬へ行った。私たち家族のほかは殆ど誰もいない。岬のくぼみのような感じの一部は、専有しているようなものだった。永かった戦争のあとだったこともあり、そういうすばらしさにある自分が、奇蹟の訪れにあずかっているような気がした。

汐見橋《しおみばし》　エッセイ

〔初出〕「大阪春秋」昭和五十四年五月三十日発行、第二十号、一四～一六頁。

〔収録〕『気分について』昭和五十七年十月二十日発行、福武書店、一八二～一八八頁。

〔梗概〕私の家は町名でいえば、西道頓堀四丁目、地図でいえば汐見橋の北詰を半町ほど東へ入った陸側にあった。市岡高女へ、私が通っていた時分のことである。時局柄の身体鍛練の意味もあって、通学距離二キロ以内の生徒は徒歩通学すべしと、学校で決められた。私は歩かなければならなかった。大阪府女専に入ってからは、私は帝塚山まで始発の汐見橋駅から南海電車の高野線で通った。「つもり」駅のフォームの標識が、誰かのい

し

たづら書きで、「やもり」となっていたのを今、思い出した。汐見橋といえば、兄が大雨のあと、藻のちぎれたのを釣りあげたり、あの橋の東側の欄干から、よく凧揚げをしたのを思いだす。ほんの一時、道頓堀と西道頓堀を通る遊覧船があった。西行きの市電に夕凧橋ゆきというのもあった。汐見橋の上へ涼みに行った。川の筏や岸や伝馬船をひたひたと叩く満潮の音や、大都会の街中の川特有のあの匂いを覚えている。私のこれまでの人生は、大阪で過ごした前半と東京で過ごした後半とが、今年でちょうど同じ歳月になる。大阪のことには疎くなったけれど、却って昔の細かいことを覚えている節もある。堀江の藝者達の踊る「あみだ池」の盆踊りは昭和六年に始まったものらしい。谷崎潤一郎が秘書の江田治江さんにすすめられ、妹尾健太郎夫人と三人で見に行ったそうである。

師恩半世紀《しおんはんせいき》　エッセイ

〔初出〕『丹羽文雄と「文学者」』平成十一年九月九日発行、東京都近代文学博物館、八〜八頁。

〔梗概〕丹羽文雄先生の御恩に与った歳月は半世紀に及ぶ。いつもその時の私にとって最も貴重なことを教えてくださった。「たまにはいいが、夢を書くと作家は衰弱するんだよ」と言われた。

自戒《じかい》　エッセイ

〔初出〕「文藝」昭和四十九年七月一日発行、第十三巻七号、一〇〜一一頁。「晴天乱流」欄。

〔収録〕『もうひとつの時間』昭和五十三年二月二十日発行、講談社、七八〜八二頁。『いくつもの時間』昭和五十八年六月七日発行、海竜社、一一一〜一一六頁。『河野多恵子全集第10巻』平成七年九月十日発行、新潮社、七〇〜七二頁。

〔梗概〕阿部知二全集の月報用の文章を書くために、むかし阿部知二さんにお目にかかった時の日記をみると、「男性は観念的に堕落することが可能だけれども、女性にとってはむずかしい。もっとも、今日では女性に抵抗を強いるものが可成り少くなったので、むかしとは大分ちがってきたけれども」と書き記されていた。縄こそ打たれなかったが、敗戦になった時、日本の男性はすべて捕虜になったはずである。が、女性は捕虜にはされなかった。人間とは見られていないから、捕虜にしてもらえなかったのである。で、女性たちは非常に小廻りに自由が利く。要の外れた恰好の意識の解放ではあるけれども、抵抗を強いられるものが夥しく、内的意識の不自然に歪められていた。戦前の女流作家たちに較べると、文学的誠実さを手にするには余程都合のよい状態を期せずして得たのである。戦後女性作家の進歩は、そういういわば火事場泥棒的収穫のようなものなのである。男性作家は捕虜意識の極みを追究してきたかのように見える。火事場泥棒的収穫の許されなくなった、その時の女性作家に堕落がはじまらなければ幸である。

視覚的心理の特色《しかくてきしんりのとくしょく》　――→『黄金の眼に映るもの』――マッカラーズ――

（62頁）

時間の表現《じかんのひょうげん》　エッセイ

〔初出〕「海燕」平成四年一月一日発行、第十一巻一号、一三〜一六頁。

〔収録〕『蛙と算術』平成五年二月二十日

し

発行、新潮社、三六～四一頁。

〔梗概〕むかし言われた人生五十年は、平均寿命がほぼ五十歳という統計があって、言われるようになったわけではない。人生五十年には、深い精神的な意味合いが添っていたようなのである。その点、人生八十年は平均寿命の八十歳と直接に結びついている。即平均寿命八十歳であり、八十年が実にせせこましく、小煩く扱われている。母校の一年下のある科では、卒業後四十三年目の現在、三十四名の全員が健在であるという。私は驚いた。この一、二年ほどの間に、出版物でワープロの使用のためらしい文字の誤用に出会うことが急に多くなった。こちらまで誤用に伝染しだした気配なのである。ところで、私たちが世の中からの影響を最も強く受けているのは、時間の場合なのではないだろうか。私には、客観的時間、主観的時間、学問上の時間とされてきたもの、つまり通念としての時間を超えた世界がありそうに思える。先せた時間と人間との関わりはどう捉えればよいのか。私にはまだ、人間には様々の不思議な時間があるらしいことが幾らか感じられているだけかもしれないのである。

時期というもの《じきというもの》　エッセイ

〔初出〕「風景」昭和四十一年八月一日発行、第七巻八号、二七～二七頁。

〔収録〕『文学の奇蹟』昭和四十九年二月二十八日発行、河出書房新社、二一九～二二二頁。『いつもの時間』昭和五十八年六月七日発行、海竜社、一二五～一二八頁。『河野多恵子全集第10巻』平成七年九月十日発行、新潮社、二一八～二一九頁。

〔梗概〕江藤淳氏の随筆集の中に、アメリカから二年ぶりに帰国して愛犬に再会すると、その黒い雌犬のあごが一面に白毛に変っていたという話や、外科医が知識と経験が充分にそなわり、眼も老いず、メスを扱う手先の動きも鈍らない時期、執刀医としての最適の期間というものは四、五年だ、などの話を取りあげ、小説はもう一度熱し直すことのできない有機物のひとつであると述べる。小説は、材料を充分温めることが必要であるが、それと同時に温めすぎないこと、煉りすぎないことも大切なのだ。私は短編小説に着手する前、いつもカルメ焼を作っているような緊張した気持になる。短編の場合は、ザラメの最適の状態を捉えて、適量の重曹を投げ込めば、そのザラメと重曹相応には膨らんでくれるのだけれども、長編の場合は、最後に至るまでの全体部分を温め続け、しかも鮮度が落ちないうちに、それぞれの部分の最上の時期に次々行き会えるようにして書き進めてゆかなければならない。この気配りの張り合いと楽しさが長編を先へ書き進めさせる大きな力となっている、と述べる。

試験《しけん》　コラム

〔初出〕「読売新聞」昭和五十年十一月十五日夕刊、五～五面。「東風西風」欄。

〔梗概〕採用試験ではないが、私はこういう出題に接した経験がある。戦争中、女学校の最終試験の時のことだった。勤労奉仕や工場動員で授業も途切れがちになっていた。その世界地理の先生は試験勉強はしてくる必要はないと言われる。当日、黒板に「大陸とは何か?」と書いて、「問題はこれだけ」とおっしゃった。

抜群の出題だったと思う。私が就職試験に臨むならば、筆記試験でも面接試験でも抜群の出題に接したところに採用されたいと思う。

私見《しけん》　選評

〈初出〉「文藝」平成四年十二月一日発行、第三十一巻五号、一五二～一五二頁。

〈梗概〉平成四年度文藝賞選評。三浦恵「音符」は、形式的にも、繊細で微妙な内容・表現上でも、特色のある作品でした。しかし、こういう作品においてこそ特に必要な、秘められた強靭さの手ごたえがなくて、信頼感を誘発してもらえなかった。真木健一「白い血」は白い血という着眼はよかったが、もっと強く、深く見つめるべきである。

事故《じこ》　コラム

〈初出〉「読売新聞」昭和五十年十月十八日夕刊、五～五面。「東風西風」欄。

〈梗概〉一泊の旅行から帰宅して、お茶を飲もうと湯を沸かした。洗ってはあるが二、三日使わなかった湯のみなので、ちょっと熱湯ですすごうと思って薬罐《やかん》の湯を注いだ途端、閃光と破裂音と同時に、あたりはキラキラした破片だらけになった。その湯のみは、魔法瓶づくりになっている。近ごろは大抵耐熱処理がしてあるので、つい注意もおろそかになりがちだったらしい。世の事故の起る経路の豆見本とでもいえようか。

自己顕示《じこけんじ》　エッセイ

〈初出〉「婦人公論」昭和六十一年二月一日発行、第七十一巻三号、七七～七八頁。

〈梗概〉ある日曜日、一時間あまり国電に乗った。若い男の人の開いた長い両脚があちこちで通路に突き出ているのだった。彼等のああいう恰好は一種の自己顕示なのではないか。男女の別なく、年ごろには妙なかたちで自己顕示をしてしまうものなのだ。私の高等女学校時代、下校時分には、バスは混んでいなかった。空席があったり、途中で空席ができたりした。しかし、私たちは何故か決して腰かけようとしない。空席があるのに座りたがらなかったりしたのは、どうも自分たちの無意識の自己顕示だったのではないか。彼等もそうなのかもしれないと、私は突き出た両脚にそんなことも思ってみたのであった。

支笏湖畔でのひととき《しこつこはんでのひととき》　エッセイ

〈初出〉『北海道の大自然〈美しい日本①〉』昭和五十五年（月日記載なし）発行、世界文化社、一〇二～一〇二頁。

〈梗概〉元来旅に出ることには消極的であるが、ただ一度だけ北海道に行ったことがある。その時訪れたオコタンペ湖も支笏湖も、巨大な湖は果てしなく静まり返っていた。まさしく地球の一部にいる気持に、突然襲われた。その静まり返り方には、多くの湖によくある閉塞感が全くないようである。（荒井真理亜）

死後の営み―『半所有者』について―《しごのいとなみ―『はんしょゆうしゃ』について―》　インタビュー

〈初出〉「波」平成十三年十二月一日発行、第三十五巻十二号、一二～一三頁。

〈梗概〉「半所有者」は昭和四十一年に「最後の時」を書いた頃から温めていた。実際にできるかどうかは別として、最後の営みを願うのは、『秘事』の三村のような夫婦関係であれば当然でしょう。相手が死体なので距離感を出したくて

「氏」をつけた。人生で普通に起っているドラマを書いたのが『秘事』。ディテールで構築されているのが人生であると述べる。

自作再見―回転扉―《じさくさいけん―かいてんとびら―》　エッセイ

〔初出〕「朝日新聞」平成二年十二月二十三日朝刊、一五〜一五面。

〔梗概〕私は〈肉付きの悪い夫婦〉としての一つの真実を探ねたのだった。真子は自分たちのような夫婦の行き着く先を命がけで見究めようとする気持になり、見究めたくてたまらない。その志向が彼女を拘束する。が、やがて彼女はその志向を一瞬忘れ、思いがけず拉致される。自分の志向を本当に果すには、自分と金田との信頼のためではなく、金田ではない宇津木と自分との性的期待で金田を裏切るしかなかったことを、彼女は肉体的に識る。その結末に、否定的な意味は托してはいない。『回転扉』を書き上げた途端に、『みいら採り猟奇譚』のテーマが浮んだ。一段と夫婦の究極の真実を求めてみようと、思い立ったのだった。

自殺のこと《じさつのこと》　エッセイ

〔初出〕「本」昭和五十四年十月一日発行、第四巻十号、三〇〜三一頁。

〔梗概〕先頃、知り合いの方の母堂が亡くなられた。ご高齢で、自殺だった。そう聞いた時、全くひどい、と私は思った。故人に対してそう思った。知人夫妻に対して同情に耐えなかった。私の母は老衰の自然死だった。二年ほどまえの一時期、死にたいと言って、母は皆を手古摺らせた。死にたがる母に、私が一種の怒りを覚えたのは、子としての甘え、我儘、身勝手だったのかもしれない。何の不平、苦痛もないのに、もう生きてはいたくないという母の心身の衰えのほどが、私には哀れで、つらくてならなかった。知人の母堂の不幸は、老人性鬱病のせいにちがいない。だが、故人の行為を経た結果であるから困るのである。親たる者、自殺以上の子不幸はないだろう。この世に折角おくり出した子供に、この世が生きるに価しないと自ら示してみせる以上の裏切りはないだろう。あらゆる藝術の最も根底となる起爆剤は作者の生きてある歓びのはずである。それなのに、どうして作家の自殺に寛大になれるだろう。作家の自殺は余後の人生への否定であるばかりでなく、自分の全作品の否定である。文学というものへの否定であり、全藝術への否定である。少くとも、親と作家の自殺ばかりは、せめて余儀ない心か頭の病気が百パーセントの原因であってもらいたく、絶対そうであると一眼で立証し得る方法があってほしいものである。

時差のこと《じさのこと》　エッセイ

〔初出〕「現代」平成五年九月一日発行、第二十七巻九号、三三八〜三三九頁。

〔梗概〕私の外国体験は非常におそくて、一九八五年、五十九歳の時が最初であった。私の体は時差に反発するだけの力がなく、時差ぼけが起りにくいのではないかと、そう思うこともある。時差ぼけは、一体に若い人ほど顕著なのだと聞いたことがある。反対に、年がゆくにつれて顕著になる、とも聞いたことがある。どちらが本当なのだろうか。ただ、幼児は時差に順応するまでに、かなり日数がかかるらしい。日本からニューヨークへ移住して、一カ月くらいは日本のままの睡眠

し

時間だったという幼児の例を一再ならず聞いている。産児の場合はどうなのだろうか。赤ちゃんは、恐らく生れたその地の昼夜の巡りに準じて全身の営みが開始されるのであろう。時差とは何の関係もなさそうだ、ということであった。

私事《しじ》　エッセイ

〔初出〕「早稲田文学」昭和四十四年九月一日発行、第一巻八号、九六～九七頁。

〔収録〕『私の泣きどころ』昭和四十九年四月八日発行、講談社、一六七～一七〇頁。『河野多惠子全集第10巻』平成七年九月十日発行、新潮社、四七～四八頁。

〔梗概〕「不意の声」の校正が終った時、私はあの作品を実家の母が読めば、相当気にするだろうと、心配になってきた。私の作品や私のことの載っている雑誌は近所の新刊書店から届けるようになっていると聞いていたので、大阪へ電話をして嫂に母に読ませない工作をしてもらうように頼んだ。そのうち、文藝時評の時期になった。「えらいことになりました」と嫂から電話が掛ってきた。時評を見て「多惠子はまた何か書きましたんか？」と母に言われ、嫂は白状してしまった。「隠さんでもよろしい。わたしは何も気にしませんよ。好きなことを好きなように書きはったらよろしい」と母は家族にも、私にも大分機嫌がわるいという。「不意の声」のことは読んだとも、一言も言わない。最近、母が非常に怖がりになっていると、人伝てに聞いた。私の作品と関わりのあるようなかたちで聞かされた。

死者への言葉《ししゃへのことば》　談話

〔初出〕「別冊週刊読売」昭和五十一年五月十日発行、第三巻五号、一三〇～一三一頁。「だから私は信じる…」。

〔梗概〕亡くなった人がこの世に残していった何かと、生きている者のその人への思いが一つになり、初めて霊魂としてこの世に存在することになるし、それがまた亡くなった人への供養にもなるのではないか。だからもし私が死んだら仏壇など飾らなくても、親しかった人たちが沢山集まって私のことをあれこれ話してくれればそれでよい。


「私生活に」にもたれない文学《「しせいかつに」にもたれないぶんがく》　インタヴュー

〔初出〕「文學界」平成七年四月一日発行、第四十九巻四号、一六〇～一七三頁。

〔梗概〕インタヴュワー・鈴木貞美。「日常を脅かすヒヤッとする感覚」「心理や感情に因果関係を求めない」「知らせずに葬りたいということ」「『私生活』を拒否する態度」「『語り』の文体を捨てた理由」から成る。語りを捨ててきたというのは、関西の言葉が入ってくると、自ずからそこに何か風俗が出てしまうこと、それからマゾヒズムを書くときは一人称の説話体が一番有利なんだけれど、それに抵抗してきたことにある。語りを拒否してきた甲斐のある語りを、一番それの有効に機能するテーマの小説を書きたい、と述べる。

自然淘汰としての妊娠中絶《しぜんとうたとしてのにんしんちゅうぜつ》　エッセイ

〔初出〕「別冊婦人公論」昭和五十八年七月二十日発行、第四巻三号〈十三号〉、一〇〇～一〇三頁。

〔梗概〕今日の日本の家庭の子供は大抵、長子か、末っ子か、一人っ子だろう。なかでも、最も多いのは二人の子供のいる家庭で、男と女ひとりずつ、お上手な子供構成になっているのが不思議なくらい多いような気がする。そういうのを見ると何だか人工的な気がして仕方がない。あまりにお上手な子供構成をみると、非動物的すぎるようで、却って物足りないのである。弱者脱落、弱肉強食は、自然の掟である。必要な自然淘汰である。人間以外の他の動物の自然の掟は、全く自然のままの掟である。自然に身を任せている。が、人間の母親は弱い子供でも無理に育てようとして、ノイローゼになることさえある。人間社会では、動物としてならば真先に喰われてしまいそうな弱者が、人間社会特有のものの力によって強者に仕立てあげられてゆく。そして、社会的弱者が喰われるのである。自然淘汰ではなくて、人工的社会淘汰であるからこそ、この淘汰のままにしておくことはできない。で、社会保障の増進を望む声が起ってくるのである。中絶を自由解放しても、さしたる弊害はあるまい。中絶の自由解放の功徳の最たるものは、中絶とその現行の法律がもたらしている既成観念の陰湿さから解放されることである。

自然なフェミニズム《しぜんなふぇみにずむ》　エッセイ

〔初出〕「鐘」平成二年一月十五日発行、第二号、四〜四頁。

〔梗概〕フェミニズムの生れた所以は、女性の被差別意識、被害者意識にあった。明治二十年代の樋口一葉以来、明治三十年代の半ばくらいまで、女性の被差別意識、被害者意識が女性作家の主たる創作衝動だった。しかし、最近、その裏返しのものも含めて、被差別意識、被害者意識に囚われない小説がふえつつある。自然なフェミニズムが小説のテーマ・モチーフ・デティールすべてを豊かに、深く、鋭くさせるようである。

自然に決まる《しぜんにきまる》　選評

〔初出〕「文藝春秋」平成十三年九月一日発行、第七十九巻九号、三八四〜三八四頁。

〔梗概〕第百二十五回平成十三年度上半期芥川賞選評。玄侑さんの「中陰の花」は確実に進歩していた。「無駄な迂回がなくなり、しかもすっきり仕上ったことで作品が痩せるのではなく、豊かになっていて嬉ばしい」という。

死体の所有者《したいのしよゆうしや》　エッセイ

〔初出〕「新潮」昭和五十九年九月一日発行、第八十一巻九号、二五六〜二五七頁。

〔収録〕『蛙と算術』平成五年二月二十日発行、新潮社、四一〜四五頁。『河野多恵子全集第10巻』平成七年九月十日発行、新潮社、三〇〇〜三〇二頁。

〔梗概〕私は歴史小説もノンフィクション物も書いたことがない。私にはその種のものを書くのは向いていないようである。私の書くものはまた私小説ではないので、思いのほかに執筆外の作業を伴う。テーマによっては、資料調べをしたり、専門家に教示を乞うこともある。少し法律問題に触れているうち、死亡届の法律としては、戸籍法の第八十七条（届出義務者）の項を見て、私はびっくりした。規定されている順位は届出義務者順位であって、届出権利者順位ではない。たとえば、A氏が久しく家庭に寄りつかず、B子と同棲していたとする。そのA氏が死亡した時、B子が正妻のA夫人にさえ知らせず、こっそり死亡届をしてしまうこともできる。死体争いの話は聞いたことがない。国民の宗教的感情とか良風美俗とか慣習とかいうものは、こと人の死亡に際しては、今もって驚くほどの威力を発揮するようである。

志田氏の遺言《しのだしのゆいごん》　掌編小説

〔初出〕「野性時代」昭和五十年十一月一日発行、第二巻十一号、八二〜八四頁。標題「いすとりえっとⅥ」。

〔梗概〕『いすとりえっと』未収録作品。志田氏はまだ五十代に入ったばかりの年齢で、突然の病死であった。妻とどちらも大学生の長男と長女が初七日の夜、遺言状が開かれた。「小生には、たった一つだけ後悔していることがあります」と書き出されていた。小学校の頃、答案は百点であるのが当り前だと考えていた。だから自分がビリかと思っていたが、終業式の時、一番だと言われ、さっぱり訳がわからなくなったほどですと、遺書は志田氏の子供の頃からの取越苦労の裏切られ方の歴史といってもいいものだった。家族は、お父さんが取越苦労性だったことは全く知らないと言う。

慕わしい奈良《したわしいなら》　エッセイ

〔初出〕「ずいひつ大和」昭和五十二年（月日記載なし）、第七十七号、三五〜三六頁。近鉄ニュース創刊30年記念。

〔梗概〕私の記憶にある最初の奈良は小学校二年のときの学校からの遠足で行った時のことである。今から十年ほどまえに奈良へ行った時、あの奈良駅のはんなりした感じは昔のままだった。私にとって、奈良という土地はとにかく非常に快適な土地なのである。奈良へ行くたびに、来てよかったと心の底から満ち足りた気分になる。奈良の古代建築と美術とが実に奈良の自然と気候とにうつり合っていて、その大らかさが何ともいえない。気持が大きくなり、夢が大きくなり、心身ともに生きている歓びにどっぷり浸っているような感じになる。今日の晩御飯はお鍋で、私は葛きりを入れた。あの奈良の産物をうちでは切らしたことがない。

実感から《じっかんから》　コラム

〔初出〕「毎日新聞」昭和五十二年四月十三日夕刊、六〜六面。「視点」欄。

〔収録〕『気分について』昭和五十七年十月二十日発行、福武書店、一四六〜一四七頁。

〔梗概〕進取の気象に富んでいた英国のヴィクトリア女王は、新発明にも強い関心をもっていた。月世界旅行の可能性も信じたとみえる。月世界旅行が果された今でも、私は地球以外には微生物さえいる気はしないのである。遠い過去や未来はともかく、幾億万年間くらいの現在、あらゆる生物は地球にのみ存在しているにちがいない。動物、植物、魚貝、昆虫等の途方もない種類の多さ、それぞれのかたちのあまりの相違と凝り方―それだけでも実にすばらしく、私は宇宙のあらゆる生物は地球にのみあることの絶対的な証明に思える。

実験《じっけん》　コラム

〔初出〕「読売新聞」昭和五十年八月二日夕刊、五〜五面。「東風西風」欄。

〔梗概〕肺結核の病巣の空洞をレントゲン写真で見て、名医は、理屈でいえない微妙な感じによって、非常に進む力をもっているか、すぼみそうになっている空洞かまで判断して治療を考える、という話を聞いたことがある。同様のことは、気温にもいえるような気がする。今年の立秋は八月八日午後零時四十五分だと聞いた。そこを境にふっと気温の質が萎《な》えるかどうか、全身で実験してみたいと思っているが、この猛暑続きでは、どうも失念しかねない。

実験用人形《じっけんようにんぎょう》 コラム

〔初出〕「毎日新聞」昭和五十二年五月十一日夕刊、五〜五面。「視点」欄。

〔梗概〕ある大学の法医学の研究で行われた、実験用人形を用いた高所からの人体落下実験に関心が湧いた。生体での飛降り自殺や転落事故であるからには、少くとも意識と心理の咄嗟の反応が肉体に何等かの反応をもたらしそうな気がする。また、その実験の際の高度は五メートルと十メートルとであったが、今どき十メートル程度の場所を選ぶ飛降り自殺者があるだろうか。

嫉妬のはじまる時《しっとのはじまるとき》 ——→いすとりえっと（40頁）

執筆中の私を幾度も襲うあの衝動《しっぴつちゆうのわたしをいくどもおそうあのしようどう》 エッセイ

〔初出〕「プレジデント」平成三年六月一日発行、第二十九巻六号、一七〇〜一七一頁。

〔梗概〕私にもいろいろな占いの知識の破片が少々溜まっている。経済人の良相は藝術家の良相と同類なのである。政治家の良相をしている藝術家には、どうも問題があるようだ。高名であっても挫折してしまったりしがちなのである。私は自分のなかに、狂気という言葉が一番近いらしいものの存在を感じていないわけではない。そういうものが存在しているから、私は物書きなどになりたくなったのかと思うことがある。先ごろ出版された、私の書きおろし長編『みいら採り猟奇譚』の着想は、二十年まえに生れ、集中的に取り組むようになったのが、十年まえのことだった。書きたいこと、書きたいものは、溢れるように湧いてきた。それを原稿用紙に定着させることとの間には、広大で、複雑なエリアがある。そのエリアの手応えに、私は亢奮し通しだった。どの小説の場合でも、その亢奮はあるのだが、今度は格別だった。何か思いがけないことをやりかねないような恐怖も幾度も感じた。

『死の家の記録』—ドストエーフスキイ—《『しのいえのきろく』—どすとえーふすきい—》 エッセイ

〔初出〕「ドストエーフスキイ全集第4巻月報X」昭和四十五年二月二十日発行、河出書房新社、一〜三頁。原題「『死の家の記録』再会」。

〔収録〕『文学の奇蹟』昭和四十九年二月二十八日発行、河出書房新社、一六六〜一六九頁。この時、「『死の家の記録』—ドストエーフスキイ—」と改題。『文芸読本ドストエーフスキイ』昭和五十一年一月二十日発行、河出書房新社、一一九〜一二〇頁。『河野多恵子全集第10巻』平成七年九月十日発行、新潮社、一八九〜一九一頁。

〔梗概〕文学書と私との元来の附き合い方からすると、ドストエーフスキイの『死の家の記録』との場合は非常に例外的なのである。最初に読んだ時期さえも、記憶していない。今度この作品に再会して、小説藝術の感じさせる筈の歓びを私はやはり感じることができなかった。恐ろしい作品としかいえなかったのである。人間は必ず死ななければならない。だからこそ、進歩、向上、増殖、発展というような、死滅と全く反対的なことによって存在せしめられているのである。この作品の恐ろしさは、囚人たちの生甲斐のなさ、何とかして生甲斐を掠め取ろうとするあがきとして、苦しく迫ってくるところにある。

死の3日前、円地文子さん友情の〝絶筆〟《しのみっかまえ、えんちふみこさんゆうじょうの〝ぜっぴつ〟》　談話
〔初出〕「毎日新聞」昭和六十一年十一月三十日朝刊、二三～二三面。
〔梗概〕円地文子の絶筆についてのコメント。「私もよく生前の円地さんから、平林たい子さんがいかに魅力的であったかをうかがいました。絶筆となった小説は、完成すれば、それぞれに個性的な女流文学者の出会いと友情を考えさせるものになったと思う。未完に終わったのは、かえすがえすも残念です。」と述べる。

斯波要《しばかなめ》　──→「蓼喰ふ蟲」の斯波要（260頁）

芝木好子著「葛飾の女」─日本画ふうの美しさ─《しばきよしこちょ「かつしかのおんな」─にほんがふうのうつくしさ─》　書評
〔初出〕「読売新聞」昭和四十一年七月七日夕刊、九～九面。
〔梗概〕芝木好子の『葛飾の女』を読みながら、「幾度か日本画をながめているような気がした。主人公たちが日本画家であるというためばかりでなく、テーマ、きちんとした文章、デテールすべて日本画ふうの静かな美しさを感じた。ことに、葛飾の田舎の大きなさびしい邸で、東京と絵と師を恋う女の姿が印象的だった」と評する。

自分に正直に自由に生きることこそ《じぶんにしょうじきにじゆうにいきることこそ》　談話
〔初出〕「ウーマン」昭和五十一年五月一日発行、六巻五号、二六一～二六二頁。
〔梗概〕自分のしたいことや生き甲斐はどこまでいっても自分ひとりだけのものであって、他とくらべたり比較したりするものでない。私は勝手に自由に生きることが老いを感じさせない最良の方法だと思っている。毎日の生活のなかに、自分独自の世界を求めてみるといったように、何事につけても他人とは違ったものにクリエートする気持が大切である。先ずハリを感じる道に長じることこそ老いを追放する最良の生きかただと私は信じている。

自分の命ながら《じぶんのいのちながら》　コラム
〔初出〕「読売新聞」昭和五十年十一月一日夕刊、五～五面。「東風西風」欄。
〔梗概〕もしも病気で助かる見込みがなくなった時、生命を引きのばしてもらいたいか、もらいたくないか、と質問を受けた。私にはどちらとも答えられない。どちらの意志表示であっても、従うのに迷いのない家族はないだろう。この種の意志表示をしておくことが、端の人たちに救いになるのは、当人が人間的にとび抜けて立派な人だった時だけであろう。

自分の棲家《じぶんのすみか》　──→いすとりえっと（34頁）

自分を見失わせ、そしてときには発見させるもの《じぶんをみうしなわせ、そしてときにははっけんさせるもの》　エッセイ
〔初出〕「ウーマン」昭和五十一年一月一日発行、二二九～二三〇頁。特集「私に

とっての結婚の意味」。
〔梗概〕結婚の意味について、ムキになって考えたり、捉われたりする人があるとすれば、その人は結婚生活に向ない人か、結婚生活の本当の実体にまだ触れるに到っていない人かであろう。結婚の意味は男女が一体感をもって、日常生活の細部を埋めることにあるらしいと、私は思っている。日常生活の細部の埋め方は共同で殖やすこと、創ること、伸びることなど、つまり死と全く反対の諸要素をもつところの埋め方である。その実体はまことに不思議なものであり、人それぞれによって異るので余計に簡単には言えない。結婚生活には自分を見失わせるところと発見させるところとがあり、また人間を粗雑にさせるところとデリケートにさせるところがあるらしいというのが、私が感じている結婚生活の実体の一部である。

自慢話《じまんばなし》　エッセイ
〔初出〕「万華灯」昭和六十三年冬（月日記載なし）発行、第五号、一三〜一四頁。
〔梗概〕ヨーガという言葉をはじめて接したのは、少くとも二十五年くらいまえのことだ。広池秋子さんとは、十年ほどまえに丹羽文雄先生主宰の「文学者」の集まりで知り合った。今のマンションに入った当座、広池さんが萩原葉子さんと一緒に、遊びにみえた。新しい住居は購入だけでお金が尽きて、家具まで手がまわらず、床は広々としていたのを幸いに、広池さんからヨーガの実地指導をしてくださったのである。ヨーガの大家広池秋子先生には膨大な生徒さんがあるが、先生の出張個人指導にあずかったのは、私くらいのものではないかと、私は自慢話にすることがある。

持明院の石像《じみょういんのせきぞう》　エッセイ
〔初出〕『日本の伝説17〈ロマンの旅・南九州〉』昭和五十三年（月日記載なし）発行、世界文化社、一一六〜一一九頁。
〔梗概〕鹿児島の鶴丸城の二の丸跡には、形の妙な石がある。彫刻して白く塗られた顔面は、実は島津家十九代家久の夫人であった、持明の方に因んだものだと言い伝えられている。　（荒井真理亜）

シャーラザッド《しゃーらざっど》　―→『千夜一夜物語』（242頁）

シャーロット・ブロンテ―夢と努力の女性―《しゃーろっと・ぶろんてーゆめとどりょくのじょせいー》　エッセイ
〔初出〕「楽しいわが家」昭和五十四年九月一日発行、第二十七巻九号、一〇〜一二頁。「私の尊敬する人々」。
〔梗概〕シャーロットは、作家としても、一人の女としても、常に人間らしく夢をもち、その実現へと努力を続けた女性である。私がシャーロットを尊敬するのは、彼女の努力が単なる辛抱強さでなく、常に夢をもって、積極的な工夫、向上を実行したことにある。彼女は長年の相次ぐ失意、目下の父の眼疾と弟の狂態にもめげず、妹たちをも励まして、小説家を目指す。あちこちの出版社へ送られたが、彼女の原稿は実に一年間に六度送り返されたという。それでも、彼女は夢を見続け、努力し続けた。次作を書きだしたのは、何と父の白内障の手術に街へ付き添って行った時の宿でのことであった。書き上げると、それまでの相次ぐ拒絶で卑屈になることなく、ロンドンの有数の出版社へ送るところが又すばらしい。この小説こそ大ベストセラーとなった「ジェイン・エア」なのである。

弱肉強食《じやくにくきようしよく》　コラム

〔初出〕「毎日新聞」昭和五十二年五月二十五日夕刊、七〜七面。「視点」欄。

〔梗概〕自分で自分の面倒をみられないほどの病気になったり、大怪我をしたりすれば、他の自然界の生き物ならば、やがてそのまま死んでしまう。実に明快な弱肉強食の世界である。ところが、人間の場合の弱肉強食は人為的なものである。だからこそ、又人間社会の弱者は救われるべきなのである。

ジャクリーン・K・O逝く《じやくりーん・けい・おー・いく》

――→ニューヨークめぐり会い（317頁）

『じゃじゃ馬ならし』を観て《『じやじやうまならし』をみて》　エッセイ

〔初出〕「婦人公論」昭和四十一年四月一日発行、第五十一巻四号、二四二〜二四二頁。「婦人公論劇場・指定席」欄。

〔梗概〕シェイクスピア原作「じゃじゃ馬ならし」観劇記。とくにペルルーキオ役の小池朝雄がいい。「本当の領主自身であるところの貫禄を失わず、勇敢に、乱暴に、やさしく、ユーモラスに、自信をもって〝じゃじゃ馬〟をならして行き、男性的魅力が溢れっ放し」と評した。

車中にて《しやちゆうにて》　エッセイ

〔初出〕掲載誌紙名未詳、昭和五十九年九月発行。

〔収録〕『蛙と算術』平成五年二月二十日発行、新潮社、九七〜一〇〇頁。

〔梗概〕今年、梅雨が明けて間のない頃、仕事で神戸へ行った。新幹線の車中では、いつも私はすることがない。つい、とりとめのないことを考える。神戸のいろいろな思い出が、旧いことまで甦ってきた。そのうち、船で神戸へ行ったことを思いだしたが、その船の名がどうしても思い出せない。野上弥生子さんが、度忘れした時そのままにしておかずに、かといってムキにもならずに、思いだせるまで、思いだそうと気軽につとめること、と十余年まえに、教えてくださった。車中で、それを実行し続けたが、船の名は一向に思いだせない。帰途、五、六人の連れのひとりと阪神電車に乗って、梅田の改札口で「この切符は？」と私は遮られた。先程別れた連れの降りた駅までの切符だった。狼狽えている私は「大阪から神戸まで処女航海の瑠璃丸に乗せてもらって…」とも言ったりして…。遂に、そこで「瑠璃丸」が出たのである。列車はもう、神戸に近くなっていた。それも影響して、「瑠璃丸」が思いだせたのかもしれない。

週刊新潮掲示板《しゆうかんしんちようけいじばん》　エッセイ

〔初出〕「週刊新潮」昭和五十年六月十二日発行、第二十巻二十三号、一一八〜一一八頁。

〔梗概〕日本人の海外への団体観光旅行の始まりは、明治四十一年に東京大阪両朝日新聞社が主催した、世界一周旅行らしい。期間は春、三《み》月あまりで、費用は二千百円。五十六人が参加。その参加者の方々がどんな生涯を送られたか、知りたい気がする。ご縁者の方々からでも伺えないものか思う。

週刊新潮掲示板《しゆうかんしんちようけいじばん》　エッセイ

〔初出〕「週刊新潮」昭和五十三年二月十七日発行、第十巻七号、一二二〜一二二頁。

〔梗概〕食虫植物について大変関心を持

っています。どこか日本で見られるところはないか、また、世界の食虫植物を一堂に集めた温室といったたぐいのものは日本にあるのでしょうか。個人で食虫植物を育てられるかどうか、その場合、虫の代りに動物性タンパク質で育てられるものでしょうか。お教えいただければ幸いです。

週刊新潮掲示板《しゅうかんしんちょうけいじばん》　エッセイ

〔初出〕「週刊新潮」平成三年四月二十五日発行、第三十六巻十六号、一三三～一三三頁。

〔梗概〕イギリスの伯爵で、大手相家として華々しい名声を得たキロという人がいた。ビクトリア女王の死期、オスカー・ワイルドの晩年の没落、シンプソン事件のエドワード八世の退位等々、多くの予言を的中させ、扱った人たちの手型が保存されているそうです。彼の手相学の訳本をお持ちの方がいらっしゃったら、お譲りください。

週刊新潮掲示板《しゅうかんしんちょうけいじばん》　エッセイ

〔初出〕「週刊新潮」平成七年二月二十三日発行、第四十巻八号、七六～七六頁。

〔梗概〕私はオペラのＳＰ盤レコードを集めてきました。一九四〇年前後に、長い曲を聴くための特別の電気蓄音機が発売された。幾枚ものレコードをセットしておくと、裏返すのも、交換するのも、全部自動式で、曲が途切れずに続いていく。お譲り下さる方、ご一報を。

10氏が選んだベスト3《じゅうしがえらんだべすとさん》　回答

〔初出〕「朝日新聞」昭和五十七年十二月十四日朝刊、七～七面。

〔梗概〕遠藤周作「女の一生・第一・第二部」（朝日新聞社）一点をあげる。

充実した結果《じゅうじつしたけっか》　選評

〔初出〕「潮」昭和五十四年七月一日発行、第二百四十二号、二八三～二八三頁。

〔梗概〕第七回平林たい子文学賞選評。上田三四二氏「うつしみ」は、上田氏の超無常思想誕生までの過程に、人間に対する眼を洗われる念いをした。桶谷秀昭氏『ドストエフスキイ』は、ドストエフスキイの作品を好きで、楽しんでこられたのだろう。ドストエフスキイをあらためてゆっくりと楽しんでみたくなった。中野孝次氏『麦熟るる日に』の主人公の瑞々しさは、作風の素直さのみから生れたものではない。何ものにも拐かされぬ勁い文学的誠実さが漲っているのである。

重装備《じゅうそうび》　──→ニューヨークめぐり会い（318頁）

住宅事情と古本《じゅうたくじじょうとふるほん》　エッセイ

〔初出〕「読売新聞」昭和四十八年十一月十九日朝刊、一〇～一〇面。「本の周辺(3)」。

〔梗概〕戦前の家は余裕のある造りになっている。母が置き場所や蔵い場所に困っているのを見た記憶は全くない。その家は空襲で焼けてしまった。戦後数年たつまで借家住まいをしていた時分、私は本はもちろん読み終えた雑誌でも、新聞でも、場所に困ることなく、みな取っておいた。二十七年に上京する時、私はリンゴ箱ひとつに好きな本を入るだけ詰めて送った。東京に腰を据えるために、一年ほどたつと、大阪においていた本、雑誌、資料など下宿へ引き取った。引っ越すたびに運送屋さんから苦情をいわれた。尾崎一雄の「あの日この日」が完結した。おびただしい資料を保存される状況に恵まれておられたことが羨しい。戦後は住宅が欠乏し、それが好転に向ってからも、それぞれの住居は一体にすっかり狭くなった。その境涯によって、どれだけの書籍、資料が捨てられてきたことか。住宅事情が古書籍の上下の差を不自然に大きくしているように感じる。

秋風の中で《しゅうふうのなかで》　エッセイ

〔初出〕「別冊婦人公論」昭和六十年十月二十日発行、第六巻四号、一六～一六頁。

〔梗概〕写真「女流の肖像」に付されたコメント。書き下ろし「みいら採り猟奇譚」に取り組んでいる。エンジンのかかるのが遅くて、かかるとしつこくて。外国旅行も、ことしようやくした。


「主おもむろに語るの記」を読みて「しゅおもむろにかたるのき」をよみて　エッセイ

〔初出〕「中央公論」昭和五十六年六月一日発行、第九十六年七号、二八三～二八四頁。

〔収録〕『気分について』昭和五十七年十月二十日発行、福武書店、五七～六〇頁。

〔梗概〕谷崎潤一郎との生活がまだ初期だった時代に谷崎松子夫人が日記ふうに書きとめられたものが「主おもむろに語るの記」である。夫妻は、芥川龍之介を結びの神と呼んでいたそうである。ところで、松子夫人の文中、谷崎を指しての言い方は、主をはじめさまざまになっている。この短い日記からでさえ、世話女房とは凡そ反対の存在であった彼女の気配がよく窺える。半ばは持ち前のものであり、半ばは谷崎の期待への呼応である様子である。しかし、反世話女房であることにみずから溺れるところが全くない。そして、鋭く、視野広く、しかも余裕たっぷりのリアリストの姿勢で裏付けられている。

朱験《しゅけん》　短編小説

〔初出〕「中央公論」昭和五十五年八月十日発行、第九十五巻十一号〈夏季臨時増刊・推理小説特集〉、三三八～三四六頁。

〔収録〕『河野多恵子全集第4巻』平成七年七月十日発行、新潮社、一五九～一六八頁。『赤い脣　黒い髪』平成九年二月十五日発行、新潮社、一〇九～一二九頁。『赤い脣　黒い髪〈新潮文庫〉』平成十三年十月一日発行、新潮社、一一九～一四一頁。

〔梗概〕ある湿虫〇〇〇に××を食べさせると、〇〇〇は真赤になって死ぬ。それを日蔭で乾かして粉にし、水で溶き、処女の肌にそれで記せば、洗っても日が経っても、どうしても消えない。処女でなくなるのと入れちがいに消え失せる、という。

　彼女がいつか聞いた話であるが、忘れていた。ある時、急にその朱験の話をもう少し早く聞いていたなら、自ら験したのに、と未練を感じ始めていた。

　夫と山小屋に行く機会があった。〇〇〇を生け捕りにし、××を入れてみた。好物らしくかなりの量を食べ、全身を赤く染めて死んだ。聞いた通りに作り上げ、入浴以外では濡れない所に、自ら験を入れたが、三日目に入浴、石鹸を使うと、その朱は跡方もなく消え失せた。

　秘かに処女に試してみたいと、近所の四歳位の女の子に目をつけ、機を見てオカッパの後頭部に用意の朱を験した。その後二度もその子の後ろ頭に朱を確認、異常な亢奮を覚えた。朱験の消えないこと消えることを一つ肌に見たい、という願望は次第に強くなった。

夫婦で外出した時に、偶然、彼女の友人A子に出会った。夫は自分の年下の友人B男に会わせたい、と二人を家に招いた。帰り際、靴を直す様な振りをしながら、女靴の片方の後ろ内側に朱験を施す。一週間後、二人で来た時、A子のストッキングをとおして左足だけ踝に赤い印が映されていた。一ヵ月程して二人が現れた時、A子の踝は左右どちらも同じになっていた。

押し入れの整理中に入念に紐までかけた包みの中に、朱験の品一式を見つけ出したことで、十六年前のことを回想しながら、途絶えた夫の慰めをねがいつつ、最早処女みたいなものだと秘かに我が身に朱験を施す女性の切ない想いを描いた短編である。　（増田周子）

手術というもの《しゅじゅつというもの》　エッセイ

〔初出〕「新潮」昭和四十二年十一月一日発行、第六十四巻十二号、一四六～一四七頁。「作家の眼」欄。

〔収録〕『私の泣きどころ』昭和四十九年四月八日発行、講談社、一二九～一三三頁。『河野多恵子全集第10巻』平成七年九月十日発行、新潮社、二二二～二二四頁。

〔梗概〕私は今年の初夏の頃、手術をしなければならなくなった。手術を経なければ、私の今の命はなかったのだと考えると、私の更新された命はひどく不自然なものに感じられる。あのとき体を切り開く手段の必要が起った私の寿命は、本当にあそこでお終りだったのではないかという気がして仕方がない。とはいうものの、不幸にしてまた事が起り、必要とあらば手術を受けるに違いない。

受賞作《じゅしょうさく》　選評

〔初出〕「婦人公論」昭和五十八年十一月一日発行、第六十八年十二号、三三六～三三六頁。

〔梗概〕昭和五十八年度「女流文学賞」選評。受賞作となった林京子氏の『上海』は、全編引き緊った、みごとな作品である。上海に対する愛と、〈私〉にとっての上海のもつ多様な意味の深さが、読む者を衝つ。林氏の文体がもつ切れ味のよさも、存分に発揮されていて快い。原田康子氏『風の砦』は、主たる人間ドラマに今一息緊迫感がほしかった。山本道子氏『ヴィレッジに雨』は、主人公の問題意識のもち方に、抑揚、強弱があれば、さらに強い印象を与えたのではないかと思われたが、とにかく人物の描き方に文学としての新しさが見られた。

受賞作その他《じゅしょうさくそのた》　選評

〔初出〕「潮」昭和五十五年七月一日発行、第二百五十四号、二七三～二七四頁。

〔梗概〕第八回平林たい子文学賞選評。坂上弘氏の『故人』は感じのいい作品だった。主人公の徹底した素直さが却って勁《つよ》さを感じさせる。その勁さに濃淡があって、それが一長一短となっている。金達寿氏の『対馬まで』では「備忘録」が、金石範氏の『往生異聞』では標題作のほうが手応えがあった。対象への距離の取り方が、両氏に共通しているところからしても少し気になった。入江隆則氏の『新井白石』は、充実したお仕事である。白石自身が学者と治者とが有機的に融合している関係にも詳しく言及してくだされば一層よかったと思う。青山光二氏の『闘いの構図』はまことにおもしろく、これを推した。このお作の強さは、何よりも素材に対する作者の姿勢にあると思う。真実への作者の全身的情熱が一斉に返り血を浴びたように一人一人を染め出し得たのであって、生じっか一部の人物に自分の分身を求めるような言いわけや衒《てら》いのないのが爽快である。

受賞作について《じゅしょうさくについて》　選評

〔初出〕「潮」昭和六十二年七月一日発行、第三百三十九号、二七〇～二七一頁。

〔梗概〕第十五回平林たい子文学賞選評。戸田房子氏の『詩人の妻生田花世』は、作者の姿勢に余計なものがないのがよい。手ごたえのある膨らみに富む生田花世を提供している。森常治氏の『文学記号の空間』は、全編、論者の濃密な個性を放っている点に感服した。

受賞作について《じゅしょうさくについて》　選評

〔初出〕「群像」平成三年八月一日発行、第四十六巻八号、二八五～二八五頁。

〔梗概〕第十九回平林たい子文学賞選評。吉目木晴彦氏の『誇り高き人々』は力強くて、新鮮な作品だった。連作長編とも普通の長編とも異る、独特の長編の意図は明らかで、その意図の非常な成功にお祝いを申しあげたい。ただ、原発問題がらみで化け物みたいな巨大な蛙の死体の出てくる結末だけは、私には少々創造力が欠けてみえた。

受賞作について《じゅしょうさくについて》　選評

〔初出〕「群像」平成八年八月一日発行、第五十一巻第八号、四八二～四八二頁。

〔梗概〕第二十四回平林たい子文学賞受賞作品について評す。小説部門の村上龍の『映画小説集』は、作者の尋常ならぬ才能をあらためて示している。十二編中、「地獄の黙示録」が特に見事である。福田和也の評論集『甘美な生活』では、芥川龍之介論に感心した。ただ対象によって文章の調子が変りすぎる点が気になる。

（荒井真理亜）

受賞作の新しさ《じゅしょうさくのあたらしさ》　選評

〔初出〕「文藝春秋」平成七年九月一日発行、第七十三巻十三号、三四六～三四七頁。

〔梗概〕第百十三回平成七年度上半期芥川賞選評。「この人の閾（いき）」は、本当に新しい男女を活々と表現していた。「漂流物」は、人生に対する姿勢の上でのある種のスタイリストであるようだ。「フルハウス」は、標題と内容の関係との意味のわからなさ、急所への力の入れ方の不適確さはありながらも、相当に描けている面があって、なかなかの小説の才能を想わせる。川上弘美さんの『姿』は奇妙な作品だった。何を書こうとしたのか、最後まで判らずじまいの作品なのに、奇妙な力を感じた。

受賞作の強み《じゅしょうさくのつよみ》　選評

〔初出〕「新沖縄文学」平成元年十二月三十日発行、第八十二号、一六五～一六六頁。

〔梗概〕第十五回新沖縄文学賞選評。佳作になった「遠来の客」には、欠点もある。ブラーナー夫人が、沖縄を再訪するという設定をする以上は、納得できるリアリティがなければならない。「新城マツの天使」は人間が生きて在ることのおもしろさを味わせてくれる。文章が又よい。飾らず、しかも驚くほどの決定的な表現があちこちにある。文体と呼ぶに足る、文章に出会えて、嬉しく思っている。

受賞の言葉《じゅしょうのことば》　エッセイ

〔初出〕「新潮」昭和三十七年一月一日発行、第五十九巻一号、一九八～一九八頁。

〔梗概〕「幼児狩り」が第八回新潮社同人雑誌賞を受賞した時のコメント。「今度賞までいただくことになり、さらに大きな喜びと、新しい元気が湧くのを感じて、私は今とても幸福な気持でいます」という。

受賞のことば《じゅしょうのことば》　エッセイ

〔初出〕「文藝春秋」昭和三十八年九月一日発行、第四十一巻九号、三二一～三二一頁。

〔収録〕『芥川賞全集第6巻』昭和五十七年七月二十五日発行、文藝春秋、四七二～四七二頁。

〔梗概〕「蟹」で第四十九回芥川賞を受賞したときのことば。「東大を出てからよほどになるのに、なおその学歴を意識しているような人に有能な人はすくない、卒業以来ほとんど進歩していないからだ、という意味のことを、きくか、読むかした記憶があります。このたび芥川賞といただいて、私はこの思いがけない栄誉にそのようなすがりかたをするような気になってはならないと、考えています」と述べる。

受賞のことば《じゅしょうのことば》

〔初出〕「婦人公論」昭和四十二年五月一日発行、第五十二巻五号、三二一～三二一頁。

〔梗概〕『最後の時』により、第六回女流文学賞を受賞したときの言葉。授賞の通知を受けたとき、私をまず襲ったのは「ささやかながら自分のやってきたことは間違ってはいなかったようだ」という感慨であった。

受賞の言葉《じゅしょうのことば》　エッセイ

〔初出〕「群像」平成四年一月一日発行、第四十七巻一号、二六二～二六三頁。

〔梗概〕『みいら採り猟奇譚』第四十四回野間文藝賞受賞の言葉。『幼児狩り』が最初の賞、新潮社同人雑誌賞に決まってから、丁度三十年目に当ります。あの晩、満月が出ていたことを思いだし、暦を見ると今度は新月でした。このたびは、まさしく三十年の実感がありました。こういう幸せな一致の実感は、恐らく二度と味わうことはないでしょう。

受賞の言葉《じゅしょうのことば》　エッセイ

〔初出〕「新潮」平成十四年六月一日発行、第九十九巻六号、一七九～一七九頁。

〔梗概〕第二十八回（第二期第三回）川端康成文学賞の受賞の言葉。「半所有者」のテーマは三十五年まえから関心をもっていました。長編「秘事」を切っ掛けとなって動きはじめた。短編を書くのは、丸四年ぶりのことであり、何かに試されているような気持で書き続けた。

主食と副食《しゅしょくとふくしょく》　エッセイ

〔初出〕「文藝」昭和五十四年一月一日発行、第十八巻一号、一六～一七頁。「晴天乱流」欄。

〔収録〕『気分について』昭和五十七年十月二十日発行、福武書店、三九～四三頁。

〔梗概〕文庫本は眼が疲れる。文庫本を時どき買うが、大抵途中で読みさしになっている。本の物理的問題を思案するのには、つい視力と時間の問題をも思う。

私は戦争が進んで急に本がなくなったことの影響か、熟読する習慣がつき、自分の本当に読むべき本は感知できるようになり、それだけは読んできたのではないかという気がする。小説は主食のようなものであろう。よい小説は読み返すたびに面白いのである。副食物では、文藝評論をはじめ、多種多様なものを読みたい。自分の眼が文庫本を敬遠するようになった代りに、個人全集を読むことが好きになっていたようだ。

主人公の特色《しゆじんこうのとくしよく》　選評

〔初出〕「中央公論」平成六年十一月一日発行、第百九年十二号、三一六～三一七頁。

〔梗概〕平成六年度谷崎潤一郎賞選評。辻井喬「虹の岬」は「作中時間の推移に多少戸惑った」。しかし、主人公の特色に親しむにつれて、時間のことは気にはならなくなった。そういう時間の扱い方自体、この主人公の創造には、まことに適切、つまり自然なのである。

主婦と読書《しゆふとどくしよ》　エッセイ

〔初出〕「ハローファミリー」昭和四十九年四月二十五日発行、第二号、七～一〇頁。

〔梗概〕世の中の人たちは実際にはあまり読書をしていない。その理由として、三つあるように思われる。読書のための時間を得ることがむずかしい、どういう本を選べばよいかわからない、本の値段が高い、である。が、読書をしたいと思うならば、まず読書くらい手軽に行える楽しみは、ほかにはあまり見当らないという角度から、読書というものを眺め直してほしい。もしも本当に読書のよろこびを得たいと思うならば、やはり、自分のものとした本で読書するのでなければならない。読書の本当のよろこびを得るためには、沢山読む必要は少しもなく、熟読することこそ大切である。何となく読みたい気のする本、自分と相性がよい本を求めるのがいちばんよい。本とのつき会うための時間は自然に得られてくるにちがいない。読書はいつでも、どこでもひとりで楽しめるものである。

趣味事《しゆみごと》　エッセイ

〔初出〕「サンデー毎日」昭和五十四年四月十五日発行、第五十八巻十七号、一二二～一二三頁。「おんなの午後④」。

〔梗概〕今日の家庭女性の趣味事の多種さや隆盛ぶりでふと気がついたのは、昔のそれとは彼女たちの対し方の性格が全くちがっているらしいことであった。昔の家庭女性は、家庭に迷惑のかからないものを択んだ。同じ習うなら夫の好きなことを択んで話相手になればいいなとか、床の間のあしらいも少しは心得られるようになれば家族も気持がいいだろうし、どこかでそんなことを考えながら択ぶ。しかも、趣味事ごときものであるから、家庭のためにも自分のためにも特に役立つほどのものではないのだと、ちゃんと心得ていた。近ごろの家庭女性たちの趣味事への対し方は、生き甲斐のため、教養を増すため、健康に役立つ等々、有効性がつきものなのである。趣味は論議の外、という諺はもう消えてしまったのであろうか。趣味ならば、たまたま利点があっても、そんなことに張り合いや安心を求めるような卑屈な考えは捨てて、楽しさに遊べばよい。

潤一郎訳幻想《じゅんいちろうやくげんそう》　推薦文

〔初出〕「潤一郎訳源氏物語愛蔵新書版全10巻別巻1巻」内容見本、昭和五十四年九月（刊記なし）発行、中央公論社。

〔梗概〕谷崎潤一郎はプレイボーイふうなところのある光源氏が嫌いであった。彼の肩ばかり持つ、と作者紫式部にまで反感を示した。光源氏を紫式部には反発させられ、現代語訳なる労作では制約される。両面からの狭窄が刺戟となって、作中の夥しい女人たちの一人一人に、谷崎の個性はどれほど潤沢で奇怪な幻想を見たことか。

潤一郎訳と幻想《じゅんいちろうやくとげんそう》　推薦文

〔初出〕「谷崎潤一郎訳源氏物語挿画入愛蔵版全1巻別冊附録」内容見本、昭和六十一年十二月（日なし）発行、中央公論社。

〔梗概〕「谷崎潤一郎は女人を愛するに、異常なまでに真剣な人であった。源氏物語の翻訳中も、夥しい女人の一人一人にどれほど潤沢で奇怪な幻想を見たことか。その残像が密かに参加したものか、潤一郎訳には格別の魅力がある」。

春愁《しゅんしゅう》　短編小説

〔初出〕「新潮」昭和三十七年十一月一日発行、第五十九巻十一号、一九～三一頁。

〔収録〕『美少女・蟹』昭和三十八年八月二十五日発行、新潮社、六三～八八頁。『思いがけない旅〈角川文庫〉』昭和五十年十月二十日発行、角川書店、六五～九一頁。

〔梗概〕寺尾は、商科の出で、製薬会社の営業部に勤めている。取引先を接待するのも仕事のひとつになっていて、毎度の深夜の帰宅に対して、周子は諦めてもいるし、馴れてもいる。だが、毎年二月の第二金曜日の夜だけは別だった。戦友同士の集りへ出ることになっている。それと周子は好まないのだ。周子の数え年は昭和の年代とぴったり一致していた。寺尾は戦地生活の体験者であり、年も彼女より四つ年上である。七年ばかり前、寺尾と遅い結婚をしてからの周子は、戦争のことを思いだしたり、話し合ったりすることが嫌いでたまらなくなりだした。結婚生活に入った当初、周子は屢々寺尾に応じかね、時には嫌悪を覚えさえした。寺尾は短気で暴力をふるった。ある夜、寺尾が「またこの間みたいな痛い目をみたいのかしら」とかなりやさしさの残っている声で言ったとき、周子は不意に、はじめて寺尾に対して情熱の兆すのを感じた。彼女の性癖は募りだした。ただ周子は、自分に適っている寺尾の性癖も、戦争中の彼の経験とどこかで通じるものがあるのではないだろうか。戦争体験というものが、一種の被凌辱感として自分の生理に籠っているらしいことを実感するのである。周子が数え年十六の時、初年兵で入隊したばかりの兄に、両親と一緒に面会にいった。面会時の規則として厳しく禁じられていた食べ物の差し入れをしようとした矢先、既にそれを受けていた別の兵隊が下士官に殴りつけられたのだった。周子はその日目撃したことに恐怖がつのり、食欲が落ち、神経衰弱になった。周子はその頃はじめて寝つきの悪さを経験していた。彼女は戦争体験というものが一種の被凌辱感として生理のうちに籠っているのだろうという自覚に、羞恥を感じさせるが、その愁わしい、親

し

しい意識から遁れたくない。どうかすると不思議な快さを感じているような、いとおしんでいるような自分を発見することに気付くのだった。　（長島亜紀）

純粋への希求《じゅんすいへのききゅう》　対談

〔初出〕「風景」昭和四十四年三月一日発行、第十感三号、三六～四四頁。

〔梗概〕丸谷才一との対談。「風俗が書けることは…」「英国女流作家と一葉」「日本語の特質」「文学の堕落は―」「小説の持つ豊かさ」「伝統の受け継ぎ方」から成る。イギリスの女流作家は他の国の女流作家とは全然次元が大きく違う。発想が非常に自由である。あるいは、樋口一葉について、「何にも受けないところで自由にやれた。それと彼女は一家の戸主だったということね。あれが私はたいへん恵まれていたと思うのです。あの時代、家長でない普通の女がものを書いたときに、非常に束縛とかそういうことがあったと思うんですよ。彼女は家長で、経済的な負担を負っていた。そうすると家の中で強かったということが、才能もたいへんな才能だったんでしょうけど、その二つのことが、あれだけ才能を出したというふうに思うのです」と述べる。

巡礼ルカーのこと《じゅんれいるかーのこと》　→『どん底』―ゴーリキイ―（303頁）

書《よし》　エッセイ

〔初出〕「水茎」昭和六十三年三月三十一日発行、第四号、一二三～一二五頁。

〔収録〕『蛙と算術』平成五年二月二十日発行、新潮社、一一六～一二二頁。『河野多恵子全集第10巻』平成七年九月十日発行、新潮社、三一一～三一四頁。

〔梗概〕先日テレビ番組のなかで、こんな話があった。書道の初心者の場合、脳波が前頭葉に密集して後頭葉のほうへはあまり及ばない。それが名手であると、脳波はすっと後頭葉のほうへ流れて、前頭葉は閑散としている。私は成程とおもしろく思った。私は書の初心者どころか、書には全く縁遠く、日常、自分から筆を持つことは殆どない。学校では習字の授業は、小学校二年生からであった。展覧会の出品にはお習字もあって、書く言葉は、みな〈皇太子デンカ〉であった。一年生で片仮名を、二年生で平仮名を教わった。私たちは二年生になっていたのだから、〈殿下〉を仮名にするならば〈でんか〉でありそうなのに、何故か片仮名だった気がする。女学校では、女性の教授の書道の時間があったが、教室で筆を持った記憶はなく、いつも講義であった。学校へ提出する届けは必ず毛筆で書く規則があった。自分の心の表現の可能性が人を書道に魅きつけるのではないかと思う。あらゆる藝術は結局創り手の心の表現にほかならない。書跡も亦そうであろう。書跡特有のこの良さは、鑑賞者にとって書跡の魅力の大きな要因であるし、書家にとっても書の醍醐味に大きく関わっているのではあるまいか。

上京まで《じょうきょうまで》　エッセイ

〔初出〕「婦人公論」昭和五十四年十二月二十日発行、第六十四巻十三号〈オール女流読物特集号〉、一九三～一九三頁。「私の修業時代」。

〔梗概〕昭和二十二年の春、大阪で女専の卒業が近くなる頃から、私には作家になることと、そのために東京へ出ること以外には何も念頭になかった。インフレで、上京資金の貯めようがなかった。毎晩机に向っていると、「喜ぶのは文具屋さんと関西配電だけでしょう」と姉が言ったことがある。私は間もなく、肺結核になった。快方に向ってから、また小説を書きはじめたが、私の最も困惑するのは、作家になる道の全くわからないことであった。丹羽文雄先生が作家を育てるために同人雑誌「文学者」をお出しになることを聞き及んだのは、卒業以来その問題に四年以上悩み、足掻いた揚句のことだった。一年あまり経って投稿が掲載され、その号の合評会に出席するために上京した。帰阪後、私の上京熱は再燃した。翌春、父はとうとう折れた。友人の谷沢永一さんに、上京すると告げた時、「加賀千代はね、お茶碗十七もっていたって。溜めといて一遍に洗う」と谷沢さんは言った。とにかく上京し、文藝雑誌に初めて作品が載った時には、もう九年経っていた。

衝撃的な意外性《しょうげきてきないがいせい》　推薦文

〔初出〕「ラテンアメリカの文学全十八巻」内容見本、昭和五十八年八月（刊記なし）発行、集英社。

〔梗概〕現代ラテンアメリカの文学作品は、超現実的、日常的、性的、社会的等に、おどろくべき多様さを示し、まことに上質で衝撃的な意外性に溢れている。

常識はずれ《じょうしきはずれ》　エッセイ

〔初出〕「風景」昭和四十二年十一月一日発行、第八巻十一号、二九～三一頁。

〔収録〕『私の泣きどころ』昭和四十九年四月八日発行、講談社、一二六～一二八頁。

〔梗概〕私は兵庫県が瀬戸内海から日本海まで突き抜けていることを永い間知らなかった。学校で近畿の地理は教わらなかったようだ。ところで、私はこの梅雨頃に引っ越した。今度の引っ越しで、月が左手から右手へ移行してゆくのを眺めることができるのは意外なもうけものだと随筆に書いた。その原稿を思いだして、はっとした。私はこれまで、太陽は東から、月は西から出るものだと思い込んでいたのだ。だから、今度の家で月が庭の左手から右手へ移行すると書いたので、月は東から出ることになってしまうと、私は狼狽したのである。私が月の出を西と思い込むようになったのは、私の印象の場合では、月も日も西にあったからなのだ。

少女《しょうじょ》　──→いすとりえっと（38頁）

〝小説家〟とはなにか《〝しょうせつか〟とはなにか》　鼎談

〔初出〕「群像」昭和五十三年四月一日発行、第三十三巻四号、二九八～三二四頁。

〔梗概〕小島信夫・磯田光一との「創作合評28」。「自己発見の記録」「モチーフの問題」「戦争中の青春―知的なものへの欲求」「子供の目と作家の目」「カルチュラル・ショックと小説的効果」「アメリカを書くことのむずかしさ」「訳語の文学的操作」「文体と対象―受け身で書くということ」「書くべきものを書かないもの」から成る。中野孝次「雪ふる年よ」（「文藝」三月号）と坂上弘「遠足の秋」（「新潮」三月号）を取りあげる。「風刺というものはもう現代ではあり得ないと思う。風刺というのは非常に典型というものが強く存在していたときだけ利くんですよ。」「風刺というのは、私は

し

現代で、少なくとも小説の書き方としてはすでに無効だと思うのです」という。

"小説家"とはなにか《"しょうせつか"とはなにか》　鼎談

〔初出〕「群像」昭和五十三年五月一日発行、第三十三巻五号、三六七〜三八八頁。

〔梗概〕小島信夫・磯田光一との「創作合評29」。「反現実とに日常性」「肉体と精神との相克」「肉体へもぐり込む発想」「異常な世界を保証するもの」「秘儀と崩壊のイメージ」「過不足ない人間を見る眼」「作家の得手不得手の問題」「客観性の出し方について」「複雑な構造と巧緻な細部」「人間の関係と時間の関係」「イメージの奥行きと広がり」から成る。高橋たか子「秘儀」（「群像」四月号）・阪田寛夫「あづまの鑑」（「文學界」四月号）・古井由吉「椋鳥」（「海」四月号）を取りあげる。

"小説家"とはなにか《"しょうせつか"とはなにか》　鼎談

〔初出〕「群像」昭和五十三年六月一日発行、第三十三巻六号、三九八〜四二〇頁。

〔梗概〕小島信夫・磯田光一との「創作合評30」。「子供のとらえ方」「無造作な生き方への願望」「人生の風景画家」「兄弟というものの側面」「支えを求める気持ち」「文章を成立させるイメージ」「"赤い髪"の象徴するもの」「説明のない小説」から成る。富岡多恵子「雲」（「文藝」五月号）・津島佑子「南風」（「海」五月号）・中上健次「赫髪」（「文藝」五月号）を取りあげる。今回三回の合評では「特に新人あるいは現代文学の先端部にある人たちで、これから大いにいい作品を書いてほしいと、期待を抱かせる作家の作品をあえて取り上げて、それを作品の細かい部分にわたって、少し意地悪に料理し、作家論、小説論の幅までもたせた方が、扱われた人にも有益なんじゃないか」という意図が最初からあったと、磯田はいう。

小説藝術への信頼《しょうせつげいじゅつへのしんらい》　エッセイ

〔初出〕「新潮」昭和四十二年三月一日発行、第六十四巻三号、一四四〜一四五頁。「作家の眼」欄。

〔収録〕『文学の奇蹟』昭和四十九年二月二十八日発行、河出書房新社、二二〜二五頁。『河野多恵子全集第10巻』平成七年九月十日発行、新潮社、一九〜二一頁。

〔梗概〕或る前衛画家の油絵を見たとき、美を感じ、藝術を感じた。ところが、その作品は実に簡略な図案風のもので、色彩も原色の三色だけ、タッチも全くの平塗りだった。私は、美術作品の複製というものが嫌いである。この前衛絵画のような場合になると、製作過程で創造が行われない。創造はアイデアが決定したとき、既に完了するので、オリジナルも複製も贋作も、すべて変りはないということになってくる。前衛藝術に藝術を感じた私の判断が正しいとすれば、代りに私の複製鑑賞否定論は嘲笑されねばならなくなる。しかし、小説藝術の場合、精神と技術は常にひとつのものであり、そして、モチーフと技術の分化は絶対に起り得ないのである。

小説作品の選考《しょうせつさくひんのせんこう》　選評

〔初出〕「潮」昭和五十八年七月一日発行、第二百九十一号、一八五〜一八五頁。

〔梗概〕第十一回平林たい子文学賞選評。小説作品、ことにそのよさには理論で説明しにくい要素がかなりある。選者の主観や好みとも無縁にはなりにくい。で、意見が分れると、難航する。私が最も支持したのは『地吹雪』だったが、渋川・金子両氏の作品の受賞そのことには、充分納得している。

『小説作法』と現代文学の地平《「しょうせつさほう」とげんだいぶんがくのちへい》　対談

〔初出〕「別冊潮」昭和五十八年八月二日発行、第二号、三五四〜三六七頁。

〔収録〕丹羽文雄著『私の小説作法』付録、昭和五十九年三月五日発行、潮出版社、一〜二頁。

〔梗概〕「特集・小説の行くえ」における丹羽文雄との対談。「『小説作法』の背景」「小説の造型性」「近代的自我の問題」「罪の意識とは」「人間認識としての非情」「文学の向日性」から成る。丹羽文雄の非情の作家といわれ続けてきた理由、小説の救い等についての対談。

小説というもの《しょうせつというもの》　選評

〔初出〕「中央公論」昭和六十一年十月一日発行、第百一年十一号、三八八〜三八九頁。

〔梗概〕第十二回中央公論新人賞選評。小説というものは、創造的なモチーフの働きなくしては決してすぐれた作品にはならない。このたびの三候補作には、いずれもモチーフといえるものが感じとれなかった。「10年ロマンス」（乾みさこ）、「バークレーのバラ通り」（ジュン　トヨダ）は、一応書けている。しかし、この二作は、特にそれ以上に述べたい気を起させない。「檻の中の太陽」（築山尚美）には、作者にモチーフへの意志があったならば、さぞかしよいものになっていただろうと、未練を覚えた。

小説と戯曲の間《しょうせつときょくのあいだ》　対談

〔初出〕「欅」昭和四十五年八月十三日発行、第六号、四六〜五六頁。

〔梗概〕遠藤周作との対談。わたしはおそらく『嵐が丘』の場合は、モチーフなんかないんだと思うんです。ただひたすら人物を創ったんだというふうな気がしますね。彼女の場合はモチーフもなかったし、自分で何を書こうとしているのかもわからなかったんじゃないかという気がするんですよ。脚色で苦労したのは、キャサリンが死んでから後の部分ですね。二代目のキャッシと、リントンになってからのところが、ごたごたしているばかりなんですね。だから、あそこを、ぎゅっと絞って、終りの方に、一つにかためたんです。そこのセリフなんかでも前半からとってきたりして苦労しました、という。

小説とのつきあい《しょうせつとのつきあい》　講演記録

〔初出〕ＮＨＫ編『ＮＨＫ文化講演会9』昭和五十八年十二月二十日発行、日本放送出版協会、九一〜一一〇頁。

〔梗概〕昭和五十七年五月二十八日に広島県の三原市中央公民館で開催されたＮＨＫ文化講演会の講演速記。小説というものはさまざまな爽雑物とか、矛盾とかを含んだ実に人間そのもののような世界ですから、小説を読むときぐらいは自分で選んだらどうかと思う。三島由紀夫の偉さは、近代日本文学が背負っていた不幸というものを、全部一人で解決しようとした人だと思う。非常に美容整形をして生きてきた人だと思うという。自然を含めてこの世に生きている喜びを新鮮に感じ直させてくれるというのが、小説の一つの究極の喜びである。

小説との深い縁《しょうせつとのふかいえん》　鼎談

〔初出〕「群像」平成五年十月一日発行、第四十八巻十号、二〇二～二三八頁。

〔梗概〕瀬戸内寂聴・大庭みな子との鼎談。「なぜ小説を書くか」「戦時下における文学」「流行に対する反発」「相対化の恐ろしさ」「『箸は二本、筆は一本』」「晩年の作品への評価」「プロレタリアの女流作家」「乱中律あり」から成る。私にとって、小説というのは二番手のものという気がする。小説が絶対という気持はない。享受するほうとしても、作るほうとしても二番手。昔は絶対化や絶対的なものを求める姿勢があった。今はそういうものを求める姿勢がないから、どんな真実も、どんな立派な正論も、全部、食事の好みみたいに相対化されてしまう。相対化されてしまう恐ろしさというのは、本当に痛切に感じる。民主主義というのは多数決、好きでしょう。いちばんいいものは何か、真実は何かという憧れの強烈でない下での民主主義ほどいやらしいものはないと私は思う。絵では晩年になってくると、みな惚けてるのがいいということになるから得である。私は惚けてるとか惚けてないとかじゃなく、谷崎の晩年のものは認めない。谷崎さんは、非常にしっかりした覚めた文学者だから、若い時のようなクリエイティブなこともないし、あふれるようなものもない、ということを自分でもよく知っている。だからそれを完全にカバーしたスタイルで書いている。日本の女流作家の地位が一番高かったのは、明治以後では、プロレタリア文学。実践活動の中では、ハウスキーパーとか、普通の家庭の中の夫婦関係なんか、とっても封建的なものがあったけれども、少くとも作品の評価に対しては平等。宮本百合子なんて、私は二流半ぐらいだとしか思わないけれど、存在として、一般文壇の中でだって、ちょっと特別の地位になってしまったもの、などの発言をする。

小説と「横揺れ」《しょうせつと「よこゆれ」》　対談

〔初出〕「文藝」平成七年五月一日発行、第三十四巻二号、二六～四四頁。

〔梗概〕小説『オペラ・オペラシオネル』を刊行した蓮實重彦との対談。「『中篇』＝オペラ・オペラシオネル」「心理を書かない」「描写は必要か？」「『筋』のない小説とは何か？」「戦中派・三島由紀夫」「大正期の作家・志賀直哉」「批評も小説もフィクションだ」「なぜ小説を書いたのか」から成る。エンターテインメントとか歴史小説、それから昔の菊池さんという人たちの読物のほうの大作家のものは非常に心理が書いてある。通俗小説ほど心理を書く。佐多稲子さんは非常に優れた心理描写をなすっている。心理ということをもってくると、「いかに生きるべきか」ということと結びつく。人生というものは、どんな地味な人でも、それぞれの人に自ら筋がある。だから通俗小説の筋をつくるには、人生的筋をつくることが、いちばん便利なんですね。私は、書きたいもの書いているうちに、心理というものを排除して、感覚と意識でやっていくようになった。谷崎の作品には全然筋はない。自然主義小説は筋がある。芥川のほうが筋がある。谷崎は、場面が賑やかだから、筋があるように自他ともに思われた。谷崎さんは、もっとこの世というものを深くつかんで、深く楽しんでいる。三島由紀夫は、勤勉過ぎるというのか、何でも選択する。「こうありたい」というものが谷崎とは全く違う。三島は頭の中で図面を描いて、これが自分にふさわしい、「こうあるべきだ」というのが入る。谷崎は欲望そのものです。三島は、言葉や古典や外国文学と関係、そのほかいろいろ日本文学の背負っていた明治以後の借金を一人で返済しようとした人だと思う。志賀直哉は文章が記号なんです。お父様と仲直りなすったからとか、そういうことが早老じゃなくて、記号というのがネックになったんじゃないかと思う。志賀は非常に大正期の作家である。大正期の作家としての特色を考えると、志賀直哉の文学というのは存在を持ってくる、などと指摘する。

小説二作《しょうせつにさく》　選評

〔初出〕「潮」昭和五十三年七月一日発行、第二百三十号、二八七～二八七頁。

〔梗概〕第六回平林たい子文学賞選評。橋本都耶子氏の作品集『朝鮮朝顔』は、標題作が格段によかった。私はこの作品ゆえに、授賞に賛成した。世の教師もの、韓国ものにありがちなパターンと無縁の強い実感が、新鮮だった。宮内寒彌氏の『七里ケ浜』は何かと要求を持ちだしたくなる作品であった。もっと聞かせてほしい気持を抱かせる魅力と強さとが、この小説にはある。評論では、曽根博義氏の『伝記伊藤整』が実に綿密で、しかも綿密さを弄ぶところのないのがよかった。

小説の〝熱い自由〟《しょうせつのあついじゆう》　対談

〔初出〕「文學界」平成十三年九月一日、第五十五巻九号、一一八～一三四頁。

〔梗概〕山田詠美の短編集『姫君』を話題に、小説の技術、死と生、男女の相性などを語った山田詠美との対談。「秘事」の最後は三村に麻子と死体性交させてやりたかったの。そこまで書くとあの作品はいびつになる。だからその後、「半所有者」でそれを書いた。あの主人公はもう一人の三村みたいなものなんです、という。


『小説の構造』―ミュアー―「しょうせつのこうぞう」―みゅあー―　エッセイ

〔初出〕「文藝」昭和四十三年十二月一日発行、第七巻九号、一九五～一九五頁。「名著発掘」欄。

〔収録〕『文学の奇蹟』昭和四十九年二月二十八日発行、河出書房新社、一六三～一六五頁。

〔梗概〕E・ミュアーの『小説の構造』は、私を非常に啓発してくれた。当時、偶然この本を得て、小説の美学的法則だけでなく、美学的秘密を感じさせられた。ミュアーは、性格小説・劇的小説・年代記小説が永続的な実在性を備えた小説形式であると考え、その三種類のもつ限定条件がある限定の作家だけに固有のというものではなくて、本来的な条件であり、人間の精神自体にもとづく条件であることを跡づける。その跡づけ方が鋭く、柔軟な発想のプロセスこそがこの本の特色である。この原書が出たのは、一九二八年で、従って彼が小説の三形式の人間の精神自体にもとづく限定条件を跡づけるために用いた小説は、二十世紀当初までのものとならざるを得なかったのを残念に思う。この本で用いられている小説以後の小説によっても、彼の跡づけ方を聞きたいと思わずにいられなかった。

小説の材料《しようせつのざいりよう》　エッセイ

〔初出〕「文藝」昭和五十三年一月一日発行、第十七巻一号、一六～一七頁。

〔収録〕『気分について』昭和五十七年十月二十日発行、福武書店、二五～二九頁。『河野多恵子全集第10巻』平成七年九月十日発行、新潮社、八〇～八二頁。

〔梗概〕どのような作家も、常に珍しい小説を書くことを願っている。珍しいというのは、凡庸の反対という意味である。そうして、純文学においては、凡庸の反対の小説の創造で決定的な役割を果すのは、所詮モチーフである。秀れた小説には必ず秀れたモチーフが鮮烈に窺える。モチーフは常に抽象的なものであるが、観念操作のみでモチーフが得られるとは限らない。極めて具体的な事象に触発されて観念操作が始動することが夥しくあるようである。純文学のうちの私小説の場合にはモチーフは決定的な役割を担っているとは言いきれない。モチーフなしでも、秀れた私小説になり得ることも少くない。素材がそのままモチーフを兼ねてしまうことが多いからなのである。私小説といえば、往年は告白小説が本命だった。作者たる主人公がモラルにもとる自分の対人行為を自首する類いの小説だった。彼等には強者の趣きさえある。最近の私小説に弱者を主人公にした作品が折々現れるようになった。私小説における主人公の立場のこの逆転の理由は何なのだろう。

小説のタネの不思議さ《しようせつのたねのふしぎさ》　エッセイ

〔初出〕「文学者」昭和三十九年四月十日発行、第七巻四号、五二～五三頁。

〔収録〕『私の泣きどころ』昭和四十九年四月八日発行、講談社、一五九～一六三頁。『河野多恵子全集第10巻』平成七年九月十日発行、新潮社、一三～一五頁。

〔梗概〕周囲の人々から、面白い話とか、身の上話とか、奇怪な事件などを、小説のタネに提供したいということがしばしばある。しかし、小説のタネ提供の申し出には、あんまり食指が動かない。小説家である以上、自分の内部にあるもやもやが自然に小説への形を取りはじめるのを期待すると同時に、そのもやもやを触発してくれるようなタネを求めることには自分なりに熱心なつもりでいる。だが、私には小説のタネというものを頂けない場合が多い。それより、雑談の際、聞いた話のほうが余程タネになる。実は、去年の冬、友人のIさんから「雪」のタネを偶然得た。Iさんからは自分の独身時代に住んでいたアパートの持主兼管理人のおばさんについて二、三度聞かされたことがあった。私は会ったことがないのだが、そのおばさんを「幼児狩り」でモデルにしたこともある。

　彼女の出生前、父親は株で大失敗した。そのとき、母親はおかしくなり、ある雪の夜、赤ん坊の長女を雪に埋め殺した。一家は赤ん坊を内緒に葬り、すぐ引越した。そして、次に生れた彼女は姉の戸籍にはめこまれた。自分であって自分でないような気がする。彼女の弟は自分の兄である。焼酎が好きで、雪が大嫌いなおばさんの話を聞いて、私は小説のタネを得た。家に帰って仕入れたばかりのタネに私の内部のいろんなものが結び付きは

し

じめた。すぐノートを作りだし、作品に仕上げた。この反面、十年間小説のタネとして魅かれながら、未だに芽をふかないものがある。女専の旧い先輩から伺った話で、戦中、大学の教授だった主人が病気でなくなり、棺桶代りに簞笥をつぶしてつくってもらう。私はその話をノートに控えておいた。この十年間にこれをタネにした小説、これから思いついた全く別の小説を書き上げたこともある。だが、そのタネへの自分の魅かれる気持の強さと照らしてみると、いつも不満であった。最近、この話に魅かれる反面、そのタネは私という土壌にあわないことがわかってきた。　（金　文洙）

小説のたのしみ《しょうせつのたのしみ》　講演要旨

〔初出〕「徳島新聞」昭和五十七年九月二十日朝刊、六〜六面。

〔梗概〕博報堂の調べでは、日本一テレビを見る県が徳島、そして日本一よく眠る県が徳島なんだそうだ。また、徳島は変な県で、日本一貯金をよくするらしい。こんな話を聞いているうちに、私は徳島が大変気に入った。私は阿波踊りの〝踊る阿呆に見る阿呆　同じ阿呆なら踊らにゃ損々〟というのが好きで、〝同じ阿呆なら踊らにゃ損々〟というのを非常に飛躍して考えると、文学とか藝術の根本はそう在るべきものだと思う。つらい世の中をどう生きるとか、誠実に生きなくちゃとか、そういうことにしばられない人生の深い味わい、不思議な出会い、人間てそんな思いがけない面があるのかと、そういう感動、生きていることの存在感の手ごたえ、楽しさが小説の基本になる。私は〝ひそかな〟ということが好きだが、読書くらいは〝ひそかな〟ものを持っていると人生の味が深くなるのではないかと思う。人間というのは、いかに生き生きとしているかにかかっていると思う。人との付き合いでも、ある程度深く付き合わないとその人の良さが分らないのと同様に、読書でも作家の個性がよりよく分った時に、その人の小説の面白さが分るようになる。いくら本を読んでいても書物の親友を持っていない人は、本当の読書のたのしみを味わっている人かどうか疑問である。

小説の誕生《しょうせつのたんじょう》　エッセイ

〔初出〕「波」昭和五十一年八月一日発行、第十巻八号、二二〜二五頁。「なぜ書くそして何をXV」欄。

〔収録〕『もうひとつの時間』昭和五十三年二月二十日発行、講談社、六〇〜六五頁。『河野多恵子全集第10巻』平成七年九月十日発行、新潮社、七二〜七五頁。

〔梗概〕これから書こうとする小説、目下書きつつある小説について、私はいつも仲々人に話さない。何よりも、話しようがないからである。小説を書きはじめる時、私は精密な青写真のようなものをもっていたことはない。長い作品でも、ノートに六、七頁くらい、メモふうに心覚えを控えておくだけで、それも殆ど見たことがない。太い手応えだけを頼りに書きはじめ、書き進んでいくわけではなくて、かなり精しく大小の予想がついている。小説が少し進んで、幾つかの予想が的中しはじめると、事後のそれぞれの予想がより詳しく、より多くの予想を生む。私が精密なノートを準備しないのは、ノートに書きつければ、そういう大小さまざまなの予想が無機的なものになってしまうような気がするからである。私は『谷崎文学と肯定の欲望』を書いて、小説の誕生なるものがこれほど感動的なものだったことを、今度はじめて知った。実に、美しく、力強い。

小説のなかの日常性と反日常性《しょうせつのなかのにちじょうせいとはんにちじょうせい》　鼎談

〔初出〕「群像」昭和四十六年四月一日発行、第二十六巻四号、一五八～一七七頁。「特集現代におけるリアリズムと反リアリズム」。

〔梗概〕古井由吉・川村二郎との対談。「潤一郎と鏡花へのあこがれ」「『嵐ケ丘』と空襲の経験」「小説のなかの空襲の痕跡」「『今昔物語』とカフカ『審判』のファンタジー」「小説におけるリアリズムとは何か」「リアリズムと『いかに生きるか』の問題」「生活感覚と表現のモラル」「リアリズムを越える非現実のリアリティ」「現実からの飛躍について」「小説のなかの寓話と幻想」「反リアリズム文学の特色」の小見出しから成る。

小説の秘密をめぐる十二章《しょうせつのひみつをめぐるじゅうにしょう》　評論

〔初出〕「文學界」平成十三年一月一日～十二月一日発行、第五十五巻一～十二号。十二回連載。原題「現代文学創作心得」。

〔初版〕『小説の秘密をめぐる十二章』平成十四年三月十五日発行、文藝春秋、一～二四三頁。

〔梗概〕新しい作家を迎えるための文学賞の選考を手伝っていると、創作ということについて、更めて気づいたり、考えたりする機会がしばしばある。その経験をきっかけとして、特に作家を志す人たちのための「創作心得」を具体的に探った評論。

「デビューについて」「創作事始め」「書きたいことを書く」「才能をめぐって」「創作の方法」「小説の構造」「虚構および伏線」「文章力を身につけるには」等の十二章からなる。

永井荷風は「まづ短編小説十編長編小説二編ほどは小手調筆ならしと思ひて公にする勿れ」と述べているが、創作欲というものは必ず発表願望と結びついて作動しているものである。また、文学賞の受賞すなわちデビューではない。その受賞者が今後も確実に書き続け、そうして後々もまちがいなく当人の代表作の一つになりそうに思える、作者の資質の発露している作品であってこそ、デビュー作であると言える。

「創作事始め」では、よい文章には、共通の感じ、つまり脈搏とでも言うべきリズムがある。よい作品の文章に共通している感じを知る上でも、創作のための読書の効用は無視できない。作品の育ち方は部分から成り立っていくのではなく、「全身的」であるから、書きあげることが作品の創り方を知る一助となる。また、日本語は縦書きの文字および文章として千三百年来発達してきたのであるから、横書きは禁物であると述べ、自信がなくては、小説など書いてゆけるものではないが、「結局のところ、人間および文学をなめてかからないことに尽きる」と結んでいる。

また、平林たい子の関東大震災を題材とした「森の中」「露のいのち」「砂漠の花」の作品を例に、「何を書くか」と言えば、作者の精神に根ざした〈書きたいこと〉を書かなければならないという。

「才能をめぐって」は、文学的才能に加え、それを支え、生かす才能、つまり吸収力、度胸、洞察力、観察力、決断力、好奇心等々を発達させること、努力すること、甘い考えは遠ざけることなどの能力がなければ、作家として大成しないと述べている。

それらを踏まえた上で、具体的な「創作の方法」について、創作ノート、名前のつけ方、標題のつけ方、導入部について、作品の終らせ方を問題としている。続く「小説の構造」では、筋について、構造（構成）について、一人称小説と三人称小説、単元描写復元描写、フィクション（虚構）とはなにか、伏線についてを取り上げる。谷崎潤一郎、芥川龍之介、吉行淳之介などの先達の作家の作品を引用しつつ、自説を展開する。特に筋については、「現代文学の創作としては『筋』を考えるのは得策ではない」という。しかし、その一方で、今日、「筋」「起承転結」とは無縁に書いているように見える人たちは、往年の作家たちが「筋」「起承転結」に非常の意を用いたように、それに代る何かに非常の意を用いているであろうかと指摘している。（荒井真理亜）

小説を読むのは《しょうせつをよむのは》　エッセイ

〈初出〉「読売新聞」昭和五十三年九月二十二日夕刊、七〜七面。

〈収録〉『気分について』昭和五十七年十月二十日発行、福武書店、四四〜四七頁。『河野多恵子全集第10巻』平成七年九月十日発行、新潮社、八三〜八四頁。

〈梗概〉もしも無人島へ流されることになった時、一冊だけ本の携行が許されるとすれば、何をえらぶか？　そういうアンケートを求める企画には、私は疑問がある。無人島へ一人で流されたとして、そして生還の期待が全く考えられないという状況では、小説は不用である。小説の読書というのは、そういうものだと、私は思っている。人が小説を読むのは、生きていることの実感を確認するのが楽しいからなのだ。ここで言う、生きていることというのは、無人島で生きていることとは、全く意味がちがうのである。無人島での死ぬまでひとりと決まった人間にとっては、自分に関心をもつことは不可能であろうと思われる。つまり、彼は生きているが、生きてはいないのであって、小説を前にしても、生きていることの実感を確認する楽しさが得られるわけはないのである。

承諾《しょうだく》　短編小説

〈初出〉「新潮」昭和四十一年五月一日発行、第六十三巻五号、一四〇〜一五〇頁。

〈収録〉『背誓』昭和四十四年十二月十日発行、新潮社、七五〜九五頁。

〈梗概〉靖子は、嘗て異性に去られて最初の惑乱の時期が過ぎたあと、次には、相手が自分に対して本気であったことは一度もなかったのではないかという、つらい考えに突然見舞われた。二年足らずの同棲生活の経験だったが、靖子は、結局、わたしは男と共に暮すには不向きな女であるらしい、今後、結婚は勿論、共に暮すことは決してするまいと思うようになった。そして、その後、年齢的にも適っている宮田と深い仲になって一年半になる今も少しは変らなかった。宮田は現在妻子もなく、身辺さっぱりしていた。近頃では同棲の意向を見せてもくれている。

岩佐夫妻宅に互に気心の知れ合った靖子たち四人が集まり、相談会が開かれた。会の資格、目的など、籤引きで、靖子は岩佐と、宮田は野見山夫人と、野見山は岩佐夫人に別れ、好きな部屋へ入って、それぞれ答えを作り、その中から一つを決定することになった。岩佐は「夫婦または一組の愛人同士たることだけでいいんだ」という。靖子は七十前後の男の人って無気味で苦手だと述べる。時間が来て、座敷に戻ると、宮田は眼くばせし、「ぼくと結婚する気がないかい？」と囁く。その気があれば胸許でちょっと掌を組む合図を送れと言った。こうした集まりに関わることになった以上、宮田はどこまでも遊びのつもりでいるかもしれない。遊びでいるのでない場合、自分の合図の結果どういうことになるだろう。靖子は宮田のほうは見ないで、胸のところに手を引き寄せた。自分が今後戦うべきどちらの怖しさを引き当てるのか、怖しさに祈るような気持で一瞬眼を閉じて、手を組み合わせた。

上達の過程で《じょうたつのかていで》　エッセイ

〔初出〕「鐘」平成十二年一月八日発行、第十二号、四～四頁。

〔梗概〕外国語のことで、ある程度まで順調に上達したが、さらに上手に話そうと意識するようになると、つらくなったということを聞いた。創作の上達の過程も似た状況が起ることがある。ただ常に書き続けているのでなければ起らないことは確かである。

賞とわたし《しょうとわたし》　エッセイ

〔初出〕「新刊ニュース」昭和五十三年九月一日発行、第二十九巻九号〈三百三十八号〉、一八～一九頁。

〔梗概〕女流文学賞をいただいたのは昭和四十二年であったから、十年以上も経ったことになる。私は女流文学賞で非常に大きな功徳に与《あずか》ったと、折にふれてそう思う。候補に入っているかどうかも知らなかったと思うし、既成作家用の賞であれば、もともと焦りようもない。ところが、受賞してみると、仕事する上で、私は自分の気持がそれ以前は随分落ちつけていなかったのだなとわかったのである。芥川賞から四年目だった。その間、私は長編は最初の一作を書いただけで、短編ばかり書き続けていた。絶えず発表していなければ忘れられるというような懸念をもったからではなく、次々に仕上げていないと自分に不安で、短編から離れられなかったのである。が、受賞と手術の短期休筆に乗じて、短編から遠ざかることにし、「草いきれ」「不意の声」を書きあげた。そして、「回転扉」に集中しはじめながら、今年女流文学賞をいただいていなければ、どうしていただろうと感に絶えない。

賞とわたし《しょうとわたし》　エッセイ

〔初出〕「新刊ニュース」昭和五十五年十二月一日発行、第三十一巻十二号〈三百六十五号〉、二二～二三頁。

〔梗概〕谷崎賞の受賞の報らせがあった時、この賞ができたのは、確かご健在のうちだったと、立ちどころにそう思い、喜びが一層深まる思いがした。谷崎潤一郎は、私にとっては、少女時代に出会って以来、尽きない魅力を感じ続けてきた作家である。谷崎文学の偉大さは私にとっては年毎に新たになる。自分にとってそういう作家であり、しかもご健在中に創設された谷崎さんの賞なので、私には格別嬉しく、こちらから言わせていただけば縁が思われてならない。

少年たちの共和国《しょうねんたちのきょうわこく》　評論

〔初出〕『少年少女日本文学館第4巻〈小さな王国・海神丸〉』昭和六十二年二月十四日発行、講談社、二三六～二四一頁。

〔梗概〕谷崎潤一郎の三十二歳の時の短編小説「小さき王国」の解説文。「小さき王国」は谷崎文学のなかでは題材・作風とも珍しい作品である。谷崎文学らしい特異な感覚や華麗さにはおよそ縁遠い。谷崎文学の豊潤な魅力の基本にあるのは、作中世界へのねばり強くて、自然な誘い方、抜群の着眼をはじめ創造力の弾み方、作者の内部との深いつながりの実感なのである。谷崎文学らしい作品では眩惑されて、それが気づきにくい。それらの魅力が「小さな王国」ではむしろ鮮やかに感じられるのである。

小見さんの成功作《しようみさんのせいこうさく》　選評

〔初出〕「中央公論」平成三年十月一日発行、第百六年十号、三四三～三四三頁。

〔梗概〕稚子輪正幸さんの「葬の風景」は多くの事柄を押し込みすぎていた。土屋猷一さんの「比較的奇妙な一週間」は、奇妙さがもうひとつ生きていない。小見さゆりさんの「悪い病気」は、しっかりしたモチーフがある。文章のあちこちが光っている。女性である作者の男性に対する眼が、終始温く澄んでいるのにも好感をもった。

将来性を期待して《しょうらいせいをきたいして》　選評

〔初出〕「新沖縄文学」昭和六十二年十二月三十日発行、第七十四号、一八二～一八四頁。

〔梗概〕第十三回新沖縄文学賞選評。平田健太郎氏の「蜉蝣の日」は、たとえば一歳とか、十歳とか、二十歳なりの子供を亡くした場合の親の気持を主人公は想像しなくても、作者は考えてみたであろうか。そこを通過することがなされていたならば、産児の死をまだ妻に知らせていない問題なども一段と深みを得たと思う。照井裕氏の「フルサトのダイエー」に、尋常ならぬ才能を感じた。随所に驚くような創造性に富んだ認識と表現がある。が、表現し損ねて硬直しているところも少なくない。私は作者の将来性を期待して、この作品を推した。

女王幽閉の島《じよおうゆうへいのしま》　―→嵐ケ丘ふたり旅（19頁）

職業人を描く二作《しよくぎようじんをえがくにさく》　選評

〔初出〕「文藝」平成元年十二月一日発行、第二十八巻五号、一二～一三頁。

〔梗概〕平成元年度文藝賞選評。「ハッピーハウス」と「YES・YES・YES」の二受賞作は、一人称体の危険を知り、それと闘っていたならば、二作とも実によい作品になっていたことだろう。しかし、私はこの二作が共に主人公を（小説家以外の）職業人として実感させることを評価する。

食生活《しよくせいかつ》　エッセイ

〔初出〕「月刊小さな蕾」昭和四十三年十二月一日発行、第六号、六～八頁。

〔梗概〕子供時分の食生活は、朝は漬物

でお茶漬で、昼は干物に野菜のおしたし、のっぺ汁、大豆と人参と昆布とこんにゃくを煮たもの、焼いた厚揚げと大根おろし、といったお惣菜が多かった。夜は魚か肉を主にしたご馳走になる。自分で世帯をするようにもなっている私は、一体どういう食生活をすればいいのか迷い通しで、試行錯誤を続けている。時間に縛られる者がなく、朝も遅いので、二食にしたみたこともある。昼頃にパンと肉と野菜か果物を摂る。夕食はご飯と白身の魚とか、豆腐のような軽いものにしてみたのだった。昼まで体が頼りない。一日三食に逆戻りした。どういう朝食が向いているか、困った揚句、野上弥生子氏が長年続けておられる朝食を真似てみた。お抹茶二服とお菓子である。うちでは、ほかに生卵を一個のむけれど、これまで試みた朝食のなかでは、いちばんいいようである。最も試行錯誤続きだった朝食が、もしもこれで安定すれば、他の二食も子供の頃の食生活から自由になって、いい方法が見つかるかもしれない。

食卓《しょくたく》　エッセイ

〔初出〕掲載誌紙名未詳、昭和六十一年十月発行。

〔収録〕『蛙と算術』平成五年二月二十日の発行、新潮社、九一〜九四頁。

〔梗概〕この春、東京で開催された日独女性作家会議に、ドイツ語圏諸国から七人の女性文学者が来日し、同数の日本側メンバーのひとりとして私も参加した。プログラムが終了したあと、京都旅行があった。夕食の席で、私は先方の彼女たちがあまりにもよい手つきでお箸を使っているのに気がついた。聞けば、お国で日頃から、中国料理のお箸を使いつけていらっしゃるという。ある現代アメリカ女流作家の短編小説のなか、夕食のメニューが今の日本の家庭の日常的なメニューに近くて、ご飯まであるのだった。日本の食生活の西洋化ばかりではなく、今では西洋の食生活のほうでも日本化が進んでいるとみえる。今日では日本の大抵の家庭の食卓は、椅子とテーブルである。そのテーブルが、一体に狭いようだ。

《食》のことば《〈しょく〉のことば》　エッセイ

〔初出〕「Poetica」平成四年一月一日発行、第二巻一号、一〜一頁。

〔梗概〕「食」に関する「失われたことば」について述べたエッセイ。「食」のことばにも嘗ては心づかいが感じられた。食物が腐敗していた時、「腐っている」と露骨な言い方をしないで、「傷んでいる」、「汗をかいている」と言った。「小《しょう》食《しょく》・大食《たいしょく》」も昔は聞かなかった。「食が細い人」「食が進む・食が進まない」という言い方があった。「大食」など美意識のうえから言いかねた。「気持のよい程よく頂きます」と言ったりしたようだ。


「女性作家十三人展」について《「じょせいさっかじゅうさんにんてん」について》　エッセイ

〔初出〕「日本近代文学館」平成四年三月十五日発行、第百二十六号、二〜二頁。

〔梗概〕女性作家十三人展は鮮烈な個性の展覧会の趣きがあった。宇野千代ら現代女性作家も会場で自著サイン会にも協力した。ご高齢のこととて、お疲れになってはと、「ご本が売切れましたので…」と、程々のところで終いにした。ところが、お帰りがけに会場に接した書籍売場を通りながら、こんなに本があるじゃな

し

いのとおっしゃったそうである。

女性作家と男性主人公《じょせいさっかとだんせいしゅじんこう》

――→『赤と緑』――マードック――（6頁）

女性と謙虚《じょせいとけんきょ》　エッセイ

〔初出〕「CHAINSTORE」昭和四十七年四月一日発行、第百七十四号、六六～六七頁。「現代女性シリーズ(52)」。

〔梗概〕私の友人の妹さんのM子さんは、自分が受け入れさえすれば結婚していたと思われる、青年が一人ならず二人まで亡くなった。その時、M子さんは何を感じたか。私は或る小説のなかで、M子さんとは全く正反対ともいえる女性を書いている時、一部この出来事を寸借して、その作中人物らしい反応を創作したことがある。私はその時のM子さんの様子をお姉さんから聞いた。M子さんは気に病むでもなく「まだお若いのに、おふたりとも気の毒ね」と言ったという。自分との以前の縁において、気の毒がったわけでもない。人間とか、人生とかに対して、M子さんは女性としては、少し辿りつくのがむずかしいほど謙虚になったようだ、とお姉さんは感じたという。

女性と年齢《じょせいとねんれい》　エッセイ

〔初出〕「CHAINSTORE」昭和四十七年三月一日発行、第百七十三号、二六～二七頁。「現代女性シリーズ(51)」。

〔梗概〕私は年齢の称し方について、かねて数え年式論者だった。満年齢では生れた年がよく判らない。満年齢ではいつ生れたかがあいまいである。それから、近頃の若い人たちは発育がいいから、数え二十歳で、成人の自覚をもたせるのが自然に適ったやり方だと思われる。数え年式が不適当なのは、子供の場合だろう。同じ四歳といっても、一月生れと、十二月生れとでは一年近くちがうのである。私が数え年式がいいと考えるようになった最初のきっかけは、非常に感情的なものだった。戦前の日本では数え年式が取られていたのが、ある年から急に満年齢にあらためられた。その時、年頃で、未婚の私には、満年齢を自称することに、若くみられたくて偽称しているような後めたさを感じさせた。それがわかったのは、満年齢と断わらずに満年齢を自称したい気持が、そろそろ起ってきたからである。

女性と文学《じょせいとぶんがく》　エッセイ

〔初出〕「女子美術大学新聞」昭和四十二年四月一日発行、新入生歓迎特集号。

〔梗概〕人間の人生に対する愛着を増させてもらう歓びを味わうことこそ、小説を読む目的であり、小説の効用と言える。ところが、今日でも小説に「生き方」を期待する読者が非常に多い。人間が自我に目覚めたとき、男性の自我の主たる対象は社会と家だけですんだけれど、女性の場合にはさらに男が加わった。女性作家が輩出しはじめたのは、昭和に入ってからである。しかし、彼女たちが書く小説のテーマは、女性の因習との戦い、つまり女性の生き方が主たるものだった。時代が進み、因習の力が減退するにつれ、その主人公の個性の問題に移行するようになった。私は女性の文学が女性の生き方と手を切るべき時期がきていると思う。女性の生き方の枠内から脱した、強烈で新鮮な個性によって人間と人生に対する鋭い愛着を覚えさせるような、女性の文学がやがて数多く出現するだろうと思う。

女性における生と性―長編『一年の牧歌』をめぐって―《じょせいにおけるせいとせい―ちょうへん『いちねんのぼっか』をめぐって―》　対談

〔初出〕「波」昭和五十五年三月一日発行、第十四巻三号、六〜一一頁。

〔梗概〕津島佑子との対談。「《性》を見つめて」「暗いことを明るく描く」「女性の禁欲とは」「ギリギリの《性》」「平面的小説と立体的小説」「『光の領分』」から成る。『一年の牧歌』の主題は、「女の禁欲」ということなのであり、登場人物の名前は「全員のどかな幸せな名前にしてみた」「一年間禁欲しなければいけないということが、この作品では回り回ってあちらこちらで作用しているように書いたんです」という。「だいたい私の小説は、どちらかと言うと陰陽を逆にしたネガの要素が多いんです。陰画的方法で、作中の時間もあまり動かない状態のほうが、自分の書きたいことをよく出せるんです」とも語っている。

所蔵意識《しょぞういしき》　エッセイ

〔初出〕「群像」昭和四十四年六月一日発行、第二十四巻六号、一八六〜一八六頁。「わが蔵書」欄。

〔収録〕『文学の奇蹟』昭和四十九年二月二十八日発行、河出書房新社、二三六〜二三七頁。

〔梗概〕本に対しては鷹揚になれなくて、膚に合わない本は勿論、さして親しくなれそうにもない本に居坐られるのは、煩わしくて、「積《つ》ん読《どく》」ことになりそうな本は、殆ど買ったことがない。文学全集なども読みたい巻だけを買う。個人全集のほうには、端本は一冊もない。持っているのは、シェイクスピアと泉鏡花と谷崎潤一郎だけである。持っている本で多少とも珍しいのは、日本で出版されたオペラの本では最も旧いらしいものと、人形浄瑠璃関係のものである。私の持っている本のなかで、所蔵意識を感じるのは、スチール製の保管庫に、自著、自作の掲載誌、自作の受けた批評で眼に触れたものを入れてあるものである。

書棚《しょだな》　エッセイ

〔初出〕「藝術新潮」昭和四十九年五月一日発行、第二十五巻五号、六六〜六六頁。「ぴ・い・ぷ・る」欄。

〔梗概〕本の並んでいるのが眼に入るのは、私は好きではない。古い大きな家に住み、誰も行かない部屋の少し曲ったような本棚や、裸の床の間に、乱雑ではなく、だが不整理に、本どもが鎮っているというのが、私の理想の本の置き方なのである。

署名と寄贈本《しょめいときぞうぼん》　エッセイ

〔初出〕「読売新聞」昭和四十八年十一月十二日朝刊、一〇〜一〇面。「本の周辺(2)」。

〔梗概〕この夏、学校卒業後も親しく付き合ってきた大阪の友人が、甥御《おいご》さんと一緒に訪ねてきた。その少年にあげる適当な本を探してみた。寄贈本は著者からいただいた本は、殆ど全部保存してあることに、そのとき気がついた。署名入りの本で最初にいただいた本は、詩人の新川和江の処女詩集『睡り椅子』で、こちらの名前と共に綺麗な字で署名をしてくださった。この本は自費出版だった。出来あがった本を積んだ荷車の後ろについて歩きながら、家まで持って帰ったと、感慨深げに聞かされたことを思いだす。瀬戸内晴美さんの寄贈の仕方は取り分け特色がある。小説の時は、どちらの名前もフルネーム、エッセイ集の時は〈多恵子さま　晴美〉である。小説の本の場合は、こちらの敬語は〈さま〉でなくて〈様〉になっている。私は本を贈る方へは、出るたびにいつも贈るし、署名もどちらの名前もフルネームで、ただ毎度それだけでもある。

助命と殺人《じょめいとさつじん》　エッセイ

〈初出〉「文藝」昭和六十年一月一日発行、第二十四巻一号、一二～一三頁。

〈梗概〉森茉莉さんのあの才能は、父譲りのものではなくて、母譲りなのではないだろうか。茉莉さんの作品と志げの作品との間にはすぐれた血の繋がりが感じられる。志げの作品は、まだ習作の域こそ脱しきれていないけれども、独特のいい資質が光って覗いている。そういう資質が、志げとはちがって一流の作家である茉莉さんの作品に溢れているものと、驚くほど似ている気がする。そういう二人の特性は、鷗外の作品からは感じられない。私は森鷗外なる人については興味があるが、その作品に深く付き合う気にはなれない。安楽死を主要テーマにした「高瀬舟」は、旧制高等学校の生徒が書いたかのような作品である。体験がありながら、「高瀬舟」があの程度のものにしかならなかったとは、本当に鷗外は言われているような文豪なのであろうか。ところで、安楽死といえば、近年、急速に変化して、脳死者と名づけられたり、植物人間と呼ばれる患者に、人工呼吸器を外すという延命中止も提唱されるようになった。「新鮮な臓器」欲しさが専らの目的となってきた。法律の条文中では「死」の定義が全く併記されていない。死の判定は医師のみがなし得るという法律はないが、埋葬、火葬には必ず医師の死亡診断書がなければならないと定められている。「死んだ」あるいは「既に死んでいる」とした医師の判定が、法律上では「死」の定義なのである。「脳死判定規準」をつくろうと主唱者たちが運動しているのは、何故だろう。脳死は、心臓死とちがって、本当に脳がもう死んでしまったのかどうか、厳密に言えば判定しきれないという。一応の規準をつくり、本当に脳死していようといまいと、さっさと「死」としてしまいたいためである。

女流作家の宿命《じょりゅうさつかのしゅくめい》　対談

〈初出〉「文學界」昭和四十年十月一日発行、第十九巻十号、一二〇～一三〇頁。

〈梗概〉津村節子との対談。「女流作家と肉親」「気になる批評」「男の作家・女の作家」「夫婦・女流作家・家庭」「これからどうするか」の小見出しがついている。男の作家にはエネルギーがある。「女のタオルからもう一度、ジャーと水が出るような、最後の締め方というものができるんじゃないかという、純粋な、夾雑物をとり除くような、そういうことで差を感ずるんです」。男性作家の場合は、第一期の創作とか、第二期の創作ということが云われるが、女流作家の場合は、そういう変革というものがあまりおこっていない。「一生の仕事ぶりが、それは深くなったり、太くなったりするということはあっても、発展的に変革」するといったことが女流作家にはない、と発言している。

女流新人の現在《じょりゅうしんじんのげんざい》―対談時評《たいだんじひょう》―　対談

〔初出〕「文學界」昭和五十六年三月一日発行、第三十五巻三号、一九四～二〇七頁。

〔梗概〕松浦理英子「セバスチャン」・増田みず子「自殺志願」・吉行理恵「小さな貴夫人」をめぐる佐伯彰一との対談。とにかく机の上のことで精いっぱいになる時期、またこんどは大きく認識が進んで目が開ける時、その交互の繰り返しであるけれど、松浦理英子さんの場合、ちょっと厳しい言い方だけど、その開ける時に、一度もぶつかっていないように感じられる。増田みず子さんの「自殺志願」は、この作品の題を、そのまま受け取っていいのか、それとも含みがあるのかどうか、タイトルの意味がはっきりしない。吉行理恵さんの「小さな貴婦人」は、余計なものがなくて、省略がはっきりして、イメージからイメージへの飛躍がある。そこに実にきれいなものが出ている。これは、小説をつくろうとしてないけど、今日、取り上げた三作のうちでは一番小説になっている、という。

「女流」と恋愛《じょりゅうとれんあい》―小島信夫《こじまのぶお》

エッセイ

〔初出〕「小島信夫全集第2巻月報1」昭和四十六年一月二十日発行、講談社、六～八頁。

〔収録〕『文学の奇蹟』昭和四十九年二月二十八日発行、河出書房新社、一三六～一三九頁。『河野多恵子全集第10巻』平成七年九月十日発行、新潮社、一七五～一七六頁。

〔梗概〕先年、小島信夫氏が再婚されたと人伝てに聞いた。家事や子供の世話をしてもらうのに都合のよさそうな人などといった日本の男性の再婚相手を択ぶ目安と無縁の角度から択ばれたらしい。私はまさに恋愛結婚だと感じた。中年の人妻とまだ少年ともいっていい青年との恋愛を描いた「女流」は、本当の恋愛小説だと思う。「女流」が情事小説とは全く異質の本当の恋愛小説になっているのは、登場人物の男女がまさしく恋愛を経験せしめられるからである。

女流文学の戦後《じょりゅうぶんがくのせんご》　対談

〔初出〕「文藝」昭和四十九年八月一日発行、第十三巻八号、二一四～二三一頁。

〔梗概〕丸谷才一との対談。「火事場泥棒的な自由」「女流が男性を主人公にした作品」「〝社会〟と〝世間〟のちがい」「反社会と無社会」「女流作品における小道具の使い方」「日本の女流作家」「男性作家への疑問」等をめぐっての対談。男性がどうして、女性を主人公にした作品を盛んに書いたかといえば、小説というのは、個人の話ですから、みっともない話、恰好の悪い話のほうが主になる。そうすると、男性が男性を主人公にして書くというのは、みっともなさというものが相当にあると思う。その場合に、女性を主人公にして書く。社会の中で軽蔑されている自分を女の位置に仮託して出す、という。かねがね男の作家に疑問が一つあるんですが、男の子の思春期とは、ほんとうになるほどこういうものか、と思った小説というのは、吉行淳之介さんの「手品師」と小島信夫さんの「女流」の二つしか知らない。そういう時期の男の心理と肉体の状態をずばっと書いたような作品をいつも読みたいと思うんですけれどもね。一番わからないですね。私、男性のことでわからないのは、あの年代です。その時期の男性というものを書いた作品というものがもっとあっていいんじゃないかと思うんだけれども。

素人の癌療法《しろうとのがんりようほう》　エッセイ

〔初出〕「潮」昭和四十六年三月一日発行、第百三十七号、二五六〜二五七頁。

〔収録〕『私の泣きどころ』昭和四十九年四月八日発行、講談社、一九八〜二〇一頁。

〔梗概〕医学関係の統計を見ていて、その統計の取り方がおざなりすぎはしないか。たばこと諸病との関係の統計などがそうである。何病で死亡した者のうち、非喫煙者何パーセントに対して喫煙者何パーセントを示しても、対象になった人たちが同じ条件の生活をしてきた場合しか、本当の答えは得られていないのではないか。私の素人かんがえでは、癌の発病の刺戟説なるのが、癌の正体発見をおくらせているような気がする。しかし、私の家の隣りの執事は、腹部に皮膚癌ができて、病院でも見放されたが、その人はものは試しと、蛭に吸わせた。以後、再発も転移もなかった。私にもし癌が発生したならば、内蔵であっても、その人のように蛭に吸わせるために体を開いてくれる医者を見つけるつもりである。

師走の時間《しわすのじかん》　コラム

〔初出〕「読売新聞」昭和五十一年十二月一日夕刊、七〜七面。「双点」欄。

〔梗概〕私などは仮にその日が過ぎてからでも、十二月八日が何の日だったか思いだす。太平洋戦争の始まった日である。たまたま学期末試験の第一日目に当たっていた。寒いが天気のよい日であった印象まで残っている。まだ戦争にならないうちの記憶だが、裁縫教室の大きな教卓の端に、針供養、十二月八日、と書いた木の小箱が置いてあって、捨て針はその箱に入れるきまりだった。変って、私の郷里では、盗人除けのまじないの紙を貼る。年賀状は二十日までに、ゴミは二十七日までにという、今日の年末の掛け声から聞かれるのは、役所の作業予定ばかりである。

親愛感の定まった書《しんあいかんのさだまつたしよ》　エッセイ

〔初出〕「婦人公論」昭和五十三年十一月二十五日発行、第六十三巻十二号、八一〜八一頁。「私と古典」欄。

〔梗概〕私は今もって熟読するのが好き、気に入ったものは繰り返し読むのが好きであるし、本当の文学であれば現代文学でも、古典でも、翻訳でも、おのずから同じ姿勢で読むのである。私には古典を古典視する気持はない。古典には古典視して読むことでの特殊の功徳もあるのかもしれず、私はそういう功徳をこれまで知らずにきているのかもしれない。私にとって古典とは、その人にとって永く付き合ってきて親愛感の定まった書というのが古典と聞いた時の最も強い実感なのである。

新鋭作家叢書全十八巻推薦文《しんえいさつかそうしよぜんじゆうはちかんすいせんぶん》　推薦文

〔初出〕「新鋭作家叢書全18巻」内容見本、昭和四十六年十月（刊記なし）、河出書房新社。

〔梗概〕この叢書の収録作家は、肉体の

誕生の時期と作家としての誕生の時期とが非常に集中していて、作品にもそれが顕れているが、そのために、それぞれの作家の鮮やかな個性の競いぶりが一層よく感じられる。

新沖縄文学賞選考を終えて《しんおきなわぶんがくしょうせんこうをおえて》　インタビュー

〔初出〕「沖縄タイムス」平成三年十月二十四日発行、一四～一四頁。

〔梗概〕第十七回新沖縄文学賞選考後の感想を語る。作家の才能には、文章力など含む狭い意味での才能と、広義のそれがある。もう一歩というのはその広義の才能にかかっている。先人の文学を読むことはその人の文章や思想を学ぶことでなく、理屈では言えない特色を見いだし、触発されることとなんです。

ジンクス破り《じんくすやぶり》　選評

〔初出〕「中央公論」昭和五十七年十月一日発行、第九十七年十号、三一八～三一九頁。

〔梗概〕第八回中央公論新人賞選評。鈴木弘氏の「海隠れ」は、ただの物語に終っているのである。車体ばかりでなく、エンジンを取りつけてもらいたかった。篠原勝之氏の「風呂敷」は、作者の狭義、広義の資質を感じた。池田章一氏の「宴会」は、実に女主人公のクニ子がよく書けている。作者の眼がしっかり人間性というものを探ねているからである。

人工授精と夫婦愛《じんこうじゅせいとふうふあい》　エッセイ

〔初出〕「婦人公論」昭和四十三年三月一日発行、第五十三巻三号、七四～八一頁。

〔収録〕『私の泣きどころ』昭和四十九年四月八日発行、講談社、二一八～二二八頁。『河野多恵子全集第10巻』平成七年九月十日発行、新潮社、二二八～二三三頁。

〔梗概〕独身女性のなかには、夫も愛人もほしくないけれど、子供は持ちたいと、人工授精を実現しようと、医者を訪ねる人まであるそうである。私は母性愛というものは、決して異性愛と隔絶することはあり得ないものだと考えている。彼女たちが仮に人工授精によって、子供を得たとすると、その子供に対する母性愛は非常に異常なものと思われる。彼女たちの親子関係は異性愛的、あるいは同性愛的近親相姦的なものとならざるを得ないのではあるまいか。夫婦の合意の上で行われる人工授精に対しても、夫婦間の人工授精は別として、否定的な考えを抱かずにはいられない。不幸にして自分たちの子供をもち得なかった場合、人工授精に縋ろうとするのは、人間の建設本能を生殖以外に満たす手段がいかにあるかということを忘れた、人間らしくない姿ではないだろうか。

真実永劫への求道と罪障―何よりも「道理」の復権を願って―《しんじつえいごうへのきゅうどうとざいしょう―なによりも「どうり」のふっけんをねがって―》　エッセイ

〔初出〕「日本及日本人」昭和五十二年九月一日発行、第千五百四十三号、一一四～一二一頁。

〔梗概〕最近、私大の医科や医科大学の高額寄附金や不正入学が大きな問題になっているが、「婦人サロン」昭和六年三月にも同様の記事がある。この状況は半世紀に近い昔にすでに始まっていた。もともと、私大に医科や医科大学のあるのがおかしい、と私には思われる。医科はすべて官立であるのが、当然だろう。金力入学者の劣等医師をつくるために支出される補助金こそ税金の無駄使いのはずである。真理・真実に対する憧れ、好奇心どころか、常識的な道理に対するわきまえさえ身につけさせていない。たとえば、育英資産や奨学金制度のその借用金は後日返済するのに利息はつかない。これはいけない。利息は低くてもよい、単利であってよい。利息をつけさせなくてはいけない。それが道理というものであり、道理の発想を身につけさせる道というものである。大学紛争があると、机や椅子の備品も建物も壊され、病め尽される。それを一切不問に付す、この寛大さは異常としか言いようがない。私は今日の日本人の道理に反することへの不感症を、何よりも恐ろしいことだと思っている。「道理」が早急に復権することを願っている。

神社と墓地《じんじゃとぼち》　エッセイ
〔初出〕「東京新聞」昭和五十年一月六日夕刊、五〜五面。
〔収録〕『もうひとつの時間』昭和五十三年二月二十日発行、講談社、九〇〜九二頁。
〔梗概〕もう十数年、初詣は欠かしたことがない。節分にも、大抵はお詣りする。鳩に脅かされるようないい天気の日であると、私はそのあと墓地へも行きたくなる。東京には、私の縁者の墓はない。知人の墓はあるので、その墓へ行く。生前のあの日あの時のことが幾つも思いだされ、一緒に思い出話を楽しんでいるような気がしてくる。正月や節分の墓地はひっそりしている。生者には生者らしく、生者だけの正月や節分を楽しんでもらうのがいいです、と優しく頷いているお墓たちのように思えるのだ。

新宿ことはじめ《しんじゅくことはじめ》　エッセイ
〔初出〕「新宿百選」昭和四十二年一月一日発行、第三十九号、一六〜一七頁。
〔梗概〕新宿といえば、私は小説の勉強をしたくて、昭和二十七年に大阪から上京した時分のことを思いだす。東京住いをするようになって、毎月十五日に東中野の「モナミ」で開かれる、「文学者」の合評会に熱心に出席した。合評会が解散になると、会員の人たちは新宿へ行く。新宿へ出るたびに、私は自分がまさしく東京にきて小説の勉強をしていると、感じ入ったものであった。

新春女流作家小論《しんしゅんじょりゅうさっかしょうろん》　座談会
〔初出〕「自由」昭和四十五年一月一日発行、第百二十二号、二一八〜二三三頁。
〔梗概〕平林たい子〈司会〉・円地文子・大原富枝との座談会。戦後の女流作家、宮本百合子・野上弥生子・林芙美子・岡本かの子・平林たい子・円地文子・曽野綾子・有吉佐和子・倉橋由美子・大原富枝・瀬戸内晴美・佐多稲子・吉屋信子・宇野千代・芝木好子らについて語る。

新春対談―生と死をめぐって―《しんしゅんたいだん—せいとしをめぐって—》　対談
〔初出〕「あづま」昭和四十年一月一日発行、第八十八号、二〜二面。日本専売公社東京地方局発行。
〔梗概〕日本専売公社東京地方局長の狩谷亭一との対談。「蟹」の舞台は鴨川である。〝たばこ東京〟（組合新聞）にいたころ「組合めぐり」というシリーズものがあって、「今度は鴨川へ行ってみたら」といわれたんです。そこへ取材にいって、すっかり気に入ったものですから、その後も二、三度遊びに行って、それからあれを書くときにもう一度行ってきたんです。喫うたばこは大抵「いこい」、普通二十本、という。

新春にちなんで《しんしゅんにちなんで》　エッセイ

〔初出〕「日本専売新聞」昭和三十九年一月十五日発行、第五百四十四号、二～二面。日本専売協会（東京都港区芝西久保桜川町11）発行。

〔梗概〕暮れの十九日に早稲田大学裏へ引越した。上京してもう十二年になる。今年はじめて初詣に、近所の馬場下の穴八幡へ出かけた。ここ数年間、私は早稲田ばかりに住んでいる。今度のところは早稲田での三度目の住居にあたる。たばこを吸うことと、赤電話を利用することで、早稲田のたばこ屋さんとも大分お馴染みになった。馴染みになった三軒のたばこ屋さんについて記す。

信書の秘密《しんしょのひみつ》　――→いすとりえっと（34頁）

新人賞の意味《しんじんしょうのいみ》　選評

〔初出〕「中央公論」昭和五十一年十月一日発行、第九十一年十号、三三七～三三七頁。

〔梗概〕第二回中央公論小説新人賞選評。今更こういうものを書いて何になるのだろうと訝るような、陳腐な作品ではなかった。ただ、どの作品もそこ止まりのもので、そこを越えた作品がなかったのは、残念だった。新しい個性のみが、既存の殻を破る力をもっている。どれほど小さくても、人間についての新しい発見がすべての基地となっていることが必要なのである。

人生三十年《じんせいさんじゅうねん》　エッセイ

〔初出〕「短歌」昭和四十七年四月一日発行、第十九巻四号、九八～九九頁。

〔梗概〕人生というのは、おとなになってからのものと、私は考えている。二十歳すぎくらいからおとなといえる。人生の終りのほうは、私は昔の定年制度並みに、五十五歳あたりでお終《しま》いと考えるのが、本当でないかと思う。人間の寿命が二十年以上も伸びたといっても、医学が進歩しただけであって、白髪が出はじめたり、頭の毛が薄くなりはじめたり、老眼鏡が必要になったりする年輩は、昔も今も少しも変っていないのである。異例の人を除いて、あらゆる方面に、少くとも定年延長反対運動こそ起すべきではないだろうか。とにかく、人間の人生は三十年程度のもので、余生を思う存分に好きに使うべきだと思う。

人生とは楽しいもの《じんせいとはたのしいもの》　エッセイ

〔初出〕「ＦＨＪ」昭和五十二年一月一日発行、第二十五巻一号、一九～一九頁。

〔梗概〕人生とは多難なものでないと、私には言い得る。私たちは、人生を恐れる必要は少しもない。なめてもいけない。しかし、人生というものは、充分信じるに足りるものであり、人生を信ずることが、人間として最も必要な心がけであると、私は思っている。

人生の始まり《じんせいのはじまり》　――→いすとりえっと（36頁）

心臓移植手術から《しんぞういしょくしゅじゅつから》　――→命と肉体（47頁）

新年の暦《しんねんのこよみ》　エッセイ

〔初出〕「れもん」昭和四十三年一月十日発行、第七巻一号、四～五頁。

〔梗概〕馬場下の穴八幡は虫ふうじで知られているが、「一陽来福」のお札《ふだ》でも有名である。私は初詣で毎年、お詣りしてお札を受ける前に、参道の出店で新しい暦を買うことにしている。今日では、年中苺やきゅうりが八百屋にあり、四季の特色が失われている。盛り場やテレビで十一月半ばからクリスマスのジングル・ベルの音楽を流す。私たちの心身は四季の移り変りというものと緊密な自然な繋がりをもっている。その自然の四季を人工的、商業主義的な四季で攪乱されるのは、一種の暴力的被害である。新しい年の暦も実は前年の夏あたりから売り出されているのだが、物が物だけに目立たない。新しい年の始めに新しい暦を買うという、まさしく暦通りの買い物の楽しみを残させておいてくれるのである。

人物と音声《じんぶつとおんせい》　エッセイ

〔初出〕「中央公論歴史と人物」昭和四十七年二月一日発行、第二年二号〈六号〉、二二一〜二二三頁。

〔収録〕『文学の奇蹟』昭和四十九年二月二十八日発行、河出書房新社、二七一〜二七四頁。『いくつもの時間』昭和五十八年六月七日発行、海竜社、一一七〜一二一頁。

〔梗概〕一体、人間についての記憶のなかで、音声ほど磨滅しやすいものはないようだ。私はどうでもよいことについての記憶は非常によいのだが、人の音声ばかりはそうではない。歴史で有名な人物でも、人間関係や性格や容姿や趣味教養のことは伝わっていても、音声については伝えられないようである。私は容姿から音声を想像することが不得手で、その逆のほうは得意のつもりでいるせいか、肖像画なんか伝わっていなくてもいいから、音声のことが少しでも伝わっていてほしかった、と無念になるのである。

人物の変わり方《じんぶつのかわりかた》　エッセイ

〔初出〕「東京新聞」昭和四十八年一月五日夕刊、四〜四頁。

〔収録〕『文学の奇蹟』昭和四十九年二月二十八日発行、河出書房新社、九五〜九七頁。『河野多惠子全集第10巻』平成七年九月十日発行、新潮社、六四〜六五頁。

〔梗概〕私は、二、三年前から、作中人物が別人のように変化する小説を読みたいと思うようになった。「金色夜叉」の間貫一は純朴な青年から金色夜叉へ異常な変化をなすのだが、「金色夜叉」が成立しているのは、純朴な青年と金色夜叉とが互いに引き合っているからである。変化の以前と以後とがそんなふうな繋がり方で引き立て合って成立させている作品は、トルストイの「復活」のネフリュードフなど、他にもある。私の書きたいのは、人物の変り方が大きく、しかも変化の以前と以後とが全く断ちきれているような小説である。その方法が見つからない。チエホフの「可愛い女」のオーレニカには、変化を経た人間の内的実感が少しも表現されていない。現代では、間貫一やネフリュードフやオーレニカのような人間は、もう存在しない。しかも、彼等以上の変化をなす人間は、決して少くないのである。

新文学の条件《しんぶんがくのじょうけん》　鼎談

〔初出〕「中央公論」昭和四十九年十二月一日発行、第八十九年十二号、二七〇〜二八〇頁。

〔梗概〕中央公論新人賞が再開され、その選考委員を引き受けた、吉行淳之介・丸谷才一との鼎談。「懸賞小説のこだわり」「懸賞応募か同人雑誌か」「『第三の新人』以後」「新しい個性」「新人の資質と才能」「誰に向って書くか」から成る。「昔の小説の場合はしっかりしたモチーフが必ずあった。それが今は昔式のモチーフをおくとかえってとらえられない面がたくさん出るというので、こんどはモチーフなしになりすぎている気がするんです。従来の意味のモチーフとは違うもの、従来のモチーフの役割をするような、モチーフに準ずるものがほんとうはあるような気がするんですが。」という。

進歩の不思議さ《しんぽのふしぎさ》　エッセイ

〔初出〕「新婦人」昭和四十六年四月一日発行、第二十六巻四号、七九～八〇頁。

〔梗概〕中年すぎになって薬局を開業した友人が、開店当時、何がどこにあるやらわからない。ところが、三か月もすぎた頃、急に各薬の置き場がはっきりと心得られるようになった。ある声楽家がフランスに留学したばかりの時、全く言葉がわからない。半年ほどすると、急によくわかるようになった、という話である。覚えたり馴れたりすることを休まず続けておりながら、少しずつその成果があるのではなく、或る日、突然にその成果のわかるのは、実に不思議である。小説の創作上の進歩にも、その不思議さがあるように思う。

親友と愛読書《しんゆうとあいどくしょ》　エッセイ

〔初出〕「螢雪時代」昭和四十六年九月一日発行、第四十一巻八号、六六～六七頁。「随想出会い」欄。

〔梗概〕出会いというものは、つねに必然と偶然との作用を半分ずつ受けたところに生じる。本当の出会いにするためには、つねに謙虚さと自信とが必要である。人との出会いは、人と本との出会いにも当てはまるように思う。本当に自分と相性のよい本を見つけ出すには、偶然の面白さを信じ、自分の個性を信じることである。私は女学校一年生の時、学校の図書館で、たまたま手にした文学全集で、谷崎潤一郎の「少年」を読んだ。私はそれまでに読んだ少女小説や童話の読後とは全くちがった状態に陥っていた。以後、私は谷崎文学と縁深い仲になった。

心理と感覚―「あの胸にもういちど」―《しんりとかんかく―「あのむねにもういちど」―》　映画評

〔初出〕「群像」昭和四十三年十二月一日発行、第二十三巻十二号、二五二～二五三頁。

〔梗概〕映画「あの胸にもういちど」は、フランスの現代作家アンドサ・ピュール・ド・マンディアルグの「オートバイ」が原作である。この映画の進行を繋ぎ続けてゆくのがオートバイで、新妻レベッカの思いだし続けるのは、すべて感覚である。彼女が結婚した時、ダニエルから祝い品として今乗っているオートバイが送りつけられてきた由来が、映画の終末近くになって明かされるのでなくて、もっと早目に示されておれば、観客に対してオートバイは更に働きかけていたことだろう。

心理の表現《しんりのひょうげん》　エッセイ

〔初出〕「知識」昭和六十三年六月一日発行、第三巻六号、二四六～二四九頁。「文藝時評連載６」。

し

〔梗概〕佐多稲子氏の「夏の栞」は「新しい心理表現を開拓」した。戦前の日本文学では心理表現が多かった。戦後になって、性の文学の発達で、心理表現が埋没した。性愛では肉体と心理が分ちがたく結びついている。それは感性と意識の結びつきなのである。現代の日本文学は、性の文学の発達につれて、感性と意識の表現はめざましく発達した。新しい恋愛心理表現を開拓する作家が出現してほしいものである。永山則夫氏の「捨て子ごっこ」は心理表現を直接・間接に駆使して成功している。高井有一氏の「木彫の雛」は、何ひとつ特殊な事柄は扱われていないにもかかわらず、〈私〉独特の初老の厚い手応えが感じられる。岩阪恵子氏の「逃れられない」の佐枝には普遍性が感じられた。

新惑星が'98年を脅かす《しんわくせいが'98ねんをおびやかす》　対談

〔初出〕「婦人公論」平成十年二月一日発行、第八十三巻二号、二八二～二八九頁。
〔梗概〕新惑星プロセルピーヌが運勢にどう影響してくるのかについて、占星術師銭天牛と対談。「人生の半分を地獄に連れていくだろう」といわれているプロセルピーヌは、牡牛座に入っている。イギリスは狂牛病で騒いでいるし、疫病が流行する危険性もある。農業は打撃を受けると思われるし、不景気は続くであろう。しかし、薬や煙、サンズイのつくものはいい。もちろん「河野さん」もである。

（荒井真理亜）

す

西瓜の種《すいかのたね》　コラム

〔初出〕「毎日新聞」昭和五十二年六月十五日夕刊、六～六面。「視点」欄。
〔梗概〕或る日、何かの席で西瓜が出された。その櫛形の赤い切口を見ると、種がぱらぱらと撒いたような入り方をしている。私の記憶にある西瓜の種の入り方は、彎曲形に一つ一つ横向きに並んでいたはずだった。西瓜を丸ごと時々買ってきて試してみるようになったのだが、種はいつもばらばらでしかない。公害のせいなのか、新栽培法のせいなのか、去年の或いはここ数年の気象のせいなのか。

彗星《すいせい》　エッセイ

〔初出〕「楽しいわが家」平成八年六月一日発行、第四十四巻六号、三～三頁。
〔梗概〕亡き尾崎一雄さんに「ハレー彗星」という私小説の名作がある。七十六年周期で地球に接近してくる巨大な彗星にただならぬ関心を抱いている。この作品が最後となり、尾崎さんは三月に亡くなられた。アメリカのマーク・トウェインは一八三五年にハレー彗星と一緒にこの世に来た。来年またこの星がやって来るそうだが、わたしはこの星と一緒に帰るつもりだと語っていた。彼は望み通りの去り方をしたのであった。

『水滴』の強み《『すいてき』のつよみ》　選評

〔初出〕「文藝春秋」平成九年九月一日発行、第七十五巻十一号、四二八～四二九頁。
〔梗概〕第百十七回平成九年度上半期芥川賞選評。十一年間携わってきた選考で、最も感心したのは、このたびの目取真俊

「水滴」であった。戦争を扱った文学作品は、とかく通俗的なものだ。「水滴」は非リアリズムによって、沖縄戦という戦争を現代に及ぶ視野で捉えている。「水滴」は通俗性から自由に放たれて戦争を捉えるのに成功している作品で、例外ともいえる。

睡眠時間《すいみんじかん》　エッセイ

〔初出〕「婦人公論」昭和三十八年五月一日発行、第四十八巻六号、四九〜五一頁。〔梗概〕私は相手に睡眠時間を聞く癖がある。私は夏冬の別なく一日に十時間も寝る。寝る時間を短縮しようと試みたこともあるが、無駄であった。睡眠不足になると、精神状態が不安定になり、悲観的になってしまう。私の睡眠時間を邪魔する一番の敵は原稿締切である。当日までにできるかどうか不安を感じ、眠れない。作品を仕上げた夜、十時間眠ると、精神状態も安定し、楽観的になっていく。

母が新聞記事で関心を示すのは、高貴な方が危篤になられたときの食欲状態だ。子供心に妙なことに関心を持つ人だと思ったが、私も他人の睡眠時間を知りたくなる妙なところがある。（金　文洙）

睡眠時間《すいみんじかん》　エッセイ

〔初出〕「サンデー毎日」昭和五十四年四月一日発行、第五十八巻十五号、九四〜九四頁。「おんなの午後②」。〔梗概〕先日、テレビを見ていると、どこかの小学校の健康管理の実態が映っていた。調査のなかで、私が関心をもったのは、新しい健康管理がなされるまえのその児童たちは睡眠不足であったことだ。八十数パーセントの児童が睡眠不足であったと知って、私は全く驚いた。私自身の日ごろの経験からすると、睡眠不足くらい物事を悲観的に感じさせ、自信を喪失させ、心理を異常にさせ、思考を短絡にさせ、情緒を不安定にするものはないらしいのである。私は仕事の性質と体質上、睡眠時間に非常にむらがある。睡眠時間は八時間では足りない。遅寝遅起ならば九時間、早寝早起するなら十時間は眠らなければ、書くことがまるで浮かんでこないのである。睡眠不足の児童に人命の尊厳を説いてみても、自殺防止にはならないだろう。何をおいても、毎日九時間眠らせたほうが、ずっといい。

スカンク《すかんく》　コラム

〔初出〕「朝日新聞」平成十三年四月四日夕刊。コラム「時のかたち」。〔梗概〕アメリカの迫力のある自然をドライブする。食事をしたあと、車が発車するなりのことである。窓が素早く締められた。スカンクが居た。女学校時代にスカンクの仔が、線路の上を迫ってくる汽車に一所懸命お尻を向け続け、轢き殺されてしまうことがあると、西洋地理で雑談された。スカンクの棲息地は北米であるという。

好きなことのすすめ《すきなことのすすめ》　エッセイ

〔初出〕「ＰＨＰ」昭和四十六年七月一日発行、第二百七十八号、八〜九頁。〔梗概〕人間は向上したい、努力したいという本能をもっている。その本能を萎縮《しゅく》させないようにしさえすればよい。そのためには、ほんとうに自分の好きなことをすればよい。ほんとうに自分の好きなことをするという生き方に徹すれば、決して天が餓死させせない。

好きなことば《すきなことば》　エッセイ

〔初出〕「サンケイ新聞」昭和五十一年八月八日朝刊、八〜八面。「サンデー・ファミリー」欄。
〔梗概〕歓ばしい「春」が来た場合ほど、そのままには厳しい「冬」のあったことを幾度か経験してみて、その真理の鋭さ、深さが次第にわかり、「冬来りなば春遠からじ」の言葉が次第に好きになったのである。人生は若い頃には想像のつかない厳しいものだが、また若いうちは思いも及ばぬ、信じるに足りるものでもあるのが人生なのである。

好きな場所《すきなばしょ》　エッセイ
〔初出〕「風景」昭和四十三年六月一日発行、第九巻六号、三二〜三二頁。
〔収録〕『私の泣きどころ』昭和四十九年四月八日発行、講談社、一八一〜一八一頁。
〔梗概〕町医者の待合室というのは、いいものだ。ちょっとした病気でぼんやり腰をかけて、くたびれた週刊誌などをめくっていると、ふと人生でこれ以上に芯から休憩できる場所はないような気がする。四百字程度の文章。

救いと励まし《すくいとはげまし》　エッセイ
〔初出〕「現代日本文学大系第72巻〈丹羽文雄・岡本かの子集〉月報43」昭和四十六年一月十四日発行、筑摩書房、一〜二頁。
〔梗概〕丹羽文雄先生に対する私の認識は実に幾度も更新された。十年前、自作が商業雑誌に載り始めた頃、「作家が寝ころんで天井を見て、文学とは、傑作とは何かなどと考え始めたらお終いだ。次々に書いてゆけ」等々の先生の助言で、私は救われた。先生のその言葉を聞くと、「急に気が楽になり、心が弾み、力の集中の仕方が判り始めた」のである。それから十年近く経って、先生の「親鸞」を拝読した。私は「宗教というものを理屈ではなくて本当に知らされた」ような気がした。あの時のお言葉の本当の意味、私が救われた本当の理由は当時は判っていなかったことにも、十年近くなって接した「親鸞」で、気がついた。

救いの存在《すくいのそんざい》　エッセイ
〔初出〕「新潮45」平成十三年五月一日発行、第二十巻五号、八五〜八九頁。
〔梗概〕昔は人生五十年だったが、今は八十年、という言い方がよくされる。「人生五十年」は大昔からの言葉で、「人生わずか五十年」はせいぜい生きられて五十年ほど、と人生の短かさを儚《はかな》む言葉だったのだろう。キリスト教国では短命だった大昔から、人の寿命を七十としてきたことに、向日性を感じた。戦時中、敵機来襲で全員が壕へ入るのを見届けてから校長先生はお入りになった。命がけで護られている気持で私の胸を満たした。それこそ救いというものであろう。小学校六年生ごろ、自殺についての恐怖と、教育召集で聯隊に入隊した兄が、脱走してきたのではないかと、私がノイローゼになった時にも、自分には気づかず何かの救いに与《あずか》っていたのだろうか。

スクリーン・熱中・夢—たばこについての印象—《すくりーん・ねっちゅう・ゆめ—たばこについてのいんしょう—》　エッセイ
〔初出〕「日本専売新聞」昭和三十九年五月十五日発行、第五百五十九号、四〜四面。
〔梗概〕映画・テレビで登場人物達がたばこを喫う場面がよくあるが、好感を覚

す

えるシーンはない。映画などにくらべると、日常生活で愛煙家たちが何気なくやっているシーンのほうが実に多彩で好ましい。目撃した好ましい喫煙場面を描く。ところがたばこを喫っている夢を見たことが一度もない。

優れた外国文学に接する歓び《すぐれたがいこくぶんがくにせっするよろこび》　推薦文

〔初出〕「世界の文学全38巻」内容見本、昭和五十一年一月〈刊記なし〉、集英社。

〔梗概〕外国文学を読むときの大きな歓びのひとつは、異性と付き合うときの感じに似ている。もちろん、相手の異性に人間的な輝きがあればこそ、つまり優れた外国文学に接してこそ得られる歓びなのである。

スケッチ体の新リアリズム文学《すけっちたいのしんりありずむぶんがく》　書評

〔初出〕「波」昭和五十九年十二月一日発行、第十八巻十二号〈百八十号〉、一八～一九頁。

〔梗概〕佐藤愛子さんの『うらら町字ウララ』は、現代のその地域で暮している登場人物たちのエピソードをそれに適わしいスケッチ体の筆致で描かれる。事柄のみを伝える姿勢のスケッチ体の文体なのに、その線の強さ的確さには舌を捲く。『うらら町字ウララ』のスケッチ体の小説は、往年のリアリズム小説を新鮮に超えている。新リアリズム文学とでも称すべきかもしれない。

少しの差《すこしのさ》　選評

〔初出〕「群像」昭和五十五年十二月一日発行、第三十五巻十二号、二六六～二六七頁。

〔梗概〕第三回群像新人長編小説賞選評。野中恭平氏「負の美術館」は最も破綻がない。だが、この作品は生憎く小説として生命感が稀薄である。今井公雄氏「序章」は、一応リアリズム小説である。細かく書かれているけれども、一向に印象に残らない。この作品ではおぼろげに映っているだけのそれを作者がしっかりモチーフとして認識していたならば、よい作品になったであろうと言いきれないところが、この作品の弱みでもある。大高雅博氏「旅する前に」を私は推した。評価としては、「序章」より少し勝《まさ》っているだけだが、その差は私の見るところ歴然としており、作者の資質が既に顕れているのである。

スタミナへの夢《すたみなへのゆめ》　エッセイ

〔初出〕「ＮＪＣ　ＪＯＵＲＮＡＬ」昭和四十二年六月二十八日発行、第三巻六号〈二十三号〉、一六～一六頁。

〔梗概〕私は十年ばかり前、肺結核を患った。私の身体は抗生物質に対して、ひどくアレルギー反応をおこした。先生は私の体にも使える抗生物質、ネオイスマチンを探し出して下さった。杓子定規でない親身の治療法によって全快させていただいた。全快後も、九時間程度眠らないと全身がだるく、人並みの体力は取り上げられてしまった。夏になると、人並みの体力のある人たちを羨しくなる。既往症と低血圧と逆走神経の異常緊張症のせいで、体は大儀になるばかり。占い師の運勢判断では、最も短く言われたのが七十二歳、最高は百五歳だった。六十歳くらいまで結構だがら、体力不足に悩まされない毎日を送りたいと思う。電子計算機などで、私の健康生活の指示がしてもらえると、ありがたい。

砂の檻《すなのおり》　短編小説

〔初出〕「新潮」昭和五十一年四月一日発行、第七十三巻四号、六～二五頁。

〔収録〕日本文藝家協会編『文学1977』昭和五十二年四月二十四日発行、講談社、九四～一一七頁。『砂の檻』昭和五十二年七月十五日発行、新潮社、七～四六頁。『新潮現代文学60』昭和五十五年十一月十五日発行、新潮社、三五三～三七二頁。『昭和文学全集19』昭和六十二年十二月一日発行、小学館、七七一～七八五頁。『鳥にされた女』平成元年六月二十五日発行、学藝書林、一七九～二二三頁。『河野多恵子全集第3巻』平成七年二月十日発行、二六七～二八六頁。

〔梗概〕何気なしに見やった交番に、ホステス殺人容疑者の貼紙がしてあって、ぶらぶら歩きの少年をスケッチしたような男の全身像が載っていた。三十五歳前後となっているのを消して、四十五歳前後と書き直してある。警官と子供との会話が、主人公に自分たちの性愛のことを呼び起させた。彼女は「自分の性愛世界が中年期のどのあたりまで巡ってきているのか」全く見当がつかない。夫はかなり長期の外国出張に発とうしており、ふたりでその準備に追われている。彼女は去年にも夫の長い留守を経験していた。去年は春の雪が降ったが、発つと決まって、夫は何よりも塀の補強に取りかかった。裏側の板塀が最初からそのままであるまいかと思えるほど弱っていた。彼女は、夫が永い不在に先立ち、その古塀の補修をしてくれるか気になった。夫が去年と異って塀のことなど一言も触れることさえなく発ったならば、留守中の自分の状態もまた、去年とは異るのではないだろうか。去年、彼女は沢山の錠を買い込み、用心を厳重にした。彼女は飼い籠められた自分は、われとわが身を一層飼い籠めるしかない自分にされてしまっているような気がした。入浴中、剃刀を持ち込んだ。荒療治で、このうえ強固な貞操の固めはないと気づいた。彼女は自分たちの特殊の性愛が、少くとも自分の若さの尽きるのを遅らせ、また老いを早めているような気がしはじめていた。その後、彼女は旅客機の中で身動きがとれなくなり、すさまじい息苦しさを感じる夢を見て、眼が覚めた。こんな風に横になって往けるようにはならないかと思ったが、そのまま眠ってしまった。地響きで、彼女は眼が覚めた。夫が外へ出て確かめると、酔っ払いが門を壊してしまったようだ。夫の出発は、三日後に迫っていた。警察官が被害者の方も本署へ来てくれという。彼女は塀の処置について夫に尋ねてみるのであった。「大分かかるでしょうな。そういうことも言ってください」と、拉致してゆきながら、警察官が言った。

〔同時代評〕坂上弘は「文藝時評」（「東京新聞」昭和51年3月25日）で、「河野氏にあっては、前後の関係で《性愛世界》ができあがっているのではなくて、描写の一つ一つが夫という他者との接触点でつかまえられた《性愛世界》をえがいている。これは、河野氏の《性愛的な他者感覚が醸成させてつくられているせいだろう。」と評した。菅野野正は「人生の光景〈新著月評〉」（「群像」昭和52年10月1日発行）で、「作者の小説のひとつの特徴として、譬喩的な象徴に多くを語らせようとする配慮がある」ことを指摘する。佐伯彰一は「河野多恵子『砂の檻』―「こだわり」の力学」（「海」昭和52年10月1日発行）で、河野流の小説的戦略の一つに、河野流の用語法を問題とした。梅原綾子は「生の深奥の耀き」（「文學界」昭和52年10月1発行）で、「アンビバレントな心理を捉える作者の視点が、作品に濃い陰翳を与えている」点を評価する。

砂の檻《すなのおり》　エッセイ

〔初出〕「読書グループ」昭和五十二年八月十五日発行、ブック・クラブセンター発行。

〔梗概〕短編集『砂の檻』に収めた六編のうち、最も気に入っているものとなると、やはり標題作の「砂の檻」であろうか。考えてみれば、自分の一生での最後の性交の機会はいつなのか、私たちは予測できるものではない。この小説の主人公は中年の妻であり、マゾヒストである。中年になったマゾヒストの妻であるために、普通の女性は特に考えてみることもなく過ごしてしまいやすいこの問題に気づくのであり、余計にこたえるのである。が、私は異常性愛や奇をてらったのではなく、この問題をあくまでも人間一般の普遍性ある問題として扱ったつもりである。

『砂の文章』水上勉―恋人の死因をさぐる若い女性―《『すなのもんしょう』みなかみつとむ―こいびとのしいんをさぐるわかいじょせい―》　書評

〔初出〕「マドモアゼル」昭和四十年八月一日発行、第六巻八号、三〇〇～三〇一頁。

〔梗概〕調査の曲折に対する許婚者の路子の反応と、健次の長兄で容疑者のひとりである猿沢伝吉の生き方に、興味を覚える。伝吉は貧しい長い下積み生活から必死に匍《は》いあがりつつある男で、弟の健次を殺した人間にも欲深さのためにへつらう。日本海の暗い荒いわびしい海岸を背景に、そんな男の姿が浮かびあがってくるようだ。

すばらしい夫婦《すばらしいふうふ》　エッセイ

〔初出〕「楽しいわが家」平成十二年二月一日発行、第四十八巻二号、三～三頁。

〔梗概〕仲がよい故に喧嘩をしない夫婦を二組知っている。ある時、その夫君が奥さんに、「ぼくが死んでから、あれこれのびのびやるってのはいやだ。したいことはいまからやってください」とおっしゃったという。永年の間に育まれた、深い夫婦愛が夫君のその言葉の底に漂っていることは申すまでもない。

スペードの女王《すぺーどのじょうおう》　翻訳

〔初出〕『世界幻想名作集〈グラフィック版世界の文学・別巻1〉』昭和五十四年（月日記載なし）発行、世界文化社、八九～一〇九頁。

〔梗概〕プーシキンの「スペードの女王」を訳したもの。ドイツのゲルマンは、必ず勝つカルタの秘伝を授けてもらおうと伯爵夫人を脅し、そのために伯爵夫人は頓死してしまう。ある夜、死んだはずの伯爵夫人がゲルマンの枕辺に立ち、『トロイカ（三）』、『セミョルカ（七）』、『トウズ（一）』の順で張れば勝ちだと教えてくれた。ゲルマンは伯爵夫人に教えられた通り、札を張って勝ち進んだ。しかし、最後の勝負で出たのは、『トウズ(二)』ではなく、スペードの『女王』だった。

（荒井真理亜）

すべての藝術は生きて在る歓びに始まる《すべてのげいじゅつはいきてあるよろこびにはじまる》　筆蹟

〔初出〕「波」昭和五十二年八月一日発行、第十一巻八号、表紙。

〔梗概〕雑誌「波」の表紙に、「すべての藝術は生きて在る歓びに始まる」の筆蹟が掲載された。

スポンサーとパトロン《すぽんさーとぱとろん》　エッセイ

〔初出〕「知識」昭和五十八年四月一日発行、第三十号、一三～一四頁。

〔梗概〕辞書で見る限り、スポンサーとパトロンのちがいは極めて大まかである。この二つの言葉の実際に指すところは、非常に似ているようにみえて、非常に異る。スポンサーは経済的な収益を目的としている。後援者でなくて、出資者である。一方、パトロンは出資者ではない。収益とは無関係な、金銭上の後援者である。今日では、仕事すなわち職業ということになってしまった。政治家を経済上で後援したのは、昔はパトロンだった。今日の政治家の後援者はパトロンではなくて、スポンサーである。東西のパトロンの歴史を顧みて、私はその功徳の大きさに驚嘆する。私は今日には今日のパトロンのあり方があると思う。

炭火《すみび》　エッセイ

〔初出〕「資生堂チェインストア」昭和四十五年十二月一日発行、第百五十八号、原題「炭火は語る」。

〔収録〕『私の泣きどころ』昭和四十九年四月八日発行、講談社、三二～三五頁。この時、「炭火」と改題。

〔梗概〕私はガスで失敗したことがないのに、ガス恐怖症である。灯油も恐ろしく、暖房も電気ばかりである。うちでは火鉢を処分せずにおいてある。気分がのんびりしている時、それも一冬に三、四度くらい炭火を熾す気になる。ところで、ある日、友人の家へ訪ねてゆくと、石油ストーブもガス・ストーブも用いている家に炭火がいけてある。「あなたの真似をしたのよ」と友人が言う。その友人の心尽しはありがたかった。話も弾むうち、私は十年も昔、その友人が炭火で中毒したときのことを思いだした。その事を話すと、彼女は、機能のわるいガス・ストーブの筈よと言う。私は自分の記憶に自信があり、彼女もまたガス・ストーブの記憶に自信があり、ふたりで笑いあった。

スランプの時には…《すらんぷのときには…》　講演

〔初出〕「樹林」平成八年三月十五日発行、第三百七十四号、五～五頁。

〔梗概〕伊藤整氏がスランプに落ち入った時、思いきって、何事に対しても素直になること、それがスランプから抜け出る最も早い道であると教えて下さった。

せ

声楽家・柳兼子さん《せいがくか・やなぎかねこさん》　エッセイ

〔初出〕「東京新聞」昭和六十二年二月二十三日朝刊、七～七面。「日本人の発見4」。

〔収録〕『蛙と算術』平成五年二月二十日

発行、新潮社、一一四～一一六頁。
〔梗概〕二、三年まえに亡くなられた柳兼子さんは高名な声楽家だったが、私は彼女の舞台活動について碌に知らない。聴いたことは二度しかなく、しかも一度はテレビ放送であった。テレビの紹介者は兼子さんを八十幾歳とか言ったのだが、私はそのとき彼女の歌った「カルメン」の〈ハバネラ〉のみごとさには、びっくりしたものだった。尾崎一雄の自伝的回想録『あの日この日』に、舟が暗闇のトンネルのなかに入った時、急に歌い出した兼子さんのエピソードを語るくだりがある。柳兼子さんは、自分が仕事と家庭を両立してこられたのは家計簿をつけなかったからだと、何かの雑誌で話しておられた。仕事と家庭を両立させ切った彼女は、万事によほどの創造的な発想をもって当ってきたのだろう。そういう彼女であればこそ、その美しい舟歌もあり得たのだろう。

生活の一部を切り捨てる《せいかつのいちぶをきりすてる》　エッセイ
〔初出〕「潮」昭和四十九年十二月一日発行、第百八十六号、一三二～一三三頁。「私の貧乏物語」欄。
〔梗概〕今の状況は、端的にいって皆でインフレを助長しているように思えてしようがない。自分の収入ばかり得ようとするから、物価はあがるし精神生活まで犯されている。もっとも具体的なインフレ対処法というのは、思い切ってお金のかかる生活の一部を、切ってしまうことである。そのほうが豊かになると思う。

誠実ということ《せいじつということ》　エッセイ
〔初出〕「知識」昭和六十二年七月一日発行、第三巻七号、二四六～二四九頁。「文藝時評連載7」。
〔梗概〕新人賞の贈呈式や「受賞の言葉」には、当人の将来性の有無が現れる傾向がある。尾崎昌躬氏の「東明の浜」は、文学的誠実にみちている。鷺沢萠氏の「川べりの道」は、実によく人間というものが描けていて、感心する。ところが、残念ながらそういう文学的誠実さが、最後に失われてゆく。小説の終らせ方というものへの誤解か、不馴れのためか、不自然な作りごとめいた終り方になっている。しかし、このひとも、とにかく次作を読みたくなる新人である。

青春《せいしゅん》　エッセイ
〔初出〕「The Student Times」昭和五十四年六月八日発行、二四～二四面。
〔梗概〕佐藤春夫は、作家としての可能性の多寡《たか》は、当人がどのような青春をおくったかに関わるところが少くないということを言っている。作家の場合に限らず、すべての人間にとっていえることだと思う。私は、何かに熱中してこそ、よき青春だと思っている。青春期の人たちには、強い知的好奇心が当然あると思っている。彼等の熱中を促す最たるものは、知的好奇心である。熱中とは利害得失の尺度で説明できるようなものでない。その対象を流行や見栄や追随で択ぶようなものではない。熱中するもののある人には、たとえ熱中の対象を異にしても不思議によい友があるようだ。

青春時代におすすめしたい本《せいしゅんじだいにおすすめしたいほん》　回答
〔初出〕「新しい女性」昭和四十六年九月一日発行、第五巻九号、七九～七九頁。

〔梗概〕「少年」（谷崎潤一郎）、「高野聖」（泉鏡花）、「親鸞」（丹羽文雄）、「嵐が丘」（E・ブロンテ）、「虚栄の市」（サッカレー）をあげ、「読書することによって、人間の深さ、この世の楽しさ、生きている楽しさを深く感じとり、その上でいかに生きるべきかを考えることがたいせつです」とコメントしている。

精神的離婚夫婦論《せいしんてきりこんふうふろん》　エッセイ

〔初出〕「婦人公論」昭和五十一年十月一日発行、第六十一巻十号、八八～九四頁。

〔梗概〕配偶者が回復の見込みのない強度の精神病患者であるときには離婚が認められることになっているのは、結婚生活で最も必要なものが精神的な結びつきであるという考えによるものであると思われる。戦前の夫婦に較べて、今日では夫婦としての精神的な繋がりが得られなくなったとき、大抵は他にはどのような精神的な繋がりもないのである。今日の夫婦は精神的な繋がりが悲観的になった時の気持の救われようや回復の手がかりが極めて乏しいだろう。妻としては自分がその夫に養ってもらう義務があり、家政と家事に携わる権利がある、と心の底からそう思う。夫としては自分がその妻を養う権利があり、家政と家事の世話をしてもらう義務があると思う。精神的な繋がりの悲観的な夫婦ほど、この感じ方は自分に対しても相手に対しても逆であるようだ。

成長期に青春を迎えて《せいちょうきにせいしゅんをむかえて》　インタビュー

〔初出〕「MORE」昭和五十三年四月一日発行、第二巻四号、二九～二九頁。

〔梗概〕私が、『遠い夏』収録の四編を書いたのは、戦争という中で内的に成長するということ。私はいつでも期待を持っているわね。もっと何かいいことがあるはずだと思っているし、死ぬ前までに、そういうことにしようと思うの、と語る。

生年月日《せいねんがっぴ》　エッセイ

〔初出〕「楽しいわが家」平成十二年一月一日発行、第四十八巻一号、三～三頁。

〔梗概〕平成十一年十一月十一日と一の数字の並ぶ日に婚姻日にしようとする人たちが大分あったと新聞で知った。ところで、生年月日が西暦二〇〇〇年に当る平成十二年の一月一日である赤ちゃんの数は多いだろう。世紀末生れというのも、わるくないと思う。私の知人に、明治三十二年八月十四日生れの女性がある。十九世紀末のお生れで、二十一世紀をしっかりお迎えになるにちがいない。三世紀を生きてこられたことになる。

青年の野心、都会生活の虚飾を描く《せいねんのやしん、とかいせいかつのきょしょくをえがく》　映画評

〔初出〕「婦人公論」昭和四十一年六月一日発行、第五十一巻六号、二二六～二二七頁。

〔梗概〕映画「若き日の恋」は、小説家という特殊な人間が主人公でありながら普遍性を備えている。特に興味を覚えたのは、アーサーに対する「二人の女の姿」だった。フリーダの高圧的お世話ぶりとジーンの世話女房的お話ぶり。愛する男性に対しては、「私たち女性はつねにそのどちらかの種類のお世話に熱中せずにはいられぬ」ようだと気がついた。

性の存在の「味わい」―書下し長編『回転扉』をめぐって―《せいのそんざいの「あじわい」―かきおろしちょうへん『かいてんとびら』をめぐって―》　対談

〔初出〕「波」昭和四十五年十一月一日発行、第四巻六号、一二～一七頁。
〔収録〕『回転扉』挿み込み、昭和四十五年十一月二十日発行、新潮社、一～八頁。
〔梗概〕川村二郎との対談。「『回転扉』のモチーフ」「『回転扉』の時間性」「自分を押し通した文体」「『性』をどう認識するか?」「主題をめぐって」「別章＝戯曲の意図」について語り合う。『回転扉』は、信頼と無責任のかね合いのようなところ、「その男への性的期待をふと持った瞬間に肉体が拉致されそうになる。そのところに全部の彼女の存在が集中しているような、そういう感じに書きたかった」のです、と述べる。

聖パトリックの日《せいぱとりつくのひ》 ――→ニューヨークめぐり会い（317頁）

政府・与党はキ然たる態度を…《せいふ・よとうはきぜんたるたいどを…》 インタビュー
〔初出〕「自由新聞」昭和四十七年六月二十日発行、五～五面。「'72ズバリ直言23」欄。
〔梗概〕「第一、国家というのは、もっと強力でなければいけません。権力をもって、まっとうな、なすべきことを強くすすめるべきで、個人とか民間の団体ではできないこと、政府だからやれるということをしなければいけません」という。

性別としての女性《せいべつとしてのじょせい》 エッセイ
〔初出〕「上智新聞」昭和四十九年四月一日発行。
〔収録〕『もうひとつの時間』昭和五十三年二月二十日発行、講談社、一五七～一五八頁。『いくつもの時間』昭和五十八年六月七日発行、海竜社、一〇一～一〇三頁。
〔梗概〕女性とは何かといえば、それは男性と対応する、もう一種の人間なのである。この絶対的な真実さえ、まともに受けとられることが極めて稀なほど、女性についての認識は偏見や誤解につきまとわれている。女性と男性という区別は、性的区別である。両性の区別、つまり性交での男女の至上の正味の相違は、相手の性的歓びの象《かたち》を識ることにおいて、それぞれ性的構造上、男性は具体的に識り、女性は抽象的に識ることである。女性のあらゆる特性も、歴史も、性交における女性と男性とのこの相違に生じている、と私は考えている。

〈生命の尊厳〉と個の生命《〈せいめいのそんげん〉とこのせいめい》 エッセイ
〔初出〕掲載誌名未詳、昭和四十四年七月。
〔収録〕『文学の奇蹟』昭和四十九年二月二十八日発行、河出書房新社、二三八～二四六頁。『河野多恵子全集第10巻』平成七年九月十日発行、新潮社、二四三～二四八頁。
〔梗概〕人間の生命は尊厳なものであるから尊重しなくてはいけないとよく言われるが、そういう言葉くらい空虚に聞えるものはない。ひとりの人間にとって、自己の生命と肉親を含めて他人の生命とは全く異質のものなのである。他人の生命と自己の生命との相違は、人間が他人に生理的嫌悪を覚えることがあっても、自分に生理的嫌悪を覚えるものでないことにある。人間は相手のために自己の生命がなだれると思った時に、殺意を抱く。人間が他人の生命を感得するのは、殺意を覚える時のみであろう。京大生の弟殺し事件など、人命は尊厳なものだと説くだけではダメで、殺人はそれぞれに正当なものであることをまず認識する以外に、殺人を防止する道は見出せないであろう。

「性」を愉しむための教養《「せい」をたのしむためのきょうよう》

エッセイ

〔初出〕「新潮45」平成三年六月一日発行、第十巻六号、一七六〜一八三頁。

〔梗概〕三月十八日、故谷崎松子の七七日忌、納骨式と故谷崎潤一郎の二十七回忌が、京都の法然院で営まれた。谷崎潤一郎の逆修墓の前に立つのは、私は今度で四度目だが、立つたびに、ほほえまれ、且つ感動せずにはいられない。その墓は彼の性的な願望にみちた墓なのである。その一対の墓の前に立っていると、私には潤一郎が二組の夫婦四人であの世を楽しみ得る、自信と信頼の漲りが感じられてならない。重子さんと松子さんに仕える願望にみちている。私は人間を他の動物と区別し得る最たるものは、想像力を具有していることだと思っている。人間の性を他の動物の性と異《ことな》らしめているのは、人間のみが具有している想像力のたまものなのであろう。想像力には当人の教養が様々に関係してくる。潤一郎のあの一対の墓の前に立っていると、ほほえまれ、且つ感動させられるのは、そこに生きている性的願望が、教養によって助長され、教養によって無垢とも崇高ともいえる全き到着を得ている気配に満ちているからである。手がかりとする対象が何であれ、私の考える教養とは、勝手に自由に自然に楽しむことからしか身につかないものなのだ。体全体がいそいそと楽しんだものであってこそ、教養として身になり、想像力を育くんでゆくのだと思っている。

折角、生まれてきたのだから《せっかく、うまれてきたのだから》

エッセイ

〔初出〕「毎日新聞」平成四年一月八日夕刊、六〜六面。原題「身の丈に合わせた『死生観』〈幸福のかたち③〉」。「文化批評と表現」欄。

〔収録〕『蛙と算術』平成五年二月二十日発行、新潮社、九〜一四頁。『河野多恵子第10巻』平成七年九月十日発行、新潮社、三二七〜三三〇頁。

〔梗概〕平林たい子の『夫婦めぐり』に、彼女が鎌倉の建長寺菅長夫妻を訪問した座談記録を纏めたものがある。菅長さんが〈折角生まれてきたんだから、永生きしなさいよ、近ごろは産児制限なんてものがあって、なかなか人間に生まれてこられないからね〉と言われた言葉が印象に残っている。精子と卵子の状況次第では、自分はこの世に生を享けていなかったかもしれない。別の日の精子と卵子によって、私ではない別の人間が生れていたかもしれないのである。そう考えると、折角生れてきたんだから…と更めて感じずにはいられなかった。私は、折角生れてきたのだから、この世にせいぜい長居をして、せいぜい楽しんで行こうと思っている。自分がこんな道に入った以上、陋屋に窮死しても当然という覚悟は、心の底に据えてある。どれほど窮しても、どれほどの恥辱にめぐり会おうとも、決して自殺はしない。死の恐怖は、死への恐怖にすぎないものであり、死そのものは最早自分には感知できないありがたさを、もっと直ちに、上手に、深く思い得るようになっておきたいと思っている。

せっかく逝くのだから少し珍しい最期を《せっかくゆくのだからすこしめずらしいさいごを》　エッセイ

〔初出〕「婦人公論」平成九年六月一日発行、第八十二巻六号、九三〜九七頁。

〔梗概〕これまでに、私の知人や身内で百年以上生きた人はあるだろうか。既に百歳を超えている人となると、今のところはまだ一人もいない。百年以上生きられるというのは、異例中の異例なのであろう。

　私ども夫婦は、したいこと、好きなことばかり気がゆく。五年前にニューヨークへ引っ越しなど、老後の準備とは隔たってゆくばかりである。ただ、老後の準備として、私には心がけてきたことが一つある。人様からの書簡類は、死後に残らないようにしておくべきだと思っている。自分の終着駅について考える時、せっかく逝くのだから、少しは毛色の変ったものであってほしい気持がある。

　いざという時になって、自分で死化粧を施すなんて、愚図で無器用な私にはとてもできない。そうなる前に、うんと奇怪な死顔のマスクを作っておくというのは、どうであろうか。

　自分の終着駅を思う時、私には子供がない気慰めがある。イギリスに有名な古書店があった。その彼が死病の床にあった時、「私は命を奪おうとしている病気の名の初めて載った書物を持っているのですよ」とさも嬉しそうに語ったという。このエピソードが大好きである。自分の仕事に対する自信と満足と愛情の面目躍如たる、彼の終着駅の毛色の変り方はすばらしい。

　私は日本オペラが好きなので、聴きながら逝きたいと思う。私は四月の三十日に生れた。その日に逝きたい。好きな連翹が咲き展がっているにちがいない。

絶交状《ぜっこうじょう》　短編小説

〔初出〕「別冊小説新潮」昭和四十年一月十五日発行、第十七巻一号、二二二〜二三四頁。

〔梗概〕田畑真平は、嘉子の従兄にあたる。彼は五年間のニューヨーク支社勤めを終えて、一家で帰国したばかりだった。田畑の家で、娘の邦子にピアノを教えにきている山室サカエに嘉子は会った。女学校時代の友人で卒業後もかなり親しくした仲だった。しかし、十年以上も昔、サカエは嘉子を通じて知り合った独身時代の真平に失恋させたとき、嘉子にも絶交状を送りつけ、以来ふたりは会っていない。サカエは嘉子に「あの時分のこと、何もなかったことにしてください」という。サカエが邦子のピアノの先生として来るようになったのは、真平の伝手によるのだ。嘉子は、田畑家におけるサカエの出現が気になって仕方がない。サカエは疾うに離婚しているそうである。真平が好意を示していることは事実なのだ。あの険呑なサカエのことであるから、一旦その気になれば、どこまでどんな具合に真平との仲を進展させてしまうか判ったものではない。真平の妻の紀美代から、来年から嘉子の娘の真沙子ちゃんも一緒にピアノをお習いになりませんかと電話がかかってきた。しかし、嘉子は応じなかった。節分がすぎて、サカエは出稽古に時間を取るから、三月いっぱいでやめることになったという。真平との間で、いよいよ事が起りはじめた証拠かも知れないと嘉子は思う。夫の武井に、自分の疑惑を言った。武井は「きみは一体、田畑が好きなのか！」「真平さん、真平さん―去年からそればっかりやないか」と怒る。嘉子はひとの浮気の監視にあまりに気を取られすぎていた自分に、今漸く気がついた。数カ月経った。サカエは某小国の王女のピアノ教師として招聘に応じ、日本を離れるという。ところが、ある日田畑家へ海外旅行のサービス社から電話がかかってきた。真平の父で、商社の重役をしている田畑清太郎氏振出しの小切手入れの封筒の忘れ物がある。お心当りはないかという。小切手の振出人は清太郎でも当の相手は真平ではなかったか、嘉子はその話を聞いて、そう疑いをかけたが、サカエはもう遠いところへ行ってしまうのだと気づくと、「あのおじいちゃんが…」と言って、心から晴れやかに笑った。

絶好の素材を惜しむ《ぜっこうのそざいをおしむ》　選評

〔初出〕「中央公論」昭和五十八年十月一日発行、第九十八年十一号、二五〇～二五一頁。

〔梗概〕第九回中央公論新人賞選評。南浅二郎氏の「アキコが死んだ」は、肝心の主人公の〈男〉の描き方が不鮮明なので、読後の印象は乏しい。神津曜氏の「犬の運河」は、後半に入って、作者の書こうとする事柄が多くなるに従って、作者は事柄を記すことのみに熱心になっている。吉岡忍氏の「アンノウン・ソルジャー」は、仮りに読みちがいでも、深読みでもよいから、テーマをしっかりと見出せた気持にさせてもらえるような底力があってほしかった。

絶好のチャンス《ぜっこうのちゃんす》　エッセイ

〔初出〕「ワクニチ」昭和五十年一月三日朝刊、一一～一一面。「中部経済新聞」昭和五十年一月五日朝刊、一一～一一面。「北日本新聞」昭和五十年一月八日朝刊。

〔梗概〕今日、日本の男性社会人の一人一日当りの平均在宅時間はいったいどのくらいなのだろうか。こういう統計調査が仮に毎年行われてきたとすれば、彼等の平均在宅時間は減る傾向にあったのが昨年は増え、ことしはさらに増えるという結果を示すのではないだろうか。多くの企業が週休二日制を採用するようになった。一昨年の暮れ以来の経済変動で不況になった。そのため、平均在宅時間は増えつつあるのではないかと思う。夫が出かせぎ労働者とかモーレツサラリーマンとかであるために、夫あって夫なき、父あって父なき状態に近かったような準母子家庭では、手直しするのにことしあたりは絶好の年かもしれない。夫であり父である男性が在宅を歓迎されず、本人もまた在宅が楽しいものではなくなっている、欠陥家庭を手直しするには、彼等の在宅時間が増えることが望ましい。

節度過剰の悲劇―『約束』（**監督＝シドニー・ルメット**）―《せつどかじょうのひげき―『やくそく』（かんとく＝しどにー・るめっと）―》　映画評

〔初出〕「文藝」昭和四十四年八月一日発行、第八巻八号、一五六～一五八頁。「眼のあゆみ」欄。

〔梗概〕日本の男女の場合なら、この映画「約束」に設定されるような、困ったことは起らないのではないかと思われる。オマー・ジャリクの扮した夫なる男は、恋愛仲も、結婚後も女への疑惑を温存したがり、育みたがっている。この男は、女がコール・ガールではないかという疑惑の特殊性に、男女間の疑惑としても特殊の刺戟を感じているにしても、特殊の性向の持主ではないようである。私はこの男の事の荒ら立てなさ、ありすぎる節度を、女の以前の婚約者のあっけない解放せしめぶりと思い合せて、外人の対人流儀の一面というものは、こういうものなのだろうかという気がした。

「接吻」の字姿《「せっぷん」のじすがた》　エッセイ

〔初出〕『イメージの冒険3〈文字〉』昭和五十三年八月三十日発行、河出書房新社、四五～四五頁。

〔梗概〕志賀直哉の小説に「接吻してやった」という言い方があって、私にとっては異和感がある。「接」という字にも、「吻」という字にも、私は何のイメージも喚起されるわけではないのに、「接吻」となると、何故かその字姿に男女のきわめて美しい光景を感じてならない。「嵐が丘」で、ヒースクリッフがリントン家へ強引に入って行き、死の近づいているキャサリンとおびただしく接吻を交わす場面がある。私にとっては、あの接吻が「接吻」の字姿のイメージに忠実なのである。

瀬戸内式二重の好意《せとうちしきにじゅうのこうい》　エッセイ

〔初出〕「毎日グラフ」昭和五十年六月二十九日発行、第二十八巻二十八号、四〇～四一頁。

〔梗概〕瀬戸内さんの気の使い方、その判断の適確さは常に並はずれたものがある。瀬戸内さんが得度されたときのお式に、私は恐くて連《つら》なれなかった。そんな大決心を果せるのは、あの凄じい精力の持主の瀬戸内さんなればこそだと、つくづく思った。瀬戸内さんは、常に過去に執着や未練のない人だった。彼女は自分もまだ今日あることを考えてみない時代から、過去なるものが経験の細部や、経験そのものとしては何の意味もないこと、丸ごとの全過去としてのみ意味のあること、少くとも自分にとってはそうであると、何となく感じていたのではないだろうか。

瀬戸内晴美《せとうちはるみ》　エッセイ

〔初出〕「日本」昭和四十一年一月一日発行、第九巻一号、五七～五九頁。

〔梗概〕瀬戸内晴美さんは、「書きたい慾望、尽くしたい慾望、尽くされたい慾望」、この三つの慾望において生きている人である。それ以外では、無慾な人なのだ。瀬戸内さんの作品の中から、私の好きなものを三つ択ぶと「夏の終り」「鴇子」「貴船」ということになる。「夏の終り」は瀬戸内さんの文学が格段に大きくなった最初の切っかけを生んだ作品である。今、連載中の「鬼の栖」を読むと、瀬戸内さんと伝記物との関係が最初の頃とは随分違ってきたような気がする。

瀬戸内晴美《せとうちはるみ》　談話

〔初出〕「週刊サンケイ」昭和四十二年七月二十四日発行、第十六巻三十一号、六六～六六頁。

〔梗概〕田英夫・野際陽子の人物スナック「女の業はキライ!でも愛と性は微妙—瀬戸内晴美—」の文中に挿入された。「十五年来の瀬戸内さんの親友、河野多恵子さん（作家）は、こういう。」として、「執着しない人ね。着物も好きだし、お酒も好きで強いけど、しょせん、どうでもいいのよ。ただ、小説を書くことと、しゃべることをあの人から取り上げたら、きっと半病人になるわよ。過去にも執着しない、とにかく前向きの人って感じ。傍若無人のようにみえながら、頑固じいさんみたいなところがあるのよ。〝誠意の問題だ〟というのがお得意のことば。気さくな面は変わらないけど、ここ数年、めっきりスケールが大きくなったわね」とある。

瀬戸内晴美著《せとうちはるみちょ》「妻たち」《「つまたち」》　書評

〔初出〕「東京新聞」昭和四十年九月二十九日夕刊、第八千三百四十七号、八～八面。

〔梗概〕『妻たち』は、実に登場人物の多い小説である。また一種の主人公のない小説といえるかもしれない。作者の伎倆と人間的な厚みとが感じられる。声量のある歌手が元気いっぱいで歌いまくっているような感じの小説である、と評した。

善意の嘘の功徳《ぜんいのうそのくどく》　エッセイ

〔初出〕「暮しの設計」昭和五十年三月一日発行、第十三巻三号〈九十一号〉、一七四～一七六頁。「大人の嘘は潤滑油」欄。

〔収録〕『もうひとつの時間』昭和五十三年二月二十日発行、講談社、一七九～一八四頁。『いくつもの時間』昭和五十八年六月七日発行、海竜社、一六～二三頁。『河野多恵子全集第10巻』平成七年九月十日発行、新潮社、二七八～二八二頁。

〔梗概〕イギリスのサキという作家の短編小説を紹介する。ある中年の男性が心身共に少し疲れているので保養がてら田舎へ出かけた。彼は数年ぶりに知人の家を訪ねてみる。出てきた十歳ぐらいの少女が、彼の知人は既に亡くなったと言う。少女は嘘をつく天才であった。亡くなった知人が室内に入ってきたのを見て、彼は非常な恐怖に襲われる。

　私はすばらしい嘘に瞞される経験をしてみたい。私は不精者で、臆病者なので、嘘はつかない主義である。それだけに計画的な善意の嘘を用いる人には感心する。

　私が、二度の肺結核を患った時、抗生物質によるアレルギーが激しかった。その間、先生は重患である私をずっと瞞して励ましてくださった。私は嘘つきとしても卓越した先生に感謝せずにはいられない。

　出来のよい甥がいる。京大を受験した。自信満々である。順調にゆきすぎていいものか。親が代りに合格を見に行き、不合格だったと一旦嘘をつき、半日くらいしてから、本当のことを知らせてやる。永い一生の先になって、はじめての挫折で参ってしまうよりは、と思った。親たちにそういう善意の嘘の功徳を提案したいと思いながら、いいだす決心がつかない。自分ならば、そういう嘘の功徳にあずかりたいと思うばかりである。

（鄭　勝云）

一九七〇年の成果《せんきゅうひゃくななじゅうねんのせいか》　回答

〔初出〕「文藝」昭和四十五年十二月一日発行、第九巻十二号、二二八～二二八頁。

〔梗概〕昭和四十五年度に発表された文学作品のうち、最良の作と思われるもの三編、そのえらんだ理由等のアンケートに、「吉行淳之介『暗室』」一作をあげ、その理由を「意志的情熱の世界を目指し、

せ

その果たされぶりに魅かれました」と回答。

選考の歓び《せんこうのよろこび》　選評

〔初出〕「文藝」昭和六十年十二月一日発行、第二十四巻十二号、五九～六〇頁。

〔収録〕山田詠美『ベッドタイムアイズ』昭和六十年十一月三十日発行、河出書房新社、一三七～一三八頁。

〔梗概〕昭和六十年度文藝賞選評。どれほど気むずかしく読もうとしても、どこをどう押しても、その才能と出来栄えでピンピンと弾き返してしまうのは、山田詠美氏の「ベッドタイムアイズ」であった。これは出色の作品である。背骨に瘤まで出来るほど懸命に尾鰭を振って渦潮を突っ切ろうとする鯛や、放し飼いの地面を威勢よく爪跡だらけにする鶏を思わせる。肉に少しの無駄もない。すべての文章が完全に機能している。文学はよき変革期に入ろうとしているのかもしれない。

戦後短編小説小史《せんごたんぺんしようせつしようし》　鼎談

〔初出〕「新潮」昭和五十年二月一日発行、第七十七巻二号、二五〇～二七六頁。

〔梗概〕「新潮」創刊九百記念として『新潮』戦後短編珠玉選」が企画され、そこに選び出された作品を軸とし、戦後の文学について、吉行淳之介・磯田光一と鼎談。「戦後の文藝復興」「戦後派の活躍」「戦前作家の作品」「第三の新人の登場」「石原、大江、開高の時代」「女流作家をめぐって」「短編小説について」から成る。よく短編は人生の断面を書くというようなことを昔から言われているけれども、ここに残った戦後のいい作品には、人生の断面を書いた小説はない。短編は、人生の断面を書くのでなく、状況とか、ある一瞬の火花のようなところをキャッチしたものとか、本当の人間性の秘密とか、人生の断面では映し出しようのない時間や存在のひだの深みとかを表現するものである、という。

戦時下の味覚《せんじかのみかく》　エッセイ

〔初出〕「あさめし　ひるめし　ばんめし」昭和五十五年十月十日発行、第二十四号、一四～一五頁。特集「戦争と食欲」。原題「最初のころ」。

〔収録〕『気分について』昭和五十七年十月二十日発行、福武書店、一八九～一九二頁。この時、「戦時下の味覚」と改題。

〔梗概〕戦争中から敗戦後へかけてのひどい食料不足のはじまりは、私の印象では昭和十五年だったように思う。遠足を控えたある日、お菓子を買いに行くと、店先では一切のお菓子が消えていたのだ。おやつにも次第に縁遠くなってきた。外米の評判は非常にわるかった。だが、外米はじき入らなくなった。よく覚えているのは、大豆の炊込御飯である。お米代りに大豆が配給されることがあった。ただ、玉葱は比較的よく配給され、保存もきくので、貯蔵してあることが多い。兄は繰上げ卒業で学校を出た。たまたま、兄と二人きりの食事の時、こんにゃくのテンプラを作った。こんにゃくは割合い遅くまで手に入り、また割合い早くに現れた代物だったのである。

先日の受賞を励みに今年から長編を執筆《せんじつのじゆしようをはげみにことしからちようへんをしつぴつ》　談話

〔初出〕「毎日新聞」昭和五十二年二月十八日夕刊、五～五面。「このごろ」欄。

〔梗概〕こんどの『谷崎文学と肯定の欲

望』のような評論の仕事、私は初めて取り組んだのですが、小説と違ってわかってもらえたのかな、という感じが強かったんです。これまで小説でいただいた賞とは少し感じの違ううれしさです。長編を書き始める前というのは、水路で長旅に出る前、といった感じですね。楽しいのはモチーフが太っていく時と、ヤマを越してから水位がグングン上がっていく感じになる時、そうした時間が好きね。

選者のことば《せんじゃのことば》　選評

〔初出〕「小説女学生コース」昭和四十二年四月一日発行、第一巻四号、三七一～三七一頁。

〔梗概〕このひと月なり、一週間なり、きょう一日なりで、いちばん強く印象に残っていることを、いちばんたいせつな部分だけを書いたほうが、いい作文になる。

全集のこと《ぜんしゅうのこと》　エッセイ

〔初出〕「日本近代文学館」昭和四十九年九月十五日発行、第二十一号、三～三頁。

〔収録〕『もうひとつの時間』昭和五十三年二月二十日発行、講談社、四三～四五頁。

〔梗概〕全集における最大の不幸は未完に終ることである。個人全集の最もすっきりしたかたちは、作家の死後に全著作をジャンル別に年代別に併用して纏めてだされる全集ということになるだろう。生前から出る作家の全集は、『漱石全集』のように、ジャンルを問わず、すべて年代順に纏めるようなかたちにすればどうだろうか。『鏡花全集』は旧全集と装丁まで同じである。旧全集を愛蔵している購読者へは追加の巻だけ分冊購入できるようにすべきであろう。

前世と幽界《ぜんせいとゆうかい》　エッセイ

〔初出〕「日夏耿之介全集第3巻月報4」昭和五十年一月二十日〈月報刊記昭和49年12月〉発行、河出書房新社、一～二頁。

〔収録〕『もうひとつの時間』昭和五十八年六月七日発行、海竜社、三九～四二頁。『河野多恵子全集第10巻』平成七年九月十日発行、新潮社、一三九～一四一頁。

〔梗概〕日夏耿之介の世界は、「確かに前世で訪れたことのある、場所と時間を超越した世界のような印象」を、私に与える。耿之介の著作のなかで、私が特に縁をもったのは、英吉利文学と日本の非人生派文学についての評論であった。耿之介の評論は「知性の鋭さ自体が華麗」であることに感じ入らずにはいられない。

戦争素材に四篇《せんそうざいによんぺん》　エッセイ

〔初出〕「朝日新聞」昭和五十二年九月五日発行、一一～一一面。「近況」欄。

〔梗概〕女の子たちの経験する戦争を素材にしたものが三編ある。「みち潮」が日中戦争の前年から灯火管制のはじまるころまで、「塀の中」が空襲の激しい時期、「遠い夏」が終戦からその年の暮れまでに相当する。日米開戦を含む数年間の部分だけが欠けていた。今度その部分にあたる「時来たる」を書いたのを機会に、すでに単行本に入っている三作にこれを加えて、『遠い夏』の標題でまとめた本が秋の終りに出る。

戦争体験をプラスに…—被害者意識を捨て《せんそうたいけんをぷらすに…—ひがいしゃいしきをすて》**前を向いて進もう—**《まえをむいてすすもう—》　エッセイ

〔初出〕「東京新聞」昭和三十八年八月十五日発行、第七千五百七十六号、一二

～一二面。

〔梗概〕戦争体験に対する考え方について述べたエッセイ。戦争とともに青春期をすごした私たちの世代の受けた戦争の決定的な被害というのは、食糧不足や空襲や工場動員などの心身の過労のため、身体の健全な発育をはばまれたことだけなのではないでしょうか。自分の人生の発端に受けた戦争の影響をことさらに否定的に拡大して被害妄想におちいるのは、戦争に対する完全な敗北だと思う。

戦争を境にした女流の対話《せんそうをさかいにしたじょりゅうのたいわ》　対談

〔初出〕「三田文学」昭和四十七年十一月一日発行、第五十九巻十一号、五～二〇頁。

〔梗概〕津島佑子との対談。「学生時代の物足りぬ日々」「『謝肉祭』・『狐を孕む』について」「『雙夢』――イメージを泳がせるということ」「〈織る〉感じの小説・〈編む〉感じの小説」「〝女性的〟と思われることの意味」「〝戦後派〟が書く基盤とするもの」の小見出しから成る。一つの小説の成り立ちの構造に「縦横の糸で織り物を織ったような小説と、それから編みだしてゆくような小説とあるような気が私はする」という。

洗濯仕事《せんたくしごと》　エッセイ

〔初出〕「三田文学」、平成三年十一月一日、第七十巻二十七号、一二～一三頁。

〔収録〕『蛙と算術』平成五年二月二十日発行、新潮社、二三三～二三五頁。

〔梗概〕与謝野晶子のもとで若いころ女中をしていた、という人の書いた思い出話を読んだことがある。与謝野家の女の子たちは、自分の物を自分で洗っていたのと、ほぼ同じ時代、キャサリン・マンスフィールの短編「ピクチェアー」のなかでは、洗濯仕事はまだ下賤視されていた。永井荷風の戦争中の日記では、食料不足のなかでの自炊生活の記述に度々出会う。ところが、洗濯物の記述は昭和二十年三月九日の夜半から空襲で、市兵衛町の自宅が焼失後になって、はじめて出てくる。荷風は人手がなくなって炊事も落葉掃きも自分でするしかならなくなってからも、洗濯仕事だけはせず、すべて洗濯屋杉森に頼んでいたのだろうと、私は想像する。洗濯仕事というものに、荷風はかっての西欧の社会通念を根深くもっていたらしい。

選評《せんぴょう》　選評

〔初出〕「新沖縄文学」平成二年十二月三十日発行、第八十六号、一四八～一四九頁。

〔梗概〕第十六回新沖縄文学賞選評。受賞作「あなたが捨てた島」は病院勤務の看護婦である〈私〉を主人公として、二人の男性の間で揺れ動く若い女性の気持をよく表現していて手応えがあった。作者の後田多八生氏は〈私〉との間に実によい距離を取り、大胆に、しかもしなやかに、そういう様相を描いて、読者を強く頷かせる。祭りの場面がすばらしく、それがまた作中の重要な部分でもあるのは、みごとである。

選評〈第七回大阪女性文藝賞〉《せんぴょう》　対談

〔初出〕「鐘」平成二年一月十五日発行、第二号、七～一七頁。

〔梗概〕秋山駿との第七回大阪女性文藝賞選評対談。受賞作・斎藤史子「落日」の取り得というのは、小説の中で絵を描くとか音楽とかはよほどうまくないと浮くもんです。ところがこれは絵を描くうちに熱くなってしまうところが、不思議にリアリティがあった。そしていろいろなポーズをさせて、一生けんめい次々に描くところ。

対談

選評《せんぴょう》〈第八回大阪女性文藝賞〉

〔初出〕「鐘」平成三年二月八日発行、第三号、九～十九頁。

〔梗概〕秋山駿との第八回大阪女性文藝賞選評対談。受賞作・安部和子「櫨《はぜ》の家」は、弘恵という女性が非常によく書けている。一応小説として認めるけれど、何か足りない。弘恵をここまで書けるんだったら、もうちょっとね、その弘恵を主人公として書いてくれたらよかった。それはこの作者には書けなかったかも知れないけれど。とにかく弘恵さんがよく書けてました。

対談

選評《せんぴょう》〈第九回大阪女性文藝賞〉

〔初出〕「鐘」平成四年二月八日発行、第四号、八～二二頁。

〔梗概〕秋山駿との第九回大阪女性文藝賞選評対談。受賞作・鳥海文子「化粧男」は、妊娠中で毛糸を編みたくなるということと、化粧男と女主人、その取り合わせに何かしらリアリティがある。もっといいものが書ける人のように思いますね。佳作の松谷広子「母郷・隠岐へ」は、自然体のよさは評価しますけれど、自然体はやはり突き抜けてもらわなくては困りますからね。このほうは、消極的な意味で未知数、「化粧男」は積極的な意味で未知数ということになりますね。

対談

選評《せんぴょう》〈第十回大阪女性文藝賞〉

〔初出〕「鐘」平成五年一月二十日発行、第五号、八～一五頁。

〔梗概〕秋山駿との第十回大阪女性文藝賞選評対談。受賞作・近藤弘子「うすべにの街」は、書かれているものが豊かで、いいと思う。書き方がところどころもうちょっと旨く書けていたらもっとよかったと思う。

対談

選評《せんぴょう》〈第十一回大阪女性文藝賞〉

〔初出〕「鐘」平成五年十二月二十日発行、第六号、八～十五頁。

〔梗概〕秋山駿との第十一回大阪女性文藝賞選評対談。受賞作は葉山由季「二階」を択びたいと思います。二階に対する読書の好奇心を無理にあおろうとしないのもいいし、二階の全貌が現れた時、読者を「ナーンだ」と興ざめさせることなく、深く頷かせる仕上りになっているのもなかなかの手柄でしょう。光っている部分もこの作品に最も沢山ありました。

対談

選評《せんぴょう》〈第十二回大阪女性文藝賞〉

〔初出〕「鐘」平成七年一月八日発行、第七号、八～一七頁。

〔梗概〕秋山駿との第十二回大阪女性文藝賞選評対談。受賞作・金真須美「贋ダイヤを弔う」は、一つの問題を、つまり中途半端というところ、どうにも解決できないというところ、を出している。モチーフもはっきりしている。一人称の語り口というのは、とかくだらしなくなるものだけど、いちおう、とにかく書けている。

選評〈第十四回大阪女性文藝賞〉 せんぴよう

対談

〔初出〕「鐘」平成九年一月八日発行、第九号、九～一七頁。

〔梗概〕秋山駿との第十四回大阪女性文藝賞選評対談。受賞作・柳谷郁子「月柱」の作品世界は独特のもので、誰にでも書けるというものではないですね。表現もいいです。子供の死のところでどっちが悪いのかとか、つい書いてしまいたいものなのに書いてないところもいいです。とにかく、この作品に感心しました。

選評〈第十九回大阪女性文藝賞〉 せんぴよう

対談

〔初出〕「鐘」平成十四年三月三十一日発行、第十四号、九～十八頁。

〔梗概〕第十九回大阪女性文藝賞選考について、秋山駿との対談。受賞作・井上豊萌「ボタニカル・ハウス」は「お母さんと口をきかないとかいう葛藤をくどく書いていないところが成功していますね」、佳作・出水沢藍子「木瓜」は「上手に書いています。ただ、皆すこし小説を作り過ぎるのね」と評する。

『千夜一夜物語』 『せんやいちやものがたり』　エッセイ

〔初出〕「原色秘蔵版千夜一夜物語サロン4」昭和四十二年二月発行、二～五頁。原題「シャーラザッド」。

〔収録〕『文学の奇蹟』昭和四十九年二月二十八日発行、河出書房新社、一六〇～一六二頁。この時、「『千夜一夜物語』―バートン版―」と改題。『河野多恵子全集第10巻』平成七年九月十日発行、新潮社、一八七～一八八頁。この時、「『千夜一夜物語』」と改題。

〔梗概〕一万人を越える『千夜一夜物語』の登場人物たちのなかで、私を最も楽しませてくれるのは、この物語の語り手のシャーラザッドである。一夜ごとの命しかないシャーラザッドのこの世への自然と人間性と夢とに対する強烈な愛着と憧れが、この『千夜一夜』を豊かで、力強く、華麗な物語にしているのだ。

善良な人 ぜんりようなひと　エッセイ

〔初出〕「家庭画報」昭和五十一年二月二十日発行、第十九巻二号、一三四～一三五頁。「連載随筆　人生の写し絵②」。

〔梗概〕M夫人は、木や花が大好きである。彼女はどんな時にも所定の時刻の水撒きを変更したことは決してないのである。食卓の向い側へ彼女が来ないとM氏が不満で、二度、三度、庭の彼女を呼び立てるが、彼女は従わず、「植木は私が与えなければ、自分たちでは水が飲めません。あなたはそこにビールも出ています。お肴も出ているでしょう。あなたは自分であがれます」と、澄して言う。ところが、M夫人にとって、それほど大切な木や花以上に大切なのは、友人であるかもしれないのである。庭の桃の枝を持って帰らせようと、「もうそのくらいで…」と止める友人たちの言葉に耳も藉さず、M夫人は蕾の幾らかでも多そうな枝は次々に切っていった。よくみると、切り取った枝よりも残っている枝のほうが、蕾が残り少くなっていた。「どうせ誰夫も帰りも遅いのだ」と、友人の家で食事をすることになった。そのことを各々の自宅へちょっと電話で知らせておいた。彼女たちが箸を取りあげて間もなく、「Mさんの奥さま。只今、旦那さまがお帰りになりましたそうで、お伝えくださいとのことでした」と手伝いの女性が言った。M夫人はその時丁度、お箸で蒸し鰈の最初のひと摘みを摘みあげたところであったが、それを咄嗟に置いて、飛んで帰った。私は、今でも蒸し鰈を見ると、夫よりも木や花を、木や花よりも友人を、友人よりも夫をというように、とめどもなくすべてを愛したらしい善良な人が存在していたことを思いだす。

鮮烈な個性の展覧会《せんれつなこせいのてんらんかい》　エッセイ

〔初出〕「日本近代文学館」昭和六十三年九月二十五日発行、第百五号、四〜四頁。「女性作家十三人展特集」。

〔収録〕『女性作家十三人展』昭和六十三年十月二十日発行、日本近代文学館、六〜七頁。

〔梗概〕女性作家十三人展のうち、一八八七年（明治二十年）までの生誕者は、樋口一葉、与謝野晶子、田村俊子、野上弥生子の四人で、その時代の女性作家の存在は異例でした。異例の存在だったことは、彼女たちの仕事を困難なものにする一方では、珍重されて容易にもしました。しかし、その後半期の世代にあっては、女性作家の存在はもはや異例ではなくなります。今日に及ぶ近代日本文学の変遷のなかで、女性文学の開拓者と呼ぶのに最もふさわしいのは、この世代の人たちでしょう。この催しは、いわば彼女たち各人の鮮烈な個性の展覧会にほかならず、文学・作家はもとより人間なるものの不思議さに満ちている思いがいたします。

そ

双穹《そうきゅう》　短編小説

〔初出〕「文學界」昭和四十一年八月一日発行、第二十巻八号、二七〜六四頁。

〔収録〕『背誓』昭和四十四年十二月十日発行、新潮社、九七〜一六九頁。『河野多恵子全集第2巻』平成七年一月十日発行、新潮社、二三一〜二七〇頁。

〔梗概〕房子は小学生の頃、家族と共に阪神間の避暑地のひとつである、その山の中腹で一夏を過ごしたことがあった。房子は二十になって、戦後、世の中がしっかり落ちつかない時分、もう一度、同じ山のホテルに十日ばかり滞在した。房子は関西の土地を去って四年になる。彼女は東京で婦人帽デザイナーとして勤めている。本間と知り合い、東京での三度目の正月休みに、彼とスキーに行き、帰省を取りやめたのがきっかけに、以後今日まで一度も帰ったことがない。本間は大学の講師で、予備校教師のアルバイトを週二回やっている。ふたりは去年の秋以来一緒に住むようになった。本間は結婚の話を持ち出すが、それなのに、今もって手続きが済んでいないのは、房子の大儀に感じるせいで怠ってきたのである。本間は、京都で学会があるので、一緒にきみの実家へ行き、先に結婚を諒承してもらって、それからふたりで一晩どこかで過したいと言いだした。その日の朝、大阪駅に着いて、房子は急に思いついて、「山を先にしない」と、山の丘のホテルにやってきたのである。同棲生活に入ってからも、房子は本間に失望するようなことにはならなかった。本間のほうが房子よりも積極的だったのである。実家へ行く前に、先ずこの山へ来たのは、なつかしさのためばかりではないかもしれない。新鮮な気持になった上で実家へ行こうという願いが、どこかに潜んでいたのではないかと房子は思う。その後、三年経った。母が子供同士、孫同士、全員会わせたく、一家で参集させたいと望んでいたのが実現することになった。実家を訪れた帰りに、房子は泥酔して前夜失態を演じた夫の本間と再び山の丘のホテルにやって来た。本間は「男が結婚する第一の目的は、母親みたいに注意深く、女中みたいに規則的に家事をする人間を獲得するということなんだ。男は誰だってそうなんだ」と言う。婚姻届をしてから、半年くらい経っていた。気がついてみると、房子は何もいうことがないと思うくらい、本間が好きになっていた。翌日、本間がいいというのに、房子に本間のカフスのボタンをはめてやろうと、「わたしはあなたの奴隷なのよ」と、手を伸ばした。そのとき、君はぼくを玩具あつかいにしている、といって怒る本間にはじめて素面《しらふ》で頰を打たれた。「全く、何が奴隷なんだ。奴隷はぼくさ。きみは女王だよ。帝王だよ。ぼくらの生活を独り占めにしちゃってるじゃないか」という。房子は、自分がこの山が好きだったのは、自分の我の強さが恋うのではあるまいか、とふと思う。房子は、もうこの山へ来ることはないだろう。今度も行ってみるのが失念していた、美しい湖のことを思いだし、未練を感じた。

〔同時代評〕本多秋五は「文藝時評」(「東京新聞」昭和41年7月29日夕刊)で、「夫が急に怒り出して撲るところ、彼が『酔っぱらって、撲らなかったことはない』ほどよく妻を撲る男であることは、いかにも書き方が唐突で、よくわからなかったが、最近の小説には珍しくていねいに頭をはたらかせた部分があって、今月の佳作と思う。『双穹』とは、見なれない字面の、わかるようなわからぬような題名である」といい、江藤淳は「文藝時評（下）」(「朝日新聞」昭和41年7月29日夕刊)で、「バラの刺を眼の間につけて、『ぼくは一角獣になったような気がする』と男がいうところなど、細部に捨てがたい味わいがあるが、女の生活の持続の象徴のような山のホテルにふれて、敏感な男が接近したり反発したりする屈折を、もう少し鋭角的に描いてあれば、さらに印象鮮烈な作品になったろうと思われる」と評した。

創作と読書《そうさくとどくしょ》　エッセイ

〔初出〕「鐘」平成五年一月二十日発行、第五号、四〜四頁。

〔梗概〕作家は既存の文学作品をぜひ読まなくてはいけないと、私は思っている。すぐれた文学作品から受ける刺戟が何よりも大切なのである。すぐれた文学作品は、個性とは何かということを理屈抜きに伝えてくれる。読み手の作家自身の裡にある個性を喚び覚まし、その自覚を促すのである。

創作と発表《そうさくとはっぴょう》　エッセイ

〔初出〕「新潮」昭和四十年一月一日発行、第六十二巻一号、二一二〜二一三頁。「作家の眼」欄。

〔収録〕『文学の奇蹟』昭和四十九年二月

二十八日発行、河出書房新社、九～一二頁。『河野多恵子全集第10巻』平成七年九月十日発行、新潮社、一五～一七頁。

〔梗概〕知人から分厚い封筒が届いた。家庭で物事を隠すということを決してしたことがなかった息子が、両親に内証で小説を書いていたのである。知人は、それを取りあげる口実に私を使ったために、受け取ったという返事をしてもらいたいという。どんなに物判りのいい両親をもっていても、書こうとしているものが小説であれば、公言したくない気持ではじめる。創作衝動の第一歩は、自分の心の深奥にはじめて発見したモヤモヤしたものへの羞恥である。ところで書き続けていると、その創作衝動は次第に発達してくるものらしく、気羞ずかしかった筈なのに、作品を発表したいという気持に駆られてくる。佐藤春夫は、小説藝術の目的は自己の精神的種族の保存拡大にあるといった。精神的種族というのは真の理解者、共感者のことである。この場合の目的は、単なる目的ではなくて、創作衝動なのである。作品を発表したこと、自己の精神的種族の保存拡大への道を一歩でも押しすすめたという自覚、充足感が、更に創作衝動を逞しく、新鮮なものにする。作家にとって、創作と発表との有機的なつながりについて述べたエッセイ。

創作とわたしの霊能《そうさくとわたしのれいのう》　座談会

〔初出〕「銀座百点」昭和五十五年十二月一日発行、第三百十三号、六八～七七頁。

〔梗概〕河野多恵子の谷崎賞受賞を記念して、円地文子、小田島雄志、吉行淳之介との座談会。吉行は「ぼくはねえ、河野さんにとっても怖い、いま言うのも怖い予言をされたのよ」と、河野多恵子の霊能について話題にする。

創作の会得《そうさくのえとく》　選評

〔初出〕「文藝春秋」平成四年三月一日発行、第七十巻三号、三九五～三九六頁。

〔梗概〕第百六回平成三年度下半期芥川賞選評。藤本恵子さんの「南港」は、処々に真実が感じられる。が、浮いてしまった部分もある。奥泉光さんの「暴力の舟」は、作者の問題意識の表現に鮮やかさが欠ける。村上政彦さんの「青空」は、時によい描写がありながら、それが全編への効果を生むに至らない。田野武裕さんの「夕映え」は、ホームヘルパーの文子のことを描きたかったのか、元女郎の老女のことを書きたかったのか。「毀れた絵具箱」の多田尋子さんは不思議な感性と発想の持主のようである。松村栄子さんの「至高聖所《アパトーン》」は、快い手応えを感じながら読み進んだ。何よりも作者が創作というものを全身で会得している様子が信頼できるので、この作品を推した。

創作のミステリー《そうさくのみすてりー》　エッセイ

〔初出〕「文學界」昭和四十四年六月一日発行、第二十三巻六号、一〇～一一頁。

〔収録〕『文学の奇蹟』昭和四十九年二月二十八日発行、河出書房新社、四九～九二頁。『河野多恵子全集第10巻』平成七年九月十日発行、新潮社、三八～四〇頁。

〔梗概〕小説は、如何に生きるべきかということとは関わりのないものであって、小説の役割は「それを読む人のこの世の人間および人生への愛着を更新あるいは増加させること」にある。いい小説には、人間の秘密の表現が不可欠のものである。サッカレイの「虚栄の市」も、ノーマン・メイラーの「彼女の時の時」も、人間の秘密を表現しているが、二つの小説には非常な相違がある。その相違は作者の小説概念の相違からきている。小説概念を変化させるのは、自己と人間と社会的および個人的な環境への認識の変化である。実作者の創作上の小説概念の変化は、新しい認識根拠の発見に基づいているにも拘らず、そういう発見に一閃先んじて変化するというミステリーが生じることがある。

早熟の大器《そうじゅくのたいき》　エッセイ
〔初出〕「国文学〈解釈と教材の研究〉」平成三年十二月二十日発行、第三十六巻十四号、六～八頁。
〔梗概〕中上さんの登場ぶりには、まことに印象深いものがある。異例というべき嘱目《しょくもく》のされ方をした。特別視された新人だった。「岬」で芥川賞を受賞した時には、すでに確固とした存在になっていた。二十代後半にして自己の深い内的必然性を感知する才能、あれこれの誘惑を退けて、深い内的必然性を信じて全く独自の小説世界を確立しようとし、確立し得た才能は、驚くべき早熟と言うほかはない。ところで、中上さんの諸作の人物たちは、南紀州の彼等をはじめ他の作品の場合でも、すべてと言ってよいほど、凡そ教養とは無縁の粗野な人たちでありながら、卑しい人物には不思議なくらいお眼にかからない。中上健次さんは早熟な作家でありながら、同時に大器晩成型の作家であろうと、私は思っている。

創造ということ《そうぞうということ》　講演
〔初出〕「樹林」平成八年四月十五日発行。第三百七十五号、一～一四頁。
〔梗概〕平成八年一月二十日、大阪文学学校での講演記録。「芥川賞の選考会について」「人間としての感動と創造」「創作と発表」「既成の小説を読むとは」「小説のタイトル」「作家と出版社の関係」「ワープロと手書きをめぐって」の小見出しから成る。小説を書くというのは、人間としての作者の感動が最初に働いていないとだめである。小説を書こうという気持の一番始めにあるものは、自己表現であり、小説というのは創作することと発表することが一つの願望なのである。小説のタイトルは、負、マイナスの要素のある題は付けるべきではない。ワープロで書くと小説は伸びない。ワープロで書いたものを逆に手書きにして直してみるべきである。

創造力《そうぞうりょく》　エッセイ
〔初出〕「サンデー毎日」昭和五十四年四月八日発行、第五十八巻十六号、一二二～一二三頁。「おんなの午後③」。
〔梗概〕私のうちには、電気洗濯機はない。私は原稿は大抵は鉛筆で書くが、電気鉛筆削機はもっていない。切出ナイフで削っている。近ごろは、鉛筆を使う年齢になってもナイフで削らないので、子供たちが無器用だと言われる。無器用なことはかまわないが、電気鉛筆削りにはじまって子供の頃から機械と電気に飼育されすぎた人間の創造力の欠如が恐ろしい。それは藝術のみにおける問題ではない。創造力が欠如すると人間は便利と利潤のみに刺戟され、想像力にあずかることなく、犯罪誘発ともなりそうな塵芥処理設備を思いつく。

雙夢《そうむ》　長編小説

〔初出〕「群像」昭和四十七年十月一日発行、第二十七巻十号、六〜一一六頁。〔収録〕『雙夢』昭和四十八年三月十六日発行、講談社、一〜二二七頁。『河野多惠子全集第6巻』平成七年四月十日発行、新潮社、一九七〜三〇四頁。

〔梗概〕寓話的、幻想的、民話的な作品である。六章に分れている書き出しは、「ふたりは、向き合いに立たしめられていた。どちらか片方からでも手を伸ばすことができるならば届きそうな近さでありながら、触れ合うことができない。──正午にちがいなかった。真夏の太陽が彼等の頭上にあるらしく、ふたりの体の作っている影は夫々の狭い足場のようだった。」という文章のリフレインで始められている。男と女は手を伸ばすことができるならば届きそうな近さでありながら、触れ合うことができず、身動きのできない状態にある。そしてこの一組の男女は同じ夢を見る。それほどまでに囚われている男女は、夢のなかで自由を願う。男と女は交互は夢の続きをそれぞれ語り合う。男女がそれぞれ自分一人が自由になろうとして、一種の想像の旅、意識の旅の世界へ出発する。旅に出てくるのは、自由になったと幻想する女の「動けぬ男と揶揄う女」の舞であったり、男の「夢をみない女」との出会いであったり、男性を異獣として怖れる老女たちの館を訪れたり、愛する夫婦が舞台の上で互いに熱弁をふるうことを強制され、話し方のうまい方が村の掟に従って殺されねばならないので、愛するゆえに殺されるがわに回りたいとの願いから、無理をしながら熱演が続く高台の儀式であったりする。

〔同時代評〕佐伯彰一は「文藝時評(上)」(「読売新聞」昭和47年9月29日夕刊)で、「この長編では、難解さ自身が、謎めいたままにつよく誘惑的な魅力を発散している」という。秋山駿・上田三四二・松原新一「創作合評第三〇六回」(「群像」昭和47年11月1日発行)、北川荘平・小島輝正・森川達也「鼎談文藝時評第4回」(「新日本文学」昭和48年2月1日発行)の鼎談時評がある。森万紀子は「河野多恵子著雙夢」(「日本読書新聞」昭和48年4月23日発行)で、「その〈魚人と人魚〉あるいは〈人魚と魚人〉に象徴されるような『夫婦』、『男女』という定めに在りながら、すでに『夫』でも『妻』でもなく、また、『男』『女』でもないこの中間の領域に棲む者達に、この領域からの解放と、解放された時の所在を夢──睡夢と希求の中に繰り広げたものとして、私は読んだが、作品全体が語り合いの競演で構成されて」いるのは、作者の男女、夫婦関係への根本的考えの現れなのであろう、といい、高山鉄男は「河野多恵子『雙夢』」(「群像」昭和48年5月1日発行)で、「これは夢を描いた作品であるとともに、夢を語るという行為そのものをも主題とした小説である。語ることにたいする欲求と恐れとをともに描いた小説」である、という。〈砂〉(秋山駿)は「河野多恵子『雙夢』」(「週刊朝日」昭和48年5月4日発行)は、「小説としては、非常に迫力はあるが、意図ばかりが緊張しすぎていて、いささか自由な身動きを失っている」と指摘した。磯田光一は「河野多恵子『雙夢』」(「文藝」昭和48年6月1日発行）で、「『草いきれ』の男女が生活そのものを神話化しているのにたいして、『雙夢』では〝神話〟の領域が夢に限定されているため、それがこの作品のプラスとマイナスをなしている」ように思うと述べる。鷲巣繁男は「夢―あるひは愛と存在の地下劇場―河野多恵子『雙夢』―」（「すばる」昭和48年6月10日発行）を書いた。

そうはいうものの　エッセイ

〔初出〕「楽しいわが家」昭和五十九年十月一日発行、第三十二巻十号、三〜三頁。

〔梗概〕国鉄人には、人体の温度感覚はないのか、車内の冷暖房はよく常識はずれの温度になっている。新幹線では、太陽光線の射し込んでいる晴天の真昼でも、天井の二列の蛍光灯がずらりとつけっ放し。そうはいうものの、夫婦で真鶴へ行くとき、市ケ谷駅の改札口を通る時、「行ってらっしゃいッ！」と素敵なおまけが時々つくのである。

卒業のころ《そつぎょうのころ》　エッセイ

〔初出〕「NOMAプレスサービス」昭和四十一年一月二十日発行、第六十三号、一九〜二一頁。日本事務能率協会発行。

〔収録〕『私の泣きどころ』昭和四十九年四月八日発行、講談社、一〇七〜一〇九頁。

〔梗概〕私が卒業式で泣いたのは、小学校のときだけだった。〝身を立て、名をあげ〟〝今こそ別れめ　いざさらば〟を合唱しながら、恐らくまだ人生という言葉さえ知らなかったと思われるのに、何かしら人生みたいなものを初めて感じて、涙が溢れたのである。女学校では、映画や芝居へ行くには学校の許可証をもらい、父兄同伴でなければならなかった。白昼に映画や芝居に行けることに憧れ続けてきたのだから、卒業証書を手にすると、その足で映画へ行った。「フランス座」を観て、外へ出て、灯火管制下の真暗い街を見たとき、夢の世界から現実へ引き戻された。女専の卒業式の日のことは記憶がない。家族の反対を押し切って、どうして上京しようかと、それればかり思案していた。

その一瞬《そのいっしゅん》　エッセイ

〔初出〕「風景」昭和五十年五月一日発行、第十六巻五号〈百七十六号〉、五一〜五一頁。

〔梗概〕過去の経験で、その一瞬という気のするものを択ぶとなると、私はやはり身の恐怖のことになってしまう。子供の私はふと、家の井戸を覗いていた。「危い！」といきなり背を摑まれた。人間の頭が首から下全体より重いことを初めて聞かされた。私は今しがたのその一瞬を思いだして、怖くなった。

その原因《そのげんいん》　コラム

〔初出〕「毎日新聞」昭和五十二年六月一日夕刊、五〜五面。「視点」欄。

〔梗概〕バスの停留所で降りたのは私だけで、ひと気のない路上でひとりになって、二三日まえに飛降り自殺があったことにはじめて気がついた。かねて、私はこの種のことには怖がりで、また関心があるのだが、ところがその時不思議に何ともなく、却ってそのほうで奇異な気がした。その夜の自分が疲れていたことも一因だったかもしれない。疲れていては藝術にも感動しにくいように、ぞっとするには疲れていないことも必要らしい。

そ

その前後《そのぜんご》　短編小説

〔初出〕「文學界」平成元年三月一日発行、第四十三巻三号、一一二〜一二三頁。〔収録〕『炎々の記』平成四年五月二十日発行、講談社、一五一〜一八一頁。『河野多惠子全集第4巻』平成七年七月十日発行、新潮社、一九三〜二〇四頁。〔梗概〕誠子は一日中机の前で仕事をしている。彼女は近所をブラブラして買い物をするのは好きだが、デパートに行くのは好きではない。その日は娘ほども年下の友人の結婚祝いを買うためにデパートへ行かなければならない日だった。夫の千原はもう出掛けていていなかった。

今は三度目の住居であるマンションに住んでいるが、近々引っ越す予定である。一度目は小さな二階建て、二度目は平屋で両方借家だった。三度目の建ったばかりのマンションを購入したのだが、二度目も今度近くに地下鉄ができる矢先に引っ越すことになっている。自分たちが偶然にも地下鉄から逃げ回っている結果になっているのは何かの御加護かも知れないと、誠子は思っていた。

ある朝、千原が誠子に最初の小さな借家の主人であった須崎老人が死んだことを告げた。そして須崎家が火事を出した時、老人に貸してそれっきりになっていたゲタのことを口にした。誠子はそんな細かいことまで覚えていた千原に驚き、感動した。二度目の家への引っ越しの時にもゴミを庭で燃やしている時に危うく火事を出しかけたことがあり、誠子は自分たちの引っ越しには火事がからんでいると思う。

誠子には、千原がゲタのことを覚えていた時のように二百年も三百年も夫と暮らしていたいと思う時もあるし、すべてを捨ててバッグレディになってしまいたいと思う時もあった。誠子は、歯の治療に通っている千原の歯に被せてあった金冠や長かったのを剃った時のヒゲの一部、日に焼けた時に剝けた薄皮などをとっておいていたが、バックレディになるためにそれらを燃やしたいと思うこともあった。

千原が通っている歯科医院は以前誠子が通っていたところで、初めの家の近くにあった。その頃は閑散としていたのだがこの頃客が多いようだった。ある日の朝歯医者に行った千原が、「死んだ」「まだ知らんのだろ？――先生から聞いた。今朝だそうだ。街の様子が何だか変だったのだが…」と、彼はテレビをつける。今朝の六時三十三分であった。彼女はテレビを見続けつつ、時間の暗算を始めていた。

〔同時代評〕黒井千次は「『炎々の記』河野多惠子著」(「朝日新聞」平成4年6月14日)で「一つの年代の終りをこれほど短い言葉で鋭く描いた小説を他に知らない」と評した。

（戸塚安津子）

その名前《そのなまえ》　掌編小説

〔初出〕「野性時代」昭和五十一年九月一日発行、第三巻九号、八〇〜八四頁。標題「いすとりえっとXVI」。〔収録〕『いすとりえっと』未収録作品。〔梗概〕期生会の元締役の西田薫から同期生星野栄子（旧姓水上）の住所または消息をご存じの方は知らせていただきたい旨のはがきが送られてきた。私の散歩圏のなかに女子のキリスト教の歴史の旧い学校があり、日曜日に葬儀や告別式の会場に使われていることがある。昨年、そこで星野夫妻が上京されたとき偶然会いましたことを知らせておいた。西田薫から電話があり、本当にご主人だったの？　あのはがきもご主人が印刷したのを持ってきたのであるという。お子さんも新聞広告まで出したが音沙汰なしだったそうだ。私が彼女と会った時、「虎夫さんに龍子さん」「貫一さんとおみやさん」の名前が出たのは、暫くまえに尋人のその名前からゆっくりそれを思いだしてあったからかもしれない。私は広告のきょうだいのその名前に偶然の一致しか感じなかったことが、気がかりでならない。

その一言《そのひとこと》　エッセイ

〔初出〕「The Student Times」昭和五十四年五月二十五日発行、二四～二四面。

〔梗概〕考えてみると、私は随分先生運に恵まれていると思う。私が初めて英語を教わった先生も、よい先生であった。私はその先生にただ一つの苦情がある。習ったことはその日のうちにしっかり覚えてしまうように、億劫《おっくう》だから明日しようと思って怠けると、明日はもっと億劫になりますと、言われたのだ。私はまだ億劫という言葉を知らなかった。億劫の気持の経験もなかった。私は先生のその一言で億劫の意味が何となくわかり、そのために実際にも以後時々それを経験する傾向が生じてきたのである。言葉とは、まことに不思議な代物らしい。

存在理由《そんざいりゆう》　選評

〔初出〕「群像」昭和五十三年十二月一日発行、第三十三巻十二号、一四二～一四三頁。

〔梗概〕第一回群像新人長編小説賞選評。「アーサー王の死」には現代文学の面目らしいものが、全く汲み取れなかった。「豚小屋に山羊を」を読みながら、私は若い人たちが一体に上の人たちの世代的体験を軽視するのに似合わず、自分たちの世代的体験を安易に重視しがちなことに今更ながら苦笑した。「カリフォルニア」は、同じような生活スケッチが次々に差し出されてくるにもかかわらず、それほど読み進まないうちから、それだけで最後まで行ってしまう作品ではないらしい実感がはっきり伝わってきた。この作品のそういう特色は、貴重なものだと思われる。

た

第一線作家30人が選んだ恋愛小説ベスト3《だいいっせんさっかさんじゅうにんがえらんだれんあいしょうせつべすとさん》　回答

〔初出〕「文藝春秋」昭和六十三年六月一日発行、第六十六巻七号、三五〇～三五一頁。

〔梗概〕「椿姫」「神と人との間」「女流」をあげる。外国には恋愛小説の傑作が豊富にある。一方、日本にあるのは、大抵が情痴小説か、偽もの恋愛小説ではないだろうか。

体験現象における同時性《たいけんげんしょうにおけるどうじせい》　エッセイ

〔初出〕「文藝」昭和四十六年一月一日発行、第十巻一号、一三～一五頁。

〔梗概〕併立し得ないものの併立現象を本当に表現するには、いくら丹念に書いても、名文であっても、即物的、描写的表現によって、絶対に不可能らしい。併立し得ないもの、まさに存在する併立状況を表現する方法を見つけることに私を最も執着させているのは、生死の境の世界である。小説の創作方法の更新は、対象への認識の更新の後に従う筈のものである。認識の更新が、方法の更新を促す。だが、ほんの一瞬の差だが方法が先んじるという奇蹟が、創作の世界には偶には起ることがある。「自分の最後の体験現象として生死が併立する一瞬、その〈なんと説明してよいかわからない〉ものであろう体験が、長い年月〈なんと説明してよいかわからない〉まま、遂に創造し得ずに終ったものではあってほしくない」と思っている。

ダイコーター一本《だいこーたーいっぽん》　回答

〔初出〕「第32回本ダービー」昭和四十年五月三十日（刊記なし）発行、七〜七頁。

〔梗概〕先日のテレビで見た皐月賞でダイコーターが強い馬だなァと感心したので、ダービーはダイコーターにしたいという。

大差のない二作《たいさのないにさく》　選評

〔初出〕「群像」昭和五十四年十二月一日発行、第三十四巻十二号、三六五〜三六六頁。

〔梗概〕第二回群像新人長編小説選評。山科春樹氏「忍耐の祭」、五十嵐勉氏「流謫の島」の二作を共に授賞作にするのに反対はしなかった。強いて一作を採るならば、「流謫の島」だが、それでは「忍耐の祭」の魅力に大分気の毒である。この二作を読んで気がついたことだが、近ごろ登場する新人たちの作品の主人公たちは、言動の派手な場合でも、どうも小心で暢気である。作者の姿勢がそれとダブって感じられる作品が殆どなのである。小説を書くからには小心で暢気ではなく、犀利で大胆でなければ、風俗上の衝激的な作品は書けても、文学的な衝激性は生れない。

体重計の秘密《たいじゅうけいのひみつ》　エッセイ

〔初出〕「群像」昭和五十六年三月一日発行、第三十六巻三号、二五〇〜二五一頁。

〔収録〕『気分について』昭和五十七年十月二十日発行、福武書店、二〇三〜二〇七頁。『河野多恵子全集第10巻』平成七年九月十日発行、新潮社、二九〇〜二九二頁。

〔梗概〕死と同時に体重が減じるという話に、私が関心をもつのは、もしそれが本当であるならば、死と同時に霊魂が抜け出るからではあるまいかと思うからである。霊魂には目方があるのではないだろうか。その話が本当であるとして、それは生理学の問題で釈明できるのかどうか。釈明してもらったところで、私はやはり納得できないだろう。死と同時に体重が減じるという実験結果を見せてもらうまでは…。霊魂というものがあり、それに目方があるとするならば、その目方は人によって様々でありそうな気がする。

大正文学の意外な発見《たいしょうぶんがくのいがいなはっけん》　鼎談

〔初出〕「中央公論」昭和五十一年九月一日発行、第九十一年九号、三五六〜三六四頁。

〔梗概〕吉行淳之介・丸谷才一との鼎談。「緑陰特別企画大正短編傑作小説選」の作品選定鼎談。「こんどずっと読んでみて感じたのは、いまに残っている人の文章は今日の文章に近いんですね、里見さんでも白鳥でも。この中では小剣だけがちょっとわからない。ああいう文章で書いていた人がなぜ滅んでしまったのか。田村俊子の文章はいまの文章に近くないですね。「夜着」の最後なんか、非常にいまに近いようなんだけど、ちょっと違う」と述べる。

対談時評第3回《たいだんじひょうだいさんかい》　対談

〔初出〕「文學界」昭和四十七年五月一日発行、第二十六巻五号、二三八～二五四頁。

〔梗概〕川村二郎との対談。宮原昭夫『誰が触った』、後藤みな子『三本の釘の重さ』、畑山博『いつか汽笛を鳴らして』を取りあげる。三つの作品の中で、私は読んでいる時は、どういう世界がこれ、出てくるのかとか、どういう世界を見せてもらえるかということでは、『いつか汽笛を鳴らして』が一番読んでいて張合いはあった。『誰かが触った』は、この小説のモチーフというものをしっかりつかんで非常に考えて、考えきった末にこういう書き方をするのが一番いいというように思いつかれたというよりも、この書き方のほうがかなり早く頭にうかんだのではないか。『三本の釘の重さ』は、モチーフを少ししぼりすぎたという気がする。

対談時評第4回《たいだんじひょうだいよんかい》　対談

〔初出〕「文學界」昭和四十七年六月一日発行、第二十六巻六号、三〇四～三二〇頁。

〔梗概〕篠田一士との対談。阿部昭『千年』、津島佑子『狐を孕む』、東峰夫『島でのさようなら』を取りあげる。『千年』の最後に近いところで、「点検させられるだけなのだ」というようなところは、本当に作者の言いたいことを把んだかどうか、疑問を感じた。「子供の彼にとっては、実に千年の長さに匹敵する」というところが、何か全体の強さのなさの、これは、子供時代の「彼」にとって、千年の長さに匹敵する、と同時に、その後の「彼」にとってもそうであるという、それが出てない。『狐を孕む』のタイトルは、性のめざめの懐妊というほどの意味ではないかと思われるが、これは、母親のアキのほうのことも含んでいる。『島でのさようなら』は、最後に日本に向けて出発するわけだから、最初からそこのところへピッタリと作者の視線を合わせておいて、書いてゆけば、もうちょっと違ったと思う。

対談時評《たいだんじひょう》　対談

〔初出〕「文學界」昭和五十九年四月一日発行、第三十八巻四号、一七二～一八七頁。

〔梗概〕高樹のぶ子「寒雷のように」（「文學界」三月号）・笠原淳「弔う日」（「新潮」三月号）をめぐっての青野聰との対談。高樹のぶ子の「寒雷のように」は、どういう方向へ進んでいくのかわかりにくい感じがある。笠原淳の「弔う日」は、案外、これが現代の自然主義かもしれない、と述べる。

対談時評《たいだんじひょう》　対談

〔初出〕「文學界」昭和五十九年五月一日発行、第三十八巻五号、一八二～一九八頁。

〔梗概〕辻井喬「亡妻の昼前」、赤羽建美

た

「アイマスク少女」をめぐっての種村季弘との対談。辻井さんの作品はこれまでのものでも、男性そのものの個性は月並なところがある。でもその周辺のディテールがよく表現できているということ、その強みがいつもあると思う。この小説はうまくバランスがとれてできあがっているが、今度はいつか、思い切ってもっともっと作った小説、仕掛けの多い小説を読ませてほしい。赤羽建美「アイマスク少女」は、なかなかいい着想だが、自分の思ったことを思うように書くだけの腕がまだ不十分じゃないかと思った。

対談書評―オロオロと生きる―《たいだんしょひょう―おろおろといきる―》　対談

〔初出〕「毎日新聞」昭和四十六年九月十二日朝刊、一五～一五面。

〔梗概〕吉行淳之介との書評対談。ブルース・ジェイ・フリードマン著・沼沢拾治訳『スターン氏のはかない抵抗』と井上由雄著『敗戦日記＝大同江』の二冊を取りあげる。前者の小説の主人公は、ただ気の小さい人で、生死の問題とか恐怖にさらされたとき、一番想像力が刺激される。この小説の特色はそこにある。この小説のもう一つの特色は、性的なものがあると思う。後者については、どういうふうにして書かれたのかということが、ちょっと私は気になって関心持った、と述べる。

対談書評―異端への恐怖と残虐―《たいだんしょひょう―いたんへのきょうふとざんぎゃく―》　対談

〔初出〕「毎日新聞」昭和四十六年九月二十六日朝刊、一五～一五面。

〔梗概〕吉行淳之介との書評対談。吉田八岑著『西洋暗黒史外伝』とコーネル・ウールリッチ著・稲葉明雄訳『もう探偵はごめん』の二冊を取りあげる。前者はキリスト教弾圧や魔女狩りの「その実体を史実に即して非常に忠実に書いてあって、ヨーロッパ各国の宗教裁判とか、拷問や処刑のやり方、つかまえ方とか、密告とか、裁判の費用も持たされるとか」非常に細かく書かれている。後者については、「この短編に限っては、推理的な面は弱いんですね。その中で割りと地味な『モンテズマの月』。私はあれが一番好き」だと発言する。

対談書評―青年の死、感じよく―《たいだんしょひょう―せいねんのし、かんじよく―》　対談

〔初出〕「毎日新聞」昭和四十六年十月十日朝刊、一〇～一〇面。

〔梗概〕吉行淳之介との書評対談。清岡卓行著『海の瞳―原口統三を求めて―』について、「これ評伝かというと、ちょっといえない気がするんですよ。風ぼうをクッキリさせているわけでもなく、自分を出すために原口統三を使い切っているという感じでもないし、私は一種の私小説みたいな気もしましたね」と言い、オプライエン著・富士川義之訳『カミュ』にいて、「『異邦人』にしても『ペスト』にしても、アルジェリアっていうこと、それからひきさかれているというところがからんでいるという見方。特に『ペスト』についてはドイツの占領とレジスタンスをあらわすだけのものでないというようなところは懸命に堀下げてますね」と言う。

対談書評―コクのある紙芝居だ―《たいだんしょひょう―こくのあるかみしばいだ―》　対談

〔初出〕「毎日新聞」昭和四十六年十月二

た

十四日朝刊、一五〜一五面。

〔梗概〕吉行淳之介との書評対談。ロレンス・ダレル著・山崎勉訳『セルビアの白鷺』は、ひと口でいえば、冒険小説だと思う。井伏鱒二著『早稲田の森』は、「これ普通の意味でいえば全部非常に随筆的なんだけれども、ちょっと深く読むと、随筆とはまったくなんか違ったような、そうかといって小説に近いといい切れないところがあるんですよね。もっと独特なものが出ているんです」という。

大胆さと繊細さ《だいたんさとせんさいさ》　選評

〔初出〕「新潮」昭和五十八年七月一日発行、第八十巻八号、一七一〜一七二頁。

〔梗概〕第十五回新潮新人賞選評。井上詠氏「二等船室」は、現代文学としての新しい幻想性の実現には程遠い。いうえ礼氏「水の庭」は、読者の通俗的常識を打ち破るものがあれば、洋二が殺される末尾の欠点など何ほどのことでもない、よい作品になっただろう。長堂英吉氏「ナーハイバイの歌」は、上質のユーモアがあるが、決めてとなるほどの強味は見出せなかった。青木健氏「朝の星」は、感じていることの表現の先々へまで感受性が達するにはまだ到っていない。左能典代氏「ハイデラバシャの魔法」は、群を抜いていた。この作品は、最後の部分を除けば、小煩い小説づくりがないのがよい。大胆さと繊細さとがよい取り合わせで充分に機能していて、たっぷりとした魅力に浸してくれる。

大統領の死《だいとうりょうのし》　短編小説

〔初出〕「新潮」平成八年九月一日発行、第九十三巻九号〈創刊一一〇〇号記念特大号〉、五七〜七〇頁。『赤い唇　黒い髪』平成九年二月十五日発行、新潮社、八一〜一〇八頁。

〔梗概〕主人公は昭和三十八年十一月二十六日生れのOLである。耳を掻く時、自分の耳の中で指先の動きによる摩擦音のみならず、声が生じるのにふと気がつく。この不思議な反応は右耳ではなく、主に左耳である。年配の早口の男のような声だが、正体はどうも不確かである。その声の意味なげの言葉に、今まで耳を澄ました事などないが、「大統領が死んだ」という意外な言葉が囁かれる。朝の通勤電車に揺られている人々の耳は、去年の阪神大震災と地下鉄の毒ガス発生以来、よくもわるくも一度も溌溂と聳ったことのなさそうな耳ばかりなのである。女性週刊誌の派手々々しい広告の代りに「大統領が死んだ」という速報を突然に出現させてみたいといった思いに駆り立てられる。が、電車がとまり、同じ職場の同僚は、新聞に専務の家へ泥棒が入った事件が載っていたことを話す。泥棒に入られた専務は思いがけない一件を知った時、まず「ほう」と洩らす以外に言葉はなかった。そのときの専務の眼は一瞬、無心であった気がする。不意の驚きの刹那、人は無心になる。興味や狼狽や怒りや絶望や恐怖や歓喜等々の反応が生じるのは、その一瞬のあとからのことらしい。次に、タクシーの運転手に、大統領の死を告げる想像に馳せるが、実行には移せずにいる。やがて、駅の売店でつい「大統領が死んだんですってね」と実行し、雑踏に紛れ込む。それ以後、何度か実行し続けてきたが、連日、新聞の見出しには一瞬無心になるような記事には出会えない。帰省の前売切符を買いに八重洲口へ行った。そこに居合わせた紳士に「大阪での噂ですけれど、今こっちで、まだ若い女の人で、大統領が死んだ、と言って歩いている人がいるとか…。お聞きになっていますか?」と、自分のことを噂にする。

（姜　姫正）

臺に載る《だいにのる》　短編小説

〔初出〕「文學界」昭和四十年七月一日発行、第十九巻七号、二六～五四頁。

〔収録〕『最後の時』昭和四十一年九月七日発行、河出書房新社、六九～一一九頁。『最後の時〈角川文庫〉』昭和五十年四月三十日発行、角川書店、七五～一二八頁。『筑摩現代文学大系83』昭和五十二年五月十五日発行、筑摩書房、三八八～四一六頁。『河野多恵子全集第2巻』平成七年一月十日発行、新潮社、一〇一～一二九頁。

〔梗概〕丈子《たけ》と戸川の間に子供はない。丈子は子供のいる夫婦を見ても、「あまりに自分たちとは隔たった不思議な世界」を見るような気がするだけで、羨しいとも感じない。丈子は戸川とは初婚だったが、二度目の異性であった。最初の人とは二年しか暮さなかったが、一年あまり経って、彼女は肺結核で発病した。全快したが、医者から「出産のほうは将来もお控えにならないと」と言われた。戸川とは五年間生活を共にしてきた。彼女は二年足らずで、もう四十になる。ふたりは夫婦になってからも、ずっと子供を避けてきたが、それは医者の注意のためというよりは、在り方のせいらしかった。子供を避けることが、いつか丈子の習性みたいになっているらしかった。四カ月ばかり前、初夏の時分、電信柱のトランスから蒼い火花を出しているのを見にいった後、丈子は生理を見た。彼女はふと生理の「訪れがあってよかった」と、わたしに思う資格があるのかしら」と思った。もし自分に受胎する能力というものがないとすれば「生理の訪れにほっとする」ことなど、どういう意味があるのだろうか。これまで一度も失敗なしに来られたということは、少し異常ではないだろうか。自分の体はもともと不妊に出来ているのではあるまいか。丈子は揶揄《やゆ》されるような気がした。友人の寿美子の長女、高校三年の早苗を三週間ばかり預かることになった。早苗が来てから、食卓の様子まで少々変りはじめた。早苗は予定より早く十九日目に引きあげて行った。一昨年、丈子は医者から子供を産むなら産んでもよいといわれていた。早苗の出現により、戸川が子供を夢みはじめていないかどうか、戸川に子供の話を持ちだすようになる。ただ戸川の本音を確かめずにはいられない気持のためなのである。丈子には、自分の体を試してみたい想いもどこかにある。彼女は産婦人科に行く。不妊だと診断された場合、また、肉体的には全く欠陥がないと言われた場合、彼女は一体どうするのだろうか。電柱のトランスから青い火花がふきあげているのをみて女の生理を感じ、生理の訪れにホッとしながら、いままで一度も失敗しなかったのはもともと自分のからだが不妊だったからではないか、という問題にはじめてつきあたる微妙な段取りや、分娩の夢をみて、お産なんて楽なものでしょうといわれるのを肯定しながら、

『殊に死産というものは』とこたえるところで目がさめたという効果の鋭さなどにある。その他、無意識的に子供をほしいのだろうか。自分の受診の無意味さということが判れば判るほど、彼女は診察を受け、「全く異常はありません」と告げる医者の言葉を聞きたかった。丈子は、わたしのような奇妙な願いから、この診察台にあがった女があったかしら、と思いながら、鉄の踏み台に足をかけた。

〔同時代評〕平野謙は「今月の小説（下）」（「毎日新聞」昭和40年6月24日夕刊）で、「この作品のおもしろさは、たとえば夕暮れがる男の描写などもうまいものだ。ただ病弱ということのほかに、女主人公がなぜ子供をきらうかよくわからないのが、この作品全体の盲点になっている。この作品に『幼児狩り』という子供嫌悪症の佳作があることに、暗々裡に作者がよりかかったせいだろうか」といい、江藤淳が「文藝時評（下）」（「朝日新聞」昭和40年6月25日）で、「一見みちたりているような中年のサラリーマン夫婦のあいだに、子供がないことからおこる心理の波のあとづけた丹念な作品で、いや味のないのがとりえな作品である」と評した。　（桑原真臣）

題名について《だいめいについて》　エッセイ

〔初出〕「鐘」平成五年十二月二十日発行、第六号、四〜四頁。

〔梗概〕題名の魅力とは、一言では説明しにくい。中身を読んでみたい気持にさせられるような、何かの印象をもって語りかけてくる力、とでもいうしかない。題名を択ぶ時、「負」の要素の濃いものは、遮けたほうがよい。「負」の要素の濃い題名をつけようとする時、その作品における作者の燃焼度が今ひとつ不足しているらしいからだ。

高い塔・低い塔《たかいとう・ひくいとう》　エッセイ

〔初出〕『塔の四季』昭和六十一年四月二十五日発行、グラフィック社、五七〜六一頁。

〔梗概〕塔といえば、奈良の興福寺の五重塔が浮かんでくる。五層の拡がり具合と軒先の反り具合にも、何ともいえない大らかさがある。私は京都よりも奈良のほうが好きだった。建造物でも、自然でも、町でも、奈良は大らかだし、はんなりしている。奈良の塔でもうひとつ忘れがたいのは、西京の薬師寺の塔で、あの塔の相輪に魅かれる。近畿三寺と称されているものには、意外なことに京都・奈良の寺は入っていない。修行場だった高野山と金剛寺、そして修行場ではなかった観心寺がその三寺である。金剛寺の多宝塔の九輪が美しい。私が眼をとめたのは、上長押だった。その極彩色が陶器か大理石めいて、実に思いがけない美しさであった。

瀧井文学の美意識《たきいぶんがくのびいしき》　推薦文

〔初出〕「瀧井孝作全集全11巻別巻1」内容見本、昭和五十三年八月（刊記なし）、中央公論社。

〔収録〕『瀧井孝作全集第3巻』昭和五十三年十一月二十五日発行、中央公論社、オビ。

〔梗概〕瀧井文学の美意識は独特のものである。瀧井文学を読んでいて、素材の地味なこと、文章に抑制と省略が利いていることなどに、ふと更めて気がつくと、却って意外な思いをする。発想のフォームと感覚から、美麗なきらめきや沢潤な滴たりや快い手応えを受けることが、それほど多いのである。精神の浪漫性とでも呼ぶべきものが、何故か「無限抱擁」の出発の最初から備わり、以後決して失われることのなかった珍しく僥倖な作家なのだ。

田久保英夫「海図」《たくぼひでお「かいず」》　選評

〔初出〕「読売新聞」昭和六十一年二月一日朝刊、一五〜一五面。

〔梗概〕第三十七回読売文学賞選評。人間関係の裡に執拗に人間というものを追求するのが、田久保さんの作品の特色なのであるが、その執拗さが多彩で潤沢で非常に洗練された世界を生み出している。『海図』は紛れもなく、あの優れた処女作『解禁』を鮮やかに超えられた。

竹西寛子著『鶴』―過去への執拗な抵抗―《たけにしひろこちょ『つる』―かこへのしつようなていこう―》　書評

〔初出〕「波」昭和五十年六月一日発行、第九巻六号、二九〜三〇頁。

〔梗概〕収録作品の特色の一端は、静謐であろう。静謐という特色を生んでいるのは、取り入れられている古寺とか、夜明けとか、笹の葉とか、遠いなつかしい記憶のせいだけではない。作中人物が謙虚である分だけ作者が傲慢であり、作中人物が傲慢であるだけ作者が謙虚である。書いている自分と書かれている自分、謙虚と傲慢、この四つのものの間にある関係が、四駒の市松模様のように劃然としているのは、作者の創作上の意識的な主義の結果であろう。作品が静謐なのは、そのためである。この創作集の全作品のテーマは〈往還〉への認識、〈往還〉への認識欲の姿であろう。

筍《たけのこ》　―→いすとりえっと　（37頁）

他者と存在感《たしゃとそんざいかん》　対談

〔初出〕「国文学〈解釈と教材の研究〉」昭和五十一年七月二十日発行。第二十一巻九号、七〇〜八七頁。

〔梗概〕川村二郎との対談。「見えてきた谷崎像」「女流作家離れ」「身拵えた女性」「知的精神の内向」「外から内へ」「存在意識」「うたうということ」から成る。「他者」というとき、夫とか恋人とか、異性であるが、異性を超えたところから見る眼というものが出てきているように思われる。「存在」をそのまま書くようなモチーフの作品が今は多い、と現代文学の傾向について語る。

多生の緑《たしょうのえん》　―→ニューヨーめぐり会い　（321頁）

尋ね犬《たずねいぬ》　エッセイ

〔初出〕掲載誌紙名未詳、平成二年十二月発行。

〔収録〕『蛙と算術』平成五年二月二十日発行、新潮社、四九〜五一頁。

〔梗概〕ある日、自宅のマンションを出ようとすると、管理人さんがセントバーナード犬の横たわっている手押車を押しながら裏手のほうへ廻って行くのが見えた。私どものマンションには、ペット禁止の規則はない。掲示板に居住者の名前で尋ね犬や尋ね猫の貼紙が出ることもある。この夏、近所で見かけた、尋ね犬の貼紙は、少し珍しいものだった。〈この犬は薬を飲ませないと死んでしまいます〉とあるところが変っている。しかも、家出日から二カ月ほど経っても、同じ貼紙がふえ、やっぱりその記載が入っている。夫はあれは「普通の人には飼えない犬ですよ」という意味なのじゃあないかという。

他性を書くこと《たせいをかくこと》　講演記録

〔初出〕「三田文学」昭和四十六年九月一日発行、第五十八巻九号、二六〜三一頁。

〔梗概〕それは男性のエゴイズムそれは女性のエゴイズムというふうにみると、小説というものの広がりが非常に窮屈になるし、人間に対する認識をせばめ、人間に対する豊かな見方ということを束縛している。それを男の特性、それを女性の特性というふうに置き変えると、案外、男と女というものが深くみえてくるのではないか。男を通じ、女を通じ、人間の秘密を問おうという時に、どうしても他性を書くということがからんでくる。他性を書こうとすることによって、しようとする姿勢をもつことによって、新しい人間の秘密というものが認識され、認識された時にいちばん下においたところの秘密から逆に感覚世界にほんとうの想像力が起る。そうでなければ他性を書くことの積極的な意味はない。文末に「昭和46年5月8日三田文学文藝講演会より〔編集部筆記〕」とある。

たたかい　短編小説

〔初出〕「群像」昭和四十一年七月一日発行、第二十一巻七号、二八〜五〇頁。

〔収録〕『骨の肉』昭和四十六年十一月二十八日発行、講談社、一六一〜二〇五頁。『現代の文学33』昭和四十八年九月十六日発行、講談社、一六九〜一八八頁。『骨の肉〈講談社文庫〉』昭和五十二年七月十五日発行、講談社、一四三〜一八二頁。『骨の肉・最後の時・砂の檻〈講談社文藝文庫〉』平成三年七月十日発行、講談社、九一〜一三四頁。『河野多恵子全集第2巻』平成七年一月十日発行、新潮社、二一一〜二三〇頁。

〔梗概〕依子は、永年の友人だった朋子と気拙《きまず》くなって三年近くになる。その間、朋子にも、彼女の夫の妹尾にも会っていない。思いがけなく、パーティの夜、妹尾と出会う。依子は広田と離婚したときには、何の相談もしなかったが、当時、依子は広田との不和を弁じ立てる愚痴を随分聞いてもらっていた。妹尾と朋子には去年二月に三人目の子供が生れた。依子は、「きょうだいの愛情などは当てにはならない。子供の愛情だって、そうでしょ。でも、親の愛情だけは確かですわ。これくらい確かなものはないんじゃあないかしら」「夫婦なんてはかないものですわね。わたしは七年間結婚していて別れて三年」という。当時、依子は広田に言われていたのに火災保険を継続するのを忘れていた。近所で火事にあい、自分たちはもう駄目だな、と依子は思った。妹尾は依子を家へ送ろうと車に乗り込んできた。妹尾は手を重ねてきて言う。ただ送ろうとするのではないことの誘いと同時に、こちらの住所が思い出せないようである。妹尾は依子に対して以前に弱味があるのだ。朋子を訪ねて行くと、朋子は出産したので実家へ行っていた。その留守に妹尾は家に若い女を引き入れていたのである。妹尾は口止めしなかったが、依子はその夜のことを朋子には言わなかった。自分の緘口は友人を裏切っていることになりはしないか。やがて、依子は、朋子を訪ねなくなってしまった。依子にとって性愛はいつも前世の経験のような思い出され方をした。男の誘惑を拒みながら、夜の町を歩き宿のえり好みをしているうちに、侮辱を感じた妹尾は「今夜、あなたは自分が全然恥を掻かされず、自分のケチなプライドを全く傷つけられずに楽しむつもりでいたんでしょう。未練や執着が生じる懸念もなしにね」「あなたは何も相手がぼくでなくてもよかったのだ。あのボーイでも呼んだらどうですか」と言って去ってしまう。
〈同時代評〉江藤淳は「文藝時評（下）」（朝日新聞」昭和41年6月29日夕刊）で、「男は女の自分に対する感情の上に居すわって、別に口止めもせずに平然としている。このこだわりが、今男の誘惑を拒みながら夜の町を歩いている男と女の間に屈折した心理の力学を生むのを、さながらレントゲン写真にとったみせるように描いているのがちょっと面白かった。河野氏の作品はいつも地味だが、ハンカチに剃刀を包んだような残酷さがあるのが特徴である」と指摘し、山本健吉は「文藝時評（下）」（「読売新聞」昭和41年6月29日夕刊）で、「心理的にあまりに異常で、危うきに遊びすぎるきらいがあるが、その異常さにさりげなく導いて行く手腕は巧みである」といい、平野謙は「七月の小説（下）ベスト3」（「毎日新聞」昭和41年6月30日夕刊）で、「人間心理の不条理を中心として最近の作者の進境をうかがわせるにたるものだ」と評した。

ただの一度も《ただのいちども》　——→いすとりえっと（37頁）

立場《たちば》　エッセイ

〈初出〉「経済往来」昭和四十二年三月一日発行、第十九巻三号、一九七〜一九八頁。

〈梗概〉蝶々さんは夫の南部雄二さんが女性とお遊びになっている間、近所で待っていたという話である。私はそういうことをする蝶々さんは悪妻であると思う。「妻らしくない仕向け」だ。本当の女らしさ、妻らしさから遠く離れてしまった感じ方ではないだろうか。

　七、八年前に、個人会社の社長から随筆の代筆を頼まれ、書いたことがある。その後、文学賞をもらったりして、原稿が売れはじめてきたころ、例の社長から電話がかかってきて、お忙しいでしょうという。「あなたの代筆ぐらいはしてあげますよ」と私はいった。すると、「もうプロになりはった人にそんなこと頼めますかいな」と彼はいった。私はまだ自分の立場について自覚が足りなかったようだ。自分の立場を自覚して、ひとの余技の随筆などに関わるような作家らしくないことはすべきでないのである。

蓼喰う虫《たでくうむし》　エッセイ

〈初出〉「楽しいわが家」平成十年十月一日発行、第四十六巻十号、三〜三頁。

〈梗概〉幼い頃の私は、蜜柑が大好きだったそうである。いつ頃からか、次第に果物をおいしいと思えなくなった。私にとって食後のデザートよりも、食事のたびの仕上げのお茶漬が欠かせない。仮に死刑に処せられることになったら、最後の望みはお茶漬である。ところが、私の大好きな奥さんで、お漬物は大嫌いな方がある。味覚でさえ、そうなのだ。人間関係の蓼喰う虫も好き好きの多様さが想われる。

「蓼喰ふ蟲」の斯波要《たでくうむしのしばかなめ》　エッセイ

〔初出〕「波」昭和四十七年九月一日発行、第六巻八号、七〜一一頁。「私の中の日本人」欄。原題「斯波要」。

〔収録〕『文学の奇蹟』昭和四十九年二月二十八日発行、河出書房新社、一四八〜一五三頁。この時、「『蓼喰ふ蟲』の斯波要」と改題。

〔梗概〕谷崎潤一郎の作品との出会いは自然であり、第一印象も非常によかったので、私にとって縁深い作家のひとりとなってしまった。しかし、「蓼喰ふ蟲」は、私にとって相性のわるいらしい作品である。

「蓼喰ふ蟲」に出会ったのは、昭和十年代の後半で、私の十代の後半だった。関西とその土地の風物、文化に対する主人公・斯波要の反応が厭であった。特に、要の文楽に対する反応が「軍官民一致団結」を説く当時の軍人たちなみに軽薄で、他愛がないものに思われた。しかし、いつ頃からか、私の中の要が昇格しはじめたのである。要は大正デモクラシーの洗礼を受けた男性らしくもあるが、要の面目はそういうこととは無縁で、独特の強さにあるといってもいい。要は、自然主義文学に出てくる人物と反対でありながら、まことに日本的な人物である。要のぐずつき方や大まわりの仕方は、彼の頼もしい才能である。そして、「要の異国趣味に対するには、関西の風物や文化への彼の傾斜をもってくるよりも、むしろ、西洋趣味と東洋趣味を対照に択んだほうが、彼の面目は一層よく追求されたものではないだろうか」と指摘する。

谷崎潤一郎『春琴抄』《たにざきじゅんいちろう『しゅんきんしょう』》　アンケート

〔初出〕「新潮」平成十二年一月一日発行、第九十七巻一号、二八五〜二八五頁。

〔梗概〕アンケート〈20世紀の一冊〉についての回答。二十世紀ということであれば、西欧よりも日本の文学者の作品のほうが溌溂としている。そして、日本の文学作品中、結局『春琴抄』を択びたくなったのだった。読後の印象があまりにも鮮烈なのである。魅力と出来栄えのいずれからしても、最高峰として突出している。『春琴抄』は考証スタイルの作品だが、積み重ねられてゆく無数の想定は、実はロジック上の推理ならぬ印象上の想定なのである。

谷崎潤一郎「青年《ママ》」《たにざきじゅんいちろう「せいねん」》　エッセイ

〔初出〕「the high school life」昭和四十三年十月十五日発行、第十七号。「我が愛する書」欄。

〔梗概〕谷崎潤一郎の作品に初めて接したのは女学校一年生の春であった。「少年」を偶然に読んだ。その時の強烈な印象は忘れられない。小説藝術を読む歓びを初めて知った。潤一郎の作品には特殊性や心理を扱ったものが多い。私はその特殊性も好きであり、人間というもの、この世というものに愛着をそそり立てる。潤一郎の作品は非常に明快でもある。単純ではなく、本当の藝術作品には必ずあるところの明快さに輝いている。

谷崎潤一郎『猫と庄造と二人のおんな』《たにざきじゅんいちろう『ねことしょうぞうとふたりのおんな』》　アンケートエッセイ

〔初出〕「オール読物」平成八年八月一日発行、第五十一巻八号、二三五〜二三五頁。「大アンケートエッセイ・私の好きな動物文学この一冊」欄。

〔梗概〕この小説「猫と庄造と二人のおんな」は、「いわば猫に対する庄造の恋愛小説」なのである。谷崎潤一郎は多くの愛を創造したが、専ら男性マゾヒズムをテーマにしており、「普通の意味での恋愛小説の生活のそなわったものとしては、この『猫と庄造と二人のおんな』があるのみではないか。先妻と後妻とのそれぞれの思惑《おもわく》と懸引《かけひ》きから、リリーと別れさせられた庄造の猫恋いぶりは、滑稽さのうちにも、まさしく恋愛の実態」を感じさせる。

谷崎生誕百年の光彩《たにざきせいたんひゃくねんのこうさい》　エッセイ
〔初出〕「朝日新聞」昭和六十年一月三十日夕刊、五〜五面。
〔梗概〕年が明けて間もなく、人形町の水天宮を訪れた。水天宮は幼少時代の谷崎潤一郎がよく遊んだ場所のひとつである。今年は、谷崎の生誕百年にあたる。水天宮のあと、程近い生誕の地へ向った。谷崎潤一郎は、大谷崎とも称せられた。谷崎くらい文豪の名にふさわしい作家はないだろう。特別席におかれている作家である。皆と一緒には扱いにくいところのある作家のように思われているようである。皆と一緒に扱いやすい作家というのは、人生派の作家であって、文学界の主流はこの作家たちで占められてきた。彼等は、行き方を文学の最大のテーマと考えている。そのような風潮のなかで、谷崎は反人生派の最たる作家でありながら、大谷崎とまで称せられるのである。生き方というものは、人生や人間や自然を含めたこの世における、ほんの一部でしかない。この世にもっと豊穣なものであるはずだという信頼が、谷崎文学の精神なのである。

谷崎と神奈川《たにざきとかながわ》　エッセイ
〔初出〕「神奈川近代文学館」昭和五十九年十二月十日、第六号、三〜三頁。
〔梗概〕「谷崎の転居歴に従い、その時々の転居が、彼の年座から観て、方位の吉凶の点ではどうだったか。東京から小田原への転居と、小田原から本牧への転居での生活は、谷崎文学を考えるうえで、もっと重視されてもよいのではないか。

谷崎文学と肯定の欲望《たにざきぶんがくとこうていのよくぼう》　評論
〔初出〕「文學界」昭和五十年一月一日〜昭和五十一年二月一日発行、第二十九巻一号〜三十巻二号。十四回連載。

〔初版〕『谷崎文学と肯定の欲望』昭和五十一年九月五日発行、文藝春秋、三〜二七六頁。

〔文庫〕『谷崎文学と肯定の欲望〈中公文庫〉』昭和五十五年十一月十日発行、中央公論社、一〜三〇四頁。

〔全集〕『河野多恵子全集第9巻』平成七年八月十日発行、新潮社、八〜一八七頁。

〔梗概〕「谷崎潤一郎はこの世は（時には、前世と幽界をも含めて）自分の感覚と意識にとって、至上の楽土であるべきはずだという信頼と自信が最大の特色だった人であり、作家であった」という視点から谷崎文学を論じた。「『卍（まんじ）』について」「心理的マゾヒズムと関西」「恋愛欠落の文学」「片面だけの反俗」「悪魔と墓」の五章から成る。本評論で第二十八回読売文学賞〈評論・伝記賞〉を受賞した。

『卍（まんじ）』について」では、谷崎文学において「卍（まんじ）」が「掲手のような作品」であるとして、「卍（まんじ）」の初出と改稿との本文異同を問題にする。そして、現「卍（まんじ）」の文体と原文（連載時の文体）を比較し、この作品の主人公の語り手の輪郭を想わせるような女性の感じが、原文に適確に出ている。現文体では、それが消えている。谷崎が大阪言葉に不馴れであったうえに、下訳者の若さの弱点が感じられ、表面的に「大阪言葉の感じの強い露骨な大阪言葉を択び過ぎて」いるという。

谷崎がこれまで描いてきた肉体的マゾヒズムは「痴人の愛」が限界であって、自分のマゾヒズム文学の可能性は、心理的マゾヒズムを主座に捉えるところにあり、その志向の最初の試みが「卍（まんじ）」である。この作品では肉体的マゾヒズムを後退させ、玄人っぽい女性たちとは全く反対の女性を択ぶことを目指した。だが、谷崎は「卍（まんじ）」において、心理的マゾヒズムに成功することができなかった。作者に多くの試みと迷いを強いた作品になった。一個の作品としてこれほど作者の抱負に背き、だが内的にこれほど作者に多くの収穫をもたらした作品もなかった、と書いている。

「心理的マゾヒズムと関西」では、「蓼喰ふ蟲」は、かねて必要な存在でなくなっている妻の美佐子とやがて望ましいかたちで離婚できるであろうと感じている斯波要の「予覚」と、関西の性的可能性への彼の「予覚」とで成り立っている作品である、と述べる。「神と人との間」が最も虚構を混えてありながら、谷崎と千代と佐藤春夫の問題を最も現実の核心を明らかにしているとして、「神と人との間」などの分析を通して小田事件を精細に触れる。そして、松子夫人に宛てた書簡から、彼女をいやがうえにも「高貴の女性」に設定してゆく「あほらしさ」を、「設定という営みゆえに心理的マゾヒズムの世界に力が漲ってくるのであるから、相手が予め本物の高貴の女性であっては困るのである」と指摘する。関西という土地が心理的マゾヒズムのためにはいかに利点であったかを周到に説明を加える。

「恋愛欠落の文学」で、谷崎文学においては終始男女のことが主題に択ばれているにも拘らず、「恋愛小説が殆ど皆無であり、実は恋愛が欠落している」のが特色であるという。

「春琴抄」の、その素材が架空のものであると推量される手がかりをあげ、この作品が、如何に釘なし、柱なし、実効上の板なし小説であるかという。そのことは、春琴が、春琴に深く根ざしておりながら作者と佐助の性的願望が見拵えたところの虚構上の春琴としてのみ存在せしめられている。

芥川との論争にも言及し、谷崎は「筋」と「構造」と「話」を混同していると指摘する。

「片面だけの反俗」では、谷崎の反俗は、日本の日本的近代化と自然主義的近代文学への反感に発している。「春琴抄」を完成した時点こそ、谷崎がその反俗を自働的片面的なものでなく全面的なものにすべき時だったと主張する。

「悪魔と墓」では、谷崎はサディズム

を介在させることによって、「卍（まんじ）」で果せなかった期待を実現し、サディズム不在の過去の最高峰「春琴抄」を超える傑作を得て自分の文学を本当に拓り開こうとして、「鍵」を構想したが、この作品では、サディストの妻は、マゾヒストの性愛裡の人間イメージが創造されておらず、通常の人生上の人間イメージも創造されるわけではなく、所詮操り人形でしかない、と否定的に評価する。それに較べて、「瘋癲老人日記」がはるかによい作品である。「観念的なこの作品が、知性の有無、信仰の有無に拘らず、どのような意味でも、それ自体は観念以外の何ものでもあり得ない死というものに対する作者の観念が、この観念的な性格の作品に完全に一致して、終始裏付けとなっている」ためである。

谷崎文学と時代《たにざきぶんがくとじだい》　エッセイ

〔初出〕『「谷崎潤一郎・人と文学」展』昭和六十年一月（日記載なし）発行、朝日新聞社、一四～一六頁。

〔梗概〕谷崎潤一郎が自然主義文学全盛のなかで、華々しく文壇に出た明治四十年代から、七十九歳で亡くなるまでの、谷崎文学の主要な作品を論じ、谷崎潤一郎は「終始まさに時代を生きた藝術家」なのであるという。

谷崎文学の性的面白さ《たにざきぶんがくのせいてきおもしろさ》　エッセイ

〔初出〕『春琴抄〈日本の文学59〉』昭和五十九年八月一日発行、ほるぷ出版、二二五～二三九頁。

〔梗概〕谷崎潤一郎の最高傑作に『春琴抄』をあげている。春琴が〈一種変態な性欲的快味を享楽する〉嗜虐的な女性であるかのような印象を与えるのは、『春琴抄』のテーマが本当の主人公であるマゾヒストたる佐助の被虐願望であるからだという。また、谷崎ほどの作家でも結末の部分で頭を悩ませた作品として『蘆刈』にも触れている。　（荒井真理亜）

谷崎文学の愉しみ《たにざきぶんがくのたのしみ》　エッセイ

〔初出〕「谷崎潤一郎全集月報1～30」昭和五十六年五月二十五日～昭和五十八年十一月十日発行、中央公論社。三十回連載。「新潮45」平成三年六月一日、第十巻六号、一七六～一八三頁。

〔収録〕『谷崎文学の愉しみ』平成五年六月二十日発行、中央公論社、一～二二六頁。『谷崎文学の愉しみ〈中公文庫〉』平成十年二月十八日発行、一～三〇〇頁。

〔梗概〕「生まれと育ち―初期の諸作」「谷崎と大正六年―肯定の欲望と『既婚者と離婚者』」「横浜をめぐって―裏返しの私小説『神と人との間』」「私生活の変動―大噴火の創作期（その前期）」「私生活の変動―大噴火の創作期（その後期）」「戦時下に在って―『源氏物語』現代語訳と『細雪』」「最後の十年―性と死・夢と告白」「幽界の潤一郎―法然院にて」から成る。

生まれと育ち―初期の諸作

谷崎潤一郎は明治十九年（一八八六年）六白金星丙戌年、獅子座の七月二十四日に生れ、昭和四十年（一九六五年）獅子座の七月三十日、数え年八十歳で没した。シェイクスピアなど創造的な世界で豊穣に生きた人たちには、生れた日と近い日に亡くなっていることがよくある。谷崎もまさしく、そうだったことになる。「谷崎文学の何よりの魅力は、潑溂とした生命感に溢れていることである。人間性と人生との底知れない秘密、不思議さ、意外性を強烈な個性で一作ごとに新しく認識し、力強く表現している。谷崎文学の分つ感動は、読者の人間性の最も深いところに引き起す感動なのである」と評し、初期作品「少年」「刺青」「秘密」「恐怖」「金色の死」「饒太郎」「お艶殺し」「お才と巳之介」「神童」「鬼の面」等について論じる。そして、谷崎の創作衝動は失恋には不向きなのである。「恋愛の強い手応えや得恋こそが、彼の創作衝動を潑溂とさせ名作を書かせる」のであるという。

谷崎と大正六年―肯定の欲望と『既婚者と離婚者』

『異端者の悲しみ』に谷崎文学の初期の終りと、同時に次なる発展への出発を見る思いがすると指摘し、この作品の発表された大正六年という年が、谷崎の人生に新しい様相を帯びはじめたという。『母を恋ふる記』をはじめ後の『吉野葛』、戦後に書かれた『少将滋幹の母』『夢の浮橋』らの諸作では本当に母が母として書き扱われていないばかりでなく、「母恋いものに思えるのは見かけのうえだけ」で、母を恋うことが創作衝動になっているとは考えられない。彼にとっては、幼少期の記憶に幻のように残っている生家が富裕だった頃の恵まれ、若くて、生来の美貌の輝いていた母の美が、その楽土の象徴なのである。谷崎にとっては生家の没落後の母の記憶は必要ではないばかりでなく、あってはならないものだ。従って、その部分の母とは、谷崎は作中で死別あるいは生別してしまう、と谷崎にとっての母性について論じる。

横浜をめぐって―裏返しの私小説『神と人との間』

谷崎は大正八年、三十四歳で小田原に居を移すが、二年たらずで横浜に移り住む。その理由の一つに映画の仕事が多忙になったことがある。写真に凝り、やがて映画撮影にも手を染めた幼友達の事業家笹沼源之助の影響であったと思われる。谷崎は大正九年横浜に創設された正活映株式会社の脚本部顧問となり、『アマチュア倶楽部』（旧題「避暑地の騒ぎ」）、『葛飾砂子』、『お伽劇　雛祭の夜』『蛇性の婬』などを執筆、撮影にも参加し、葉山三千子（せい子）や娘まで出演させる熱の入れ方であった。

横浜移住は、谷崎の欧米憧憬にもうってつけの土地であることを一層強く感じるようになったであろうこと以外にも、妻千代を巡る佐藤春夫との恋争い、小田原事件から逃れ、生活を一新したかったことであろう。『神と人と間』は、「佐藤である穂積の立場から描くかたちが採られており、実質的には裏返しの私小説」とも言える。「谷崎は佐藤に殺されるかもしれないという恐怖をもってこの作品を書きながら、自分たちの恋争いで佐藤にそこまで恨まれるに至ったのも結局は自分の藝術のためであり、殺されるとすれば藝術のために死んでゆくのであると、時には覚悟をし、時には気持が昂揚したのではあるまいか」と言う。

私生活の変動―大噴火の創作期（その前期）

『痴人の愛』にはじまり『卍（まんじ）』『蓼喰ふ蟲』『吉野葛』『盲目物語』

た

『蘆刈』『春琴抄』『聞書抄』と、三十九歳から五十歳にかけての谷崎の創作力は噴火をみる如く凄じいものであった。

妖婦的、娼婦的女性、玄人っぽい女性主要人物の系列として、最後にあたるのが『痴人の愛』のナオミなのである。『痴人の愛』は肉体的マゾヒズムの限界と心理的マゾヒズムの可能性との幸運な対峙で成り立っている作品である。『卍(まんじ)』は、表面的、具体的には女性同性愛小説であるが、作者の内的必然性は、園子にかかわる夫婦内の心理的マゾヒズムなのである。心理的マゾヒズムを押しだした作品としては最初のものである。『卍』は、谷崎潤一郎の作品中、「最も偉大な失敗作」であると共に、創作体験として谷崎に「最大の収穫」をもたらした作品であろうと指摘する。『蓼喰ふ蟲』では、関西の性的可能性への予覚と、妻との望ましいかたちでの離婚が可能であろうと感じる主人公の予覚が、結末で融和する作品だと論じている。

私生活では、昭和五年八月に「夫人譲渡事件」と世を騒がせた谷崎と千代の離婚、佐藤春夫と千代との再婚を同時に知らせる挨拶状が出された。それを主宰したのは恐らく谷崎である。千代をめぐる佐藤との永かった恋争いが集結するその時、谷崎は自己の勝利を守りつつ、佐藤の恋を成就させたのであり、そのためには、千代はあくまでも譲渡されたのであらねばならなかった。

私生活の変動―大噴火の創作期(その後期)

千代夫人と娘の鮎子が去り、谷崎家は通夜のような寂寥感に溢れていた。三年がかりの腹案だった『吉野葛』を発表、間もなく谷崎は名門士族出の美貌の女性と結婚、彼女を人形のように愛した。彼の性的趣向の欲求を単に愛情の深さだと無邪気に信じる彼女との喰いちがいはすぐに生じ始め、彼の気持は豪商根津氏夫人の松子さんに移っていった。

昭和六年五月から九月に夫人同伴で高野山に滞在、『盲目物語』を発表したが、根津松子夫人への思いが、紛れもなくこの作品の創作衝動になっている。翌年発表された『蘆刈』も、谷崎の松子夫人への恋慕の情と夫人の谷崎への念いの深まりが感じられる。

『春琴抄』は、谷崎文学の最高傑作である。虚構によって実体を幽ませるための具体的状況が設えられてある。谷崎の文章観は古典文ふうの文体の効用である。サディストではない春琴がサディストらしい印象を漲らせているのは、作者と佐助の彼女の人格に対するフェティシズムたる心理的マゾヒストの有機的な虚構の彼女であるからであると分析する。

戦時下に在って―『源氏物語』現代語訳と『細雪』

谷崎の関西移住後の諸作品は、関西礼讃、陰翳、物語的古典的文体で歴史的純日本的世界を描き、当時としては、時代への反俗であった。これは彼本来の肯定の欲望と性向である心理的マゾヒズムとの関わりから必然的にそうなったのであるが、彼の創作に好ましく作用していた。しかし、日本の軍事活動が活発化し、国粋主義的要求が高まると、急速に彼の創作の喜びが色あせ、『源氏物語』の現代語訳に活路を見出すことになる。一見軍国主義とは相容れないものだが、純日本的という免罪符のもとに、『潤一郎訳源氏物語』全二十六巻は、二年半をかけて十六年七月に完結する。しかし、軍の圧迫などで満足できるものではく、その後四度も修正、追加を施し刊行された。また、秋には『細雪』にも着手する。妻松子の妹重子が稼いだ寂しさと、殺風景で不自由になりだした戦時下の生活に迫られた谷崎の肯定の欲望が、その創作衝動である、と論述する。『細雪』には一家のほしいままになし得た自由な時代が戻るという「予覚」が漲っており、やがてそれが的中する。昭和二十一年から公に出版された『細雪』上中下巻は、戦後の人々に様々な読まれ方をされ、大ベストセラーとなった。戦争中にマンネリ化していた感覚を、一気に読者に鋭く自覚させ、蘇らせたものであった。夫と死別した重子も戻り、「予覚」は二つながら実現するのであった。さらに、谷崎の大阪と大阪言葉を使った作品とその効果についても、『猫と庄造と二人のをんな』までを含めて言及している。

最後の十年—性と死・夢と告白

『春琴抄』後の二十余年間、『源氏物語』の現代語訳、その改訳、『細雪』、『少将滋幹の母』と豊穣ではあるが、根本的な前進はなかった。これを積極的に前進させようと、『鍵』(昭和三十一年)が発表された。サディズムを介在させ、『卍』で果せなかった期待を実現し、『春琴抄』を超える文学を構想したものであったが、夫と妻と相互日記体という二元描写のせいで、その効果は弱められた。三十三年の『残虐記』は彼が自ら筆を手にして書いた最後の作品である。マゾヒストに於ける嫉妬の機能、性欲の減退ないしは喪失した性等、見事な出来ばえであったが、残念ながら中断、その理由は作品の原爆設定意図にあるのであろう。

幽界の潤一郎—法然院にて

平成三年三月十八日、谷崎松子の七七日忌と納骨式、及び谷崎潤一郎の廿七回忌法要が法然院で営まれ、参加した。寒い日であったが、列席者百八十名、本当によいお営みであった。茂山千五郎さん、観世栄夫さんの追善舞があった。お墓は、潤一郎によって亡くなる二、三年前に建てられたものである。松子さんの妹重子さん・夫君の渡辺明さんの分骨が納められている「空」と潤一郎と松子さんの「寂」の二つの自然石から成る。一対の墓石の真中に枝垂桜が植えられ、趣向に富んだものである。納骨が終り、感慨にふけっていたその時、ゴーンと鐘が響いた。入相の鐘である。幽界からの潤一郎の凝った趣向のように聞え、まことに印象深かった。

あとがき

私は何よりも谷崎文学の特質を優先して述べることにした。谷崎文学はことのほか作者の内部に深く根ざしたものばかりである。谷崎の内から湧き出るものの特質と表現上の特質との見事な一致を味わうことが、谷崎文学を読む愉しみに外ならない。

（増田周子）

谷崎文学の勁さ《たにざきぶんがくのつよさ》　講演筆記

〔初出〕日本ペンクラブ編『文学夜話—作家が語る作家—』平成十二年十一月二十五日発行、講談社、一〇七～一三〇頁。

〔梗概〕谷崎のどの時代の作品を見ても、日本の歪められた近代化に対する反感ということと、それから自分の意識と感覚にとって、この世は楽土であるべきはずだということの二つから、必ず作品が生れてきている。「いかに生きるべきか」を書き、人生の筋を追う、日本の文壇の圧倒的な風潮の中で、谷崎は自分に一番合った、自分が一番望むものを貫き通した。その勁さが、谷崎の作品にみなぎっていると思う。「細雪」は、反戦とか、戦争に背を向けてということではなく、戦争は必ず終って平和が来る、また松子さんと重子さんと一緒の暮しができる、という予言と念力の小説である、と述べる。

谷崎文学の魅力と未来《たにざきぶんがくのみりょくとみらい》　エッセイ

〔初出〕「谷崎潤一郎展」平成十年十月三日発行、神奈川文学振興会、四〜四頁。
〔梗概〕谷崎の小説が読者を引きつけるのは、何よりも文学に対する作者の信頼と自信が漲っているからである。谷崎文学の特色は、潤沢さ、刺戟性、開放感であり、潑剌として、力強い。

谷崎松子さんの印象《たにざきまつこさんのいんしょう》　エッセイ

〔初出〕「中央公論」平成三年四月一日発行、第百六年四号、三七六〜三七九頁。
〔梗概〕松子さんのお通夜から帰って一休みしながら、私は何となくその夜の遺影を思いだそうとしたが、今ひとつはっきりと浮かんでこない。松子さんとは、ここ二年ばかりはお会いしていなかったものの、十六、七年来、お親しくしていただき、幾度もお目にかかっている。時には、何時間も向き合ってお話したものだった。生前の面影がはっきりと浮かんでこないのが、不思議でならない。色白だったこと、おっとりした雰囲気の方だったこと、そして表情も穏やかだったのに、それとない表現に富んでおられたこと、そんな感じだけがあるのだった。松子さんとの話題は、潤一郎に関わらないことのほうが寧ろ多かったかもしれないが、記憶に残っているのは、どうしても潤一郎にまつわることである。潤一郎の二度目の夫人だったT子さんのことを、早々に、「おきれいな方でしたのに」とT子さんのお通夜の時、さりげなくおっしゃった、聡明さ、絶妙さには、つくづく感服する。一事が万事であろう。潤一郎との生活で彼の欲望や期待や夢想にいかばかり、聡明に、絶妙に、適切にお応えになっておられたことかと思う。

谷沢永一さんの一言《たにざわえいいちさんのひとこと》　エッセイ

〔初出〕「新潮」昭和五十六年十月一日発行、第七十八巻十号、二一二〜二一二頁。「人」。
〔梗概〕谷沢永一さんと知り合ったのは、私が女専を出て二、三年、終戦後四、五年にしかならない時分のことである。二、三年して、私はかねての念願叶って、東京へ出て行けることになった。ある日、谷沢さんに道で出会って、意気揚々とそれを告げると、「知ってはる？　加賀の千代が、お茶碗十七もってたこと。使《つこ》うては溜めといて、いっぺんに洗《あろ》てたんです」と笑った。励ましのつもりで言ったのか、東京での一人ぐらしを思いやって、つい嘲笑したのか。今もって、わからない。「谷崎文学と肯定の欲望」の連載を始めかけていた頃、谷沢さんに電話で資料の相談をしながら、大阪時代に「所詮、女の評価は指摘に終って、論述にならない」と聞かされたことを思いだし、覚えているかと訊いてみた。「あ、それはこれまでのこと。―去年までのこと」と谷沢さんは哄笑して言った。

他人の足《たにんのあし》　掌編小説

〔初出〕「野性時代」昭和五十一年四月一日発行、第三巻四号、六二〜六四頁。標題「いすとりえっとⅪ」。

〔梗概〕『いすとりえっと』未収録作品。八年ほどそこに住んでいた時、私は偶然に見つけた手作り専門の靴店で、いつも靴を作ってもらっていた。店じまいすることになったと、靴の木型が送られてきた。裏底は、釘跡だらけの対の古びた木型である。私は他人の足を見るような気がした。しかもそれ以来、私は靴を穿く時、自分の足をふと他人の足のようにも感じることがある。

他人のゲラ刷《たにんのげらすり》　エッセイ

〔初出〕「文体」昭和五十三年九月一日発行、第五号、一二〜一五頁。

〔梗概〕書評を引き受けたようなとき、時間の都合で本になったその作品ではなく、ゲラ刷りが届けられることがある。私はゲラ刷りの手入れは、いつも気が重い。もうこれで最後なのだぞと追われている感じと、ここまでくれば結局手遅れなのだという感じとで、とてもいそいそと手をつける気にはなれない。自分の本のゲラ刷りを渡して幾日も経たないうちにひとさまのゲラ刷りを手にした。もう赤字を入れるところはどこにもないと活字たちが言っているようで、大変贅沢な感じがする。いいなあと、私は羨しくなった。作者が羨しくなったのである。自分の本が出る時にも、やはりそういう贅沢があるはずなのに、これまでも、この先も自分にそういう贅沢は決してあり得ないかのように羨しくなった。他人のゲラ刷りはふと、まだ食卓に出されるまえの料理を思わせた。他人のゲラ刷りに書き込みや折り頁をしていると、何故か恐縮の気持が伴うらしい。

他人の戸口《たにんのとぐち》　短編小説

〔初出〕「群像」昭和五十一年十月一日発行、第三十一巻十号、一二八〜一三九頁。

〔収録〕『砂の檻』昭和五十二年七月十五日発行、新潮社、一一九〜一三九頁。『河野多恵子全集第4巻』平成七年七月十日発行、新潮社、二七〜三七頁。

〔梗概〕A子は扉の把手にホルダーごとの鍵が差し込まれたままになっているのを見た。彼女はベルを押しながら、そこを示し、示されて「よくあることね」と、笑い合う自分たちの声をもう聞くような気がした。またベルを押した。とにかく、出がけに戸口の鍵を抜き忘れることは先ずないのだ。こうなっているのに、留守ではあるまい。彼女はそう思って、もう一度ベルを押した。そうの一組のマラカスのホルダーは彼女がはじめて見るものではなかった。その下っているホルダーを見た時、「あ、いる、いる」と彼女は思った。電話で、ちょっと出かける用事があるので、もし留守だったから、借りた傘を戸口のわき樹の蔭へでも置いて往くことに、言い交わしてあった。既に帰宅したのか、あるいは今出かけようとして忘れ物でも取りに引っ込んだところなのか、と彼女は即座にそう感じたのである。A子はとにかく、扉を明けてみることにした。万一メモでも置かれていないかと、上り口や靴戸棚のうえに視線を遣る。「——お留守ですか?」と重ねて声をかけながら、留守であることを確かめている気がした。把手がそんな有様になっていたのを見た以上、何とかするのが常識だが、その方法となると常識ではどうすればよいのだろうか。

　ベルの音で、B子は一層狼狽した。三度目のベルが鳴った。いよいよ焦った。キイ・ホルダーの手応えはない。三度も鳴らすのは、A子ではないらしい。彼女ならば、留守になるかもしれないことを承知しているのだから、せいぜい二度鳴らして返事がなければ、返しにきた傘は打ち合わせたように樹の蔭へ置き、立ち去るはずであった。出て行って、鍵の見つからない最中に足停めされるような客であれば、困ってしまう。荒々しくキイ・ホルダーを探し続けた。入るのに鍵がないのも困るが、留守にするのに出た後を締める鍵がないのはもっと困る、と彼女は思う。「ごめんください」と踏み入って言うのを聞いた時、彼女はA子の声だ、と思っただけであった。二度も扉が明いた。その日は近くの買物へ出かけ、帰った時には、いつも手が習慣で錠をする。今日もしたにちがいない。錠がしてあれば外からは明けられない。あれほど探しても、鍵が見つからないこと、一度目だけは取りつけ錠が廻してあったであろうに入ってこられたこと。もう失策は確かである。戸口の扉の把手にキイ・ホルダーをぶらさげたまま居留守を使ったような失策を、A子はどう思っているであろう。B子は声を挙げたいほど失策を悔いた。

　A子は居留守とは知らずに振舞っていた女になった。そして、そのはずみに、居留守と知らずに振舞う人を待ち伏せた。B子は、A子の常識好きなことを知っていた。彼女のそれを越える誠実さも知っていた。

　B子は一層、身じろぎできなくなった。彼女は自分がA子に気づかれる怖れと、自分に気づいたA子を見る怖れと、二重の緊張に固められていた。

　戸口のほうで扉の締まる音がした。B子はA子が思いついて近くへ飲み物でも買いに行ったのではないかと思った。キイ・ホルダーの失せた表の把手を見たくて、B子は戸口を目指して行った。外で砂利を踏む音を聞いた。彼女は奥へ駆け戻った。あのA子のためになら、硝子の一箇所くらいぶち割っても惜しくはない。

他人の年齢《たにんのねんれい》　エッセイ

〔初出〕「COOK」昭和四十三年五月一日発行、第十一巻五号、八〇～八二頁。

〔梗概〕女専時代にお世話になった先生がお二人、続いて亡くなられた。どちらも、まだ六十歳にもなっていらっしゃらない。私たちが生徒だった頃、その先生方はまだ三十代だったことになる。当時の私たちには、四、五十歳のように見えたのだ。他人の年齢で最も当てにくいのは、相手が自分よりもかなり年上の異性の場合であるようだ。満年齢が用いられるように定められたのは、昭和二十三年来のことである。昭和の年号と数え年とが一致している私は、当時の年齢で二十三歳になっていた。そこへ、満年齢制度に改められることになった。私の誕生日は、四月三十日である。私は昭和二十三年の一月一日から、二十五年の四月二十九日まで二年四カ月も、二十三歳でいられた。その二十三歳が過ぎて一年ばかり経った頃のことである。樋口一葉の写真を暫くぶりに見たところ、それまでいつも中年女性のように見えていた彼女が急に若い女性に感じられたのである。彼女の写真が年齢通りに見えたのは、私がまさしくその年齢を過ぎたからだったのだろう。年上の人よりも年下の人の年齢のほうが、自分がその年齢を既に経験ずみだからなのか、見当がつきやすいようだ。

種子島の乙女《たねがしまのおとめ》　エッセイ

〈初出〉『日本の伝説17〈ロマンの旅・南九州〉』昭和五十三年（月日記載なし）発行、世界文化社、一二〇～一二二頁。

〈梗概〉天文十二年八月十五日、種子島に鉄砲が渡来してから、その製造が鉄匠の八板金兵衛清定に託された。鉄砲製造の伝授と引き替えに、ポルトガル人が要求してきたのは、彼の愛娘若狭であった。若狭は父のためにポルトガルへ渡り、こうして日本で鉄砲が普及した。

（荒井真理亜）

種だけの話《たねだけのはなし》 ―→いすとりえっと（39頁）

愉しい「野暮用」《たのしい「やぼよう」》　対談

〈初出〉「波」平成九年八月一日発行、第三十一巻八号、八～一三頁。

〈梗概〉谷沢永一との『冠婚葬祭心得』（新潮選書）をめぐっての対談。「冠婚葬祭は葬儀から」「微妙なお見舞い」「結婚式と社交術」「戒名不要論」「人間通の文学史」の小見出しがある。一応「冠婚葬祭心得」となってはいるけれども、いわゆる心得に終っていないで、「生きていく上での作法」でも「人生のしきたり」でもないし、「人生の雑用」でもなくて、生きていく上での「野暮用」と言ったら悪いわね（笑）という。

たばこ日記《たばこにっき》　日記

〈初出〉「日本専売新聞」昭和三十九年七月十五日発行、第五百六十六号、四～四面。

〈梗概〉七月二日、この夏、軽井沢のひとの別荘を使わせてもらうことになったので、その荷物ごしらえ。一日二十本ぐらいたばこを喫うのでたばこ、灰皿二個荷物に加える。七月五日、軽井沢ゆき。七月六日、湯浅芳子さん先月から滞在。七月七日、一日中家で仕事。知らないうちにたばこ二十四本喫ってしまった。七月八日、夜、西武百貨店の芥川直木賞五十回展のため、色紙を描く。七月十日、昨日東京に行き、今日夕方帰ってきた。七月二日から十日までのたばこを中心に記した日記。

たばこのこと　エッセイ

〈初出〉「日本近代文学館」平成七年十一月十五日発行、第百四十八号、二～二頁。

〈梗概〉私は一度だけ絶煙を志したことがある。三年まえ、幾年間が一年の半分以上をニューヨークで暮すことになった時、もう煩わしいから、それを機会に絶煙しようと思った。が、ホテル滞在中、早くもお手あげになってしまった。最も軽いらしいマールボーロオを択んだ。日本の統計だったか、最近少し止まったものの喫煙者はかなり減少しつつある。ところが、肺癌患者の統計を見ると、喫煙者の減少に反比例して増加しているので、首をかしげる。私は喫煙を貫く決心をしているわけではない。たばこ好きの老女の失火、そうなるまえに絶煙の汐時を見定める心づもりだけは固くもっているのである。

旅のイメージ《たびのいめーじ》　エッセイ

〔初出〕「マンスリー東武」昭和四十四年五月一日発行、第二百四十一号、五〜五頁。

〔梗概〕私はこれまで旅をして、裏切られたことはまず滅多にない。その土地への想像上の期待が叶えられる。女専の二年の夏休みに、父の郷里の宮崎へ行ったのが、はじめての旅らしい旅だった。あの太陽の輝やきや海水の味などは、私が想像していたイメージを鮮やかにした。その後、二、三年して長崎へ旅行した時も、伝統的な異国情緒を想い描いて行ったところ、十二分に満たされた。行く先についての私のイメージの抱き方と、その裏切られなさとは、はじめての土地の場合だけではない。四、五年前の初春に行った、まだ冬枯れのままの奈良の若草山のことが忘れられない。今、私の旅のイメージがふくらんできているのは、日光である。蜩のしぐれが急に際立って聞えはじめる夏の夕方、入日に映える時が、あの華麗な陽明門が一段と美しく味わえるのではあるまいか。あの門の前に立ってみたいと思わずにはいられない。

旅ぼけ《たびぼけ》　エッセイ

〔初出〕「日旅」昭和四十九年十二月一日発行、第二百四十九号、一〇〜一〇頁。

〔収録〕『もうひとつの時間』昭和五十三年二月二十日発行、講談社、一七二〜一七四頁。

〔梗概〕旅ぼけ、という言葉は辞書にない。私の造語である。自分を見つめるために旅に出るという期待を旅にもったことはない。名所旧跡の類いにも興味はない。私にとって、旅の何ものにも替えがたい取得は、心おきなくぼけてしまえることにある。伊豆の大島へ旅した時、行きあたりばったりで、飛行機の切符が全部売りきれ、代りに、江の島ゆきの船に乗った。船はがら空きで、後甲板のベンチで昼寝をした。あれ以上の快い昼寝は、思いだせない。旅ぼけが過ぎて、タラップを降りた際、待っていた空港内バスに乗ることを忘れ、私ひとり置き去りにされてしまう、失敗をしたこともある。

「卵」の作者に期待《「たまご」のさくしゃにきたい》　選評

〔初出〕「中央公論」昭和六十年十月一日発行、第百年十号、三一八〜三一九頁。

〔梗概〕第十一回中央公論新人賞選評。山田直尭さんの「赤い服」は、作品全体の水位がもう一段高くなる必要がある。佐佐木邦子さんの「卵」は、実にみごとな書きだしで驚いた。事は全く異っても、さしあたりの状態を大抵の人は一度や二度は経験しているのではないか。そういう感想を喚起する力を認めた。会話も効いていた。

玉手箱《たまてばこ》　——→いすとりえっと（41頁）

『ダミアンズ、私の獲物』への信頼《『だみあんず、わたしのえもの』へのしんらい》　選評

〔初出〕「群像」昭和五十九年六月一日発行、第三十九巻六号、一一〇〜一一一頁。

た

〔梗概〕第二十七回群像新人文学賞選評。評論の生命は、対象の独自性を新しく発見した感動を、対象のことを何も知らない読者でも納得できるほどに表現することだと私は思っている。「内田百閒」がそれに最も程遠い。「村上春樹あるいは新しい虚構」は、まるで十九世紀的文学とメロドラマ小説と村上春樹の作品しかこの世にないかのような、乱暴な見方、論じ方で独自性を言い立てている。「生成する「非在」」は、小説というものが無機物であるような発想がしばしば見られる。「生きられた自我」は、高橋たか子の創造の内的手続きの様相に直截にもっと踏み入らなければならない。小説部門の当選作「ダミアンズ、私の獲物」は、目立つうまさではなく、信頼できる根深いうまさがある。

ためらい　掌編小説

〔初出〕「野性時代」昭和五十年十二月一日発行、第二巻二号、一三六～一三九頁。標題「いすとりえっとⅦ」。

〔梗概〕『いすとりえっと』未収録作品。彼は気がつくと、一字だけ思いだせない姓名に手古摺っている。二カ月ほど前、上司が「君、結婚は…」「そのうち動くとなると、地方だからね」と言った。彼の会社では、新入社員は数年間のあと、他の事業場へ移される。そろそろ結婚を決心すべき年齢になったらしい。二人の候補者が更めて候補者らしく思えてきた。突然、彼女の姓が松永彰子であったことを思いだした。彼は他所眼でいいから一眼見たい。松永彰子の現在を確めたならば、結婚について自分の考えが決まりそうに思う。だが、彼は同窓名簿を請求するのをためらっている。もしも松永彰子が死亡していた時、困り直さねばならないからだ。

ためらい　選評

〔初出〕「中央公論」昭和五十五年十月一日発行、第九十五年十三号、三二三～三二三頁。

〔梗概〕第六回中央公論新人賞選評。該当作なし。森道郎氏の「耳」は、作者の精神の所在が不明なのである。岡出亮市氏の「フー」は、祖父との状態のほうがしっかり土台になっておれば、当面の主題である妻との状態も一段と説得力が備わったのではないだろうか。桃井和夫氏の「幻獣」は、ある程度まで成功させながら、チビ男に〈私〉を預けすぎた弱味には、やはり授賞をためらわせるものがある。

ためらいなく　選評

〔初出〕「婦人公論」昭和五十七年十一月一日発行、第六十七巻十一号、二五〇～二五〇頁。

〔梗概〕昭和五十七年度「女流文学賞」選評。氷井路子さんの『氷輪』をためらいなく推した。日本で没した奈良朝の渡来僧鑑真を時の権力闘争裡に描いたこの歴史小説を読み、ひとりの人間の人生の成りゆきには、自然現象をも含む如何に多くの要因が絡み合って作用していることかと、つくづく感じた。

誰もいない劇《だれもいないげき》　エッセイ

〔初出〕「雲」昭和四十五年十一月二十五日発行、第二十五号、二二～二四頁。「わが人生の劇的なる時」。

〔梗概〕昭和三十六年の九月もあと僅かという日、私は練馬から早稲田へ引っ越した。八月末が締切だった、新潮社の同人雑誌コンクールへ、「文学者」からの推薦で、「幼児狩り」が提出されていた。下旬が半ばになっても通知がない。私は掲載決定の時期を一カ月早く思い違いしていたのである。そして、私はふたたび郵便を待つことで日を過ごしているような状態になった。とうとう、十月が尽き、十一月の三日になった。三時まで待って、いよいよ駄目だとなれば、このことの一切の最後にしようと自分にいい聞かせて、窓からさし覗いた。ポストの透しガラスの内は、古い箱板だけ見せている。湯道具を調えて下駄を穿き、門のほうへ行こうとして、何気なくそちらを見ると、ポストの裏蓋のガラスの中が白い。「新潮社」の印刷文字の封筒が見えた。三時から五分とは経っていなかったのであろう。半月後、今度は午前の三時、突然その作品の授賞の電報に接した。が、その時のこと以上に、最初の登載決定の通知が、ひっそりと古ぼけたポストのなかに存在した、ほんの数分間というものにひどく劇的な力を今でも感じさせられるのである。

誕生日《たんじようび》　エッセイ

〔初出〕「朝日新聞」昭和五十一年四月二十五日朝刊、二五～二五面。日曜版。〔収録〕『もうひとつの時間』昭和五十三年二月二十日発行、講談社、一一二～一一三頁。

〔梗概〕桜の花が散ってしまった頃から五月の半ばくらいまでの季節が、私は好きである。四月三十日の日暮れに生れた。産まれた時、私は四キロあった。あんな楽なお産なら毎月でもいい、と母は私の誕生日にその時のことをよく言った。

誕生日《たんじようび》　エッセイ

〔初出〕「楽しいわが家」平成八年四月一日発行、第四十四巻四号、三～三頁。

〔梗概〕アメリカでは公的手続きの書類に、母親の未婚時代の姓名も記入することになっている。私が母の生年月日を覚えたのは、母が高齢になってからのことだ。同居の兄夫婦が、母の誕生日にはせめて祝いの電話だけでもするように仕向けるようになったのだった。亡父の誕生は、七草がゆの日でもあるので、子供の頃から知っていた。弟や姉の生れた月は覚えているが、日はあやふやになってしまった。

男性とは何か《だんせいとはなにか》　エッセイ

〔初出〕「野性時代」昭和五十二年六月一日発行、第四巻六号、一七～一七頁。〔収録〕『もうひとつの時間』昭和五十三年二月二十日発行、講談社、二三一～二三二頁。『いくつもの時間』昭和五十八年六月七日発行、海竜社、一〇四～一〇五頁。

〔梗概〕男性には、子供が確かに自分の子供だという証拠はない。しかし、紛れもない実父の実感が天からの作用のように、湧いてくるものではないのだろうか。或いは、男性の偉大な無邪気さの功徳で、すっぽり瞞されたまま、実父と同じことになり得てしまうか、承知で他人の子供でも人間的な愛で父親の愛を立派に肩代りし通すか、でなければ、徹底して疑い、ことによると自分の子であるかもしれないことまで承知で、もう何も彼も打ち壊してしまうか、以上のどれかでしかないはずである。そういうすばらしい天恵と、偉大な無邪気さと勇気と、そして得体の知れぬ恐ろしさを備えているのが、男性であると思う。

男装の強盗《だんそうのごうとう》　コラム

〔初出〕「読売新聞」昭和五十年八月三十日夕刊、五〜五面。「東風西風」欄。

〔梗概〕テレビ放送で、私がとかくよく見るのは喜劇ものの番組だろうか。文化人というような人たちが幾人か出席して意見を述べる番組は好きではない。喜劇番組の方が、意外に人間や世の中を穿《うが》っているところがあって面白い。先日も、三億円強盗事件の犯人の出てくる場面があった。手配写真通りの身ごしらえで現れ、「盲点だったな」と男装だったことを明かして女性犯人が笑わせる。各種事件の犯人想定の際に、性別を早々に断定しすぎると、「盲点だったな」ということになりかねない世の中になりつつあるのは確かである。

男体専科と女体専科《だんたいせんかとじょたいせんか》　コラム

〔初出〕「読売新聞」昭和五十年九月六日夕刊、五〜五面。「東風西風」欄。

〔梗概〕今日の医療は内科、外科、神経科等々、体の故障の部分と種類によって分れており、小児科も昔からあり、最近では成人病科みたいなものも出来はじめている。が、男女の区別による治療や研究は、産科、婦人科以外には今もって行われていない。それでいいのだろうか。男女の体は全身的に様々な微妙な相違があるはずである。男女共科の医療に、私は疑問を感じている。

「たんと」と「tanto」《「たんと」と「たんと」》　エッセイ

〔初出〕「朝日新聞」平成十一年三月二十四日夕刊、九〜九面。

〔梗概〕新しく作品を書く時、それまでの創作経験が全く役に立ってくれない。今度の『後日の話』でも、二度、大きく行き詰まった。一度目は、どこから書きはじめればよいかということだった。二度目は、表現と自分とがぴったりしない感じがあって、筆に張りが伴わないのである。そのうち、母親の言葉に使った「たんと」の一語によって救われた。それまでは作中人物の話しているのがイタリア人であるという意識に捕らわれて、会話が硬直し、地の文までもそうなっていたのだ。イタリア語と大阪言葉と日本語の共通語が溶け合ったような言葉を授かった経験をした。三十年以上になるが「最後の時」も困った。その時の奇蹟は、導入部分の主人公に受動態の使用を思いついたことだった。創作の奇蹟が用語ないし文章がらみで生じる場合のあることをほかにも幾度か経験している。

短編小説のこと《たんぺんしょうせつのこと》　エッセイ

〔初出〕「三田文学」昭和六十年八月一日発行、第六十四巻二号、一二〜一三頁。

〔収録〕『蛙と算術』平成五年二月二十日発行、新潮社、二三〇〜二三二頁。『河野多恵子全集第10巻』平成七年九月十日発行、新潮社、九三〜九五頁。

〔梗概〕日本の文学界で、短編小説の影が薄れだしてから、もう二十年以上にもなるかもしれない。何故、長いものがどしどし雑誌に載せられるようになったか、短編集は売れず、長編は売れるからという説もあった。そして、いつの間にか、今日は最早短編の時代ではないという声も生れるようになった。私は若い作家たちの多くが、よい短編を発表しないのは、何よりも根本的な旧さのせいだと思う。自然主義文学が往年の強みを失いはじめるのは大正期に入る頃からだが、自然主義文学ないしは写実への不満足が短編を促進させたとみえる。人生を詳しく写すのではなくて、断面的に写すことで人生を捉えようとする見方と手法を思いついたは、考えてみれば大した発見だった。今日では短編も実に驚くほど進歩している。本格的現代短編が毎年幾作か誕生しており、若い作家の手に成るものも存在する。鮮烈な本格的現代短編を発表する新人の幸先は必ずいい。本当の創造性に富んだ新しい試みに取り組む才能と心がけのある作家ならば、短編であってこそ実現できるモチーフにも事欠かないのが現代というものらしく、確実にすぐれた長編を発表しているのも、そういう作家たちのように見受けられるのである。

短編とは何か《たんぺんとはなにか》　エッセイ

〔初出〕「群像」平成十三年七月一日、第五十六巻七号、一七〇～一七一頁。

〔梗概〕日本の近代文学を文学作品の発達という視点から見ると、短編小説に発達が見られるのは、長編小説よりも後になってのことである。近代文学の出発は長編小説の写実主義であった。大正期、短編が目ざましく発達したが、実生活の洗練に関心がそそられる風潮が生じて、大正期文学の衰弱がはじまるのである。「短編は人生の断面を書くものではない」と知ることから、新しい短編の手法を創造する可能性が生じてくるのかもしれない。

短編のかたち―対談時評―《たんぺんのかたち―たいだんじひょう―》　対談

〔初出〕「文學界」昭和五十六年二月一日発行、第三十五巻二号、一九六～二〇八頁。

〔梗概〕佐藤愛子「マドリッドの春の雨」・宇野千代「何故それはいつでも」・古井由吉「家のにおい」をめぐっての佐伯彰一との対談。佐藤愛子の「マドリッドの春の雨」は、リアリズムの小説としてはよくできていると思った。「何故それはいつでも」というのは、これからの宇野さんの人生で、どういう出方をしてくるのかというほうが、私はこの作品を読んで興味を持った。古井由吉の「家のにおい」は、私など、あの頃を知っている読者や古井さんの前後の世代以上の者が読むと、よく分るが、ああいう時代の雰囲気を知らない人に、どのぐらい分るかと思った。古井さんはどっちかというと早熟の側の人という感じを持っていたが、これを読むとあんがい晩成タイプじゃないかと思ったりした。

暖房ノイローゼ《だんぼうのいろーぜ》　エッセイ

〔初出〕「東京新聞」昭和四十一年十二月十一日朝刊、一六～一六面。

〔梗概〕去年十二月二十日ごろ、近所で火事があった。今さらながら火事がおそろしくなって、石油ストーブを買うのをためらってしまった。私はことがからだの危険に関係してくると、異常に神経質にならずにはいられない。毎年冬が来ると、暖房のことで困ってしまう。ガス・ストーブはおそろしくて使ったことがない。暖房には、電気ばかり使ってきた。ひっくり返しても安全な石油ストーブを勧めてくれたが、先夜また町内に火事があった。火をみて、また石油ストーブをあきらめてしまった。暖房ノイローゼを解消してくれるような暖房器が生れてもよさそうに思う。

ち

小さい花《ちいさいはな》　エッセイ

〔初出〕「日本文学全集第72巻月報82」昭和五十年三月八日発行、集英社、二〜三頁。

〔梗概〕その昔、作家「井上友一郎」が登場した頃、郷里大阪の旧友たちは啞然として、あの井上君と本当に同一人なのかと訝る人さえあったという。井上少年は優秀な野球選手だったので、その世界で名を挙げるものと、皆は思っていたのである。私の小説がはじめて活字になって、「文学者」合評会に出た。私の作品の旗色は極めてわるいのである。会が終りに近づき、井上先生が私の作品を「これは大変、面白かった」「この作品に出てくるスポーツ記者、この人には私は大阪の野球場へ行ったときなどによく会うんです。が、こんな人とは知らなかった。この次には、ぜひもっと詳しく書いていただきたい」と、暖かい笑顔でおっしゃった。皆の否定的意見にも抵触しないそんなかたちで、新参の私にせめてもの小さな花を持たせてくださった。

小さな発見《ちいさなはっけん》　エッセイ

〔初出〕「楽しいわが家」昭和五十五年十月一日発行、第二十八巻十号、三〜三頁。

〔梗概〕片づけ物をしていると、三糎ほどの可愛いらしい人形が出てきた。最初の住居たる素人下宿の美知子ちゃんからもらったものだ。もう二十年は経っている。多分おありであろう子供さんに差しあげようかと、思うようになった。その一方で、その人形を手放せば、あの頃の若かった自分が本式の過去のものになりそうな気もして、考え込んでしまった。

小さな無作法《ちいさなぶさほう》　エッセイ

〔初出〕「楽しいわが家」昭和四十九年十二月一日発行、第二十二巻十二号、三〜三頁。

〔梗概〕透しガラスの扉の把手を手前へ引いて開けると、向うの人が、これ幸いとばかり、さっと通ってしまう。こちらに扉を押さえさせたまま無視して通ってしまうのである。人並み以上に身だしなみがいい人だけに、その無作法が一層見すぼらしく感じられる。また、エレベーターに入って「閉」のボタンを押すなり駆け寄ってくるので、私は素早く「開」のボタンを押し、その人たちを待ってあげた。乗り込んできた人たちは「どうも」の一言さえ言わないで、「八階押してください」と言う。

近ごろのお嬢さん《ちかごろのおじょうさん》　エッセイ

〔初出〕『世界の夏へでかけよう』昭和四十一年夏（刊記なし）、そごう東京店販売推進部編集。

〔梗概〕私の家のカーテンの心配をして自分から言いだして、拵えてくださった英文科四年生のお嬢さんは、洋裁を習い、お料理を習い、ピアノを習い、スポーツもできる方である。インテリ女性の厭味というようなものは、近ごろのお嬢さんたちの間にはもう見られなくなっているらしい。何と頼もしいことだろう。

稚児《ごち》　短編小説

〔初出〕「文藝展望」昭和五十一年七月一日発行、第十四号、二八二～三〇一頁。

〔収録〕『砂の檻』昭和五十二年七月十五日発行、新潮社、八一～一一八頁。『河野多惠子全集第4巻』平成七年七月十日発行、新潮社、七～二五頁。

〔梗概〕嘗《かつ》て、松子は自分のことを「まっちゃん」と言っていた。しかし、彼女の記憶では、一度も「あたい」と言ったことはない。それなのに、彼女は近頃、世には自分を指すのに「あたい」という言葉もあったことを急に感じはじめているのであった。松子は夫に対して、殊にいさかいの日に自分が「あたい」と言ったのであれば、夫の反応はどうなっていたのであろうかと、彼女は屢々考えるのである。

　最初から、夫は松子に極めて変った女であることを望んでいた。気がつくと二人は一緒になっていたし、知り合った時からして既にどちらもいい齢だった。変った結婚式を持ちかけられ、印度へ結婚式を挙げに行く相談をするようになっていた。準備にかかっているとパキスタンとの紛争が始まった。停戦になる頃には、二人の計画も機会を失した。

　学校時代の友人一家が、夫の転勤で海外住いになるので、親しい者だけで集まりを、当の近子の家でもった。近子の小さな送別会は、また小さな即売会にもなった。近子の夫の海外赴任は二度目で、今度の赴任では、次の転勤も帰国でなく、他国へ移る予想だから何も彼を処分してゆくことにしたという。松子はうっかり家具などふやせば、却って夫と家具を分け合うような成り行きに見舞われそうで、躊躇い続けたが、結局、白っぽい折り畳み式の籐の寝椅子と、外国製の金属の傘立と、ゴムの木の鉢植とを希望した。その三つの荷物を、息子に車で運ばせてあげると、言ってくれた人がいた。翌日その友人から電話があり、あの子はあなたがご贔屓なので、ひとりでお目にかかるのが恥ずかしいから、弟と一緒なら運んであげると言うので、あなたのご都合のよい日は、と聞いてきた。土曜日の午後に運んでもらった。年頃の男の兄弟に、松子は火照るような、涼しいような感じを体に覚えた。まだ高校にも入っていない弟には、年下の女性は、女性って気のしない子供ばかりで、女性といえば年上の人しかないのと同じであるというのが兄の見解である。松子は、三十代の半ばごろから、年下なのに目上を感じる男性に時々出喰わすようになった。

　松子たちが印度へ行こうとしていた頃、若い知人の男性が印度で印度女性が眉間に転じている赤い顔料を買ってきてくれた。その知人が数年ぶりで電話をかけてきて、もしあの顔料をまだもっているなら分けてやってもらいたい者がいると言う。松子は使いそびれたままのそれをわが顔で試す気になった。その黒斑には離婚の儀式のために装った女の顔のようになった。呪いを受けた女の顔ともみえ、呪いに出かける女の顔のようにもみえた。

　夫は「きみと暮しているとね、ぼくには砂浜を歩いているような気がする」「ぼくはきみを泥濘だの、雪の道だの、でこぼこ道だのと思ったことは一度もない。良さもあるよ。だが、こう足を取られ取られ歩くのではかなわない」と言う。

印度の顔料を分けてほしいという青年が取りに来た。松子は黒々と濡れた塗棒で、これは男性と女性とでつけ合うものなのよ。「あたいも久しぶりなの」「ね、あたいが黒にしようか?」と彼女はそう言った。

〔同時代評〕円谷真護は「文藝時評」(「新日本文学」昭和51年8月1日発行)で「この小説は、覆いかぶさってくる日常性を、『あたい』という幼児語を武器にして切り裂くところに面白さがあるが、それ以上の意味があるかどうかは、この作品だけでは判断できかねる。この点から、いろいろ問題が頭をもたげてこないではないが、今はともかく、ああ、おいしかったという、食後の感想だけを述べておこう」と評した。

父とお経《ちちとおきょう》 ──→お経(68頁)

血と貝殻《ちとかいがら》 長編小説

〔初出〕「新潮」昭和四十九年十一月一日発行、第七十一巻十一号、六~一一二頁。

〔収録〕『血と貝殻』昭和五十年十月十五日の発行、新潮社、一~一八七頁。『新潮現代文学60』昭和五十五年十一月十五日発行、新潮社、五~一〇九頁。『河野多恵子全集第7巻』平成七年六月十日発行、新潮社、一六五~二七二頁。

〔梗概〕この小説は、中年過ぎの女の主人公「わたし」の書いた手記という形式になっている。「わたし」は写譜の仕事をしている。「全奏者の出すべき音を一斉に併記してあるスコアから、それぞれの受持ち《パート》ごとに書き分けて幾通りもの譜面に仕立てる」のが、わたしたち写譜者の仕事である。わたしには、生きていられて困るというほどではないが、死んでもらえるならばありがたい人間が現在男女併せて六人数え得る。その六人の顔ぶれは、わたしが特に恨みや弱みをもっている人物は一人としていない。わたしはスコアの入った鞄を失《な》くさぬように、利《き》き手と手錠でつないでおく。そして、冷蔵庫を耐火金庫代りとして、預ったスコアや仕上がり分の楽譜をいつも、そこに仕舞っている。

ある夕方、街路で、鼻血を出しているひとりの老婦人に出会う。わたしはその婦人を病院へ連れていったり、胸元のレースについた血斑を、薬局に行ってオキシフルを買ってきて、きれいに拭いてやったり、世話をしつこくする。相手の老婦人は外交官の未亡人で、非常に慈悲深い、親切なひとと感謝をする。それに対して、わたしは善意や、親切心からそうしたことをしたのではない。わたしのあの日の行為は、気まぐれな一時《ひととき》の遊びであったにすぎない。そのことを知らせるために、わたしはこの手記を書きはじめる。わたしには「あの人」と呼ばれる夫がいる。手記には「あの人」との毛皮を用いた行為のこと、家に上がりこんで泥酔し、そのまま寝てしまう夫の友人を、どうやって殺したら気づかれずにすむか、と思いめぐらしたりすること、養毛剤に関心をもち、それをひそかに調合して夫に使わせたこと、わたしの右足に出来た奇妙な腫物がひどくなったが、夫が愛用していた古めかしい軟膏で奇跡的になおること、音楽会の舞台から退場して行く女性歌手が胸を刺されるような心配を抱いて音楽事務所に警告の手紙を出すこと、新聞の広告で大都市の地下に設置されようとする巨大な塵芥処理設備について知り恐怖をおぼえたこと、など、わたしの次々に起る日常の事柄が書き綴られる。

〔同時代評〕河盛好蔵・黒井千次・瀬戸内晴美「読書鼎談」（「文藝」昭和51年1月1日発行）で、河盛好蔵は「小道具をよくそろえて、非常に緻密に組立てた小説ですね。ですから、ちょっとよそ見をしておりますと、すぐわからなくなっちまうで、絶えず緊張して読んでいかなくちゃならんというのは、この小説の長所でもあり、欠点でもあると私は思うのです」といい、瀬戸内晴美は「ほんとうに作者の書きたかったことで、これは非常に社会的なことではないかという気がするんです。だからここに、およそ社会と関係ない、もっとも個人的な、全体に通用しないほど個人的な、日常的なディテールを積み重ね積み重ね、それこそ、しつこく書き連ねていきますね。ところがそういうしつこさと個人的な日常的なことを、だんだん積み重ねていったら、あるとき突然社会的な問題までそれが広がるという、そういうものを書きたかったじゃないでしょうか、作者は」という。

中間の場所《ちゅうかんのばしょ》　コラム

〔初出〕「読売新聞」昭和五十一年十二月十七日夕刊、七〜七面。「双点」欄。

〔梗概〕久しぶりに関西へ帰省して、嫂と一緒に魚屋さんへ行き、小豆色のはい蛸を見かけた。生きたままの蛸で移動しているのである。蛸の周囲は、鯛をはじめ近海物の様々の魚でいきいきして、海の幸そのままの感じなのだった。暮すだけならつくづく関西はいいなと思った。それは一瞬の空想でしかない。ただ暮すにしても、やはり東京以外にはなさなそうな気がしている。その外ならばと空想すると、静岡周辺を考えてしまう。東京と大阪の中程でもあるのは、偶然ではないかもしれなくて苦笑する。

抽象的創作のために《ちゅうしょうてきそうさくのために》　エッセイ

〔初出〕「鐘」平成三年二月八日発行、第三号、四〜四頁。

〔梗概〕人間の行為はある程度以上には理由を説明できるものではない。その行為の必然性を実感させるのが、小説というものである。抽象性を取り入れた小説では、全体についても、部分についても、リアリティの創造を余程心がけねば、何を書こうとしたのか、曖昧になってしまう。リアリズム小説では表わしきれないものを鮮明に実感させ得てこそ、抽象的小説を書く意味があると思われる。

中将姫《ちゅうじょうひめ》　エッセイ

〔初出〕『特選・日本の伝説12〈ロマンの旅・南紀〉』昭和五十九年（月日記載なし）発行、世界文化社、三〇〜三三頁。

〔梗概〕麻呂子山のふもとにある当麻寺に伝わる曼荼羅の織物と中将姫との伝説は、世の多くの信仰伝説としてはいささか凝っている。継母照夜前との確執から世の無常を感じた中将姫が、出家し、現身の仏に見えるため、蓮の茎の糸で曼荼羅を織ったのだという。（荒井真理亜）

中途半端《ちゅうとはんぱ》　コラム

〔初出〕「毎日新聞」昭和五十二年六月二十二日夕刊、六〜六面。「視点」欄。

〔梗概〕「日の丸」も「君が代」も、その

歴史的理由のために嫌いである。国旗用に新しい旗が、国歌用に新しい歌が制定されるならば、それらがどれほど私の好みや認識に叶っているものであっても、国旗として、国歌として感じることはできないにちがいないのである。そのような「日の丸」と「君が代」とそして自分の不幸が、私にはとても悲しい。どうにもならない中途半端ゆえに悲しい。

中途半端な時間《ちゅうとはんぱなじかん》　コラム

〔初出〕「読売新聞」昭和五十年十一月八日夕刊、五〜五面。「東風西風」欄。

〔収録〕『気分について』昭和五十七年十月二十日発行、福武書店、一四四〜一四五頁。

〔梗概〕人間の一生はどうも短すぎるように思える。人間の寿命が仮に百八十年とか二百三十年とかあれば、人間は何事についても、もっと計画でも、努力でも、楽しみでも、交際でも、人間が万事について本格的になり、真実を尊ぶようになり、大きな夢をもつようになるのではないだろうか。平均寿命の七十余年という時間は、人間の一生として、何とも中途半端な永さである。

中途半端な部屋《ちゅうとはんぱなへや》　エッセイ

〔初出〕「中央公論」昭和五十年一月一日発行、第九十年一号、三〜三頁。グラビア「私の書斎101」欄。

〔梗概〕普通のものよりもかなり低い立机、椅子も低くしてあり、脚の勝手がよくて楽なのだが、見た眼にはやはり中途半端な妙な机である。書斎について述べた短文。

チューリップ《ちゅーりっぷ》　――→ニューヨークめぐり会い（319頁）

超感覚派と伝記文学―対談時評―《ちょうかんかくはとでんきぶんがく―たいだんじひょう―》　対談

〔初出〕「文學界」昭和五十六年四月一日発行、第三十五巻四号、二一六〜二二七頁。

〔梗概〕尾辻克彦「お湯の音」「国旗が垂れる」、結城信一「石榴抄―小説秋艸道人断章」をめぐっての佐伯彰一との対談。尾辻さんの作品には構成というものが、一見ないようでいて、しっかりとある。美術からの影響というのは一目で判る。結城信一の『石榴抄―小説秋艸道人断章」は、「何かハッとするような、なるほど人間というのはと思わされるところがもう少し欲しかった」、きい子がはじめて来たときは二十《はたち》で、会津八一は五十過ぎ、それからの十四年というのは、六十五歳からの十四年というのとは違うはずだ。

長寿の秘密《ちょうじゅのひみつ》　エッセイ

〔初出〕「電電ジャーナル」昭和四十六年六月一日発行、第三巻六号、一〇〜一二頁。

〔梗概〕長寿者の増加は、生活水準の向上や医学の進歩のお蔭であろうが、今の高齢者たちは、中年の終りから初老を戦争中に過ごした人たちであることに注目したい。その人たちは成人病の進む頃に、戦中戦後の四、五年間の食生活は、おのずから成人病予防をさせられたようなものである。マイナスよりも遥かにプラスとなるところの多い食生活だったのではないだろうか。今日の私たち中年者は、万事に成人病促進用の生活をしているらしい。私はそろそろ二、三年ごとに三月くらいは、原始的欠乏生活を強行したいと思いはじめた。

超女流文学者《ちょうじょりゅうぶんがくしゃ》　エッセイ

〔初出〕「日本近代文学館」昭和六十年五月二十日発行、第八十五号、三〜三頁。

〔収録〕『野上弥生子展―その百年の生涯と文学』昭和六十年五月三十日発行、日本近代文学館、七〜八頁。

〔梗概〕野上弥生子さんが数え年で百歳になられた昨年、記念講演会とお祝いの会が開かれた。満百歳のお誕生日と大作「森」の完成と野上弥生子展の開催を前にして突然にお亡くなりになった。これら三つの行事の計画の進行や開催を眼のあたりにすると、いかにも文壇の大記念行事の観が濃いのである。野上さんは本当に女流を超えた存在であられたのだと、つくづく顧みられる。野上弥生子さんは十九世紀・一八八五年のお生れでありながら、最も女流と付する必要のない文学者であられたのである。

著者の言葉《ちょしゃのことば》　エッセイ

〔初出〕『背誓』昭和四十四年十二月十日発行、オビ。

〔梗概〕人間の裡《うち》なる秘密を発見し、それを表現すること以上に私の気を弾《はず》ませるものはない。この本の諸作で、そういう自覚の参加のないものは一作もないつもりである。

著者のことば《ちょしゃのことば》　エッセイ

〔初出〕『回転扉〈純文学書下ろし特別作品〉』昭和四十五年十一月二十日発行、新潮社、箱。

〔梗概〕この『回転扉』で中心人物の女性が快楽上の信頼に忠実であることを志向した行為でそれを果すには志向そのものを裏切らねばならなかった。性に対する彼女の認識の予期せぬ更新に、彼女の存在の象《かたち》を凝集せしめたかった、という。

〔著者の言葉〕《〔ちょしゃのことば〕》　エッセイ

〔初出〕『みいら採り猟奇譚〈純文学書下ろし特別作品〉』平成二年十一月三十日発行、新潮社、箱。

〔梗概〕私は人間の人間らしさと、同時に人間の動物らしさが好きである。〈快楽死〉を分ち合おうとする特定の男女の情熱は、その両面を切り結ぶ最たる様相なのである。『みいら採り猟奇譚』のモチーフは、その認識から生れた。

ちょっと怖い話《ちょっとこわいはなし》　エッセイ

〔初出〕「別冊文藝春秋」昭和五十三年九月五日発行、第百四十五号、二〇五〜二〇五頁。

〔梗概〕終戦後一、二年しか経っていなかったと思う。私は二十になるかならない年頃だったが、女学校の一、二年生だったH子ちゃんと一緒に銭湯へ行った。私とH子ちゃんが歩きはじめると、後ろのほうでも足音がした。その足音が私たちと関係していることは、確かである。私は走りだした。同時に、後ろでも走りだした。勿論、H子ちゃんも走った。家に駆け込むと、皆がびっくりして出てきた。H子ちゃんが泣きながら、「もう一緒に行かない。いじわるなんだもの」と言っている。私が単にいじわるしたくて無言で早く歩いたり、走りだしたりしたように、H子ちゃんが思っている。あの紛れもない足音は、私だけに聞えたのかと、ぞっとしたのだ。勿論、H子ちゃんは私が少しも庇おうとしなくて、あの足音に先に追いつかれるのは自分であった恐怖を訴えたかったのである。

枕頭の書《ちんとうのしよ》　エッセイ

〔初出〕「アイ・フィール読書風景」平成十四年五月一日発行、第二十号、二〜三頁。

〔梗概〕私の読書の習慣は、机の前に展げて読む。が、おもしろそうな小説に出会うと、ゆっくり読みたくなって横になる。私が横になって読みたくなる、おもしろそうな小説は、魅力に富んだ、内容のすぐれた作品である。私のベッドの傍にある小さな本棚は、枕頭の書専用のようになっている。マンハッタンには二軒の大きな日本書店がある。値段は随分高い。そのせいか、つまらないものを買う人は少いらしく、置いてある本のレベルは高い。

　枕頭の書といえば、何となく親しんだ大好きな本を思わせる。眠りにつくまえの一時、ある程度読み楽しむと、満ち足りた気持になってしまう。

闖入者たち《ちんにゅうしゃたち》　短編小説

〔初出〕「婦人画報」昭和三十九年七月一日発行、第七百二十六号、二七〇〜二七七頁。

〔梗概〕靖子は学校時代からの友人の服部夫人を美弥子とふたりで病院に見舞ったあと、美弥子に自分たち夫婦のくい違いを聞いてもらいたく、美弥子といつまでも別れかねた。夫の筒井は、二カ月にしかならないのに二千円値上げするという母家夫妻を非難した一件以来、彼の靖子に対する態度が急に気むずかしく、腹立ちやすくなったのであった。その日、おそく家に帰りついてみると、筒井は以外に機嫌がよかった。姉夫婦の四年生の房子と二年生の竹子ら姪が遊びに来て、叔父さんのご飯を作って帰ったのだという。靖子は、筒井からその闖入者たちのことを聞いた途端、屈辱感に見舞われていた。自分以外に使用したことのない台所へ勝手に入り込み、きちんと片付けて行ったのかと思うと、彼女は一人前の女にそうされたように口惜しくてたまらない。そこへ不意に一匹の大きな蛾が灯り目がけて飛び込んできたのである。彼女は蠅叩きを振りまわし、二度ばかり蛾に打ち当ったが、蛾は落ちなかった。蛾の手負いのほどを見たとき、靖子は傷つけたときの手応えが蘇って、筒井が「そら、早く」と言うが、靖子は蠅叩きを落し、両掌で顔を蔽って泣きだした。

つ

つい、手元におきたくなる道具《ついてもとにおきたくなるどうぐ》　エッセイ

〔初出〕「暮しの設計」昭和五十三年発行、百二十二号、四〜七頁。

〔梗概〕台所道具を買うことは、自分では割合い上手のつもりである。最近は、中華庖丁も買った。あれを使うと面白いように早く、きれいに刻める。台所道具はいい物を使わなければ駄目なのだと、料理の鉄の楔や銅のおろし金を使って思った。

通路際《つうろぎわ》　エッセイ

〔初出〕「楽しいわが家」平成十二年三月一日発行、第四十八巻三号、三〜三頁。

〔梗概〕幾年もまえから、年に三度東京・ニューヨーク間を往復している。座

席は四列並んでいる中央の席の通路際を択んでもらう。列車では窓際の席を希望する。私は新幹線が嫌いである。ある人が、新幹線の窓側の席は揺れが大きくて疲れると書いておられる。今度乗る時には通路際の席を試してみようと思う。

使い手のある一年《つかいてのぁるいちねん》　エッセイ

〔初出〕「婦人生活」昭和五十二年一月一日発行、第三十一巻一号、二二二〜二二二頁。「今月のテーマ　新年に想う」欄。

〔梗概〕私は世の中から年中行事が無視されるようになったり、取り分け正月が無視されるようになったりしては、おしまいだと思っている。それにしても、新年には、私たちは丸ごと一年をもらったような気持になる。よい意味で速く過ぎた年と、よい意味でゆっくりと過ぎた年とを較べてみると、私にはどうも後者のほうがよりよい年だったように思われる。近年、私は新年を迎えると、使い手のある一年であるようにと、そう思うようになりだした。

月と泥棒《つきとどろぼう》　――→いすとりえっと（41頁）

机の上《つくえのうえ》　エッセイ

〔初出〕「風景」昭和四十二年六月一日発行、第八巻六号〈八十一号〉、三〇〜三〇頁。

〔梗概〕私の机は立机と坐机との丁度中間くらいの高さで、極く低い椅子を使っている。その机の上においているものについての四百字余りの短文。

津島佑子『童子の影』―奇蹟的な「我」の成就―《つしまゆうこ『どうじのかげ』―きせきてきな「われ」のじょうじゅ―》　書評

〔初出〕「文藝」昭和四十八年五月一日発行、第十二巻五号、二四一〜二四三頁。

〔梗概〕津島佑子さんの『童子の影』には、「狐を孕む」「揺籃」「童子の影」が収められている。三つの作品は連作でありながら、一作毎の趣がかなり異っているのは、作者が単なる思いつきで企図したものではなく、その間の作者自身のさまざまな点での変化によって、異らざるを得なかったのであろう。この三作を雑誌で読んだ時の印象では、「狐を孕む」が一番強い作品のように感じていたが、今度、通読してみると、「童子の影」が最もいい。「童子の影」は、この作品によって、まさしくこの連作が完結したように感じさせる。この三連作に共通したこととして関心をもったのは、サチの「我」ということだった。彼女がノボルとの世界で体得した「我」の成就は、男女の別なく、時代の別なく、いわば奇蹟とでもいうものだ。彼女は世の常ならぬ「我」の所有者になってしまった。

つとめごと―丹羽文雄論―《つとめごと―にわふみおろん―》　エッセイ

〔初出〕「小説セブン」昭和四十四年十月一日発行、第十三号、二一一〜二一一頁。

〔梗概〕丹羽文雄先生からは、小説のこと以外に人生作法的なことでも、学ばされ、教えられることが随分ある。先生は「人間はつとめごとをしなければいけない」と考えておられる。義理を果すべきとかいう考え方とは、全く別のもののようである。

罪の軽重《つみのけいじゅう》　エッセイ

〔初出〕「文學界」昭和五十五年一月一日発行、第三十四巻一号、一二〜一三頁。

〔収録〕『気分について』昭和五十七年十月二十日発行、福武書店、二二一〜二二二

五頁。『河野多恵子全集第10巻』平成七年九月十日発行、新潮社、二九三〜二九五頁。
〔梗概〕日本刀で詰め寄られるのと、西洋の剣で詰め寄られるのとでは、前者のほうが一段と恐怖に襲われそうである。殺人事件でどれが致命傷という言い方はよくされるが、その致命傷は幾度の傷であったかという言い方は聞かない。かねて、私は殺人事件裁判の求刑とか判決で、ふと疑問を覚えることがある。被害者に与えた恐怖や、息を引き取るまでの苦痛の多寡が、あまり重視されていないようだ。

つれづれの記—お風呂—《つれづれのき—おふろ—》　エッセイ
〔初出〕「高知新聞」平成六年五月十六日発行、一一〜一一面。
〔梗概〕ニューヨークで暮すようになって二年になる。食料品でも日用品でも、東京よりも一段と豊かで、値段は非常に安い。一体に暮しやすい。手に入らないものは、女性用剃刀くらいのものだろうか。ニューヨーク生活で私が専ら不便を感じているのは、お風呂である。浴槽がひどく浅いのだ。しかも、湯水は浴槽の外へは全く出せない。洗うのは、すべて浴槽の中である。数カ月ぶりに、東京に帰りつくと、私はいつも真っ先に、お風呂に入る。たっぷりしたお湯に、全身が抱かれる心地が何ともいえない。

て

低気圧《ていきあつ》　エッセイ
〔初出〕「文學界」昭和五十六年八月一日発行、第三十五巻八号、一二〜一三頁。
〔梗概〕矢田挿雲の『江戸から東京へ』の内容は、一口にはどう言えばよいのだろうか。瑣談集とでも言えばよいのだろうか。ところで、『江戸から東京へ』のなかには、初期新聞についてのさまざまの瑣談も出てくる。それを見ると、どうも日本の気象報道は当初からして評判がわるかったらしい。入梅したせいだろう、私は天気予報の仕方に何となくこだわっていたところでもあった。雨の降る確率が併記されているが、従来からの予報のほうとの間にちがいのある時が屢々ある。「宵のうち所によりにわか雨」で「雨の確率30％」と言われては、途方にくれる。「所によりにわか雨」というのは、降るところがあるだろうということになる。雨の確率は少くとも、六、七〇パーセントくらいだろうと思える。三十パーセントでは首をかしげる。また、別の日は「曇時々雨」であってさえ、雨の確率八十パーセント以上と思いのほか五十パーセントでしかない。あの確率は湿度、雲の厚さなど五要素から過去のよく似た気象状態の多数例をもとにして、コンピューターで得る予想だとやら。たとえば、天気予報はもうとっくに的中率を誇り得るものになっており、癌の治療法もとっくに発見されているはずのものではないのだろうか。今もって果されていないのは、天才の生かされない時代のせいではないのだろうか。時と場合の別なく多数の意見しか認められないところには、改良はあっても、創造的進歩は生れない。

手紙の始末《てがみのしまつ》　エッセイ

〔初出〕「中央公論文藝特集」昭和六十年九月二十五日発行、第二巻三号、六二～六五頁。

〔収録〕『蛙と算術』平成五年二月二十日発行、新潮社、一二二～一二八頁。『河野多惠子全集第10巻』平成七年九月十日発行、新潮社、三〇五～三〇八頁。

〔梗概〕W・M・サッカレイは「虚栄の市」で、受け取った手紙は、片っ端から処分してしまうがよい、と述べている。私はもらった手紙をいつまでも取っておくほうではない。ただ、編集者からの忘れがたい内容の手紙が、三通ばかり残してある。作家からの手紙は、敬愛する方たちからの短くて、内容は極くさりげなくて、しかも深い味のある手紙ならば、少しは取ってある。そういうもの以外は、どうも残しておきにくい。ところで、本格的評伝は対象作家の生前は生れにくいだろう。手紙の発表は先ず没後にはじまるのだし、日記の発表も普通はそうである。今日では万事に電話が利用され、書簡の書かれ方は減っている。むかしの作家は仲間うちでの往来も実に頻繁だったようだが、そういう付き合い方も今ではあまりなされていないようである。余程の間柄でなければ、互の私生活の細部に疎くなっている。往年の作家たちについてのような伝記的手がかりはもう望みにくくなっている。しかし、新しい発想、新しい手法での作家論が生れてくるはずで、その最初の兆は、実におどろくほど以前にすでに見出せるのである。

出しゃばり《でしゃばり》　エッセイ

〔初出〕「楽しいわが家」、昭和六十一年十月発行、第三十四巻十一号、三～三頁。

〔収録〕『蛙と算術』平成五年二月二十日発行、新潮社、九三～九四頁。

〔梗概〕先日、買い物をしていると、小学校四、五年生の男の子の過ちで、傍の雑誌売場の棚の本がなだれ落ちてきた。その子のバツのわるそうな視線に出会ったので、「自分で片づけるのよ」と私はその子に言った。全部元通りになった。途端に、無言で店から走り出て行ったその子の後ろ姿を見て、私は急に自分の至らなさを問われた気がした。出しゃばりとは、下手な出しゃばりの場合のことらしいと、私は思いはじめている。

鉄の魚《てつのうお》　短編小説

〔初出〕「文學界」昭和五十二年一月一日発行、第三十一巻一号、一二〇～一三〇頁。

〔収録〕『砂の檻』昭和五十二年七月十五日発行、新潮社、一四一～一六一頁。『新潮現代文学60』昭和五十五年十一月十五日発行、新潮社、三七三～三八三頁。『河野多惠子全集第4巻』平成七年七月十日発行、新潮社、三九～四九頁。

〔梗概〕登場人物は、私と彼女。いずれも名前は詳かにされていない。私の言葉で間接的に彼女のことが語られる。

彼女の最初の夫は一年たらずの結婚生活を経た後に出征した。妻の彼女でさえ知らぬ時に、〝鉄の魚〟に入り、特殊潜航艇の特攻攻撃で死んだ。彼女は何年も私的に亡夫を感じきれず、祀られている場所へ行く気もおきないまま、七年を過ごし、再婚した。

先夫が死んで四半世紀も経て、初めて私と連れ立ち、祀られている所を訪れる。

想像した以上に途方もない明るさを感じ、「これならいい。—これならいい」と彼女は思った。広大な敷地に幾つかの付属の建物があり、いろいろな陳列品があった。その中に海底で砕け切れず、胴の一部の残った〝鉄の魚〟もあった。閉館の四時が近附き、彼女は私を先を行かせると、ロビーの暗がりに佇み、扉の閉まるのを待った。鉄扉が閉められ、ほの白い深海の中におかれた〝鉄の魚〟に触れ、触感を確かめながら丸胴に跼んだまま踏み入った。「そのとき、何かしてもらいたいと思ったことはなかったの?」若く気むずかしかった夫の応えもないまま、少しも変らぬ自分と夫の二人を感じ続けていた。

　戦争という異常さの中で、一言の別れすらないまま置き去りにされた女の気持やこだわり、それが何十年経てもまだ沸々と心底から湧きたつ、凄絶なものを感じさせる短編である。

〔同時代評〕円谷真護は「『私』の居場所〈文藝時評〉」(「新日本文学」昭和52年3月1日発行)で、「毅然と生の張りを描いている」「いわば生の肉体性が感じられる。見事だ、と感じたのには、ほかに、構成のうまさや、僕には回天と思われる物を『鉄の魚』という名称で押し通している強さなども与っている。」と評した。

(増田周子)

テレビ経験《てれびけいけん》　コラム

〔初出〕「毎日新聞」昭和五十二年四月二十七日夕刊、六～六面。「視点」欄。

〔収録〕『気分について』昭和五十七年十月二十日発行、福武書店、一四二～一四三頁。

〔梗概〕先夜、テレビを見ていると、鷹狩り用の鷹が画面のホールの舞台へ連れて来られた。私は鳥がきらいで、眼をそらすが、その鷹を見るなり、鷹というのは鳥っぽい感じのすくないと、ふと感じた。いよいよ、披露されることになった。突然、画面のホールの天井際に羽搏きが起り、羽が散ったと思うと、鷹は捕えた鳩と一緒にもう床にいた。私は一瞬、ホールのその場合に居た気がした。暫く経っても、まだそんな気持だった。私にとっては、恐らく最初のテレビ経験かもしれないのである。

電気椅子《でんきいす》　―→ニューヨークめぐり会い(321頁)

〝天長節〟に誕生日《〝てんちょうせつ〟にたんじょうび》　回答

〔初出〕「週刊読売」昭和四十五年五月一日発行、第二十九巻二十号、五八～五八頁。特別企画「天皇」。

〔梗概〕「象徴としての天皇に親しみ　天皇についての各界15氏のアンケート」の一つ。私と兄が偶然に一緒で、四月三十日に生れているので、子供のころから、一日繰り上げて、祝日の〝天長節〟にお誕生祝いをしてもらっていました。千代田区の真ん中が宮城になっているが、交通の点からいっても、時代ばなれがしている。富士の裾野あたりにいらしたらいかがでしょうか。

電話のこと《でんわのこと》　エッセイ

〔初出〕「かんぽ資金」昭和六十三年十一月一日発行、第百二十六号、三二～三二頁。

〔梗概〕かつては、深夜の電話で起されることがあった。両母親が、十年ほどまえ、一カ月ほどの間に相次で亡くなった。

て

すると、深夜の電話の同じ鳴り止まないコールでも、のうのうと聞いていられる。その変化には驚いた。深夜の電話が絶える頃から、今度は売込電話が急にふえた。テレビ電話が実用化されたら、深夜のある種の電話はかけられずにすんだかもしれない。しかし、こちらの顔も映るので、「不動産大嫌い。すすめる人、もっと嫌い」などと叫ぶわけにはゆかない。

電話不便《でんわふべん》　エッセイ

〔初出〕「無限―詩と詩論」昭和三十九年二月一日発行、第十五号〈春季号〉、六六〜六八頁。政治公論社「無限」編集部発行。

〔梗概〕三年前、退職すると同時に練馬の間借先へ引っ越しするなり、電話架設を申込んでおいた。まだ特に電話を必要とはしていなかった。一年近く経って、近く電話を架設してやるという通知を受けたが、また引っ越しするはめになった。今度の新宿戸塚の間借先にも電話がないので、すぐ電話の申し込みをやり直した。二年は待たされるらしかった。同人雑誌賞授賞の電文に接したりして、電話のない不便さを感じるようになったので、呼びだし電話をお願いできる離れに引っ越した。この夏、芥川賞を受賞することになって、呼び出し電話の不便をしきりに感じる。電話の必要が痛切でありながら、闇電話を買う資力のない私にとって、電話架設に年月がかかるための被害はまだ続きそうである。

と

どういう人？《どういうひと？》　エッセイ

〔初出〕「楽しいわが家」平成十三年六月一日発行、第四十九巻六号、三〜三頁。

〔梗概〕ニューヨークで暮して十年になる。先頃、主人が財布を失《な》くした。その財布にはソーシャル・セキュリティ（政府による身分証明）のカードのコピーが入っていた。二週間ほど経って空《から》になって財布が郵送されてきた。お金だけを頂戴し、カードだけの財布を郵便ポストに入れたのは、どういう人なのか。

「桐桜欅柿朴庭落葉」《「とうおうがくしぼくていおちば」》　エッセイ

〔初出〕「新潮」昭和六十年二月一日発行、第八十二巻二号、二三二〜二三四頁。「追悼・瀧井孝作」。

〔収録〕『虹と算術』平成五年二月二十日発行、新潮社、二一〇〜二一三頁。

〔梗概〕瀧井さんには、何かの会で一、二度お目にかかったことがある。その後もう一度、昭和四十四年に読売文学賞を受賞された時、私も幾人かの受賞者のひとりとして出席し、お目にかかった。瀧井さんは妙な気がするほど写真そのままの方だったという印象が私には強く残っている。瀧井さんの文学といえば、一見地味な作風だが、そこに覗かれ、或るいは孕まれている、意外な華麗さ、潤沢さ、異様さが、私の印象には残りがちなのである。亡くなられた直後、誰かの追悼文に、瀧井さんの作として「桐桜欅柿朴庭落葉」という句があった。文脈を取りちがえて、私は辞世だと思った。後日、ずっと以前のお作と人から教えられたが、瀧井さんは晩秋の最後の枕の上で、あたかもその季節の華麗さを詠みあげたかのようなこの自作の句をふと思いだされなかったであろうか。

東海道線と私《とうかいどうせんとわたし》　エッセイ

〔初出〕「交通新聞」昭和四十三年二月四日発行、第七千四百三号、四～四面。「日曜文化」欄。交通協力会発行。

〔梗概〕私が大阪から東京へ出てきたのは昭和二十七年の春であった。戦後の復興が軌道に乗りはじめた時期である。その年の暮、最初の帰省をした時に乗ったのが、急行特別二等だった。戦争中に育って、平和的贅沢の味に縁遠かった私には、蛍光灯の照明、釦ひとつで凭れの倒れる真っ赤なシートなどの、あの特二の客車はすばらしく思われた。東京に馴れ、以前ほど帰省に執着しなくなると、この特二を用いなくなった。当時、帰省をする時、大抵夜行である。何しろ急行で大阪まで十時間以上かかる。私は病気をしたあと、疲れるので、三等寝台に注目するようになった。近頃は、新東海道線の超特急を用いている。東海道線に乗るたびに、思うのは、東京駅や大阪駅の夥しいホームの上空がもったいないということだ。あの広い空間を利用して、ホームの上に国営のホテルでも建てたらどうだろうか。

東海道四谷怪談《とうかいどうよつやかいだん》　口語訳

〔初出〕『現代語訳日本の古典20〈歌舞伎・浄瑠璃集〉』昭和四十八年七月十日発行、河出書房新社、一三五～二三五頁。

〔梗概〕鶴屋南北の歌舞伎狂言「東海道四谷怪談」の口語訳。伊右衛門は、出世を条件に隣家のお梅との縁談をすすめるため、雇い男小平を妻お岩の間男にして殺し、お岩と小平の二人を戸板の裏表に釘打ちにして川へ流した。お岩・小平の死霊に苦しめられ、伊右衛門は半狂乱になって、与茂七に討たれる五幕七場の怪談劇。

同級生の死《どうきゅうせいのし》　エッセイ

〔初出〕「楽しいわが家」昭和五十五年十二月一日発行、第二十八巻十二号、三～三頁。

〔収録〕『気分について』昭和五十七年十月二十日発行、福武書店、一三五～一三六頁。

〔梗概〕小学校の下級生の頃、同級生が亡くなった。葬式に出ることになった。出かけようとすると、父が行かせるなと母に言う。同級生の元気な姿を見せて、ご両親を悲しませるだけじゃないかと言うのである。母はお詣りしてあげるのが本当だと言い、夫婦喧嘩になった。どちらの考えが正しいのか今もって判断がつきかねている。

同窓会に行ったとき《どうそうかいにいったとき》　エッセイ

〔初出〕「すくすく」昭和五十一年十二月一日発行、第二十三号、五八～六一頁。「女が語る女たちII」欄。

〔梗概〕人間は誰でも、自分自身の特色をもっていたいと思っている。クラス会で友だちのなかに、同じ布地の服を着てきた人があったとなると、どうであろうか。何ともいえない落着かない気持になるだろう。ところが、人間というものは、人と同じでありたい気持が一方にも備わっている。私は人間としては、この相反する二つの気持にあまり大きく差のないことが健全な状態だと思うのであるが、ただ間違っても前者よりも後者の気持のほうが強くあってはならないと思っている。マスコミの膨大な発達、大量生産と大量販売という画一的で迅速な産業機構から受ける影響は男性よりも女性のほうが遥かに蒙っているのである。

道頓堀かいわい《どうとんぼりかいわい》　──→大阪今昔（64頁）

動物と食物《どうぶつとしょくもつ》　エッセイ

〔初出〕「正論」昭和五十三年八月一日発行、第五十七号、三四～三五頁。〔収録〕『気分について』昭和五十七年十月二十日発行、福武書店、一四八～一五〇頁。

〔梗概〕すべての動物はそれぞれの棲息地でとれる物を食べているはずで、動物の一種に外ならない人間もそれに従うのが、健康に適しているのだそうである。日本民族ならば、日本を原産とするものを食べるのが自然にかなっている。同じリンゴでも、国光だの紅玉だのの日本産がよく、印度リンゴは体質に合わない。先ごろ、そういう話を聞いた。つまり、手近のものが、その動物の体に適しているように、自然というものは創られているのだろう。

動物のように《どうぶつのように》　エッセイ

〔初出〕「楽しいわが家」昭和五十八年九月一日発行、第三十一巻九号、三～三頁。

〔梗概〕生あるものは、いつかは必ず滅びることを知っているのは、人間だけである。その宿命の裏返しとして、建設をもっている。しかし、人間は同時に動物である。全く目的のない動物としての時間もあるべきではないのだろうか。

同名《どうめい》　──→いすとりえっと（40頁）

遠い味《とおいあじ》　エッセイ

〔初出〕「あまカラ」昭和四十二年八月五日発行、第百九十二号、五〇～五二頁。

〔梗概〕今年の初夏、手術で十日ばかり入院した。食事はお粥となった。私は重湯《おもゆ》は頂けるが、お粥は大嫌いなのである。お粥をながめながら、うんざりし「明日もまたお粥だったら、晩には何が何でも、鯛鮨を食べるのだ」と思ったのである。鯛鮨とは、郷里の大阪の「すし萬」の雀鮨のことである。東京では手に入らない。東京住いになってからの十五年間、私は東京の食生活に何の不足もないつもりだった。が、入院して病院給食の不味さと、雀鮨への恋慕が一緒になって、次から次へと味覚的望郷のおもいにそそられた。大阪のお飯菜、ノッペ汁、鱧の照り焼、六甲のオリエンタル・ホテルの鮎のフライなど、遠い味を恋い続けた。

遠い記憶《とおいきおく》　エッセイ

〔初出〕「CBCレポート〈放送と宣伝〉」昭和三十八年十月一日発行、第七巻十号、一四～一五頁。「きゅうしいと」欄。中部日本放送〈名古屋中区新栄町〉発行。

〔梗概〕姉から何年か前、子供とテレビの問題で相談を手紙で受けたことがあった。私の子供の時代まだテレビはなかった。そのころ私に縁のあったラジオ番組は三つしかなく、夏休みに聴いたものだ。小学校の受け持ちだった木股杢平先生からテレビジョンという未来の文明の利器についてきいたことがある。その後もまもなくテレビの映像というものを見た記憶がある。最近そのことを人に話した。その人は昭和十年ごろにはテレビの研究はそこまでは進んでいなかったという。自分の遠い記憶に自信がなくなった。先生

と

い込むようになったのだろうか。

遠い記憶《とおいきおく》　エッセイ

〔初出〕「新評」昭和四十二年八月一日発行、第十四巻八号、三〇二～三〇四頁。テーマ随想「金魚」欄。

〔収録〕『私の泣きどころ』昭和四十九年四月八日発行、講談社、四四～四八頁。『いくつもの時間』昭和五十八年六月七日発行、海竜社、一四一～一四五頁。『河野多恵子全集第10巻』平成七年九月十日発行、新潮社、二二〇～二二二頁。

〔梗概〕私は古風な人間関係は好きではないが、古い風習には割り合い関心があって、初詣、お節句、お月見など、好きである。東京ではセトモノ屋さんで金魚を売っているのを見かけることがあるが、私の記憶では郷里の大阪にはそういう店はなかったようだ。初夏の頃、金魚売りがくる。お金でももちろん売るのだが、古い番傘と交換するほうを望んでいた。兄は、小学校三、四年になると、金魚には満足しなくなって、蘭鋳《らんちゅう》を飼いはじめた。冬になると、蘭鋳を深い壺に移し、木の蓋をし、油紙で蔽って、口を紐で縛る。そのまま、土の中に埋めて越冬させるのである。金魚のほうは梅雨が明ける頃までに大半が死に果てる。私は金魚が死んでも案外平気だった。金魚は「満ち足りて」死んだような気がするのであった。

遠い夏《とおいなつ》　短編小説

〔初出〕「文學界」昭和三十九年一月一日発行、第十八巻一号、九六～一二二頁。

〔収録〕『夢の城』昭和三十九年四月二十日発行、文藝春秋新社、一三九～一九八頁。『遠い夏』昭和五十二年十二月五日発行、構想社、一六一～二二四頁。『河野多恵子全集第1巻』平成六年十一月二十五日発行、新潮社、二六七～二九四頁。

〔梗概〕終戦の一夜が明けると、景子たち、その被服工場の学徒挺身隊は解散だと知らされた。今年の夏休みは特に九月いっぱいということになった。死なずに済んだのだ、と景子は思った。永い間堰《せ》かれていた自分の人生がいよいよ今から始まるのだ。彼女は、その時、数え年二十歳であった。高く、美しく、力強く、自由に広がっている夏空の下を、生きていること、そして、自分の人生のスタートに、打ち震えるような歓びを感じながら、家へと向っていた。

空襲で家が焼け、一年ぶりに会う妹の安子は、左腕が付け根だけを残して欠け落ちていた。景子は、そんな安子が僻まずにしっかり生きてほしいと念じずにはおれなかった。

いざ学校が始まってみると、退学者ばかりでなく、欠席者も多く、景子にとって、授業はなんの魅力も持たなかった。放課後、親友の純子と共に、民主主義講演会、共産党講演会、社会科学講座などという会へ出ける日々が続いた。しかし、これもまた、寮の陳情運動で一度行けなかったのを切っかけに、出かけないようになってしまった。

不具になった妹は、今は自分が心配するには及ばないほど希望を持って生きている。それなのに、自分は心が何かを求めているにもかかわらず、終戦の冬となる今となっても、それが何であるかもわからない。景子はそんな自分への苛立たしさ、もどかしさを感じ、それは「不具の妹にきびしすぎる父への怒り。先々のことを思ってそうせずにはいられない父への哀しみ。いじらしい妹への哀しみ。いじらしすぎて苛立たしい妹への怒り」となるのだった。

　そんなある日、安子が「今だって、わたしは普通の人とすっかり同じつもりよ」と言ったことによって、景子は、父に内緒で、安子が母の付き添いで、営業前に特別の客だけ裏口から入れる闇銭湯へ行っていることを口走ってしまった。それを切っかけに、安子が片腕を失ったことで家族一人一人が背負っていた重荷が、一挙に家族の歪みとなって現れてしまった。景子は家を飛び出し、純子の家に泊めてもらおうと、純子の家へと向った。ところが、先方に着くと、「あら。やっぱり行くことにしたの?」という純子の言葉に、警察から学校へ依頼されていた、地下鉄駅など戦災孤児が集まってくるのを収容する仕事を思いだした。景子は純子と共にその集合場所の地下鉄始発駅へと向った。その道は、暗く、寒く、工場の塀の外へ放たれた日の、あの輝やかしい夏の炎天下に歩きはじめた道とはあまりに違っていた。景子は、遠い夏を思い、あの日の自分に責められた。

〔同時代評〕平野謙は「今月の小説（下）ベスト3」（『毎日新聞』昭和38年12月24日夕刊）で、「敗戦直後の混乱を一家庭内に焦点を合わせた『遠い夏』が印象に残っている。ただし、片腕を失った妹の小さな秘密を父親にあばく前後の姉の心理は、抑制しすぎたせいか、書きたりない」と評した。　（堀家由紀子）

遠い人・近い人《とおいひと・ちかいひと》　エッセイ

〔初出〕掲載誌紙名未詳、平成三年一月発行。

〔収録〕『蛙と算術』平成五年二月二十日発行、新潮社、四六〜四九頁。

〔梗概〕外国人に和服を贈ったことが、ただ一度ある。数年まえに、日本ブロンテ協会が西武デパートで「嵐が丘展」を開催した時、イギリスのハワースにある姉妹ゆかりの品々を展示することができたのだが、そのとき先方の協会の役員H氏が夫人同伴で来日された。私たちは毎日のように、ご夫妻にお目にかかったが、控え目で温かいお人柄に魅きつけられた。共に七十歳くらいなのに、自然に滲み出ているご夫婦仲の良さ、その深さ、新鮮さがまた、実に好ましかった。娘時代の絵羽織を差し上げた。大変喜んで、その場で羽織ってくださった。E・ブロンテの『嵐が丘』の自然描写のなかで、私の最も好きなのは春の訪れの描写だが、谷崎潤一郎の松子夫人は春になると時どき訪ねてきてくださる。松子夫人の衣裳凝りは、よく知られている。お訪ねくださると、ついお召し物に見とれた。『細雪』の幸子や雪子たちは、外出の支度に時間がかかる。幸子の夫の貞之助はそれを急がせるふうもない。ところが、実際の谷崎は、苛々させられる時もあったらしい。

遠くて近い友《とおくてちかいとも》　エッセイ

〔初出〕「日本経済新聞」平成四年一月七日朝刊。文化欄。

〔梗概〕戦後に大学を卒業して間のない頃に知り合った谷沢永一との交遊について記したエッセイ。東京住いになってからは、四十年間に五、六度しか会っていない。が、私の書誌資料を新人時代のうちから、ずっと心にかけてくれたようである。勤めつつ小説勉強を続けていた東京生活の八年目、私は彼に手紙で相談して、書くだけの生活に踏みきった。

都会の鈴虫《とかいのすずむし》　エッセイ

〔初出〕「高校家庭クラブ」昭和四十四年十月一日発行、第十七巻十号、一八～一九頁。

〔梗概〕私は市松人形のような髪形をしているので髪の手入れは床屋さんでしてもらう。そこへ来ている少年から鈴虫五匹もらう。東京生れの鈴虫は東京のスモッグに強いらしい。五匹健在である。ただし、この鈴虫は声がわるい。少々、蟬がかっており、こおろぎがかっている。そこで、私はオペラの「魔笛」のある一節を毎日聞かせて音感教育を施している。確かに効果が出てきたように、私には思える。

解かれるとき《とかれるとき》　短編小説

〔初出〕「文藝春秋」昭和三十八年十二月一日発行、第四十一巻十二号、三二八～三四〇頁。

〔収録〕『夢の城』昭和三十九年四月二十日発行、文藝春秋新社、一一一～一三七頁。『夢の城〈角川文庫〉』昭和五十一年四月二十日発行、角川書店、一〇七～一三二頁。『河野多惠子全集第1巻』平成六年十一月二十五日発行、新潮社、二五五～二六六頁。

〔梗概〕夫佐子のレントゲン写真の結果は、今度も予想通り良好だった。夫佐子は三十六歳である。須山と結婚して二年あまり経った頃に、夫佐子は重症の肺病にかかり、もう五年になる。当時の須山は中学で絵を教えており、夫佐子は画商に務めていた。結婚後、須山は絵に専念したいと始終洩らすのだった。晩春のある日曜日、寝る間際まで格別集中して描き続けている須山を見て、夫佐子は「辞表を書きなさいよ」と退職をすすめた。夫佐子の発病は、須山がそのとき教師をやめて一年あまり経った翌年の秋だった。彼はせめて以前の収入の半分程度はアルバイトをしようとつとめたが、カット絵の仕事で月四、五千円がせいぜいだった。しかし、夫佐子が入院すると、須山は急に男甲斐あるところを見せはじめた。須山は発心したらしかった。一年後、夫佐子は退院した。二年近く経って、家がもてるようになった。現在、彼の仕事は新聞や週刊誌の挿絵が中心なのだが、そのほか本の装釘でもポスターでも、およそ絵に関係あるものならなんでも引き受けていた。

夫佐子の厚い診療票と山形医師は、この六年間の事情をすっかり知っているのだ。山形さんは「おひとりくらい欲しいんじゃないですか」と言うのである。山形さんに、後々まで出産は禁じられ、念を押されてきた夫佐子は、その日の突然の解禁をどう取り扱っていいか、途方にくれてしまったのである。入院生活に入って間もなく、夫佐子の体には急激に薬の副作用ができた。これほど薬に過敏な患者はまだ見たことがないとのことだった。その日突然の解禁を受けてみて、子供が欲しいかどうかを自分に確かめる能力まで、もう失くなっているような気がした。秋になったが、夫佐子は山形さんの言葉をまだ須山に切りだしかねていた。

須山に呼ばれて、夫佐子は仕事部屋で、彼の指導している精薄弱児施設の子供らの描いた絵を見る。指導風景を話して聞かせる須山の口調には、その子たちに嫌悪を覚えているらしい様子は少しもないのだった。夫佐子は須山の父性愛を見たように思った。須山が偶然障害児と縁をもつことになり、暖かい気持を示すのを見ていると、夫佐子はふと予言に遇ったような気がしはじめてきたのである。自分は須山に山形さんの言葉を告げ、子供をもつ決心がつき、そして障害児が産まれるのではないかという気がするのだ。母親になり損ねた果てに自分にも、漸く自分にふさわしい母親の世界を夢みることを許されたような、安らぎと歓びがある。夫佐子は自分たちの子供は人並みではなくても、須山の厚くて、稍々小さくて、繊細な手と絵を描くのが好きなことだけは伝わるに違いないと感じた。

時来たる《とききたる》　短編小説

〔初出〕「文藝展望」昭和五十二年十月一日発行、第十九号、二二二～二三八頁。
〔収録〕『遠い夏』昭和五十二年十二月五日発行、構想社、三五～七〇頁。
〔梗概〕信子は女学校の学生である。その女学校では、毎年夏休みの旧盆過ぎに一度登校日があったが、その年は特別の登校日になるはずだった。戦争でいつどのような緊急の連絡を必要とする火急事態に備えて、連絡網は既にできていた。信子には戦争祈願も、傷病兵慰問も、そして防空演習の見学も、すべて学校の行事として感じられていた。戦争なので、学校の行事が国策に添ったものになっただけのことなのだった。そして、学校の行事というのは常に楽しみなもので、国策に添うようになった学校の行事で彼女には苦しいことがあっても、やはり楽しみではないものにはならなかった。

八月一日から三泊四日、全三年生の恒例で、山のお寺で過ごす予定になっていた。この林間学校が中止となった。中止と決まったのに、信子は数日たっても、持って行くはずだったリュックサックの始末はしなかった。林間学校に未練を感じてはいなかった。当てはずれは、これまで幾度も経験済みなのである。小学校に入った時から、それは始まっていたかも知れない。何故か、信子たちの学年から皆そうなる。信子にとっては、林間学校中止も、また一つ当てはずれに出会っただけのことであった。しかし、彼女は林間学校が中止になったことは、母に言っていない。彼女は林間学校があることにして、友達とともに、須田さんの空けている姉の家で合宿をする。

例年、夏休みの登校日は正午前に終る。しかし、その年は、連絡網の通達で、午後の一時に講堂に集合した。級教室の掃除、出欠の点呼、芝生や植え込みの手入れ等、例年どおりのことが終ったところで、休憩があった。それから防空演習が行われた後、講堂で映画「土」の上映が始まった。帰りはもう夜だった。灯火管制下の夜分の街を下校した。

赤、橙、水色、紫と、お下げを結ぶ板ゴム紐の色が上級生になるに従い、その順に変って行くのが学校の規則である。以前は、学校の購買部に五色揃っていた。が、今では、どこにも売っていない。何を使って結んでもよいようになった。信子は、自分でゴム紐を染められるようになった。

　九月一日、四、五年生も加わった式の後、三年生だけが残された。明日からの短縮授業期間、学校で軍需衣料の作業をする、と告げられた。長方形の晒の短いほうの片側に、布地のテープを縫いつけるのが、生徒たちの作業であった。一人二十五枚が作業量である。それでも、信子にはその作業が重荷というほどのものではなかった。が、彼女はその作業に対する自分の感じ方の選択に迷ってしまう。これは学校の行事というものであろうか。それとも学校の行事と規則とが重なっただけのものであろうか。学校の行事にこれまでそんな気持を抱いたことはない。見出せないこともない楽しさといつも知らぬ間に一緒にあり、自然に楽しんできたことが今になってわかるのであった。

　その作業期間が終った後、各学年が毎週それぞれ一日ずつ、開墾作業に出かけることになった。そこで、平鍬が斜め後ろを歩いていた生徒の顔に当って、血が噴く事故が起きた。それから一カ月余りたった頃、信子はガラスに突っ込む事故にあった。彼女はあの生徒の怪我と自分の怪我とを思い合わせた。戦争がなければ、どちらの怪我もなかったことであろう。信子は、戦争と関わっていない部分を見て取りたいと思う。

　十二月八日、登校すると、校舎昇降口に近い壁の前に、鞄を持った生徒たちが黒だかりになっている。「生徒諸君へ告ぐ！　今朝、日米開戦の報に接したるも、本日の学期試験は予定通り実施。完了後、講堂に集合のこと」と大きな貼紙が出ていた。林間学校を中止させたその筋の命は、今日の前触れであり、今後の事態の前触れだったにちがいない。まさしく戦争ゆえである部分が、戦争ゆえでない部分を大きく口呑み込む次第を確認しえるときが間近に迫ってきたのである。信子は、戦争ゆえでない部分を先走って戦争ゆえである部分を見違えることは、絶対するまいと決心する。が、ちょっとした言い合いで興奮は鎮まりにくくなっていた。

　小学校入学以来、信子たちの新入学、新学年から学校生活で生じた物事の変更が、またしてもあった。その学校では、四年生になると、午後の授業が家庭組み、受験組み、就職組みに分れて行われるようになっていた。しかし、信子たちが四年に進級すると、授業を分れて受けるようにはならなかった。五年になっても同様である。その頃になると、進学しない者は卒業後、みな学校時代のまま纏って挺身隊へ振り替えられ、工場へ動員されることがわかってきた。信子は進学しようと思っている。

　その年、信子の受験した専門学校は、前年の五倍の応募者があった。当の学校だけでは、試験場がとても足りなくなった。昼過ぎから、激しい雪が降り始めた。試験が終了する頃には、雪がいよいよ激しくなった。駅の改札口を出ながら、信子は人込みのなかの父に気づいた。その父の様子が信子には気の毒で、哀れで、すまなく、しかも恥ずかしかった。信子は父から逃げて行こうとしたが、父は傘だけ押しつけると、向きを変え、防空頭巾を両手で深くしながら、足早に行くの

であった。　　　　（黄　奉模）

特殊を書く《とくしゅをかく》　エッセイ

〔初出〕「文藝」昭和五十五年一月一日発行、第十九巻一号、一六～一七頁。「晴天乱流」欄。〔収録〕『気分について』昭和五十七年十月二十日発行、福武書店、三〇～三四頁。『河野多恵子全集第10巻』平成七年九月十日発行、新潮社、八七～八九頁。

〔梗概〕作者の実生活についての知識が皆無であっても、私小説の場合にはどうもそうらしいとわかることが少くない。過去に屢々私小説批判がなされたにも拘らず、今もって私的小説が衰えない理由の一つは、特殊を書いたものだからだろう。近代文学の発祥以後、日本の小説の特性は特殊を書くことにあった。日本の小説の変則な近代化のなかで、小説の作中人物に殆ど典型的人物が生れなかったのは当然なのである。類型というものからして微弱なのだ。類型と結びつくとき個性が活きるのであるが、結びつくべき類型なしに個性が活きようとすれば、個性を超えて特殊に到るしかない。特殊に執着するのである。目立ったベスト・セラーになるひとつの場合は、作中の特殊が取り分け珍しく、しかもそれがわかりやすい場合であるようだ。もうひとつの場合は、これは特殊の欠落した小説である。日本の小説における普遍性はするすると人間性へ到ってしまったところにしかないのだろう。欧米社会においても典型は消えゆき、小説においても特殊が特性になってきた。今度の特殊には、質的にも今までと全くちがったものが現れてくることだろう。

読書鼎談《どくしょていだん》　鼎談

〔初出〕「文藝」昭和五十年七月一日発行、第十四巻七号、一六四～一八二頁。

〔梗概〕杉浦明平・田久保英夫との鼎談。島尾敏雄『夢のかげを求めて―東欧紀行』、阪田寛夫『土の器』を取りあげる。昔の旅行記というのは、知らないところを見るという好奇心があった。いまはテレビでも、いろいろなものがたくさんあるので、島尾敏雄『夢のかげを求めて―東欧紀行』の、こういう形の旅行記、新しい形で出てきたと思う。阪田寛夫『土の器』は、このなかで並んでいる順番に興味を持ったが、「音楽入門」と「桃雨」というのがやはりつまらないと思った。ちょっとモチーフが、掬ったようなモチーフで、そして普通、小説の場合そのモチーフにいろいろなものがおのずから発酵してくるわけですけれども、それが弱々しい感じがした、という。

読書鼎談《どくしょていだん》　鼎談

〔初出〕「文藝」昭和五十年八月一日発行、第十四巻八号、一七二～一九二頁。

〔梗概〕杉浦明平・田久保英夫との鼎談。水上勉『一休』、吉行理恵『男嫌い』を取りあげる。水上勉『一休』は、考証スタイルの小説である。私はちょっと「春琴抄」の手法と同じだと思った。吉行理恵『男嫌い』は連作として非常に処置がうまくしてある。「寂しい狂い猫」の作者の冴と、それから作品のなかの冴と、この「私」と、三つに分れ、それが三つとも作者の分身みたいなもので、じゃあそれ、一つで書いたらいいじゃないかといっても、これ、一つで書けば、これだけのものは出なかったと思いますし、そういうところ、なかなか連作の進め方としても上手だと思いました、と述べる。

読書鼎談《どくしょていだん》　鼎談

〔初出〕「文藝」昭和五十年九月一日発行、第十四巻九号、二一二〜二三二頁。

〔梗概〕杉浦明平・田久保英夫との鼎談。北杜夫『木精―或る青年期と追想の物語』、黒井千次『眼の中の町』、野口冨士男『わが荷風』を取りあげる。『木精』は、個人の心のなかの神話の歴史というような話が主になっていて、そこに出てくるのは過去に経験した話、それが現在経験する、なにかに触発されるごとに過去のその神話をたぐり寄せる形で書かれている。『眼の中の町』は、十一編の連作を貫いているポイントというようなものは一つの町である。ほんのちょっとの縁のようなものですれ違うような、そういうところが一つずつの小説のポイントになっている。『わが荷風』は、「荷風文学地理」みたいな形で書かれている。

読書鼎談《どくしょていだん》　鼎談

〔初出〕「文藝」昭和五十二年十月一日発行、第十六巻十号、二七〇〜二八七頁。

〔梗概〕高橋たか子『ロンリー・ウーマン』・三田誠広『僕って何』をめぐっての佐伯彰一・森敦との読書鼎談。高橋たか子の『ロンリー・ウーマン』は五つの短編小説を集めた形になっているが、実質的にいうと一種の連作的なもので、そのつながり方には二点ある。一つは、主人公がいずれもロンリー・ウーマンである。もう一つは、一つの小説のなかで、端役に使われていた人物が他の小説で主役とか、あるいはかなり役割の重い人物として再び出てくることである。三田誠広の『僕って何』は一人称だから書けたと思う。デッサンの出来ている人だと評した。

読書鼎談《どくしょていだん》　鼎談

〔初出〕「文藝」昭和五十二年十一月一日発行、第十六巻十一号、三三〇〜三五〇頁。

〔梗概〕津島佑子『草の臥所』・島村利正『秩父愁色』をめぐっての佐伯彰一と森敦による読書鼎談。『草の臥所』の久美と〈私〉というのは、どちらも作者の分身だと思う。現在の津島さん、いまの年代の津島さんにとりついているものというのは、私は自分の生命感だと思う。『秩父愁色』は、自然を非常に強く使ってあるせいか、追想記的感じは受けなかった。自然のほうは手固く書いてあるけれど、人間関係のほうはロマンティックというか、甘くなっている。こういう小説はある種のそういう危険というものがあると思う。

読書鼎談《どくしょていだん》　鼎談

〔初出〕「文藝」昭和五十二年十二月一日発行、第十六巻十二号、三七〇〜三八四頁。

〔梗概〕小田実『列人列景』・島尾敏雄『死の棘』をめぐっての佐伯彰一と森敦による読書鼎談。『列人列景』を読みはじめたとき、私は非常に読みづらかった。この作品集の全体の文章が一歩出るときには、また半歩下がって出るようなところがある。視点のぐらつきは、アプローチの仕方がきちっとしてないということであろう。『死の棘』は、私小説に違いないんだが、一言で言えば、これは神秘主義の小説である。創作上の神秘主義ではなくて、神秘思想のほうである。

読書の思い出《どくしょのおもいで》　エッセイ

〔初出〕「新刊ニュース」昭和四十年十一月十五日発行、第十六巻二十二号、一四〜一五頁。

〔梗概〕幼少女期の読書の思い出。生れて初めて買ってもらった本は絵本だったけれど、絵本の記憶はない。「幼年倶楽部」など、子供向けの雑誌を読んだ記憶ははっきりしている。単行本でいちばん記憶に残っているのは「ロビンソン・クルーソー」である。面白くてたまらなかった。「婦人公論」に三浦環の半生記の手記が連載されたが、私はそれを小学生時代に読んだらしい。女学校に入って、夏目漱石の「我輩は猫である」と「坊っちゃん」を読んだが、漱石の諧謔の低俗さばかりが気になり、嫌いだった。そして、谷崎潤一郎の「少年」を読み、「私は恐ろしい不思議な世界が急に人里へ出てきたような」心持ちを味わった。戦争が激しくなり、読書どころではなくなった。

読書遍歴《どくしょへんれき》　エッセイ

〔初出〕「週刊読書人」昭和四十三年九月九日発行、第七百四十一号、九〜九面。

〔収録〕『文学の奇蹟』昭和四十九年二月二十八日発行、河出書房新社、一一一〜一一四頁。『河野多恵子全集第10巻』平成七年九月十日発行、新潮社、九七〜九九頁。

〔梗概〕少女時代、父から、与謝野晶子口語訳「源氏物語」と芥川龍之介「河童」を読むなと、干渉されたことがある。どちらの場合も、私には無縁の本だったので未練がなかった。私の読書遍歴を振り返ってみると、その傾向は「あまのじゃく」から生れたように思える。鮮烈な印象を与えられた谷崎潤一郎や泉鏡花やエミリ・ブロンテについて語っている。

独身でいようと考えるとき《どくしんでいようとかんがえるとき》　エッセイ

〔初出〕「婦人公論」昭和三十九年十二月一日発行、第四十九巻十二号、九〇〜九二頁。「体験人生案内・若いあなたの人生の岐路」欄。

〔梗概〕いっそ独身でいようかと思う理由は、異性と自分に対する漠然とした幻滅とコンプレックスであるようだ。「縁遠い」ことから幻滅とコンプレックスが育っていることが多い。人間は滅びるがゆえに、建設し、創造し、拡大し、向上するという本能を持っている。それをいちばん自然に、容易に、十分に満たされるのが、結婚生活というものだろう。「いっそ独身で…」と漠然と考えるかわりに、自分の建設本能を冷静に眺めてみれば、自分に思いがけない生きる道が開けてくるのではないだろうか。結婚以外に自分の建設本能は満たされそうもないと判った人は、結婚すればいい。建設本能の充足が結婚生活だと考えれば、結婚ということに対して自分のコンプレックスや思いあがりが去り、素直になれるのではないだろうか。

独創的な試み《どくそうてきなこころみ》　選評

〔初出〕「中央公論」平成十一年十一月一日発行、第百十四年十一号、三一五〜三一六頁。

〔梗概〕平成十一年度谷崎潤一郎賞選評。高樹のぶ子「透光の樹」は、恋愛小説である。真実が表現されていて、独創的な試みが成功している。二人の恋愛において、「金」は刺戟であり、趣向であり、フィクションでもある。

戸口《とぐち》　――→いすとりえっと（37頁）

特に感じたこと《とくにかんじたこと》　選評

〔初出〕「中央公論」平成十年十一月一日発行、第百十三年十二号、三四八〜三四八頁。

〔梗概〕平成十年度谷崎潤一郎賞選評。津島佑子さんは自分の内部に深く根ざした肉親の問題を抽象性を駆使して、創造し続けてきた作家である。「火の山」で特に感じたのは、作者の記録することへの執心だった。

特別な時間《とくべつなじかん》　短編小説

〔初出〕「すばる」昭和四十七年十二月十日発行、第十号、一七六〜一八六頁。

〔収録〕『択ばれて在る日々』昭和四十九年十月十五日発行、河出書房新社、三九〜六七頁。『河野多恵子全集第3巻』平成七年二月十日発行、新潮社、一六三〜一七六頁。

〔梗概〕元子は姉の長男の葬式のため四、五年ぶりに帰郷したが、外国へ行っている夫に万一異変があった時のことと自分の仕事の忙しさを考えて、一晩いただけで飛行機で東京に帰ることにした。甥は郷里の国立大学に行っていて、東京のある一流メーカーの研究所へ採用が内定していたのである。東京へ入社試験を受けに来たことも知らない。連絡してこなかったのである。彼女はそのとき会い損ねたことが悲しいのではなかった。連絡してこなくてよかったことが悲しいのである。連絡してくれば会ったであろうが、その子は拒絶のように感じるしかないような彼女の様子に失望したにちがいなく、彼女にそうした悔いを残させなかったその子が悲しいのである。飛行機の中で、元子は郷里の友人の西野と出会う。元子は二十三歳で突然脳血栓で死んだ甥のことを話し、西野は二人の妹の自殺のことを話した。下の妹の自殺のことは初耳だったが、上の妹の自殺は知っていた。西野の上の妹は、自殺する前に家出して上京し、二日間元子の下宿に泊まったのである。元子は西野の家と連絡をとって家に連れ帰らせたのだが、その直後に自殺したと聞いて、ずっとしたことを覚えていた。西野はその時外国へ留学中であった。飛行機が着陸した。モノレールの乗場へ行くのには、と思いながら、元子はターミナルまでの港内バスに乗りおくれた。空港内の真中にひとり残された。ターミナルへと歩かねばならなかった。そこは不意の危険が無数にある所であり、飛行機事故がなかったからと言ってまだ元子の身が飛行機に乗っている間のような「特別な時間」の中にあることには変りない。冷汗にならないうちに、特別な時間を終らせなければならない。

（戸塚安津子）

特別の人《とくべつなひと》　エッセイ

〔初出〕「カラー版日本文学全集第26巻〈林芙美子・円地文子〉しおり19」昭和四十三年九月三十日発行、河出書房、一〜二頁。

〔収録〕円地文子先生には、中年にさしかかって以後に幾つもの闘いがあったようだ。特に、自己の教養との格闘のすさまじさである。膨大な古典的知識とそこから生れた感性に足をすくわれず、自己を埋没させられず、自分の個性に完全に奉仕させるために、どれほどの格闘がなされたことか。「二世の緑拾遺」は「幻想的な作品だが、リアリズムでは捕えられない主人公の女性の肉感的な心理の襞を開いてみせた先端的な」作品である。「なまみこ物語」は架空の物語だが、その魅力は「近代的なものが王朝世界と有機的に結び合っている」ところにある。「虹の修羅」は母親の側から彼女が産み育てた娘との問題を取り入れた小説で、世界にもまだないのでないだろうか。

「溶けた貝」と「雨が好き」《「とけたかい」と「あめがすき」》　選評

〈初出〉「中央公論」昭和五十六年十月一日発行、第九十六年十三号、三六六～三六七頁。

〈梗概〉第七回中央公論新人賞選評。母田裕高「溶けた貝」の母親と友だちの父親との情事を知るくだりの平凡さは否めない。終りになってある程度持ち直し、友だちの父親に対する狂暴な怒りが性への恐怖と共存したものであることは一応読みとれる。一応読みとれるだけでなく、鮮やかに表現されていたならばと、いたく心残りがした。高橋洋子「雨が好き」は、男女関係とか情事とか性体験とかという言葉を退けて、交際とでも言わねばならぬ気を起させるようなところが、この作品のいわば特色なのであり、良さと言えようか。

どこがちがうのか　エッセイ

〈初出〉「鐘」平成十年三月三十一日発行、第十号、四～四頁。

〈梗概〉既成作家の候補作は、仕事の都合で幾度か中断しながら読んでも、前のところが自然に思いだせる。イメージが鮮明だからである。習作中の人たちの作品は一度で読み終えることにしている。少し日が経つと記憶がぼやけてきて、おさらいをしないと心許ない。どこがちがうか、そういうところがちがうのである。

ところ変れば《ところかわれば》　──→ニューヨークめぐり会い（320頁）

年越し《としこし》　エッセイ

〈初出〉「円卓」昭和四十年一月一日発行、第五巻一号〈四十三号〉、一一四～一一六頁。

〈梗概〉穴八幡へ、去年の正月深夜、初詣に出かけた。初詣ということをしなくなってどのくらいになるだろう。私は小学校四年の三学期まで、大阪の西道頓堀に住んでいた。毎年、如何にも正月らしい正月を迎えた。元旦といえば、私はいつもパッと眼を瞠るほど新鮮な感じを受けた。四年生の暮れ、私の家では住居だけ阪神間の郊外へ移った。正月は大阪のときのような新鮮さは受けなかった。新しい土地で神社に馴染みがなく、いつもの初詣も省略した。これが初詣のない正月の最初だった。去年の初詣は気分が好かったので、今年も除夜を待って穴八幡へ行こうと思う。

途上《とじょう》　短編小説

〈初出〉「群像」平成六年一月一日発行、第四十九巻一号、二〇〇～二一一頁。

〈収録〉『河野多恵子全集第4巻』平成七年七月十日発行、新潮社、二九七～三〇八頁。『赤い脣　黒い髪』平成九年二月十五日発行、新潮社、一三一～一五四頁。『赤い脣　黒い髪〈新潮文庫〉』平成十三年十月一日発行、一四三～一六九頁。

〔梗概〕千子はものぐさな女性であり、近所の西洋骨董店に時々行くほかはデパートや専門店へ行くのが億劫である。芝居や音楽会にも待ち合わせなどが億劫なので一人で行くか夫と行く。しかし、ものの弾みのように人から誘われるのが好きで、他愛なく喜ぶところがあるので、そういう性格を知っている身近な人々からの好意を受けることもよくあった。

　千子は永年の友人の三井氏のいるドイツを廻って、妹夫婦のいるニューヨークへ一人で旅行に来た。それは同じようなものの弾みによるものと思われたが、それだけではないことを千子はベルリンで気づいた。三井氏の秘書であるさよりさんとその夫に案内されてヒットラーとエヴァ・ブラウンが一緒に自殺をした地へ行った時、千子は生き切ったエヴァを羨ましく思い、自分が生き暮れていると気づいたのである。千子は生き暮れている自分をどうにかしたくて旅行に出たのだ。

　ニューヨークでは、妹の品子と義弟の誠吉とに案内されて千子は毎日のように外出した。ミュージカルを観た帰りに道端で空缶をカタカタ慣らしている老人に小銭を与える人々を見て、近所のスーパーマーケットへ品子について行った時、千子はピンク色をした大女の物乞いに二十五セントを二枚与えた。

　その時から千子はピンク色の物乞いが気になっては仕方なくなった。彼女は気が引けている千子よりもずっと堂々としていて、千子は一層近づきがたく感じた。そして、千子は、偶然聞いた彼女の歌声の美しさにも強くひかれた。ニューヨークを出発する日、千子は我慢できなくなってピンク色の物乞いの歌の中にあった〝ウエスト・サイド・シックスティス〟に行ってみるためアパートを出た。そこに立たずめば、生き暮れている自分に辻占のようになにかの啓示が与えられるに違いないと感じていた。

戸塚二丁目の頃《とつかにちょうめのころ》　エッセイ

〔初出〕「新潮」昭和四十六年十一月一日発行、第六十八巻十二号、二二六〜二二六頁。

〔収録〕『私の泣きどころ』昭和四十九年四月八日発行、講談社、一六四〜一六六頁。『河野多恵子全集第10巻』平成七年九月十日発行、新潮社、六二〜六三頁。

〔梗概〕十年前、「新潮」の同人雑誌コンクールに「幼児狩り」を応募した。私はその登載作品が決定するのは九月後半だとばかり思っていた。九月二十八日、その通知に接し得ないまま、早稲田の戸塚二丁目の下宿へ越して行った。十一月三日、「幼児狩り」が「新潮」にパスした通知がきた。二十日近く立った日の夜中、授賞通知の電報を受けた。編集部から十二月十五日までに作品を書いてくれるように言われた。が、十日すぎになっても、仕上がるまでに程遠く、断わりの電話をかけたが、二十日まで待つからとにかく見せよ、と言われた。何とか「劇場」が仕上った。校正が終った時、すぐに次作を見せるように言われ、「雪」を書きあげた。原稿を渡すと、「今度の審査はきついそうですから、そのおつもりで…」と即座に言われた。私は自分の運は、ほんのひととき訪れただけで既に終ったと思った。そして、又しても引っ越すことになった。

扉《とびら》　掌編小説

〔初出〕「野性時代」昭和五十二年二月一日発行、第四巻二号、七八〜七九頁。標題「いすとりえっとⅩⅪ」。

〔梗概〕『いすとりえっと』未収録作品。中野夫人は、扉について何かと恨みをもっていた。自動的に錠のかかる扉で、四度も鍵を持ち忘れて締めてしまった。彼女は銀行の透し扉をいつも同じように手前に引きながら、そこへ向う側から一際不作法に踏み出しかけた背広姿の青年を見た時、すかさず扉の手を離してしまったのだ。「自分のために引っ張った扉なら好きなように離していいでしょ」と扉が相手に当るなり言うつもりだった。が、扉は素早く撥ね返され、彼女は額を押えて、「大丈夫?」と訊かれていた。

「友達」の場合《「ともだち」のばあい》　エッセイ

〔初出〕「新潮」昭和五十三年九月一日発行、第七十五巻九号、一六六〜一六七頁。

〔梗概〕今年になって絵画展へ行ったのは四、五回くらいのものだが、そういう場所で、梅原龍三郎展を実際に観に行かないでということと、〈友達はよく嘘を言った〉ということを思い浮かべていることが、一再ならずあった。円地文子氏の「友達」の一端が思い浮かんでくるらしいのである。「友達」は作者の亡くなって間のない同性の作家友達のことを書いた作品だが、〈私〉が梅原龍三郎の近作展を観に行ったことが出てくる。私はどうも実際に観に行かないで書かれているらしい気がした。円地さんにお訊きすると、行かなかったとのことである。「友達」の場合は、実際に観ないで書いた感じが、逆に効果をあげているのである。梅原龍三郎展を実際に観に行かないで…と共に〈友達はよく嘘を言った。〉が思い浮かぶのは、実際の友達のことを常識的な配慮がされたふうもなく書かれておりながら、何の不謹慎な印象も与えない「友達」のなかで、その部分などが一際そうだからなのだろう。「友達」の絵画展の部分は、〈私〉自体の思いでありながら、そこに到る大半の部分との間に割れた感じがないのは、なおも友達に対する不謹慎の印象が皆無だからなのであろう。

外山滋比古著「女性の論理」《とやましげひこちょ「じょせいのろんり」》　書評

〔初出〕「サンケイ新聞」昭和四十九年六月二十四日朝刊。

〔梗概〕この本で著者は日本語と外来言語との比較を縦糸とし、男性の論理と女性の論理との比較を横糸として、女性の論理と言語文化との歴史的および本質的繋がりを論述している。私がこの本に感じるのは、著者自身の言葉に反して、テーマはまことに鮮明であるということであり、だが論旨が終始鮮明とはいえないということである。

土曜日ダイヤ《どようびだいや》　コラム

〔初出〕「読売新聞」昭和五十年八月二十三日夕刊、五〜五面。「東風西風」欄。

〔梗概〕週休二日制の普及率は知らないが、かなり普及しているらしい実感がある。ところが、交通機関のダイヤは平日用と休日用の区別しかなく、土曜日ダイヤは一向に普及していないようである。平日の異常混雑を維持できるところまで絞る必要はなくとも、土曜日の平日ダイヤ通りの運転には何か大きな理由があって、ただちに無駄と不合理を思うのが私の短絡な思考のせいにすぎないならば、幸いである。

ドラマにみる人間像―〝奥さまは魔女〟のサマンサ―《どらまにみるにんげんぞう―〝おくさまはまじょ〟のさまんさ―》　エッセイ

〔初出〕「サンケイ新聞」昭和四十一年九月三日発行。

〔梗概〕TBSテレビの〝奥さまは魔女〟評。サマンサの魔法は、かわいらしさ、重宝さ、間抜けさ、度しがたさ等々、夫の目に映じるさまざまの妻の要素を象徴している。「魔法という糖衣と夫を代表するダーリンのディック・ヨークの暖かくて男性的な魅力のために、わたしたち女性は、自分たちの度しがたさを見せられているときさえ、楽しく笑っているようである。一方、男性たちは、このドラマを見て、りゅういんをさげたり、そしてときには妻を見直したりなさるのではないだろうか」と評した。

鳥にされた女《とりにされたおんな》　――→いすとりえっと（35頁）

努力の志《どりょくのこころざし》　選評

〔初出〕「群像」平成六年八月一日発行、第四十九巻八号、三五二～三五三頁。

〔梗概〕第二十二回平林たい子文学賞選評。受賞作『進化の時計』は、作者のナイーブな資質のよく活きる題材を手がけている。もとより、題材の選択も創作の一部にほかならない。評論部門では、樋口さんの『一九四六年の大岡昇平』、取り分け第一章「疎開日記」論に感服した。

ドレミの歌《どれみのうた》　エッセイ

〔初出〕「婦人生活」昭和三十八年十月一日発行、第十七巻十一号、一五七～一五七頁。「話の広場」欄。

〔梗概〕ラジオで不意にとても楽しい歌を耳にした。宮城まり子の「ドレミの歌」である。NHKに作曲者の名前を問い合わせた。リチャード・ロジャースのミュージカルから、日本の作曲家R・Mが編曲されたものだという。電話帳でR・Mの住所を探しだし、レコードに吹き込まれているかどうか、二、三のお訊ねを記した往復はがきを送った。電話帳で調べたR・Mは作曲家でなく、同姓同名の全く別人だった。鄭重で要領を得た文章で、私の間違いを知らせてくださった方は、R・Mさんの若い夫人かお嬢さんなのであろう。ときたま「ドレミの歌」が聴けることがあると、未知の方にたよりをし損ねた私にあのような暖かい手紙をくださった、未知の若い女の方のことを思いだす。

泥棒と借家《どろぼうとしゃくや》　エッセイ

〔初出〕「婦人公論」昭和四十五年十二月一日発行、第五十五巻十二号、六七～六八頁。

〔梗概〕私は規格住宅には一度も住んだことがない。ものを創る人間は、規格住宅は敬遠すべきだと、私は思うようになった。だから、ずっと普通の家に住んでいる。それも借家である。私は実のなる植物が好きなのである。植物を引っ越しのたびに連れてゆくことができない。それから、借家住いで感じる不便は、耐震耐火庫が建てられないことである。泥棒に入られてみると、急に規格住宅の話が出た。移り住むのをやめて、家をもったらどうか、と言ってくださる方もあるのだが、思っただけで煩わしい。主人は、海外に移り住むことに気があるという。

住宅問題の無計画は続くしかないようであり、火と泥棒のことを案じ続けるしかないようである。

ドン・ジョヴァンニと光源氏《どん・じょばんにとひかるげんじ》　エッセイ

〔初出〕「ドン・ジョヴァンニ〈二期会オペラ公演〉」パンフレット、昭和五十三年十一月十七日発行、三六～三七頁。

〔収録〕『音楽の手帖〈モーツァルト〉』昭和五十四年六月十日発行、青土社、一六～一八頁。『気分について』昭和五十七年十月二十日発行、福武書店、一七五～一七八頁。

〔梗概〕スペインのドン・ジョヴァンニと日本の光源氏――。この二男性を一語で称するならば、やはり「愛の狩人」と呼びたい趣きがある。しかし、二人を別々にしてみると、それぞれのイメージはかなり異る。私にとってのドン・ジョヴァンニは、大ロマンチストである。そして情熱的意志をもっているものである。行動的である。直截である。光源氏の性愛には、眺め愉しむことも入るようだが、ドン・ジョヴァンニのほうは専ら肉体的である。光源氏の精神性はもともと肉体と直接地続きのもの、あるいは併存しているもので、精神というよりは、むしろ心情とか、感情と呼ぶべきものであろう。


『どん底』――ゴーリキイ――《『どんぞこ』――ごーりきい――》　エッセイ

〔初出〕「世界の文学第28巻付録45〈ゴーリキイ・バーベル〉」昭和四十一年十月十日発行、中央公論社、四～六頁。原題「巡礼ルカーのこと」。

〔収録〕『文学の奇蹟』昭和四十九年二月二十八日発行、河出書房新社、一五六～一五九頁。この時、「『どん底』――ゴーリキイ――」と改題。『河野多恵子全集第10巻』平成七年九月十日発行、新潮社、一八四～一八六頁。

〔梗概〕昭和二十二年にゴーリキイの『どん底』上演を観た。当時、『どん底』のような戯曲が上演される自由な時代、平和が還ってきたことを抱きしめるような気がした。『どん底』は主人公のない戯曲であるが、登場人物一人一人の性格が判然と書き分けられているので、自ら贔屓の人物がきまってくる。ゴーリキイが愛した人物はサーチンらしいが、私は巡礼の老人ルカーに魅かれる。「彼の優しさと保身から発する嘘をまじえた慰めの言葉の数々はサーチンがいかに批難しようと、人間と人生にたいする愛着そのものである」と、ルカーに対する共感を語っている。

とんだ塩昆布《とんだしおこんぶ》　エッセイ

〔初出〕『世界の夏へでかけよう』昭和四十一年夏（刊記なし）、そごう東京店販売推進部編集。

〔梗概〕お茶漬けが好きである。徹夜仕事のあとのお茶漬けのおいしさは、他の物と取りかえられないくらいだ。それでよく塩昆布をいただく。お手伝さんが、「それ、お高いんだそうですね。化学調味料をそんなに白くなるほど振りかければ、そりゃ高くつきますね」と言った。塩昆布から自然にふき出た粉を化学調味料だと思っているらしかった。

と

な

「内助の功」論《「ないじょのこう」ろん》　エッセイ

〔初出〕「婦人公論」昭和四十九年三月一日発行、第五十九巻三号、九二～九七頁。〔梗概〕〈内助〉という言葉は国語辞書にあるが、〈外助〉という言葉は国語辞書にない。夫の仕事の種類に応じて〈外助〉的援助や手助けをしている奥さん方は、世間にはかなりあることだろう。〈外助〉という言葉は、〈内助〉に比較して何となく不確かな気がする。夫の仕事にとって妻の〈外助〉の有無などさしたる問題ではなく、本当の〈外助〉の機会はきわめて少いのかも知れない。〈外助〉でなく、共同で同等の目的のための働き、共同事業のパートナーとしての役割をもつ妻ならば、私にも確かに摑むことができる。国会議員候補者夫人や外交官夫人の〈外助〉は、それをすることが夫の仕事にプラスになる性質のものではなく、しなければマイナスになる性質のものである。〈内助の功〉は、彼女たちの働きが、夫の仕事にはっきりプラスをもたらしているものである。夫の働きを完全にプラスの実績にさせるようにしているだけではなくて、直接にプラスを上積みしているのである。紛れもなく、〈家にいて〉である。単に夫の仕事に対する妻の関わり方という点においてばかりでなく、夫婦の関係としても最も理想的なものではないか。

内的必然性の招き――私の小説作法《ないてきひつぜんせいのまねき――わたしのしょうせつさほう――》　エッセイ

〔初出〕「読売新聞」昭和四十四年三月九日朝刊、一八～一八面。〔梗概〕創作家としての私は、小説とはこうあるべきもの、また今日の小説の方法とはこうあるべきものという考えをもたない。創作上それらは何の役にも立たないからである。創作の過程についていえば、私の場合は最初に存在するのがモチーフであったことは一度もない。自分の内部にもやもやした固まりが幾つかあって、それが外へ出たいと訴えはじめるのを待って、はじめてモチーフを考える。私のモチーフと骨組みなるものは、海苔をかわかすときのすだれのようなものである。私の小説に創作方法上の特色らしきものがわずかながら感じられるとすれば、私という同じ人間が常に自分というものの内部の固まりの必然性を基盤として創作しているからに過ぎない。

永井龍男『雀の卵その他』――文学的誠実さ――《ながいたつお『すずめのたまごそのた』――ぶんがくてきせいじつさ――》　書評

〔初出〕「群像」昭和四十八年二月一日発行、第二十八巻二号、二一〇～二一二頁。〔梗概〕子供時代の自分のことを書くのは、むずかしい。文学的誠実さが奪われるからである。永井龍男の「雀の卵」は、子供時代の思い出を綴ったものであるが、文学的にすぐれている。当人にとっては、実になつかしい、或いはまことに切実な経験であっても、少しも淫したところがない。この作者への讃辞として、「名人藝」なる言葉が用いてあることを見た記憶がある。どのような名人の藝であっても、藝は藝なのであって、その文学的誠実さを思うと、譬喩としてでも、適切な讃辞だとは思われない。作者の文章力が完き世界を在らしめている。

中上さんと谷崎《なかがみさんとたにざき》　エッセイ

〔初出〕「中上健次全集第4巻月報5」平成七年十月二十五日発行、集英社、四〜六頁。

〔梗概〕中上健次さんの作品のなかで、最も印象深いのは、短編「赫髪」である。私は中上文学のキーワードは、「肯定の願望」であると考えるようになった。嘗て谷崎潤一郎論を書いた時、標題を「谷崎文学と肯定の欲望」とした。どちらの場合も、「讃美の欲望」あるいは「讃美の願望」、つまり「この人を見よ」的なものでなければこそ、勝れた文学作品を産むキーワードたり得たのである。「願望」が隣接願望へ拡大されてゆくことは「欲望」が隣接欲望へ拡大されてゆくよりもずっと著しい。

名古屋下車《なごやげしゃ》　エッセイ

〔初出〕「若い11名古屋テレビ」昭和三十九年十二月一日発行、第三十二号、一三〜一三頁。

〔梗概〕四年前の冬、父がいく度も危篤に陥ったので、頻繁に大阪へ帰った。二度目の危篤のとき、父の病状が持ち直したので、いったん帰京することにした。父の傍に少しでもいてやりたくて、家を出るのが遅れ、大阪駅へ行くと、列車は出たあとだった。私はそのままあとの鈍行に乗り込んだ。名古屋に着くと雪で真っ白である。私は急に荷物を持って降りてしまった。当時、東京での文学の仕事は行きづまっていたし、大阪には余命の知れない父、私は雪の降る知らない都会にまぎれ込み、やりきれない東京からも大阪からもひととき逃れたかったのだろう。たった一度の名古屋下車のことを回想。

謎の正体《なぞのしょうたい》　エッセイ

〔初出〕「別冊文藝春秋」昭和五十一年六月五日発行、第百三十六号、一六三〜一六四頁。「春夏秋冬」欄。

〔収録〕『もうひとつの時間』昭和五十三年二月二十日発行、講談社、一一八〜一二一頁。『いくつもの時間』昭和五十八年六月七日発行、海竜社、一二九〜一三二頁。

〔梗概〕本式に仕事をもっている女性、もっていたことのある女性は、私には凡《およ》そ勘でわかる。ご主人はある会社の幹部社員で、夫婦で永い間アメリカ生活を送り、関西で暮したあと、四、五年まえに東京へ落ちつかれた。私どもと付き合うようになったのは、その頃からだった。まだ二、三度しかお目にかからないうちから、私は本式の仕事と縁のありそうな方だと感じていた。「何かお仕事をもっていらっしゃるのですか?」と訊いてみた。「いいえ。全く…」とのことだった。それだけしか言われないので、やはり本式の仕事というものをご存じの方なのではないかと思ったりした。そのうち、夫人のお母様が由起しげ子さんの従姉さんで、年も近く、仲好しだったということを伺った。私が既成の女性作家にはじめてお目にかかったのは、由起さんだった。私の勘に反して、その夫人が仕事とは本当に無縁らしいことは、既にわかっていた。この冬、お邪魔した時、「碁をやっていたんですよ」と、彼女と呉清源との対局の写真を、ご主人が見せてくれた。

彼女に対しても、私の勘は当らずといえども遠からず、であったようである。

なつかしい夏《なつかしいなつ》　エッセイ

〔初出〕「ポスト」昭和四十三年六月一日発行、第五巻六号〈四十六号〉、一八～一九頁。

〔収録〕『私の泣きどころ』昭和四十九年四月八日発行、講談社、四九～五一頁。

〔梗概〕上京して最初のお祭りの時、子供たちが小さな御輿をかついでいる東京のお祭りの貧弱さにびっくりした。私のなじんでいた大阪のお祭りは、最初に毛槍などが来る長いおねりであった。大阪では、おねりと言わず、お渡りといっていた。私の家の氏神様は難波神社で、七月二十一日だったから、夏休みはそのお渡りと共にくる。その数日前には御霊神社のお渡りがある。日曜日など土佐堀の土佐の神社やあみだ池へよく遊びに行った。この神社はさくらで有名で、ホタル放しがあった。新町の夜店、九条の夜店、瀬戸内町の夜のせともの市などへもよく行った。五色のライトを使った中之島の噴水のみごとさにびっくりした記憶がある。大阪の地下鉄が開通したのは、私が小学校一年か二年の時のことだが、初めて乗りに連れて行ってもらったのも、やはり夏の宵のことだった。当時のデパートは夏だけ夜間も営業していたのも思い出す。

夏時間《なつじかん》　コラム

〔初出〕「朝日新聞」平成十三年四月六日夕刊。コラム「時のかたち」。

〔梗概〕アメリカは四月一日午前二時から夏時間に入った。低血圧気味の私は、ただでさえ寝起きがわるくて、朝は憂鬱なのである。日本でもほんの一時期夏時間を取り入れられたことがあったが、評判はわるかった。朝は恨む夏時間だが、マンハッタンの夕暮れは美しい。

夏団扇《なつだんせん》　コラム

〔初出〕「毎日新聞」昭和五十二年六月八日夕刊、五～五面。「視点」欄。

〔梗概〕ある若い女性作家の文章で、夏団扇という言葉に出会った。まだまだ使える夏団扇が出てきたという意味の文章だったが、夏団扇としたところが実によかった。冬扇の檜扇に対する紙張りの夏扇という言葉はあるが、〈夏団扇〉は辞書にも載っていない。以来、店頭で団扇を見かけると「あ、夏団扇を売っている」とその物にまで心魅かれる思いをする。

夏のお清汁《なつのおすまし》　エッセイ

〔初出〕「あさめし　ひるめし　ばんめし」昭和五十一年六月十日発行、第七号、五六～五九頁。

〔収録〕『もうひとつの時間』昭和五十三年二月二十日発行、講談社、二〇九～二一五頁。『いくつもの時間』昭和五十八年六月七日発行、海竜社、一六九～一七二頁。荻昌弘編『日本の名随筆59〈菜〉』昭和六十二年九月二十五日発行、作品社、七〇～七六頁。

〔梗概〕熱い冬瓜丸ごとの蒸料理を、夏の盛りに頂くと、体全体がこれを欲しがっていたような感じがする。昆布と鰹節の出汁の冬瓜のお清汁に、本物の葛粉を使って葛《くず》かけにし、生姜のしぼり汁をたらしたのも、よく作る。谷崎精二の随筆集のなかに、夏になると味噌汁の代りに「おすまし」を飲まされた、鰹節でだしを造り、実を入れずに清し汁で飲むので、「夏の朝の飲物としてすがすがしかった」と書かれていた。これを作ってみた。本当においしい。池波正太郎の対談に、大根を千六本に切って煮立てて、あさりのむき身を入れ、お醤油少々で仕立てる、家庭料理のことが出ていた。作ってみると、何ともいえない結構なお味である。泉鏡花の随筆からも、茄子と茗荷と、油揚を清汁にして、薄葛をかける、という家庭料理を教わった。夏がくると、鱧だけはほしいと思う。鱧は東京の魚屋さんでは扱わない。照焼き、吸物、湯引きにして冷やして氷に載せて出して梅肉や辛子味噌をつける鱧ちりなど、それを家庭で味わうことを夏の間に、私は毎年二度や三度は夢見るのである。

『夏の栞』佐多稲子—事実・真実・超自然—《『なつのしおり』さたいねこ—じじつ・しんじつ・ちょうしぜん—》　書評

〔初出〕「新潮」昭和五十八年五月一日発行、第八十巻六号、二六六〜二六七頁。

〔梗概〕中野をおくる自分、彼と同じ輪のなかで膨大な時間を経てきた自分、自分にとっての中野の大きな存在の真実を、それを構築している膨大な事実を追求することによって追求してゆく。この作品では、抽象的リアリズムとでも言うべき文体によって、時には雅文ふうの言いまわしを添えもして、微妙な心理が明晰に表現されている。

夏の制服《なつのせいふく》　コラム

〔初出〕「読売新聞」昭和五十年七月十二日夕刊、五〜五面。「東風西風」欄。

〔梗概〕その女生徒たちが、近所に幾つもある学校の中学生なのか、高校生なのか、私にはよくわからない。本式の夏を思わせる暑い日に彼女たちの群れに出会うと、その制服の暑苦しさが急に気になるのである。それにつけても、三十年まえの夏、終戦で手首までの防護服と足首までのモンペと無縁になった時の涼しさを思いだす。

夏のたわごと《なつのたわごと》　エッセイ

〔初出〕「婦人公論」昭和六十一年八月二十日発行、第七十一巻十一号〈臨時増刊オール女流作家37人集〉、二三六〜二四〇頁。

〔収録〕『蛙と算術』平成五年二月二十日発行、新潮社、七六〜八二頁。

〔梗概〕夏休みは、大学は別として、七月二十一日から始まるらしい。私の学窓生活では、きちんと丸ごと夏休みがあったのは、女学校の二年生までだった。戦争で、三年から勤労奉仕や防空訓練の期間があるようになった。夏休みの宿題など、「夏休みの友」に毎日のお天気を書き入れる欄もあったが、夏休みの終りになって、穴だらけのその欄をどのようにして埋めたか、全く覚えがない。睡眠時間が短くても、本当に何ともない体質の人もあるようである。私は充分に眠った翌日ならば、丸々の徹夜もできるし、明け方の二時間ほどの仮眠で普通に一晩眠ったのと左程変らず仕事をすることもできる。が、前夜にまともに眠っていなければ、徹夜どころか、その日一日頭が働かない。私の場合、九時間近く眠って、漸く満ち足りた爽快感が得られる。食糧産業研究所長の川島四郎氏は、人類は元来のらりくらりと生活するのが原則なのだ、とおっしゃる。私は週に一度くらいは、午睡もする。前夜に充分眠ってある

な

うえに、さらに眠った午睡から目覚めた時の気持のよさはまた格別である。

『夏の闇』開高健著―男と女の憧れと哀しみ悼む―《『なつのやみ』かいこうけんちょ―おとことおんなのあこがれとかなしみいたむ―》　書評

〔初出〕「週刊言論」昭和四十七年四月二十一日発行、第三百九十一号、一〇二～一〇三頁。

〔梗概〕その欠点や疑点の生じた地盤こそ、傑作誕生の母胎そのものなのである。『夏の闇』なる傑作は、私にあらためてそのことを確信させた。開高氏は、三大欲をはじめ向上心、勤勉心にいたるまで、人間の欲望の知的、印象的、官能的表現のうちに、「私」と「女」のあこがれと哀しみを、みごとに悼み切っているのである。

夏休みの午後《なつやすみのごご》　エッセイ

〔初出〕「サンケイ新聞」昭和四十六年七月十五日夕刊、五～五面。「わたしと古典」欄。

〔収録〕『私の泣きどころ』昭和四十九年四月八日発行、講談社、一二四～一二五頁。

〔梗概〕女学校三年生の夏休み、私たちは学校で軍需被服を縫う勤労奉仕に従った。休暇がなくなった。読書と午睡が最も恋われた。夏休みらしい夏休みがあったのは、ほんの数年間のことであり、そこで読んだ、フロベール「ボヴァリー夫人」、モーパッサン「女の一生」、ハウプトマン「寂しき人々」、ツルゲーネフ「父と子」「初恋」がなつかしい。私はそれらの作品や作家から影響を受けていない。私にとって古典は、特別の読書状態で接した、その数編だけのように感じられる。

七つ目の干支《ななつめのえと》　エッセイ

〔初出〕「風景」昭和四十年一月一日発行、第六巻一号〈五十二号〉、四八～五〇頁。

〔収録〕『私の泣きどころ』昭和四十九年四月八日発行、講談社、一一三～一一五頁。『河野多恵子全集第10巻』平成七年九月十日発行、新潮社、九九～一〇一頁。

〔梗概〕一年半くらい前に睡眠薬と手を切ってから毎晩床の中で小一時間読書をする習慣がついた。起きているうちに読む本の続きを読むことはしないで、枕頭用専門の本として半月ほど前から泉鏡花全集を読みはじめた。古本で買ったその全集は戦争中に刊行されたもので、紙も製本も粗末なものだ。その月報に春陽堂「新小説」編集者の井上康文の「兎と写真」という一文が載っている。井上がはじめて鏡花を訪問したとき、「自分の干支から七つ目の物を集めると出世しますよ」と鏡花がいったという。鏡花の兎の収集はいつからともなく知っていたが、収集の由来は、その古い月報ではじめて知った。七つ目の干支というのは、迷信家の鏡花に如何にも適わしい。私も出世したいから自分の七つ目の干支のサルを集めてゆきたいと思う。

何か大きなこと《なにかおおきなこと》　―→いすとり

えっと（36頁）

〈成り行き〉について《〈なりゆき〉について》　エッセイ

〔初出〕「知識」昭和六十二年三月一日発行、第三巻三号、二四六～二四九頁。「文藝時評連載3」。

〔梗概〕辞書に書かれている言葉の意味だけでは、どうしても不十分なものも決して稀ではない。「成り行き」はそうい

な

う言葉の最たるものかもしれない。渡辺保氏『娘道成寺』にはさまざまの「成り行き」が生きていて、深い魅力が感じられる。菊之丞が女形の第一者の地位を確立し、「娘道成寺」の開発者となってゆく、彼における「成り行き」の深い作用、「成り行き」とは何であるかが判るばかりでなく、味わえる。「成り行き」には、単なる機会や計画や選択とはちがう、自転力ともいうべきものがあるようだ。永井龍男・江藤淳両氏の対談「文学と歳月」の言葉の正確さ、陰影、味わい、そして「成り行き」への双方のすぐれた対応能力に感じ入った。井上ひさし氏の短編「食卓の光景」も、言葉自体に、彼の「成り行き」対応能力を見る思いがする。

南朝ゆかりの二名刹―金剛寺・観心寺―《なんちょうゆかりのにめいさつ―こんごうじ・かんしんじ―》　エッセイ

〔初出〕『探訪日本の古寺13〈近畿〉』昭和五十五年十月五日発行、小学館、八三～九二頁。

〔梗概〕大阪府下の河内長野市にある金剛寺と観心寺の探訪記。金剛寺の金堂に安置されている三尊像一組は、如何にも密教の秘法のための仏像らしい雰囲気が横溢している。密教の仏像らしい雰囲気に如何にも満ちている様や、敗者と縁深い寺のようであるといわれている観心寺について描く。

南天の羽織《なんてんのはおり》　短編小説

〔初出〕「文学者」昭和二十八年五月五日発行、第三十五号、六六～七七頁。

〔梗概〕伯母の衣裳に寄せる情愛の異常さに、私が直接触れたのは、広島で原爆の惨禍を身に受けた彼女を、私達の家で世話するようになってからのことだった。母は、無類の吝嗇家なのである。子供のない伯母は、邸・家財諸共、夫を原爆で失ったが、衣裳狂の伯母は、自分の愛する衣裳だけは、完全に疎開させていて、着替えの防護服以外、何一つ焼きはしなかった。伯母は、ケロイドで鱈子のように腫れ上った手で衣裳を愛撫する。彼女は訳の分らぬ奇声を発したり、交霊と言ってもよかったくらいである。伯母は南天の羽織といういわくつきの羽織を所有している。私はその羽織を見てみたいと思うのだった。もともと吝嗇で、冷酷で、親戚の手前、一度は姉の面倒をみなくてはならない余儀なさから伯母を迎えたにすぎない母は、ある日、伯母に向って、着物を少し売ったらどうかと、言い出したのである。伯母は「私という女は、一旦自分の物にした衣裳とは、決して離れない女なんだから」と自信に満ちた口調で宣言した。上町で古着屋を兼ねた店を出している平見という呉服屋が訪ねて来る。伯母がどうしても手放さないと知ると、せめてそのキモノ即売会へ非売品として特別出品して貰いたいというが、伯母はそれも拒絶したと言う。母と伯母の激しい口論の結果、伯母はそんなに言うなら、見せると、伯母は先ず帯を解いて、毅然と立って、さっと膚を捥いだ。この稀代の衣裳狂の肉体を得て、私達の監視の中で、完く交媾する〝南天の羽織〟を私達は見たのである。あの夏の日、あの時刻に、どうして、伯母が、そんな羽織を着てみる気になったのか、それは判らない。原爆の破壊から護り得た羽織を着た、美しい伯母の姿に、安堵と羨望との眼差しを、いつまでも注ぎ続けるばかりだった。

（長島亜紀）

難破船のビスケット《なんぱせんのびすけつと》　エッセイ

〔初出〕「婦人公論」昭和五十一年十一月一日発行、第六十一巻十一号、目次ウラ頁。

〔梗概〕今でも、私はビスケットの表面のあのスポスポした点々はいいものだと思う。あの点々は焼くうえで必要な孔の跡なのかもしれないが、まことに自然で、可愛らしい。ビスケットが昔も今も親しまれているのは、あの点々のためでもあるような気がする。

南北の言葉の力《なんぼくのことばのちから》　エッセイ

〔初出〕『現代語訳日本の古典20〈歌舞伎・浄瑠璃集〉』昭和四十八年七月十日発行、河出書房新社。

〔梗概〕「東海道四谷怪談」はまことに緊密に構成された作品である。一点の無駄も不足もなく、択ばれた夥しい事柄が、まるで人体のように、きわめて有機的に結び合わされている。個々の台詞ではそのみごとさが一段と発揮されている。作者鶴屋南北の言葉の力なのである。一つの言葉が、一度に幾つもの役目を果す。簡潔でありながら、適確で、陰影に富み、不思議な粘着力をもっている。そのために、まことに訳しにくい。

難問《なんもん》　掌編小説

〔初出〕「野性時代」昭和五十二年四月一日発行、第四巻四号、四四～四八頁。標題「いすとりえっと最終回」。

〔梗概〕『いすとりえっと』未収録作品。時子はもう三十を過ぎていた。同窓会名簿に、七期下の同姓同名の西川時子と間違えられ、結婚したわけではないのに、徳田という姓にまでなっていた。訂正を求めるはがきを出した。翌年の名簿には元の西川時子に返っていた。三年経った。時子は独身のまま、薬剤師の仕事を続けていた。ある日、同級生の水野鈴子が彼女のところへ立ち寄った。同窓会名簿で、鈴子のところの住所がなく、代りに死亡となっていたことを思いだした。そのことをいうと返事がなく、時子が振り向くと、そこには誰もいない。彼女は戸田常子に電話した。常子は「あなた、結婚相手は再婚の方はお厭かしら？」といきなり言う。その相手というのが鈴子の夫である。鈴子のあの訪れは、夫のその再婚を願いにきたのか、遮りにきたのか、彼女はどちらも断じかねるばかりである。

に

肉筆歌留多《にくひつかるた》　エッセイ

〔初出〕「中央公論歴史と人物」昭和五十年一月一日発行、第四十一号、一〇～一〇頁。

〔梗概〕十数年まえに他の資料と共に手に入れた、この肉筆の百人一首歌留多は、明治になってからのものらしい。与謝野寛がアルバイトに手書きしたという百人一首歌留多も、こういうものだったのだろう。

二作の収穫《にさくのしゅうかく》　選評

〔初出〕「文藝」昭和六十三年十二月一日発行、第二十七巻五号、一二～一二頁。

〔梗概〕昭和六十三年度文藝賞選評。「逃げろウルトラマン」は、文学作品としては退屈だった。「堕天使の舞台」は、主題の追求が不首尾に終っている。「汝ふたたび故郷へ帰れず」は、よい感性をもっている。積極的に創作してゆけば成長の可能性のありそうな作者だと思う。「少年アリス」は、才気が感じられる。しかも、才気を衒った思いつきの作品ではない何か確かな手応えがあるのだ。

二作の収穫《にさくのしゆうかく》　選評

〔初出〕「群像」平成十年一月一日発行、第五十三巻一号、四四六～四四六頁。

〔梗概〕第五十回野間文藝賞選評。富岡多恵子『ひべるにあ島紀行』は「様ざまの意味での紀行を響き合わせて、独得の実に見事な紀行文学となっている。紀行文に適わしく、敢えて個性を矯めた名文にも魅かれた」、田久保英夫『木霊集』は「最初と最後の作品は稍々物足りなかったけれども、他の五編には短編小説特有の醍醐味を楽しませてもらった」。

二作の受賞《にさくのじゆしよう》　選評

〔初出〕「婦人公論」昭和六十三年十一月一日発行、第七十三巻十二号、二九一～二九二頁。

〔梗概〕昭和六十三年度「女流文学賞」選評。岩橋邦枝氏の『迷鳥』には、この作者のリアリズム特有の新鮮さがあった。島尾ミホ氏の『祭り裏』は、その自然・風習・日常生活の珍しさ、美しさ、鮮烈さに圧倒された。塩野七生氏のお仕事には、塩野氏の人間好きとイタリアへの親愛にもとづく、事実を識りたい情熱が常に横溢している。金井美恵子氏の『タマや』は、みごとなもので、興趣が尽きない。

二作の強み《にさくのつよみ》　選評

〔初出〕「文藝春秋」昭和六十三年三月一日発行、第六十六巻三号、三四二～三四三頁。

〔梗概〕第九十八回昭和六十二年度下半期芥川賞選評。池澤夏樹氏の「スティル・ライフ」の個性的に新しい感覚のよさ、乾いた抒情の味は、なかなかのものだった。三浦清宏氏の「長男の出家」は、私はその豊かさ、強さに圧倒された。これほど自然に、明らかに、毒を孕《はら》んだ新人の作品は稀であろう。

二作の特色《にさくのとくしよく》　選評

〔初出〕「群像」平成七年一月一日発行、第五十巻第一号、四二九～四二九頁。

〔梗概〕第四十七回野間文藝賞受賞作品を評す。阿川弘之の『志賀直哉』は「力強く美しい石像を眺めるような印象」で、「志賀直哉の像」以外の何ものでもない。また、李恢成の『百年の旅人たち』については、多少の不満などは押しのけてしまうところがこの作品の特色だと述べている。

（荒井真理亜）

二作を推す《にさくをおす》　選評

〔初出〕「新潮」昭和五十七年七月一日発行、第七十九巻七号、一二六～一二七頁。

〔梗概〕第十四回新潮新人賞選評。長堂英吉氏の「いちじゃま」に授賞するのは、私にはためらわれた。子供たちが次々に悲惨なことになってしまう成行きの描き方に実感が薄く、印象は弱かった。小磯良子氏の「カメ男」は、微妙な状態の女の実体を捉えることはむずかしい。それを説明によらず、かなり風通しよく、とにかくここまで表現できる資質に注目した。加藤幸子氏の「野餓鬼のいた村」は、多分に観念性のある作品で、だが観念性で進むべき作者であるかどうか、この作品だけでは判断しかねる。

二作を推す《にさくをおす》　選評

〔初出〕「文藝春秋」平成三年九月一日発行、第六十九巻十号、四一〇～四一〇頁。

〔梗概〕第百五回平成三年度上半期芥川賞選評。辺見庸さんの「自動起床装置」は、「起こされる」ということを書いた作品といえるけれども、私には「眠り」を描いた作品として興味深かった。荻野アンナさんの「背負い水」の男女の描き方は全く新しい。作者は男女を描くのに、常にまず人間として見ることを経て男あるいは女を描いている。

二十五年の印象《にじゅうごねんのいんしょう》　エッセイ

〔初出〕「日本近代文学館」昭和六十二年五月十五日発行、第九十七号、六～六頁。

〔梗概〕日本近代文学館が設立二十五周年と聞いて何だか妙な気がした。私にとって、この二十五年間は実に速く過ぎた。文学館がそれと同じ歳月しか経ていないとは、意外でならない。もっと昔からあったような印象が、いつの間にか私のなかで育っている。

二十代作家一葉《にじゅうだいさっかいちよう》　エッセイ

〔初出〕『樋口一葉〈新潮日本文学アルバム〉』昭和六十年五月二十日発行、新潮社、九七～一〇三頁。「エッセイ一枚の写真」。

〔収録〕『蛙と算術』平成五年二月二十日発行、新潮社、二〇四～二一〇頁。『河野多惠子全集第10巻』平成七年九月十日発行、新潮社、一一九～一二二頁。

〔梗概〕一葉といえば、ついあの写真が思い浮ぶ。若い女らしくない、いかにも地味で、淋しげで、老けた印象を与える。少女時代の私はあの写真の印象に多分に支配されて、中年の小説家だったように感じていたものである。ところが、ある時ふとあの写真に出会ってみると、彼女が若く感じられて、びっくりした。地味で、淋しげで、老けた印象を与える写真であることには変りはないのだが、見れば見るほど若さが感じられる。紛れもなく二十すぎの女の感じなのである。当時の私はもう彼女の享年をとっくに越えていた。人間の年齢感覚というものはおもしろい、と私はそう気づいたものであった。一葉の文学は、いつの世でも普遍的な人気がある。その秘密は彼女の文学の若さにあると、私は思う。一葉文学の骨子は、古くさく、通俗的といってよい。それなのに、新鮮な魅力を感じるのは、簡潔で強く鋭い文体にある。一行一行に、作者の情熱が漲っていて、その手応えが実にいいのである。あの時代に、一葉が自分の内的衝動を感知し、それに基づいて創作しようとした近代性には驚くほかない。一葉文学の近代性は、超近代的とでも言うしかない独特の方法によって、永遠の息吹きが可能となり得ている。

二十年を共にして《にじゅうねんをともにして》　エッセイ

〔初出〕「瀬戸内晴美作品集全8巻」内容見本、昭和四十七年二月発行、筑摩書房、六～七頁。

〔梗概〕「文学者」の合評会にはじめて大阪から出席した時、中年の男性の意見を批判し反論する若い女性がいらっしゃった。その若い元気のよい女性が瀬戸内晴美さんだった。私たちの付き合いは二十年に達しており、それは又、私たちの文学二十年とも一致しているのである。彼女はこの四、五年間で、眼にはつきにくいけれども、実に大きく人間的にも変化したようである。彼女は、人に尽すことと、人に尽されることと、両方が好きである。彼女の尽されたさの最たるものは、精神面で貰うということであるらしい。しかし、近年の彼女は、その両面の比率に変化が生じた。以前にくらべて、複雑にも、高邁にもなってきているのではないだろうか。彼女のその二つの面の烈しさがそれぞれに、或いは、その二つの相剋が、ふと何か尊厳とでもいうしかないものを感じさせる。

二重の才能《にじゅうのさいのう》　エッセイ

〔初出〕「鐘」平成九年一月八日発行、第九号、四～四頁。

〔梗概〕作家には、狭義の才能と、広義の才能が必要である。平林たい子は嫉妬をしないような作家に碌な作家はいないと言った。私は狭義の才能というものは持って生れたものだと思っている。才能を伸ばすために、何にも甘えないことだろう。嫉妬にしても、ひとりで嫉妬に悶えてこそ、成長に繋がるのである。

二重の楽しみ《にじゅうのたのしみ》　エッセイ──→福田恆存『私の英国史』(360頁)

二受賞作の手応え《にじゅしょうさくのてごたえ》　選評

〔初出〕「中央公論」平成十二年十一月一日発行、第百十五年十二号、二七六～二七六頁。

〔梗概〕平成十二年度谷崎潤一郎賞選評。村上龍「共生虫」は「インターネットを介した作品だが、私にその方面の知識が皆無であることとは無関係に、濃密なリアリティが迫ってきた。インターネットに関わる、主人公をはじめ姿を現わさぬ人たちまで、彼等の発想・想像力の弾んだリアリティに魅き込まれた」、「遊動亭円木」の作者の辻原登は、「一層筋骨が発達して、技もまた冴えた」「文学的には実に潑溂としている」と評した。

二受賞作を得て《にじゅしょうさくをえて》　選評

〔初出〕「群像」平成元年八月一日発行、第四十四巻八号、二七五～二七五頁。

〔梗概〕第十七回平林たい子文学賞選評。津島佑子氏の短編集『真昼へ』の三つの収録作品はそれぞれに興味深かったが、特に「泣き声」がみごとである。人間性の認識と表現に一段と新鮮に迫った、この「泣き声」に敬意を表したい。選考会では、山田詠美氏の『風葬の教室』もまた好評だった。

二受賞者について《にじゅしょうしゃについて》　選評

〔初出〕「文藝春秋」平成十二年三月一日発行、第七十八巻四号、三六四～三六五頁。

〔梗概〕第百二十二回平成十一年度下半期芥川賞選評。玄月「蔭の棲みか」は、「描かれている世界に、雰囲気として、そこを越えて行く力の漲り方が足りない」、「夏の約束」の藤野千夜は、「今日の相対化の風潮の荷厄介さに取り分け心してかからねばならないだろう」という。近年殖えている英語だけの標題の作品は、「創作衝動微弱、醗酵不足、熟考不足のままで書きだした（ワープロを打ちはじめた）気配のものが多い」のである。

日常的言葉のなかで《にちじょうてきことばのなかで》　エッセイ

〔初出〕「群像」昭和四十六年八月一日発行、第二十六巻八号、二〇一～二〇二頁。

〔梗概〕円地文子氏のある小説で、初老の夫が妻に「あんた」という呼び方をするところを読み、私はその「あんた」に思いがけない魅力を感じた。言葉の好き嫌いということになれば、文学作品以上に使われる言葉のなかでの感じのほうが際立ちやすい。十九年前、大阪から東京へ出てきた当座、東京の人たちが「わたくし」を盛んに使うのが、気になって仕方がなかった。大阪では普通は「わたし」である。自己顕示的な言葉は、私は気になることが多い。自分の家庭のことを「わが家では…」などと言う。「わが」を英語の一人称所有格と少しもちがわぬと感じている荒い神経のもとに、使われている。「私どもでは」や「うちでは」という言い方を日本語はもっている。

日録《にちろく》　エッセイ

〈初出〉「日本読書新聞」昭和四十九年十一月四日、十一日、十八日、二十五日発行、第千七百八十七～九十号、八～八面。

〈梗概〉十月×日、「雙夢」のラジオ・ドラマ用の仮台本に眼を通す。タイトルは私の造語で辞書にはない。耳で聞いただけでは、何のことかはつかめない。何か考えてみようとしたけれども、思いつかない。十月×日、小説のモチーフやディテイルになるかもしれないことや、ゆっくり考えてみたいことを思い浮かぶたび書きつけたメモが溜っている。調べてみると、谷崎潤一郎論に関係あるメモが四枚も出てきた。十月×日、万一世間に流れた場合に多少なりとも互に気のひけそうな書簡は、その場で処分しておくから、残っているのは気にならない書簡のものばかりの筈である。それでも、自分が死ねば、自動的に消滅してほしいと思う。十月×日、谷崎潤一郎全集の最終巻を読む。書簡のなかに、金策のためのものが幾通もある。潤一郎のお金の入用額は個人生活で当時の金額として法外なものだろう。十月×日、午前中、築地へ買出しに行く。春以来、はじめてと思う。ノイローゼ予防策のひとつだが、行く気になる時は、実はもうノイローゼの懸念は消えているのだろう。十一月×日、朝、九時に電話のベルが鳴る。地方税の納税催促の電話。十一月×日、風邪をひく。前の前に住んでいた家の隣りの医院へ行く。待合室に腰かけて、以前に暮していた隣りの家を見ていると、診てもらって、薬を受け取れば、帰って行くのは隣りであるような気がふとした。

日記と手紙《につきとてがみ》　エッセイ

〈初出〉「資生堂チェインストア〈CHAINSTORE〉」昭和四十七年一月一日発行、第百七十一号、二八～二九頁。

〈収録〉『私の泣きどころ』昭和四十九年四月八日発行、講談社、一三九～一四一頁。この時、「娘ごころ」と改題。『もうひとつの時間』昭和五十八年六月七日発行、海竜社、一五四～一五六頁。この時、「日記と手紙」に復す。

〈梗概〉正月あるいは正月気分の残っている頃、私は日記を書きながら、よく思いだすことがある。昔、娘ざかりの姉が、心斎橋筋へ遊びにいって、友だちが写真を撮ろうと誘ったけれど、〈私は着ぶくれているから厭だと言った〉と姉の日記にあった一節を思いださせる。そのころ、私の親友で恋をしている人がいた。彼女は私を呼び出しては、彼のことを聞かせた。或る日、彼女はとうとう彼に手紙を出したと打ちあけた。数日後、返事がきたと言った。その返事は彼からでなく、彼の母親からのもので、書き手の処置の見事な手紙だった。彼女はその後まもなく、別の男性と今度は相愛の恋をして、幸福な結婚をした。嫁ぐ支度をしている或る日、彼女はその手紙を私に預けた。最近、彼女に会った時、そのことを言うと、折角残してもらっていたなら返してほしい、二人の大きな息子の母親として、その手紙の書き手に学ぶために読んでおきたい、と彼女は言った。

日記の功徳《にっきのくどく》　エッセイ

〔初出〕「読売新聞」昭和四十八年一月三日朝刊、一七〜一七面。

〔梗概〕私は少女時代から、三十余年後の今日まで、日記を書いてきているが、必ず毎日書いたのは昔のことで、書く日もあり、書かない日もある。私は新年だからといって、日記帳を新しくしたことがない。日付の入っていない日記帳を通しで使っていて、一月元旦には頁だけ新しくするだけである。先年、自分の年譜を作る必要が起った時も、日記は重宝した。小説を書いていて、夢を使う必要があると、私はこれまでほとんど全部実際に自分の見た夢を使っている。見た夢はなるだけ日記に書いておこうとする。永年日記を書いていて、私が感じていることは、日記というものには、決して嘘や誇張が混らずにはすまないということである。それにもかかわらず、必ず真実が現れるということである。今では、必要があって旧い日記を調べたついでに、そのあたりの日記を読みふけることもある。書かれてあることが事柄としてはどれほど恥ずかしくても、自分の真実にはちょっと感動する。案外立派に生きているではないか、と勇気が出る。私にとっての日記の本当の功徳は、それなのかもしれない。

二度目の就学の年《にどめのしゅうがくのとし》　エッセイ

〔初出〕「家庭画報」昭和四十七年一月一日発行、第十五巻一号、一四二〜一四二頁。

〔梗概〕満五歳の春、普通よりも一年早く小学校に就学することになっていた。中止した理由は、からだが伴わないからと、聞かされた。幼稚園を一学期だけで止し、一層ゆううつになった。四百字の短文。

日本一美しい高速道路を《にほんいちうつくしいこうそくどうろを》　回答

〔初出〕「オール関西」昭和四十二年十月一日発行、第二巻十号、四三〜四三頁。

〔梗概〕高速道路は時代の要請上、仕方がないが、中之島の美しさにマッチした品のいい模様のある大理石を張りめぐらすとか、日本一美しい高速道路を架設してほしい。

『日本書道辞典』に思う《『にほんしょどうじてん』におもう》　推薦文

〔初出〕小松茂美編『日本書道辞典』内容見本、昭和六十二年十一月（刊記なし）発行、二玄社。

〔梗概〕古代から現代に到るまで膨大な書跡が生れている。しかも、他の藝術・文化と複雑に絡み合っている。中国文化とも絡み合っている。そのような特性を念頭において編纂されたらしい苦心がみごとに結実している。

日本におけるフィンガー・ボール《にほんにおけるふぃんがーぼーる》　──→いすとりえっと（39頁）

日本ブロンテ協会の実現《にほんぶろんてきょうかいのじつげん》　エッセイ

〔初出〕「ブロンテ・スタディーズ」昭和六十一年十二月十九日、第一巻一号、一～一頁。

〔梗概〕ブロンテ文学は国境と時代を超えて、どこまでも増殖を続けている。ブロンテ協会が研究者と愛好者との共存機関とする積極的理由は、研究者も愛好者も彼女たちの精神的種族の比率が高いからである。

ニューヨークで「ニーー!」《にゅーよーくで「にー!」》　エッセイ

〔初出〕「本の話」平成十四年三月一日発行、第八巻三号、二～五頁。

〔梗概〕エドガー・アラン・ポーのニューヨークでの最後の住居が、ポー・コテッジの名で遺されている。一九九五年の初夏に出かけた。天井は実に低い。あの屋根裏部屋のような書斎で創造する、ポーの地獄のような苦しさ、幼妻ヴァージニアが寒中に猫を脚に挟んで僅かの温みを求めたという、悲惨さどころではなく、残忍とも言うべきものを感じられた。ニューヨークは薪の高価なところで、薪代の節約のために天井を低く造ったのだという話であった。そのことからイタリアの暖房のことへ頭を向いた。「後日の話」の取材に、ニューヨークへ移ってくる前月にイタリアへ行ったのだった。ある日、食料を買いに出た時、「ニーノ!」と不意に女性の声がイタリアの男性名を叫んだ。二時間ほどまえ、私はイタリア人の女性主人公の義弟にその名をつけたばかりだった。あまりに思いがけなく、執筆中の作品への大きな刺戟となって、筆を弾ませた。小説が育ってゆくうえには、意外な出来事との出会いが機能することもあるのは不思議である。

ニューヨークで読む《にゅーよーくでよむ》　エッセイ

〔初出〕New York kinokuniya Bookstore「http://www.kinokuniya.com/newyork/omake 本屋のおまけ」平成十一年十二月十六日付。

〔梗概〕ニューヨークに住んで、雑用が減り、楽しむための読書がゆっくりできる。カザノヴァ回想録やブラントームの『ダーム・ギャラント』や『レ・ミゼラブル』も読み返した。T・カポーティの『ティファニーで朝食を』を二年ほどまえに読んだが、この名作以上にマンハッタンを私に感じさせる作品には、その後まだ出会っていない。

ニューヨークトイレ事情《にゅーよーくといれじじょう》　エッセイ

〔初出〕「潮」平成八年十二月一日発行、第四百五十四号、六二～六三頁。

〔梗概〕ニューヨークで暮すようになって五年目になる。ニューヨーク市はマンハッタンでさえ、トイレ事情がひどい。駅のトイレは犯罪防止のため大きな南京錠と針金で厳重に閉じられている。セントラル・パークのトイレは使えるが、数が少い。デパートにもあるけれども、デパートそのものが少い。ビジネスビルのトイレは皆鍵がかかっていて、オフィスの人たちでないと使えない。アメリカ人の生理は日本人とは違っているのかと思えばそうでもなく、劇場では休憩時間になると日本と同様にトイレに長蛇の列ができる。

（荒井真理亜）

ニューヨーク、長い旅の途中で《にゅーよーく、な》

《がいたびのとちゅうで》　エッセイ
〔初出〕「婦人公論」平成十二年七月二十二日発行、第八十五巻十三号、二六～二九頁。
〔梗概〕日米間を往復し、ケネディ空港からタクシーでアパートへ向っている時、ニューヨークの暮しに戻った感じと、そこでの旅の続きの始まった感じが最も深く感じられてくる。ニューヨークでの食や服飾品に関する驚きは生活体験の一部に留まってしまうが、バスの中やハリウッド俳優の遺品のオークションなどで思いがけない経験をすると、ニューヨークを旅しているかのような気持になるのである。ニューヨークの長い旅は、当分まだ続きそうである。（荒井真理亜）

ニューヨークめぐり会い《にゅーよーくめぐりあい》　エッセイ
〔初出〕「婦人公論」平成六年四月一日～平成八年九月一日発行、第七十九巻四号～第八十一巻十号。連載三十回。
〔収録〕『ニューヨークめぐり会い』平成九年一月七日発行、中央公論社、一～二四七頁。『ニューヨークめぐり会い〈中公文庫〉』平成十二年三月二十五日発行、中央公論新社、七～二五〇頁。
〔梗概〕市川泰の画と共に掲載されたニューヨークからの通信。
　空中の部屋
　一昨年（一九九二年）の春、ロスアンジェルスで大暴動が起きた。不安であったが、五月四日ニューヨークへ向けて出発した。ニューヨークで一番安全なマンハッタンの中程のイースト側、イースト・リバーに近い地域にアパートを探してもらった。部屋は二十二階である。ニューヨークの夜景は美しいけれど、「私がそれ以上に魅かれるのは日暮れ」である。「日没時、密集している高い建物群を逆照らしにしながら、背後の空が次第に色合いを変えつつ暮れてゆく。幾度眺めても、飽きない光景」である。
　サザビーズに行く
　サザビーズはオークションの店である。たまたまその建物の横側に道路を距てて、自分の住んでいるアパートが面していたので知った。一二五ドル＋税金を支払って入札した品は、単行本ほどの黒塗りの台に密生しているクリスタルガラスの茸である。
　聖パトリックの日
　三月十七日は、聖パトリックス・ディで、緑のものを身に着けるのだそうだ。緑はラッキー・カラーであり、アイルランドと関係のない人でも、よく緑のものを着けると言う。エンパイア・ステイト・ビルのイルミネーションが、全塔その夜は緑に変っていた。感動した。
　気さくな人たち
　タクシー運転手が降りる時、「サンキュウ」「ハブ・ア・ナイス・デイ」と言う。ニューヨークでは、よくこの種の言葉を言いかけられる。バスは実にいい。大きく、清潔で、このうえなく発達している。都合で不要になった乗換券を見知らぬ人に差し出すほうも、受け取るほうも何のこだわりもない。ニューヨークの人たちは、気さくで、日常的な親切をするのを面倒がらないようである。そのためには、「恐らく体力も不可欠」なのではあるまいか。
　ジャクリーン・K・O逝く

新聞・テレビはケネディ大統領の未亡人ジャクリーン死去の報道を実に大きく取り扱っていた。アメリカ人の若いインテリ女性に訊ねると、「彼の登場でアメリカに新しい時代が展けました。カップルの若々しさは、その象徴」でした、という。死して今、彼女をジャッキー・Kと呼びたいアメリカ人は少くないのかもしれない。

林檎と蟹

暮してみたら、ニューヨークは「四季それぞれの季節感が鮮やかで、期間もたっぷり」感じられるのは意外だった。ニューヨークのシンボルの林檎はどこにでも見かける。ニューヨーク州は林檎の大産地なのだそうだ。四月から七月にかけて、「SOFTSHELL CRAB」という蟹が旬で、「びっくりするほどおいしい」のである。

日々の警戒

車も歩行者もほとんど信号無視である。立ち止まるのはおのぼりさん、と一眼で分るという。バッグも下げ紐に頭を通し、前脇にしっかり片手で引きつけている。ニューヨークは常に警戒を心がける必要がある。警戒を要する社会状況は改善されなければならないが、ニューヨークでの日日の警戒感そのものは、「退化していたらしい自分の動物としての警戒能力が思いがけず甦る」ようである。

擬似体験

私は「ノー、ノー」と寝言で叫んだそうだ。外国語はよほど身につかないと、寝言には出ないものだとか。ある快晴の日、散歩していて、塗り立てのコンクリートに踏み、同時に複数の男の怒声を聞いた。「アイム・ソリー」ではすむまい。「アイ・ベッグ…」と言いかけたが、あとが出ない。思わず両掌を合わせ、「アイム・ソリー」を繰り返す。男たちは苦笑している。ほっとして歩き出すと、先程出なかった言葉「ユア・パードゥン」がふっと思い浮かんだ。

ハロウィン

ハロウマスは、毎年十一月一日で、教会でのミサはこの日に行われる。ハロウィンはその前後の意味である。その夜は、死んだ人たちの霊や魔女や悪魔がさまよい出るとされている。ニューヨークの街は、十月になるかならぬうちから、ハロウィンシーズンになり、かぼちゃ、魔女やお化けの人形、それに扮するための面や衣裳など売られる。持ち帰った草花に、芋虫が一匹ついていて、蝶になった。大都会の二十二階の室内で、二週間ほど生きていた。蝶にも霊があれば、ハロウィンの夜にはさまよい出てくることになる。

ピンク・レディ

近所のスーパーマーケットの前で、女のホームレスを初めて見かけたのは、初夏だった。顔面も、むきだしの太い腕も、ひどく赤かった。そのうえ、髪は赤いし、ブラウスもピンクだったので、彼女のことをピンク・レディと呼ぶようになった。彼女の声はオペラ歌手みたいに美しく、優雅である。

印象的なこと

人々がクリスマスをひどく心待ちにしていることが、街の様子から感じられる。日本の宅配便というようなものはない。郵便局は日本の本局程度の数しかない。窓口は贈物を出しにきた人たちの長い列ができる。大きさと出来栄えを競うクリスマス・ツリーに出会う。ピンク・レディもクリスマス・ツリーを作っていた。「メサイア」の音楽会へ行った。終った、寒風のなか、ホール前の広場で、かなりの人たちが去らず、聖歌の静かな合唱を続けるのに、私は感動し、暫く寒さも忘れていた。

重装備

ニューヨークは夏は猛暑、冬は酷寒の街である。大抵の家は、戸外用の寒暖計をベランダに置いている。皆、重装備をしていて、崇高い。「着重ねた最後に着込む外套は大きくなければならず、それがまた裏つきや毛皮やレザーや厚いキルティングのもので、裾もたっぷりしている。さらに防寒用の帽子を深く被り、厚い衿巻を纏《まと》いつけている。そして、手袋」である。その重装備がまたカラフルなので「可愛らしい」。

安い？　高い？

ニューヨークのガス代は日本の四分一程度で、電気代・電話代・郵便代・食料品ら、日本よりも安い。「安いと思う値段は現在のレートの物差しで一層安く感じ、高いと感じた場合は以前の物差し、それも初めて来た時よりも、更に以前のレートまで持ちだして、一層高いと思う癖」がつきはじめているらしい。ニューヨークで物に不自由を感じるのは衣類と靴だけである。あまりに大きくて、諦めるしかない。

ルーズベルト島

ルーズベルト島は、マンハッタン島とクインズの間を流れるイースト・リバーの中央にある。ほぼ長さ三キロメートル、幅二四〇メートルの小さい島である。島は殆んど車が通らないので静かである。この島ではバスの車体やあずま屋の屋根など、何でも真っ赤に塗られ、その真っ赤な色がいきいきとして見える。

メト歌劇場で

メトロポリタン歌劇場の「椿姫」へ行った。「椿姫」は少し珍しい趣向で始まった。初めて行った「椿姫」は四十八年まえの藤原義江のアルフレードと大谷冽子さんのヴィオレッタの時だった。

チューリップ

ニューヨークでは、この季節の数多い花のなかで最も幅を利かしているのは、チューリップなのである。種類が実に多い。チューリップは種類によって咲く時期がまちまちで、そのシーズンはながくて、二カ月半ほどもあるらしい。

ラッキー・ムーン

地上三二〇メートルという八六階へ上がり、バルコニーへ出た後、一〇二階のガラス張りの狭いもう一つの展望台に寄った。「ラッキー・ムーン」と真向いの空を指して老女が言った。ニューヨークでは「実際に昼間の月で見えるのは、時間がくればピッタリ上弦になる正半月の日の前後ほんの数日間だけである。それも、太陽の光線が強すぎても、弱すぎても、もう見えない」という。高層建築だらけで空もきれぎれのマンハッタンで、昼間の月にめぐり会えたのはラッキーであった。

ポー・コテッジ

エドガー・アラン・ポー夫婦が死んだのはニューヨークであった。ブロンクスのローダムにあるこのコテッジに出かけた。「これまた厳しいニューヨークの夏の暑さに、あの天井の低い、窓の小さな屋根裏で創造する、ポーの地獄のような苦しさを専ら思い遣っていた」のである。

涼を求めて

ニューヨークの夏は猛暑である。日射しも激しいが、ここの人たちはパラソルを差さない。セントラル・パークの動物園では、白熊やアシカやペンギン鳥が泳ぎまわっている。「ガラス越しに応じる人間が子供であると、ペンギンたちが熱心に嘴を擦りつけてくるようなので面白い。」

快晴の日に

セオドア・ルーズベルトの一家の暮らした邸宅がサガモア・ヒルで公開されている。東郷平八郎元帥からの贈物だという日本の具足人形なども展示されていた。玄関の大ホールに、真っ黒なバッファローの巨大な頭部の剝製が据えられていた。「幸せな方ね。こんなに殺生しても、最期が暗殺じゃあなくてね」と私はH子さんに言った。

ところ変れば

家の内で傘を開くのはアンラッキーと言う。お見舞いに、日本では寝つくに通じる根つきの鉢もの、そして切花でも十三本はアンラッキーとされている。アメリカでは十三本は同じく万事に駄目。だが、根のあるもののほうが生命に満ちていて、病気見舞いはよいのではないか、という。コーネリアス・ヴァンダービルト二世の夏用の邸宅へも行く。

奇妙な感じ

洗面器ほどもある一切れの太巻きを黒塗りのお箸が挟んでいる看板を見た。巨大な一切れの巻きずしに奇妙な感じを受けた。日本文学を専攻している、知り合いのアメリカ人女子学生が東京に留学することに決った。東京に留学生たちが住む地域が生れているとは思いがけなく、私はまた奇妙な感じがした。「金閣寺」オペラの上演に行った時、どうも日本人は見当らなく、客として例外的な日本人であるらしい自分たちに、奇妙な感じがした。

病院とエジプト

アメリカ人は、一体に、あまり医者にはかからないらしい。医療費が高く、薬局で買える薬ですませている。医療裁判が発達しているから、高額の賠償金のために医師の掛けておく保険料が高いためである。エジプトが舞台の「アイーダ」へ行った翌日、エジプトのミイラについての「ニューヨーク・タイムズ」の記事に接した。

囲いのうちさまざま

マンハッタンでは女性用ストッキング専門店など、極めて専門化した店がある。一本だけ鉄柵で囲われた、街路樹の低い枝に安物のロザリオが幾重ねもかけてある。太い幹の下のほうの大きく皮の剝がれている部分に、マリアの姿が現れているという。

マスター・クラス

「マスター・クラス」は、マリア・カラスが生前にニューヨークのジュリアード音楽院で行ったマスター・クラスでのレッスン情景を芝居にしたもので、ミュージカル「蜘蛛女のキス」を書いた劇作家テレンス・マクナリーの脚本である。カラスが単なる歌の技巧指導を超えたものを教えようとしている様子は伝わってきた。

巨大な船

ハドソン川にある海軍博物館へ出かけた。その航空母艦の大きさには、びっくりした。「PEARL HARBOR」のコーナーの展示品には真珠湾攻撃の日本の航空母艦の一つ「AKAGI」の模型まであった。イギリスの豪華客船タイタニック号にはエジプト王女の棺が積み込まれていたのだそうである。私の生きているうちに、その棺発見のニュースがあってほしいものである。

幻のブロンテ映画

今年一九九六年はシャーロットの生誕百八十年に当る。二年後はエミリの生誕百八十年と没後百五十年に当る年である。ブロンテ姉妹の伝記映画「Devotion」の日本公開は資料によると一九四八年だが、私の見たのは一九五二年で、日本語タイトルは「まごころ」であった。以来、少くとも日本では、この映画は上映されていないらしい。四十余年ぶりに観る幻の映画は、いやになるほどよく覚えている場面と全く初めての気のするところがあった。

電気椅子

通りかかったセントラル・パーク・ウェストのミュージアムに立ち寄った。ニューヨーク市最古のミュージアムで、そこには「古びた革のベルトが幾本もうねっている頑丈な木の椅子」が据えてあって「Electric chair」とある。一八九〇年から一九六三年までの間に、六百九十五人の死刑囚が、その電気椅子で死んだ、とパネルにある。一九二七年のスナイダー事件はラジオが普及しはじめていたころで、彼女の処刑で感電した瞬間を小型の隠しカメラで撮った。その思いがけない写真によって、彼女の事件は大評判になったのである。

多生の縁

アメリカ人から見れば、日本人と中国人と韓国人との区別は見誤りやすい。アメリカ人はどうも気温に鈍感なのだろう。アメリカ人には、なかなか礼儀正しいところがある。多分に食生活が影響しているのだろうか。外出すると、異常に太っている人を数人は見かける。

若い橋

ニューヨークの橋はそれぞれ特徴はあっても、構造上では橋脚なしの吊橋式のようである。マンハッタンで最も有名な橋が一九三一年竣工と知り、その橋の若さにおどろいた。ニューヨークへ小引っ越しをしてから、この初夏で五年目に入った。アパートに一年契約で住み続けてきた。毎年三パーセントの家賃値上げになっていたが、交渉に行って、値上げをさせなかった。「日本語での交渉ならばとても言えたものではない」と、不思議だ。パスポートを領事館で更新した。十年有効である。更に更新し、その時、新しく受け取るのは、九十九歳までの有効のパスポート。「死んだ時、たとえ一度も使っていなくても九十九歳まで有効のパスポートが残されていることを、暫く夢」みたのであった。　（黄　奉模）

二様《によう》の才能《さいのう》　エッセイ　〔初出〕「群像」昭和六十三年六月一日発行、第四十三巻六号、二〇二～二〇四頁。「いま文学を志す人々」。

〔梗概〕本気で作家になろうと思っているのであれば、日本語で書くものは、必ず縦書きにしなくてはいけない。横書きで一向に気にならないほど鈍感、暢気では、とてもまともな作品は書けない。作家になるには、ある程度の才能は必要ではないかと思う。作家になるには、〈狭義〉と〈広義〉の二様の才能が必要ではないか。狭義の才能は自然に身にそなわったものである。その有無や多寡は、どうしようもない。広義の才能は心がけ、修練次第で大きく伸び、展がるものなのである。作家になろうとする身で、その道の伝統を軽視するのは浅慮である。作家になろうとするのならば、本は決して借りて読むべきではない。新しい文学の第一の条件は、新しい個性を備えていることである。

丹羽家のおかず・家庭の味とごちそう二つの表情《にわけのおかず・かていのあじとごちそうふたつのひょうじょう》　鼎談

〔初出〕「ＳＯＰＨＩＡ」昭和六十一年一月一日発行、第三巻一号、二一六～二二三頁。
〔梗概〕本田桂子・大河内昭爾との鼎談。本田桂子の「わたし風おもてなし料理⑦」。本田桂子の鹿児島料理・煮なます・春寒・キングサーモンのにんにくソテー・とんこつ等を賞味しながらの料理談義。

丹羽文雄「有情」の父親《にわふみお「うじょう」のちちおや》　エッセイ

〔初出〕「日本経済新聞」昭和五十一年十二月二十日～二十二日朝刊、七～七面。「心を打った男たち」
〔梗概〕丹羽文雄氏の中編小説「有情」の主人公は息子の裏切りにもだえる父親である。「有情」はその父親の心情を一人称の「私」で吐露した小説である。子供というものが、いかに親は無限の弾力性と自信があると思い込んでいるものであるかということは、「有情」を読むまで知らなかった。私は自分を含む子供が、そういうものであることを思って泣けてくる。そうして、子供がそういうものごとを知らず太っ腹には決してなれないらしい親というものを知らされて、また泣けてくる。どこまでも自分を問い詰めて苦しむ丹波の姿が、父親のものであるのみならず、男の一途な姿として私の心を打つのである。

丹羽文雄氏—人間直視の眼—《にわふみおし—にんげんちょくしのめ—》　エッセイ

〔初出〕「朝日新聞」昭和五十二年十月二十八日夕刊、七～七面。「文化勲章の人びと」欄。
〔梗概〕「家」というフィルターが確固として存在していた時代の文学者たちは、男を男として、女を女として、人間を人間として認識することにかけては微力だった。そうした時代に、終戦よりも二十年も早く、自己との関わりにより、男を男として、女を女として、人間を人間として追求することによって、その文学を開始されたのが、丹羽先生である。丹羽文学は、常に追求中の文学である。それは個々の作品としても言えるのであって、追求の限度に応じてその過程と一応の結論を示そうとするものではない。

丹羽文雄・人と作品《にわふみお・ひととさくひん》　エッセイ

〔初出〕『昭和文学全集第11巻』昭和六十三年三月一日発行、小学館、一〇五六～一〇六二頁。

〈梗概〉丹羽文雄の「海戦」と島尾敏雄の「出発は遂に訪れず」などの海軍体験作品との間にある特色の一致は、それぞれの個性のもとで、共に私小説の視線、そもそも執拗な、で戦争を描いていることである。丹羽氏の私小説の文体―つまり視線は客観描写をもち合わせている。複眼的といってもよい。母を描いた第一作「鮎」を書くにあたって、その独特の文体を必然的に発見したのではないだろうか。複眼的視線および客観描写の活用という「鮎」の発想を含む文体は、その後の膨大な作品を通じて、発展し、活かされてゆく。「厭がらせの年齢」で扱われている老女は、夫人の身内に材を得たものだが、表面から老耄を扱った小説として恐らく世に出た最初のものである。厭がられの年齢、ではなく「厭がらせの年齢」としたこの標題は、作中の老女に対する主人公の反応の抉り方の凄じさと客観化と非情さとが、呆然とするほど鋭く一致していて、丹羽文学の面目躍如たるものを感じずにはいられない。

丹羽文学の女性《にわぶんがくのじょせい》　エッセイ

〈初出〉「現代の文学第27巻〈丹羽文雄集〉月報」昭和四十五年六月一日発行、学習研究社、二〜三頁。

〈梗概〉丹羽先生の描かれる女性たちに接するたびに、「これまで知らなかった自分の内部の一角が不意に指摘され、自覚させられたような気」がする。百六十字余りの短文。

人形のお家《にんぎょうのおうち》　翻訳

〈初出〉『世界文学46〈世界中短編名作集〉』昭和五十四年八月一日発行、学習研究社、一八一〜一八九頁。

〈梗概〉マンスフィールドの「人形のお家」を訳したもの。バーネル家の子供たちの元へ人形のお家が送られてきた。次の日から学校では人形のお家の話で持ち切りだった。クラスの少女たちは次々にバーネル家を訪れ、人形のお家を見ていないのは、洗濯女と囚人の子と噂されるケルヴィ姉妹だけになった。バーネル家のケザイアは自慢したくて、ケルヴィ姉妹を家に招き入れた。しかし、ケルヴィ姉妹はバーネル家の家族に見つかり、追い出された。そんな嫌な出来事も忘れてしまうほど、ケルヴィ姉妹は人形のお家に魅せられていた。　　（荒井真理亜）

人間が一番美しく見える時《にんげんがいちばんうつくしくみえるとき》　エッセイ

〈初出〉「大法輪」昭和五十年八月一日発行、第四十二巻八号、八二〜八七頁。

〈梗概〉このところ目立って美しさの増した女性編集者のA子さんは、近いうちに退職して執筆に専念するという。多年の頑張りで遂に認められるようになり、執筆専一の生活に入ることになった張り合いで、おめでたを控えた女性に優るとも劣らぬ美しさに溢れていたのであった。人が美しく見えるのは、何も作家の場合だけとは限らない。永年の願いを努力が実を結んだ際に、畏怖と感謝と謙虚のおもいが、意識を超えて、最も自然に全身に横溢して、美しくするのである。しかし、その美しく見える時期は永くは続かない。つまり板につきはじめると、貫禄とか、それなりに見栄えがするにしても、なりたての頃のような、大げさにいえばちょっと奇蹟のような美しさは消えてしまうようである。私はこれまでの経験で、大きな張り合いと、強い畏怖と感謝と謙虚のおもいが、人間を一番美しく見せる、と思うようになった。人間の最も望ましい精神状況を讃美する気持だけは持ち続けたいと思う。

人間軽視《にんげんけいし》　エッセイ

〔初出〕「東京新聞」昭和四十四年四月五日夕刊、一〇～一〇面。
〔収録〕『文学の奇蹟』昭和四十九年二月二十八日発行、河出書房新社、二三三～二三五頁。『いくつもの時間』昭和五十八年六月七日発行、海竜社、一八五～一八七頁。『河野多惠子全集第10巻』平成七年九月十日発行、新潮社、二三八～二三九頁。
〔梗概〕与謝野晶子の末っ子だった森藤子さんの書かれた本や谷崎潤一郎の「幼少時代」を読むと、子供が親に作ってもらう玩具が、次第に実現されてきそうになった歓び、次の創意への夢が感じられ、子供のおとなへの、人間への感嘆の目つきが想われる。近ごろの子供のプラモデルには創意の余地が全くない。そして、プラモデルつくりのわびしい特色は、人に手伝ってもらう場合によくくみ取れる。既定の目標への道が順調に歩まれているかに関心があって、手伝っている人間を、自分の処理しにくい部分を無事に手ぎわよく目標に近づいてゆかせるために用いる便利な器具くらいにしか感じていない。人間への軽視が誘発されてゆきつつある。

人間性の底知れなさに感じ入る歓び《にんげんせいのそこしれなさにかんじいるよろこび》　エッセイ

〔初出〕「ＪＵＮＯＮ」昭和五十年六月一日発行、第三巻六号、一〇二～一〇三頁。
〔梗概〕人間にとって、まず必要なのは精神の健在である。人間とはそうしたものであることの認識があってこそ、性つまり人間の性も考える意味があるのであろう。私が性の問題をテーマにした小説を書くのは、それを通じて人間性の秘密を認識し、表現したいからで、性そのものを扱いたいからではない。人間にとって性というものは、いわば食物にかける火のようなものである。性行為は、性的快楽にとどまらず、人間性というものの底知れなさを体験する歓びを得させてくれる。ところが、人間性の底知れなさに感じ入らせてくれるところの性の歓びではあるが、それは生き甲斐に繋がるものではない。性生活に関わりのない様々の生活面にも、人間性というものの底知れなさに感じ入らせてくれるものがあるということを、性生活を考える時には常に傍に置いてみるべきであろう。

人間性への興味《にんげんせいへのきょうみ》　エッセイ

〔初出〕「知識」昭和六十二年十月一日発行、第三巻十号、二四六～二四九頁。「文藝時評連載10」
〔梗概〕村田喜代子氏の「鋼索区系界」は全編を通じてまことに瑞々しい。この作品にはケーブルカーに牽きだされるようにして、その年頃の少女の感性の発育していくさまを実感させる趣きがある。三浦清宏氏の「長男の出家」も、人間性の未知の秘密に触れさせる作品である。出家の理由は、少しも理屈としては語られていない。ただ、ひたすらに興味をそそられる作品である。既成概念は、一切ない。人間性というものの不思議さで、人を衝く作品なのである。

人間って妙なものですね《にんげんってみょうなものですね》

エッセイ

〔初出〕「いんなあとりっぷ」昭和四十九年七月一日発行、第三巻八号〈二十九号〉、一六～一七頁。

〔梗概〕昨年の春に建売住宅を買った人が、「人間って妙なもんですね。家を買うまでは、家や土地の値上がりに怒りを感じたのに、買ってしまうと、今度は値上がりがわるくは思えないんですね」と言った。この率直な告白には、私には納得できた。今のその人のような気持というのは、インフレを期待する気持である。無意識にしろインフレを期待する気持は、一般生活者のなかに、相当に漂っているのではないだろうか。近頃は何かを当てにする暮し方が何と盛んになりすぎていることだろう。毎年の賃金引き上げを当てにして、住宅ローンを契約するなどということも、そのひとつである。いつの世でも、万事に本当に当てにできるのは、自分の勇気ある覚悟だけであると、私は思っている。

人間の誕生《にんげんのたんじょう》　エッセイ

〔初出〕「昴」昭和五十一年十一月十五日発行、第六十三号、二～二頁。「私と季節」欄。現代演劇協会機関誌。

〔収録〕『もうひとつの時間』昭和五十三年二月二十日発行、講談社、二一六～二一七頁。

〔梗概〕私の知合いに、ハナさんという名の方がいる。四月生れで、名前がハナなので、自分の人生が不幸な淋しいものになるはずはないと、いつでもそんな気持がどこかにあった、とおっしゃる。人間の誕生期が仮に決っているものになるならば、どの季節にふさわしいだろうか。シェイクスピアの芝居で、私の一番好きなのは、「真夏の夜の夢」だが、真夏の夜なども人間の誕生には何故か如何にも適わしそうな気がする。人間の出産期がそんなふうに一定していれば、人間生活がかなり別のものになりそうでもある。

人間の誇り《にんげんのほこり》　選評

〔初出〕「文藝春秋」平成十四年三月一日発行、第八十巻三号、三四二～三四三頁。

〔梗概〕第百二十六回芥川賞の選評。受賞作の長嶋有「猛スピードで母は」は、「この作品で人間の誇りを描く意識は恐らく全くなかったと思われるが、全篇から伝ってくる人間の誇りの瑞々しさに、このうえなく魅かれた」「事物の展開にも、文章にも無駄がない」と評した。

ね

値上げ賛成《ねあげさんせい》　コラム

〔初出〕「読売新聞」昭和五十年九月二十日夕刊、五～五面。「東風西風」欄。

〔梗概〕たばこ代は公共料金ではないと、私は思っている。が、たばこ以外には何の楽しみもない人たちもあるから、たばこは最小限の数量だけは、安い値段で配給販売し、自由販売では十倍にでも値上げするという方法がいい。自由販売たばこでどしどし財政収入を計って、他はみだりに値上げしないことである。

眠りのこと《ねむりのこと》　エッセイ

〔初出〕「随筆サンケイ」昭和四十四年九月一日発行、第十六巻九号、七九～八一頁。

〔梗概〕睡眠欲、食欲、性欲の人間三大欲のなかで、私に最もかかわりが深いのは睡眠欲である。戦争中から戦後しばらく食欲の欲求不満を経験したが、睡眠欲は、私のどんな時期でも、あのころの食欲みたいなかかわりをもち続けている。数え年七歳ごろの寝つきのわるさを回想し、「私はのちに物を書く仕事に就くようになってから、随分その夜型のために苦労と損をし、こどものころから夜型だったのだろう」と述べている。

眠る場所《ねむるばしょ》　エッセイ

〔初出〕掲載誌紙名未詳、平成二年十一月発行。
〔収録〕『蛙と算術』平成五年二月二十日発行、新潮社、一八〇～一八二頁。
〔梗概〕谷崎潤一郎の晩年の代表作の一つ『瘋癲老人日記』の中で、主人の〈予〉は〈颯子〉の美しい足に死後もなお踏まれたい願望から、彼女の足型を据えた墓を生前に建てようとするが、作者の潤一郎の墓もまた自身が生前に建てた逆修墓である。京都の法然院のこの墓所には、潤一郎の願望があふれていて、感嘆せずにはいられない。恥かしげもなく、願望のまま堂々と自分たちのそういう眠る場所をしつらえて赴ったかのような潤一郎には、ほとほと感心する。富士霊園には、夥しい「文学者之墓」がある。刻字には、文学者としての名前、没年月日、享年、代表作が一つ記される。私の場合は、墓碑銘になる思わしい標題がない。私はまだ、本気で自分の眠る場所を考えてみたことがない。この夏、知人がハワースへ行くので、自分の髪と爪とを土に還りやすいように和紙に包んで、ハワース教会のエリアに埋めてきていただいた。教会の鐘が鳴りだすのに合わせて、予め掘っておいた穴に埋めてくださったのだそうである。

ねらいたいナスノコトブキ《ねらいたいなすのことぶき》　回答

〔初出〕「第33回日本ダービー」昭和四十一年五月二十七日（刊記なし）発行、五～五頁。「私はこうみる」欄。
〔梗概〕第三十三回日本ダービーは、皐月賞優勝のニホンピローエスとナスノコトブキを買ってみたいと回答。

年賀状《ねんがじょう》　エッセイ

〔初出〕「年金時代」平成六年一月一日発行、第二十三巻一号、八～八頁。
〔梗概〕吉行淳之介さんは年賀状を出さないほうの方のようだが、受け取ることは大好きらしい。私も年賀状をいただくのは大好きで、そして差し上げるのも好きなほうだが、年賀状を書くことはかなりの負担である。これまで私が見た最も旧い印刷の年賀状は、与謝野鉄寛、晶子のものである。晶子の多忙な生活が偲ばれたものであった。

年譜《ねんぷ》　自筆年譜

〔初出〕『不意の声〈講談社文庫〉』昭和五十一年六月十五日発行、講談社、一七八～一八三頁。『筑摩現代文学大系83〈瀬戸内晴美・河野多恵子集〉』昭和五十二年五月十五日発行、筑摩書房、四五九～四六三頁。『骨の肉〈講談社文庫〉』昭和五十二年七月十五日発行、講談社、二四五～二五一頁。『芥川賞全集第6巻』昭和五十七年七月二十五日発行、文藝春秋、五二三～五二七頁。『河野多恵子全集第10巻』平成七年九月十日発行、新潮社、三七五〜三八一頁。
〔梗概〕『河野多恵子全集第10巻』収録「年譜」が一番詳しく、大正十五年四月三十日から平成七年四月までを記した自筆年譜。「体重約四キロ、産褥を延べる暇もありなしというほどの早さで生れたという」などの記述がある。

「年末の一日」《「ねんまつのいちにち」》　コラム
〔初出〕「読売新聞」昭和五十一年十二月二十五日発行、五〜五面。「双点」欄。
〔梗概〕いよいよ年末の感の深くなったのを見て、私は芥川龍之介の書いたものに、年の瀬に師の夏目漱石の墓へ知人を案内してゆき、墓の見つからない話があったことを思いだした。「年末の一日」という極めて短い小品である。墓地へ行くまで、あるいは帰途寄り道して日暮れに帰宅するまでの年末らしさと作者の状態とか、ひっそりした墓地で墓探しの奇妙な印象を際立たせている。漱石没後、九年目の年末の話なのであった。

年末の日めくり《ねんまつのひめくり》　エッセイ
〔初出〕「潮」昭和四十七年十二月一日発行、第百六十一号、三三〇〜三三一頁。「潮音」欄。
〔収録〕『私の泣きどころ』昭和四十九年四月八日発行、講談社、二三〜二七頁。『いくつもの時間』昭和五十八年六月七日発行、海竜社、一七八〜一八二頁。
〔梗概〕去年の年末、テレビでアナウンサーが「今年のカレンダーも残り少くなりました」と言うのを聞き、私はカレンダーという言い方に少しこだわった。「今年の日めくりも残り少くなりました」と言うのでなければ、おかしい感じを受ける。ある年の十二月、年上の友人と話していると、昔は十二月十二日と随分書かされたという。十二月十二日生れの人に十二月十二日と書いてもらったのを出入口に貼ると泥棒除けになるので、私の家にも貼ってあったのを見た記憶がある。戦争中、戦いに赴く男性たちに、女性たちが弾除けの千人針をして贈ったものだ。千人となると大変なことなので、寅年生れは年の数だけ縫えるという。私は寅年だったので、お裁縫の時間に、幾つもの千人針が廻ってきた。大晦日の夜、父は毎年、大正が昭和に改まった年の暮れ、大正天皇がおかくれになったのは、十二月二十五日だったので日めくり屋が大狼狽した話をした。いつ頃からか、亡父から聞いたひめくり屋の狼狽した年末の話を思いだす。

年齢《ねんれい》　コラム
〔初出〕「朝日新聞」平成十三年四月五日夕刊。コラム「時のかたち」。
〔梗概〕アメリカでは収入、年齢を人に問うのは禁物、が社会常識になっている。ニューヨークで一度、年輩の白人女性に何歳かと訊かれたことがあった。私は何とも思わず答えた。「アイム　ナインティ」と言って、凄《すご》いメイキャップの顔がにやりとした。知り合いのお祖母《ばあ》さんが亡くなった時、本当の年齢が自称よりも数歳少いことが分った。高齢自慢の上乗せだったらしい、と笑い話になった。

年齢のかぞえ方《ねんれいのかぞえかた》　エッセイ
〔初出〕「東京新聞」昭和四十五年一月二十一日夕刊、八〜八面。
〔収録〕『私の泣きどころ』昭和四十九年四月八日発行、講談社、一一〇〜一一二頁。『いくつもの時間』昭和五十八年六月七日発行、海竜社、一五五〜一五七頁。

〔梗概〕満年齢が実施された根拠は、一面にあるその合理性と、敗戦で意気消沈していた日本人に気分を若返らせて元気を出させることが出来るというようなところがあったらしい。が、寿命が伸び、発育も早くなった今日、私は再びかぞえ年に戻ったほうがいいと思う。私がかぞえ年に魅かれるのは、人間の生れ年に対する関心があるのかもしれない。ついでにいうと、私は旧暦のすばらしさに感嘆せずにはいられない。文字通り春立つ、旧暦の正月に一歳ずつ年齢を加えるのが日本式年齢のかぞえ方であることが、私の理想なのである。

年齢の功《ねんれいのこう》　エッセイ

〔初出〕「サッポロ」昭和五十年四月一日発行、第二十七号、二〇〜二三頁。

〔収録〕『もうひとつの時間』昭和五十三年二月二十日発行、講談社、一八五〜一八九頁。『いくつもの時間』昭和五十八年六月七日発行、海竜社、三九〜四四頁。『河野多恵子全集第10巻』平成七年九月十日発行、新潮社、二八二〜二八五頁。

〔梗概〕待合室で待っていると、相当激しい地震がきた。狭い待合室は満員で、しかも建物が改築中で、仮診療所の一部だった。皆、あわてきってしまった。ちょっと看護婦さん、石油ストーブを消して、と注意したのは、椅子に腰かけたまま身じろぎひとつしない、小柄なおばさんであった。咄嗟にそう判断できるところが、年齢の功なのであろう。ところで、例の三億円強盗の犯行には、私は犯人の年齢の功が窺えるような気がする。犯人は相当に人の心理の弱みを知っており、対人経験、交渉事経験の豊かな人物なのではないか、と思えてならない。それにつけても、三十代のはじめ頃まで、年齢の功を感じたことはなかった。三十すぎてから、年齢の功を評価しやすい傾向までもつようになった。自分の見出す多少なりともの年齢の功めいたものは、味覚くらいしかない。

の

「脳死」認定の恐怖《「のうし」にんていのきょうふ》　エッセイ

〔初出〕「読売新聞」昭和五十九年八月一日夕刊、一一〜一一面。

〔梗概〕「脳死」認定の法律制定を熱望する人たちは、新鮮な臓器が欲しいのである。人工呼吸器の取り外しによる繰り上げの死を「尊厳死」と称して、つとめて柔らげた言い方をしても、「人工死」としか言えまい。久しきにわたって、心臓の機能停止の診断確定をもって死の判定とされてきたのは、心臓の機能の停止後は、全肉体の機能が一つ残らず停止するからである。それでもなお二十四時間は葬ることを禁じた法律があるのは、何故なのか、あらためて考えてもらいたい。死んだのは脳だけ、それ以外の全部が機能しているうちに、死人の扱いを受けるとは、実に恐ろしい。脳死認定の法律が制定されるならば、それと同時に、「尊厳死」の権利とやらを拒否する自由、尊厳死下での臓器摘出を拒否する自由を守る法律も制定してもらいたい。

のり巻きといなりずし《のりまきといなりずし》　エッセイ

〔初出〕「主婦の友」昭和四十二年九月一日発行、第五十一巻九号、九八～九八頁。

〔梗概〕大阪式のり巻きは、味つけしたしいたけとかんぴょうと高野どうふ、湯をくぐらせた三つ葉を並べて巻く。いなりずしは、大阪では通称〝ケンケンさん〟と言う。バッテラ（さばずし）が作れるのは、料理じょうず。


『ノルダーナイの大洪水』《のるだーないのだいこうずい》**―ブリクセン**《ぶりくせん》　書評

〔初出〕「東京新聞」昭和四十五年八月三日朝刊、第一万百号、五～五面。

〔収録〕『文学の奇蹟』昭和四十九年二月二十八日発行、河出書房新社、一七三～一七四頁。

〔梗概〕デンマークの女流作家カーレン・ブリクセンの作品集である。収録されている六つの作品は、みな十八世紀初頭から世紀末までの時代が扱われている。どの作品も、主人公は小宇宙を創るか、創られるかするのだが、その小宇宙は時代と個人的環境と主人公の気質と、さらにそれらの要因を促進されている何かの力によって創りだされている。この作品集では、標題作品が最高のもので、「四人の登場人物のそれぞれの小宇宙が反射し合って、ひとつに一致した小宇宙が生じてくる過程そのものが、さらにまた別個の小宇宙を感じさせるほどである」と評する。

のんきな母親《のんきなははおや》　コラム

〔初出〕「読売新聞」昭和五十年十月二十五日夕刊。五～五面。「東風西風」欄。

〔梗概〕先ごろ、私は仕事とは関係のない二人の同性の友人に会う機会があった。旦那さまの転任で一人息子を下宿に残してきた。その息子は東大に合格し、この春以来一流企業に務めている。もう一人の友人の娘さんは一流の女子大に在学中で、奨学金と家庭教師のアルバイト収入で、自分の費用は全部自分で負担しているという。彼女たちに共通しているのは、子供さんのことはきかれれば答える程度にしか話さず、じきに話題を変えることだ。

は

背誓《はいせい》　短編小説

〔初出〕「中央公論」昭和四十一年十二月一日発行、第八十一年十二号、二八八～三一四頁。

〔収録〕『背誓』昭和四十四年十二月十日発行、新潮社、一七一～二二六頁。『河野多恵子全集第2巻』平成七年一月十日発行、新潮社、二七一～二九六頁。

〔梗概〕坂井百子は五年も前に別れた尾高久三の傷害事件の証人に呼び出された。尾高とは二年足らずの間柄だっただけで別れ、以来五年間、少くともこちらとしては相手の消息さえ知らない。当時、尾高は外国映画会社の日本支社に勤めていた。その後、退職し、カメラ店を開き、すでに妻子もあるという。店員の美代子を犯したりして、その美代子に踏み台をふり上げて怪我をさせたのである。百子は、昔の溜飲を下げる気など毛頭なく、全く今の自分に忠実な証言をしようと思うのだった。その証言の中で、百子と尾高との関係がだんだんわかってくる。ふたりの間がうまくゆかなくなってから、自動車に乗ってゆくとき、尾高は百子だけを先に乗せてタクシーを走らせようとする。百子は止めてほしさのあまり運転手の首に手をかけたといった事件などが明らかにされる。検事の別れた直接の原因は何《なん》でしたかに、「あなたなどにはいてもらわないほうが余っ程いい」と言ったら、尾高は「どうもそうらしいな」と言って、去ってしまったと百子は答える。その前に、追いかけたくても、肺結核になったので追いかけられなくなったのであるともいう。尾高は週に一度くらいずつ見舞いに来たが、一回では「半殺しにしたネズミが気になって見に行かずにはいられない猫みたいだ」と思った。百子は被告が病気を案じてくれるのは、自分が再出発したいからで、わたしと再出発したいからではないと思うようになった。そのことを尾高にいうと、「一人前の体になってから言え」と言われた。その時、わたしは尾高の頬を打ったことがある。前に「そんなにわたしの吃りを直したのが口惜しいのなら、もう一度吃りにさせるか、殺すかすればいい」と、百子が尾高に一度刃物を握らせたことがあったので、尾高は挑発されないように警戒して、百子に暴力を振るったことはないという。そして、弁護士が質問する最中に、百子はいきなり吃りだす。緊張しているとき、興奮しているとき、疲れているときに、吃るのを、尾高がなおしてくれたのである。百子は弁護士の言い方に逆らって言おうとするとますます吃りだしてしまう。百子は、眼頭が熱くなった。わたしは元のわたしに、あの人との仲は、もう頃の元のわたしになったのだ。お人好しだったうこれで本当に何も彼も終ったのだ。二年くらい前から一度も被告のことは思いだしてはいないのだと供述したことは、果して自分に対して忠実であったかどうか。百子は頭を垂れた。

〔同時代評〕伊藤整・武田泰淳・平林たい子「創作合評―236回―」(「群像」昭和42年1月1日発行)で、平林たい子は「うまいのでいつも感心しているのです。非常に克明に女の気持を無駄なく、そしてこまかく描写しています」「この人は女の水平線というものを描こうとしているのです。非常に新しい試みでもあるし、いわば普通の女のひとがこれだけ筆の先に踊り出るということは並々ならぬ腕だと思いますね」「こういう女の立場から見た男、それも変わった薄情の男でなくて普通の男が部屋からみなカメラを持っていっちゃったりするところなど、そういうことで感心します。とにかく普通の人間が描けるということは非凡な腕だと思います」といい、伊藤整も「われわれの思っている女の作家の女でないほんとうの女が出てくる」「これが女だと思うようなものが出てくるわけだ。ほんとうにちょっとギョッとするというか、そうであったというか、たいへんな力をもっている人だと思います」と、高く評価した。

パイロットの眼《ぱいろっとのめ》　エッセイ
〔初出〕「別冊婦人公論」昭和五十七年七月二十日発行、第三巻三号〈九号〉、四七～四七頁。「私の古傷」。

〔収録〕『気分について』昭和五十七年十月二十日発行、福武書店、一九五～一九六頁。

〔梗概〕自分の心の傷あとを調べてみると、大小いくつかの傷あとがある。傷あとを残されたり、人に残してしまったりするのは、たがいに生きていることの前提かもしれないのである。傷あとと言うのとは少々意味がちがうけれども、私の心には後天的な痣《あざ》のように損ねられたままになっている部分がある。戦争末期、最も低空まで敵機が斜めに襲ってきた。搭乗している戦闘員の眼が見えたのである。私を狙った眼であった。自分は狙い射ちにされかかった人間なのかと思うと、恐怖とは別に、人間のすべきでない経験をしてしまったという、心の一部だけ人間の誇りを損ねられたままになっている気がする。

墓への道《はかへのみち》 ──→いすとりえっと（33頁）

励ましの言葉《はげましのことば》　エッセイ

〔初出〕「グリーン版日本文学全集第34巻月報34」昭和四十五年六月二十五日発行、河出書房新社、二～四頁。

〔梗概〕「幼児狩り」が新潮社同人雑誌賞の受賞と決ったとき、私はこの世が不思議でならなくなった。伊藤整先生が強く推薦してくださったと聞くと、「私には先生がその不思議さの化身のように、ふと感じられた」のである。受賞式で、先生が「そういうことからしましても、もう作家ともいえるくらいで…」とおっしゃったとき、自分の思いあがりを手きびしくたしなめられ、覚悟を求められたような気がした。

箱の中《はこのなか》 ──→いすとりえっと（33頁）

「橋の上から」を択ぶ《「はしのうえから」をえらぶ》　選評

〔初出〕「新潮」昭和五十六年七月一日発行、第七十八巻七号、一三六～一三六頁。

〔梗概〕第十三回新潮新人賞選評。「橋の上から」はよい作品である。六編中、この作品のみがモチーフをもって書かれていた。そのモチーフがまた新鮮であり、時に行方不明になりはしても、概してよく隅々にまで放射している。今日では恋愛小説は成り立ちにくいと言われるようになって久しいが、「橋の上から」は今日には今日の恋愛小説が存在し得ることを新鮮に証明してみせた。

はじめて観るダービー《はじめてみるだーびー》　エッセイ

〔初出〕「優駿」昭和三十八年七月一日発行、第二十三巻七号、六〇～六一頁。日本中央競馬会発行。

〔梗概〕私がこの世の中に競馬というものがあることを知ったのは映画によるのではなかったかと思う。はじめて競馬場というものを見たのは一昨年のことだった。去年のダービーのとき、是非行きたいと思いながら、用事があって行けなかった。今年は何とか間に合う時刻に用がすんでくれて、第八レースが始まりかかっていた時に、東京競馬場に着いた。出場馬について何の知識も見識も持っていないので、馬券を買うにはいつも下馬評に頼る。優勝したメイズイと森安騎手にスタンドから一斉に拍手が送られる。「競馬というものが予想の勝者を恃むものである以上、遂に勝者が誕生したときそれはすべて観客のものとなって、このように一斉の賞讃を受ける」のであろう。

蓮實さんの「距離」《はすみさんの「きより」》　エッセイ

〔初出〕「国文学〈解釈と教材の研究〉」平成四年七月一日発行、第三十七巻八号、二五～二七頁。

〔梗概〕蓮實さんにとっての家は、フローベールなのではあるまいか。蓮實さんの論考の特性を絞っていえば、対象との「距離」ということになるかと思われる。小林秀雄は対象に入り込み、対象と一つになってしまう評論家だった。蓮實さんの論考は対象の如何を問わず、常に独特の「距離」の効果の凄みに満ちている。蓮實さんにおいては、どのようなジャンルのどのような性格の論考であっても、自分の立場が立ち入ることは決してない。対象との無限の距離と精神の強靱さによって、蓮實さんの論考は実に自由である。

バタイユの「エミリ・ブロンテ」《ばたいゆの「えみり・ぶろんて」》　エッセイ

〔初出〕「ユリイカ〈詩と批評〉」昭和四十八年四月一日発行、第五巻四号、一〇二～一〇五頁。

〔収録〕『文学の奇蹟』昭和四十九年二月二十八日発行、河出書房新社、一九八～二〇三頁。『河野多恵子全集第10巻』平成七年九月十日発行、新潮社、一九三～一九六頁。

〔梗概〕G・バタイユの評論集『文学と悪』の特色を、バタイユが悪についての認識を極限までおしすすめようとする情熱にあると評価する。『文学と悪』のなかの「エミリ・ブロンテ」を取りあげ、「嵐ケ丘」に対するG・ハタイユとの解釈の大きな相違について論じる。ハタイユの「エミリ・ブロンテ」は、度外れの省略や、不自然な飛躍、転換を、時には矛盾を伴いながら、しかも「嵐ケ丘」論を超えて、単なる理論的解釈では獲得できない、「悪についての認識の極限」世界を華麗に獲得している点を分析する。

鉢の中《はちのなか》　エッセイ

〔初出〕「海」昭和四十四年十二月一日発行、第一巻七号、一一一～一一三頁。

〔収録〕『私の泣きどころ』昭和四十九年四月八日発行、講談社、一一一～一一四頁。『いくつもの時間』昭和五十八年六月七日発行、海竜社、一五八～一六一頁。『河野多恵子全集第10巻』平成七年九月十日発行、新潮社、二三六～二三八頁。

〔梗概〕私は一体に生きものが好きではない。この夏、床屋さんで、そこへ遊びにきていた中学生から鈴虫雌三匹と雄二匹をもらった。少年は細かい飼育法まで教えてくれた。雌は産卵後、雄を食べてから死ぬのだという習性も、その時はじめて知った。雄の片方が鳴かない。五匹のうちでいちばん小さく、産卵管がないのは雄だからではなくて、雌だったのに折れてしまったのかもしれないと思った。やがて、秋風が立ちはじめた。或る朝、鉢の中を覗くと、鳴いていた雄一匹が消えている。鳴かない小柄の一匹はまだ喰い殺されていない。やはり本来は雌だったのか、それとも雌的雄だったのか。ところが、一両日後、それが「リン」と小さく鳴く。雄だったのだ。同性が喰い殺されたあと、弱々しく自分の性を示すのだ。だが、雌たちにはやはり異性を感じさせなかったとみえる。三匹の雌たちが死にはじめたが、彼は喰い殺されることなく、雌たちばかりの死骸に混って自分の死骸をさらした。

発見《はっけん》　エッセイ

〔初出〕「CHAINSTORE」昭和四十七年六月一日発行、第百七十六号、二四～二五頁。「現代女性シリーズ(54)」。

〔梗概〕A子さんは一年ほど前に見合いをし、暫く交際し、断わられたと彼女は思っていた。彼の誕生日のときのデートに、ネクタイ・ピンを贈った。クリスマス・イブに会おうといった。が、何の連絡もなかった。そして、翌日速達郵便で、彼から小包みを受け取った。中味はハンカチである。彼女はネクタイ・ピンに対するお返しを形式的に早々とすませた彼の気持を見たように思って絶望した。ハンカチと判ると、彼女は手に取ってみる気さえしなかった。案の定、正月になっても、彼から何の連絡もなかった。ハンカチの底にしのばせておいた手紙に対して、彼女から一言の返事もなかったのだから。A子さんはそのハンカチを使用する時になって、手紙に気づいたのである。彼の手紙は、彼女が話したところでは、プロポーズに準ずるものだったという。私は「彼はいい方だったのね」「あなたに自信と謙虚さと寛大さを与えてくださった方ですもの」と言った。

初旅《はつたび》　エッセイ

〔初出〕「R」昭和四十五年七月一日発行、第七巻七号、六～七頁。「車窓」欄。日本国有鉄道発行。

〔梗概〕空襲まで始まり、私は少女時代に旅行といえるほどの旅行に連れて行ってもらったことがない。終戦の翌年の夏休みに、弟とふたりで父の郷里の九州へ遊びに行ったのが、私の初旅だった。まだ交通事情も食料事情もわるかった。

はっとした時《はっとしたとき》　――→いすとりえっと（37頁）

溌剌とした作品《はつらつとしたさくひん》　選評

〔初出〕「群像」平成九年一月一日発行、第五十二巻一号、四六一～四六二頁。

〔梗概〕第四十九回野間文藝賞選評。秋山駿氏の評論『信長』は、まことに文学的誠実さに満ちた作品である。織田信長をひたすら識りたい作者の衝動は、信長を越えて人間というものを識りたい衝動を弾ませ、この評論を溌剌としたものにしている。『信長』の成功には、秋山氏の文藝評論家としての豊かな才幹とそのキャリア、そして人間への絶えざる強い興味の存在が顧みられる。

溌剌とした受賞作《はつらつとしたじゅしょうさく》　選評

〔初出〕「群像」平成十二年一月一日発行、第五十五巻一号、四二九～四三〇頁。

〔梗概〕第五十二回野間文藝賞選評。清岡卓行『マロニエの花が言った』の批評。

花《はな》　エッセイ

〔初出〕「婦人と暮し」昭和五十二年三月一日発行、第二十一号、一二～一三頁。

〔収録〕『もうひとつの時間』昭和五十三年二月二十日発行、講談社、二二八～二三〇頁。

〔梗概〕私は花のうちでは、蘭がいちばん好きである。不思議なものへのあこがれを秘めているようでもある。春の花では、連翹が好きである。桜の花はいかにもあわただしい。梅はどうも頑固な花に見える。水仙の花を見ると、まだ寒中であっても、いや寒中であればあるほど、春遠からじを告げられる歓びを味わう。私が桃の花が好きなのは、あのころころした形と、赤が濃すぎて少しくすんだような色との似合い方が、いかにも確かな春の花らしいからである。

「花嫁の父」への疑問《「はなよめのちち」へのぎもん》　エッセイ

〔初出〕「斐文会報」昭和五十年四月二十五日発行、第二百五十五号、一二～一二頁。

〔収録〕『もうひとつの時間』昭和五十三年二月二十日発行、講談社、一五九～一六一頁。

〔梗概〕今日の日本では、「花嫁の父」のたしなみが失われすぎていないでしょうか。「花嫁の父」的である男性は、とかくエリートというような呼ばれ方の好きそうな人たちに、よく見られる。「花嫁の父」を他人ながら恥ずかしく感じるのは、その人たちの世間的、社会的な甘えに正視しかねるものがあるからである。こういう甘えのある男性の狭さ、物事に対する興味の鈍さは、驚くべきものがある。

幅広さの理由《はばひろさのりゆう》　エッセイ

〔初出〕「栗田勇著作集第12巻付録」昭和五十四年十月二十五日発行、講談社、一～二頁。

〔梗概〕栗田勇さんは、たとえば「お仕事は何ですか?」と訊くようなひとがあれば、どうお答えになるのだろうか。私がそう思うのは、栗田さんを何でも屋と見ているからではない。栗田さんの仕事の広さは、全く独自の理由からきている。栗田さんは現代の可能性を探迫したくてならないのであり、可能性の認識の感動を表現したのが栗田さんの著作であるように思われる。仕事の幅広くなるのは、そのためなのである。指摘しておられる現代藝術の綜合性よりも、栗田さん自身の仕事の場合は、その幅広さの意味がひとまわり大きいのである。栗田さんの仕事の幅広さの理由は、現代藝術の綜合性とは全く別のものだと言わなくてはならないだろう。

母を見直す《ははをみなおす》　インタビュー

〔初出〕「サンケイ新聞」昭和五十一年二月二日朝刊。「テーマ訪問」。署名は「(寛)」。

〔梗概〕「母性というのは動物的なんですね。そして、こどもは自分が築いてきたもの、自分とつながっているものという抜きがたい観念の上に成り立つもの。」「父性というのは、もうひとまわり広いというか、こどもとある距離を置いて成り立っている」ので、母親はふだんに、もっと動物的な母性を発揮すべきだと思う。

歯磨《はみがき》　エッセイ

〔初出〕「週刊朝日」昭和五十八年六月十日発行、第八十八巻二十五号、七六～七七頁。

〔収録〕『蛙と算術』平成五年二月二十日発行、新潮社、五一～五四頁。

〔梗概〕近ごろは何でもそうだが、歯磨にしても驚くほど品数が多い。はじめて歯磨を使ったのは、何歳くらいの頃だったのだろうか。物心のつく頃だったようである。色も香りも好きなのに、刺激が苦手だった記憶がある。歯磨といえば、正方形をほんの少し長目にした袋に入っていた印象が、今もって私には一番強い。昭和七年にチューブ入りで練歯磨というものがはじめて現れたとは意外だった。

は

新しいチューブ入りの歯磨といえば旅行、旅行といえば新しいチューブ入りの歯磨の印象が私には今もってあるらしい。家の者がチューブ入りを買いに行くのに蹤《つ》いて行って、「ご旅行ですか」と薬局の人が言うのを聞いたことがある。小学校の高学年になって夏の林間学校があり、私は初めて自分の持ってゆくチューブ入りの歯磨を買ってもらった。でも、その頃の練歯磨のチューブはどんなデザインだったか、全く思いだせない。

早すぎる秋《はやすぎるあき》　エッセイ

〔初出〕「朝日新聞」〈広告特集家庭版中部〉昭和四十六年九月二十三日発行、第三十二号、一～一面。

〔収録〕『私の泣きどころ』昭和四十九年四月八日発行、講談社、二八～三一頁。

〔梗概〕子供のころ、時間に追いかけられる経験をしたことがなく、待つ経験ばかりだった。今の私は、自分だけに三年くらいの時間が臨時に配給されなければ、時間のおくれが取戻せない状態になっている。仕事の溜まりは増しはしても、減ることは決してない。雑事も溜まる一方になる。秋の衣類の支度も、まだである。母が「冬の物は夏に、夏の物は冬に」とよく言ったことを思いだす。この秋の来方は、あまりに早すぎた。着る物のことで秋に追いかけられ、追いこされる気持になったり、いつものように、たかを括ったりする暇さえないほど早く、私は却って珍しく気楽に秋を迎えた。

同胞《はらから》　短編小説

〔初出〕「新潮」昭和四十六年七月一日発行、第六十八巻八号、八六～一〇二頁。

〔収録〕『文学選集37』昭和四十七年五月十二日発行、講談社、二六一～二七四頁。『択ばれて在る日々』昭和四十九年十月十五日発行、河出書房新社、五～三八頁。『河野多恵子全集第3巻』平成七年二月十日発行、新潮社、一一七～一三二頁。

〔梗概〕主人公の女性はなくした一枚の残酷絵画のことでいら立っている。彼女は幼い頃から探し物をすることに執着する人間であった。幼い頃は〝魔が隠している〟と大人たちに言われて泣くことで、欲求を転嫁することができた。その絵はある雑誌に載っているもので、拷問が男女に加えられているものだが、窓から一条の光がさし込んでいる。彼女は夫の部屋に行って、その雑誌がそこにはないことを知りつつそれを探そうとする。彼は彼女がいら立っていることを無視し通そうとする。彼は、グロテスクのきらいでない彼女に適切な仕向けをするような人であるのに、こういうとき無視した言い方をするので、彼女はいっそうにいら立つ。ある初秋の日に、自宅のへいの中に紙に包んだお金が投げ込まれていた。それを隣りの主婦の勧めで交番に届けに行った帰りに、バスの停留所で奇妙な妊婦を見かけた。妊婦は人形を抱き片手に乳母車を持っていた。この出来事を誰かに話したく思うが、彼女の気持を分ってくれる、恐らく唯一の人であった、その年上の同性の友人は、その春に亡くなってしまっていた。彼もそれをよく理解していない。また彼女の妹とも同胞（はらから）であることを双方で断わっているものがあり、訪ねて来たその妹と昔二人が別れた場所へ行って、妹がいい顔になり、それに応じて自分もいい顔になっているのを感じる。彼女はその時、何故彼女が亡くした例のグロテスクな絵を見て息苦しくなったのかが分った。絵に描かれている「残酷者」と「生贄」が「同胞」ではないのだと知る。雑誌が偶然見つかったとき、彼女はあらためてこの「二組の執行人」の絵の「確かな象《かたち》」に接することを拒絶するため、それを処分する。そして自分がほんとうに見たいのは、小さな四角い窓から射している西日に、残酷者と生贄とがともに憔悴している絵であり、どのような象で、彼と同胞であり続けるかということだと知る。

〔同時代評〕秋山駿は「文藝時評（下）」（「東京新聞」昭和46年6月30日夕刊）で、「日常のエピソードともいえぬエピソードを並べて、何となく異様で不気味なものを微かに漂わせる。」「ただこの小説では、ことばが、あまりに含むところが多く、微妙に暗示するところが多く、作者の一人合点に過ぎぬものがあるのではないかと思われる。『同胞』ということばにも、特別な意味があるらしいが、『妹』という人物の出てくるあたりは、どうもイメージが結ばれない」と評した。佐々木基一・遠藤周作・上田三四二の「創作合評―291回―」（「群像」昭和46年8月1日発行）は、妹の場面のわかりにくさ等を問題にした。

（戸塚安津子）

春着の支度《はるぎのしたく》　エッセイ

〔初出〕「婦人公論」昭和五十七年一月一日発行、第六十七巻一号、九三～九四頁。

〔収録〕『気分について』昭和五十七年十月二十日発行、福武書店、一二五～一二八頁。『河野多恵子全集第10巻』平成七年九月十日発行、新潮社、二九五～二九七頁。

〔梗概〕作家の仕事どきの身じまいのよしあしは、そのまま嗜みの尺度とはいえない。機能上の相性もあるし、創作上の内的な相性のことも大きく関係しているようである。何がきっかけであったか、十年ほどまえから冬に限らず、いわゆるトレパンが、最も仕事に熱中できる衣服になった。佐藤愛子さんの「むつかしい世の中」に出てくる二十六になる手伝いのぬい子さんは、エビ茶のと紺のトレパンをいつも穿いている。彼女は、お正月にもトレパン姿らしい。でも、何と〈新しいトレパン〉とある。春着の心づもりをするとみえる。私も今年は、ぜひとも紺に白線のトレパンを見つけて、新しい春着で仕事始めとしようかしらと思っている。

春の快晴の昼間に《はるのかいせいのひるま》　回答

〔初出〕「婦人公論」昭和五十七年十月一日発行、第六十七巻十号、四二七～四二七頁。「著名人アンケート　私が望んでいる死のあり方」。

〔梗概〕死ということをあまり重大視するのは不自然という気がする。少くとも自分の死については軽く考えたいし、人にも軽く見てもらいたい。私はわざわざ自殺をする気にはなれない。寿命のあるうちは、生きている取得があるはずなので、生きてみたい。もしも、私の死病や死で、ひどく心配したり悲しんだりしてくれるような人が少しでもあるならば、その人たちがみな死んでしまってから、暢気に自分の死を迎えたい。もう一つ望むのは、死ぬ日が春の快晴の昼間であってほしいと思う。自分が煙となって空へのぼって行く日もまた、快晴であってほしいものである。

春の記憶《はるのきおく》　エッセイ

〔初出〕「複十字」昭和四十三年五月一日発行、第八十一号、一七〜一七頁。

〔梗概〕私の幼年時代の思い出は、折々の季節に関連して蘇ってくるようである。私は寄留入学、今の言葉で言えば越境入学で小学校に入学した。一学期中、私はよく中西君と一緒に帰った。中西君は二学期になると転校した。中西君の一回きりの為に、紺サージの金ボタンの学生服を着ていた、その子の姿だけが浮んでくる。同時に、中西君の桜色の頬を思いだす。春みたいな顔をしていると、私は思ったものであった。当時、二年生から習字を教わる。私は買ってもらった筆で家に一度字を書いてみたので、既に墨がついている。ところが、皆の筆は新しいのだ。私は後悔と恥ずかしさにいたたまれなかった。その年のことであろう。五月の宵の湯上り時、はじめて顎が妙に固いと感じたことを不意に思いだすことがある。

春の成長《はるのせいちょう》　エッセイ

〔初出〕「家庭画報」昭和五十二年三月二十日発行、第二十巻三号、六七〜六七頁。「エスプリの小筐」欄。

〔梗概〕歯のことと季節との印象では、春が記憶に蘇る。小学校二年生の時だった気がするが、あるいは一年生だったかもしれない。春のある宵、口中で上顎の裏が張るような、重たいような感じがした。歯医者さんへ行くと、歯のよい子供に時たまあることで、今すぐには抜けない、挟めるようになったら抜きましょう、ということになった。しかし、何といっても、顎などという思いがけない場所に歯が生えると知った時の驚きが最も大きかった。人間の体にはいろいろなことが起るのを私が知った最初の機会だった。その歯のことからだけでも、私はその春には随分成長したのであろうと思われる。

春の誕生《はるのたんじょう》　エッセイ

〔初出〕「楽しいわが家」昭和五十七年五月一日発行、第三十三巻五号、三〜三頁。

〔収録〕『気分について』昭和五十七年十月二十日発行、福武書店、一三一〜一三二頁。

〔梗概〕私には、自分の誕生日などというつまらないことを得意に思っているところがある。春の絶頂に生れたことが気に入っている。春の絶頂に生れたことが十代の頃から好きだったし、最悪期だった三十代の一時期など、それがせめてもの力づけのように感じられた気がするのである。

春の日《はるのひ》　エッセイ

〔初出〕「新潮」昭和五十九年六月一日発行、第八十一巻六号、二二九〜二三四頁。「特集野上弥生子の一世紀」。

〔梗概〕野上弥生子さんと申せば、国際的な非常事態を経験された作家というのが、少女時代の私にとってのイメージだった。それは、野上さんが『欧米の旅』の筆者であったからなのだろう。作家になるための東京生活を今からはじめるその最初に、先ず野上弥生子さんに一眼お会いしておきたいと、突然思い立ったのであった。「あなた、お幾つ？」と訊かれ、二十七とお答えした。野上さんは「わたしよりも四十はお若い、人間、四十年あれば努力次第で大抵のことはできると思いますよ」とおっしゃった。以来、野上さんの「四十年あれば…」のお言葉を、私は幾度思いだしたかしれない。あの春の日から十五年目の春、私は女流文学賞をいただいた。円地文子さんが選者の最長老であった野上さんへご挨拶に連れて行ってくださった。数年後、私はやはり円地さんと、そして今度は瀬戸内晴美さんとお相伴して、もう一度野上さんをお訪ねしたことがある。どちらの時のことであったか、「与謝野晶子にお会いになったことはございますか？」と、急に思いついて、野上さんにお訊きした。「ええ。一度富士見町のころのお宅へ伺ったこともありますよ。わたくしはお産が嫌いでしてねー」とおっしゃる。晶子が無痛分娩でお産をしていると聞かれて、それを教わりにお訪ねになったとか。

春の日に《はるのひに》　追悼記

〔初出〕『花の雨—越智信平追悼録—』昭和四十年四月八日発行、越智啓子（発行者）、七六〜七七頁。

〔梗概〕昭和三十九年四月八日に肺癌で死去した十日会の会員であった越智信平についての追悼記。最後にお会いしたのは、去年の秋「文学者」の方々が私のために受賞と出版記念会を聞いてくださったときだった。それが最後のお別れになろうとは思いもよらなかった。お葬式の日はすばらしく快晴だった。私はお詣りさせていただいたあと、年に幾度とないような、こんな気持のよい日に煙となられる越智さんはなんと幸福な方だと思った。

春の雪《はるのゆき》　エッセイ

〔初出〕「楽しいわが家」昭和五十三年三月一日発行、第二十六巻三号、八〜九頁。

〔梗概〕十年前、つまり昭和四十三年二月十五日、東京では春の雪があった。しかも大雪だった。旧い日記を飜していたところ、その雪のことが記してあった。ところで、清少納言の「枕草子」に、庭の雪がいつまで残っているか当てっこをする、有名な話がある。今度気がついて数えてみると一カ月近く残っていたことになる。が、それは積みあげた雪の山だ。それなのに、その春の雪は、ただ積もったままにしておいたにもかかわらず、日記で数えてみると殆ど二十日残っていたことになる。三月五日、「庭の雪、午後、完全になくなる。昼前には、ひと抱えほど残っていたのに」と書いてある。旧い日記を見るのが厭で幾冊も焼き捨てたこともあるが、ふとこういう部分に出会うと、妙な言い方だが日記冥利に尽きる思いをする。

春の雪《はるのゆき》　エッセイ

〔初出〕「読売新聞」平成六年四月四日夕刊、一一〜一一面。

〔梗概〕一カ月あまり東京に帰国して、またニューヨークへ戻る日の朝、ニューヨークの主人からの電話で、ケネディ空港が前日から大雪で閉鎖されていると言う。成田では欠航の指令はなく、午後三時四十分発の便が五時十分発に変更された。幸い、ケネディ空港へ着陸できたのだが、通常では午後の二時着の便なのに、雪の空港はすでに全くの夜であった。タクシーの運転手は私の二つの荷物をトランクへ納めても戻らず、台車を押してくる人たちを促えては、何か言っている。

車内をよく見ると、あるべきライセンスがない。相乗りはだめと叫び、途端に、相乗りにもましてこの大男の運転手と二人きりになる怖さを想った。隣りの席、中年の長身の男性が入ってきた。大男の運転手は、ずっと無言である。幸い無事だったが、私はあの時やはり荷物を降ろしてしまうべきだった。その三日後、東京は二十五年ぶりの大雪だったという。二十五年まえの大雪といえば、折柄私には忘れられない出来事があった。私は毎日の雪の残り具合を日記に書いた覚えがある。

ハロウィン《はろういん》　──→ニューヨークめぐり会い（318頁）

ハワースにて《はわーすにて》　エッセイ

〔初出〕「ブロンテ・スタディーズ」昭和六十二年十月十七日、第一巻二号、一～二頁。

〔梗概〕昨年の初夏、ブロンテ姉妹ゆかりのハワースを訪れた。永年のあいだに写真やテレビで馴染んできたものばかりであったが、意外な発見もあった。牧師館が石煉瓦の通りを曲れば、すぐ間近にあるのは驚きました。ブロンテ家の町内に、アル中のブランウエルが入り浸っていたというブラック・ブル・ホテルや薬屋さんや郵便局があるのでした。

犯罪と常識《はんざいとじょうしき》　エッセイ

〔初出〕「群像」昭和五十二年八月一日発行、第三十二巻八号、二六八～二六九頁。

〔収録〕『もうひとりの時間』昭和五十三年二月二十日発行、講談社、一四七～一五〇頁。『いくつもの時間』昭和五十八年六月七日発行、海竜社、一八八～一九二頁。『日本の名随筆98〈悪〉』平成二年十二月二十五日発行、作品社、二三六～二三九頁。

〔梗概〕世間には泥棒という行為あるいは人があるとか、そういうことをするのはわるいことだが、すれば警察官に捕えられるとか、そんなことをいつどのように知ったか、私にはこれという記憶がない。私が殺人事件のニュースにはじめて接したのは新聞紙上で、もう女学生にはなっていた。世の中にはこういう思いがけないことがあるのかと、恐ろしくてならなくなった。当時の私が殺人ということが最高の悪で、最高の犯罪であると思った大半は、新聞記事のリアリティのせいだったかもしれない。そのリアリティは殺人行為の事象そのものではない。大事件扱い、極悪扱いのリアリティであり、容疑者の凄じい追われ方のリアリティなのである。考えてみると、私たちが義務教育で教えられる以外の夥しい常識は何となく、いつの間にか身につけてしまうのは当然であるようで、やはり不思議だともいえる。心身共に正常でありながら、例えば犯罪に関する社会常識を身につけることのなかった場合の人間を近頃ときどき想像する。

半所有者《はんしょゆうしゃ》　短編小説

〔初出〕「新潮」平成十三年五月一日発行、第九十八巻五号、一三八～一四七頁。

〔収録〕『半所有者』平成十三年十一月三十日発行、新潮社、一～四四頁。『文学２００２』平成十四年四月二十日発行、講談社、六九～七八頁。

〔再掲〕「新潮」平成十四年六月一日発行、第九十九巻六号、一八二～一八九頁。

〔梗概〕妻は入院先で、息を引き取った。

久保氏は漸く一人になり得て、彼女の死顔を思いのままに見ることができるのだった。享年は通常の満年齢でなく、数え年を称すのを、その日の妻の死で初めて知った。彼女の声なき声を聞こうとして一心に待ったが、叶えられない。妻の死顔を両手で挟んだ。〈冷たい。冷たすぎる〉。彼は、左前の衿先から、片手を入れた。所嫌わず撫でまわした。つくづく自分のものだと思えてくる。夫の死体性交の行為は死体毀損の犯罪なのか。不備な法律は、夫の権利を守っていないと思ったことが、彼をさらに刺戟した。彼の欲望を一途に亢進させ、股《もも》裏へ押し入った。一段の冷たさが鮮烈だった。女体の場合の快感とは、こういうものであったか。彼は女体になり替った気がした。この作品で、第二十八回川端康成文学賞を受賞した。

番町の自然《ばんちょうのしぜん》　エッセイ

〔初出〕「東京人」昭和六十二年九月一日発行、第二巻四号、一九～一九頁。

〔梗概〕千代田区の番町に住むようになって、十六年目になる。番町は今もって、私に思いがけなく自然を示してくれることがある。番町に住んでいると、お町内という言葉を使いたい気になることもある。うちで使うへび苺はここ数年来、ずっと番町で見つけたものだ。番町産の立派なさるのこしかけまで、もっているのである。

パンと果物《ぱんとくだもの》　エッセイ

〔初出〕「海」昭和四十九年六月一日発行、第六巻六号、二九～二九頁。「わが食物誌」欄。

〔収録〕『もうひとつの時間』昭和五十三年二月二十日発行、講談社、七六～七七頁。『いくつもの時間』昭和五十八年六月七日発行、海竜社、一六二～一六四頁。

〔梗概〕たまに早起きした朝は、歩いて十五分ほどのところに自家製の焼き立てのパンを売っている店があって、買いにいく。ところが、私は、香ばしい焼き立てのパンをまだ温いうちに食べても、また他のどんなレストランのパンも、心の底からおいしいと思うことは滅多にない。私はパンならばどんなパンでも、いつまで見ていても飽きないほど形や色合いに面白さを感じる。果物も、同様である。「ああ、おいしい」と思うのは、ハムと一緒に食べるネーブルとメロンくらいのもの。ただ、パンと果物は、何かのはずみで味覚的にいつか大変好きになるのではないかという気がする。

半年だけの恩師《はんとしだけのおんし》　エッセイ

〔初出〕『忘れ得ぬ出会い』昭和四十六年七月発行、佼成出版社、九三～一〇三頁。

〔収録〕『私の泣きどころ』昭和四十九年四月八日発行、講談社、一四二～一五一頁。『いくつもの時間』昭和五十八年六月七日発行、海竜社、二二四～二三四頁。高田好胤編『日本の名随筆71〈恩〉』昭和六十三年九月二十五日発行、作品社、一五～二三頁。『河野多惠子全集第10巻』平成七年九月十日発行、新潮社、二六〇～二六五頁。

〔梗概〕人間は悲しかったことやつらかったことよりも、うれしかったことのほうが記憶に残りやすい。私は先生運がよかった。S先生に接したのは、戦争末期の昭和十九年、大阪の旧制の女子専門学校の経済科であった。当時は挺身隊のがれのために進学する人が多かった。競争率は前年の五倍以上になっていた。

最初の一カ月が過ぎたころ、美しいアルトの声で活々した目をしている先生に会った。先生からエミリ・ブロンテを学び、豊かな心を養うようにと教わった。遂に、軍需工場へ動員されるようになった。ある朝、私が全員集合している朝礼に遅刻した時、先生は一瞬の機転で勇敢にも出席簿を開いて訂正してくださったことがある。

先生はその冬、特に別れも告げずに学校を去ってしまわれた。確か、学校の先生と結婚されたということだった。先生の全身には、何かしら平和と輝きが溢れていた。それは年齢を超えた、人間的な豊かさである。S先生とは似ても似つかぬ私であるが、人間としても、作家としても励まされる思いがするのである。

（鄭　勝云）

ハンドル知らず《はんどるしらず》　エッセイ

〔初出〕掲載誌紙名未詳、昭和六十一年九月発行。

〔収録〕『蛙と算術』平成五年二月二十日発行、新潮社、八五〜八九頁。

〔梗概〕この夏も、一度も水に入らぬうちに、秋風が立ちはじめてきた。私たちの学生時代は遠泳が盛んで、習ったのは遠泳用の横泳ぎだけだった。私は体は丈夫ではなかったが、運動は人並みにできた。私は一応の運動神経はあるつもりだが、車の運転となると、最初から諦めていて、免許を取ることはまるで考えたことがない。ハンドルの位置のせいである。ハンドルが運転席の中央にあるのならば、私も運転をする気になったかもしれない。運転席の片寄った位置にあるハンドルと車体―車輪軸との関係は、私にはどうも不自然な感じがしてならない。ところで、日本に現れた自動車の第一号についてのおもしろいエピソードを聞いたことがある。大正天皇に献上された外国車の試運転の時、もっとよく見ようとした老女がいきなり走り出た。運転手はそのはずみでハンドルを誤った。陛下にそんな危険な乗物にお乗りいただくわけにはゆかないと、その第一号の自動車はそれきり仕舞われることになったという。

ひ

灯《ひ》　エッセイ

〔初出〕「風景」昭和三十七年十二月一日発行、第三巻十二号、四八〜四九頁。

〔梗概〕電気スタンドの笠が変色しているので取り替えた。灯をともしたときのことなど考慮しないで真っ赤な笠を選んでしまった。赤い笠の灯は燃え立つように眼に襲いかかってきて、とても向き合って坐っていられたものでない。翌日、笠の内側に白のポスターカラーを塗ってみたが、黒い斑点のある煉瓦色の灯になって、失敗だった。私は古い記憶にある、ガス灯の蒼い静かな灯のことを思いだした。神秘的な蒼い灯と人工太陽の光とを随時ほしいままにして書き物をするのはわるくないだろうが、それにしても、ガス灯の器具など今どき売っているところがあるかしら。

ぴ・い・ぷ・る―今年の旅―《ぴ・い・ぷ・る―ことしのたび―》

回答

〔初出〕「藝術新潮」昭和四十七年十二月一日発行、第二十三巻十二号、六三〜六三頁。

〔梗概〕初夏の頃、急に誘われて大島へ行った。旅館のおかみさんに「少しお寝みになりましたか」と言われると、私はおどろくほど睡気に襲われた。質量ともにあんなに睡ったことがない。

P・メリメの『カルメン』《ぴー・めりめの『かるめん』》

エッセイ

〔初出〕「別冊文藝春秋」平成元年七月一日発行、第百八十八号、二〇〜二一頁。

〔収録〕『蛙と算術』平成五年二月二十日発行、新潮社、一五八〜一六二頁。

〔梗概〕私がはじめて「カルメン」の舞台に接したのは戦後のことで、二十歳になる時分だった。闘牛士に名前を訊かれたカルメンが「カルメン、カルメンシータ。どっちでもいいわ」と答えたが、その時、この科白はメリメの『カルメン』になかった気がした。当時、すでに『カルメン』を読んでいたのにちがいない。私にとって「カルメン」は幾度読み返しても一向に変化する様子のない作品の一つである。全編「男の凄さ」に溢れている。ホセがカルメンの心変りに、怒りと哀しみで取り乱している最中、ミサを願いに行く。そこに「男の凄さに、私は息をのむ」のである。男の「凄さは私にとっては恐らく永遠の謎のひとつ」であろう。

被害妄想のよろこび《ひがいもうそうのよろこび》　エッセイ

〔初出〕「婦人公論」昭和三十九年四月一日発行、第四十九巻四号、一二〇〜一二三頁。「告白特集・女の心の中の悪魔」欄。

〔梗概〕私の内部には正体不明の悪魔がいる。二十八年前、この悪魔にいたずらされたことがある。当時、願望の女学校に合格し、皆からお祝いの言葉や品物が送られたりして、幸福であるはずだったが、姉と同校に行くことが何ともいえない侘しいことに思えてきた。これは私の内部の悪魔の仕業で、自分の幸福に自ら水をささずにいられなくさせる。友情についてもこの悪魔に翻弄されている。友情が高まると、相手から被害を受けたくなってくるし、逆に被害を及ぼしたくなってくる。これは悪魔のいたずらだから敢行中は全然気がつかない。ところで、一般の女性が幸福を意識しようとすると、どうしても不幸を共存させる必要があるらしく思われる。不幸という薬味がなくては、幸福という御馳走をおいしく味わうことができないからである。女性は、幸福であればあるほど自分の不幸や苦情を他人に聞いてもらい、誇張して意識する。自分の幸福を深く意識するときの微妙な楽しさを味わおうとしている。このような女性の本能は、生活の事柄についても働く。広い新築の家を持つ婦人は、幸福感を味わうために、薬味用の不平として家の欠点らしいことを何回も繰り返していう。しかし、薬味用の不平は使い過ぎると、悪くなる危険性がある。その結果、今度は正真正銘の愚痴となる。これらは悪魔の仕業であるから、人間のわざでは治療し難い。悪魔の仕業であることに気づかないうちに、段々悪化し、被害妄想にさえ陥る。女性の被害妄想は、不幸の好きな本能をもっている。不幸と幸福のバランスが崩れてきていても、自分で御馳走がまだ認められる内は、薬味として役に立つものだから、つらさも際立って感じられない。そして、忍耐をやりきれないと自覚するとき被害忘想も一緒に訪れてくる。女性はこの悪魔から逃げることができない。幸福が素敵なものになるためには多少の不幸が必要である。充満な幸福感を一さじの不幸感で際立たせることが女性の本能であるとすれば、それを充たすためにはまず幸福であることが必要であろう。（金　文洙）

比較の罪《ひかくのつみ》　エッセイ

〔初出〕「婦人生活」昭和四十六年二月一日発行、第二十五巻二号、一五六～一五七頁。「話の広場」欄。〔収録〕『私の泣きどころ』昭和四十九年四月八日発行、講談社、二一一～二一三頁。『いくつもの時間』昭和五十八年六月七日発行、海竜社、一九九～二〇一頁。〔梗概〕世界主要都市の物価比較調査などは各国の政策上の参考になるが、私たち日常生活でなされる個人的な様々の比較は、無意味であるばかりか、罪悪でさえある。比較を止めて、我が家の特色に満足すればいいのである。自発的な浪費や贅沢は何等かの意識があり、取り柄があるが、人真似の買い物は人のために無意味な買い物をさせられているようなもので、全くの浪費である。

ピカソ「ドラ・マールの座像」《ぴかそ「どら・まーるのざぞう」》　エッセイ

〔初出〕「読売新聞」昭和五十二年十月二十五日夕刊、二～二面。原題「ピカソの軌跡⑦―一線、一色に快」。〔収録〕『気分について』昭和五十七年十月二十日発行、福武書店、七六～七七頁。この時、「ピカソ『ドラ・マールの座像』」と改題。〔梗概〕今度のピカソ展を観ていて、ピカソにとって、この世には描きたいもの、描きたいことが溢れていたのであり、どのようなものも、どのようなことも、どのようにも描きたくてならず、また描けたのだと、強く感じさせられた。「ドラ・マールの座像」は、どの一線、どの一色にも息づく、あまりに高らかな選択とあまりの自由な美しさがどうしようもなくうれしくて、何だか笑いたくなるのだった。

ピカソの軌跡《ぴかそのきせき》　→ピカソ「ドラ・マールの座像」（343頁）

日が経つにつれて《ひがたつにつれて》　エッセイ

〔初出〕「文學界」平成四年十月一日発行、第四十六巻十号、一五六～一五七頁。「追悼・中上健次」。〔梗概〕式場の正面に掲げられた中上さんの遺影を眺めていると、すでに亡くなられた方々のお通夜や告別式の席で、お元気だった中上さんと顔を合わせたり、お姿を見かけたりしたことが幾度かあったことが思いだされる。谷崎潤一郎の人物評として〈律義と非常識が同居していた〉と記している人がある。それから、佐藤春夫は、作家とは一抹の誠実さのある無頼、という意味のことを述べている。この二つの言葉は、どちらも中上さんにこのまま当てはまるように思える。人様のご不幸に中上さんがよく務めたのは、彼の非常識や無頼と同居していた律義さ、一抹の誠実さのひとつの現れに外ならなかったのであろう。亡くなられて日が経つにつれ、中上さんは短命だったにも拘らず、結局早熟にして大器晩成を果して逝かれたような気持が次第にしはじめてきている。

光と色とロマンと―永遠の名画秘蔵展―《ひかりといろとろまんと―えいえんのめいがひぞうてん―》　エッセイ

〔初出〕「読売新聞」昭和五十五年十月二十日夕刊、一～一面。

〔梗概〕ピカソ「アルルカンの家族」の美しさは、青の時代と桃色の時代との接点であることが、弱味ならぬ専らの強みを示しているところからも生じている。この絵を見ていると、ピカソの至上の青はこれであり、至上の薄桃色はこれなのではないかと思えてくるほど、二つの色が奇蹟のように、対時と融和を同時に果している。ピカソ自身の観る力、感じる力に感動する。彼の観、感じる力は五官に始まり、精神に到っている。

光と影《ひかりとかげ》　エッセイ

〔初出〕「ガラスライフ」昭和五十六年十月十日発行、第百三十七号、一七～一七頁。

〔収録〕『気分について』昭和五十七年十月二十日発行、福武書店、二〇〇～二〇二頁。

〔梗概〕空襲で焼けてしまった私の生家は、大阪の旧市内にあって、暗くて寒い家だった。電灯は、はじめはすべて定額灯だったという。夕方決った時間に点《とも》し、朝決った時間に消灯する。電灯よりも先に発明されたガス灯が、私の家では、食事をする中の間に残っていた。そういう家で育ったせいか、私は戸外はもちろん、陽のあたりのよい部屋で食事をすると、食欲が失われる。温度も低目のほうがよい。仕事の際にも、私は太陽の光と熱とは禁物である。それなのに、私の部屋は細長くて、その長いほうに二間分の西向きの大きなガラス窓がある。近頃のメガネのレンズにある、光線の強弱によって色の濃度の変更する、あのような作用をもった窓ガラスはないものだろうか。

日毎の迎え水《ひごとのむかえみず》　エッセイ

〔初出〕「別冊文藝春秋」昭和四十八年九月五日発行、第百二十五号、一七三～一七三頁。「執筆五分前」欄。

〔梗概〕人一倍遅筆で、それでも仕事中は夢中になっている。ペンを措く頃には、亢奮の絶頂にあって、次に書くべきことが続々と浮んでいる。原稿の続きに、その浮かんでいることを鉛筆でメモしておいて、今日はこれまでと机を離れる。原稿の続きにメモしてしまうのは、その日の最後の原稿は、一字も書き直す必要がなくても、翌日迎え水のつもりで最初の行から新しい原稿用紙に書き直すからである。

秘事《ひじ》　長編小説

〔初出〕「新潮」平成十一年七月一日～平成十二年九月一日発行、第九十六巻七号～第九十七巻九号（平成十二年一月一日発行は休載）。十四回連載。

〔初版〕『秘事』平成十二年十月三十日発行、新潮社、一～二六七頁。

〔梗概〕三村清太郎と麻子は、共に関西生れで、昭和三十年代前半に地元の国立大学と女子大学を出ている。学生の映画の上映会を機に知り合った。ふたりは偶然にも同じ綜合商社に入社が決まった。清太郎は結婚をするので麻子が入社を取り止めてくれないかと密かに思っていた。

ところが、清太郎と待ち合わせの時、麻子は交通事故に遭い、片頬の疵口を七針も縫い、大きな「疵痕」をこしらえてしまう。麻子はこの事故のあと、自ら入社を辞退して、清太郎の入社の秋に結婚する。麻子の入社辞退の理由は、採用してもらった会社への「あいしゃせいしん」からである。清太郎は結婚に不承不承の母に向い、「僕らは必ず添い遂げますから」という。その後、太郎と次郎の二人の子供に恵まれ、今や孫も四人生れている。そして、清太郎はシドニー、ロンドン、ニューヨークと、海外赴任を終えたあと、本社にもどって常務取締役にまで出世する。赴任先の事件や、子供たちの成長、親族の死、内緒で貸金庫を開設したことでのふたりの諍いなどが語られる。

　あるとき、清太郎は、二組の息子たち夫婦の前で、自分の臨終の時には、子供たちは席を外して欲しい、麻子に「素晴らしい言葉を聞かせるから」と約束する。だが、まだ五十七歳の麻子は予期せぬ劇症肝炎に襲われ、思いもかけず急死する。清太郎は「素晴らしい言葉」を告げ得ぬまま妻の最期を看取る。自分が麻子と結婚したのは自分の目前で顔に疵を負ってしまった彼女への「侠気や責任感」などではなく、ひたすら愛情ゆえだったと告白することだった。麻子が契約した貸し金庫に、子供の臍の緒と一緒にまだ黒髪だった頃のふたりの髪が残されていた。

〔書評〕菅野昭正は「大変な冒険に乗りだした小説」（「新潮」平成12年12月1日発行）といい、船曳建夫は「文の運びのきめ細かさ」（「文學界」平成13年1月1日発行）を指摘し、清水良典は「夫婦という関係の繊細で濃密な内実が詰まっている」（「群像」平成13年1月1日発行）と評した。

美少女《びしょうじょ》　短編小説

〔初出〕「新潮」昭和三十七年八月一日発行、第五十九巻八号、九二〜一一九頁。

〔再掲〕「文藝春秋」昭和三十八年三月一日発行、第四十一巻三号、二九六〜三二四頁。

〔収録〕『美少女・蟹』昭和三十八年八月二十五日発行、新潮社、二一五〜二六九頁。『現代の文学33』昭和四十八年九月十六日発行、講談社、七〜三四頁。『思いがけない旅〈角川文庫〉』昭和五十年十月二十日発行、角川書店、五〜六四頁。『筑摩現代文学大系83』昭和五十二年五月十五日発行、筑摩書房、三三七〜三六四頁。『幼児狩り』昭和五十三年十一月二十日発行、成瀬書房、五五〜一三六頁。『新潮現代文学60』昭和五十五年十一月十五日発行、新潮社、三〇三〜三二九頁。

〔梗概〕扉が静かに叩かれた。永田はいつも空巣ねらいが留守を確かめるようなおずおずとした訪い方をした。島本省子が扉を明けると、永田の後ろに背の高い、けれどもまだ成年にも達しないような少女が佇んでいた。良子たちと東京へ遊びに来たことがある、いちばん下の妹で典子っていうんだ。「覚えているかい？」と永田はいう。

　省子は、宮島経済研究所に三年あまりいた。入ったとき二十三歳になっていた。永田は二年前大学を出て以来そこの所員だった。永田が公認会計士の資格を得るつもりで、ある大学へ週のうち三晩通っていることを省子に話したのは、ふたりがつき合いはじめて四カ月になる頃だった。永田はその講義の夜を、省子とのつき合いのために転用するようなことは決してなかった。しかし、省子との約束の日は、平気で他へ転用した。永田の家族は富士の裾野に住んでおり、両親共、そして弟も小学校の教員で、妹が三人ある。夏休みにその妹三人揃って遊びに来た。永田が休暇を取れないので、省子が妹たちと二日間つき合うことになった。省子には女の子のかわいらしさというものがどうしても判らない。永田の妹たちでありながら、彼女はその少女たちに何の愛着も覚えることはできなかったし、また少女たちに自分を少しでもよく印象づけようとする気持も湧かなかった。数日後、「今度の日曜はどうだい？　この間のお礼もあるし」と永田に言われた省子は「生憎、ちょっと」と言葉を濁さずにはいられなかった。永田は心底から意地悪く「ペンキ屋さんとお出掛けかい」という。ペンキ屋さんというのは経済研究所へパンフレットの装幀などの仕事をもらいにくる独身の中年画家・島本のことであり、やがて省子の夫となった。その年の忘年会は永田の送別会をかねて行われた。その時から五年近い間、省子は一度も永田に会ったことはなかった。

ある日、下目黒でバスを待っていると、偶然、永田と再会した。省子は島本と結婚して二年目に、島本が心臓を病んだ。省子は経済研究所を退いて、彼が描いた絵を彼女の知人や駐留軍の家庭を廻って売りはじめた。一年たらず病んで、島本が死んだ後も、省子は続けた。省子は基地のB・Xに売店を持つことができ、使用人も殖えた。独立した事務所も持ったし、後日永田と一緒に美少女の妹が来訪した際、感心してもらったようなアパートに住んでいる。永田は、デパートまで建つようになった戦後の新開地で、十人ばかり人を使って経理事務所を開いている。永田は厭になった女房をうまい方法で追い出していた。省子は自分の方から会おうとすることはしかねた。しかし、彼女は、永田から誘いの電話があったり、訪ねて来られたりすることは、とても拒むことはできなかった。この四年間、ふたりは彼の好きな時に、彼の好きな方法で会ってきたのである。

あの美少女の妹が今後永田と一緒に暮すとすれば、彼の自分に対するあり方も、これまでのようにはゆかなくなるだろう。金曜日の昼すぎ、美少女から明後日の日曜日に兄さんと水上バスに乗りに行くのだけれど、一緒に行きましょうと、電話がかかってきた。その日の子供らしい行楽で、省子の身と心は呆けてしまったみたいであった。省子は以前に三人の妹たちを預けられた日の受難のことを思いだしていた。もし、あの三人姉妹の中でもいちばん疎ましかった下の妹だけでもあの時いなかったならば、自分はあれほど性急に永田から遠ざからなかったのではあるまいか。美少女は軽く舷の横棒に手を置き、横顔に当る風に髪をなぶらせながら、かわいらしい頤を斜めに見せていた。これが、あの厭らしい小さな女の子の変化した姿だろうか。省子はいたずらな妖精でも眺めているような気がした。

扉が叩かれた。管理人が郵便受けに入らないので預かった大封筒を届けてくれた。永田からだった。彼はモーニングを着て、白いドレスの裾を曳いた、あの美少女に添うようにして立っている写真である。あの夜、永田が妹だと偽り、偽らせて、その美少女を連れて来た時、不思議に通じ合うようなふたりの仲を見て何気なく、夫婦のようだと永田に言った自分を今、立派に誇り得る忌々しさである。復讐なのだろうか。もし復讐だとすれば、やはり永田は自分を裏切者だと考えているのだろうか。それとも永田は自分を厭がらせ、からかっていただけなのだろうか。厭らしい小さな女の子の嘲笑が聞えた。

〔同年代評〕第四十八回芥川賞選評（「文藝春秋」昭和38年3月1日発行）で、瀧井孝作は「河野多恵子さんの『美少女』は、男と女との心持のふれ合い、女が思うほど男は真実ではない、浅いあそびで、男はしまいに美少女と結婚して、女の方は思いすごしで終るという小説。相当に正確に描いてある。筆も利いて来たし、うまい。／しかし、楷書で書いたような固い、とりすました冷めたい感じもある。もっと、ヘタでもよいが、しどろもどろに心身の塗みれた作品でありたい。これは、打ちのめされて、立直りの、力んだ姿とも云えるが…。楷書のような文章、サラリと描上げたうまみは、このひとの成長が見える」といい、高見順は「河野多恵子『美少女』を私は推した。前回の候補作『雪』のほうがいいと見る委員もあったが、私はその反対の見方をしていた。省略が時にひとり合点になっている場合もある。しかしキラリと光るところが諸所にあって、すぐれた文学的稟質を感じさせる。それは他の委員も認めていたが、受賞作とするには弱いという多数の意見だった。／この人の『幼児狩り』が三十六年度の新潮社同人雑誌賞を受けたとき選考者のひとりとして消極的だった私は、この人がこんなにうまい作家になろうとは思わなかった。しかし前に消極的だったことが逆の作用を私の心にもたらしている点があるかもしれない。」と述べる。中村光夫は「河野多恵子氏の『美少女』は、しっかりした筆つかいで、そつなく話をまとめていますが、女主人公を作者がよく見ているようで大事なところを見のがしているためか、読者は彼女の心に這入って行けません。ひとり合点でもっている小説なのに、そのひとり合点に面白味が足りないところは、達者に見えても、まだ習作の域を脱していないと思われます。」と否定的にいい、丹羽文雄は「『美少女』の河野多恵子君は、前作『雪』にくらべると、格段の文章の上達がみとめられる。しっかりと表現している。省略の出来ばえは、すばらしい。いまどきこれほど文章に神経を使う若い文学者は、他に例がないのではないか。へんな男も、三人の少女もあざやかに描き分けている。私はこれを当選作にきめていた。」と肯定的に評し、永井龍男は『美少女』は巧い。たいへんカンの働く作者だが、そのために無意識な省略があり、前後に感情の通じない叙述がある」と評した。

非常に聡明な女性《ひじようにそうめいなじよせい》　コメント

〔初出〕「朝日新聞」平成三年二月二日朝刊、二九～二九面。

〔梗概〕潤一郎夫人・「細雪」のモデル

谷崎松子さん死去の記事中のコメント。非常に聡明な女性で、谷崎潤一郎氏の男として、人間として、藝術家としての欲求に、実に敏感に、それとなく、深くこたえた人でした。

引越しの手相《ひっこしのてそう》　エッセイ

〔初出〕「暮しの設計」昭和四十八年四月一日発行、第十一巻四号〈六十八号〉、四六〜四九頁。特集春の引越し小事典。

〔梗概〕郷里の大阪では、引越しのことを宿替えという。家は西道頓堀だったが、当時の大阪の街中では、どの家も宿替えなど全く考えられないような、旧くからの落ちついた生活をしていた。その家が大空襲で焼けてしまった時、私は妙な気がした。終戦後、二、三年したころ、姉と一緒に街頭占いに手相を観てもらったことがあった。これから先、長い間住居が定まらないと言ったのである。上京以来八年も同じところに居坐っていたのに、その後、今日まで、十四年の間に度々引越すことになって、今住んでいるところは七つ目に当る。一昨年の春、高層住宅に引越した。こういう建物は何と使いでがないのだろう。両方が仕事をする暮しに最小限度こと足りているだけ。それにしても、私はここに落ちついてしまえるような気がしない。四半世紀もまえに言われた、手相の観立てが終生当りそうな気配が、主人にも私にもある。

ひとつの記憶《ひとつのきおく》　――→生き延びる命（31頁）

ひとつの幸運《ひとつのこううん》　エッセイ

〔初出〕「音楽鑑賞教育」昭和六十一年十月一日発行、第二百四号、一四〜一七頁。

〔梗概〕小学校時代、兄はひどい音痴であるのに、唱歌はよい点がついていて意外だった。歌詞の筆記試験がいつも満点なのであった。私の時代には、歌詞の試験などはもうなかった。女学校で木村忠雄先生は音楽の先生としてこのうえない先生だった。決して、くどくどしく知識を教えようとはなさらない。最小限度に常識程度のことを教えて、とにかく聴く歓びを体験させてくださった。日本人作曲家のものには、陰々滅々調に因われていて、聴く歓びを一向に与えてくれない。聴く歓びを知ることを、私は自分の幸運の一つに数えている。

ひとつの効用《ひとつのこうよう》　コラム

〔初出〕「毎日新聞」昭和五十二年四月六日夕刊、六〜六面、「視点」欄。

〔梗概〕たしか昭和四十四年、東大紛争で入学試験が中止され、新入学者のなかったあの年、東大を受験しようとしていた人たちはどうしたのだろうか。第二次世界大戦末期には、浪人は許されなかった。進学しなければ、徴用工として工場へ連れて行かれる。浪人は一浪だけという法令でもあったら、大学受験者の重苦しさは逆に減じられることだろう。

ひとつの推量《ひとつのすいりょう》　コラム

〔初出〕「読売新聞」昭和五十一年十二月七日夕刊、七〜七面。「双点」欄。

〔梗概〕ベートーヴェンの「第九」の演奏会が十二月ということの慣習がいつごろ、どこで、どのようなかたちで始まったのか、外国ではどうなのか、十二月はなぜ「第九」なのか、私は未だに知らない。私の勝手な推量だが、「第九」は平素はどうも選びにくい上演曲目だからではないかとも思う。この曲は、時間的にも印象的にも、取り合わせがむずかしそうである。十二月の往く年、来る年的な「第九」ならば、それ一曲であることが似つかわしい。

人の命《ひとのいのち》　エッセイ

〔初出〕「群像」昭和六十一年一月一日発行、第四十一巻一号、三六八～三六九頁。〔収録〕『蛙と算術』平成五年二月二十日発行、新潮社、二八～三二頁。『河野多恵子全集第10巻』平成七年九月十日発行、新潮社、三〇八～三一〇頁。

〔梗概〕先頃のコロンビアの火山噴火を報じる二つの記事があった。一つは、丸二日間だったか泥中に潰っていた妊婦さんが、救い出されて数時間後にこどもを無事出産した、という話である。奇蹟を超えた出来事のような気がして、ひどく厳粛な気持になった。もう一つは、十二歳の被害少女の記事である。泥中で岩と壊れた家の扉に下半身を挟まれ、救出させることなく亡くなった。三日目になり、「救援隊の皆さんも、少し休んでください」と言ったそうだ。その境地に私の想像を絶するものであればあるほど、涙が溢れてならなかった。これらの記事に強い印象を受けたためかもしれない。私は平林たい子の「人の命」という名作を思いだした。私はまた、何かしらの繋がり方で、テレビの脳死番組のことを思いだした。わが子のために臓器を提供してくださる方があれば、遺族の方と終生親戚づき合いをさせてもらうつもり、と母親が言うのを聞いて、あまりの独りよがりに私は怒りを覚えた。それから、私はコルベ神父のことを思いだされる。神父ではなく、アウシュビッツ収容所で助かった人のほうを私は考えてみたくなった。考えようとするのだが、さしあたりの足を踏み入れてみる見当さえ、まだつかないのである。

人の縁《ひとのえん》　コラム

〔初出〕「読売新聞」昭和五十年十一月二十九日夕刊、七～七面。「東風西風」欄。

〔梗概〕私の人との付き合いは、狭く深く付き合う型である。自然の成り行きにまかせているのである。私のような型の人間はもちろん、深く付き合える者同士には、どうも相性のよさがあるように思う。それは、性格や人間的な取り合わせのよさばかりではなく、何か不思議な縁の深さのようなものもある気がする。

一晩の価値《ひとばんのかち》　コラム

〔初出〕「読売新聞」昭和五十年十二月二十日夕刊、五～五面。「東風西風」欄。

〔梗概〕私は約束した原稿を約束の日までに仕上げることが非常にむずかしい。仕上げるには、もう一山を越えなければならない。「もう一晩ください」とお願いすることになる。一晩が大変に価値あるものに思える。が、もう片方から考えると、一晩分の価値を余計に得たわけではない。徹夜した翌日は、頭も体も使いものにならないので、翌日の昼間分の時間と一晩分の時間を取り替えただけのことになる。

ひとり暮らし—その憧れと現実—《ひとりぐらし—そのあこがれとげんじつ—》　エッセイ

〔初出〕「モンブラン」昭和五十一年十一月一日発行、第一巻一号、四〇～四五頁。

〔梗概〕若い未婚女性のひとり暮しだけについて述べる。ひとり暮しの女性は、収入の三分の一近いくらいを住宅費に当てている。男性よりも住む部屋を奮発する傾向があるらしい。当然だろうと思う。女性にとって自分を本当に回復させたり、自分を取り戻したりする場所は自分の住居にしかないからである。ひとり暮しを楽しむことが、ひとり暮しの楽しさなのである。ひとり暮しは、家族との生活よりも、ずっと地味なものである。変化の乏しいものなのである。であるからこそ、自主性が必要なのであり、自主性がある人であってこそ楽しめるものなのである。ひとり暮しをするだけの価値ある女性にまずなるべきであろう。

独り言《ひとりごと》 ──→いすとりえっと（35頁）

雛形《ひながた》　短編小説

〔初出〕「季刊藝術」昭和四十六年七月一日発行、第五巻三号〈十八号〉、一七六～一八五頁。

〔収録〕『骨の肉』昭和四十六年十一月二十八日発行、講談社、二〇七～二三〇頁。『骨の肉〈講談社文庫〉』昭和五十二年七月十五日発行、講談社、一八三～二〇三頁。『骨の肉・最後の時・砂の檻〈講談社文藝文庫〉』平成三年七月十日発行、講談社、一三五～一五八頁。『河野多恵子全集第3巻』平成七年二月十日発行、新潮社、一三三～一四三頁。

〔梗概〕斉子は、子供が事故に遭《あ》ったのを知って、所轄の警察へ電話しておいたところ、巡査が訪ねてきた。夫の伊谷は、「暇な人はちがうなあ」という。斉子は、撥ねた人、あとで可哀そうなことになるのじゃあないかしらと、つい余計なことを言ったのだった。しかし、撥ねた車の男は、少々質のわるいところがあったらしい。斉子は、路上に残されていた小さな赤いサンダルの持主が、近所の子供たちのひとりのものであるとは、まだ知らなかった。斉子は、子供が苦労がなくていいなどという見方には首肯できなかった。苦労がなくていいのは寧ろおとなのほうではないかと、彼女には思われる。伊谷は、子供をおとなの雛形ふうにみているようなところがあった。伊谷は、斉子が近所の子供を甘やかすのは、よせという。伊谷は子供に「男同士の約束」と、自信をもって子供を扱っているつもりだろうけれど、子供のない人はやはり本当には子供の扱い方を知らないものだ。

　斉子の家の近所で、斉子が勝手に名付けた女部隊長が、年下の幼い子を従えて遊んでいる。斉子は、かつてその女部隊長が、のぶちゃんという男の子のおしっこの世話をしていたことを思いだす。そして、女部隊長が点呼をとる際、前日の事故の被害者が、近所の子供であることを昼前に知った斉子は、その子の名前がとうとう呼ばれずに終った時、太く息をついた。十日くらい前のことだった。簾の垂れている台所から、のぶちゃんと事故にあったみさ子ちゃんの幼い男女の愛撫というものを見かけた。みさ子ちゃんの上にのぶちゃんが伏していた。女の子が母親に、男の子が赤ん坊になって遊んでいるように見えながら、その子は事前の動きからして雛形を感じさせた。あの雛形の印象は、取り除いてしまいたいほど、彼女に与していたようだ。事故の加害者を庇《かば》おうとするかのような電話を掛けたことに、符合を見るような気持になっていた。斉子は結婚生活で、夜を意識したことは先ず滅多になかった。気配を示された時になって、敢えていうと、「そうそう、そういう仲だったのだわ」と識るのである。斉子は自信がない。男の子が尻もちをつくと、女の子は急に年上にみえた。が、男の子の手がまだズボンのお尻でこすられないうちに、もう女の子の表情が変り、年下になり、痛ましいほど女になる。斉子は、年下の女から年上の女になるまでのことが思いだせない。与《くみ》し合う行為が思いだせない。経験したことがないからだろうか。

雛祭《ひなまつり》　エッセイ

〔初出〕「灯台」昭和五十四年三月一日発行、一一～一二頁。

〔梗概〕人生の三月で忘れがたい体験は、戦時下最後の大阪大空襲である。季節としての三月なら、小学校時代の記憶が濃い。六年生の三学期は思わず、女学校の試験に合格し、暫く中止だった雛祭をしようということになった。大阪の雛祭は一月おくれである。日常生活でも戦時下らしくなっていて、それが私の家での最後の雛祭となった。

非なるもの《ひなるもの》　エッセイ

〔初出〕「大原富枝全集第3巻附録」平成七年七月二十日発行、小沢書店、一～三頁。

〔梗概〕大原さんは病弱時代にしても、実は幽囚に似て非なるものだったと、私は思う。私が幽囚に似て非なるものを何よりも感じるのは、婉と大原さんとの気質の徹底的な相違である。婉には、寡黙、厳直、短慮、峻烈、という野中家の気質が屈折をもって現れている。いずれも、大原さんには縁遠い気質である。大原さんは、明るく、柔軟で、聡明で、暖かい気質の方であり、冷静で、客観的である。「婉という女」の成功は、似たるものへの宿命的といえるほどの近親感に加えて、そこに非なる対応が介在し得た賜であると思う。

日御碕検校哀話《ひのみさきけんぎょうあいわ》　エッセイ

〔初出〕『日本の伝説14〈ロマンの旅・山陰〉』昭和五十二年（月日記載なし）発行、世界文化社、五八～六〇頁。

〔梗概〕松江に日御碕検校小野尊俊という、日御碕神社の神主役にある人がいた。その妻花子の美しさに魅せられた藩主松平綱隆は、花子を手に入れるため、検校に濡れ衣を着せ、隠岐島に流してしまう。

（荒井真理亜）

日々の警戒《ひびのけいかい》　→ニューヨークめぐり会い（318頁）

被批評者としての理想《ひひひょうしゃとしてのりそう》　エッセイ

〔初出〕「三田文学」昭和四十三年六月一日発行、第五十五巻六号、六四～七〇頁。「作家の意図はどこまで理解されるか」欄。

〔収録〕『文学の奇蹟』昭和四十九年二月二十八日発行、河出書房新社、三〇～四二頁。『河野多恵子全集第10巻』平成七年九月十日発行、新潮社、二七～三四頁。

〔梗概〕十九世紀のイギリスにはエドモンド・ゴスなど、随分作者泣かせの乱暴で激しい批評家がいた。幾人かの人たちの作品と共に、ひとつの視点から否定的に読まれたことなど、これまでの批評で無念の思いをしたことなど具体的に語っている。小説藝術は「最終的には人間の不思議さを書くもの」である。また、文藝評論家の仕事は、「言語藝術の本質を釈明すること」であり、「既存の文学作品の流れによって、必然的な明日の文学の流れの本質というものの説を樹てる」ことでもある。私の批評における被批評者としての理想は、「作品に対する批評においても、評者の評論が想われ、その示されている明日へ指向に頷かせられ、しかも指向が自作を多少なりとも掠めているという批評」である。

姫路と梅ケ丘《ひめじとうめがおか》　エッセイ

〔初出〕「阿部知二全集第2巻月報1」昭和四十九年六月二十日発行、河出書房新社、三～六頁。

〔収録〕『もうひとつの時間』昭和五十三年二月二十日発行、講談社、三五～三八頁。

〔梗概〕昭和二十二年五月末頃、阿部知二さんにお目にかかりたくて、姫路の住居へ出かけて行った。私には、作家になるにはどうすればよいのか全くわからなかった。「阿部知二」は、私に「現代作家」を感じさせた最初の作家である。阿部さんの家を順調に探し当てることができたが、阿部知二さんは東京へ出ていてお目にかかることができなかった。後年、昭和三十七年、私は東京の梅ケ丘にある阿部さんのお宅へ伺った。前年の秋から「新潮」に三つの短編が載ったばかりだったが、阿部さんは私の作品に眼を通していてくださったようだ。その日の日記に「わたしの作風は、自然主義リアリズムでもないし、観念小説でもないということ」等々の阿部さんのお話を箇条書整理して書いてある。

百首を読む《ひゃくしゅをよむ》　エッセイ

〔初出〕丸谷才一編『百人一首別冊文藝読本』昭和五十四年十月三十日発行、河出書房新社、六二～六二頁。

〔梗概〕平兼盛の「忍ぶれど色にいでにけり我恋は物やおもふと人のとふまで」についての鑑賞文。兼盛の生年はわからない。何歳くらいでこの歌を詠んだのか。若い作者を想像しても面白く、物思いで経験豊かな作者を想像すれば、又あれこれと面白い。

百年の日本人―谷崎潤一郎①～④―《ひゃくねんのにほんじん―たにざきじゅんいちろう①～④―》　評論

〔初出〕「読売新聞」昭和六十二年一月二十～二十三日夕刊。

〔梗概〕谷崎潤一郎は文豪そのもののような作家である。その約五十五年にわたる華々しい創作歴のうち四十年間は昭和期に属している。谷崎潤一郎の生誕から佐藤春夫と絶交した小田原事件までを主に描く。

病院とエジプト《びょういんとえじぷと》　―→ニューヨークめぐり会い（320頁）

氷山の一角とみて《ひょうざんのいっかくとみて》　選評

〔初出〕「中央公論」昭和五十二年十月一日発行、第九十二年十号、三〇六～三〇七頁。

〔梗概〕第三回中央公論新人賞選評。長編小説の場合、傑作、秀作にして、欠点のない作品は決してないと、私は思っている。短編小説の傑作、秀作には、欠点や失敗は絶対あってはならないのである。夫馬基彦氏の「宝塔湧出」は、テーマ、モチーフとも予選通過作品のなかで群を抜いている。実に大きなテーマに立ち向ったもので、それだけに、枚数制限のある応募作品として、特にこの作者の現在の技量によってこなすには無理がある。一口でいえば、テーマ倒れというべきであろう。

ビラ《びら》　コラム

〔初出〕「毎日新聞」昭和五十二年五月四日夕刊、五〜五面。「視点」欄。

〔収録〕『気分について』昭和五十七年十月二十日発行、福武書店、一九三〜一九四頁。

〔梗概〕子供の頃、青空に飛行機がビラを撒くことがあった。宣伝ビラだった。そんなことを思いだしたのは、二・二六事件の反乱軍将兵に対して撒かれたビラをもっていると、先日知人が言っていたからである。私には、こういうビラの記憶もある。戦争末期、大阪が空襲でつぎつぎに焼失してゆくなかで、市のはずれの南部の住宅地だけが無事だったころのことである。大阪ノ南モ忘レテハヰマセンヨ　トルーマン。

平林たい子さんに聞く—小説だけを書こうとしたんじゃない—《ひらばやしたいこさんにきく—しょうせつだけをかこうとしたんじゃない—》　鼎談

〔初出〕『女流作家は語る』昭和五十三年七月二十五日発行、集英社、五三〜一〇一頁。

〔梗概〕瀬戸内晴美・河野多恵子がきき手になって平林たい子に信州から上京した理由や古典・外国文学・志賀直哉の文学や男性についてなどを話題にとりあげる。

平林たい子氏と笑い《ひらばやしたいこしとわらい》　エッセイ

〔初出〕「新潮」昭和四十七年四月一日発行、第六十九巻四号、一三八〜一四二頁。

〔収録〕『文学の奇蹟』昭和四十九年二月二十八日発行、河出書房新社、一四〇〜一四七頁。『河野多恵子全集第10巻』平成七年九月十日発行、新潮社、一四一〜一四五頁。

〔梗概〕平林たい子氏の作品では、現れる人物の笑いに出会うことが意外に多い。笑うのは、ほとんどが主人公である。作者自身ないし作者の分身的人物ばかりが、よく笑う事実を指摘する。平林たい子氏は人生の第一歩から、人間は自己の考えを識ることは出来ても、自己の心理や感情を本当に認識することは出来ないものだ、という確信をもっていたのではないか。その断絶を実生活においても、創作上においても、様々の笑いで補ったように思われる。

平林たい子の「前夫もの」《ひらばやしたいこの「ぜんぷもの」》　エッセイ

〔初出〕「平林たい子全集第8巻」昭和五十二年九月二十五日発行、潮出版社、四一一〜四二一頁。

〔収録〕『気分について』昭和五十七年十月二十日発行、福武書店、八四〜一〇二頁。この時、「平林たい子の『前夫もの』」と改題。『河野多恵子全集第10巻』平成七年九月十日発行、新潮社、一四六〜一五五頁。

〔梗概〕平林たい子の中間小説や娯楽小説には、おのずから鋭く際立つ純文学性があって、その魅力は格別のものがある。平林たい子文学の最大の特色は、その進歩性や社会性や反逆性そのことではなくて、それある故に一層複雑に、豊かに、鋭く認識されてゆく、男女というものの追求なのである。「うつむく女」昭和三十一年一月から「匿名氏」昭和三十五年九月までの、前夫もの十六編について解説する。

非リアリズムの二作《ひりありずむのにさく》　選評

〔初出〕「中央公論」昭和六十二年十月一日発行、第百二年十二号、二七一～二七一頁。

〔梗概〕第十三回中央公論新人賞選評。「スティル・ライフ」は、乾いたなかに自然な抒情の交じる雰囲気の味もまた、モチーフに深く似合っている。「どらきゅら綺談」は、才気ではなく、才能を感じた。現実に対する強い姿勢と鋭い眼に基づき、リアリズムからの逃避や後退ではない確かな前進を示す、新鮮な非リアリズム作品で登場した二受賞者は今後を期待させる。

ピンク・レディ《ぴんく・れでぃ》　――→ニューヨークめぐり会い（318頁）

ふ

不意の声《ふいのこえ》　長編小説

〔初出〕「群像」昭和四十三年二月一日発行、第二十三巻二号、六～九五頁。

〔収録〕『不意の声』昭和四十三年六月十六日発行、講談社、一～一八九頁。『カラー版日本文学全集54』昭和四十六年八月三十日発行、河出書房新社、二三七～二九九頁。『現代の文学33』昭和四十八年九月十六日発行、講談社、八一～一六八頁。『現代の女流文学2』昭和四十九年九月二十日発行、毎日新聞社、一九七～二八三頁。『不意の声〈講談社文庫〉』昭和五十一年六月十五日発行、講談社、五～一六四頁。『筑摩現代文学大系83』昭和五十二年五月十五日発行、筑摩書房、二三三～三二〇頁。『不意の声〈講談社文藝文庫〉』平成五年九月十日発行、講談社、五～一八一頁。『河野多恵子全集第5巻』平成七年三月十日発行、新潮社、一一一～二〇〇頁。『女性作家シリーズ9〈河野多恵子・大庭みな子〉』平成十年十二月二十五日発行、角川書店、三六～一八二頁。

〔梗概〕第二十回読売文学賞受賞作品。この小説は「吁希子《うき》は時折、亡父に対面する。彼女が請う時には必ず、そして時には自分のほうからも訪れてくれる亡父と、不思議な、親しい対面をする。」という書き出しではじまる。吁希子は東京に住んでいて、七年前ごろ、郷里にいる父が危篤の状態だったとき、亡父はまだ亡父にはなりきっていなかったときから、彼女の前に姿を現した。この頃、吁希子は間もなく彼女の夫となった馗一《きいち》とは既に深い仲になっていた。吁希子には子供がない。馗一とは二度目の結婚である。吁希子は戦争中、軍需工場へ動員され、親だって最早頼りにはならないことを知った。吁希子は、疾うから子供の産めない体になっていた。馗一との結婚生活もうまくゆかない。昨年の夏、引っ越したが、その家を下見にきたとき、空巣泥棒に靴を盗まれた。自分たちがこの家に住めば、お銭《あし》に窮してしまうのではないのだろうか。それならばまだいい。お足がなくなる？　それは、どんな形で来るのだろうか、と吁希子は不気味さを感じた。「借りてもいいでしょうか？」と訊ねると、亡父は微笑のまま、しっかり頷いた。引っ越してきた年が往き、冬が去り、すっかり春になっても、夫との仲が好転するどころか、ますます煮え詰まってき、喧嘩の果てに、馗一は「出て行け！」と言われる。吁希子は家を出るが、その時、亡父は死顔になって「やってみるがいい。大丈夫だとも、三人までは…」と胸元の三本の指を動かして見せた。吁希子は大変なことになった場合、母がどんなに驚き、嘆き、悲しむことだろう、「母を三人の第一の人間に択ぶべきだ」と思いたつ。二百八十五円しか持たない吁希子は、馗一の知らない嘗ての異性に一万円ばかり借り、列車で郷里の母親の所に帰った。そして、添い寝した母の口に、タオルを押し込み、「お母さん。わたしは本当はお母さんにじかに自分の足を挟んでもらいつつ、お母さんに往ってもらいたいのですよ」と、吁希子は母を殺すのである。それから、吁希子は東京へ帰ってきて、昔の異性が他の女と結婚してもうけた子供を幼稚園から連れ出して殺す。そして、最後に、男を風呂場でナイフで刺し殺す。雨の中を鍵を持たずに家を出た吁希子は、交番にいき、鍵のかかった家に何とかはいろうとする。亡父が現れ、「どうだ、楽になったか？――今夜はゆっくり寝ればいい」と言った。

〔同時代評〕吉田健一は「文藝時評（上）」（「読売新聞」昭和43年1月29日夕刊）で、「文学で異常なことを取り扱う唯一の方法がここにも示されていて、その点でこれは佳作である」といい、平野謙は「二月の小説（上）」（「毎日新聞」昭和43年1月30日夕刊）で、「女性にとって生の世界の中心は愛情にほかならぬが、男女の愛がうまくゆかなくなればなるほど、その女性は骨肉の情というようなものを通路として死の世界へと接近してゆき、最後には生の世界から完全にしめだされてしまって、いくらそこへ復帰したいとあがいてもできなくなる、というようなテーマである」「ただこの作品のリアリスティックな筆致が非現実世界を描くのにふさわしい、とは思えない」という。小島信夫は「文藝時評（下）」（「朝日新聞」昭和43年1月30日夕刊）で、「夢幻的な発想と、その文章の間に、とくに心理分析の間にしっくり行かないところがある」と指摘する。加賀乙彦は「河野多恵子著不意の声」（「読売新聞」昭和43年7月11日夕刊）で、「亡父の幻影と対話しつつ、主人公は愛する人たちを、荒涼とした現実世界から亡父のいるあちら側の世界へ次々と脱出させようとする。それは、いわば主人公の自殺への志向の裏がえしの心性である。母と子供は自分の分身として自分自身の象徴でもあるのだ」と読む。吉田健一「現実と非現実の間で」（「文學界」昭和43年9月1日発行）などがある。

風変わり・タクシー余談《ふうがわり・たくしーよだん》　エッセイ

〔初出〕「新評」昭和四十八年八月一日発行、第二十巻八号、一一六〜一一七頁。「ぷれいないと」欄。

〔梗概〕五、六年前、タクシーに乗ると「ああ、よかった、あなたのような人で」と運転手さんが言う。「この新車、あなたが三人目でね」と運転手はまた言う。新車をあてがわれて最初に乗った客が芳しくないと、実にいやだという。この話は、変曲して小説の中で使った。文部省のある通りは空車が殆どない。三十分ほどで用事はすんでしまったのに、タクシーを捉まえるのに時間がかかりそうだと、別の舗道のほうに移りかけた時、空車が寄ってきた。往きの運転手さんだった。広い東京でこんな経験ははじめてだ、と運転手さんは驚いていた。円地文子さんが順天堂病院に入っておられるので伺った。タクシーが着いてメーターは二百六十円。小銭が十円足りない。「負けといてやるから、それだけ出しな」と運転手さんが言った。その円地さんと瀬戸内晴美さんとで、何かの集まりの帰途、タクシーに相乗りした時である。車がスタートするなり、私は何か危険を感じた。あの恐怖は一体何だったか、今でもわからない。

諷刺なき諷刺《ふうしなきふうし》　エッセイ

〔初出〕「潮」昭和四十四年十二月一日発行、第百二十号、二四九～二五〇頁。

〔梗概〕東京都に騒音防止条例ができた。かねて向いの家の騒音に悩まされていた私の知人は、役所の公害課へ取り締りを依頼した。東京都内の半分以上の地域が五十ホーン以上の騒音で、東京に住んでいる以上、八十ホーンくらいの騒音は仕方がないという。知人は騒音防止条例ではなく、騒音忍耐条例ではないかと話していた。知人の生んだ騒音忍耐条例なる言葉は、決して騒音防止条例への諷刺とはなり得ていない。社会は巨大に、複雑になって、諷刺の生きどころはなくなったのである。

風信《ふうしん》　エッセイ

〔初出〕「東京新聞」昭和四十七年七月十八日夕刊、第一万八百七号、四～四面。

〔梗概〕三百枚ほどの小説を終りかけている。徹夜で仕事をすると短距離的には能率はあがっても、気分も、体力も次第に参ってくるので、日常生活の時間を三、四時間繰りあげた。一年ほどでそれにすっかり馴れてしまった。

夫婦喧嘩《ふうふげんか》　エッセイ

〔初出〕「サンデー毎日」昭和五十四年三月二十五日発行、第五十八巻十四号、一五四～一五四頁。「おんなの午後①」。

〔梗概〕夫婦喧嘩については、夫婦喧嘩は犬も喰わないという諺があったり、仲がよいから喧嘩するのだと言われたりする。それが夫婦喧嘩の真実だと考える夫婦であっては困るのである。仲がよいから喧嘩するのではない。時に喧嘩はするが仲がよい夫婦もあるだけのことで、仲のよさと夫婦喧嘩との間には、流行りの言葉でいえば、何の因果関係もないはずである。

夫婦という関係《ふうふというかんけい》　エッセイ

〔初出〕「婦人公論」昭和四十四年十二月一日発行、第五十四巻十二号、一〇四～一一一頁。特集「結婚の真実を考える」。原題「夫婦とはどういう関係か」。

〔収録〕『私の泣きどころ』昭和四十九年四月八日発行、講談社、二二九～二四三頁。この時、「夫婦という関係」と改題。『いくつもの時間』昭和五十八年六月七日発行、海竜社、五七～七三頁。『河野多恵子全集第10巻』平成七年九月十日発行、新潮社、二四八～二五六頁。

〔梗概〕ある友人が、亡くなった父のお骨上げの帰途「いっしょにいる者のなかで、考えてみると、母だけが父とは他人なの。父にいちばん近かった人なのに、その母だけは他人なのかと思うと、急に妙な気がしたわ」と話していた。私はこのことばを聞いて、夫婦とは、最も近しい者同士であること、血のつながりのない他人同士であること、その双方から成り立っているという、本来当然であることを改めて眺めさせられたのである。人間は誰でも死ななければならない。したがって死とは全く反対の営みである存続、建設、増殖の本能をそなえている。そういう本能を満たすためのものが結婚生活であるらしい。そして、夫婦の間に他のどのような人間関係の場合ともちがう特殊の愛が生れるのも、その一方では場合によっては激しい争闘が生れるのも、たがいに関わり合うことで、自分ひとりや、他の人間的なつながりに依る場合には期待できない、自分の建設本能を大きく充足させようとするところに根ざしているのである。夫婦の本質は、「侵し合わずにはいられないのが夫婦」なのだ。

夫婦とはどういう関係か《ふうふとはどういうかんけいか》

──→夫婦という関係（356頁）

夫婦とは何か《ふうふとはなにか》　エッセイ

〔初出〕「面白半分」昭和五十二年五月一日発行、第十一巻五号、七四～七七頁。「夫婦論5」欄。

〔梗概〕結婚生活で夫婦が共にある時間が実に少いということが、夫婦としては不自然な感じがする。どういう職業の家庭が夫婦として自然であるかといえば、夫婦が一つの仕事に共同で携っている時、夫婦としては最も自然だろうと、私は思っている。私がなぜ共同で仕事をしている夫婦を自然に感じるかといえば、入籍と同棲と性愛と思いやりとが、夫婦の基本条件であると私は考えているからである。共同の仕事に毎日の多くの時間を共に携っている夫婦は、また、実に理解し合い、尊重し合い、いたわり合っているものである。私は世の多くの夫婦は夫婦本来のあり方、一対の男女としてのあり方から遥かにずれていると思う。共同の仕事をしている夫婦を自然な夫婦と羨望このうえないのは、ずれている夫婦、ずれてはいるがやはり夫婦の片方としての経験のためなのだろう。そういう経験の出どころが、一応夫婦なるものかもしれないのである。

夫婦の性《ふうふのせい》　エッセイ

〔初出〕『朝日ワンテーママガジン⑤平成夫婦進化論〈子離れ後が人生！〉』平成五年六月五日発行、朝日新聞社、一七八～一八二頁。

〔梗概〕昔、女性は肉体関係の生じた男性には、とかく執着するものと、信じられていたようだ。しかし、今日では、それがいかに偏見であったかということが、明らかになっている。ただ、離婚した場合、今日でも昔より遥かに女性に不利になっているのではないだろうか。昔の離婚では、その多くが家風に合わない、という誰をも傷つけない巧《うま》い理由づけがなされた。しかも、家族制度の時代、父親のほうが引き取るのが普通であった。今日の離婚では大抵、妻が子供を引き取るようである。しかし、働いて子供を育てている離婚女性たちを見ていると、さぞかし大変だろうと思う。彼女たちのなかには再婚する人も少いようである。一方、男性は程なく再婚し、新しい家庭を営んでいるのが、普通であるかのようだ。ところで、夫婦の性の様相は、昔とは随分変化しているのではないかと思われる。夫婦の性の営みが、促《うなが》し合い、創り合い、分ち合い、満たし合う歓びを求めるものであることを体験的に識《し》らない妻は、今日まずいないと言ってもいい。とはいえ、夫婦の性は常に平等を期待してよいものなのかどうか。誰かの夫であり、誰かの妻であるという存在そのものが、すでに相手を縛り、相手に迷惑のかかる状態を作りだしているはずなのである。結婚生活で常に、万事に平等であろうとすることは、不自然としか言いようがない。ところで、配偶者以外との性においては、独身男女の場合を含めて、両者の間では何等かの点で対等でない人間関係にある。ところが、夫婦の性の場合は予《あらかじ》め対等の人間関係にある。対等ではない人間関係の性においては、深め合いたい、よく知り合いたい気持がある。事前に対等の人間関係にある夫婦の性の場合は、共にありたい気持がある。平等の性の歓びを期待する。性の世界で、最も奥深いのは、夫婦の性かもしれない。

フェミニスト菊池寛《ふぇみにすときくちかん》　解説文

〔初出〕『菊池寛全集第7巻』平成六年五月十五日発行、文藝春秋発売、六三八～六四九頁。

〔梗概〕菊池寛にとって生涯中実質的に最もかけがえのない時代であったのは、大正期だった、と私は思う。それはその時代の菊池の閲歴についてのみの感想ではない。大正期という時代の文壇と社会との風潮や状況を思い合わせることによって、つくづくそう思えてくるのである。元来、人間というものはリアリストなのである。事実ではなくて事実とされていることや、現実の状況に過敏である。その一面では、事物の本質を見抜く本当のリアリストはまず滅多にいるものではない。菊池寛はその奇蹟のような本当のリアリストである。しかも、彼には実行力があった。大正期文学の行く末と文学の進歩が分化を必要とすることを見通していた。純文学作家として出発し、程なく大衆文藝作家に身を転じた菊池寛ではあるけれども、彼は決して純文学を否定したのではなかった。自他を問わず、純文学の高さと大衆文藝の面白さを兼ねそなえた作品を自分と他の作家に期待するような愚しさは、彼には微塵もなかった。

大正九年六月九日から連載の始まった「真珠夫人」は、新しい女性を描こうとした。菊池の大衆文藝では描写が豊かである。主観に執した純文学の描写とはちがい、独特の自由な新鮮さが感じられる。興味をそそるのは、本当のリアリストである菊池寛の眼が、男性社会の本質を見据え、その凄まじさを経験した女性の人間形成の本質を勁く認識しているからであろう。真珠夫人の男性に対する態度は、彼女の淫蕩な動機からでもなく、彼女の妖婦的な性格からでもなく、もっと根本的な主義から思想から萌しているようである。「真珠夫人」には菊池寛のフェミニズムが決して衒いでないことが感じられる。もともとフェミニストは男女の別なく、女権拡張論者、男女同権主義者の意味をもつ言葉だった。菊池はその本来の意味でのフェミニストであった。「真珠夫人」が今日なお新鮮な息吹きを感じさせるのは、まさに時の現代において、新しい女性が構想された小説であるからだろう。

深い河《ふかいかわ》　追悼文

〔初出〕「新潮」平成八年十二月一日発行、第九十三巻十二号、一八〇～一八一頁。

〔梗概〕「追悼遠藤周作—人間・文学・信仰」小特集に掲載された。初めて電話で「三田文学」に原稿執筆を依頼された時、駆け出しの私に厚意で書かせてくださるのに、それどころか、終始頼みごとのお話ぶりをしてくださったことなど、遠藤周作の優しい人柄について述べる。

付加される歓び《ふかされるよろこび》　エッセイ

〔初出〕「知識」昭和六十二年八月一日発行、第三巻八号、二四六～二四九頁。「文藝時評連載8」。

〔梗概〕一体、今日の日本で孤児になる平均年齢は幾歳くらいなのであろうか。梅原稜子氏の「篝火」の主人公俊子は、四十三、四らしい年齢で孤児になる。この作品は、いわゆる老人問題とは特に関係はなく、老いたる親たちの子供にとっての深い意味を、孤児になったことを含めて静かに問い続けている。富岡多恵子氏の「白光」は、モチーフが全編のすみずみのまで機能しているとは言い難い。が、「雪の仏の物語」の方は、今年の文学界の収穫の一つに挙げるべき、みごとな作品だと思った。両氏の二作を読了した時、自分に言い知れぬ何かが加えられた歓ばしい気持に私をさせたのであった。

不気味なこと《ぶきみなこと》　エッセイ

〔初出〕「サンケイ新聞」昭和四十九年十二月六日夕刊、三～三面。

〔収録〕『もうひとつの時間』昭和五十三年二月二十日発行、講談社、八七～八九頁。

〔梗概〕東京の谷中に、朝倉彫塑館がある。第二書斎だったような部屋に、全身の人骨が立っていた。その人骨は朝倉文夫を崇拝していた、ある男性当人のものだという。彼は朝倉が本物の人骨を非常に欲しながら、入手できずにいることを知った。彼が病み、助かりそうにない病状になった時、死後の自分の骨をそっくり朝倉先生に差しあげたいと申し出た。私は、その話を聞くと、何ともいえない不気味さを感じた、その人骨そのものの以上に、それをめぐるものに不気味さを感じたのであった。宏大な元アトリエの一隅に横一メートルくらい、縦六、七十センチほどの「雲」というブロンズに、私は見とれてしまった。当時の朝倉は二十六歳。何故初期のような方向の仕事にほしいままに専念できるように取り計らおうとしなかったのか。世俗の縮図ともいえるその理由が、私には不気味でならない。

無器用に暮らそう《ぶきようにくらそう》　エッセイ

〔初出〕「日本経済新聞」昭和四十二年四月二十日夕刊、一二～一二頁。

〔梗概〕物質が豊かになった。衣、食、住のあらゆる分野で便利なものが出回り、生活を合理化することのみがぜいたくであるかのように思い込んでいる。はたして生活を豊かにするだろうか。ほんとうのぜいたくな生活へのあこがれが発生してもいいのではないだろうか。つまり、便利な生活への反逆というぜいたくが試みられてもいいと思う。真のぜいたくは、便利主義に染まらない無器用な暮しにある。

福田恆存『私の英国史』《ふくだつねあり「わたしのえいこくし」》　エッセイ

〈初出〉「すばる」昭和五十六年二月一日発行、第三巻二号、一六七～一六七頁。「読書生活」欄。原題「二重の楽しみ」。

〈収録〉『気分について』昭和五十七年十月二十日発行、福武書店、六一～六三頁。この時、「福田恆存『私の英国史』」と改題。

〈梗概〉この本は恆存氏の「私の英国史」と子息の逸氏訳・ジョン・バートン編の「空しき王冠」とから成っている。前者はノルマン朝からスチュアート朝までの英国史である。恆存氏の評論家としての独創性は、〈英国史の主題をなす或る特徴〉つまり〈英国史の基調音〉を聞き出し、聞き惚れつつ穿った解釈を熱っぽい冷静調で論述しており、本当の独創の魅力を今更ながら知らされる。この本は、「私の英国史」として、また「空しき王冠」部分との読み合わせの妙が得られる上で、二重におもしろいものになった。

符合《ふごう》　コラム

〈初出〉「朝日新聞」平成四年七月六日夕刊、一一～一一面。「出あいの風景」欄。

〈収録〉「炎々の記」はさまざまの火の出来事を記した作品だが、主人公は一九二六年、私と同じ年の生れである。一九二六年は、丙《ひのえ》の年に当る。西暦の最後の数字が六になる年が、丙年なのである。丙年生れは、火難に遭いやすいという。泉鏡花は丙年生れではなかった。それなのに、鏡花は火縁が深かった。彼の小品「火の用心のこと」を引用した。鏡花のその小品の執筆時期と私の生れた時期と同じであるとはじめて知って、驚いた。

不思議な乳母車《ふしぎなうばぐるま》　エッセイ

〈初出〉「新刊ニュース」平成四年七月一日発行、第五百四号、七～七頁。

〈収録〉『蛙と算術』平成五年二月二十日発行、新潮社、八九～九一頁。

〈梗概〉このところ、私の住んでいる街で双児の幼児がどうもふえた気がする。先日、道路が混んで停まりがちのバスの窓からぼんやり外を眺めていて、傍の舗道を若い女の人の押してくる双児用乳母車を見ると、乗っている幼児が一対ではないのだった。女の赤ちゃんと少し大きい男の子が並んでいる。一対ではない二人の子の乗っている双児用乳母車とは珍しい。とにかく、不思議な情景だった。

不思議な記憶《ふしぎなきおく》　エッセイ

〈初出〉「ＣＨＡＩＮＳＴＯＲＥ」昭和四十三年六月一日発行、第百二十八号、一六～一六頁。

〈梗概〉私は山よりも海が好きである。私にとって海は泳ぐところではなくなって、のんびりと心身の快復をさせてもらうところになってしまった。私が最もよく行く海は外房総であるが、時間を節約しなければならない時には、鎌倉や葉山へ行く。考えてみると、私はもう十数年も、夏の海辺へ行ったことがない。昭和二十七年に大阪から上京し、その夏、親類の女の子らと海へ行った。私たち四人共は水着を持っていなかったので、波打際で遊んだ。どこからか二十歳前くらいの水着姿の少女が現れ、沖へ向って泳ぎ出した。気がつくと、泳いで行った少女の姿が見えないのである。その結果、私たちはどうしたか、水着の少女が戻ってきたかどうか、私は全く思いだせない。東京に近いところで、あの時分、そんな静かな夏の海辺があったのだろうか。夏以外のひっそりした海ばかり見馴れているうちに、その水着の少女と自分たちの姿だけが、私の記憶の中でひと気のない海辺にはめ込まれてしまったのだろうか。

不思議なこと《ふしぎなこと》 ──→こういう疑問（147頁）

不思議なこと《ふしぎなこと》　エッセイ

〔初出〕「小原流挿花」昭和四十四年六月一日発行、第十九巻六号、四九〜四九頁。

〔梗概〕人間的に魅力ある女性は、育ちがよく、そして、或る時期に苦労をし、現在ふたたび恵まれた環境に在るという経路が必要らしい。女性の社会的な、女性本来の弱点的特色を無数に考えさせられる。四百字弱の短文。

不思議な日曜日《ふしぎなにちようび》　ラジオドラマ

〔放送〕ＮＨＫＦＭラジオ〝藝術劇場〟昭和四十八年四月六日午後十時二十分〜十一時。

〔梗概〕出演者・小山田宗徳・川口敦子。東京に住む子供のない中年夫婦のある日曜日、十何年を無事に生きてきた静かな二人の生活の流れに、突然、訪問者が飛込んでくる。彼らの別な形の人生の陰影で、平安であったはずの夫婦の中に広がった微妙な感情のズレを描いた、書きおろし会話劇。

不思議な人《ふしぎなひと》　エッセイ

〔初出〕「新潮」平成七年一月一日発行、第九十二巻一号、二八六〜二八七頁。

〔梗概〕小学校時代からの友人といえば、すっかり縁遠くなってしまったが、Ｔさんだけは例外である。Ｔさんがこんな話をしたことがある。普段はなかなか電車に乗り合わせたことのないのに、同じ誕生日の者同士が還暦の年のその日にばったり会うなんて、一体これはどういうこと？　と彼女は言い、私もしきりに不思議がったのだった。Ｔさんは何故か、そのような偶然と言いきるには少し不思議な経験をよくする人である。Ｔさんが何気なく勤労感謝の日という祭日ができた頃の職場の勤労風景の録画をテレビで見ていると、人物のひとりが彼女に結婚の申し込みをしてきた人であった。彼女はいつかテレビの画面で再会した、その人のことを少し話した。すると数日後、Ｔさんは新聞の死亡記事で、その人の名に出会った。

富士山《ふじさん》　コラム

〔初出〕「読売新聞」昭和五十年十一月二十二日夕刊、七〜七面。「東風西風」欄。

〔梗概〕新幹線の車窓から富士山の見えているのは、時間にしてどのぐらいの間なのだろうか。富士山と列車との距離が少し広がりはじめたころ、私はもうその山をながめているのにふと飽きた気がした。日本人で好む人が多く、外国でも日本の代表的名物のように言われているらしい富士山だが、ちょっと飽きさせるところのある山らしい。

富士山《ふじさん》　エッセイ

〔初出〕「楽しいわが家」平成十三年四月一日発行、第四十九巻四号、三〜三頁。

〔梗概〕馴れるとは、不思議なものである。新幹線の列車の窓から、富士山の姿を眺めることができたかどうか、よく思いだせない。昭和二十四、五年頃に私がはじめて東海道線に乗った時、春のよい季節で、富士山が見えはじめてから見えなくなるまで眺め続けていたものだった。

二つのグループ《ふたつのぐるーぷ》　コラム

〔初出〕「読売新聞」昭和五十年七月十九日夕刊、五〜五面。「東風西風」欄。

〔梗概〕郵便局に仕事の早い局員と、手間取る局員もいる。劣等グループと優秀グループが同一規準の給与というのは、おかしい。が、その不自然をなくすことは大事だろうな、と私は待たされているとき優秀グループに同情することがある。

二つの受賞作《ふたつのじゅしょうさく》　選評

〔初出〕「中央公論」昭和五十九年十月一日発行、第九十九巻十号、二九四〜二九五頁。

〔梗概〕第十回中央公論新人賞選評。受賞作「仏陀を買う」は、一家を宰領している下宿の〈女主人〉が〈仏陀〉を買う話なのであるが、単なる話にすぎない作品ではなさそうな感じが早々と何となく伝わってくる。大きな時代性と、縁ある男女の仲との微妙な共存が明快に表現され、美しい場面を産んでいる。小説というものは、悪意よりも善意を、反良識よりも良識を、波乱よりも平穏を書くほうが、真実を表現するのにずっとむずかしい。「手」はそのむずかしい側を択びながら、成功している。「仏陀を買う」の文章は、択んだ軽妙づくりに時どきしてやられて滑る。作者に文章の苦労を望む。そして、「手」の作者には、慾を―文学的な慾をもっていただきたい。

二つの長編をかかえて《ふたつのちょうへんをかかえて》　エッセイ

〔初出〕「朝日新聞」昭和四十四年一月二十七日朝刊、一八〜一八面。「近況」欄。

〔梗概〕今年は長編小説を二つ、最終部分に携わりながら新年に入ることになった。二つの長編小説から生え出ているおびただしい憂いを両手にも顎の下にも脇の下にも、身体中に絡ませたまま歩み続けているのが現状である。

二つの奈良《ふたつのなら》　エッセイ

〔初出〕「銀座百点」昭和四十三年四月一日発行、第百六十一号、三二〜三四頁。

〔収録〕『私の泣きどころ』昭和四十九年四月八日発行、講談社、三九〜四三頁。『河野多恵子全集第10巻』平成七年九月十日発行、新潮社、二三四〜二三六頁。

〔梗概〕小説「思いがけない旅」の中で若草山を使いたくなって、印象を確めに奈良へ行った。ところが、若草山へ行ってみて、私は驚いた。以前にはなかった金綱が若草山に張りめぐらされていた。タクシーで裏山のドライブ・ウエイを通って頂上まで行ってもらった。立入禁止を犯して、若草山の傾斜に踏み、「その広い斜面を独占している奇跡的な贅沢感」は格別である。私は一年中で春が最も好きである。そして、春の感じが一番深いのは、これまで知っている土地のうちでは、私にとっては奈良である。春の奈良へ行き、子供の頃に聞いた話を思いだすと、奈良の春が妖しく、濃厚なものとなり、また、実に深い、優しいものともなる。

二つの「魔笛」《ふたつの「まてき」》　エッセイ

〔初出〕「東京新聞」平成三年二月二十三日夕刊、三〜三面。

〔収録〕『蛙と算術』平成五年二月二十日発行、新潮社、一四八～一五二頁。『河野多惠子全集第10巻』平成七年九月十日発行、新潮社、三一四～三一六頁。

〔梗概〕日本のオペラ界でのモーツァルトの上演は、戦後二、三年目に「ドン・ジョヴァンニ」が初演である。日本でモーツァルトがオペラの主要レパートリに加わりだしたのは、昭和三十年代に入ってからのことだった。以来、モーツァルトのものも大分楽しんできたけれど、そのなかに二つ、「魔笛」の少し珍しい上演があった。一つは、昨年の冬、武蔵野音楽大学付属音楽教室の高・中・小学生たちによる「ふしぎな魔法の笛」である。本式の音楽性にみちていた。装置や衣裳や小道具にしても、余計な贅沢さはなく、だがどの一つのどこをとってみても、ゆるがせにしない入念なものだった。もう一つはザルツブルクの人形劇団が公演した「魔笛」である。人形たちは、ちょうど文楽人形くらいの大きさの糸操りである。確かに、大した人形オペラであった。糸操りの作りが、余程精巧なのであろう。だが、何よりも遣い手がモーツァルトの音楽を全身ですっかり自分のものにしているにちがいなかった。人形たちが仕種などというものではなくて、本当に歌を響かせているのだった。ザルツブルク人形劇団はもう三十年にはなるのに以来一度も来日していないのではないだろうか。今はどうなっているのだろうか。

二つの夢《ふたつのゆめ》　エッセイ

〔初出〕「暮しの設計」昭和四十六年十月一日発行、第九巻十号、一〇五～一〇五頁。

〔梗概〕家事仕事で料理は半分ほど苦手である。西洋料理になると、まったく頭も感覚も働かないからである。日本料理的なことにはたまには夢をもつ。食品の加工や保有の技術が進んで、食品の季節がなくなったが、茗荷《みょうが》などはそうではない。私は一年中、茗荷をあしらえることを夢みて、もう何年来、実行してきた。未着想だが、お味噌、醤油、納豆のような天然の力を生かして作った、日本的調味料や食品を新しく考え出したいという夢もある。料理とは無関係だが、自分でいろいろな香水を作ることも、私の夢である。年をとって創作力がおとろえて暇ができたら、その二つの夢を実現したいと思う。

『豚の報い』の魅力《『ぶたのむくい』のみりょく》　選評

〔初出〕「文藝春秋」平成八年三月一日発行、第七十四巻四号、三六二～三六三頁。

〔梗概〕第百十四回平成七年度下半期芥川賞選評。「もやし」は、作中人物たちの創造に同じ密度で狭く凝りすぎていて、書きたいことの発露が見られない。「森への招待」は何よりも、グループでナイトハイクへ出かけた森の暗さの濃淡の描き分けが未熟。「三月生まれ」は、暢気な作品という印象を打ち消してもらえずじまいであった。「エクリチュール元年」は、この作者の三度目の候補作であるが、回を追って作品の良さが減じてくる。「豚の報い」は、沖縄文学の一線をみごとに突破した。沖縄を描いて沖縄を超えている、この作品を敢えて沖縄文学と呼ぶのは、むしろ非礼かもしれない。

双葉の頃《ふたばのころ》　エッセイ

〔初出〕「国文学〈解釈と教材の研究〉」

昭和五十七年十一月二十日発行、第二十七巻十五号、九〜一〇頁。
〔梗概〕開高健さんは中村扇雀に似ていると思うことがある。開高さんが「裸の王様」で芥川賞を受賞されたのは、昭和三十二年である。週刊誌の写真を見て、扇雀に似ていると思った。扇雀とちがって、眼鏡をかけ、当時は痩身でもあったけれども。丸い眼なのに吊り気味の眦から顴骨へかけての感じが、実によく似て、開高さんの肉づきは変化しても、その感じは決して変らない。私は昭和二十七年に上京する更にその数年前から、郷里の大阪で開高さんの名を知っていた。彼等の同人雑誌を読んで、開高健の作品に感心した。大阪時代に谷沢さんから、開高夫人の詩人である牧羊子さんが私の女学校のほうの同窓生と聞いた時には、びっくりした。当時の在学生なら、誰知らぬ者はない秀才で、開校以来の最高平均点の記録保持者だった方だからだ。開高健さんの作品で、私の最も好きなのは、「夏の闇」である。作中、作家である主人公が文章を書いている夢を見る部分がある。〈主題がのびのびと育っていき〉〈単語はひとつひとつ雨を浴びたあとの光沢で輝きながら繁饒な茂みとなって意図や即興や必然や偶然の組み合わせを蔽うのである〉とある。この部分はそっくり「夏の闇」の讃辞に転用することが出来るくらいである。

ふたり多恵子さんドイツ、イギリスの旅《ふたりたえこさんどいつ、いぎりすのたび》　談話
〔初出〕「読売新聞」昭和六十一年七月十五日夕刊、一一〜一一面。
〔梗概〕「みいら採り猟奇譚」について、「男のマゾヒズムを書いたものですけれど、絵にたとえれば、いま枠をはめているところ。枠を動かすとサイン（署名）がかくれてしまうので、そこも塗らなければ。九月までには仕上がります」と述べている。

復刊二〇〇号に寄せてのメッセージ《ふつかんにひやくごうによせてのめつせーじ》　回答
〔初出〕「CHAINSTORE」昭和四十九年六月一日発行、第二百号。
〔梗概〕今度で二〇〇号に達したと聞いて、びっくりした。二〇〇カ月といえば、ひとりの女性の娘ざかりと女ざかりとを合わせたほどの歳月になるのだから。

仏式結婚《ぶつしきけつこん》　エッセイ
〔初出〕「うえの」昭和四十二年二月一日発行、第九十四号、四六〜四八頁。
〔収録〕『私の泣きどころ』昭和四十九年四月八日発行、講談社、二〇五〜二〇八頁。
〔梗概〕戦前の結婚式といえば、二月と十一月が多かったらしい。昔は床入りの盃が交わされただけで、結婚式というようなものはなかったらしい。大正天皇のご成婚のとき盛大な神前結婚が執り行われ、皇室のように神道でなく仏教徒の民間の人たちの間にも普及するようになったと聞いている。数年前、或る雑誌から頼まれて、仏式結婚を取材したことがある。有名な神社の結婚式の場合、後がつかえていて、式の進め方がひどく事務的である。が、仏式結婚の場合、本当に精神が籠っていて、余人の私でさえ、心がすっかり清められ、まさしく新しい生活に入るに適わしい心が得られたような気がした。仏式結婚が、もう少し盛んにな

ってもいいのではないだろうか。

『仏陀を買う』をめぐって《『ぶつだをかう』をめぐって》　評論

〔初出〕近藤紘一著『仏陀を買う』昭和六十一年八月二十日発行、中央公論社、一二七～一五〇頁。

〔梗概〕昭和五十九年度中央公論新人賞受賞作であり、近藤紘一の処女作にして絶筆となった『仏陀を買う』を論じる。「異人種の大人の純愛を扱って、これほど真実を捉えて、表現した例は稀なのでないか」と、そのスタイル等を分析しながら、評価する。

筆不精《ふでぶしょう》　エッセイ

〔初出〕「学鐙」昭和四十年十二月五日発行、第六十二巻十二号、三〇～三三頁。

〔梗概〕母からお前は筆不精で困ると苦情が出る。筆まめな母からの手紙に対して返事を書くのも五回に一回くらい。私の筆不精がいちばん顕著なのは、却ってお礼状の場合である。筆不精にも拘らず、断りの手紙というのは案外楽に書ける。断る以上早く断らなければ相手が迷惑すると、ぐずぐずしていられないからである。最も書きやすい手紙は、親しい人に、どうでもいいことを勝手に書きまくる場合である。手紙は筆不精だが、メモなどは筆まめである。日記も筆まめにつける。

ふと思ったこと《ふとおもったこと》　エッセイ

〔初出〕「海燕」昭和五十七年二月一日発行、第一巻二号、六～九頁。

〔収録〕『気分について』昭和五十七年十月二十日発行、福武書店、四八～五二頁。

〔梗概〕谷崎潤一郎といえば、私には春の作家のように思えてならない。最初に読んだ「少年」の強烈な印象が、谷崎を春の作家と思う下地になっているのかもしれない。そうして鏡花については冬の作家なのではないかと私は思っている。戦後になってからの作品に、記憶に残る正月や年末の出てくるのがなくなったようだ。昔の小説では縁深かった。ところで、一葉は虐げられた女性を専ら主人公にした小説を書いたけれど、そういう主人公たちのなかに、舅や姑に虐げられる女性があったであろうか。幾人もの不幸な妻を書いていているけれども、彼女たちはいずれも「差し向い」の結婚をした妻であるようだ。以後の女性作家も嫁をテーマにした作品を書いた人はどうもないようである。嫁なるテーマは自己に根ざしたものではなかったのであろう。一方、男性作家では、男の闘争を描いた小説が殆どないことである。このテーマの作品でおもしろいと思ったのは、「金色夜叉」と山崎豊子の「白い巨塔」である。しかし、何といっても、谷崎潤一郎の妻千代をめぐる佐藤春夫との闘いを描いた「神と人との間」が飛びきりおもしろい。

船の上《ふねのうえ》　──→いすとりえっと（39頁）

父母と弟との間で《ふぼとおとうととのあいだで》　エッセイ

〔初出〕「楽しいわが家」昭和五十一年二月一日発行、第二十四巻二号、三～三頁。

〔梗概〕一人息子がアメリカに留学して通学している街には、先に夫の海外勤務で転任した姉の×夫人の家庭があった。ところが、息子から突然、友人の外人女性と結婚すると言ってきた。両親は裏切られた気がして、息子に諦めさせる手段として送金を打ち切った。×夫人は両親と弟との間に立って困ったにちがいない。

彼女から両親へきた手紙に、近頃の弟はうちへ来ると、食料品でも何でも持ってゆき、まるで強盗です、という意味の言葉があった。私は×夫人の深い配慮に感心した。

父母との出会い《ふぼとのであい》　エッセイ

〔初出〕「青春と読書」昭和四十六年十月十日発行、第十六号、二〜六頁。

〔梗概〕父母との出会い、といっても、何もそれまで私が父母と生き別れになっていたわけでない。私は二十七年間、父母の許で暮していたのである。しかし、ある時期から父母に対する認識が急に改まる経験をした。私は子供の頃、非常に依頼心が強かった。友だちつき合いや宿題などでも、よく親をたよりにした。女学校の受験でも、親に世話を焼かせた。子供の時から親はたよりになると思っていた。戦争が激しくなったある夜、警戒警報が鳴った。半鐘が打ち鳴らされ、敵機が頭上に達した合図である。敵の編隊の爆音をはじめて聞き、死ぬのだ、と私は思った。夜は明け、死なずにすんだとき、父母に対する私の認識はすっかり変ってしまった。工場動員も絶対的なもので、父母だって、どうすることもできない。父母だってたよりにならないのである。十八歳と四カ月にして、私はそれまでのたよりになった父母と別れ、新しくたよりにならない父母に出会った。そして、生れてきたことを幸福だと思うたびに、どういうわけか、私は自分を生んでくれたのが別れた父母ではなく、あの夏の夜明けに出会ってからの父母であるような気がするのである。

冬の温度《ふゆのおんど》　エッセイ

〔初出〕「毎日新聞」昭和六十一年一月二十日夕刊、四〜四面。

〔収録〕『蛙と算術』平成五年二月二十日発行、新潮社、六六〜六九頁。

〔梗概〕今年の寒の入りは、一月六日であった。寒の入りや立春や立秋などは、みな厳密にそれぞれの日の時刻を指すものであることを知って、おもしろく思った。いつ頃から、私は寒中でも扇子をハンドバックに入れておくようになった。一方、夏でも、カーディガンを手にして行かねばならない。行く先々で、よく暖房・冷房の室温の度が過ぎているのである。私は大阪市内と阪神間と東京都内でしか暮したことがない。大して寒さは知らずに今日まできたようなものである。暮れになって、日本ブロンテ協会創設記念行事に、資料映画が上映され、そのなかに、冬のハワースの戸外の場面があった。牧師館や教会も、みな雪に覆われている。雪はさらに降っていた。この冬は、ハワースばかりでなく、スコットランドにも、ロンドンにも、冬の寒さをつい想像してみたくなる。

PRIDE AND PRIDE《プライドアンドプライド》　エッセイ

〔初出〕「藝術新潮」昭和四十六年九月一日発行、第二十二巻九号、二三〜二五頁。

〔梗概〕この展覧会のタイトルは十九世紀のイギリスの女流作家ジェイン・オースティンの小説の題名に依ったものである。が、オースティンの小説には特に関係のない企画であるらしい。この展覧会のモチーフの特色は、軽い皮肉を感じさせるところにある。女性画ばかり展示されただけでなく、併せて女性についての有名な寸言を掲げているところに、この展覧会特色がある。しかし、絵画の作者や寸言の主もほとんど男性なのである。男性による女性についての絵画と言葉の展覧会ということになっている。女性についての男性の言葉で、私の思うところでは、いじわるの美少女と、男の子に親愛感を示してあげる醜い女の子と、非常な良妻と、非常な悪妻、この四種類の女性のことが分るのである。ところが、この四種類の女性は絵画の素材として不向きであるらしい。この展覧会の軽い皮肉のモチーフを成巧させているのは、何よりも絵画のPRIDEにほかならない。これらの女性画は外的世界の絶対美に輝くことで、女性についての男性のあやしげなすべての言葉にも輝きにあずからせているからである。

〝フランス式十戒〟にみる場所の美しさ《〝ふらんすしきじっかい〟にみるばしょのうつくしさ》　エッセイ

〔初出〕「銀座百点」昭和三十八年十二月一日発行、第百八号、六四〜六四頁。

〔梗概〕「フランス式十戒」のはじまりの音楽は宗教的な趣きがあって実にいい。この映画に出てくる八つのコントは常識的な筋立てや、あっけないオチのものが多い。しかし、この映画が楽しいものになっているのは、各話に出てくる場所の力である。話にあてがわれた場所ではなく、各話がそれらの場所から自然に生れてきたような感じさえ受ける。生活的、個性的な美しい場所を銀座の内外に期待したい。

旧い雑誌《ふるいざっし》　エッセイ

〔初出〕「文藝」昭和五十二年五月一日発行、第十六巻五号、一一二〜一一三頁。「晴天乱流」欄。

〔収録〕『もうひとつの時間』昭和五十三年二月二十日発行、講談社、七〇〜七四頁。『河野多恵子全集第10巻』平成七年九月十日発行、新潮社、七六〜七八頁。

〔梗概〕旧い雑誌類を漁っていて、宇野千代の「月夜の便り」というのがあった。読んでみて驚いた。傑作なのである。「文藝春秋」に発表されており、本来埋もれにくい条件が揃っているのに、「月夜の便り」は知られていない。谷崎論の準備中に、旧い雑誌類との付き合いで、他の掲載物に目が止まると、つい読み耽り、本来の作業のためには無駄をしたが、会得もあった。会得が多いのは、旧い文藝雑誌の座談会である。対談、座談会に読み耽り、こんないいものに出会ってよかったと思うのは、文学というもの、作家というもののかけがえのない面白さが語られている場合である。

古井さんの秘境《ふるいさんのひきょう》　推薦文

〔初出〕「古井由吉作品全7巻」内容見本、昭和五十七年八月（刊記なし）発行、河出書房新社。

〔梗概〕古井由吉さんの一作一作は、そのたびに作者がみずからに殺戮を行うことによって成り立っている。古井さんの作品に漲る分析力と構築力、繊細さと骨太さ、闇と光、粘りと爽かさも、そこからきている。日本という土壌の裡にありながら誰も存在さえ知らなかった秘境に分け入り、切り拓いておられる。

旧いもの《ふるいもの》　エッセイ

〔初出〕「目の眼」昭和六十二年八月一日発行、第百三十一号、二七〜二八頁。

〔梗概〕由緒ある神社仏閣、遺跡、古美

術、古書に心魅かれるひとは多い。人間が旧いものに心をときめかすのは、建設本能の現れなのではないだろうか。人間は必ず死ぬということだけには例外はない。そういう絶対的宿命が、人間に消滅と相反する事物、成長する、増える、永らえる事物への願望の建設本能を所有させたのである。

古新聞と縮刷版《ふるしんぶんとしゅくさつばん》　エッセイ

〈初出〉「群像」昭和五十年八月一日発行、第三十巻八号、二三六～二三七頁。

〈収録〉『もうひとつ時間』昭和五十三年二月二十日発行、講談社、一〇五～一〇八頁。『河野多恵子全集第10巻』平成七年九月十日発行、新潮社、二八五～二八七頁。

〈梗概〉私が終戦後に溜めていた新聞の山を捨てたのは、縮刷版というものがあることを知ったからではなかった。終戦の日から四、五日して、私はまだ捨てられずにあった終戦以来の新聞を取っておきたくなった。毎日の新聞があまりに日本の超ニュースに満ちていて、しかもそれらの超ニュースがみな自分の心身に直結して感じられたからだった。引っ越しするたびに、その古新聞の山を連れて移った。縮刷版を知ってからも、私は古新聞に執着せずにはいられなかった。縮刷版の中の記事は、私の心身に直結するものではないからである。しかし、私はとうとう音をあげた。古新聞たちに別れた。同時に、終戦以来の日々がすべて縮刷版の中の日々という、最も低い意味での観念でしかなくなった。以後、時代が自分の心身に直接して感じられることもなくなった。自分にとっての戦後を縮刷版に恃んでしまってから、私は戦後の時間を自分の個人的な時代として感じ直すようになった。

ブロードウェイにて《ぶろーどうえいにて》　エッセイ

〈初出〉「楽しいわが家」平成十年十二月一日発行、第四十六巻十二号、三～三頁。

〈梗概〉「サウンド・オブ・ミュージック」を主人と観に行った。初演は昭和三十四年である。ブロードウェイでこれを観るなんて、三十年まえには考えたこともなかったのに、と聊かの感慨を覚えもした。劇場も古めかしく、ロビーも暗い。係員が懐中電灯で切符を照らして、入る扉を教えている。その係員があまりにも老婆であったので驚いた。私は彼女の人生を知りたい気がしてきた。

『ブロンテ全集』刊行にあたって《『ぶろんてぜんしゅう』かんこうにあたつて》　推薦文

〈初出〉「ブロンテ全集」全12巻内容見本平成七年一月、みすず書房。

〈収録〉『河野多恵子全集第10巻』平成七年九月十日発行、新潮社、一九九～一九九頁。

〈梗概〉シェイクスピアの人気の根強さは、万人の心をもっていたことに由来している。ブロンテ三姉妹の根強い人気は、それとは正反対のところにある。その根ざし方は異常に勁く、深く、そして熱い。それゆえに読む者もまた、自分自身のみの心を感じはじめる。不思議な歓びの経験にさせられ、さらに彼女たちの実像への打ち克ちがたい関心をも喚起する。

ブロンテ文学と青春《ぶろんてぶんがくとせいしゅん》　エッセイ

〈初出〉「愛蔵版世界文学全集16月報3」昭和四十七年十二月日発行、集英社、一～二頁。

〔梗概〕人との出合いがしばしばそうであるように、文学作品との出合いもまた多分に偶然に支配されているように思われる。昭和十九年、女子専門学校で英詩の時間にブロンテ三姉妹の詩を数編を教わった。「私の魂はおののかない」だけしか印象に残らなかった。が、この詩は、やがて動員になり、空襲が激しくなり、明日の生命も危くなるにつれて、実にしばしば、救いのように、祈りのように思いだすようになった。エミリーの「嵐が丘」の全貌にはじめて接することができたのは戦後である。ヒースクリフとキャサリンの悲恋を悲恋たらしめているのは、彼等の宿命であるように思われる。小説というものの代表的作品を数編あげよ、といわれれば、私はそのひとつに「嵐が丘」でなくて、「ジェイン・エア」を択ぶだろう。

ブロンテ文学の特異性《ぶろんてぶんがくのとくいせい》　エッセイ
〔初出〕「Brontë Newsletter of Japan」昭和六十一年十二月十九日、第三号、一〜一頁。
〔梗概〕モームの『世界の十大小説』のなかで、「嵐が丘」論が最も魅力に溢れている。モームが最も自分自身を差し出しているのは「嵐が丘」なのだ。モームに限らず、自分自身を差し出さずにはいられなくさせるところが、ブロンテ文学の最大の特異性なのではないだろうか。

ブロンテ文学の秘密《ぶろんてぶんがくのひみつ》　エッセイ
〔初出〕『ジェイン・エアと嵐が丘―ブロンテ姉妹の世界―』平成八年四月二十五日発行、河出書房新社、一〇〜一二頁。
〔梗概〕夏目漱石がブロンテ姉妹のいずれかの作品を読み、〈ブロンテ〉の名を活字にしたのは明治二十九年、如何にも日本におけるブロンテ文学の夜明け時代を思わせる。ブロンテ三姉妹の人気の根強さの秘密は、作者の文学藝術の創造の精神の根ざし方が異常に勁《つよ》く、深く、熱い。それゆえ、読む者もまた、自分自身のみの心を感じはじめるのである。

ブロンテ詣で《ぶろんてもうで》　→嵐ケ丘ふたり旅（18頁）

文学カネ問答《ぶんがくかねもんどう》　鼎談
〔初出〕「新潮」平成七年十月一日発行、第九十二巻十号、二四二〜二六〇頁。
〔梗概〕奥本大三郎・車谷長吉との鼎談。「欲望の欠如」「『現金なやっちゃ』」「谷崎と漱石にみる金銭感覚」「遠藤家の家計簿」「ラスコーリニコフか水商売か」「選んだ貧乏と追いかけてきた貧乏」「僕は欲しくてしょうがない」「借金というもの」「作家の経済問題」「ゴシップを楽しむ」「金で買えないものは尊いのか」から成る。どうも浪費家の人のほうが体力がないような気がする。ケチの人のほうが体力がある。谷崎は金銭感覚はまとも。漱石は月給取り的。大正期の文学というのは、洗練されているが弱い。文学と生活の洗練を目指したのは白樺派。芥川はお金に対して非常に小心。谷崎は若いころ西洋志向だったが、アメリカ文化に寄る。山の手文化はヨーロッパ。山の手文化に対する反発なのである、などの指摘がある。

文学作品と筋《ぶんがくさくひんとすじ》　エッセイ
〔初出〕「知識」昭和六十二年十一月一日発行、第三巻十一号、二四六〜二四九頁。「文藝時評連載11」。

〔梗概〕小説の筋ということについては、誤解があって、今日なお根強く続いている。谷崎潤一郎の小説について筋らしい筋はないのである。が、『春琴抄』も『細雪』も、実におもしろい。谷崎文学を展開させてゆくものは、常に筋でも、構造でもなくて、印象の蓄積なのである。杉浦明平氏の「峠への道」は、事件というほどの筋らしい筋ない作品である。吉行理恵氏の「花の鏡」は非リアリズム作品であるうえに筋らしい筋がない。作品に凄味がある。文体はまことに明快。作中世界は、さまざまの角度、あらゆる細部から、確実に生みだされてきている。

「文学者」コメント《「ぶんがくしゃ」こめんと》　談話

〔初出〕「週刊読売」昭和四十四年六月二十日発行、第二十八巻二十七号、一二一～一二二頁。

〔梗概〕「ここにも一つの〝戦後文壇史〟―200号を迎える同人雑誌『文学者』―」の記事中に、「十六号の『文学者』に、はじめて河野多恵子さんの小説が載ったが、彼女はいう。『一本目の作品はパスしなくて、二本目の作品を載せていただきました。それも、返事がくるまでに二か月かかり、百五十枚だったのを八十枚に書き直すようにいわれました。結局、雑誌に出るまで半年かかったわけですが、その間、同人の石川利光先生が芥川賞を受賞されました。私は、こういう人のお書きになる雑誌だとすると、よほど努力しなくては載せていただけないと覚悟していましたから、目次に私の名前を見つけたときは、ハッとして、想わずページを閉じたほどうれしかった。このときの気持ちは、いまでも忘れられません』」とある。

文学と女性《ぶんがくとじょせい》　インタビュー

〔初出〕「華陽ジャーナル」昭和四十四年九月二十三日発行、第七十七号。

〔梗概〕小説は藝術なんだから、その現象ではなく、本質をえぐらなければならない。だから、先を見る必要がある。藝術家は、見るというよりも才能によって感じるというべきかもしれない。大衆の感情として爆発寸前までになっていることを、作家が感知しておくことによって、爆発寸前であったものを全部爆発させるのです。パールペンクラブで行なったインタビュー。

文学と真実《ぶんがくとしんじつ》　インタビュー

〔初出〕「ＰＩＣ著者と編集者」昭和四十六年四月一日発行、第二巻三号、四〇～四三頁。

〔梗概〕文学には真実の追求といったものはない。「真実というのは、まさしくある世界の中の構築されたものが真実かどうかということで、人生の真実なんかじゃないです。そんなことを期待するから小説が、読者がほんとうに味わえない、ほんとうの読み方をしないものになるわけですよ。」「ひとつの作品が、人間と人生に対して読者の愛着を増したために、結果として読者が人生の真実とか、生き方とかを考え、生き方を選び直すということはあっても、そこのところは読者の勝手で、小説そのものの生命とは無関係のことでしょう」と主張する。

文学と生活《ぶんがくとせいかつ》　鼎談

〔初出〕「群像」平成七年一月一日発行、第五十巻一号、一八四～二〇九頁。「特集・戦後50年の時空間から」。

〈梗概〉文学を中心にして、戦後五十年を振り返った丸谷才一・秋山駿との鼎談。「男が泣かなくなった」「『蒲団』の演劇性」「団地生活と市民意識」「戦前のモダニズムの断絶」「大正文学の中編小説の完成度」「第一次戦後派と大正文学の共通性」「『一寸先は闇』という歴史観」「市民生活の成熟と風俗」から成る。大正文学というのはちっとも豊かじゃない。大正文学の特色は、生活と文学の洗練を目指した文学だと思う。第一次戦後派は、政治的な人たちでも、終りごろは藝術派の方になっている。野間宏さんだって、四谷怪談なんかに一生懸命になって、晩年、非常に藝術的になっていらした、などと指摘する。

文学との出会い《ぶんがくとのであい》　エッセイ

〈初出〉「河野多恵子全集第10巻」内容見本、平成六年十月（日記載なし）発行、新潮社、一〇〜一一頁。

〈梗概〉終戦までの女専時代、私は授業が実に楽しかったし、本を読んでも自分でもおどろくほど成長しました。女専時代の半分以上は戦後ですが、さっぱり駄目になりました。戦争と敗戦ということに纏いつかれて、自分の中で消化し、熟成するのに時間が必要だったのか、そしてやはり谷崎、鏡花に永く捉われていたのか、デビューの遅かったのは、そういうことも原因だったかもしれません。「幼児狩り」を書きだした時には、全く思いがけなく自由になっていました。それから芥川賞を受賞するまでの二年間は、奇蹟のような純粋な時間でした。結末がどうであろうと、読み了えた時、「生きて在ることの歓び」を感じさせてくれる作品、それがすぐれた藝術だという信念のもとに、三十余年間書き続けてきました。

文学の新しさとリアリティ《ぶんがくのあたらしさとりありてい》　鼎談

〈初出〉「群像」昭和四十四年九月一日発行、第二十四巻九号、二四二〜二六五頁。

〈梗概〉大庭みな子・小島信夫〈司会〉との鼎談。「現代の核心への触れ方」「小説の『おもしろさ』について」「主婦であることのひけ目」「小説の中の妻と夫の関係」「女流作家と抽象性」「『不思議さ』を探る」「終戦と現実感」「『三匹の蟹』等の複眼的感覚」「『不意の声』等のシュールリアリズム」「あいまいさとリアリティ」「『抱擁家族』『女流』等の距離の置き方」「道徳・慣習・シンセリティ」「コミュニケーションへの情熱と絶望感」「これからどう書くか」の項目から成る。大庭みな子さんの一番の特色は、感覚が非常に複眼なのである。あるところでは一つの感覚が屈折して、それで一組の感覚になっている点を指摘する。

文学を害するもの《ぶんがくをがいするもの》　対談

〈初出〉「文學界」昭和六十二年七月一日発行、第四十一巻七号、一三八〜一五八頁。

〈梗概〉女性として初めて芥川賞選考委員に就任した大庭みな子との対談。「多すぎる情報のなかで」「『文学の不振』の本当の意味」「『純文学』と『大衆文学』を峻別せよ」「新人が育つ環境とは」「いい短編が書けなければ」「女性選考委員の意味と役割」から成る。現在、文学が不振というのは、いい作品が書かれても、十分に論じられない。本当に徹底的に論じ合って、それがある評価とある場所で定着する。そういうことがない。昭和二十六年では一つの作品が文藝ジャーナルムで定着して、それが一般の読者の間にもきちっと定着していた。それに比較して今はそういう定着がないという。

文藝家の寿命《ぶんげいかのじゅみょう》　エッセイ

〔初出〕「文藝家協会ニュース」平成五年四月（日記載なし）発行、第五百号、一四～一四頁。

〔梗概〕人間としての寿命と創作寿命とは別のものだ。最も個人差のあるのが文藝家なのではないだろうか。一切書かないで、そして健康で、ただ生きているのは、いいものではないかと思う。最後まで死の床でまで書き続けるのも、いいものかもしれない。どちらを望むかと問われれば、私には答えようがない。

文藝時評《ぶんげいじひょう》　エッセイ

〔初出〕「朝日新聞」昭和五十七年一月二十五日夕刊～昭和五十八年三月二十五日夕刊。三十回連載。

〔収録〕『河野多恵子全集第9巻』平成七年八月十日発行、新潮社、一八九～二六四頁。

〔梗概〕

昭和57年1月

中村光夫の「時の壁」には、〈湯は出ず、湯沸し器もなかったが〉など、幾つかの小さな過失に出会う。日本人の寿命の伸びを反映している作品を、私は「時の壁」ではじめて読み、〈実に虚を衝かれた〉のである。岩阪恵子の『蟬の声がして』は、〈静かな雰囲気のうちに、生の輝きが感じられ、作者の確かな資質〉を告げている。辻邦生の「銀杏散りやまず」は、幼年体験の内容ながら〈鮮やかな〉短編である。小檜山博の「雪虫」は〈若い性欲が、短く、的確に、すばしこいカンの生きた、新人離れのした文章で表現〉されている。

同　2月

島尾敏雄の「湾内の入江で」は、〈会話のない、改行も極端に少ない、叙事体を主調とした文体に、不思議な奥行きと風通しがあって、この作品のものとしても、一きわ見事な名文〉である。畑山博の『つかのまの二十歳』は、連作と見るのも、作品集と見做して読むのも、残念なかたちである。この作品には、つくづく大都会を感じた。岩橋邦枝の連作『浅い眠り』は、女性被害者意識など最早無縁な認識と表現で創造した新しさをたたえた作品である。平岡篤頼の「成仏しなはれや」は〈ふと何か図星を指された気〉にさせる作品である。

同　3月

中里恒子の短編「飛鳥」は、〈随筆スタイルを探りつつ、どの事柄、どの一行にも鋭くモチーフが刺し貫いていて、立体的な張りにみち、名短編〉というほかない。中里文学の新たな発展の前触れか。立松和平の「冬の音楽」には〈私は作者の創作力の弛緩と荒廃を終始〉感じた。戸田房子の『燃えて生きよ―平林たい子の生涯』は、長年平林さんの仕事を手伝って身近にいた著者の〈強み〉が〈後半によく〉現れている。平林たい子は〈男女というものをまことに先端的に追求し表現しつづけた作家〉なのである。鈴木孝一の「渡海」は、少々混沌としていて心許ないけれど、〈作者の力〉を感じられる。峰原緑子の「雨季」は、〈私〉が〈独りよがりや衒《てら》いや単なる風俗や白けに陥ることなく〉描かれていて、手応えを感じさせる。南木佳士の「重い陽光」は〈鮮明な印象〉を受けるまでには到らなかった。

同　4月

古井由吉の『山躁賦』は、彼が山の者たちを躁《さわ》がせに行くのであり、いずれの作でも、次第に躁がせてゆく成り行きが〈取り分け読み応え〉がする。大庭みな子の「寂兮寥兮《かたちもなく》」は、大庭の数々のすぐれた作品のなかでも、〈最高の傑作〉ではないかと思う。佐江衆一の「宇宙船」は、〈充分安心しながらハラハラさせてもらえる作品〉であり、〈なかなかの名短編〉である。光岡明の「薔薇噴水」は、〈私〉の外面と内面の状況が最後の部分にすっかり集まり、より〈鮮明になって漂って〉いる。

同　5月

井伏鱒二の連作長編「豊多摩郡井荻村」は、〈人文面でもまことに豊かな私的地誌〉とも言えようか。丹羽文雄の短編「妻」の〈本格私小説の非情さ〉には驚いた。〈私〉の反応には、妻に対する愛情が溢れている。同時に、はじめて知らされた妻への深い負い目にうろたえていて、その両方の拮抗の威力を知らされた〈私〉の衝撃が、この作品の鮮烈なモチーフとなっている。山口瞳の『婚約』は、日常生活で見落としている〈人間の陰影〉を照らしてみせられた思いのする個所に再々出会う。飯島耕一の「永井荷風論」の発想の基盤になっているのは荷風の訳詩と作詩で、詩人でなければ書けない評論であり、また詩人の評論にとどまるものではない。磯田光一の「〝留学〟の終焉」は、今日における〝留学〟がもたらすものは何なのかを問う。冥王まさ子の「雪むかえ」は、創作の技巧でいえば、〈作者は不器用な人〉のようである。

同　6月

大岡昇平の『ながい旅』は〈独創性と冷静さと情熱にそのモチーフの強さ〉が漲る。全編中の圧巻は、岡田元中将の法廷闘争の結果に対する作者の反応である。作者の反応はまことに感動的で、『ながい旅』という標題が一段と深みを増して訴えてくる。遠藤周作の『女の一生』は、人間がこの世に生を享けたことの意味、生きたこと、生きていることの意味が不思議な実感として納得させられてくる。書き方の趣向の成果でもある。青野聰の「猫っ毛時代」は〈言葉を育てること、復讐すること、その二つの成就が、この作品を成功作にしたエネルギーとして文体にも輝いて〉いる。池田満寿夫の「残酷な四月」は、作家の眼としての〈非情さ〉がない。池内紀「検死」、粟津則雄「殺意」は、小説づくりを急いでいる感じを受けた。

同　7月

大江健三郎の『「雨の木《レイン・ツリー》」を聴く女たち』で捉えられている性は、〈無性別の性〉である。小沢信男の「わたしの赤マント」は〈鋭いモチーフによって今日の現実を巧みにうかがった〉短編である。津島佑子の「黙市」も〈新鮮なモチーフがよく利いている〉短編である。〈弾力ある筋肉質のよい肉づき〉を見せている。金井美恵子の「1＋（プラス）1」は、初夏の宵の街のディテールへの欲望というべきほどの作者の愛好に司られた作品である。村上春樹の「羊をめぐる冒険」は、〈質と性格においてまぜこぜの作品〉である。〈古くささと新しさ、文学性と低俗性、べたリアリズム性と抽象性〉というように…。

同　8月

三浦哲郎の『おろおろ草紙』作中で、人肉食や人肉保存食などには、私は読者として付き合いかねた。どうしようもない曖昧で切実な関係というものに、窮極の一抹で文学的昇華を完成しがたくする宿命が孕まれているのではあるまいか。色川武大の「永日」は、〈主観と客観の渡り合いに緊張が漲り、老父の問題を超えて、作者のすぐれた自己認識の作品として深い感銘〉を受けた。萩原葉子の「万華鏡」は、そこにすっかり報告されている作者の生き方が、作品のモチーフでもある。吉行理恵の「迷路の双子」の〈抽象性、幻想性〉はまったく自然である。年ごろの少女の混沌とした深淵を驚くほど確かに深く捉えている。森内俊雄の「足が濡れている」は、感覚を控え目にし、その分意識を多く活用させていて、〈題材上のその適切な配慮がこの作品を成功〉させている。加藤幸子の「夢の壁」は、中国と日本の二人の子供の眼に映った印象によって綴られているために、当時の実態にちらりと触れさせもする気がした。

同　9月

丸谷才一の『裏声で歌へ君が代』は、作中の知的刺激と世俗的刺激と日常的刺激とが一つに統一されたおもしろさを感じさせる。井上光晴の「キャバレー」は、老人の性的執念および地域社会の不気味さを推理小説の趣を混じえて描いている。阿部昭の「まどろむ入江」は、〈ある種の頑迷さが消えて、自然な躍動の砕け散るしぶきに似た魅力〉がある。重兼芳子の「硬い光」は、主人公の〈わたし〉の股関節障害を素材にしている。高橋三千綱の「馬」は、両少年のやり取りと〈武〉の馬の背への挑み方が、〈取りわけ新鮮〉で、いい味の短編である。梅原稜子の「柿もぎ童女」は、各側面のつながりから生れる〈立体感〉がもう少しほしかった。

同　10月

長部日出雄の「未完反語派」は、日本浪蔓派をめぐる有機的な考察、丹念な綾足研究が深く絡みあい、どの角度から眺めても興味をそそる作品になっている。高橋たか子の『装いせよ、わが魂よ』は、読みながら終始感じたのは、〈山川波子の譬喩的にいえばフェティシズムということ〉だった。高橋新吉の『女釣り――強盗亀のこと――』は、どの作品もおどろくほど奥が深い。八木義徳の「北満の落日」は、連作中の一つである。旧北満での〈私〉の短い逃亡生活が鮮明に描かれている。木崎さと子の「白い原」の導入部の展開は巧みだし、後半では〈私〉の内的な屈折が次第によく伝えられている。李良枝の「ナビ・タリョン」は、作品の完成度は不充分だが、再々読者を立ち止まらせずにはおかない力がある。愛子の凄じいエネルギーが〈真実として作品の非常なエネルギー〉となり、テンポの速い文章が次々に確実なものを生み出していて、感心した。

同　11月

佐多稲子の「夏の栞―中野重治をおくる」の特異な新鮮さは、中野重治をおくった次第までを含む単なる歴史が書かれているのではないからである。作者が追求しているのは〈自身の心理〉である。その夏の日々の自分の心理が追求され、五十余年間の無数の心理が追求される。木下順二の「本郷」は、生活環境による教養小説と言えなくもなさそうに見えて、一種の反俗が感じられる。新庄嘉章の「アンドレ・ジッドの結婚生活」は〈手応え充分の興味深い評伝〉となっている。ジッド夫妻は、多くの点で並はずれた類似と並はずれた相違にあった一組の男女であったことが、この評伝から窺える。清岡卓行の詩集『幼い夢と』は、どの詩にも〈寂しさ〉が働いている。谷川俊太郎の『日々の地図』は、日常の関係世界を主に素材にした詩集である。

同　12月

富岡多恵子の『室生犀星』は、書き手の〈創造の歓びの鼓動が伝わってくる〉ところの魅力がある。飯島耕一の『冬の幻』は、いずれも主人公を〈藤堂宗宏〉とする六短編の連作集である。〈冬の幻〉とは全編中に存在する故人Tの意味で、滝口修造のことだ。Tのイージの捉えどころのなさに客観性が備わり得て、興味深いリアリティが感じられる。尾崎一雄の「ハレー彗星」の最後の一行から伝わってくるのは、〈私〉の〈賭けの宣言〉であり、〈賭けの心の弾み〉である。何とも壮大なスリルである。大江健三郎の「落ちる、落ちる、叫びながら…」を読んで、〈大江氏の初期の短編の面影が生き生きとよみがえってくる気〉がした。

昭和58年1月

G・ガルシア＝マルケスの「予告された殺人の記録」は、重層する人間性のバイタリティーが魅きつけてやまない作品である。石原慎太郎の「葬祭」は、いかにも書きたいことに心を弾ませながら書き進められたらしい印象を受けた。文化の問題がこの素材への切り込み方の角度を決定させたと思われる。尾辻克彦の「雪野」は〈自伝性の興味など置き去りにさせる魅力にみちた小説〉である。尾辻の作品の強みは、〈感覚にしても、イメージにしても、それの単なる放出に終わっていない〉ことである。干刈あがたの「プラネタリウム」は、〈夫婦の仲の実態が、背後に抑えられていて、母親としての眼に子供たちの姿を真っすぐに捉えさせているところ〉がよい。稲葉真弓の「風変りな魚たちへの挽歌」は、〈書きたいことを持ち込みすぎているような気〉がした。

同　2月

唐十郎の「伸子の帰る家」は、最後まで、宮地さんにおける〈僕〉の観念性と作品の結末づくりの負担のさせ方が少々安直である。加藤幸子の「翡翠色のメッセージ」は、登校拒否はいわば枠で、作者はその年ごろの少女の内部を捉えようとしたのだろう。青野聰の「生の声」は、〈実にみずみずしく、力強い作品〉である。林京子の「上海」は、〈私〉にとっての上海の、遠くなさと近くなさとの〈濃密なつぶやき〉を描いた長編である。畑山博の「泣かない女」は、〈奇異だけれども、現代の空気が確かに呼吸〉されている。田畑麦彦の「骨の音」は、〈彼〉の心情の襞が、確かな客観と、それに制約されない柔軟な発想とで、新鮮に照らし出されている。

同　3月

杉浦明平の「渥美水軍盛衰史」は、〈わたし〉の視線が立体性に富んでいる。彼ら渥美水軍に対する、作者の親愛感と非情さが大きく作用しているのである。古井由吉の「槿《あさがお》」の文体は、〈粘りつきがあって、硬質で、構築性〉がある。辻井喬の「不安」は、人間というものが信頼するに足るものであることが、〈私〉の憧れる犯罪空間に失望する行間に滲んでいて、感動させられるのである。奥野健男の『〝間〟の構造』は、都市の成立過程について見解その他、いささか首を傾けざるを得ない個所が多少あるけれど、〝間〟の構造としての想像力の発見に〈読者の精神〉を揺さぶる。三浦哲郎の「ひとり遊び」は、怪奇性、幻想性を云々するような性格の作品ではない。〈リアリズムから僅かの――その何ともみごとな飛翔に見とれさせる短編〉である。

この時評を担当して気づいたのは、現代日本文学は余白の美への執着をすでに相当裁ちきったということである。だが、余白の美の伝統があまり永く、根強かったので、塗り込め方はまだ未発達であって、今後の進歩が現代日本文学の内容を豊富にし、こなれたものにもしてゆくのではないかと思われる。

文豪の恩師・野川先生《ぶんごうのおんし・のがわせんせい》

エッセイ

〈初出〉「東京新聞」昭和六十二年二月十六日朝刊、七～七面。「日本人の発見3」。

〈収録〉『蛙と算術』平成五年二月二十日発行、新潮社、一一一～一一三頁。

〈梗概〉谷崎潤一郎は小学校一年生時代、我儘で、弱虫だったという。野川誾栄《ぎんえい》先生のおかげで、谷崎は自分が一般の児童よりもすぐれた子供であることを知り、劣等感から脱することができた。同級生に、偕楽園の息子の笹沼源之助がいた。谷崎たちは、よく彼の家で遊んだ。授業中に、小声でしゃべり合っていると、野川先生が「何だね、お前たち何をガヤガヤ云ってるんだね」と、教壇から振り返って云った。剽軽な一人の生徒が、「先生、笹沼と谷崎は助平なんです」と云ったので、大勢がどっと笑った。先生は「ふうん、笹沼と谷崎は助平なのか」と笑いながら、黒板に「笹沼、谷崎、助倍」と書いた。生徒たちは又どっと笑った。谷崎は七十歳になろうという時分に、『幼少時代』のなかで、当時の小学校の呑気《のんき》さ、無邪気さを示す一例として、そんな思い出を書いている。野川先生の対応には終始、生徒全員を得心させたい気持が感じられる。谷崎少年にもまた、何の不満も残らなかったにちがいない。

文豪の隠れた素顔―谷崎潤一郎の思い出―《ぶんごうのかくれたすがお―たにざきじゅんいちろうのおもいで―》　鼎談

〈初出〉「銀座百点」昭和六十一年十二月一日発行、第三百八十五号、一〇～一九頁。

〈梗概〉谷崎松子・嶋中鵬二との鼎談。谷崎潤一郎生誕百年にあたり、銀座に縁《ゆかり》の深い作家として、松子に思い出話などを伺う。奥様への恋文は三百通ぐらい、女性の好みの顔立ちは、どぎつくなく、柔らかい顔、色は白くなくてはいけないことや、日常生活でも演出を楽しまれたことなどが語られる。

文庫版あとがき《ぶんこばんあとがき》　エッセイ

〔初出〕『ニューヨークめぐり会い』〈中公文庫〉平成十二年三月二十五日発行、中央公論社新社、二五一〜二五三頁。
〔梗概〕ニューヨークと東京は朝晩が逆になるが、日の出、日没は凡そ同じである。ニューヨークでは零下十五度くらいの冬の寒さであるから一入春が待たれる。アメリカでセントのコインをペニーとよく言われる。二十四時間営業の店で、買い物をした時、レジの数字は二十ドル十二セントで、私は二十ドルしか持っていなかった。品物を返品しようとすると、傍にいた八十を過ぎた女の人が、私に大笑顔で頷いてみせて、十セントと二枚のペニーを出してくれた。彼女の気合いのようなものに衝かれた。ニューヨークでは、幼児から高齢者に至るまで、誰もが元気がよいかのようである。西欧では〈three score and ten〉という言葉があって、人の寿命は大昔から七十年とされてきたそうである。

『文章読本』体験《ぶんしょうどくほんたいけん》　エッセイ

〔初出〕「三田文学」平成十年八月一日発行、第七十七巻五十四号、一〇〜一一頁。
〔梗概〕谷崎潤一郎が『文章読本』で「現代の口語文に最も欠けている根本の事項」や文章における「含蓄」の必要を力説する時、心理的マゾヒズムのために生みだした文体への熱い思い入れが潜んでいる。私は作家たる者の文章に対する心がけをしたたか教えられた。

文章の力《ぶんしょうのちから》　エッセイ

〔初出〕「海燕」昭和六十一年一月一日発行、第五巻一号、二九二〜二九七頁。
〔梗概〕私は与謝野晶子が名について、「われの名に太陽を三つ重ねたる親ありとしも思はれぬころ」と、そんな歌を詠んでいたことを知った。〈晶子〉は晶子の人と作品のイメージの輝やかしさと一つになってしまっていて、このうえなく晶子らしい名まえに見えるのだが、それでも私は彼女の〈晶〉の字に日つまり太陽を、しかも三つも盛りあげたふうに感じたことはなかった。思わず息をのむような、まことに晶子らしい感じ方、そして天晴れな歌である。文学作品、ことに小説では、作中人物の人名詞は文章の一部である。形式上一部であるのは破片ほどのことで、実質上のまことに大きな部分であり、記号ではないのである。谷崎潤一郎は「春琴抄」の主要人物の本名を〈琴〉としている。この命名は不自然なのである。あの小説は、一見その素材が由緒ありげに見えながら、それが架空のものであろうと察しられる手がかりが幾つもある。が、いずれも一向に弱点ではないのだ。その一つ、〈琴〉にしてもそうである。生れるなり琴と名附けられていたのは、できすぎていて不自然で、架空の人物らしく推量される。谷崎はこの小説の素材を由緒ありげに装いつつ、架空の素材、つまり春琴が架空の人物であるのを察してもらうことも強烈に願望しているのである。この不自然な命名ひとつにしても、谷崎はその不自然を自分と読者に対して捻じ伏せてみせようとすることで、無難な命名では達しられないリアリティを創造する。谷崎は、『饒舌録』のなかで、小説というものは一部が成り立つと同時に全部が成り立ち、全部が成り立つと同時に一部が成り立つのでなければならぬという意味のことを書いている。文章の一部である〈琴〉は、全編との関係において、まさしくそのような緊張関係を実現している。〈琴〉という一部にも、谷崎の非常な文章力が発揮されているといえようか。人称代名詞をはじめ、抽象性の強い作品のなかでの全く抽象上の人名詞であろうと、確実に文章の一部であり得る機能をもつのでなければならないだろう。そして、小説の文章以上にむずかしいのは、藝術作品を語る場合ではないかと思う。

分身の逆転《ぶんしんのぎゃくてん》　選評

〔初出〕「中央公論」平成四年十一月一日発行、第百七年十一号、二八七～二八八頁。

〔梗概〕平成四年度谷崎潤一郎賞選評。瀬戸内寂聴さんの「花に問え」は、作中人物が作者と実に珍しい関係におかれている作品である。作者の分身役が分け持たされている気配は全くない。「花に問え」の創造には、自分の内部を問うて止まない作者に応えた、まことに幸運なひらめきの参加が想われる。作者と分身関係にあるのは、作中で様ざまの場面が出てくる一遍上人の「聖絵」なのである。「聖絵」の表現は、作者の内部の湧出に潤って、まことに芳醇で、美しい。自然な重層性の豊かさ、力まぬ絶妙の力作感が、読んでいて快い。

文体への二つのアプローチ《ぶんたいへのふたつのあぷろーち》　対談

〔初出〕「文体」昭和五十二年十二月一日発行、第二号、四六～七一頁。

〔収録〕『吉行淳之介全集別巻1』昭和五十九年十月十日発行、講談社、二二四～二五四頁。

〔梗概〕吉行淳之介との対談。「様式と個性と」「何に文体を感じるか」「自然主義の場合」「随筆に文体はあるか」「言葉の選択」「短編と長編」「文体を『変える』こと」「谷崎の『物語性』」「文体と文章の間」「グロテスクでユーモラスなもの」から成る。私はやっぱりいちばん強く文体として感じるのは泉鏡花とか谷崎潤一郎とか、アクが強いほうに文体を感じる。「谷崎さんの場合はストーリはだめな人ですね。ストーリーはまったくだめ。物語性とかどうかって言うけれど、物語スタイルだけれども物語性じゃないんですね。全部印象の文学」ひとりで勝手に作ったイメージを積み重ねていくところで成り立つ、印象の力学の文学と指摘する。

へ

平均寿命は困りもの《へいきんじゅみょうはこまりもの》　エッセイ

〔初出〕「週刊新潮」平成七年四月六日発行、第四十巻十四号、一〇六～一〇六頁。

〔梗概〕「21世紀へのメッセージ２０００―生き方の扉」の一つとして掲載された。平均寿命というものが、今日の人々にあまりに意識されすぎているような気がする。まるで、平均寿命までは死ぬことがなく、平均寿命以上には生きないかのようである。人々は自分の人生との付き合い方が、何かと平均寿命に支配されがちになっている。今日では統計的に八十年と算出されているが、八十年というのは、人の一生の予定としてはまことに中途半端なようである。一応人生五十年と考えたほうが、ずっと張り合いも楽しみも豊かになるかもしれない。所詮、人間は人生を様ざまに深くエンジョイするために、この世に生れてきたのだと、私は思っている。

塀の中《へいのなか》　短編小説

〈初出〉「文学者」昭和三十七年一月十日発行、第五巻二号、八〇～一一二頁。

〈収録〉『幼児狩り』昭和三十七年八月三十日発行、新潮社、一九一～二六四頁。『昭和戦文学全集11〈戦時下のハイティーン〉』昭和四十年五月三十日発行、集英社、一四七～二一九頁。『現代日本の文学50』昭和四十六年四月一日発行、学習研究社、三四四～三八二頁。『幼児狩り・蟹〈新潮文庫〉』昭和四十八年四月三十日発行、新潮社、八七～一五九頁。『遠い夏』昭和五十二年十二月五日発行、構想社、七一～一五九頁。『河野多恵子全集第1巻』平成六年十一月二十五日発行、新潮社、五一～八八頁。

〈梗概〉挺身隊行きを逃れるため必死で進学した曽根正子たち百六十名は、わずか四か月の学生生活をしただけで工場に動員された。坂本中尉率いる軍指揮下に、高い塀の中の被服工場と寮を往来する日々であった。正月も空襲で三割もの学生の自宅が消失した時も帰してもらえなかった。学校側と附添教授が何度も交渉し、月曜毎に学校へ報告書を届けることを理由に、やっと一人ずつ外出が許可された。

　昭和二十年六月七日夜、敵機襲来。一夜にして工場周辺の住宅街を消滅させた。正子たちは午後から罹災者に乾パンと缶詰を配った。正子は庭のはずれで泣いている男の子を見つけた。スガオ・シンイチという五歳のその子は、乾パンをもらう母親とはぐれたらしい。正子はどこにも届けず、その男の子を部屋に連れてきた。

　塀の中には何もない。何かが欲しい。皆が切実にそう願い、口にしなくても判り合っていた。子供はその何かになるのでは…。母親と連絡がつくまでの慈善だと納得した。外出許可を得た人が交番へ寄り、武子の実家へ連絡するよう届けた。食事も交替で皆が残した。着替えも工夫して作り、シン坊はあちこちの部屋にすっかりなじんだ。何の連絡もないまま、二十日過ぎた。

　遂に正子の当番の日がきた。焼跡の小屋で近くにスガオという家があったかを聞いたりしながら、学校へ急いだ。教務課へ行き、自分の学ぶべき筈だった教室をのぞいた。隣室から英語を読む声が聞こえた。出発時間を三時三十分と書いてもらい、家へ帰った。父が風呂を沸かし、母と待っていた。あれ程望んでいたものはこれだったのか、そうではない。小さな気散じや反抗にしがみついている自分たちに虚しさを感じ、工場へ戻った。

　突然のブザーで全員集合させられた。本廠から視察官が来るので全構内の整理整頓をするようにという。子供をかくす場所を漁った。水漏りがひどくて使われ

へ

てはいない防火用水の醸造用のものだったらしい酒樽にシン坊をかくした。視察は無事に終った。正子ら三人は酒樽の下まで来て、立ち竦《すく》んでしまった。彼女たちの足下を水が浸していた。水を入れたのだ。三つの蛇口がいっぱい開かれ、激しい水音が膝を抱いて震えている正子を恐怖で撃ち続けた。子供の腕に幾本もの注射が打たれ、人工呼吸が施された。駄目だった。

子供を置き、死なせたことについて、生徒たちは緘口令を受けた。中尉の毎夜の取り調べが始まった。それぞれが自分にも責任があると主張し、擲られた。正子は子供をここへ置いた理由を訊かれ、慈善だったとしか言わない。正子の答えに含みがあることを感じた中尉は、その含みを抉《えぐ》り取ろうと決心したのだろう。最初の三、四発を中尉は素早いショートできた。頬が削《そ》げ飛んだかと思う瞬間、その厚みがつと二倍に感じ変る。自分の全身ではちきれそうになっているいらだたしさ、もどかしさ、苦しさをすべて叩き出せるのなら、どんなにすがすがしいだろうと、正子は思った。中尉も困っていたのだ。揉み消さざるを得ないのだ。武子も実家に以前頼んだ子供のことは、知らないと答えるように手紙を書かされた。急に廊下が騒がしくなり、皆集められた。子供の母親が来て、迷い子を見なかったかと訊ねた。中尉は「見た者は手をあげて」と言う。手はひとつもあがらなかった。正子はもうたまらなくなっていた。自分たちの罪が、この塀の中の外へ出されず、密封されているのだという ことを、教授から聞いたときから、正子の胸は飽和状態に達していた。彼女は、自分の罪にも、胸にも、窓を開けようとした。突然、正子は右手を摑まれた。その手は、武子に押さえられ、辛うじて肩の所のあたりでとどめられていた。

〔同時代評〕平野謙は「河野多恵子著『幼児狩り』」（「週刊朝日」昭和37年9月28日発行）で、「ここにも感覚的な鋭さに見合うだけの倫理的な罪責意識の重さはないが、その代償として、残忍のなかにまみれる一種の被虐性の芽はある」と指摘している。　　　　　（増田周子）

平和な集まり《へいわなあつまり》　──→私の泣きどころ（469頁）

平和の探求者たれ―生活に流されずに―《へいわのたんきゅうしゃたれ―せいかつにながされずに―》　講演要旨

〔初出〕「日本女子平和連盟ニュース」昭和四十四年十一月十六日発行、二〜二面。

〔梗概〕私は大正十五年生れです。生きてきた年を考えると、戦争ということと切っても切れないものがあります。試験の夢をみたことはなく、今でも戦争の夢を見ます。悪夢に悩まされたあと、〝平和というものは何ていいものか〟と、平和に感謝します。平和というものは健康と同じようなものだと思う。健康であるためには日々自分の心掛け、日々自分の身体をチェックしなければなりません。平和も常に関心を持ち続けることが大切ではないかと思う。文末に「結成大会講演から要旨／（文責在記者）」とある。

平和を訴える―戦後二十五年と私―《へいわをうったえる―せんごにじゅうごねんとわたし―》　エッセイ

〔初出〕「公明新聞」昭和四十五年八月十五日発行、八〜八面。

〔梗概〕戦争体験記を読むと、核心につ

いては全く共感させられる。戦争というものを目を奪うような悲惨さだけ見ることを自戒している。戦争の恐ろしさは、何人ともしれない者たちによって、絶対的なしいられ方のする悲惨さへの準備が満ちてくるという出発点にある。平和のすばらしさ、つまり人間の当然あるべき姿への愛着を自覚するという裏打ちがあってこそ、戦争防止の心を本当に育てることができるのではなかろうか。

ページを繰れば《ぺーじをくれば》　エッセイ

〔初出〕「波」平成七年九月一日発行、第二十九巻九号、二～五頁。「本のある日々」

〔梗概〕人生は落丁の多い本に似ている。芥川龍之介のこの言葉を私が知ったのは、女学校の三年生くらいの時だった。本のなかには、ある頁が欠落しているものがあるとは、私は全く思ってもみなかった。私のもっている谷崎潤一郎の『蓼喰ふ蟲』の単行本は初版で、萩原葉子さんがくださったものである。その本には文章の途中で一箇所、七、八字ほど活字が抜けている部分がある。谷崎が萩原愛子にこの本を贈ったのは、どの時期なのだろうか。私は葉子さんに「お二人のご縁談、どうして実らなかったの?」と訊いてみた。「叔母は、谷崎さんの容姿が好きじゃあなかったのよ」とすらりとおっしゃる。「それに、谷崎さんのほうでは経済的に行き詰まっていらっしゃった時だったし…」とのことであった。本の奥付から検印紙が姿を消したのは、昭和三十年代の半ば頃であったと思う。私には、検印の経験はない。新潮社から個人全集が刊行された。最後の巻が校了になってみて、自分の全集をもち得るとこんなに気持が落ちつくものなのかと、この二、三日つくづく驚いている。ひどくゆったりした気持であって、そこから何かが生じてくるのを落ちついて待つ楽しみを感じている。

別世界《べっせかい》　短編小説

〔初出〕「季刊藝術」昭和四十二年十月一日発行、第一巻三号、二〇八～二二一頁。

〔梗概〕退院後、安子が外出らしい外出をするのは、恩誼があった園田夫人の通夜が最初であった。手術後は一度も見舞わずに訃報に接することになったという悔いが残った。通夜のあと、駅前の商店街が思いがけなく縁日らしかったので、気楽な場所を久しぶりに夫の武田と一緒に歩いてみたくなったが、武田は即座に撥ねつけた。信号を待っていると、沼田と芳子と一緒になった。武田は飲む手つきをし、ビアガーデンにさそう。武田は「男は何にだって集中しちゃうんだ」という。彼は入院中の安子に対しては確かによくしてくれたが、その一方では留守を楽しんだことも事実である。武田と喧嘩をした翌朝、安子はお腹が痛み、近所の医者へ行った。白血球が二倍に殖えていて、すぐ病院で手術を受けるようにとのことである。武田へ電話をかけ、医者の診立てとして伝えたのは盲腸炎と腹膜炎のことだけだった。病室で一緒だった山上さんは乳癌で、二、三年前に局長になれずじまいで停年退職したような感じの人と、三十くらいの優しそうな青年の二人が見舞いに現れ、十日以上、同じ部屋で暮していたが、どちらが山上さんの主人なのか判らなかった。安子は、ビア・ガーデンで、山上さんとその二人の男性の不思議さを皆に振舞うのであった。武田は「浅ましいぞ。他人の男女のことに夢中になったりして」という。安子は、手術室から連れ戻されたとき、卵巣の左のほうだけ取ったと、武田の慎重な労わりに充ちた口調を忌々しく思いだした。その心の傷手など彼女にはないのだ。衝撃なら、もう数年前に終っていた。子供をもつまいとする夫婦生活で一度も失敗がないことに気がつき、疾うから不妊であったと判ったとき、気が変になるのではないかと思ったほどの衝撃だった。武田は今度はありもしない彼女の心の傷手を案じたようだ。その不当な案じ方は、彼の眼に他人の男女のことに熱中する彼女を余計に浅ましく見たに違いない。

「蛇を踏む」を推す《「へびをふむ」をおす》　選評

〔初出〕「文藝春秋」平成八年九月一日発行、第七十四巻十一号、四三七～四三七頁。

〔梗概〕第百十五回平成八年度上半期芥川賞選評。「蛇を踏む」は作者の川上弘美さんがこれの書けたことで如何にも小説を書く呼吸を会得した気配の感じられる出来栄えを示していた。「蛇を踏む」はいわゆる変身ものとは可成りちがう。私は自分が自分の肉体から決して出られないこと、他の人の感覚を決して知りようがないことを時に思うことがある。この作品は、そのような一つの例外もない絶対的な真実を、変身という裏返しの方法によって描いたものとして、興味深く読んだ。

ヘレナ《へれな》　エッセイ

〔初出〕「劇」昭和四十七年二月十日発行、第三十七号、二八～二八頁。「私の愛する登場人物」。現代演劇協会機関誌。

〔梗概〕シェイクスピアの『夏の夜の夢』に出てくる二人の若い娘ハーミアとヘレナでは、私には、ヘレナの方がおいしい役のように思われる。私はヘレナが好きなのだろう。この芝居が好きな理由は、何よりも詩情である。その詩情のきらめき、豊かさ、自然さが好きなのである。そのような詩情は、ヘレナの周辺から漂いだしているように思えるのである。デミトリアスを追っかけ、彼につきまとって、夜露に濡れた下草を踏んでゆく、彼女の足音のまわりから、この芝居の詩情が漂っているように思える。

勉強ということ《べんきょうということ》　エッセイ

〔初出〕「すくすく」昭和五十一年十一月一日発行、第二十二号、四四～四七頁。「女が語る女たち10」。

〔梗概〕電動式ハブラシを夫が説明書を読んで使いはじめた。もう半月ほどなるのに、私は使ったことがない。私は一種の不勉強だったことになる。何事でも、勉強するというのは、自主的に、積極的にすることのはずである。その女性は、幾年間も病み通しで、幾度も手術をした。実際よりは十以上も老けてみえる。ところが、ある時、私は彼女が実に英語会話の達者な人だということを知人から訊いた。ご主人にお目にかかった時、彼女の英語会話のことに触れてみた。「テレビの英語教育の時間が、随分役に立ったらしいですよ」それから、彼女は万能女房だとも言われた。成人学級で勉強したいから託児所をつくってほしい、という主婦の新聞記事をみた。しかし、勉強するなら、やはり勉強するという姿勢でなければならない。勉強とは、「抱っこすりや、おんぶ」であっては、何の収穫もないものである。

編集を終えて《へんしゅうをおえて》　エッセイ

〔初出〕『丹羽文雄の短編30選』昭和五十九年十一月二十二日発行、角川書店、七六九～七六九頁。

〔梗概〕丹羽文雄先生の短編小説のみによる三十編のお作を絞りに絞って選り抜かせていただきながら、つくづく驚嘆したことがある。一つは、先生が如何に早熟の作家であり、且つ如何に大器晩成の作家であるかということ。今一つは、先生はご年輩になられてからも、長編ばかりか短編においても鮮やかな創作力を示しておられることであった。

変種切手の発見者―牧野正久・義子さん《へんしゅきってのはっけんしゃ―まきのまさひさ・よしこさん―》　エッセイ

〔初出〕「楽しいわが家」昭和五十二年六月一日発行、第二十五巻六号、二四～二六頁。「みんなの人国記・15」欄。

〔梗概〕牧野正久くんという小学生が切手集めに興味をもった。大学に進学したが、空襲がはじまるようになった。鎌倉へ疎開した。正久さんが小学校時代から十年ほどもかかって集めた切手は、ある日の空襲で全部焼けてしまった。戦争が終って数年経ち、正久さんは岩波書店の社員になっていた。もう一度切手収集をしたくなった。関東大震災で切手の印刷局も全滅した。臨時に大阪の造幣局で切手が印刷された。正久さんは、ふたたび収集はじめた時、その大阪造幣局製の震災切手を手がけてみようと思った。震災切手をただ集めるだけでなく、くわしく分類もした。集めるだけでなく、研究の方を主に進んでこられた。奥さんの義子さんも、昭和十五年から発行された二十銭切手で、「富士桜」の収集をし、色のちがいの点での分類も進められ、図案のブレている変種のものを発見された。お二人のお話をいろいろ聞かせていただき、夫婦の切手とのつき合いの深いよろこびの秘密がよく感じ取れるのでした。お二人の切手のよろこびの秘密は、探求の経験のよろこびのようであった。

変身《へんしん》　短編小説

〔初出〕「文藝」昭和四十八年十一月一日発行、第十二巻十一号、一四～三五頁。

〔収録〕『択ばれて在る日々』昭和四十九年十月十五日発行、河出書房新社、一六五～二一〇頁。『河野多恵子全集第3巻』平成七年二月十日発行、新潮社、二二一～二四一頁。

〔梗概〕坂田治子は七年前、若さゆえの希望を抱いて単身東京に出て来た。しかし三年前からつきあっていた恋人と一年前に別れてから、その取り換えようにない淋しさから仕事も何もする気持が起きないでいた。そんな無気力な日々の中で、香水づくりになることやヨーロッパで占い師になることなどを夢想するが、それを実行する気にもなれなかった。

　あと一カ月暮せるだけのお金が残るのみになったある日、治子を心配する友人の針生美子が訪ねてきて、治子に故郷へ旅行することを勧めた。治子はふとそうしてもいいという気持になり、二日後、故郷へと立った。故郷に着いた治子は駅の電話帳で見つけたホテルに予約を入れ、タクシーでそこに着いたが気に入らず、ほかのホテルへ移ることにした。そのホテルへ向おうとして表へ出て、治子は友人の信子の離婚した夫を訪ねる気になった。旅行前に会った美子から聞いた話だが、二人の共通の友人である信子は同性愛者である夫の石井と離婚したが、息子を託した姑が病死したため、石井の元にいる息子のことを心配しているのだった。石井は保身のために息子を手放そうとせず、しかし別れた妻の友人と会うことを好んでいるので、信子は友人たちが息子の様子を見て来てくれることを望んでいるのである。

　治子が石井のマンションを訪ねて行くと、ちょうど息子が帰って来たところであった。石井に会いに来たことを告げて家に上がり、今年高校に入ったという少年と話をした。少年は窓の外の風景をなつかしがる治子に自分は何もなつかしく感じないだろうと言い、治子は同性愛者を父親に持つ少年の淋しさを感じた。

　その後、治子は小学校時代の石井登志子に会い、食事をしたり話をしたりした。登志子と見る故郷の景色も、独特の匂いも、治子にはとてもなつかしく感じられた。登志子と別れた後、治子はどうしても石井の息子である少年にもう一度会いたくなり、再びマンションを訪れた。少年と会った治子は、今ならば自分の身を以って救ってやることができるのではないかと思った。少年を押し倒して、組みふせてしまうのである。　（戸塚安津子）

変な職業《へんなしょくぎょう》　コラム

〔初出〕「読売新聞」昭和五十年九月二十七日夕刊、五〜五面。「東風西風」欄。

〔梗概〕国勢調査票に、仕事をしましたか、の項で「9月24日から30日までの一週間に」とあるので、戸惑った。毎月二十日すぎにその月の主な仕事が片づくと、雑用がたまりきっている。本人の仕事の種類は作家でよいらしいが、説明書には、仕事とは「収入をともなう仕事」と断ってあるが、作家の場合、収入はたまたま伴っているだけで、あくまでも仕事が目的の仕事である。強いて職業に見立てさせられると、何とも変な職業というほかはない。

返礼《へんれい》　短編小説

〔初出〕「文學界」昭和四十年一月一日発行、第十九巻一号、三五〜七一頁。

〔収録〕『背誓』昭和四十四年十二月十日発行、新潮社、七〜七三頁。『河野多恵子全集第2巻』平成七年一月十日発行、新潮社、六三〜九九頁。

〔梗概〕素子は六つの時から、自分は兄をはじめ他のきょうだいと父は同じであっても、母はそうではないということを知って育った。六つ違う兄だけが、彼女に絶えず優しい関心を見せてくれた。兄が結婚したのは、素子が十九の年だった。嫂の弟の慶治と互に好きになり合った。一年ばかり経って、慶治は大学を卒業して就職した。彼から婚約を申し込まれた。素子は、慶治の言葉を真先に兄に打ち明けた。兄に形ばかりに承諾を求めた。「よしよし」と兄は答えた。ところが、素子は慶治からの速達で、兄が家へ見えて、見合せてもらいたいと言われたという。兄は妾腹の妹に義弟と結婚させたくないのである。妻の実家に負い目を持つのも厭なので、反対したのであった。彼女は慶治と婚約したときのあの嬉しさの中には、兄の喜びを想う嬉しさが多分に交っていたのだと知り、裏切った兄への憎しみが募った。もう慶治と結婚する気持にはなれなかった。やがて、素子は二十四で外山と結婚した。外山は三十二で学生時代に一度同棲、卒業後間もなく別の女性と結婚したが、二年ばかりで逃げられたのだそうだ。兄は、素子の結婚に「よかったね」とも、「おめでとう」とも、言わなかった。そして、兄が発病したのは、三年前の二月であった。分裂病と言われ入院した。兄の発病で気がつくと、嘗て兄との間にあった蟠も愛情も、七年間の結婚生活でいつの間にか気圧《けお》されていたのだった。兄は当時もその後もあの一件について、彼女に詫びたり弁明したりしようとしたことは一度もないようであった。兄の病気は一年経っても、変らなかった。あの当時、若かった素子はあまりに兄を憎みすぎたようであった。少女時代「兄さんがなかったら、わたしは不良になっていたかもしれない」と思う。彼女はそんな兄に返礼するような気持で、稚気と耄碌に一緒に居坐られたような兄を見舞い続けながら、恕《ゆる》しと謝罪と感謝の言葉の容れられる日のあまりの速さに、治るのだろうかと屈託した。兄は数日間自宅へ帰らせるほど、ある程度快くなった。素子は、折角の回復をぶち壊しにさせるようなことは避けなくてはと、自戒し、面会に行かなかった。兄には、三度目の外泊許可は出されなかった。兄の症状はすっかり逆戻りしてしまった。正月に兄は外泊で帰宅したけれど、その外泊は失敗だった。十二月の半ばすぎ、兄は病院を脱走した。兄はわきを通過する乗用車を見ると、「あ、うちの車！」と、把手を二、三度摑み損ね、転がったそうだ。以来全く意識はないという。その五日目に兄は死んだ。素子は、蒲団の裾へまわってゆき、湯たんぽを抜いた。兄は息を引き取ってまだ数分にしかならない。何とむごい彼女の気のつき方だったことだろう。素子は兄への最後の返礼がとうとうそれだったことに一入責められたのであった。

ほ

某日《ぼうじつ》某所《ぼうしょ》　エッセイ

〔初出〕「小説サンデー毎日」昭和四十五年六月一日発行、第二巻六号〈九号〉、二七三〜二七三頁。

〔梗概〕私には四季の気候が非常な関心事なので、気候を挨拶代りには口にしかねる。私は体も気分も気候に対して我儘にできている。去年、寒暖計を見ると、二十度あった。衣類を調節してすごしていると、風邪を引いた。テレビでは十五度だったという。寒暖計の下の球の裏の穴に、綿ぼこりがつまっていて、故障していたらしい。さきの「よど号」乗っ取り事件で、私は、人々が拉致されていた機内の温度が気がかりだった。四十度という密室に閉じこめられた人たちのことをおもうと、私は同情のあまり、半病人になりそうなほど、自分も苦しくなったものである。

葬られた人々《ほうむられたひとびと》　エッセイ
〔初出〕「東京新聞」昭和四十年三月十二日夕刊、第八千百四十六号、八～八面。〔収録〕『文学の奇蹟』昭和四十九年二月二十八日発行、河出書房新社、二一三～二一五頁。『河野多恵子全集第10巻』平成七年九月十日発行、新潮社、二一一～二一二頁。
〔梗概〕作家の訃報に接したとき、その作家のうちには、どんなにどっさり書きたいことが残っていたのであろうか。その作家の死とともに、ついに描かれることなく葬られた多くの人物のことを思わずにはいられない。作家の死によって書かれずして葬られた人物というものは、妊婦とともに死んだ胎児のようなものだ。その人物たちは、胎児と異り、執念深さこの上ない人たちばかりなのである。真の藝術家であるならば死ぬときには書くべき作品は書き切っているのだし、どうしても書いておきたかった作品を書かずに死を迎えねばならなかったとすると真の藝術家ではない。そう感じさせるのは、書き切られた人たちに対する、葬られた人たちの怨恨にみちた羨望の声のせいではないだろうか。

ポー・コテッジ《ぽー・こてつじ》　──→ニューヨークめぐり会い（319頁）

牧水記念館に成績簿《ぼくすいきねんかんにせいせきぼ》　エッセイ
〔初出〕「宮崎日日新聞」昭和六十年四月十五日朝刊、五～五面。
〔梗概〕父は宮崎が郷里で、昭和六十年生誕百年の若山牧水は旧制延岡中学の二年先輩にあたる。牧水記念館に旧い卒業生の成績簿が保存されていて、その中に父のもある。父は全学年五十一名中七番と頑張っていた。父は二年終了の入学、卒業は明治三十九年とあった。明治二十三年の生れなので、逆算すると繰り上げの小学校入学だった。牧水より五年あとに生れたのに、中学では二年ちがいになり、牧水と三年間も近く接することができ、寄宿舎でよくしてもらった、と父が生前に言っていた。

ポケット文春『結婚相談』—美貌のオールド・ミスの転落譜—《ぽけっとぶんしゅん『けっこんそうだん』—びぼうのおーるど・みすのてんらくふ—》　書評
〔初出〕「マドモアゼル」昭和三十九年二月一日発行、第五巻二号、三一〇～三一一頁。「マドモアゼル・ライブラリー」欄。
〔梗概〕円地文子著『結婚相談』の内容を紹介し、「三十娘の悲劇を通じて、男というもの、女というものを描いてみたのがこの著者なのである」という。

母校というもの《ぼこうというもの》　エッセイ
〔初出〕「斐文会報」昭和三十八年十月二十日発行、第二百十三号、五～五頁。
〔梗概〕私が最後に母校を訪れたのは、昭和二十七年五月上旬のクラス会であった。その三日後、かねての念願だった文学のため上京した。その時、上京することを打ちあけなかった。私は自分で自分のために開いた送別会に出ているような気がした。私の単行本『幼児狩り』は、道学者たちが保証するようなお話の善良さがない。何となくそんな作品を書いている自分が母校というものから叱られそうな気がする。母校というものは、どこまでもなつかしく、怖く、そして、ありがたいものである。

星と霊に誘われて《ほしとれいにさそわれて》　鼎談

〔初出〕「婦人公論」平成三年九月一日発行、第七十六巻九号、三〇二～三〇九頁。

〔梗概〕三浦清宏・山内雅夫との「神秘大好き座談会」。「オカルトの魅力」「ポルターガイスト現象を聞く」「生きた人間の霊を信じるか」「占いVS科学」「変死は満ち潮でも起こる」「占い師は産婆に過ぎない」「占いは当たるのか?」から成る。私は占いを信じていますけれど、占いで自分の人生が決まるとは思っていない。だから、仮に何年に死ぬと言われても、それまでにどういう具体的なプロセスで生きて行くことになるのかを楽しみますよ。いつ死ぬと言われたら生きる気がしなくなるというような人は、こういう世界の醍醐味がわかってないです。

星の位置《ほしのいち》　エッセイ

〔初出〕村山定男・藤井旭著『星日記』昭和五十一年十一月発行、河出書房新社、二二三～二二三頁。

〔収録〕『もうひとつの時間』昭和五十三年二月二十日発行、講談社、二一八～二一八頁。

〔梗概〕ある夕方、銀座の表通りを歩いていると、傍の店から人が続いて飛び出してきた。看板の一メートルほど斜め上と言っているので、気がつくと、まだ明るい夕空に金星が見えるのだった。忙しい銀座の店員さんたちは、金星に気がつくことなど滅多にないのだろう。

ボナールに思う《ぼなーるにおもう》　評論

〔初出〕『世界美術全集28〈ボナール〉』昭和五十三年九月十日発行、小学館、三三～四七頁。

〔梗概〕美術家の寿命の傾向、文学者や作曲家の場合との比較を試みる。美術家が長命なのは、永生きしなくては後世に名を残しにくいからだ。絵画の場合、作品の質のみならず一応の点数が必要となるし、その創作欲の本質が美の創造自体であって、本当の老いを見るまで衰えないですむからである。そして、ボナールもまた例に漏れず長命で、彼の絵画からは生きる歓びが伝わってくる。


（荒井真理亜）

骨の肉《ほねのにく》　短編小説

〔初出〕「群像」昭和四十四年三月一日発行、第二十四巻三号、六～一八頁。

〔再掲〕「群像」昭和六十三年五月一日発行、第四十三巻五号〈群像短編名作選〉、二七七～二九〇頁。「新潮」平成元年二月五日発行、臨時増刊〈この一冊でわかる昭和の文学〉、二九七～三〇九頁。

〔収録〕『文学選集35』昭和四十五年五月二十八日発行、講談社、一四三～一五三頁。『骨の肉』昭和四十六年十一月二十八日発行、講談社、五～三一頁。『現代の文学33』昭和四十八年九月十六日発行、講談社、一八九～二〇一頁。『筑摩現代文学大系83』昭和五十二年五月十五日発行、筑摩書房、四三四～四五一頁。『骨の肉〈講談社文庫〉』昭和五十二年七月十五日発行、講談社、七～三〇頁。『昭和文学全集19』昭和六十二年十二月一日発行、小学館、七六一～七七〇頁。『日本の短篇上』平成元年三月二十五日発行、文藝春秋、四七五～四九五頁。『鳥にさされた女』平成元年六月二十五日発行、学藝書林、一五一～一七八頁。『骨の肉・最後の時・砂の檻〈講談社文庫〉』

ほ

平成三年七月十日発行、講談社、七〜三〇頁。『河野多恵子全集第3巻』平成七年二月十日発行、新潮社、一〇三〜一一五頁。『女性作家シリーズ9〈河野多恵子・大庭みな子〉』平成十年十二月二十五日発行、角川書店、一八三〜二〇三頁。

〔梗概〕去年の秋、男が去った。女は、年が替《かわ》っても、自分と共に男が置き去りにして往った、彼の荷物の処置が思いつくことはできなかった。女には、男が決して戻って来ないということがはっきり判っていた。「もうあなたなどに居てもらわなくてもいい」と、女は、本音どころではない、その言葉を言わずにはいられないような態度を、男に幾度も見せられた。男は「どうもそうらしいね」と言って、そのまま去ったのだった。ふたりの仲が深くなり、女の許で男が暮すようになってからも、男は自分の下宿を引き払わなかった。男に彼女とのものでない新しい私生活を想う様子が見えはじめたのは、彼の仕事が向上しはじめるよりも、先であった。女は絶えず、男の残した荷物にのしかかられているような気持であった。男の荷物も、自分も一緒に焼失してほしいと、女は思った。が、女がそれを恃《たの》むばかりで、謀《はか》ろうとはしなかった。節分が過ぎて、女は去年の今頃、男と一緒に外出したことを思いだした。そして、男との生活、一緒に食べた殻《かわ》つきの牡蠣の追憶が生々しく描きだされる。女は肉には手を出さず、「男の取り残した貝柱をフォークで剝がすことに一層の歓びを感じた。フォークの先が漸く白い肉のかけらを得て、女は唇《くちびる》にそれを擦りつけた。女は自分の唇がその肉のかけらをしっかり挟んで離したがらず、舌は一時も早く自分の番になりたがって立ち騒いでいるような気がした。」しかし、この時、殻つきの牡蛎を食べる時のいつもの趣向が果されきれずに終った。今年、春めいた日が多くなりはじめてきた時、女はすっかり痩せてしまっていた。荷物と女ばかりでなく、男は女の味覚をも置き去りにしてしまったのである。女はやっと男の荷物を焼き捨てた。戸口で焼却器をお使いになったのは、お宅でしょう、バケツにいっぱいくらいの牡蛎殻だけが残っているという。消防車のサイレンが走って行った。女は眼を閉じたまま「そうだったのか、そうだったのか」と頷きながら、或いは燃えはじめているかもしれない蒲団の中に一層深くもぐり込んだ。

〔同時代評〕佐伯彰一が「文藝時評(上)」（「読売新聞」昭和44年2月24日夕刊）で、「ベケットやヨネスコのいわゆる反戯曲の舞台を思わせるような簡素な抽象性が支配している。外なる社会も、友人や肉親も、立ち会う以前の二人の過去までも、河野氏はきっぱりと捨象している。こうした抽象的な方法の徹底に、この短編の鮮《あざ》やかな成功の、おそらく大きな要因があるのだ」と指摘し、「男に去られた女、また食欲というもっとも自然な対象に焦点をしぼりながら、同じ反自然にいどんで、そのギラリとした断面を定着し得ている。方法における抽象と官能性、態度における自然と反自然といった対立、緊張が、氏における文学的な動力だ。結末の火事の夢は、いささか力弱いが、一切を焼きつくす火の中でも、『男と一緒に味わった牡蛎』の殻が、生こげのまま焼却器に一杯つまって残るというグロテスクなイメージが奇妙にきいている」と評した。小田切秀雄・遠藤周作・佐伯彰一「創作合評二六三回」（「群像」昭和44年4月1日発行）で、小田切秀雄は「物象だけか氾濫しているが、それが女の生活全体の重みになって出てこない」といい、遠藤周作は「最後、自分の思い出のものに火をつけてゆく部分、あそこの時間的経過は唐突になりすぎている。もうちょっとその前のところを書き加えるか、そうでなければ最後の燃やす動機になる火事の部分をもっと効果あらしめるような書き方とイメージを使わなければだめだと思う」という。

彫り深い才能《ほりふかいさいのう》　選評

〈初出〉「中央公論」昭和五十四年十月一日発行、第九十四年十号、三三八～三三九頁。

〈梗概〉第五回中央公論新人賞選評。尾辻克彦氏の「肌ざわり」を入選にしたいと考えていた。ただ、一つ気になることがあった。作中で幾度かに分けて挿入されている〈まだいまは随筆〉の部分が芳しくないのである。これらの部分にあるいは作者の「下手作り」の意図があったとして、より一層緻密に効果を考えて、もう少しうまい「下手作り」を見せてもらいたかった。その点以外では、私は実に面白く読んだ。〈私〉のその初々しい反応が、実に大胆な鋭さで書き表わされている。作者の感覚はなかなかのもので、本ものの文学的知性と綯い合わされた、彫りの深さがある。しっかりした地下茎を手操らせてもらっている感じの文章で、その手応えの快さは格別のものである。

本当の戦争の話をしよう―ニューヨークと基地《ベース》から―《ほんとうのせんそうのはなしをしよう―にゅーよーくとべーすから―》　対談

〈初出〉「文學界」平成十四年一月一日発行、第五十六巻一号、二三〇～二四八頁。

〈梗概〉湾岸戦争時に夫が軍人だった山田詠美と平成十三年九月十一日にアメリカで同時多発テロが起った時、マンハッタンのアッパーイーストにいた河野多恵子との戦争についての対談。「戦争とは、日常がなくなるということなんです。」「平和をどうこう言う時には、もう日常からは離れてしまっているんですね」。社会問題などよりは、三原山の大爆発なんかの自然現象に作家的に刺激を受けると語る。

ほんとうの度胸を支えにして《ほんとうのどきようをささえにして》　エッセイ

〈初出〉「婦人公論」昭和四十七年一月一日発行、第五十七巻一号、六〇～六五頁。読者参加大特集「女はじっとしていられない」

〈梗概〉今日の世の中には、じっとしていられない気持にさせられることが、あまりにも多いのだから、女性でも行動に出ずにはいられない主張や要求をもっている人は少くないと思う。しかし、じっとしていられないことがあれば、行動する前に、その行動に生命を賭ける決心がついているか、と自分に問うてみるといい。少くとも、孤独になってもいい決心がついているか、と自分に訊かなくてはいけない。

本当の発見《ほんとうのはつけん》　コラム

〈初出〉「読売新聞」昭和五十年十二月二十七日夕刊、五～五面。「東風西風」欄。

〔梗概〕今年の歳末は、救世軍の社会鍋の献金高がふえたそうである。私は就職難になった途端に、若い人たちが生き方も身なりも関心も志も価値基準もすべて、就職問題絶対に変貌したことと、つい思い合わせたくなる。景気とか不景気とか、そういうこととは無関係に、自分の感覚と見方と考えによって、自分の絶対大切だと思うことを本当に発見しようとする日本人が来年はふえなければならない。

本の縁起《ほんのえんぎ》　エッセイ

〔初出〕「読売新聞」昭和四十八年十一月五日朝刊、一〇～一〇面。原題「本の周辺(1)縁起のよしあし」。

〔収録〕『私の泣きどころ』昭和四十九年四月八日発行、講談社、一七一～一七四頁。この時、「本の縁起」と改題。

〔梗概〕自分の本の装丁などについては、日本調を誇張したものでないこと、内容を解説したようなものでないことの二点だけをお願いして、あとはお任せする。ただ、「私は縁起を気にしますから、よろしく」と付け加えることがある。三冊目の『夢の城』は、出来上った装画の原画を見せてくださったが、城が下の方で崩れ落ちている。扉のカットも鳥の死骸である。縁起のわるいことになった。そのような装画が出来あがってきたという縁起のわるい成り行きを避けずに、勝負しようと考えた。それから二冊目に出した『最後の時』は、題名の縁起のわるい本である。短編にその拙い題をあえてつけたのは、どうしても他の題が思いつけなかったからだった。次の本が出るまで、私は不安だった。私が本の縁起を気にするのは、本の成果への期待よりも、それで自分の本が最後になってほしくないという、最小の強い願いのためである。

本の値段《ほんのねだん》　エッセイ

〔初出〕「文学者」昭和四十八年十二月十日発行、第十六巻十二号、二～三頁。

〔梗概〕昨年、神田の本屋街を歩いていて、〈どれでも一冊五十円〉と、積みあげてある明治大正文学全集が相当まとまってあるのを見かけた。私は自分と相性のいい一部の作家の作品だけを集中的に熟読するので、総花的な全集に必要を感じない。神田の店先で、今日でも有名な作家のものだけをあらまし抜き取ったあとのような一山の不揃いの文学全集を見ているうちに、買うことにした。家へ持ち帰って、眺めていると、読んでみたい気を起させるのだ。それなのに全部で二千円あまりとは余りに廉すぎる。普通の意味の廉さとはちがう特殊の廉さを感じたのである。近ごろ、本の値段が高くなったといわれる。むかしの本からすれば、今の本の値段は廉すぎる。藝術は生活必需品でもなければ、暇潰しの対照でもない。値段が高いと思えば黙ってそっぽを向けばいいので、それだけの自信も礼儀もなく、参加したがりながら、高さを言い立てる、数多い愛好者とやらに支えられている恰好になることくらい、藝術的に不健全な状態はないのである。

本物への憧れ《ほんものへのあこがれ》　エッセイ

〔初出〕『青春の座標――社会と青年――〈PHP青春の本(6)〉』昭和四十七年十一月十日発行、PHP研究所、二二一～二二三頁。

〔梗概〕青春とはいわゆる青春期だけのものである。肉体が老化するように精神も老化する。青春期の絶対的な特色のひとつは選択欲の旺盛さである。旺盛な選択欲そのもののうちに、本物を感知する能力を併せもたしめるように、心がけることが大切なのである。本物を識ろうとする憧れをもつことが大事である。

翻訳家の養成《ほんやくかのようせい》　エッセイ

〔初出〕「文学者」昭和四十七年四月十日発行、第十五巻四号、四四〜四四頁。

〔梗概〕政府の援助金や補助金が全くないのが文学業界である。また、あるべきでないのが、文学というものである。しかし、日本文学のために政府が行うべきこと、日本文学の外人翻訳家の養成であろう。私は日本文学を学ぶ留学生の費用を政府が特に用意して、そういう留学生の増加をはかり、日本語に精通するした外人、日本文学の外人翻訳家が数多く生れてゆくようにしなくてはいけないと思う。

ま

まあ、わざわざ……　エッセイ

〔初出〕「毎日新聞」昭和五十四年七月一日朝刊、二五〜二五面。贈り物特集。

〔梗概〕頂き物をすると私はいつも先ず「まあ、わざわざ…」そう感じてしまう。ある時、知人から、ヨーロッパへ行ってきたと言って、ヒースのみごとな押し花を頂いたことがあった。エミリ・ブロンテの「嵐ケ丘」や詩に、ヒースの原野のことがよく出てくる。眺め入っていると贈り主の心尽しがあらためて身にしみる。「わざわざと…」と私が思うのに過敏なのは、人一倍億劫だからかもしれない。贈りたいと思っても、五つに一つも実行できない。おのずから、贈るのは、どうしても贈りたい方だけへの、どうしても贈りたい場合だけ、になってしまう。

マイクロフィルム《まいくろふぃるむ》　掌編小説

〔初出〕「野性時代」昭和五十一年四月一日発行、第三巻四号、六四〜六七頁。標題「いすとりえっとⅪ」。

〔梗概〕『いすとりえっと』未収録作品。大原総一郎が新聞に書いた文章に再会したくて、図書館で保存しているマイクロフィルムを借りて繰り返してみても現れない。その新聞を読んだ記憶が鮮明なのだ。昭和二十五年か二十六年のはずなのである。念のため二十七年のマイクロフィルムを借りてみた。ある母娘の心中記事に機械を動かす手を止めた。二十七年の春上京することになった時、借りる約束になっていた下宿先が、先方の余儀ない都合で塞ったと、知人から手紙がきた。その借り損った部屋の貸手が、心中記事の母娘であった。知人が事の次第を知らせるのを見合わせたのは、私の上京の縁起を思ってくれたからだろう。

まえがき　エッセイ

〔初出〕『文学１９８３』昭和五十八年四月十八日発行、講談社、一〜一一頁。

〔梗概〕一九八二年の日本文学を顧みると、質量ともに豊作の年であった。その質にしても、単に優れた作品であるだけではない。作者が自己の文学を前進させた作品が多かった。そして、世代的な片寄りなしに見られたということである。島尾敏雄「湾内の入江で」井伏鱒二「荻窪（三毛猫のこと）」川崎長太郎「流浪」丹羽文雄「妻」は、いずれも作者の体験に直接に基づく作品だが、体験への取り組み方はそれぞれにちがっている。しかも、それが自然主義私小説からの衰退的変質ではなくて、発展的変革を示している。中里恒子「飛鳥」は、消失ということがテーマであり、消失したものは決して戻らないということがモチーフである。その発想が実に多様で、生々と拡がる。阿部昭「まどろむ入江」は、展開や飛躍の自由に利く仕組みと、巧妙な時間の転位の方法を用いた作品だが、そうした緻密な計算が少しも気にならない。小沢信男「わたしの赤マント」は、今日的作品である。大江健三郎「泳ぐ男―水のなかの『雨の木《レイン・ツリー》』」は、独立性の濃い作品である。以上の諸作に加えて、「ミモザの林を」「水府」「俯く像」等を読むと、日本の現代文学の多様化を今更ながら感じずにはいられない。数年まえまでは古井由吉ひとりで担っているようなものだった昭和十一年―二十年生れの世代から、次々によい作家が輩出する現象がおこっている。小檜山博はまぎれもなく、そのよい作家のひとりである。

まえがき　序文

〔初出〕日本ブロンテ協会編『ブロンテ　ブロンテ　ブロンテ』平成元年三月二十五日発行、開文社出版、一～三頁。

〔梗概〕シェイクスピアに根強い人気があるのは、その万人の心、超人的な普遍性のためである。ブロンテ姉妹の根強い人気は、その全く自分ひとりのみの心、稀有の特殊性のためにあると指摘する。

魔術師《まじゅつし》　短編小説

〔初出〕「文藝」昭和四十二年二月一日発行、第六巻二号、一八～四五頁。

〔収録〕『骨の肉』昭和四十六年十一月二十八日発行、講談社、一〇三～一五九頁。『骨の肉〈講談社文庫〉』昭和五十二年七月十五日発行、講談社、九三～一四二頁。『骨の肉・最後の時・砂の檻〈講談社文藝文庫〉』平成三年七月十日発行、講談社、三五～九〇頁。『河野多恵子全集第3巻』平成七年二月十日発行、新潮社、七五～一〇二頁。

〔梗概〕久子は結構夢中で魔術を見とれている。野口と恒子は、先週の日曜日、これを観に来たという。「電気ノコギリの下の美女」という魔術を、野口は全部がトリックだと言い、恒子はそうではないと喧嘩を始めたのである。どちらの言い分が正しいか、わたしが観てきてあげると久子は独りで観に来たのである。恒子は、久子の同級生であり、久子の夫の角田の勤め先の社員だったこともある。久子は、魔術を観に行ったことを恒子たちに知らせなかった。魔術を観た帰途のことである。掌が真っ赤なのである。久子は、その小さな出来事に虚を衝かれたような気がした。何か怖ろしい、厭な出来事が起りそうな気がしたのだった。一週間ばかりたった夜、角田が「女っていうのは、どうして気が許せないんだろう」「女の性《さが》の中で一番の欠点は、安心することを知らないことだと思うよ」と、だしぬけに言う。角田が三年間くらい深い仲だった寿江と別れた後、久子は毎月、三年間も寿江の許へお金を届けに行った。そんな馬鹿なことをするのは、自分に気を許してない証拠で、離婚しようと思ったと角田になじられ、久子は愕然とする。恒子から三度言ってもらった筈だ。そのたびに、恒子は話したけれど、駄目でしたと言っていた、と角田は言う。久子の眼の前では、あの日の真っ赤な自分の両掌が翻っていた。確かに、久子は恒子から二、三度、もう自分で届けるのはやめたらどうか、とたしなめられたことがあった。久子は寿江のアパートへ訪れ、彼女に接している間中、いじめている気がするのである。寿江の桜色をした見事な耳朶《みみたぶ》に見入っていると、角田の象《かたち》が現れる。久子は角田を突き退け、「こんな風に嚙みちぎってやらなくちゃ——」と、寿江の耳朶を嚙んでやりたくなったりした。しかし、久子は実際的には寿江を特にいじめたことはなかった。「あれ観てきてくださった？」と恒子は、久子に魔術のことを訪ねた。「つい、行きそびれちゃったわ」と久子は言う。「女の子の教育にいちばん大事なことって、何か知っている？　常識的な癖のない女に育てるのに最も必要なのはね、母親が馬鹿だということなのよ」と言うのを聞いて、かねがね、久子は恒子に対して太刀打ちできないものを感じていた。恒子は久子に忠告することを角田から頼まれたことを、一度も彼女に打ち明けていないのである。久子はそれに拘泥っている。忌々しさと疑惑を深めるばかりである。恒子宅からの帰宅途中、久子はあの「電気ノコギリの下の美女」の金髪女が登場したときのことを思いだした。あまりにも、角田や寿江や恒子のトリックと絡み合ってしまっているので、彼女のさまざまの感情の起伏を一々角田に明かしてみせることはもう出来そうには思われない。久子の眼の前で、電気ノコギリが唸りはじめた。わたしの内部で様々のトリックがどんなに溜り、絡み合っているかを、聞いて、見ていただくのがいちばんいいんです。皆で溜め込んだトリックですからね。電気ノコギリを経て、自分の腹部を再び戻すのは、角田だろうか、自分だろうか、ふたりだろうか。電車が停った。夫婦らしい二人連れが乗ってきた。そういう組み合わせの乗り込んでくる回数を数えて、それが偶数であったならば、開腹のあと自分は助かることにしようか、そんな怖ろしい占いはやめたほうがいいだろうか、と思い惑った。

〔同時代評〕平野謙は「二月の小説（下）ベスト3」（「毎日新聞」昭和42年1月27日夕刊）で、「『魔術師』は題材も主題もおもしろいものだが、惜しいことに、その文学的処理に成功していない」といい、本多秋五は「文藝時評（下）」（「東京新聞」昭和42年1月28日夕刊）で、「趣向をこらした作品だが、私には格別の感想もなかった。しかし、今月の作品のなかでは悪くない、比較的佳品である」と評した。月村敏行は「文藝時評1・2月」（「日本読書新聞」昭和42年1月30日）で、「極彩色でえがかれる女体切断の魔術の表現には臭みがない」のだ。トリックかどうか夫婦の言い争いの種なのだから、「舞台で流される血に生臭さがあったかどうか位は河野は表現の計算の中に入れ

ま

るべきであったと思う」というが、「女体切断の魔術の表現には臭み」が必要であろうか。疑問である。

まず思うこと《まずおもうこと》　エッセイ

〔初出〕『小島信夫をめぐる文学の現在』昭和六十年七月二十日発行、福武書店、一八～二二頁。

〔収録〕『蛙と算術』平成五年二月二十日発行、新潮社、二一八～二二四頁。『河野多恵子全集第10巻』平成七年九月十日発行、新潮社、一七七～一八〇頁。

〔梗概〕小島信夫さんの戯曲「どちらでも」の公演は昭和四十五年十一月二十五日が初日であったはずである。夕刊で三島由紀夫の自決を知った時、初日というのに、こんな大ニュースがぶつかるなんてと、小島さんのお顔が浮かんできたのである。実はその日は私の初めての書き下ろし小説「回転扉」の発売日でもあったのである。小島さんのお顔が浮かんできたのも、同病相憐む気持からであったのだろう。その後、一年ほどは経っていたか。何かを読むと、小島さんはあの大きな出来事を他《はた》迷惑と言ってのけておられるではないか。私は感服してしまった。小島信夫さんの「人」といえば、私には何よりもそのことが思い出される。そして、「作品」として真先に浮かんでくるのは「女流」（「群像」昭和35年12月）である。「女流」は日本ではきわめて稀な本格的恋愛小説なのであるが、この小説の基盤となっている現実、小島さんが少年の年ごろに経験した中年の画伯夫人への恋愛感情体験は、小島さんの原体験として、お書きになる小説のすべてに何がしかの作用を及ぼしているといってよい。小島さんの小説のおもしろさの特異さを総括していえば、作者が異性というものを実によく識り、実によく表現していることである。男性にとっての女性というもの、そして女性にとっての男性というものが、作者および主人公の個性によって、真実の様相を現して止まないことである。そして、小島さんの評論には、小島さんの頭脳構造と性格の活々した関係が感じられる。

マスカーニの旧居《ますかーにのきゅうきょ》　エッセイ

〔初出〕「文學界」平成六年八月一日発行、第四十八巻八号、一〇～一一頁。

〔収録〕『河野多恵子全集第10巻』平成七年九月十日発行、新潮社、三一九～三二一頁。

〔梗概〕ピエトロ・マスカーニの「カヴァレリア・ルスチャーナ」とルッジェロ・レオンカヴァルロの「パリアッチ（道化師）」は、必ずといえるほど二本立てで上演されるオペラである。どちらも公演するのに一曲だけでは短すぎるからである。一昨年三月、仕事の準備のために初めてイタリアへ行った。私は作中の場所にイタリアの架空の土地を設定したくて、そのイメージを触発してくれそうな土地を択び、一週間足らず、そこに滞在した。そのホテルには、往年の有名な宿泊者のリストがあり、ベルディとマスカーニの名があった。運転手が通りかかった左手を指して、「マスカーニの家」と言った。あまりに思いがけなく、私は即座に「停めて！」と言った。内に入ると、さぞかし豪華であったと思えるロビーは荒れ果てている。私はマスカーニが、その土地の人だったことを初めて知ったのだが、門にはプレートが出ていたのに、彼がその邸宅に暮した期間もつい確かめてみなかったし、墓の所在を知ることも忘れたまま、発ってしまったのである。

まず自分の生計は自分で立てる《まずじぶんのせいけいはじぶんでたてる》　エッセイ

〔初出〕「キャリアガイダンス」昭和五十年九月一日発行、第七巻九号、四一〜四四頁。「ウーマン・パワー開発時代③」欄。

〔梗概〕私どもでは、ともに仕事をもっているので、これまで幾度も手伝いの通勤の女性を頼んだことがある。お願いする最初の話し合いの際の先方の言葉から、私はご当人の働きぶりや仕事に対する心構えが、ある程度は見当がつくようになった。生計を立てるためのお金を得ようと真剣になっておられる方が、働きぶりも真剣であり、自然に、職業意識に徹しておられる。就職すれば、どれほど父親が金持でも、自分の生計は自分で立てるべきである。このことが明日の女性の地位の向上につながってゆくことである以上に、現在の女性の個人にとってじつに大切なことである。自分で自分の生計を立てるために働くときにこそ、仕事というもの、職業意識というものがわかってくる。

マスター・クラス《ますたー・くらす》　──→ニューヨークめぐり会い（320頁）

増田みず子著『ふたつの春』《ますだみずこちょ『ふたつのはる』》──**人間性の秘密への新たな認識**──《にんげんせいのひみつへのあらたなにんしき》　書評

〔初出〕「波」昭和五十四年八月一日発行、第十三巻八号、二七〜二八頁。

〔梗概〕増田みず子氏の第一創作集『ふたつの春』に輯められている「死後の関係」「個室の鍵」「桜寮」「誘う声」「ふたつの春」の五編の短編は、長編の一側面とか一破片とかをもってきて、引き伸ばしたり、感覚の放出で水増ししたり、やたら多様に色づけしたり、駈足の長編だったりする〈長編的短編〉ではない。少くとも、現代の本格的短編に通じる道を歩んでいることが窺える。五編の主人公は、すべて大学生の若い女性である。彼女たちの周囲への違和感とそれに基づく批判の心情とが、それぞれに共通したテーマになっている。これらの各作品には、それぞれ実に自然なところと大きく不自然なところがある。最近作「ふたつの春」では、治子の違和感は男友だち達男のアパートの隣室で危く見出された、病弱の独身中年女性と、自殺する村松へのものながら、ここでも要《かなめ》であるべき達男への違和感へその二つが絞られてこないのである。中年女性の健康な双児の妹の存在、その姉を彼女と達男とが滅多にないような先々の背負い込み方を決心するところなど、非常に不自然である。自然なのは、前半での達男に対する治子の反応で、欠点は大きいけれども、私にはこれが一番面白かった。

マゾヒズムの心理と肉体《まぞひずむのしんりとにくたい》　対談

〔初出〕「文學界」平成十四年四月一日発行、第五十六巻四号、二五四〜二七三頁。

〔梗概〕谷崎潤一郎の創作を中心に、日本文学におけるマゾヒズムとサディストの問題について山田詠美との対談。谷崎の「痴人の愛」は時代性と永遠性がクロスしたところで発生した文学である。

「春琴抄」は永遠性と「世の中が国粋主義になっていく空気が、たまたま谷崎の心理的マゾヒズムがそれと同期したことでクロス」している。「サディストとマゾヒストぐらい男女同等のものはない」等々を語る。

まだ見ぬ人《まだみぬひと》 ──→いすとりえっと（35頁）

まちがい　エッセイ

〔初出〕「風景」昭和四十年十月一日発行、第六巻十号〈六十一号〉、二六〜二七頁。

〔梗概〕私は、「脇の下」「袖にする」「青天の霹靂」などという言葉を間違って使っていた。それらの言葉をどういうふうにして初対面したか、もう忘れてしまったけれども、初対面の大事なことは人間関係ばかりではないらしい。先日、レストランで、同じテーブルにいた先客のおばさんが、そばつゆの中にうずら卵を殻のまま投げ込んでいた。「ああ、これ卵ですか？」「この前、他所のお方がな、食べやすいように、こないしておそばならすように浮かしとくのや言いはりまして、ほんまにえらい間違い教えられてましたわ」と、おばさんは言った。

まちがい　エッセイ

〔初出〕「東京新聞」昭和五十九年四月二十六日夕刊、三〜三面。

〔収録〕『蛙と算術』平成五年二月二十日発行、新潮社、五八〜五九頁。

〔梗概〕そんな地域がよくあるらしいが、うちの近所でも銀行の支店がふえる一方で、いろんな銀行の人が次々に訪れる。私は訪れる行員さんに、うっかりしたまちがいをしてしまうことがある。うちにとって銀行とは、とても金庫代りとまでもゆかない。入金の受取役、きまった支出の支払役でしかない。応対に身が入りかねるのである。先日もまた、私は別の銀行の人に、自分のうっかりさ加減をたっぷり見せてしまった。インターホンで相手の言うのは、口座のある銀行の名であるので扉を明けた。お宅のショウ・ウインドウの看板をしばしば見るよ、あれ、大好きなの。よくあんなにいつでもコアラの可愛いらしさを生かしたのが作れるねえ、と私は言った。あとで、私はハタと気がついて自分のうっかりさ加減に笑い転げた。その人はインターホンで、まちがいなく、やはりある別の銀行の名前を言ったのだ。

まちがい電話《まちがいでんわ》　コラム

〔初出〕「読売新聞」昭和五十年十月四日夕刊、五〜五頁。「東風西風」欄。

〔梗概〕それにしても、世の中にはわざとまちがい電話をかける人もあると聞いた。息子や娘の縁談相手の家庭の素顔を、そういう際の先方のあしらい方で知ろうとする。親なればこそ思いつく奇法かもしれない。

まちがいの場合《まちがいのばあい》　エッセイ

〔初出〕「文學界」平成八年二月一日発行、第五十巻二号、一〇〜一一頁。

〔梗概〕この一週間ほどに四つものまちがいに出会った。ただちに多いと決めるわけにはゆかないかもしれない。谷崎潤一郎は、時どき数字の思いちがいをしている。所謂まちがいとは別だが、『痴人の愛』には私が疑問の関心をもっている箇所がある。譲治はナオミから「友達の接吻」といって、唇を吸う代りに息を吹うだけで満足しなければならない不思議な接吻しかしてもらえなくなる。譲治のこの体験は、谷崎の体験ではなさそうである。どれほどの想像世界でも手がかりとする事象は実によく調べたらしい谷崎なのに、ここの場合はどうも調べも、試しもしていないように思われる。発表したもののまちがいについて、私は自分の場合でも人様の場合でも、考えが定まらない。偏狭になりかけたり、寛大になりかけたり、ぐらぐらするのは仕方はないと、結局妙な高の括り方をしている。

松井須磨子―古いモラルとの闘いに命を賭けた恋のカチューシャ―《まついすまこ―ふるいもらるとのたたかいにいのちをかけたこいのかちゅーしゃー》　評伝

〔初出〕『人物近代女性史④〈女の一生・恋と藝術への情念〉』昭和五十五年十月十一日発行、講談社、二一～五九頁。

〔梗概〕松井須磨子の名は、その死後永く語り継がれることになった。舞台芸術家としては異例のことである。その松井須磨子の軌跡をたどる。須磨子の自殺については、ただ単に愛人・島村抱月への恋慕の情からというだけではなく、抱月の死とともに断たれた自分自身の未来への絶望もあるであろう。（荒井真理亜）

まったく、もう！　エッセイ

〔初出〕「サンケイ新聞」昭和四十六年九月十二日朝刊、一七～一七頁。「夫婦交差点」欄。

〔梗概〕市川泰が「夫から」、河野多恵子が「妻から」、それぞれ相手を述べた一文。夫は、健康に故障が起きたとき、病気とのつき合い方がわからないらしく、それにはこちらも困ります。医薬の効用も少し考えてもらったほうがよさそうです、という。

松の内すぎ《まつのうちすぎ》　エッセイ

〔初出〕「東京新聞」昭和四十六年一月九日夕刊、八～八面。

〔収録〕『私の泣きどころ』昭和四十九年四月八日発行、講談社、一一五～一一八頁。

〔梗概〕昔の職人さんは、松の内まで仕事を始めなかった。この場合の松の内は一月十五日までである。今の東京の松の内が一月七日までであるのは、七日正月をもって正月気分を早目に切りあげようとするところから生れた風習なのだろうか。ところが、私にはこのほかに、もうひとつの松の内がある。郷里の大阪では、松飾りを残すのは十五日までだったが、実際には数は繰りあがり、文字通り松の内であるのは、十日までである。私の家では、十日戎をもって正月気分は打ち切りで、羽子板もすごろくもカルタも片付けさせられた。

窓《まど》　――→いすとりえっと（35頁）

マニキュア《まにきゅあ》　エッセイ

〔初出〕「楽しいわが家」平成十四年四月一日発行、第五十巻四号、三～三頁。

〔梗概〕マンハッタンの街では、三、四ブロックに一軒ほどの割合いでnails―爪の美容院を見かける。料金は三〇ドルが中心らしい。マンハッタンの女性たちはマニキュア好きである。マニキュアをしていないと、身嗜みの基本に欠ける人のように見られる、と日本人の駐在員夫人の話。カリフォルニアにいる作家の米谷ふみ子さんに電話をして訊ねてみた。そんなことありますかいな、とのことで、マニキュアと無縁の私は安心した。

幻のブロンテ映画《まぼろしのぶろんてえいが》　――→ニューヨークめぐり会い（321頁）

ま

豆不動産屋《まめふどうさんや》　エッセイ

〔初出〕「季刊中央公論」昭和四十八年三月二十五日発行、第十二巻一号〈経営問題春季号〉、三四三〜三四三頁。「細長い話」欄。

〔梗概〕草花でも植えられる地面を兄が独占していた。私も何か植えたがった。兄は「十銭だしたら売ってやる」と言って、〇・三三平方米ほど区切り、十銭払わせた。半月ほどして、「ゲツマツだからチダイ三銭出せ」と兄が言う。私は意味がわからないが、二重取りに憤慨して泣きだした。

丸谷さんの『忠臣蔵とは何か』を読む《まるやさんの『ちゅうしんぐらとはなにか』をよむ》　書評

〔初出〕「本」昭和五十九年十一月一日発行、第九巻十一号、四〜五頁。

〔梗概〕忠臣蔵の事件と芝居の有機的関係が時の精神風俗のうちに見出されてくるのが、本書の徹底した特色なのである。丸谷さんは時の精神風俗を縦横に仔細に分析洞察して、四十七士は宗教的確信犯としている。忠臣蔵の核にあるのは、武士道ではなくて土俗信仰・御霊《ごりょう》信仰だった。それは、江戸市民の心の底にもあるものだったので、彼等は敵討を催促するだけでなく、様式にまで注文をつけた。風潮としてのその注文は敵討事件を曽我ばり、歌舞伎ばりにさせ、忠臣蔵のあのような芝居を生せたのである。精神風俗を論考するには、具体性と細事に対する知的な愛《いと》おしみが必要である。この文藝評論を読むたのしさは、これが時の精神風俗に対する丸谷さんのいわば知的な愛の物語でもあるからだろうか。

丸山健二『黒い海への訪問者』―死に向って乗込んだ船―《まるやまけんじ『くろいうみへのほうもんしゃ』―しにむかってのりこんだふねー》　書評

〔初出〕「朝日ジャーナル」昭和四十七年三月二十四日発行、第十四巻十二号、六三〜六四頁。

〔梗概〕作品を読み終えて、作品全体が作者自身の体験であれば、どのような作品になり変っていたことであろう。そのように想像されるのが、この『黒い海への訪問者』の特色なのであり、そこにこの作品の強味と弱味がある。私がいちばん面白いと感じたのは、船中でボーイが発狂し、彼は投身自殺してしまう。主人公はそのことのために、死ぬことに二度も番狂わせを生じさせられる部分である。メカニズム人間を嘲笑させ、同時に人間にメカニズムを嘲笑させることが、この作品のモチーフではあるまいか。

漫画趣味《まんがしゅみ》　エッセイ

〔初出〕「銀座百点」昭和四十七年二月一日発行、第二百七号、三五〜三五頁。

〔収録〕私が描くのは一口漫画と三コマ漫画ばかりである。いちばんよく描くのは、擬人体漫画である。顔だけが擬動物で、手足は人間。熊とコアラを一緒にしたような動物で、どんな役柄にでも、これを使う。

満州が知らない《まんしゅうがしらない》　選評

〔初出〕「婦人公論」昭和五十九年十一月一日発行、第六十九巻十一号、三九六〜三九六頁。

〔梗概〕昭和五十九年度「女流文学賞」選評。塩野さんのお書きになる昔のヨーロッパものは、専ら史実を描いて常に藝術性豊かな文学作品になっているのを更めて感じた。吉田さんのお作は、全編のどんな細部も実感が深く、主題への繋がり方も自然で、興趣が尽きない。満州時代を思いだせない彼女が、満州時代を切実に知ろうとして、幾種もの非情さを思い知らされる。〝満州が知らない〟と絶叫する声にも聞え、それに打ち勝てなくて、遂にこちらを択んだ。

み

みいら採り猟奇譚《みいらとりりようきたん》　長編小説

〔初出〕『みいら採り猟奇譚〈純文学書下ろし特別作品〉』平成二年十一月三十日発行、新潮社、三〜三四一頁。

〔収録〕『河野多惠子全集第8巻』平成七年六月十日発行、新潮社、一三七〜三四八頁。『みいら採り猟奇譚〈新潮文庫〉』平成七年十一月一日発行、新潮社、五〜三九四頁。

〔梗概〕第四十四回野間文藝賞受賞作品。この長編は三章で構成され、「昭和十六年―一九四一年―新緑の季節、比奈子は尾高正隆と結婚した。彼女の思いもしなかった、変った結婚生活の始まりだった」の書き出しで始まる。比奈子は高等女学校を出たばかりの、数え年十九歳だった。父の相良祐三は相良家の家つき娘、民子と結婚し、外科病院を経営している。養子ながら、気骨のあるやり手で、細かいところまで気のつく男だ。子供が生れないため、祐三の甥、邦夫を養子に迎えたが、邦夫が中学に入る頃、実娘比奈子が生れた。相良夫妻は邦夫と比奈子を結婚させるつもりでいた。比奈子の母の民子は妊娠中に盲腸炎をこじらせて、三年前に亡くなった。母の死後、祐三と邦夫との間が揉めるようになり、邦夫は病院に泊まり込んで、家に帰らない日が続いた。比奈子が女学校の四年生だった夏、邦夫は誰にも告げず、相良家の別荘のある貝波に行ってしまった。邦夫からの電話で、比奈子は貝波に出かけた。邦夫は比奈子の目前で、服毒自殺を遂げた。それから二年後、比奈子は尾高道太郎の次男で内科医の正隆と結婚する。正隆は三十八歳で、母ハナはドイツ人との混血人であった。比奈子は相良祐三の推定家督相続人なので、正隆との婚姻届を出し、彼の戸籍へ入籍することが出来なかった。正隆はマゾヒストだった。正隆は少しずつ、比奈子をサディストに教育していった。比奈子は徐々に、正隆をいじめることで、自分自身も興奮するようになっていった。正隆の背中には、古い疵痕があった。正隆は、比奈子と結婚する前にも、サディストの相手がいたのだった。昭和十九年になると、薪にも不自由し、自宅で風呂が沸かせなくなった。正隆はまともな膚でないので、銭湯通いも出来なく、寒に入り、酷い寒さがきても、毎朝、水風呂に入った。戦争が進み、東京は空襲警報のならない日はなかった。防空壕の中で、比奈子は正隆の背中に、何かへ向う男を描いたものらしい、洞窟の壁画のようなものを見た。祐三は、医学生の俊行を養子として迎える。比奈子はやっと尾高正隆との婚姻届が出せるようになった。正隆と比奈子は荷物を貝波へ送った。昭和二十年三月、空襲で正隆の病院が焼け落ちた。二人は貝波に疎開した。正隆は、貝波で医院を開業した。二人の性向はますますエスカレートしていった。殺しておくれ、という彼の言葉が趣向や歓びの表現や夢想の言葉としてではなく、激しい願望の訴えへ、と変ってきているのを比奈子は感じていた。夏の夜、比奈子は四つ匐いになった正隆の背中に跨がった。正隆は比奈子を背中に乗せたまま、ペガサスのように翔んだ。「もう一度、馬に―いや、ペガサスにしておくれ」の正隆の言葉に、比奈子は麻縄を正隆の首にかけた。正隆が翔んだとき、比奈子は手綱を力まかせに引いた。ごとり、と音がした。遂げた直後の自分の姿と、比奈子の姿を、せめて十秒間でも見たいと、切実に夢みていた正隆のために、比奈子は、「おゆるしください。ほんの十秒」と念じて紐を引いたのだった。

〔同時代評〕遠藤周作は「小説を読む悦び」（「新潮」平成3年1月1日発行）で、「ペガサスが天翔けた星々の宇宙と何か大いなるものの声を聞く思いである。それを感じさせたのは作者の腕だろうが、私は彼等夫婦が求めた至上の愛の向うに神がいると考えざるをえない」という。佐伯彰一は「エロス的至福の殉教者―「みいら採り猟奇譚」を読む―」（同上）で、語りの戦略を指摘しながら、大戦争さ中におけるエロス的ユートピアの探求という基本の筋立てについて論じる。種村季弘は「快楽殺人、あるいは無垢の出産―河野多恵子『みいら採り猟奇譚』を読む―」（「文藝」平成3年2月1日発行）で、「戦中のおしなべて『強いられた死』、『犬死』と見なされた死のなかにも、快楽死として恐怖と死をエロス化した例外があり、そこから見たグラデーションにおいては、例外を成り立たせる法則のほうにもいくぶんかずつ快楽死のニュアンスがほのめきはしまいかという、作者と同年代の死者たちへの風変わりな鎮魂曲がスケルツォで奏でられた、といってもいい」という。みなもとごろうは「新しい〝性〟の発見―河野多恵子『みいら採り猟奇譚』―」（「新潮」平成3年2月1日発行）で、「滲み出るユーモア。形象の多義性。こうした幾重にも折り畳まれたイメージの実質が、全編を貫いて、それらを読み解く快い努力を強いる。」と語り、この小説が全編、花鳥諷詠に彩られているが、それは谷崎潤一郎の『痴人の愛』から『細雪』への西洋から伝統へなどという陳腐な図式とは無関係で、「死の一瞬の生の極みが掬い採られている」ことを指摘する。高橋英夫は「囲われた空間の構図―河野多恵子『みいら採り猟奇譚』―」（「群像」平成3年2月1日発行）で、「ペガサス・正隆の死の状況は、戦争と全く無縁であろうとした囲われた空間において、なおかつ当時の特攻隊員の最後と相似であるように思われる」と述べる。秋山駿は「快楽死に向かう夫婦の『美に殉じるマゾヒズム』―河野多恵子『みいら採り猟奇譚』―」（「週刊朝日」平成3年2月8日発行）で、「私は、マゾヒズム―受苦の快楽よりも、むしろ、夫婦が一致協力しての、この世ならぬ幸福の追求、和合の完成への意思の物語と読んだ」という。蓮實重彦は「'91文藝時評二―「装置」と「人間」―」（「文藝」平成3年5月1日発行）で、題名の八文字の配列の形式的な特質は、「変わった結婚生活」のマゾヒズム的な側面をも周到に準備していたことを指摘し、『みいら採り猟奇譚』の最大の魅力を「端正な筆遣いで描かれてゆくこうした『リアリズム的』なものと、それを縫うように姿をみせることで緊迫感を高める『マゾヒズム的』なものとが、たがいに他の領域からの干渉を必要とし、対立する異質なものがそれぞれの利害を巧みに調整しながら効果を強め、まさしく『楔がた』に組み合わされて共存している点にある」と評した。

『みいら採り猟奇譚』―戦時下にサド・マゾの究極「快楽死」を追究した〝純愛〟―『みいらとりりょうきたん』―せんじかにさど・まぞのきゅうきょく「かいらくし」をついきゅうした〝じゅんあい〟―　インタビュー

〔初出〕「週刊現代」平成三年一月十九日発行、第三十三巻三号、一二一～一二一頁。

〔梗概〕テーマはエロスとタナトス（死の本能）の一体化でしょうか？　の質問に「サディズムもマゾヒズムも追究しようとしたのはもちろんですが、このケースでは土壌として考えたのは、サド・マゾを超えた何かです」と答えている。

「みいら採り猟奇譚」の河野多惠子さん「みいらとりりょうきたん」のこうのたえこさん　インタビュー

〔初出〕「福井新聞」平成二年十二月二十二日発行、一四～一四面。

〔梗概〕マゾヒズムとサディズムの関係は、お互いに同等でピュアな一体意識を前提にして初めて刺激される世界。女性のサディストを通して、その世界を書いてみたかった、と述べる。

『みいら採り猟奇譚』への十年『みいらとりりょうきたん』へのじゅうねん　インタビュー

〔初出〕「知識」平成三年三月一日発行、第七巻三号〈百十二号〉、二〇四～二一三頁。

〔梗概〕聞き手・田中康子。三部構成になったのは最終稿になってから決めた。一つの小説に何十章もの章立てをすることも考えたこともあった。ヒロインの比奈子という名前の比は重なるという意味、比翼塚の比です。絶対的な結びつき方とでも言いますか、そんなところに因んでつけた。奈は、私が奈良をとても好きなので、奈良の奈を使ったのです。鳥のひな、お雛さまのひなは関係ないんです。みいら採りというのは、だいたい宝物荒らしという意味があるんです。恍惚の薬もあるけれど、そういういい物を採りに行って、死んでしまう。あるいは、それに惑溺して、死んでみいらになってしまう、という意味もあるんです。でも、私は、簡単に言うと、異常にいい物を採りに行く。そのために、命を落とすこともある、という意味を考えています。

『みいら採り猟奇譚』をめぐって『みいらとりりょうきたん』をめぐって　対談

〔初出〕「文學界」平成三年二月一日発行、第四十五巻二号、三二二～三三六頁。

〔梗概〕「文學界図書館特別企画」。聞き手・川村湊。昭和十六年から十九年ぐらいに時代を設定したのは、いまの時代に対する反時代の気持、それから、戦争とか戦時中のことを書いた小説はこれまでにもいろいろあったし、昭和が終った途端にいろんな出版物が出ているが、それはそれで結構なんですが、なにか一つのパターンがあるので、それに対する反時代もある。サディズム・マゾヒズムというのは、二人の愛は一致し続けられるという意識を意識的にもつことで成り立つ。そうでなければ、そういう行為が喜びにならない。だから、事前にもう一致している気分、またそういう行為の最中でも永遠にこの人という感じになるのね。けれども、それは男女のことだからわからない。しかも、もしあとで裏切ったり愛が冷めた時に、加虐させられたサディストの恨みよりも、被虐を受けたマゾヒストの恨みのほうがひどいわよ。谷崎潤一郎の一人称・説話体というのは、マゾヒズムの要素の濃厚な作品ばかりです。谷崎は男性マゾヒストの作品ばかり書いている。ところが、片側にサディストはいない。そういう印象を与えるだけで、『痴人の愛』のナオミもただのわがままな娘にしか育てられていないし、『春琴抄』の春琴も気むずかしくて、ただのわがままで、サディストをまったく書いていない。人間が変るということを書いていくことで、現代と現代人を出すことができると思いますよ。そのことをはじめ、小説の可能性は様々にあるという。

三浦哲郎著『妻の橋』―人間への見事な到達― みうらてつろうちょ『つまのはし』―にんげんへのみごとなとうたつ―　書評

〔初出〕「文学者」昭和四十七年九月十日発行、第十五巻九号、三九～三九頁。

〔梗概〕標題作以下十一編の短編に出てくる人物たちは、いずれも田舎の郷里に深く関わりをもっている。が、この作品集は、土俗的であることや都会的であることなどの風俗とは関わりのない世界を獲得している。また、亭主リアリズムなどとも無縁でもある。夫と父を突き抜け、更に男を突き抜け発止と人間に達しているのである。

三浦哲郎著『真夜中のサーカス』―懸命に演じている登場人物の哀れさ― みうらてつろうちょ『まよなかのさーかす』―けんめいにえんじているとうじょうじんぶつのあわれさ―　書評

〔初出〕「波」昭和四十八年八月一日発行、第七巻八号、二七～二八頁。

〔梗概〕この連作集『真夜中のサーカス』で私が強く感じたことは、全作品がまことに鮮やかにサーカスふうの共通した特色を二重にも三重にも備えていることである。例えば、どの作品も哀れである。どの人物も懸命に演じている感じがあり、演じている自覚がないので哀れである。どの作品でも、二つの話、あるいは一つの話の表裏が交錯する仕立てになっていて、いかにもサーカスふうなのである。「魔術」は、この連作集のなかでは特色上、少し異和感があるけれども、一作としては怪談文学の傑作となっている。

見えない顔 みえないかお　エッセイ

〔初出〕「海燕」昭和五十八年八月一日発行、第二巻八号、九～一二頁。

〔収録〕『蛙と算術』平成五年二月二十日発行、新潮社、二四～二八頁。

〔梗概〕送られてきた古書即売案内のカタログを見ていて、ちょっと珍しいものが出ていた。電話で注文すると、生憎既に売約ずみだと言う。私はあれこれと、その本の顔の見えない先約者のことに好奇心を動かされて、ひととき時間を無駄にした。どうかすると、私はそんなふうに、見えない顔を追う癖が出てしまう。様々の見えない顔と顔との取り合わせなり、幾つかの見えない顔の一連の続き具合なりを、それぞれの正体をたっぷりと捉えたものとして書いてみたいと、時に思う。自分の好奇心ぐるみ書きたいのである。その好奇心は満たされたく、だが満たされても困るものなので、書きたいことの書き方がますますむずかしくなる。

見送り《みおくり》　短編小説

〔初出〕「藝術生活」昭和三十九年五月一日発行、第十七巻五号〈百九十四号〉、一六〇～一六五頁。

〔梗概〕空港ゆきのバスを待ちながら、徳子は夫の日高がしりぞけた見送りに勝手にゆくことについて、なおも考え続けていた。日高は商業デザイナーで、三十二歳の割りには名が知れている。かねての念願だった欧米デザインの視察に行くことになったのである。彼女は二、三日前に風邪をひいた。日高は大事にしてくれよ、見送りを差し控えるようにと、本気で言っているのであった。

　日高が赤坂のナイトクラブへ二十すぎの女性とふたりきりで来ていたと嫂から聞かされた。その一両日後、日高の留守に電話に出てみると、「いらっしゃいます？」といきなり若い女の声が言う。結婚して三年間、徳子は今度のような経験は初めてだった。徳子が空港ターミナルに行ったとき、日高のほうが先に彼女に気がついた。彼女と眼が会ったとき、日高には狼狽した様子は見られなかった。ひとりで佇《たたず》んでいる二十すぎの女性はいなかった。突然、「お元気ですか？」と上田に言われた。徳子は上田と恋人同士だった。上田は日高と共に藝大時代、彼女の父の教え子だった。卒業した年のクリスマス、上田は徳子に贈り物をした。薄麻のハンカチが入っていた。スイス製だと見ただけで、取り出さずに蓋をした。その底に古風なことに手紙が入っていたとは夢にも知らなかった。電話をすると、ひとの贈り物をどぶへでも捨てるんですか、と怒った声で言う。例年の父への年賀にも上田は来なかった。もう七年も前のことだった。当時、徳子を捨て、帰省先まで追いかけられた、上田のことは彼の友人間で有名だったから、日高も知っていた。今度の仕事では上田と関わりがありながら、それを自分に言わないのは、日高の故意だろうか。今日の見送りを止めたのも、実は上田の来ることが判っていたからだろうか。彼女はデッキを戻ってゆきながら、これまで羽田へ来て自分の膝頭が震えたことがあったかしらと考えた。

味覚だけで知る土佐《みかくだけでしるとさ》　エッセイ

〔初出〕「樹海」昭和三十八年十月一日発行、第五十二号、一～一面。土佐清水市教職ＯＢ会発行。

〔梗概〕弟が高知市の百石町で教育品製造販売業を営んでいる。この弟夫婦から、時々土佐の産物が到来する。私は山よりも海、寒い地方よりも暖い土地が好きである。「蟹」の舞台になっている千葉県の外房総もやはり太平洋を控えた暖い海辺である。まだ一度も訪れたことがないが、弟夫婦からの到来物に舌鼓を打つたびに、土佐の海岸の壮大さと美しさと明るい太陽を想う。

見事な標題《みごとなひょうだい》　選評

〔初出〕「文藝春秋」平成六年三月一日発行、第七十二巻四号、三七二～三七二頁。

〔梗概〕第百十回平成五年度下半期芥川賞選評。奥泉光さんの「石の来歴」は、人を殺した者のその後の様相を捉えている。真名瀬剛と次男とは、一人二役ともいえる。結末で、さっき洞穴に二人の子供が来て、くれたのだ、と息を引き取る間際の上等兵が掌の石を見せる。その石に全編が重層的抽象性をもって結ばれており、標題の中心の意味もその石にある。読み終えてみて、見事な題であることがよく判った。

見知らぬ男《みしらぬおとこ》　短編小説

〔初出〕「文藝」昭和五十二年一月一日発行、第十六巻一号、八二～九五頁。

〔収録〕『砂の檻』昭和五十二年七月十五日発行、新潮社、一六三～一九一頁。『河野多惠子全集第４巻』平成七年七月十日発行、新潮社、五一～六四頁。

〔梗概〕男は舗道を踏むと、バッグを垂らした肩をあげて手を振ってみせたが、走りだしている車の中から見ると、もう雑踏の眺めの一部のようでしかなかった。斉子は、二日も同行したのだから、再び会うようなことがあれば、見知らぬ男ではないわけだと思った。道野夫婦の最近建てた海辺の別荘行きに誘われた時、斉子は外にそういう同行者のあることも予《あらかじ》め聞いていた。相手もまた彼女という同行者のあることを承知している人にちがいなかった。同行者の言葉には、斉子の郷里の地方の言葉と同じ訛りがあった。その日の同行者が、まだ働き盛りのうちに大きな建設会社を退職して、つい二、三年まえに独立した人だというようなことも、斉子は予め聞いていた。同行者は建築士で殆ど常に先生と呼ばれている。

この前、斉子がその人を見かけてから、少くとも四、五年は経っているようである。彼女が都心のホテルの食料品売場で品物を選んでいて、目立たない男性客のひとりに、その人を見た。以前に較べて、すっかり変っていた。それにしてもあの耳の形だけは全く変らない、と思ったものだ。

豊子は電話を引かせてしまいたく、芝生のことでの用があるのでと言って別荘に誘ったのであった。最初のうち、斉子はその人がやはり彼女の自分と同じ訛りに気がついて、郷里を訊かれるのは困ると気になっていた。斉子が小学生の頃、後から急に走ってくる足音がしたので、彼女が振り向くと、少年が怖ろしい顔ですぐ後ろに走り迫っており、その走ってきた勢いのまま彼女の背中を突き飛ばした。冷えきった地面に転んだ時の弾けるような痛さに叩かれた。振り向いた少年の顔は、文句があるかと言っているようである。同じ学校の一年下の少年であった。あの少年のしたことが、例えばいたずら的なことであったなら、斉子はその人を見知らぬ男とする必要はなかった。彼女はその少年の姿を見かけて、美しい耳に気づくことが時々あった。寒中鍛錬から朝食に戻る時、大きな家の前で、少年が表を掃いている。あの家の小父さんは、少年だけにはお父さんではなくて親類のおじさんだと聞いていた。彼女は毎朝通りすがりに、可哀そうで、そして不似合いに耳の美しい少年を自然に眼に入る程度に感じていたつもりだったが、可成りじろじろ見ていたらしい。その人が、斉子には見知らぬ男であるのは、遠い昔のそういう少年の姿の哀れさと少女の自責のせいなのである。

「ね、中くらいの気に入られ方じゃ駄目ですか」と肩を抱き寄せる。斉子は黙って、首を横に振った。やっぱり見知らぬ男なのである。彼女はそれを完成させる道を今折角示されたのに、辞退したことに未練をもった。

〔同時代評〕田久保英夫は「文藝時評(下)」(「東京新聞」昭和51年12月28日夕刊)で、「今は建築士になっているその男と、友人夫婦と四人で二日間、海辺の別荘で過ごす間に、相手に昔を思い出させる機会が幾つかあるが、それを危うく耐えつづける主人公の行為は、ほとんど自分の中の秘儀的な願望になっている。その儀式を男の誘惑に応ずることで完成したい欲求と、それを避けたい欲求との、二重の深層にまで掘り下げられている。」と評した。

見知らぬ本《みしらぬほん》　エッセイ

〔初出〕「文學界」平成八年十一月一日発行、第五十巻十一号、一五八〜一五九頁。「兄の本棚」。

〔梗概〕戦争中、出版事情は悪かったが、ドイツのヘルマン・ヘッセとハンス・カロッサの新刊翻訳書は盛んに出ていた。「車輪の下」はすっかり気に入った。他の外国作家の本もおもしろく思うようになった。六歳上の兄のもっていた本ばかりである。ただ、私には兄の本棚の印象は全く甦ってこない。ある晩、「何とかしないと…。」と、兄が口許を顫わせて言いだした。いわゆる赤い類の本で、石油罐に本を詰め、通いの老番頭の長屋へ預けた。昭和十六年のことのような気がする。だが、昭和二十年三月十四日から十五日にかけての大阪大空襲で私どもの家もその老夫婦の家も罹災した。戦後、別の企業に転職しようとして採用試験を受けた、ある友人が電話をかけてきた。受験先の親しい知人から、人事部の人が、お宅へ向ったそうだと、注進の電話があった。彼女の部屋は赤い本の並んだ本棚があるという。お宅には電話がなく、急いで本を隠すようにお母さんに言いに行ってほしいというわけなのである。私はすぐさま赴こうとした。そこへまた、彼女からの電話で「手遅れ」であると言った。勿論、不採用になった。私はお役には立てなかった、その見知らぬ本棚のことを先ず思いだした。

水《ずみ》　エッセイ

〔初出〕「波」平成五年一月一日発行、第二十七巻一号、二〜三頁。

〔梗概〕若水といえば、元旦の朝早く、その年の最初に汲む水のことだが、戦前の家庭には、若水を汲む気持があったようである。お福茶とか、神棚やお仏壇のお供えなどのために、日本の各地で相当数の人たちが若水を汲んでいたと思われる。今、若水を汲む人があれば、例外中の例外であろう。私は浄水器も気安め程度に使っているのと同様に、買う水も好きではない。去年、イタリアへ行った時、イタリアの水もわるいのだなと思った。カザノヴァの回想録のなかでは、ナポリの水を褒めていた。一体、ナポリの水は、どういう水質なのか。今でも、カザノヴァ時代と同様の水なのか。彼の言っている〈唯一の薬〉は本当のことなのか、ナポリの水に興味をそそられたことであった。

水瓶《みずがめ》　エッセイ

〔初出〕「中央公論」昭和五十年一月一日発行、第九十年一号、四～四頁。
〔梗概〕サントリーリザーブ広告に水瓶の写真と共に付された短文。飾り壺か、花瓶なのか、知らないが、水を入れて眺めると、丸味のある斜め模様の凹凸が美しいので、水瓶と呼び、ときどき眺めている。

ミステリー《みすてりー》　エッセイ
〔初出〕「野性時代」平成八年四月一日発行、第二十三巻四号、六一～六二頁。
〔梗概〕「野性時代」には「いすとりえっと」と「妖術記」の二作を書いた。「いすとりえっと」のある作品で、「このお作の奥さんの名前も愛人の名前も、僕の友人の奥さんと彼女の名前と全く同じなんです」と担当者の方に苦笑された。「妖術記」では、主人公の強い憎しみを買っている男の頤に、少しずつ異変が生じてくる。私の頤の下が痼《しこ》りはじめた。私にとって、「野性時代」はそういうミステリアスな雑誌であった。

ミステリー倶楽部《みすてりーくらぶ》　──→いすとりえっと（41頁）

身近な人たちの話《みぢかなひとたちのはなし》　エッセイ
〔初出〕「婦人画報」昭和四十三年七月一日発行、第七百七十四号、二三四～二三四頁。「随筆／怪談」欄。
〔梗概〕私は超自然的なことや、怪談を聞くことが大好きである。私のそんな好みは、育った環境とも関係があるらしい。私の育った家は、大阪の旧市内の古い、暗い家だった。裏庭が鬼門にあたるので、そこで遊ぶから病気ばかりするのだといって、その遊び場所に板塀が張りめぐらされてしまった。母が長患いをした。占い師が、この家でむかし妙な死に方をした者があって、その祟りなのだと言った。町内の古老に訊ねると、その家にはもと金貸しが住んでいて、若い息子が集金から帰ってくるなり血を吐いて死んだという。家は、昭和二十年の大阪大空襲で焼けてしまった。兄は中国の華北の会社に勤めていた。或る晩、兄が眼を覚すと、血だらけの弟が「家が空襲で焼けた」と立っていた。空襲で怪俄をした家族は弟だけであった。中学生の弟が工場へ動員され、寮住いをされていた時、U君という同級生が、「昨夜、変な夢を見ました。きっと父は駄目だろうと思うので一度、帰らせてください」と先生にいった。U君が家に帰りついて二、三時間後に、そのお父さんは亡くなった。戦争などとは関係のないすばらしい怪談を体験したいと熱望している。もし死ぬまでめぐり合えなかったら、あの世から自分が怪談の主役になりたいと、夢みている。

みち潮《みちしお》　短編小説
〔初出〕「文學界」昭和三十九年八月一日発行、第十八巻八号、一〇四～一一四頁。「女流創作特集」。
〔収録〕『最後の時』昭和四十一年九月七日発行、河出書房新社、一七一～一九一頁。『現代日本の文学50』昭和四十六年四月一日発行、学習研究社、三〇一～三一二頁。『最後の時〈角川文庫〉』昭和五十年四月三十日発行、角川書店、一六九～一九一頁。『遠い夏』昭和五十二年十二月五日発行、構想社、七～三四頁。『河野多恵子全集第2巻』平成七年一月十日発行、新潮社、五一～六二頁。
〔梗概〕少女が、数えどし十一歳の夏、

一家は商家で、これまで都会の問屋街に住み続けてきたが、今度郊外に別に居宅をもつことになった。少女の家の三軒先で独りで暮している、堀田のおばあちゃんにお別れを弟妹を連れてしにいった。少女の母は、いつも気の毒なお家さんを労っていた。その老婆は、家業の紙問屋が逼塞《ひっそく》した揚句、主人にも一人娘にも死に別れた気の毒な人だと、少女は聞いていた。引越ししてから、花火大会のことやイチモンジセセリのことを堀田のおばあちゃんにはがきを出した。が、高いすべり台のある遊園地へ行ったこと、十一月三日の祭日、観艦式を見に海岸へ出かけて行ったことは、書き送らなかった。一年が経ち、中国との戦争が始まり、少女の生活が再び変ることになった。花火も出来なくなり、学校の生活にも戦争が入ってきた。神社へ戦勝祈願に行ったり、慰問文を書いたり、軍需材料にと銀紙を集めたりした。翌々年の春、少女は女学校に進んだ。五月に入って漸く制服が配給されたが、布地は粗悪な代用品のスフだった。少女は両親に本当の紺サージの制服をせがまずにはいられなかった。少女は父と一緒に馴染みの洋服屋に寸法を取りに行くことになった。その帰り、料理屋へ行くとそこに堀田のお家さんがいた。父が招いたのである。父は帰り道、堀田のお家さんを招んだことを家で言うなという。父は、おばあちゃんが達者なうちに本当においしいものを食べさせてあげたかったという。少女は父のその言葉に同感し、誰にも言わないわ、という。戦争ということへの少女自身の実感だった。少女は父と一緒に歩きながら、橋にさしかかると、足を停めた。夜空に生々とかがやくネオンが揺れながらそっくり映っていた川も、今ではやはり真暗で、ぴたぴたと岸を浸してくるみち潮の音が静かに伝わってくるのだった。後年、少女は、お家さんのなくなった一人娘は、父が結婚するということを聞き知って、海に飛び込んで死んだのだと、他人《ひと》から聞かされた。お家さんは、そんな父を却って自分の息子のように思うようになったのだそうだ。母がそれを知っていたか、どうかは自分も聞いていないけれど、とその人は既に三十近くなっていた少女に話した。

〔同時代評〕瀬沼茂樹「文藝時評（下）」（「東京新聞」昭和39年7月25日夕刊）がある。

（桑原真臣）

見つけたもの《みつけたもの》　短編小説

〔初出〕「文學界」昭和四十二年一月一日発行、第二十一巻一号、四一～七一頁。

〔収録〕『骨の肉』昭和四十六年十一月二十八日発行、講談社、三三～一〇二頁。『骨の肉〈講談社文庫〉』昭和五十二年七月十五日発行、講談社、三一～九一頁。『河野多恵子全集第3巻』平成七年二月十日発行、新潮社、一九～五〇頁。

〔梗概〕主人公の塚本敏子は大学生で二十一である。親元を離れて東京で下宿している。敏子には、高校の同級生で藝大の受験に失敗して東京で浪人生活を送っている梶井という恋人がいる。ある時、敏子は梶井から倉田という二歳年上の美大生を紹介される。敏子は初対面の時から倉田に対して好感を持っていなかったが、何度か会ううちに倉田が梶井の下僕のように機嫌をとっているように感じ、梶井を頼もしく思うとともに倉田に対する最初ほどの嫌悪感はなくなってゆく。しかし、ある夏の夜中、終電車に乗り遅れたといって、梶井と倉田の二人が敏子の下宿に泊まりに来た。その時、倉田が下着を裏返しに着ていることに気づく。それは梶井が好んで着ていた方法で、その独創的なやり方に強く魅かれていた敏子は失望し、また梶井と倉田のそのプライベートな符合から、自分たちの肉体を自分たちのために譲り合い、縫代ひとつに触れることさえ拒否し合おうとするかのような彼等の親密さを感じ、敏子は激しい嫉妬と屈辱を感じる。倉田だけを追い帰した後、何も彼も失くしたと思った敏子は梶井に一緒に死ぬことを持ちかける。梶井もまた生きることに嫌気がさしていたので敏子の誘いに応じ、二人はある官庁の建物の軒先で睡眠薬を飲む。しかし梶井が倉田から入手したその薬は偽物で、二人は死に損ねる。それから敏子は数日眠ってばかりいたが、少し体を動かしたくなったこともあり、自分の様子を東京にいて見極めようと思ったこともあって、予定していた帰省を取りやめて切符を払い戻し、一緒に帰省するはずだった友人たちを見送りに行く。帰省を延ばしたために生活費の必要性を感じ、上京する際に父親に渡された立て替えを依頼する名刺を頼りに丸山という人物に会いに行く。丸山は以前息子に自殺されており、敏子は自分と梶井との自殺と倉田の偽の毒薬のことを友人の話として丸山に話してみる。丸山は倉田を立派な男じゃあと褒めるのを聞いて、敏子は自分の心が空になったことを侮蔑されたがっていることに気づく。しかし、敏子は、訴えたかった自分の気持の底に何か見つけるべきものがあるということを見つけたという気がするのであった。

（戸塚安津子）

三つの言葉《みっつのことば》　エッセイ

〔初出〕「群像」平成七年四月二十日発行、特別編集・大江健三郎、二五六〜二五六頁。

〔梗概〕大江健三郎さんには、脳障害のある息子が登場する作品がかなりある。その息子の言葉のなかで、時に鮮やかに甦ってくるのが三つある。「――本当に背の低い人でしたよ、これくらいの人間でした」「――元気を出して、しっかり死んでください！」「――はと麦茶でございました」である。自分が珍しく充実感に在る時、すっかり忘れていたその言葉が甦ってくれるのである。

三つの助言《みっつのじょげん》　エッセイ

〔初出〕「伊藤整全集4付録」昭和四十七年十二月十五日発行、新潮社、五〜八頁。

〔梗概〕同人雑誌賞授賞式に、選者代表で伊藤整先生からお言葉をいただいた。「その『塀の中』などからしても、もう作家ともいえるくらいで…」と言われたので、私ははっとした。既に作家になったつもりでいたので、鋭くたしなめられたような気がした。伊藤先生を伺った時、先生は、貧乏が「絶対に厭なら仕方はないんですが、そうでなかったら、仕事は少くして大事なものだけやってゆかれることですよ。それが、一番間違いなくて」と言われた。また、こうも言われた。「作家というのはね、誰でも、自分だけが何となく意地わるされているみたいな、誰かに邪魔されそうな不安を感じているものなのですよ。」それから、雑談をしているうちに、「長くやってゆくうちには、スランプというものがありますからね。」作品のスランプだけではすまなくて、人間関係などいろいろなこともスランプになる。しかし、「スランプのときには、拗ねちゃあいけませんね。拗ねると、本当に駄目になる。とにかく、努めて素直になること」と話してくださった。三つの助言のなかで最も強く響いたのは、最後のものだったし、以来今日まで最も多く思いだしたのも、これである。

三つの短い小説《みっつのみじかいしょうせつ》　短編小説

〔初出〕「オール讀物」昭和四十六年一月一日発行、第二十六巻一号、一九二〜一九三頁。

〔梗概〕「鳥にされた女」「ただの一度も」「もうひとつの関心」の三編からなる掌編。「鳥にされた女」「ただの一度も」は『いすとりりえっと』（昭和52年7月30日発行、角川書店）に収録された。「もうひとつの関心」では、結婚したら早速に棺桶を買ってくれるかもしれないほど、度のすぎる手廻しのよい娘が男友達と結婚した。彼女は夫ならぬ、棺桶のことを言った彼が、彼の妻の死を待っている。夫婦の遊びのための棺桶の有無がそのとき明らかになりそうな気がしてならないのだ。

「ミドサマー」のこと《「みどさまー」のこと》　エッセイ

〔初出〕「イギリス1集英社ギャラリー〈世界の文学2〉月報」平成三年四月二十四日発行、集英社、一〜三頁。

〔収録〕『蛙と算術』平成五年二月二十日発行、新潮社、一六四〜一六七頁。

〔梗概〕一九八五年（昭和六十年）、私は初めての海外旅行の時、美しいロンドン郊外の小さな競馬場へ行った。六月二十九日当日の競馬の開催は「ミドサマー・ミーティング」と名づけられていた。私は「ミドサマー」が陰暦の「仲夏」に言葉も季節も一致しているのを興味深く思った。シェイクスピアの「ミドサマー・ナイツ・ドリーム」の「ミドサマー」は夏至の意味にほかなるまいというのが、私の推理である。あの戯曲はイギリス的であると同時に、人名そのほか何かとギリシャ的要素も含まれている。あの戯曲は太陰太陽暦に依っているのではないか。夏至は六月二十一日頃であって、毎年一定しているわけではない。坪内逍遙をはじめ、作中の五朔節《メーデー》と標題の「ミドサマー」との関係を見つけかねているけれども、太陰太陽暦ならば、五朔節《メーデー》の前後がまさしく夏至の日に当る年もめぐってくるのだ。昨年の一九九〇年（平成二年）はそうだった。太陰太陽暦の閏年で、五月が二度続いた。閏月の朔日《ついたち》、五朔節《メーデー》の前夜がぴったりと夏至の日だった。「ミドサマー」には、そういう場合の夏至が想定されているのではないだろうか。あの戯曲の創作時期は、一五九〇年から一五九八年までの間という以上には詳しいことは不明らしい。しかし、創作時期を特定する手がかりとまでゆかなくても、夏至と五朔節《メーデー》とが昨年のようなめぐり合わせになる年がその頃にあったのではないだろうか。ボットムが〈暦だ、暦だ！…〉と言い立てる、その当時の暦がどのような代物《しろもの》だったか、せめてそれだけでも知りたくなってくる。

看取り《みとり》　エッセイ
〔初出〕「楽しいわが家」平成八年五月一日発行、第四十四巻五号、三〜三頁。
〔梗概〕友人のA子さんのお母様が九十何歳かで亡くなられた。寝たきりになっておられたので夜間の付添に家政婦さんを頼んであった。深夜担当の家政婦さんはA子さんの眠りを妨げないように、お母様との応答はなるだけ眼顔や手ぶりですませるようにしていた。「ほんとに好い人。それなのに、物言えなくて可哀そうだね」と、お母様は家政婦さんを障害者とお思いになっていたらしいという。亡くなられた時、お母様のお顔は実に穏やかであった。お義妹さんが「お義姉さんの立派な御制作ですわねえ」とおっしゃた。A子さんが看取ったお母様のことで話したのは、この二つのエピソードだけであった。

身の丈に合わせた「死生観」《みのたけにあわせた「しせいかん」》
――→折角、生まれてきたのだから（233頁）

三船敏郎への願い《みふねとしろうへのねがい》　エッセイ
〔初出〕「洋酒天国」昭和三十八年一月三十一日発行、第五十六号、七〜一〇頁。
〔梗概〕三船敏郎に感じる魅力とイメージについて語ったエッセイ。三船敏郎の映画には、完全にその世界に引き込まれてしまう強さがある。筋なり語ろうとすることなりが、知覚に届くよりも一層素早く、力強く、感覚的に、野性と男らしさをもって迫ってくる。三船敏郎の日常生活がどうのという余計なファン心理の介入を許さない。三船調の特色は、日本的封建的な男らしさというものである。ロケ先のメキシコに夫人と二人のお子さんと共に、散歩着姿でお茶を飲んでいるスナップ写真を見たとき、私は何かほっとした印象を受けた。メリメの短編小説「マテオ・ファルコネ」を読むと、マテオを演じる三船さんというものを想ってしまう。

耳《みみ》　エッセイ
〔初出〕「東京新聞」昭和四十八年十月九日夕刊、五〜五面。
〔収録〕『私の泣きどころ』昭和四十九年四月八日発行、講談社、六三〜六五頁。
〔梗概〕十数年ぶりに大学生の甥は、昔の面影がなくなっているのに、耳たぶが丸くて厚くて、掬いあげたような形でついていた。耳だけは昔と同じその耳をしている。私は特に人の耳に注意しているわけではないけれど、人間の肉体的特徴のなかで、最も変化しないのは、指紋を別にすると、耳の形ではないかと感じている。

妙有の世界《みょううのせかい》　対談
〔初出〕「電信電話」昭和三十九年三月一日発行、第十六巻三号〈百七十四号〉、八〜一三頁。
〔梗概〕国際仏教研究所理事の関口真大との対談。「宗教と日常生活」「戒と律」「縁は異なもの」「〃ありがとう〃の意味」「既成宗教への不満」「恋愛問答」の小見出しから成る。「現代人の生活のなかに宗教はどう生きているのであろうか。その前に、宗教とは一体なんなのであろうか、ということを物質文明のなかに明け暮れしているわれわれは、もう一度ふりかえってみる必要があろう。あえて、この対談をとりあげたゆえんである。」と、その前書きにある。

妙な気持《みょうなきもち》　エッセイ

〔初出〕「群像」昭和五十年一月一日発行、第三十巻一号、二八〇～二八一頁。

〔収録〕『もうひとつの時間』昭和五十三年二月二十日発行、講談社、九三～九七頁。

〔梗概〕松茸の時期が過ぎてかなり経ち、疾うから暖房が要るようになった時期に、知人からアメリカのお土産にシアトルの松茸を頂いた。私は妙な気持がした。私にとって、その松茸は、遠いアメリカから遥に持ち帰られた松茸であるよりも、意外に季節に降って湧いた日本の松茸という感じがするのだった。が、私は暖房の家の台所で眺めている松茸に、自然の突然変異じみたものを感じたのでもないし、奇蹟的なものを感じたのでもない。妙な気持としか、言いようがないのである。幾年かまえ、十五ほど年長の友だちが未亡人になった。五年ほどして彼女はこう言った。「主人が生きていてくれたら、とよく思いますよ。生き還ってきてくれないかしら、と思う時もあります。でも、じっと考えてみますと、本当に生き還ってきたら、私はどうするでしょうね。何ともいえない妙な気持になって、やっぱりあちらへ戻って、待っていてください、と言いたくなりそうな気がします」私はその松茸で彼女の話を思いだした。

妙な敗北《みょうなはいぼく》　エッセイ

〔初出〕「オール読物」昭和五十二年一月一日発行、第三十二巻一号、八九～八九頁。

〔収録〕『気分について』昭和五十七年十月二十日発行、福武書店、一三九～一四一頁。

〔梗概〕かれこれ十年になるが、体力テストを受けたことがある。成績は芳しくないだろうと予想していた。ところが、そのとき私は四十歳だったが、体力年齢は三十代の前半、機敏性二十代、筋力三十代、脚は五十代。この五十代が、私にはちょっと解せなかった。二、三年まえ皇后一周六キロを歩く催しに参加した。同性のなかでは好成績らしいと判ってきたので、私は少し本気で競争してみたくなった。ゴールまであと十米という時になって、男の子とばかり思っていた一団から、三年生くらいの男の子のような女の子が急に現れた。係りの人がいて「あの子がいなけりゃ女で一番！」と私に言う。五十分はかからなかった。

未来の日本《みらいのにほん》　エッセイ

〔初出〕「日本経済新聞」昭和五十六年五月二十四日朝刊、二四～二四面。

〔収録〕『気分について』昭和五十七年十月二十日発行、福武書店、一六三～一六八頁。

〔梗概〕古書店から注文した「日本及日本人」大正九年発行の〝百年後の日本〟が届いた。「百年後の日本はどうなるか？」との問いに対する四百人近い人たちの回答にしても、予想のはずれている未来図も大分あるが、当っているのが驚くほど多い。私が興味をそそられたのは、未来を想う各人の発想の性格がおもしろく、はずれぶりも的中ぶりも同様におもしろい。その旧い雑誌に載っている、夥しい未来図に興味をそそられて、遠い未来の日本の状況を二、三想像してみた。その一つだけを言えば、日本人の国語力が、非常に向上しているだろう、ということである。ただし、そのまえに、今どころでない、ひどい国語が使われるようになるだろう。日本人の国語力が荒廃し、実害が相次ぐようになってみて、漸く本気で対策が樹てられるのではあるまいか。人々の国語力が非常に向上するようになるのは、二十世紀のうちであろう。国語力の衰退がもたらす実害は、あれこれと遠からず明らかになってくるであろうからである。

未来予知《みらいよち》　エッセイ

〔初出〕「あるとき」昭和五十三年十一月一日発行、第一巻七号、一〇～一一頁。

〔収録〕『気分について』昭和五十七年十月二十日発行、福武書店、二一三～二一六頁。

〔梗概〕野上弥生子さんから『ソーニャ・コヴァレフスカヤ（自伝と追想）』をいただいた。このロシヤの女性大数学者は、迷信深かったそうである。彼女が愛人Mと旅行していて、ゼノアの「死の大理石の園を見物した時、二人のうちどちらかが今度のうち亡くなると予言」した。数週間後に、彼女は風邪をひき、二月十日に亡くなった。昨年の春、先ごろ亡くなられた柴田錬三郎さんらと占いをテーマに座談会をした。柴田錬三郎さんは西洋占星術に詳しく、ご自分の占星図を見せてくださった。私は柴田さんの寿命を訊いてみた。恐ろしいから、人の寿命は調べないことにしている、と言われた。自他ともに寿命を占わないとおっしゃったのは、礼儀上の言葉なのだろうと思った。私は仮りに自分が数年後に死ぬと言われても、うろたえないと思う。それまで、私としては、楽しみに生きると思う。そう述べたところ、柴田さんは、河野さんは度胸があるよ、と言われた。

魅力の漲る名作《みりょくのみなぎるめいさく》　選評

〔初出〕「婦人公論」昭和六十二年十一月一日発行、第七十二巻十三号、三〇二～三〇三頁。

〔梗概〕昭和六十二年度「女流文学賞」選評。田辺聖子氏の『花衣ぬぐやまつわる…』が何としても強い。このお仕事は、田辺氏の作家として、評論家としてのすぐれた両資質が最もよい意味で相乗的に発揮された所産で、魅力の漲る名作である。

ミロ・夢・その他《みろ・ゆめ・そのた》　エッセイ

〔初出〕「批評」昭和四十一年十二月一日発行、第六号、一四二～一四七頁。「作家の手帖」欄。

〔梗概〕某日、ミロ展を観に行く。ミロの絵画の平面性から、小説の前提条件とは何だろうか、と考える。物語性や言葉ではあるまい。某日、既往症があるので毎年秋に受ける定期検査のため、K先生のところへ行く。お医者には「合いふさぎ」というものがある。作家と担当編集者との取り合わせにも、幾らか似たものがあるような気がする。某日、河出書房から、単行本『最後の時』が出たので見本を持参される。自分の本に初対面するとき、装釘と自分との間に違和感を覚える。気恥ずかしくてたまらなくなる。某日、今度の小説、やっと今日から着手する。延びたのは核を定着させる鈎ともいうべきものが決まらなかったからである。某日、朝、目が覚めて、昨夜は夢を見なかったと気づくと、何かつまらなくなる。

私が夢を好きなのは一種の超自然的なものを感じるからである。

民藝と私《みんげいとわたし》 エッセイ

〔初出〕「民藝の仲間〈報いられたもの〉」昭和四十一年四月六日発行、第八十六号、二四～二五頁。

〔梗概〕新劇を観るようになったのは、敗戦後に女専を卒業してからである。当時、観たものは「どん底」「桜の園」などの有名なものに限られていた。日本の脚本で最初に観たのは、久坂栄二郎の「巌頭の女」で、演出者は記憶にないが、演出助手は早川昭二であったことを覚えている。昭二という名前のせいである。民藝の芝居では、「幽霊やしき」「ヴィルヘルム・テル」「闇の力」が印象に残っている。

む

昔の作文《むかしのさくぶん》 エッセイ

〔初出〕「早稲田文学」昭和四十六年五月一日発行、第三巻五号、一二二～一二三頁。

〔収録〕『私の泣きどころ』昭和四十九年四月八日発行、講談社、九七～一〇〇頁。『河野多恵子全集第10巻』平成七年九月十日発行、新潮社、二五八～二六〇頁。

〔梗概〕大阪の女学校で二年から卒業するまで現代文と作文を教わった先生が、当時の私たちの文集を保存されている。先生は、時間中に作文を書かせるということは、決してされなかった。宿題も出されなかった。好きな時に好きな題で書いて出せばよかった。今の私は、小説の筆が格別に遅い。代りに、書く材料は絶えず発見できるので、何とかやってこられたようなものだが、当時はその両方とも実に速かった。小学校時代の私は、綴方が重荷だった。自由題の際に、書くことが思いつけないのである。随筆などはテーマをもらったほうが私には書きやすいが、これも小学校時代に還ったのだろうか。題材を思いつくのも、書くのも、共に速かった女学校時代に、移り直せないものかと思っている。

無関係《むかんけい》 長編小説

〔初出〕「婦人公論」昭和四十七年九月一日～昭和四十八年十二月一日発行、第五十七巻九号～五十八巻十二号、十六回連載。

〔収録〕『無関係』昭和四十九年五月十日発行、中央公論社、一～三〇六頁。『無関係〈中公文庫〉』昭和五十一年三月十日発行、中央公論社、三～三〇八頁。『河野多恵子全集第7巻』平成七年五月十日発行、新潮社、七～一六三頁。

〔梗概〕寺尾比佐子は二十二歳になる会社員で、一戸建の家に親きょうだいと暮らしている。比佐子はありふれた知り合いである尾形隆を通じて、彼の姉夫婦が東京の街中の高層住宅で飼っている泥鰌を譲り受けることになった。その時、二年間ほどあくその住居を、比佐子の給料の三分の一に少し足りない額で貸してもいい、と尾形の姉はいう。だが、翌週、比佐子がその姉に問い合わせてみると、借り手はすでに決った後であった。比佐子は借り損ねたことを後悔していた。時間がたつにつれて、その思いは強まる。

ひとりで暮すことを望んでいた自分が鋭く知らされてくる。仕事は苦にならなかったし、人間関係の面では比佐子は、少々巧者のように見られているらしかった。家族に対しても好もしくさえ感じている。比佐子は手ごたえのある相談相手が欲しいと思った。相談相手に選んだのは、彼女のもとの上司で、今は他の会社へ転職している野島である。野島は丁寧に話を聞いてくれるのだが、比佐子は相談に来た自分が恥ずかしくも思われる。彼はもうひとり相談するひととして、綜合病院の歯科に勤務する西尾清子という中年の女医を紹介した。相談に乗ってくれた清子は「なさったらいかがです。何もむずかしいことありませんでしょう」と言う。比佐子はその日、本当のおとならしさの世界というものに、はじめて接した思いがした。反対する両親を説得し、比佐子はモルタル・アパートの二階に独立した。全く無関係な人たちが二十人ばかり、全く無関係な生活を同じ屋根の下で営んでいることに、妙な気持がしてくるのであった。部屋への初めての訪問客は清子で、彼女のようすを見に来てくれたのだった。比佐子も清子の住まいを訪れる。清子の部屋は、清子が居るにも拘らず、密室を感じた。野島から自分もこれから行くという電話がかかってきたが、比佐子は野島を待たなかった。ある日、尾形は田所という彼女の知らない青年と訪れ、田所も部屋を探しているので心掛けておいてくれ、と言う。比佐子は一応管理人へ希望だけは伝えておいた。そして、比佐子は、入院中の清子を野島と見舞ったりする。ある時、比佐子は弟の同級生の親でもある大家の奥宮さんのおばさんから見合い写真を見せられるが、彼女は実家へ行き、両親にその写真を返した。田所は弟と一緒に住むつもりだと言う。管理人は公務員の弟さんと一緒ならと好意的になった。退院した清子は比佐子を食事に誘った。少し遅れて野島も現れ、三人は清子が近く友人と開設する歯科の診療所を見に行く。そして、田所兄弟が住むために頼んでいた部屋が空いたが、田所は弟が婚約していて、その空室を兄弟でなく、弟夫婦で借りたいという。比佐子は管理人に言いにいく。比佐子は新年の二度目の月曜日まで実家で暮した。アパートに戻って、寝床に身を入れたところ、全身に凍み透る冷たさにぞっとした。ただの冬の夜のものではないのだ。だが彼女は本当の新年の第一夜を今迎え直しているような気がした。

〔同時代評〕小島信夫は「解説」(『無関係〈中公文庫〉』昭和51年3月10日発行、中央公論社)で、「この小説は比佐子の決意をいとおしむ気持に、つまり、それこそ自分自身で軌道を調節しようという暖かい意志に最も大きな特徴があると私は思う。その一貫性には大げさにいうと驚くべきものがある。」という。

「麦笛」をめぐって　「むぎぶえ」をめぐつて　対談

〔初出〕増田みず子著『麦笛』昭和五十六年十月二十五日発行、福武書店、挿み込み一〜一二頁。

〔収録〕増田みず子著『麦笛〈福武文庫〉』昭和六十一年三月十五日発行、福武書店、二七五〜三〇〇頁。

〔梗概〕増田みず子との『麦笛』をめぐっての対談。『麦笛』の創作意図、『麦笛』の意味などに言及。施設を書かなきゃいけないというのじゃなくて、その基本にあるもっともっと広いものが前提になっているということが、この作品がともかく成功した大きな要因であるという。

矛盾しない矛盾《むじゅんしないむじゅん》　コラム
〔初出〕「読売新聞」昭和五十一年十二月九日夕刊、七～七面。「双点」欄。
〔梗概〕私はカラヤンの指揮では、どんなかたちでも聞かないことにしてきた。ところが、諏訪根自子さんが今度の演奏会で用いる名器のヴァイオリンが、ドイツに留学中ゲッペルス宣伝相から贈られたものだというので、オーケストラの人たちがそれを用いるならば伴奏はしないという騒ぎがあった時、私はばかげたことだと思った。この二つの私の反応は、我ながら矛盾していると思う。しかし、私の内部ではどこまでも矛盾しないと言い張る声がある。

娘ごころ《むすめごころ》　――→日記と手紙（314頁）

無と有の接点《むとゆうのせってん》　エッセイ
〔初出〕「随筆サンケイ」昭和四十三年十二月一日発行、第十五巻十二号、三二～三四頁。「特集・無」欄。
〔梗概〕保護者が希望すれば一年早く小学校へはいれるというので、私はテストに連れて行かれた。いよいよ春が近づいてみると、そんな制度は廃止になっていたのか、学校は来年からだという。「期待を無にされたことに対して無になれなかった私は、なんともいえないイヤな気持ち」だった。終戦から歳月が経つにつれて、私の期待はひとつも満たされないで、次々と無にされていったが、自分の創作が初めて文藝雑誌に載り、文学賞を受けたとき、自分の人生にも期待がかなえられた。
　私は小説の勉強をしながら勤めていたが、このままでは、永久に世に出られるはずはない。天というものがないならば餓死するだけのことだ、と思い、退職願いを書いた。そのときの私は、「はじめて無になり得た」のだろう。私は生活の知恵で達したような「無」はあまり好きではない。若かった女専のころ、講義にふと心が魅き入れられた一時《ひととき》を、ときたまの得がたい一時《ひととき》だったのだと、後で思いかえす喜びを味わったものだ。辞書にもそういう意味のない、無と有との接点ともいうべき、その「無」が実になつかしい。

胸さわぎ《むなさわぎ》　短編小説
〔初出〕「文藝」昭和四十六年八月一日発行、第十巻九号、五〇～六七頁。
〔収録〕『骨の肉』昭和四十六年十一月二十八日発行、講談社、二三一～二六六頁。『現代の文学33』昭和四十八年九月十六日発行、講談社、二〇二～二一八頁。『骨の肉〈講談社文庫〉』昭和五十二年七月十五日発行、講談社、二〇五～二三六頁。『骨の肉・最後の時・砂の檻〈講談社文藝文庫〉』平成三年七月十日発行、講談社、一五九～一九三頁。『河野多恵子全集第3巻』平成七年二月十日発行、新潮社、一四五～一六一頁。
〔梗概〕方子には、嘗てこういうことがあった。帰省すると、父が風邪を引いていた。彼女は妙に気になった。小学生の甥が八ミリ映画でその姿を撮ろうとしたところ、父は執拗に断った。帰る間際、

む

彼女は甥を蔭へ呼んで、風邪が治ったらすぐに撮ってあげてと言った。父はそのまま死病を得て、暖かくならぬうちに亡くなった。方子には亦、こういうことがあった。バスの便のよいところに総合病院があることに気がつき、「何かの時には都合がいいわね」と、最寄りの停留所を知ろうとした。一週間にもならない日に発病し、その病院へ行き、そこで手術を受けた。それから、方子には、こういうこともあった。彼女の従弟が転勤で発《た》つ前、別れにきた。これまで一向に来なかった人が、転勤くらいでわざわざ挨拶に来るなんて、お別れにきましたと、気味がわるいと思った。従弟は間もなく山で遭難死した。方子は、嘗て経験した、そのような予感の的中を次第に想いださないわけにはゆかなかった。初夏の快晴の日曜日、彼女たちは屡々午睡《ひるね》をした。平田は散歩とメモを残して外出した。彼女は楽しく眠り込んだ。彼女は三時半を少し過ぎて起きた。平田はボートに乗りに行っているのであろうと、彼女も散歩に出かけた。散歩から帰っても、平田は家にいない。彼女はあのまま、濠端まで行けばよかったと思い、ボート乗り場へ出かける。〈都合により、当分の間、中止いたします〉の貼り紙を見て、取りかえしのつかない手遅れと感じる。以来、四年ばかりになる。方子は偶然に会った人から、平田が近ごろ体の異常で入院し、検査を繰り返していると聞いた。あの日、彼から、自分の荷物を渡すようにと、寄越されたのは、彼の友人ではなく、職業的な人間だった。別れるために喧嘩を吹きかける男もあるらしいが、彼は反対だった。芳しい状態の最中に、彼は家を出ていった。芳しい状態は、あとで考えると、彼ひとりの目的のために計画的につくられたものだったらしいのである。彼から手紙がきて、ただ一つのことを除いて、自分の役立つことがあれば、言ってほしいという意味のことが書かれていた。方子には、ただ一つのことを除くならば、彼に役立ってもらいたいのは、自分に殺されてほしいということだけであった。方子は、嘗て平田を一ダースほども殺した覚えがある。新しい殺し方を思いつくたびに殺したものであった。方子は当時の手紙のことを思い出し、偶然に会ったその人に伝言してくれるかと言ってみた。いますぐではなく、あの人がよくなられてからと言って相手と別れた。三カ月後、その相手から平田が先日退院したので、この前の話を伺いたいと電話がかかってきた。方子は当分忙しく都合がつかないと返事をした。相手はそのうちもう一度電話をすると言った。彼女は、既に手遅れになりかけているような気がした。二週間目に電話があり、方子は相手と会う日を決めた。彼女は、あの最後の日、メモに散歩と書き残して家を出たあとのあの男のあり様を無性に知りたくなっていたのであった。数年間一緒に暮した男と女が、最後の半日を別々にすごした時の双方のすごし方を知りたいのである。約束の日になって、方子は相手に断るつもりで電話をかけた。相手は「また入院したこと、聞いたのですか？」とだしぬけに言う。方子は「打ち切りましょ」と電話を切った。すると、聞きたい気持が無性に込みあげてきた。そうまで聞いてお

む

きたい気のすることに、彼女は胸さわぎを覚えた。手遅れになるにちがいなかった。彼女は昔、彼を一ダースほども殺した頃、体の中には、重たい、強《こわ》いものが、軋《きし》み合って、いっぱい詰っていたことを思いだした。当時の彼は胸さわぎなど感じなかったにちがいない。一切が、彼女のなかに封じられていたのだから。が、彼女は今、彼のことを思い、あれだけは聞いておきたかったという無念さがまた込みあげてくるのを感じながら、体はとても軽いのである。

〔同時代評〕秋山駿は「文藝時評（下）」（「東京新聞」昭和46年7月31日夕刊）で、「予感というものに変なふうに襲われる女の意識の動きを捕えて、すっきりとまとまっている。この作者が連作している、日常的な意識の変な屈曲した面がある手ざわりの感触で伝えられてくる。かすかに、生と意識との隙間といったような部分があらわれる」と評した。

村田氏の登場《むらたしのとうじょう》　選評

〔初出〕「文藝春秋」昭和六十二年九月一日発行、第六十五巻十二号、四一二〜四一三頁。

〔梗概〕第九十七回昭和六十二年度上半期芥川賞選評。私は「鍋の中」一作の受賞を支持した。米谷ふみ子氏・山田詠美氏の出現には、女性新人の歴然とした変化が認められた。現実との強い対決が作品の基盤となっているのが、大きな特色である。村田喜代子氏のこの受賞作もまたそうである。

め

名詞と時代《めいしとじだい》　エッセイ

〔初出〕「文學界」昭和四十六年九月一日発行、第二十五巻九号、一八〜一九頁。

〔収録〕『文学の奇蹟』昭和四十九年二月二十八日発行、河出書房新社、九一〜九四頁。『河野多恵子全集第10巻』平成七年九月十日発行、新潮社、六〇〜六二頁。

〔梗概〕先日、必要があって、以前に書いた作品を読みかえしていた時、トロリー・バスという表現に出会い、私は狼狽した。この作品を書いてから、まだ五年しか経過していないが、トロリー・バスはもう過去のものになってしまっている。小説を書くとき、呼称名詞を択ぶのに、その未来の運命を検討する必要があるようだ。現代では、実に速く、深く浸透し、しかも実に短期間で消えてしまう物や制度が非常に多い。「エッセイの場合」（「文學界」昭和49年6月1日発行）のなかで、このエッセイ「名詞と時代」は「自作の小説『雙夢』に繋がっている」と述べている。

明治文壇を散歩する《めいじぶんだんをさんぽする》　鼎談

〔初出〕「中央公論」昭和五十一年二月一日発行、第九十一年二号、三五六〜三六四頁。

〔梗概〕吉行淳之介・丸谷才一との鼎談。「中央公論」誌上にみる明治短編傑作選の作品選定をめぐる鼎談。楠緒子の「あきらめ」は、ちょっと程度は違うけれども、樋口一葉と森茉莉を合わせたような妙に鋭いところがある。大ざっぱにいって明治は短編は大したことはないのに長編のほうが説得力があり、強いものがある。

メイズイの時のこと《めいずいのときのこと》　エッセイ

〔初出〕「優駿」昭和四十七年七月一日発行、第三十二巻七号、一六〜一七頁。特集「ダービーとわたし」。

〔梗概〕私が子供から大人になりかけた頃、競馬のことをダービーというのだと思っていた。ダービーなるものがもつ力のせいだったのだろうか。私ははじめてメイズイが一着になるダービーを観て、同じ競馬でありながら、ダービーの特殊な魅力を忘れかねた。ダービーだけは、天気がわるくても、見合わせる気にはなれなくて、雨のダービーも観た。

メイドン・ネーム《めいどん・ねーむ》　コラム

〔初出〕「朝日新聞」平成十三年四月三日夕刊。コラム「時のかたち」。

〔梗概〕十年まえからニューヨークのマンハッタンで暮している。銀行口座などの契約書類に実母のメイドン・ネーム（旧姓）の記入欄がある。なぜ必要なのか、なにかのトラブルがあったとき、本人であることの確認に、届け出と一致するかどうか実母のメイドン・ネームを言わされるのである。複雑な出自で実母に関して全く知らない人が、実母のメイドン・ネームを知らないとい言えば、契約はどうなるのか。

めがねと私《めがねとわたし》　エッセイ

〔初出〕「ニコンニュース」昭和五十一年十月一日発行、第百二十八号、三二〜三二頁。

〔梗概〕数年まえから、書いたり読んだりするのに、めがねがなければ、手も足も出ない。壊れても、失くしても困らぬように、遠方用のと手元用のを毎年のように検眼するたびに、それぞれ二つ、三つ誂える。どのフレームにも平素から馴染んでおくために、或いは時と場所とに少しは合わせて、始終取り替えて使うようにしている。が、よく使うのと、あまり使わないのとが、自然に決ってくるようである。

メト歌劇場で《めとかげきじょうで》　―→ニューヨークめぐり会い（319頁）

も

もうけもの　エッセイ

〔初出〕「ハイファッション」昭和四十二年十月一日発行、第三十六号、九〇〜九一頁。

〔収録〕『私の泣きどころ』昭和四十九年四月八日発行、講談社、一一九〜一二三頁。『いくつもの時間』昭和五十八年六月七日発行、海竜社、一三三〜一三八頁。

〔梗概〕家を買ったり借りたりする場合に、家を見に行くのは丁度結婚の見合いのようなものらしい。親しい人が住んでいて、下見をする必要などない、よく知っている家を譲ってもらうのは、恋愛結婚のようなものかもしれない。結婚は〝賭け〟のようなものだとも言われる。当りはずれがあるという意味なのだろう。住居もそれと同じような気がする。今度、私どもの引っ越した家は、知人の紹介でその方の旧くからのお友だちの持ち家である。友だちの仲人で、その方の旧友と見合いをさせていただいて結婚したようなものかもしれない。梅雨が過ぎて、夏がきた。すると庭にある茗荷の芽が幾つも出ている。自分の家でとれたものを口にすることに、歓びを感じた。そして、半月ほど過ぎて、ある晩、眼を遮るものがなく、お月見に絶好の家だとはじめて知った。今度の新しい住居は私のもうけものなのである。

もうひとつの試み《もうひとつのこころみ》　エッセイ

〔初出〕「風景」昭和四十四年八月一日発行、第十巻八号、一〇〜一二頁。

〔梗概〕人工衛星の進歩や月世界旅行などは、私には関わりないことなのだ、とこれまでそう思っていた。私は好きな友人や親愛感を覚える人であれば、その人の臨終風景やお通夜風景を想像することがよくある。ところが、先頃亡くなった友人の場合、不思議にそのような想像を惹き起させたことは一度もない。一途に淋しい思いをした。私の実家では、仏壇はあるけれど墓はない。お骨は永平寺へ永代供養で納めてしまう。友人の亡くなったことに触発され、人工衛星の発達に触発されたものらしいが、私は自分の骨は月へ埋葬されれば一番いいと思った。月への埋葬などということを考えたのも、ひとのまだ考えていないことを発見したいということが癖になりはじめているのではないだろうか。作家という仕事は、非常に職業病に冒されやすく、しかも冒されては一大事という仕事であるに違いない。

もうひとつの世界《もうひとつのせかい》　エッセイ

〔初出〕「朝日新聞」昭和四十三年三月四日夕刊、九〜九面。

〔収録〕『文学の奇蹟』昭和四十九年二月二十八日発行、河出書房新社、二六〜二九頁。『河野多恵子全集第10巻』平成七年九月十日発行、新潮社、二四〜二五頁。

〔梗概〕小学生のころ、二階でぐっすり眠っていて知らなかったが、階下に泥棒がはいった。賊が逃げたあと、母たちが話合っているのを聞いて知るなり、私は恐怖で泣きだした。私が感じたこの特殊の恐怖を文学作品の中で表現するのは困難である。なぜなら、私の表現するべき真実は、二階で眠っている自分と、階下の賊ということが、同時間に存在したということから生じた恐怖なのである。知った瞬間、私は眠っている自分と、階下の状態に置かれているもうひとつの世界の現実に生きた。もうひとつの世界を表現するには、どのような方法を取るべきか、小説を書いていく手法上で、私が直面している問題のひとつにすぎない。

もう一つの必要《もうひとつのひつよう》　コラム

〔初出〕「毎日新聞」昭和五十二年五月十八日夕刊、七〜七面。「視点」欄。

〔梗概〕校正刷りを前にして、編集者の方が〈梯子段〉という言葉を指して、若い読者は梯子のことと思いはしないかという懸念をされた。上と下とを昇り降りする段々には、梯子、段梯子、梯子段、階段の四種類があって、この順に上等になってゆくと、私は思っている。やはり校正刷りに手を入れる際に〈頭にきた〉という言葉で、懸念を示されたこともある。「例の、トサカにきたの、頭にきたと思う読者が多いのでは…」と助言された。まともに書くには、まともでない言い方の存在にも関心をもつ必要があるようだ。

もう一つの本能《もうひとつのほんのう》　エッセイ

〔初出〕「文藝春秋」平成十三年九月十五日発行、第七十九巻十号、三九～四〇頁。

〔梗概〕幸福も不幸も多分に主観的なものである。人間には食欲・性欲・睡眠欲の三大本能以外に増殖欲・建設欲とでも言うべき本能が備わっている。この本能の欲望に応えてくれるものは無類にあり、人によって満たされ方がちがう。満たされ方の実感が直接的ではない。幸福感とか、張り合いとかいうような感じ方になる。幸福とは、本人の幸福感、張り合いに外ならない。

もうひとつの見方《もうひとつのみかた》　エッセイ

〔初出〕「楽しいわが家」昭和四十九年十一月一日発行、第二十二巻十一号、三～三頁。

〔収録〕『もうひとつの時間』昭和五十三年二月二十日発行、講談社、一六四～一六五頁。

〔梗概〕交番の入り口に「帰りの遅いご婦人のために、貸出用一一〇番ベルを用意しました。ご希望の方はお申出ください」という立看板が出ている。元気な帰りの遅い婦人のために一一〇番ベルを貸出すのは、度の過ぎた親切というべきではないか。こういう税金の使われ方をしてはいけないと思う。疲れていたせいもあって、少々ムキになったせいもあった。すると、今度は急にあの看板が出ているおかげで、痴漢たちはこの駅で降りる帰りの遅い婦人をねらう気勢は殺《そ》がれるかもしれない、と思ったのである。そのムキになり方に急に恥ずかしく思えてきた。

「モーフ」《「もーふ」》　エッセイ

〔初出〕「すばる」昭和五十六年三月一日発行、第三巻三号、一八九～一八九頁。「読書生活」欄。

〔収録〕『気分について』昭和五十七年十月二十日発行、福武書店、六四～六六頁。

〔梗概〕種村季弘氏訳『十三の無気味な物語』はいずれからも満足感を得られなかった。一つの作品を刺し貫いているものの力が、どうも弱いと思えてならない。「モーフ」という作品も始末に困る後味を残す。なぜかといえば、彼の船内の自室への執着が事柄として説明されているだけで、一向に実感がないのである。

喪中につき欠礼《もちゅうにつきけつれい》　コラム

〔初出〕「読売新聞」昭和五十年十二月六日夕刊、七～七面。「東風西風」欄。

〔梗概〕私は「喪中につき」のご挨拶状を相次いでいただくと、一年なんて短いものだと思っていても、やっぱり永いものなのだなあとつくづく思うことがある。ところで、かつて、私はある親しい友人の実家のお母さまの亡くなられたことを二、三年も知らなかった。私がその年文学賞を与えられたことを格別に喜んでもらったその友人は、私への「喪中につき」は見合わせ、新春晴れ晴れしい年賀状を手にさせていたのである。

もっと怖いこと《もっとこわいこと》　エッセイ

〔初出〕「婦人公論」昭和四十六年七月一日発行、第五十六巻七号〈第六百六十二号〉、四七～四八頁。

〔梗概〕東京へ出てきて、先着していた荷物を整理していると、地震がきた。地震の不安が、遂に出京してきた不安と一緒になった。大した地震ではなかったが、私は気分がわるくなった。それ以来、私は地震がきらいになった。揺れたあと、きっと気分がわるくなった。ふと地震のことを考えると、怖くてならなくなる。私は大地震の場所の避難の道順くらいはたびたび調べてある。気休めといえば、避難用のリュックは、もちろん用意してある。地震の場合を考えて、私が最も怖いと思うのは、新建材や多くの化学製品の燃焼である。早急に防毒マスクを買っておかねばならないと、切実に感じる。本当に大地震がきたら、私は途端に文字通り腰が抜けて動けなくなるのではないだろうか。私はそれが最も怖ろしいのである。

物語の自由と快楽《ものがたりのじゆうとかいらく》　対談

〔初出〕「文學界」平成十一年三月一日発行、第五十三巻三号、二一二〜二三二頁。

〔梗概〕『透光の樹』を出版した高樹のぶ子との対談。谷崎潤一郎の小説は筋に恵まれていない、印象の文学なのである。私は、小説のある側面、側面を取り合わせることで一つの世界を作ることもできる。それが物語だと思う。読者に筋を追わせるような書き方をすると、小説は細く痩せる。私小説の呪縛から解放された物語の自由と快楽を語り、相互に想像力を働かせ、刺激し合いながら、その性的趣向を押し進めていくサディズム、マゾヒズムに論究する。

や

約束の時間《やくそくのじかん》　──→いすとりえっと（35頁）

厄の神《やくのかみ》　短編小説

〔初出〕「季刊藝術」昭和四十八年四月一日発行、第七巻二号〈二十五号〉、二三八〜二四六頁。

〔収録〕『択ばれて在る日々』昭和四十九年十月十五日発行、河出書房新社、一四一〜一六三頁。『河野多恵子全集第3巻』平成七年二月十日発行、新潮社、二一一〜二二〇頁。

〔梗概〕斉子《さいこ》は夫である村田と共に、病気で入院している北野を見舞った。北野は手術をしたばかりで弱りきっていたが、斉子はそれに比べて夫の元気がよいことを嬉しく思った。帰りに村田は斉子が声をかけたはずみに病院の噴水に落ち、北野の背広を借りたが、病人の背広を借りたことで厄を転嫁されたように感じ、斉子は気味悪くてしかたがなかった。北野はそれから驚くほど元気になったが、斉子は何かひっかかって素直に喜べなかった。

　それから四年後、北野夫妻の小学校五年生の息子が海で溺れて死に、斉子と村田は北野の家に通夜に訪れた。斉子は、病気の時の北野の背広を借りたことを気味悪がった後ろめたさから、北野夫人から不幸が北野の家に起ってほっとしているだろうと責められているように感じた。帰りに村田は斉子は自分にとっての厄の神だと責めた。北野夫妻からそう思われているかもしれないのはしかたないとしても、身を案じている村田からそう言われるのは斉子にとって心外であった。

（戸塚安津子）

安い？高い？《やすい？たかい？》　──→ニューヨ

ークめぐり会い（319頁）

安見児得たり《やすみこえたり》　対談

〔初出〕「風景」昭和三十八年十二月一日発行、第四巻十二号、三二〜三九頁。

〔梗概〕瀬戸内晴美との対談。「同人雑誌からの出発」「スランプのときの心がまえ」「結婚してみる時間が惜しい」「活字の批評はこたえる」「断わるときのつらさ」「最高のものを目指して」の小見出しから成る。河野多恵子が芥川賞を受賞したとき、北海道から瀬戸内晴美が「キミツイニヤスミコエタリミナヒトノエガテニステフヤスミコエタリ」と祝電を打った話などが出ている。

宿《どや》　談話

〔初出〕「SOPHIA」昭和六十年三月一日発行、第二巻三号、二七五〜二七五頁。

〔梗概〕日本旅館は選ぶのが難しい。純粋の日本旅館というのは少くなった。その点、丸三は気分がいい。私は、贅沢じゃないけれど我がまま。白熱電球の下でなければ仕事ができないし、座布団もスポンジの入ったものは、どうも落ちつかない。丸三の名前は大阪、堺の古い方なら誰でも知っていると思う。先日、河盛好蔵さんにお話したら、懐かしい名前ですねとおっしゃった。

谷中のお化け寺《やなかのおばけてら》　エッセイ

〔初出〕「東京新聞」昭和四十六年七月二十一日夕刊、四〜四面。「〝いのち〟探訪②」。

〔梗概〕谷中にお化けの絵が沢山所蔵されているお寺があると、私は聞いたことがあった。そのお寺は全生庵という禅寺である。お化けの絵は七月八日の施餓鬼から、お盆すぎまで開陳されている。平井玄恭住職によると、五十点ほどのお化けの軸の大半は三遊亭円朝のコレクションだったものだそうである。円朝が鉄舟の弟子だったことも、彼の墓所が全生庵であることも、これまで知らなかった。作品は江戸中期から明治の初期までのもの。お化けらしさを誇張したものは、意外に少かった。円山応挙のお化けは、迂闊に見れば、ただの女人図と見誤りかねないほど、お化けらしさがない。が、よく観ると、お化けなのである。更に観続けていると、それを観ている自分がそこにいるのは、もうひとつのいのちにおいてであるような気持になってくる。

藪の中〈テレビ文学館〉《やぶのなか〈てれびぶんがくかん〉》

テレビドラマ台本

〔初出〕NETテレビ昭和四十三年八月二十七日午後十時〜十一時放映。

〔梗概〕芥川龍之介原作。ある街道筋を急ぐ侍金沢武弘と新妻真砂は、盗賊の多襄丸にだまされて山の藪の中に連れこまれる。野獣と化した多襄丸は、武弘を木にしばりつけ、その面前で真砂を犯す。しばらくして木こりが武弘の死体を発見したが、その時すでに多襄丸と真砂の姿はない。それまでにどんな事態が起り、だれが武弘を殺したのか、三人の告白はそれぞれ違っていた。おれが殺したと告白する多襄丸、わたしが夫を刺したという真砂、殺されたのではない、おれは自害したのだと亡霊になって語る武弘―一つのショッキングな事件をめぐって三人の複雑な心理を追求する。

〈山猿記〉《やまざるき》　選評

〔初出〕「群像」平成十一年一月一日発行、

第五十四巻一号、三九三〜三九四頁。
〈梗概〉第五十一回野間文藝賞の選評。『火の山—山猿記』は津島佑子さんにとって満足感の深い作品のように思われる。津島さんは、この作品で大きく変った。これまでは特定の肉親との敢えて言えば不条理な情況が主たるテーマであったが、このたびの作品では、作者自身の地盤・背景への圧倒するような関心が自由に機能している。

ゆ

『友情』と私《『ゆうじょう』とわたし》　エッセイ
〈初出〉「武者小路実篤全集第15巻月報17」平成二年八月二十日発行、小学館。
〈梗概〉武者小路実篤の文学で最初に出会ったのは、十代の半ばに読んだ「友情」だった。しかし、彼の作品から縁遠くなったのは、「新しき村」に関わるものに出会った結果である。私は団体行動や集団で何かをすることが全く嫌いなのである。彼の作品との縁が薄れてからも、「友情」とは幾度も再会している。「友情」は「異様なまでに、明快で自然で精気にみちた小説」である。六人の若い未婚の男女が、「いずれも個性というに足るほど個性はないのに、実に活々」と描かれている。

郵便《ゆうびん》　エッセイ
〈初出〉「中央公論」昭和六十三年六月一日発行、第百三年六号、三九〜四一頁。
〈収録〉『蛙と算術』平成五年二月二十日発行、新潮社、三三〜三五頁。
〈梗概〉私どもの家の最寄りの郵便局は、本局である。本局には利便もあるけれど、都合のわるい面もある。現金書留などの受付け窓口と切手を売る窓口とがちがうのである。販売機の左右ぎざぎざなしの切手は、貼っても何だか郵便物が生きてこない。先年西ベルリンで、滞在中のホテルの売店で、十枚あまり絵葉書を買うと、それを数えた売店のおばさんが同じ枚数の切手を出した。切手は絵葉書と一緒にしか売ることはできない、と言う。もう二十年以上も昔のことであった。郵便物を投函した後、出す必要がなくなって、集めに来るのを待って、ポストへ入れた郵便物を返してほしいと言った。すると、あなたがポストへ入れた途端に、それはもうあなたのものであって、あなたのものではない。印鑑をもって、本局へ取りにきてもらわなくては返却できない、という。私はその小さな珍しい経験を後に小説のなかで使った。

悠々たるもの《ゆうゆうたるもの》　エッセイ
〈初出〉「日本文学全集第75巻月報20〈円地文子集〉」昭和四十七年八月八日発行、集英社、二〜三頁。
〈梗概〉円地文子先生は、お仕事が集中していても、徹夜などはめったになさらない。睡眠時間も短くてすむようだし、机に向えば忽ち白熱して筆が捗り、二、三時間もすれば一日の果すべき量に充分達してしまう。作家としての才能、それを展開させる様々の才能、肉体条件、そのいずれもが人並みはずれてすぐれていらっしゃるとしか思えない。

愉悦の日々《ゆえつのひび》　短編小説
〈初出〉「新潮」昭和三十八年三月一日発

行、第六十巻三号、五七～八五頁。
〔収録〕『美少女・蟹』昭和三十八年八月二十五日発行、新潮社、五～六一頁。『思いがけない旅〈角川文庫〉』昭和五十年十月二十日発行、角川書店、一九七～二五八頁。『河野多惠子全集第1巻』平成六年十一月二十五日発行、新潮社、一一三～一四〇頁。
〔梗概〕忘れがちだった金井と泰子の結婚九年目を祝ったのは、招待した細野収と久仁子夫婦のすすめによるものだった。やっと一周年を経た収と久仁子の二人だが、金井の予想通りおめでたであった。節分前後という予定日や病院名を喜んで報告する二人に、泰子は眼を逸らさずにはいられなかった。

三年程前、泰子は知人を訪ねるのに降りた駅前の薬局で郷里の同級生に会った。彼女は同じ病院の薬剤師と結婚、昨年二人共退職し、その店を構えたという。東京住いの他の友人についても詳しく、同級生の一人が勤めていた病院で初産でなくなった話をした。母体もろ共、助からないような事態は、年間数えるほどしか起らなかったが、毎年節分の日には不幸が生じがちだという。久仁子の病院だった。

泰子は戦時疎開で伯母が連れ帰った収と妹と一緒に、数年間郷里の彦根で暮した。終戦で戦地から帰還した収の父親が名古屋で復職すると、彼等は引きあげていった。収が大学に入学して上京、金井と結婚した泰子を訪ねたのは祖父の死んだ時以来であった。年に一、二度やって来るだけで、就職し、結婚する時も式の日取りまで決めてから報告にきた。収は新妻の久仁子を連れて挨拶に来た。如何にも健康で小まめそうな人だというのが、泰子の受けた印象だった。

金井はかねて新婚女性に興味を覚える癖があった。駅で出会った二人、界隈の新婚夫婦などを一、二カ月位は観察し、泰子に話すのである。久仁子に対しても関心をもちはじめ、二人の世話を焼いた。やがて彼等は泰子たちと同じ沿線の四駅奥のアパートに移り住んだ。収夫婦は頻繁に現れ、彼等の訪問が待たれるようになった。玄関の収たちの声で、二人の諍いが即座に断たれ、先刻まで腹立たしかった夫が忽ち泰子には慕わしく思えたりもした。

金井は久仁子の月々の診察への附き添いをすすめたが、泰子は渋った。石女の身で妊婦の殿堂に赴くのが耐えられないのではなく、出産予定を節分前後と聞きながらその病院に行くという厭な暗合を、未だに自分の胸に収めたままだからであった。経済的理由で年末まで勤める予定を早めて退職したのは、久仁子が胎児の蠢動を覚え、収に話したからであった。玄関に二人の明るい声が響いた。先日の検診でお腹の大きさを計ったことを、久仁子は身振りを交えて説明する。収が気遣うような視線で泰子を見た。そんな配慮は不要なのだ。泰子は、収夫婦と金井に対して、残忍な罪を犯し続けていた。彼等が何も知らないのだと思うと、若い二人と金井に身の火照るほど愛情を覚えた。呵責に与る歓びと子供を持てない負い目の楽しさが湧き募るのだ。泰子が瘦せたと心配する二人に、泰子は肉体の正直さを思い知らされ、当惑する。泰子に

ゆ

は理由は判っているが、診察を受けた。勿論わるいところはない。

　あと三カ月になった。久仁子のワンピースの膨らみに、泰子は自分が孕んでいるものも、どうにもならない程育っているのを感じた。自分が犯し重ねていることの累積を見るようで正視に耐えられない。相変らず金井夫婦は呼び出し電話を頼めるようにしたり、親切に面倒を見た。珍しく二人が夜訪れた。映画を観た帰りだそうで泊っていくことになった。

　収夫婦の眼の下で、金井の肉体的加虐に与りたいという、今までに何度も兆した願いを泰子はしきりに覚えた。切掛を摑もうと、金井を口で責めたり黙殺したり、いろいろ試した。金井を激昂させるのは難しかった。忌々しくなり、したたか枕を投げつけた。顔を引き攣らせ、見返した泰子の頰に金井は掌を飛ばした。収たちの止める声を聞き、金井に打擲されながら、泰子は暖い涙が湧き出るのを感じた。落ちつくと泊るのを見合せ、寒い夜更けに帰った二人が心配になりはじめた。

　呼出し電話があった。二月の朔日だった。久仁子の出産の兆候の訪れを、金井と分ち合いたくて電話をした。彼が無性に慕わしかった。泰子は久仁子を迎えに行き、車で病院に向った。泰子は、久仁子の分娩が明日の夜中を過ぎ、節分にも拘らず立派な産児を産んでみせられることよる、安堵とすばらしい被虐との結合を夢みるようになった。

〔同時代評〕河上徹太郎は「文藝時評（上）」（「読売新聞」昭和38年2月26日夕刊）で「皆人物は男女とも一応描けている。読んでいて時には老巧な作家の手になったもののように、こだわりなく楽に読める腕前は買われていい」といい、平野謙は「今月の小説（上）」（「毎日新聞」昭和38年2月28日夕刊）で「そういう普通とちがった女主人公の性格は『愉悦の日々』において、一種の加虐と被虐とマギー（呪術）の交錯にまで高まっているが、それだけに私などのもっとも容認しがたい作となっている。題名もよくないと思った」と評した。　（増田周子）

湯餓鬼《ゆがき》　短編小説
〔初出〕「南北」昭和四十一年十二月一日発行、第一巻六号、一四〜二八頁。

〔収録〕『背誓』昭和四十四年十二月十日発行、新潮社、二一七〜二三九頁。『河野多恵子全集第3巻』平成七年二月十日発行、新潮社、七〜一八頁。

〔梗概〕昨年来、夫の仲田との関係が険悪になっていた梅子は、ある秋の夕暮れ時にとうとう家出をし、妾腹の従妹である由子の家に丸二十四時間身を寄せていた。梅子より二つの歳下だが、すでに二人の小学生の母である由子は、その不幸な生い立ちにもかかわらず温厚篤実な性格で、日曜の夜の団欒時に不意に転がり込んできた梅子に対しても嫌な顔を見せず、新しく改装した内風呂が沸くと真っ先に推めてもくれる。

　梅子は、昨日、日常茶飯となっている夫婦喧嘩の後、再び銭湯行きを争いかけて、仲田に先を譲った。帰宅した仲田は突然外出着を出すよう命じるが、二人の亀裂が深まっている証拠に、仲田は梅子の用意するものに尽く難癖をつけた挙げ句、最初に出してあった背広を着て出た。

ゆ

ところが、何度も着換えたために財布を忘れ、取りに戻ると、腹立ちまぎれに土足で家に上り、これ見よがしに畳に靴をな擦りつけていく。梅子はその傍若無人な振る舞いを、怒りで血の引くような気持で見つめながら、仲田との家庭が、仲田によってふみにじられているのを感じ、家を出る決心をしたのだった。

由子の家で何度となく風呂を推められるうちに、梅子は風呂にまつわる事を想起する。この夏の初め、仲田が内風呂造りを提案した。結婚当初は銭湯通いに馴れない梅子の方が再三に渡って口にしたことだが、仲田との不和が深刻な近頃では、銭湯は梅子の唯一の救い場所になっていた。だから、内風呂を望む仲田に、承諾を与えなかった。

その直後、梅子は銭湯で二度目に湯槽に浸る度に、原因不明の激しい痒みに襲われるようになる。梅子はこの不可解な現象を、仲田の不便さも顧みず銭湯に執着する自分への罰とも考えるが、痒みに耐える要領を知るにつれ、これも一つの快感に変えてしまう。ついに由子一家が風呂を済ませ、梅子の番となった時、梅子は自分が風呂を遠慮してきたのは、由子達への気兼ねよりも、湯に入ることで、つまり普段のように湯への執着に浸ることで、仲田に対する自分の態度が不幸な形で決定づけられることを恐れていたのだと気づく。家庭にあって、心身の疲れを癒してくれる風呂は、安心して寛げる我が家の象徴であるはずだ。が、そのことを忘れ、湯の喜びをエゴイスティクに求める者は、その復讐に自らの家庭を失う破目に陥る。梅子は由子の家庭を見て初めて、家庭崩壊の原因の一端が、他ならぬ湯に対する自分の態度に象徴される、自分自身のエゴにあることを思い知り、湯の誘惑に恐怖する。風呂という小道具を上手に使って、対照的な二人の女の家を描いた作品。

〔同時代評〕江藤淳は「文藝時評（下）」（「朝日新聞」昭和41年11月25日夕刊）で、「いつもながらの残酷な感受性を示していてよかった」と評する。　（谷口優美）

縁りの者たち《ゆかりのものたち》　エッセイ

〔初出〕「楽しいわが家」平成十年十一月一日発行、第四十六巻十一号、三〜三頁。

〔梗概〕結婚して最初に住んだのは、早稲田の借家だった。引っ越しの時、その家で暮した記念に、敷地にあった鉄平石を無断で頂戴した。引越先は再び借家で、その家にも三年半ほど住んだ。その時頂戴してきたのが葉蘭である。マンションなので、プラスチックの大桶に植えてあるが、もう二十七年になる。鉄平石と葉蘭と、縁《ゆか》りの者たちが守ってくれている気がするのである。

雪《ゆき》　短編小説

〔初出〕「新潮」昭和三十七年五月一日発行、第五十九巻五号、一三八〜一五八頁。

〔収録〕『幼児狩り』昭和三十七年八月三十日発行、新潮社、八九〜一三五頁。『幼児狩り・蟹〈新潮文庫〉』昭和四十八年四月三十日発行、新潮社、一六一〜二〇五頁。『新潮現代文学60』昭和五十五年十一月十五日発行、新潮社、二七九〜三〇二頁。遠藤周作編『それぞれの夜〈現代ホラー傑作選第1集〉』平成五年四月二十四日発行、角川書店、一〇五〜一五四頁。『河野多恵子全集第1巻』平成六年十一月二十五日発行、新潮社、八九〜一一二頁。

〔梗概〕暮れに兄一家と大阪で住んでいた母が死んだ。十二月上旬に危篤だという電報で早子は二度も東京・大阪を往復した。心臓発作であったが、いずれももちなおした。三十日の夜、早子は母が訪れた夢を見た。二時間もしないうち〈ハハシス〉の電報がきた。早子は午後もまだ早いうちに、大阪へ到着した。六十一歳の母は若々しく美しく、苦悩のかげもなかったが、死顔に安らかさは見出せなかった。死体の鼻から、夥《おびただ》しい鮮血が滴《したた》った。年輩の家政婦が「仏さまの一人娘さんでしょう。それなのに遠くにいらっしゃるものですから、一番会いたく思って亡くなられたんですわ。そういう方がお詣りになると、仏さまがこうして印をお見せになるって申します」という。血は白い綿の塊《かたまり》に吸い取られ、そこに滲《にじ》んで、一層なまなましく映《は》える。

　早子が幼稚園にも入らない時分のことであった。ある朝、戸外がすっかり雪に覆《おお》われていた。早子は「雪、こんなに積っている。きれいだなあ。好きだ、雪好きだ」と叫んだ。母は怖い顔で早子の口を抓《つね》りあげ、彼女を雪の積った庭先へ突き落した。その後、彼女は「雪」という言葉を口にしなくなった。やがて、彼女は持病を宿した。その持病はかねがね母にもあったものだ。その理由が判ったのは、彼女が女学校二年の冬、遅く帰宅した父と母との諍いの末であった。父は外に女性があり、子供が出来た。母が懇願し子供を引きとる条件で、父はその女性と別れた。父母の間には七つの俊男と三つの女の子がいた。ある夜、女の子が泣き出し、おんぶして母が廊下を往き来していた。父が眼を覚《さ》ました時、母子の寝床は空であった。母は雪の上に坐り込み、足許から黒いものがみえた。精神異常の発作だとはいえ、その時の母が子供を殺したことに変りはない。父はその出来事を明らさまにはしたくなかった。親しい医者に頼んで、まだ戸籍のなかった妾腹の娘が三つで病死したことにしてもらい、生れたばかりの赤ン坊は、葬られた異母姉の籍へそのまま塡《は》め込まれた。母は入院し、早子は里子に出された。母は半年ばかりで退院でき、住いも本郷から杉並の家へ変えられていた。早子がそこへ連れ戻されたのは、なお三年ばかり後だった。

　その日——十二月十六日は、十五年昔に起った事件の日である。毎年その日は夫婦でお寺へ行くことにしていたが、父は多忙で行けなかった。母は承知しなかった。年に一度のことではないか、それだけのことさえ死んだ早子にしてやれないなら、自分も生きている早子にそれだけのつもりはあります、と母は遂《つい》に言ったのだった。早子がその時に聞かされた話はそれほど詳しくなかったかもしれない。早子は幼い頃の自分の年齢と肉体や智能との間のギャップに、何か不自然さを感じて苦悩したことに、やっと納得がいったのである。早子は本当の名前も誕生日も年齢も一度も謳《うた》われることなく、現在生きている自分は本当の自分の影のような存在に思えた。血のつながりのない母と早子は、その存在にお互い執着せずにはいられない肉親のような気さえした。早子が母と同じ持病を得たのは、生い立ちを知って二年後位だった。それは三十分間隔の右のこめかみの痙攣で始まる。雪の降り出す前兆である。雪を見る頃には、太い氷の串で刺し貫かれるような痛みが数分毎に襲う。その都度息まで詰めて必死に耐えねばならなかった。雪が消え、二日位するとやっと痛みが消えるのである。

早子は女学校を卒業後、暫くして父の法律事務所で働いた。そこへ製鉄会社に入社したばかりの木崎がよく来ていた。彼は父と大学の同窓で、やがて早子と附き合うようになった。どちらも結婚できる立場でありながら、早子の雪嫌いのせいで結婚をためらう。

母の死で遅れた伊東への旅に出たのは、一月下旬であった。途中で雪になった。車内のスチームか、母の意志のせいか、頭痛は起らなかった。早子はその奇蹟を偶然と思えず、仙石原へ行先を変える。一面の雪で早子の持病がやはり始まった。

夜である。二人はホテルの番傘を手に雪の戸外へ出た。足は冷え切っていた。雪に手を触れたいと手袋をはずし、足下の雪を掬った。雪にも母にも御《ぎょ》されすぎてきた自分を断ち切りたかった。早子は突然叫んだ。「埋めて！」と木崎にせがみ続けた。木崎は蹣跚《よろめ》いた。死んだ鳥でも墜《お》ちたように、雪がばさりと音を立てた。雪の中で我が娘を殺し、妾腹の子をその娘の名で呼び育てる母と、生れた時から戸籍の自分は影の存在でしかない運命の娘との無惨な哀しみ、苦悩を雪を軸に描いている。第四十七回芥川賞の候補作となったが、受賞には至らなかった。

〔同時代評〕第四十七回芥川賞選評（「文藝春秋」昭和37年9月1日発行）で、中村光夫は「文章がうまいがうますぎる感じで、話もうまく（ことに終りの部分で）つくりすぎていますが、才の有る人という印象をうけました」といい、瀧井孝作は「女のヒステリーか何か、女の特異の感情を美しく見せたものだが、抽象化されて、きれい事のようで、恰も美術人形のようで、僕は採れなかった」などと評した。（増田周子）

『雪の舞踏会』《ゆきのぶどうかい》―ブローフィー《ぶろーふぃー》　書評

〔初出〕「週刊読書人」昭和四十一年四月十八日発行、第六百二十一号、三〜三面。
〔収録〕『文学の奇蹟』昭和四十九年二月二十八日発行、河出書房新社、一五四〜一五五頁。
〔梗概〕この小説の枠となっているのは十八世紀に因んだ仮装舞踏会である。この作品が文学的に華麗を極めているのは、「どのような細部も会話の断片も伏線もすべて数個の意味を持ち、知性とエロティシズムと美と人間愛とを兼ね具えており、互に反射しあって、きらめく」点にあると見る。

豊かな社会の生と死《ゆたかなしゃかいのせいとし》―老いが問いかけるもの―《おいがといかけるもの》　鼎談

〔初出〕「世界」昭和六十一年十一月一日発行、第四百九十四巻号、二九六〜三一〇頁。
〔梗概〕中村雄二郎・吉田喜重との鼎談。「『人間の約束』をめぐって」「なだらかに通り過ぎたい」「非日常としての老い」「見えない社会管理」「文学にみる老人」

「ライフスタイルとしての老人問題」「老いは経験できない」から成る。逆に人間が百八十歳まで生きられるとなれば、面白い世の中になると思う。人生や人間に対する考え方が大きく変ると思う。いままでの宗教は、人生は短いという前提のもとに今日までなされてきたような気がする。女も男も、夫婦はもっとどっぷり頼り合ったらいいと思う。定年後の十五年や二十年なんて、政府やマスコミの言い分で、あす死ぬとわかっていても、百年かからなければできないことの、その一日分でもするのがほんとうの人間だという考え方がほしい。

夢《ゆめ》　エッセイ

〔初出〕「うえの」昭和四十九年十一月一日発行、第百八十七号、二〇～二二頁。

〔収録〕『もうひとつの時間』昭和五十三年二月二十日発行、講談社、一六六～一六九頁。『河野多恵子全集第10巻』平成七年九月十日発行、新潮社、二七二～二七四頁。

〔梗概〕亡くなった人が夢に現れた時、口を利くようであれば、故人は既にどこかへ生れ変っているのだという、謂《いわ》れが郷里の大阪にある。亡父が夢に現れ、口を利いたのは、二、三年経ってからである。郷里のその謂《いわ》れが、自分の経験からして何となく理解できるのである。夢の登場人物が誰である場合でも、自分の生れ育った、空襲で焼失した元の家であった。ところが、最近気がついてみると、焼失した家も私の夢には現れなくなっている。夢の中での私は、全くの家なしになってしまったようなものである。ところで、三島由紀夫が亡くなって数週間にしかならない時分に、都電の早稲田の停留所で、三島氏が私に口を利く夢を見たのだった。子供へのプレゼントの相談であった。昭和三十六年「幼児狩り」を受賞作に推してくださった選者のひとりが、三島氏であった。当時、私は早稲田で住み、三島氏と夢で会う場所は、おのずから早稲田の停留所になったにちがいない。私の夢に現れた故人が数週間にしかならないのに口を利いたりしたことは、三島氏以外にはない。数週間では、生れ変ったにしては、早すぎる。異例の人だったから、故人としての夢への現れ方まで異例だったのであろうか。

夢《ゆめ》　エッセイ

〔初出〕「図書」昭和六十二年一月一日発行、第四百四十九号、一～一頁。

〔収録〕『蛙と算術』平成五年二月二十日発行、新潮社、七四～七五頁。

〔梗概〕大昔、初夢といえば、節分から立春へかけての夜に見る夢のことだったようである。それから、旧暦時代のことなのか、新暦になってからのことなのか、大晦日から元旦へかけての夜の夢を初夢と言ったらしい。今日では、元旦から二日にかけての夜に見る夢のことになっている。何故か、私はどの初夢とも縁遠い。私には夢が楽しみなのである。同じ現実以外の世界でも、冥界や超自然とはちがって、夢は現実だけがすべてではないことを実感させてくれるからである。かつて、『雙夢』という非現実仕立ての長編を書いた。そのなかで、夢を見る機能の全く欠落している少女を登場させた。あるいは、同じ夢を見る一対の男女を描いた。人間が夢を見る機能をもち、しかもその夢が本人以外は知らずにすむとは、何という天の心尽しだろう。それを裏返しにして書きだしたのだ。

夢に見るまで《ゆめにみるまで》　エッセイ

〔初出〕「婦人公論」昭和五十九年五月一日発行、第六十九巻五号、七七〜七八頁。

〔梗概〕睡眠欲・食欲・性欲が人間の三大欲望なのだそうだが、そのなかで私の最も強い欲望は睡眠欲である。本当は九時間半から十時間眠りたいが、それでは起きている時間が不足してしまう。それでも、八時間半は眠る。睡眠不足のままで死んでも死にきれまい、たっぷり眠ったあとの死であってほしいと、願う。夢で自分のいる自宅といえば、必ず焼けた実家であるのに気がついた。実家の裏庭へ出て行くと、東京での知り合いの津村節子さんが筵を敷いて、坐っていて、「何しているの?」と訊くと、「芥川賞をもらったんですもの」と言う。私の夢には正夢が多い。津村さんは受賞するなと思っていたら、果してそうなった。私は試験の夢を見たことがない。私の場合、試験の代りに今もって夢は、戦争である。当時私が最も恐れていた市街戦が始まっている夢であることもある。もう一つ、私が今もって時に見るのは「又、通勤!」という夢である。多くのことは、夢に見るまでには、可成りの歳月を要する傾向があるのではないだろうか。

夢の城《ゆめのしろ》　短編小説

〔初出〕「文學界」昭和三十八年三月一日発行、第十七巻三号、六七〜九四頁。

〔収録〕『夢の城』昭和三十九年四月二十日発行、文藝春秋新社、五〜六八頁。『夢の城〈角川文庫〉』昭和五十一年四月二十日発行、角川書店、五〜六六頁。『河野多惠子全集第1巻』平成六年十一月二十五日発行、新潮社、一四一〜一六九頁。

〔梗概〕管理人室からの火でアパートが全焼した。哉子は荷物や弥次馬に突き当りながら、会社と高木に電話をかけた。

　哉子は卒業後、中学の国語教師になったが、石油会社の文書課に転職した。哉子は臨時社員で、高校教師の久保田と結婚してからも仕事を続けた。久保田は自分は勿論、哉子にも増収と節約に励むように仕向けた。彼はかねてから週三晩家庭教師をした。哉子には高校入試学力テストの採点アルバイトをさせた。冠婚葬祭の義理はきちんと果した。必ず入用で無駄に使いようのないものは最高級品を、豆腐は半丁買うという久保田に、反感も覚えないほど巧妙でやさしかった。結婚五年目に郊外の八十坪の土地を、貯金と会社を辞めさせた哉子の退職金で補充し、手に入れた。土地は値上がりし二年後三十坪だけを売ったお金と、貯めた分を加えて家を建てた。家が出来ると哉子は急に久保田との一切が終ったという気に襲われ、離婚をいいたてた。自分は結婚に向ないようだと感じた。焼けたのは三年前の離婚の時に久保田がみつけてきた、台所と専用トイレのついた完成したばかりのものだった。部屋代は安かったが、割高な当初の費用は彼が払った。そして食費分位のものを二年間送ろうと申し出、実行されたのであった。

　約束通り十二時半に、高木はお金を持って来てくれた。サンダルを靴とストッキングにかえ、足許だけ光った恰好でデパートへ行った。誂え見本のスーツを無理に買い、肌着、洗面具と化粧道具を少し買った。火事で汗をかいた肌着も仮縫室で着替え、高木の所へ行った。学校時代の友人宅で偶然来合わせた高木を、夫の同郷の人と紹介され、それから一年後位に哉子を訪ねるようになったのであった。哉子は現在石油会社の創立六十周年記念事業の一つ、石油事業史の編纂に採用された臨時社員である。契約期間もあと二年残っているが、部屋探しもせねばならず、何かと物入りである。

　被災後初めての日曜日、二人で朝から部屋探しをした。最初の費用を三万円位に押えようとすると、夕方まで歩いても目算さえつかなかった。哉子は今後の計算をしてみた。どんなに計算しても矢張りそれ以上は無理であった。休みをもらって他の私鉄沿線を一人で探した。三万円で入れる所へ案内されると、安アパートであればある程、専用トイレの必要性を感じる。素人の貸間でもとさらに二駅奥の周施屋に寄った。都心の本店の方にあると連絡が入った。高木の部屋に住んで一週間になる。結婚していなくても、男女が一緒に住めば、日々の建設という宿業が擡げるようだ。日曜日、高木と一緒に出かける。庭もある落ち着いたいい所であった。高木も同道した哉子を見て、部屋の入口に座った初老の婦人は、一歩も入れないと力んでいるようだった。哉子は納得した。次の物件も住宅街であったが、粗末というより見すぼらしく、部屋は傾いていた。更めて返事をすることにして家を出た。周施屋と別れ、反対側へ歩くと広いバス通りへ出た。食事をしようと思ったが、そんな店はなく、公会堂風の建物や病院、大邸宅ばかりが続いた。表札のない石の住があり、森のように樹々が茂り、かなたに古風で宏壮な洋館が聳えている。道の向うに広い芝生があり、スレート屋根の三階建の洋館が現れた。建物のどの部分をとっても顫いつきたいほど好かった。白人の男女がみえた。明治時代に建てた物だろうか。今なら三億円はかかるだろうと高木は言う。こんな古びた洋館もしくは隅っこを不法占拠した小屋でなら、たとえ男女が一緒に住んでも、家庭的な日々の建設というような宿業の有無に関わりなく暮せそうだ、と哉子は思った。暖かいナポリで、高木と一緒に船来乞食でもしてみたい、哉子はそうも考えた。

〔同時代評〕河上徹太郎は「文藝時評(上)」(昭和38年2月26日夕刊)で『夢の城』の女主人公も、なぜ先夫と別れたのか、現在の男のどこがいいのか、また丸焼けになったとてなぜ彼一人にそこまでたよらねばならないのか、要するに女の苦労が私にピンと来ないのである」といい、平野謙は「今月の小説(上)」(「毎日新聞」昭和38年2月28日夕刊)で「平凡な家庭の主婦におさまりきれない女主人の面目は明らかである。それは決して亭主運が悪かっただけではない。」という。

（増田周子）

夢の愉しみ《ゆめのたのしみ》　エッセイ

〔初出〕「銀座百点」昭和四十六年一月一日発行、第百九十四号、二八～三〇頁。

〔梗概〕私の夢に出てくる自宅といえば、空襲で焼けた、自分の生れ育った家である。奇妙な夢を見ると、私は日記に書き記しておく。私の小説の中に出てくる夢は、大抵は「実際に経験した夢そのまま」である。私は或るとき外房総の海辺での奇妙な夢を見た。生れたばかりの赤ちゃんの指の爪くらいの小烏賊を大笊いっぱい貰っているのだ。性別不明の海辺の人に教えられた通りに足のほうを吸い込んだ。辛い潮水が咽喉に飛び込み、私はせき込んで、眼が覚めた。お酒を飲む夢、たばこを吸う夢は一度も見たことがない。亡くなった人が夢に現れるにも、私の経験ではひとつの傾向がある。夢の中ではじめて口を利いてくれる故人は、亡くなってから常に一、二年は経っているようである。

夢の残り《ゆめののこり》　エッセイ――→嵐ケ丘ふたり旅（18頁）

夢の料理《ゆめのりょうり》　エッセイ

〈初出〉「魚菜」昭和四十八年二月一日発行、第二十三巻二号、一一九～一一九頁。「たべものジョッキー」欄。

〈梗概〉私は誰から聞いたのでもなく、誰に教えられたのでもなく料理を時々ふと思いついて作ってみる。最も簡単なものに、蛤雑炊がある。ところで、「雙夢」に、自分の思いついた料理を登場させてみた。ナマコの腸のなかに、上質のウニの卵巣を詰めて、日本式ミニソーセージをこしらえたら、どんなにすばらしい珍味になるだろうかと夢みた。小説は時と場所とを超越したものだが、同時に非現実なものでもない。実際には、まだ試作もしていないが、こういう珍味を味わうと、人はそれだけで二、三日は幸福でいられるのではないか、と夢みている。

よ

よい小説文学について《よいしようせつぶんがくについて》　エッセイ

〈初出〉「知識」昭和六十二年五月一日発行、第三巻五号、二四六～二四九頁。「文藝時評連載5」。

〈梗概〉林京子氏の中編「虹」はよい作品である。叙事的な文体は林氏の持ちまえのもので、その文体の勁さが感じられる。虹の話は全編の絶好の結末となっている。風見治氏の「鼻の周辺」の主人公松浦たちの造鼻手術への執心には、溢れるばかりの人間性が感じられる。特殊の素材でありながら、この作品はおのずから人間の真実を示すに到っている。「鼻の周辺」という標題も、鋭くまた、逞しい拡がりをもち、見事な標題というほかはない。

幼児狩り《ようじがり》　短編小説

〈初出〉「新潮」昭和三十六年十二月一日発行、第五十八巻十二号〈全国同人雑誌推薦小説特集〉、一一四～一二八頁。

〈再掲〉「新潮」昭和三十七年一月一日発行、第五十九巻一号、二六二～二七六頁。「文藝春秋」平成七年七月十五日発行、第七十三巻十号〈短編小説傑作選戦後50年の作家たち〉、三一〇～三二五頁。

〈収録〉『幼児狩り』昭和三十七年八月三十日発行、新潮社、五～三八頁。『文学選集28』昭和三十八年七月二十五日発行、講談社、五～一九頁。『現代文学大系66』昭和四十三年六月十日発行、筑摩書房、三二八～三四四頁。『カラー版日本文学全集54』昭和四十六年八月三十日発行、河出書房新社、三〇〇～三一二頁。『現代日本文学大系92』昭和四十八年三月二十三日発行、筑摩書房、二九九～三一一頁。『幼児狩り・蟹〈新潮文庫〉』昭和四十八年四月三十日発行、新潮社、七～三八頁。『幼児狩り』昭和五十三年十一月二十日発行、成瀬書房、五～五四頁。『現代短編名作選6』昭和五十五年一月十五日発行、講談社、三八四～四一三頁。『新潮現代文学60』昭和五十五年十一月十五日発行、新潮社、二三七～二五三頁。『幼児狩り』昭和五十七年四月三十日発行、未来工房、一～八四頁。『昭和文学全集19』昭和六十二年十二月一日発行、小学館、五九一～六〇三頁。『鳥にされた女』平成元年六月二十五日発行、学藝書林、三～四一頁。『河野多恵子全集第1巻』平成六年十一月二十五日発行、新潮社、七～二三頁。『女性作家シリーズ9〈河野多恵子・大庭みな子〉』平成十年十二月二十五日発行、角川書店、七～三十五頁。

〔梗概〕林晶子は、老若男女の中で、三歳から十歳くらいまでの女の子ほどきらいなものはなかった。その時期の女の子への嫌悪感というものは、冷たくしたり、いじめたりしてみてもどうにもならないような性質のものなのだ。その時分の晶子は生涯の中でいちばん幸福だったにもかかわらず、気分の底には、不思議な冴《さ》えない感じがつねにあったのである。だから、その時期の女の子をみると、みなあの暗さ、いやらしさに由来するような気がして、正視するに耐えなかった。だが不思議なことに晶子は同じ時期の男の子に格別の愛着を抱くようになっていた。デパートなどで男の子のシャツ・ブラウスなどみつけるとつい買ってしまう。買ってから、それに見合う男の子のいる知人を物色し贈り物をする。晶子は数年前まで、ある歌劇団のコーラス・ガールだった。音楽学校を出たとき有望な新人とみなされ、プリマドンナをめざしたのだが、先の見込みもなく、もう三十になろうという時にコーラス・ガールをやめてしまった。歌劇団にはふだん近づこうとしない晶子だが、デパートで買ったシャツ・ブラウスがある団員の息子に似合うとなると楽屋まで訪れて行った。晶子はその四つになる男の子がシャツ・ブラウスを着るためかわいらしいお尻をふって、一生懸命もがく姿を見たかったためである。晶子は音楽のために習ったイタリア語が語学の域を超えており、モード雑誌の翻訳や後輩に教えたり、コンプレッサー・メーカーの嘱託をしている。晶子がコンプレッサーのメーカーの技術部にいる二つ年下の佐々木に惹かれたのは、彼が学生時分に他人のお産の手伝いをさせられたという話をした時だった。彼女は彼の話の内容と口調のかげから、ある残念さを感じとったのだった。佐々木は、彼女の好みにかなっていた。男にとってはさしあたりの、女にとってはせめてもの恰好な相手として、二人はその符号した性癖につながっているのであった。佐々木が出張の大阪から帰った晩、晶子は趣向を変えてもらいたくなって、せわしく漁《あせ》った。趣向にもよるけれども、ふたりは肌の発する音がとても好きだ。しまいに佐々木がロープで首をしめたので、晶子の咽喉《のど》は大きな音を発したらしく、管理人のおばさんが「死人なんかだしてもらいたくないので…」と注意しに来た。アパートでは、その部屋の癖は知れていたが、その夜の騒ぎは普通ではなかったらしい。三時になり銭湯に行った晶子は、傷ついた体をタオルでかくしながら湯槽に沈む。そしてかわいらしい男の子がいないかしらと眺める。男の子を見つけると話しかけたりして、限りなく構うのだった。銭湯のかえり八百屋《やおや》の横道にうまく男の子がいた。三つくらいのはじめて見るその子は赤い西瓜をたべている。晶子は子供がかぶりつき、どろどろになった西瓜が欲しくなる。「おばちゃんにも少しくれない?」その西瓜は、なまぬるく、肉塊のようだった。晶子にとっては、小さい男の子のいるところ、いつも限りない健康な世界があるのだった。子供は「あげるよ。ぼく、いらない」と両手をズボンのお尻にこすりながら、駈けだした。振りかえって、そのとんだ贈物を手にして途方にくれている晶子を、子供は見た。

〔同時代評〕第八回新潮社同人雑誌賞受賞作品。その「選後評」(『新潮』昭和37年1月1日発行)で、伊藤整は「『幼児狩り』が飛び抜けてよく書けてゐると思ふ。異常な事柄を静かに落ちついて書いてゐて、その事柄をうなづかせる力がある」といい、井伏鱒二は「この作品には、悪い意味での煩手が弄されてない。男女の変質的な交渉さへも、日常茶飯事を日記につけるかのやうな趣で書いてある。構へることの空しさを知ってゐる人だらう。したがつて一種の閲歴を思はせるやうな気がするが、作品は新人作と云ってちやうど相応しいのではなからうか」という。大岡昇平は「『幼児狩り』の欠点はサドの思想の安直な応用になつている点だと思う。サドは十八世紀人だつたから事実とファンタジイの区別は、はつきりしていた。それをまぜ合わせるのが小説だ、という考え方には反対だが、当選とするには異存はない」という。高見順は「作者の姿勢がはじめから出てゐて私はあまり感心しなかつた」と述べ、永井龍男は「幼児に関する嗜好に限り、私はたいそう面白く、特徴ある作品だと思いました。佐々木という男が書けていれば、もつと小説になつていたかと思います。(きめの細い部分と、粗い部分の差が気になります。)」という。三島由紀夫は「私は『幼児狩り』が絶対といふのではないが、面白いと思つて読んだ。文章も巧いといふよりは、軽金属的合成樹脂的で、それが内容のドギツさを救つてゐると思つた。子供の出てくる場面、友だちの楽屋の場面やラストの西瓜の場面はよく描けてゐる。/この女主人公は幼年時代に精神的外傷を受け、一種の去勢コムプレックスに陥り、父親と男の子の折檻の場面に固着して、時に応じて、父親の役割(男の子に対して)と男の子の役割(情人に対して)を交互に演ずるやうになつたのだと思はれる。そのサド・マゾキズムのうち、男の子に対するやさしい外観を持つた女性的サディズムのほうがよく描けてゐるやうに思はれるので、このほうへ作品を統一したら、もつと単純化されて、スッキリした短編になつたと思はれる。」と評した。

よ

妖術記《ようじゅつき》　長編小説

〈初出〉「野性時代」昭和五十三年六月一日発行、第五巻六号、四六八〜五三五頁。〈収録〉『妖術記』昭和五十三年十一月二十日発行、角川書店、一〜二四〇頁。『河野多恵子全集第7巻』平成七年五月十日発行、新潮社、二七三〜三六九頁。『妖術記〈角川ホラー文庫〉』平成七年八月十日発行、角川書店、三〜一九二頁。

〈梗概〉主人公は小説家志願の三十歳を過ぎかけた独身女性の「わたし」である。わたしは、すでに十年近い過去の殆どすべての人生を小説を書くこと、作家になることのみに賭けてきた。小説を書くために時間が欲しい、普通の労働時間の半分だけですむような仕事はないものかと思い、ある官庁に勤めている友人を訪ねて、なにか適当な仕事はないかと頼みにいく。最初のうちは愛想がよかったけれども、五度目のときに、「頤《あご》を出しますな」と彼は自分の頤を仰山に撫《な》でて苦笑した。わたしには冷笑のように見えた。官庁からの帰りがけ、彼女が昔その家に寄宿し、その人の仕事もしていた戸山という、旧家・名家の当主に、墓場のそばで出会う。彼はその近くの病院に入院していて、丹前姿で散歩していたのである。その戸山からあなたにお頼みしたいことがあるという速達を受け取る。国語の時間講師の世話でもしてくれるのかと出かけて行くと、墓地を売る手続きを頼みたいという。わたしは戸山の懇願をふりきって帰る。その一カ月くらい経ったある日の正午まえ、駅で友人と待ち合わせていると、そこで二十七、八の背の高い、清楚な感じの女性が車を運転して来るのを見る。自分ならば乗らないな、とわたしは思った。眺めていると、その車は事故を起して、車は燃えて、女は死んでしまう。わたしは「今日、妙なことがあった。信じられないほど不思議なことだ。妙なことを見たのではなくて、自分に妙なことが起きたと書くべきかもしれない」と日記に記した。しかし、改めてあの事故を思い直してみて、その日記の叙述ではもの足りず、それを破いて、「今日、自分は人を殺した。女を焼き殺した。手並みはすばらしかった。賞讃する」と、自分の遠隔操作の能力、妖術で、その女性を焼殺したのだという自己認知を記す。わたしは三十時間近く不思議な昏睡に陥った。

　わたしは、ある文筆家のところに、口述筆記の仕事に行く。前にもその家へ行ったことがあるが、仕事をしている最中、小さな女の子が二人、部屋に闖入してきた。この幼女達を見たときに双子と思ったが、聞いてみると、双子ではなかった。そういう記憶があるが、ふと気がつくと、二人の幼女の写真が鴨居に掲かっている。どうしたのかと聞くと、文筆家が子供達をボートに乗せているときに、一人が水に落ちて、助けようとしているうちに、ボートも引っ繰り返って、もう一人の子供も死んでしまったという。その次に行くと、お腹の大きかった奥さんが産気づいて病院に行っていて、双子を出産する。わたしは亢奮する。亡くなった二人の幼女は、わたしに一組であることを看破され、わたしが「双児」を唱えたあの時から、その仮だった姿を失いはじめたにちがいない。自分の認識を正当化するために、過去の事故が起ったのだと、彼女は自意識する。

それからわたしは帰郷して、父親からもらった有名な書家の書が三点、美術館に預けてあるのを思いつき、それを骨董屋で、かなり高額で売却する。わたしは宇宙の最高の支配者は月だと信じていた。引き潮で生れた者は、嬰児にして死ぬと言われる。わたしは引き潮に生れた。月との間で許された特別の力がそなわっていると思い、その能力を試す作業に乗り出す。その対象に「頤を出しますな」といった官庁に勤めている男が選ばれる。その伏線として、若葉の季節のある日、濠端の土手で土筆を摘もうとしている女性を転落させて殺すという操作する。やがて梅雨が明け、ある時タクシーに乗ったら、自分のことがあらわれた幽霊としてうわさになっているのを聞く。いよいよ頤男を呪い殺す作業にかかる。わたしは人形浄瑠璃の女形遣いに関する小説の取材に、この頤男のお父さんが、人形浄瑠璃の有名なスポンサーであったということで、彼をたびたび訪問し、自分の遠隔操作の効果を確かめる。その効果が認め出した頃、ある劇場で大火事になるのを予感して、そこから一人の少年を強引に助け出す。頤男は作業が進行して、自分の頤に絆創膏を貼るようになる。結局彼は入院する。わたしは更に凝った仕事を試みたかった。一度助けた少年を自分の手で殺すために少年に家を譲る。「作者付記」に、自分を訪ねてきた女性編集者が、「女形遣い」という作品では、世に出られないと批評した人がある。その人は、自分が彼女に書かせてやったのだと言っていたという。私は目下、彼女の妖術にもてあそばれているのであろうか。河野多恵子は「あの中で一番書いておきたかったのは、知らせたいということと、知らせたくないということの両方があるということなんです」（「文學界」平成7年4月1日発行）という。

〔同時代評〕川村二郎は「'78文藝時評㈦」（「文藝」昭和53年7月1日発行）で「これは比喩どころか、正真正銘の死神の物語だといってよさそうである。」「つくづく、気持の悪いことを書く作者だと思う。いうまでもなく、意匠としての気持の悪さではなく、人間の心の深層にわだかまり、当の人間自身をさえおびやかすようなそれである」と評した。奥野健男は「河野多恵子『妖術記』」（「海」昭和54年3月1日発行）で「この『わたし』は、文学をその超能力の妄想のために捨ててしまったときのわたしのおぞましい姿である。おそらく不運で病の時の加害、被害の関係妄想によったものであろうが、こういう小説を敢えて今日書くところに、この作者の文学、そして自己に対する絶えることのない深い疑いと自戒を見る」という。石原慎太郎・坂上弘・中上健次「読書鼎談」（「文藝」昭和54年4月1日発行）で、坂上弘は「これ、河野さんの藝術論じゃないんですか。河野さんが小説を書いていくというときの、自分の想像力のつくり方とか、そういうものをひとつ絵にしてみようというかね」と述べる。

（植木華代）

『妖術記』に呪われて《『ようじゅつき』にのろわれて》　エッセイ

〔初出〕「50冊の本」昭和五十四年三月一

日発行、第二巻三号、六～七頁。
〔収録〕『気分について』昭和五十七年十月二十日発行、福武書店、一一八～一二二頁。『河野多恵子全集第10巻』平成七年九月十日発行、新潮社、八五～八七頁。
〔梗概〕魔術師自身、妖術師自身の側からの魔術や妖術を書いた小説はまだ無いのではなかろうか、そう思ったのが、「妖術記」の構想の生れた、きっかけである。私は超自然の世界を信じている。あらゆる大自然の深奥、つまり大自然を主宰しているのは、月だと思っている。「妖術記」では、超自然と自然との通じ合いについての私のかねての信頼も大きく取り入れた。この小説の構想が進むうちに、妖術師というものには矛盾した二つの願望が鬩ぎ合っているにちがいないと、私に信じさせるようになった。一つは、自分の妖術の力を誇りたいという顕示欲である。と同時に、自分の妖術は誰にも知らさず自分の死と共に葬り去りたい願望である。その鬩ぎ合いに生きる〈わたし〉の実態が、いわば「妖術記」の世界である。全編の仕上がる前夜だったか、私は咽喉のあたりに異和感を覚えた。翌日になると、頤の下が痼《しこ》って腫れてしまった。その日の深夜に書き上げてからも、その状態は続き、三、四日目に急に治ってしまったのであった。

幼稚園とわたし《ようちえんとわたし》　エッセイ
〔初出〕「月刊保育カリキュラム」昭和三十七年十二月一日発行、第十一巻十二号、四～五頁。
〔収録〕『私の泣きどころ』昭和四十九年四月八日発行、講談社、九三～九六頁。
〔梗概〕秋の日に、元気のよい、楽しげな、清らかな幼稚園の運動会に接したときの気持は何ともいえない楽しみである。しかし、私自身には、ほんの二、三カ月しか幼稚園に通わなかったので、運動会の経験というものは全くない。内気であったため幼稚園に溶け込んでいくことができなかった。幼稚園時代の思い出を述べる。それにしても、秋空の下の運動会で、お遊戯や競技を楽しそうに繰り広げている小さな人たちをながめていると、当時の自分が、どうして幼稚園に溶け込んでいくことができなかったのだろうかと、不思議にも、残念にも思えてくる。

預金通帳《よきんつうちょう》　エッセイ
〔初出〕「楽しいわが家」平成五年十月一日発行、第四十一巻十号、六～七頁。
〔梗概〕上京以来の通帳が、なぜか殆ど全部残っている。取っておこうと、特に思ったわけではないのだが、開いてみれば、私の生活史の一端を見ることができる。上京前の猛インフレ時代の通帳の残っていないことが惜しまれてくる。

よく思ったこと《よくおもったこと》　エッセイ
〔初出〕「連峰」昭和五十八年五月十日発行、第六巻五十九号、二九～三〇頁。
〔梗概〕尾崎一雄追悼文。尾崎一雄さんが、満八十三歳で亡くなられた。長生きなさるだろうなと、ふと思うことがよくあった。記憶力が抜群だった。「草除り」という短編は無気味なところがあって、私は非常に魅かれたので、そのことを申しあげた。一、二カ月経って、円地文子さんが「草除り」はいいですねと、尾崎さんに言ったら、暫くまえに私などのことを思いだされて「お化けの好きな人はみな賞めるんですって」とお笑いになった。尾崎さんは長生きなさるだろうな、とその時も思ったものである。

横からの光景《よこからのこうけい》　エッセイ

〔初出〕「月刊自動車労連」昭和五十九年一月十日〜六月十日発行、第二十四巻一〜六号、二〇〜二三頁。六回連載。

〔梗概〕この冬も幾人かの方から、りんごをいただいた。私は冬など連日のようにりんごを食べておりながら、それが実っているところを一度も見たことがない。英国の女流作家ダフネー・デュ・モーリアの「りんごの木」に、伐り倒されたりんごの木を煖炉の薪にするところがある。りんごの木は燃やすと非常によい香りがするので、上等の薪として貴重がられると書かれている。どんな香りがするのだうか。小石川植物園には、ニュートンのりんごの木があると言う。ニュートンに大発見をさせた、りんごが落ちた木の一部を日本へ持ってきて挿木したものが、それだと言う。つい仕事や雑用に追われ、私はまだニュートンのりんごの木を見に行っていない。だが、その存在を思うたびに感動する。ニュートンのりんごの木の生命を挿木によって遠い東洋の国に分け殖やすという思いつきに、人間というもののすばらしさを見て感動する。

予告の日《よこくのひ》　短編小説

〔初出〕「新潮」昭和六十三年五月一日発行、第八十五巻五号〈創刊１０００号記念号〉、一五二〜一六三頁。

〔収録〕『炎々の記』平成四年五月二十日発行、講談社、一二一〜一五〇頁。『河野多恵子全集第4巻』平成七年七月十日発行、新潮社、一八一〜一九一頁。

〔梗概〕享子は占いに嗜慾がありながら、折角そのほうの知識をもっている松田氏に判じてもらおうとしたことはなかった。松田氏は友人の駒子の夫なのだった。享子は、二十年前に今のマンションに越して来た。彼女は仕事を持っていて、夫の本間との間に子供はない。マンションの中に特別親しい人はいなかったが、友人の駒子の家が近くにあるので時々遊びに行き、夫の松田氏とも一緒に話をする仲である。松田氏は西洋史の教授であり、占星術の知識を持っている。享子は悪いことが的中して松田夫妻との関係が変になることを恐れて松田氏に占ってもらうことを避けていた。享子にはもう十四、五年のつきあいになる占い師がある。松田氏はある時、占う者と占われる者の運によってその相性が決ると言い、享子は自分と松田氏にはそういう縁はないと思った。また、松田氏は生活の中に暗示が潜んでいるとも言った。

　その日は、新しい電話につけかえる日だった。二人の電話局員が来てつけかえて行ったが、初めての電話は登美子という女性で、彼女の亡母寿美とは準従姉妹のようなつきあいをしていた。登美子の用件は、彼女の夫の中近東への転勤の報告だった。それ以後は、電話もインターホンも鳴らず、享子はその無音はいつまで続くのだろうと思った。

　その日の夜十時に、享子は地下の乾燥室へ洗濯物を取り込みに行き、その間に夫が帰宅した。しばらくして電話のベルが鳴ったが、享子は不機嫌な夫に出るなと言われてそのまま放っておいた。享子は松田氏からの電話かもしれないと思い、出てみたくてしかたがなかった。

（戸塚安津子）

吉行淳之介著《よしゆきじゅんのすけちょ》『赤い歳月《あかいさいげつ》』『美少女《びしょうじょ》』書評

〔初出〕「週刊読書人」昭和四十二年六月十二日発行、第六百七十九号、三〜三面。

〔梗概〕『赤い歳月』に収められている短編小説はいずれも極めて鋭い作品である。その鋭さは、モーパッサンなどの旧い短編では決して味わえないものである。吉行氏には既成概念や思いつきや観念によって、人生を割り切ってみせようとする作品は見当らない。割り切れない部分に、人間と人生の秘密を探ろうとしているようだ。吉行氏の作品は、本当の藝術のみがもつ明快さをかち得ている。複雑で、微妙で、したたかな、現代の人間の内面を自分の裡に見、その割り切れる部分と割り切れない部分を見分ける眼が勁いのだろう。その割り切れない部分をよりよく表現したい要求が激しく、その内的必然性から生じた精緻な技巧が駆使されている。

吉行淳之介著《よしゆきじゅんのすけちょ》『夕暮まで《ゆうぐれまで》』—処女愛における男女の性的拮抗—《しょじょあいにおけるだんじょのせいてききっこう—》 →吉行淳之介『夕暮まで』（439頁）

吉行淳之介《よしゆきじゅんのすけ》「手品師《てじなし》」書評

〔初出〕「群像」昭和六十三年五月一日発行、第四十三巻五号、四四八〜四四八頁。

〔収録〕『蛙と算術』平成五年二月二十日発行、新潮社、二二四〜二二六頁。『河野多恵子全集第10巻』平成七年九月十日発行、新潮社、一七〇〜一七一頁。

〔梗概〕作家は所詮処女作を越え得ない、という考え方があるらしい。が、昭和三十年代後半頃の吉行氏は、自称処女作「薔薇販売人」やデビュー時代の「原色の街」「ある脱出」「驟雨」をみごとに越えた。「手品師」は、そうした作品のひとつである。「手品師」は、十九歳の童貞の話である。そういう時期にある少年の性的屈折が、当の川井に接近してこられた中年の小説化倉田龍夫の眼を通し、テーマにぴったりの度合の抽象性を機能させて鋭く描出されている。

吉行淳之介《よしゆきじゅんのすけ》『夕暮まで《ゆうぐれまで》』書評

〔初出〕「波」昭和五十三年九月一日発行、第十二巻十号、二八〜二九頁。原題「吉行淳之介著『夕暮まで』—処女愛における男女の性的拮抗—」。

〔収録〕『気分について』昭和五十七年十月二十日発行、福武書店、一〇三〜一〇六頁。この時、「吉行淳之介『夕暮まで』」と改題。『河野多恵子全集第10巻』平成七年九月十日発行、新潮社、一六八〜一七〇頁。

〔梗概〕吉行淳之介氏の長編『夕暮まで』は紛れもなく「創った小説」であり、その抽象性はリアリズムでは得られない高みに達している作品なのである。各章が一章を照らし、一章が各章を照らす。この一章は序章ではなくて、もっと深い機能をもっている。杉子には、淫蕩性はないのだが、私はこれを読みながら、ときどきシュールレアリズム画家ダリの「淫蕩な処女」という絵を思いだした。吉行氏は常に性の追求を続けてきた作家だが、これまではとかく作中の女性に男性との拮抗を許さなかったように思われる。が、この長編の男女には拮抗感が漲っていて、長編小説の新しい拡がりというものを見せている。

〈吉行〉と〈淳之介〉《〈よしゆき〉と〈じゅんのすけ〉》　評論

〔初出〕『吉行淳之介全集第2巻』平成九年十一月十日発行、新潮社、五一四〜五二四頁。

〔梗概〕吉行さんはうっかり〈淳之助〉などと書かれると、ひどく厭な顔をされたという。〈淳之介〉という名前が好きだったのは、そこに父エイスケの投影を見てしまうことが、かなりの理由であったらしい。吉行さんには息子としても、二代目作家としても、父に対する反抗や屈折の気配は特に感じられない。「電話と短刀」には、父に対する独特の心情が直接に感じられる。この短編には、人間として、同性としての吉行さんのエイスケへの関心と理解と親愛感の深さが実によく現れている。「風呂焚く男」は、作者の全短編中の代表ともいえる傑作である。二人の女性との関係の板挟みになっている男性の恐怖を呼ぶほどの苦悩を見事に表現した作品である。「手品師」は、十九歳の童貞を描いたもので、ある少年の性的屈折が、彼に接近してこられた中年の小説家の眼を通じて、テーマにぴったりの度合の抽象性を機能されて鋭く描出されている。吉行文学の最たる特色は、性において人間性を問おうとすることにある。作者の性の認識と表現の特性の一つは感受性であり、もう一つは意志的情熱である。しかも、吉行文学における異常性愛はあくまで性行為のいわばスパイスなのであって、心理の屈折はあっても、倒錯が主宰しているわけではない。

吉行文学における年齢の意味―吉行淳之介Ⅱ《よしゆきぶんがくにおけるねんれいのいみ―よしゆきじゅんのすけに―》　エッセイ

〔初出〕『吉行淳之介全集6』昭和四十六年八月二十八日発行、講談社、三〇八〜三一六頁。

〔収録〕『文学の奇蹟』昭和四十九年二月二十八日発行、河出書房新社、一二四〜一三五頁。『群像日本の作家21〈吉行淳之介〉』平成三年十一月十日発行、小学館、五三〜六一頁。『河野多恵子全集第10巻』平成七年九月十日発行、新潮社、一六一〜一六八頁。

〔梗概〕吉行淳之介の作品の特色のひとつに、よく作中人物の年齢が明記されていることを指摘する。人物の設定のための年齢ではない。主人公における作者の分身度が強ければ強いほど主人公の年齢が執拗に訴えられていて、主人公の年齢明記ということが、非常に内的必然性に基づいている。年齢の明記という内的必然性が作品のモチーフの内的必然性と地続きである。

　吉行淳之介にとっての泣きどころのひとつは、父親なのである。亡くなった時の父の年齢三十四歳をもって、吉行淳之介の一生が終らなかったため、その後の氏にとって泣きどころとなってきた。そのことを「電話と短刀」「砂の上の植物群」「星と月は天の穴」「闇のなかの祝祭」らの作品で分析し、吉行淳之介には、三十四歳をもって封じられた世界における、亡父への復讐を意志的情熱によって更新し続けるために、自らに呪文をかけているとみる。

吉行文学の意識《よしゆきぶんがくのいしき》　推薦文

〔初出〕「吉行淳之介全集全17巻別巻3」

よ

内容見本、昭和五十八年三月〔刊記なし〕発行、講談社。

〔梗概〕吉行淳之介氏は昭和二十年代、日本文学界の手剛い既存の信仰を真向から乗り越えようとする作品をもって現れた。真向からであったことが、吉行さんの立場を余計に多難なものにし、同時に後の吉行さんの強みともなる。

余燼《よじん》　短編小説

〔初出〕「文学者」昭和二十六年十月五日発行、第十六号、三〇～五八頁。

〔梗概〕結婚して一年余りにしかならない夫の淳一郎と妻の幸子が、夫の友人である木島と、幸子の親友の謐子《ひつこ》との縁談を手掛けようとしたのは、この秋も半ばの頃のことであった。木島は淳一郎と一緒に商科大学を卒業して、ある有名な会社に入っていた。謐子は美貌だった。幸子は、木島の相手とし紹介するに「だけど」と躊躇わずにはいられないものを、謐子の過去に感じた。幸子は謐子とは、女学校二年の時から随分親しく交って来た仲であった。謐子がA新聞社野球部の松野記者に恋をしたが、彼に向ってまだ一度も意思表示をしない内に、松野は他の女の人と結婚してしまった。その後、今度は幸子が叔母の義理の息子である隆と恋愛し、謐子と同じく失恋した。隆は両親に勧められて或る女の人と結婚したのである。二人はお互いの失恋の痛みを慰め合うことで友情を育んできたのだった。卒業後、幸子は失恋の痛みを過去のものとするために結婚したが、謐子は独身を貫いていたのだった。謐子はあの人達に赤ちゃんが出来ても、まだ松野のことが忘れられない。幸子が淳一郎と結婚する最後の決心をつけ得たのは、老嬢になりたくない、という感じ方がひそんでいたが、別れた隆に対する見果てぬ夢を見続ける苦しさから逃れたいと思ったからであった。謐子の縁談は順調に進み、幸子には、此の縁談がうまく運ぶに違いないという不思議な予感があった。写真、親類書の交換と話がすすむなか、幸子は妊娠した。十二月に入って間もなく、淳一郎が木島の見合は来週の日曜日にすることにしたと言う。隆のところにも赤ちゃんが出来た。幸子の悪阻は本格的にはじまり出した。淳一郎に子供が出来たことを知らせた時、夫は別に喜ぶ風も見せなかった。隆に捧げ尽した自分の愛の残飯で賄われて来たような淳一郎の心が、豊かに伸び肥れないのは、当然すぎると、幸子は淋しく夫の顔を眺めながら、そんなことを思うのであった。淳一郎は酔ッ払って持ち帰った蓮月焼の小さな楊枝差に「思うまじ、見まじとすれど、我家哉、一茶」と書かれている文字を読めという。幸子は自分の結婚生活の無意味さを自覚しはじめると、この縁談を手掛けはじめた頃の積極的な気持がかなり薄らいでいるのを感じた。ついに見合いの日を迎えるが、謐子は約束の場所に現れない。恋に破れた一人の女が、再び如何なる異性とも結婚する機会を求める気になれず、一生を処女の内に終ってしまう心持ちが、幸子には実感をこめて感じられるのであった。同床異夢的な自分達の生活に、幸子は今更のように凝した瞳を注ぐのだった。

〔同時代評〕臼井吉見は「同人雑誌評」（「文學界」昭和26年12月1日発行）で、

「今月読んだものから一応記憶に残るものを拾えば、『東北作家』第七号の秋山恵三『橋』、草川俊『路地裏』、『北国文化』十一月号の山本国光『晩酌結婚』、『文学者』第十六号の河野多恵子『余燼』、『東京文学』第八号の永倉あい子『花火』、『隊商』第四号の羽田野生『再会』などであろうか。」「『余燼』もまた変りばえなき女ごころを描いた力作だが、幸子の夫に対する観察がもっと冷酷にはたらいて、夫の『底の知れきつた愛情』から彼の人間的本質のなかへもっと、ずかずかふみこめば、もっといい作品になつたのではないかと思う」と評した。

（長島亜紀）

予想不可能な来年《よそうふかのうならいねん》　エッセイ

〔初出〕「日本読書新聞」昭和四十九年一月一日発行、第千七百四十号、五～五面。「新春一言」欄。

〔梗概〕前の年末には行き詰っていた長編が、その一年の間に思いがけず山を越したり、二月にも三月にもまだ考えたことのないモチーフがその後に浮かんで、六月にひとつの短編ができあがっていたり、夏の盛りに小説についての考え方がまた少し変ってて、そのために次の長編で試みたいことが大分育ちつつあったり。そういう一年を顧みると、結構使いでがあったと思う。新しい年の予想のつかなさに張り合いがある。

よその子供《よそのこども》　コラム

〔初出〕「読売新聞」昭和五十年八月九日夕刊。五～五面。「東風西風」欄。

〔梗概〕数人の子供が書店にきていた。早く行こうよと、熱心に本をみている子の本を取りあげて、投げだした。それが床に落ちたが、その子はそのままいってしまった。私は、その子を呼びとめて注意しようかと思ったが、自分で拾っておいた。ただ、新聞などの投書欄に、よその子供にも注意を与えようという文章はよく見かけるけれど、うちの子供のわるさをひとさまが叱ってくださらなくて残念だったとか、戒めてやってくださってと知ってありがたかったという文章には、あまりお目にかからないようである。

呼び方《よびかた》　コラム

〔初出〕「読売新聞」昭和五十年七月二十六日夕刊、五～五面。「東風西風」欄。

〔梗概〕テレビを見ていると、自分の上司のことを外部の人に、しかも公的な場合に、「助役さん」と敬称つきで呼ぶのである。旅行した時、宿泊先の食事の席に、そのホテルの人が挨拶に出て、「専務の××でございます」と名乗った。その時の「助役さん」や「専務」という言い方は、やはり不自然に聞こえた。

読まざるの記《よまざるのき》　エッセイ

〔初出〕「新潮」昭和三十八年十二月一日発行、第六十巻十二号、一六六～一六七頁。「作家の眼」欄。

〔収録〕『私の泣きどころ』昭和四十九年四月八日発行、講談社、一三四～一三八頁。『河野多恵子全集第10巻』平成七年九月十日発行、新潮社、二〇六～二〇八頁。

〔梗概〕私は深夜まで書き物をすると、眠れないので必ず睡眠剤を飲む。こんな悪い習慣は止めようと反省したのは三カ月前の芥川賞受賞が決定された夜であった。その日はすさまじく興奮し、文藝春秋社へ出かけるときブロバリンを五錠も飲んでいた。四時半になっても眠れないので、もう一度飲もうとした瞬間、急に恐怖を感じた。もう二度と飲むまいと心に決めた。その日以来三カ月間、どんなに遅く床についても、何にも飲まずにすぐ眠れるのである。この三カ月間、私はまた雑誌や新聞を読まないことにした。一切買わないし、送られてきた刊行物も読まないままダンボール箱の中に始末しておく。

　刊行物を読まない理由は、神経の消耗の節約であった。私は些細なことでも人一倍興奮し、気になる性分なので、神経の消耗が多い。二年前、はじめて新聞の雑誌広告に自分の名前が出たときには、終日発熱したような気分だった。自分の作品が発表される月、新聞に文藝時評が出るころには、一日中落ち着けない。そんな日が多くなると神経は耐えにくい。読む時間の数倍、数十倍に及ぶに違いない。最も神経の消耗の原因は、自分と関わりがある刊行物を先へ行って読みたい下心である。刊行物を読まない生活が三カ月経った今は、先に行って読んでみようという気持も薄くなった。読まない規則を解除しても、もはや差し支えはない。世間の出来事を、何一つ知らないということが、何故だか分らないが、とても楽しい。読まない生活を当分続けたい。神経症の不眠を退けるため、刊行物を読まないことによって成果を得た作家の体験記。（金　文洙）

読みかけの本《よみかけのほん》　エッセイ

〔初出〕「すばる」昭和五十六年一月一日発行、第三巻一号、一三九～一三九頁。「読書生活」。

〔収録〕『気分について』昭和五十七年十月二十日発行、福武書店、一九七～一九九頁。

〔梗概〕生れつき非能率にできているのか、私は何事でも一度に一つのことしかできない。ところが、読書になると、文字通り一時に併行してではないが、私にも併行して読むことができる。少い時でも、八冊、多ければ二十冊ほど、絶えず読みかけの本がある。結局読み終えずじまいになることは、あまりない。本当に読みたくて読む本は、大抵この読み方になる。間を置いて読み継いだのでは、以前に読んだところの印象がぼやけて都合のわるいような本は、どうもあまりよいものではない。本も読み継いだほうがおもしろさがどうも深く楽しめるようである。

読む楽しさが味わえる《よむたのしさがあじわえる》　回答

〔初出〕「サンケイ新聞」昭和三十八年十月二十二日朝刊、五～五面。

〔梗概〕「わたしのすすめる本」欄で、W・S・モーム著『世界の十大小説』を、小説の秘密、小説と作者とのつながりの秘密まで明らかにしていると推薦。

夜を往く《よるをゆく》　短編小説

〔初出〕「新潮」昭和三十八年九月一日発行、第六十巻九号、一三六～一五四頁。

〔収録〕『美少女・蟹』昭和三十八年八月二十五日発行、新潮社、一二九～一六五頁。『幼児狩り・蟹〈新潮文庫〉』昭和四十八年四月三十日発行、新潮社、二五三～二八八頁。『河野多恵子全集第1巻』平成六年十一月二十五日発行、新潮社、二三七～二五四頁。

〔梗概〕村尾と福子は佐江木夫婦とはよ

く往来した。福子は佐江木夫人の歌子とは互いに子供の頃から知っていた。二歳上の歌子とは小学校も女学校も専門学校も皆同窓である。福子は卒業すると平凡に商社へ就職した。歌子のほうは学校に残って、助手から講師になり、今では助教授になっている。平素の福子は、彼女のことを優秀で親切な先輩というよりも、同い年の友だちのように、非常に気の合う友だちのように感じてきたのである。歌子は父の教え子の助教授と婚約したが、挙式の十一日前になって、彼女のほうから解消した。その理由ばかりは聞かせなかった。福子は同じ商社の社員で二つ歳上の村尾と結婚し、退職した。結婚したときの福子はもう三十近かった。歌子は中肉中背より心持ち小柄で、若く見えた。三年あまり経った或る日、あなたもよく知っている人と婚約したと、佐江木の名を告げた。佐江木は福子の妹に一年近く英語の家庭教師に来ていた青年なのだった。佐江木は卒業以来、英字新聞に勤めていて、歌子より六つ下であった。歌子が結婚して四人で時には外出したりした。佐江木夫婦が来るということであったが、少々遅すぎるので、押しかけてやろうかと、村尾夫婦は佐江木の家を訪ねたが、留守であった。二カ月ほど前、歌子と佐江木が遊びにきたことがあった。歌子が酔って、佐江木が「明日はここから出ようかな」といって泊った。襖越しに福子は「佐江木さん、好きだわ。ほんとに好きだわ」と言いはじめた。たがいに相手を交換して寝るということを思いついたが、実行されそうになった、その機が去る。別の日にと、本気とも冗談ともつかない約束をしたのが、今夜だったのである。留守なので、福子と村尾は夜道を歩く。ふたりは「夜間の墓地は危険です。入ってはいけません」の倒れている立看板を読んだ。福子は自分が大分前から、今夜、村尾と歩き続けて、ふたりで思いがけない犯罪をおかすか、おかされるかしてみたいような気分に陥っていたことを、はじめて知らされたように感じた。

〔同時代評〕河上徹太郎は「文藝時評（上）」（「読売新聞」昭和38年8月27日夕刊）で、「二人は深夜に町内の神社なんか変に無気味な散歩をして帰るのだが、その間四人の過去のつき合いを適当に織り込み、別に魅力も取り柄もないこの四人の男女の姿をなんとなく髣髴とさせ、題材が平凡だのに、そのためかえって魅力的だといったものがある。要するに、単に才筆だけでなく、一種癖のある肉感性を持った作家である」と評し、山本健吉は「文藝時評（下）」（「東京新聞」昭和38年8月31日夕刊）で、「ものものしく書けば、ゲーテの『親和力』になるテーマである。こんなテーマでも、さらりと書くのが、この作品の身上だろう。だが、あの危機的な一夜も福子夫妻の気持の高まりが書けているほどには、福子夫妻の気持が伝わってこないもどかしさがある。親和する力の交錯が、あいまいで、一方的なのである」という。

歓ばしい二作《よろこばしいにさく》　選評

〔初出〕「潮」昭和六十三年七月一日発行、第三百五十一号、三五八～三五八頁。

〔梗概〕第十六回平林たい子文学賞選評。『生還』の勁い瑞々しさ、毅然とした美しさに、私は石原慎太郎氏の尋常ならぬ

よ

才能と姿勢と意欲とをあらためて痛感した。雨宮雅子氏の『斎藤史論』は、立派な評論である。天才歌人斎藤史の歌の魅力を実によく語り得ている。

歓び《よろこび》 ──→いすとりえっと（41頁）

歓びの女《よろこびのおんな》 ──→いすとりえっと（歓び）（41頁）

四作について《よんさくについて》　選評

〔初出〕「文藝春秋」平成六年九月一日発行、第七十二巻十二号、四〇九～四〇九頁。

〔梗概〕第百十一回平成六年度上半期芥川賞選評。笙野頼子さんの「タイムスリップ・コンビナート」は名作である。まさにリアリズムでは捉え得ない、その微妙で深く有機的な首都と郷里の主人公における関係を、作者は実に巧妙な抽象性を用いて表記している。文章の鮮やかさに支えられた一行一行の転換の妙味は、快感を与えるほどである。

四作をめぐって《よんさくをめぐって》　選評

〔初出〕「中央公論」平成六年十月一日発行、第百九年十一号、三三六～三三六頁。

〔梗概〕第二十回中央公論新人賞選評。白沢明生さんの「鏡」は、着眼はよいし、劣等感や自己嫌悪のひとつの象《かたち》を描いて事足れりとするのでなければ、抽象性を駆使する必要のあることを作者が認識していることもよく判る。しかし、抽象化が中途半端に終っている。「陽のあたらないコート」は、一言でいえば他愛のない作品と思える。「枝毛」は、この標題はこの作品には不適当である。作品の成功を根本的に妨げているように思う。受賞作「静謐な空」は、事柄も表現もリアリズム風に進んでゆくうちに、次第にそうではなくなってくる。その変相に不思議に無理なく、おもしろく思った。

四受賞作について《よんじゅしょうさくについて》　選評

〔初出〕「群像」平成九年八月一日発行、第五十二巻第八号、三五一～三五一頁。

〔梗概〕第二十五回平林たい子文学賞受賞作を評す。小説部門の車谷長吉の『漂流物』は、自己の引きつけ方と突き放し方の徹底ぶりが、全く新しい私小説を生んでいる。保坂和志の『季節の記憶』は細部の瑞々しさが一際鮮明になっていて、今後の成長が想われる。評論部門の高橋昌男の『独楽の回転　甦る近代小説』は論述の展開と文章に魅力があり、川西政明の『わが幻の国』は近代日本文学と中国との関わりを具体的に仔細に問うというテーマが貴重である。　（荒井真理亜）

四編の受賞作《よんぺんのじゅしょうさく》　選評

〔初出〕「潮」昭和五十九年七月一日発行、第三百三号、三〇〇～三〇〇頁。

〔梗概〕第十二回平林たい子文学賞選評。辻井喬氏の『いつもと同じ春』は、脇役の通俗的人物の通俗性がみごとに描出されているのも、この作者の見方と書き方が何ものにも捉われていない強みを持っているからだろう。梅原稜子氏の『四国山』は、人生の深さ、更に人間というものの不思議さが湧き出ていて感心した。奥野健氏の『〝間〟の構造』は、奥野氏の想像力の活発さに魅《ひ》かれた。新庄嘉章氏の『天国と地獄の結婚―ジッドとマドレーヌ』は、ジッド夫婦を超え、男女というものの本質を照らし出すところにまで至っている。

ら

来迎の日《らいごうのひ》　短編小説

〔初出〕「新潮」平成六年一月一日～二月一日発行、第九十一巻一～二号、一八～三四、一三〇～一三八頁。二回連載。

〔収録〕『河野多恵子全集第4巻』平成七年七月十日発行、新潮社、二七一～二九五頁。『赤い脣　黒い髪』平成九年二月十五日発行、新潮社、一七一～二二〇頁。

〔梗概〕ある早朝、好子の義父である徳三が、眠っている好子と清夫婦の部屋を訪れて「お別れのようだ」と言った。徳三は高齢で、以前肺炎を患ったこともあり、妻の兼子も亡くしているので、好子たちは医師を呼んだり親戚に連絡をとったりした。徳三は死に支度をするように風呂に入りたがったり、新しい下着を用意させたりした。そして普段は全く話さないような清の死んだ兄たちの話をしだしたりして周囲の者をはっとさせた。その夜、清は「今日」の終る零時を強く意識した。時間の経つのが遅く、その日の零時がやっと過ぎると同じように意識していた二人の姉たちからそれぞれ電話があった。

　それから百日ほど経った頃、徳三がまた同じようなことを言い出した。清は姉の元子に連絡し、二人は相談して徳三の希望通り自分たち兄弟と孫たちも呼び集めることにした。以前同じことがあった時は、孫たちまで呼び集めることを考えなかったことに二人は気づいて不思議な気持がした。三時半過ぎに全員が集まり、別々に会ったのでは徳三が疲れることが心配されるので、元子が聞き役になって全員が徳三の部屋へいっぺんに入ることになった。しかし、徳三は孫たちだけに少し話をすると礼を言って、もう帰るように言った。元子は食事の時、傘寿の祝いの席での徳三の堂々とした態度について、故人の思い出話のようだと不気味に思いながらも止められないように喋った。

　正月が過ぎ、立春を迎えた頃、徳三はまた同じことを言い出した。その頃、清の姉である元子と智子姉妹は仲たがいをしていて、智子はその日、徳三が「もう少しでもっといい気持になってしまえそうだった」と言っていたことを元子に言いそびれた。

　四度目は二月半ばだった。その日は智子の息子の結納の日だった。清と好子の末息子である小学生の守は、徳三が「迎えがくる」と言うことに皆が慣れてきて、徳三が嘘を言っているように思われはじめていることを懸念して、徳三に「狼少年」の話を持ちかけたので、守は自分の「狼少年」の話が引き金になったように思って気に病んでいた。しかし、守は今はひっそりとしている徳三の眠っていた部屋を覗くと、気持が安らぐのだった。

〔同時代評〕荒川洋治は「時評文藝誌」（「産経新聞」平成5年12月26日朝刊）で、「家族の一人である老人の死を目の前にしながら、一家のおとなたち、子供たちが、死にいくものに向けて、どのような言葉をかけるべきかなど、家族の胸のうちを細かく描いて深い印象を残す作品になっている。死に臨む老人の意識がはっらつとしていて、残された者の思いをしっかり見据えている。ここまで個人が自分にめざめ、相手を見通すことは、家族にとってはおそろしいことでもあるのだが、しかし老人と家族との交流がそこにひらけるとしたら、この作品は出会いのために書かれていることは明白なのである。そこにこの作品のきびしさとあたたかさがある。」と評した。　（戸塚安津子）

来年のこと《らいねんのこと》　エッセイ

〔初出〕「婦人生活」昭和五十年十二月一日発行、第二十九巻十四号、一七六～一七七頁。

〔梗概〕「来年のことを言うと鬼が笑う」というのは、先々のことを考えるのに熱中しすぎて疲れ果てたり、現在をしっかりと生き又たのしむことを忘れたりするのをずばりとたしなめた言葉だと思う。私はこの言葉をふと文字通りで思いだしてしまうことがある。季節の衣類の入れ替えをしていて、もう次のシーズンまでは着ないものの始末をしている時に、この言葉をふと思いだすのである。ところが、私が「来年のことを言うと鬼が笑う」を思いだすのは、衣類の始末の場合だけに限られている。印刷した年賀状の残りが、お返し用の年賀状を書いていて足りなくなる。私製はがきを買って、十二支に因んだ絵や字を書いて、数字の年は省略することもある。二、三枚余って次の同じ十二支の時に使えると思い捨てずにあるのが色褪せず幾分も溜まっている。

ラッキー・ムーン《らっきー・むーん》　──→ニューヨークめぐり会い（319頁）

爛熟への道《らんじゅくへのみち》　エッセイ

〔初出〕「群像」平成五年一月一日発行、第四十八巻一号、三一六～三二一頁。「特集、小説は何処へゆくか」。

〔梗概〕小説の魅力に溢れた作品は、十九世紀の作品であろうと、今日の新刊小説であろうと、扱われていることが実によく小説というものに向いているのである。小説というものの機能を存分に発揮できることが扱われているのが常なのである。結核はまことに小説向きの病気であり、癌は一見まさに小説向きに見えながら、実は全く小説には向かない病気なのだ。『椿姫』が名作であるのは、恋愛小説として名作であるばかりでなく、結核小説としても名作であるからである。結核の病気の特徴は、『椿姫』でも実に見事に生きていて、あの恋愛小説に魅力を溢れさせている。癌という病気には、作品化する上で小説というものの折角の機能を拘束する特徴があまりにも多すぎる。文学というものは、後世に与える印象のほうが、本質を顕わしている。西欧の十九世紀小説の隆盛ぶりは確かなのであるが、西欧の小説における十九世紀は、十七、八世紀の活字文化の積み重ねが、変貌発展し、円熟し、さらに隣接文化と影響を与え合いつつ、世紀末に至って爛熟したように思えるのである。現代は、うっかりしていると小説に向ないことほど、向いているかのように錯覚させられかねない時代なのである。文化の道程は、最後に爛熟に至って、漸く完成するものだと、私は思っている。二十世紀に新しく発達した現代小説が、爛熟に達するのは、百年先か、二百年先か。

り

リアリズムからの前進《りありずむからのぜんしん》　選評

〔初出〕「文藝春秋」平成十年九月一日発行、第七十六巻九号、四〇四～四〇五頁。

〔梗概〕第百十九回平成十年上半期芥川賞選評。藤沢周「ブエノスアイレス午前零時」は「抽象性が成功して」いる。花村萬月「ゲルマニウムの夜」は「閉塞的な世界であるにも拘らず陰湿性がなく、この作品もやはり広がりを見せる」と評する。

リアリティの生命《りありてぃのせいめい》　エッセイ

〔初出〕「知識」昭和六十二年九月一日発行、第三巻九号、二四六～二四九頁。「文藝時評連載9」。

〔梗概〕石原慎太郎氏の「生還」は、私小説とは無縁の作品であるだけでなく、令弟の病気からまったく飛翔しえている作品である。この作品を読んで、どのような傾向・性格の文学も、鮮やかなリアリティによってこそ存在価値があることを改めて痛感した。稲葉真弓氏の「眠る船」は、よき資質の手ごたえを感じた。

リアリティの強さ《りありてぃのつよさ》　選評

〔初出〕「新潮」昭和五十一年八月一日発行、第七十三巻八号、一三七～一三八頁。

〔梗概〕第八回新潮新人賞選評。笠原淳「ウォークライ」は毎朝マラソンをする中年男の実感を書き、マラソンで知り合った男を意識する面に、私は最も手応えを感じた。締めくくりの体勢に入って以降、〈日の出会〉のことが重く扱われはじめるところ以後に弱点がある。「ウォークライ」を選んだが、リアリティにおいて「鳩」よりもこのほうに強さを感じたからである。

理窟抜き《りくつぬき》　エッセイ

〔初出〕「楽しいわが家」昭和五十五年十一月一日発行、第二十八巻十一号、三～三頁。

〔梗概〕子育てを終って、何を生甲斐にしてよいやらわからないと歎く、知り合いの中年女性に、とりあえず肌を人一倍美しくすることに身を入れてみたらと、ふと言った。やがて、その人は、七十になってもシミ一つなしでいますわね、と美しい肌をして言うようになった。

離婚は子が自立できるまで待て《りこんはこがじりつできるまでまて》　エッセイ

〔初出〕「ショッピング」昭和五十二年五月一日発行、第九十九号、二六四～二六五頁。「女と愛と生きること5」欄。

〔梗概〕私は子供がすべて義務教育を修了するまでは、夫婦は離婚できない法律があるべきだと思っている。夫婦というものは、元は他人である。他人でありながら、特別の他人になったればこそ、相手が親よりも、きょうだいよりも、ずっと切実にかけがえのない者になるのである。が、時と場所が変れば、元の他人に還ってしまうものでもあるのだ。が、元は他人であった者同士の血が混合して生れたのが、二人の子供である。夫婦が離婚ということになっても、子供のなかで混合した血は再び分離することはできない。離婚するなら、どちらか一方の血にしてから離婚してくれ、と言われたら、夫婦は言葉もないだろう。ところで、西洋諸国に子捨て、子殺し、親子心中が非常に少いといわれるが、それは彼等が神をもっているからで、この世は生きるに値いするものだということをいつか必ず経験し得るという信念があるからであろうと思われる。

理想にはじまる《りそうにはじまる》　エッセイ

〔初出〕「みち」昭和四十八年三月（日付なし）発行、第十三号、二～三頁。「ひとこと」欄。日本道路公団広報課発行。
〔梗概〕高速道路が造られることになったことは結構なことだ。トンネルの照明がオレンジ色なのは、運転者の気分を一新させるような効果がありそうな気がして、私は好きである。高速道路が、乗用車とタンクローリーやトラックなどと兼用になっているのは疑問である。事故が起きた場合の長距離にわたる機能麻痺についての無設備ぶりは、嘆かわしい。ポケット地帯なり、サブ・ロードなりを造っておくことは、当然ではないか。

良質の青春小説《りょうしつのせいしゅんしょうせつ》　選評

〔初出〕「文藝」平成二年十二月一日発行、第二十九巻五号、一二九～一二九頁。
〔梗概〕平成二年度文藝賞選評。「青春デンデケデケデケ」は標題通りの青春ものだが、対象との距離の取り方が見事で、青春ものの陥りがちな幾種もの危険を退けて成功している。会話の方言にしても、一旦突き放すことを心得て用いられているようで、文学作品の方言がとかく感じさせる押しつけがましさがない。そのように万事に客観視が備わっておりながら、少しもニヒルの気配がないのは、この作品の一層のよさである。読書界は実に久しぶりに、良質の青春小説を得たようだ。

良質の二作《りょうしつのにさく》　選評

〔初出〕「新潮」昭和五十五年七月一日発行、第七十七巻七号、七七～七八頁。
〔梗概〕第十二回新潮新人賞選評。木田拓雄氏の「二十歳の朝に」を読んだ時、私は短編作家キャサリン・マンスフィールドの「最初の舞踏会」を思いだした。初々しい少女が人生というものの果てには怖ろしいこと、憂鬱なことが待ちかまえていると、ふと知らされる。そのために、主人公の若さの自覚が深さと味わいと瑞々しさを増す。木田さんが「最初の舞踏会」をご存じないことは間違いない。偶々似たテーマを扱い、「二十歳の朝に」は彼女のその作品に優るとも劣らない。運上旦子氏の「ぼくの出発」はおとなとの異和感に掻きたてられる、少年の苛々した気分、狂暴な情念が、確かなリアリティを感じさせつつ、落ちついて描き出されている。

両受賞作について《りょうじゅしょうさくについて》　選評

〔初出〕「群像」平成四年八月一日発行、第四十七巻八号、三〇六～三〇七頁。
〔梗概〕第二十回平林たい子文学賞の選評。村田喜代子さんの『真夜中の自転車』に収められている十二の短編小説に機能している抽象性は、どの作品でも不思議なくらい自然である。リアリズムでは捉え得ないものを確実に創造している。岩阪恵子さんの『画家小出楢重の肖像』は〈勁い美しさ、冗漫に陥らない巧みなおもしろさ〉がこの作品自体の特色でもある。

両部門の受賞作《りょうぶもんのじゅしょうさく》　選評

〔初出〕「群像」昭和六十一年六月一日発行、第四十一巻六号、一五四～一五五頁。

〔梗概〕第二十九回群像新人文学賞選評。小説部門では「復活祭のためのレクイエム」がいちばん出来がよかったが、いそいそと受賞作に決めたいほどの出来栄えではなかった。けれども、見合わせるには未練があった。この作品には、向日性がある。評論部門の受賞作「記述の国家―谷崎潤一郎原論」は新鮮だった。専ら自身の知性と感性で、谷崎文学に踏み入ろうとしている作者の文学的誠実さにみちた姿勢は勇しく、瑞々しい。

両部門の受賞作《りようぶもんのじゆしようさく》　選評

〔初出〕「群像」平成七年八月一日発行、第五十巻八号、三九二～三九三頁。

〔梗概〕第二十三回平林たい子文学賞選評。受賞作の稲葉真弓さんの『声の娼婦』のあとがきで、作者は、小さな事件から材を取ったものであり都市という巨大な闇の中にひそんでいるものに対する窃視を材にした作品、と述べている。私はその窃視という言い方をおもしろく思った。文学作品はすべて窃視を材にしているのではなかろうか。そして、窃視の対象の最たるものは作者自身であるはずだろう。評論部門の受賞作、川村湊さんの『南洋・樺太の日本文学』は、時代的特色をもつ一つのジャンルとして論考されることのなかった植民地文学をこうまで広く調べあげ、そこから諸問題を論じたことは快挙というべきだろう。

涼を求めて《りようをもとめて》　――→ニューヨークめぐり会い（320頁）

林檎と蟹《りんごとかに》　――→ニューヨークめぐり会い（318頁）

る

類似の出来事《るいじのできごと》　エッセイ

〔初出〕「潮」昭和四十八年十月一日発行、第百七十二号、七三～七五頁。「わが体験」欄。

〔梗概〕十年以上もまえ、いや十五年以上も昔のことかもしれない。東京のある国鉄駅の裏側の出口で、私は人と待ち合せしていた。ひとりの中年女性がいて、通行人を目がけて急に追い縋《すが》ったと思うと、ぱっと離れて、また元の場所へ立ち戻る。彼女は幾度も同じ行動を繰り返し、「たばこ…」と押し殺した声で言う。ニコチン中毒者が恥も外聞もなく、見知らぬ男にたばこを恵ませようとしている、と思ったが、パチンコ屋の客の景品買いだとは全く気がつかなかったのである。もうひとつの体験は、まだ四年ほどにしかならない。商店街へ食料の買い出しに出かけた。巡礼姿の老人が歩いてきた。白い装束は垢じみ、破れ、巡礼というより乞食に近い感じである。近くなって、その老人の顔つきを見て、意外な気がした。菅笠のかげで、彫りの深い顔立ちが高貴なほど整っている。私にはその老人が、何だか自分のただならぬ縁のある存在のように思えてきた。小銭を老人に差しだした。同時に、私はその老人の顔立が、彫りは深いが、実は高貴でも何でもなく、眼つきの卑しいのを発見した。

ルーズベルト島《るーずべるととう》　――→ニューヨークめぐり会い（319頁）

ルーム・メート―独身女性に流行っている二人ぐらし―《るーむ・めーと―どくしんじょせいにはやっているふたりぐらし―》　エ

ッセイ

〔初出〕「婦人公論」昭和四十一年十一月一日発行、第五十一巻十一号、一一三〜一一八頁。

〔梗概〕日本にもルーム・メートを求める広告文が女性向きの週刊誌に出ている。東京またはその周辺の人たちで、年齢は二十歳前後が多い。中間層の女性の都会進出がめざましく、病気の際ありがたいこと、おしゃべりが楽しめること、経済的負担が減ることが、ルーム・メートを求める理由である。ルーム・メートたちをインタビューする。

れ

冷徹の美《れいてつのび》　エッセイ

〔初出〕「川端康成全集第3巻月報6」昭和四十四年九月二十五日発行、新潮社、三〜六頁。

〔収録〕『もうひとつの時間』昭和五十三年二月二十日発行、講談社、八〜一一頁。『河野多恵子全集第10巻』平成七年九月十日発行、新潮社、一三七〜一三九頁。

〔梗概〕私が鳥を嫌いなのは、「あの形態と身動きの仕方に、残忍なことをされそうな感じと、残忍なことを仕出かしそうな感じとを同時に惹き起され、逆上するような恐怖的嫌悪を覚える」ためである。ところが、川端康成の「禽獣」の鳥は、嫌悪を覚えさせられないばかりか、非常に魅力を感じる。その理由は、この小説の完璧さのためではないだろうか。主人公の愛玩動物への対し方に、被虐的なところは全くなく、加虐的な向きばかりある。この小説には、残酷なのは事柄であって、表現されているのは、冷徹な美なのである。「禽獣」の虚無は、虚無観ではなく虚無感というべきものであろう。冷徹の美はそれとも関わりがあるのであろうが、そのようなことを考えるのは無意味に見えるほど、この小説の冷徹の美は冷徹したものだ。

レコードの楽しみ《れこーどのたのしみ》　エッセイ

〔初出〕『世界ピアノ名曲全集第4巻〈ベートーヴェン〉』昭和五十年十二月二十日発行、河出書房新社、一六〜一七頁。

〔収録〕『もうひとつの時間』昭和五十三年二月二十日発行、講談社、二〇一〜二〇五頁。

〔梗概〕私の遠い記憶に残っている限りでは、「オーヴァー・ザ・ウェイブ」が生れてはじめて聞いたクラシック音楽だったらしい。抑揚がないようであるような感じではじまる曲を、戯れに「幽霊のレコード」と呼んでいた。誰の作曲の何という曲として聴いた最初のものは、ベートーヴェンの「月光奏鳴曲」だった。ベートーヴェンの作品中でも私が魅力を感じるのは、ピアノ曲である。レコードの楽しみのひとつは、今聴いたその部分がよくてたまらなくなった時、すぐにももう一度その得難い歓びに浸れるということである。もうひとつのありがたさは、本当のものを居ながらにして、聴けるということだろう。勿論、生の演奏ではない。が、全く本物通りではないが、紛れもなく本物である。音楽を聴く目的とは何であろうか。具体的な収穫などないところに寧ろ価値があるのであって、官能と精神の歓びの一致という歓びを音楽ほど与えてくれるものはない。

恋愛小説としての「虞美人草」《れんあいしょうせつとしての「ぐびじんそう」》　エッセイ

〔初出〕『夏目漱石全集第4巻』昭和四十九年六月十五日発行、角川書店、三五九～三七二頁。

〔収録〕『もうひとつの時間』昭和五十三年二月二十日発行、講談社、二三～三四頁。『河野多惠子全集第10巻』平成七年九月十日発行、新潮社、一二二～一二九頁。

〔梗概〕恋愛小説をはじめて読んだ気に私をさせた最初の小説は、漱石の「虞美人草」だった。この小説に登場する未婚の男女六人が実にそれぞれの年齢にふさわしい人物に描かれている。漱石は風俗や社会情勢や平均寿命の長短などには侵蝕されない、永遠の普遍性をもつ年齢を見透して彼等を造型したのであろう。いつ頃からか、私は「虞美人草」を読むと、サッカレイの「虚栄の市」を思い浮かべるようになった。「虞美人草」の若い男女たちと「虚栄の市」の若い男女たちの間で、それに似た面白さを味わうのが、私は好きなのである。私は「虞美人草」に、妹というものをも含めて、若い女性に対する若かった日の漱石の見果てぬ夢を感じる。この一編の創作衝動はそこにある。漱石は甲野さんでありたかったのであり、宗近君でありたかったのであり、小野さんでありたかったのであろう。小夜子のような女性が終始いてくれて、しかも藤尾のような女性と恋をし、その藤尾を捨てて、小夜子と結婚する自足は、男性にとっての夢のひとつではないだろうか。

連載中の小説作品《れんさいちゅうのしょうせつさくひん》　エッセイ

〔初出〕「知識」昭和六十二年四月一日発行、第三巻四号、二四六～二四九頁。「文藝時評連載4」。

〔梗概〕連載中の小説では、青野聰氏の「七色の逃げ水」と大庭みな子氏の「王女の涙」が最も楽しみである。青野氏の書くものには、登場人物たちが、確実に人格をもっている。登場人物たちが人格をもっていることが、氏の文学の高さ、豊かさ、魅力に大きく関わっている。彼の創造する人物たちの人格がこの小説世界をどう展開させてゆくか、期待を感じさせる。大庭氏の「王女の涙」も、一行ごとに、作品世界が確実に深く広くなってゆく。その手応えが実に快く、歓びを与えてくれるのである。

ろ

蠟燭《ろうそく》　エッセイ

〔初出〕「現代詩手帖」昭和四十五年七月一日発行、第十三巻七号、二～三頁。「サバト70」。

〔梗概〕自然の明りの乏しい夜が、灯りを必要とさせるのではなくて、夜があるのは灯りの愉しみのためかもしれない。灯りのよさ、特に蠟燭の灯りの愉しみは、そんな気持を起させる。蠟燭の灯りと附き合ってみるといい。不思議な世界へ浮遊してみるといい。

老夫と元ヒッピー《ろうふともとひっぴー》　エッセイ

〔初出〕「知識」昭和六十二年十二月一日

発行、第三巻十二号、二四六〜二四九頁。「文藝時評連載終」。

〔梗概〕耕治人の「どんなご縁で」は強い印象を受けた作品である。夫馬基彦氏の「金色の海」は、登場人物が三人の混血児を含めて、実にくっきりと表現されている。元ヒッピーたちの姿と心情を見事に捉えた秀作である。

「ｒｏｓｅ」を推す《「ろーず」をおす》　選評

〔初出〕「文藝」平成三年十二月一日発行、第三十巻五号、二三一〜二三二頁。

〔梗概〕平成三年度文藝賞選評。川本俊二さんの「ｒｏｓｅ」は、せめて二割短く仕上げれば、実によくなったと思うが、とにかく四候補作中、唯一の張りのある作品であった。書こうとしていることも、はっきりしており、若々しさの自然に発露に魅かれた。二人の女性の間で揺れる、極く若い主人公の気持がよく実感される。二人の女性、取り分け景子の描き方には感心した。世の若い男女の関係が、流行や風俗としてではなく、漸く深まりを備えはじめてきたのか。

六候補作について《ろくこうほさくについて》　選評

〔初出〕「文藝春秋」平成十三年三月一日発行、第七十九巻三号、三六六〜三六七頁。

〔梗概〕第百二十四回平成十二年度下半期芥川賞の選評。堀江敏幸の「熊の敷石」は、とても推せなかった。エスプリもどき、知性まがいの筆触しか感じられない。玄侑宗久「玄山」は、作家としての眼と姿勢が終始鮮やかに感じられ、私は専らこれを推した。青来有一「聖水」は、これまでの候補作よりは成長している。黒川創「もどろき」は実力不足で破綻している。吉田修一「熱帯魚」は、設定あるいは作中の出来事に弱点がある。大道珠貴「スッポン」は、これほど作品に表情の出せる人は珍しい。

'63について《ろくじゅうさんについて》　エッセイ

〔初出〕「毎日新聞」昭和三十八年十二月十九日夕刊、三〜三面。大阪版二十五日夕刊。

〔梗概〕数年前の私は、大みそかの日記など書く気にもなれないような状態だった。一度も自殺ということを考えずにすんだのは、私のことを案じてくださった五、六人の人たちのおかげであった。不幸だったころの私には、その人たちの親切が身にしみた。芥川賞をさずけられ、不幸においてだけではわからないいっそう暖かい心というものが、あったことを発見できたことしは、本当によい年だった。

路上《ろじょう》　短編小説

〔初出〕「群像」昭和三十九年二月一日発行、第十九巻二号、一一七〜一三六頁。

〔収録〕『夢の城』昭和三十九年四月二十日発行、文藝春秋新社、一九九〜二三七頁。『夢の城〈角川文庫〉』昭和五十一年四月二十日発行、角川書店、一三三〜一六九頁。『河野多恵子全集第2巻』平成七年一月十日発行、新潮社、七〜二四頁。

〔梗概〕妹の喜美子と孝雄が伊豆へ新婚旅行へ出かける。見送りにきた辰子は、挙式直前の一件のことで落ちつかなかった。花嫁衣裳の支度ができあがり、控室へ移るとき、喜美子は加納に「わたし、本当はお義兄さんみたいな人と結婚したかったのよ」と、涙を走らせた。喜美子は二十五になっていた。孝雄とは見合いで、喜美子には妥協した節があるのだった。喜美子は高校を卒業して洋裁学校へ通っていた頃、大学生の篠田と熱心につき合いだし、婚約したいと言いはじめた。どこか横柄なところがある篠田に、両親は快く思わなかった。喜美子は篠田に夢中であったが、まだ一年にもならない翌年の春、彼女のほうから絶交した。動物園で篠田が猿に投げたみかんが喜美子の頰を撃ったのである。その夏、篠田は、海水浴場で飛び込み台から、ジャンプをやり、首の骨を折って死んだのだった。喜美子が二十三になったとき、最初の見合いの相手の青年が、一年ばかり前に死んだことが伝わってきて、甚くショックを受けた。「なんだか、わたしは幸福な結婚はできないような気がするわ」などと言いだすのだ。今度の孝雄は病院勤めの医者で、三十一歳の闊達な青年だった。結婚していたかもしれない青年が二人まで死んで、彼女は悲観的な気分を更に深め、加納を行末の庇護者とも、心の拠りどころとも感じて、慕うようになったらしかった。辰子は、加納と喜美子とが、月並みの義兄、義妹としての縁だけに終らないような気がしはじめてきた。辰子は、自分が加納より先に死ぬようなときにはと思った途端、はっとした。辰子の実母は数え年二十七で、彼女が六つのとき死んでいた。辰子は加納に苦痛を望み、応えられ、なお求め募っては、翌朝体の感じを知りながら、よく恥じることがあった。屢々、辰子は死を夢みた。太い横腕がどこまでも咽喉を締めつけてきている。彼女は、加納に与えられる死と死後の快楽を夢みて、一層われを忘れた。電車のなかで母くらいの年輩の婦人が連れに「心配なさらないほうがよろしいですよ。私だってそうですもの。四十まで生きられるかしらと思っていましたもの。母も若死していますし」と言っている。駅を出て、直横に道路へ出て行くと、不意にトラックが迫り、悲鳴と共にその婦人の体は飛んで転がった。騒々しい人垣が出来、辰子は、誰かが、「死んじゃってるとも」と言うのを聞いた。

路上にて《ろじょうにて》 ――→ いすとりえっと（33頁）

ロマンティックな人はほんとうは現実家なんです《ろまんていっくなひとはほんとうはげんじつかなんです》　エッセイ

〔初出〕「ショッピング」昭和五十二年三月一日発行、第九十七号、二二四～二二五頁。「女と愛と生きること3」欄。

〔梗概〕私の前後の世代では、帯が結べるか、結べないかが、一つの境い目になっていると、佐藤愛子さんの説である。何年間、私の帯を引き受けてくれた若い主婦の人が、こんな話をした。彼女は十五日の成人の日の翌日まで、今年は全く食料を買わずにやってみようかと思って試してみたと言った。やりはじめて、彼女はパンとほうれん草と豆腐を買ったと言った。冷蔵庫や戸棚の中は片づいてゆくし、思いつく工夫をするのが面白く、楽しくてたまらなかったと言う。「主人も子供たちも、十六日まで原則として食費は使わなかったこと知らないんです」と笑って言ったのだ。彼女はロマンティックな人なのだろう。現実的な人であるが、同じくらいにロマンティックな人にちがいない。つまり、きわめて柔軟な人だといえると思う。本当のロマンティックなことというのは、夢のようなことではなく、現実に発しているものであり、本当に現実的であるためにはロマンティックの要素もまた、なければならない。そうである時に、愛とか、生きるとかいうことの計り知れない深い歓びにも浸ることができるのではないだろうか。

わ

『ワーニャ伯父さん』　『わーにゃおじさん』　エッセイ

〔初出〕「劇」昭和四十六年十二月八日発行、第三十六号、二八〜二九頁。

〔梗概〕「ワーニャ伯父さん」に出てくる登場人物たちは、私にとっては言葉をかけにくい人たちばかりである。ほんのひとときのお相手でも、私にはうまく果せられそうにない。が、ソーニャだけは最も話題をみつけにくい相手でありながら、私は話をしてみたくてならないのである。彼女は何故か少しも不自然さを感じさせない。ソーニャの不自然ではないことの秘密を知らせてもらえる期待をもてるのが舞台というものだろう。実際にはひとときの相手さえしかねるような人物に、逆に自分にとってのこのうえない理解者を見出したりする期待をもちうるのがまた、舞台である。

猥褻裁判への杞憂　わいせつさいばんへのきゆう　エッセイ

〔初出〕「群像」昭和五十一年七月一日発行、第三十一巻七号、一三九〜一三九頁。「街の眺め」欄。

〔収録〕『もうひとつの時間』昭和五十三年二月二十日発行、講談社、一二二〜一二四頁。

〔梗概〕文学作品に関する猥褻裁判で、また有罪判決が出た。弁護人はあまりに藝術性を武器にして他が疎かになっていないか。藝術性の欠如が告発理由のポイントじゃあるまい。藝術論争では承服させたが、法律論争では覆せず有罪になったのでは、困る。また、今日の一般の性の解放度の拡大を批判理由にしたようなものを見かけることがあるが、そうした考えは「社会通念云々」と実は裏腹であるし、仮りにそれが弁護人の弁護であれば勿論何の効果もないだろう。

猥褻性と藝術性　わいせつせいとげいじゅつせい　エッセイ

〔初出〕「新潮」昭和四十五年三月一日発行、第六十七巻三号、一七二〜一七三頁。「文壇」欄。

〔収録〕『文学の奇蹟』昭和四十九年二月二十八日発行、河出書房新社、六三〜六六頁。『河野多恵子全集第10巻』平成七年九月十日発行、新潮社、四九〜五一頁。

〔梗概〕久しぶりに泉鏡花の小品を読んでいると、昨年のマルキ・ド・サドの「悪徳の栄え」邦訳出版の判決理由のことを思いだした。判決に加わった十三裁判官は、「悪徳の栄え」の藝術性と猥褻性の双方を認めていた。「猥褻性の有無は藝術性との関連で相対的に決めるべきだ」と、判決に反対意見をもった五人の裁判官の「相対的猥褻説」を否定する。また、「本書はいわゆる春本などとは違うが、なお通常人の性欲を興奮、刺激させるに足りるものだ」という裁判長の言い方の奇妙さを、泉鏡花の作品における食欲を例にあげて批判する。そして、「裁判官たちが使っているような曖昧な猥褻性」ならば、「むしろ露出的とも言い変えるべき」であり、「今日の猥褻罪には、呼称といい、規定といい、多くの曖昧さと不自然さがある」と指摘する。

「猥褻」のフシギ《「わいせつ」のふしぎ》　対談

〔初出〕「婦人公論」平成五年十月一日発行、第七十八巻十号、二三八～二四七頁。
〔梗概〕一条さゆりとの「作家の眼・踊り子の実感」対談。「年中無休」「覗かれる張り合い」「猥褻の意味」「法廷の文藝評論」「ローソクという演出」「ＳＭの愛とは」「男の取り越し苦労」から成る。文学作品の猥褻裁判は、検察の人も、裁判官も、一生懸命その該当する文学作品や、その類の文学作品を読む。弁護士はその作品が藝術だと言い立てる勉強をして、法廷闘争なんだから、何の文学的価値もない作品だということにしたっていいのに、やけに文学に理解を示す。私は今まで読んだ男女間で交わされた手紙の中で一番ぐっときたのは永井龍男さんが旅先から奥様にお出しになったもの。一番最後に「こっちをお向き」って書いてあるのには、茫然とした。

わが愛する歌―エミリ・ブロンテの詩―《わがあいするうた―えみり・ぶろんてのし―》　エッセイ

〔初出〕「読売新聞」昭和四十四年十二月十九日朝刊、二〇～二〇面。
〔梗概〕昭和十九年、戦争末期に、私は女専に入学した。八月から工場へ動員され、授業を受けたのは、最初の一学期だけである。授業で、エミリの〝No coward soul is mine〟という詩が最も印象強かった。夜ごとの空襲で、一晩また生き延びたとき、私はエミリ・ブロンテのその詩を自然に思いだし、それ以外には目下の自分には救いはないように感じた。今では、その詩に救われることは少くなり、その代り「存在」を訴えられるようになってきている。

わが〝秋の夜長〟対策《わが〝あきのよなが〟たいさく》　回答

〔初出〕「週刊文春」昭和四十七年九月二十五日発行、第十四巻三十八号、一三二～一三二頁。
〔梗概〕アンケート質問は「眠れない夜、あなたは何を思い、何をしますか。あなたしか知らないその時のことをお聞かせください。」である。「四、五年前までは、睡眠薬をのんだり、『私は眠る』とくりかえしつぶやいて、自己催眠におちこもうとしたり、さんざん苦しみました。が、結局は自分の著作を読むのがこのごろの睡眠法です。」云々と答えている。

若い橋《わかいはし》　―→ニューヨークめぐり会い（321頁）

わが「思い出の映画」《わが「おもいでのえいが」》　アンケート

〔初出〕「週刊読売」昭和四十四年五月十六日発行、第二十八巻二十一号、五四～五四頁。
〔梗概〕「神々の深き欲望」、「チャップリンのモダン・タイムズ」のウエーターを演じる場面をあげている。

わが故郷―大阪―《わがこきょう―おおさか―》　―→故郷（155頁）

わが作品を語る《わがさくひんをかたる》　インタビュー

〔初出〕「青春と読書」昭和四十八年十一月二十五日発行、第二十七号、一二～一八頁。
〔梗概〕きき手・武田勝彦。「雪」「幼児狩り」「うたがい」「塀の中」の自作について言及する。「幼児狩り」の主人公にとっては男の子というもの、「小さい男の子というのを人間の一番理想的な形」だと思うんです。男の子というものに対する偏執みたいなものになるが、ところがただ異性に対する、男の子に対する性的なものというのは「幼児狩り」の中にはある。私は小説のテーマとしては「塀の中」というのは積極的なテーマを持っていないと思います。「どう考えても、そこがいやなんです。」「だからやはり戦争中のことを書いたもので小説の時代としてもっと前に当る『みち潮』とか『塀の中』の次の時期に当る終戦時のことを書いた『遠い夏』のほうがずっと好きですね」と述べる。

わが作品を語る《わがさくひんをかたる》　対談

〔初出〕「青春と読書」昭和四十九年一月二十五日発行、第二十八号、一二〜一七頁。

〔梗概〕『回転扉』『雙夢』をめぐっての武田勝彦との対談。「名前のもつイメージについて」、「男と女の愛の状態」等に言及。「詩で出るときのイメージ、これはイメージと小説で書くときのイメージ、これはイメージの持っていき方が全然違うんじゃないかと思います。詩の場合は読者にその経験をさせなくてもいいんです」と述べる。

わが町—千代田区番町（東京都）—《わがまち—ちよだくばんちょう（とうきょうと）—》　エッセイ

〔初出〕「東京新聞」昭和五十五年三月二十五日夕刊、三〜三面。

〔梗概〕靖国通りを挟んで、九段北・九段南の町がある。一方、四ッ谷から半蔵門へ通じている道路を挟んでいるのが麹町で、この二つの町の間にあるのが、私どもの番町である。移ってきた頃にくらべて、随分変った。ビジネス・ビルの混じったマンション町めいてしまった。そうなりだす切っ掛けみたいにして出来たのが、私どものマンションなのだが、まだ十年にはならない。皇居のほかにも市ケ谷の土手や大使館や官公邸や靖国神社や北の丸公園などがあり、どちらの方向へ散歩しても自然に、桜のお花見ができる。番町には、鉄幹・晶子も一時期住み、鏡花はここで亡くなった。九段通りに、数少くなった古風な店構えの床屋さんがある。九段南の二七不動通りの理髪店は吉行エイスケさんの行きつけの店だった。吉行理恵さんは根っからの番町族で、伝え聞けば、河野さんは谷の向うに住んでいると、おっしゃっていたそうだ。私はそれまで谷があるとは思ってもみなかったのである。

わが町・わが本—庄野氏の「相客」と帝塚山—《わがまち・わがほん—しようのしの「あいきやく」とてつかやま—》　──→「相客」と帝塚山（3頁）

我が家自慢のおせち料理《わがやじまんのおせちりようり》　回答

〔初出〕「月刊カドカワ」昭和五十九年一月一日発行、第二巻一号、三〜三頁。

〔梗概〕東京式の鶏肉、椎茸、三葉を入れたお雑煮を作ることもありますが、我が家は大阪風のお雑煮です。かずのこ、黒豆、田作りの三つだけは家で作ります。

わが家のミソ汁《わがやのみそしる》　回答

〔初出〕「味の味」昭和四十二年七月一日発行、第二十四号、一四〜一四頁。

〔梗概〕ミソ汁のダシにはカツオブシよりもニボシのほうがよいように思う。毎朝というわけにはゆかず、週に二度程度。甘口ミソと八丁ミソを少々。

わからないことども　エッセイ

〔初出〕「日本及日本人」昭和四十八年十一月一日発行、第千五百二十号〈玄冬号〉、一五六～一六三頁。「最近の新聞・社会面より」。

〔梗概〕新聞に大きく報道された事件として、助教授一家心中というのがあった。当の助教授が愛人関係にあった教え子を事前に殺し、一家心中した。新聞などによると、助教授は愛人の女子学生を殺したらしいことを生前、勤務先の身近な人たちに洩らしている。洩らされた人たちは、二人の関係を熟知していた様子である。二人の醜聞は彼等の大学では、かなり以前から相当詳しく知れていた。それなのに、大学当局はそのことに対して何の処置もしていなかったことが、不可解に思える。役人の汚職なども理解に余るひとつである。役人は何のために便宜を計ろうとするのか。その大半は饗応である。贈賄の対照にされるほど、偉くなったという優越感である。交際費などもその優越感であろう。組合も、交際費の全廃はおろか、削減さえ主張したことはない。どういうわけであろうか。サラリーマンの停年延長も、本当に望ましいことかどうか、疑問に思う。停年は延びれば延びるほど、老後の生活は困難なものになるのではないかと思う。

わかれ　短編小説

〔初出〕「新潮」昭和三十八年七月一日発行、第六十巻七号、八〇～一〇〇頁。

〔収録〕『美少女・蟹』昭和三十八年八月二十五日発行、新潮社、八九～一二八頁。『思いがけない旅〈角川文庫〉』昭和五十年十月二十日発行、角川書店、九三～一三六頁。『河野多恵子全集第1巻』平成六年十一月二十五日発行、新潮社、一九五～二一五頁。

〔梗概〕永子の夫の池見は、四十にならない男盛りで、お酒で死んだ。一、二カ月に一度位の割で、泥酔して、人の世話になったり、駅のベンチで眠りこけたりするのであった。早く帰宅した時には隣室の扉を叩き、また別の部屋へと入り込み、とめても聞かない。そのあとで表へ出ていき、更に飲んできたりもする。たばこ屋のばあさんともめ、ウインドウのガラスを割り、掌を血だらけにしてとり押さえられ、警察の厄介になったこともある。永子が迎えに行き示談にして帰ろうとすると、酔いの醒めてない池見は車道の中央へ飛び出し、車を止めようと手を挙げる。次々に車が疾走してきて、連れ戻しに行こうとする永子を阻む。いわゆる酒難である。

その日も派出所から巡査が来て、病院へ行くようにという。震えそうな想いでかけつけた。医者が案内したベッドの顔には、白布が置かれていた。池見は陸橋のたもとで泥酔し、オーバーも失くして倒れていたのを、通行人に発見され、病院へ運ばれるとすぐ息を引きとったという。心臓麻痺であった。

永子は死や霊魂の存在について、断末魔が必ずあり、魂が肉体から飛び出す瞬間があると常々思っている。信仰にも近いその考えの原点は二十年以上も前の戦争体験である。女学校の動員で軍需工場で働いていた時、爆撃を受け、死ぬんだな、死にたくないと感じた瞬間、自分の肉体から強い力で何かが出かかるのをはっきり感じた。その何かは嘗て肉体と共に接した場所や人の間を、星のように永遠にめぐるのだ、というのである。この信念のために永子は池見の霊魂を思いやるとき、自責と悔いと怖れなしにはいられなくなった。

あの夜、この寒いのにと懊《じ》れきっていた永子を、同じアパートの女が下から大声で呼んだ。暗闇でよく判らないが、近くの道端に誰かいる。池見ではないかと言う。二人で行って見た。人違いであった。永子はその男を見捨て、女に礼も言わずそこを離れた。やたら腹がたった。それは池見に対する怒り、恨みと憎しみでもあった。あのとき池見の霊魂が肉体を離れ、自分の許へ飛んできながら立ち去ったのではないか。池見の死以来、永子を眠れなくさせたのはその一件であった。

その朝、永子の目覚めはまことに爽やかなものだった。池見の死以来、こんなに気持よい目覚めはなかったし、歓ばしいほどであった。食事をしようと箸を動かし始めた時、急に胃に痛みが走った。痛みがひどくなりうずくまりながら、消化剤をみつけてのんだ。そばの医者の白い薬袋に眼をとめた。表に〈アトラキシン、二十回分、一回一錠〉とある。怖々中を覗いてみた。真赤な包みが三つ――それと同じ一包みを昨夜の三時すぎに飲んだのだ。開くと白い錠剤が五つ現れた。五倍飲んだのだ。薬局で求め、のみ慣れていた睡眠薬が五錠だったせいと、医者の薬は一服ずつのむものと思い込んでいたためと、不眠に翻弄されたせいで、一気にのんだのだ。

胃は痛むが気分はいいので、薬局に出向いた。アトラキシンを五倍飲んだと告げて、鎮痛剤を求め、その場でのんだ。薬のせいで陽気でハイな彼女に、薬剤師が笑って「徹夜のあとだったり、お酒の気でもあればそのままでしたよ」と言った。

アパートの状差しから新聞を抜き取り、部屋に戻る。朝刊、それに夕刊。さらに明日の日附けの夕刊。忽ち声をあげて笑い出した。「五錠のんだのは今朝の三時じゃなくて、昨日の朝の三時というわけね」。一日が自分になかったも同様に溶解したのだという不思議さが、どこまでも彼女の笑いを新たにさせた。

〔同時代評〕林房雄は「文藝時評（下）」（「朝日新聞」昭和38年6月29日発行）で「死後の霊魂の存否に関する考察のようなものが出てくる。が、これは形而上学というほどのものではなく、主人公の半童話的な空想として描かれているので、作品に一種の不気味さを添加することに成功している」と評した。（増田周子）

別れ《わかれ》　エッセイ

〔初出〕「日本経済新聞」昭和五十一年二月十二日夕刊、一〜一面。

〔梗概〕ヴァルター・シュピース作「別れ」の絵のテーマは、もちろん恋人同士の夜の尾をひく別れである。この多分に図案的な手法の画面の美しさは、甘美さと絶対的なものの啓示の表現との結合によるのだろうか。私はこれを眺めていて、この種の別れの絵画表現としては、この作品以外の表現はないかのような気がしてきた。

忘れ得ぬ言葉《わすれえぬことば》　エッセイ

わ

〔初出〕「新潮」昭和四十年八月一日発行、第六十二巻八号、一八六～一八七頁。「作家の眼」欄。

〔梗概〕間もなく、十返肇の三回忌が来る。十返肇の言葉として真っ先に浮かんでくるのは、一流の文藝雑誌と綜合雑誌のすべてに作品を発表し終えたとき、本当に文壇へ出たときなのだ。それから十返肇が「新潮」に書かれた文章のことである。アパートをたてて、その部屋代のあがりで、生活の安定を得てから仕事をしようという考え方である。これは堅実な生活態度といえるが、臆病な生活態度ともいえるのではないか。「生活の安定を得んと欲すれば文学的気魄は衰弱」する。この十返肇の二つの言葉に対して二、三の疑問がないでもないが、私にとっては忘れ得ない言葉なのだ。

忘れ得ぬ助言《わすれえぬじょげん》　エッセイ

〔初出〕「くらしの泉」昭和四十七年五月一日発行、第八十三号、一二～一三頁。

〔梗概〕私はその助言を受けたことを自分の半生中の幸運のひとつに数えたいほどだが、その助言の主のことは言いたくない。その助言というのは「あなたは人よりも自分の運勢が十年遅れて進んでゆくつもりでいるといいですよ。そのつもりでやってゆけば、きっと報いられますよ」であった。私の半生中のどん底時代であった。私はその助言を思いだすことで、眠れぬ夜に救われる思いのしたことが幾度もあった。そして、その助言は絶望時代が去ってからも、改めて役に立つようになった。自分の人生は十年遅れと見て、焦らず、怖れず、自惚《うぬぼ》れず、自分に可能な限りの生き方をしたいと思う。その助言がよみがえるたびに、今では天声のように聞きなされるようになっているから、その助言者のことを具体的にいいたくないのである。

忘れていた人《わすれていたひと》　エッセイ

〔初出〕「新潮」平成八年一月一日発行、第九十三巻一号、二三八～二三九頁。

〔梗概〕月日の経ってゆき方が、年ごとに速く感じられるようになった。一年があっという間に過ぎてしまう。月日がひたすら速く過ぎてゆくので、もう一コース別途に配給していただきたくなる。人生のやり直しではなくて、専ら月日の配給のことなのである。陰暦では十九年に七回、八年に三回などの割りで、閏月の入る年がめぐってくる。その一年は、十三カ月ある。一月などとは言わず、これから当分、気前よく一年を二度ずつ特配してもらえるものならば…。易者は作家志望を告げた私の運勢を占うと、「あなたはいつでも十年遅れのつもりでいなさい」と言ったのだ。私は久しぶりに甦ったその言葉が、私には特配される歳月が十年分もあることが、このたび一入幸運に感じられる。数年まえの三月、イタリアへ行った。ベルディ劇場を見学したその日の感激と感動がよく甦った。おじさんがにこにこ誇らしげに案内してくれた様子を思いだして、眼頭が熱くなることさえあった。それなのに、気がつけば、その人が早くも忘れていた人になりかけていたようだ。急に再会したくなった。

「私小説」的な話《「わたくししょうせつ」てきなはなし》　座談会

〔初出〕「銀座百点」昭和五十六年五月一日発行、第三百十八号、六八～七七頁。

〔梗概〕尾崎一雄・尾崎松枝・円地文

子・吉行淳之介との座談会。私小説系の作家の方は、記憶力が格別で、覚える以前の観る目が強いから、それで頭の中へ差し込まれている記憶がちょっと違うんじゃないかしら、という。

わたくしの「藪の中」《わたくしの「やぶのなか」》　エッセイ

〔初出〕「毎日新聞」昭和四十三年八月二十四日夕刊、七〜七面。「テレビ文学館22」欄。

〔梗概〕芥川龍之介原作「藪の中」のテレビドラマ化について、私は白状というものに虚偽が混じりかねないことが常識になっているところから、多襄丸の白状に疑惑をもたれぬように、取調べの際、彼の心の中の記憶を描くという形をとってみた。大きく食いちがった三者の記憶が巴となって、かえってひとつの紛れもない事実―人間の深さというものを舞い立たせている。テレビの「藪の中」でそれが視覚的な強みをかりて一段と発揮されればと思う。

私と「嵐ケ丘」《わたしと「あらしがおか」》　対談

〔初出〕「三田文学」昭和四十四年六月一日発行、第五十六巻六号、五〜三〇頁。

〔梗概〕インタヴュアー上総英郎との対談。戦争で未来がふさがれた状況になっていた時にブロンテの詩というものが心の中に印象づけられ、そして、「嵐ケ丘」を翻訳で読んだのは戦後である。「小説の中から感じるイギリス人というのは非常にしつこくて残酷ですね」。「嵐ケ丘」の登場人物に「無性別の人物を感じさせられて仕方がない。」「ヒースクリッフとキャサリンの二人が主人公で特に無性別なんだけれども、そのほかの人達も全部無性別の毒気に当てられて大なり小なり無性別ですね。」といい、「私は自分の仕事のあと考えると、結局男女のこと、これは人間の秘密の大変なものだし、それと超自然の世界ですね。」「女形遣い」は、「鏡花とエミリ・ブロンテと谷崎さんの亜流なのです。つまり、私があの作品で訣別したわけです。」「『幼児狩り』のときは、とにかく自分の個性だけにすがろうと思って、個性にすがろうったって頭で考えるので、これだめだから人間の精神だから、非常に男の子が好きだというのは、なにかしら私の個性に違いないから、そこから突いていたわけです。」「恐怖ということほど人間の想像力を刺激することはないですね」と、「嵐ケ丘」及び自作についても言及する。

わたしと寝室《わたしとしんしつ》　エッセイ

〔初出〕「近鉄ハウジングバラエティ」(刊記なし)、第十七号、二〜三頁。

〔梗概〕マンションへ移って四年になる。今もって、住むことへの愛情豊かな住生活にはほど遠い住み方しかしていない。私どもでは、夫婦の仕事がどちらも家でするので、住感覚も仕事本位になるらしい。静かで、場所も造りも便利なものが住居を択ぶ重要条件だ。寝室の窓から隣りのローマ法王庁大使館の広い庭が午前中の春の日ざしを受けているのが、見えて、大変美しい。正午すぎると日射しの角度の関係で、午前中ほどの美しさは望めない。その代り西洋杉が日射しに照らされて、その杉らしさを増す。午睡のあとその眺めを楽しむひとときが何ともいえない。

私と台所仕事《わたしとだいどころしごと》　エッセイ

〔初出〕「食生活」昭和四十二年二月一日

発行、第六十一巻二号、四八～四九頁。原題「いやではない台所仕事だが…」。
〔収録〕『私の泣きどころ』昭和四十九年四月八日発行、講談社、三六～三八頁。この時、「私と台所仕事」と改題。『いくつもの時間』昭和五十八年六月七日発行、海竜社、一四一～一四五頁。
〔梗概〕私が家事の中で最も嫌いなのは、手先の仕事であり、刺繡や編み物も興味はない。けれども、掃除や洗濯や料理は好きである。私が食事のありがたさというものをしみじみ感じるようになったのは、小説を本式に書くようになってからのことである。私は一家の台所というものは、やはり孤立していたほうがよいと思う。料理というものが、私には何か神秘のような気がするし、なるべく夢をかけたいのである。

私と八月《わたしとはちがつ》　エッセイ
〔初出〕「毎日ライフ」昭和四十七年八月一日発行、第三巻九号〈三十四号〉、三～三頁。
〔梗概〕子供の頃、デパートが夜間営業していた。夏休みに夜のデパートへはじめて行った時、窓という窓が灯《あか》りに輝いている光景に接して、びっくりした。しかし、その夏休みには、早くも防空演習が行われた。昭和八年八月の私の記憶である。

私とわらべうた―あるかぞえ唄―《わたしとわらべうた―あるかぞえうた―》　エッセイ
〔初出〕「毎日新聞」昭和五十五年十月十九日朝刊、九～九頁。「日曜くらぶ」。
〔梗概〕昔、小さな私たちが時々妙なかぞえ唄の唱えているに母は気がついた。新しく来て間のない女中が教えてくれた。「ひとつ　ひろた豆　泥がついとんのでがってんか」云々。大阪の実家では、女中たちは紀州と四国が多く、このかぞえ唄の方言の趣も、西のものである。北原白秋編『日本伝承童謡集成』全六巻にも、収録されていないらしい。

私にとって忘れられない馬《わたしにとってわすれられないうま》　回答
〔初出〕「別冊週間読売」昭和五十年五月十日発行、第二巻四号、七三～七三頁。「特集日本のサラブレッド」
〔梗概〕質問は、①あなたにとって忘れられない馬の名は？　②そのわけを聞かせてください、である。印象に残っているのはシンザンです。この馬、今度はダメだろうと思っても勝ってしまう。それで大分損させられました。私は、人気のありすぎるものには抵抗するあまのじゃくです。

私の意見《わたしのいけん》　エッセイ
〔初出〕「婦人生活」昭和四十一年二月一日発行、第二十巻二号、一六八～一六八頁。
〔梗概〕嫁と姑は別居がよいか同居がよいか、についての私の意見。私は嫁と姑でなく、婿と姑との同居の一般化を提唱したい。夫としても、母親と妻とのいざこざでやりきれない思いをするよりも、母親は安心して姉夫婦や妹夫婦に托し、妻の母親と同居したほうが、かえっていいと思う。

私の一冊《わたしのいつさつ》　エッセイ
〔初出〕「東京新聞」昭和五十九年一月六日発行、七～七頁。
〔梗概〕気に入った小説はゆっくり幾度も読むのが好きである。『虚栄の市』以

わ

上に繰り返し読んできた小説はない。『虚栄の市』には十九世紀前半期英国の風俗がひしめいているが、どのような風俗にも実に肉厚い背後がある。また、この小説には終始、作者の諷刺がある。その諷刺が実に温かい。人間いかに生きるべきかということは、生きて在ることのすばらしさのほんの一部にすぎない。「虚栄の市」は全身にそれを分らせてくれる小説である。

私の受けた性教育《わたしのうけたせいきょういく》　エッセイ

〔初出〕「婦人教師」昭和四十五年五月一日発行、第四巻五号〈三十七号〉、六三～六五頁。特集「70年代の性教育」。

〔収録〕『私の泣きどころ』昭和四十九年四月八日発行、講談社、二一四～二一七頁。『河野多恵子全集第10巻』平成七年九月十日発行、新潮社、二五六～二五八頁。

〔梗概〕私は生産のことを知ったのは小学校の四、五年ごろだった。性交ということを知ったのも、その頃だった。といっても、精子と卵子の結合とか、処女膜とかいうことは知らなかった。女学校に入って、体操の時間に生理の話があった。同じ女学校の四年生に姉がいた。私が姉に学校での生理の話のあったことを打ちあけた。姉は男の性器が性交のときにはどうなるか、先生が主として生理のことだけを話された以上に詳しく、だが、淡々と話してくれた。私は大阪の街中で育ったが、初潮は十三歳六カ月で、当時としては標準的な発育だったらしい。姉が女学校を出たばかりの頃、子供が好きでないので、外国の避妊の話などちょっと言ってみただけなのだが、母が急にきびしい顔で「主人にさえ言えないようなことをよく平気で言うのね」とピシリと言った。その時の母の一言は、姉にはもちろん私にも、男女とか、夫婦とか、性とかいうものの厳しさを叩き込んだ。

私の運命数《わたしのうんめいすう》　エッセイ

〔初出〕「銀座百点」昭和四十五年三月一日発行、第百八十四号、二四～二六頁。

〔梗概〕二十年近い昔、私は作家になりたくて東京に出てきたのが五月八日であった。三年前、はじめて手術を受けたのも同じ五月八日である。私はどうも八に縁があるらしい。上京しても芽が出なくて、創作以外の何も彼もを捨て去る決心をしたのが、上京から八年目に当っていた。世に出るきっかけとなった作品を書いたのが、翌年の八月なのである。そして、その授賞式が翌年一月十八日であった。私は生れた最初から八には縁があったようで、元の本籍地は大阪の西道頓堀通四丁目八番地なのだ。婚姻届を出すとき、本籍地はどこでも好きなところに置けるので、新橋駅長室の芝新橋二丁目四十八番地にした。八が自分の運命数らしい。手術以後のこの三年間、私の運命数は吉凶とともに新規の顕はまだ見せていない。

私の推す恋愛小説、この一冊《わたしのおすれんあいしようせつ、このいっさつ》　アンケート

〔初出〕「三田文学」平成十年五月一日発行、第七十七巻五十三号、二一九～二一九頁。

〔梗概〕「マゾヒズムからみの小説ですが、恋愛の初体験というものと恋愛の本質がまことに力強く描かれている、美しい中編作品です」と、ツルゲーネフ「初

恋」を推す。

私の音楽教育体験「月光の曲」《わたしのおんがくきょういくたいけん「げっこうのきょく」》　――→「月光の曲」（138頁）

わたしの近況《わたしのきんきょう》　エッセイ

〈初出〉「別冊文藝春秋」昭和四十年九月十五日発行、第九十三号、二～二頁。

〈梗概〉グラビア写真「芥川賞六人の女流作家」一葉に付せられたコメント。この二年間、わたしは全く夢中だった。「最近、漸く気持が落ちついてきたようだ。自分の未知の可能性を求めて、思いきった作品を書きたくなりはじめた。何ものをも怖れないのが作家の誠実さというものであるならば、失敗もまた怖れるべきではないだろう」という。

私の近況《わたしのきんきょう》　エッセイ

〈初出〉「新刊ニュース」昭和四十四年三月十五日発行、第二十巻六号〈百六十六号〉、二六～二七頁。

〈梗概〉去年の冬、「文學界」に連載の作品がある場所へ行って触発されなければ、どうしても書き進められない気分になったので、そこへ出掛けた。帰ってみると、勝手口の頑丈な蝶番が壊されているので、おまわりさんに来てもらった。そのおまわりさんは二カ月ほど前に来てもらった人なのだ。鍵を持ち忘れて、自動扉を閉め、おまわりさんが勝手口のガラスを破って玄関の扉を明けて入れてくださったのだ。その時の模様を変えて、「不意の声」の中で使った。

私の近況《わたしのきんきょう》　エッセイ

〈初出〉「新刊ニュース」昭和四十五年十二月十五日発行、第二十一巻二十四号〈二百八号〉、二六～二七頁。

〈梗概〉今年になってから、私は久しく関心深かった占い事の類いとこの先数年間は縁を切ることにした。先日、空巣泥棒に入られた。実に類型的で、とても創作の役には立ちそうにないものだった。お菓子の空罐まで調べている泥棒が、机の傍に置いてあるスーツ・ケースだけは明けられた形態が全くない。書下ろし長編の「回転扉」がある程度進んでから、私はノートも原稿もずっとそのスーツ・ケースに入れていた。火事が怖くて、いざという時には、持ちだすつもりでいたのである。「回転扉」の発行月は、「幼児狩り」の授賞決定の月と偶然同じになった。この本の発行時期について占い事を主張するのは遠慮する、という約束を要求されたものだが、占い事と縁を切った私は、その発行日を、発行日だから吉日と信じている。

私の後悔《わたしのこうかい》　エッセイ

〈初出〉「風景」昭和四十年七月一日発行、第六巻七号〈五十八号〉、二四～二四頁。

〈梗概〉小学校五年の夏休みのある日、従兄の戦死の知らせがきた。病弱の母に言うんじゃないぞと父が言った。ところが、翌朝、そのことを言ってしまった。母は私を瞠めたまま顔面みるみる草色になっていった。私には、これ以上の後悔の経験は却って見当らない。四百字弱の短文。

私の広告《わたしのこうこく》　広告文

〈初出〉「文藝朝日」昭和三十九年十月一日発行、第三巻十号、八八～八八頁。

〈梗概〉日本画家の木谷千種の作品および写真をお持ちの方があれば拝見させて下さいという七行ばかりの短文。

私の〝好色〞台本《わたしの〝こうしよく〞だいほん》　エッセイ

〔初出〕「毎日新聞」昭和四十三年五月十一日夕刊、七〜七面。「テレビ文学館⑦」欄。

〔梗概〕芥川龍之介の「好色」は、平中の行動ではなく、心理が重要に扱われている。それも、心理の流れではなくて、直截な心理であるため、テレビ・ドラマにはなりにくそうな気がした。好色が次々に異性を求めるのは、手に入れるまでの夢の激しさと手に入れたあとに訪れる幻滅の激しさによって、またしても新しい異性に夢を抱かずにはいられなくさせるためらしい。好色であればあるほどプラトニックになるという、平中のそういう皮肉な面目を描くために、彼に捨てられた女を創ってみた。原作の中では、平中の手に落ちた女のひとりとして名が出ているだけで、ドラマの彼女は私の作である。

私の催眠法《わたしのさいみんほう》　エッセイ

〔初出〕「楽しいわが家」昭和五十八年八月一日発行、第三十一巻八号、三〜三頁。

〔梗概〕人は年齢がいくにつれて睡眠時間が一体に短くなるようである。私は体質のせいなのだろうか、一向にそうならないで、十時間でも眠っている。ただ、寝つきはよくない。睡眠法として、死刑執行の迎えの来る心配なしのわが身や、可愛いいコアラの寝顔を思ってみるなど、じっと思っていると、間もなく眠りに陥ってしまうのである。

わたしの座―都会の渓流―《わたしのざ―とかいのけいりゆう―》　エッセイ

〔初出〕「藝術新潮」昭和四十六年十二月一日発行、第二十二巻十二号、四六〜四六頁。

〔梗概〕その渓流は東京の都心にある。岩と岩との間に流水が突っ込んでくる勢いで、しかも、美しい水である。そこへ行くたびに、私はほとりに腰を落ちつけて、ぼんやりしているばかりである。四百字弱の短文である。

私の姿勢《わたしのしせい》　エッセイ

〔初出〕「批評」昭和四十三年九月十五日発行、第十三号〈秋季号〉、六〇〜六三頁。

〔収録〕佐伯彰一編『批評'58〜'70文学的決算』昭和四十五年十二月十五日発行、番町書房、五三三〜五三五頁。『文学の奇蹟』河出書房新社、昭和四十九年二月二十八日発行、四三〜四八頁。『河野多恵子全集第10巻』平成七年九月十日発行、新潮社、三五〜三八頁。

〔梗概〕私の創作上の姿勢について問われれば、「自分の最も書きたいことを、自分の最も書きやすい方法、つまり自分の最も書きたいことを最も正確に、最も強く表現できる方法によって書く」としか答えようがない。精神と肉体のどちらの部分ともいえない接し合った部分が、私の書きたい発祥地となっているので、私の作品は筋を尊重することや、如何に生きるべきかという問題とは縁遠い。生きるということは日常に点ではなくて線であり、静ではなくて動である。しかし、私の書きたいことは、表現するのに動よりも静の角度で捉えたほうが書きやすい。ということは、何がしかの反自然的な書き方をせざるを得ない。私の書きたい事柄には、憧憬や夢がつき纏うので、構成なり、発想なり、描写なりにおいても反自然ということを拒否することが出来ないと、文学に対する姿勢を述べている。

私の十冊《わたしのじゅっさつ》　回答

〔初出〕「文藝春秋」昭和六十二年一月一日発行、第六十五巻一号、三九二〜三九二頁。

〔梗概〕丹羽文雄『厭がらせの年齢』（集英社文庫）、林芙美子『浮雲』（新潮文庫）、谷崎潤一郎『残虐記』（中央公論社版全集）、小島信夫『女流』（集英社文庫）、吉行淳之介『闇の中の祝祭』（角川文庫他）、大江健三郎『個人的な体験』、遠藤周作『女の一生』（朝日新聞社）、大庭みな子『寂兮寥兮（かたちもなく）』（河出書房新社）、津島佑子『夜の光に追われて』（講談社）をあげる。

私の小説作法《わたしのしょうせつさほう》　エッセイ

〔初出〕「毎日新聞」昭和四十年三月二十八日発行、一九〜一九面。日曜版「ほん」欄。

〔収録〕『私の泣きどころ』昭和四十九年四月八日発行、講談社、一五六〜一五八頁。『河野多恵子全集第10巻』平成七年九月十日発行、新潮社、一八〜一九頁。

〔梗概〕私は常に自分の内部で蠢《うごめ》く感じに基づいて小説を書くけれども、自分の行為は告白したくない。羞恥のためではない。告白ということは苦しく美しいことであろうが、隠蔽ということの苦しさ美しさになお一層魅かれるからである。そして更に大きな理由は、私としては自分の行為や生活に依るよりも創作によるほうが、自分の内部の感じをよりよく表現できるように思えるからである。私は小説のモチーフ、設定、人物、細部、会話、すべて印象的なものにしたいと憧れている。現実の人間存在の力強さ、豊かさ、美しさ、不思議さに光を当て、再確認したいと思う。

私の睡眠―「芥川賞」が睡眠薬に…―《わたしのすいみん―「あくたがわしょう」がすいみんやくに…―》　談話

〔初出〕「週刊読売」昭和三十八年九月八日発行、第二十二巻三十六号、七一〜七一頁。

〔梗概〕この二、三年、寝つきが悪くて困ったが、一か月ほど前の芥川賞受賞騒ぎで、この癖がなおった。以前は十時間ほど寝ていたが、受賞後は八時間に減った。芥川賞受賞とは不思議なものだ。

私の好きな句《わたしのすきなく》　エッセイ

〔初出〕「春雷」昭和五十六年三月一日発行、第一巻二号、一五〜一五頁。

〔梗概〕「春雷」創刊誌上の好きな句についての感想を述べる。梶山千鶴子「冬の池彩盛りあげて錦鯉」の強い印象は、錦鯉を見たどの池の時もいつも冬だったような気持にさせるところにある。

私の好きな日本の歌唱《わたしのすきなにほんのかしょう》　回答

〔初出〕「婦人公論」昭和四十六年七月一日発行、第五十六巻七号〈六百六十二号〉、三〇五〜三〇五頁。

〔梗概〕「私の好きな日本の歌唱とその理由」の問に「揺り籠（平井康三郎）」をあげ、「日本の唄のイヤミが一番ない。」と答えている。「私の好きな日本の歌手とその理由」の問には、「大橋国一」をあげ、「本当の歌をきく喜びを強く感じる。」と言う。

私の一九九一年《わたしのせんきゅうひゃくきゅうじゅういちねん》　エッセイ

〔初出〕掲載誌紙名未詳、平成三年十二

月発行。

〔収録〕『蛙と算術』平成五年二月二十日発行、新潮社、五八～五九頁。

〔梗概〕大正が昭和に替わったのは、一九二六年のことである。私はその年の四月に生れたので、大正十五年生れである。「おまえの生れた年の暮れは印刷屋なんかが慌れたんだ」と父はよく言ったものだった。印刷の年賀状を注文するようになった時から、私はその話をつい思いだすので、不謹慎なようだが、年号は西暦で刷らせた。しかし、大抵のことは、昭和を使ってきた。私の数え年と昭和の年号とが同じで便利なのだ。私は平成も自分のひそかな昭和も共に捨て、万事に西暦、そして満年齢で数えることにした。その年の西暦から、生れた年の一九二六年を引けば、誕生日の満年齢になる。今後はそれでゆくことに改めた。

私の創作世界《わたしのそうさくせかい》　エッセイ
〔初出〕「海」昭和四十四年六月一日発行、第一巻一号、四二～四八頁。

〔収録〕『文学の奇蹟』昭和四十九年二月二十八日発行、河出書房新社、五三～六二頁。『河野多恵子全集第10巻』平成七年九月十日発行、新潮社、四一～四六頁。

〔梗概〕すべての創造には奇蹟性がつきものである。作曲の奇蹟性は、無から有を生じさせる奇蹟性であり、建築の奇蹟性は規制の枠内での奇蹟性である。小説の奇蹟性はそれらとちがう。事前に何等かの有、つまり必然性があるが、建築のように、それを事前に確認することがない。また、小説の場合の奇蹟性は、奇蹟性としてばかりでなく、必然性の生命を左右する作用も備えているのである。

　私は小説を書く場合、一番最初にあるのは、自分の内部にある、もやもやしたものである。永い間自分にひきつけているうち、奇蹟の参加を得て、精神との必然的な結びつきを感じさせる。しかし、それでもまだ書きはじめるわけにはゆかない。その内部のもやもやが何かの象《かたち》を取って表現されたならば、人間と人生に対する自分の愛着が新鮮なものになるという気持が、次の奇蹟を激しく求めずにいられなくさせる。言葉から言葉を、奇蹟の参加によって育んでゆくしかない。

　その内部のもやもやは感覚のことであるが、感覚が感覚にとどまっているうちは、もやもやしたものとはなり得ない。感覚が心理に及び、心理が感覚を際立たせた時に、もやもやしたものとなって、精神との繋がりを問い始めるのである。「心理と関係づけられ合う自分の感覚のうち、真に表現すべき必要性のあるものだけを奇蹟の参加によって確かめ、既成概念から勝ち取った自分にとっての真実の感覚を様々の奇蹟の参加のもとに表現してゆきたいと思う。」と創作態度について述べている。

私の大好物《わたしのだいこうぶつ》　エッセイ
〔初出〕「婦人公論」昭和六十三年八月二十日発行、第七十三巻九号、六六～六九頁。「オール女性作家52人集」。
〔梗概〕三日ばかり、海辺のアジトへ行ってきた。海が見渡せる。ずっと右手のほうには熱海が見える。熱海といえば、私は佐藤愛子さんの「朝日新聞」に連載中の小説「凪の光景」のことをつい思いだす。「凪の光景」はほんとうの人間の味が漲っていて、何ともおいしい小説で

わ

ある。小南が「ふぐ鍋」で逆にした扇子のお箸で手元のこのわたをあしらいながら、満面に笑みを浮かべて、これが大の好物《ぶつ》だと言う。私にとって「凪の光景」は大の好の物としか言いようがない。筋じみた筋はない。話はあちこちに飛ぶ。それに応じて、主人公役も入れ替わる。この種の小説は、よほど人間を捉え、表現する力がなくては書けるものではない。

わたしの台所史《わたしのだいどころし》　エッセイ

〔初出〕「サンウエーブ」昭和四十一年八月一日発行、第二十三号、八～九頁。

〔梗概〕自分が生れ育った大阪の家の台所は通り庭の中程にあった。その旧市内の台所をはじめ、まだ、戦争にならない頃、六甲山に家を借りて一夏を過ごした家の台所、罹災後、知人のアパートの二間続きの部屋を借りて住んだときの台所、上京後、共同で使った台所などについて描く。

私の〈適齢期〉論―正直に、そして素直に―《わたしの〈てきれいき〉ろん―しようじきに、そしてすなおに―》　エッセイ

〔初出〕「モンブラン」昭和五十二年六月一日発行、第二巻六号、四四～四七頁。「結婚適齢期」欄。

〔梗概〕私は適齢期重視主義者である。早婚者や晩婚者には既婚者の自覚が逞しく育ちにくいところがある。同じ目的に対して共同で建設してゆくのが結婚生活というものである。結婚適齢期が適齢期とされている最も大きな理由が、女性の出産と育児のうえでの肉体条件によるものである。しかし、夫婦が共同で建設しようとするものは、何も子供ばかりに限る必要はない。何を同じ目的として共同で建設するのであれ、それは夫婦の一体意識による度合が強ければ強いほど、共同建設向であるらしい。結婚とは入籍と性愛と同棲と思いやりが四大条件なのである。夫婦は少しでも永い結婚生活を送るべきものなのである。結婚を待つ姿勢が最も相手の得られにくい姿勢であるらしい。本当に仕事に素直に打ち込んでいるのが、却《かえ》って結婚への最も近い道なのである。何よりも正直で自然な結婚をすることが大事だと思う。

私のテレビ利用法《わたしのてれびりようほう》　エッセイ

〔初出〕「毎日新聞」昭和五十九年八月十九日朝刊、九～九面。八月二十六日朝刊、一五～一五面。「上」「下」二回。

〔梗概〕以前は、ご飯のたびにテレビを見ていた。しかし、三年程まえに、家具の置き方の都合でテレビを別の部屋へ移してからは、テレビを見るのは稀になった。オリンピックの番組も、全期間中で通算三、四時間程度、水泳、マラソン、射撃などの一部の種目を少しずつ見ただけだった。急に私は、かねて水泳競技に黒人選手が一度も出場したためしがないことを思った。僅かでも、テレビで競技を見、テレビで閉会式のその光景を見たからこそ、喚起された思いである。

　私は新聞で番組欄を見ておく習慣はない。心づもりしておいて番組を見ることも、ほとんどしない。稀には必ず見たくなる番組がある。山崎豊子さん原作の「白い巨塔」が、たまたま一度見たとき大変におもしろく思い、とうとう最終回まで見た。赤塚不二夫さん原作の漫画「ヒミツのアッコちゃん」もそうだった。「ヒミツのアッコちゃん」が続いている間、テレビは私には早起きにも利用でき

た。最も利用法らしいテレビの利用法は、地震があった時である。揺れが止むなり、「テレビ！テレビ！」と急いでつけて、何故かすぐにも震源地を知りたがる。

私の読書論《わたしのどくしよろん》　対談

〔初出〕「週刊言論」昭和四十一年六月二十二日発行、第九十五号、六八〜七一頁。「お手なみ拝見8」欄。

〔梗概〕田中ノブ子との対談。ある作家とか、ある作品との出会いというものが、ちょうど人と人との出会いのような、大きな意味をもつと思う。人間生きていくうえには、なんでもいいから「ほんもの」を一つ知っていることが大事なことだ。読み終った時、その小説を読み始めるまえよりも、人間と人生に対する愛着が深まれば、それがいい小説であり、小説で表現したいというのは精神である。狭い意味の精神でなく、皮膚感覚とか、知的感覚とか、臭覚とか、そういうことを含めて、大きい意味の精神を表現したいと語っている。

私の泣きどころ《わたしのなきどころ》　エッセイ

〔初出〕「別冊小説現代」昭和四十三年四月十五日発行、第三巻二号、二六三〜二六三頁。原題「平和な集まり」。「私の泣きどころ」欄。

〔収録〕『私の泣きどころ』昭和四十九年四月八日発行、講談社、一八二〜一八二頁。この時、「私の泣きどころ」と改題。

〔梗概〕先頃も佐世保のエンタープライズ寄港反対デモで警官隊との双方に負傷者を出した、学生デモ隊など、一種の平和な集まりのように思える。自ら択んだ集まりであることだけでも、私には平和な集まりに見えて羨しい。

私のナンバー《わたしのなんばー》　エッセイ

〔初出〕小田切進編『芥川賞小事典〈芥川賞全集・別巻〉』昭和五十八年七月一日発行、文藝春秋、二〇七〜二〇九頁。

〔梗概〕私は自分の作品のこととなると、考え方がとかく消極的になる。「文学者」ではじめて自分の作品が活字になった時、奇蹟に出会った気がして、それが自分の絶頂であるような気がした。何年か経って、文藝雑誌に自作が載った時、私は自分の幸運はこれまでだと早速思い、その作品が新潮社の同人雑誌賞を受賞したとなると、いよいよこれまでだと思った。さらに次作と、作品を載せてもらうことができると、そのたびにこれでもうお終いではあるまいかと思えてならなかった。芥川賞受賞は、三度目の候補の時であった。遠藤さんが、二年経てば受賞は意識しなくなる、気が楽になる、という意味のことをおっしゃっていた。私がその言葉を思いだしたのは、受賞後どうしても落ちつけない気持が続いていたのが、急にそうではなくなり、気がつくと丁度二年経っていたからだ。ところで、これまでの芥川賞の回数番号で最も縁起のよいのは、昭和三十七年下期の第四十八回だろう。私はこのとき二度目の候補で落選している。「文学者」の推薦で「新潮」の同人雑誌コンクールに応募した時、四十九枚で仕上った。私の芥川賞受賞はその第四十九回目なのである。私にとっては、四十九は不思議に幸運の数とみえる。

私のねがい《わたしのねがい》　エッセイ

〔初出〕「ぱいぷ」（刊記なし）、第三十六号、一二〜一二頁。

〔収録〕『私の泣きどころ』昭和四十九年

四月八日発行、講談社、二〇九～二一〇頁。

〔梗概〕私はアルコール類は一切たしなまない。体質的に合わない。それにくらべて、たばこは体質的に合うらしい。たばこを吸いはじめたのは、娘時代からで、以来一度も止めたことはない。時々、私はたばこの好み方をしてみたいと思うことがある。まるで自分の一部のような馴染み方ではなくて、とらわれない楽しみ方をしたいのだ。

私の熱中時代《わたしのねっちゅうじだい》　エッセイ

〔初出〕「楽しいわが家」昭和五十六年九月一日発行、第二十九巻九号、一二～一四頁。

〔収録〕『気分について』昭和五十七年十月二十日発行、福武書店、一一三～一一七頁。

〔梗概〕特装版限定『幼児狩り』のあとがきに、「同人雑誌賞の応募原稿として『幼児狩り』を書いていた真夏から、翌々年の真夏に芥川賞を受けるまでの二年間が、今後を含めても、ある意味では、恐らく作家としての私の最も幸福な時代だったのではあるまいか。思えば、なつかしい」と書いた。佐藤愛子さんは、これを読んで、その気持がわかると、おっしゃった。新潮同人雑誌賞コンクールに応募しないかと編集部から速達がきたのは、八月三日のことであった。十日ほど経って下敷の半分ほど進んだが、お金が残り少くなった。その残金で大阪まで辛うじて行けることに気がつき、夜行に乗った。行き詰まったまま二十日がきた。旅費と当座の生活費をもらって帰京した。二十三日の朝、「幼児狩り」を一気に清書した。以来、芥川賞受賞するまで、続けて、三度候補になり、そのたびに受賞第一作用の作品を予め渡しておくことになる。

私のひとつの夢《わたしのひとつのゆめ》　エッセイ

〔初出〕新聞名未詳、昭和四十四年七月六日発行、一四～一四面。「文化の広場」欄。

〔梗概〕私は政治については、常識程度の知識さえもっていない。私は、政府が夜の十一時半以後明け方まで、警察、医療、消防などの特殊の関係のものは除いて、あらゆる車の通行を一切禁止すれば、今日の重大な問題が改善されてゆくであろうと夢みずにはいられない。

私のファンレター《わたしのふあんれたー》**―小池朝雄**《こいけあさお》**―**　エッセイ

〔初出〕「読売新聞」昭和四十六年九月十一日夕刊、七～七面。

〔梗概〕小池さんの芝居が、私に本当に観たかいを感じさせるのは、末梢的な巧みさなどを越えた、豊かな表現のせいらしい。役の二面性の表現など、その一面を強く出すべき場面でも、もう一面が必ず裏で息づいていて、それで人物がこのうえなく豊かな世界を感じさせる。

私の文章作法《わたしのぶんしょうさほう》**―最初の一行に全魂**《さいしょのいちぎょうにぜんこん》**―**　エッセイ

〔初出〕「聖教新聞」昭和四十五年五月二十四日発行、第二千八百七十五号、九～九面。

〔梗概〕小説の創作過程というものは、作家によってちがっていると思うが、私の場合は最初の文章が書かれぬうちは、次の文章が生れない。最初の文章を定着させるためには、非常に苦労させられる。

わ

これがしっかりしていないと、次の文章から次の文章へと生み続けられてくる世界の輪郭が次第にぼやけてきて、最初からやり直すしかなくなる。だからしっかりと自信のもてる最初の文章が生れないうちは、私はとりあえず書きはじめるというようなことはしない。

私の幻の美術館《わたしのまぼろしのびじゅつかん》 エッセイ

〔初出〕「ぽざある」昭和四十八年十月五日発行、第二号、三〇〜三〇頁。

〔梗概〕二十余年前、東京暮しをはじめた当時、私に物珍しく感じられたのは、官庁と出版社の存在だった。そのうち、半年して、私は主な官庁の建物は殆ど見たけれど、まだ宮内省の建物を見かけていないことに気がついた。それをひとに言うと、笑われた。皇居の内にあるのだから、眼に入るはずはない、と。数年前、私は千鳥が淵から竹橋へ抜ける道路を車で通っていて、左手の土手の向うに赤煉瓦の古風な建物が廃屋になっているのに気がついた。元近衛師団のものだったことをはじめて知った。美術館にでもすればよいだろうなと、私は思った。作者不明のすぐれた美術作品ばかり集めた美術館をよく空想した。その後、この建物は思いがけず、本当に美術館に改修されることになった。私の幻の美術館は消えてしまった。

わたし〈メリーちゃん〉です《わたし〈めりーちゃん〉です》 広告文

〔初出〕「文藝春秋」昭和四十三年一月一日発行、第四十六巻一号、三六七〜三六七頁。

〔梗概〕アーモンドスカッチのお菓子を嚙んだときの爽快さをほめた七十字余りの宣伝文。

私もひとこと《わたしもひとこと》 エッセイ

〔初出〕「婦人生活」昭和四十九年十二月一日発行、第二十八巻十四号、三三三〜三三三頁。

〔収録〕『もうひとつの時間』昭和五十三年二月二十日発行、講談社、一七〇〜一七一頁。『河野多恵子全集第10巻』平成七年九月十日発行、新潮社、二七五〜二七六頁。

〔梗概〕十年以上まえ、イタリア映画で、若い発展家の娘さんが、相手の男友だちが彼女の別の男友だちを「彼を教会にさえ行かせないような奴なんだぜ」と中傷した。彼女の反応に驚かされた記憶が消え去らない。宗教というものが見事に生きているのだ。これだけは絶対に犯すまい、これだけは守ろうという信条を一つ二つ、人間はもって生活すべきではないだろうか。ところが、今日の日本人は、生命および五体の安全に関わること、金銭に関わること、法律に触れないことの三つ以外のことは一向に気にならず、しかもこの三つに関することには非常に熱心であることが、私には残念でならない。

笑いの不思議《わらいのふしぎ》 エッセイ

〔初出〕「文藝」昭和五十七年一月一日発行、第二十一巻一号、一二〜一三頁。

〔収録〕『気分について』昭和五十七年十月二日発行、福武書店、一五〜一九頁。

〔梗概〕笑いの成り立ちとは何なのであろうか。何故そんなにおかしいかを文章で表現することは、どうも不可能ではないかと思う。笑いの不思議の表現ばかりは、つくづく不可能だと思う。世の文学作品のなかでも、まだそれを果したものに出会ったことはない。笑いの外的現象や意味ではなく内的様相を表現した文章のある小説は、私はまだ知らない。私はそこに文章表現の限界を一応感じる。しかし、それにまして近頃痛感しているのは、笑いの不思議の途方もなさということなのである。

河野多惠子年譜

一九二六年（大正15年）

四月三十日、丙寅壬辰戊午、牡牛座、父・河野為治、母・ヨネの二女として、本籍地・大阪府大阪市西区西道頓堀通四丁目七番地ノ一（のち八番地となる）に生れる。体重約四キロ、産褥を延べる暇もありなしというほどの早さで生れたという。

五月十日、父・為治が多恵子の出生を届出。

＊父・為治（一八九〇年〈明治23年〉一月七日―一九六一年〈昭和36年〉二月二十三日）は、河野藤造・トヨの三男として、宮崎県東臼杵郡富島町大字細島七百九番地で生れた。一九一九年（大正8年）五月六日、藤田ヨネと婚姻を届出。一九二〇年（大正9年）二月十八日、大阪市西区西道頓堀通四丁目七番地ノ一に分家届出。家業は、椎茸・木耳《きくらげ》など山産物の委託問屋・卸問屋、家主。

＊母・ヨネ（一八九三年〈明治26年〉十一月十八日―一九七九年〈昭和54年〉四月二十九日）、藤田久造・うのの六女として、大阪市西区立売堀《いたちぼり》北通二丁目百二十三番屋敷で生れた。藤田家は薬舗「まるめろ園」を経営。

＊きょうだいは以下の通り。長兄・正富（一九二〇年〈大正9年〉四月三十日―一九九八年〈平成10年〉一月八日）、次兄・賢治郎（一九二二年〈大正11年〉六月二十五日―一九二三年〈大正12年〉二月二十日）、姉・政子（一九二四年〈大正13年〉一月二十八日―一九九六年〈平成8年〉九月三十日）、弟・昭三（一九二八年〈昭和3年〉八月十九日―）。

一九二七年（昭和2年）　一歳

三月、生後十一カ月目に急性肺炎に罹り、危うく助かる。

一九二九年（昭和4年）　三歳

自家中毒症を繰り返すようになる。

一九三二年（昭和7年）　六歳

大阪市立日吉尋常高等小学校校長の面接を受け、繰り上げ入学が決定していたが、父の再考により中止となる。

四月、大阪市立日吉幼稚園に入園したが馴染めず一学期限りで退園する。

一九三三年（昭和8年）　七歳

四月、大阪市立日吉尋常高等小学校尋常科に入学。

一九三四年（昭和9年）　八歳

早春、二度目の急性肺炎に罹る。

一九三六年（昭和11年）　十歳

夏休み中、阪急六甲の家に滞在。十二月、阪神香櫨園の居宅に移住。

一九三七年（昭和12年）　十一歳

一月、三学期より西宮市立建石尋常高等小学校へ転校。なお、昭和二十一年一月十日、西宮市立西宮高等学校が建石小学校校舎を本校校舎にあて移転し、建石小学校は廃校された。

一九三八年（昭和13年）　十二歳
十月、大阪市西区西道頓堀の家へ戻り、大阪市立日吉尋常高等小学校へ再転校する。

一九三九年（昭和14年）　十三歳
三月、大阪市立日吉尋常高等小学校尋常科を卒業。
四月、大阪府立市岡高等女学校（現、大阪府立港高等学校）に第二十九期生入学。洋楽に魅かれはじめる。谷崎潤一郎、泉鏡花の文学に出会う。

一九四一年（昭和16年）　十五歳
学校でも、防空訓練、救護訓練、強行軍、休閑地農作業などがはじまる。

一九四三年（昭和18年）　十七歳
時折、軍需工場へ動員される。

一九四四年（昭和19年）　十八歳
三月、大阪府立市岡高等女学校を卒業。
四月、大阪府女子専門学校（現、大阪女子大学）の国語科を第一志望として受験したが、点数不足、国策上三カ月まえに急遽英文科から改められた第二志望の経済科に入学。英詩の授業のなかで、はじめてブロンテ姉妹のことを知る。
六月八日、大詔奉戴日挙式後、報国農場（面積七反歩、校地内、耕作生徒四百八十五名、一人当耕作地四、三坪）にて作業をする。
七月二十四日より、一時限八時十分〜八時五十分、二時限九時〜九時四十分、三時限九時五十分〜十時三十分、四時限十時四十分〜十一時二十分、五時限十一時三十分〜十二時十分、六時限十三時〜十四時の短縮授業となり、午後の六時限はすべて作業にあてられる。
八月二日、七月下旬軍部より八月より十月までの三カ月間、被服廠に一年生全員協力出動の依頼があり、これに対して学校としては文部省より指令あり次第即日にでも協力出動することに決議し、その旨、校長より各科一年生に対し話があった。
九月十六日より、被服廠平野作業所に出動。授業はほとんどなくなった。大阪府女子専門学校三カ年間の成績は、次の四七七頁の如くである。

一九四五年（昭和20年）　十九歳
三月十四日、前日の深夜からB29、九十機による大爆撃が始まり、大阪の旧市内のほとんど全部が失われ、自宅も罹災。
四月、専攻科生と一緒に学校の教室でコンデンサー製作に従事。その間も、日に二時間程度の授業が継続されていた。
五月一日より、連隊区司令部が講堂を使用。

成績原簿

（ 11 ）

科	済	経				
均 平	学 第 年 三	学 第 年 二	学 第 年 一	年学／目科教		
81	92	70		律法		経
87	84	90		説概学済経	経	
90		90		学政財		
87			87	史済経		
85		72	98	論言経業商		
94	94			治政会社		
				理地済経	済	
85	85			学計統		
88	85	100	80	学営経	経	
93			93	記　簿		
85		85		学計会	営	
90	90			文用実		
82	86	75	86	1	英語	済
85	89		81	2		
83	81		84	3		
50			50	4		
89	89			習実育教		
1354	875	582	659	計　合		
85	88	83	82	均　平		
89	89	89		理　倫		其
79	77	63	97	育　教		
75			75	学　数		
80		80		語　国		
92		99	84	政　家		
82	76	86	84	操　体		
497	2420	417	340	計　合		他
83	81	83	85	均　平		
1851	1117	999	999	計　総		
84	86	83	83	均平総		
11／26	19／26	15／26	8／33	次　席		
3130	535	888	1707	数時総業授		
2732	474	706	1552	数時席出		
398	61	182	155	数時席欠		

氏名	
大阪市西区西道頓堀	
河野多恵子	
大正十五年四月三十日生	

大阪府女子専門学校

大阪府立市岡高等女学校卒業

六月九日以後、空襲により交通機関不便となった為、授業開始終了時刻を、第一時限九時十分〜十時、第二時限十時十分〜十一時、第三時限十一時十分〜十二時、第四時限十二時四十分〜十三時三十分、第五時限十三時四十分〜十四時三十分に変更。

この頃、焼け残っていた南大阪の阿倍野区昭和町の借家に仮寓。

七月三日午前九時十分より十時二十分まで、大阪府女子専門学校学徒隊結成式を講堂にて挙行。

八月十五日、終戦。

八月三十日より九月三十日まで、臨時休暇となる。
十月一日午前九時十分より第二学期授業始業式が開かれた。「何かをしたい気持が熾《さか》んとなり」翌年にかけて、「様々に試みるが」満されなかった。

一九四七年（昭和22年）　二十一歳
この年はじめごろより、小説を二、三書きはじめる。
三月、大阪府女子専門学校経済科を卒業。卒業論文は「一九二九〜一九三三年の世界経済恐慌に就いて」。作家になるために上京することを望んだが家族が反対し、出京資金をつくる目的で新日本窒素肥料株式会社の子会社に入社。

一九四九年（昭和24年）　二十三歳
二月、インフレ続きで出京資金が一向にととのわぬことに失望して、退職。
四月、肺門周囲浸潤を発病。二年近く療養。

一九五〇年（昭和25年）　二十四歳
七月、丹羽文雄主宰の同人雑誌「文学者」が創刊される。在阪のまま、第二号より同人になる。

一九五一年（昭和26年）　二十五歳
十月五日、小説「余燼」が「文学者」第十六号に掲載される。
臼井吉見が「同人雑誌評」（「文學界」昭和26年12月1日発行）で「『余燼』もまた変りばえなき女ごころを描いた力作だが、幸子の夫に対する観察がもつと冷酷にはたらいて、夫の『底の知れきつた愛情』から彼の人間的本質のなかへもつと、ずかずかふみこめば、もつといい作品になつたのではないかと思う」と評した。
十月十五日、「文学者」の十五日会十月例会が有楽町「リッツ」（丸ノ内署裏地）で開催され、出席のため夜行列車で上京。東京は暴風雨、三時頃から晴れる。このとき以後、丹羽文雄・石川利光に師事。あらためて出京を決心する。

一九五二年（昭和27年）　二十六歳
五月七日、夜行に乗り、作家になる目的で上京する。永続きしないと見て両親が折れたからで、僅少の仕送りを受ける。東京都品川区小山に下宿。以後、熱心に「文学者」の十五日会例会合評会に出席。

一九五三年（昭和28年）　二十七歳
五月五日、「南天の羽織」を「文学者」第三十五号に発表。

一九五四年（昭和29年）　二十八歳
二月、日本専売公社外郭団体である東京地方局管内たばこ販売協議会に勤務する。
七月五日、「こおろぎ部隊」を「文学者」第四十九号に発表。

一九五五年（昭和30年）　二十九歳
十二月、「文学者」の突然の休刊に接し、狼狽する。

一九五七年（昭和32年）　三十一歳
十月、肺結核を発病。小説を書きはじめることも出来なくなる。

一九五八年（昭和33年）　三十二歳
五月、「文学者」復刊される。

一九五九年（昭和34年）　三十三歳
一月、目黒区下目黒の知人宅の別棟に移住。職場の寛大な処遇により、病気回復に応じ短時間勤務を経て、春ごろより常勤に戻る。新聞「たばこ東京」の取材や編集などの仕事をした。

一九六〇年（昭和35年）　三十四歳
八月十日、「女形遣い」を「文学者」第三巻九号に発表。駒田信二が「同人雑誌評」（「文學界」昭和35年10月1日発行）で「河野多恵子の『女形遣い』（**文学者**9月号・東京）は、人形つかいの吉田幸六という人のことをしらべているうち、その人の娘をさがしあてて話をきくという趣向で、あとはその娘である八十の老媼の独白。なかなかの労作であるが、独白の関西弁のつかいかたはうまいとはいえない。／『参じました』という言い方をしきりにつかっているが、『なかなか順調に参じました』など、いささか、ごつごつしすぎている。」と評した。
九月、はじめて占いにより吉方を択《えら》び、練馬区南町の下宿に移転する。
十月十五日、勤務と小説を書くことの生活の両立の困難さを痛感する。小説を書くことに専念するため、勤め先を退職した。

一九六一年（昭和36年）　三十五歳
八月三日、「文学者」編集部より、今年の新潮同人雑誌賞コンクールに応募の指名を受け、規定枚数五十枚までの原稿を「文学者」編集部へ八月二十日までに届けるようにと速達を受ける。帰阪し、実家で書きはじめる。「新潮」での締切は八月末日である。
八月十九日、夜行で帰京し、「幼児狩り」を書き続ける。指定の締切日がすぎた同月二十三日、「幼児狩り」四十九枚を清書、「文学者」編集部の担当者の自宅に持参。
九月二十八日、練馬から早稲田の戸塚二丁目の下宿へ引っ越す。
十一月三日、「幼児狩り」が「新潮」に掲載される通知を受ける。
十二月一日、「幼児狩り」が「新潮」第五十八巻十二号〈全国同人雑誌推薦小説特集〉に掲載される。

一九六二年（昭和37年）　三十六歳
一月一日、「幼児狩り」が「新潮」第五十九巻一号に第八回新潮社同人雑誌賞受賞作品として再掲される。なお、同誌の銓衡経過によれば、今回は全国同人雑誌から応募された百六十編の推薦作品のうち十一編を編集部が選んで本誌十二月号に特集した。それらの作品につき、伊藤整・大岡昇平・高見順・中山義秀・三島由紀夫が出席して（井伏鱒二・永井龍男は書面回答、佐藤春夫は辞任により棄権）銓衡会が開かれ、「幼児狩り」が受賞作に決定。

一月十日、「塀の中」を「文学者」第五巻二号に発表。

一月十八日、新潮社の新潮社文学賞・小説新潮賞・同人雑誌賞の授賞式がパレスホテルで開かれ、正賞・置時計と副賞・十万円・所属同人雑誌「文学者」へ十万円が贈られる。

一月、同じ戸塚町の知人の離屋に転居。

二月一日、「劇場」を同人雑誌賞受賞第一作として「新潮」第五十九巻二号に発表。

五月一日、「雪」を「新潮」第五十九巻五号に発表。

七月、「雪」が第四十七回芥川賞候補となったが、選考会で選ばれず、川村晃「美談の出発」が受賞に決定。

八月一日、「美少女」を「新潮」第五十九巻八号に発表。

八月三十日、第一短編集『幼児狩り』を新潮社より刊行。

十一月一日、「春愁」を「新潮」第五十九巻十一号に発表。

一九六三年（昭和38年）　三十七歳

一月二十二日、「美少女」が第四十八回芥川賞候補となったが、同日の選考会で「該当作品ナシ」と決定した。

三月一日、「愉悦の日々」を「新潮」第六十巻三号に、「夢の城」を「文學界」第十七巻三号に発表。「美少女」が第四十八回芥川賞候補作として「文藝春秋」第四十一巻三号に再掲された。

六月一日、「蟹」を「文學界」第十七巻六号に発表。

七月一日、「わかれ」を「新潮」第六十巻七号に発表。

七月二十三日、滝井孝作・川端康成・丹羽文雄・舟橋聖一・石川達三・井上靖・永井龍男・中村光夫・石川淳・高見順の十名の選考委員出席（井伏鱒二欠席）のもとに、第四十九回芥川賞選考会が開催され、後藤紀一「少年の橋」・河野多恵子「蟹」の受賞が決定した。女性としては四人目、昭和二十四年第二十一回の由起しげ子から十四年目の受賞者にあたる。

八月七日、午後六時より、芥川賞・直木賞の贈呈式が新橋・第一ホテルで行われ、正賞・腕時計と副賞・十万円が贈られる。

八月二十五日、『美少女・蟹』を新潮社より刊行。

九月一日、「夜を往く」を「新潮」第六十巻九号に、芥川賞受賞第一作として「禽鳥」を「文學界」第十七巻九号に発表。「蟹」が第四十九回芥川賞受賞作として「文藝春秋」第四十一巻九号に再掲された。

十二月一日、「解かれるとき」を「文藝春秋」第四十一巻十二号に発表。

十二月、洋画家の市川泰（本名・市川宏）と結婚、新宿区早稲田町三十四番地に住む。
＊市川泰は、一九二五年（大正14年）一月十五日、市川恒次・俊の長男として名古屋市中区御器所町字広瀬十四番戸で生れる。当時三十八歳。

十二月十九日、新宿区早稲田町三十四番地に住む。

一九六四年（昭和39年） 三十八歳

一月一日、「遠い夏」を「文學界」第十八巻一号に発表。

二月一日、「路上」を「群像」第十九巻二号に発表。

四月二十日、『夢の城』を文藝春秋新社より刊行。

五月一日、「脂怨」を「新潮」第六十一巻五号に、「見送り」を「藝術生活」第十七巻五号に発表。この月、相愛学園第九回文藝講演会で「生甲斐ということ」を講演。

六月一日、「蟻たかる」を「文學界」第十八巻六号に発表。

七月一日、「闖入者たち」を「婦人画報」第七百二十六号に発表。

八月一日、「みち潮」を「文學界」第十八巻八号に発表。

一九六五年（昭和40年） 三十九歳

一月一日、「返礼」を「文學界」第十九巻一号に、同月十五日、「絶交状」を「別冊小説新潮」第十七巻一号に発表。

四月一日～五月一日、最初の長編小説「男友達」を「文藝」第四巻四～五号に発表。

四月八日、市川泰との婚姻を届出。東京都港区芝新橋（現、新橋）二丁目四十八番地市川宏籍へ入籍。

七月一日、「臺に載る」を「文學界」第十九巻七号に発表。

九月三十日、『男友達』を河出書房新社より刊行。

十二月一日、「明くる日」を「群像」第二十巻十二号に発表。

十二月二十日ごろ、十二時過ぎ床に入り眠りかけたとき、隣家で出火、危うく類焼をまぬかれる。

一九六六年（昭和41年） 四十歳

一月一日、「幸福」を「文學界」第二十巻一号に、「虚栄」を「風景」第七巻一号に発表。

三月一日、「最後の時」を「文藝」第五巻三号に発表。

五月一日、「承諾」を「新潮」第六十三巻五号に発表。

七月一日、「たたかい」を「群像」第二十一巻七号に発表。

八月一日、「双穹」を「文學界」第二十巻八号に発表。

九月七日、『最後の時』を河出書房新社より刊行。

十二月一日、「背誓」を「中央公論」第八十一年十二号に、「湯餓鬼」を「南北」第一巻六号に発表。

一九六七年（昭和42年） 四十一歳

一月一日、「見つけたもの」を「文學界」第二十一巻一号に発表。

二月一日、「魔術師」を「文藝」第六巻二号に発表。

四月二十一日、第六回女流文学賞を「最後の時」により受賞（同時受賞・有吉佐和子「華岡青洲の妻」）。中央公論社各賞合同の授賞式が東京丸ノ内東京会館で行われた。選考委員は、井上靖・円地文子・佐多稲子・丹羽文雄・野上弥生子・平野謙・平林たい子である。賞状、正賞・賞牌、副賞・五十万円、ミキモトパール指輪が贈られる。

五月一日、「最後の時」が第六回女流文学賞受賞作として「婦人公論」第五十二巻五号に再掲される。

五月八日、厚生年金病院で開腹手術を受け、十一日間入院する。

六月、東京都中野区本町六丁目十七番地ノ十五に転居。

十月一日、「別世界」を「季刊藝術」第一巻三号に発表。

十月一日より一九六八年（昭和44年）四月一日まで、長編「草いきれ」を「文學界」第二十一巻十号～二十三巻四号に十九回連載。

一九六八年（昭和43年）　四十二歳

二月一日、「不意の声」を「群像」第二十三巻二号に発表。

五月十四日午後十時より十一時まで、NETテレビがテレビ文学館「好色」原作・芥川龍之介、脚本・河野多惠子を放映。出演＝岡田真澄・結城美栄子・稲垣昭三・藤木孝・中村メイコ・町田祥子・山岸映子ほか。

六月十六日、『不意の声』を講談社より刊行。

八月二十七日午後十時より十一時まで、NETテレビがテレビ文学館「藪の中」原作・芥川龍之介、脚本・河野多惠子を放映。演出・瀬木宏康。出演＝金沢武弘（高橋昌也）・真砂（岸田今日子）・多襄丸（市川染五郎）・木こり（館敬介）。

十一月一日、東京・武蔵野女子大学の大学祭で「生甲斐について」を講演（「朝日新聞」昭和43年11月5日発行）。

一九六九年（昭和44年）　四十三歳

二月一日、「読売新聞」に第二十回読売文学賞〈小説賞〉に「不意の声」と滝井孝作「野趣」の受賞が発表された。選考委員は、岩田豊雄・大仏次郎・河盛好蔵・草野心平・小林秀雄・里見弴・中村光夫・永井龍男・丹羽文雄・林房雄・福原麟太郎・堀口大学・水原秋桜子・宮柊二・山本健吉。正賞・硯、副賞・二十万円。

三月一日、「骨の肉」を「群像」第二十四巻三号に発表。

三月三日午後四時より、第二十回読売文学賞贈賞式、読売文学賞創設二十年記念祝賀会が東京会館で開催された。

三月十三日、逗子岩殿寺で「鏡花と私」を講演（「れもん」昭和44年5月10日発行）。

七月七日、丹羽文雄主宰の「文学者」二百号記念祝賀会が第一ホテルで開かれ、出席。

十一月十六日午後十時十五分より五十八分まで、NHKラジオ第一放送が〈文藝劇場・女性作家シリーズ〉で「最後の時」を放送。演出・和田浩明。脚色・板谷全子。出演＝奈良岡朋子、垂水悟郎。音楽・未詳。

十二月十日、『背誓』を新潮社より刊行。十二月二十日、『草いきれ』を文藝春秋より刊行。

一九七〇年（昭和45年）　四十四歳

五月十五日、新潮社文化講演会が紀伊國屋ホールで開催され、「現代文学の可能性―実感的文学論」を講演（「波」昭和45年7月1日発行）。

八月十日、書下し戯曲『戯曲嵐が丘』を河出書房新社より刊行。

八月十三日～二十九日、劇団「欅《けやき》」が日生劇場でエミリー・ブロンテ原作、河野多恵子脚色、福田恆存演出「嵐ケ丘」を上演。演出スタッフ＝高田一郎・小林治子・浅沼貢・秦和夫・村田元史、配役＝ヒースクリフ（南原宏治）・キャサリン（鳳八千代）・ヒンドリー（岡田真澄）・エドガー（井関一）・イザベラ（福田公子）・リントン（藤木孝）・キャサリン・リントン（藤田みどり）・ジョオゼフ（久米明）・ネリー（山田早苗）・医師ケネス（倉田爽平）・ヘンリー（小林武宏）・女中（佐多契子・四方田公子）。

十月二十三日午後九時五分より九時三十分まで、NHKラジオ第一放送が、「湯餓鬼」を中畑道子の独り語りで放送。

十一月二十日、純文学書下ろし特別作品『回転扉』を新潮社より刊行。

一九七一年（昭和46年）　四十五歳

一月一日、「三つの短い小説」を「オール讀物」第二十六巻一号に発表。

三月一日、「彼女の悔恨」を「小説サンデー毎日」第十八号に発表。

四月、東京都千代田区三番町九番地ノ一に転居。

五月八日、三田文学文藝講演会で「他性を書くこと」を講演（「三田文学」昭和46年9月1日発行）。

五月二十八日午後九時三十分より十時まで、NHKラジオ第一放送が、「みち潮」を奈良岡朋子の独り語りで放送。

七月一日、「同胞（はらから）」を「新潮」第六十八巻八号に、「雛形」を「季刊藝術」第五巻三号に発表。

八月一日、「胸さわぎ」を「文藝」第十巻九号に、「たくらみ二題」を「小説新潮」第二十五巻八号に発表。

十一月二十八日、短編集『骨の肉』を講談社より刊行。

一九七二年（昭和47年）　四十六歳

八月、財団法人平林たい子記念文学会評議員になる。

九月一日より翌年十二月一日まで、長編小説「無関係」を「婦人公論」（第57巻9号～58巻12号）に十六回連載する。

十月一日、長編小説「雙夢」を「群像」第二十七巻十号に発表。

十二月一日、「特別な時間」を「すばる」第十号に発表。

一九七三年（昭和48年）　四十七歳

一月一日、「うたがい」を「文學界」第二十七巻一号に、「怪談」を「文藝」を第十二巻一号に発表。

一月十三日午後九時五分より十時まで、NHK第一放送が〈文藝劇場〉で「雪」を放送。演出・斎明寺以玖子。脚色・板谷全子。音楽・池辺晋一郎。出演＝市原悦子・田上嘉子・南原宏治、他。

三月十六日、長編小説『雙夢』を講談社より刊行。

四月一日、「厄の神」を「季刊藝術」第七巻二号に発表。

四月六日午後十時二十分より十一時まで、NHKFMラジオが

〈藝術劇場〉で、書下ろしドラマ「不思議な日曜日」を放送。演出・斎明寺以玖子。出演＝小山田宗徳・川口敦子、他。

七月十日、「東海道四谷怪談」（『現代語訳日本の古典20〈歌舞伎・浄瑠璃集〉』）を河出書房新社より刊行。

十一月一日、「変身」を「文藝」第十二巻十一号に発表。

一九七四年（昭和49年）　四十八歳

二月二十八日、第一エッセイ集『文学の奇蹟』を河出書房新社より刊行。

三月二十五日、丹羽文雄主宰「文学者」が通算二百五十六号の四月号をもって終刊となり、この日丹羽夫妻を迎え、神宮外苑・日本青年館で「文学者」謝恩記念パーティが開かれ、出席。

四月一日、「択ばれて在る日々」を「文藝」第十三巻四号に発表。

四月八日、エッセイ集『私の泣きどころ』を講談社より刊行。

同月、社団法人日本文藝家協会の評議員となる（一九七六年四月まで）

五月十日、長編小説『無関係』を中央公論社より刊行。

六月十一日、丸谷才一と「女流文学の戦後」を対談（「文藝」昭和49年8月1日発行）。

十月十五日、『択ばれて在る日々』を河出書房新社より刊行。

十一月一日、「血と貝殻」を「新潮」第七十一巻十一号に発表。

一九七五年（昭和50年）　四十九歳

一月一日より翌年二月一日まで、評論「谷崎文学と肯定の欲望」を「文學界」（第29巻1号〜30巻2号）に十四回連載。

五月十三日・六月十日・七月十日、杉浦明平・田久保英夫との鼎談「読書鼎談」を三回する（「文藝」昭和50年7〜9月1日発行）。

五月十七日午後九時五分より十時まで、ＮＨＫラジオ第一放送が〈文藝劇場・女性作家シリーズ〉で「不意の声」を放送。演出・平野敦子。脚色・田槇道子。音楽・坂本龍一。出演＝徳永街子・大滝秀治・田代信子。

六月一日より一九七七年（昭和52年）四月一日まで、掌編「いすとりえっと」を「野性時代」（第2巻6号〜4巻4号）に二十三回連載。

八月、再開第一回中央公論新人賞の選考委員になり（第二十回最終回まで）、吉行淳之介・丸谷才一と出席。当選作・志貴宏「祝祭のための特別興行」、佳作・朝稲亮博「少女微笑」・寺井澄「兵士失格」と決定。

十月十五日、『血と貝殻』を新潮社より刊行。

一九七六年（昭和51年）　五十歳

一月十日、午後九時五分より十時まで、「雙夢」を「同じ夢を見る者たち」と題して、ＮＨＫラジオ第一放送が〈文藝劇場・現代文学（その一）〉で放送。演出・斎明寺以玖子。音楽・間宮芳生。出演＝長岡輝子・高橋昌也・宮城まり子。

三月二日、川村二郎と「他者と存在感」を対談（「国文学〈解釈と教材の研究〉」昭和51年7月20日発行）。

四月一日、「砂の檻」を「新潮」第七十三巻四号に発表。

同月、社団法人日本文藝家協会理事となる（二〇〇二年五月まで）。

六月一日、「片身」を「海」第八巻六号に発表。この月、三大新潮賞の新潮新人賞の選考委員になり、江藤淳・遠藤周作・三浦哲郎・安岡章太郎と第八回選考会に出席。受賞作・笠原淳「ウォークライ」と決定。

七月一日、「稚児」を「文藝展望」第十四号に発表。

八月十一日、第二回中央公論小説新人賞の選考会に、吉行淳之介・丸谷才一と出席。受賞作・「該当作なし」と決定。

九月五日、評論『谷崎文学と肯定の欲望』を文藝春秋より刊行。

十月一日、「他人の戸口」を「群像」第三十一巻十号に発表。

一九七七年（昭和52年）　五十一歳

一月一日、「鉄の魚」を「文學界」第三十一巻一号に、「見知らぬ男」を「文藝」第十六巻一号に発表。

二月一日、「読売新聞」に、『谷崎文学と肯定の欲望』の第二十八回読売文学賞〈評論・伝記賞〉の受賞が発表された。選考委員は、井上靖・河盛好蔵・草野心平・小林秀雄・田中千禾夫・中村光夫・永井龍男・丹羽文雄・宮柊二・山本健吉。同月十四日午後四時より、東京・大手町の読売新聞社で同賞の贈賞式が行われ、正賞・硯と副賞・五十万円が贈られる。

六月、三大新潮賞の第九回新潮新人賞の選考会に、大江健三郎・開高健・三浦哲郎・安岡章太郎と出席。受賞作・高城修三「榧の木祭り」。

七月十五日、『砂の檻』を新潮社より刊行。

七月三十日、掌編小説集『いすとりえっと』を角川書店より刊行。

八月十日、九月十二日、佐伯彰一・森敦との鼎談「読書鼎談」を三回する（「文藝」昭和52年10・11・12月1日発行）。

八月十六日、第三回中央公論新人賞の選考会に、吉行淳之介・丸谷才一と出席。当選作・夫馬基彦「宝塔湧出」と決定。

八月三十一日、新潮社の文化講演会が新宿・紀伊國屋ホールで開催され、「短篇小説について」を講演。

十月一日、「時来たる」を「文藝展望」第十九号に発表。

十月六日、吉行淳之介と「文体への二つのアプローチ」を対談（「文体」昭和52年12月1日発行）。

十二月五日、短編集『遠い夏』を構想社より刊行。

一九七八年（昭和53年）　五十二歳

二月二十日、随筆集『もうひとつの時間』を講談社より刊行。

五月、三大新潮賞の第十回新潮新人賞の選考会に、大江健三郎・開高健・三浦哲郎・安岡章太郎と出席。「受賞作なし」、佳作・替田銅美「チャズ」、野瀬圭子「紫陽花を踏め」と決定。

同月、平林たい子文学賞の選考委員になり（第二十五回最終回まで）、第六回選考会に円地文子・今日出海・佐伯彰一・丹羽文雄・山本健吉と出席。小説部門・宮内寒弥「七里ケ浜」、橋本都耶子「朝鮮朝顔」。評論部門・「該当作なし」と決定。

六月一日、長編小説「妖術記」を「野性時代」第五巻六号に発表。

七月一日、「奢りの時」を「季刊藝術」第十二巻三号に発表。

八月十六日、第四回中央公論新人賞の選考会に、吉行淳之介・丸谷才一と出席。当選作・「該当作なし」、佳作・桃井銀次「砂人形」と決定。

十月、群像新人長編小説賞の選考委員になり、第一回選考会に秋山駿・野間宏・安岡章太郎と出席。当選作・土居良一「カリフォルニア」と決定。

十一月二十日、長編怪奇小説『妖術記』を角川書店より刊行。

一九七九年（昭和54年）　五十三歳

一月一日より十二月一日まで、長編小説「一年の牧歌」を「新潮」第七十六巻一〜十二号に十二回連載。

五月、三大新潮賞の第十一回新潮新人賞の選考会に、開高健・佐伯彰一・三浦哲郎・安岡章太郎と出席。「受賞作なし」、佳作・田中知太郎「毛鉤」、別所真紀子「坂の辛夷」、中岡典子「雨」と決定。

同月、第七回平林たい子文学賞の選考会に、円地文子・奥野健男・今日出海・佐伯彰一・丹羽文雄・山本健吉と出席。小説部門・中野孝次「麦熟るる日に」、評論部門・上田三四二「うつしみ」、桶谷秀昭「ドストエフスキイ」と決定。

八月二十日、第五回中央公論新人賞の選考会に、吉行淳之介・丸谷才一と出席。当選作・尾辻克彦「肌ざわり」。

十月、第二回群像新人長編小説賞の選考会に、秋山駿・野間宏・安岡章太郎と出席。当選作・五十嵐勉「流謫の島」、山科春樹「忍耐の祭」と決定。

一九八〇年（昭和55年）　五十四歳

三月二十日、長編小説『一年の牧歌』を新潮社より刊行。

五月、三大新潮賞の第十二回新潮新人賞の選考会に、大江健三郎・佐伯彰一・三浦哲郎・安岡章太郎と出席。受賞作・木田拓雄「二十歳の朝に」、運上旦子「ぼくの出発」と決定。

同月、第八回平林たい子文学賞の選考委員に、円地文子・奥野健男・今日出海・佐伯彰一・丹羽文雄・山本健吉と出席。小説部門・青山光二「闘いの構図」、評論部門・「該当作なし」と決定。

八月十日、「失験」を「中央公論」第九十五巻十一号に発表。

八月十八日、第六回中央公論新人賞の選考会に、吉行淳之介・丸谷才一と出席。当選作・「該当作なし」と決定。

九月十六日、第十六回谷崎潤一郎賞の選考会が開かれ、『一年の牧歌』の受賞が決定した（選考委員は、円地文子・遠藤周作・大江健三郎・大岡昇平・丹羽文雄・吉行淳之介・丸谷才一）。十月十七日、午後六時より、東京会館ローズ・ルームで贈呈式が開かれ、賞状、正賞・賞牌、副賞・百万円が贈られる。

十月、第三回群像新人長編小説賞の選考会に、秋山駿・野間宏・安岡章太郎と出席。当選作・今井公雄「序章」、大高雅博

「旅する前に」と決定。

十一月二十二日、石川利光、中村八朗、大河内昭爾、森常治、吉村昭と共に発案者のひとりとなって発足した、丹羽文雄の誕生日祝いと「文学者」の同窓会的意味を兼ねた「龍の会」（明治三十七年十一月二十二日、辰年生れの丹羽の十二支に因む命名）の第一回パーティが新橋・第一ホテルで開かれる。以後、第八回まで同ホテルで開かれ、（第二回のみホテル・オークラにて）毎回出席。

一九八一年（昭和56年）　五十五歳

三月、財団法人日本近代文学館三月理事会で、評議員に選任される。

五月、三大新潮賞の第十三回新潮新人賞の選考会に、遠藤周作・開高健・三浦哲郎・吉行淳之介と出席。受賞作・川勝篤「橋の上から」、小田泰正「幻の川」と決定。

同月、第九回平林たい子文学賞の選考会に、円地文子・奥野健男・今日出海・佐伯彰一・丹羽文雄・山本健吉と出席。小説部門・池田みち子「無縁仏」、評論部門・「該当作なし」と決定。

八月二十日、第七回中央公論新人賞の選考会に吉行淳之介・丸谷才一と出席。当選作・母田裕高「溶けた貝」、高橋洋子「雨が好き」と決定。

九月、女流文学賞の選考委員になり（一九八九年まで）、昭和五十六年度選考会に井上靖・宇野千代・円地文子・佐伯彰一・佐多稲子・丹羽文雄と出席。受賞作・広津桃子「石蕗の花」と決定。

一九八二年（昭和57年）　五十六歳

一月二十五日より翌年三月二十五日まで、「朝日新聞」夕刊の「文藝時評」を担当する。

二月、日本女流文学者会代表に就任（一九八八年一月まで）。

五月、三大新潮賞の第十四回新潮新人賞の選考会に、開高健・黒井千次・三浦哲郎・吉行淳之介と出席。受賞作・小磯良子「カメ男」、加藤幸子「野餓鬼のいた村」と決定。

同月、第十回平林たい子文学賞の選考会に、円地文子・奥野健男・今日出海・佐伯彰一・丹羽文雄・山本健吉と出席。小説部門・岩橋邦枝「浅い眠り」、八匠衆一「生命盡きる日」、評論部門・渡辺保「忠臣蔵─もう一つの歴史感覚」に決定。

八月二十三日、第八回中央公論新人賞の選考会に、吉行淳之介・丸谷才一と出席。当選作・池田章一「宴会」と決定。

九月、昭和五十七年度女流文学賞の選考会に、井上靖・宇野千代・円地文子・佐伯彰一・佐多稲子・丹羽文雄と出席。受賞作・永井路子「氷輪」と決定。

十月二十日、随筆集『気分について』を福武書店より刊行。

一九八三年（昭和58年）　五十七歳

五月、三大新潮賞の第十五回新潮新人賞の選考会に、遠藤周作・黒井千次・三浦哲郎・吉行淳之介と出席。受賞作・左能典代「ハイデラバシャの魔法」と決定。

同月、第十一回平林たい子文学賞の選考会に、円地文子・奥野健男・今日出海・佐伯彰一・丹羽文雄・山本健吉と出席。小説部門・金子きみ「東京のロビンソン」、渋川驍「出港」、評論部門・「該当作なし」と決定。

六月七日、随筆集『いくつもの時間』を海竜社より刊行。

八月十八日、第九回中央公論新人賞の選考会に、吉行淳之介・丸谷才一と出席。当選作・「該当作なし」と決定。

九月、昭和五十八年度女流文学賞の選考会に、井上靖・宇野千代・円地文子・佐伯彰一・佐多稲子・丹羽文雄と出席。受賞作・林京子「上海」と決定。

十一月、大阪女性文藝賞の選考委員となり、八六年までは小島輝正と、八七年同氏の死去により、以後は秋山駿と、毎年の選考会に出席。

一九八四年（昭和59年）　五十八歳

一月一日、「サウナにて」を「月刊カドカワ」第二巻一号に発表。

四月、群像新人文学賞の委員となり、第二十七回選考会に、秋山駿・遠藤周作・日野啓三（三浦哲郎は病気欠席）と出席。小説当選作・華城文子「ダミアンズ、私の獲物」、評論優秀作・松下千里「生成する『非在』―古井由吉をめぐって」、山内由紀人「生きられた自我―高橋たか子論」を決定。

五月一日、「音楽の結末」を「月刊カドカワ」第二巻五号に発表。


同月、第十二回平林たい子文学賞の選考会に、円地文子・奥野健男・今日出海・佐伯彰一・丹羽文雄・山本健吉と出席。小説部門・辻井喬「いつもと同じ春」、梅原綾子「四国山」、評論部門・奥野健男「〝間〟の構造」、新庄嘉章「天国と地獄の結婚」と決定。

六月四日午前十時三十分より、第四十回日本藝術院賞の授賞式が東京・上野の日本藝術院会館で行われ、中村草田男・中村汀女・磯田光一らと共に受賞。

同月、財団法人平林たい子記念文学会の理事になる。

八月十七日、第十回中央公論新人賞の選考会に、吉行淳之介・丸谷才一と出席。当選作・恢余子「手」、近藤紘一「仏陀を買う」と決定。

九月、昭和五十九年度女流文学賞の選考会に、井上靖・宇野千代・円地文子・佐伯彰一・佐多稲子・丹羽文雄と出席。受賞作・吉田知子「満州は知らない」と決定。

一九八五年（昭和60年）　五十九歳

一月十日、午前十一時三十分より皇居正殿・松の間での歌会始に参列。

一月、読売文学賞の選考委員になり、第三十六回選考会に安部公房・井上ひさし・遠藤周作・大岡信・佐伯彰一・田中千禾夫・中村光夫・丹羽文雄・丸谷才一・山本健吉と出席。

一月二十四日、谷崎潤一郎生誕百年記念「人と文学展」（朝日新聞社主催・中央公論社協力）が東京・日本橋の高島屋で開催され、開会式に出席。

四月、第二十八回群像新人文学賞の選考会に、秋山駿・遠藤周作・日野啓三・三浦哲郎と出席。小説当選作・李起昇「ゼロはん」、小説優秀作・吉目木晴彦「ジパング」と決定。

五月、第十三回平林たい子文学賞の選考会に、円地文子・奥野健男・佐伯彰一・丹羽文雄・山本健吉と出席。小説部門・杉森久英「能登」、福井馨「風樹」、評論部門・高橋英夫「偉大なる暗闇」と決定。

六月八日、財団法人日本近代文学館定例の評議員会で、理事に選任される。

六月十三日、西ベルリン藝術祭「ホリゾンテ'85」に、富岡多恵子らの招待者と出発。「東アジア特集」のフェスティバルで、自作「骨の肉」を朗読し、ディスカッションをする。ベルリンには九日間滞在した後、富岡多恵子とイギリスにブロンテ姉妹の家（牧師館）や占い師を訪ねたり、競馬場へも出かけたりして、約二十日後に帰国。

八月二十二日、第十一回中央公論新人賞の選考会に、吉行淳之介・丸谷才一と出席。当選作・佐佐木邦子「卵」と決定。

九月、昭和六十年度女流文学賞の選考会に、井上靖・宇野千代・円地文子・佐伯彰一・佐多稲子・丹羽文雄と出席。受賞作・山本道子「ひとの樹」と決定。

十月十四日、文藝賞の選考委員になり、昭和六十年度の選考会に、江藤淳・小島信夫・野間宏と出席。受賞作・山田詠美「ベッドタイムアイズ」と決定。

一九八六年（昭和61年）　六十歳

一月、第三十七回読売文学賞の選考会に、安部公房・井上ひさし・遠藤周作・大岡信・佐伯彰一・田中千禾夫・中村光夫・丹羽文雄・丸谷才一・山本健吉と出席。

四月三十日、「あの出来事」を「潭」第五号に発表。

四月ごろ、日独女性作家会議が東京で開催され、参加。ドイツ語圏諸国から七人の女性文学者が来日。六日間のプログラムの終了後、京都へ旅行。

四月、第二十九回群像新人文学賞の選考会に、秋山駿・遠藤周作・日野啓三・三浦哲郎と出席。小説当選作・新井千裕「復活祭のためのレクイエム」、評論当選作・清水良典「記述の国家―谷崎潤一郎原稿」、評論優秀作・島弘之「小林秀雄への共感的反逆―後発者柄谷行人の〝場所〟」と決定。

五月、第十四回平林たい子文学賞の選考会に、円地文子・奥野健男・竹西寛子・佐伯彰一・丹羽文雄・山本健吉と出席。小説部門・三木卓「馭者の秋」・笹本定「網」、評論部門・「該当作なし」と決定。

六月三十日、富岡多恵子との共著『嵐ヶ丘ふたり旅』を文藝春秋より刊行。

八月二十日、第十二回中央公論新人賞の選考委員会に、吉行淳之介・丸谷才一と出席。当選作・「なし」と決定。

九月、昭和六十一年度女流文学賞の選考会に、宇野千代・佐伯彰一・佐多稲子・丹羽文雄と出席（井上靖は欠席）。受賞作・

杉本苑子「穢土荘厳（上・下）」と決定。

十月、昭和六十一年度文藝賞の選考会に、江藤淳・小島信夫・野間宏と出席。受賞作・岡本澄子「零《こぼ》れた言葉」、佳作・梅田香子「勝利投手」と決定。

同月、日本ブロンテ協会の初代会長に就任（一九九〇年十月まで）。

十一月、文部省の教科書審議会の委員となる（一九九一年五月まで）。

一九八七年（昭和62年）　六十一歳

一月、第三十八回読売文学賞の選考会に、安部公房・井上ひさし・遠藤周作・大岡信・佐伯彰一・田中千禾夫・丹羽文雄・丸谷才一・山本健吉と出席。

一月一日より十二月一日まで、「文藝時評」を「知識」第三巻一～十二号に十二回連載。

五月、第十五回平林たい子文学賞の選考会に、奥野健男・竹西寛子・佐伯彰一・丹羽文雄・山本健吉と出席。小説部門・戸田房子「詩人の妻生田花世」、評論部門・森常治「文学記号の空間」と決定。

五月、三重県四日市市が郷土出身の文豪丹羽文雄の功績彰句碑を同市鵜の森公園内に建立、その撰文を書く。同月二十三日の除幕式の出席のための丹羽夫妻の二泊三日の帰郷旅行に、清水邦行と随行。

六月、財団法人平林たい子記念文学会の理事長になる（一九九七年終会まで）。

七月、芥川賞選考委員となる。十六日午後六時より、第九十七回選考会が東京・築地「新喜楽」で開催され、大庭みな子・黒井千次・田久保英夫・日野啓三・古井由吉・三浦哲郎・水上勉・吉行淳之介（開高健は欠席）と出席。受賞作・村田喜代子「鍋の中」と決定。

八月十七日、第十三回中央公論新人賞の選考会に、吉行淳之介・丸谷才一と出席。当選作・池澤夏樹「スティル・ライフ」、香山純「どらきゅら綺談」と決定。

九月、昭和六十二年度女流文学賞の選考会に、井上靖・宇野千代・佐伯彰一・佐多稲子と出席（丹羽文雄は病気欠席）。受賞作・田辺聖子「花衣ぬぐやまつわる……」と決定。

十月十五日、昭和六十二年度文藝賞の選考会に、江藤淳・小島信夫・野間宏と出席。受賞作・笹山久三「四万十川―あつよしの夏」、佳作・久間十義「マネーゲーム」と決定。

十一月、新沖縄文学賞の選考委員になり、第十三回選考会に、大城立裕・牧港篤三と出席。入賞作・照井裕「フルサトのダイエー」、佳作・平田健太郎「蜉蝣の日」と決定。

一九八八年（昭和63年）　六十二歳

一月十三日午後六時より、第九十八回芥川賞選考会が東京・築地の「新喜楽」で開催され、大場みな子・開高健・黒井千次・田久保英夫・日野啓三・古井由吉・三浦哲郎・水上勉・吉行淳之介と出席。受賞作・池澤夏樹「スティル・ライフ」、三浦清宏「長男の出家」と決定。

一月、第三十九回読売文学賞の選考会に、安部公房・井上ひさし・遠藤周作・大岡信・川村二郎・佐伯彰一・丹羽文雄・丸谷才一・山本健吉・吉行淳之介と出席。

一月二十九日、文藝家協会一月定例理事会が丸の内・山水楼で開催され、出席する。

同月、昭和六十二年度藝術選奨選考審査員となる（一九八九年度まで文学部門。一九九〇年度は評論等部門）。

四月四日午後五時三十分より、文藝家協会四月定例理事・評議会が東京会館で開催され、出席する。

五月一日、「予告の日」を「新潮」第八十五巻五号に発表。

同月、第十六回平林たい子文学賞の選考会に、奥野健男・竹西寛子・佐伯彰一・丹羽文雄・山本健吉と出席。小説部門・石原慎太郎「生還」、評論部門・雨宮雅子「斎藤史論」と決定。

七月十三日午後六時より、第九十九回芥川賞選考会が東京・築地の「新喜楽」で開催され、大庭みな子・黒井千次・田久保英夫・日野啓三・古井由吉・三浦哲郎・水上勉・吉行淳之介と出席（開高健は欠席）。受賞作・新井満「尋ね人の時間」と決定。

八月二十二日、第十四回中央公論新人賞の選考会に、吉行淳之介・丸谷才一と出席。当選作・「該当作なし」、佳作・平松誠治「泳ごう」と決定。

九月、昭和六十三年度女流文学賞の選考会に、佐伯彰一・佐多稲子（丹羽文雄・井上靖は病気欠席、宇野千代は都合による欠席）と出席。受賞作・塩野七生「わが友マキアヴェッリ―フィレンツェ存亡―」、金井美恵子「タマや」と決定。

九月三十日午後五時三十分より、文藝家協会九月定例理事会が東京会館で開催され、出席する。

十月十四日、昭和六十三年度文藝賞の選考会に、野間宏・小島信夫・江藤淳と出席。受賞作・長野まゆみ「少年アリス」、飯嶋和一「汝ふたたび故郷へ帰れず」と決定。

十一月、第十四回新沖縄文学賞の選考会に、大城立裕・牧港篤三と出席。入賞作・玉城まさし「砂漠にて」、佳作入選作・水無月慧子「出航前夜祭」と決定。

一九八九年（平成元年）　六十三歳

一月十二日午後六時より、第百回芥川賞選考会が東京・築地の「新喜楽」で開催され、大庭みな子・開高健・黒井千次・田久保英夫・日野啓三・古井由吉・三浦哲郎・水上勉・吉行淳之介と出席。受賞作・南木佳士「ダイヤモンドダスト」、李良枝「由熙（ユヒ）」と決定。

一月、第四十回読売文学賞の選考会に、安部公房・井上ひさし・遠藤周作・大江健三郎・大岡信・川村二郎・佐伯彰一・丹羽文雄・丸谷才一・吉行淳之介と出席。

二月二十四日、昭和天皇の大喪の儀に参列。

三月一日、「その前後」を「文學界」第四十三巻三号に発表。

六月、第十七回平林たい子文学賞の選考会に、丹羽文雄・佐伯彰一・奥野健男・竹西寛子・青野聰と出席。小説部門・津島佑子「真昼へ」、山田詠美「風葬の教室」、評論部門・「該当作なし」と決定。

六月二十五日、『鳥にされた女〈自選短編集〉』を学藝書林より刊行。

七月十三日午後六時より、第百一回芥川賞選考委員会が東京・築地の「新喜楽」で開催され、大庭みな子・黒井千次・田久保英夫・日野啓三・古井由吉・三浦哲郎・吉行淳之介と出席（開高健は書面回答、水上勉は欠席）。受賞作・「該当作なし」と決定。

八月二十二日、第十五回中央公論新人賞の選考会に、吉行淳之介・丸谷才一と出席。当選作・平松誠治「アドベンチャー」と決定。

九月、平成元年度女流文学賞の選考会に、大庭みな子・佐伯彰一・佐多稲子・瀬戸内寂聴と出席（井上靖は欠席）。受賞作・吉行理恵「黄色い猫」と決定。

十月四日、平成元年度文藝賞の選考会に、江藤淳・大庭みな子・小島信夫と出席。受賞作・比留間久夫「ＹＥＳ・ＹＥＳ・ＹＥＳ」、結城真子「ハッピーハウス」と決定。

十一月十日、第十五回新沖縄文学賞の選考会に、大城立裕・牧港篤三と出席。入賞作・徳田友子「新城マツの天使」、佳作入選作・山城達雄「遠来の客」と決定。

十一月二十日、日本藝術院の平成元年度会員補充選挙により、日本藝術院会員に内定。総会の承認を得たあと、文部大臣が十二月十五日付で発令した。

一九九〇年（平成2年）　六十四歳

一月十六日午後六時より、第百二回芥川賞選考会が東京・築地の「新喜楽」で開催され、大庭みな子・黒井千次・田久保英夫・日野啓三・古井由吉・三浦哲郎・吉行淳之介と出席（水上勉は病気欠席）。受賞作・滝沢美恵子「ネコババのいる町で」、大岡玲「表層生活」と決定。

一月、第四十一回読売文学賞の選考会に、安部公房・井上ひさし・遠藤周作・大江健三郎・大岡信・川村二郎・菅野昭正・佐伯彰一・丸谷才一・吉行淳之介と出席。

四月十六日より二十日まで、第十三回国際比較文学会議東京大会の記念プログラムのイベントとして開催された、日本とドイツ語圏の「東西女性作家会議」に参加する。

六月、第十八回平林たい子文学賞の選考会に、佐伯彰一・奥野健男・竹西寛子・青野聰と出席。小説部門・「該当作なし」、評論部門・坂内正「カフカの『アメリカ（失踪者）』」と決定。

七月十六日午後五時より、第百三回芥川賞選考会が東京・築地の「新喜楽」で開催され、大江健三郎・大庭みな子・黒井千次・田久保英夫・日野啓三・古井由吉・丸谷才一・三浦哲郎・吉行淳之介と出席（水上勉は欠席）。受賞作・辻原登「村の名前」と決定。

八月十七日、第十六回中央公論新人賞選考会に、吉行淳之介・丸谷才一と出席。当選作・高岡水平「突き進む鼻先の群れ」と決定。

九月十三日、谷崎潤一郎賞選考委員になり、平成二年度選考会に、大江健三郎・ドナルド・キーン・丸谷才一と出席（吉行淳之介は欠席）。受賞作・林京子「やすらかに今はねむり給え」と決定。

十月十六日、平成二年度文藝賞の選考会に、江藤淳・大庭みな子・小島信夫と出席。受賞作・芦原すなお「青春デンデケデケデケ」と決定。

十一月十九日、第十六回新沖縄文学賞選考会に、大城立裕・牧港篤三と出席。入賞作・後田多八生「あなたが捨てた島」と決定。

十一月三十日、純文学書き下ろし特別作品『みいら採り猟奇譚』を新潮社より刊行。

十二月一日、「怒れぬ理由」を「文藝春秋」第六十八巻十三号に発表。

一九九一年（平成3年）　六十五歳

一月十六日午後五時より、第百四回芥川賞選考会が東京・築地の「新喜楽」で開催され、大江健三郎・大庭みな子・黒井千次・田久保英夫・日野啓三・古井由吉・丸谷才一・三浦哲郎・吉行淳之介と出席。受賞作・小川洋子「妊娠カレンダー」と決定。

一月、第四十二回読売文学賞の選考会に、安部公房・井上ひさし・遠藤周作・大江健三郎・大岡信・川村二郎・菅野昭正・佐伯彰一・丸谷才一・吉行淳之介と出席。

三月十八日午後二時より、谷崎潤一郎二十七回忌法要と松子夫人の四十九日の納骨が京都市左京区鹿ケ谷の法然院で営まれ、出席。

六月、第十九回平林たい子文学賞の選考会に、佐伯彰一・奥野健男・竹西寛子・青野聰と出席。小説部門・吉目木晴彦「誇り高き人々」、評論部門・「該当作なし」と決定。

七月五日、文藝家協会の入会委員会（東京会館）に出席。

七月十五日午後五時より、第百五回芥川賞選考会が東京・築地の「新喜楽」で開催され、大江健三郎・大庭みな子・黒井千次・田久保英夫・日野啓三・古井由吉・丸谷才一・三浦哲郎、吉行淳之介と出席。受賞作・辺見庸「自動起床装置」、荻野アンナ「背負い水」と決定。

八月十六日、第十七回中央公論新人賞選考会に、吉行淳之介・丸谷才一と出席。当選作・小見さゆり「悪い病気」と決定。

同月、国際比較文学会東京会議「作家と語る」セッションに、大庭みな子・津島佑子と参加。司会は佐伯彰一。

九月十一日、平成三年度谷崎潤一郎賞の選考会に、大江健三郎・丸谷才一・吉行淳之介と出席（ドナルド・キーンは欠席）。受賞作・井上ひさし「シャンハイムーン」と決定。

九月三十日午後五時三十分より、文藝家協会九月定例理事会（東京会館）及び入会委員会に出席。

十月十五日、平成三年度文藝賞の選考会に、江藤淳・大庭みな子・小島信夫と出席。受賞作・川本俊二「ｒｏｓｅ」、吉野光「撃壌歌」と決定。

十一月、三鷹・プレステージで開かれた丹羽文雄の米寿の祝賀会に出席。

十二月十七日午後六時より、第四十四回野間文藝賞（選考委員・遠藤周作・大江健三郎・大庭みな子・川村二郎・丸谷才一・三浦哲郎・安岡章太郎・吉行淳之介）と野間文藝新人賞の贈呈式が帝国ホテルで行われ、『みいら採り猟奇譚』に野間文藝賞の正賞・賞牌と副賞・三百万円が贈られる。

一九九二年（平成4年）　六十六歳

一月一日、「炎々の記」を、「群像」第四十七巻一号に発表。

一月十六日午後五時より、第百六回芥川賞選考会が東京・築地の「新喜楽」で開催され、大江健三郎・大庭みな子・黒井千次・田久保英夫・日野啓三・古井由吉・丸谷才一・三浦哲郎・吉行淳之介と出席。受賞作・松村栄子「至高聖所《アバトーン》」と決定。

一月二十四日午後四時より、日本藝術院会員として、小島信夫会員、坂田寛夫会員と共に、赤坂御所で天皇陛下のお茶のお招きにあずかる（両陛下御臨席。阿川弘之第二部長立会。侍従長、侍従、陪席）。

一月、第四十三回読売文学賞の選考会に、安部公房・井上ひさし・遠藤周作・大江健三郎・大岡信・川村二郎・菅野昭正・佐伯彰一・丸谷才一・吉行淳之介と出席。

一月三十日午後五時三十分より、文藝家協会一月定例理事会（丸の内・山水楼）に出席。

三月、イタリアへ小説「後日の話」のための取材旅行。

五月四日、夫の泰とニューヨークに小引っ越しをする。年に二、三度東京との間を往復するようになる。

五月二十日、短編集『炎々の記』を講談社より刊行。

六月、第二十回平林たい子文学賞の選考会に、佐伯彰一・奥野健男・川村二郎・竹西寛子・青野聰と出席。小説部門・村田喜代子「真夜中の自転車」、評論部門・岩阪恵子「画家小出楢重の肖像」と決定。

七月六日、文藝家協会定例理事会で、放送著作権委員と国語調査委員に委嘱される。

七月十五日午後五時より、第百七回芥川賞選考会が東京・築地の「新喜楽」で開催され、大江健三郎・大庭みな子・黒井千次・田久保英夫・日野啓三・古井由吉・丸谷才一・三浦哲郎・吉行淳之介と出席。受賞作・藤原智美「運転士」と決定。

七月、コロンビア大学客員研究員となる（数度の更新により二〇〇一年三月まで）。

八月十七日、第十八回中央公論新人賞の選考会に、吉行淳之介・丸谷才一と出席。受賞作・影山雄作「俺たちの水晶宮」と決定。

九月十一日、平成四年度谷崎潤一郎賞の選考会に、井上ひさし・ドナルド・キーン・中村真一郎・丸谷才一と出席（吉行淳之介は病気欠席）。受賞作・瀬戸内寂聴「花に問え」と決定。

十月十五日、平成四年度文藝賞の選考会（出席者・江藤淳・大庭みな子・小島信夫）に書面回答。受賞作・三浦恵「音符」、佳作・真木健一「白い血」と決定。

一九九三年（平成5年）　六十七歳

一月一日、「赤い唇」を「新潮」第九十巻一号に発表。

一月十三日午後五時より、第百八回芥川賞選考会が東京・築地の「新喜楽」で開催され、大江健三郎・大庭みな子・黒井千次・田久保英夫・日野啓三・古井由吉・丸谷才一・三浦哲郎・吉行淳之介と出席。受賞作・多和田葉子「犬婿入り」と決定。

一月、第四十四回読売文学賞の選考会に、井上ひさし・遠藤周作・大江健三郎・大岡信・川村二郎・菅野昭正・佐伯彰一・丸谷才一・吉行淳之介と出席。

二月二十日、エッセイ集『蛙と算術』を新潮社より刊行。

四月、アメリカ・ニュージャージー州ラトガーズ大学での日本女性作家をテーマとするラトガーズ会議にパネリストとして参加する。

六月、第二十一回平林たい子文学賞の選考会に、佐伯彰一・奥野健男・川村二郎・竹西寛子・青野聰と出席。小説部門・大城立裕「日の果てから」、評論部門・「該当作なし」と決定。

六月十九日より二十日まで、瀬戸内寂聴・大庭みな子と鼎談「小説との深い縁」を山形県山寺「月日庵」で行う（「群像」平成5年10月1日発行）。

六月二十日、『谷崎文学の愉しみ』を中央公論社より刊行。

七月十五日午後五時より、第百九回芥川賞選考会が東京・築地の「新喜楽」で開催され、大江健三郎・大庭みな子・黒井千次・田久保英夫・日野啓三・古井由吉・丸谷才一・吉行淳之介と出席（三浦哲郎は欠席）。受賞作・吉目木晴彦「寂寥郊野」と決定。

八月六日、第十九回中央公論新人賞の選考会に、吉行淳之介・丸谷才一と出席。当選作・「該当作なし」と決定。

八月二十八日、平成五年度谷崎潤一郎賞の選考会に、書面回答をした。受賞作・池澤夏樹「マシアス・ギリの失脚」と決定。

九月、ベルリン・フェスティバル公社主催のイヴェント「日本とヨーロッパ」の文学部門プログラムに参加。その前後に、ケルン、フランクフルト、ミュンヘン、ハンブルグで自作朗読。

一九九四年（平成6年）　六十八歳

一月一日、「来迎の日」を「新潮」第九十一巻一号に、「途上」を「群像」第四十九巻一号に発表。

一月十三日午後五時より、第百十回芥川賞選考会が東京・築地の「新喜楽」で開催され、大江健三郎・大庭みな子・黒井千次・田久保英夫・日野啓三・古井由吉・丸谷才一・三浦哲郎・吉行淳之介と出席。受賞作・奥泉光「石の来歴」と決定。

一月、第四十五回読売文学賞の選考会に、井上ひさし・大江健三郎・大岡信・川村二郎・菅野昭正・佐伯彰一・丸谷才一・吉行淳之介と出席。

二月一日、「来迎の日（後編）」を「新潮」第九十一巻二号に発表。

三月、アメリカ合衆国永住権を、夫の泰と共に取得する。

六月、第二十二回平林たい子文学賞の選考会に、佐伯彰一・奥野健男・川村二郎・竹西寛子・青野聰と出席。小説部門・伊井直行「進化の時計」、評論部門・樋口覚「一九四六年の大岡昇平」、井口時男「悪文の初志」と決定。

七月五日午後五時三十分より、文藝家協会七月定例理事会（東京会館）に出席。

七月十三日午後五時より、第百十一回芥川賞選考会が東京・築地の「新喜楽」で開催され、大江健三郎・大庭みな子・黒井千次・田久保英夫・日野啓三・古井由吉・丸谷才一・三浦哲郎と出席（吉行淳之介は欠席）。受賞作・笙野頼子「タイムスリップ・コンビナート」、室井光広「おどるでく」と決定。

八月八日、第二十回（最終回）中央公論新人賞の選考会に、丸谷才一と出席。受賞作・保前信英「静謐な空」と決定。

八月二十九日、平成六年度谷崎潤一郎賞選考会に、井上ひさし・ドナルド・キーン・中村真一郎・日野啓三・丸谷才一と出席。受賞作・辻井喬「虹の岬」と決定。

九月、コロンビア大学でソーシツ・セン講座（ドナルド・キーン記念センター主催）に「谷崎潤一郎とアメリカ」を講演。

十月十八日、丸谷才一・秋山駿と鼎談「文学と生活」を行う（「群像」平成7年1月1日発行）。

十一月、この年から野間文藝賞の選考委員となり、第四十七回の選考会に、江藤淳・大江健三郎・大庭みな子・川村二郎・三浦哲郎・安岡章太郎と出席。受賞作・阿川弘之「志賀直哉」、李恢成「百年の旅人たち」。

十一月一日「片冷え」を「新潮」第九十一巻十一号に発表。

十一月四日、文藝家協会十一月定例理事会（文藝春秋ビル西館会議室）に出席。

十一月二十五日、『河野多恵子全集』全十巻（新潮社）の刊行が始まる（一九九五年九月十日完結）。

一九九五年（平成7年）　六十九歳

一月十二日午後五時より、第百十二回芥川賞選考会が東京・築地の「新喜楽」で開催され、大江健三郎・大庭みな子・黒井千次・田久保英夫・日野啓三・古井由吉・丸谷才一・三浦哲郎と出席。芥川龍之介賞「該当作なし」と決定。

一月十七日、阪神大震災により芦屋市の実家が全壊する（七月再建）。

一月、第四十六回読売文学賞の選考会に、井上ひさし・大江健三郎・大岡信・岡野弘彦・川村二郎・菅野昭正・佐伯彰一・丸谷才一・山崎正和と出席。

一月三十日、蓮實重彦と「小説と『横揺れ』」を対談（「文藝」平成7年5月1日発行）。

三月、コネチカット州のウエストレイアン大学で自作朗読を行う。

四月、集中講義を条件に、駒沢大学文学部英米文学科客員教授となる（一九九七年まで）。

四月五日〜八日、ベネツィア大学でのタニザキジュンイチロウ・シンポジウムにスピーカーとして参加する。

六月、第二十三回平林たい子文学賞の選考会に、佐伯彰一・奥野健男・川村二郎・竹西寛子・青野聰と出席。小説部門・稲葉真弓「声の娼婦」、評論部門・川村湊「南洋・樺太の日本文学」と決定。

七月十八日午後五時より、第百十三回芥川賞選考会が東京・築地の「新喜楽」で開催され、大江健三郎・大庭みな子・黒井千次・田久保英夫・日野啓三・古井由吉・丸谷才一・三浦哲郎と出席。受賞作・保坂和志「この人の閾（いき）」と決定。

八月三十日、平成七年度谷崎潤一郎賞の選考会に、井上ひさし・ドナルド・キーン・中村真一郎・日野啓三・丸谷才一と出席。受賞作・辻邦生「西行花伝」と決定。

十一月、第四十八回野間文藝賞の選考会に、江藤淳・大庭みな子・川村二郎・三浦哲郎・安岡章太郎と出席（大江健三郎は欠席）。受賞作・「該当作なし」と決定。

一九九六年（平成8年）　七十歳

一月十一日午後五時より、第百十四回芥川賞選考会が東京・築地の「新喜楽」で開催され、大江健三郎・大庭みな子・黒井千次・田久保英夫・日野啓三・古井由吉・丸谷才一・三浦哲郎・石原慎太郎・池澤夏樹・宮本輝と出席。受賞作・又吉栄喜「豚の報い」と決定。

一月、第四十七回読売文学賞の選考会に、井上ひさし・大江健三郎・大岡信・岡野弘彦・川村二郎・菅野昭正・佐伯彰一・丸谷才一、山崎正和と出席。

一月十七日、辺見庸と「エロスと時代」を対談（「新潮」平成8年4月1日発行）。

一月二十日、「創造ということ」を大阪文学学校教室で講演。

三月二十一日、「Todder-Hunting & other stories」（ニューヨーク・New Directions刊）の出版記念会がコロンビア大学のDepartment of East Asian Languagesd Cluturesで開かれ、原文の自作朗読、質問への応答もする。

四月十九日〜二十一日、ドナルド・キーン日本文化センター主催の安部公房記念シンポジウムがニューヨークのコロンビア大学で開催され、発表者として参加し、「安部・三島対談から言語への感覚の差」について述べる。

六月、第二十四回平林たい子文学賞の選考会に、佐伯彰一・奥野健男・川村二郎・竹西寛子・青野聰と出席。小説部門・村上龍「映画小説集」、評論部門・福田和也「甘美な人生」と決定。

七月十七日午後五時より、第百十五回芥川賞選考会が東京・築地の「新喜楽」で開催され、池澤夏樹・石原慎太郎・黒井千次・田久保英夫・日野啓三・古井由吉・丸谷才一・三浦哲郎・宮本輝と出席（大江健三郎・大庭みな子は欠席）。受賞作・川上弘美「蛇を踏む」と決定。

八月三十日、平成八年度谷崎潤一郎賞の選考会に、井上ひさし・ドナルド・キーン・中村真一郎・日野啓三・丸谷才一と出席。受賞作・「該当作なし」と決定。

九月一日、「大統領の死」を「新潮」第九十三巻九号に発表。

十月一日、「黒い髪」を「群像」第五十一巻十号に発表。

十月、第四十九回野間文藝賞の選考会に、江藤淳・川村二郎・三浦哲郎・安岡章太郎と出席（大庭みな子は欠席）。受賞作・

秋山駿「信長」と決定。

一九九七年（平成9年）　七十一歳

一月七日、『ニューヨークめぐり会い』を中央公論社より刊行。

一月十六日午後五時より、第百十六回芥川賞選考会が東京・築地の「新喜楽」で開催され、池澤夏樹・石原愼太郎・黒井千次・田久保英夫・日野啓三・古井由吉・丸谷才一・三浦哲郎・宮本輝と出席（大江健三郎・大庭みな子は欠席）。受賞作・柳美里「家族シネマ」、辻仁成「海峡の光」と決定。

一月、第四十八回読売文学賞の選考会に、井上ひさし・大江健三郎・大岡信・岡野弘彦・川村二郎・菅野昭正・佐伯彰一・富岡多恵子・日野啓三・丸谷才一・山崎正和と出席。

二月十五日、短編集『赤い脣　黒い髪』を新潮社より刊行。

六月、第二十五回（最終回）平林たい子文学賞の選考会に、佐伯彰一・奥野健男・川村二郎・竹西寛子・青野聰と出席。小説部門・車谷長吉「漂流物」、保坂和志「季節の記憶」、評論部門・川西政明「わが幻の国」、高橋昌男「独楽の回転―甦える近代小説―」と決定。

七月十七日午後五時より、第百十七回芥川賞選考会が東京・築地の「新喜楽」で開催され、池澤夏樹・石原愼太郎・黒井千次・田久保英夫・日野啓三・古井由吉・丸谷才一・宮本輝と出席（三浦哲郎は病気欠席）。受賞作・目取夏俊「水滴」と決定。

八月二十九日、平成九年度谷崎潤一郎賞の選考会に、井上ひさし・ドナルド・キーン・中村真一郎・日野啓三・丸谷才一と出席。受賞作・保坂和志「季節の記憶」、三木卓「路地」と決定。

十一月八日午後二時～四時、第十一回声のライブラリーが日本近代文学館ホールで開催され、日野啓三・清水昶と講師として出席。司会は青野聰。

十一月、第五十回野間文藝賞の選考会に、江藤淳・川村二郎・坂上弘・日野啓三・三浦哲郎・安岡章太郎・大江健三郎と出席（大庭みな子は欠席）。受賞作・田久保英夫「木霊集」、富岡多恵子「ひべるにあ島紀行」と決定。

一九九八年（平成10年）　七十二歳

一月十六日午後五時より、第百十八回芥川賞選考会が東京・築地の「新喜楽」で開催され、池澤夏樹・石原愼太郎・黒井千次・田久保英夫・日野啓三・古井由吉・丸谷才一・三浦哲郎・宮本輝と出席。受賞作・「該当作なし」と決定。

一月、第四十九回読売文学賞の選考会に、井上ひさし・大江健三郎・大岡信・岡野弘彦・川村二郎・菅野昭正・佐伯彰一・富岡多恵子・日野啓三・丸谷才一・山崎正和と出席。

七月十七日午後五時より、第百十九回芥川賞選考会が東京・築地の「新喜楽」で開催され、池澤夏樹・石原愼太郎・黒井千次・田久保英夫・古井由吉・三浦哲郎・宮本輝と出席（日野啓三は病気欠席）。受賞作・藤沢周「ブエノスアイレス午前零時」・花村萬月「ゲルマニウムの夜」と決定。

八月二十六日、平成十年度谷崎潤一郎賞の選考会に、池澤夏樹・井上ひさし・筒井康隆・日野啓三・丸谷才一と出席。受賞作・津島佑子「火の山―山猿記」と決定。

十月三十一日午後一時〜三時五十分、文学講座「谷崎潤一郎」が神奈川近代文学館展示館二階ホールで開催され、三浦雅士「谷崎潤一郎と身体」と共に講師として出席、「谷崎文学の予言力」を講演。

十一月一日、長編小説「後日の話」を「文學界」第五十二巻十一号に発表。

十一月、第五十一回野間文藝賞の選考会に、川村二郎・坂上弘・日野啓三・三浦哲郎・安岡章太郎・大江健三郎と出席（江藤淳・大庭みな子は欠席）。受賞作・津島佑子「火の山―山猿記」と決定。

一九九九年（平成11年）　七十三歳

一月十四日午後五時より、第百二十回芥川賞選考会が東京・築地の「新喜楽」で開催され、池澤夏樹・石原慎太郎・黒井千次・田久保英夫・日野啓三・古井由吉・三浦哲郎・宮本輝と出席。受賞作・平野啓一「日蝕」と決定。

一月、第五十回読売文学賞の選考会に、井上ひさし・大江健三郎・大岡信・岡野弘彦・川村二郎・菅野昭正・佐伯彰一・富岡多恵子・日野啓三・丸谷才一・山崎正和と出席。

二月十日、『後日の話』を文藝春秋より刊行。

二月十九日午後五時三十分より、文藝家協会一月定例理事会・新年会（丸の内・山水楼）に出席。

六月十七日午後五時三十分より、第十回伊藤整文学賞の贈呈式が小樽グランドホテルで行われ、『後日の話』（文藝春秋）により受賞する。選考委員＝川村二郎・菅野昭正・黒井千次・津島佑子・高橋英夫・安岡章太郎。正賞・ブロンズ像（斎藤吉郎作「カモメを呼ぶ少女」）と副賞・百万円が贈られる。

七月一日より翌年九月一日まで、長編小説「秘事」を「新潮」第九十六巻七号〜第九十七巻九号に十四回連載（平成12年1月1日発行は休載）。

七月十五日午後五時より、第百二十一回芥川賞選考会が東京・築地の「新喜楽」で開催され、池澤夏樹・石原慎太郎・黒井千次・田久保英夫・日野啓三・古井由吉・三浦哲郎・宮本輝と出席。受賞作・「該当作なし」と決定。

八月三十一日、平成十一年度谷崎潤一郎賞の選考会に、池澤夏樹・井上ひさし・筒井康隆・日野啓三・丸谷才一と出席。受賞作・高橋のぶ子「透光の樹」と決定。

九月十日、ニューヨーク日本総領事邸で行われた、コロンビア大学、バーバラ・リューシュ名誉教授（中世日本研究所長）に対する叙勲・勲三等宝冠章の伝達式で祝辞を述べる。

十一月九日、勲三等瑞宝章を受章した。

十一月、第五十二回野間文藝賞の選考会に、大江健三郎・川村二郎・坂上弘・日野啓三・三浦哲郎・安岡章太郎と出席。受賞作・清岡卓行「マロニエの花が言った」と決定。

二〇〇〇年（平成12年）　七十四歳

一月十四日午後五時より、第百二十二回芥川賞選考会が東京・

築地の「新喜楽」で開催され、池澤夏樹・石原慎太郎・黒井千次・田久保英夫・古井由吉・三浦哲郎・宮本輝と出席（日野啓三は病気欠席）。受賞作・玄月「蔭の棲みか」、藤野千夜「夏の約束」と決定。

一月十八日午後五時より、第四十一回毎日藝術賞の贈呈式が東京会館で行われ、『後日の話』が文学Ｉ部門で受賞。諮問委員＝秋山駿・竹西寛子・川村湊。賞状と副賞・百万円が贈られる。

一月、第五十一回読売文学賞の選考会に、井上ひさし・大江健三郎・大岡信・岡野弘彦・川村二郎・菅野昭正・佐伯彰一・富岡多恵子・日野啓三・丸谷才一・山崎正和と出席。

四月九日午前十時〜十二時、ニューヨークの日本クラブ・カルチャー講座で「小説の秘密」を講演。THE NIPPON CLUB (145W 57th St. NYC) 会費十五ドル。

七月十四日午後五時三十分より、第百二十三回芥川賞選考会が東京・築地の「新喜楽」で開催され、池澤夏樹・石原慎太郎・黒井千次・田久保英夫・日野啓三・古井由吉・三浦哲郎・宮本輝・村上龍と出席。受賞作・町田康「きれぎれ」、松浦寿輝「花腐し」と決定。

八月二十九日、平成十二年度谷崎潤一郎賞の選考会に、池澤夏樹・井上ひさし・筒井康隆・日野啓三・丸谷才一と出席。受賞作・辻原登「遊動亭円木」、村上龍「共生虫」と決定。

十月、第五十三回野間文藝賞の選考会に、秋山駿・大江健三郎・川村二郎・坂上弘・津島佑子・日野啓三・安岡章太郎と出席（三浦哲郎は欠席）。受賞作・林京子「長い時間をかけた人間の経験」と決定。

十月三十日、『秘事』を新潮社より刊行。

二〇〇一年（平成13年）　七十五歳

一月一日より十二月一日まで、評論「現代文学創作心得」を「文學界」第五十五巻一号〜十二号に十二回連載。

一月十六日午後五時より、第百二十四回芥川賞選考会が東京・築地の「新喜楽」で開催され、池澤夏樹・石原慎太郎・黒井千次・田久保英夫・日野啓三・古井由吉・三浦哲郎・宮本輝・村上龍と出席。受賞作・青来有一「聖水」、堀江敏幸「熊の敷石」と決定。

一月、第五十二回読売文学賞の選考会に、井上ひさし・大岡信・岡野弘彦・川村二郎・菅野昭正・佐伯彰一・富岡多恵子・日野啓三・丸谷才一・山崎正和と出席。

七月十七日午後五時より、第百二十五回芥川賞選考会が東京・築地の「新喜楽」で開催され、池澤夏樹・石原慎太郎・黒井千次・日野啓三・古井由吉・三浦哲郎・宮本輝・村上龍と出席。受賞作・玄侑宗久「中陰の花」と決定。

八月二十四日、平成十三年度谷崎潤一郎賞の選考会に、池澤夏樹・井上ひさし・筒井康隆・日野啓三・丸谷才一と出席。

十一月、第五十四回野間文藝賞の選考会に、秋山駿・川村二郎・坂上弘・津島佑子・安岡章太郎と出席（日野啓三・書面回答、三浦哲郎欠席）。受賞作・瀬戸内寂聴「場所」と決定。

十一月三十日、『半所有者』を新潮社より刊行。

二〇〇二年（平成14年）　七十六歳

一月十六日午後六時より、第百二十六回芥川賞選考会が東京・築地の「新喜楽」で開催され、池澤夏樹・石原慎太郎・黒井千次・高樹のぶ子・日野啓三・古井由吉・宮本輝・村上龍と出席（三浦哲郎は書面回答）。受賞作・長嶋有「猛スピードで母は」と決定。

一月、第五十三回読売文学賞の選考会に、井上ひさし・大岡信・岡野弘彦・川村二郎・川本三郎・菅野昭正・津島佑子・富岡多恵子・日野啓三・丸谷才一・山崎正和と出席。

三月十五日、『小説の秘密をめぐる十二章』（現代文学創作心得改題）を文藝春秋より刊行。

四月、コロンビア大学中世日本研究所の顧問となる。

六月二十一日午後五時よりホテル・オークラで行われた三島由紀夫賞・山本周五郎賞（新潮社文藝振興会主催）との合同贈呈式において、『半所有者』により川端康成文学賞（川端康成記念会主催）を受ける。（同時受賞・町田康「権現の踊り子」）審査委員＝秋山駿・井上ひさし・小川国夫・津島佑子・村田喜代子。祝品・置時計と百万円が贈られる。

七月十七日午後五時半より、第百二十七回芥川龍之介賞選考委員会が東京・築地の「新喜楽」で開催され、石原慎太郎・黒井千次・高樹のぶ子・古井由吉・宮本輝・村上龍と出席（池澤夏樹・三浦哲郎は書面回答、日野啓三は欠席）。受賞作・吉田修一「パーク・ライフ」と決定。

十月三十一日、文化功労者に選ばれたことが新聞発表される。

十一月三日、文化功労者に列せられる（同五日、午後十一時二十分よりホテル・オークラでの顕彰式と文部科学大臣招待の午餐会に、午後二時三十分より天皇・皇后両陛下のお招きにより、皇居におけるお茶の会に出席）。

十二月二十日、エッセイ集『思いがけないこと』を新潮社より刊行。

河野多惠子書誌

著書目録

一、著書

幼児狩り

一九六二年（昭和37年）八月三十日発行　新潮社　発行者・佐藤亮一　四六判　厚紙装　カバー　オビ　二六五頁　三八〇円　装幀・斎藤義重

§幼児狩り／劇場／雪／女形遣い／塀の中

＊オビに「中年女が、明るいピチピチした男児に示す異常な関心――女の心に底流するサディズム……／〝新潮同人雑誌賞〟受賞の新鋭作家の珠玉作品集」「河野多恵子」「伊藤整氏推薦／河野さんの『幼児狩り』が本になるのは結構なことである。私がこの人の作風に注目しているのは、人間性を、歪みを通して正確に把握していることである。その技法は鋭くかつ維細である。新作家がこういう円熟さを見せて現われるのは異例のことと思う。」とある。

＊＊二刷の一九七一年一月三十日発行の定価は五五〇円。

美少女・蟹

一九六三年（昭和38年）八月二十五日発行　新潮社　発行者・佐藤亮一　四六判　厚紙装　箱　オビ　二七〇頁　三五〇円　装幀　村上芳正

§愉悦の日々／春愁／わかれ／夜を往く／蟹／美少女

＊オビに「河野多恵子／芥川賞受賞作／美少女・蟹」「注目の／芥川賞作品」「ピチピチした動作、弾んだ声、砂浜を跳ね廻る小学一年生のオイの一言が、彼女の胸に深く突き刺った……。　明るい光が溢れる外房の海岸で、波打際を這っている筈の蟹を求めて少年と戯れる中年女の屈折した愛の心理を描く芥川賞受賞の秀作『蟹』。他に前回の芥川賞候補作『美少女』、受賞第一作『夜を往く』、『愉悦の日々』、『春愁』、『わかれ』等珠玉六編を収む。」とある。

夢の城

一九六四年（昭和39年）四月二十日発行　文藝春秋新社　発行者・上林吾郎　四六判　厚紙装　カバー　オビ　二三八頁　三六〇円　装幀・藤野一友

§夢の城／禽鳥／解かれるとき／遠い夏／路上

＊オビに「文藝春秋刊／女流新鋭秀作短編集」「文藝春秋」「収載作品／夢の城／禽鳥／解かれるとき／遠い夏／路上」とある。

男友達

一九六五年（昭和40年）九月三十日発行　河出書房新社　発行者・河出朋久　四六判　布装　箱　オビ　二二二頁　四二〇円　装幀（写真・山口道雄　構成・榛地和）

§男友達

＊オビに「河野多恵子／芥川賞受賞後初の長編／幼友達と愛人……二人の男によせる現代女性の怪しく真実な愛を描き新

分野を開拓した野心的長編！」「河野多恵子／長編第一作」「芥川賞受賞により文壇女流のホープとして一躍注目を浴びた新鋭河野多恵子が受賞後三年目に初めて書き下ろした問題の長編――見知らぬ都会へ幼友達を追って上京しながら積極的に彼に近づかず　一人の男との異常な性の深淵に佇む現代女性の青春の終りを描く野心的長編！」とある。

**一九七三年（昭和48年）十月五日三版発行の定価は六八〇円。そのオビを「河野多恵子長編第一作／幼友達と愛人によせる現代女性の妖しく真実な愛　青春の終りに佇む女の確執と無力感をみつめる二人の男の内部を照らし　凝縮した文学世界を開花させた初の長編小説」「河野多恵子／長編第一作」『最後の時』『不意の声』『回転扉』などの秀作によって　飛躍的に確固とした文学的世界をきりひらいた俊鋭河野多恵子が　芥川賞受賞後三年の歳月を費して完成させた初の長編――見知らぬ都会へ幼友達に惹かれて上京しながら　積極的に彼に近づかず　一人の男との異常性愛の深淵ちたたずむ現代女性の青春の終りを描く野心的長編」と変更。

最後の時

一九六六年（昭和41年）九月七日発行　河出書房新社　発行者・河出朋久　四六判　厚紙装　カバー　オビ　三〇八頁　四八〇円　装幀・阪本文男

§幸福／臺に載る／明くる日／虚栄／みち潮／脂怨／思いがけない旅／蟻たかる／最後の時

＊オビに「俊鋭の最新秀作集／見事な結実をとげつつある注目の俊英が独自の精緻きわまりない愛の心理を描く純文学の精華」「最新秀作集」「夫婦は愛の単位なのか、恐怖の単位なのか――異常ともみえる男女の生活を簡明にえがきながら、性の実在のおののきと輝きを硬質な文体で見事に定着、現代人の愛の本質的混沌を鋭く衝いて独自の世界を展開する注目の俊鋭１９６４年～１９６６年の最新秀作集！」とある。

**一九七三年（昭和48年）十月五日五版発行の定価は六八〇円。そのオビを「女流文学賞受賞／幸福　臺に載る　明くる日　虚栄　みち潮　脂怨　思いがけぬ旅　蟻たかる　最後の時」「女流文学賞」「夫婦は愛の単位なのか、恐怖の単位なのか――異常ともみえる男女の生活を簡明にえがきながら、性の実在のおののきと輝きを硬質な文体で見事に定着、現代人の愛の本質的混沌を鋭く衝いて独自の世界を展開する注目の俊鋭１９６４年～１９６６年の代表的秀作集」と変更。

不意の声

一九六八年（昭和43年）六月十六日発行　講談社　発行者・野間省一　四六判　厚紙装　カバー　オビ　一九一頁　四六〇円　装幀・稲垣行一郎　写真・武田幸子・坂口久子

§不意の声／あとがき

＊オビに「不意の声（長編小説）河野多恵子／現実世界の追いつめられた愛の屈折と、深層の意識が果たす非現実世界の怪奇・残酷！　人間の内なるドラマを凄まじく描いた野心長編。『群像』掲載。」「新生面を拓く／最新の問題作」「●追いつめられた夫婦生活に、しばしば現われる父の幻影――そ

の幻の〝導き〟によって、意識の深奥が果たす怪奇・残酷の様相を、凄まじいリアリティーをもって描き、卓抜な発想と鮮やかな文学的成果を示した問題の長編。」とある。

**「あとがき」に、次のようにある。

雑誌に発表した作品が本になる時、私はこれまであまり手を加えたことはなかった。自分なりに精いっぱいの仕上げをして一度発表した作品というものは、もはや当の作者の訂正さえ許さない不思議な力をそなえてしまうようである。手入れのための時間の大半は、その不思議な力に翻弄されるためのものであるような有様で、結局いつも枝葉末節の推敲に終ってしまうことが多かった。これまで書いてきたものの殆どが短編小説だったので、余計にそうであったのかもしれない。

しかし、後から大きく訂正される運命をもった作品も時にはあるようである。本年二月号の群像に発表した、この『不意の声』を本にするについての今度の手入れで、私は初めてそれを体験した。

この小説の主人公にとっては、非現実なもうひとつの世界は、現実生活と全く変らぬ鮮明なリアリティをもっている。その両者をそなえた世界こそ、彼女にとっての本当の現実なのだ。従って、ふたつの世界のリアリティは同質のものでなければならなくなる。ところが、同質の現実的なリアリティである以上、主人公のその真実を生かそうとすればするほど、読者を混乱させる危険が増す。

その板挟みを克服するには、どうすればよいのか。最初この作品を書いた時にも、私はその点で随分苦心した。私は「同質の現実的なリアリティ」に執着せずにはいられなかった。そして、読者の混乱を防ぐために、考え得る限りの標識を立てておいた。今度、手入れをはじめてからも、いつものように一度発表した作品のもつ不思議な力に翻弄されながら、結局前に発表したかたち以外には、書き方はないような気がした。

ところが、ある日ふと私は心づいた。「同質の現実的なリアリティ」と読者の混乱とを思うあまり、いつの間にか主人公の真実と私の視線とのあいだに生じていた死角に気づいたのである。板挟みを克服するには、主人公の真実を生かし通すしかない。妥協や姑息な手段を拒否するしかない。

その発見に従って、分量的には僅かであるが、思いきって訂正を行った。発見が発見にとどまらず、この本によって陽の目を見ることが出来るのは、非常にありがたいと思っている。

昭和四十三年初夏　　著　者

***昭和四十八年十月五日五版発行のオビを「読売文学賞　不意の声・河野多惠子／現実世界の追いつめられた愛の屈折と、深層の意識が果たす非現実世界の怪奇・残酷！　人間の内なるドラマを凄まじく描いた野心長編。『群像』掲載。」「読売文学賞」「●追いつめられた夫婦生活に、しばしば現われる父の幻影――その幻の〝導き〟によって、意識の深奥が果

たす怪奇・残酷の様相を、凄まじいリアリティーをもって描き、卓抜な発想と鮮やかな文学的成果を示した問題の長編」と変更。

背誓（はいせい）

一九六九年（昭和44年）十二月十日発行　新潮社　発行者・佐藤亮一　四六判　布装　カバー　オビ　二八三頁　六五〇円　装幀・野見山暁治

§返礼／承諾／双穹／背誓／湯餓鬼／邂逅

＊オビに「男女交換劇の瀬戸際でしか互いの愛を確認しえない不安定な女性の心を描く『承諾』のほか、著者の鋭く残酷な感受性が、日本文学に新しい女性像をもたらした純文学短編五編を収録。」「河野多恵子／純文学作品集」「《著者の言葉》人間の裡《うち》なる秘密以上に私を魅《ひ》くものはなく、それを表現すること以上に私の気を弾《はず》ませるものもまた何もない。／そのような秘密を発見してゆくためには勿論、よりよく表現するには、人間に対する認識の絶えざる更新が必要であるようだと、私は思いはじめている。この本の諸作で、どこまでそれが果《はた》せているかはわからないけれども、そういう自覚の参加のないものは一作もないつもりである。」とある。

草いきれ

一九六九年（昭和44年）十二月二十日発行　文藝春秋　発行者・樫原雅春　四六判　紙装　箱　オビ　三〇八頁　六〇〇円　装幀・生沢朗

§草いきれ

＊オビに「何気なくしるした日記。その日記の行面にあふれる思いを、ときほぐしふくらませ、男女の愛憎の底をさぐる異色長編。」「文藝春秋刊」「愛し合う男女にとって、結婚は必要な形式なのか？／結婚という形式に疑問を感じながらも、やはり同棲しやがて法律上も夫婦になってしまった二人……。／女が仕事を持つとき、男は夫の形がくずれる。この危い関係を、二人は『ルチオとルチア』という抽象名で呼び合い、フィクションの男女を生きることで、現実のゆがみを救おうと試みるが……。」とある。

戯曲 **嵐が丘**

一九七〇年（昭和45年）八月十日発行　河出書房新社　発行者・中島隆之　菊判変型　厚紙装　箱　オビ　一八四頁　一二〇〇円　装幀・水野卓史

§嵐が丘（戯曲）／「嵐が丘」の超自然性

＊オビに「戯曲嵐が丘原作E・ブロンテ河野多恵子作／三代にわたる暗い怨念の行方を描破した名作『嵐が丘』―俊鋭河野多恵子がその独得の怪奇性と情念の力を、緊密な詩的言語の中に創造し、〝永遠のエロティシズムの夢〟を構築する初の戯曲」「初の戯曲／河野多恵子」「『嵐が丘』のエロティシズム　河野多恵子／ヒースクリッフとキャサリンは実は、例えば時を距てており、しかも無性別な者同士でありながら、そして無性別な人間の性といえば言葉の上では矛盾しているようであるけれど、私は彼等の関わり合い方には、日常的な如何なる男女の愛欲にも見られない、エロティックな世界を感

じさせられる。愛欲が欠如しておりながら、男女の性を超えた、人間そのものの性とでもいえるものを感じさせられる。したがって、これを単なる恋愛小説として読むことは間違っているなどというよりも、そうした読み方をしても面白くない筈はないと、却ってそういえると思うのである。」とある。

回転扉〈純文学書下ろし特別作品〉

一九七〇年（昭和45年）十一月二十日発行　新潮社　発行者・佐藤亮一　四六判　布装　カバー　箱　二九四頁　六五〇円　装幀・市川泰　挿み込み（「『回転扉』をめぐって」対談・川村二郎）八頁

§回転扉（第一章／第二章／第三章／第四章／第五章／終章／別章）

＊箱の表に「この作品で中心人物の女性が快楽上の信頼において夫婦の繋がりをはじめて深く見出すようになった時、信頼に忠実であることを志向した行為でそれを果すには志向そのものを裏切らねばならなかったことを識るのは、性のアイロニーのつもりではない。その後の彼女の暗示でもない。性に対する彼女の認識の予期せぬ更新に、彼女の存在の象《かたち》を凝集せしめたかった。　著者」とあり、箱の裏に「吉行淳之介氏評／さまざまな問題を含んでいる、野心的な作品である。性についてはほとんど関心がなくなったと自分でおもっていた女主人公の中に、性が複雑微妙な形でうずくまっており、それが女心のゆらめきのような外見を示しながら外側へ出てゆく。そういうことを、具体的な形で表現してゆく部分などは、この作者の独壇場で、男の私にとっては教えられなくては分らぬことであり、また意識下の世界をここまで摑むことのできる女性が存在することに驚きを禁じ得ない。」「大江健三郎氏評／性的なるものを、ほかならぬ想像力の中心において、小説を展開させることは、様ざまな作家たちがおこなってきた。しかし、その知的構造のたしかさと、広い心において、ボーヴォワールにつながるものをしのばせる、この女流作家の試みは、独特である。／口腔性交《フラティオ》を、想像力の世界に明瞭にとらえることから始まり、その現実化を、まことに哀切な情景のうちに達成させ、しかもそこにいたって、日本の私小説的な伝統を逆手にとる作家と登場人物にわけもたれた主観性に根ざす想像力の契機と、それを演劇的な客観性にまで超えつつ作家の内部を直接に啓示する、もうひとつの想像力の契機を、激突させること、この作家はそのように集中し、そのように展開して、ついに彼女の全世界をくりひろげてみせたのである。」とある。

骨の肉

一九七一年（昭和46年）十一月二十八日発行　講談社　発行者・野間省一　四六判　布装　カバー　オビ　二六七頁　五八〇円　装幀・斎藤寿一

§骨の肉／見つけたもの／魔術師／たたかい／雛形／胸さわぎ

＊オビに「河野多恵子作品集　骨の肉／過ぎ去った男との日々を回想する女の、妖しい妄想の中に、奥深く屈折する愛

の心理を鋭く描いた『骨の肉』など、河野文学最新の秀作集。」「最新作品集／講談社刊」「河野多恵子作品集／骨の肉／収録作　たたかい　見つけたもの　魔術師　骨の肉　雛形　胸さわぎ」とある。

雙夢

一九七三年（昭和48年）三月十六日発行　講談社　発行者・野間省一　四六判　布装　カバー　オビ　二二九頁　五八〇円　装幀・横山明・依岡昭三

§雙夢

＊オビに「絡みあう夢のうちに現出する幻想的な物語空間。禁囚の状態に深く象徴される男と女の世界を描く傑作長編。」「最新長編」「河野多恵子最新長編　雙夢《そうむ》　講談社　580円／男と女――夢まで共有する禁囚の極致から、〈脱出〉と〈解放〉の意識が創り出してゆく独自の官能と幻想の世界――河野文学の新たな展開を示す意欲長編。」とある。

文学の奇蹟

一九七四年（昭和49年）二月二十八日発行　河出書房新社　発行者・中島隆之　四六判　布装　カバー　オビ　二八〇頁　九八〇円

§Ｉ　創ること（創作と発表／五分の魂／小説藝術への信頼／もうひとつの世界／被批評者としての理想／私の姿勢／創作のミステリー／私の創作世界／猥褻性と藝術性／記号と藝術／決定的奇蹟／現代にとって文学とは何か／作者と主人公の性別／「回転扉」で識ったこと／名詞と時代／人物の変わり方／現代文学の面目／エッセイの場合）／II　読むこと（読書遍歴／意志的情熱の世界―吉行淳之介Ｉ／吉行文学における年齢の意味―吉行淳之介II／「女流」と恋愛―小島信夫／平林たい子氏と笑い／「蓼喰ふ蟲」の斯波要／『雪の舞踏会』―ブローフィ／『どん底』―ゴーリキイ／『千夜一夜物語』―バートン版／『小説の構造』―ミュアー／『死の家の記録』―ドストエーフスキイ／『赤と緑』―マードック／『ノルダーナイの大洪水』―ブリクセン／『黄金の眼に映るもの』―マッカラーズ／『黄金の浜辺』―ブリニェッティ／「源氏」という純粋の物語文学／「嵐が丘」の超自然性／Ｅ・ブロンテと鏡花／バタイユの「エミリ・ブロンテ」）／III　感じること（個性への信頼／ある目撃／葬られた人々／作家の願望／時期というもの／現代と諷刺／誤植／音楽的ということ／人間軽視／所蔵意識／〈生命の尊厳〉と個の生命／既成概念というもの／択びすぎた作家―三島由紀夫／ある世代的特色／「相客」と帝塚山／片面だけの辞書／外国人と同国人／人物と音声／生き延びる命）／あとがき

＊オビに「敗戦の荒地に投げ出された一つの青春が、あふれる解放感と激しい人生への期待に満たされてたどった文学への道――限りない小説への愛と執着に支えられて、生活の隅々にまで張られた〝文学の眼〟の内実を語り、飛翔する想像力と生の豊かさを示してあますところのない俊英河野多恵子、初の文学的エッセイ集」「河野多恵子／第一エッセイ集」

「厳密にいえば、自分自身の本当の肉声というものは聞くことができないという。(……) このエッセイ集に覚える私の気羞ずかしさは、録音で初めて自分の声を聞いた時の気羞ずかしさに似ている。それも常識上の節度の働いた一般的なエッセイのように、承知で録音された自分の声であればまだしも、知らずに録音された構えのない声である。意外な声でありながら、自分の知っている肉声以上に自分の本当の肉声に近いことだろうと思わざるを得ない自分自身を感じる。(「あとがき」より)」とある。

** 「あとがき」に、次のようにある。

この本を出すことになった時、文学関係のエッセイが知らないうちに一冊の本に足りるほどに達していたとわかって、少々驚いた。

この種の文章は、需められて書いたものばかりである。需められなければ、恐らく書けなかったのではないだろうか。小説も需められるから書けるようなところがあるが、小説は、もともと発表する場所もないうちから、書きたくて書きだしたのである。需められるようになってからも、さまざまの発育段階にある幾つかの書きたいことを絶えず事前に抱えている。

それから、小説のモチーフにも設定にも細部にも使いようはないけれども、書き残しておきたい気のする事柄や感想が思い浮かぶことがある。昔はそれを日記に書いたりしたが、一般的なエッセイを需められることもあるようになってからは、そういう際に書くこともある。一般的なエッセイで需められるのは、テーマの自由なものであることが多いから、そういうことには都合がいい。ただ、うっかり気軽に引き受けてしまい、さしあたり書きたいことがなくて困ることがある。

文学関係のことでは、平素は書きたいと思うことは何もない。ところが、この種のエッセイを需められると、即座に書きたいことが浮かぶ。テーマの指定のありなしに拘らず、少し前から考えていることや、一度よく考えてみたいテーマがあることに、まだ先方との話も終らぬうちに気がつく。そうでなければ大抵は辞退することにしているから、引き受けた時には、扱いたいことは見当がついている。早速その問題をよく考えてみたいし、確めてみたい。あまり間をおかずに取りかからずにはいられない。しかも、評論家ではないし、小説ではない文章を書くのであるし、無意識的にある意味では無欲に、又ある意味では無責任になれるのであろうか。そのうえ、一般的なエッセイを書く時のように、書いている事柄の連想から余計なことに感じ入ったり、つい書き過ぎてあとで消したりというような無駄の起こる余地もない。いつの間に文学関係のエッセイをこんなに書いたのかと意外に感じるのも、遅筆の私がこの種の原稿の締切では苦しんだ印象があまりないからかもしれない。

ところで、もうひとつ感じたことだが、自分の文学関係のエッセイというものは、何と気羞ずかしいものであろうか。評論家には勿論そんなことはあり得まいし、作家でも私だけのことかもしれないが、実に気羞ずかしい。この本の準備は、収録したもののひとつ「エッセイの場合」で書いたような主観的障碍のために捗らなかったのであるが、それを何とか乗り越えて、印刷原稿の手入れが一段落してみると、急にそんな気持になったのだった。思ってもみなかったことであった。

文学的なエッセイは、小説や一般的なエッセイとはちがって観念的なものであるから、ちょっと考えると三種の文章のなかで最も気羞ずかしくないように思える。それなのに、逆に最も気羞ずかしい。この種の文章を書く時の私は、やはり無欲に、無責任になってしまうのであろうか。

小説を書く時の私は、文学的に必要だという実感があれば、平素の話題にはしかねるような思いきったことも書く。が、小説の場合には、当然文学的誠実を目指しているから、その属性として創作上の節度が働く。だから、私は掲載誌の自作や自分の本をその時の気分や書いた内容によって、当分読みたくないと思うことはあっても、それはやりきれなさや怖れのためのみであって、気羞ずかしさなどは感じはしない。又、一般的なエッセイは、三種の文章のうちで最も具体的なことを具体的に書くものではあるが、この時には常識上の節度が働く。ところが、文学関係のエッセイについては、私には働くべき何等の節度も備わっていないのかもしれない。

厳密にいえば、自分自身の本当の肉声というものは聞くことができないという。鼓膜に伝わる自分の声は口腔内の音響と混合したものになってしまうからである。かねて自分の書いた小説で聞いていた自身の肉声もまた、そういう本当の肉声ならぬ肉声のようなものだったのであろうか。このエッセイ集に覚える私の気羞ずかしさは、録音で初めて自分の声を聞いた時の気羞ずかしさに似ている。それも常識上の節度の働いた一般的なエッセイのように、承知で録音された自分の声であればまだしも、知らずに録音された構えのない声である。意外な声でありながら、自分の知っている肉声以上に自分の本当の肉声に近いことだろうと思わざるを得ない自分自身を感じる。

私にとってのこのエッセイ集の第一の果報は、そういう思いがけない発見なのかもしれないのである。

河野多恵子

私の泣きどころ

一九七四年(昭和49年)四月八日発行　講談社　発行者・野間省一　四六判　布装　カバー　オビ　二四三頁　九八〇円

装幀・市川泰

§I　鉢の中／松の内すぎ／危険防止／年末の日めくり／早すぎる秋／炭火／私と台所仕事／二つの奈良／遠い記憶／なつかしい夏／故郷／大阪今昔／変らざる山・六甲／耳／聴きはじめの頃／「伊賀越道中双六」の通し／小野小町／II　お梅どん／幼稚園と私／昔の作文／お経／卒業のころ／年齢のかぞえ方／七つ目の干支／紅葉の蕗／もうけもの／夏休みの午後／常識はずれ／手術というもの／読まざるの記／娘ごころ／半年だけの恩師／原稿用紙／私の小説作法／小説のタネ

の不思議さ／戸塚二丁目の頃／私事／本の縁起／III　才能という意味／好きな場所／私の泣きどころ／思いちがい／言葉というもの／心づかい／三度々々／素人の癌療法／命と肉体／仏式結婚／私のねがい／比較の罪／私の受けた性教育／人工授精と夫婦愛／夫婦という関係

＊オビに「河野多恵子随筆集／著者自身の〈内と外〉なる様々なことがらについて、清新な感性と、犀利な分析をもってえがく随筆五十余編。」「随筆集」「随筆集／私の泣きどころ／河野多恵子／●内容／鉢の中／年末の日めくり／遠い記憶／もうけもの／常識はずれ／私の小説作法／本の縁起／才能という意味／私の泣きどころ／心づかい／三度々々／——その他」とある。

無関係

一九七四年（昭和49年）五月十日発行　中央公論社　発行者・高梨茂　四六判　布装　箱　オビ　三〇六頁　一二〇〇円　装画・市川泰　レイアウト・熊谷博人

§無関係

＊オビに「無関係　河野多恵子／さまざまな出会いを通して人生の実りの豊かさに目覚める若い感性のしなやかな跳躍」「最新力作長編／中央公論社刊」「バケツの中の数匹の泥鰌、中年の女医、勤務先の元の上司、男友達、アパートの管理人、そして自分ひとりのささやかな暮らし…。都会の四季の移ろいの中に息づく若い女性の感情の陰翳を鮮やかに描き出す力作長編」とある。

択ばれて在る日々

一九七四年（昭和49年）十月十五日発行　河出書房新社　発行者・中島隆之　四六判　布装　箱　オビ　二五八頁　一二〇〇円　装幀・吉田穂高

§同胞（はらから）／特別な時間／うたがい／怪談／厄の神／変身／択ばれて在る日々

＊オビに「河野多恵子　択ばれて在る日々／緊密な小説世界を拓く最新秀作集／収録作品　同胞（はらから）　特別な時間　うたがい　怪談　厄の神　変身　択ばれて在る日々」「河野多恵子／最新作品集」「夥しい雑事の積み重ねにすぎない日々の生活……だからこそ親しい生活の諸事の、その襞の中に潜み、よぎり、漲る、捉えきれない予感の波。女にはある一時期、奥深い生の蠢きに示されてそれと知らず大きな明るみの中を歩いている日々がある——〝生活〟への愛にも似た貪慾な執着が産み出す生の豊饒を描く『択ばれて在る日々』他、新境地を示す最新秀作短編集！」とある。

血と貝殻

一九七五年（昭和50年）十月十五日発行　新潮社　発行者・佐藤亮一　四六判　布装　カバー　オビ　一九〇頁　八五〇円　装画・坂東壮一

§血と貝殻

＊オビに「血と快楽、正常と倒錯の不可思議な共存／人間精神の神秘な暗闇を描く純文学長編／一女性の平和な日常生活にすらひそむ、異常性嗜好への傾き……アブノーマルな情念

と官能の目眩くよろこび――『暴力と快楽』『日常性と異常性』の限りないないまぜの世界を、前衛的手法を駆使してみごとに描き、日本文学に、未開拓の神秘的領域をもたらした画期的な純文学長編小説！」「純文学長編」「古屋健三氏評より『血と貝殻』は……今度の上梓にさいして……改稿されたた三百枚余の長編小説である。……すぐれた細部の光る、かっちりとした作品となった。……おそらく三十代後半の女性の手記である。……悪意や殺意を、せめて言葉のなかにでも解放しようとしたのが手記の目的であろう。……感情生活の機微を描く河野氏の筆はいつもながら驚異というよりほかはない……『血と貝殻』は主人公のさまざまなこだわりを描きながら、いつのまにか形而上の世界に踏みこんでいるという不思議な魅力をもっている。『回転扉』と同じように事物の生々しい細部が裏がえされるとそのまま観念の輝きになっているのである。」とある。

谷崎文学と肯定の欲望

一九七六年（昭和51年）九月五日発行　文藝春秋　発行者・樫原雅春　四六判　布装　箱　オビ　二七六頁　一七〇〇円

題簽・原理　装幀・坂田政則

§「卍（まんじ）」について／心理的マゾヒズムと関西／恋愛欠落の文学／片面だけの反俗／悪魔と墓

＊オビに「生体的・谷崎潤一郎論／谷崎潤一郎の創作衝動の源泉は彼の「肯定の欲望」にあるという認識から、谷崎と関西、谷崎とマゾヒズム等の問題を「卍（まんじ）」などの作品を通して論じた、創見にみちた生体的作家論。」「生体的・谷崎潤一郎論／河野多恵子」「江藤淳／……谷崎潤一郎逝きて十年。われわれはようやくここに、今後の谷崎研究家がそれを通過せずには済まされないユニークな谷崎論を得た。（中略）この作家論のなによりの魅力は、論者が冒頭から谷崎文学の内ぶところに飛びこんで、『肯定の欲望』というキー・ノートをつかみ出し、谷崎の創作の秘密を、いわば同時進行のかたちで明らかにしてくれるところにある。（中略）河野氏は、マゾヒズムという心理的状態――というよりは、存在の様態――について、すこぶるユニークな観察をおこなっている。氏は、マゾヒズムが恋愛とは異質だという。（中略）すなわち、それは、『愛する異性と……一体になり得ており、なり続け得ている愛情世界』でなければならない。それはつまり、『肯定の欲望』が、絶対に是認される世界でなければならない。／谷崎は、河野氏の説くところでは、ほかならぬこの『肯定の欲望』を創作衝動の源泉として書いたのである。／――毎日新聞文藝時評より」とある。

砂の檻

一九七七年（昭和52年）七月十五日発行　新潮社　発行者・佐藤亮一　四六判　布装　カバー　オビ　一九二頁　一〇〇〇円　装画・大島哲以

§砂の檻／片身／稚児／他人の戸口／鉄の魚／見知らぬ男

＊オビに「女性の平常心の裏にかくれた／異常と倒錯の不可思議な世界／抜け出ようと想いつつも遂に抜け出しえぬ蠱惑

的な異常性愛の『砂の檻』……年少者への奇妙な《愛》を描く『稚児』、戦没した前夫の《死》を追体験する鬼気迫る『鉄の魚』など、女性の異常な生理と心理を描く六短編。」「異常性愛を描く／純文学短編集！」とある。

いすとりえっと

一九七七年（昭和52年）七月三十日発行　角川書店　発行者・角川春樹　四六判　紙装　カバー　オビ　二二〇頁　八八〇円　装画・初山滋　装幀・R・H

§子供への歯／墓への道／路上にて／箱の中／信書の秘密／男の例証／語るに足る／碧い本／自分の棲家／窓／まだ見ぬ人／鳥にされた女／一枚の紙幣／約束の時間／独り言／決心するまで／人生の始まり／あり得る事／彼の場合／気づかい／何か大きなこと／戸口／ただの一度も／はっとした時／筍／少女／猿の夢／雨やどり／賢い老女／間（あいだ）／挙式未遂／船の上／遺品／日本におけるフィンガー・ボール／種だけの話／結婚について／あの言葉／兄弟／嫉妬のはじまる時／同名／月と泥棒／玉手箱／ミステリー倶楽部／謙虚でなくなる時／歓び／あとがき

＊オビに「エスプリのきいた珠玉掌編小説／日常生活の〈絆〉や〈関係〉から生じる微細、かつ多様な意外性を描き、人生の深淵にふれた話題のショート・ショート。」「最新掌編小説」「historier, v. tr. Ier gr. 1 Raconter en detail (Vx). 2 Enjoliver de petits ornements. *Historier un manuscrir.* historiette, n. f. Recit plaisant d'une petite aventure. Historiettes, mémoires et anecdotes sur la societe du XVIIe s., de Tallemant des Réaux (1657 et suiv.; publ. 1834).」とある。

＊＊「あとがき」に、次のようにある。

　昭和五十年六月号から五十二年四月号まで、「野性時代」に毎月だいたい二編ずつ、極めて短い小説を発表してきた。それをまとめて、本にすることになった。読み返してみて不満足な数編は省き、また数編のタイトルはより適切なものに改めたけれども、それほど加筆訂正はしていない。

　これらの短い作品で共通して意図したのは、意外性ということだった。人間なるものに深く根ざした様々の意外性を様々に捕えてゆきたいと思った。

　この本が出ることになって、短かさ、内容ともにそうした作品を以前にもいくつか書いたことを思いだした。この機会に、そのなかから択んだものも加えてもらった。「自分の棲家」（「家庭画報」五十一年一月号）「決心するまで」（同五十一年三月号）「鳥にされた女」「ただの一度も」（「オール読物」四十六年新年号）「嫉妬のはじまる時」「謙虚でなくなる時」（「小説新潮」四十六年八月号）の六編がそれである。

　昭和五十二年六月　　河野多恵子

遠い夏

一九七七年（昭和52年）十二月五日発行　構想社　発行者・坂本一亀　四六判　厚紙装　カバー　オビ　二二六頁　九八

○円　装幀・市川泰
§みち潮／時来たる／塀の中／遠い夏／あとがき
＊オビに「戦争に明け暮れる日々の女子学生の青春像／戦争の中の少女たち／日中事変の前年から敗戦の暮れまでを描く連作小説集！」「連作小説」「戦争と少女　遠藤周作／戦争文学というと或るパターンがある。そのパターンから全くはずれているという意味で、これは戦争文学ではないかもしれぬ。しかしあの時代を、作者よりは少し上の世代として経過した私には、この小説からかえって戦争を感じてしまったのだ。原作は四つの短編からなる成長小説《ビルドウングス・ロマン》の形式をとっているが、戦争の足音のなかで育った一人の少女、一人の娘の内面をこれほど微妙に適確に描いた作品を他に思いだせぬほど私は魅きつけられたのである。とりわけ『塀の中』という作品は私の好みとして見事なものであり、眩暈《めまい》さえ感じた。この眩暈は一本の樹木がのびていく過程を高速度撮影で見るときに感じる眩暈によく似ていた。いずれにせよ、河野さんの作品のなかで私の好きなものの一つがこの連作である。」とある。
＊＊「あとがき」に、次のようにある。
　この本に収めた四つの短編は、いずれも女の子の戦争体験を素材にしたものである。

　いちばん最初に書いたのが「塀の中」（昭和三十七年二月号「文学者」）で、作中の時期は空襲も激しい戦争末期である。それに続く終戦からその年の暮までの時期を、二作目の「遠い夏」（昭和三十九年一月号「文學界」）で書いた。三作目が「みち潮」（昭和三十九年八月号「文學界」）で、日中事変の起こる前年にはじまる数年間が作中の時期にあたる。

　その「みち潮」を発表して間もない頃のことであった。ある文藝雑誌の編集者の方から、「今度の『みち潮』と『塀の中』の間の時期だけが欠けていますね。あそこも是非書いておきなさいよ」と言われて、意外な気がした。

　私はこれらの作品を連作として書いてきたのではない。あのことだけは書いておこうと思って一つ書き、暫くして又、あれだけでも書いておかねばという気になって、もう一つ書きというふうにして三編溜っていただけだった。三編の作中の時期が戦争時代にたっぷり跨《またが》る一連の時代を成し、一時期の数年間が欠けているだけだとは知らなかった。

　私はまた、これらの作品を書くたびに、密かに書いている気持になった。そして、発表すると、密かな読まれ方を望んだ。その編集者の方の言葉は、私にはそういう読者の密かな囁きのようにも聞え、一層思いがけなかった。やがて、別の編集者の方からも同じことを言われた。

　以来、十余年になる。その間、これらの三編は、私の作家論や他の作品評が書かれるような場合に屢々引用されてきた。密かに書いた気がし、密かに読んでもらいたかった私としては、どうも具合がわるかった。それなのに、最近もう一編「時来たる」（昭和五十二年十月「文藝展望」秋季号）を書いた。作中の時期は、そこだけ欠けていた時期に相当する。書いていて、やはり密かに書いている気持になった。

　四編の各主人公はすべて私と同年の生まれだが、その世代の一つの標準的女の子たちとして彼女たちを書いた。当時のその子たちの正味の心情を書こうとした。

「みち潮」は『最後の時』（昭和四十一年九月・河出書房新社）に、「塀の中」は『幼児狩り』（昭和三十七年八月・新潮社）に、「遠い夏」は『夢の城』（昭和三十九年四月・文藝春秋新社）に、いずれもすでに短編集に入っている。が、「時来たる」を加えた、この四編だけを纒めた本が出ることになってみると、私の気持は自分でも意外なくらい切実に嬉しいのである。

　昭和五十二年十月　　著　者

もうひとつの時間

一九七八年（昭和53年）二月二十日発行　講談社　発行者・野間省一　四六判　布装　カバー　オビ　二三二頁　一二〇〇円　装幀・市川泰

§Ⅰ　冷徹の美／こういう生活／鏡花の生命／恋愛小説としての「虞美人草」／姫路と梅ケ丘／前世と幽界／全集のこと／書ける場所／藝術文化の下向きと上向き／現代と異端／小説の誕生／この機会に〈逆説〉としてではなく……／旧い雑誌／Ⅱ　パンと果物／自戒／懸念の限度／不気味なこと／神社と墓地／妙な気持／痛ましい子供たち／ある符号／古新聞と縮刷版／切っ掛け／誕生日／戸籍について／謎の正体／猥褻裁判への杞憂／雨の日／お揃い／この夏／足の竦み／円朝うらない／敬称について／気になるひと／犯罪と常識／Ⅲ　婚姻届けのご利益／日記と手紙／性別としての女性／「花嫁の父」への疑問／最初の実印／もうひとつの見方／夢／私もひとこと／旅ぼけ／家事労働の価値／善意の嘘の功徳／年齢の功／結婚生活10の愉しみ／レコードの楽しみ／嫌いな言葉／夏のお清汁《すまし》／人間の誕生／星の位置／家計簿／これこそ旅／三角いなりずし／花／男性とは何か

＊オビに「川端康成、泉鏡花の感想から始まり、日常生活の家族関係や戸籍、実印のこと、そして食物、料理へと広がる著者の関心世界がユニークに展開する。」「最新随筆集」「泉鏡花の随筆からも、私はこんな家庭料理を教わった。〈江戸時代の草紙の裡に、松もどきと云ふ料理がある。たづぬるに精しからず、宿題にした処、近頃神田で育った或婦が教へた。茄子と茗荷と、油揚を清汁にして、薄葛を掛ける。至極経済な惣菜ださそうである。〉と。（「夏のお清汁」より）」とある。

妖術記

一九七八年（昭和53年）十一月二十日発行　角川書店　発行者・角川春樹　四六判　厚紙装　カバー　オビ　二四二頁　九八〇円　装丁・門坂流

§妖術記

＊オビに「私の妖術で、あの男は死へと近づく！／未来への予知能力が一つの力に結実した時私は変わった。意志的妖術で人が殺せる……。鮮烈な妖気漂う超自然の恐怖の世界を、

乾いた冷徹な筆致で描く異色怪奇小説。」「異色怪奇小説」とある。

一年の牧歌

一九八〇年（昭和55年）三月二十日発行　新潮社　発行者・佐藤亮一　四六判　厚紙装　カバー　オビ　二一〇頁　一〇〇〇円　装画・笹岡信彦

§一年の牧歌

＊オビに「女性の《生と性》の喜びを描く！／性交渉によって感染するという不思議な『性』の結核を患った独身女性を主人公に、その一年の《性の禁止期間》に起る三つの愛のトラブルを、明るい牧歌的タッチで描き、女性の複雑、微妙な《性の心理と生理》を描破した純文学長編小説！」「河野多恵子」「川村二郎氏文藝時評より／……病気は結核で、しかし患部は……性交すると相手に感染させるおそれがあるというのだから……一年間は性交してはならないと医師から申し渡される。女は独身だが、男との交渉を過去に持っているし、そして現在もむろん男への関心がある。……状況が不如意であればあるだけ、関心だけが不自然に肥大し、自己増殖してもふしぎはない。この小説のモチーフは、そのような場所におかれた人間の生理と心理と、微妙な変動を探ることにある。……詳密にすぎると思われる部分を含みながら、奇妙な病気の療養生活の日録は、一般にわれわれの生活というものの、一つの象徴的表現となっている。（《文藝》'80年1月号）」とある。

気分について

一九八二年（昭和57年）十月二十日発行　福武書店　発行者・福武哲彦　四六判　厚紙装　カバー　オビ　二三〇頁　一三〇〇円　装丁・菊地信義

§I　気分について／笑いの不思議／過去の記憶／小説の材料／特殊を書く／現代と独創性／主食と副食／小説を読むのは／ふと思ったこと／個人全集の王者／「主おもむろに語るの記」を読みて／福田恆存『私の英国史』／「モーフ」／H・ヘッセの訳本／「裏返した美しさ―ドガ「カフェ・コンセールの歌手」／黄色のマチス／ピカソ「ドラ・マールの座像」／R・トポール―意外性の美／平林たい子の「前夫もの」／吉行淳之介『夕暮まで』／現代作家のひとりとして／私の熱中時代／『妖術記』に呪われて／II　春着の支度／こういう夫婦／春の誕生／親というもの／同級生の死／会いたい人／妙な敗北／テレビ経験／中途半端な時間／実感から／動物と食物／苺と貝／男選びと仕事選びに共通する目／未来の日本／新しい共通語の表現力／「月光の曲」／ドン・ジョヴァンニと光源氏／馬の記憶／汐見橋／戦時下の味覚／ピラパイロットの眼／読みかけの本／光と影／体重計の秘密／潮時／未来予知／怖ろしいこと／罪の軽重／こういう疑問

＊オビに「気分とは／全身的なもので／気分が創作の基盤たり得るのは、それが解放を迫る／時のみである。／現代文学の地平を論じ日常の片々を思いがけない発想で手繰りよせる最新エッセイ集！」「最新エッセイ集」「人は誰でも、自分に

独特さを見たい願望をもっている。同時に、人と共通でありたい願望をもっている。この矛盾の強烈な人間が、自己の特有の内部を表現して、その真の理解者を得ようと小説を書く。二十代作家の創作の内的最基盤であろうかと思える気分にしても、作家にとって予め僕たちの気分などと観じられているようなのは、ここで言う気分には当てはまらないのである。(本文より)」とある。

いくつもの時間

一九八三年(昭和58年)六月七日発行　海竜社　発行者・下村のぶ子　四六判　厚紙装　カバー　オビ　二二一頁　一一〇〇円　ブックデザイン・イラスト・三田恭子

§優しい出会い(お梅どん／善意の嘘の功徳／半年だけの恩師／家計簿／年齢の功／お経／占いとの付き合い)／夫婦の年齢(夫婦という関係／婚姻届けのご利益／結婚生活10の愉しみ)／もう一つの女の時間(才能という意味／家事労働の価値／性別としての女性／男性とは何か／禁欲／自戒／人物と音声／個性への信頼／時期というもの／謎の正体／もうけもの)／暮らしの感覚(遠い記憶／妙な気持／私と台所仕事／年齢のかぞえ方／鉢の中／パンと果物／夏のお清汁／懸念の限度／年末の日めくり)／子供の世界(人間軽視／犯罪と常識／嫌いな言葉／痛ましい子供たち／比較の罪／危険防止／こういう生活／ある世代的特色)／あとがき

＊オビに「こだわりを捨てると新しい世界が見えてくる。いくつもの人生が展けてくる。大人の知性と磨かれた感性が織り上げた、もう一つの女の世界。優しく自由な暮しの感覚。」「随筆集」「善意の嘘の功徳　年齢の功　占いとの付き合い　夫婦という関係　結婚生活10の愉しみ　才能という意味　男性とは何か　禁欲　自戒　個性への信頼　遠い記憶　妙な気持　懸念の限度　人間軽視　犯罪と常識　嫌いな言葉　比較の罪　ある世代的特色――(主な内容)」とある。

＊＊「あとがき」に、次のようにある。

今までに出してきたエッセイ集その他から、比較的人生に触れている文章を主として、構成したのがこの本である。用いたエッセイ集は、次の通りである。

『文学の奇蹟』(河出書房新社)
『私の泣きどころ』(講談社)
『もうひとつの時間』(講談社)

元来、私は特に人生について書いたことはない。私はこの世を実に好ましいものに感じている。人はまさしく楽しむために、この世に生まれてきたのである。私の人生論は、この一語で尽きる。人生いかに生きるべきかなどと考えるのは、この世のすばらしさに不感症になるようなものだろう。

この世の楽しみとは、様々な意味での楽しみである。当てはずれなども又、なかなか結構な楽しみである。この世の膨大な無限の楽しみの破片を少しばかり拾い寄せてみたのが、この本と言えるかもしれない。

昭和五十八年五月二十日　　河野多恵子

嵐ケ丘ふたり旅（富岡多恵子との共著）

一九八六年（昭和61年）六月三十日発行　文藝春秋　発行者・西永達夫　四六判　厚紙装　カバー　オビ　一八二頁九五〇円　装丁・坂田政則　写真提供・丸山洋平・英国政府観光庁

§西ベルリン　夢の残り（河野多恵子）／去年《こぞ》の雪（富岡多恵子）／ヨークシャー　詩人の赤い糸（富岡多恵子）／ブロンテ詣で（河野多恵子）／スコットランド　女王幽閉の島（河野多恵子）／「貴族」の館と「教授」の家（富岡多恵子）／ロンドン　北国の夏（富岡多恵子）／首斬場の鴉（河野多恵子）

＊オビに「ブロンテ姉妹たたずむ、あのヒースの丘へメアリー・スチュアート、アン・ブーリンゆかりの館へ　そして、時には占い師を訪ね、競馬場へも出かけて……／知的で、ちょっぴりミーハー的な旅の思い出」「河野多恵子／富岡多恵子」「＊河野――いつ頃からのことだったろうか、雑談中の何かの話題に繋がって、『そのうち、一緒にぶらっとイギリスあたりへ行きませんか』と富岡さんが言うようになったのである。『河野さん。イギリス、好きでしょ。初夏はよろしィですよ』と言う。『気ぜわし無《の》う、二、三箇所だけのんびりと……。いいわねえ』と私は本当にそう思う。／＊富岡――『ねえ、おじさん、ディッケンズって、今も人気ある？』なんてドライバーにきくと、『女はブロンテだけんど、男はやっぱディッケンズだべさ』とかなんとかいっている。『おじさんも、じゃあ、やっぱりディッケンズ好きなの？』『んだな、なんつうても、学校で習うからな。それで好きになって、ずうっと好きてなわけだな。男はやっぱ、ディッケンズ』とドライバーはしつこく『男はやっぱ、ディッケンズ』をくり返す。／（本文より）」とある。

鳥にされた女〈自選短編集〉

一九八九年（平成元年）六月二十五日発行　学藝書林　発行者・和田員枝　四六変型判　厚紙装　カバー　オビ　二八八頁　一五四五円（本体一五〇〇円）　装画・杉若寿子

§幼児狩り／蟹／最後の時／骨の肉／砂の檻／いすとりえっと（箱の中／子供の歯／男の例証／自分の棲家／独り言／何か大きなこと／戸口／結婚について／あの言葉／謙虚でなくなる時／歓び／鳥にされた女）／あとがき

＊オビに「日常世界にひそむ／異空間への／感情旅行／代表作『幼児狩り』『蟹』を中心に、女と男の絆のもろさを緊密なタッチで描き出す五作品。他に十二の掌編を収録。」「自選短編集」「収録作品／幼児狩り／蟹／最後の時／骨の肉／砂の檻／いすとりえっと　箱の中　子供の歯　男の例証　自分の棲家　独り言　何か大きなこと　戸口　結婚について　あの言葉　謙虚でなくなる時　歓び　鳥にされた女」とある。

＊＊「あとがき」に、次のようにある。

「幼児狩り」で世に出てから、今年で二十八年になる。その二十八年間が、私にとっては実に短かく感じられる。その理由の一つは、いつも時間の足りない気がしているからだろう。書きたいことは、いくらでもある。それなのに、至って筆が遅い。一時間が、一日が、一月が、一年が、不思議なほどの速さで過ぎ去ってゆくのである。

谷崎潤一郎は「藝術一家言」のなかで述べている。〈……部分は全体を含み全体は部分を含まねばならない。部分が成り立つと同時に全体が成り立ち、全体が成り立つと同時に部分が成り立つ。〉

「幼児狩り」では、佐々木の登場から最後までの構想は早くから出来ており、書きもした。が、モチーフも設定も標題も気に入っているのに、何となく緊まりが足りない。主人公の名前もそのときのものには、このモチーフの場合の創作上、気を弾ませる力がなかった。この作品は、「新潮」の同人雑誌コンクールに応募する予定のものだった。私は大阪の実家へ行って書いていたのだが、どうにも物になりそうにはないまま締切日が迫ってきた。で、とにかく帰京した。新幹線はまだなかった。夜行で帰京して、すぐ机に向ったが、気に入らない思いが募るばかりである。

暑い日であった。私は絶望と夜行の疲れで横になった。少し眠ったようだった。目が覚めて、まだ横になっていた時、主人公が幼女を嫌うこと、それを導入部に置くことを急に思いついた。主人公の名前も、新しい〈林晶子〉が浮かびあがった。新しい原稿用紙にあらためて標題と自分の名前を書き、最初の一行を書いた。そこで筆が停まったが、自信があった。暫くして、次の一行の書きだしが生まれた。〈晶子が普通に結婚し、子供を産んでいれば〉とそこまで書けた時、私はもう大丈夫、と手が顫えたほどだった。第一行目、第二行目のそこまで、主人公の名前を含めて、それらの部分が単なる部分ではなく、谷崎が言うような意味での部分たり得るにちがいないことを恐らく確信したのだろう。当時の私は「藝術一家言」をまだ読んではいなかったが、あの経験、あの歓びは以来私の創作上に、深く影響しているように思う。

筆の速かったという佐藤春夫は、遅筆を評して、文章の吃りのようなものだと言っている。私にもその気味は多分にあるが、私の遅筆はそのせいばかりではない。「蟹」の場合にしても、土地の設定に外房総のある海辺を択んだのは、よく知っている場所であり、その作中の場所としても絶好だと考えたからだった。ところが、進むにつれて、私はもう一度そこへ行ってきたくなった。が、行けば、想像力が制限されそうで、私はその気持を押え続けた。そのうち、締切日が迫る、想像力は高まる、行きたさは迫る。興奮状態で、とうとう一泊しに行った。主人公が転地するまでの部分を残して、私としては相当の速度で書きあらためたが、もう一度訪れたこと、早々に出かけなかったことはよかったと思っている。

「骨の肉」で作中の男女が殻つきの生牡蠣を食べ合うくだりでは、一旦はロースト・チキンを使いはじめていた。が、それではどうしても穢くなる。殻つきの生牡蠣に替えることにして、とき折それを買うデパートへ出かけて行った。すると、休日。また電車に乗って、食料品専門のテパートへ行った。帰宅後、ロースト・チキンの部分とそれに伴って少し前からの部分を棄てると、まだ十三枚しか書けていないことがわかった。その日、渡す約束なのに、もう三時半だった。三十六枚のこの作品を書き終えたのは零時に近かった。二十三枚を八時間あまりで書いたことになる。遅筆の私にとっては、まさしく奇蹟の出来事だった。私のものとしては最も翻訳の多い作品でもある。「最後の時」と「砂の檻」については、書くゆとりがなくなった。

自選作品集ということなので、この機会に埋もれている珍しいものも入れたいと思い、調べているうちに単行本「いすとりえっと」に再会した。短かさに楽しく挑んだ作品ばかりを収めたもので、そのなかから少々選んでみた。

一九八九年四月三十日　　河野多恵子

みいら採り猟奇譚〈純文学書下ろし特別作品〉

一九九〇年（平成2年）十一月三十日発行　新潮社　発行者・佐藤亮一　四六判　布装　箱　オビ　三四二頁　二二〇〇円（本体二一三六円）　装幀原画・市川泰「女人坐像」より

§みいら採り猟奇譚（第一章／第二章／第三章）

＊オビに「純文学書下ろし特別作品／その至福の日が、／こういう美しい日であれば……。／無私ともいえる優しみを／内にもった悪女の物語。」「《快楽殺人》という愛／河野多恵子」「結婚四年目、欲望の極わみに〈快楽死〉を想う夫正隆の願望は、彼の感化のもとに成長した比奈子の一途《いちず》な歓びと相俟《あいま》って叶《かな》えられる……。／凄艶な純愛の世界。」とある。

炎々の記

一九九二年（平成4年）五月二十日発行　講談社　発行者・野間佐和子　四六判　厚紙装　箱　オビ　二二三頁　一八〇〇円（本体一七四八円）　装画・堂本尚郎（呉市立美術館蔵）　装幀・鈴木正道

§炎々の記／あの出来事／予告の日／その前後／怒れぬ理由

＊オビに「火災は時に妖しく、激しく、美しく、瑞子の心を捉える。／瑞子は火難に遭うといわれる丙《ひのえ》年生れ。／隣家の火事、列車火災、空襲、噴火、ビル火災――折り折りを彩った／火災の中に人生の来し方をみつめる。」「十年振り／待望の作品集」「『あの出来事』『予告の日』／『その前後』／『怒れぬ理由』／理屈で測れぬ／現実世界を／かいまみせる／短編群を併録」とある。

蛙と算術

一九九三年（平成5年）二月二十日発行　新潮社　発行者・佐藤亮一　四六判　布装　カバー　オビ　二四二頁　一八〇〇円（本体一七四八円）　装画・田辺いづみ

§折角、生まれてきたのだから／移動時間／蛙と算術／見えない顔／人の命／郵便／時間の表現／死体の所有者／遠い人・近い人／尋ね犬／歯磨／まちがい／私の一九九一年／最初の冬／女の名前／冬の温度／お加減・ちびっ子／ぎんなん／夢／夏のたわごと／失われた言葉／きょうだい／ハンドル知らず／不思議な乳母車／食卓／出しゃばり／小使さん／

車中にて／こういう呼び方／子供の知恵のすばらしさ／ささやかな日本人／ある密航者とその友の書／文豪の恩師・野川先生／声楽家・柳兼子さん／書／手紙の始末／符号／空風呂を焚く／イタリアにて／原稿用紙／あの人／思いだすままに／歌舞伎に思う／二つの「魔笛」／オペラ、「昼間の戸外」のもの／オペラの周辺／P・メリメの『カルメン』／音の聴える魅力の評論集／「ミドサマー」のこと／ジェーン・エアの墓／こころの書から／『婦系図』の怪／眠る場所／聞いたこと思ったこと／尾崎紅葉の墓／二十代作家一葉／「桐桜欅柿朴庭落葉」／元気な人／まず思うこと／吉行淳之介「手品師」／川村さんの見取図／短編小説のこと／洗濯仕事／「あらゆる道徳は自由と同義である」／あとがき

＊オビに「〈知〉と〈情〉の／絶妙なバランスがつくりあげた／彩り鮮やかな言葉の宝石箱。／『みいら採り猟奇譚』の作者による／十年間のエッセイ集成。」「十年ぶりの／爽やかエッセイ」「前足には爪がなく、／後足の三本ある／アフリカ爪蛙を／ごぞんじですか？／動植物の生態、／旅の楽しみ、／知友の思い出から、／読書体験、死生観、／人物寸評まで、／やさしい目差しと／鋭い指摘にみちた／エッセイ64編。」とある。

＊＊「あとがき」に、次のようにある。

エッセイであれ、小説であれ、私は少し思うところがあって、殆んどの自著にあとがきを付していない。

二十年以上にもなるが、文藝雑誌に一挙掲載された或る長編小説を単行本にする時、創作の意図をさらに明確にしておきたくなった。分量的には極く僅かだったが、全編にも関係してくる挿入部分を一か所に加えたので、この場合はそのお断りを中心とした、あとがきを添えた。それから、豪華本と自選短編集には、あとがきを書いたことがある。いずれも特別の場合で、そういう例外は、五、六冊くらいのものかと思う。因みに、この単行本は、ほぼ十年ぶりの私の五冊目のエッセイ集である。

江戸時代に、森川許六という文人があった。表記の仕方は正確には覚えていないけれども、このひとが「昨日の我に飽きたり」という言葉を残している。何か特別のいわくでも托されているのか。それもよく知らないが、我が身の日毎の成長の実感を謳ったもの、と私は素直に解している。そして、後で思えば、十代の終わり頃に半年ばかり、私は自分の解するこの言葉通りの新鮮な歓ばしい日々を経験したものだった。しかし、進歩とか成長とか言えるほどの状況をそれ以外に経験したことは後にも先にも全くなかった。何しろ、得意なものが思い浮かばない。完璧ではないまでも、日本語は使いこなせるが、母語であってみれば、それを進歩とか、成長の結果と言うのは変なものである。

創作の面ではどうかと言えば、もともと文学の仕事に、進歩や成長ということがあり得るだろうか。新人作家の作品評などでは、格段に進歩したとか、急に成長したとか、私も書

くことがあるけれども、それは表面的な結果として記しているにすぎない。新人であれ、文豪であれ、作品の出来栄えは、すべて作者の創造力の活力次第なのである。輝かしい才能も、豊富な創作経験も、創造力が活発であってこそ、生きてくる。作家が急に進歩し、成長したように見えることがあるのは、いわゆる進歩や成長があったのではない。折柄、当人の創造力が活発だったのである。結局、創作における進歩や成長とは、創造力の保持増進の術に長じることでしかないのだが、そういう術があるとは考えられない。

ただ、この三、四年まえから、私は執筆を含めて物事には屡々成り行きというもののあることを更めて識るようになった。その感じ取り方、それへの対応の仕方に、何となく自分が少し長じたように思えるのである。以前の私には、成り行きということを、成り行き任せや、成り行き次第や、行き当たりばったりの類義語くらいに考えていた。この言葉の辞書に出ている意味では、結果とか、経過とかになっている。が、成り行きとは、結果や経過の事前に存在する機運、さらに言えば機運の気配のようなものである。機運の気配は具体的な事態として現れることが少なくないけれども、その事態の底にある地熱のような力、強く促してくる力が、本当の成り行きというものらしい。勿論、成り行きを宰領するのは自分自身であるし、虫のいい考えから、本当の成り行きならぬものを成り行きと錯覚する危険はある。又、本当の成り行きでも、応じた結果が不如意である場合もある。が、それもまた、捨てたものではない。そこから、新しい道筋が示されてくるのだから……。私は「選択肢」という言葉が大嫌いになった。

この本に、あとがきを付して、このようなことを記すのは、特別の理由のためではない。自分のこの時期に、そうすべき成り行きを感じたからである。

一九九三年　早春　ニューヨークにて　河野多恵子

谷崎文学の愉しみ

一九九三年（平成5年）六月二十日発行　中央公論社　発行者・嶋中鵬二　四六判　厚紙装　カバー　オビ　二二六頁　一六〇〇円（本体一五五三円）

§生まれと育ち―初期の諸作／谷崎と大正六年―肯定の欲望と『既婚者と離婚者』／横浜をめぐって―裏返しの私小説『神と人との間』／私生活の変動―大噴火の創作期（その前期）／私生活の変動―大噴火の創作期（その後期）／戦時下に在って―『源氏物語』現代語訳と『細雪』／最後の十年―性と死・夢と告白／幽界の潤一郎―法然院にて／あとがき／谷崎潤一郎作品索引

＊オビに「谷崎文学にみなぎるあの圧倒的なリアリティは、どこから生れるのか／谷崎の魅力は〈内から湧き出るもの〉と〈表現〉の見事な一致にある――文豪の作品を熱愛する著者が、作家の内奥と創作の微妙な関係を実作者の目で洞察し、その豊潤な世界を心ゆくまで味わう、卓抜な作家論」「豊潤な文学世界／を味わう歓び」「谷崎文学の何よりの魅力

は、潑剌とした生命感に溢れていることである。人間性と人生との底知れない秘密、不思議さ、意外性を強烈な個性で一作ごとに新しく認識し、力強く表現している。谷崎文学の分つ感動は、読者の人間性の最も深いところに引き起こす感動なのである。（本文より）」とある。

**「あとがき」に、次のようにある。

この『谷崎文学の愉しみ』は、昭和五十六年五月〜昭和五十八年十一月刊行の谷崎潤一郎全集（全三十巻）の各巻ごとに添えられた月報に連載したものである。谷崎文学については、私はそれまでにも『谷崎文学と肯定の欲望』（昭和五十年一月号〜昭和五十一年二月号「文學界」。昭和五十一年九月文藝春秋刊単行本。昭和五十五年十一月中央公論社中公文庫）を書いている。それなのに、再び手がける気になったのは、ひとえに谷崎文学が好きだからである。

月報連載では一回ごとの枚数が少く、全三十回をもってしても、以前の谷崎論の分量のほぼ半分に収めなければならない。私は何よりも谷崎文学の特質を優先して述べることにした。一体、谷崎文学はことのほか作者の内部に深く根ざしたものであり、どの一作をとってみても、〈その構想は自分の内から湧き出たもので、借り物や思ひつきではない〉ものばかりなのである。しかも、谷崎の場合、その自分の内から湧き出るものの豊かさ、激しさ、鮮やかさ、執拗さが度はずれである。それを表現するには、私小説やフィクションまがいのフィクションでは不可能である。谷崎文学の殆どが、巧妙で周到で念入りなフィクション作品であるのは、そのためである。谷崎文学が他の作家のどのような私小説やノンフィクション作品もとても及ばぬリアリティを漲らせているのも、それ故である。

谷崎の内から湧き出るものの特質と表現上の特質との見事な一致を味わうことが、谷崎文学を読む愉しみに外ならない。もとより、同じ谷崎文学について、同一人が述べるのであり、しかも以前の谷崎論との間に数年の距りしかないのだから、論旨に格別の変化のあろうはずもない。が、月報連載では、谷崎文学のそのような愉しみを分ち合いたい気持に動かされつつ、毎回書き継いだものであった。その間には、以前の谷崎論では触れなかったことを一部に取り入れもした。

このたび単行本にするにあたって、連載したものに多少の手入れをした。また、各項目に準じて、見出しを付した。そのうちの最後の項目〈幽界の潤一郎／法然院にて〉は、平成三年六月号「新潮45」に書いた『「性」を愉しむための教養』の一部分だが、この機会に推敲して収録させていただく。

一九九三年四月三十日　　　　河野　多恵子

ニューヨークめぐり会い〈絵・市川泰〉

一九九七年（平成9年）一月七日発行　中央公論社　発行者・嶋中鵬二　四六判　厚紙装　カバー　オビ　二四九頁　一八〇〇円（本体一七四八円）　装幀原画・市川泰「愉しむ人々」より

§空中の部屋／サザビーズに行く／聖パトリックの日／気さくな人たち／ジャクリーン・K・O逝く／林檎と蟹／日々の警戒／擬似体験／ハロウィン／ピンク・レディ／印象的なこと／重装備／安い？　高い？／ルーズベルト島／メト歌劇場で／チューリップ／ラッキー・ムーン／ポー・コテッジ／涼を求めて／快晴の日に／ところ変れば／奇妙な感じ／病院とエジプト／囲いのうちさまざま／マスター・クラス／巨大な船／幻のブロンテ映画／電気椅子／多生の縁／若い橋

＊オビに「マンハッタンの真ん中に／住まいを移した夫婦が／作家の眼と画家の感性で／大都会の意外な横顔を描きとる／二人三脚のNYスケッチ」「河野多惠子・文／市川泰・絵」「☆空中の部屋／☆サザビースに行く／☆ジャクリーン・K・O逝く／☆林檎と蟹／☆日々の警戒／☆ピンク・レディ／☆安い？　高い？／☆ルーズベルト島／☆メト歌劇場で／☆ラッキー・ムーン／☆ポー・コテッジ／☆巨大な船／☆幻のブロンテ映画／☆電気椅子／☆若い橋／（目次より）」とある。

赤い脣　黒い髪

一九九七年（平成9年）二月十五日発行　新潮社　発行者・佐藤隆信　四六判　厚紙装　カバー　オビ　二二二頁　一九五七円（本体一九〇〇円）　装画・坂東壯一　装幀・新潮社装幀室

§赤い脣／片冷え／大統領の死／朱験／途上／黒い髪／来迎の日

＊オビに「心と体の奥底に潜む官能、甘美な戦慄――／河野多惠子久々の短編集」「最新短編集」「愛らしい孫娘の脣に思わず魅入られてしまう初老の女の心の揺れを捉え、デビュー作〈幼児狩り〉以来のテーマの見事な結実と絶賛された〈赤い脣〉、耳の奥よりもっと遠いところから『大統領が死んだ……』という囁きを聴いた女の行動がスリリングな〈大統領の死〉、高齢ながら豊かな黒髪を誇る父娘の秘密を問わず語りする〈黒い髪〉、『今日は何だか、皆ともお別れのような気がするんでね』――自分の死を予告する老人とその家族の日常を描く〈来迎の日〉など七編。／『大統領の死』『黒い髪』以外は『河野多惠子全集第四巻』に収録されています。」とある。

後日の話

一九九九年（平成11年）二月十日発行　文藝春秋　発行者・和田宏　四六判　布装　カバー　オビ　二八二頁　一九〇五円＋税　装画・ジュセッペ・ヴァージ　装幀・大久保明子

§後日の話／〔付記〕

＊オビに「斬首刑直前／夫は妻の鼻を嚙み切った！／十七世紀　トスカーナの小都市で起きた　途方もない物語」「途方もない物語」「この作品での私自身はといえば、幾重にも包まれて、影さえも見せない。／これまでに書いた小説中、最も自分を包んだ作品、／つまり最も深く自分に根ざした作品ではなかろうかと思っている。（著者）」とある。

＊＊「〔付記〕」に「この作品は、ブラントームの『ダーム・ギ

ャラント』（鈴木豊訳）の或る一頁との出会いから生まれた。」とある。

秘事

二〇〇〇年（平成12年）十月三十日発行　新潮社　発行者・佐藤隆信　四六判　厚紙装　カバー　オビ　二六八頁　一八〇〇円（税別）　装画・ルネ・ラリック　装幀・新潮社装幀室

§秘事

＊オビに「夫婦という《かくも素晴らしき日々》／21世紀の小説を先駆ける傑作長編！」「最新傑作長編」「楽しみにしていてくれ、僕の臨終の時には／素晴らしい言葉を聞かせるから――／夫は妻に何を伝えようとしたのだろうか？／綜合商社の役員・三村清太郎と妻・麻子はともに／昭和11年生まれ。人も羨む仲の二人だったが／その結婚には、ある事故が介在していた……。」とある。

半所有者

二〇〇一年（平成13年）十一月三十日発行　新潮社　発行者・佐藤隆信　四六判　厚紙装　カバー　オビ　袋綴じ　四六頁　一〇〇〇円（税別）　装画・中堀慎治　装幀・新潮社装幀室

§半所有者

＊オビに「すべては妻の企みだったのだろうか？／この行為を共有するための……」「もうひとつの『秘事』」「妻の遺体は／誰のものか―／究極の〈愛の行為〉を描く、／戦慄の傑作短編。」とある。

小説の秘密をめぐる十二章

二〇〇二年（平成14年）三月十五日発行　文藝春秋　発行者・寺田英視　四六判　厚紙装　カバー　オビ　装幀・大久保明子　装画・ウィリアム・モリス（壁紙用デザイン「ジャスミン」）　写真・ヴィクトリア・アンド・アルバート美術館

§第一章　デビューについて／第二章　創作事始め一　文章の呼吸とは何か／第三章　創作事始め二　作品はどう育てるか／第四章　書きたいことを書く／第五章　才能をめぐって／第六章　創作の方法一　名前のつけ方／第七章　創作の方法二　標題のつけ方／第八章　創作の方法三　導入と終り方／第九章　小説の構造一　筋について／第十章　小説の構造二　一人称と三人称／第十一章　虚構および伏線／第十二章　文章力を身につけるには

＊オビに「小説はいかに書くべきか、／文学の心得とはなにか――／いまもっとも豊潤かつ過激な作家／河野多恵子が明かす『創作の秘密』」「『デビューについて』『よい文章の脈博とは』『四十五で才能の発露を示すことも』『名前、標題のつけ方』『筋と構造』『変装とフィクションの違い』……、さらには『作家の嫉妬について』『剽窃の危険』まで。／話題沸騰の『文學界』連載、待望の単行本化！」とある。

思いがけないこと

二〇〇二年（平成14年）十二月二十日発行　新潮社　発行者・佐藤隆信　四六判　厚紙装　カバー　オビ　二五三頁

一八〇〇円＋税　装画・HENRY ICHIKAWA　装幀・新潮社装幀室

§Ⅰ昨日・今日・明日（Hについて／生徒の操行／息子の妻の呼び方／心の機転／国旗／「野球」という言葉／米国流健康管理／流星群／もう一つの本能／不思議な人／理窟抜き／私の催眠法／ある余裕／誕生日／看取り／彗星／蓼喰う虫／縁りの者たち／すばらしい夫婦／家庭医／どういう人？／マニキュア／国際電話／救いの存在／見知らぬ本／まちがいの場合／たばこのこと／レコードと臓器移植／忘れていた人／せっかく逝くのだから少し珍しい最期を）／Ⅱニューヨーク通信（九年目のニューヨーク／セントラル・パークのブロンズたち／摩天楼の夕暮れ／大聖堂での祭典／明星と月と緑のライト／ウインザー公夫妻の遺品／夏の夜の野外オペラ／コロンバス・デイのパレード／ジャクソン・ポロックの回顧展／ソイドン・ネーム／スカンク／年齢／夏時間／長い旅の途中で／お風呂／トイレ事情／カード被害／冬のおとずれ／思いがけないこと）／Ⅲ小説の愉しみ（谷崎潤一郎―わが二十世紀人／大阪の小説―この三冊／『文章読本』体験／ある時期の谷崎論／フェミニスト菊池寛／『腕くらべ』の妙味／痛ましい「事故」／「骨の肉」の思い出／こういうこともある／後日の話／短編とは何か／爛熟への道

＊オビに「楽しみたいから読む。／作品が誕生する奇蹟感が／こたえられないから書く――。／〈…ねばならぬ〉〈…すべき〉が性に合わない作家の、10年ぶりのエッセイ集。／言葉について、NY暮らし、谷崎のことなど61編。」「10年ぶりの／エッセイ集」「二十世紀に新しく発達した現代小説が、爛熟に達するのは、百年先か、二百年先か。／それまで生きられるはずもないのに、私がぼそぼそと拙い小説を書いていられるのは、何よりも一つの作品の誕生する奇蹟感がこたえられないからである。そうして、自分の死後のどれほど後世であろうと、小説の次の爛熟期が必ずあり得ると、信じられてならないからなのである。（本文より）」とある。

二、文庫本

アンソロジーは省く

男友達〈角川文庫〉
一九七二年（昭和47年）四月十五日発行　角川書店　カバー（村上芳正）　二二六頁　一四〇円
§男友達／解説（秋山駿）

幼児狩り・蟹〈新潮文庫〉
一九七三年（昭和48年）四月三十日発行　新潮社　カバー（司修）　二九五頁　一六〇円
§幼児狩り／劇場／塀の中／雪／蟹／夜を往く／解説（川村二郎）

最後の時〈角川文庫〉
一九七五年（昭和50年）四月三十日発行　角川書店　カバー（村上芳正）　二六六頁　二六〇円
§最後の時／蟻たかる／臺に載る／明くる日／みち潮／幸福／解説（日野啓三）

草いきれ〈文春文庫〉
一九七五年（昭和50年）五月二十五日発行　文藝春秋　カバー（粟屋充）　三三四頁　三二〇円
§草いきれ／解説（川村二郎）

思いがけない旅〈角川文庫〉
一九七五年（昭和50年）十月二十日発行　角川書店　カバー（村上芳正）　二八八頁　三〇〇円
§美少女／春愁／わかれ／脂怨／虚栄／愉悦の日々／思いがけない旅／解説（黒井千次）

無関係〈中公文庫〉
一九七六年（昭和51年）三月十日発行　中央公論社　カバー（市川泰）　表紙・扉（白井晟一）　三一四頁　三四〇円
§無関係／解説（小島信夫）

夢の城〈角川文庫〉
一九七六年（昭和51年）四月二十日発行　角川書店　カバー（村上芳正）　二三四頁　二六〇円
§夢の城／禽鳥／解かれるとき／路上／遠い夏／解説（篠田一士）

不意の声〈講談社文藝文庫〉
一九七六年（昭和51年）六月十五日発行　講談社　カバー（山村昌明）　一八三頁　二四〇円
§不意の声／解説（佐伯彰一）／年譜（著者自筆）

骨の肉〈講談社文庫〉
一九七七年（昭和52年）七月十五日発行　講談社　カバー（坂東壮一）　二五一頁　二八〇円
§骨の肉／見つけたもの／魔術師／たたかい／雛形／胸さわぎ／解説（田久保英夫）／年譜（著者自筆）

谷崎文学と肯定の欲望〈中公文庫〉

一九八〇年（昭和55年）十一月十日発行　中央公論社　カバー（昭和六年改造社刊『卍』の表紙〈部分〉）　表紙・扉（白井晟一）　三一二頁　四二〇円
§「卍（まんじ）」について／心理的マゾヒズムと関西／恋愛欠落の文学／片面だけの反俗／悪魔と墓／解説（磯田光一）

骨の肉・最後の時・砂の檻〈講談社文藝文庫〉
一九九一年（平成3年）七月十日発行　講談社　カバー　オビ　三一六頁　九八〇円（本体九五一円）
§骨の肉／魔術師／たたかい／雛形／胸さわぎ／砂の檻／最後の時／著者から読者へ／解説（川村二郎）／作家案内（与那覇恵子）／著書目録（与那覇恵子）

不意の声〈講談社文藝文庫〉
一九九三年（平成5年）九月十日発行　講談社　カバー　オビ　二一八頁　八八〇円（本体八五四円）
§不意の声／著者から読者へ／解説（菅野昭正）／作家案内（鈴木貞美）／著書目録（与那覇恵子）

妖術記〈角川ホラー文庫〉
一九九五年（平成7年）八月十日発行　角川書店　カバー（田島照久）　オビ　一九八頁　四三〇円（本体四一七円）
§妖術記／解説（奥泉光）

みいら採り猟奇譚〈新潮文庫〉
一九九五年（平成7年）十一月一日発行　新潮社　カバー装画（柄沢斎）　オビ　四一四頁　五六〇円（本体五四四円）
§みいら採り猟奇譚（第一章／第二章／第三章）／『みいら採り猟奇譚』をめぐって〈吉行淳之介・河野多恵子〉／解説（蓮實重彦）

谷崎文学の愉しみ〈中公文庫〉
一九九八年（平成10年）二月十八日発行　中央公論社　カバー装　三〇〇頁　七八一円＋税
§生まれと育ち―初期の諸作／谷崎と大正六年―肯定の欲望と『既婚者と離婚者』／横浜をめぐって―裏返しの私小説『神と人との間』／私生活の変動―大噴火の創作期（その前期）／私生活の変動―大噴火の創作期（その後期）／戦時下に在って―『源氏物語』現状語訳と『細雪』／最後の十年―性と死・夢と告白／幽界の潤一郎―法然院にて／あとがき／谷崎潤一郎作品索引

ニューヨークめぐり会い〈中公文庫〉　絵・市川泰
二〇〇〇年（平成12年）三月二十五日発行　中央公論新社　カバー画（市川泰）　オビ　二五三頁　七八一円＋税
§空中の部屋／サザビーズに行く／聖パトリックの日／気さくな人たち／ジャクリーン・K・O逝く／林檎と蟹／日々の警戒／擬似体験／ハロウィン／ピンク・レディ／印象的なこと／重装備／安い？高い？／ルーズベルト島／メト歌劇場で／チューリップ／ラッキー・ムーン／ポー・コテッジ／涼を求めて／快晴の日に／ところ変れば／奇妙な感じ／病院とエジプト／囲いのうちさまざま／マスター・クラス／巨大な船／幻のブロンテ映画／電気椅子／多生の縁／若い橋／文庫

版あとがき

＊「文庫版あとがき」に、次のようにある。

時差の関係で、ニューヨークと日本とでは朝晩は逆になるけれども、ニューヨークの日の出、日没は東京と凡そ同じである。ロンドンなどとちがって、冬でも日中時間はたっぷりあるし、晴れている日が多い。何しろ、雨が降っても、そのうちに止んでしまうような土地なのである。少しも陰欝な冬ではないのだが、ニューヨークでは一入《ひとしお》春が待たれる。冬の寒さが時には零下十五度ほどにもなるくらい厳しいからである。殊に、今年の冬は六年ぶりと言われるほどの寒さであった。が、数日前から零度を切ることはなくなった。私どもがニューヨークへ小引っ越しをしてきたのは、一九九二年の春だった。二〇〇〇年——九年目の春を迎えようとしている。

ニューヨークには、一ブロック（八〇メートル）に一軒くらいずつ、テイクアウトその他のちょっとした食料品や飲み物やたばこなどを売っている店がある。殆どが韓国人の店で、二十四時間営業している。

そういう店で買い物をして、お金を払う時に、ペニーを持っているか、と訊かれたことがある。来て間もない頃のことで、ペニーはイギリスのコインのはずだが、とまごついた。すると、相手は私の出した紙幣を引き取り、きっかり何ドルかのお釣を出して、二、三セントほどの端数はサービスしてくれた。アメリカでセントのコインをペニーとよく言われるが、それが最初の経験だった。私はその後にも財布にペニーがなくて、端数をサービスしてもらったことが幾度かある。いつも、そういう韓国人の店でのことだった。その種の店では、店先での監視や配達の仕事くらいは雇い人がしていても、主に家族で営んでいる。殊に勘定台は必ず家族なので、そのようなサービスの裁量もできるのだろう。

先日、私はアパートから出て最初の信号を渡ったところにある、その種の店へ行った。僅かの野菜をバスケットに入れて勘定台へ行き、後ろの壁に並んでいる電池のパックを二つ加えてもらう。店の息子（らしい人）が、素早くレジを打っては品物を一つずつ袋へ入れ、最初に出た数字は二〇ドル一二セント。私は二〇ドル紙幣一枚と鍵だけ持って出てきたのだった。私は、すみません、二〇ドルしか持っていない、と言って電池を一つ減らすつもりで、袋の口を明けようとした。相手は一二セントは要らないと言う。私どもは去年の春に同じ建物のなかで他の部屋へ引っ越したが、九二年来同じ場所に住んでいる。店の人たちとは顔馴染みだし、ペットボトルの配達もしてもらう。勘定の端数のサービスも、その日が初めてではない。が、一二セントものサービスでは少し気の毒な気がして、やはり電池を一つ出した。するとそのわきへ一〇セントと二枚のペニーが置かれた。傍にいた八十を過ぎているかと思える太った女の人がパチリと小銭入れの口を締め、私に大笑顔で頷いてみせて、素早く電池を袋へ戻してしまった。

ニューヨークでは、幼児から高齢者に至るまで、誰もが元気がよいかのようである。見馴れてしまったつもりでいたが、その彼女のような人に出会うと、又つくづくそう思う。エネルギーに溢れる彼女の気合いのようなものに衝たれて、私はためらいもしないで思わず店員と同時に彼女にお礼を言ってしまった。それから袋を手にして、もう一度お礼を言った。

　数年まえに読んだので、詳しい数字は覚えていないが、アメリカで七十歳だったか、七十五歳だったか、それ以上の人たちだけの平均余命を見ると、日本人のそれよりも遥かに永いのだった。というのは、アメリカのその人たちは大半が白人、つまり全国民の平均寿命の統計のなかには、概して健康な生活や医療の恩恵に遠い、あまたの民族も含まれていて、それらの民族には長寿者が少いからなのだそうである。

　あるいは、ニューヨークで暮らしているうちに、私はこういうことも知った。日本では、昔は人生五十年と言ったが今では人生八十年、などとよく言われる。しかし、西欧では、〈three score and ten〉という言葉があって、人の寿命は大昔から七十年とされてきたそうである。

河野多恵子

二〇〇〇年　早春

赤い脣　黒い髪〈文春文庫〉

二〇〇二年（平成13年）十月一日発行　新潮社　カバー装画（市川泰）　二五五頁　四〇〇円（税別）

§赤い脣／片冷え／大統領の死／朱験／途上／黒い髪／来迎の日／解説（菅野昭正）

後日の話〈文春文庫〉

二〇〇二年（平成14年）二月十日発行　文藝春秋　カバー装画（大久保明子）　装画（"Firenze, The Old Market" ヴェッキオ宮殿蔵〈写真提供　WPS〉）三〇〇頁　五五二円＋税

§後日の話／解説（川上弘美）

書誌
著書

三、特装本

幼児狩り

一九七八年（昭和53年）十一月二十日発行　成瀬書房　発行者・成瀬隼人　Ａ５判　インド産山羊革装表紙　銅版嵌込二十二金天金　綿紬装帙箱入　化粧箱　一四二頁　二八〇〇〇円　限定二百部　肉筆署名落款入

§幼児狩り／美少女／あとがき

＊「あとがき」に、次のようにある。

この本には、最初期の作品を収めたいとのことである。書肆には書肆のお考えがあるのだろうが、私としてもそれは非常に望ましい。

ひとりの作家の誕生というものは、いわば奇蹟で、たとえ未熟であろうとも、その時期の作品には不思議な力があるものだと、ある先輩作家から伺ったことがある。

「幼児狩り」は昭和三十六年十二月号の「新潮」発表の作品である。文藝雑誌に初めて載った作品であり、新潮社同人雑誌賞の受賞で私の世に出るきっかけともなった作品である。芥川賞の受賞は二度目の正直だった。「美少女」は受賞者なしだった期の選考で最終まで残された。二度目の候補作品である。

同人雑誌賞の応募原稿として「幼児狩り」を書いていた真夏から、翌々年の真夏に芥川賞を受けるまでの二年間が、今後を含めても、ある意味では、恐らく作家として私の最も幸福な時代だったのではあるまいか。思えばなつかしい。

豪華本のお誘いは今度が初めてではないけれども、これまでは見合わせてきた。この種のものには遊びがあり、また作品なり作者なりに何がしかのイメージを纏わせるところがある。創作本位であるためのひとつの心がけとして、そういう類いのことは一応考えないことにしていたのだが、折をみてそういう小さな心がけを超えるのも、又ひとつの心がけであるかもしれない。成瀬書房からこの本を出すことで、最初に佐藤愛子さんからご紹介があった時、私がすらりとそんな気持になったのは、多分に佐藤さんのお人柄によるものらしい。ちょっと伺っただけで、この機会をお受けする気になった。感謝しています。

こういう本を出していただけたことを、「幼児狩り」「美少女」ともども歓び会っている。

一九七八年秋　　河野多恵子

幼児狩り

一九八二年（昭和57年）四月三十日発行　未来工房　八・五×六㎝　背革表紙漆塗り・並木恒雄　天金　箱　八四頁　五五〇〇〇円　限定二百部

§幼児狩り

窓

一九八二年（昭和57年）五月三十日発行　未来工房　三×三cm　背革表紙漆塗り　限定三百八十八部

§窓

四、現代語訳書

現代語訳日本の古典20〈歌舞伎・浄瑠璃集〉

一九七三年（昭和48年）七月十日発行　河出書房新社

§東海道四谷怪談

＊一九七九年（昭和54年）五月十日改装版発行

嵐が丘　ジェーン・エア〈グラフィック版　世界の文学13〉

一九七八年（昭和53年）（月日なし）発行　世界文化社

§嵐が丘／ジェーン・エア

五、全集

河野多恵子全集（全十巻）

新潮社　A5判　厚紙装　箱　オビ　各七〇〇〇円（本体六七九六円）　装画・多賀新　表紙マーブル紙製作・貴田庄　装幀・新潮社装幀室

第一巻　一九九四年（平成6年）十一月二十五日発行　三一四頁　第一回配本

§幼児狩り／劇場／塀の中／雪／愉悦の日々／夢の城／蟹／わかれ／禽鳥／夜を往く／解かれるとき／遠い夏／付録

第二巻　一九九五年（平成7年）一月十日発行　三一四頁　第二回配本

§路上／思いがけない旅／蟻たかる／みち潮／返礼／臺に載る／明くる日／幸福／最後の時／たたかい／双穹／背誓／付録

第三巻　一九九五年（平成7年）二月十日発行　三三四頁　第三回配本

§湯餓鬼／見つけたもの／邂逅／魔術師／骨の肉／同胞（はらから）／雛形／胸さわぎ／特別な時間／うたがい／怪談／厄の神／変身／択ばれて在る日々／砂の檻／片身／付録

第四巻　一九九五年（平成7年）七月十日発行　三五〇頁　第八回配本

§稚児／他人の戸口／鉄の魚／見知らぬ男／いすとりえっと／朱験／あの出来事／予告の日／その前後／怒れぬ理由／炎々の記／赤い脣／来迎の日／途上／片冷え／付録

第五巻　一九九五年（平成7年）三月十日発行　四一四頁　第四回配本

§男友達／不意の声／草いきれ／付録

第六巻　一九九五年（平成7年）四月十日発行　三三四頁　第五回配本

§回転扉／雙夢／付録

第七巻　一九九五年（平成7年）五月十日発行　三九八頁　第六回配本

§無関係／血と貝殻／妖術記／付録

第八巻　一九九五年（平成7年）六月十日発行　三七四頁　第七回配本

§一年の牧歌／みいら採り猟奇譚／付録

第九巻　一九九五年（平成7年）八月十日発行　三六二頁　第九回配本

§谷崎文学と肯定の欲望／文藝時評（「朝日新聞」昭和57年1月～58年3月）／戯曲嵐が丘／付録

第十巻　一九九五年（平成7年）九月十日発行　三八一頁　第十回配本

§エッセイI（小説のタネの不思議さ／創作と発表／私の小

説作法／小説藝術への信頼／原稿用紙／もうひとつの世界／『不意の声』あとがき／被批評者としての理想／私の姿勢／創作のミステリー／私の創作世界／私事／猥褻性と藝術性／記号と藝術／決定的奇蹟／『回転扉』で識ったこと／名詞と時代／戸塚二丁目の頃／人物の変わり方／現代文学の面目／自戒／小説の誕生／旧い雑誌／現代と独創性／小説の材料／小説を読むのは／『妖術記』に呪われて／特殊を書く／現代作家のひとりとして／短篇小説のこと／『蛙と算術』あとがき／読書遍歴／七つ目の干支／藝術文化の下向きと上向き／『婦系図』の怪／尾崎紅葉の墓／紅葉『三人妻』のことなど／個人全集の王者／二十代作家一葉／恋愛小説としての『虞美人草』／『腕くらべ』の妙味／択ばれたナルシシズム／冷徹の美／前世と幽界／平林たい子氏と笑い／平林たい子の「前夫もの」／意志的情熱の世界／吉行文学における年齢の意味／吉行淳之介『夕暮まで』／吉行淳之介「手品師」／択びすぎた作家／「女流」と恋愛／まず思うこと／川村さんの見取図／『源氏』という純粋の物語文学／『どん底』／『千夜一夜物語』／『死の家の記録』／『赤と緑』／バタイユの「エミリ・ブロンテ」／E・ブロンテと鏡花／『ブロンテ全集』刊行にあたって／この機会に〈逆説〉としてではなく……）／エッセイII（個性への信頼／読まざるの記／才能という意味／葬られた人々／言葉というもの／心づかい／時期というもの／遠い記憶／手術というもの／お梅どん／人工授精と夫婦愛／二つの奈良／鉢の中／人間軽視／お経／〈生命の尊厳〉と個の生命／夫婦という関係／私の受けた性教育／昔の作文／半年だけの恩師／ある世代的特色／外国人と同国人／生き延びる命／最初の実印／夢／私もひとこと／家事労働の価値／善意の嘘の功徳／年齢の功／古新聞と縮刷版／気になるひと／体重計の秘密／罪の軽重／春着の支度／元気な人／死体の所有者／蛙と算術／手紙の始末／人の命／書／二つの「魔笛」／オペラの周辺／マスカーニの旧居／「伊賀越道中双六」の通し／歌舞伎に思う／折角、生まれてきたのだから）／快楽の永遠性―河野多恵子小論―（川村二郎）／書誌（浦西和彦編）／年譜（河野多恵子編）

六、文学全集撰集類

文学選集28〈昭和38年版〉　日本文藝家協会編
一九六三年（昭和38年）七月二十五日発行　講談社
§幼児狩り

文学選集29〈昭和39年版〉　日本文藝家協会編
一九六四年（昭和39年）七月二十五日発行　講談社
§蟹

昭和戦争文学全集11〈戦時下のハイティーン〉　昭和戦争文学全集編集委員会編
一九六五年（昭和40年）五月三十日発行　集英社
§塀の中／解説（奥野健男）

文学選集32〈昭和42年版〉　日本文藝家協会編
一九六七年（昭和42年）五月十日発行　講談社
§最後の時

現代文学大系66〈現代名作集㈣〉
一九六八年（昭和43年）六月十日発行　筑摩書房
§幼児狩り／年譜／解説（奥野健男）

文学選集35〈昭和45年版〉　日本文藝家協会編
一九七〇年（昭和45年）五月二十八日発行　講談社
§骨の肉

現代日本の文学50〈曽野綾子・倉橋由美子・河野多恵子集〉
一九七一年（昭和46年）四月一日発行　学習研究社
§河野多恵子文学紀行／わたし自身の内なる旅〈河野多恵子文学紀行〉（金井美恵子）／みち潮／思いがけない旅／明くる日／塀の中／劇場／最後の時／注解（紅野敏郎・日高昭二）／河野多恵子年譜／河野多恵子文学アルバム／評伝的解説（奥野健男）／月報38（勤労動員下の青春〈対談　曽野綾子・河野多恵子〉／曽野綾子・倉橋由美子・河野多恵子主要文献一覧〈紅野敏郎編〉／曽野綾子・倉橋由美子・河野多恵子旅行ガイド〈涌田佑〉

カラー版日本文学全集54〈有吉佐和子・瀬戸内晴美・河野多恵子〉
一九七一年（昭和46年）八月三十日発行　河出書房新社
§巻頭写真（畔田藤治）／不意の声／幼児狩り／蟹／最後の時／色刷挿画（阪本文男）／注釈（小久保実）／河野多恵子・年譜／本文カラー挿画・説明／解説（川村二郎）

文学選集37〈昭和47年版〉　日本文藝家協会編
一九七二年（昭和47年）五月十二日発行　講談社
§同胞（はらから）

現代日本文学大系92〈現代名作集㈡〉
一九七三年（昭和48年）三月二十三日発行　筑摩書房
§幼児狩り／解説（瀬戸茂樹）／年譜（小田切進編）

現代の文学33〈河野多恵子・大庭みな子〉

一九七三年（昭和48年）九月十六日発行 講談社
§口絵写真／美少女／蟹／最後の時／不意の声／たたかい／骨の肉／胸さわぎ／回復への飢渇―巻末作家論＝河野多恵子―（上田三四二）／年譜

文学1974 日本文藝家協会編
一九七四年（昭和49年）五月二十日発行 講談社
§怪談

現代の女流文学2 女流文学者会編
一九七四年（昭和49年）九月二十日発行 毎日新聞社
§不意の声／物語と告白（川村二郎）

文学1975 日本文藝家協会編
一九七五年（昭和50年）五月十二日発行 講談社
§択ばれて在る日々

文学1977 日本文藝家協会編
一九七七年（昭和52年）四月二十四日発行 講談社
§砂の檻

筑摩現代文学大系83〈瀬戸内晴美・河野多恵子集〉
一九七七年（昭和52年）五月十五日発行 筑摩書房
§口絵写真／筆蹟／不意の声／幼児狩り／美少女／蟹／臺に載る／最後の時／骨の肉／河野多恵子年譜／人と文学（亀井秀雄）

現代短篇名作選6〈講談社文庫〉 日本文藝家協会編
一九八〇年（昭和55年）一月十五日発行 講談社
§幼児狩り

新潮現代文学60〈一年の牧歌・美少女〉
一九八〇年（昭和55年）十一月十五日発行 新潮社
§口絵写真／血と貝殻／一年の牧歌／幼児狩り／劇場／雪／美少女／蟹／砂の檻／鉄の魚／解説（川村二郎）／年譜

芥川賞全集6
一九八二年（昭和57年）七月二十五日発行 文藝春秋
§蟹／第四十九回芥川賞選評／受賞者のことば／年譜

昭和文学全集19〈中里恒子・芝木好子・大原富枝・河野多恵子・大庭みな子〉
一九八七年（昭和62年）十二月一日発行 小学館
§幼児狩り／蟹／回転扉／骨の肉／砂の檻／作家アルバム／河野多恵子・人と作品（川村二郎）／河野多恵子年譜

日本の短篇上 井上靖編者代表
一九八九年（平成元年）三月二十五日発行 文藝春秋
§骨の肉

文藝春秋短篇小説館
一九九一年（平成3年）九月一日発行 文藝春秋
§怒れぬ理由／解説（佐伯彰一）

現代ホラー傑作選第1集それぞれの夜 遠藤周作編
一九九三年（平成5年）四月二十四日発行 角川書店
§雪

文学1994 日本文藝家協会編
一九九四年（平成6年）四月二十五日発行 講談社
§赤い脣

文学1995　日本文藝家協会編
一九九五年（平成7年）四月二十日発行　講談社
§片冷え

女性作家シリーズ9〈河野多恵子　大庭みな子〉
一九九八年（平成10年）十二月二十五日発行　角川書店
§幼児狩り／不意の声／骨の肉／〔作家ガイド〕河野多恵子（与那覇恵子）／河野多恵子略年譜（与那覇恵子編）

文学2002　日本文藝家協会編
二〇〇二年（平成14年）四月二十日発行　講談社
§半所有者

七、編著・監修書

丹羽文雄の短篇30選　編集・河野多恵子
一九八四年（昭和59年）十一月二十二日発行　角川書店　菊判　七九二頁　四六〇〇円

小島信夫をめぐる文学の現在　編集・大橋健三郎・河野多恵子・後藤明生・佐伯彰一・篠田一士・森敦・吉行淳之介
一九八五年（昭和60年）七月二十日発行　福武書店　A5判　四一八頁　三六〇〇円

日本の名随筆98〈悪〉　編・河野多恵子
一九九〇年（平成2年）十二月二十五日発行　作品社　B6判　二五〇頁　一三〇〇円（本体一二六二円）

ブロンテ全集全十二巻　監修
一九九五年（平成7年）三月十日〜一九九七年（平成9年）一月二十一日発行　みすず書房　四六判

女性作家シリーズ全二十四冊　監修・河野多恵子・大庭みな子・佐藤愛子・津村節子
一九九七年（平成9年）十月二十七日〜一九九九年（平成11年）九月二十五日発行　角川書店　四六判

八、外国語訳

「骨の肉」 'Bone Meat'（英）Lucy Lower. *Contemporary Japanese Literature*, Knopf, 1977.

「骨の肉」 'Fleischbröckchen'（独）Ingrid Rönsch. *Das verha ßte Alter*, Volk und Welt, 1981.

「蟹」〈螃蟹〉（中国）陳応年『日本中短編小説選』中国社会科学出版社 1981

「蟻たかる」 'Ants Swarm'（英）Noriko M. Lippit and Kyoko I. Selden. *Stories by Contemporary Japanese Women Writers*, M. E. Sharpe, 1982.

「蟹」 'Crabs'（英）Phyllis Birnbaum. *Rabbits, Crabs, Etc.*, Univ. of Hawaii Press, 1982.

「最後の時」 'The Last Time'（英）Y. Tanaka and E. Hanson. *This Kind of Woman*, Stanford Univ. Press, 1982.

「骨の肉」 'Kto obhrýza kosti,（スロバキア）Karol Kut'ka. *Slnečné hodiny*, Slovenský spisovatel', 1984.

「幼児狩り」 'Knabenjagd'（独）Irmela Hijiya-Kirschnereit. *Die Tageszeitung : Buchmessen-Sonderbeilage*, 12. Okt. 1985.

「骨の肉」 'Fleischknochen'（独）I. Herzberg und T. Matsushita. *Zwei Erzählungen aus Japan*, Galrev-Verlag, 1985.

「鉄の魚」 'Iron Fish'（英）Yukiko Tanaka. *The Showa Anthology*, 2, Kodansha Int., 1985.

「骨の肉」 'La chair des os'（仏）Christine Kodama. *Anthologie de nouvelles japonaises contemporaines*, Gallimard, 1986.

「朱験」 'Crimson Markings'（英）Yukiko Tanaka. *The Literary Review, 30-2*, F. Dickinson Univ. Press, 1987.

「雪」 'Schnee'（独）H. Fukuzawa und I. Herzberg. Galrev-Verlag, 1987.

「骨の肉」 'Knochenfleisch'（独）Wolfgang E. Schlecht. *Das elfte Haus*, iudicium, 1987.

「河野多惠子短編集」（幼児狩り・蟹・最後の時・みち潮・鉄の魚）'Knabenjagd'（独）Irmela Hijiya-Kirschnereit. Insel, 1988.

「鉄の魚」 'Der eiserne Fisch'（独）Sigrid Pfeiffer. *Erkundungen, 19 japanische Erzähler*, Volk und Welt, 1989.

「河野多惠子短編集」（幼児狩り・蟹・雪・塀の中・劇場・最後の時）'La Chasse à l'enfant'（仏）Cécile Sakai. Editions du Seuil, 1990.

「幼児狩り」 'Toddler-hunting'（英）Lucy North. *Mānoa*, 3-2, Univ. of Hawaii Press, 1991.

「みいら採り猟奇譚」 'Riskante Begierden'（独）Irmela

Hijiya-Kirschnereit. Insel, 1993.

「最後の時」「鉄の魚」 'Poslednii deni' 'Stalinaya ryba'（露） V. Grishina, O. Moroshkina. *Krugi na vode*, Raduga, 1993.

「幼児狩り」（幼児狩り・雪・劇場・蟹・夜を往く・蟻たかる・みち潮・最後の時・魔術師・骨の肉） 'Toddler-Hunting & other Stories'（英） Lucy North, Lucy Lower. New Directions, 1996.

「幼児狩り」（幼児狩り・蟹・最後の時・みち潮・鉄の魚） 'Knabenjagd'（独） Irmela Hijiya-Kirschnereit. Suhrkamp, 1996.

「みいら採り猟奇譚」 'CONTE CRUEL D'UN ROSE-MARIE, MAKINO-FAYOLLE seuil, 1997.

作品目録

一、小説・戯曲・掌編
二、評論・エッセイ
三、対談・鼎談・座談会・談話

一、小説・戯曲・掌編

一九五一年（昭和26年）　二十五歳
余燼（「文学者」十月五日　第16号　30～58頁）
一九五三年（昭和28年）　二十七歳
南天の羽織（「文学者」五月五日　第35号　66～77頁）
一九五四年（昭和29年）　二十八歳
こおろぎ部隊（「文学者」七月五日　第49号　64～73頁）
一九六〇年（昭和35年）　三十四歳
女形遣い（「文学者」八月十日　第3巻9号　77～102頁）
一九六一年（昭和36年）　三十五歳
幼児狩り（「新潮」十二月一日　第58巻12号　114～128頁）
＊全国同人雑誌推薦小説特集
一九六二年（昭和37年）　三十六歳
塀の中（「文学者」一月十日　第5巻2号　80～112頁）
劇場（「新潮」二月一日　第59巻2号　116～137頁）
＊同人雑誌賞受賞第一作
雪（「新潮」五月一日　第59巻5号　138～158頁）
＊目次に「生れながらの数奇な運命によつて宿痾に嘖まれ結婚に踏切れない女の特異な同棲生活」とある。
美少女（「新潮」八月一日　第59巻8号　92～119頁）
春愁（「新潮」十一月一日　第59巻11号　19～31頁）
一九六三年（昭和38年）　三十七歳
愉悦の日々（「新潮」三月一日　第60巻3号　57～85頁）
夢の城（「文學界」三月一日　第17巻3号　67～94頁）
＊「編集だより」（240頁）に「★創作ではこのほか、由起しげ子氏『白痴の中に』、河野多恵子氏『夢の城』、また新鋭、三原誠氏『たたかい』に、ご期待下さい。」とある。
蟹（「文學界」六月一日　第17巻6号　62～84頁）
＊「編集だより」（240頁）に「★今月の創作は、堀田善衛氏『風景異色』、小島信夫氏『自慢話』をはじめ、由起しげ子氏『捨てる』、河野多恵子氏『蟹』など、異色の顔触れです。」とある。
わかれ（「新潮」七月一日　第60巻7号　80～100頁）
夜を往く（「新潮」九月一日　第60巻9号　136～154頁）
禽鳥（「文學界」九月一日　第17巻9号　12～29頁）
＊芥川賞受賞第一作。「編集だより」（246頁）に「★新しく芥川賞が決まった後藤紀一、河野多恵子両氏の受賞第一作をおくりいたします。『罐の中』『禽鳥』ともに、期待にそむかぬ異色作です。開高健、遠藤周作両氏の『対談・芥川賞』と併せご愛読下さい。」とある。
解かれるとき（「文藝春秋」十二月一日　第41巻12号　328～340頁）
一九六四年（昭和39年）　三十八歳
遠い夏（「文學界」一月一日　第18巻1号　96～122頁）
＊「編集だより」（254頁）に「★このほか創作は、後藤紀一氏『築の音』、河野多恵子氏『遠い夏』をはじめ、川村晃氏

書誌
作品

『魔女の誤算』、三浦哲郎氏『かな女覚え書』、曽野綾子氏『菊薫る』など、新春創作特集です。」とある。

路上（「群像」二月一日　第19巻2号　117～136頁）

思いがけない旅（「風景」四月一日　第5巻4号　52～60頁）

脂怨（「新潮」五月一日　第61巻5号　94～113頁）

見送り（「藝術生活」五月一日　第17巻5号　160～165頁）

＊日本の新しい小説(22)。カット・東千賀。

蟻たかる（「文學界」六月一日　第18巻6号　32～45頁）

＊「編集だより」（230頁）に「★河野多恵子氏『蟻たかる』は年上の女の愛情をこまやかな筆致で描いた力作です。また芥川賞候補作家となった新人・森泰三氏『早春賦』、多岐一雄氏『メモリアル・クロス』にご期待下さい。」とある。

闖入者たち（「婦人画報」七月一日　第726号　270～277頁）

みち潮（「文學界」八月一日　第18巻8号　104～114頁）

＊「編集だより」（230頁）に「★芥川賞作家の河野多恵子、田辺聖子両氏をはじめ、新進気鋭の倉橋由美子、佐藤愛子両氏の力作を得て女流作家特集を企画してみました。ご愛読下さい。」とある。女流創作特集。

一九六五年（昭和40年）　三十九歳

返礼（「文學界」一月一日　第19巻1号　35～71頁）

＊「編集だより」（254頁）に「★また新春創作特集として三浦哲郎氏『野の抄』八〇枚、河野多恵子氏『返礼』一二〇枚、井上光晴氏『ミスター・夏夫一座』六〇枚、五代夏夫氏『エカフカの祝電』一三〇枚、各力作を掲載致しました。」とある。

絶交状（「別冊小説新潮」一月十五日　第17巻1号　222～234頁）

男友達（「文藝」四月一日　第4巻4号　34～89頁）

＊画・風間完。目次に「青春の終りに訪れた二人の男の愛と友情にゆがむ女の性心理をつく芥川賞受賞後初の長編！」とある。

「後記」（264頁）に、「河野多恵子氏『男友達』は二年半の歳月を経てようやく完成した力作です。続編は次号に掲載致します。」とある。

男友達（承前）（「文藝」五月一日　第4巻5号　154～207頁）

＊画・風間完。目次に「異常な性の絆で結ばれた男女の激しい愛の破局！」とある。

「前号の梗概」（157頁）に「宮沢市子はあるゴムメーカーの社内報編集をしていた。彼女は青春の終りにあって、幼な友達の耕二に心を惹かれていた。しかし彼女は彼へ積極的にもなれず、逆に女子大生の展子を結婚の相手に紹介した。一方会社の同僚岸本を通じて、松井を知った。松井と市子はやがて異常な性の〝癖〟に溺れるようになった。彼女ははじめて男の中に安息を知り、結婚を考える。しかし松井は過去に自動車事故を起こし、そのために高額の負債を負っていた。松井は一年半先に結婚を約束した。ある日、市子は会社の廊下で岸本と会った。岸本は『きみのほうもいろいろと…』とさりげなくいった。松井と市子との間は二人だけの秘密であった。たとえ親友だとしても、二人の秘密を他人に洩した松井に対して、市子は恥じらいを感じた。それは激しい怒りでもあった。」とある。「編集後記」（312頁）に「河野多恵子氏、近藤啓太郎氏の作品は完結しました。」とある。

臺に載る（「文學界」七月一日　第19号7号　26〜54頁）

＊「編集だより」（230頁）に「★河野多恵子氏の小説『臺に載る』は、中年女性の生《ママ》の問題を、精緻な筆で追求した力作です。」とある。

明くる日（「群像」十二月一日　第20巻12号　72〜95頁）

一九六六年（昭和41年）　四十歳

幸福（「文學界」一月一日　第20巻1号　28〜64頁）

＊「編集だより」（254頁）に「★そのほか創作では河野多恵子氏の百十枚の力作『幸福』、および新鋭・阿部昭氏の長編力作『月の光』（百八十枚）、同人雑誌推薦作、伊豆田寛子氏の『向日葵』にご期待下さい。」とある。

虚栄（「風景」一月一日　第7巻1号　52〜58頁）

最後の時（「文藝」三月一日　第5巻3号　54〜76頁）

承諾（「新潮」五月一日　第63巻5号　140〜150頁）

たたかい（「群像」七月一日　第21巻7号　28〜50頁）

双穹（「文學界」八月一日　第20巻8号　27〜64頁）

＊「編集だより」（230頁）に「★河野多恵子氏の『双穹』は互いに反撥し牽引しあう中年男女の心理を描いた力作です。」とある。

背誓（「中央公論」十二月一日　第81年12号　288〜314頁）

＊挿画・桂ユキ子。目次に「文壇注目の才賢か愛憎の心理を克明に描きつつ自らの新境地を拓く野心作」とある。

湯餓鬼（「南北」十二月一日　第1巻6号　14〜28頁）

一九六七年（昭和42年）　四十一歳

見つけたもの（「文學界」一月一日　第21巻1号　41〜71頁）

＊「編集だより」（238頁）に「★河野多恵子氏の『見つけたもの』は現代生活の中に潜む歪んだ性を追求する力作長編です。」とある。

邂逅（「群像」二月一日　第22巻2号　29〜54頁）

魔術師（「文藝」二月一日　第6巻2号　18〜45頁）

＊「編集後記」（264頁）に「★今月の創作欄は、吉行淳之介氏の張りつめた短編をはじめ河野多恵子、川村晃両氏の独自の領域を展く力作中編、井上靖氏の詩、グレアム・グリーンの最新作など、多彩な内容を収めることができた。」とある。

別世界（「季刊藝術」十月一日　第1巻3号　208〜221頁）

＊江藤淳「編集後記」（244頁）に「奥野健男氏『青き魚』は先年来の室生犀星研究の一端で、作家の少年時代に焦点をあわせたところに特色があると思う。これに加えて河野多恵子、立原正秋、吉村昭氏の創作と、第三号は大分誌面がにぎやかになった。」とある。

草いきれ（「文學界」十月一日　第21巻10号　14〜28頁）

＊「編集だより」（214頁）に「★河野多恵子氏の新連載『草いきれ』は、男と女が共棲することの意味を、ユニークな文体と特殊な技法を用いて執拗に追求しております。」とある。

草いきれ〈連載第一回〉（「文學界」十一月一日　第21巻11号

200～207頁）
草いきれ〈連載第三回〉（「文學界」十二月一日 第21巻12号 214～223頁）
＊「編集だより」（230頁）に「★本号から連載小説陣に三浦朱門氏の『道の半ばに』が新たに加わりました。先々号からはじまった河野多恵子氏の『草いきれ』同様の御愛読をお願いいたします。」とある。

一九六八年（昭和43年） 四十二歳

草いきれ〈連載第四回〉（「文學界」一月一日 第22巻1号 202～211頁）
不意の声（「群像」二月一日 第23巻2号 6～95頁）
草いきれ〈連載第五回〉（「文學界」二月一日 第22巻2号 166～175頁）
草いきれ〈連載第六回〉（「文學界」三月一日 第22巻3号 208～218頁）
＊「梗概」（209頁）に「彼女は、彼を知り同棲生活に入って一年半ばかり経った頃、婚姻届を出した。／夫と妻になり合ってから三年目の夏になってから二人は、／――これまでの法律的な繋がりと姓名を共に解消して、『ルチオとルチア』と称し、その繋がりにおいて生き合うことにした。――／こうルチアは日記に書いた。」とある。同文の「梗概」が〈連載第十一回〉まで毎号掲載された。
草いきれ〈連載第七回〉（「文學界」四月一日 第22巻4号 174～186頁）
草いきれ〈連載第八回〉（「文學界」五月一日 第22巻5号 217～227頁）
草いきれ〈連載第九回〉（「文學界」六月一日 第22巻6号 209～219頁）
草いきれ〈連載第十回〉（「文學界」七月一日 第22巻7号 194～204頁）
草いきれ〈連載第十一回〉（「文學界」八月一日 第22巻8号 186～195頁）
草いきれ〈連載第十二回〉（「文學界」九月一日 第22巻9号 231～239頁）
＊「梗概」（233頁）に「彼女は、彼を知り同棲生活に入って一年半ばかり経った頃、婚姻届を出した。／そして夫と妻になり合ってから三年目の夏に、二人は、／――これまでの法律的な繋がりと姓名を共に解消して、『ルチオとルチア』と称し、その繋がりにおいて生き合うことにした。――／こうルチアは日記に書いた。」とある。〈最終回〉まで毎号同文の「梗概」が掲載された。
草いきれ〈連載第十三回〉（「文學界」十月一日 第22巻10号 236～246頁）
草いきれ〈連載第十四回〉（「文學界」十一月一日 第22巻11号 231～241頁）
草いきれ〈連載第十五回〉（「文學界」十二月一日 第22巻12号 238～247頁）

一九六九年（昭和44年） 四十三歳

草いきれ〈連載第十六回〉（「文學界」一月一日　第23巻1号　239〜247頁）
草いきれ〈連載第十七回〉（「文學界」二月一日　第23巻2号　228〜237頁）
骨の肉（「群像」三月一日　第24巻3号　6〜18頁）
草いきれ〈連載第十八回〉（「文學界」三月一日　第23巻3号　234〜243頁）
草いきれ〈最終回〉（「文學界」四月一日　第23巻4号　211〜225頁）

一九七〇年（昭和45年）　四十四歳

戯曲 嵐が丘（『戯曲 嵐が丘』八月十日　河出書房新社　1〜172頁）
回転扉（『回転扉〈純文学書下ろし特別作品〉』十一月二十日　新潮社　1〜294頁）

一九七一年（昭和46年）　四十五歳

三つの短い小説（「オール讀物」一月一日　第26巻1号　192〜193頁）
＊特選好色童話。「鳥にされた女」「ただの一度も」「もうひとつの関心」の三篇から成る。
彼女の悔恨（「小説サンデー毎日」三月一日　第18号　154〜155頁）
＊カット・市川泰
きつねの嫁入り（「流行通信」六月二十日　第90号　21〜22頁）
＊童話。
同胞（はらから）（「新潮」七月一日　第68巻8号　86〜102頁）
雛形（「季刊藝術」七月一日　第5巻3号　176〜185頁）
胸さわぎ（「文藝」八月一日　第10巻9号　50〜67頁）
たくらみ二題（「小説新潮」八月一日　第25巻8号　49〜52頁）
＊標題横に「エロティック・コントの真髄」とある。「嫉妬のはじまる時」「謙虚でなくなる時」の二篇から成る。

一九七二年（昭和47年）　四十六歳

無関係（「婦人公論」九月一日　第57巻9号　366〜374頁）
＊挿画・市川泰
雙夢（「群像」十月一日　第27巻10号　6〜116頁）
無関係〈連載第二回〉（「婦人公論」十月一日　第57巻10号　346〜356頁）
＊「〈今月からお読みになる方のために〉」（348頁）に「寺尾比佐子は二十二歳になる勤め人で、親きょうだいと暮している。彼女は、ありふれた知り合いである尾形隆を通じて、彼の姉夫婦が東京の街中の高層住宅で飼っている泥鰌を譲り受けることになった。尾形の姉夫婦は、料理用のそれを何匹か救い出して飼っていたのだが、東京を去ることになったので、貰い手を探していたのである。比佐子が泥鰌を引き受けに行くと、二年間ほどあくその住居を貸してもいい、と尾形の姉はいうのだが、家賃も高い。未練で問い合わせたときには、すでに借り手は決まっていた。借り損ねたことを、比佐子は後悔していた。」とある。
無関係〈連載第三回〉（「婦人公論」十一月一日　第57巻11号

書誌
作品

392〜404頁）

＊「〈今月からお読みになる方のために〉」（394頁）に「寺尾比佐子は二十二歳になる勤め人で、親きょうだいと暮している。彼女は、ありふれた知り合いである尾形隆を通じて、彼の姉夫婦が東京の街中の高層住宅で飼っている泥鰌を譲り受けることになった。東京を去ることになったので貰い手を探していたのである。比佐子が泥鰌を引き受けに行くと、二年間ほどあくその住居を貸してもいい、と尾形の姉はいうのだが、家賃も高い。未練で問い合わせたときには、すでに借り手は決まっていた。借り損ねたことを、比佐子は後悔していた。時間がたつにつれて、その思いは強まる。が、自分の暮し方に不平や物足りなさがあるわけではない。職場での状態はほどよく、ことに人間関係でも気受けは概ねわるくない。家族については、二人の妹と一人の弟との具合のよい構成状態を保ち、父母も好もしい。それでも借りたい気持は募る。彼女は相談相手が欲しかった。」とある。

無関係〈連載第四回〉（「婦人公論」十二月一日　第57巻12号　322〜332頁）

＊「〈今月からお読みになる方のために〉」（324頁）に「寺尾比佐子は二十二歳になる勤め人で、親きょうだいと暮している。彼女は、ありふれた知り合いである尾形隆を通じて、彼の姉夫婦が街中の高層住宅で飼っている泥鰌を譲り受けることになった。彼らはしばらくの間東京を去るので、貰い手が探されていたのである。泥鰌を引き受けにいくと、あいている間、その住居を貸してもいい、と尾形の姉はいうのだが、家賃も高い。未練で問い合わせたときにはすでに借り手は決まっていた。借り損ねたことを彼女は後悔し、時間がたつにつれて、ひとりで暮すことを望んでいた自分が鋭く知らされてくる。が、職場での状態も、弟妹を含む六人家族の暮しも好もしく、これといった不平があるわけではない。それでも借りたい気持は募る。彼女は手ごたえのある相談相手が欲しいと思った。相談相手に選んだのは、彼女のもとのず長《ママ》で、今は他の会社へ転職している野島である。新しい社へ彼を訪れた比佐子に、野島は如才なく丁寧に話を聞いてくれるのだが、いざ会ってみると、相談に来た自分が恥ずかしくも思われる。彼は、さらにもうひとり相談する人を勧め、西尾先生という彼の知人に連絡をとってくれた。」とある。

特別な時間（「すばる」十二月十日　第10号　176〜186頁）

一九七三年（昭和48年）　四十七歳

うたがい（「文學界」一月一日　第27巻1号　78〜98頁）

＊「編集だより」（328頁）に「★久々に丹羽文雄、舟橋聖一、開高健、河野多惠子氏らの力作を得て、充実した創作特集をお贈りできたと思います。また、沈黙久しかった瀬戸内晴美氏の新境地を拓く連載にご期待いただきたいと思います。」とある。

怪談（「文藝」一月一日　第12巻1号　94〜105頁）

無関係〈連載第五回〉（「婦人公論」一月一日　第58巻1号　386〜398頁）

＊「〈今月からお読みになる方のために〉」(388頁) に「寺尾比佐子は二十二歳になる勤め人で、親きょうだいと暮している。彼女は、一度、住居を借り損ねたことがある。知合いの尾形隆を通じて、彼の姉夫婦が街中の高層住宅で飼っている泥鰌を譲り受けに行った時、東京を離れている間、その住居を貸してもいい、と尾形の姉は言うのだが、家賃も高い。未練で問い合わせた時にはすでに借り手は決まっていた。借り損ねたことを彼女は後悔し、時間がたつにつれて、ひとり暮しへの望みは募る。が、職場での状態も、弟妹を含む六人家族の暮しも好もしく、これといった不平があるわけではない。彼女は手ごたえのある相談相手が欲しいと思った。これに選んだのは、もとの上司で今は他の会社へ転職している野島である。彼は、新しい勤務先を訪れた比佐子の話を如才なく丁寧に聞いたあと、もうひとり相談するひとを勧め、綜合病院の歯科に勤務する西尾清子という中年の女医を紹介した。比佐子はその足で病院へ行った。相談に乗ってくれた西尾清子は、最後に『なさったらいかがです』と言う。比佐子はその日、本当のおとなの世界というものに初めて接したような気がしてくるのだった。」とある。

無関係〈連載第六回〉(「婦人公論」二月一日　第58巻2号　356〜367頁)

＊「〈今月からお読みになる方のために〉」(358頁) に「寺尾比佐子は二十二歳になる勤め人で、親きょうだいと暮している。彼女は、一度、住居を借り損ねたことがある。知合いの尾形隆を通じて、彼の姉夫婦が街中の高層住宅で飼っている泥鰌を譲り受けに行った時、東京を離れている間、その住居を貸してもいい、と尾形の姉は言うのだが、家賃も高い。未練で問い合わせた時にはすでに借り手は決まっていた。借り損ねたことを彼女は後悔し、時間がたつにつれて、ひとり暮しへの望みは募る。が、職場での状態も、弟妹を含む六人家族の暮しも好もしく、これといった不平があるわけではない。彼女は手ごたえのある相談相手が欲しいと思った。これに選んだのは、もとの上司で今は他の会社へ転職している野島である。彼は、新しい勤務先を訪れた比佐子の話を聞いたあと、もうひとり相談するひとを勧め、綜合病院の歯科に勤務する西尾清子という中年の女医を紹介した。比佐子はその足で病院へ行った。相談に乗ってくれた西尾清子は、最後に『なさったらいかがです』と言う。比佐子は本当のおとなの世界というものに初めて接したような気がしてした。そして、彼女はひとり暮しの計画を両親に打明け、反対する彼らに説得を重ねた。ある時、彼女は、不動産屋の前でビラを眺めている父に行き当った。両親の気持は彼女が望む方へ傾いてきているようだった。」とある。

無関係〈連載第七回〉(「婦人公論」三月一日　第58巻3号　356〜367頁)

＊「〈今月からお読みになる方のために〉」(358頁) に「寺尾比佐子は二十二歳になる勤め人で、親きょうだいと暮している。彼女は、一度、住居を借り損ねたことがある。知合いの

尾形隆を通じて、彼の姉夫婦が街中の高層住宅で飼っている泥鰌を譲り受けに行った時、東京を離れている間、その住居を貸してもいい、と尾形の姉は言うのだが、家賃も高い。未練で問い合わせた時にはすでに借り手は決まっていた。時間がたつにつれて、ひとり暮しへの望みは募る。が、職場での状態も、弟妹を含む六人の家族の暮しも好もしく、これといった不平があるわけではない。彼女は手ごたえのある相談相手が欲しいと思った。これに選んだのは、もとの上司で今は他の会社へ転職している野島である。彼は比佐子の話を聞いたあと、もうひとり相談するひとを勧め、綜合病院の歯科に勤務する西尾清子という中年の女医を紹介した。相談に乗ってくれた清子は、最後に「なさったらいかがです」と言う。比佐子は本当のおとなの世界というものに初めて接したような気がしてきた。そして、彼女はひとり暮しの計画を両親に打明け、反対する彼らに説得を重ねた。弟の同級生がやっているこじんまりしたアパートを得て、比佐子はついにそれを実行する。部屋への初めての訪問客は西尾清子であった。長居もせず、彼女のひとり暮しのようすを見に来てくれたのだった。」とある。

厄の神（「季刊藝術」四月一日　第7巻2号　238〜246頁）

無関係〈連載第八回〉（「婦人公論」四月一日　第58巻4号　370〜381頁）

＊「〈今月からお読みになる方のために〉」（372頁）に「寺尾比佐子は二十二歳になる勤め人で、親きょうだいと暮している。彼女は、一度、住居を借り損ねたことがある。知合いの尾形隆を通じて、彼の姉夫婦が街中の高層住宅で飼っている泥鰌を譲り受けに行った時、東京を離れている間、その住居を貸してもいい、と尾形の姉は言うのだが、家賃も高い。未練で問い合わせた時にはすでに借り手は決まっていた。時間がたつにつれて、ひとり暮しへの望みは募る。が、職場での状態も、弟妹を含む六人の家族の暮しも好もしく、これといった不平があるわけではない。彼女は手ごたえのある相談相手が欲しいと思った。これに選んだのは、もとの上司で今は他の会社へ転職している野島である。彼は比佐子の話を聞いたあと、もうひとり相談するひとを勧め、綜合病院の歯科に勤務する西尾清子という中年の女医を紹介した。相談に乗ってくれた清子は、ひとり暮しを勧める。彼女はその計画を両親に打明け、反対する彼らに説得を重ねた。弟の同級生の親がやっているこじんまりしたアパートを得て、比佐子はそれを実行する。部屋への初めての訪問客は清子で、彼女のひとり暮しのようすを見に来てくれたのだった。比佐子は、妹から、親たちが困っていることを聞いた。実家へ舞い戻ってくるような娘なら先が思いやられるし、また、結婚するまで下宿住いで二度と一緒に暮せないのも淋しい、というのだった。週日の夕方、比佐子はかねてからの約束で清子のひとり住まいを訪れた。住みぶりを見たいだけでなく、彼女は清子と話をしてみたかったのである。」とある。

無関係〈連載第九回〉（「婦人公論」五月一日　第58巻5号　340

〜351頁）

＊「〈今月からお読みになる方のために〉」（342頁）に「寺尾比佐子は二十二歳になる勤め人で、親きょうだいと暮している。彼女は、一度、住居を借り損ねたことがある。知合いの尾形隆を通じて、彼の姉夫婦が街中の高層住宅で飼っている泥鰌を譲り受けに行った時、東京を離れている間、その住居を貸してもいい、と尾形の姉は言うのだが、家賃も高い。未練で問い合わせた時にはすでに借り手は決まっていた。時間がたつにつれて、ひとり暮しへの望みは募る。が、職場での状態も、弟妹を含む六人の家族の暮しも好もしく、これといった不平があるわけではない。彼女は手ごたえのある相談相手が欲しいと思った。これに選んだのは、もとの上司で今は他の会社へ転職している野島である。彼は比佐子の話を聞いたあと、もうひとり相談するひとを勧め、綜合病院の歯科に勤務する西尾清子という中年の女医を紹介した。相談に乗ってくれた清子は、ひとり暮しを勧める。彼女はその計画を両親に打明け、反対する彼らに説得を重ねた。弟の同級生の親がやっているこじんまりしたアパートを得て、比佐子はそれを実行する。部屋への初めての訪問客は清子で、彼女のひとり暮しのようすを見に来てくれたのだった。比佐子は、妹から、親たちが困っていることを聞いた。実家へ舞い戻ってくるような娘なら先が思いやられるし、また、結婚するまで下宿住いで二度と一緒に暮せないのも淋しい、というのだった。週日の夕方、比佐子はかねてからの約束で清子のひとり住まいを訪れた。住みぶりも見たかったし、話もしてみたかったのである。九時も廻ったころ、野島から電話があり、自分も行くから待っているように、と言う。が、時間も遅い。野島には会わずじまいでアパートへ戻ると、〈もう何時だと思う！　尾形〉というメモが入っていた。後日、彼は田所という彼女の知らない青年といっしょにやって来た。その青年は部屋を探しているらしいのだが、彼女は尾形の踏み込み方が頷けなかった。」とある。

無関係〈連載第十回〉（「婦人公論」六月一日　第58巻6号　368〜379頁）

＊「〈今月からお読みになる方のために〉」（370頁）に「寺尾比佐子は二十二歳になる勤め人で、親きょうだいと住んでいたが、今はひとりで暮している。弟妹を含む六人の家族との暮しも職場の状態も好もしかった彼女がひとり暮しを望んだのは、たまたま住居を借り損ねた折からである。かつて知り合いの尾形隆を通じて彼の姉夫婦が街中の高層住宅で飼っている泥鰌を譲り受けに行くと、地方へ離れている間、そこを安く貸してもいいと話されたが、格別の気持もない。そして、未練を感じて問い合わせた時にはすでに借り手は決っていた。時間がたつにつれて、ひとり暮しへの望みは募る。彼女はその計画を、かつて彼女の職場の上司で今は他へ転職している野島と、野島が紹介してくれた西尾清子という綜合病院の歯科に勤める中年の女医に相談してみた。清子に勧められたことを得て、彼女は両親を説得し、こじんまりしたアパートへ

移った。自分もひとりで住んでいる清子は様子を見に訪ねて来てくれ、比佐子も清子の住まいを訪れる。その折、野島から自分もこれから行くという電話が掛ったが、時間も遅く、彼女は野島を待たなかった。彼女が帰ってみると、アパートの入口には留守中に尋ねた尾形のメモが残されている。後日、彼は田所という彼女の知らない青年と訪れ、田所も部屋を探しているので心掛けておいてくれないかと言う。彼女は、尾形の踏み込み方に頷けないものを感じる。が、そのアパートの一室が急に空くことになった折、彼女は一応管理人へ希望だけは伝えておいた。そして、彼女は、連絡をするようにと書いた野島からの葉書を受取った。電話をすると、清子が手術のために入院中なのだと言う。」とある。

無関係〈連載第十一回〉（「婦人公論」七月一日　第58巻7号　382～394頁）

＊「〈今月からお読みになる方のために〉」（384頁）に「寺尾比佐子は二十二歳になる勤め人で、親きょうだいと住んでいたが、今はひとりで暮している。家族との状態も職場の状態も好もしかった彼女がひとり暮しを望んだのは、たまたま住居を借り損ねた折からである。かつて知り合いの尾形隆を通じて彼の姉夫婦が街中の高層住宅で飼っている泥鰌を譲り受けに行くと、地方へ離れている間、そこを安く貸してもいいと話されたが、格別の気持もない。そして、未練を感じて問い合わせた時にはすでに借り手は決っていた。時間がたつにつれて、ひとり暮しへの望みは募る。彼女はその計画を、かつて彼女の職場の上司で今は他へ転職している野島と、野島が紹介してくれた西尾清子という綜合病院の歯科に勤める中年の女医に相談してみた。清子に勧められたことを得て、彼女は両親を説得し、こじんまりしたアパートへ移った。自分もひとりで住んでいる清子は様子を見に訪ねて来てくれ、比佐子も清子の住まいを訪れる。その折、野島から自分もこれから行くという電話が掛ったが、彼女は野島を待たなかった。ある日、尾形は田所という彼女の知らない青年と訪れ、田所も部屋を探しているので心掛けておいてくれないかと言う。尾形の踏み込み方に頷けないものを感じたが、そのアパートの一室が急に空くことになった折、彼女は一応管理人へ希望だけは伝えておいた。そして比佐子は野島から同行を求められることになった。清子が手術をして勤め先でもある病院に入院中なのだと言う。で、ふたりで清子を見舞ったが、いっしょの帰途はためらわれ、口実は作らないで断った。清子のことでそれほど慎重な野島に、自分とのことでも彼にとって迂闊なことはしてもらいたくなかったのである。翌日、比佐子は、同僚の相良房子から房子の兄の話を聞かされた。まもなく式をあげる恋人のアパートへ荷物を運んでいるのだが、と言う。房子が口にする兄貴という言葉が、比佐子には気になった。」とある。

無関係〈連載第十二回〉（「婦人公論」八月一日　第58巻8号　396～408頁）

＊「〈今月からお読みになる方のために〉」（398頁）に「寺尾

比佐子は二十二歳になる勤め人で、親きょうだいと住んでいたが、今はひとりで暮している。家族との状態も職場の状態も好もしかった彼女がひとり暮しを望んだのは、たまたま住居を借り損ねた折からである。かつて知り合いの尾形隆を通じて彼の姉夫婦が街中の高層住宅で飼っている泥鰌を譲り受けに行くと、地方へ離れている間、そこを安く貸してもいいと話されたが、格別の気持もない。そして、未練を感じて問い合わせた時にはすでに借り手は決っていた。時間がたつにつれて、ひとり暮しへの望みは募る。彼女はその計画を、かつて彼女の職場の上司で今は他へ転職している野島と、野島が紹介してくれた西尾清子という綜合病院の歯科に勤める中年の女医に相談してみた。清子に勧められたことを得て、彼女は両親を説得し、こじんまりしたアパートへ移った。自分もひとりで住んでいる清子は様子を見に訪ねて来てくれ、比佐子も清子の住まいを訪れる。その折、野島から自分もこれから行くという電話が掛ったが、彼女は野島を待たなかった。ある日、尾形は田所という彼女の知らない青年と訪れ、田所も部屋を探しているので心掛けておいてくれないかと言う。尾形の踏み込み方に領けないものを感じたが、そのアパートの一室が急に空くことになった折、彼女は一応管理人へ希望だけは伝えておいた。そして比佐子は入院中の清子を野島と見舞ったりもした。ある時、弟の同級生の親でもある管理人のおばさんは、彼女を招んで、見合い写真を見せる。その縁談のことは母親も知っているらしい。ひとり暮しに慣れたのに、そういう形で静かでなくなることには当惑する。日曜日、彼女はその写真を持って、実家へ行った。」とある。

無関係〈連載第十三回〉（「婦人公論」九月一日　第58巻9号　396～408頁）

＊「〈今月からお読みになる方のために〉」（398頁）に「寺尾比佐子は二十二歳になる勤め人で、親きょうだいと住んでいたが、今はひとりで暮している。家族との状態も職場の状態も好もしかった彼女がひとり暮しを望んだのはたまたま住居を借り損ねた折からである。かつて知り合いの尾形隆を通じて彼の姉夫婦が街中の高層住宅で飼っている泥鰌を譲り受けに行くと、地方へ離れている間、そこを安く貸してもいいと話されたが、格別の気持もない。そして、未練を感じて問い合わせた時にはすでに借り手は決っていた。時間がたつにつれて、ひとり暮しへの望みは募る。彼女はその計画を、かつて彼女の職場の上司で今は他へ転職している野島と、野島が紹介してくれた西尾清子という総合病院の歯科に勤める中年の女医に相談してみた。清子に勧められたことを得て、彼女は両親を説得し、こじんまりしたアパートへ移った。自分もひとりで住んでいた清子は様子を見に訪ねて来てくれ、比佐子も清子の住まいを訪れる。その折、野島から自分もこれから行くという電話が掛かったが、彼女は野島を待たなかった。ある日、尾形は田所という彼女の知らない青年と訪れ、田所も部屋を探しているので心掛けておいてくれないかと言う。尾形の踏み込み方に領けないものを感じたが、そのアパート

の一室が急に空くことになった折、彼女は一応、管理人へ希望だけは伝えておいた。当人のことを紙に書いて出しておくようにと管理人は言う。そして比佐子は入院中の清子を野島と見舞ったりもした。ある時、彼女は、弟の同級生の親でもある大家の奥宮さんのおばさんから家に招ばれて見合い写真を見せられる。そういう形で今、ひとり暮しでなくなることに当惑するし、その相手に、近いものも感じない。彼女は写真を持って実家へ行き、縁談のことは承知している母に、気持の進まないことを話した。彼女はホームで待っていた田所と行き遇う。アパートを決めかけているのだと田所は話す。決心のつかないまま、親切に事を運ばなかったことに彼女は気がひけていたが、弟といっしょに住むつもりであったと彼は言う。アパートへ伴うと、彼女は田所に管理人から言われていたことを書いてもらった。その部屋はもうふさがっていたが、管理人は好意的である。後日、父はひとりで比佐子の部屋を訪ねて来た。」とある。

無関係〈連載第十四回〉（「婦人公論」十月一日　第58巻10号　432〜444頁）

＊「〈今月からお読みになる方のために〉」（434頁）に「寺尾比佐子は二十二歳になる勤め人で、親きょうだいと住んでいたが、今はひとりで暮している。家族との状態も職場の状態も好もしかった彼女がひとり暮しを望んだのは、たまたま住居を借り損ねた折からである。かつて知り合いの尾形隆を通じて彼の姉夫婦が街中の高層住宅で飼っている泥鰌を譲り受けに行くと、地方へ離れている間、そこを安く貸してもいいと話されたが、格別の気持もない。そして、未練を感じて問い合わせた時にはすでに借り手は決っていた。時間がたつにつれて、ひとり暮しへの望みは募る。彼女はその計画を、かつて彼女の職場の上司で今は他へ転職している野島と、野島が紹介してくれた西尾清子という総合病院の歯科に勤める中年の女医に相談してみた。清子に勧められたことを得て、彼女は両親を説得し、こじんまりしたアパートへ移った。自分もひとりで住んでいた清子は、様子を見に訪ねて来てくれ、比佐子も清子の住まいを訪れる。ある日、尾形は田所という彼女の知らない青年と訪れ、田所も部屋を探しているので心掛けておいてくれないか、と言う。尾形の踏み込み方に頷けないものを感じたが、彼女は一応、管理人へ希望だけは伝えておいた。そして比佐子は、入院中の清子を野島と見舞ったりもする。ある時、彼女は弟の同級生の親でもある大家の奥宮さんのおばさんから見合い写真を見せられるが、そういう形で今、ひとり暮しでなくなることに当惑する。彼女は実家へ行き、母とそして父の前にもその写真を返した。夕刻、ホームで田所が待っている。駅に近い食事の店で彼は、アパートを決めかけていることを話す。決心のつかないまま、親切に事を運ばなかったことが彼女は少し後めたかったが、弟といっしょに住むつもりであったと彼は言う。ある夜、ひとりで比佐子の部屋を訪ねて来た父は、あの縁談を本当に断っていいのか、と確かめる。ひとり暮しを心配して急かせ

てはいけないとも思い、ひとり暮しを尊重しすぎてあっさり彼女の意向を受入れてもいけない、とも思っているようである。辞退したいと彼女は述べた。田所はまたホームで待っていた。空いていた部屋はもう塞がっていたが、田所に書かせ、出しておいた紙を見て、管理人は、こういう人なら入ってもらいたかったと好意的なのだった。済まなく感じながら比佐子がそれを伝えると、田所は、兄弟だから気に入られただけだ、と彼女の気持を楽にしてくれ、空けばまた頼みたいと言う。銭湯に出掛けた時、彼女は奥宮さんのおばさんに会った。縁談の礼がそのままになっていることに気がひけていたが、彼女は下手な挨拶を述べていた。」とある。

変身（「文藝」十一月一日　第12巻11号　14〜35頁）

無関係〈連載第十五回〉（「婦人公論」十一月一日　第58巻11号　442〜454頁）

＊「〈今月からお読みになる方のために〉」（444頁）に「寺尾比佐子は二十二歳になる勤め人で、親きょうだいと住んでいたが、今はひとりで暮している。家族との状態も職場の状態も好もしかった彼女がひとり暮しを望んだのは、たまたま住居を借り損ねた折からである。かつて知り合いの尾形隆を通じて彼の姉夫婦が街中の高層住宅で飼っている泥鰌を譲り受けに行くと、地方へ離れている間、そこを安く貸してもいいと話されたが、格別の気持もない。そして、未練を感じて問い合わせた時にはすでに借り手は決っていた。時間がたつにつれて、ひとり暮しへの望みは募る。彼女はその計画を、かつて彼女の職場の上司で今は他へ転職している野島と、野島が紹介してくれた西尾清子という総合病院の歯科に勤める中年の女医に相談してみた。清子に勧められたことを得て、彼女は両親を説得し、こじんまりしたアパートへ移った。自分もひとりで住んでいた清子は、様子を見に来てくれ、比佐子も清子の住まいを訪れ、また清子が入院したときには野島と見舞ったりもした。ある時、尾形は田所という青年を連れて来て田所も部屋を探しているので心掛けておいてくれないか、と言う。尾形の踏み込み方に頷けないものを感じたが、一応管理人へ希望だけは伝えておいた。彼女は弟の同級生の親でもある大家の奥宮さんのおばさんから見合い写真を見せられるが、そういう形で今、ひとり暮しでなくなることに当惑する。彼女は両親に気持のすすまないことを話す。ある日、田所はホームで比佐子を待っていた。アパートを決めかけているのだと言う。決心のつかないまま、親切に事を運ばなかったことが彼女は少し後めたかったが、弟といっしょに住むつもりであったと彼は話す。後日、田所はまたホームで待っていた。空いていた部屋はもう塞がっていたが、田所に書かせ、出しておいた紙を見て、管理人は、こういう人なら入ってもらいたかった、現在、出て行ってもらった方がいいような人もいるのだから、と好意的なのだった。済まなく感じながら比佐子がそれを伝えると、田所は兄弟だから気に入られただけだ、と言う。一方、彼女は退院した清子から食事に誘われた。尾形や田所から頼まれたことを彼女は聞いてもらいたく

なる。もう事は進んでいるのだから、相談というわけにはいかないが――。食事をしているところへ現われたのは、野島であった。」とある。

無関係〈最終回〉（「婦人公論」十二月一日　第58巻12号　398～414頁）

＊「〈今月からお読みになる方のために〉」（400頁）に「寺尾比佐子は二十二歳になる勤め人で、親きょうだいと住んでいたが、今はひとりで暮している。家族との状態も職場の状態も好もしかった彼女がひとり暮しを望んだのはたまたま住居を借り損ねた折からである。知り合いの尾形隆を通じて彼の姉夫婦が街中の高層住宅で飼っている泥鰌を譲り受けに行くと、地方へ離れている間、そこを安く貸してもいいと話されたが、格別の気持もない。そして、未練を感じて問い合わせた時にはすでに借り手は決っていた。時間がたつにつれて、ひとり暮しへの望みは募る。彼女はその計画を、かつて彼女の職場の上司で今は他へ転職している野島と、野島が紹介してくれた西尾清子という総合病院の歯科に勤める中年の女医に相談してみた。清子に勧められたことを得て、彼女は両親を説得し、こじんまりしたアパートへ移った。自分もひとりで住んでいた清子は、様子を見に来てくれ、比佐子も清子の住まいを訪れ、また清子が入院したときには野島と見舞ったりもした。ある時、尾形は田所という青年を連れて来て、田所も部屋を探している、そのアパートに空室が出たりするのを心掛けておいてくれないか、と言う。彼女は一応、管理人へ希望だけは伝えておいたが、部屋が空くことがあった折も親切には事を運ばなかった。ホームで待っていた田所から、部屋を決めかけているのだと聞かされた時、彼女は少し後ろめたく感じた。後日、田所は弟といっしょで住むつもりだ、と言う。彼に書かせて出しておいた紙を見て、管理人はこういう人なら入ってもらいたかった、現在、出て行ってもらった方がいいような人もいるのだから、と好意的なのだった。彼女は、田所に対してますます気がひけた。一方、退院した清子は彼女を食事に誘った。少し遅れて野島も現われ、三人は清子が近々、開設する歯科の診療所を見に行く。ある時、電車の中で、比佐子は同じアパートに住んでいる中年の女性を見かけた。その人は、最近、何か思いがけない幸運が舞い込んで来たらしい。そして、部屋を移ることに決めた矢先に管理人から空けてくれるよう催促されたという運のいいことも加わった、と連れに話しているが、そのはっきりとはしない空室のことを田所に伝えそびれていると、彼女は引越したという彼からのはがきを受取った。そして、管理人の森山さんは、あの兄弟はまだ部屋を希望しているのかと尋ねる。」とある。

一九七四年（昭和49年）　四十八歳

択ばれて在る日々（「文藝」四月一日　第13巻4号　126～149頁）

＊T「編集後記」（296頁）に「また本誌初登場の金石範氏、本誌昨年十一月号以来の河野多恵子氏の力作を掲載することができた。」とある。

血と貝殻（「新潮」十一月一日　第71巻11号　6～112頁）
一九七五年（昭和50年）　四十九歳
いすとりえっとI（「野性時代」六月一日　第2巻6号　36～37頁）
＊目次に「エスプリのきいた本物の味――世界でいちばん短い小説」とある。「子供の歯」「墓への道」の二編。
いすとりえっとII（「野性時代」七月一日　第2巻7号　46～49頁）
＊目次に「エスプリのきいた短い小説」とある。「路上にて」「箱の中」「教訓」の三編。
いすとりえっとIII（「野性時代」八月一日　第2巻8号　86～91頁）
＊目次に「エスプリのきいた短い小説」とある。「信書の秘密」「男の例証」の二編。
いすとりえっとIV（「野性時代」九月一日　第2巻9号　148～153頁）
＊目次に「エスプリのきいた短い小説」とある。「語るに足る」「碧い本」「窓」の三編。
いすとりえっとV（「野性時代」十月一日　第2巻10号　106～111頁）
＊「まだ見ぬ人」「一枚の紙幣」の二編。
いすとりえっとVI（「野性時代」十一月一日　第2巻11号　82～87頁）
＊「志田氏の遺言」「約束の時間」の二編。
いすとりえっとVII（「野性時代」十二月一日　第2巻12号　134～139頁）
＊「独り言」「ためらい」の二編。
一九七六年（昭和51年）　五十歳
いすとりえっとVIII（「野性時代」一月一日　第3巻1号　90～95頁）
＊「人生の始まり」「うっかり者」の二編。
自分の棲家（「家庭画報」一月二十日　第19巻1号　148～149頁）
＊「理由にならない理由」「恐怖感の違い」の二編。
いすとりえっとIX（「野性時代」二月一日　第3巻2号　94～99頁）
＊「彼の場合」「気づかい」の二編。
いすとりえっとX（「野性時代」三月一日　第3巻3号　90～95頁）
＊「何か大きなこと」「戸口」の二編。
決心するまで（「家庭画報」三月二十日　第19巻3号　144～145頁）
＊「男の子の父親」「夫の浮気と妻の家出」「子供の怪我」「休暇の最後の駈け落ち」の四編。
砂の檻（「新潮」四月一日　第73巻4号　6～25頁）
いすとりえっとXI（「野性時代」四月一日　第3巻4号　62～67頁）
＊「他人の足」「マイクロフィルム」の二編。
いすとりえっとXII（「野性時代」五月一日　第3巻5号　86

～91頁）
＊「はっとした時」「筍」の二編。
片身（「海」六月一日　第8巻6号　102～120頁）
いすとりえっとⅩⅢ（「野性時代」六月一日　第3巻6号　86～91頁）
＊「少女」「猿の夢」の二編。
稚児（「文藝展望」七月一日　第14号　282～301頁）
いすとりえっとⅩⅣ（「野性時代」七月一日　第3巻7号　156～161頁）
＊「雨やどり」「賢い老女」の二編。
いすとりえっとⅩⅤ（「野性時代」八月一日　第3巻8号　184～189頁）
＊「間（あいだ）」「結婚式」の二編。
いすとりえっとⅩⅥ（「野性時代」九月一日　第3巻9号　80～85頁）
＊「その名前」「結婚について」の二編。
他人の戸口（「群像」十月一日　第31巻10号　128～139頁）
いすとりえっとⅩⅦ（「野性時代」十月一日　第3巻10号　170～175頁）
＊「船の上」「遺品」の二編。
いすとりえっとⅩⅧ（「野性時代」十一月一日　第3巻11号　64～69頁）
＊「日本におけるフィンガー・ボール」「種だけの話」の二編。
いすとりえっとⅩⅨ（「野性時代」十二月一日　第3巻12号　72～77頁）
＊「風」「あの言葉」の二編。

一九七七年（昭和52年）　五十一歳

見知らぬ男（「文藝」一月一日　第16巻1号　82～95頁）
鉄の魚（「文學界」一月一日　第31巻1号　120～130頁）
いすとりえっとⅩⅩ（「野性時代」一月一日　第4巻1号　78～83頁）
＊「兄弟」「同名」の二編。
いすとりえっとⅩⅪ（「野性時代」二月一日　第4巻2号　74～79頁）
＊「月と泥棒」「扉」の二編。
いすとりえっとⅩⅫ（「野性時代」三月一日　第4巻3号　76～81頁）
＊「玉手箱」「ミステリー倶楽部」の二編。
いすとりえっと最終回（「野性時代」四月一日　第4巻4号　44～49頁）
＊「難問」「歓びの女」の二編。
時来たる（「文藝展望」十月一日　第19号　222～238頁）

一九七八年（昭和53年）　五十二歳

妖術記（「野性時代」六月一日　第5巻6号　468～535頁）
＊目次に「初の本格怪奇小説一挙掲載三〇〇枚／不思議な予感の的中が未知の力の口切りであった。その力をためすために次々におこる殺人、その力はある目標に向かって動き出し

た。鮮烈な恐怖で誘う意志的超自然の世界」とある。
奢りの時（「季刊藝術」七月一日　第12巻3号　208〜217頁）

一九七九年（昭和54年）　五十三歳

一年の牧歌〈新連載〉（「新潮」一月一日　第76巻1号　6〜18頁）

一年の牧歌〈連載第二回〉（「新潮」二月一日　第76巻2号　249〜260頁）

＊「梗概」（249頁）に「三カ月余の入院生活を終えた幸子は、嬉々としてアパートに帰った。しかし、そこには様々な変化があった。なによりも無断で部屋が二階に移されていたことに驚く。彼女の病気から孫たちを守る家主の苦肉の策とも思えたが、気になるのは元の部屋の畳の下。一通の封筒を差し込んだままになっている……。」とある。

一年の牧歌〈連載第三回〉（「新潮」三月一日　第76巻3号　250〜260頁）

＊「梗概」（250頁）に「三カ月余の入院生活を終えた幸子が、嬉々としてアパートに帰ると、そこには思いがけない変化があった。部屋が無断で二階に移されていたのである。かつて洩らした希望を家主が覚えていてくれたのか、あるいは彼女の病気から家族を守るためか、確かめようもない。彼女の病気は特殊な結核で、ひとへの万一の迷惑を考えて、男女のことは一年ほど自重するように、と医者から言われている。しかしもっと気になるのは、元の部屋の畳の下に差し込んである一通の封筒。気力の衰えた折、あとに住む人のために書き置いたものである。銭湯への道すがら彼女は、元の部屋に入居した青年春日と偶然出合った……。」とある。

一年の牧歌〈連載第四回〉（「新潮」四月一日　第76巻4号　250〜260頁）

＊「梗概」（250頁）に「百日あまりの入院生活を終えて、幸子がアパートに帰ってみると、思いがけない変化がおきていた。部屋が無断で二階に移されていたのである。かねてからの希望を家主が覚えていたのか、あるいは彼女の病気から家族を守るためか、確かめようもない。彼女の病気は特殊な結核で、ひとへの万一の迷惑を考えて、男女のことは一年ほど自重するように、と医者から言われている。しかしもっと気になるのは、元の部屋の畳の下に差し込んである一通の封筒。気力の衰えた折、あとに住む人のために書き置いたものである。ある夜、その元の部屋の住人春日の名を呼ぶ若い女の声を聞いた……。」とある。

一年の牧歌〈連載第五回〉（「新潮」五月一日　第76巻5号　256〜266頁）

＊「梗概」（256頁）に「百日あまりの入院生活を終えて、幸子がアパートに帰ってみると、部屋が無断で二階に移されていた。彼女の病気は特殊な結核で、万一の迷惑を考えて男女のことは一年ほど自重するように、と医者から言われている。元の部屋の畳の下に残してある遺書への気がかりも、新しい住人春日のところに女が押しかけてきて玄関の名札に落書するという事件をきっかけに、次第に薄れていった。ある日、

家主の老夫人が向いの木谷家の次男について話しにきた。この頭の弱い青年が、幸子を見合して破談になった女と思い違えているらしいから、注意してほしいと言う。そんな頃、同級生だった岡田瑞子が山野と一緒に訪ねてきた……。」とある。

一年の牧歌〈連載第六回〉（「新潮」六月一日　第76巻6号　213～223頁）

＊「梗概」（213頁）に「百日あまりの入院生活を終えて、幸子がアパートに帰ってみると、部屋が無断で二階に移されていた。彼女の病気は特殊な結核で、万一の迷惑を考えて男女のことは一年ほど自重するように、と医者から言われている。元の部屋の畳の下に残してある遺書への気がかりも、新しい住人春日のところに女が押しかけてきて玄関の名札に落書するという騒ぎをきっかけに、次第に薄れていった。そんな頃、同級生だった瑞子が山野と一緒に見舞いにきた。山野は幸子にとって、かつて付き合った異性より前からの古い知り合いである。半月ほど後、瑞子から「話をきいてほしい」という意味不鮮明な手紙がきた……。」とある。

一年の牧歌〈連載第七回〉（「新潮」七月一日　第76巻7号　261～271頁）

＊「梗概」（261頁）に「百日あまりの入院生活を終えて、幸子がアパートに帰ってみると部屋が無断で二階に移されていた。彼女の病気は特殊な結核で、万一の迷惑を考えて男女のことは一年ほど自重するように、と医者から言われている。ある日、家主の老夫人が向いの木谷家の次男について話しにきた。その頭の弱い青年が、幸子を見合して破談になった女と思い違えているらしいから、注意してほしいと言う。また、同級生だった岡田瑞子は、幸子の古い男友達山野と一緒に見舞に来たが、後日改めて訪ねてきて、彼への執着を告げ、「あの人を、わたしと争ってほしいんです」と言いつのった。禁止中の身の幸子は、瑞子の得手勝手を怒る気になれない。」とある。

一年の牧歌〈連載第八回〉（「新潮」八月一日　第76巻8号　232～242頁）

＊「梗概」（232頁）に「百日あまりの入院生活を終えて、幸子はアパートに帰った。彼女の病気は特殊な結核で、万一の迷惑を考えて男女のことは一年ほど自重するように、と医者から言われている。「余儀ない牧歌」の身だが、家主の老夫人によると、隣家の頭の弱い青年が、幸子を見合して破談になった女と思い違えているから注意してほしいという。また、同級生だった岡田瑞子は、幸子の古い男友達である山野への執着を告げ、「あの人を、わたしと争ってほしいんです」と言いつのった。禁止中の身だけに、瑞子の得手勝手を怒る気になれない。退院後初めて、親戚の家に外泊した夜、思いがけず会社から賞与が届けられていて、幸子は困惑した。」とある。

一年の牧歌〈連載第九回〉（「新潮」九月一日　第76巻9号　242～254頁）

＊「梗概」（242頁）に「幸子の病気は、特殊な結核で、万一の迷惑を考えて男女のことは一年ほど自重するように、と医者から言われている。彼女はアパートの家主の老夫人から、隣家木谷家の頭の弱い青年が、幸子を見合して破談になった女と思い違えているから注意してほしいと言われた。交番の巡査もそのことで訪ねてくるようになって幸子は、古い男友達の山野に相談しようと考えた。山野には、かつての彼女の同級生ですでに結婚している岡田瑞子が執着し、「あの人を、わたしと争ってほしいんです」と告げられている。相談に応じた山野は、突飛なようだが一理あるアドバイスを与えてくれた。幸子は実行する方法を思案し始めた……。」とある。

一年の牧歌〈連載第十回〉（「新潮」十月一日　第76巻10号　252～264頁）

＊「梗概」（252頁）に「幸子の病気は、特殊な結核で、万一の迷惑を考えて男女のことは一年ほど自重するように、と医者から言われた。退院してアパートに帰ってみると、部屋が無断で二階に移されており、畳の下に遺書を残したままの元の部屋には薬剤師の春日が住まっている。また、隣家木谷家の頭の弱い次男康治郎は幸子を、見合して破談になったうめ子と思い違えていて、冬の一日、部屋の窓にホースで水をかけるという行動に出た。幸子は、男友達の山野から受けたアドバイスを実行し、「部屋にうめ子さんがいると思うなら、見に来なさい」と言う。年が明けて、彼女は風邪をひいて高熱を発し、その場しのぎのため近所の医院へ行った。」とある。

一年の牧歌〈連載第十一回〉（「新潮」十一月一日　第76巻11号　228～240頁）

＊「梗概」（228頁）に「幸子の病気は、特殊な結核で、万一の迷惑を考えて男女のことは一年ほど自重するように、と医者から言われた。退院してアパートに帰ってみると、部屋が無断で二階に移されており、畳の下に遺書を残したままの元の部屋には薬剤師の春日が住まっている。その日、春日の部屋に女が押しかけたり、隣家の次男が幸子を元の婚約者と思い違えたり、日常に風波はたえない。年が明けて、風邪をひいた幸子が、その場しのぎに近所の医院へ行ったところ、顔が赤く腫れあがってしまった。驚いた家主の老夫人は春日を連れてきた。抗生物質の副作用と彼は一目で見抜いたらしいが、「大丈夫」というほかは何も言わなかった……。」とある。

一年の牧歌〈最終回〉（「新潮」十二月一日　第76巻12号　250～262頁）

＊「梗概」（250頁）に「幸子の病気は、特殊な結核で、万一の迷惑を考えて男女のことは一年ほど自重するように、と医者から言われた。アパートに帰ると、部屋は二階に移されており、畳の下に遺書を残したままの元の部屋には薬剤師の春日が住まっている。また、隣家木谷家の次男康治郎は幸子を、見合して破談になったうめ子と思い違えていて様々な行動に出た。幸子は、男友達の山野から受けたアドバイスを実行し、「私はうめ子さんですか」と言ってみたが、彼の反応は明ら

かでない。薬の副作用で発熱した際助けてくれた春日が部屋に押しかけて来た。しかし幸子は、一切の性愛を絶って一年の禁止を全うしようとこれを拒んだ……。」とある。

一九八〇年（昭和55年） 五十四歳

朱験（「中央公論」八月十日 第95巻11号〈夏季臨時増刊・推理小説特集〉 338〜346頁）

＊画・大竹明輝。目次に「真赤になって死ぬ〝湿虫〟から作る染料は処女の肌のみ染めるとか」とある。

一九八四年（昭和59年） 五十八歳

サウナにて（「月刊カドカワ」一月一日 第2巻1号 26〜29頁）

音楽の結末（「月刊カドカワ」五月一日 第2巻5号 94〜97頁）

一九八六年（昭和61年） 六十歳

あの出来事（「潭」四月三十日 第5号 24〜33頁）

一九八八年（昭和63年） 六十二歳

予告の日（「新潮」五月一日 第85巻5号〈創刊1000号記念号〉 152〜163頁）

一九八九年（昭和64年・平成元年） 六十三歳

その前後（「文學界」三月一日 第43巻3号〈芥川賞100回記念特別号〉 112〜123頁）

一九九〇年（平成2年） 六十四歳

みいら採り猟奇譚（『みいら採り猟奇譚〈純文学書下ろし特別作品〉』十一月三十日 新潮社 3〜341頁）

怒れぬ理由（「文藝春秋」十二月一日 第68巻13号 418〜433頁）

＊文藝春秋短編文学館

一九九二年（平成4年） 六十六歳

炎々の記（「群像」一月一日 第47巻1号 112〜145頁）

一九九三年（平成5年） 六十七歳

赤い唇（「新潮」一月一日 第90巻1号 262〜278頁）

一九九四年（平成6年） 六十八歳

来迎の日（「新潮」一月一日 第91巻1号 18〜34頁）

途上（「群像」一月一日 第49巻1号 200〜211頁）

来迎の日〈後編〉（「新潮」二月一日 第91巻2号 130〜138頁）

片冷え（「新潮」十一月一日 第91巻11号 75〜91頁）

一九九六年（平成8年） 七十歳

大統領の死（「新潮」九月一日 第93巻9号〈創刊1100号記念特大号〉 57〜70頁）

黒い髪（「群像」十月一日 第51巻10号〈創刊五十周年記念号〉 114〜121頁）

一九九八年（平成10年） 七十二歳

後日の話（「文學界」十一月一日 第52巻11号 18〜131頁）

一九九九年（平成11年） 七十三歳

秘事〈新連載〉（「新潮」七月一日 第96巻7号 244〜254頁）

秘事〈連載第二回〉（「新潮」八月一日 第96巻8号 290〜299頁）

＊「梗概」（291頁）に「綜合商社の役員を勤める三村清太郎と麻子の夫妻は、それぞれ地元関西で大学生だった時代に知

り合った。同じ会社に就職することになっていたが、とある事情で麻子は就職を辞退、清太郎入社の秋に結婚式を挙げた。海外赴任が続いた彼らは二人の息子に恵まれ、今や孫も四人生まれている。」とある。

秘事〈連載第三回〉（「新潮」九月一日　第96巻9号　323〜333頁）

＊「梗概」（325頁）に「綜合商社の役員を勤める三村清太郎とその妻麻子は、それぞれ地元関西で大学生だった時代に知り合った。同じ会社に就職することになっていたが、とある事情で麻子は入社を辞退し、清太郎入社の秋に結婚式を挙げた。海外赴任が続いた彼らは、その後二人の息子に恵まれ、今や孫も四人生まれている。麻子が入社を辞退した事情とは、大学卒業直前に彼女が交通事故に遭い、顔に大怪我をしたことだった。」とある。

秘事〈連載第四回〉（「新潮」十月一日　第96巻10号　350〜360頁）

＊「梗概」（351頁）に「綜合商社の役員を勤める三村清太郎とその妻麻子――海外赴任が続いたあと、二人の息子に恵まれ、今や孫も四人生まれている――は、それぞれ地元関西で大学生だった時代に知り合った。同じ会社に就職することになっていたが、麻子は大学卒業直前に交通事故に遭い、顔に大怪我をして、入社を辞退してしまう。清太郎は精一杯気をつかった言い方で彼女にプロポーズし、了承を得る。彼の商社勤めが始まった。」とある。

秘事〈連載第五回〉（「新潮」十一月一日　第96巻11号　276〜286頁）

＊「梗概」（277頁）に「綜合商社の役員を勤める三村清太郎とその妻麻子――海外赴任が続いたあと、二人の息子に恵まれ、今や孫も四人生まれている――は、それぞれ地元関西で大学生だった時代に知り合った。同じ商社に就職することになっていたが、麻子は大学卒業直前に交通事故に遭い、顔に大怪我をして、入社を辞退してしまう。彼は一世一代の工夫によるプロポーズの言葉で彼女の承諾を得、入社の年の秋、結婚式にこぎつけた。」とある。

秘事〈連載第六回〉（「新潮」十二月一日　第96巻12号　302〜311頁）

＊「梗概」（303頁）に「綜合商社の役員を勤める三村清太郎とその妻麻子――海外赴任が続いたあと、二人の息子に恵まれ、今や孫も四人生まれている――は大学時代に知り合い、同じ商社に就職することになっていたが、麻子は大学卒業直前に交通事故に遭い、顔に大怪我をして入社を辞退した。彼の苦心のプロポーズを受け入れ、二人は清太郎入社の年の秋、結婚する。結婚十八年目のロンドン赴任の時、彼はベッドが嫌だと言い出した。」とある。

二〇〇〇年（平成12年）　七十四歳

秘事〈連載第七回〉（「新潮」二月一日　第97巻2号　331〜341頁）

＊「梗概」（333頁）に「綜合商社の役員を勤める三村清太郎

とその妻麻子――海外赴任が続いたあと、二人の息子に恵まれ、今や孫も四人生まれている――は大学時代に知り合い、清太郎入社の年の秋に結婚した。麻子には大学卒業直前に交通事故に遭い、顔に大怪我をしたという経験がある。二人の結婚十八年目のロンドン赴任時代、母の死による一時帰国から戻った清太郎に、まだ聞いてもらっていないことがある、と麻子が切り出した。」とある。

秘事〈連載第八回〉（「新潮」三月一日　第97巻3号　309〜319頁）

＊「梗概」（311頁）に「綜合商社の役員を勤める三村清太郎とその妻麻子――海外赴任が続いたあと、二人の息子に恵まれ、今や孫も四人生まれている――は大学時代に知り合い、清太郎入社の秋に結婚した。麻子には大学卒業直前に交通事故に遭い、顔に大怪我をしたという経験がある。二度の海外赴任を終え、東京でマンション暮らしを始めた一九八〇年、麻子が夫に内緒で銀行の新規開設支店に貸金庫を開設し、清太郎は激怒した。」とある。

秘事〈連載第九回〉（「新潮」四月一日　第97巻4号　310〜319頁）

＊「梗概」（311頁）に「綜合商社の役員を勤める三村清太郎とその妻麻子――海外赴任が続いたあと、二人の息子に恵まれ、今や孫も四人生まれている――は大学時代に知り合い、清太郎入社の秋に結婚した。麻子には大学卒業直前に交通事故に遭い、顔に大怪我をしたという経験がある。二度の海外赴任を経て、新たにニューヨーク勤務になった一九八二年、清太郎は改めて麻子の片頬の疵痕を眺め、似合うがな、と感じていた。」とある。

秘事〈連載第十回〉（「新潮」五月一日　第97巻5号　332〜341頁）

＊「梗概」（333頁）に「綜合商社の役員を勤める三村清太郎とその妻麻子――二人の息子に恵まれ、今や孫も四人生まれている――は大学時代に知り合い、清太郎入社の秋に結婚した。麻子には大学卒業直前に交通事故に遭い、顔に大怪我をしたという経験がある。一九八二年、シドニー、ロンドンの海外赴任を経験して取締役となった清太郎は、その商社の米国社長として、麻子とニューヨークで三度目の海外赴任生活を送っている……。」とある。

秘事〈連載第十一回〉（「新潮」六月一日　第97巻6号　357〜367頁）

＊「梗概」（359頁）に「綜合商社の役員を勤める三村清太郎とその妻麻子――二人の息子に恵まれ、今や孫も四人生まれている――は関西での大学生時代に知り合い、清太郎入社の秋に結婚した。麻子には大学卒業直前に交通事故に遭い、顔に大怪我をしたという経験がある。一九八三年、商社米国社長となった清太郎と三度目の海外赴任生活をニューヨークで送っていた麻子に、祖母が弱ってきたとの知らせが届き、彼女は一人帰国した。」とある。

秘事〈連載第十二回〉（「新潮」七月一日　第97巻7号　404〜414

頁）
＊「梗概」（405頁）に「綜合商社の役員を勤める三村清太郎とその妻麻子——二人の息子に恵まれ、今や孫も四人生まれている——は関西での大学生時代に知り合い、清太郎入社の秋に結婚した。麻子には大学卒業直前に交通事故に遭い、顔に大怪我をしたという経験がある。商社の米国社長として三度目の海外赴任生活をニューヨークで送った清太郎は、一九八七年、麻子を伴い、四年半ぶりに日本へ戻ることになった。」とある。

秘事〈連載第十三回〉（「新潮」八月一日　第97巻8号　310〜320頁）
＊「梗概」（311頁）に「綜合商社の役員を勤める三村清太郎とその妻麻子——二人の息子に恵まれ、今や孫も四人生まれている——は関西での大学生時代に知り合い、清太郎入社の秋に結婚した。麻子には大学卒業直前に交通事故に遭い、顔に大怪我をしたという経験がある。シドニー、ロンドン、ニューヨークの三度の海外赴任生活を終えた一九八八年、長男・太郎は斗久子と、次男・次郎は百子と結婚し、夫婦は二人だけの生活に戻った。」とある。

秘事〈連載完結〉（「新潮」九月一日　第97巻9号　286〜299頁）
＊「梗概」（287頁）に「綜合商社の役員を勤める三村清太郎とその妻麻子——二人の息子に恵まれ、今や孫も四人生まれている——は関西での大学生時代に知り合い、清太郎入社の秋に結婚した。麻子には大学卒業直前に交通事故に遭い、顔に大怪我をしたという経験があるが、そのことに関して清太郎は、愛するがゆえに口にできない思いを抱いている。三度目の海外赴任生活を終え、常務取締役に昇格した清太郎は、一九九二年、父を見送った。」とある。

二〇〇一年（平成13年）　七十五歳

半所有者（「新潮」五月一日　第98巻5号　138〜147頁）

書誌
作品

二、評論・エッセイ

一九六二年（昭和37年） 三十六歳

受賞の言葉〈第8回新潮社同人雑誌賞〉（「新潮」一月一日 第59巻1号 198～198頁）

河野多恵子さんの受賞（「斐文会報」十月二十日 第209号 3～3頁）

＊書簡。大阪女子大学斐文会発行。

灯《ひ》（「風景」十二月一日 第3巻12号 48～49頁）

幼稚園とわたし（「月刊保育カリキュラム」十二月一日 第11巻12号 4～5頁）

一九六三年（昭和38年） 三十七歳

三船敏郎への願い（「洋酒天国」一月三十一日 第56号 7～10頁）

睡眠時間（「婦人公論」五月一日 第48巻6号 49～51頁）

結婚式拝見〈風物詩〉（「いけ花龍生」六月一日 第38号）

はじめて観るダービー（「優駿」七月一日 第23巻7号 60～61頁）

戦争体験をプラスに…―被害者意識を捨て前を向いて進もう―（「東京新聞」八月十五日朝刊 12～12面）

受賞のことば〈第49回芥川賞〉（「文藝春秋」九月一日 第41巻9号 321～321頁）

あの頃（「風景」九月一日 第4巻9号 39～39頁）

私の睡眠―「芥川賞」が睡眠薬に…―（「週刊読売」九月八日 第22巻36号 71～71頁）

ドレミの歌〈話の広場〉（「婦人公論」十月一日 第17巻11号 157～157頁）

遠い記憶（「CBCレポート放送と宣伝」十月一日 第7巻10号 14～15頁）

味覚だけで知る土佐（「樹海」十月一日 第52号 1～1頁）

道頓堀かいわい〈ふるさとめぐり〉（「読売新聞」十月四日夕刊 7～7面）

個性への信頼（「東京新聞」十月五日夕刊 8～8面）

偉大さの一端（「現代の文学第14巻月報6丹羽文雄集」十月五日 河出書房新社 2～4頁）

母校というもの（「斐文会報」十月二十日 第213号 5～5頁）

読む楽しさが味わえる〈わたしのすすめる本〉（「産経新聞」十月二十二日 5～5面）

読まざるの記〈作家の眼〉（「新潮」十二月一日 第60巻12号 166～167頁）

〝フランス式十戒〟にみる場所の美しさ（「銀座百点」十二月一日 第108号 64～64頁）

'63について（「毎日新聞」十二月十九日夕刊 3～3面）＊大阪版十二月二十五日夕刊。

一九六四年（昭和39年） 三十八歳

占いごと（「文藝」一月一日 第3巻1号 14～15頁）

新春にちなんで（「日本専売新聞」一月十五日 第544号 2

～2面）
電話不便（「無限詩と詩論」二月一日　第15号　66～68頁）
ポケット文春『結婚相談』―美貌のオールド・ミスの転落譜・円地文子〈マドモアゼル・ライブラリー〉（「マドモアゼル」二月一日　第5巻2号　310～311頁）
好日抄（「くうりえ」三月一日　第57号）
被害妄想のよろこび（「婦人公論」四月一日　第49巻4号　120～123頁）
小説のタネの不思議さ（「文学者」四月十日　第7巻4号　52～53頁）
スクリーン・熱中・夢―たばこについての印象―（「日本専売新聞」五月十五日　第559号　4～4面）
恩師のこと（「樹海」五月十五日　第55号　1～1頁）
たばこ日記（「日本専売新聞」七月十五日　第566号　4～4面）
大阪女性と銀座（「銀座百点」八月一日　第117号　24～25頁）
喫煙風景（「日本専売新聞」九月十五日　第576号　2～2面）
幸福への道（「専売」九月〈日付ナシ〉　第1号　38～39頁）
私の広告（「文藝朝日」十月一日　第3巻10号　88～88頁）
才能という意味〈名士随想〉（「時」十一月一日　第7巻11号　33～34頁）
独身でいようと考えると（「婦人公論」十二月一日　第49巻12号　90～92頁）
名古屋下車（「若い11名古屋テレビ」十二月一日　第32号　13～13頁）
ある目撃（新聞名未詳　十二月十三日　第361号　1～1面）
芥川賞作家への10の質問〈アンケート〉（「あなたのための文学ガイド芥川賞作家シリーズへのご招待」〈刊記ナシ〉　学研　13～13頁）

一九六五年（昭和40年）　三十九歳

創作と発表〈作家の眼〉（「新潮」一月一日　第62巻1号　212～213頁）
七つ目の干支（「風景」一月一日　第6巻1号　48～50頁）
年越し（「円卓」一月一日　第5巻1号　114～116頁）
『命なりけり』―美貌の女性に訪れる愛と悲しみ・丹羽文雄〈ブック・ガイド〉（「マドモアゼル」三月一日　第6巻3号　304～305頁）
葬られた人々（「東京新聞」三月十二日夕刊　8～8面）
私の小説作法（「毎日新聞」三月二十八日　19～19面）
春の日に（『花の雨―越智信平追悼録―』四月八日　越智啓子　76～77頁）
ダイコーター一本（「第32回日本ダービー」五月三十日　7～7面）
季節料理〈女流随想〉（「家庭全科」六月一日　第7巻6号　3～3頁）
五分の魂（「文学者」六月十日　第8巻6号　42～47頁）
石坂洋次郎著『水で書かれた物語』―色濃いペシミズム―（「週刊読書人」六月十四日　第580号　4～4面）
心づかい（「淡交」七月一日　第19巻8号　20～23頁）

私の後悔（「風景」七月一日　第6巻7号　24～24頁）
オークスを観て（「優駿」七月一日　第25巻7号　14～15頁）
言葉というもの（「FAIR LADY」七月一日　第4巻7号　92～93頁）
初旅〈車窓〉（「R」七月一日　第7巻7号　6～7頁）
忘れ得ぬ言葉〈作家の眼〉（「新潮」八月一日　第62巻8号　186～187頁）
『砂の文章』恋人の死因をさぐる若い女性・水上勉〈推理マニアのあなたに〉（「マドモアゼル」八月一日　第6巻8号　300～301頁）
一度もお会いできなかった〈女性美の巨匠と元祖推理作家の死〉（「週刊読売」八月十五日　第24巻35号　22～23頁）
作家の願望（「文學界」九月一日　第19巻9号　8～9頁）
高慢の罪　小野小町（「マドモアゼル」九月一日　第6巻9号　106～110頁）
わたしの近況〈芥川賞六人の女流作家〉（「別冊文藝春秋」九月十五日　第93号　グラビア頁）
瀬戸内晴美著「妻たち」—普遍的正体を描く—（「東京新聞」九月二十九日夕刊　8～8面）
まちがい（「風景」十月一日　第6巻10号　26～27頁）
『暗い落日』恋人をつなぐ暗い血縁のきずな・結城昌治〈ブック・ガイド〉（「マドモアゼル」十月一日　第6巻10号　308～309頁）
愛の不在から人間関係の不毛へ—赤い砂漠〈映画への招待〉（「婦人公論」十一月一日　第50巻11号　337～337頁）
読書の思い出（「新刊ニュース」十一月十五日　第16巻22号　14～15頁）
競馬の魅力〈中日談話サロン〉（「中日新聞」十一月二十三日）
ガン検診を受けるの記（「暮しの知恵」十二月一日　第5巻12号　156～161頁）
筆不精（「學鐙」十二月五日　第62巻12号　30～33頁）

一九六六年（昭和41年）　四十歳

預り物〈細長い話〉（「中央公論」一月一日　第81巻1号　409～409頁）
瀬戸内晴美（「日本」一月一日　第9巻1号　57～59頁）
大阪おとこの魅力（「しょうと大阪」一月一日　第10号　25～25頁）＊アンケート
卒業のころ（「NOMAプレスサービス」一月二十日　第63号　19～21頁）
私の意見〈嫁と姑は別居がよいか同居がよいか〉（「婦人生活」二月一日　第20巻2号　168～168頁）
思うこと〈鼓動〉（「斐文会報」二月十日　第222号　6～6頁）
北関東・五浦での一夜（「旅」三月一日　第40巻3号　82～86頁）
『じゃじゃ馬ならし』を観て（「婦人公論」四月一日　第51巻4号　242～242頁）
ブリジット・ブローフィ著『雪の舞踏会』—二重の仮面の世界—（「週刊読書人」四月十八日　第621号　3～3面）

民藝と私（「民藝の仲間〈報いられたもの〉」四月六日〈刊記ナシ〉　第86号　24～25頁）
個性へのあこがれ（「労働文化」五月一日　第17巻5号　9～9頁）
一度だけの陶酔（「酒」五月一日　第14巻5号　12～14頁）
ねらいたいナスノコトブキ〈私はこうみる〉（「第33回日本ダービー」五月〈刊記ナシ〉　5～5頁）
青年の野心、都会生活の虚飾を描く―若き日の恋―（「婦人公論」六月一日　第51巻6号　226～227頁）
芝木好子著「葛飾の女」―日本画ふうの美しさ―（「読売新聞」七月七日夕刊　9～9面）
声で仕事ぶりピタリ〈交遊抄〉（「日本経済新聞」七月八日　16～16面）
時期というもの（「風景」八月一日　第7巻8号　27～27頁）
わたしの台所史（「サンウエーブ」八月一日　第23号　8～9頁）
ドラマにみる人間像―〝奥さまは魔女〟のサマンサー（「産経新聞」九月三日　6～6面）
絵画の魔術「ミロ展」を観て〈今月の鑑賞席〉（「週刊読書人」九月十九日　第642号　8～8面）
『源氏物語の女性像』武者小路辰子〈ブック・ガイド〉（「マドモアゼル」十月一日　第7巻11号　294～294頁）
巡礼ルカーのこと（「世界の文学第28巻付録45〈ゴーリキイ・バーベル〉」十月十日　中央公論社　4～6頁）
ルーム・メート―独身女性に流行っている二人ぐらし―（「婦人公論」十一月一日　第51巻11号　113～118頁）
個性的生活の競演（「武蔵野女子大学新聞」十一月一日　第6号　6～6面）
ミロ・夢・その他〈作家の手帖〉（「批評」十二月一日　第6号　142～147頁）
奇跡〈ふおとショート〉（「毎日新聞」十二月十一日　21～21面）
暖房ノイローゼ（「東京新聞」十二月十一日　16～16面）
聴きはじめの頃（「FM fan」十二月　未確認）
近ごろのお嬢さん（そごう東京店販売推進部編『世界の夏へでかけよう』〈刊記ナシ〉　SOGO）
とんだ塩昆布（同右）

一九六七年（昭和42年）　四十一歳

鏡花と新春（「銀座百点」一月一日　第146号　31～33頁）
新宿ことはじめ（「新宿百選」一月一日　第39号　16～17頁）
いやではない台所仕事だが…〈台所と女性〉（「食生活」二月一日　第61巻2号　48～49頁）
仏式結婚（「うえの」二月一日　第94号　46～48頁）
シャーラザッド（「原色秘蔵版千夜一夜物語サロン４」二月2～5頁）
小説藝術への信頼〈作家の眼〉（「新潮」三月一日　第64巻3号　144～145頁）
立場（「経済往来」三月一日　第19巻3号　197～198頁）

『熱い恋』フランソワーズ・サガン朝吹登水子訳（「北海道新聞」三月六日　6〜6面）
おとなと子ども（「東京新聞」三月六日夕刊　8〜8面）
ある母親（「読売新聞」三月二十八日夕刊　7〜7面）
現代人と被虐性―自主性は都会生活に埋没―（「産経新聞」三月三十日夕刊　5〜5面）
『伊賀越道中双六』の通し（「演劇界」四月一日　第25巻4号　34〜35頁）
選者のことば（「小説女学生コース」四月一日　第1巻4号　371〜371頁）
女性と文学（「女子美術大学新聞」四月一日　新入生歓迎特集号）
無器用に暮らそう（「日本経済新聞」四月二十日夕刊　12〜12面）
現代と諷刺（「文學界」五月一日　第21巻5号　8〜10頁）
占い私見（「中央公論」五月一日　第82巻6号　308〜309頁）
受賞のことば（「婦人公論」五月一日　第52巻5号　321〜321頁）
＊第六回女流文学賞
原稿用紙（「三田文学」六月一日　第54巻6号　50〜51頁）
机の上（「風景」六月一日　第8巻6号　30〜30頁）
書くことだけの生活へ（「婦人公論」六月一日　第52巻6号　158〜163頁）
吉行淳之介著『赤い歳月・美少女』―極めて鋭い快よさ―（「週刊読書人」六月十二日　第679号　3〜3面）
スタミナへの夢（「NJC JOURNAL」六月二十八日　第3巻6号　16〜16頁）
わが家のミソ汁（「味の味」七月一日　第24号　14〜14頁）＊
アンケート
遠い記憶〈テーマ随想《金魚》〉（「新評」八月一日　第14巻8号　302〜304頁）
遠い味（「あまカラ」八月五日　第192号　50〜52頁）
のり巻きといなりずし（「主婦の友」九月一日　第51巻9号　98〜98頁）
強烈な執念に驚く（中村佐喜子訳『嵐が丘〈旺文社文庫〉』九月十日　旺文社　541〜544頁）
もうけもの（「ハイファッション」十月一日　第36号　90〜91頁）
日本一美しい高速道路を（「オール関西」十月一日　第2巻10号　43〜43頁）
爽やかなお祖父さまぶり（「丹羽文雄自選集月報」十月十五日　集英社　2〜3頁）
手術というもの〈作家の眼〉（「新潮」十一月一日　第64巻12号　146〜147頁）
常識はずれ（「風景」十一月一日　第8巻11号　29〜31頁）
永遠の名作物語〈解説〉（『少年少女世界の文学13〈あしながおじさん・オズの魔法使い・ドリトル先生航海記〉』十一月三十日　河出書房　322〜326頁）
怖れからの解放〈何のために小説を書くか〉（「新潮」十二月一

日　第64巻12号　198～199頁）
お河童（「産経新聞」十二月二十八日夕刊　7～7面）
離婚した夫の姉に再婚をすすめる〈手紙の文例〉（『新家庭百科第二巻』〈発行月日未詳〉　講談社　466～466頁）
新婚の姉夫婦への年賀状（同右　465～465頁）

一九六八年（昭和43年）　四十二歳

わたし〈メリーちゃん〉です（「文藝春秋」一月一日　第46巻1号　367～367頁）
岡部冬彦氏〈希望訪問③〉（「東京新聞」一月五日夕刊　8～8面）
新年の暦（「れもん」一月十日　第7巻1号　4～5頁）
心に残る魅力（「日本現代文学全集第94巻月報85〈北原武夫・井上友一郎・田村泰次郎集〉」一月十九日　講談社　5～7頁）
東海道線と私（「交通新聞」二月四日　4～4面）
お梅どん（「随筆サンケイ」三月一日　第15巻3号　51～53頁）
人工授精と夫婦愛（「婦人公論」三月一日　第53巻3号　74～81頁）
愛の証拠なるもの（「フローリア」三月一日　第5巻3号　26～29頁）
もうひとつの世界―作品に表現する困難さ―（「朝日新聞」三月四日夕刊　9～9面）
二つの奈良（「銀座百点」四月一日　第161号　32～34頁）
平和な集まり〈私の泣きどころ〉（「別冊小説現代」四月十五日　第3巻2号　263～263頁）
最初の経験（「群像」五月一日　第23巻5号　171～171頁）
他人の年齢（「COOK」五月一日　第11巻5号　80～82頁）
春の記憶（「複十字」五月一日　第81号　17～17頁）
大阪ずし（「新婦人」五月十日　第23巻5号　174～175頁）
私の〝好色〟台本〈テレビ文学館⑦〉（「毎日新聞」五月十一日夕刊　7～7面）
なつかしい夏（「ポスト」六月一日　第5巻6号　18～19頁）
被批評者としての理想〈作家の意図はどこまで理解されるか〉（「三田文学」六月一日　第55巻6号　64～70頁）
好きな場所（「風景」六月一日　第9巻6号　32～32頁）
不思議な記憶（「CHAINSTORE」六月一日　第128号　16～16頁）
あとがき（『不意の声』六月十六日　講談社　190～191頁）
後悔のために〈私のテレビ出演〉（「群像」七月一日　第23巻7号　269～269頁）
変らざる山・六甲（「展望」七月一日　第115号　11～13頁）
身近な人たちの話〈怪談〉（「婦人画報」七月一日　第774号　234～234頁）
わたくしの「薮の中」〈テレビ文学館㉒〉（「毎日新聞」八月二十四日夕刊　7～7面）
読書遍歴―天邪鬼な遍歴の傾向―（「週刊読書人」九月九日　第741号　2～2面）
私の姿勢（「批評」九月十五日　第13号　60～63頁）

特別の人（「カラー版日本文学全集第26巻林芙美子・円地文子しおり19」九月三十日 河出書房 1～2頁）
谷崎潤一郎「青年」―小説藝術を読む喜びを知る―〈我が愛する書〉（「the high school life」十月十五日 第17号）
SFと情念の結びつき―「バーバレラ」―（「群像」十一月一日 第23巻11号 224～225頁）
心臓移植手術から（「風景」十一月一日 第9巻11号 27～29頁）
作品の背景―「不意の声」空想殺人を通して―（「東京新聞」十一月八日 5～5面）
心理と感覚―「あの胸にもういちど」―〈映画評〉（「群像」十二月一日 第23巻12号 252～253頁）
『小説の構造』E・ミュアー・佐伯彰一訳〈名著発掘〉（「文藝」十二月一日 第7巻9号 195～195頁）
無と有の接点（「随筆サンケイ」十二月一日 第15巻12号 32～34頁）
食生活（「月刊小さな蕾」十二月一日 第6号 6～8頁）

一九六九年（昭和44年） 四十三歳

異様に遠くて近い世界―『神々の深き欲望』―〈プロムナード映画〉（「中央公論」一月一日 第84巻1号 232～233頁）
銀座のデティール（「銀座百点」一月一日 第170号 52～54頁）
三十年後の冬支度（「銀花」一月一日 第7号 173～173頁）
鏡花文学との出会い（泉鏡花『高野聖・歌行燈〈旺文社文庫〉』一月五日 旺文社 210～213頁）
二つの長編をかかえて〈近況〉（「朝日新聞」一月二十七日 18～18面）
官能的な未練のうねり〈音楽的なものの諸相〉（「音楽藝術」二月一日 第27巻2号 38～39頁）
伊勢志摩の味覚（「真珠」二月〈日付ナシ〉 第69号 6～7頁）
音楽（「週刊新潮」三月八日 第14巻10号 90～91頁）
内的必然性の招き―私の小説作法―（「読売新聞」三月九日朝刊 18～18面）
私の近況（「新刊ニュース」三月十五日 第20巻6号 26～27頁）
人間軽視（「東京新聞」四月五日夕刊 10～10面）
旅のイメージ（「マンスリー東武」五月一日 第241号 5～5頁）
わが「思い出の映画」アンケート（「週刊読売」五月十六日 第28巻21号 54～54頁）
所蔵意識〈わが蔵書〉（「群像」六月一日 第24巻6号 186～186頁）
創作のミステリー（「文學界」六月一日 第23巻6号 10～11頁）
私の創作世界（「海」六月一日 第1巻1号 42～48頁）
不思議なこと（「小原流挿花」六月一日 第19巻6号 49～49頁）
罪悪感喪失からの出発（「潮」七月一日 第114号 90～98頁）

父とお経（「大法輪」七月一日　第36巻7号　74〜77頁）
私のひとつの夢（掲載新聞名未詳　七月六日　14〜14面）
今にして識らず―「文学者」200号を迎えて―（「読売新聞」七月十四日夕刊　9〜9面）
〈生命の尊敬〉と個の生命（掲載誌名未詳、七月）
節度過剰の悲劇―『約束』（監督＝シドニー・ルメット）―（「文藝」八月一日　第8巻8号　156〜158頁）
もうひとつの試み（「風景」八月一日　第10巻8号　10〜12頁）
あまのじゃく〈レジャー大作戦〉（「文藝春秋」八月十日　第47巻9号臨時増刊われらサラリーマン　125〜125頁）
この結婚〈「文学者」と私〉（「文学者」八月十日　第12巻8号　10〜10頁）
眠りのこと（「随筆サンケイ」九月一日　第16巻9号　79〜81頁）
私事（「早稲田文学」九月一日　第1巻8号　96〜97頁）
冷徹の美（「川端康成全集第3巻月報6」九月二十五日　新潮社　3〜6頁）
つとめごと〈丹羽文雄論〉（「小説セブン」十月一日　第13号　21〜21頁）
都会の鈴虫（「高校家庭クラブ」十月一日　第17巻10号　18〜19頁）
危険防止（「朝日新聞」十月一日　PR版　1〜1面）
平和の探求者たれ―生活に流されずに―（「日本女子平和連盟ニュース」十一月十六日　2〜2頁）
鉢の中（「海」十二月一日　第1巻7号　11〜13頁）
諷刺なき諷刺（「潮」十二月一日　第120号　249〜250頁）
夫婦とはどういう関係か（「婦人公論」十二月一日　第54巻12号　104〜111頁）
著者の言葉（『背誓』十二月十日　新潮社　オビ）
わが愛する歌―エミリ・ブロンテの詩―（「読売新聞」十二月十九日　20〜20面）
今年の収穫（「日本読書新聞」十二月二十二日　第1526号　5〜5面）＊アンケート

一九七〇年（昭和45年）　四十四歳

年齢のかぞえ方（「東京新聞」一月二十一日夕刊　8〜8面）
『死の家の記録』再会（「ドストエーフスキィ全集第4巻死の家の記録他月報X」一月二十日　河出書房新社　1〜3頁）
猥褻性と藝術性（「新潮」三月一日　第67巻3号　172〜173頁）
私の運命数（「銀座百点」三月一日　第184号　24〜26頁）
三度々々（「栄養と料理」四月一日　第36巻4号　58〜59頁）
私の受けた性教育（「婦人教師」五月一日　第4巻5号　63〜65頁）
〝天長節〟に誕生日（「週刊読売」五月一日　第29巻20号　58〜58頁）＊天皇についての各界15氏のアンケート
I・マードック『赤と緑』小野寺健訳―女性作家と男性主人公―（「今日の海外小説NOVELS NOW12」五月）
私の文章作法―最初の一行に全魂―（「聖教新聞」五月二十四日　9〜9面）

書誌
作品

意志的情熱の世界〈吉行淳之介著『暗室』について〉(「文學界」六月一日 第24巻6号 232〜236頁)
某日某所(「小説サンデー毎日」六月一日 第2巻6号 273〜273頁)
丹羽文学の女性(「現代の文学第27巻〈丹羽文雄集〉」六月一日 学習研究社 2〜2頁)
近代女流文学展を観る—流れと個々の面白さ—(「サンケイ新聞」六月六日夕刊 3〜3面)
励ましの言葉(「グリーン版日本文学全集第34巻月報34」六月二十五日 河出書房新社 2〜4頁)
蠟燭〈サバト70〉(「現代詩手帖」七月一日 第13巻7号 2〜2頁)
カーレン・ブリクセン著、小室静訳『ノルダーナイの大洪水』—奇をもてあそばぬ奇—(「東京新聞」八月三日朝刊 5〜5面)
『嵐が丘』を脚色して—超自然的な運命—(「東京新聞」八月六日夕刊 8〜8面)
平和を訴える〈戦後二十五年と私〈5〉〉(「公明新聞」八月十五日 8〜8面)
既成概念というもの(「文學界」十月一日 第24巻10号 12〜13頁)
記号と藝術—文字と言語の場合—(「読売新聞」十一月七日 17〜17面)
著書のことば(『回転扉〈純文学書下ろし特別作品〉』十一月二十日 新潮社 箱)
誰もいない劇〈わが人生の劇的なる時〉(「雲」十一月二十五日 第25号 22〜24頁)
現代の恋愛(「俳優座第102回公演どちらでも小島信夫作」パンフレット 十一月〈刊記ナシ〉 9〜11頁)
決定的奇蹟(「風景」十二月一日 第11巻12号 10〜12頁)
一九七〇年の成果(「文藝」十二月一日 第9巻12号 228〜228頁)＊アンケート
泥棒と借家(「婦人公論」十二月一日 第55巻12号 67〜68頁)
炭火は語る(「CHAINSTORE」十二月一日 第158号)
私の近況(「新刊ニュース」十二月十五日 第21巻24号 26〜27頁)

一九七一年(昭和46年) 四十五歳

体験現象における同時性(「文藝」一月一日 第10巻1号 13〜15頁)
餓死を覚悟で〝文筆生活〟へ(「週刊読売」一月七日 第30巻2号 81〜82頁)
夢の愉しみ(「銀座百点」一月一日 第194号 28〜30頁)
松の内すぎ(「東京新聞」一月九日夕刊 8〜8面)
救いと励まし(「現代日本文学大系第72巻月報43〈丹羽文雄・岡本かの子集〉」一月十四日 筑摩書房 1〜2頁)
「女流」と恋愛(「小島信夫全集2月報1」一月二十日 講談社 6〜8頁)
択びすぎた作家〈三島由紀夫〉(「群像」二月一日 第26巻2号

188～191頁)
比較の罪(「婦人生活」二月一日　第25巻2号　156～157頁)
現代にとって文学とは何か上・下(「読売新聞」二月十六～十七日　17～17面)
素人の癌療法(「潮」三月一日　第137号　256～257頁)
進歩の不思議さ(「新婦人」四月一日　第26巻4号　79～80頁)
愛している実感の重み(「flona」四月一日　第3巻4号　28～30頁)
作品と批評と―「回転扉」で識ったこと―(「サンケイ新聞」四月一日　7～7面)
視覚的心理の特色(「新集世界の文学第44巻付録32」四月　中央公論社　1～3頁)
「ある愛の詩」を見て(「読売新聞」四月二日夕刊　5～5面)
作者と主人公の性別―他性を書くむずかしさ―(「朝日新聞」四月七日夕刊　7～7面)
昔の作文(「早稲田文学」五月一日　第3巻5号　122～123頁)
現代女性解放運動の盲点(「婦人公論」六月一日　第56巻6号　300～302頁)
長寿の秘密(「電電ジャーナル」六月一日　第3巻6号　10～12頁)
好きなことのすすめ(「PHP」七月一日　第278号　8～9頁)
もっと怖いこと(「婦人公論」七月一日　第56巻7号　47～48頁)
私の好きな日本の歌唱(同右　305～305頁)＊アンケート

半年だけの恩師(『忘れ得ぬ出会い』七月　佼成出版社　93～103頁)
夏休みの午後〈わたしと古典〉(「サンケイ新聞」七月十五日夕刊　5～5面)
〝いのち〟探訪①―紅葉のフキ―(「東京新聞」七月二十日夕刊　6～6面)
〝いのち〟探訪②―谷中のお化け寺―(「東京新聞」七月二十一日夕刊　14～14面)
〝いのち〟探訪③―奥多摩のホタル―(「東京新聞」七月二十二日夕刊　4～4面)
〝いのち〟探訪④―古図書―(「東京新聞」七月二十三日夕刊　6～6面)
〝いのち〟探訪⑤―曲藝―(「東京新聞」七月二十四日夕刊　4～4面)
日常的言葉のなかで〈好きな言葉嫌いな言葉〉(「群像」八月一日　第26巻8号　201～202頁)
吉行文学における年齢の意味〈解説〉(『吉行淳之介全集6』八月二十八日　講談社　308～316頁)
名詞と時代(「文學界」九月一日　第25巻9号　18～19頁)
PRIDE AND PRIDE〈解説2〉(「藝術新潮」九月一日　第22巻9号　23～25頁)
他性を書くこと(「三田文学」九月一日　第58巻9号　26～31頁)
青春時代におすすめしたい本(「新しい女性」九月一日　第5

巻9号　79～79頁）＊アンケート
親友と愛読書〈出会い〉（「螢雪時代」九月一日　第41巻8号　66～67頁）
私のファンレター──小池朝雄──（「読売新聞」九月十一日夕刊　7～7面）
まったく、もう！〈夫婦交差点〉（「サンケイ新聞」九月十二日朝刊17～17面）
早すぎる秋（「朝日新聞広告特集家庭版中部」九月二十三日　第32号　1～1面）
二つの夢（「暮しの設計」十月一日　第9巻10号　105～105頁）
決心を越えた世界（「新しい女性」十月一日　第5巻10号　28～29頁）
父母との出会い（「青春と読書」十月十日　第16号　2～6頁）
推薦文（「新鋭作家叢書全十八巻」内容見本　十月〈刊記ナシ〉　河出書房新社）
戸塚二丁目の頃（「新潮」十一月一日　第68巻12号　226～226頁）
きびしすぎる予定厳守〈好きなあなたの嫌いなところ〉（「婦人公論」十一月一日　第56巻11号　80～81頁）
わたしの座（「藝術新潮」十二月一日　第22巻12号　46～46頁）
『ヴーニャ伯父さん』〈雲のレパートリー〉（「劇」十二月八日　第36号　28～29頁）

一九七二年（昭和47年）　四十六歳

ある世代的特色（「文藝」一月一日　第11巻1号　15～17頁）
ほんとうの度胸を支えにして〈女はじっとしていられない〉（「婦人公論」一月一日　第57巻1号　60～65頁）
二度目の就学の年〈思い出の正月〉（「家庭画報」一月一日　第15巻1号　142～142頁）
日記と手紙（「CHAINSTORE」一月一日　第171号　28～29頁）
婚姻届けのご利益（「北国新聞」一月一日　85～85面）＊「日本海新聞」一月九日。
人物と音声（「中央公論歴史と人物」二月一日　第2年2号　22～23頁）
漫画趣味（「銀座百点」二月一日　第207号　35～35頁）
ある結婚（「CHAINSTORE」二月一日　第172号　26～27頁）
ヘレナ〈私の愛する登場人物〉（「劇」二月十日　第37号　28～28頁）
二十年を共にして（「瀬戸内晴美作品集全八巻」内容見本　二月〈刊記ナシ〉　筑摩書房　6～7頁）
女性と年齢（「CHAINSTORE」三月一日　第173号　26～27頁）
丸山健二『黒い海への訪問者』─死に向って乗込んだ船─（「朝日ジャーナル」三月二十四日　第14巻12号　63～64頁）
平林たい子氏と笑い（「新潮」四月一日　第69巻4号　138～142頁）
人生三十年（「短歌」四月一日　第19巻4号　98～99頁）
女性と謙虚（「CHAINSTORE」四月一日　第174号　66～67頁）

書誌
作品

翻訳家の養成（「文学者」四月十日　第15巻4号　44〜44頁）

『夏の闇』開高健著—男と女の憧れと哀しみ悼む—（「週刊言論」四月二十一日　第391号　102〜103頁）

ある母親の話（「CHAINSTORE」五月一日　第175号　26〜27頁）

忘れ得ぬ助言（「くらしの泉」五月一日　第83号　12〜13頁）

閑居〈あゆみ〉（「藝生新聞」五月二十九日　第471号　1〜1頁）

わが町・わが本—庄野氏の「相客」と帝塚山—（「日本読書新聞」六月一日　11〜11面）

発見（「CHAINSTORE」六月一日　第176号　24〜25頁）

大型新人まんが戯評（「週刊読売」六月十日　第31巻30号　67〜67頁）

片面だけの辞書（「風景」七月一日　第13巻7号　30〜31頁）

〝潮の岬〟奇蹟の訪れ（「CARDNEWS」七月一日　第222号　1〜1頁）

メイズイの時のこと〈ダービーとわたし〉（「優駿」七月一日　第32巻7号　16〜17頁）

貴重な蕗（「月刊健康」七月一日　第99号　3〜4頁）

風信（「東京新聞」七月十八日夕刊　4〜4面）

私と八月（「毎日ライフ」八月一日　第3巻9号　3〜3頁）

作者のことば〈無関係〉（「婦人公論」八月一日　第57巻8号　365〜365頁）

悠々たるもの（「日本文学全集第75巻月報20〈円地文子集〉」八月八日　集英社　2〜3頁）

斯波要〈私の中の日本人〉（「波」九月一日　第6巻8号　7〜11頁）

思いちがい（「マミール」九月一日　第1巻5号　93〜93頁）

三浦哲郎著『妻の橋』—人間への見事な到達—（「文学者」九月十日　第15巻9号　39〜39頁）

わが〝秋の夜長〟対策（「週刊文春」九月二十五日　第14巻38号　132〜132頁）＊アンケート

外国人と日本人〈出会い〉（「海」十月一日　第4巻10号　135〜135頁）

R・ブリニェッティ『黄金の浜辺』千種堅訳—亡くなった島—（「今日の海外小説 NOVELS NOW 27」十月）

本物への憧れ（『青春の座標—社会と青年—〈PHP青春の本6〉』十一月十日　PHP研究所　221〜223頁）

大島での睡眠〈ぴいぷる—今年の旅—〉（「藝術新潮」十二月一日　第23巻12号　63〜63頁）

年末の日めくり（「潮」十二月一日　第161号　330〜331頁）

作家にとって戯曲とは何か（「劇」十二月八日　第41号　58〜58頁）＊アンケート

三つの助言（「伊藤整全集4付録」十二月十五日　新潮社　5〜8頁）

ブロンテ文学と青春（「愛蔵版世界文学全集16月報3」十二月　集英社　1〜2頁）

一九七三年（昭和48年）　四十七歳

日記の功徳（「読売新聞」一月三日　17〜17面）
人物の変わり方（「東京新聞」一月五日夕刊　4〜4面）
文学的誠実さ—永井龍男『雀の卵その他』—（「群像」二月一日　第28巻2号　210〜212頁）
夢の料理（「魚菜」二月一日　第23巻2号　119〜119頁）
サッカレイの「虚栄の市」の人々（「読売ブッククラブ」三月一日　第90号　2〜2頁）
愛の証拠なるもの〈愛について〉（「floria」三月一日　第5巻3号　26〜29頁）
サッカレイ虚栄の市〈こころのほん〉（「はこべ」三月一日　第6号）
理想にはじまる（「みち」三月一日　第13号　3〜3頁）
広告不感症〈あど・すこうぷ〉（「日経広告手帖」三月十五日　第17巻3号　24〜25頁）
あの一年のこと（「現代日本文学大系第92巻月報86」三月二十三日　筑摩書房　2〜4頁）
豆不動産屋〈細長い話〉（「季刊中央公論」三月二十五日　第12巻1号　343〜343頁）
現代文学の面目（「群像」四月一日　第28巻4号　234〜238頁）
バタイユの「エミリ・ブロンテ」（「ユリイカ詩と批評」四月一日　第5巻4号　102〜105頁）
ひとつの記憶（「風景」四月一日　第14巻4号　25〜26頁）
引越しの手相（「暮しの設計」四月一日　第11巻4号　46〜49頁）
わが故郷—大阪—（「the Union」四月一日　第5巻4号　38〜41頁）
奇蹟的な「我」の成就—津島佑子『童子の影』—（「文藝」五月一日　第12巻5号　241〜243頁）
推薦文（窪田船彌訳『カザノヴァ回想録・ブロックハウス（自筆）版』五月　河出書房新社　オビ）
E・ブロンテと鏡花〈今週の読書〉（「毎日新聞」五月十四日　7〜7面）
純粋の物語文学（「円地文子訳源氏物語巻九月報」五月二十五日　新潮社　1〜3頁）
エッセイの場合（「文學界」六月一日　第27巻6号　10〜11頁）
男と女—一目惚れ—（「FLOWER DESIGNLIFE」六月一日　第65号　6〜6頁）
『嵐が丘』の上演（「現代演劇協会〈10年〉の記録」六月八日　12〜12頁）
栄養変異（「サンケイ新聞」六月十八日夕刊　8〜8面）
南北の言葉の力〈訳者のことば〉（『現代語訳日本の古典20〈歌舞伎・浄瑠璃〉』七月十日　河出書房新社）
択ぶ（『講座おんな6〈そして、おんなは…〉』七月二十日　筑摩書房　127〜134頁）
作品を読み返して（『平林たい子追悼文集』七月二十八日　平林たい子記念文学会　178〜181頁）
懸命に演じている登場人物の哀れさ—三浦哲郎著『真夜中のサーカス』—（「波」八月一日　第7巻8号　27〜28頁）

風変わり・タクシー余談〈ぷれいないと〉（「新評」八月一日　第20巻8号　116～117頁）
見当はずれの因（「草月」八月一日　第89号　74～75頁）
最後の逃避〈意見異見〝終末〟のムード⑧〉（「サンケイ新聞」八月二十四日　20～20面）
日毎の迎え水〈執筆五分前〉（「別冊文藝春秋」九月五日　第125号　173～173頁）
思えば恐ろし（「毎日新聞」九月二十七日夕刊　2～2面）
類似の出来事〈わが体験〉（「潮」十月一日　第172号　73～75頁）
私の幻の美術館（「ぽざある」十月五日　第2号　30～30頁）
耳（「東京新聞」十月九日夕刊　5～5面）
座右の書―虚栄の市―（「日本経済新聞」十月二十八日　24～24面）
わからないことども〈最近の新聞・社会面より〉（「日本及日本人」十一月一日　第1520号　156～163頁）
本の周辺(1)―縁起のよしあし―（「読売新聞」十一月五日　10～10面）
本の周辺(2)―署名と寄贈本―（「読売新聞」十一月十二日　10～10面）
本の周辺(3)―住宅事情と古本―（「読売新聞」十一月十九日　10～10面）
本の周辺(4)―借りず貸さず―（「読売新聞」十一月二十六日　10～10面）
解説（金井美恵子『愛の生活〈新潮文庫〉』十一月三十日　新潮社　237～243頁）
好循環と悪循環〈わたしの運、不運〉（「婦人生活」十二月一日　第27巻14号　121～122頁）
本の値段（「文学者」十二月十日　第16巻12号　2～3頁）

一九七四年（昭和49年）　四十八歳

こういう生活（「海」一月一日　第6巻1号　23～27頁）
季節について〈作家ノート〉（「早稲田文学」一月一日　第6巻1号　50～53頁）
予想不可能な来年〈新春一言〉（「日本読書新聞」一月一日　5～5面）
厭なこと（「文藝展望」一月十五日　第4号　129～129頁）
あとがき（『文学の奇蹟』二月二十八日　河出書房新社　278～280頁）
「内助の功」論（「婦人公論」三月一日　第59巻3号　92～97頁）
性別としての女性（「上智新聞」四月一日）
鏡花の生命（「鏡花全集巻6月報6」四月二日　岩波書店　1～4頁）
還る場所（「文学者」四月十日　第17巻4号　7～7頁）
主婦と読書（「ハローファミリー」四月二十五日　第2号　7～10頁）
書棚〈ぴいぷる〉（「藝術新潮」五月一日　第25巻5号　66～66頁）

変えるということ（「銀座百点」五月一日　第234号　32〜34頁）
女は〈流行通信枕草子〉（「流行通信」五月二十日　第125号　16〜17頁）
パンと果物〈わが食物誌〉（「海」六月一日　第6巻6号　29〜29頁）
復刊二〇〇〇号に寄せてのメッセージ（「CHAINSTORE」六月一日　第200号）＊アンケート
恋愛小説としての「虞美人草」（『夏目漱石全集第4巻』六月十五日　角川書店　359〜372頁）
姫路と梅ケ丘（「阿部知二全集第2巻月報1」六月二十日　河出書房新社　3〜6頁）
外山滋比古著『女性の論理』―女性の本質に迫る―（「サンケイ新聞」六月二十四日　7〜7面）
自戒〈晴天乱流〉（「文藝」七月一日　第13巻7号　10〜11頁）
関係としての嫁と姑（「婦人公論」七月一日　第59巻7号　88〜94頁）
人間って妙なものですね（「いんなあとりっぷ」七月一日　第3巻8号　16〜17頁）
生きがいというもの（「はあと」七月一日　第4巻4号　21〜23頁）＊第一勧業銀行発行
三大幸運の一つ（「丹羽文雄文学全集第17巻月報3」七月八日　講談社　2〜4頁）
強烈な執念に驚く（『嵐が丘〈旺文社文庫〉』九月十日　旺文社　541〜544頁）
全集のこと（「日本近代文学館」九月十五日　第21号　3〜3頁）
最初の実印（「楽しいわが家」十月一日　第22巻10号　3〜3頁）
懸念の限度（「読売新聞」十月十四日夕刊　5〜5面）
夢（「うえの」十一月一日　第187号　20〜22頁）
もうひとつの見方（「楽しいわが家」十一月一日　第22巻11号　3〜3頁）
日録〈4回〉（「日本読書新聞」十一月四・十一・十八・二十五日　8〜8面）
生活の一部を切り捨てる〈私の貧乏物語〉（「潮」十二月一日　第186号　132〜132頁）
私もひとこと―規範なき日本人が熱心に守るもの―（「婦人生活」十二月一日　第28巻14号　333〜333頁）
小さな無作法（「楽しいわが家」十二月一日　第22巻12号　3〜3頁）
旅ぼけ（「日旅」十二月一日　第249号　10〜10頁）
不気味なこと（「サンケイ新聞」十二月六日夕刊　3〜3面）
現代人が抱く〝危機感〟とは何だろう〈人間告知板5行提言〉（「GORO」十二月十二日　第13号　24〜24頁）＊アンケート

一九七五年（昭和50年）　四十九歳

妙な気持（「群像」一月一日　第30巻1号　280〜281頁）
谷崎文学と肯定の欲望（「文學界」一月一日　第29巻1号　188

〜202頁）
中途半端な部屋〈私の書斎101〉（「中央公論」一月一日　第90年1号　3〜3頁）
水瓶（「中央公論」一月一日　第90年1号　4〜4頁）＊サントリーリザーブ広告
肉筆歌留多（「中央公論歴史と人物」一月一日　第41号　10〜10頁）
絶好のチャンス（「フクニチ」一月三日　11〜11面）＊「中部経済新聞」一月五日、「北日本新聞」一月八日。
神社と墓地（「東京新聞」一月六日夕刊　5〜5面）
前世と幽界（「日夏耿之介全集第3巻月報4」一月二十日　河出書房新社　1〜2頁）
谷崎文学と肯定の欲望〈第2回〉（「文學界」二月一日　第29巻2号　204〜217頁）
谷崎文学と肯定の欲望〈第3回〉（「文學界」三月一日　第29巻3号　216〜225頁）
サッカレイ「虚栄の市」のウイリアム・ドッビン大尉〈ポエカ名作館私の好きな主人公〉（「POECA」三月一日　第8巻1号　85〜91頁）
家事労働の価値（「婦人公論」三月一日　第60巻3号　76〜77頁）
善意の嘘の功徳〈大人の嘘は潤滑油〉（「暮しの設計」三月一日　第13巻3号　174〜176頁）
結婚生活　夫と妻の心の葛藤（「新しい女性」三月一日　第9巻3号　35〜38頁）
小さい花（「日本文学全集第72巻月報82」三月八日　集英社　2〜3頁）
谷崎文学と肯定の欲望〈第4回〉（「文學界」四月一日　第29巻4号　240〜251頁）
結婚生活10の愉しみ（「婦人公論」四月一日　第60巻4号　88〜94頁）
年齢の功（「サッポロ」四月一日　第27号　20〜23頁）
『花嫁の父』への疑問（「斐文会報」四月二十五日　第255号　12〜12頁）
谷崎文学と肯定の欲望〈第5回〉（「文學界」五月一日　第29巻5号　196〜213頁）
ある符合〈晴天乱流〉（「文藝」五月一日　第14巻5号　10〜11頁）
その一瞬（「風景」五月一日　第16巻5号　51〜51頁）
私にとって忘れられない馬（「別冊週刊読売」五月十日　第2巻4号　73〜73頁）＊アンケート
痛ましい子供たち〈生活時評〉（「日本経済新聞」五月十九日夕刊　7〜7面）
谷崎文学と肯定の欲望〈第6回〉（「文學界」六月一日　第29巻6号　179〜189頁）
人間性の底知れなさに感じ入る歓び〈あなたへのエッセー3〉（「JUNON」六月一日　第3巻6号　102〜103頁）
過去への執拗な抵抗―竹西寛子著『鶴』―（「波」六月一日

第9巻6号　29～30頁）
週刊新潮掲示板（「週刊新潮」六月十二日　第20巻23号　118～118頁）
瀬戸内式二重の好意（「毎日グラフ」六月二十九日　第28巻28号　40～41頁）
谷崎文学と肯定の欲望〈第7回〉（「文學界」七月一日　第29巻7号　198～209頁）
紅茶きのこ〈東風西風〉（「読売新聞」七月五日夕刊　5～5面）
夏の制服〈東風西風〉（「読売新聞」七月十二日夕刊　5～5面）
二つのグループ〈東風西風〉（「読売新聞」七月十九日夕刊　5～5面）
呼び方〈東風西風〉（「読売新聞」七月二十六日夕刊　5～5面）
谷崎文学と肯定の欲望〈第8回〉（「文學界」八月一日　第29巻8号　196～206頁）
古新聞と縮刷版（「群像」八月一日　第30巻8号　236～237頁）
人間が一番美しく見える時（「大法輪」八月一日　第42巻8号　82～87頁）
打出の小槌（「楽しいわが家」八月一日　第23巻8号　18～19頁）
実験〈東風西風〉（「読売新聞」八月二日夕刊　5～5面）
よその子供〈東風西風〉（「読売新聞」八月九日夕刊　5～5面）
黄色い声〈東風西風〉（「読売新聞」八月十六日夕刊　5～5面）
土曜日ダイヤ〈東風西風〉（「読売新聞」八月二十三日夕刊　5～5面）
男装の強盗〈東風西風〉（「読売新聞」八月三十日夕刊　5～5面）
谷崎文学と肯定の欲望〈第9回〉（「文學界」九月一日　第29巻9号　188～205頁）
まず自分の生計は自分で立てる〈ウーマン・パワー開発時代③〉（「キャリアガイダンス」九月一日　第7巻9号　41～44頁）
男体専科と女体専科〈東風西風〉（「読売新聞」九月六日夕刊　5～5面）
今日の品名〈東風西風〉（「読売新聞」九月十三日夕刊　5～5面）
値上げ賛成〈東風西風〉（「読売新聞」九月二十日夕刊　5～5面）
変な職業〈東風西風〉（「読売新聞」九月二十七日夕刊　5～5面）
谷崎文学と肯定の欲望〈第10回〉（「文學界」十月一日　第29巻10号　200～211頁）
現代を鋭く刺す〈再開第一回中央公論新人賞〉（「中央公論」十月一日　第90年10号　235～235頁）

結婚後の恋愛について（「婦人公論」十月一日 第60巻10号 86～91頁）

まちがい電話〈東風西風〉（「読売新聞」十月四日夕刊 5～5面）

個人生活〈東風西風〉（「読売新聞」十月十一日夕刊 7～7面）

事故〈東風西風〉（「読売新聞」十月十八日夕刊 5～5面）

のんきな母親〈東風西風〉（「読売新聞」十月二十五日夕刊 5～5面）

谷崎文学と肯定の欲望〈第11回〉（「文學界」十一月一日 第29巻11号 204～214頁）

自分の命ながら〈東風西風〉（「読売新聞」十一月一日夕刊 5～5面）

中途半端な時代〈東風西風〉（「読売新聞」十一月八日夕刊 5～5面）

試験〈東風西風〉（「読売新聞」十一月十五日夕刊 5～5面）

富士山〈東風西風〉（「読売新聞」十一月二十二日夕刊 7～7面）

人の縁〈東風西風〉（「読売新聞」十一月二十九日夕刊 7～7面）

谷崎文学と肯定の欲望〈第12回〉（「文學界」十二月一日 第29巻12号 212～227頁）

変わり方（「潮」十二月一日 第198号 71～72頁）

来年のこと（「婦人生活」十二月一日 第29巻14号 176～177頁）

喪中につき欠礼〈東風西風〉（「読売新聞」十二月六日夕刊 7～7面）

あとで読む〈東風西風〉（「読売新聞」十二月十三日夕刊 9～9面）

レコードの楽しみ（「世界ピアノ名曲全集第4巻ベートーヴェン」十二月二十日 河出書房新社 16～17頁）

一晩の価値〈東風西風〉（「読売新聞」十二月二十日夕刊 5～5面）

書ける場所（「青春と読書」十二月二十五日 第39号 2～5頁）

本当の発見〈東風西風〉（「読売新聞」十二月二十七日夕刊 5～5面）

一九七六年（昭和51年） 五十歳

谷崎文学と肯定の欲望〈第13回〉（「文學界」一月一日 第30巻1号 220～233頁）

子供の戸籍（「楽しいわが家」一月一日 第24巻1号 3～3頁）

自分を見失わせ、そしてときには発見させるもの〈特集私にとっての結婚の意味〉（「ウーマン」一月一日 第六巻一号 229～230頁）

切っ掛け（「東京新聞」一月十二日夕刊 4～4面）

優れた外国文学に接する歓び（「世界の文学全38巻」内容見本 一月〈刊記ナシ〉 集英社）

谷崎文学と肯定の欲望〈最終回〉（「文學界」二月一日 第30巻

2号　194〜207頁）

父母と弟との間で（「楽しいわが家」二月一日　第24巻2号　3〜3頁）

あの頃と大阪〈この人に〉（「女性サロン」二月十日　第137号　1〜1頁）

別れ（1921年作）ヴァルター・シュピース〈ワイマールの心・ドイツ・リアリズム展〉（「日本経済新聞」二月十二日夕刊　1〜1面）

善良な人（「家庭画報」二月二十日　第19巻2号　134〜135頁）

学校教育の独立（「正論」三月一日　第25号　36〜36頁）

ある余裕（「楽しいわが家」三月一日　第24巻3号　3〜3頁）

銀座全店（「銀座百点」四月一日　第257号　28〜31頁）

家出心得（「家庭画報」四月二十日　第19巻4号　154〜155頁）

誕生日（「朝日新聞」四月二十五日　25〜25面）

戸籍について〈晴天乱流〉（「文藝」五月一日　第15巻5号　12〜13頁）

嫌いな言葉（「いんなあとりっぷ」五月一日　第5巻6号　13〜14頁）

堕ちた偶像の卑屈な姿（「婦人公論」五月一日　第61巻5号　197〜198頁）

彼女の作業（「現代詩手帖」五月十日　第19巻6号　14〜15頁）

ねらいたいナスノコトブキ〈私はこうみる〉（「第33回日本ダービー」五月二十七日）

藝術文化の下向きと上向き—鏡花全集の再版に思う—（「朝日新聞」五月三十一日夕刊　5〜5面）

謎の正体〈春夏秋冬〉（「別冊文藝春秋」六月五日　第136号　163〜164頁）

夏のお清汁《すまし》（「あさめし　ひるめし　ばんめし」六月十日　第7号　56〜59頁）

年譜（『不意の声〈講談社文庫〉』六月十五日　講談社　178〜183頁）

猥褻裁判への杞憂〈街の眺め〉（「群像」七月一日　第31巻7号　139〜139頁）

現代と異端（「読売新聞」七月三十日夕刊　7〜7面）

I・マードックの面白さ（「世界の文学18月報5」七月　集英社　1〜2頁）

リアリティの強さ〈第八回新潮新人賞選評〉（「新潮」八月一日　第73巻8号　137〜138頁）

雨の日〈街の眺め〉（「群像」八月一日　第31巻8号　189〜189頁）

小説の誕生〈なぜ書くそして何をXV〉（「波」八月一日　第10巻8号　22〜25頁）

愛における女の打算が生む葛藤はふたりの間に何を残すか（「JUNON」八月一日　第4巻8号　108〜109頁）

好きなことば（「サンケイ新聞」八月八日　8〜8面）

お揃い〈街の眺め〉（「群像」九月一日　第31巻9号　198〜198頁）

これこそ旅（「日旅」九月一日　第270号　10〜10頁）

河野多恵子氏よりの手紙（「れもん」九月十日　第15巻9号　30〜30頁）＊書簡

この夏（「新潮」十月一日　第73巻10号　144〜145頁）

新人賞の意味〈第二回中央公論小説新人賞〉（「中央公論」十月一日　第91年10号　337〜337頁）

精神的離婚夫婦論（「婦人公論」十月一日　第61巻10号　88〜94頁）

めがねと私（「ニコンニュース」十月一日　第128号　32〜32頁）

裏返した美しさ〈動く女たち―ドガの世界〉（「読売新聞」十月七日夕刊　2〜2面）

女の恥と虚栄心（「いんなあとりっぷ」十一月一日　第5巻14号　35〜39頁）

足の竦み〈街の眺め〉（「群像」十一月一日　第3巻11号　211〜211頁）

難破船のビスケット（「婦人公論」十一月一日　第61巻11号　目次ウラ）＊森永ビスケット広告。

私もひとこと―規範なき日本人が熱心に守るもの―〈話し合いの広場〉（「婦人生活」十一月一日　333〜333頁）

ひとり暮らし―その憧れと現実―（「モンブラン」十一月一日　第1巻1号　40〜45頁）

勉強ということ〈女が語る女たち10〉（「すくすく」十一月一日　第22号　44〜47頁）

人間の誕生（「昴」十一月十五日　第63号　2〜2頁）

星の位置（村山定男・藤井旭著『星日記』十一月　河出書房新社　223〜223頁）

円朝うらない〈街の眺め〉（「群像」十二月一日　第31巻12号　247〜247頁）

同窓会に行ったとき〈女が語る女たち11〉（「すくすく」十二月一日　第23号　58〜61頁）

家計簿（「楽しいわが家」十二月一日　第24巻12号　8〜9頁）

師走の時間〈双点〉（「読売新聞」十二月一日夕刊　7〜7面）

暮れの贅沢〈双点〉（「読売新聞」十二月三日夕刊　7〜7面）

ひとつの推量〈双点〉（「読売新聞」十二月七日夕刊　7〜7面）

矛盾しない矛盾〈双点〉（「読売新聞」十二月九日夕刊　7〜7面）

オペラの舞台〈双点〉（「読売新聞」十二月十一日夕刊　7〜7面）

体と郷里〈双点〉（「読売新聞」十二月十三日夕刊　5〜5面）

思い出す時〈双点〉（「読売新聞」十二月十五日夕刊　5〜5面）

中間の場所〈双点〉（「読売新聞」十二月十七日夕刊　7〜7面）

丹羽文雄「有情」の父親〈心を打った男たち〉㊤㊥㊦（「日本経済新聞」十二月二十〜二十二日　7〜7面）

思い立つまま〈双点〉（「読売新聞」十二月二十一日夕刊　5〜5面）

お帳面〈双点〉（「読売新聞」十二月二十三日夕刊　5〜5面）

「年末の一日」〈双点〉（「読売新聞」十二月二十五日夕刊　5～5面）
紅白歌合戦〈双点〉（「読売新聞」十二月二十七日夕刊　5～5面）

一九七七年（昭和52年）　五十一歳

妙な敗北（「オール讀物」一月一日　第32巻1号　89～89頁）
使い手のある一年を〈新年に想う〉（「婦人生活」一月一日　第31巻1号　222～222頁）
子どもから尊敬を得る道〈女が語る女たち12〉（「すくすく」一月一日　第24号　58～61頁）
人生とは楽しいもの（「ＦＨＪ」一月一日　第25巻1号　19～19頁）
愛したら知らずにはいられない〈女と愛と生きること2〉（「ショッピング」二月一日　第96号　220～221頁）
先日の受賞を励みに今年から長編を執筆〈このごろ〉（「毎日新聞」二月十八日夕刊　5～5面）
ロマンティックな人はほんとうは現実家なんです〈女と愛と生きること3〉（「ショッピング」三月一日　第97号　224～225頁）
花（「婦人と暮し」三月一日　第21号　12～12頁）
敬称について（「サンケイ新聞」三月十五日夕刊　5～5面）
春の成長〈エスプリの小筐〉（「家庭画報」三月二十日　第20巻3号　67～67頁）
この機会に〈逆説〉としてではなく…（「筑摩世界文学大系80　第23巻付録」三月三十日　筑摩書房　3～4頁）
気になるひと（「文學界」四月一日　第31巻4号　10～11頁）
三角いなりずし〈わがふるさとの味〉（「四季の味」四月一日　第5巻1号　164～165頁）
夫の浮気が理由の浮気はみすぼらしい〈女と愛と生きること4〉（「ショッピング」四月一日　第98号　250～251頁）
ひとつの効用〈視点〉（「毎日新聞」四月六日夕刊　6～6面）
「実感から」〈視点〉（「毎日新聞」四月十三日夕刊　6～6面）
片眼のだるま〈視点〉（「毎日新聞」四月二十日夕刊　6～6面）
テレビ経験〈視点〉（「毎日新聞」四月二十七日夕刊　6～6面）
旧い雑誌〈晴天乱流〉（「文藝」五月一日　第16巻5号　12～13頁）
夫婦とは何か〈夫婦論5〉（「面白半分」五月一日　第11巻5号　74～77頁）
経済の自立なしには心の自由は保たれないか〈あなたへのエッセー①〉（「JUNON」五月一日　第5巻5号　120～121頁）
離婚は子が自立できるまで待て〈女と愛と生きること5〉（「ショッピング」五月一日　第99号　264～265頁）
ビラ〈視点〉（「毎日新聞」五月四日夕刊　5～5面）
実験用人形〈視点〉（「毎日新聞」五月十一日夕刊　5～5面）
河野多恵子年譜（『筑摩現代文学大系83〈瀬戸内晴美・河野多恵子集〉』五月十五日　筑摩書房　459～463頁）

もう一つの必要〈視点〉(「毎日新聞」五月十八日夕刊　7〜7面)
弱肉強食〈視点〉(「毎日新聞」五月二十五日夕刊　7〜7面)
解説(小島信夫『女流〈集英社文庫〉』五月三十日　集英社　172〜178頁)
男性とは何か(「野性時代」六月一日　第4巻6号　17〜17頁)
変種切手の発見者=牧野正久・義子さん〈みんなの人国記15〉(「楽しいわが家」六月一日　第25巻6号　24〜27頁)
私の〈適齢期〉論—正直に、そして素直に—〈結婚適齢期〉(「モンブラン」六月一日　第2巻6号　44〜47頁)
夫の浮沈に揺れる妻の女心〈女と愛と生きること6〉(「ショッピング」六月一日　第100号　302〜303頁)
その原因〈視点〉(「毎日新聞」六月一日夕刊　5〜5面)
夏団扇〈視点〉(「毎日新聞」六月八日夕刊　5〜5面)
西瓜の種〈視点〉(「毎日新聞」六月十五日夕刊　6〜6面)
中途半端〈視点〉(「毎日新聞」六月二十二日夕刊　6〜6面)
月末〈視点〉(「毎日新聞」六月二十九日夕刊　6〜6面)
解説(佐藤愛子『鎮魂歌〈集英社文庫〉』六月三十日　集英社　177〜183頁)
菊池寛=人気作家・「文藝春秋」創刊者〈みんなの人国記16〉(「楽しいわが家」七月一日　第25巻7号　18〜21頁)
年譜(『骨の肉〈講談社文庫〉』七月十五日　講談社　245〜251頁)
あとがき(『いすとりえっと』七月三十日　角川書店　220〜220頁)
『草の臥所』の位置(津島佑子『草の臥所』七月三十日　講談社　オビ)
期待〈第九回新潮新人賞選評〉(「新潮」八月一日　第74巻8号　121〜122頁)
犯罪と常識(「群像」八月一日　第32巻8号　268〜269頁)
〔表紙の筆蹟〕(「波」八月一日　第11巻8号　表紙)
大谷冽子さん—戦後最初のオペラ『椿姫』のプリマドンナ—〈みんなの人国記17〉(「楽しいわが家」八月一日　第25巻8号　20〜23頁)
砂の檻(「読書グループ」八月十五日)＊ブック・クラブセンター発行
真実永劫への求道と罪障—何よりも「道理」の復権を願って—(「日本及日本人」九月一日　第1543号　114〜121頁)
思い出深い書店のこと〈書店との出会い〉(「日販通信」九月五日　第457号　2〜3頁)
戦争素材に四編〈近況〉(「朝日新聞」九月五日　11〜11面)
解説(『平林たい子全集第8巻』九月二十五日　潮出版社　411〜421頁)
氷山の一角とみて〈第三回中央公論新人賞選評〉(「中央公論」十月一日　第92年10号　306〜307頁)
ピカソの軌跡⑦—一線、一色に快(「読売新聞」十月二十五日夕刊　2〜2面)
丹羽文雄氏人間直視の眼〈文化勲章の人びと〉(「朝日新聞」十

月二十八日夕刊　7～7面）
現代と独創性（「東京新聞」十月三十一日夕刊　3～3面）
お土産（「俳句とエッセイ」十一月一日　第5巻11号　74～77頁）
エルミタージュ美術館展の歓び（「クエスト」十二月一日　第1巻6号　67～73頁）
男の分担（「うえの」十二月一日　第224号　6～8頁）
あとがき（『遠い夏』十二月五日　構想社　225～226頁）
日御碕検校哀話（『特選日本の伝説14〈ロマンの旅山陰〉』〈月日記載ナシ〉　世界文化社　58～60頁）
慕わしい奈良（「ずいひつ大和」〈刊記ナシ〉　第77号　35～36頁）

一九七八年（昭和53年）　五十二歳

過去の記憶（「文學界」一月一日　第32巻1号　16～17頁）
小説の材料〈晴天乱流〉（「文藝」一月一日　第17巻1号　16～17頁）
男選びと仕事選びに共通する目〈あなたへのエッセー①〉（「JUNON」一月一日　第4巻1号　94～95頁）
オペラの歓び（「ファウスト二期会オペラ公演プログラム」一月十八日　38～40頁）
週刊新潮掲示板（「週刊新潮」二月十七日　第10巻7号　122～122頁）
春の雪（「楽しいわが家」三月一日　第26巻3号　8～9頁）
三者への期待〈第十回新潮新人賞選評〉（「新潮」七月一日　第75巻7号　143～144頁）
小説二作〈第六回平林たい子文学賞選評〉（「潮」七月一日　第230号　287～287頁）
動物と食物（「正論」八月一日　第57号　34～35頁）
「接吻」の容姿（「イメージの冒険3文字―文字の謎と魅力―」八月三十日　河出書房新社　45～45頁）
瀧井文学の美意識（「瀧井孝作全集全11巻別巻1」内容見本八月〈刊記ナシ〉　中央公論社）
「友達」の場合（「新潮」九月一日　第75巻9号　166～167頁）
他人のゲラ刷（「文体」九月一日　第5号　12～15頁）
吉行淳之介著『夕暮まで』―処女愛における男女の性的拮抗―（「波」九月一日　第12巻9号　28～29頁）
賞とわたし（「新刊ニュース」九月一日　第29巻9号　18～19頁）
強運の手箱〈とっておきの話〉（「マダム」九月一日　第170号　182～182頁）
ちょっと怖い話（「別冊文藝春秋」九月五日　第145号　205～205頁）
ボナールに思う（『世界美術全集28〈ボナール〉』九月十日　小学館　33～47頁）
小説を読むのは…（「読売新聞」九月二十二日夕刊　7～7面）
今回の困り方〈第四回中央公論新人賞選評〉（「中央公論」十月一日　第93年10号　325～325頁）
「かの子変相」のこと（「円地文子全集第10巻月報14」十月二十

日　新潮社　2〜3頁）
未来予知（「あるとき」十一月一日　第1巻7号　10〜11頁）
ドン・ジョヴァンニと光源氏（「ドン・ジョヴァンニ〈二期会オペラ公演〉」十一月十七日〈刊記ナシ〉　36〜37頁）
親愛感の定まった書〈私と古典〉（「婦人公論」十一月二十五日　第63巻12号　81〜81頁）
存在理由〈第一回群像新人長編小説賞選評〉（「群像」十二月一日　第33巻12号　142〜143頁）
馬の記憶（「馬銜」十二月二十五日　第2巻1号　22〜22頁）
持明院の石像（『特選日本の伝説17〈ロマンの旅南九州〉』〈月日記載ナシ〉　世界文化社　116〜119頁）
種子島の乙女（右同　120〜122頁）

一九七九年（昭和54年）　五十三歳

主食と副食〈晴天乱流〉（「文藝」一月一日　第18巻1号　16〜17頁）
晶子のこと（「楽しいわが家」一月一日　第27巻1号　20〜21頁）
キャラメルから肝油へ（「佐多稲子全集第15巻月報15」二月二十日　講談社　1〜2頁）
『妖術記』に呪われて—鬩ぎ合いに生きる〈わたし〉の実態—（「50冊の本」三月一日　第2巻3号　6〜7頁）
雛祭（「灯台」三月一日　11〜11頁）
夫婦喧嘩〈おんなの午後①〉（「サンデー毎日」三月二十五日　第58巻14号　154〜154頁）
睡眠時間〈おんなの午後②〉（「サンデー毎日」四月一日　第58巻15号　94〜94頁）
創造力〈おんなの午後③〉（「サンデー毎日」四月八日　第58巻16号　122〜122頁）
会いたい人（「The Student Times」四月十三日　32〜32面）
趣味事〈おんなの午後④〉（「サンデー毎日」四月十五日　第58巻17号　122〜122頁）
勤務時間〈おんなの午後⑤〉（「サンデー毎日」四月二十二日　第58巻18号　129〜129頁）
学生と洗濯機（「The Student Times」五月十一日　24〜24面）
その一言（「The Student Times」五月二十五日　24〜24面）
汐見橋—夕陽映える道頓堀—（「大阪春秋」五月三十日　第20号　14〜16頁）
青春（「The Student Times」六月八日　24〜24面）
親心と子心（「The Student Times」六月二十二日　20〜20面）
あと一息〈第十一回新潮新人賞選評〉（「新潮」七月一日　第76巻7号　99〜99頁）
潮時のこと〈天人地〉（「すばる」七月一日　第1巻3号　168〜169頁）
充実した結果〈第七回平林たい子文学賞選評〉（「潮」七月一日　第242号　283〜283頁）
まあ、わざわざ…（「毎日新聞」七月一日　25〜25面）
増田みず子著『ふたつの春』—人間性の秘密への新らたな認

識―（「波」八月一日 第13巻8号 27～28頁）
シャーロット・ブロンテ―夢と努力の女性―〈私の尊敬する人9〉（「楽しいわが家」九月一日 第27巻9号 10～12頁）
解説（萩原葉子『蕁麻の家〈新潮文庫〉』九月二十五日 新潮社 215～221頁）
潤一郎訳幻想（「潤一郎訳源氏物語愛蔵新書版全10巻別巻1巻」内容見本 九月〈刊記ナシ〉 中央公論社）
彫り深い才能〈第五回中央公論新人賞選評〉（「中央公論」十月一日 第94年10号 338～339頁）
自殺のこと（「本」十月一日 第4巻10号 30～31頁）
幅広さの理由（「栗田勇著作集第12巻付録」十月二十五日 講談社 1～2頁）
百首を読む（丸谷才一編『百人一首別冊文藝読本』十月三十日 河出書房新社 62～62頁）
大差のない二作〈第二回群像新人長篇小説選評〉（「群像」十二月一日 第34巻12号 365～366頁）
占いとの付き合い（「文藝春秋」十二月一日 第57巻13号 78～79頁）
上京まで〈私の修業時代〉（「婦人公論」十二月二十日 第64巻13号 193～193頁）
スペードの女王（『世界幻想名作集〈グラフィック版世界の文学別巻1〉』〈月日記載ナシ〉 世界文化社 89～109頁）
サロメ（『世界恋愛名作集〈グラフィック版世界の文学別巻2〉』〈月日記載ナシ〉 世界文化社 78～92頁）

一九八〇年（昭和55年） 五十四歳

罪の軽重（「文學界」一月一日 第34巻1号 12～13頁）
特殊を書く〈晴天乱流〉（「文藝」一月一日 第19巻1号 16～17頁）
肴の酒（「酒」一月一日 第28巻1号 16～18頁）
H・ヘッセの訳本〈外国文学と私〉（「群像」三月一日 第35巻3号 197～197頁）
新しい個性によって―'80年代の文学―（「読売新聞」三月十五日夕刊 5～5面）
わが町―千代田区番町（東京都）―（「東京新聞」三月二十五日夕刊 3～3面）
異性の文学〈外国文学と私〉（「群像」四月一日 第35巻4号 300～300頁）
貝の夢（「あさめし ひるめし ばんめし」四月十日 第22号 85～87頁）
禁欲（「素敵な女性」六月一日 第2巻6号 54～56頁）
良質の二作〈第十二回新潮新人賞選評〉（「新潮」七月一日 第77巻7号 77～78頁）
受賞作その他〈第八回平林たい子文学賞選評〉（「潮」七月一日 第254号 273～274頁）
新しい共通語の表現力（「宮崎日日新聞」八月二十五日 5～5面）
「虞美人草」と「虚栄の市」（「別冊太陽〈日本のこころ32夏目漱石〉」九月二十五日 163～163頁）

書誌
作品

ためらい〈第六回中央公論新人賞選評〉（「中央公論」十月一日　第95年13号　323〜323頁）

小さな発見（「楽しいわが家」十月一日　第28巻10号　3〜3頁）

南朝ゆかりの二名刹—金剛寺・観心寺〈古寺探訪〉—（『探訪日本の古寺13〈近畿〉』十月五日　小学館　83〜92頁）

最初のころ（「あさめし　ひるめし　ばんめし」十月十日　第24号　14〜15頁）

松井須磨子—古いモラルとの闘いに命を賭けた恋のカチューシャー—（『人物近代女性史4〈女の一生・恋と藝術への情念〉』十月十一日　講談社　21〜59頁）

私とわらべうた—あるかぞえ唄—（「毎日新聞」十月十九日　9〜9面）

光と色とロマンと〈永遠の名画秘蔵展③〉（「読売新聞」十月二十日夕刊　1〜1面）

理窟抜き（「楽しいわが家」十一月一日　第28巻11号　3〜3頁）

少しの差〈第三回群像新人長篇小説賞選評〉（「群像」十二月一日　第35巻13号　266〜267頁

同級生の死（「楽しいわが家」十二月一日　第28巻12号　3〜3頁）

賞とわたし（「新刊ニュース」十二月一日　第31巻12号　22〜23頁）

紅と絹—与謝野晶子（「別冊太陽名筆百選〈日本のこころ33〉」十二月五日　142〜143頁）

おおらかな美しさ—谷崎潤一郎（右同　143〜143頁）

支笏湖畔でのひととき（『美しい日本①北海道の大自然』〈月日記載ナシ〉　世界文化社　102〜102頁）

一九八一年（昭和56年）　五十五歳

不思議なこと〈晴天乱流〉（「文藝」一月一日　第20巻1号　14〜15頁）

読みかけの本〈読書生活〉（「すばる」一月一日　第3巻1号　139〜139頁）

一千年目の代替わり（「朝日新聞」一月三日　15〜15面）

二重の楽しみ〈読書生活〉（「すばる」二月一日　第3巻2号　167〜167頁）

体重計の秘密（「群像」三月一日　第36巻3号　250〜251頁）

「モーフ」〈読書生活〉（「すばる」三月一日　第3巻3号　189〜189頁）

R・トポール—意外性の美—（「六月の風レポート」三月一日　第39号　3〜5頁）

私の好きな句（「春雷」三月一日　第1巻2号　15〜15頁）

出雲観楓記—清水寺・鰐淵寺〈古寺探訪〉—（『探訪日本の古寺14〈山陽・山陰〉』三月十日　小学館　55〜64頁）

気分について（「作品」四月一日　第2巻4号　11〜13頁）

個人全集の王者（「谷崎潤一郎全集」内容見本　四月〈刊記ナシ〉　中央公論社）

黄色のマチス—健康で抜群の熱心さ—（「読売新聞」五月二日

夕刊 5～5面）＊大阪版は六月二十日夕刊。
未来の日本（「日本経済新聞」五月二十四日 24～24面）
谷崎文学の愉しみ㈠（「谷崎潤一郎全集第1巻月報1」五月二十五日 中央公論社 3～7頁）
「主おもむろに語るの記」を読みて（「中央公論」六月一日 第96年7号 283～284頁）
私の音楽教育体験「月光の曲」（「教育音楽」六月一日 第36巻6号 81～81頁）
谷崎文学の愉しみ㈡（「谷崎潤一郎全集第2巻月報2」六月二十五日 中央公論社 3～7頁）
「橋の上から」を択ぶ〈第13回新潮新人賞選評〉（「新潮」七月一日 第78巻7号 136～136頁）
池田さんの作品〈第九回平林たい子文学賞選評〉（「潮」七月一日 第266号 273～274頁）
谷崎文学の愉しみ㈢（「谷崎潤一郎全集第3巻月報3」七月二十五日 中央公論社 3～8頁）
低気圧（「文學界」八月一日 第35巻8号 12～13頁）
谷崎文学の愉しみ㈣（「谷崎潤一郎全集第4巻月報4」八月二十五日 中央公論社 3～7頁）
お加減・ちびっ子（掲載誌紙名未詳 八月 未確認）
私の熱中時代（「楽しいわが家」九月一日 第29巻9号 12～14頁）
谷崎文学の愉しみ㈤（「谷崎潤一郎全集第5巻月報5」九月二十五日 中央公論社 3～8頁）
谷沢永一さんの一言〈人〉（「新潮」十月一日 第78巻10号 212～212頁）
現代作家のひとりとして（「群像」十月一日 第36巻10号 354～356頁）
「溶けた貝」と「雨が好き」〈第七回中央公論新人賞選評〉（「中央公論」十月一日 第96年13号 366～367頁）
光と影（「ガラスライフ」十月十日 第137号 17～17頁）
谷崎文学の愉しみ㈥（「谷崎潤一郎全集第6巻月報6」十月二十五日 中央公論社 3～8頁）
一作の選択〈昭和56年度「女流文学賞」選評〉（「婦人公論」十一月一日 第66巻12号 232～232頁）
谷崎文学の愉しみ㈦（「谷崎潤一郎全集第7巻月報7」十一月二十五日 中央公論社 3～7頁）
個人全集の王者（「谷崎潤一郎全集愛読愛蔵版全30巻」内容見本 十一月〈刊記ナシ〉 中央公論社 1～2頁）
谷崎文学の愉しみ㈧（「谷崎潤一郎全集第8巻月報8」十二月二十五日 中央公論社 3～7頁）

一九八二年（昭和57年） 五十六歳

笑いの不思議（「文藝」一月一日 第21巻1号 12～13頁）
かまぼこ（「春雷」一月一日 第2巻1号 2～5頁）
春着の支度（「婦人公論」一月一日 第67巻1号 93～94頁）
谷崎文学の愉しみ㈨（「谷崎潤一郎全集第9巻月報9」一月二十五日 中央公論社 3～8頁）
文藝時評（上）（下）（「朝日新聞」一月二十五・二十六日夕刊

5～5面）
ふと思ったこと（「海燕」二月一日　第1巻2号　6～9頁）
文藝時評（上）（下）（「朝日新聞」二月二十二・二十三日夕刊　5～5面）
谷崎文学の愉しみ（十）（「谷崎潤一郎全集第10巻月報10」二月二十五日　中央公論社　3～7頁）
殺人小説はたくさんあるが谷崎の『神と人との間』は格別の怖しさである（「ブック・ガイド・ブック」三月十日　河出書房新社　116～117頁）
谷崎文学の愉しみ（十一）（「谷崎潤一郎全集第11巻月報11」三月二十五日　中央公論社　3～8頁）
文藝時評（上）（下）（「朝日新聞」三月二十五・二十六日夕刊　5～5面）
こういう夫婦（「楽しいわが家」四月一日　第30巻4号　3～3頁）
文藝時評（上）（下）（「朝日新聞」四月二十二・二十三日夕刊　5～5面）
谷崎文学の愉しみ（十二）（「谷崎潤一郎全集第12巻月報12」四月二十五日　中央公論社　3～8頁）
春の誕生（「楽しいわが家」五月一日　第30巻5号　3～3頁）
文藝時評（上）（下）（「朝日新聞」五月二十四・二十五日夕刊　5～5面）
谷崎文学の愉しみ（十三）（「谷崎潤一郎全集第13巻月報13」五月二十五日　中央公論社　3～8頁）
親というもの（「楽しいわが家」六月一日　第30巻6号　3～3頁）
文藝時評（上）（下）（「朝日新聞」六月二十四・二十五日夕刊　5～5面）
谷崎文学の愉しみ（十四）（「谷崎潤一郎全集第14巻月報14」六月二十五日　中央公論社　3～8頁）
二作を推す〈第14回新潮新人賞選評〉（「新潮」七月一日　第79巻7号　126～127頁）
怖ろしいこと（「海」七月一日　第14巻7号　22～24頁）
「浅い眠り」と「忠臣蔵」〈第十回平林たい子文学賞選評〉（「潮」七月一日　第279号　350～351頁）
パイロットの眼〈私の古傷〉（「別冊婦人公論」七月二十日　第3巻3号　47～47頁）
谷崎文学の愉しみ（十五）（「谷崎潤一郎全集第15巻月報15」七月二十五日　中央公論社　3～8頁）
年譜（『芥川賞全集第6巻』七月二十五日　文藝春秋　523～527頁）
文藝時評（上）（下）（「朝日新聞」七月二十六・二十七日夕刊　5～5面）
苺と貝（「別冊潮」八月二日　創刊号　20～23頁）
谷崎文学の愉しみ（十六）（「谷崎潤一郎全集第16巻月報16」八月二十五日　中央公論社　3～8頁）
文藝時評（上）（下）（「朝日新聞」八月二十六・二十七日夕刊　5～5面）

古井さんの秘境（「古井由吉作品全七巻」内容見本　八月〈刊記ナシ〉　河出書房新社）

谷崎文学の愉しみ(十七)（「谷崎潤一郎全集第17巻月報17」九月二十五日　中央公論社　3～8頁）

文藝時評（上）（下）（「朝日新聞」九月二十七・二十八日夕刊　5～5面）

ジンクス破り〈第八回中央公論新人賞選評〉（「中央公論」十月一日　第97年10号　318～319頁）

春の快晴の昼間に（「婦人公論」十月一日　第67巻10号　427～427頁）＊アンケート私が望んでいる死のあり方

谷崎文学の愉しみ(十八)（「谷崎潤一郎全集第18巻月報18」十月二十五日　中央公論社　3～8頁）

文藝時評（上）（下）（「朝日新聞」十月二十五・二十六日夕刊　5～5面）

ためらいなく〈昭和57年度「女流文学賞選評」〉（「婦人公論」十一月一日　第67巻11号　250～250頁）

双葉の頃（「国文学〈解釈と教材の研究〉」十一月二十日　第27巻15号　9～10頁）

谷崎文学の愉しみ(十九)（「谷崎潤一郎全集第19巻月報19」十一月二十五日　中央公論社　3～8頁）

文藝時評（上）（下）（「朝日新聞」十一月二十五・二十六日夕刊　5～5面）

10氏が選んだベスト3（「朝日新聞」十二月十四日　7～7面）＊アンケート

文藝時評（上）（下）（「朝日新聞」十二月二十三・二十四日夕刊　5～5面）

谷崎文学の愉しみ(二十)（「谷崎潤一郎全集第20巻月報20」十二月二十五日　中央公論社　3～8頁）

音の聴える魅力の評論集（「世界日報」十二月二十七日　7～7頁）

一九八三年（昭和58年）　五十七歳

文藝時評（上）（下）（「朝日新聞」一月二十四・二十五日夕刊　5～5面）

解説（佐藤愛子著『むつかしい世の中〈角川文庫〉』一月二十五日　角川書店　233～238頁）

谷崎文学の愉しみ(二十一)（「谷崎潤一郎全集第21巻月報21」一月二十五日　中央公論社　3～7頁）

文藝時評（上）（下）（「朝日新聞」二月二十二・二十三日夕刊　5～5面）

谷崎文学の愉しみ(二十二)（「谷崎潤一郎全集第27巻月報22」二月二十五日　中央公論社　3～8頁）

梅見と梅干（「梅家族」三月一日　第35号　8～8頁）

文藝時評（上）（下）（「朝日新聞」三月二十四・二十五日夕刊　5～5面）

谷崎文学の愉しみ(二十三)（「谷崎潤一郎全集第28巻月報23」三月二十五日　中央公論社　3～8頁）

吉行文学の意識（「吉行淳之介全集全17巻・別巻3」内容見本　三月〈刊記ナシ〉講談社）

スポンサーとパトロン（「知識」四月一日　第30号　13～14頁）
まえがき（『文学1983』四月十八日　講談社　i～xi頁）
谷崎文学の愉しみ㈣（「谷崎潤一郎全集第29巻月報24」四月二十五日　中央公論社　3～8頁）
解説（佐藤愛子『幸福の絵〈集英社文庫〉』四月二十五日　集英社　276～283頁）
衝撃的な意外性（「ラテンアメリカの文学全18巻」内容見本　四月〈刊記ナシ〉　集英社）
事実・真実・超自然―『夏の栞』佐多稲子―（「新潮」五月一日　第80巻6号　266～267頁）
よく思ったこと〈尾崎一雄を偲ぶ〉（「連峰」五月十日　第6巻59号　29～30頁）
谷崎文学の愉しみ㈤（「谷崎潤一郎全集第30巻月報25」五月二十五日　中央公論社　3～8頁）
解説（瀬戸内晴美『比叡〈新潮文庫〉』五月二十五日　新潮社　311～317頁）
元気な人〈追悼尾崎一雄〉（「群像」六月一日　第38巻6号　343～345頁）
歯磨―今も印象に残る淡桃色の袋―〈値段の明治・大正・昭和風俗史190〉（「週刊朝日」六月十日　第88巻25号　76～77頁）
谷崎文学の愉しみ㈥（「谷崎潤一郎全集第22巻月報26」六月二十五日　中央公論社　3～7頁）
大胆さと繊細さ〈第15回新潮新人賞選評〉（「新潮」七月一日　第80巻8号　171～172頁）
小説作品の選考〈第十一回平林たい子文学賞選評〉（「潮」七月一日　第291号　185～185頁）
ある病院のこと（「楽しいわが家」七月一日　第31巻7号　3～3頁）
私のナンバー（『芥川賞小事典〈芥川賞全集・別冊〉』七月一日　文藝春秋　207～209頁）
縁（『戦死やあわれ西川勉遺稿・追悼文集』七月十五日　西川勉遺稿・追悼文集編集委員会　127～129頁）
自然淘汰としての妊娠中絶（「別冊婦人公論」七月二十日　第4巻3号　100～103頁）
エミリ・ブロンテ（『世紀末の愛と炎〈歴史をつくる女たち5〉』七月二十日　集英社　75～102頁）
谷崎文学の愉しみ㈦（「谷崎潤一郎全集第23巻月報27」七月二十五日　中央公論社　3～7頁）
見えない顔（「海燕」八月一日　第2巻8号　9～12頁）
私の催眠法（「楽しいわが家」八月一日　第31巻8号　3～3頁）
谷崎文学の愉しみ㈧（「谷崎潤一郎全集第24巻月報28」八月二十五日　中央公論社　3～8頁）
谷崎文学の愉しみ㈨（「谷崎潤一郎全集第25巻月報29」九月二十五日　中央公論社　3～8頁）
絶好の素材を惜しむ〈第九回中央公論新人賞選評〉（「中央公論」十月一日　第98年11号　250～251頁）

あさめし（「あさめし　ひるめし　ばんめし」十月十日　第32号　4〜4頁）
A・デューラー（『カンヴァス世界の大画家7〈デューラー〉』十月二十五日　中央公論社　61〜68頁）
受賞作〈昭和58年度「女流文学賞」選評〉（「婦人公論」十一月一日　第68年12号　336〜336頁）
谷崎文学の愉しみ㈢（「谷崎潤一郎全集第26巻月報30」十一月十日　中央公論社　3〜8頁）
小田原を通る時（「尾崎一雄全集第10巻月報10」十一月三十日　筑摩書房　3〜5頁）

一九八四年（昭和59年）　五十八歳

我が家自慢のおせち料理（「月刊カドカワ」一月一日　第2巻1号　3〜3頁）
私の一冊（「東京新聞」一月六日　7〜7面）
横からの光景1〜6（「月刊自動車労連」一月十日〜六月十日　第24巻1〜6号　20〜23頁）
まちがい（「東京新聞」四月二十六日夕刊　3〜3面）
夢に見るまで（「婦人公論」五月一日　第69巻5号　77〜78頁）
肩の話〈絵入りずいひつ〉（「オール讀物」六月一日　第39巻6号　42〜43頁）
『ダミアンズ、私の獲物』への信頼〈第27回群像新人文学賞選評〉（「群像」六月一日　第39巻6号　110〜111頁）
春の日〈特集野上弥生子の一世紀〉（「新潮」六月一日　第81巻6号　229〜234頁）
四編の受賞作〈第十二回平林たい子文学賞選評〉（「潮」七月一日　第303号　300〜300頁）
いざという時（「別冊婦人公論」七月二十日　第17号　104〜108頁）
谷崎文学の性的面白さ―解説―（「春琴抄〈日本の文学59〉」八月一日　ほるぷ出版　225〜239頁）
「脳死」認定の恐怖（「読売新聞」八月一日夕刊　11〜11面）
私のテレビ利用法（上）―五輪閉会式で思ったこと―（「毎日新聞」八月十九日　9〜9面）
私のテレビ利用法（下）―地震には「テレビ!…」―（「毎日新聞」八月二十六日　15〜15面）
死体の所有者（「新潮」九月一日　第81巻9号　256〜257頁）
動物のように（「楽しいわが家」九月一日　第31巻9号　3〜3頁）
小使さん（掲載誌紙名未詳　九月　未確認）
車中にて（同右）
二つの受賞作〈第十回中央公論新人賞選評〉（「中央公論」十月一日　第99年10号　294〜295頁）
そうはいうものの（「楽しいわが家」十月一日　第32巻10号　3〜3頁）
聞いたこと思ったこと―谷崎松子との対話―（「中央公論文藝特集」十月二十五日　復刊1号　82〜91頁）
尾崎紅葉の墓（「文學界」十一月一日　第38巻11号　10〜11頁）
丸谷さんの『忠臣蔵とは何か』を読む（「本」十一月一日　第

9巻11号　4～5頁）
満州は知らない〈昭和59年度「女流文学賞」選評〉（「婦人公論」十一月一日　第69巻11号　396～396頁）
きょうだい（「楽しいわが家」十一月一日　第32巻11号　3～3頁）
編集を終えて（『丹羽文雄の短篇30選』十一月二十二日　角川書店　769～769頁）
スケッチ体の新リアリズム文学（「波」十二月一日　第18巻12号　18～19頁）
機械を捨てる（「楽しいわが家」十二月一日　第32巻12号　3～3頁）
移動時間（「日本経済新聞」十二月九日　24～24面）
谷崎と神奈川（「神奈川近代文学館」十二月十日　第6号　3～3頁）
向坂さんの眼線（『回想の向坂隆一郎』十二月二十二日　向坂陽子　151～154頁）
貝殻たちへ（「季刊手紙」十二月〈日ナシ〉　第2号　19～21頁）
阿弥陀池（『特選日本の伝説11〈ロマンの旅大阪〉』〈月日記載ナシ〉　世界文化社　36～38頁）
西行と遊女（同右　42～44頁）
中将姫（『特選日本の伝説12〈ロマンの旅南紀〉』〈月日記載ナシ〉　世界文化社　30～33頁）

一九八五年（昭和60年）　五十九歳

助命と殺人（「文藝」一月一日　第24巻1号　12～13頁）
奇蹟（「海燕」一月一日　第4巻1号　15～18頁）
蛙と算術（「新潮」一月一日　第82巻1号　156～157頁）
解説（『痴人の愛〈中公文庫〉』一月十日　中央公論社　311～316頁）
谷崎生誕百年の光彩（「朝日新聞」一月三十日夕刊　5～5面）
谷崎文学と時代（『「谷崎潤一郎・人と文学」展』一月〈日ナシ〉　朝日新聞社　14～16頁）
「桐桜欅柿朴庭葉葉」（「新潮」二月一日　第82巻2号　232～234頁）
牧水記念館に成績簿（「宮崎日日新聞」四月十五日　5～5面）
椎茸との付き合い（「宮崎日日新聞」五月十三日　5～5面）
超女流文学者（「日本近代文学館」五月二十日　第85号　3～3頁）
二十代作家一葉〈エッセイ一枚の写真〉（『樋口一葉〈新潮日本文学アルバム3〉』五月二十日　新潮社　97～103頁）
得難い個性〈第二十八回群像新人文学賞選評〉（「群像」六月一日　第40巻6号　172～173頁）
子供の知恵のすばらしさ（「宮崎日日新聞」六月十七日　5～5面）
今年の収穫〈第十三回平林たい子文学賞選評〉（「潮」七月一日　第315号　307～307頁）
あれこれの時間（「別冊婦人公論」七月二十日　第6巻3号　276～280頁）

まず思うこと（『小島信夫をめぐる文学の現在』七月二十日 福武書店 18〜22頁）
短編小説のこと（「三田文学」八月一日 第64巻2号 12〜13頁）
赤い実（「楽しいわが家」八月一日 第33巻8号 8〜9頁）
解説（『蘆刈・卍（まんじ）〈中公文庫〉』九月十日 中央公論社 283〜288頁）
手紙の始末（「中央公論文藝特集」九月二十五日 第2巻3号 62〜65頁）
「卵」の作者に期待〈第十一回中央公論新人賞選評〉（「中央公論」十月一日 第100年10号 318〜319頁）
狭義の才能プラス広義の才能―米谷ふみ子著『過越しの祭』を読んで―（「波」十月一日 第19巻10号 16〜17頁）
秋風の中で〈女流の肖像〉（「別冊婦人公論」十月二十日 第6巻4号 16〜16頁）
夢の残り（「文學界」十一月一日 第39巻11号 169〜180頁）
幸運な受賞〈昭和60年度「女流文学賞」選評〉（「婦人公論」十一月一日 第70巻13号 234〜234頁）
ブロンテ詣で（「文學界」十二月一日 第39巻12号 293〜303頁）
選考の歓び〈昭和六十年度文藝賞選評〉（「文藝」十二月一日 第24巻12号 59〜60頁）

一九八六年（昭和61年） 六十歳

人の命（「群像」一月一日 第41巻1号 368〜369頁）
女王幽閉の島（「文學界」一月一日 第40巻1号 282〜292頁）
文章の力（「海燕」一月一日 第5巻1号 292〜297頁）
解説（『春琴抄・吉野葛〈中公文庫〉』一月十日 中央公論社 167〜176頁）
冬の温度（「毎日新聞」一月二十日夕刊 4〜4面）
首斬場の鳥（「文學界」二月一日 第40巻2号 303〜313頁）
自己顕示（「婦人公論」二月一日 第71巻3号 77〜78頁）
田久保英夫「海図」〈第37回読売文学賞選評〉（「読売新聞」二月一日 15〜15面）
高い塔・低い塔（『塔の四季』四月二十五日 グラフィック社 57〜61頁）
女の名前（掲載誌紙名未詳 四月 未確認）
両部門の受賞作〈第二十九回群像新人文学賞選評〉（「群像」六月一日 第41巻6号 154〜155頁）
「網」を推す〈第十四回平林たい子文学賞選評〉（「潮」七月一日 第327号 246〜246頁）
オペラ、「昼間の戸外」のもの（「フィルハーモニー」七月一日 第58巻7号 29〜30頁）
栗田明子著『ゆめの宝石箱』―奇跡のような女性の半生―（「週刊読書人」七月二十一日 8〜8面）
こころの書から（「朝日新聞」八月二・十六・二十三・三十日夕刊）
夏のたわごと（「婦人公論」八月二十日 第71巻11号 236〜240頁）
『仏陀を買う』をめぐって（近藤紘一『仏陀を買う』八月二十

日　中央公論社　127〜150頁）
言い知れぬ愛（クレサンベール「愛の伝達」九月　第33号　1〜2頁）
ハンドル知らず（掲載誌紙名未詳　九月　未確認）
小説というもの〈第十二回中央公論新人賞選評〉（「中央公論」十月一日　第101年11号　388〜389頁）
作品と評伝（「群像」十月一日　第41巻10号　360〜361頁）
食卓（掲載誌紙名未詳　十月　未確認）
出しゃばり（「楽しいわが家」十月一日　第34巻10号　3〜3頁）
ひとつの幸運（「音楽鑑賞教育」十月一日　第204号　14〜17頁）
快心の作〈昭和61年度「女流文学賞」選評〉（「婦人公論」十一月一日　第71巻14号　404〜404頁）
円地文子さんのこと（「朝日新聞」十一月十七日夕刊　7〜7面）
ぎんなん（「楽しいわが家」十一月一日　第34巻11号　3〜3頁）
『あしながおじさん』と私（『少年少女世界文学館12あしながおじさん』十一月二十一日　講談社　246〜252頁）
感想〈昭和六十一年度文藝賞選評〉（「文藝」十二月一日　第25巻5号　97〜98頁）
「ご挨拶」（「楽しいわが家」十二月一日　第34巻12号　3〜3頁）
ブロンテ文学の特異性（「Brontë Newsletter of Japan」十二月十九日　第3号　1〜1頁）
日本ブロンテ協会の実現（「ブロンテ・スタディーズ」十二月十九日　第1巻1号　1〜1頁）

一九八七年（昭和62年）　六十一歳

円地文子さんと現世（「新潮」一月一日　第84巻1号　186〜188頁）
一流の人—円地文子さん—（「群像」一月一日　第42巻1号　318〜320頁）
アメリカとブロンテ姉妹（「文學界」一月一日　第41巻1号　10〜11頁）
私の十冊（「文藝春秋」一月一日　第65巻1号　392〜392頁）＊アンケート
最近の女性新人〈文藝時評1〉（「知識」一月一日　第3巻1号　324〜327頁）
夢（「図書」一月一日　第449号　1〜1頁）
解説（山本健吉『十二の肖像画〈福武文庫〉』一月十六日　福武書店　279〜289頁）
百年の日本人〈谷崎潤一郎①〜④〉（「読売新聞」一月二十〜二十三日夕刊　5・11・7・7面）
思いがけない出来事〈文藝時評2〉（「知識」二月一日　第3巻2号　280〜283頁）
ささやかな日本人〈日本人の発見1〉（「東京新聞」二月二日　7〜7面）
ある密航者とその友の書〈日本人の発見2〉（「東京新聞」二月

九日 7～7面)
少年たちの共和国(『少年少女日本文学館第4巻〈小さな王国・海神丸〉』二月十四日 講談社 236～241頁)
文豪の恩師・野川先生〈日本人の発見3〉(「東京新聞」二月十六日 7～7面)
声楽家・柳兼子さん〈日本人の発見4〉(「東京新聞」二月二十三日 7～7面)
〈成り行き〉について〈文藝時評3〉(「知識」三月一日 第3巻3号 246～249頁)
連載中の小説作品〈文藝時評4〉(「知識」四月一日 第3巻4号 246～249頁)
よい小説文学について〈文藝時評5〉(「知識」五月一日 第3巻5号 246～249頁)
二十五年の印象(「日本近代文学館」五月十五日 第97号 6～6頁)
心理の表現〈文藝時評6〉(「知識」六月一日 第3巻6号 246～249頁)
受賞作について〈第十五回平林たい子文学賞選評〉(「潮」七月一日 第339号 270～271頁)
誠実ということ〈文藝時評7〉(「知識」七月一日 第3巻7号 246～249頁)
付加される歓び〈文藝時評8〉(「知識」八月一日 第3巻8号 246～249頁)
旧いもの(「目の眼」八月一日 第131号 27～28頁)
ジェーン・エアの墓(「婦人公論」八月二十日 第72巻10号 234～236頁)
村田氏の登場〈第97回芥川賞選評〉(「文藝春秋」九月一日 第65巻12号 412～413頁)
リアリティの生命〈文藝時評9〉(「知識」九月一日 第3巻9号 246～249頁)
番町の自然〈わたしの東京〉(「東京人」九月一日 第2巻4号 19～19頁)
人間性への興味〈文藝時評10〉(「知識」十月一日 第3巻10号 246～249頁)
非リアリズムの二作〈第十三回中央公論新人賞選評〉(「中央公論」十月一日 第102年12号 271～271頁)
ハワースにて(「ブロンテ・スタディーズ」十月十七日 第1巻2号 1～2頁)
文学作品と筋〈文藝時評11〉(「知識」十一月一日 第3巻11号 246～249頁)
魅力の漲る名作〈昭和62年度「女流文学賞」選評〉(「婦人公論」十一月一日 第72巻13号 302～303頁)
老人と元ヒッピー〈文藝時評終〉(「知識」十二月一日 第3巻12号 246～249頁)
今回の特色〈昭和六十二年度文藝賞選評〉(「文藝」十二月一日 第26巻5号 218～219頁)
将来性を期待して〈第十三回新沖縄文学賞選評〉(「新沖縄文学」十二月三十日 第74号 182～184頁)

『日本書道辞典』に思う（小松茂美編『日本書道辞典』内容見本〈刊記ナシ〉二玄社）

一九八八年（昭和63年）　六十二歳

解説（丹羽文雄『樹海㊦〈新潮文庫〉』二月二十五日　新潮社　362～368頁）

解説―スケッチ体の新リアリズム文学（佐藤愛子『ウララ町のうららかな日〈新潮文庫〉』二月二十五日　新潮社　274～277頁）

丹羽文雄・人と作品（『昭和文学全集第11巻』三月一日　小学館　1056～1062頁）

二作の強み〈第98回芥川賞選評〉（「文藝春秋」三月一日　第66巻3号　342～343頁）

書（「水茎」三月三十一日　第4号　123～125頁）

吉行淳之介「手品師」（「群像」五月一日　第43巻5号　448～448頁）

二様の才能〈いま文学を志す人々へ〉（「群像」六月一日　第43巻6号　202～204頁）

郵便（「中央公論」六月一日　第103年6号　39～41頁）

第一線作家30人が選んだ恋愛小説ベスト3（「文藝春秋」六月一日　第66巻7号　350～351頁）＊アンケート

歓ばしい二作〈第十六回平林たい子文学賞選評〉（「潮」七月一日　第351号　358～358頁）

私の大好物（「婦人公論」八月二十日　第73巻9号　66～69頁）

感想〈第99回芥川賞選評〉（「文藝春秋」九月一日　第66巻11号　413～413頁）

鮮烈な個性の展覧会（「日本近代文学館」九月二十五日　第105号　4～4頁）

「泳ごう」を惜しむ〈第十四回中央公論新人賞選評〉（「中央公論」十月一日　第103年10号　295～295頁）

二作の受賞〈昭和63年度女流文学賞選評〉（「婦人公論」十一月一日　第73巻12号　291～292頁）

電話のこと（「かんぽ資金」十一月一日　第126号　32～32頁）

二作の収穫〈昭和六十三年度文藝賞選評〉（「文藝」十二月一日　第27巻5号　12～12頁）

各作について〈第十四回新沖縄文学賞選評〉（「新沖縄文学」十二月三十日　第78号　131～132頁）

自慢話（「万華灯」冬〈月日記載なし〉第5号　13～14頁）

一九八九年（昭和64年・平成元年）　六十三歳

「婦系図」の怪（「東京新聞」一月五日夕刊　3～3面）

発刊にあたって〈はじめに〉（「鐘」一月十五日　創刊号　4～4頁）

最初の冬（掲載誌紙名未詳　一月　未確認）

思いだすままに（同右　二月）

三作について〈第100回芥川賞選評〉（「文藝春秋」三月一日　第67巻3号　435～436頁）

作品論的批評の可能性―鮎沢乗光著『イギリス小説の読み方』にふれて―（「不死鳥」三月三十日　第58号　1～1頁）

あとがき（『鳥にされた女』六月二十五日　学藝書林　285～287

頁）
P・メリメの『カルメン』（「別冊文藝春秋」七月一日 第188号 20〜21頁）
二受賞作を得て〈第十七回平林たい子文学賞選評〉（「群像」八月一日 第44巻8号 275〜275頁）
大きな期待〈第101回芥川賞選評〉（「文藝春秋」九月一日 第67巻10号 429〜429頁）
『アドベンチャー』の魅力〈第十五回中央公論新人賞選評〉（「中央公論」十月一日 第104年10号 365〜365頁）
『黄色い猫』を選ぶ〈平成元度女流文学賞選評〉（「婦人公論」十一月一日 第74巻11号 291〜292頁）
職業人を描く二作〈平成元年度文藝賞選評〉（「文藝」十二月一日 第28巻5号 12〜13頁）
受賞作の強み〈第十五回新沖縄文学賞選評〉（「新沖縄文学」十二月三十日 第82号 165〜166頁）

一九九〇年（平成2年） 六十四歳

自然なフェミニズム〈はじめに〉（「鐘」一月十五日 第2号 4〜4頁）
大岡氏と荻野氏〈第102回芥川賞選評〉（「文藝春秋」三月一日 第68巻4号 403〜403頁）
最後はお茶漬〈ばんごはん〉（「食の文学館」七月十日 第8号 22〜22頁）
印象〈第十八回平林たい子文学賞選評〉（「群像」八月一日 第45巻8号 281〜281頁）
『友情』と私（「武者小路実篤全集第15巻月報17」八月二十日 小学館 4〜6頁）
最後の選択〈第103回芥川賞選評〉（「文藝春秋」九月一日 第68巻10号 371〜371頁）
択んだ理由〈第十六回中央公論新人賞選評〉（「中央公論」十月一日 第105年10号 313〜313頁）
感想〈平成二年度谷崎潤一郎賞選評〉（「中央公論」十一月一日 第105年11号 345〜345頁）
眠る場所（掲載誌紙名未詳 十一月 未確認）
〈著者の言葉〉（『みいら採り猟奇譚〈純文学書下ろし特別作品〉』十一月三十日 新潮社 箱）
良質の青春小説〈平成二年度文藝賞選評〉（「文藝」十二月一日 第29巻5号 129〜129頁）
尋ね犬（掲載誌紙名未詳 十二月 未確認）
自作再見―回転扉―（「朝日新聞」十二月二十三日朝刊 15〜15面）
あとがき（『悪〈日本の名随筆98〉』十二月二十五日 作品社 240〜241頁）
選評〈第十六回新沖縄文学賞選評〉（「新沖縄文学」十二月三十日 第86号 148〜149頁）

一九九一年（平成3年） 六十五歳

後日の話（「文學界」一月一日 第45巻1号 10〜11頁）
あらゆる道徳は自由と同義である〈表紙の筆跡・表紙の言葉〉（「波」一月一日 第25巻1号 表紙・11〜11頁）

遠い人・近い人（掲載誌紙名未詳　一月　未確認）

大庭みな子『津田梅子』〈第42回読売文学賞選評〉（「読売新聞」二月一日　23〜23面）

抽象的創作のために〈はじめに〉（「鐘」二月八日　第3号　4〜4頁）

二つの「魔笛」（「東京新聞」二月二十三日夕刊　3〜3面）

感想〈第104回芥川賞選評〉（「文藝春秋」三月一日　第69巻3号　419〜419頁）

悪について（「読売新聞」三月二日夕刊　13〜13面）

谷崎松子さんの印象（「中央公論」四月一日　第106年4号　376〜379頁）

「ミドサマー」のこと（「イギリス1集英社ギャラリー〈世界の文学2〉」月報」四月二十四日　集英社　1〜3頁）

週刊新潮掲示板（「週刊新潮」四月二十五日　第36巻16号　133〜133頁）

印象の文学（『谷崎潤一郎〈群像日本の作家8〉』五月十日　小学館　264〜266頁）

執筆中の私を幾度も襲うある衝動（「プレジデント」六月一日　第29巻6号　170〜171頁）

「性」を愉しむための教養（「新潮45」六月一日　第10巻6号　176〜183頁）

大庭さんの豊かさ（「大庭みな子全集第6巻月報8」七月二十五日　講談社　1〜2頁）

受賞作について〈第十九回平林たい子文学賞選評〉（「群像」八月一日　第46巻8号　285〜285頁）

二作を推す〈第105回芥川賞選評〉（「文藝春秋」九月一日　第69巻10号　410〜410頁）

「カルメン」に魅かれて（二期会カルメン文化庁移動芸術祭オペラ公演パンフレット　10〜11頁）

小見さんの成功作〈第十七回中央公論新人賞選評〉（「中央公論」十月一日　第106年10号　343〜343頁）

川村さんの見取図（『プリズマ―川村二郎をめぐる変奏―』十月十五日　小沢書店　28〜30頁）

あの頃の大阪と私（「季刊おおさかの街」十月二十八日　第25号　4〜5頁）

哀しみと覚悟（「開高健全集」内容見本　十月〈日付ナシ〉　新潮社　2〜3頁）

こういう呼び方（掲載誌紙名未詳　十月　未確認）

洗濯仕事（「三田文学」十一月一日　70巻27号　12〜13頁）

今年は戯曲〈平成三年度谷崎潤一郎賞選評〉（「中央公論」十一月一日　第106年11号　394〜394頁）

「ｒｏｓｅ」を推す〈平成三年度文藝賞〉（「文藝」十二月一日　第30巻5号　231〜232頁）

早熟の大器（「国文学〈解釈と教材の研究〉」十二月二十日　第36巻14号　6〜8頁）

私の一九九一年（「週刊読書人」十二月二十三日　3〜3頁）

沖縄を超える作品を〈第十七回新沖縄文学賞選評〉（「新沖縄文学」十二月三十日　第90号　149〜150頁）

一九九二年（平成4年） 六十六歳

受賞の言葉〈第44回野間文藝賞〉（「群像」一月一日 第47巻1号 262〜263頁）
時間の表現（「海燕」一月一日 第11巻1号 13〜16頁）
この道（「本」一月一日 第17巻1号 4〜5頁）
オペラの周辺（「THIS IS読売」一月一日 第2巻10号 34〜36頁）
《食》のことば（「Poetica」一月一日 第2巻1号 1〜1頁）
遠くて近い友〈交遊抄〉（「日本経済新聞」一月七日）
幸福のかたち⑤—身の丈に合わせた「死生観」—（「毎日新聞」一月八日夕刊 6〜6面）
歌舞伎に思う（『新潮古典文学アルバム22』一月十日 新潮社 2〜6頁）
失われた言葉（掲載誌紙名未詳 一月 未確認）
ある種の作品のこと—平林たい子覚え書—（「文學界」二月一日 第46巻2号 197〜203頁）
僅差の意味〈はじめに〉（「鐘」二月八日 第4号 4〜5頁）
創作の会得〈第106回芥川賞選評〉（「文藝春秋」三月一日 第70巻3号 395〜396頁）
「女性作家十三人展」について（「日本近代文学館」三月十五日 第126号 2〜2頁）
蓮実さんの「距離」（「国文学〈解釈と教材の研究〉」七月一日 第37巻8号 25〜27頁）
不思議な乳母車（「新刊ニュース」七月一日 第504号 7〜7頁）
符合〈出あいの風景〉（「朝日新聞」七月六日夕刊 11〜11面）
空風呂を焚く〈出あいの風景〉（「朝日新聞」七月七日夕刊 9〜9面）
イタリアにて〈出あいの風景〉（「朝日新聞」七月八日夕刊 11〜11面）
原稿用紙〈出あいの風景〉（「朝日新聞」七月九日夕刊 9〜9面）
あの人〈出あいの風景〉（「朝日新聞」七月十日夕刊 9〜9面）
両受賞作について〈第二十回平林たい子文学賞選評〉（「群像」八月一日 第47巻8号 306〜307頁）
『運転士』を推す〈第107回芥川賞選評〉（「文藝春秋」九月一日 第70巻9号 415〜416頁）
日が経つにつれて〈追悼・中上健次〉（「文學界」十月一日 第46巻10号 156〜157頁）
感想〈第十八回中央公論新人賞選評〉（「中央公論」十月一日 第107年10号 351〜351頁）
分身の逆転〈平成四年度谷崎潤一郎賞選評〉（「中央公論」十一月一日 第107年11号 287〜288頁）
奇妙な電話（「中央公論」十二月一日 第107年12号 75〜77頁）
私見〈平成四年度文藝賞選評〉（「文藝」十二月一日 第31巻5号 152〜152頁）

一九九三年（平成五年） 六十七歳

爛熟への道（「群像」一月一日　第48巻1号　316〜321頁）
水（「波」一月一日　第27巻1号　2〜3頁）
創作と読書〈はじめに〉（「鐘」一月二十日　第5号　4〜4頁）
あとがき（『蛙と算術』二月二十日　新潮社　238〜240頁）
可能性の気配〈第108回芥川賞選評〉（「文藝春秋」三月一日　第71巻3号　418〜418頁）
文藝家の寿命（「文藝家協会ニュース」四月〈日付ナシ〉　第500号　14〜14頁）
夫婦の性〈もっと語っていい性〉（『朝日ワンテーママガジン⑤平成夫婦進化論〈子離れ後が人生！〉』六月五日　朝日新聞社　178〜182頁）
あとがき（『谷崎文学の愉しみ』六月二十日　中央公論社　222〜223頁）
沖縄への愛〈第二十一回平林たい子文学賞選評〉（「群像」八月一日　第48巻8号　320〜320頁）
あるカップルの物語〈第109回芥川賞選評〉（「文藝春秋」九月一日　第71巻9号　408〜409頁）
時差のこと（「現代」九月一日　第27巻9号　338〜339頁）
あと一息の克服〈第十九回中央公論新人賞選評〉（「中央公論」十月一日　第108年11号　421〜421頁）
預金通帳（「楽しいわが家」十月一日　第41巻10号　6〜7頁）
『腕くらべ』の妙味（「荷風全集第23巻月報16」十月二十八日　岩波書店　1〜4頁）
感想〈平成五年度谷崎潤一郎賞選評〉（「中央公論」十一月一日　第108年12号　261〜262頁）
解説（『紅葉全集第三巻』十一月二十二日　岩波書店　485〜495頁）
題名について〈はじめに〉（「鐘」十二月二十日　第6号　4〜4頁）
お金と文学（「鐘」十二月二十日　第6号　8〜15頁）

一九九四年（平成6年）　六十八歳

年賀状（「年金時代」一月一日　第23巻1号　8〜8頁）
見事な標題〈第110回芥川賞選評〉（「文藝春秋」三月一日　第72巻4号　372〜372頁）
空中の部屋〈ニューヨークめぐり会い1〉（「婦人公論」四月一日　第79巻4号　196〜199頁）
春の雪（「読売新聞」四月四日夕刊　11〜11面）
サザビーズに行く〈ニューヨークめぐり会い2〉（「婦人公論」五月一日　第79巻5号　212〜215頁）
フェミニスト菊池寛（『菊池寛全集第7巻』五月十五日　文藝春秋　638〜649頁）
つれづれの記―お風呂―（「高知新聞」五月十六日　11〜11面）
聖パトリックの日〈ニューヨークめぐり会い3〉（「婦人公論」六月一日　第79巻6号　186〜189頁）
気さくな人たち〈ニューヨークめぐり会い4〉（「婦人公論」七月一日　第79巻7号　252〜255頁）
択ばれたナルシズム（『新潮日本文学アルバム岡本かの子』七

月十日　新潮社　97〜103頁）

努力の志〈第二十二回平林たい子文学選評〉（「群像」八月一日　第49巻8号　352〜353頁）

マスカーニの旧居（「文學界」八月一日　第48巻8号　10〜11頁）

ジャクリーン・K・O逝く〈ニューヨークめぐり会い5〉（「婦人公論」八月一日　第79巻8号　204〜207頁）

ある言葉（「中央公論」九月一日　第109年10号　354〜357頁）

四作について〈第111回芥川賞選評〉（「文藝春秋」九月一日　第72巻12号　409〜409頁）

林檎と蟹〈ニューヨークめぐり会い6〉（「婦人公論」九月一日　第79巻9号　178〜181頁）

さよなら〈追悼吉行淳之介〉（「群像」十月一日　第49巻10号　196〜197頁）

四作をめぐって〈第二十回中央公論新人賞選評〉（「中央公論」十月一日　第109年11号　336〜336頁）

日々の警戒〈ニューヨークめぐり会い7〉（「婦人公論」十月一日　第79巻10号　184〜187頁）

文学との出会い〈全集刊行にあたって〉（「河野多恵子全集全10巻」内容見本　十月〈日付ナシ〉　新潮社　10〜11頁）

擬似体験〈ニューヨークめぐり会い8〉（「婦人公論」十一月一日　第79巻11号　206〜209頁）

主人公の特色〈平成六年度谷崎潤一郎賞選評〉（「中央公論」十一月一日　第109年12号　316〜317頁）

ハロウィン〈ニューヨークめぐり会い9〉（「婦人公論」十二月一日　第79巻12号　214〜217頁）

刊行にあたって（『ブロンテ全集全12巻』内容見本　十二月〈刊記ナシ〉　みすず書房）

一九九五年（平成7年）　六十九歳

不思議な人〈批評の眼―人間〉（「新潮」一月一日　第92巻1号　286〜287頁）

二作の特色〈第47回野間文藝賞選評〉（「群像」一月一日　第50巻1号　429〜429頁）

ピンク・レディ〈ニューヨークめぐり会い10〉（「婦人公論」一月一日　第80巻1号　252〜255頁）

お金と文学〈はじめに〉（「鐘」一月八日　第7号　4〜4頁）

印象的なこと〈ニューヨークめぐり会い11〉（「婦人公論」二月一日　第80巻2号　94〜97頁）

週刊新潮掲示板（「週刊新潮」二月二十三日　第40巻8号　76〜76頁）

感想〈第112回芥川賞選評〉（「文藝春秋」三月一日　第73巻4号　408〜408頁）

重装備〈ニューヨークめぐり会い12〉（「婦人公論」三月一日　第80巻3号　94〜97頁）

安い？高い？〈ニューヨークめぐり会い13〉（「婦人公論」四月一日　第80巻4号　94〜97頁）

平均寿命は困りもの〈21世紀へのメッセージ2000・生き方の扉〉（「週刊新潮」四月六日　第40巻14号　106〜106頁）

三つの言葉（「群像」四月二十日　特別編集・大江健三郎　256〜256頁）
ルーズベルト島〈ニューヨークめぐり会い14〉（「婦人公論」五月一日　第80巻5号　94〜97頁）
メト歌劇場で〈ニューヨークめぐり会い15〉（「婦人公論」六月一日　第80巻6号　94〜97頁）
チューリップ〈ニューヨークめぐり会い16〉（「婦人公論」七月一日　第80巻7号　260〜263頁）
非なるもの（「大原富枝全集第3巻附録」七月二十日　小沢書店　1〜3頁）
両部門の受賞作〈第二十三回平林たい子文学賞選評〉（「群像」八月一日　第50巻8号　392〜393頁）
ラッキー・ムーン〈ニューヨークめぐり会い17〉（「婦人公論」八月一日　第80巻8号　318〜321頁）
受賞作の新しさ〈第113回芥川賞選評〉（「文藝春秋」九月一日　第73巻13号　346〜347頁）
ページを繰れば〈本のある日々〉（「波」九月一日　第29巻9号　2〜5頁）
ポー・コテッジ〈ニューヨークめぐり会い18〉（「婦人公論」九月一日　第80巻9号　286〜289頁）
年譜（『河野多恵子全集第10巻』九月十日　新潮社　375〜381頁）
N君のこと（「ノーサイド」十月一日　第5巻10号　104〜105頁）
涼を求めて〈ニューヨークめぐり会い19〉（「婦人公論」十月一日　第80巻10号　318〜321頁）
中上さんと谷崎（「中上健次全集第4巻月報5」十月二十五日　集英社　4〜6頁）
快晴の日に〈ニューヨークめぐり会い20〉（「婦人公論」十一月一日　第80巻11号　330〜333頁）
『西行花伝』のエロティシズム〈平成七年度谷崎潤一郎賞選評〉（「中央公論」十一月一日　第110年15号　428〜428頁）
たばこのこと（「日本近代文学館」十一月十五日　第148号　2〜2頁）
ところ変れば〈ニューヨークめぐり会い21〉（「婦人公論」十二月一日　第80巻12号　326〜329頁）

一九九六年（平成8年）　七十歳

忘れていた人（「新潮」一月一日　第93巻1号　238〜239頁）
奇妙な感じ〈ニューヨークめぐり会い22〉（「婦人公論」一月一日　第81巻1号　338〜341頁）
大阪の小説〈この3冊〉（「毎日新聞」一月八日　7〜7面）
心配御無用〈はじめに〉（「鐘」一月八日　第八号　4〜4頁）
まちがいの場合（「文學界」二月一日　第50巻2号　10〜11頁）
病院とエジプト〈ニューヨークめぐり会い23〉（「婦人公論」二月一日　第81巻2号　212〜215頁）
あの落日（「白い国の詩」二月一日　第474号　3〜3頁）
おかしな顔〈27人の芥川賞作家が綴るわたしの顔〉（「文藝春秋」三月一日　第74巻4号　31〜31頁）
『豚の報い』の魅力〈第114回芥川賞選評〉（「文藝春秋」三月一日　第74巻4号　362〜363頁）

囲いのうちさまざま〈ニューヨークめぐり会い23〉（「婦人公論」三月一日　第81巻3号　338～341頁）

海に繋がる人々—梅原綾子『海の回廊』—（「波」三月一日　第30巻3号　14～15頁）

銀行のこと（「別冊文藝春秋」四月一日　第215号　16～19頁）

マスター・クラス〈ニューヨークめぐり会い24〉（「婦人公論」四月一日　第81巻4号　340～343頁）

ミステリー（「野性時代」四月一日　第23巻4号　61～62頁）

誕生日（「楽しいわが家」四月一日　第44巻4号　3～3頁）

ブロンテ文学の秘密（『ジェイン・エアと嵐が丘—ブロンテ姉妹の世界—』四月二十五日　河出書房新社　10～12頁）

看取り（「楽しいわが家」五月一日　第44巻5号　3～3頁）

巨大な船〈ニューヨークめぐり会い26〉（「婦人公論」五月一日　第81巻5号　196～199頁）

幻のブロンテ映画〈ニューヨークめぐり会い27〉（「婦人公論」六月一日　第81巻7号　180～183頁）

彗星（「楽しいわが家」六月一日　第44巻6号　3～3頁）

電気椅子〈ニューヨークめぐり会い28〉（「婦人公論」七月一日　第81巻8号　306～309頁）

一筆献上（「週刊新潮」七月十八日　第41巻27号　155～155頁）

受賞作について〈第二十四回平林たい子文学賞〉（「群像」八月一日　第51巻8号　482～482頁）

多生の縁〈ニューヨークめぐり会い29〉（「婦人公論」八月一日　第81巻9号　220～223頁）

谷崎潤一郎『猫と庄造と二人のおんな』（「オール読物」八月一日　第51巻8号　235～235頁）＊アンケートエッセイ・私の好きな動物文学この一冊

「蛇を踏む」を推す〈第115回芥川賞選評〉（「文藝春秋」九月一日　第74巻11号　437～437頁）

若い橋〈ニューヨークめぐり会い最終回〉（「婦人公論」九月一日　第81巻10号　238～241頁）

見知らぬ本〈兄の本棚〉（「文學界」十一月一日　第50巻11号　158～159頁）

深い河〈追悼遠藤周作〉（「新潮」十二月一日　第93巻12号　180～181頁）

あの御作〈追悼遠藤周作〉（「群像」十二月一日　第51巻12号　136～137頁）

ニューヨークトイレ事情（「潮」十二月一日　第454号　62～64頁）

一九九七年（平成9年）　七十一歳

国旗（「新潮」一月一日　第94巻1号　360～361頁）

溌剌とした作品〈第49回野間文藝賞選評〉（「群像」一月一日　第52巻1号　461～462頁）

二重の才能〈はじめに〉（「鐘」一月八日　第9号　4～4頁）

感想〈第116回芥川賞選評〉（「文藝春秋」三月一日　第75巻4号　396～396頁）

せっかく逝くのだから少し珍しい最期を（「婦人公論」六月一日　第82巻6号　93～97頁）

四受賞作について〈第二十五回平林たい子文学賞〉（「群像」八月一日　第52巻8号　351～351頁）
『水滴』の強み〈第117回芥川賞選評〉（「文藝春秋」九月一日第75巻11号　428～429頁）
『季節の記憶』と『路地』〈平成九年度谷崎潤一郎賞選評〉（「中央公論」十一月一日　第112年12号　262～262頁）
〈吉行〉と〈淳之介〉（『吉行淳之介全集第２巻』十一月十日新潮社　514～524頁）
現況届（「年金時代」十二月一日　第26巻377号　9～9頁）

一九九八年（平成10年）　七十二歳

カード被害（「中央公論」一月一日　第113年1号　18～20頁）
ある時期の谷崎論（「群像」一月一日　第53巻1号　312～317頁）
二作の収穫〈第五十回野間文藝賞選評〉（「群像」一月一日　第53巻1号　446～446頁）
こういうこともある（「新潮」三月一日　第95巻3号　272～275頁）
惜しい作品〈第118回芥川賞選評〉（「文藝春秋」三月一日　第76巻3号　385～385頁）
どこがちがうのか〈はじめに〉（「鐘」三月三十一日　第10号4～4頁）
私の推す恋愛小説、この一冊（「三田文学」五月一日　第77巻53号　219～219頁）＊アンケート
『文章読本』体験〈特集文章教室〉（「三田文学」八月一日　第77巻54号　10～11頁）
刊行に思う（「富岡多恵子集」全10巻内容見本　八月〈日ナシ〉筑摩書房）
リアリズムからの前進〈第119回芥川賞選評〉（「文藝春秋」九月一日　第76巻9号　404～405頁）
蓼喰う虫（「楽しいわが家」十月一日　第46巻10号　3～3頁）
谷崎文学の魅力と未来（『谷崎潤一郎展』十月三日　神奈川文学振興会　4～4頁）
特に感じたこと〈平成十年度谷崎潤一郎賞選評〉（「中央公論」十一月一日　第113年12号　348～348頁）
縁りの者たち（「楽しいわが家」十一月一日　第46巻11号　3～3頁）
ブロードウエイにて（「楽しいわが家」十二月一日　第46巻12号　3～3頁）

一九九九年（平成11年）　七十三歳

〈山猿記〉〈第五十一回野間文藝賞選評〉（「群像」一月一日　第54巻1号　393～394頁）
『後日の話』のこと（「本の話」二月一日　第5巻2号　2～4頁）
志に賭ける〈第120回芥川賞選評〉（「文藝春秋」三月一日　第77巻3号　356～357頁）
「たんと」と「ｔａｎｔｏ」（「朝日新聞」三月二十四日夕刊9～9面）
部分と全体〈はじめに〉（「鐘」三月三十一日　第11号　4～4頁）

個性というもの〈第121回芥川賞選評〉(「文藝春秋」九月一日　第77巻9号　407～407頁)
師恩半世紀(『丹羽文雄と「文学者」』九月九日　東京都近代文学博物館　8～8頁)
独創的な試み〈平成十一年度谷崎潤一郎賞選評〉(「中央公論」十一月一日　第114年11号　315～316頁)
ニューヨークで読む(New York kinokuniya Bookstore「http://www.kinokuniya.com/newyork/omake本屋のおまけNo.10」十二月十六日付)

二〇〇〇年(平成12年)　七十四歳

谷崎潤一郎『春琴抄』〈20世紀の一冊〉(「新潮」一月一日　第97巻1号　285～285頁)
潑剌とした受賞作〈第五十二回野間文藝賞選評〉(「群像」一月一日　第55巻1号　429～430頁)
生年月日(「楽しいわが家」一月一日　第48巻1号　3～3頁)
すばらしい夫婦(「楽しいわが家」二月一日　第48巻2号　3～3頁)
二受賞者について〈第122回芥川賞選評〉(「文藝春秋」三月一日　第78巻4号　364～365頁)
通路際(「楽しいわが家」三月一日　第48巻3号　3～3頁)
文庫版あとがき(『ニューヨークめぐり会い〈中公文庫〉』三月二十五日　中央公論新社　251～253頁)
上達の過程で〈はじめに〉(「鐘」五月三十日　第12号　4～4頁)
「骨の肉」の思い出(「季刊文科」七月　第13号)
ニューヨーク、長い旅の途中で(「婦人公論」七月二十二日　第85巻13号　26～29頁)
苦しい選評〈第123回芥川賞選評〉(「文藝春秋」九月一日　第78巻11号　364～365頁)
二受賞作の手応え〈平成十二年度谷崎潤一郎賞選評〉(「中央公論」十一月一日　第115年12号　276～276頁)
痛ましい「事故」(「新潮」十一月一日　臨時増刊〈三島由紀夫没後三十年〉　二〇八～二一一頁)
谷崎文学の勁さ(日本ペンクラブ編『文学夜話―作家が語る作家』十一月二十五日　講談社　107～130頁)

二〇〇一年(平成13年)　七十五歳

現代文学創作心得〈新連載〉(「文學界」一月一日　第55巻1号　160～167頁)
奇蹟の達成〈第五十三回野間文藝賞選評〉(「群像」一月一日　第56巻1号　396～396頁)
現代文学創作心得〈第二回〉(「文學界」二月一日　第55巻2号　184～188頁)
六候補作について〈第124回芥川賞選評〉(「文藝春秋」三月一日　第79巻3号　366～367頁)
現代文学創作心得〈第三回〉(「文學界」三月一日　第55巻3号　126～135頁)
文藝雑誌の新人賞〈はじめに〉(「鐘」三月三十一日　第13号　4～4頁)

現代文学創作心得〈第四回〉（「文學界」四月一日　第55巻4号　168〜177頁）
富士山（「楽しいわが家」四月一日　第49巻4号　3〜3頁）
メイドン・ネール〈時のかたち〉（「朝日新聞」四月三日夕刊　9〜9面）
スカンク〈時のかたち〉（「朝日新聞」四月四日夕刊　6〜6面）
年齢〈時のかたち〉（「朝日新聞」四月五日夕刊　8〜8面）
夏時間〈時のかたち〉（「朝日新聞」四月六日夕刊　7〜7面）
現代文学創作心得〈第五回〉（「文學界」五月一日　第55巻5号　224〜231頁）
救いの存在（「新潮45」五月一日　第20巻5号　85〜89頁）
家庭医（「楽しいわが家」五月一日　第49巻5号　3〜3頁）
現代文学創作心得〈第六回〉（「文學界」六月一日　第55巻6号　276〜285頁）
どういう人？（「楽しいわが家」六月一日　第49巻6号　3〜3頁）
短編とは何か（「群像」七月一日　第56巻7号　170〜171頁）
現代文学創作心得〈第七回〉（「文學界」七月一日　第55巻7号　184〜191頁）
現代文学創作心得〈第八回〉（「文學界」八月一日　第55巻8号　214〜224頁）
自然に決まる〈第125回芥川賞選評〉（「文藝春秋」九月一日　第79巻9号　384〜384頁）
現代文学創作心得〈第九回〉（「文學界」九月一日　第55巻9号　174〜186頁）
もう一つの本能（「文藝春秋」九月十五日　第79巻10号　39〜40頁）
現代文学創作心得〈第十回〉（「文學界」十月一日　第55巻10号　230〜240頁）
現代文学創作心得〈第十一回〉（「文學界」十一月一日　第55巻11号　284〜296頁）
現代文学創作心得〈最終回〉（「文學界」十二月一日　第55巻12号　290〜303頁）

二〇〇二年（平成14年）　七十六歳

二様の眼〈第五十四回野間文藝賞〉（「群像」一月一日　第57巻1号　424〜424頁）
人間の誇り〈第126回芥川賞選評〉（「文藝春秋」三月一日　第80巻3号　342〜343頁）
ニューヨークで「ニーノ！」（「本の話」三月一日　第8巻3号　2〜5頁）
作文を書く〈はじめに〉（「鐘」三月三十一日　第14号　4〜4頁）
エスプレッソ（「楽しいわが家」四月一日　第50巻4号　3〜3頁）
現行の「国語」教科書をどう思うか？（「文學界」五月一日　第56巻5号　111—111頁）＊アンケート
マニキュア（「楽しいわが家」五月一日　第50巻5号　3〜3

頁）

枕頭の書（「アイ・フィール読書風景」五月一日 第20号 2～3頁）

国際電話（「楽しいわが家」六月一日 第50巻6号 3～3頁）

受賞の言葉〈第二十八回川端康成文学賞〉（「新潮」六月一日 第99巻6号 179～179頁）

三、対談・鼎談・座談会・談話

一九六三年（昭和38年） 三十七歳

私の睡眠―「芥川賞」が睡眠薬に…―（「週刊読売」九月八日 第22巻36号 71～71頁）＊談話

安見児得たり（「風景」十二月一日 第4巻12号 32～39頁）＊対談・瀬戸内晴美

一九六四年（昭和39年） 三十八歳

妙有の世界（「電信電話」三月一日 第16巻3号 8～13頁）＊対談・関口真大

一九六五年（昭和40年） 三十九歳

新春対談―生と死をめぐって―（「あづま」一月一日 第88号 2～2面）＊対談・狩谷亮一

女流作家の宿命（「文學界」十月一日 第19巻10号 120～130頁）＊対談・津村節子

一九六六年（昭和41年） 四十歳

私の読書論〈お手なみ拝見8〉（「週刊言論」六月二十二日 第95号 68～71頁）＊インタビュアー・田中ノブ子

一九六七年（昭和42年） 四十一歳

作家の眼と眼（「優駿」二月一日 第27巻2号 28～32頁）＊対談・山口瞳

〔瀬戸内晴美〕（「週刊サンケイ」七月二十四日 第16巻31号 66～66頁）＊談話

一九六八年（昭和43年）　四十二歳

〈喫煙に関するコメント〉（「週刊文春」一月二十九日　第10巻4号　34～34頁）＊談話

生甲斐ということ（『文藝往来』五月一日　相愛学園　155～177頁）＊講演記録

生甲斐について（「朝日新聞」十一月五日　23～23面）＊講演要旨

一九六九年（昭和44年）　四十三歳

純粋への希求（「風景」三月一日　第10巻3号　36～44頁）＊対談・丸谷才一

鏡花と私（「れもん」五月十日　第8巻5号　2～3頁）＊講演

私と「嵐ケ丘」（「三田文学」六月一日　第56巻6号　5～30頁）＊インタビュアー・上総英郎

〔「文学者」二百号〕（「週刊読売」六月二十日　第28巻27号　121～121頁）＊談話

文学の新しさとリアリティ（「群像」九月一日　第24巻9号　242～265頁）＊鼎談・大庭みな子・小島信夫〈司会〉

文学と女性—河野多恵子女史に聞く—（「華陽ジャーナル」九月二十三日　第77号）＊インタビュー

一九七〇年（昭和45年）　四十四歳

新春女流作家小論（「自由」一月一日　第122号　218～233頁）＊座談会・平林たい子・円地文子・大原富枝

現代文学の可能性—実感的文学論—（「波」七月一日　第4巻4号　38～42頁）＊講演記録

小説と戯曲の間（「欅」八月十三日　第6号　46～56頁）＊対談・遠藤周作

性と存在の「味わい」—書下し長編『回転扉』をめぐって—（「波」十一月一日　第4巻6号　12～17頁）＊対談・川村二郎

一九七一年（昭和46年）　四十五歳

小説のなかの日常性と反日常性（「群像」四月一日　第26巻4号　158～177頁）＊鼎談・古井由吉・川村二郎

文学と真実（「PIC著者と編集者」四月一日　第2巻3号　40～43頁）＊インタビュー

勤労動員下の青春〈青春を語る〉（「現代日本の文学第50巻曽野綾子・倉橋由美子・河野多恵子週月報38」四月一日　学習研究社　1～6頁）＊対談・曽野綾子

『回転扉』を語る（「三田文学」五月一日　第58巻5号　5～22頁）＊対談・古屋健二

他性を書くこと（「三田文学」九月一日　第58巻9号　26～31頁）＊講演記録

対談書評—オロオロと生きる—（「毎日新聞」九月十二日　15～15面）＊対談・吉行淳之介

対談書評—異端への恐怖と残虐—（「毎日新聞」九月二十六日　15～15面）＊対談・吉行淳之介

対談書評—青年の死、感じよく—（「毎日新聞」十月十日　15～15面）

対談書評―コクのある紙芝居だ―（「毎日新聞」十月二十四日　15～15面）

一九七二年（昭和47年）　四十六歳

対談時評第3回（「文學界」五月一日　第26巻5号　238～254頁）＊対談・川村二郎

対談時評第4回（「文學界」六月一日　第26巻6号　304～320頁）＊対談・篠田一士

'72ズバリ直言23―政府・与党はキ然たる態度を…（「自由新聞」六月二十日　5～5面）＊インタビュー

戦争を境にした女流の対話（「三田文学」十一月一日　第59巻11号　5～20頁）＊対談・津島佑子

一九七三年（昭和48年）　四十七歳

河野多惠子にきく―人生と文学と―（「電電時代」一月一日　第2巻1号　14～23頁）＊対談・小沢春雄

わが作品を語る（「青春と読書」十一月二十五日　第27号　12～18頁）＊きき手・武田勝彦

一九七四年（昭和49年）　四十八歳

わが作品を語る（「青春と読書」一月二十五日　第28号　12～17頁）＊きき手・武田勝彦

女流文学の戦後（「文藝」八月一日　第13巻8号　214～231頁）＊対談・丸谷才一

新文学の条件（「中央公論」十二月一日　第89年12号　270～280頁）＊鼎談・吉行淳之介・丸谷才一

語りものの流れ（「国立劇場第六十九回十二月歌舞伎公演」十二月三日　44～48頁）＊対談・佐伯彰一

一九七五年（昭和50年）　四十九歳

読書鼎談（「文藝」七月一日　第14巻7号　164～182頁）＊鼎談・杉浦明平・田久保英夫

読書鼎談（「文藝」八月一日　第14巻8号　172～192頁）＊鼎談・杉浦明平・田久保英夫

読書鼎談（「文藝」九月一日　第14巻9号　212～232頁）＊鼎談・杉浦明平・田久保英夫

一九七六年（昭和51年）　五十歳

明治文壇を散歩する（「中央公論」二月一日　第91年2号　356～364頁）＊鼎談・吉行淳之介・丸谷才一

母を見直す〈テーマ訪問〉（「サンケイ新聞」二月二日）＊インタビュー

自分に正直に自由に生きることこそ（「ウーマン」五月一日　第6巻5号　261～262頁）＊談話

死者への言葉〈だから私は信じる…〉（「別冊週刊読売」五月十日　第3巻5号　130～131頁）＊談話

関係追求の視点〈対談時評〉（「文學界」六月一日　第31巻6号　206～220頁）＊対談・饗庭孝男

他者と存在感（「国文学〈解釈と教材の研究〉」七月二十日　第21巻9号　70～87頁）＊対談・川村二郎

大正文学の意外な発見（「中央公論」九月一日　第91年9号　356～364頁）＊鼎談・吉行淳之介・丸谷才一

贈りものに自然に表れる贈る人の心の動きと心の広さ（「ウー

マン」十二月一日　第6巻12号　280〜281頁）＊談話

一九七七年（昭和52年）　五十一歳

男のエゴにつき合う女の強さ、哀しさ（「婦人公論」二月一日　第62巻2号　162〜171頁）＊鼎談・芝木好子・富田穣

沖縄風豚肉の角煮とつくね揚げ〈丹羽家のおもてなし家庭料理3〉（「ウーマン」三月一日　第7巻3号　182〜186頁）＊鼎談・丹羽文雄・丹羽綾子

川端さんの自殺は判っていた（「文藝春秋」六月一日　第55巻6号　230〜236頁）＊座談会・柴田錬三郎・星新一・千種堅

読書鼎談（「文藝」十月一日　第16巻10号　270〜287頁）＊鼎談・佐伯彰一・森敦

読書鼎談（「文藝」十一月一日　第16巻11号　330〜350頁）＊鼎談・佐伯彰一・森敦

読書鼎談（「文藝」十二月一日　第16巻12号　370〜384頁）＊鼎談・佐伯彰一・森敦

文体への二つのアプローチ（「文体」十二月一日　第2号　46〜71頁）＊対談・吉行淳之介

一九七八年（昭和53年）　五十二歳

成長期に青春を迎えて（「ＭＯＲＥ」四月一日　第2巻4号　29〜29頁）＊インタビュー

〝小説家〟とはなにか〈創作合評28〉（「群像」四月一日　第33巻4号　298〜324頁）＊鼎談・小島信夫・磯田光一

〝小説家〟とはなにか〈創作合評29〉（「群像」五月一日　第33巻5号　367〜388頁）＊鼎談・小島信夫・磯田光一

〝小説家〟とはなにか〈創作合評30〉（「群像」六月一日　第33巻6号　398〜420頁）＊鼎談・小島信夫・磯田光一

平林たい子さんに聞く—小説だけを書こうとしたんじゃない—（『女流作家は語る』七月二十五日　集英社　53〜101頁）＊平林たい子・瀬戸内晴美

一九八〇年（昭和55年）　五十四歳

戦後短編小説小史（「新潮」二月一日　第77巻2号　250〜276頁）＊鼎談・吉行淳之介・磯田光一

女性における生と性—長編『一年の牧歌』をめぐって—（「波」三月一日　第14巻3号　6〜11頁）＊対談・津島佑子

創作とわたしの霊能〈銀座サロン〉（「銀座百点」十二月一日　第313号　68〜77頁）＊座談会・円地文子・小田島雄志・吉行淳之介

一九八一年（昭和56年）　五十五歳

短編のかたち—対談時評—（「文學界」二月一日　第35巻2号　196〜208頁）＊対談・佐伯彰一

女流新人の現在—対談時評—（「文學界」三月一日　第35巻3号　194〜207頁）＊対談・佐伯彰一

超感覚派と伝記文学—対談時評—（「文學界」四月一日　第35巻4号　216〜227頁）＊対談・佐伯彰一

「私小説」的な話〈銀座サロン〉（「銀座百点」五月一日　第318号　68〜77頁）＊座談会・尾崎一雄・尾崎松枝・円地文子・吉行淳之介

「麦笛」をめぐって（増田みず子著『麦笛』十月二十五日　福

武書店　挿み込み1～12頁）＊対談・増田みず子

一九八二年（昭和57年）　五十六歳

徳島塾聴いて語って第6回「小説のたのしみ」（「徳島新聞」九月二十日　6～6面）＊講演要旨

一九八三年（昭和58年）　五十七歳

『小説作法』と現代文学の地平（「別冊潮」八月二日　第2号　354～367頁）＊対談・丹羽文雄

一九八四年（昭和59年）　五十八歳

対談時評（「文學界」四月一日　第38巻4号　172～187頁）＊対談・青野聰

対談時評（「文學界」五月一日　第38巻5号　182～198頁）＊対談・種村季弘

一九八五年（昭和60年）　五十九歳

宿（「ＳＯＰＨＩＡ」三月一日　第2巻3号　275～275頁）＊談話

一九八六年（昭和61年）　六十歳

丹羽家のおかず・家庭の味とごちそう二つの表情（「ＳＯＰＨＩＡ」一月一日　第3巻1号　216～223頁）＊鼎談・本田桂子・大河内昭爾

ふたり多恵子さん―ドイツ、イギリスの旅〈ひと〉―（「読売新聞」七月十五日夕刊　11～11面）＊談話

書きたいということ（「二松学舎大学人文論叢」十月十日　第34輯　47～66頁）＊講演記録

豊かな社会の生と死―老いが問いかけるもの―（「世界」十一月一日　第494号　296～310頁）＊鼎談・中村雄二郎・吉田喜重

死の3日前、円地文子さん友情の〝絶筆〟（「毎日新聞」十一月三十日　23～23面）＊談話

文豪の隠れた素顔―谷崎潤一郎の思い出―（「銀座百点」十二月一日　第385号　10～19頁）＊鼎談・谷崎松子・嶋中鵬二

一九八七年（昭和62年）　六十一歳

いのちの周辺（「生と死を考える」三月十四日　第4巻2号　3～17頁）＊講演要旨

文学を害するもの（「文學界」七月一日　第41巻7号　138～158頁）＊対談・大庭みな子

一九八八年（昭和63年）　六十二歳

『嵐が丘』をめぐって（「世界」七月一日　第517号　210～223頁）＊対談・高橋康也

一九八九年（平成元年）　六十三歳

文藝賞「ＹＥＳ・ＹＥＳ・ＹＥＳ」女性は最後まで読み通せない（「週刊文春」十一月二十三日　第31巻46号　196～196頁）＊談話

一九九〇年（平成2年）　六十四歳

選評〈第七回大阪女性文藝賞〉（「鐘」一月十五日　第2号　7～17頁）＊対談・秋山駿

「快楽殺人」という愛（「波」十二月一日　第252号　6～11頁）＊対談・吉行淳之介

「みいら採り猟奇譚」の河野多恵子さん（「福井新聞」十二月二十二日　14～14面）＊インタビュー

一九九一年（平成3年）　六十五歳

エロスは滅びず、小説は滅びず―対談河野多恵子著『みいら採り猟奇譚』をめぐって―（「週刊読書人」一月七日　1～2面）＊対談・佐伯彰一

『みいら採り猟奇譚』―戦時下にサド・マゾの究極「快楽死」を追究した〝純愛〟―（「週刊現代」一月十九日　121～121頁）＊インタビュー

『みいら採り猟奇譚』をめぐって（「文學界」二月一日　第45巻2号　322～336頁）＊対談・川村湊

非常に聡明な女性（「朝日新聞」二月二日　29～29面）＊談話

選評〈第8回大阪女性文藝賞〉（「鐘」二月八日　第3号　9～19頁）＊対談・秋山駿

『みいら採り猟奇譚』への十年（「知識」三月一日　第7巻3号　204～213頁）＊聞き手・田中康子

夫と妻の性愛のゆくえ（「婦人公論」五月一日　第76巻5号　102～107頁）＊談話

恐怖が見せる生の深奥（「文學界」九月一日　第45巻10号　160～177頁）＊鼎談・阿刀田高・川村二郎

星と霊に誘われて（「婦人公論」九月一日　第76巻9号　302～309頁）＊鼎談・三浦清宏・山内雅夫

新沖縄文学賞選考を終えて（「沖縄タイムス」十月二十四日　14～14面）＊インタビュー

運の強い精子を選べるのかしら？（「朝日ジャーナル」十月二十五日　第33巻44号　23～23頁）＊談話

一九九二年（平成4年）　六十六歳

選評〈第9回大阪女性文藝賞〉（「鐘」二月八日　第4号　8～22頁）＊対談・秋山駿

一九九三年（平成5年）　六十七歳

選評〈第10回大阪女性文藝賞〉（「鐘」一月二十日　第5号　8～15頁）＊対談・秋山駿

山田詠美さん教科書検定で落とされた頭の固い文部省を嗤う（「週刊文春」七月八日　第35巻26号　217～217頁）＊談話

小説との深い縁（「群像」十月一日　第48巻10号　202～238頁）＊鼎談・瀬戸内寂聴・大庭みな子

「猥褻」のフシギ〈作家の眼・踊り子の実感〉（「婦人公論」十月一日　第78巻10号　238～247頁）＊対談・一条さゆり

選評〈第11回大阪女性文藝賞〉（「鐘」十二月二十日　第6号　8～15頁）＊対談・秋山駿

一九九四年（平成6年）　六十八歳

河野文学の魅力（「波」十一月一日　第28巻11号　6～11頁）＊対談・佐伯彰一

一九九五年（平成7年）　六十九歳

文学と生活（「群像」一月一日　第50巻1号　184～209頁）＊鼎談・丸谷才一・秋山駿

選評〈第12回大阪女性文藝賞〉（「鐘」一月八日　第7号　8～17頁）＊対談・秋山駿

「私生活」にもたれない文学（「文學界」四月一日　第49巻4号　160～173頁）＊インタビュアー・鈴木貞美

小説と「横揺れ」（「文藝」五月一日 第34巻2号 26〜44頁）＊対談・蓮實重彦

文学カネ問答（「新潮」十月一日 第92巻10号 242〜260頁）＊鼎談・奥本大三郎・車谷長吉

一九九六年（平成8年） 七十歳

スランプの時には……（「樹林」三月十五日 第374号 5〜5頁）＊講演記録

エロスと時代（「新潮」四月一日 第93巻4号 152〜169頁）＊対談・辺見庸

創造ということ（「樹林」四月十五日 第375号 1〜14頁）

一九九七年（平成9年） 七十一歳

選評〈第14回大阪女性文藝賞〉（「鐘」一月八日 第9号 9〜17頁）＊対談・秋山駿

愉しい「野暮用」（「波」八月一日 第31巻8号 8〜13頁）＊対談・谷沢永一

一九九八年（平成10年） 七十二歳

新惑星が'98年を脅かす（「婦人公論」二月一日 第83巻2号 282〜289頁）＊対談・銭天牛

一九九九年（平成11年） 七十三歳

物語の自由と快楽（「文學界」三月一日 第53巻3号 212〜232頁）

二〇〇一年（平成13年） 七十五歳

小説の〝熱い自由〟（「文學界」九月一日 第55巻9号 118〜134頁）＊対談・山田詠美

死後の営み—『半所有者』について—（「波」十二月一日 第35巻12号 12〜13頁）＊インタビュー

二〇〇二年（平成14年） 七十六歳

本当の戦争の話をしよう—ニューヨークと基地《ベース》から—（「文學界」一月一日 第56巻1号 230〜248頁）＊対談・山田詠美

選評〈第19回大阪女性文藝賞〉（「鐘」三月三十一日 第14号 9〜18頁）＊対談・秋山駿

河野多惠子参考文献目録

増田周子

一、文学辞(事)典

進藤純孝：河野多恵子（『新潮日本文学小辞典』昭和43年1月20日、新潮社、435〜435頁）

大河内昭爾：回転扉　河野多恵子（「国文学〈解釈と鑑賞〉」昭和49年7月5日、第39巻9号、122〜123頁）＊現代小説事典。

油野良子：第四十九回蟹（「国文学〈解釈と鑑賞〉」昭和52年1月5日、第42巻2号、328〜329頁）＊芥川賞事典。

太田三郎：河野多恵子（『日本近代文学大事典第2巻』昭和52年11月18日、講談社、18〜20頁）

堀井哲夫：河野多恵子（『日本文学史辞典』昭和57年9月20日、京都書房、188〜188頁）

無署名：河野多恵子（『日本文学史辞典〈近現代編〉』昭和62年2月15日、角川書店、428〜429頁）＊回転扉。

木谷喜美枝：河野多恵子幼児狩り（「国文学〈解釈と教材の研究〉」昭和62年7月25日、第32巻9号、215〜215頁）＊作品別・近代文学研究事典。

川村二郎：河野多恵子（『新潮日本文学辞典〈改訂増補〉』昭和63年1月20日、新潮社、475〜476頁）

浦西和彦：河野多恵子（『奈良近代文学事典』平成1年6月20日、和泉書院、108〜109頁）＊思いがけない旅、二つの奈良。

無署名：河野多恵子（村松定孝・渡辺澄子編『現代女性文学辞典』平成2年10月10日、東京堂出版、125〜127頁）

種田和加子：蟹（『新版ポケット日本名作事典』平成12年3月24日、平凡社、107〜108頁）

佐伯陽子：河野多恵子（栗坪良樹編『現代文学鑑賞辞典』平成14年3月25日、東京堂出版、156〜157頁）

二、年　譜

無署名：年譜（『現代文学大系66〈現代名作集(四)〉』昭和43年6月10日、筑摩書房、456〜456頁）

無署名：河野多恵子年譜（『現代日本の文学50〈曽野綾子・倉橋由美子・河野多恵子集〉』昭和46年4月1日、学習研究社、446〜448頁）

無署名：河野多恵子年譜（『カラー版日本文学全集54〈有吉佐和子・瀬戸内晴美・河野多恵子〉』昭和46年8月30日、河出書房新社、361〜363頁）

小田切進：年譜〈河野多恵子〉（『現代日本文学大系92〈現代名作集(二)〉』昭和48年3月23日、筑摩書房、419〜420頁）

無署名：年譜＝河野多恵子（『現代の文学33〈河野多恵子・大庭みな子〉』昭和48年9月16日、講談社、452〜452頁）

河野多恵子：年譜（『不意の声〈講談社文庫〉』昭和51年6月15日、講談社）

河野多恵子：河野多恵子年譜（『筑摩現代文学大系83〈瀬戸内晴美・河野多恵子集〉』昭和52年5月15日、筑摩書房、459〜463頁）

河野多恵子：年譜（『骨の肉〈講談社文庫〉』昭和52年7月15日、講談社、245～251頁）

編集部：年譜（『一年の牧歌・美少女〈新潮現代文学60〉』昭和55年11月15日、新潮社、391～394頁）

河野多恵子：年譜（『芥川賞全集6』昭和57年7月25日、文藝春秋、523～527頁）

発田和子：略年譜（山田有策編『女流文学の現在』昭和60年4月、学術図書出版社、197～197頁）＊日付ナシ

河野多恵子：河野多恵子年譜（『昭和文学全集19』昭和62年12月1日、小学館、１０２６～１０３０頁）

河野多恵子：年譜（『河野多恵子全集第10巻』平成7年9月10日、新潮社、375～381頁）

与那覇恵子編：河野多恵子略年譜（『女性作家シリーズ9〈河野多恵子・大庭みな子〉』平成10年12月25日発行、角川書店、430～433頁）

三、研究案内

和泉あき：現代名作集（二）研究案内（「現代日本文学大系第92巻月報86」昭和48年3月23日、筑摩書房、6～7頁）

浅野洋：河野多恵子（浅井清他編『研究資料現代日本文学2〈小説・戯曲II〉』昭和55年9月25日、明治書院、406～408頁）

近藤裕子：河野多恵子（「現代文学研究情報と資料〈「国文学解釈と鑑賞」別冊〉」昭和61年11月20日、272～274頁）

浅野洋：河野多恵子（浅井清他編『新研究資料現代日本文学第2巻』平成12年1月31日、明治書院、190～191頁）

四、文献案内

無署名：参考文献（「現代文学大系第66巻月報68」昭和43年6月10日、筑摩書房、8～8頁）＊2点列記。

紅野敏郎：曽野綾子・倉橋由美子・河野多恵子主要文献一覧（「現代日本の文学第五十巻〈曽野綾子・倉橋由美子・河野多恵子集月報38〉」昭和46年4月1日、学習研究社、7～7頁）＊7点列記。

20世紀文献要覧大系編集部：第2部文献目録〈河野多恵子〉（『日本文学研究文献要覧１９６５～１９７４（昭和40年代）〈20世紀文献要覧大系2〉』昭和52年4月18日、日外アソシエーツ、164～165頁）＊18点列記。

与那覇恵子：参考文献（『現代女流作家論』昭和61年3月19日、審美社、231～235頁）＊「雑誌論文」「書評・時評・月評・合評・その他」「全集・文庫本解説等」に分類し、78点列記。

増田周子：河野多恵子参考文献目録（関西大学「国文学」平成元年12月20日、第66号、55～79頁）

五、注　解

紅野敏郎・日高昭二：河野多恵子集注解（『現代日本の文学50

〈曽野綾子・倉橋由美子・河野多恵子集〉』昭和46年4月1日、学習研究社、436〜438頁）＊みち潮、塀の中、劇場、最後の時。

小久保実：注釈（『カラー版日本文学全集54〈有吉佐和子・瀬戸内晴美・河野多恵子〉』昭和46年8月30日、河出書房新社、352〜352頁）＊不意の声、幼児狩り、最後の時。

六、作品・作家論・文藝時評・その他

臼井吉見：同人雑誌評（「文學界」昭和26年12月1日、第5巻12号、180〜180頁）＊余燼。

駒田信二：同人雑誌評（「文學界」昭和35年10月1日、第14巻10号、238〜238頁）＊女形遣い。

河上徹太郎：文藝時評（下）（「読売新聞」昭和36年11月29日夕刊、7〜7面）＊幼児狩り。

石川利光：「幼児狩り」とその作者（「新潮」昭和37年1月1日、第59巻1号、194〜195頁）

伊藤整・井伏鱒二・大岡昇平・高見順・中山義秀・永井龍男・三島由紀夫：選後評〈第8回新潮社同人雑誌評選後評〉（「新潮」昭和37年1月1日、第59巻1号、198〜200頁）＊幼児狩り。

中村光夫：書きたいものを持つこと〈第47回芥川賞選評〉（「文藝春秋」昭和37年9月1日、第40巻9号、277〜277頁）＊雪。

瀧井孝作：子供っぽい作〈第47回芥川賞選評〉（「文藝春秋」昭和37年9月1日、第40巻9号、277〜278頁）＊雪。

井上靖：執拗な主題の追求〈第47回芥川賞選評〉（「文藝春秋」昭和37年9月1日、第40巻9号、280〜281頁）＊雪。

丹羽文雄：題名の秘密〈第47回芥川賞選評〉（「文藝春秋」昭和37年9月1日、第40巻9号、282〜282頁）＊雪。

高見順：あるいたましさ〈第47回芥川賞選評〉（「文藝春秋」昭和37年9月1日、第40巻9号、282〜283頁）＊雪。

白井浩司：女流作家の仕事―〈文藝時評〉―（「文學界」昭和37年9月1日、第16巻9号、123〜129頁）＊美少女。

無署名：『幼児狩り』河野多恵子著―女のからだに潜むサディズムの世界―（「西日本新聞」昭和37年9月12日朝刊、12〜12面）

進藤純孝：人物記（「新刊ニュース」昭和37年9月15日、第13巻15号、25〜28頁）

日沼倫太郎：河野多恵子著幼児狩り―サディスティックな資質―（「図書新聞」昭和37年9月22日、第673号、3〜3面）

平野謙：河野多恵子著『幼児狩り』―特異な資質を示す短編集（「週刊朝日」昭和37年9月28日、第67巻43号、92〜93頁）

桂芳久：河野多恵子著幼児狩り―一応成功した作品―（「日本読書新聞」昭和37年10月1日、第1175号、3〜3面）

八木義徳：河野多恵子幼児狩り―ユニークな才能―（「週刊読書人」昭和37年10月8日、第445号、3〜3面）

つ：女流作家の新人たち②―河野多恵子さん―（「東京新聞」昭和37年10月23日夕刊、8〜8面）

無署名：女のマゾヒズムとサディズムを追求した『幼児狩り』〈＊特選ダイジェスト〉（「婦人公論」昭和37年11月1日、第

47巻12号、284～285頁）
河上徹太郎・十返肇・平野謙：1962年の文壇総決算〈＊座談会〉（「文學界」昭和37年12月1日、第16巻12号、118～129頁）＊幼児狩り・春愁。
白井浩司：荒涼たる青年たち―文藝時評―（「風景」十二月一日、第3巻12号、14～15頁）＊春愁
河上徹太郎：文藝時評（上）（「読売新聞」昭和38年2月26日夕刊、7～7面）＊美少女・夢の城・愉悦の日々。
平野謙：今月の小説（上）（「毎日新聞」昭和38年2月28日夕刊、3～3面）＊美少女・愉悦の日々・夢の城。
瀧井孝作・高見順・中村光夫・舟橋聖一・丹羽文雄・井上靖：第48回芥川賞選評（「文藝春秋」昭和38年3月1日、第41巻3号、289～295頁）＊美少女。
河上徹太郎・安岡章太郎・亀井勝一郎：創作合評―191回―（「群像」昭和38年4月1日、第18巻4号、240～243頁）＊夢の城。
河上徹太郎：文藝時評（下）（「読売新聞」昭和38年5月28日夕刊、7～7面）＊蟹。
林房雄：文藝時評（下）（「朝日新聞」昭和38年6月29日朝刊、11～11面）＊わかれ。
玉：雑誌評〈文學界（九月号）〉（「東京新聞」昭和38年8月15日夕刊、8～8面）＊禽鳥。
無署名：芥川賞三度目の正直―女流四人目の受賞者―（「週刊文春」昭和38年8月26日、第5巻34号、2～3面）＊グラビア。
河上徹太郎：文藝時評（上）（「読売新聞」昭和38年8月27日夕刊、7～7面）＊夜を往く・禽鳥。
平野謙：今月の小説（下）ベスト3―病める現代小説の問題（「毎日新聞」昭和38年8月30日夕刊、3～3面）＊蟹、禽鳥、夜を往く。
山本健吉：文藝時評（下）―受賞作を出ていない―（「東京新聞」昭和38年8月31日夕刊、8～8面）＊蟹、禽鳥、夜を往く。
林房雄：文藝時評（下）―受賞第一作に佳作なし―（「朝日新聞」昭和38年8月31日、11～11面）＊禽鳥・蟹・夜を往く。
竹西寛子：文藝時評9月号（「図書新聞」昭和38年8月31日、第721号、7～7面）＊禽鳥。
山本健吉：文藝時評（下）（「東京新聞」昭和38年8月31日夕刊）＊禽鳥・夜を往く。
高見順・井上靖・瀧井孝作・中村光夫・永井龍男・石川淳・石川達三・川端康成・舟橋聖一・丹羽文雄：第49回芥川賞選評（「文藝春秋」昭和38年9月1日、第41巻9号、277～282頁）＊蟹。
無署名：コントロールタワー（「文學界」昭和38年9月1日、第17巻9号、146～147頁）＊蟹。
無署名：〝新星〟二人の作品集（「産経新聞」昭和38年9月9日朝刊、4～4面）
久保田正文：河野多恵子著美少女・蟹―微妙な心理の綾・家

庭的日常のさまざまな断面―（「日本読売新聞」昭和38年9月23日、第1225号、4～4面）

平野謙：河野多恵子著『美少女・蟹』―特異な性を押えるための迷い―（「週刊朝日」昭和38年9月27日、第68巻42号、99～100頁）

瀬戸内晴美：河野多恵子の執念（「新潮」昭和38年10月1日、第60巻10号、196～197頁）

矢作勝美・朴春日・佐藤静夫・西野辰吉：新人の作品〈＊座談会〉（「現実と文学」昭和38年11月1日、第27号、86～87頁）＊蟹・禽鳥。

平野謙：今月の小説（下）ベスト3（「毎日新聞」昭和38年12月24日夕刊、3～3面）＊遠い夏。

山本健吉：文藝時評（下）―熱っぽい糾弾に終わる―（「東京新聞」昭和39年4月28日夕刊、8～8面）＊脂怨。

林富士馬：河野多恵子著『夢の城』―繊細で鋭い感覚―（「週刊読書人」昭和39年5月11日、第525号、3～3面）

日沼倫太郎：河野多恵子著『夢の城』―女性心理の微妙な世界―（「読売新聞」昭和39年5月21日夕刊、7～7面）

林房雄：文藝時評（中）（「朝日新聞」昭和39年5月29日、11～11面）＊蟻たかる。

日沼倫太郎：文藝時評6月―本質見抜けぬ裁断批評―（「日本読書新聞」昭和39年6月1日、第1260号、3～3面）＊蟻たかる。

高橋和巳：〈性〉的素材主義批判―〈文藝時評〉―（「文學界」昭和39年7月1日、第18巻7号、137～143頁）＊蟻たかる。

吉田足日：女流新人作家の三作―この現代に立ち向かえるか（「日本読書新聞」昭和39年7月13日、第1266号、5～5面）＊夢の城。

瀬沼茂樹：文藝時評（下）―頼もしい評論の新人―（「東京新聞」昭和39年7月25日夕刊、8～8面）＊みち潮。

河上徹太郎・林房雄・平野謙：1964年の文壇総決算〈＊座談会〉（「文學界」昭和39年12月1日、第18巻12号、164～165頁）＊幼児狩り。

尾崎秀樹：新年号展望―思想状況追究の時期・戦後文学を厳しく裁く眼を―（「週刊読書人」昭和40年1月1日、第557号、8～8面）＊返礼。

山口瞳：女を書ける女流作家・河野多恵子氏〈＊表紙の人〉（「文藝」昭和40年4月1日、第4巻5号、90～91頁）

西美之：文学5月の状況―双璧な吉行と永井・一種の戦慄感じさせる巧みさ―（「週刊読書人」昭和40年4月26日、第573号、2～2面）＊男友達。

平野謙：今月の小説（上）―完結した河野多恵子の処女長編―（「毎日新聞」昭和40年4月29日夕刊、3～3面）＊男友達。

奥野健男：解説（『昭和戦争文学全集11〈戦時下のハイティーン〉』昭和40年5月30日、集英社、468～475頁）＊塀の中。

平野謙：今月の小説（下）ベスト3（「毎日新聞」昭和40年6月24日夕刊、3～3面）＊臺に載る。

江藤淳：文藝時評（下）（「朝日新聞」昭和40年6月25日、7～7面）＊臺に載る。

竹西寛子：文学7月の状況―〝読ませる部分〟をもつ河野―（「週刊読書人」昭和40年6月28日、第582号、2～2面）＊臺に載る。

瀬戸内晴美：押しかけ客（「文學界」昭和40年10月1日、第19巻10号、8～9頁）

斯波四郎：河野多恵子著男友達―繊細な筆づかいで・嗜虐的な愛欲を細密に描く―（「週刊読書人」昭和40年11月1日、第598号、9～9面）

江藤淳：文藝時評（下）―発掘し得る主題―（「朝日新聞」昭和40年11月27日夕刊、9～9面）＊明くる日。

平野謙：今月の小説（上）―短編に静かな注目―（「毎日新聞」昭和40年11月29日、5～5面）＊明くる日。

竹西寛子：文学12月の状況―鮮やかな全力投球芝木・乱世に生きる義政の欺きを通して唐木―（「週刊読書人」昭和40年12月6日、第603号、2～2面）＊明くる日。

平野謙：今月の小説（下）ベスト3（「毎日新聞」昭和40年12月28日夕刊、3～3面）＊幸福。

菊村到：物自体への凝視―文藝時評―（「文學界」昭和41年1月1日、第20巻1号、146～152頁）＊明くる日。

瀬戸内晴美：「才能の山」について―文藝時評―（「文學界」昭和41年2月1日、第20巻2号、122～129頁）

江藤淳：文藝時評（下）（「朝日新聞」昭和41年2月25日夕刊）＊最後の時。

平野謙：三月の小説（下）ベスト3（「毎日新聞」昭和41年3月1日夕刊、3～3面）＊最後の時。

日野啓三：文藝時評3月―あまりに日本的な芥川賞受賞作・形而上的・歴史的・秩序への安住―（「週刊読書人」昭和41年3月7日、第615号、4～4面）＊最後の時。

江藤淳：文藝時評（下）―残酷な味・河野作品―（「朝日新聞」昭和41年6月29日夕刊、9～9面）＊たたかい。

山本健吉：文藝時評（下）―職人気質を浮き彫り―（「読売新聞」昭和41年6月29日夕刊、9～9面）＊たたかい。

平野謙：七月の小説（下）ベスト3（「毎日新聞」昭和41年6月30日夕刊、3～3面）＊たたかい。

江藤淳：文藝時評（下）（「朝日新聞」昭和41年7月29日夕刊、5～5面）＊双穹。

本多秋五：文藝時評（下）（「東京新聞」昭和41年7月29日夕刊、8～8面）＊双穹。

竹西寛子：河野多恵子『最後の時』―白昼にのぞいた無気味な闇―（「サンデー毎日」昭和41年10月23日、第45年46号、79～80頁）

江藤淳：文藝時評（下）（「朝日新聞」昭和41年11月25日夕刊、7～7面）＊湯餓鬼。

江藤淳：ことしの収穫ベスト5・文学（「朝日新聞」昭和41年12月14日、9～9面）＊最後の時。

平野謙：一月の小説（上）―女流作家の暗い作品―（「毎日新

聞」昭和41年12月23日夕刊、3〜3面）＊見つけたもの。
伊藤整・武田泰淳・平林たい子：創作合評―236回―（「群像」昭和42年1月1日、第22巻1号、310〜323頁）＊背誓。
雅：雑誌評〈群像（2月号）〉（「東京新聞」昭和42年1月19日夕刊、8〜8面）＊邂逅。
平野謙：二月の小説（下）ベスト3（「毎日新聞」昭和42年1月27日夕刊、3〜3面）＊邂逅、魔術師。
本多秋五：文藝時評（下）（「東京新聞」昭和42年1月28日夕刊、8〜8面）＊邂逅、魔術師。
月村敏行：文藝時評1・2月―極彩色で描く女体切断の魔術・河野多恵子トリヴィアルナ魔術師（2月）―（「日本読書新聞」昭和42年1月30日、第1392号、3〜3面）
山本健吉：文藝時評（下）―作意の過剰と不足と―（「読売新聞」昭和42年1月31日夕刊、7〜7面）＊邂逅、魔術師。
瀬戸内晴美：最後のもの（「新潮」昭和42年2月1日、第64巻2号、192〜193頁）
小山晴男：「邂逅」を読んで〈＊読者論評〉（「群像」昭和42年2月1日、第22巻2号、296〜297頁）
井上靖・円地文子・佐多稲子・丹羽文雄・野上弥生子・平野謙・平林たい子：第6回女流文学賞選評（「婦人公論」昭和42年5月1日、第52巻5号、294〜297頁）＊最後の時。
無署名：コントロールタワー（「文學界」昭和42年6月1日、第21巻6号、180〜181頁）
竹西寛子：困難な作業―河野多恵子・丸谷才一・辻邦生―（「文學界」昭和42年8月1日、第21巻8号、80〜81頁）
上田三四二：文藝時評2月―平手打ちをくらう・河野―（「週刊読書人」昭和43年1月29日、第710号、2〜2面）＊不意の声。
篠田一士：文藝時評（下）（「東京新聞」昭和43年1月29日夕刊、8〜8面）＊不意の声。
吉田健一：文藝時評（上）―生きた人物の創造―（「読売新聞」昭和43年1月29日夕刊、7〜7面）＊不意の声。
上田三四二：文藝時評2月（「週刊読書人」昭和43年1月29日、第710号、2〜2面）＊不意の声。
小島信夫：文藝時評（下）―意識下の女のうらみ・河野氏の「不意の声」―（「朝日新聞」昭和43年1月30日夕刊、7〜7面）
平野謙：二月の小説（上）―惜しまれる発酵不足―（「毎日新聞」昭和43年1月30日夕刊、3〜3面）＊不意の声。
桶谷秀昭：文藝時評・2月―卑小な自己へ強い執着・石原や吉野の私小説的な発想―（「日本読書新聞」昭和43年2月5日、第1443号、3〜3面）＊不意の声。
徳田悟：「不意の声」を読んで〈＊読者論評〉（「群像」昭和43年3月1日、第23巻3号、230〜231頁）
武田泰淳・本多秋五・野間宏：創作合評―250回―（「群像」昭和43年3月1日、第23巻3号、243〜250頁）＊不意の声。
奥野健男：解説（『現代文学大系66〈現代名作集（四）〉』昭和43年6月10日、筑摩書房、458〜483頁）＊幼児狩り。

小松伸六：現代女流作家論（「現代文学大系第66巻月報68」昭和43年6月10日、筑摩書房、4～7頁）

篠田一士：河野多恵子著『不意の声』―情感に富む父親のイメージ―（「波」昭和43年7月1日、第2巻2号、27～28頁）

加賀乙彦：河野多恵子著「不意の声」―現実と空想との交錯―（「読売新聞」昭和43年7月11日夕刊、9～9面）

虚（平野謙）：河野多恵子著「不意の声」―非現実世界がもつリアリティー（「週刊朝日」昭和43年7月12日、第73巻29号、110～111頁）

無署名：芥川の代表作から―三者三様の心理を追求―（「朝日新聞」昭和43年8月27日、9～9面）

吉田健一：現実と非現実の間で―河野多恵子著「不意の声」をめぐって〈＊新書解体〉（「文學界」昭和43年9月1日、第22巻9号、143～147頁）

石川利光：河野多恵子著『不意の声』―現代の性の緊張感が・人間の深奥にひそむ情動を捉えて―（「週刊読書人」昭和43年9月16日、第742号、4～4面）

佐伯彰一：この作家への提言（10）―河野多恵子の「反自然的」認識・無邪気で残酷な獣のたわむれの趣き―（「週刊読書人」昭和43年9月30日、第744号、4～4面）

川村二郎：複数形の現実―河野多恵子の作品に即して―〈＊現代文学の可能性〉（「群像」昭和43年12月1日、第23巻12号、220～228頁）

大岡昇平・小島信夫：ことしの回顧ベスト5・文学（「朝日新聞」昭和43年12月10日夕刊7～7面）＊不意の声。

小島信夫・中村真一郎・平野謙・吉田健一・篠田一士（司会）：問題作をどう評価するか―文藝時評1968年―〈＊座談会〉（「文學界」昭和44年1月1日、第23巻1号、164～178頁）＊不意の声。

丹羽文雄：河野多恵子「不意の声」〈小説賞〉（「読売新聞」昭和44年2月1日夕刊、7～7面）

無署名：読売文学賞受賞者をたずねて（「読売新聞」昭和44年2月3日夕刊、9～9面）

佐伯彰一：文藝時評（上）―鮮烈な印象・河野氏の「骨の肉」―（「読売新聞」昭和44年2月24日夕刊、9～9面）

上田三四二：文藝時評3月―今月一等の作・河野多恵子氏の「骨の肉」吃水の深い現代の「雨月物語」として―（「週刊読書人」昭和44年3月3日、第765号、2～2面）＊不意の声。

天沢退二郎：文藝時評―二元論のあつれきのはてに・河野多恵子「骨の肉」―（「日本読書新聞」昭和44年3月10日、第1498号、3～3面）

奥野健男：文藝時評（「産経新聞」昭和44年3月27日夕刊、3～3面）＊草いきれ。

小田切秀雄・遠藤周作・佐伯彰一：創作合評―263回―（「群像」昭和44年4月1日、第24巻4号、245～249頁）＊骨の肉。

三浦清宏：変貌のなかの声―現代文学の人間像―（「群像」昭和44年10月1日、第24巻10号、224～243頁）＊不意の声。

佐伯彰一・上田三四二：文壇1699年パーソナルな文学の台頭―〝個人の声〟を文学に〝饒舌派〟と〝反饒舌派〟の登場―〈＊対談〉（「週刊読書人」昭和44年12月8日、第804回、1～1頁）＊骨の肉。

佐伯彰一：ことしの回顧ベスト5・文学―不思議な作風漂う「骨の肉」―（「朝日新聞」昭和44年12月9日夕刊、7～7面）

無署名：河野多恵子著「草いきれ」―克明な男女の心理―（「読売新聞」昭和45年1月30日、21～21面）

上田三四二：河野多恵子著背誓（はいせい）・草いきれ―特殊さに普遍性の肉付け・〝ものを書く女〟の提示―（「週刊読書人」昭和45年2月9日、第812回、5～5面）

竹西寛子：道づれのない旅（「群像」昭和45年3月1日、第25巻3号、128～133頁）＊幼児狩り、蟹、最後の時。

磯田光一：河野多恵子『草いきれ』―生活虚構化のゆくえ―（「群像」昭和45年3月1日、第25巻3号、229～231頁）

無署名：『草いきれ』河野多恵子著〈＊婦人公論読書室〉（「婦人公論」昭和45年3月1日、第55巻3号、334～335頁）

川村二郎：内攻したプラトニズム―河野多恵子著『草いきれ』について―〈＊新書解体〉（「文學界」昭和45年3月1日、第24巻3号、198～203頁）

松本鶴雄：河野多恵子著・草いきれ―エゴとエロスの葛藤・存在感の全てが抽象化を通して―（「日本読書新聞」昭和45年3月16日、第1537号、5～5面）

金井美恵子：河野多恵子著『草いきれ』―《書く行為》の原初的な問い―（「潮」昭和45年4月1日、第124号、264～265頁）

無署名：河野多恵子「幼児狩り」〈＊処女作〉（「文學界」昭和45年9月1日、第24巻9号、201～201頁）

吉行淳之介・大江健三郎：《推薦文》（『回転扉〈純文学書下ろし特別作品〉』昭和45年11月20日、新潮社、函）

佐伯彰一：文藝時評（上）（下）（「読売新聞」昭和45年11月28日・30日夕刊、7～7面）＊回転扉。

日野啓三：河野多恵子著「回転扉」―存在と魂の根源までも―（「東京新聞」昭和45年11月30日朝刊、6～6面）

中田耕治：中間小説時評＝下＝（「東京新聞」昭和45年12月12日夕刊、8～8面）＊三つの短い小説。

川村二郎・佐伯彰一：ことしの読売小説ベスト3（「読売新聞」昭和45年12月9日夕刊、5～5面）＊回転扉。

吉田知子：河野多恵子著・回転扉―脆い砂粒のように・現実と同質の想像で二重の生―（「日本読書新聞」昭和45年12月21日、第1576号、5～5面）

秋山駿：文藝時評（上）（「東京新聞」昭和45年12月25日夕刊、8～8面）＊回転扉。

磯田光一：慟哭或は死と藝術の成立〈＊文学思想1970年〉（「週刊読書人」昭和45年12月28日、第857号、2～2面）＊草いきれ・回転扉。

小島信夫：河野多恵子『回転扉』―真子のいないところの世

界―〈＊本・批評と紹介〉（「朝日ジャーナル」昭和46年1月1日～8日、第13巻1号、161～162頁）

上田三四二：河野多恵子著『回転扉』―女主人公の意識の二重性―〈＊10枚書評〉（「週刊読書人」昭和46年1月4日、第858号、4～4面）

松（平野謙）：河野多恵子『回転扉』――一夫一婦制度を内側から探求―〈＊週刊図書館〉（「週刊朝日」昭和46年1月8日、第76巻2号、123～123頁）

加賀乙彦：無時間性と存在―河野多恵子著「回転扉」（「海」昭和46年2月1日、第3巻2号、114～115頁）

清水徹：他者感覚の精密な劇を追いつめる―河野多恵子「回転扉」―（「文藝」昭和46年2月1日、第10巻2号、213～215頁）

竹西寛子：自己否定による自己解放の劇―河野多恵子『回転扉』―（「群像」昭和46年2月1日、第26巻2号、282～284頁）

進藤純孝：『回転扉』河野多恵子著〈＊婦人公論読書室〉（「婦人公論」昭和46年2月1日、第56巻2号、240～241頁）

八木義徳：新刊月評（「新刊ニュース」昭和46年2月15日、第22巻4号、31～33頁）＊回転扉。

まつもとつるを：『回転扉』の向う側こちら側（「文学者」昭和46年3月10日、第14巻3号、95～99頁）

武田泰淳：現代にとって文学とは何か（上）（下）（「読売新聞」昭和46年3月23日・24日、17～17面　17～17面）

川村二郎：解説―問いを促す呼びかけ―（『不意の声〈現代文学秀作シリーズ〉』昭和46年3月24日、講談社、192～200頁）

涌田佑：曽野綾子・倉橋由美子・河野多恵子旅行ガイド（「現代日本の文学第五十巻曽野綾子・倉橋由美子・河野多恵子月報38」昭和46年4月1日、学習研究社、11～11頁）＊三、河野多恵子「思いがけない旅」の奈良めぐり。

金井美恵子：河野多恵子文学紀行―わたし自身の内なる旅―（『現代日本の文学50〈曽野綾子・倉橋由美子・河野多恵子集〉』昭和46年4月1日、学習研究社、39～48頁）

奥野健男：評伝的解説〈河野多恵子〉（『現代日本の文学50〈曽野綾子・倉橋由美子・河野多恵子集〉』昭和46年4月1日、学習研究社、472～480頁）

秋山駿：河野多恵子著「回転扉」（「自由」昭和46年4月1日、第13巻4号、168～168頁）

諸田和治：細部への執拗な凝視―河野多恵子『回転扉』（「早稲田文学」昭和46年4月1日、第3巻4号、118～119頁）

近藤功：河野多恵子・この蠱惑的な存在（「三田文学」昭和46年5月1日、第58巻5号、24～28頁）

無署名：河野多恵子小論（「群像」昭和46年6月1日、第26巻6号、241～241頁）＊不意の声、回転扉。

秋山駿：文藝時評（下）（「東京新聞」昭和46年6月30日夕刊、6～6面）＊同胞。

佐伯彰一：文藝時評（下）（「読売新聞」昭和46年6月30日夕刊）＊同胞。

秋山駿：文藝時評（下）（「東京新聞」昭和46年7月31日夕刊、4～4面）＊胸さわぎ。
平岡篤頼：変容と試行（「群像」昭和46年8月1日、第26巻8号、222～233頁）＊回転扉。
佐々木基一・遠藤周作・上田三四二：創作合評―291回―（「群像」昭和46年8月1日、第26巻8号、290～307頁）＊同胞。
高橋英夫：文藝時評・8月―現代的不可解性への自己防衛・後藤明生「行方不明」者の生活―（「日本読書新聞」昭和46年8月2日、第1607号、3～3面）＊胸さわぎ。
古屋健二：転回点の河野多恵子（「図書新聞」昭和46年8月7日、第1124号、3～3面）
石川利光：河野さんのこと（「カラー版日本文学全集〈有吉佐和子・瀬戸内晴美・河野多恵子〉しおり・54」昭和46年8月30日、河出書房新社、3～3頁）
川村二郎：解説（『カラー版日本文学全集54〈有吉佐和子・瀬戸内晴美・河野多恵子〉』昭和46年8月30日、河出書房新社、375～378頁）
川村二郎：モチーフの輝き〈一頁時評〉（「文藝」昭和46年9月1日、第10巻10号、253～253頁）＊胸さわぎ。
市川泰：疑似古風を怒る〈＊好きなあなたの嫌いなところ〉（「婦人公論」昭和46年11月1日、第56巻11号、82～83頁）
無署名：コントロールタワー（「文學界」昭和46年11月1日、第25巻11号、122～123頁）＊回転扉。
上田三四二：新鋭女流と現代（「群像」昭和46年12月1日、第26巻12号、170～180頁）＊不意の声。
川村二郎：河野多恵子著「骨の肉」―重苦しい女の執念―（「サンケイ新聞」昭和46年12月27日朝刊、6～6面）
黒井千次：沈黙を強いるもの―河野多恵子『骨の肉』―（「群像」昭和47年1月1日、第27巻1号、313～314頁）
小川国夫：河野多恵子著骨の肉―恋の気おくれの小説―（「東京新聞」昭和47年1月10日夕刊、4～4面）
無署名：河野多恵子著骨の肉―生の深淵みる傑作―（「読売新聞」昭和47年1月24日、8～8面）
無署名：河野多恵子著骨の肉―ただよう異様な気配―（「朝日新聞」昭和47年1月31日、11～11面）
一界旅人：河野多恵子「骨の肉」（「三田文学」昭和47年2月1日、第59巻2号、56～59頁）
高橋英夫：隠微な感応の世界―河野多恵子『骨の肉』―（「海」昭和47年2月1日、第4巻2号、208～209頁）
逆井尚子：河野多恵子論―反自然・反現実としての想像力（「早稲田文学」昭和47年2月1日、第4巻2号、26～52頁）
鶴田冬一：河野多恵子著『骨の肉』―女の性とはなにか―（「図書新聞」昭和47年2月5日、第1148号、4～4面）
饗庭孝男：河野多恵子著『骨の肉』―鋭い想像力の殺意―（「週刊読書人」昭和47年2月7日、第912号、5～5面）
天沢退二郎：肉の宇宙を彷徨う意識―河野多恵子『骨の肉』―（「文藝」昭和47年3月1日、第11巻3号、229～231頁）
利沢行夫：女流作家における性意識〈＊近代女流文学の思想〉

（「国文学〈解釈と鑑賞〉」昭和47年3月1日、第37巻3号、63〜67頁）＊回転扉。

饗庭孝男：海外文学と戦後女流の文学〈＊近代女流文学の影響と背景〉（「国文学〈解釈と鑑賞〉」昭和47年3月1日、第37巻3号、79〜84頁）＊幼児狩り、不意の声、回転扉。

吉田凞生：河野多恵子『回転扉』〈＊近代女流作家の作品〉（「国文学〈解釈と鑑賞〉」昭和47年3月1日、第37巻3号、150〜151頁）

巌谷大四：芥川賞・直木賞と現代女流作家（「国文学〈解釈と鑑賞〉」昭和47年3月1日、第37巻3号、154〜159頁）

松本鶴雄：河野多恵子―「回転扉」の向う側こちら側―（『背理と狂気―現代作家の宿命―』昭和47年3月31日、笠間書院、378〜384頁）＊初出未詳。「文学者」か。

太田三郎：戦争体験が貫く文学―河野多恵子の世界―（「文藝」昭和47年4月1日、第11巻4号、218〜228頁）

秋山駿：解説（『男友達〈角川文庫〉』昭和47年4月15日、角川書店、220〜225頁）

秋山駿：文藝時評（上）―長さと抽象性の並行―（「東京新聞」昭和47年9月28日夕刊、6〜6面）＊雙夢。

佐伯彰一：文藝時評（上）（下）（「読売新聞」昭和47年9月29〜30日夕刊）＊雙夢。

小川国夫・佐伯彰一：対談時評第9回（「文學界」昭和47年11月1日、第26巻11号、263〜273頁）＊雙夢。

秋山駿・上田三四二・松原新一：創作合評―306回―（「群像」昭和47年11月1日、第27巻11号、286〜291頁）＊雙夢。

秋山駿：文藝時評（下）（「東京新聞」昭和47年12月28日夕刊、4〜4面）＊うたがい。

諸田和治：ネガティヴな表象（「創」昭和47年12月1日、第2巻12号、122〜125頁）＊雙夢。

川嶋至：文藝時評・1月―官能の閃光を捉える手並み・古井由吉「弟」（文藝）「谷」（新潮）―（「日本読書新聞」昭和48年1月15日、第1685号、3〜3面）＊うたがい、怪談、特別な時間。

田久保英夫・黒井千次：対談時評第12回（「文學界」昭和48年2月1日、第27巻2号、247〜255頁）＊うたがい。

北山荘平・小島輝正・森川達也：鼎談文藝時評第4回（「新日本文学」昭和48年2月1日、第28巻2号、56〜60頁）＊雙夢。

瀬沼茂樹：解説（『現代日本文学大系92〈現代名作集（二）〉』昭和48年3月23日、筑摩書房、403〜410頁）

無署名：河野多恵子著雙夢―寓話的な幻想世界通じて・人間情念のドラマ―（「読売新聞」昭和48年3月26日、8〜8面）

松原新一：批評根拠を問い直す（「群像」昭和48年4月1日、第28巻4号、220〜224頁）＊雙夢。

無署名：河野多恵子著雙夢―硬質で衝撃的描写・現代小説実験の緊張感―（「毎日新聞」昭和48年4月23日、8〜8面）

森万紀子：河野多恵子著雙夢―日常から離れた夢と希求・生々しいエロチシズムを伴って（「日本読書新聞」昭和48年

4月23日、第1701号、5～5面）
秋山駿：文藝時評（上）―河野多恵子の言葉と森万紀子・田久保英夫・小川国夫氏らの作品―（「東京新聞」昭和48年4月26日夕刊、5～5面）＊現代文学の面目。
鶴岡冬一：河野多恵子著雙夢―同じ夢みる男女の呪縛―（「図書新聞」昭和48年4月28日、第1210号、2～2面）
川村二郎：解説（『幼児狩り・蟹〈新潮文庫〉』昭和48年4月30日、新潮社、289～294頁）
栗坪良樹：『回転扉』河野多恵子〈＊新作家・その問題作〉（「国文学〈解釈と鑑賞〉」昭和48年5月1日、第38巻6号、104～108頁）
無署名：コントロールタワー（「文學界」昭和48年5月1日、第48巻5号、204～205頁）＊雙夢。
高山鉄男：夢を悟る欲求と恐れ―河野多恵子『雙夢』―（「群像」昭和48年5月1日、第28巻5号、220～222頁）
砂：「雙夢」生の底に展開する異形の世界（「週刊朝日」昭和48年5月4日、第78巻20号、126～127頁）＊秋山駿。
無署名：河野多恵子著雙夢―夢の中で追う男と女―（「朝日新聞」昭和48年5月7日、11～11面）
三枝和子：河野多恵子著雙夢―男と女の関係を的確に―（「週刊読書人」昭和48年5月14日、第977号、5～5面）
磯田光一：極限をめざす夢のゆくえ―河野多恵子「雙夢」―（「文藝」昭和48年6月1日、第12巻6号、196～198頁）
鷲巣繁男：夢―あるひは愛と存在の地下劇場―河野多恵子『雙夢』―〈＊新思潮社〉（「すばる」昭和48年6月10日、12号、98～107頁）
林青梧：幻想的象徴詩―河野多恵子著『雙夢』―（「文学者」昭和48年6月10日、第16巻6号、34～34頁）
十返千鶴子：『雙夢』河野多恵子著〈＊婦人公論読書室〉（「婦人公論」昭和48年7月1日、第58巻7号、327～328頁）
森川達也：〈反リアリズム〉への価値転換を〈＊II批評の現場から〉（「群像」昭和48年8月1日、第28巻8号、72～74頁）＊雙夢。
松本鶴雄：河野多恵子（馬渡憲三郎編『女流文藝研究』昭和48年8月30日、南窓社、335～347頁）
上田三四二：回復への飢渇〈巻末作家論＝河野多恵子〉（『現代の文学33〈河野多恵子・大庭みな子〉』昭和48年9月16日、講談社、436～442頁）
川村二郎：文藝時評（下）（「読売新聞」昭和48年10月27日夕刊、7～7面）＊変身。
上総英郎：文藝時評―河野多恵子「変身」（「文藝」）・人間のうちに魔的衝動―（「日本読書新聞」昭和48年11月5日、第1731号、3～3面）
市川泰：変なトラ女房〈グラビア家族が語るトラ年生れの作家〉（「週刊小説」昭和49年1月11日、第3巻2号、5～5頁）
鶴岡冬一：河野多恵子著文学の奇蹟―真摯な息吹きを・芯の通ったエッセー集（「図書新聞」昭和49年4月13日、第12

58号、4～4面）
金井美恵子：河野多恵子著文学の奇蹟―鋭く知的な感受性・深い批評精神を持った新しさ―（「日本読書新聞」昭和49年4月29日、第1758号、4～4面）
後藤明生・黒井千次：第27回対談時評（「文學界」昭和49年5月1日、第28巻5号、234～240頁）＊択ばれて在る日々。
小松伸六：デーモンと含羞―河野多恵子「文学の奇蹟」（「文藝」昭和49年5月1日、第13巻5号、243～245頁）
鶴岡冬一：河野多恵子著私の泣きどころ―健全篤実な生活者―（「図書新聞」昭和49年5月18日、第1263号、4～4面）
萩原葉子：河野多恵子―何より誠実な人柄・今日の日本文学柱として―〈＊人物スケッチ〉（「日本読書新聞」昭和49年5月27日、第1762号、1～1面）
吉田知子：河野多恵子著文学の奇蹟―正確で冷静な眼の確かさ―（「週刊読書人」昭和49年5月27日、第1030号、5～5面）
上総英郎：河野多恵子著無関係―超現実へ発展する着想力・危機感が張りつめ、未来は暗い―（「日本読書新聞」昭和49年6月17日、第1766号、5～5面）
川：著者と著書の間―「私の泣きどころ」―（「サンデー毎日」昭和49年6月23日、第53巻26号、101～101頁）
川村二郎：物語と告白〈＊解説〉（『現代の女流文学第2巻』昭和49年9月20日、毎日新聞社、365～374頁）＊不意の声。
川村二郎：文藝時評（下）（「読売新聞」昭和49年10月29日夕刊、5～5面）＊血と貝殻。
無署名：雙夢河野多恵子〈＊愛についての10冊の本〉（「婦人公論」昭和49年11月1日、第59巻11号、143～143頁）
大久保典夫：河野多恵子（「国文学〈解釈と鑑賞〉」昭和49年11月5日、第39巻14号、186～193頁）
畑下一男：河野多恵子〈＊作家論からの臨床診断〉「国文学〈解釈と鑑賞〉」昭和49年11月5日、第39巻14号、194～195頁）
＊塀の中、幼児狩り。
本村敏雄：文藝時評―圧倒的な迫力と緊迫感に満ちる・不条理の煉獄に墜とされた者の苦悩三木卓「震える舌」―（「日本読書新聞」昭和49年11月11日、第1788号、2～2面）
＊血と貝殻。
無署名：河野多恵子著択ばれて在る日々―執拗に根深く・人生の微細ひた探る―（「読売新聞」昭和49年11月12日、13～13面）
森内俊雄：河野多恵子著択ばれて在る日々―女主人公の眼のたくましさ〈家〉への執着のなさが自然に描かれ―（「日本読書新聞」昭和49年12月9日、第1793号、5～5面）
須永朝彦：河野多恵子著『択ばれて在る日々』―鮮かに虚の魅惑を顕示―（「週刊読書人」昭和49年12月16日、第1059号、5～5面）
江藤淳：1月の文学（「毎日新聞」昭和49年12月20日夕刊、5～5面）＊谷崎文学と肯定の欲望。

進藤純孝：河野多恵子『択ばれて在る日々』—生への困惑をあらわにした文体—（「サンデー毎日」昭和49年12月29日、第53巻53号、69〜70頁）
阿部昭・佐伯彰一・和田芳恵：読書鼎談（「文藝」昭和50年1月1日、第14巻1号、249〜256頁）＊択ばれて在る日々。
川村二郎：日常の中の感応—河野多恵子『択ばれて在る日々』—（「文藝展望」昭和50年1月15日、第8号、138〜139頁）
津島佑子：女という性の謎に迫る—河野多恵子『択ばれて在る日々』—〈＊批評と紹介〉（「朝日ジャーナル」昭和50年2月21日、第17巻7号、65〜66頁）
無署名：コントロールタワー（「文學界」昭和50年3月1日、第29巻3号、176〜177頁）
上田三四二・川村二郎・平岡篤頼（司会）：女流作家の新傾向—河野多恵子の予感的・暗合的世界—〈＊座談会〉（「群像」昭和50年3月1日、第30巻3号、144〜169頁）＊雙夢、択ばれて在る日々、同胞、骨の肉、怪談、変身、回転扉、蟹。
日野啓三：解説（『最後の時〈角川文庫〉』昭和50年4月30日、角川書店、261〜265頁）
川村二郎：解説（『草いきれ〈文春文庫〉』昭和50年5月25日、文藝春秋、323〜334頁）
高橋悦子：夫の物・妻の物〈＊読者のひろば〉（「婦人公論」昭和50年6月1日、第60巻6号、380〜381頁）
古屋健三：複雑な豊かさをもった観念の輝き—河野多恵子著『血と貝殻』（「波」昭和50年10月1日、第9巻10号、26〜27頁）
黒井千次：解説（『思いがけない旅〈角川文庫〉』昭和50年10月20日、角川書店、282〜287頁）
百目鬼恭三郎：河野多恵子（『現代の作家101人』昭和50年10月20日、新潮社、81〜83頁）
無署名：河野多恵子著血と貝殻—微妙に動く女性の心・細かく不気味な幻想描く—（「読売新聞」昭和50年11月17日、10〜10面）
無署名：「血と貝殻」日常性の中の異常差（「週刊読売」昭和50年11月22日、83〜83頁）＊未確認
松田修：「血と貝殻」（「サンデー毎日」昭和50年11月23日、82〜82頁）＊未確認
加藤郁乎：河野多恵子著血と貝殻—泰然たる観察者ぶり・男女関係や物類相感の機敏を鮮かに（「週刊読書人」昭和50年11月24日、第１１０７号、5〜5面）
無署名：河野多恵子著血と貝殻—平凡な日常の中の異常（「朝日新聞」昭和50年12月8日、10〜10面）
河盛好蔵・黒井千次・瀬戸内晴美：読書鼎談（「文藝」昭和51年1月1日、第15巻1号、232〜243頁）＊血と貝殻。
十返千鶴子：「血と貝殻」〈＊婦人公論読書室〉（「婦人公論」昭和51年1月1日、第61巻1号、358〜359頁）
出口裕弘：「執拗」の構図—河野多恵子『血と貝殻』（「海」昭和51年1月1日、第8巻1号、250〜252頁）

江藤淳：文藝時評2月（「毎日新聞」昭和51年1月28日夕刊、7〜7面）＊谷崎文学と肯定の欲望。
佐伯彰一：開かれた小説〈物語のなかの「私」〉（「すばる」昭和51年3月10日、第23号、106〜119頁）
小島信夫：解説（『無関係〈中公文庫〉』昭和51年3月10日、中央公論社、309〜314頁）
坂上弘：文藝時評（上）（「東京新聞」昭和51年3月25日夕刊、7〜7面）＊砂の檻。
篠田一士：解説（『夢の城〈角川文庫〉』昭和51年4月20日、角川書店、230〜234頁）
『海』訪問記者：《作家訪問記》河野多恵子（「海」昭和51年6月1日、第8巻6号、280〜281頁）
佐伯彰一：解説（『不意の声〈講談社文庫〉』昭和51年6月15日、講談社、165〜177頁）
熊坂敦子：近代女流文学の軌跡と現在（「国文学〈解釈と教材の研究〉」昭和51年7月20日、第21巻9号、18〜25頁）＊蟹、不意の声。
大河内昭爾：「回転扉」河野多恵子〈作品論・70年代の女流文学〉（「国文学〈解釈と教材の研究〉」昭和51年7月20日、第21巻9号、141〜144頁）
円谷真護：文藝時評―ブーメランを造りに（「新日本文学」昭和51年8月1日、第31巻8号、101〜107頁）＊稚児。
河野信子：女流文学における日常と反日常〈＊女流文学―存在・認識・創造〉（「国文学〈解釈と鑑賞〉」昭和51年9月1日、第41巻11号、34〜42頁）
久保田芳太郎：女流文学のエロティシズム〈＊女流文学―存在・認識・創造〉（「国文学〈解釈と鑑賞〉」昭和51年9月1日、第41巻11号、43〜51頁）＊自戒、回転扉。
山田有策：男を描く女流文学の眼―近代より現代へ―（「国文学〈解釈と鑑賞〉」昭和51年9月1日、第41巻11号、77〜83頁）＊幼児狩り、不意の声。
中山和子：女流文学が描く女性意識の諸相（「国文学〈解釈と鑑賞〉」昭和51年9月1日、第41巻11号、107〜118頁）＊回転扉。
松田悠美：河野多恵子「回転扉」の真子（「国文学〈解釈と鑑賞〉」昭和51年9月1日、第41巻11号、128〜129頁）
平山城児：谷崎文学と肯定の欲望河野多恵子著―意表つく大阪人の目―（「日本経済新聞」昭和51年9月12日、20〜20面）
無署名：河野多恵子著谷崎文学と肯定の欲望―創造の力学見きわめ・谷崎論に新しい照明―（「読売新聞」昭和51年9月27日、9〜9面）
上田三四二：河野多恵子著谷崎文学と肯定の欲望―マゾヒズムから追求―（「東京新聞」昭和51年10月2日）＊未確認。
無署名：河野多恵子著谷崎文学と肯定の欲望―独創的視点からの論証―（「朝日新聞」昭和51年10月25日、10〜10面）
川村二郎：現世の神秘家―河野多恵子『谷崎文学と肯定の欲望』（「文學界」昭和51年11月1日、第30巻11号、208〜213頁）

文献目録

大久保典夫：大阪生まれの女流作家の目―河野多恵子『谷崎文学と肯定の欲望』―（「すばる」昭和51年12月5日、第26号、300〜303頁）

百目鬼恭三郎（編集委員）：'76回顧文学―「戦後文学」に一つの幕・女流作家に好作品―（「朝日新聞」昭和51年12月14日夕刊、5〜5面）＊谷崎文学と肯定の欲望。

田久保英夫：文藝時評（下）（「東京新聞」昭和51年12月28日夕刊、3〜3面）＊見知らぬ男。

出口裕弘：スリルにみちた精細な分析―河野多恵子『谷崎文学と肯定の欲望』（「海」昭和52年1月1日、第9巻1号、272〜274頁）

赤塚行雄：第四十九回少年の橋・後藤紀一、蟹・河野多恵子〈＊選評と受賞作家の運命〉（「国文学〈解釈と鑑賞〉」昭和52年1月5日、第42巻2号、133〜135頁）

中村光夫：河野多恵子谷崎文学と肯定の欲望―深い愛情こめ独自の谷崎論―（「読売新聞」昭和52年2月1日、6〜6面）

巌谷大四：女流文学者会〈＊物語女流文壇史最終回〉（「婦人公論」昭和52年2月1日、第62巻2号、324〜333頁）

森敦・川村二郎・田久保英夫：想像力を導く力〈創作合評14〉（「群像」昭和52年2月1日、第32巻2号、306〜312頁）＊見知らぬ男。

無署名：「谷崎文学と肯定の欲望」の河野多恵子さん―横溢する生の喜びこそ―（「読売新聞」昭和52年2月4日夕刊、5〜5面）＊第28回読売文学賞受賞者を訪ねて。

森川達也：河野多恵子著谷崎文学と肯定の欲望―決定的な視点を提起―（「日本読書新聞」昭和52年2月21日、第1894号、5〜5面）

円谷真護：文藝時評―「私」の居場所―（「新日本文学」昭和52年3月1日、第32巻3号、94〜99頁）＊鉄の魚。

亀井秀雄：人と文学・女に性別されて―河野多恵子―（『筑摩現代文学大系83〈瀬戸内晴美・河野多恵子集〉』昭和52年5月15日、筑摩書房、465〜474頁）

田久保英夫：解説（『骨の肉〈講談社文庫〉』昭和52年7月15日、講談社、237〜244頁）

無署名：河野多恵子著砂の檻―中年女性の日常に異性の裂け目追う―（「読売新聞」昭和52年8月22日、9〜9面）

奥野健男：河野多恵子と貝殻（『作家の表象―現代作家116―』昭和52年9月5日、時事通信社、103〜105頁）＊初出「サンケイ新聞」年月日未詳。

佐伯彰一：「こだわり」の力学―河野多恵子「砂の檻」（「海」昭和52年10月1日、第9巻10号、274〜276頁）

梅原稜子：河野多恵子〈砂の檻〉生の深奥の耀き〈＊新書解体〉（「文學界」昭和52年10月1日、第31巻10号、232〜237頁）

菅野昭正：人生の光景〈＊新著月評〉（「群像」昭和52年10月1日、第32巻10号、291〜297頁）＊砂の檻。

十返千鶴子：「砂の檻」〈＊婦人公論読書室〉（「婦人公論」昭和52年10月1日、第62巻10号、338〜339頁）

中島梓：荒涼とした静寂漂う短編集―『砂の檻』河野多恵子―（「朝日ジャーナル」昭和52年10月7日、第19巻40号、70〜71頁）
秋山駿：河野多恵子「砂の檻」―中年女の日常と性を犀利に描く―（「週刊ポスト」昭和52年11月25日、第9巻46号、91〜92頁）
遠藤周作：戦争と少女（『遠い夏』昭和52年12月5日、構想社、オビ）
古屋健三：昭和52年度の文学―小説家の毒―（「文學界」昭和53年1月1日、第32巻1号、210〜221頁）＊鉄の魚。
松本鶴雄：河野多恵子著遠い夏―私小説的な連作・肩ひじ張らぬ側面を示す（「図書新聞」昭和53年1月21日、第1406号、7〜7面）
奥野健男：野心的な試み―河野多恵子『いすとりえっと』―（「海」昭和53年2月1日、第10巻2号、198〜200頁）
女流文学に見る自立への闘いの変遷（「ジュノン」昭和53年2月1日、第6巻2号、92〜93頁）＊砂の檻
嶋岡晨：『遠い夏』河野多恵子―青春を奪った時代へのマゾヒスチックな抗議―（「ＭＯＲＥ」昭和53年4月1日、第2巻4号、29〜29頁）
谷沢永一：いかにも現代的な文学的人生論―『もうひとつの時間』河野多恵子著（「50冊の本」昭和53年6月1日、第1巻2号、54〜56頁）
川村二郎：連載'78文藝時評（七）（「文藝」昭和53年7月1日、第17巻7号、20〜26頁）＊妖術記。
樫：河野多恵子〈作家の群像〉（「信濃毎日新聞」昭和53年7月2日）
奥野健男：河野多恵子（『奥野健男作家論集5』昭和53年7月31日、泰流社、239〜248頁）
無署名：コントロールタワー（「文學界」昭和53年9月1日、第32巻9号、154〜155頁）
奥野健男：河野多恵子（『素顔の作家たち―現代作家132人―』昭和53年11月25日、集英社、376〜380頁）＊初出「新刊ニュース」発行年月日未詳。
石崎等：現代作家110人の文体―河野多恵子（「国文学〈解釈と教材の研究〉」昭和53年11月25日、第23巻15号、222〜223頁）＊砂の檻。
無署名：河野多恵子著妖術記―特異で濃密な感覚世界―（「朝日新聞」昭和53年12月17日、9〜9面）
川村二郎：情熱に貫かれた意志の生理―河野多恵子著『妖術記』（「波」昭和54年1月1日、第13巻1号、29〜30頁）
バルバラ吉田クラフト：女流文学雑感（「新潮」昭和54年3月1日、第76巻3号、186〜187頁）
奥野健男：自己に対する疑いと自戒―河野多恵子『妖術記』（「海」昭和54年3月1日、第11巻3号、288〜290頁）
神田由美子：河野多恵子（「国文学〈解釈と鑑賞〉」昭和54年4月1日、第44巻4号、150〜158頁）
無署名：コントロールタワー（「文學界」昭和54年4月1日、

第33巻4号、146～147頁）
石原慎太郎・坂上弘・中上健次：読書鼎談（「文藝」昭和54年4月1日、第18巻3号、226～242頁）＊妖術記。
奥野健男：小説の中の〝関係〟第15回―超能力を得た女の復讐―（「新鮮」昭和54年6月1日、第3巻5号、193～196頁）
発田和子：倉橋由美子『霊魂』の幻想質―河野多恵子『わかれ』との対比―（「国文学〈解釈と鑑賞〉」昭和54年9月1日、第44巻10号、126～132頁）
庄司肇：河野多恵子論（「日本きゃらばん」昭和54年10月1日、第42号、1～16頁）
篠田一士：文藝時評（下）12月（「毎日新聞」昭和54年11月28日夕刊、7～7面）＊一年の牧歌。
無署名：昭和五十四年度文壇の鳥瞰と総括（「週刊ポスト」昭和54年12月21日、第11巻50号、97～97頁）
川村二郎：連載'80文藝時評（一）（「文藝」昭和55年1月1日、第19巻1号、22～24頁）＊一年の牧歌。
山田有策：河野多恵子―「回転扉」の真子―〈＊名作の中のおんな101人〉（「国文学〈解釈と教材の研究〉」昭和55年3月25日、第25巻4号、204～205頁）
神田由美子：河野多恵子―母性憧憬の逆説―（「国文学〈解釈と鑑賞〉」昭和55年4月1日、第45巻4号、46～52頁）
無署名：河野多恵子著一年の牧歌―内面の喜び尋ねて―（「読売新聞」昭和55年4月14日、11～11面）
無署名：河野多恵子著一年の牧歌―明るさ見える禁欲生活―（「朝日新聞」昭和55年4月27日、11～11面）
無署名：一年の牧歌河野多恵子著―女の官能のナゾ・静養生活の異常な禁止の中で―（「毎日新聞」昭和55年4月28日、8～8面）
本吉洋子：モノトーンなタッチで描かれたＯＬのモノトーンな日常―河野多恵子『一年の牧歌』（「50冊の本」昭和55年5月1日、第3巻5号、30～31頁）
上総英郎：河野多恵子著一年の牧歌―新しい一面が見られ性行為の禁止が自由を生ずる―（「日本読書新聞」昭和55年5月12日、第２０５６号、5～5面）
田久保英夫：禁忌の秘蹟―『一年の牧歌』河野多恵子〈＊本〉（「新潮」昭和55年6月1日、第77巻6号、190～190頁）
佐伯彰一：日常性とロマンスの間―「正四面体」「一年の牧歌」など―（「新潮」昭和55年6月1日、第77巻6号、192～203頁）
磯田光一：功緻をきわめた性欲小説―河野多恵子『一年の牧歌』（「群像」昭和55年6月1日、第35巻6号、332～333頁）
佐伯彰一：受け身の力業―河野多恵子『一年の牧歌』―（「海」昭和55年6月1日、第12巻6号、222～224頁）
森川達也：河野多恵子〈一年の牧歌〉支配する性〈＊新書解体〉（「文學界」昭和55年8月1日、第34巻8号、228～231頁）
無署名：谷崎潤一郎賞河野多恵子「一年の牧歌」（「週刊読書人」昭和55年9月29日、第１３５０号、8～8面）
白石省吾：陰画の世界濃密に〈＊人間登場〉（「読売新聞」昭和

55年10月4日、4～4面）
N：『一年の牧歌』で第16回谷崎潤一郎賞を受賞した河野多恵子氏—選択としての〝禁欲〟—（「日本読書新聞」昭和55年10月6日、第2076号、2～2面）
無署名：河野多恵子さん—一人だけの授賞式—（「読売新聞」昭和55年10月16日夕刊、9～9面）
円地文子・遠藤周作・大江健三郎・大岡昇平・丹羽文雄・丸谷才一・吉行淳之介：第16回谷崎潤一郎賞選評（「中央公論」昭和55年11月1日、第95巻14号、321～325頁）＊一年の牧歌。
古井由吉：河野さんの魔力〈＊人〉（「新潮」昭和55年11月1日、第77巻11号、135～135頁）
司：人物交差点（「中央公論」昭和55年11月1日、第95巻14号、52～53頁）
山崎正和：時代像の崩壊—『歴史の亀裂』・完—（「新潮」昭和55年11月1日、第77巻11号、226～252頁）＊一年の牧歌。
無署名：三人冗語（「すばる」昭和55年11月1日、第2巻11号、354～356頁）＊一年の牧歌
磯田光一：解説（『谷崎文学と肯定の欲望〈中公文庫〉』昭和55年11月10日、中央公論社、305～311頁）
川村二郎：解説（『一年の牧歌・美少女〈新潮現代文学60〉』昭和55年11月15日、新潮社、384～390頁）
風：河野多恵子『一年の牧歌』—大家のうま味—（「週刊文春」昭和55年11月20日、第22巻47号、177～177頁）
篠田一士：守成の妙—1980年（「新潮」昭和55年12月1日、第77巻12号、208～217頁）＊一年の牧歌。
磯田光一：小説ことしのベスト3（「読売新聞」昭和55年12月17日夕刊、7～7面）＊一年の牧歌。
拓殖光彦：女流における幻想とリアリティ—河野多恵子・高橋たか子を軸として（「国文学〈解釈と教材の研究〉」昭和55年12月20日、第25巻15号、108～111頁）
神田由美子：河野多恵子—「性と生」との相克〈＊女流作家における「女」〉（「国文学〈解釈と鑑賞〉」昭和56年2月1日、第46巻2号、171～173頁）
三枝和子：ヒースの荒野を歩く—天地劇「嵐ケ丘」を観て—（「すばる」昭和56年2月1日、第3巻2号、200～201頁）
八橋一郎：河野多恵子（『五十人の作家（上）』昭和56年9月5日、青弓社、96～105頁）
木靴：「毒ある」小説を望む文学の無風地帯（「朝日ジャーナル」昭和56年10月16日、第23巻42号、76～76頁）＊現代作家のひとりとして。
発田和子：河野多恵子『男友達』の意味（「目白近代文学」昭和57年6月5日、第3号、48～57頁）
与那覇恵子：河野多恵子論—支配する性—（「文研論集」昭和56年9月21日、第7号、113～136頁）
篠津恵美：「一年の牧歌」—多恵子の世界（「文学地帯」昭和56年11月20日、第58号、95～97頁）＊特集・河野多恵子「一年の牧歌」について。
松竹京子：不思議な重たさ（「文学地帯」昭和56年11月20日、

第58号、97～98頁）＊特集・河野多恵子「一年の牧歌」について。

関荘一郎：「一年の牧歌」の文学圏—その人間と心理操作—（「文学地帯」昭和56年11月20日、第58号、99～102頁）＊特集・「一年の牧歌」について。

風聞山人識：侃侃諤諤（「群像」昭和57年3月1日、第37巻3号、322～323頁）

無署名：河野多恵子著気分について（「日本読書新聞」昭和57年12月6日、第2185号、5～5面）

石毛春人：新刊書評（「新刊ニュース」昭和58年2月1日、第34巻2号、30～30頁）＊気分について。

武田友寿：母性への訣別—河野多恵子『不意の声』—（『美しかれ悲しかれ—女流文学に見る女の愛と生涯—』昭和58年4月15日、主婦の友社、185～193頁）＊初出「聖母の騎士」発行年月日未詳。

玉置邦雄：河野多恵子「不意の声」の吁希子（「国文学〈解釈と教材の研究〉」昭和59年3月25日、第29巻4号、92～93頁）

無署名：藝術院賞に10氏（「朝日新聞」昭和59年4月5日、22～22面）

無署名：58年度・藝術院賞に10氏（「毎日新聞」昭和59年4月5日、22～22面）

無署名：侃侃諤諤（「群像」昭和59年7月1日、第39巻7号、418～419頁）

発田和子：マゾヒズムと女流文学—平林たい子から河野多恵子へ（「目白近代文学」昭和59年10月1日、第5号、65～93頁）

無署名：河野多恵子〈＊福武書店の女流シリーズ〉（「福武の本」昭和59年12月、16～16頁）＊刊記なし。

発田和子：河野多恵子（山田有策編『女流文学の現在』昭和60年4月、学術図書出版社、197～206頁）＊日付ナシ

三宅晶子：ベルリン世界文化祭に参加した日本の作家達〈＊海外文学ジャーナル・ドイツ〉（「新潮」昭和60年9月1日、第82巻9号、278～279頁）

松本鶴雄：河野多恵子〈現代女流作家の群像〉「国文学〈解釈と鑑賞〉」昭和60年9月1日、第50巻10号、77～78頁）

中西芳絵：河野多恵子「不意の声」「回転扉」〈日本の小説555〉（「国文学〈解釈と教材の研究〉」昭和60年9月25日、第30巻11号、74～74頁）

後藤明生：何が「衰弱したのか」〈＊窓〉（「新潮」昭和61年3月1日、第83巻3号、240～241頁）

無署名：侃侃諤諤（「群像」昭和61年4月1日、第41巻4号、316～317頁）

与那覇恵子：河野多恵子「一年の牧歌」—性の自由の獲得—（「国文学〈解釈と教材の研究〉」昭和61年5月20日、第31巻5号、108～110頁）

無署名：『嵐ケ丘ふたり旅』河野多恵子・富岡多恵子著（「新潟日報」昭和61年7月14日、8～8面）

ふたり多恵子さんドイツ、イギリスの旅〈ひと〉（「読売新聞」

昭和61年7月15日、11〜11面）

種村季弘：文藝時評〈上〉（「朝日新聞」昭和61年7月24日夕刊、7〜7面）＊嵐ケ丘ふたり旅

岡田弘子：河野多恵子・富岡多恵子『嵐ケ丘ふたり旅』―作家の目で迫る欧州紀行―（「サンデー毎日」昭和61年8月17日、第65巻33号、131〜131頁）

無署名：侃侃諤諤（「群像」昭和62年2月1日、第42巻2号、298〜299頁）

無署名：新選考委員に河野多恵子氏（「沖縄タイムス」昭和62年3月20日）

清水靖子：芥川・直木賞選考委員に初の女流四氏（「サンデー毎日」昭和62年6月14日、第66巻23号、166〜167頁）

木谷喜美枝：河野多恵子幼児狩り（「国文学〈解釈と教材の研究〉」昭和62年7月25日、第32巻9号、215〜215頁）

松下千里：一隅の発見―河野多恵子論（「群像」昭和62年8月1日、第42巻8号、276〜288頁）＊不意の声、蟹、幼児狩り、塀の中、回転扉。

無署名：侃侃諤諤（「群像」昭和62年8月1日、第42巻8号、328〜329頁）

宮内豊：新旧問答〈＊批評季評〉（「群像」昭和62年10月1日、第42巻10号、350〜355頁）

無署名：門外不出―河野多恵子―〈＊ぴーぷる〉（「週刊文春」昭和62年10月8日、第29巻39号、52〜52頁）

川村二郎：河野多恵子・人と作品（『昭和文学全集19』昭和62年12月1日、小学館、999〜1004頁）

石田健夫：覚書戦後の文学18―河野多恵子（「東京新聞」昭和63年3月22日夕刊、3〜3面）

Van C. Cessel: Echoes of Feminine Sensibility in Literature（「JAPAN QUARTERLY」1988年9月、10〜12月号、410〜416頁）

尾形明子：河野多恵子「男友達」の市子（『現代文学の女たち』昭和63年10月20日、ドメス出版、90〜93頁）

栗坪良樹：解題〈＊河野多恵子「骨の肉」〉（井上靖他編『日本の短編上』平成1年3月25日、文藝春秋、556〜557頁）

J・D・S：河野多恵子の短編独訳（「公明新聞」平成元年4月10日、5〜5面）

与那覇恵子：女性作家の戦中から戦後へ―身体性の獲得―（「国語と国文学」平成1年5月1日、第66巻5号、127〜137頁）＊幼児狩り。

無署名：『鳥にされた女』河野多恵子著（「朝日新聞」平成1年8月6日、12〜12面）

細野秀子：翻訳された日本―河野多恵子の独訳短編集―（「知識」平成元年11月1日、第5巻11号、322〜323頁）

イルメラ・日地谷・キルシュネライト：河野多恵子―厳密さの匠《たくみ》―（「新潮」平成2年1月1日、第87巻1号、244〜249頁）

S：作家の一日―河野多恵子氏の巻―（「波」平成2年3月1日、第24巻3号、41〜41頁）

与那覇恵子：河野多恵子（「国文学〈解釈と教材の研究〉」平成2年5月25日、第35巻6号、74〜75頁）
水田宗子：性という幻想（「群像」平成2年11月1日、第45巻11号、300〜306頁）
菅野昭正：迷宮のなかをヒトは歩く（「群像」平成2年12月1日、第45巻12号、212〜232頁）
由里幸子：回顧'90文学（「朝日新聞」平成2年12月11日、9〜9面）＊みいら採り猟奇譚。
川村二郎：文藝時評（上）（「朝日新聞」平成2年12月19日夕刊、7〜7面）
遠藤周作：小説を読む悦び（「新潮」平成3年1月1日、第88巻1号、294〜296頁）
佐伯彰一：エロス的至福の殉教者—「みいら採り猟奇譚」を読む—（「新潮」平成3年1月1日、第88巻1号、300〜303頁）
菅野昭正：河野多恵子著『みいら採り猟奇譚』（「朝日新聞」平成3年1月13日、11〜11面）
無署名：快楽殺人へ至る究極の「夫婦愛」（「週刊新潮」平成3年1月17日、第36巻2号、29〜29頁）
無署名：『みいら採り猟奇譚』—戦時下にサド・マゾの究極「快楽死」を追究した〝純愛〟—（「週刊現代」平成3年1月19日、第33巻3号、121〜121頁）＊著者インタビュー。
あ：「みいら採り猟奇譚」河野多恵子著—乾いた文体で異常愛の世界を—（「週刊読売」平成3年1月20日、第50巻3号、172〜172頁）
河野多恵子・川村湊：『みいら採り猟奇譚』をめぐって（「文學界」平成3年2月1日、第45巻2号、322〜336頁）
種村季弘：快楽殺人、あるいは無垢の出産—河野多恵子『みいら採り猟奇譚』を読む—（「文藝」平成3年2月1日、第30巻1号、352〜356頁）
無署名：みいら採り猟奇譚〈ブックファイル〉河野多恵子（「すばる」平成3年2月1日、第13巻2号、318〜318頁）
みなもとごろう：新しい〝性〟の発見—河野多恵子『みいら採り猟奇譚』—（「新潮」平成3年2月1日、第88巻2号、196〜199頁）
千石英世：不思議な歓び—河野多恵子論—（「群像」平成3年2月1日、第46巻2号、202〜218頁）
高橋英夫：囲われた空間の構図—河野多恵子『みいら採り猟奇譚』—（「群像」平成3年2月1日、第46巻2号、330〜331頁）
藤田昌司：河野多恵子—異常な性の中の真実—（「新刊展望」平成3年2月1日、第32巻2号、33〜35頁）
秋山駿：快楽死に向かう夫婦の「美に殉じるマゾヒズム」—河野多恵子『みいら採り猟奇譚』—（「週刊朝日」平成3年2月8日、第96巻7号、115〜116頁）
無署名：河野多恵子「みいら採り猟奇譚」—純文学で読むサド・マゾの極致快楽死の世界—（「週刊文春」平成3年2月21日、第33巻7号、170〜173頁）

高橋団吉構成：「時代を超えた等身大のエロス」を吉田喜重映画監督と読む〈今週の一冊〉（「週刊ポスト」平成3年2月22日、第23巻8号、112～113頁）

池内紀：『みいら採り猟奇譚』〈文春ブック・クラブ〉（「文藝春秋」平成3年3月1日、第69巻3号、368～369頁）

渡部直己：河野多恵子『みいら採り猟奇譚』（「アサヒグラフ」平成3年3月1日、第3586号、103～103頁）

無署名：みいら採り猟奇譚・河野多恵子著（「潮」平成3年3月1日、第384号、411～411頁）

野谷文昭：快楽死を求める男女の愛における加虐と被虐―『みいら採り猟奇譚』河野多恵子著―（「月刊ＡＳＡＨＩ」平成3年3月1日、第3巻3号、174～174頁）

無署名：『みいら採り猟奇譚』河野多恵子（「asahi Journal」平成3年3月1日、第1684号、60～60頁）

蓮實重彥：'91文藝時評―「装置」と「人間」―（「文藝」平成3年5月1日、第30巻2号、353～359頁）

川村二郎：解説（『骨の肉・最後の時・砂の檻〈講談社文藝文庫〉』平成3年7月10日、講談社、291～300頁）

与那覇恵子：作家案内・著書目録（同右、301～313、314～315頁）

村田喜代子：河野多恵子『思いがけない旅』〈アンケート怪奇小説この一編〉（「文學界」平成3年9月1日、第45巻10号、189～189頁）

無署名：鍵、カエル。―河野多恵子の鍵置き（「文藝春秋」平成3年12月1日、第69巻13号、352～353頁の間の日本リース広告文）

菅野昭正：文藝時評（下）（「東京新聞」平成3年12月25日夕刊、9～9面）＊炎々の記。

遠藤周作・大江健三郎・大庭みな子・川村二郎・丸谷才一・三浦哲郎・安岡章太郎・吉行淳之介：第四十四回野間文藝賞選評（「群像」平成4年1月1日、第47巻1号、262～266頁）

川村湊・野谷文昭・リービ英雄：一九九一年文学回顧〈座談会〉（「文學界」平成4年1月1日、第46巻1号、274～296頁）

岩橋邦枝・鈴木貞美・川村二郎：わたしのベスト3（「文學界」平成4年1月1日、第46巻1号、300・302・303頁）

小島信夫・秋山駿・木崎さと子：創作合評第百九十四回（「群像」平成4年2月1日、第47巻2号、302～311頁）＊炎々の記。

岡本蛍：河野多恵子（「ＣＲＥＡ」平成4年6月1日、第4巻7号、64～65頁）

鈴木貞美：「炎々の記」河野多恵子著（「サンケイ新聞」平成4年6月1日夕刊）

小笠原賢二：「炎々の記」河野多恵子著（「東京新聞」平成4年6月7日）

出口裕弘：河野多恵子著『炎々の記』（「読売新聞」平成4年6月8日朝刊、9～9面）

武田勝彦：河野多恵子著『炎々の記』（「公明新聞」平成4年6月8日、5～5面）

黒井千次：炎々の記・河野多恵子著（「朝日新聞」平成4年6月14日朝刊、10～10面）

秋山駿：『炎々の記』河野多恵子著（「週刊朝日」平成4年6月19日、第97巻25号、138～140頁）

高橋英夫：炎々の記河野多恵子著（「日本経済新聞」平成4年6月21日、22～22面）

大江健三郎：文藝時評（上）（「朝日新聞」平成4年6月24日夕刊）＊『炎々の記』。

木崎さと子：さまざまな合図―河野多恵子『炎々の記』―（「群像」平成4年7月1日、第47巻8号、326～327頁）

川村湊：今月の文藝書〈炎々の記〉（「文學界」平成4年7月1日、第46巻7号、286～286頁）

岡宣子：河野多恵子著炎々の記（「週刊読書人」平成4年7月27日、3～3面）

与那覇恵子：官能の妖しい火―『炎々の記』河野多恵子―（「新潮」平成4年8月1日、第89巻8号、284～284頁）

高橋英夫：河野多恵子『炎々の記』（「文藝」平成4年8月1日、第31巻3号、342～343頁）

中沢けい：炎々の記河野多恵子（「すばる」平成4年8月1日、第14巻8号、324～324頁）

松原新一：河野多恵子著『炎々の記』―生きてあることの恐怖―（「図書新聞」平成4年8月15日、4～4面）

金井景子：河野多恵子『みいら採り猟奇譚』（「国文学〈解釈と教材の研究〉」平成4年9月10日、第37巻11号、76～77頁）

秋山駿：文藝時評〈12月〉（「毎日新聞」平成4年12月24日夕刊、8～8面）＊赤い脣。

中谷克巳：「幼児狩り」論―河野多恵子の偏執的出発―（「青須我波良」平成4年12月30日、第44号、21～42頁）

キャロル・ヘイズ：男性社会の彼方へ―河野多恵子・大庭みな子・津島佑子の歩む道―（「比較文学研究」平成4年12月30日、第62号、128～140頁）

無署名：作家を志す女性に刺激（「朝日新聞」平成5年2月2日夕刊、大阪版〈人きのうきょう〉欄、2～2面）

K：河野多恵子（『現代の女性作家』平成5年4月24日、山梨県立文学館、36～37頁）

木崎さと子：面白く不思議なこと―『蛙と算術』河野多恵子―（「新潮」平成5年5月1日、第90巻5号、266～266頁）

細江光：河野多恵子著『谷崎文学の愉しみ』（「週刊読書人」平成5年8月30日、5～5面）

菅野昭正：不意の跳躍〈解説〉（『不意の声〈講談社文藝文庫〉』平成5年9月10日、講談社、184～198頁）

鈴木貞美：作家案内（同右、199～214頁）

与那覇恵子：著書目録（同右、215～216頁）

吉川豊子：怖れと歓び―瞞着と沈黙を破る言葉―A・リッチとともに読む河野多恵子―（「新日本文学」平成5年10月1日、第48巻10号、42～50頁）

紅野謙介：「谷崎潤一郎」を愉しむ―河野多恵子『谷崎文学の愉しみ』―（「群像」平成5年10月1日、第48巻10号、358～359頁）

日高普：谷崎文学の愉しみ河野多恵子著（「毎日新聞」平成5

年12月6日）
荒川洋治：時評文藝誌（「産経新聞」平成5年12月26日朝刊、13～13面）＊来迎の日。
神田由美子：〈存在〉から〈時代〉への移行（「目白近代文学」平成6年9月、未確認）
蓮實重彦：文藝時評―世界を開く文学―（「朝日新聞」平成6年10月26日夕刊、7～7面）＊片冷え。
荒川洋治・蓮實重彦：私の5点（「朝日新聞」平成6年12月12日夕刊、7～7面）
奥野健男：『河野多恵子全集』（全10巻）―奥深く幅広い文学者―（「週刊読書人」平成7年2月24日、5～5面）
若森栄樹：極北の小説―河野多恵子論―（「文藝」平成7年5月1日、第34巻2号、46～49頁）
芳川泰久：分岐と更新―あるいは小説を歓待する法―（「文藝」平成7年5月1日、第34巻2号、50～53頁）
蓮實重彦：文藝時評―批評とアイロニー（「朝日新聞」平成7年7月25日夕刊、8～8面）
絓秀実・富岡幸一郎・福田和也・大杉重男：小説の運命Ｉ―第三の新人から開高・石原・大江まで―（「新潮」平成7年8月1日、第92巻8号、202～231頁）
奥泉光：解説（『妖術記〈角川ホラー文庫〉』平成7年8月10日、角川書店、193～197頁）
川村二郎：快楽の永遠性―河野多恵子小論―（『河野多恵子全集第10巻』平成7年9月10日、新潮社、331～338頁）
浦西和彦：書誌（同右、339～373頁）
田中励儀：河野多恵子『妖術記』（「国文学〈解釈と教材の研究〉」平成8年7月10日、第41巻9号、138～139頁）
蓮實重彦：「異変」と「予兆」―河野多恵子『赤い唇　黒い髪』（「波」平成9年2月1日、第31巻2号、12～13頁）
向井敏：ニューヨークめぐり会い（「毎日新聞」平成9年2月2日、10～10面）
川本三郎：赤い唇　黒い髪河野多恵子著（「毎日新聞」平成9年3月16日、10～10面）
芳川泰久：河野多恵子『赤い唇　黒い髪』―物語を食む　物語に倦む―（「群像」平成9年4月1日、第52巻4号、392～393頁）
柳美里：赤い唇　黒い髪　河野多恵子著（「読売新聞」平成9年4月6日、11～11面）
菅野昭正：河野多恵子『赤い唇　黒い髪』―現代偏執綺譚―（「文學界」平成9年5月1日、第51巻5号、280～281頁）
増田みず子：赤い唇　黒い髪　河野多恵子著―ミステリーの趣も持つ短編集―（「週刊ポスト」平成9年5月30日、第29巻20号、145～145頁）
丸谷才一：松のデザイン―河野多恵子「幼児狩り」「みいら採り猟奇譚―」（『女の小説』（平成十年二月五日、光文社、63～72頁）
増田周子：河野多恵子「不意の声」論―エディプス・コンプレックスからくる吁希子のマゾヒズム（徳島大学総合科学部

文献目録

紀要「言語文化研究」平成10年3月、第6号、49～70頁）
増田周子：河野多恵子「不意の声」論―初出と初版本との異同から見るリアリティー（徳島大学「国語国文学」平成10年3月31日、第11号、76～86頁）
中村三春：文藝〈11月〉（「週刊読書人」平成10年11月13日、5～5面）＊後日の話。
菅野昭正：私の5点（「朝日新聞」平成10年12月9日夕刊、11～11面）
与那覇恵子：〔作家ガイド〕河野多恵子（『女性作家シリーズ9〈河野多恵子・大庭みな子〉』平成10年12月25日発行、角川書店、426～429頁）
高見浩：'98年私のベスト3（「新潮」平成11年2月1日、第96巻2号、195～195頁）＊後日の話。
川本三郎：後日の話　河野多恵子著（「毎日新聞」平成11年2月21日、11～11面）
富岡多恵子：おすすめの3点―スンデいる時代実感―（「朝日新聞」平成11年2月22日夕刊、9～9面）＊後日の話。
松山巌：後日の話　河野多恵子著（「朝日新聞」平成11年3月21日、14～14面）
伊東聖子：河野多恵子著　後日の話（「週刊読書人」平成11年3月26日、14～14面）
山田智彦：エンターテインメント読書―忘れたものを文学から学べ―（「朝日新聞」平成11年3月29日夕刊、11～11面）
＊後日の話。
中沢けい：『後日の話』河野多恵子―蠟燭屋のあのエレナの沈黙―（「新潮」平成11年4月1日、第96巻4号、246～247頁）
阿刀田高：今月の一冊―『後日の話』河野多恵子著―（「文藝春秋」平成11年4月1日、第77巻4号、422～425頁）
菅野昭正：河野多恵子「後日の話」―刑死願望まで―（「群像」平成11年4月1日、第54巻4号、366～367頁）
千種堅：切なくも、凛凛しく―河野多恵子『後日の話』―（「波」平成11年4月1日、第33巻4号、66～67頁）
芳川泰久：千切りと契り―河野多恵子『後日の話』―（「すばる」平成11年5月1日、第21巻5号、288～288頁）
神田由美子：河野多恵子〈研究動向〉（「昭和文学研究」平成11年9月1日、第39集、140～144頁）
由里幸子：回顧'99文学（「朝日新聞」平成11年12月1日夕刊、4～4面）＊後日の話。
無署名：河野多恵子文・市川泰絵『ニューヨークめぐり会い』〈文庫新書〉（「朝日新聞」平成12年4月16日、13～13面）
尾崎真理子：文藝２０００〈8月〉―夫婦の機微織りなす陰影―（「読売新聞」平成12年8月28日夕刊）
津島佑子：文藝時評―平凡と特異―（「朝日新聞」平成12年8月29日夕刊、13～13面）＊秘事。
神田由美子：河野多恵子（渡辺澄子編『女性文学を学ぶ人のために』平成12年10月20日、世界思想社、155～160頁）
川村二郎：包まれた戦慄―河野多恵子『秘事』―（「波」平成

文献目録

12年11月1日、第34巻11号、23～24頁）
高井有一：秘事―河野多恵子著―（「毎日新聞」平成12年11月12日、9～9面）
高橋源一郎：秘事―河野多恵子著―（「読売新聞」平成12年11月12日、11～11面）
無署名：「最後まで成就の恋肯定的に描きたい」〈ひとこと〉（「朝日新聞」平成12年11月21日夕刊、9～9面）
久世光彦：秘事　河野多恵子著（「朝日新聞」平成12年11月26日、12～12面）
菅野昭正：〝大恋愛〟の話―河野多恵子『秘事』をめぐって―（「新潮」平成12年12月1日、第97巻12号、208～211頁）
村田喜代子：秘事―河野多恵子著―（「日本経済新聞」平成12年12月3日、24～24面）
高井有一：2000年『この3冊』書評者が選ぶ（「毎日新聞」平成12年12月24日、12～12面）
川上弘美・久世光彦：書評委員お薦め今年の三冊（「朝日新聞」平成12年12月31日、12～12面）
清水良典：河野多恵子「秘事」（「群像」平成13年1月1日、第56巻1号、386～387頁）
山内由紀人：河野多恵子の表現世界―戦後身体論として―（「群像」平成13年1月1日、第56巻1号、286～305頁）
船曳建夫：「秘事」河野多恵子―夫婦の時間に感動しばし呆然（「文學界」平成13年1月1日、第55巻1号、353～355頁）
菅聡子：河野多恵子著秘事―愛の本質を描き出す―（「週刊読書人」平成13年1月1日、5～5面）
阿刀田高：文藝21小説―さまざまな家族の肖像―（「朝日新聞」平成13年1月18日夕刊、7～7面）＊秘事。
無署名：河野多恵子作『秘事』（「楽しいわが家」平成13年3月1日、第49巻3号、24～24頁）
津島佑子：文藝時評―『出来事』―（「朝日新聞」平成13年4月25日夕刊　8～8面）＊半所有者。
川村湊：文藝時評4月（「毎日新聞」平成13年4月26日夕刊7～7面）＊半所有者。
三木卓・久間十義・奥泉光：創作合評（第三〇六）（「群像」平成13年6月1日、第56巻6号、415～419頁）＊半所有者。
川上弘美・久世光彦：『半所有者』河野多恵子著―決して荒唐無稽のものではなく―（「朝日新聞」平成14年1月13日、13～13頁）
三浦雅士：自分は誰のものか？―『半所有者』河野多恵子―（「新潮」平成14年2月1日、第99巻2号、254～255頁）
菅野昭正：愛の所有について―河野多恵子「半所有者」―（「群像」平成14年2月1日、第57巻2号、294～295頁）
氏家幹人：「半所有者」河野多恵子―文学は良識を駆逐する―（「文學界」平成14年2月1日、第56巻2号、286～287頁）
無署名：本の顔著者の顔―『半所有者』の河野多恵子氏―（「週刊読書人」平成14年2月1日、1～1面）
川上弘美：解説（『後日の話〈文春文庫〉』平成14年2月10日、文藝春秋、294～300頁）

岩阪恵子：読書日記―深く考えよ―（「東京新聞」平成14年3月31日）
瀬戸正人：河野多恵子『小説の秘密をめぐる十二章』（「週刊文春」平成14年4月11日、第44巻15号、133～133頁）
辻原登：河野多恵子「小説の秘密をめぐる十二章」―秘法は伝授された―（「文學界」平成14年5月1日、第56巻5号、276～278頁）
十文字天文：一言でいえば、○○な作家（「新潮45」平成14年5月1日、第21巻5号、204～205頁）
村上和宏：エディターの注目本ガイド―小説観を一変させた本―（「新刊展望」平成14年5月1日、第46巻5号、18～19頁）
山之口洋：エーヴェルスから河野多恵子へ〈本の水脈9〉（「本の話」平成14年5月1日、第8巻5号、33～33頁）
リービ英雄：『小説の秘密をめぐる十二章』河野多恵子著―惜しみなく与える最高の智恵―（「朝日新聞」平成14年5月19日、10～10面）
秋山駿・井上ひさし・小川国夫・津島佑子・村田喜代子：第二十八回川端康成文学賞選評（「新潮」平成14年6月1日、第99巻6号、179～181頁）
小池昌代：『小説の秘密をめぐる十二章』河野多恵子―創作の科学―（「新潮」平成14年6月1日、第99巻6号、238～239頁）

浦西和彦（うらにし・かずひこ）

1941年9月、大阪市生れ。1964年3月、関西大学卒業。

現在、関西大学教授。

著書『日本プロレタリア文学の研究』（1985年5月、桜楓社）、『葉山嘉樹—考証と資料—』（1994年1月、明治書院）、『現代文学研究の枝折』（2001年12月、和泉書院）、編著書『葉山嘉樹』（1973年6月、桜楓社）、『徳永直』（1982年5月、日外アソシエーツ）、『谷沢永一』（1986年7月、日外アソシエーツ）、『葉山嘉樹』（1987年1月、日外アソシエーツ）、『開高健書誌』（1990年10月、和泉書院）、『織田作之助文藝事典』（1992年7月、和泉書院）、『伊藤永之介文学選集』（1999年7月、和泉書院）、共編纂『葉山嘉樹全集』全6巻（1975年4月～76年6月、筑摩書房）、『露伴全集』拾遺上下及び付録（1979年8月、80年2、3月、岩波書店）、『大田洋子集』全4巻（1982年7～10月、三一書房）、『COLLECTION 開高健』（1982年9月、潮出版社）、『完本茶話』上中下（1983年11月～84年2月、冨山房）、『谷沢永一書誌学研叢』（1986年7月、日外アソシエーツ）、『奈良近代文学事典』（1989年6月、和泉書院）、『昭和文学年表』全9巻（1995年～96年、明治書院）などがある。

現住所、〒639-0202 奈良県北葛城郡上牧町桜ケ丘1-6-10。

E-mail：uranishi@ipcku.kansai-u.ac.jp
URL：http://www2.ipcku.kansai-u.ac.jp/~uranishi/zemi/

和泉事典シリーズ 14

河野多恵子文藝事典・書誌

二〇〇三年三月三一日　初版第一刷発行

著者　浦西和彦
発行者　廣橋研三
発行所　和泉書院

〒543-0002 大阪市天王寺区上汐五―三―八
電話　〇六―六七七一―一四六七
振替　〇〇九七〇―八―一五〇四三

印刷　太洋社／製本　大光製本

装本　倉本　修

定価はケースに表示

ISBN4-7576-0191-3 C1591